ARIEL TACHNA

# COFANETTO
# LANG DOWNS

ARIEL TACHNA

# COFANETTO LANG DOWNS

Publié par
DREAMSPINNER PRESS

5032 Capital Circle SW, Suite 2, PMB# 279, Tallahassee, FL 32305-7886 USA
www.dreamspinnerpress.com

Questa è un'opera di fantasia. Nomi, personaggi, luoghi e avvenimenti sono il prodotto dell'immaginazione dell'autore o sono usati in modo fittizio e ogni somiglianza a persone reali, vive o morte, imprese commerciali, eventi o località è puramente casuale.

# INDICE

# Erditare il cielo

Serie Lang Downs, Libro 1

Caine Neiheisel è intrappolato in un impiego senza prospettive e alla fine di una relazione che di prospettive non ne ha più, quando all'improvviso gli si presenta l'occasione di una vita: sua madre eredita un allevamento di pecore nel Nuovo Galles del Sud, Australia. Per Caine è l'occasione di ricominciare, là in mezzo ai pascoli, dove la sua balbuzie non sarà più un ostacolo e dove la sua voglia di lavorare potrà certamente compensare la mancanza di esperienza.

Sfortunatamente, però, il sovrintendente di Lang Downs, Macklin Armstrong, che dovrebbe essere il suo più grande alleato, alterna momenti di freddezza ad altri di chiaro disprezzo. Gli altri membri della squadra, invece, sono più interessati al suo accento americano che impressionati dalla sua situazione… fino a che non scoprono che Caine è gay, e allora il divertimento si trasforma in disprezzo. Sarà necessaria tutta la sua determinazione – e un crudele atto di sabotaggio da parte di un vicino ostile – per unire gli uomini di Lang Downs e dare a Caine e Macklin la possibilità di scoprire l'amore.

A Nicki, che sempre ispira le mie muse,
e a Isabelle e Meredith per avermi insegnato molto sull'Australia.

# CAPITOLO 1

CAINE NEIHEISEL lanciò la borsa da viaggio sul letto e poi si lasciò cadere a sua volta sul materasso. Sei anni finiti giù per lo scarico. Non c'era stata nessuna lite drammatica, né un momento particolare in cui tutto era andato a farsi benedire, quanto piuttosto la lenta e angosciante presa di coscienza che lui e John non andavano da nessuna parte. Erano buonissimi amici, ottimi coinquilini, ma come amanti non facevano di certo scintille: anzi, erano a malapena passabili negli ultimi tempi. Caine preferiva illudersi che si fossero allontanati, invece che pensare che John non lo desiderasse più. La sua autostima non aveva bisogno di un'altra mazzata; era già abbastanza brutto essere bloccato da quasi dieci anni all'ufficio smistamento posta della Comcast[1]. Ovviamente, aveva fatto più volte domanda di promozione, ma c'era sempre qualcuno che lo scavalcava. Non avrebbe sopportato l'idea che con John andasse allo stesso modo.

Doveva cominciare a cercarsi un nuovo coinquilino, oppure un altro posto dove vivere, perché non poteva permettersi di pagare l'affitto da solo. Quando si era trasferito in quel condominio, John era stato più che felice di partecipare alle spese pur di vivere nel Gay Village di Philadelphia, quindi l'affitto non era stato un problema. Caine avrebbe sentito la mancanza del quartiere, se non avesse trovato nessuno con cui dividere la casa, ma di recente la sua vita sembrava aver preso quella brutta piega.

"Caine! La cena è pronta."

Caine sospirò e si alzò per raggiungere i genitori.

"Ho preparato il tuo piatto preferito," lo informò Patricia, sua madre, non appena mise piede in cucina. "Cotolette di maiale, cavolini di Bruxelles e purè di patate dolci."

"Grazie, mamma," mormorò Caine, contento di aver risposto senza balbettare. Sapeva che la madre gli aveva preparato il suo piatto preferito di quando era bambino non perché fosse contenta di averlo a casa per Natale, ma per tirarlo su di morale; se da un lato Caine apprezzava l'intenzione, dall'altro non voleva trascorrere tutte le vacanze a essere compatito. Se la cavava già abbastanza bene da solo.

"Allora, cosa c'era scritto in quella lettera dall'Australia?" chiese suo padre Len, raggiungendoli in cucina.

"Te lo racconto mentre mangiamo," rispose lei. "Lasciami servire in tavola, prima."

"Ti a-aiuto," si offrì Caine, facendo una smorfia quando le parole gli uscirono incerte. Evidentemente non era così rilassato come credeva. Intimò a se stesso di piantarla di rimuginare su qualcosa che non poteva cambiare e cominciò a preparare la tavola e ad appoggiarci sopra le scodelle via via che la madre le riempiva.

Quando furono tutti seduti e impegnati a mangiare, Len si rivolse a Patricia. "Allora, che diceva la lettera?"

"Ti ricordi che mia madre ci parlava sempre di suo fratello Michael? Quello che aveva lasciato l'Inghilterra più o meno quando lei aveva sposato mio padre e si era trasferita qui?" chiese Patricia.

---

1 La Comcast Corporation è il più grande operatore via cavo e internet provider e il terzo maggior operatore telefonico in quaranta stati degli USA. (Nota del Traduttore)

3

Sia Len che Caine annuirono. Qualche anno addietro, quest'ultimo aveva intrattenuto una corrispondenza regolare con lo zio Michael, anche se le loro lettere si erano fatte meno frequenti una volta che il ragazzo aveva iniziato il college.

"La settimana scorsa ha avuto un attacco di cuore," continuò lei.

"Oh, mi dispiace," disse subito Len. "Era malato?"

"Non lo so," ammise la donna. "Dopo la morte della mamma, ci siamo persi di vista. Abbiamo sempre parlato di fare un viaggio in Australia, ma ogni volta sembrava ci fossero cose più urgenti. In ogni caso, la lettera non diceva solo questo. È stata spedita dal suo esecutore testamentario: sembra che io sia la sua unica erede."

"Tu?" chiese Caine. "Perché?"

"Non si è mai sposato e non ha avuto figli," spiegò Patricia. "Sono il suo unico parente ancora in vita. L'esecutore mi ha scritto per spiegarmi la situazione e per chiedermi cosa voglio fare dell'allevamento di pecore di cui era proprietario. Sembra che sia un bell'appezzamento di terreno, diverse migliaia di chilometri quadrati. Naturalmente dovrò venderlo: non so nulla di pecore e la mia vita è qui. Non ho idea di cosa significherà vendere, ma spero che possa occuparsene l'esecutore e poi trasferirci i soldi una volta che tutto è a posto, comprese le tasse."

Len si lasciò sfuggire una risatina. "Te lo immagini noi due che arriviamo in quel vecchio ranch? Io sono vicino ai settanta e tu non tanto lontana; ci spedirebbero a casa a suon di risate se provassimo ad amministrarlo."

Caine dovette ammettere che l'immagine dei suoi genitori intenti a gestire un ranch di pecore in Australia fosse piuttosto divertente. "Però è un peccato venderlo," protestò. "Non potresti a-assumere qualcuno che lo d-diriga al posto tuo e poi f-farti t-trasferire i profitti? Sempre che ne abbia."

"Stando alle parole dell'esecutore, sembra piuttosto redditizio," osservò Patricia. "Ma non sono sicura che rimanere qui e affidare tutto a un sovrintendente sia una buona idea. Non avremmo modo di sapere se gestisce il ranch nel modo corretto oppure no."

"Potrei andare io," suggerì piano Caine. Le parole gli erano uscite di bocca ancor prima che si rendesse conto di averle pensate. Aveva sempre desiderato di poter andare da suo zio, ma quel viaggio che avevano programmato in ogni dettaglio nelle loro lettere non era mai stato realizzato. Come molte altre cose della sua vita.

"È molto gentile da parte tua," gli concesse la madre, stringendogli la mano. "Ma hai un lavoro e una vita a Philadelphia. Non potrei mai chiederti di lasciarli per questa... cosa."

Caine considerò che non c'era poi molto da lasciare. "Pensiamoci qualche giorno, almeno," insisté, mentre nuovi orizzonti gli si aprivano nella mente. "Non prendiamo una decisione affrettata."

"Oh, Caine, lo so che è da molto tempo che desideri andarci, ma c'è una bella differenza tra un adolescente in vacanza e un trasferimento permanente," disse Patricia. "Non sognare a occhi aperti."

Caine sospirò e decise di lasciar perdere per il momento; ma più tardi, dopo essere tornato nella sua camera, le parole della madre continuarono a risuonargli in testa. Sogni a occhi aperti.

Aveva trentadue anni, per Dio. Aveva cercato di dimostrarsi responsabile e fare tutto quello che ci si aspettava da un adulto, eppure non era arrivato da nessuna parte: un lavoro senza via d'uscita, un innamorato che non lo amava più e nessuna prospettiva di miglioramento all'orizzonte. La 'vita' che aveva a Philadelphia stava soffocando ogni sua passione, ogni entusiasmo e ogni energia. Un allevamento di pecore in Australia poteva fare

4

la differenza. Certo, avrebbe avuto un sacco di cose da imparare, ma non era uno stupido. Balbettava. Senza una ragione precisa e senza che potesse farci nulla. La logopedia lo aveva aiutato, ma quando diventava nervoso il problema si ripresentava. Non aveva mai ottenuto una promozione perché non aveva mai superato il colloquio: i suoi capi non avrebbero mai messo qualcuno con un difetto di pronuncia a contatto con i clienti. Ne era consapevole e quella situazione lo lasciava in un'impasse alla Comcast, come in qualsiasi altro lavoro avesse potuto trovare.

In Australia avrebbe gestito il ranch. Tecnicamente la proprietaria sarebbe stata sua madre, ma se ne sarebbe occupato lui. Fintanto che non avesse imparato, avrebbe dovuto affidarsi al buon cuore dei suoi dipendenti e dei vicini, ma nessuno lo avrebbe scavalcato per una promozione, un aumento di stipendio o roba del genere. Avrebbe avuto un lavoro, una paga e forse cambiare aria gli avrebbe anche fatto bene. Se poi si fosse rivelato un fallimento, non è che la sua vita a Philadelphia gli desse chissà quali soddisfazioni.

Non aveva idea di come fare per emigrare in Australia, ma si sarebbe informato. Poteva non essere il miglior conversatore al mondo, ma almeno qualche ricerca la sapeva fare. Prese il portatile, lo accese e cominciò a navigare.

Due ore dopo aveva ottenuto quello che gli serviva. Gli mancava solo di convincere la madre a non vendere il ranch.


"CI HO p-pensato, mamma," disse Caine quando scese per la colazione il mattino successivo. "V-v-voglio andare in Australia."

"Caine," lo rimproverò lei. "Ne abbiamo già parlato ieri."

"No," la contraddisse, inspirando a fondo per fermare la balbuzie. "Tu ne hai parlato. Ho fatto alcune ricerche online la notte scorsa. P-posso trasferirmi grazie all'eredità, se tu scrivi una lettera in cui d-dici che amministrerò il ranch a nome tuo."

"E cosa mi dici della tua carriera?"

"Quale carriera?" chiese Caine con amarezza. "Ho un lavoro. Lo faccio bene e difficilmente mi licenzieranno, ma neppure avanzerò mai. Sono stato là dieci anni senza vedere uno straccio di promozione."

"Potresti cambiare lavoro."

"Potrei p-provarci," concordò, "ma probabilmente non ne troverei un altro. Non con questa balbuzie. E certamente non un lavoro che mi permetterebbe di fare carriera. Significherebbe solo passare da un binario morto a un altro."

"Ma non sai niente di pecore."

"Posso imparare," insisté Caine. "Potrei lavorare all'aperto anziché dentro un ufficio. Alle pecore non importa se qualche volta b-balbetto. Farebbe differenza per te venderlo adesso oppure tra un anno, se non dovessi riuscire a farlo funzionare?"

"Per me no, ma se ti tagli tutti i ponti alle spalle, poi non avrai nemmeno più un lavoro senza sbocchi a cui tornare."

"Un motivo in più per fare in modo che le cose funzionino in Australia," affermò Caine. Prese le mani della madre tra le sue. "P-per favore, mamma. Dammi questa occasione."

La madre sospirò e lo abbracciò. "Va bene, tesoro. Se è veramente quello che vuoi, non venderò il ranch. Sarò preoccupata a saperti così lontano da casa, ma ormai sei un uomo, anche se io ti vedo ancora come il mio piccolino. In fondo, tutto quello che è mio un giorno sarà tuo, quindi immagino che si tratti anche della tua eredità, in un certo senso."

"Grazie mamma. Ti voglio bene."

5

TRE MESI dopo, visto e passaporto alla mano, Caine aspettava nervosamente l'inizio della sua avventura. Non era esattamente entusiasta delle ventotto ore di volo che lo attendevano: doveva cambiare aereo a Dallas e poi di nuovo a Los Angeles prima di imbarcarsi per Sydney, ma se la sarebbe cavata. Così come se la sarebbe cavata anche con il lunghissimo volo, perché era quello che voleva. Aveva scambiato qualche e-mail con Macklin Armstrong, il sovrintendente dell'allevamento, o meglio della *stazione*, come si chiamava in Australia, e lo aveva informato del suo arrivo. Si sarebbe fermato qualche giorno a Sydney e poi sarebbe andato a Lang Downs, l'allevamento di suo zio. Per quanto fosse impaziente di arrivare e mettersi al lavoro, aveva pensato che gli sarebbero serviti un giorno o due per riprendersi dal viaggio, senza tenere conto che non aveva neanche i vestiti adatti per la sua nuova vita. A dire la verità, non era sicuro di poterli trovare a Sydney, ma li avrebbe comunque cercati. Poi, al massimo, si sarebbe affidato a Macklin e gli avrebbe chiesto di accompagnarlo nel paese più vicino alla stazione. Sulla cartina sembrava essere un posto di nome Boorowa; ma una volta, durante il college, si era perso in Kentucky e aveva imparato che le carte geografiche possono ingannare, e che un percorso in linea retta non era necessariamente anche il più veloce.

Per prima cosa, comunque, doveva arrivare in Australia.

Aveva disdetto l'affitto del suo appartamento un mese prima, vendendo la maggior parte dei mobili e impacchettando le poche cose di cui non poteva fare a meno. Alcune erano ancora a casa dei suoi genitori, in attesa di essere spedite in un secondo tempo; il resto era già in viaggio per l'Australia e Caine sperava che arrivasse più o meno insieme a lui. Aveva portato con sé una valigia con i vestiti e altri oggetti indispensabili, ma non era esattamente propenso a separarsi dai libri e dai CD.

Era triste pensare che i suoi dieci anni di vita a Philadelphia non occupassero più di un unico scatolone di libri e CD, ma quelle erano le uniche cose senza di cui non avrebbe potuto vivere. Al momento dei saluti, tutti i suoi amici gli avevano promesso che avrebbero mantenuto i contatti via Facebook o Twitter, ma Caine sapeva che non sarebbe durata. Erano sì amici, ma in un modo piuttosto superficiale, e comunque non abbastanza da trattenerlo a Philadelphia.

L'annuncio dell'imbarco interruppe le sue riflessioni. Si unì alla fila per mostrare il passaporto e il biglietto e prese posto. Aveva deciso di fare una follia e viaggiare in business anziché in classe turistica. La vendita dei mobili gli aveva fruttato piuttosto bene e, una volta in Australia, non avrebbe avuto bisogno di tanti soldi. Da quello che lo zio gli aveva raccontato qualche anno addietro, e da quanto aveva capito dalle più recenti conversazioni con Macklin, escludendo le necessità personali – abiti, articoli da toeletta, ecc. – la stazione forniva tutto il resto. Avrebbe abitato nella casa dello zio e mangiato con gli altri dipendenti, così non avrebbe dovuto né pagare un affitto, né comprarsi del cibo.

Motivo per cui poteva permettersi di stare comodo sull'aereo che lo portava verso la sua nuova vita.

Il volo era completo e l'uomo che sedeva accanto al finestrino non sembrava aver voglia di chiacchierare, né Caine era il tipo da attaccare bottone con degli estranei. Aveva imparato a forzare le sue inclinazioni naturali in caso di necessità, ma la balbuzie rimaneva il suo nervo scoperto e le situazioni nuove continuavano a intimorirlo.

Tre ore dopo atterrarono a Dallas e il giovane, già piuttosto stanco per la fatica del viaggio, si inoltrò nel labirinto dei terminal fino al suo gate. Una volta che lo ebbe trovato cercò di muovere il collo nel tentativo di rilassare i muscoli doloranti, ma non ne ricavò particolare sollievo. Forse l'hotel a Sydney aveva un centro benessere dove avrebbe potuto sottoporsi a un bel massaggio, prima di dirigersi verso la stazione.

O forse avrebbe fatto meglio a scordarselo proprio e cominciare a temprarsi, poiché dubitava ci fosse un massaggiatore a Lang Downs.

Quando salì a bordo del volo successivo, aveva lo stomaco chiuso ed era teso e nervoso mentre si chiedeva cosa potesse mai sperare di combinare un ragazzo di città come lui nel trasferirsi in Australia per gestire un allevamento di pecore. Era cresciuto a Cincinnati, una città non enorme ma neanche piccola, dato che contava più di due milioni di persone, mentre Philadelphia ne aveva più di cinque milioni. Aveva la sensazione di andare incontro a qualcosa di più che un semplice shock culturale trasferendosi a Lang Downs, ma forse gli avrebbe fatto bene. Non era sovrappeso o altro, ma neppure troppo magro. L'attività fisica lo avrebbe irrobustito, reso più forte e sano e lo avrebbe tenuto talmente impegnato da non lasciargli il tempo di rimpiangere le comodità della città. E se il desiderio di visitare un museo o un teatro fosse diventato troppo forte, poteva sempre organizzarsi per un week-end lungo in una qualche città. L'Australia, in fondo, non era terra di nessuno: l'Opera House di Sydney era famosa in tutto il mondo e Caine avrebbe potuto ancora godere di sprazzi di vita cittadina, se avesse pianificato tutto con cura.

Quando l'aereo atterrò a Los Angeles, Caine era ormai riuscito a superare la crisi di panico, anche con l'aiuto di un paio di bicchierini di vodka. Non era ubriaco, ma decisamente più rilassato di quanto ricordasse essere stato da Natale in poi.

Rammentò a se stesso che tutte le e-mail che aveva scambiato con Macklin avevano avuto un tono cordiale, se non propriamente amichevole e, in tutta onestà, riusciva a comprendere le preoccupazioni dell'uomo. Caine aveva ammesso apertamente di non avere la più pallida idea di come si allevassero le pecore; era sicuro di saperne ancora meno dell'ultimo arrivato tra i garzoni, dato che quest'ultimo, diversamente da lui, era di sicuro cresciuto nell'ambiente. Ovviamente, aveva fatto qualche ricerca nel tentativo di imparare termini e tecniche, ma sapeva bene che tutto ciò non avrebbe mai potuto sostituire l'esperienza.

Si era anche documentato riguardo agli altopiani australiani, per cercare di farsi un'idea sul clima che lo aspettava: tardo autunno, molto vicino all'inverno. Aria frizzante, fresca, persino fredda durante la notte, con la previsione di un inverno gelido e asciutto. Almeno, da quello che aveva capito, non avrebbe dovuto preoccuparsi della neve; era decisamente un sollievo dopo l'ultimo inverno che aveva dovuto affrontare a Philadelphia, dove ogni volta che era finalmente riuscito a disseppellire la macchina, aveva nevicato di nuovo. Ma l'inverno in Australia non era ancora arrivato. Aveva controllato le temperature di Sydney, e si aggiravano sui $70°F^2$: più caldo che a casa quindi.

"È Lang Downs la tua casa adesso," ricordò a se stesso. Se voleva avere la speranza di conquistare la fiducia delle persone che lavoravano per lui doveva tenerlo sempre a mente e, soprattutto, doveva crederci. Crederci sul serio e fortemente, perché era certo che per tutti loro fosse così.

L'assistente di volo da Los Angeles a Sydney sfoggiava un delizioso accento australiano che lo fece sorridere. Gli piaceva come parlavano gli australiani. Sapeva che, una volta a Lang Downs, la sua cadenza americana lo avrebbe fatto spiccare allo stesso modo e sapeva anche che sarebbe passato del tempo prima che si abituasse al modo di parlare delle

---

2 Pari a 21° centigradi. (NdT)

7

persone attorno a lui. Si chiese se gli australiani avrebbero apprezzato il suo accento tanto quanto lui apprezzava il loro e si augurò che ciò potesse servire a compensare in qualche modo la sua balbuzie.

Subito dopo che l'aereo ebbe raggiunto la quota di crociera, le assistenti di volo servirono la cena e Caine fu contento di aver scelto di viaggiare in business. Non sapeva se il cibo fosse migliore, ma almeno aveva più spazio per mangiare tranquillamente. Dopo aver finito chiuse gli occhi e cercò di dormire un po'.

# CAPITOLO 2

IL PRIMO shock culturale arrivò subito dopo l'atterraggio, quando l'assistente di volo comunicò loro le informazioni sulle condizioni atmosferiche di Sydney. Con estrema nonchalance venne infatti annunciato che era una bella giornata con ventuno gradi. Caine frugò per un minuto buono nello zaino alla ricerca di qualcosa di abbastanza pesante da impedirgli di congelare, prima di ricordarsi che l'Australia usava i gradi Celsius e non i Fahrenheit. Quindi, dovette fermarsi e ricordare come si calcolava la differenza. Moltiplicare per due e aggiungere trenta... settantadue. Ok, poteva sopravvivere con le maniche corte e i bermuda; non sarebbe stato piacevole avere la parte inferiore intirizzita.

Riuscì a superare la dogana e il controllo immigrazione senza troppi problemi, anche se quelli dell'immigrazione gli posero un bel po' di domande riguardo al visto e a dove intendesse lavorare; ma Caine mostrò loro la delega della madre che gli dava l'autorità di amministrare la tenuta per suo conto. La sua balbuzie peggiorava di minuto in minuto, ma alla fine ottenne il nulla-osta e si diresse verso l'uscita del terminal, cercando di decidere se usare il trasporto pubblico nonostante i bagagli, oppure se darsi per vinto e prendere un taxi. Si era sempre vantato di usare i trasporti pubblici ogni qualvolta fosse possibile, ma in quel momento aveva con sé due grosse valige e uno zaino e con tutta quella roba non era sicuro di riuscire a salire su un autobus o un treno. Sospirando, si diresse verso il parcheggio dei taxi e si mise in fila. L'addetto allo smistamento dovette chiedergli tre volte dove doveva andare prima che il cervello di Caine registrasse la domanda e riuscisse a trovare la risposta appropriata. "Al Medina Grand Sydney," disse alla fine.

"Sei stanco morto, eh amico?" gli chiese l'addetto. "Non preoccuparti, vedrai che ti depositeremo nel posto giusto."

Caine ricambiò con un lieve sorriso e, quando il taxi si fermò, caricò da solo le valigie nel bagagliaio, senza aspettare l'aiuto del tassista; però tenne con sé lo zaino che conteneva il borsello. Avrebbe dovuto trovare una banca e farsi trasferire il denaro necessario per cominciare la sua nuova vita, ma per ora aveva abbastanza contanti da riuscire a sopravvivere qualche giorno.

Durante il tragitto verso l'albergo avrebbe voluto osservare la città, ma pur avendo viaggiato in business era esausto e il suo corpo ancora allineato con l'orario americano. Chiuse gli occhi e sperò che il tassista lo portasse nel posto giusto.

Anche fare il check-in in albergo, raggiungere la sua camera e sistemarsi furono un'avventura, stordito com'era dalla varietà degli accenti. Quando finalmente riuscì a trovare la stanza, lasciò cadere ogni cosa a terra, si abbandonò sul letto e dormì per quattro ore filate.

Si svegliò alle tre del pomeriggio, quasi morto di fame. Come prima cosa, però, aveva bisogno di una doccia. Svuotò lo zaino, dentro cui aveva messo tutto quello che pensava potesse essergli utile mentre era a Sydney, e rimase a lungo sotto il getto, lasciando che l'acqua calda lavasse via gli ultimi strascichi del jet-lag e la sporcizia del viaggio. Quando, infine, si sentì di nuovo umano, uscì dalla doccia e si vestì. Fece scivolare il borsello nella tasca dei jeans e scese al piano terra alla ricerca di un posto dove mangiare.

Trovò una strada piena di negozietti che offrivano una moltitudine di piatti caldi. Alla fine, si lasciò guidare dall'olfatto verso una donna indiana dietro a un bancone: il suo *sari* blu e verde quasi un lampo brillante di colore. "Posso aiutarla?" gli chiese quando entrò. Caine guardò il menu e la salsa rossa sul pollo al curry. Gli piaceva la cucina asiatica, ma aveva il sospetto che quella fosse un po' troppo piccante per i suoi gusti. "P-p-potrei avere un d-doner k-kebab?" chiese, maledicendo silenziosamente la sua balbuzie, che sembrava essere tornata ai picchi massimi.

"Ci vuole anche il tabouli e l'hummus?" chiese la donna.

"Sì, grazie," accettò Caine. "E una tazza di tè." Non ebbe il coraggio di ordinare un tè freddo, anche se era quello che in realtà voleva. L'unica consolazione era che fuori faceva piuttosto freddo e il tè caldo non sarebbe stato spiacevole; solo, non era quello che desiderava. Doveva trovare il modo di comprare delle bustine di tè da tenere alla stazione; così avrebbe potuto prepararsene una brocca solo per sé, anche se era certo che gli altri lo avrebbero preso in giro per una cosa del genere.

"Latte?" chiese lei.

Caine sbatté le ciglia un paio di volte, cercando di dare un senso a quella che aveva tutta l'aria di essere una domanda ovvia. "Hmm, n-no grazie," rispose alla fine, non ancora certo di cosa avrebbe dovuto farci con il latte. Poi capì. Il latte per il suo tè. Era un sapore che non aveva mai provato, quindi fu contento di aver detto di no. Quando, dopo pochi minuti, ricevette il vassoio, rimase a bocca aperta davanti all'enorme quantità di cibo. Aveva cercato uno snack, qualcosa che lo aiutasse ad arrivare fino all'ora di cena, ma quello era un pasto in piena regola. Dopo essersi seduto a uno dei tavolini vicino alla finestra, cominciò a mangiare, promettendo a se stesso che, a partire dalla colazione del giorno seguente, avrebbe iniziato ad adeguarsi all'ora locale.

CAINE SI era concesso due giorni per occuparsi degli aspetti pratici del suo trasferimento in Australia: un conto bancario, carte di credito, una scheda telefonica valida, un profilo per l'estero in modo da poter chiamare i suoi genitori di tanto in tanto e un nuovo cavo per caricare il portatile senza dover ricorrere ad adattatori e convertitori. Impiegò ogni minuto di quei due giorni per occuparsi di quelle cose e, quando salì sull'autobus che dalla stazione centrale di Sydney lo avrebbe portato a Yass, continuò ad avere la sensazione di aver dimenticato qualcosa.

Il paesaggio lungo la strada che da Sydney portava all'aeroporto non era particolarmente interessante, ma quando girarono in direzione sud-ovest verso Mittagong e poi verso Gouldburn, il panorama urbano cominciò a lasciare spazio a un territorio più aspro. Quando poi ebbero superato Canberra e si furono indirizzati verso Yass, dove avrebbe dovuto incontrarsi con Macklin, Caine si sentiva ormai totalmente fuori dal suo elemento. Canberra era una città piuttosto grande ed era a una sola ora da Yass, ma non aveva idea di quanto ci sarebbe voluto per andare da Yass a Lang Downs. Macklin aveva detto che avrebbero guidato fino a Boorowa e lì trascorso la notte; poi, il giorno seguente, avrebbero comprato il suo equipaggiamento e, infine, si sarebbero diretti verso la tenuta. Tutte quelle informazioni non avevano comunque fornito a Caine nessun tipo di indicazione riguardo alla distanza effettiva fino a Lang Downs.

Yass non aveva le stesse dimensioni di Canberra, ma sembrava essere lo stesso una cittadina piuttosto fiorente. L'autobus attraversò un centro storico abbastanza interessante e Caine si chiese se Macklin sarebbe stato disposto a concedergli un po' di tempo per visitarlo

10

prima di riprendere il viaggio verso Boorowa. Forse avrebbero potuto comprare lì un po' delle cose che gli servivano, anche solo per giustificare il ritardo.

Scese dall'autobus e prese le valigie, guardandosi intorno alla ricerca di chiunque potesse essere Macklin Armstrong, sovrintendente di Lang Downs. Per sua sfortuna, però, metà degli uomini nel terminal corrispondeva alla descrizione che l'uomo aveva fatto di se stesso e nessuno di loro sembrava che lo stesse aspettando.

"Caine Neiheisel?"

Caine si girò e si trovò faccia a faccia con l'uomo dall'aspetto più rude che avesse mai visto. Non che nella sua vita a Philadelphia avesse avuto molte opportunità di incontrare dei cow-boy, in ogni caso.

"S-s-sì," balbettò. La scarica di attrazione che lo aveva attraversato gli aveva lasciato la lingua ancora più annodata del solito. "Sono Caine."

"Macklin Armstrong," si presentò l'uomo porgendogli la mano. "Benvenuto nell'outback[3]."

"G-grazie," rispose Caine, prendendola nella sua. La stretta delle dita callose di Macklin era abbastanza decisa da rendere evidente la sua forza, ma non fino al punto di fargli male. "Sono c-contento di essere arrivato, finalmente."

"Viaggio lungo?" chiese comprensivo Macklin.

"Oggi non troppo," rispose Caine, riuscendo alla fine a gestire la balbuzie. "Solo cinque ore di autobus. L'aereo invece è stato terribile."

"Il jet-lag è un disastro," concordò Macklin, mentre afferrava una valigia. "Ha fame?"

"Dammi del tu, per favore. E sì, sto morendo di fame," rispose Caine con gratitudine. "Ho fatto colazione e mangiucchiato qualcosa sul bus, ma non ho ancora pranzato."

"In centro c'è qualche pub dove si può mangiare," lo informò l'uomo. "Possiamo lasciare le valigie nel bagagliaio e andare a piedi, se indossi delle scarpe comode. Non credo che tu voglia farti venire delle vesciche proprio ora."

"A-assolutamente no," concordò Caine, mettendosi lo zaino in spalla e sollevando l'altra valigia. "Sono il primo ad ammettere di non sapere in cosa potrò rendermi utile quando saremo alla stazione, ma arrivarci ammaccato non mi sembra una buona idea."

"I jackaroo[4] che abbiamo assunto in primavera sono più che sufficienti," disse Macklin, chiudendo il bagagliaio della Jeep. "Non devi fare nulla se non preoccuparti di non farti male."

Caine colse subito il rifiuto, ma decise di non lasciarsi scoraggiare. Macklin non aveva motivo di pensare bene di lui, data la sua totale mancanza di esperienza; quindi il giovane non doveva fare altro che fargli cambiare idea. "Vale la pena comprare qualcosa qui? La strada principale mi è sembrata piena di negozi guardandola dal pullman. Se fare gli acquisti qui anziché a Boorowa ci farà risparmiare del tempo, io non ho problemi a cambiare i piani."

"La stazione ha dei conti aperti nei negozi di Boorowa," spiegò Macklin, procedendo a lunghi passi. Caine doveva quasi correre per stargli dietro, nonostante fossero all'incirca della stessa altezza.

---

3 Con il termine outback ci si riferisce alle aree più interne dell'Australia, il tipico paesaggio semidesertico di terra rossiccia. (NdT)
4 Temine australiano per indicare un uomo (l'equivalente femminile è 'jillaroo') che lavora in un allevamento (stazione) di pecore o bovini. (NdT)

"Sì, ma la stazione non dovrebbe pagare per i miei acquisti personali," disse il giovane. "Tu non compreresti un nuovo paio di stivali mettendolo sul conto della stazione, o sbaglio?"

"No," disse Macklin, "ma io non sono il proprietario."

"Neppure io," rispose Caine. "Mia madre lo è. Io sono qui solo per aiutarla nella gestione." Sorrise alla futilità delle sue stesse parole. "Ok, forse non esattamente, dato che ne so meno di zero, ma credimi: non sono il proprietario di nulla. Ho intenzione di affidarmi alla tua esperienza per qualsiasi cosa. Sono il tuo nuovo... com'è che hai detto prima? Jackaroo?"

"Ne hai di strada da fare prima di guadagnarti quel titolo, Caine," disse Macklin scuotendo la testa. "Ma se hai intenzione di imparare, troverai molte persone disposte a insegnarti. Forse ne approfitteranno per farti anche qualche scherzo, ma per lo più è brava gente."

"S-so cavarmela," rispose Caine, anche se il pensiero di doversi dimostrare all'altezza in un allevamento popolato da uomini lo rese di nuovo nervoso. Sperava solo che Macklin non lo avesse capito.

"Possiamo mangiare qui," disse la sua guida, indicando un edificio all'angolo con la Main Street. L'insegna diceva Yass Hotel. L'interno era buio e fresco, un sollievo rispetto al sole che splendeva fuori. La temperatura non era eccessiva, ma Caine sentiva lo stesso gli effetti del calore. Aggiunse anche un cappello alla lista mentale delle cose da comprare, anche se era sicuro che Macklin non gli avrebbe permesso di dimenticarsi di una cosa così importante, visto quanto appariva usurato il suo.

Nonostante il nome, il locale non era affatto un hotel, ma due bar separati e distinti: uno silenzioso e quasi deserto e l'altro pieno di persone che giocavano a biliardo in mezzo al rumore e alle risate.

Macklin guidò Caine nella sala più affollata. "Non ti dispiace stare in mezzo alla gente, vero?"

"N-no, certo che no," concesse lui. "C-credi che d-darebbe loro fastidio se li r-r-raggiungessi, dopo aver ordinato?"

"Probabilmente no," disse Macklin. "A meno che non stiano scommettendo. Se si tratta di una partita tra amici, saranno felici se si unisce anche qualcun altro."

Caine continuò a guardarsi intorno anche mentre si sedevano e scorrevano il menu. Oltre al tavolo da biliardo occupato dal gruppetto di uomini, ce n'era anche un secondo, che in quel momento era vuoto. Ordinarono e poi Caine si sporse verso Macklin. "T-tu g-giochi? P-potremmo cominciare una nostra p-partita."

"Non ne ho una gran voglia al momento," rispose l'uomo con freddezza. "Ma vai pure se vuoi. Il tavolo è libero."

Caine aveva l'impressione che mettersi a giocare da solo significasse proprio grattare il fondo del barile, ma era stato lui a fare la proposta e non voleva tirarsi indietro. Respirò a fondo e scostò la sedia dal tavolo, trasalendo leggermente quando le gambe strusciarono contro il pavimento, quindi si diresse verso i tavoli da biliardo. Scelse con cura la stecca: se doveva giocare non voleva certo rendersi ridicolo. Non era un professionista, ma neppure un cattivo giocatore e, con una stecca decente e un tavolo ben livellato, se la cavava abbastanza bene da impressionare un principiante.

Dopo aver preparato il triangolo, provò un paio di colpi a vuoto per saggiare la stecca e il tavolo, poi si mise in posizione per cominciare. Spaccò con precisione e infilò immediatamente una buca. Sorrise. Non riusciva a farlo spesso, ma quando accadeva era sempre esaltante. Controllò la palla per leggerne il numero e poi continuò a colpire alternatamente le palle colorate e quelle rigate, ogni volta come se stesse giocando contro un avversario. Forse, se la fortuna lo assisteva, ne avrebbe avuto uno a breve. Notò che un paio degli uomini dell'altro tavolo cominciava a lanciargli delle occhiate e sperò che ciò significasse che qualcuno si sarebbe unito a lui, o che lo avrebbero invitato a raggiungerli.

A poco a poco fece il giro del tavolo e mise in fila i colpi: alcuni li mandò a segno e altri no, ma in ogni caso spedì in buca con regolarità abbastanza palle colorate da attirare una piccola folla di spettatori.

"Te la cavi bene al tavolo da biliardo, amico," disse uno degli uomini alla fine. "Ti interessa una partita amichevole?"

"Una p-partita amichevole o una s-scommessa amichevole?" chiese Caine sorridendo, tanto per rendere chiaro che la domanda non intendeva essere offensiva.

L'uomo scoppiò in una risata. "Cominciamo con una partita, poi vedremo come andranno le cose."

"C-Caine Neiheisel," si presentò Caine, porgendogli la mano. "Appena arrivato in zona."

"Aidan Johnson," disse l'altro, stringendogliela. "Benvenuto a Yass."

"Grazie," rispose Caine. "Ho sempre desiderato venire, ma non c'ero mai riuscito prima d'ora. G-giochiamo?"

Aidan annuì e preparò il tavolo, lasciando la spaccata a Caine, il quale non imbucò subito come prima, ma fece comunque un tiro discretamente pulito. Poi fu il turno di Aidan, che mancò una buca di soli pochi millimetri e dovette subire le prese in giro dei suoi amici. Caine cercò di concentrarsi: anche se non avevano scommesso e il contenuto del suo borsello non era in pericolo, sentiva di avere lo stesso qualcosa da dimostrare. A Macklin, se non altro. Non aveva bisogno di una babysitter o di buffetti sulla testa. Poteva non sapere nulla su come allevare le pecore, ma non era né un bambino né uno stupido.

Giocarono in silenzio per qualche altro minuto, circondati dal giubilo e dai *buuuuuh* degli spettatori, e Caine fu felice di accorgersi che i suoi colpi buoni riscuotevano altrettanto successo di quelli di Aidan. Dopo che la partita fu terminata, l'uomo allungò di nuovo la mano. "Non te la cavi per niente male. Lascia che ti offra una birra per darti il benvenuto in Australia."

Prima che Caine potesse accettare, apparve all'improvviso Macklin. "Il pranzo è in tavola."

"I m-miei nuovi a-amici mi hanno i-invitato a b-bere una birra," disse Caine, sentendosi come un adolescente che per la prima volta sfida l'autorità dei genitori. Ma si ripeté di nuovo che, pur non potendo fare a meno dell'aiuto e dell'approvazione di Macklin per quello che riguardava la stazione, le cose erano diverse lì allo Yass Hotel. "Vengo a p-prendere il p-piatto."

Macklin sembrò sul punto di protestare ma lasciò perdere, con gran sollievo di Caine. Non voleva che l'uomo lo trattasse come un bambino, ma sapeva anche di aver bisogno del suo aiuto alla stazione, quindi non poteva permettersi di inimicarselo completamente. "P-potresti raggiungerci."

"No, grazie," disse Macklin, tornando al tavolo e al suo pranzo.

Caine si sentì leggermente offeso, ma fece in modo di scrollarsi di dosso quella sensazione. Macklin non aveva nessuna ragione per farselo piacere o per avere fiducia in lui, mentre ne aveva in abbondanza per il contrario. Se si fosse accorto che quell'antipatia interferiva con il lavoro, allora sarebbe stato costretto ad affrontare l'argomento, ma quello non era né il momento né il posto giusto. Invece, prese il suo piatto e raggiunse Aidan e gli

13

altri al bancone. Il barista gli allungò una Tooheys Old. Caine non amava particolarmente sperimentare nuovi gusti di birra, ma ormai non poteva più tirarsi indietro. La Tooheys, tuttavia, si rivelò una birra scura, ma non pesante; per sua fortuna, somigliava più a una *ale* che a una *stout*, e trovò il sapore molto più piacevole di quanto si aspettasse. Forse adattarsi all'Australia non sarebbe stato così difficile come aveva temuto.

"Allora, cosa ti porta a Yass?" gli chiese Aidan, facendo tintinnare i bicchieri.

"Mio zio abitava dalle parti di B-Boorowa," spiegò Caine. "Beh, il mio prozio, a essere esatti. Mia mamma è l'unica parente in vita, ma non è particolarmente portata per la vita in un allevamento di pecore."

Gli uomini ridacchiarono. "E tu lo sei?"

Caine fece spallucce. "Probabilmente non ancora, ma posso imparare. Se qualcuno è disposto a insegnarmi," aggiunse, lanciando un'occhiata amara a Macklin da sopra la spalla. L'uomo era a tavola, piegato sul piatto, e mangiava distrattamente, guardando di tanto in tanto nella sua direzione.

Aidan si avvicinò. "Ti dirò una cosa: gli australiani si comportano come se fossero le persone più aperte e amichevoli del mondo perché non sono sommersi da tutta quella merda formale che i nostri antenati inglesi consideravano così importante, ma sotto sotto sono chiusi esattamente allo stesso modo. Non saranno disposti a insegnarti proprio nulla, ma ciò non significa che tu non possa imparare. Non lasciare che ti ignorino o che ti escludano. Non indispettirli, ma stagli alle costole esattamente come farebbe un cane con una pecora particolarmente ostinata, fino a che entrerai a far parte del gruppo senza che loro neanche se ne accorgano."

"Perché sei così gentile con me?" domandò Caine sospettoso. "Non mi conosci nemmeno."

"Perché mi piace come giochi a biliardo," rispose Aidan. "E perché ci vogliono due palle così per fare quello che hai fatto tu. Se ti cacciano da quella stazione vieni a trovarmi: potrei riuscire a trovarti un posto in un altro allevamento. Uno dove la tua vita non sarebbe difficile solo perché non sei della zona."

"Grazie," disse Caine, mettendosi in tasca il sottobicchiere su cui Aidan aveva scritto il proprio numero con la penna che gli aveva prestato il barista. "Spero di non arrivare a tanto, ma grazie infinite."

# CAPITOLO 3

SODDISFATTO PER il successo al biliardo e per essere riuscito a superare la sua timidezza innata, Caine tornò al tavolo dove Macklin era ancora seduto, gli occhi fissi sul piatto.

"Se vuoi andare, io sono pronto," gli disse. La birra lo aveva rilassato abbastanza da fargli superare il problema della balbuzie, almeno per il momento. Sapeva che non sarebbe durata, ma riuscire a pronunciare la frase senza incepparsi fu positivo per la sua autostima.

"Allora andiamo," rispose l'altro. Si alzò dalla sedia e appoggiò sul tavolo il denaro per il conto.

Caine scosse la testa, prese le banconote e gliele rese. "Sei v-venuto fino a qui per me. Caccio io la grana," disse, imitando la parlata dei suoi nuovi amici. I modi di dire australiani suonavano strani se pronunciati dalla sua bocca, ma era determinato a seguire il consiglio di Aidan e fare di tutto per integrarsi.

"Qualche espressione dialettale non ti renderà meno yankee," ribatté però Macklin con un mezzo ghigno. "Non far finta di essere qualcosa che non sei."

Caine arruffò ancora di più il pelo, ma decise che per il momento fosse meglio trattenere la rabbia. Pagò il conto e aspettò di essere arrivato alla Jeep prima di affrontare il sovrintendente. "Qual è il tuo p-p-problema?" gli chiese. "N-neppure mi conosci. Perché ti comporti c-come se ti avessi fatto qualcosa?"

Macklin aprì la bocca per rispondere, la richiuse e si sfilò il cappello dalla testa, passandosi le dita tra le lunghe ciocche bionde, che sembravano tagliate più con forbici da cucina che dalla mano abile di un barbiere. "Mi dispiace." Sembrava veramente sincero e la rabbia di Caine si dissolse all'istante. "Ammiravo tuo zio per un sacco di buone ragioni e la sua morte è stata un duro colpo. Il pensiero di perdere anche tutto quello che ha impiegato una vita intera a costruire è ancora più difficile da sopportare; ma tu non c'entri e non dovrei prendermela con te."

Poi avviò la Jeep e cominciò a guidare verso nord, in direzione di Boorowa. Caine rimase in silenzio per un bel po' di minuti prima di rispondere. "Io e zio Michael ci siamo scambiati un sacco di lettere da quando ero bambino fino ai tempi del liceo," disse piano. "Venire a fargli una visita era la cosa che desideravo di più al mondo. Mi diceva che sarei potuto restare per tutta un'estate, persino per un anno intero, se la mamma lo avesse permesso. Avevamo cominciato a fare dei progetti, ma poi mi accettarono ai corsi preparatori della Ohio University. La mia b-b-ba..." Non riusciva a pronunciare la parola e scosse la testa con violenza. "Ero seguito da un logopedista scolastico e riuscii a farmi ammettere. Trascorsi un'estate favolosa e mi innamorai del college, ma promisi sia a me stesso che allo zio Michael che il viaggio era solo rimandato. Lui capì, ma poi non ce ne fu più l'occasione. Sarei dovuto venire quando ne avevo la possibilità. Sarebbe tutto più semplice adesso, se lo avessi fatto."

"Abbiamo tutti dei rimpianti," disse Macklin dopo averlo ascoltato. "Forse sarebbe più facile se tu fossi venuto a suo tempo, ma ormai è acqua passata e tutto quel che possiamo fare è buon viso a cattivo gioco."

"È vero quello che ho detto prima," continuò Caine. "Non voglio subentrare a nessuno, voglio solo imparare e lavorare i-i-i... con te e gli altri." Imprecò fra sé e sé per lo sforzo che gli costava dominare la balbuzie, anche se Macklin non sembrava farci caso più di tanto. Faceva attenzione a ogni altra cosa, ma non a quello. "Lang Downs è anche il mio futuro adesso."

Continuarono il viaggio in silenzio. Caine guardava fuori dal finestrino, osservando la città svanire lentamente, soppiantata dalla maestosità del bush[5]. Lo aveva già visto di sfuggita attraverso i finestrini dell'autobus, ma la Hume Highway era una grossa autostrada e non aveva niente a che vedere con la più intima Lachlan Valley Way, che li conduceva verso Boorowa. Ancora un po' più a nord, gli alberi (Caine non aveva idea di cosa fossero, anche se assomigliavano ai cipressi che aveva visto da bambino in Florida) cominciarono a diradarsi, cedendo il passo a immensi spazi aperti. "Sono tutti pascoli?" chiese.

"La maggior parte," rispose Macklin. "C'è qualche piccola abitazione nascosta qua e là tra le colline, ma in genere non ci siamo che noi e le pecore."

"Io non c-credo di aver mai visto tanto cielo aperto," ammise Caine. "Sono cresciuto in una città, ho frequentato il college in un'altra città e ho vissuto in una terza città. È un panorama straordinario."

Macklin rise. "Vedremo quanto ti sembrerà 'straordinario' quando i temporali faranno andare via la corrente e ci vorrà qualche giorno, se non addirittura qualche settimana, prima che venga ripristinata."

"E cosa fate in quei casi?" chiese nervosamente Caine. "Senza corrente per intere settimane?"

"Abbiamo dei generatori," lo rassicurò Macklin. "Pannelli solari, mulini a vento e veri e propri generatori a gas che ci permettono di far funzionare i sistemi principali, ma per la maggior parte del tempo aspettiamo. La mensa è collegata ai generatori e lo stesso gli scaldabagni e il riscaldamento. Oltre a questo non ci serve granché."

"Luci?" suggerì Caine. "Un computer? Una TV?"

"Spesso alla sera siamo troppo sfiniti per guardare la TV o metterci al computer," disse Macklin. "Lavoriamo tutto il giorno, ceniamo e poi andiamo a letto perché dobbiamo alzarci presto e ricominciare tutto daccapo il giorno dopo. Un paio d'anni fa ho convinto Michael a comprare un computer perché la sua calligrafia era diventata illeggibile al punto che non riuscivo più a decifrare il libro mastro, ma è la sola cosa per cui lo usiamo. Sei sicuro di essere pronto per questa vita?"

"No," disse Caine. "Ma merita sicuramente di più che lavorare allo smistamento della posta. *Io* merito di più che lavorare allo smistamento della posta."

Macklin rise. "Non sarà certo un lavoro d'ufficio, te lo assicuro, *cucciolo*."

Caine valutò se offendersi o meno per quel soprannome, ma non sembrava che l'uomo lo avesse detto con malignità, perlomeno non con lo stesso intento di prima; accanto a Macklin lui era veramente nient'altro che un cucciolo che seguiva il capobranco. "Ho letto qualcosa prima di partire," disse, "ma si parlava solo degli allevamenti del nord America. Non ho idea di quanto possa essermi utile. Di sicuro non corrispondono le stagioni in cui accadono certe cose."

"In effetti," concordò Macklin. "Adesso è primavera negli States, vero?"

"Sì, quando sono partito la neve si era finalmente sciolta," confermò Caine. "Quindi credo che fosse il periodo della nascita degli agnelli e della tosatura."

---

5 Il termine bush indica la prateria e la boscaglia australiane, ma è usato soprattutto per indicare lo spazio immenso e sconfinato in cui tale vegetazione si sviluppa. (NdT)

"Siete sei mesi avanti rispetto a noi. Adesso in Australia si mettono al riparo le greggi in previsione dell'inverno e si comincia con gli accoppiamenti."

"E dove vengono ricoverate?" chiese Caine.

"Se è un inverno con poca neve, le lasciamo fuori per la maggior parte del tempo," rispose l'uomo. "Se invece la neve rischia di diventare un pericolo, abbiamo degli ovili e dei capannoni dove metterle al riparo fino a che non si scioglie abbastanza da poterle far uscire di nuovo."

"Si accoppiano in modo naturale o usate l'inseminazione?" domandò Caine.

"In modo naturale. Abbiamo troppe pecore per inseminarle tutte e nessun motivo per farlo, dato che il settanta percento delle nostre femmine si ingravida al primo tentativo e la maggior parte delle rimanenti al secondo. Se non succede è perché c'è qualche tipo di problema."

"In questo modo la mole di lavoro è notevolmente ridotta," disse Caine. "È un b-bene. Sono s-sicuro che comunque il lavoro non manchi."

"Non stiamo di certo con le mani in mano," concordò Macklin, sorridendogli. "Arriveremo a Boorowa tra una decina di minuti. Dimmi quello che hai in valigia, così decidiamo cosa comprarti."

"Non molto che possa andare bene per un posto come questo," ammise Caine. "Ho qualche paio di jeans, carini ma non nuovi. Non mi importa se si sporcano. Ho alcuni maglioni, qualche felpa e delle magliette. Il resto è quasi tutta roba che usavo in ufficio. Bermuda e camicie button-down. Lo so che non vanno bene per la stazione, ma non avevo nient'altro da portare."

"Stivali?"

Caine fece un segno di diniego con la testa. "Un paio di scarpe sportive e dei mocassini, niente di adatto al lavoro. Non scherzavo quando ho detto di essere un pivellino."

"Proprio quello che sei: un cucciolo," concordò Macklin. "Ma niente panico. A Boorowa troveremo tutto, anche se non sarà un'operazione economica visto che insisti a comprare tutto in una volta sola e pagare di tasca tua."

"Prenderò quello che serve per affrontare l'inverno," decise Caine, "e penserò al resto quando comincia a riscaldarsi in… quand'è che comincia a scaldarsi? Settembre? Ottobre?"

"Settembre," convenne il sovrintendente. "Anche se non è mai certo. Ma immagino che a casa tua sia lo stesso."

"È Lang Downs la mia casa, adesso," insisté Caine. "Ma sì, a Philadelphia succedeva lo stesso."

Caine si aspettava che Macklin ribattesse al suo commento, ma con sua sorpresa l'uomo rimase in silenzio.

Boorowa era ancora più piccola di Yass, ma abbastanza movimentata da rendere chiaro che fosse ben attiva, nonostante le dimensioni ridotte. Macklin si fermò davanti a un negozio simile a quegli empori che non mancavano mai nei romanzi sul Far West che Caine leggeva da ragazzo. Ritenne però opportuno non esprimere la considerazione ad alta voce, certo che l'altro non l'avrebbe apprezzata.

"Quindi, di c-cosa abbiamo b-bisogno?" chiese, di nuovo nervoso ora che erano tornati in mezzo alla gente. Quando c'erano altre persone, Macklin sembrava molto meno disponibile di quanto lo fosse quando erano da soli nella Jeep.

"Rilassati, cucciolo," gli disse l'uomo, dando prova di aver capito che la balbuzie di Caine peggiorava quando questi si sentiva a disagio. "Nessuno ti darà fastidio qui."

"Lo so," disse Caine, "ma non mi sento a mio agio."

17

"Però questo non ti ha bloccato prima," gli fece notare l'uomo. "Quando eri con quei tizi a Yass non sembrava te ne importasse, anzi, li hai conquistati. Hai fatto un sacco di strada per realizzare un sogno; anche se mi chiedo se tu ti renda ben conto di quello che stai facendo, non posso non rispettare un uomo che ha tratto il dado in questo modo."

Caine inspirò a fondo. "Allora, di cosa abbiamo bisogno?" chiese ancora, contento che la sua voce fosse ridiventata ferma.

"Pantaloni in fustagno, camicie da lavoro pesanti, così da non rovinare le tue alla moda, due paia di stivali e un cappello per ripararti dal sole."

"Pensavo fosse autunno," obiettò Caine, osservando intorno a sé le foglie che avevano cominciato a cambiare colore.

"Lo è, ma ciò non rende il sole meno forte," rispose Macklin. "I suoi raggi possono scottarti durante tutto l'anno."

"Allora dovrei comprare anche degli occhiali da sole," mormorò Caine.

Macklin gli batté sulla spalla con il suo cappello. "Comprati un cappello. Akubra è una buona marca."

Caine sospirò e lo seguì nel negozio. Era evidente che il sovrintendente conoscesse il proprietario, perché dopo averlo salutato con un sorriso e una stretta di mano, cominciò a elencare tutta una serie di cose di cui lo 'straniero' aveva bisogno. Caine sorrise educatamente e prese la pila di vestiti e biancheria che l'uomo gli porgeva. Trentasette, trentotto e tutte le altre taglie delle camicie non gli dicevano niente, dal momento che era abituato a chiedere un quindici e mezzo. Pensò che l'unica cosa sensata da fare fosse provare i vestiti e regolarsi di conseguenza. Naturalmente, se si fosse irrobustito come Macklin, avrebbe avuto bisogno di abiti nuovi per l'inverno successivo. "D-dove posso p-provarli? Non so quale taglia porto qui."

Il negoziante gli indicò un camerino e Caine vi si diresse camminando a testa alta, determinato, nonostante gli sembrasse di sentire Macklin e l'uomo scambiarsi battute sul suo conto. Si chiuse la tenda alle spalle e appoggiò la testa alla superficie fredda dello specchio appeso al muro. Era stato un pazzo a cacciarsi in quella situazione e Macklin, su cui aveva sperato di poter fare affidamento, cambiava atteggiamento di continuo, anziché essere la roccia su cui aveva bisogno di appoggiarsi.

"Cresci," mormorò. "Potrai anche essere uno 'straniero' ma non sei un ragazzino stupido che ha fatto un colpo di testa. Sapevi che sarebbe stato difficile. Non ti arrenderai prima ancora di cominciare!"

Con quei pensieri ben chiari in mente provò i pantaloni e le camicie che i due uomini gli avevano dato. Alla fine si decise per una taglia trentanove, che gli andava bene di collo ma gli pendeva un po' floscia sulle spalle magre, facendogli desiderare di avere almeno un po' del fisico di Macklin. Con i pantaloni fu ancora peggio: il giro vita era misurato in centimetri, mentre la lunghezza in un generico 'regolare' e 'lungo' nessuno dei quali sembrava adattarsi alle sue gambe. "Farò bene a comprare anche un set da cucito," pensò con uno sbuffo e una smorfia che gli avrebbero fatto guadagnare uno scappellotto da parte di sua madre se lo avesse visto – cosa che, per sua fortuna, non poteva avvenire. Dopo aver messo da parte gli abiti che gli andavano meglio, Caine tornò a indossare i propri, insieme con un bel sorriso. "Avrò bisogno di qualcosa per fare l'orlo ai pantaloni," disse, uscendo dallo spogliatoio. "Evidentemente non ho il fisico dell'australiano medio."

"Tu e la metà degli uomini qui in Australia," scherzò allegramente il negoziante.

"Alla stazione abbiamo tutto quello che serve," aggiunse Macklin. "Non hai bisogno di spendere così i tuoi soldi. E adesso passiamo agli stivali. Paul, hai dei Blundstones o degli

RM Williams? Non ho idea di quale numero gli serva, ma non riuscirà a cavarsela nei pascoli con un paio di scarpe sportive."

"Glieli troveremo," gli assicurò Paul. "Fammi vedere le scarpe che indossi, figliolo. Partendo da quelle posso cercarti il numero giusto."

Caine si sentiva ancora abbattuto, ma percepiva anche un cambiamento nell'atteggiamento generale, quindi scivolò fuori dai mocassini che aveva scelto di indossare per il viaggio e ne passò uno al negoziante.

"Hai detto che mi serviva anche un cappello," disse a Macklin, mentre Paul era impegnato con le scarpe.

"Sono di qua." L'uomo lo guidò verso un espositore di cappelli marcato Akubra. La marca non gli diceva niente, ma i cappelli erano uguali a quello che indossava lui, anche se in condizioni migliori, quindi Caine pensò che dovessero essere buoni. Ne provò un paio, incerto su come dovesse sentirseli in testa, fino a che Macklin annuì.

"Quello può andare, cucciolo," disse. "Ti copre gli occhi senza scivolarti continuamente sul viso."

Caine non avrebbe saputo spiegare l'orgoglio improvviso che scaturì dal semplice fatto che Macklin avesse approvato la scelta di un cappello, eppure fu indubbiamente proprio quello ciò che sentì. Se l'atteggiamento dell'uomo fosse stato un po' più coerente, Caine non si sarebbe preoccupato tanto, ma quegli sprazzi di ostilità nascosti sotto la superficie lo preoccupavano non poco. "Grazie. Ho bisogno di altro?"

"Un Drizabone," disse Paul, mentre si avvicinava con le braccia piene di stivaletti con elastici laterali. "E calze pesanti. Non nevica molto dove sei diretto, ma può fare molto freddo e non c'è niente di peggio che avere i piedi intirizziti."

"Cos'è un Drizabone?" chiese Caine.

"Un giaccone," disse Macklin. "Impermeabile. Prova gli stivali e poi te ne cercheremo uno."

Caine fece come gli era stato detto e ne trovò un paio che calzava bene, anche se erano un po' stretti attorno alle caviglie, ma pensò che probabilmente si sarebbero allargati con l'uso. Per quando ebbe finito, Paul aveva già aggiunto una pila di calzini al mucchio di roba che stava comprando. "Guarda," disse Macklin. "Questo dovrebbe andarti bene."

Caine indossò il giaccone cerato, trovandolo rigido, freddo e per niente comodo. "Sei sicuro che sia la taglia giusta?" chiese. "N-non me lo sento bene."

"Indossalo qualche minuto," gli consigliò Macklin. "Deve adattarsi alla tua temperatura. Poi vedrai che ti sembrerà di indossare una seconda pelle."

Caine era dubbioso, ma lo tenne comunque addosso mentre girava per il negozio alla ricerca di altre cose che potevano servigli. Non sapeva ancora quanto fossero distanti Boorowa e Lang Downs, quindi ignorava se sarebbe stato facile o meno tornare per fare altri acquisti. Aveva aggiunto del dentifricio e altri articoli da toeletta al suo mucchio, quando si rese conto che il giaccone si era ammorbidito. Allungò le braccia per prova e lo sentì muoversi con lui anziché impedirgli i movimenti come aveva fatto prima. "Wow, che figata," disse, cercando Macklin con lo sguardo.

"Pivello," disse Paul con una risatina, ma la sua espressione gentile smorzò l'asprezza delle parole. "Fai quello che dice il nostro Macklin e vedrai che non ti pentirai."

"Ho bisogno di altro?" domandò Caine.

"Non credo, cucciolo. Facciamoci impacchettare tutta questa roba e poi cerchiamo un posto dove dormire. Voglio che sia pieno giorno quando vedrai Lang Downs per la prima volta."

19

Caine si sfilò il giaccone e pagò il nuovo equipaggiamento. Sbiancò un attimo quando sentì il totale, ma d'altronde si era rifatto completamente il guardaroba e non avrebbe avuto altre spese una volta arrivato alla stazione. In ogni caso, avrebbe comunque fatto meglio a suddividere gli acquisti della primavera successiva in un paio di volte, piuttosto che farli in un colpo solo.

"Quindi, quanto è lontano Lang Downs da qui?" chiese mentre tornavano alla Jeep.

"Ci vuole più o meno un'ora prima di lasciare la strada principale," lo informò Macklin. "Poi dobbiamo attraversare Taylor Peak: diverse centinaia di chilometri su strade bianche. Una volta entrati a Lang Downs c'è ancora qualche centinaio di chilometri prima della stazione. Ancora su strade bianche. Non è il tipo di tragitto piacevole da percorrere di notte, a meno che non sia indispensabile. In tutto ci vorranno quattro o cinque ore, quindi faremo meglio a partire subito dopo colazione."

"Taylor Peak?" chiese Caine. "È l'allevamento che confina con Lang Downs?"

"Sì," rispose Macklin. "Il proprietario è Devlin Taylor. Non ci fermeremo a salutarlo domani, ma sono sicuro che lo incontrerai presto."

# CAPITOLO 4

IL BOOROWA Hotel – un vero albergo, invece che un semplice pub quale si era rivelato essere quello di Yass – si trovava un paio di isolati a sud rispetto a quello che, secondo Caine, era il centro della cittadina. Macklin non gli aveva mostrato nulla, quindi il giovane non sapeva se la sua impressione fosse corretta, ma il tribunale e la chiesa si trovavano a solo poche vie di distanza, quindi immaginò che quello fosse il cuore della zona. L'edificio, alto due piani e dipinto di un bellissimo giallo crema, era chiaramente mantenuto o restaurato da un originale del 1800 e aveva un'aria rustica che Caine apprezzò molto. Non volendo però dare a Macklin l'impressione che guardasse dall'alto in basso la semplice eleganza della struttura, tenne per sé la considerazione. Si sentì invece più sicuro nel commentare la ringhiera della balconata che circondava il secondo piano. "È un pezzo bellissimo, quella ringhiera," disse. "Non si vedono spesso dettagli così stupefacenti."

"Risale agli inizi del '900," rispose Macklin. "I proprietari ne vanno fieri."

"A ragione, direi," concordò Caine.

Con suo gran sollievo, l'uomo chiese due singole. Ovviamente, se Macklin avesse insistito avrebbe condiviso una doppia; ma con una stanza tutta sua avrebbe potuto avere un angolo privato dove rifugiarsi alla fine della serata, specialmente se il jet-lag avesse colpito ancora, costringendolo ad andare a letto presto. Una volta in camera, appoggiò lo zaino sul letto e si mise a frugare in mezzo agli ultimi acquisti. Il giorno seguente avrebbe indossato i pantaloni e gli stivali nuovi, ma avrebbe conservato le camicie per quando avesse iniziato il vero lavoro all'allevamento. Non faceva ancora così freddo – perlomeno non durante il giorno – e un maglioncino sarebbe andato più che bene per il viaggio, nel caso la t-shirt si fosse rivelata troppo leggera. Rimise tutto il resto nelle borse. Non sapeva se Macklin avrebbe indossato il cappello per andare a cena o in giro per la cittadina, ma lui non si sentiva ancora pronto a farlo. Avrebbe fatto del suo meglio per amalgamarsi con gli altri giù all'allevamento, ma fintanto che si trovavano in città si sentiva più a suo agio con i suoi vestiti. Per quella notte avrebbe accettato di essere considerato uno 'straniero' perché, in fin dei conti, era nient'altro che quello. Sperava, un giorno, di lasciarsi dietro quell'etichetta ed essere accettato come membro della comunità – anche se non sarebbe mai stato considerato alla stregua di uno che lì c'era nato. Sapeva, però, che ci sarebbero voluti molto tempo e pazienza. "È questo che voglio," disse piano, mentre prendeva il borsello per raggiungere Macklin a cena.

Aveva l'impressione che avessero appena finito di pranzare, ma quando presero posto al Marsden Cafè, il ristorante dell'hotel, il profumo delizioso del cibo scatenò di nuovo il suo appetito. Ordinarono e, dal momento che Macklin aveva chiesto una birra, Caine fece lo stesso, per poi accomodarsi sulla sedia e aspettare.

"Raccontami ancora di mio zio," chiese per rompere il silenzio che regnava tra loro. "L'ho conosciuto solo attraverso le sue lettere e ogni cosa che leggevo mi affascinava, ma non l'ho mai incontrato."

"Michael Lang era un tipo a posto," disse l'uomo, con un sorriso talmente sincero che tutte le preoccupazioni di Caine svanirono, almeno temporaneamente. Qualunque cosa Macklin pensasse di lui, la sua opinione non comprendeva suo zio. "Ero poco più che un bambino quando mi presentai a Lang Downs, affamato, sporco e alla ricerca disperata di un lavoro di qualsiasi tipo. Pensai che mi avrebbe cacciato come aveva fatto chiunque prima di lui, ma non lo fece. Chiese al cuoco di darmi da mangiare e poi mi domandò da dove venissi. Gli raccontai una balla qualsiasi sul non venire da nessun posto. Alzò un sopracciglio e mi disse che se avessi raccontato la verità sarei potuto restare, poi aspettò pazientemente. Sono passati venticinque anni da allora."

"E qual era la verità?" domandò impulsivamente Caine.

"Se te la dico, posso restare?" lo prese in giro Macklin.

"Io n-non intendevo in quel senso," disse Caine. "Mi d-dispiace. N-non sono affari miei."

"No, non lo sono," ribatté brusco l'altro, con la stessa espressione tirata che aveva avuto sul viso da quando si erano incontrati, e Caine non poté evitare di chiedersi quale nervo scoperto avesse inavvertitamente toccato. Si rassegnò a un altro confronto. "Mi sono guadagnato il ruolo di sovrintendente di Lang Downs; tu puoi accettarmi, oppure licenziarmi e cercarti qualcun altro con almeno un decimo della mia esperienza e che non ti derubi di tutto."

"T-ti ho già d-detto che ho bisogno di te," gli ricordò Caine. "Non so in quale altro modo d-dimostrartelo. Hai un p-posto al Lang Downs fino a quando lo vorrai."

"Mi dispiace," disse di nuovo Macklin, passandosi una mano sul viso abbronzato. "Sono stati mesi difficili, trascorsi a chiederci cosa ne sarebbe stato dell'allevamento per poi scoprire che sarebbe andato a un parente lontano... Eravamo tutti preoccupati e il fatto che tu non sappia niente di pecore non facilita certo le cose. Potresti prendere qualsiasi tipo di decisione, anche sbagliata, e non potremmo fare nulla se non adattarci."

"Questo lo capisco," lo rassicurò Caine. Avrebbe voluto stringergli la mano e trasmettergli tutta la sua buona fede, ma dubitava che fosse una buona idea. "Lo capisco veramente. Ma tu devi darmi la possibilità di dimostrartelo. Se a ogni minima occasione mi sbatti in faccia la mia mancanza di esperienza, come pensi che possa imparare? E se ogni volta che ti faccio una domanda dai per scontato che abbia intenzione di cambiare qualcosa, oppure che prenderò la decisione sbagliata, non riusciremo mai a scoprire se potremmo addirittura apportare dei miglioramenti. Non pretendo di avere delle risposte, perché non ne ho, ma voglio imparare, e quando lo avrò fatto, forse potrò anche dare il mio contributo. Voglio che siamo una squadra e quando sarà il momento farò la mia parte." *Voglio fare in modo che nessuno possa più chiamarmi 'cucciolo'.*

"Puoi fare tutte le domande che vuoi riguardo alla stazione," disse Macklin. "Hai il diritto di farlo. Ma ciò non include la vita privata delle persone. Quelle sono cose personali e quel tipo di fiducia non ti spetta solo perché sei il figlio del nuovo proprietario."

"Zio Michael mi scriveva spesso del lavoro alla stazione," continuò Caine, decidendo di riportare la conversazione sull'unico argomento che sembrava non li facesse litigare, "ma era lo zio di mia madre, quindi a occhio e croce era vicino ai novanta quando è morto. Si occupava ancora dei lavori nei pascoli?"

"Non negli ultimi anni," rispose Macklin, "e se ne lamentava ogni singolo minuto. Odiava le scartoffie, eppure non lasciava che se ne occupasse nessun altro, almeno fino a che è stato capace di scrivere chiaramente. Diceva che stare fuori con gli animali e i jackaroo lo mantenevano giovane."

"Se a ottant'anni lavorava ancora alla stazione, direi che aveva ragione," replicò Caine. "È così diversa la vita qui da quella a cui sono abituato. Non solo le taglie o le stagioni: quello sapevo di dovermelo aspettare, credo. Tutti gli amici dei miei genitori sono

22

in pensione e sono tutti più giovani dello zio Michael. Magari sono ancora attivi, ma non allo stesso modo. E l'idea di vivere in una stazione, a quattro o cinque ore di macchina dal paese più vicino, con la corrente che può saltare al primo temporale, e tutte le altre cose che mi hai descritto... è totalmente diverso da qualunque esperienza abbia mai fatto."

"Non prenderla per il verso sbagliato, ma... se ti senti così, perché sei venuto?" domandò Macklin.

"Perché la mia vita a Philadelphia viaggiava su un binario morto," ammise Caine. Macklin non voleva parlare del suo passato, e lui avrebbe rispettato il suo desiderio, ma se gli avesse raccontato la propria storia, forse lo avrebbe convinto di quanto seriamente stesse prendendo l'impegno a Lang Downs. "Mi hai sentito parlare. Quando sono nervoso comincio a balbettare e, da quando ho cominciato a lavorare, subito dopo il college, sono stato scavalcato per una promozione almeno una volta all'anno."

"Perché non hai cambiato compagnia?" domandò Macklin. "Oppure non hai cercato un lavoro che non richiedesse di parlare troppo?"

"Ero bravo a scuola, tranne che quando si trattava di parlare," spiegò Caine. "Tutti mi dicevano che sarei stato in grado di superare la balbuzie, o che avrei imparato a conviverci e che comunque non sarebbe stato un problema. Io ci ho creduto e con l'aiuto della logopedia mi sono diplomato con il massimo dei voti, ottenendo una borsa di studio. Il college fu un po' più difficile perché non c'era un programma di logopedia, ma i professori erano bendisposti a lavorare con me. Non mi è mai passato per la testa che avrei potuto avere dei problemi con la carriera, quindi non ho mai imparato un mestiere alternativo. È dura trovare un lavoro nelle costruzioni se non sai distinguere un martello da carpentiere da uno da muratore."

"In effetti potrebbe essere un problema," disse Macklin, senza però riuscire a nascondere completamente l'ilarità. Caine non se la prese: era una situazione piuttosto buffa, a meno che non fossi tu a viverla.

"Il lavoro che avevo bastava a pagare le bollette," continuò. "Non era brutto, ma non mi portava da nessuna parte. Non mi avrebbe neanche permesso di salire la scala sociale o migliorare il mio stile di vita. Avevo un mio appartamento, ma dovevo dividerlo con qualcuno per potermelo permettere. Siccome il mio coinquilino era andato via una settimana prima che sapessi dello zio Michael, mi è semplicemente sembrato un segno: la possibilità di imparare, e fare, qualcosa di diverso, e magari anche uscire dal pantano della mia vita."

"Nessuna Sheila a trattenerti?" chiese Macklin. "Un bel ragazzo come te avrà certo una fidanzata."

Caine rise talmente forte che quasi si strozzò con la birra. "Nessuna ragazza," disse, scuotendo la testa. "Un ragazzo, che guarda caso è quello che si è trasferito. Evidentemente a letto non me la cavo meglio che nei colloqui di lavoro."

Una strana espressione balenò sul volto di Macklin, troppo veloce perché Caine potesse anche solo immaginare di cosa si trattasse; poi l'uomo sorrise. "Può darsi che la colpa fosse del ragazzo, non tua."

Caine alzò gli occhi al cielo. "Grazie per il sostegno, ma non ci giurerei. Comunque eccola qua, la mia vita in poche parole. Ho lasciato il mio appartamento a Philadelphia e quasi tutti i mobili, tranne alcuni pezzi di famiglia che sono dai miei genitori. Quasi tutto quello che possiedo è nella stanza d'albergo sopra alle nostre teste, o in una scatola in viaggio verso l'Australia. Non so in che altro modo convincerti che ormai sono legato a questo posto e che non tornerò indietro, perché non ho niente a cui tornare."

"Cristo Santo, cucciolo," esclamò Macklin, perplesso. "Non sei il tipo che lascia le cose a metà, eh?"

23

"Non avrebbe senso," ribatté Caine, ma si rilassò nel sentire il tono di approvazione nella voce dell'altro. "Lo zio Michael non parlava mai dell'Inghilterra nelle sue lettere, ma ricordo i racconti di mia nonna sul periodo tra le due guerre e poi sulla seconda guerra mondiale. Lei è stata fortunata perché ha sposato mio nonno ed è emigrata negli Stati Uniti. Poteva appoggiarsi a lui per avere un riparo, cibo e quant'altro. Lo zio Michael, invece, non aveva nulla di tutto ciò. Vendette tutto e prese la prima nave per l'Australia, sperando di andare incontro a una vita migliore. Così è stato. Ho pensato che seguire quello stesso percorso potesse portare bene anche a me."

"Spero che tu abbia ragione," disse Macklin. "Lo spero veramente."

Era sottinteso che se la scelta si fosse rivelata sbagliata, l'intera stazione ne avrebbe sofferto, ma Caine apprezzò il tatto di Macklin nel tacerlo.

DA SOLO nella sua stanza dopo cena, Caine fece una doccia veloce e si buttò sul letto, scostandosi i capelli dal viso. Avrebbe voluto farseli tagliare prima di lasciare Philadelphia, ma non ne aveva avuto il tempo. Aveva trascorso la cena cercando di non fissare Macklin, ma aveva fallito miseramente, e si ritrovò a domandarsi se fosse il caso di chiedergli di passare da un barbiere la mattina successiva prima di partire. Una volta alla stazione non avrebbe potuto permettersi cinque ore di viaggio solo per un taglio di capelli, ma non voleva neanche arrivare a sembrare arruffato come Macklin. Su di lui il look era convincente; su di sé sarebbe solo risultato ridicolo.

Era stanco morto, ma non riusciva ad addormentarsi, impegnato com'era a cercare di dare un senso allo strano comportamento che il sovrintendente aveva tenuto per tutto il giorno. Caine capiva benissimo il suo punto di vista: se si fosse presentato con un'agenda strapiena di piani grandiosi per cambiare tutto, senza sapere esattamente con che cosa aveva a che fare, avrebbe rischiato di rovinare quello che lo zio Michael aveva impiegato settant'anni a costruire. Caine non era così pieno di sé da fare una cosa del genere, ma Macklin non aveva modo di saperlo. Inoltre, da quello che aveva capito, Michael si era guadagnato la posizione intermedia tra 'nonno' e 'semidio' nella sua lista di persone da adorare e doveva bruciargli un po' il fatto che Caine avesse ereditato tutto e lui niente. O forse non proprio niente, dal momento che Caine ignorava quali fossero i lasciti personali dello zio. Di certo, comunque, non aveva avuto la stazione.

"Tutto questo sarebbe stato infinitamente più facile se tu fossi ancora vivo, zio Michael," disse, rivolgendosi alla stanza vuota senza ottenere ovviamente una risposta, che peraltro neanche si aspettava. Parlare dei suoi problemi però lo faceva stare meglio, e si sentiva anche meno ridicolo a conversare con il suo vecchio zio morto piuttosto che con se stesso. "Mi avresti accolto come si deve, invece di farmi sentire uno straniero. Mi avresti preso sotto la tua ala e insegnato tutto quello che serve e forse anche spiegato che cazzo di problema ha Macklin Armstrong."

Sospirò e sbatté la testa sul cuscino. "Ho bisogno che lui lavori con me, zio Michael. Non devo necessariamente piacergli – anche se renderebbe tutto più facile – ma ho bisogno che mi accetti e che mi insegni. Se non lo fa, avrò rivoltato la mia vita per niente e sarò costretto a tornarmene a casa con la coda tra le gambe, cercarmi un altro lavoro senza prospettive, e si spera un altro appartamento, in modo da non dover vivere a scrocco da mamma e papà per il resto della vita. Sarebbe quasi più semplice se mi odiasse."

Chiuse gli occhi e cercò di mettere un po' d'ordine tra i suoi pensieri, come se stesse veramente cercando di esporre i fatti allo zio. "Sono sicuro che è rimasto sorpreso quando gli ho mandato la prima e-mail, subito dopo che abbiamo ricevuto notizia dell'eredità. E sono anche più sicuro che non si sarebbe mai aspettato che mi trasferissi a Lang Downs. Bene, questo lo capisco, ma ormai sono qui. Se mi odiasse e basta, potrei anche convivere con l'idea, perché non sarebbe una situazione ambigua. Ma poi mi chiama 'cucciolo' e fa dei commenti carini e divertenti, e io non so che pensare."

Arrossì leggermente ricordando il commento di Macklin a cena. "Possibile che sia gay?" si chiese impulsivamente. "Se fossimo a Philadelphia e qualcuno avesse fatto un commento del genere sulla bravura a letto, lo avrei preso come un aggancio... ma lui non poteva intendere quella cosa lì. Oppure sì?" Se così fosse stato, Caine avrebbe fatto un salto fino alla luna, ma era un pensiero totalmente irrealistico. Un uomo come Macklin, sicuro di sé e autoritario, non poteva interessarsi a una nullità come lui, che metà del tempo non riusciva a mettere insieme una frase senza balbettare e l'altra metà non sapeva cosa farsene di mani e piedi.

# CAPITOLO 5

CAINE SENTÌ bussare alla porta a un'ora assolutamente disumana, ma immaginò che l'uomo fosse abituato ad alzarsi con il sole. Si augurava solo che ciò significasse che in inverno avrebbero dormito un po' di più. Non ci sperava troppo, però.

Indossò i pantaloni nuovi e gli stivali, insieme con una T-shirt e un maglioncino, quindi mise tutto il resto della roba nello zaino e barcollò verso la colazione nello stesso locale dove avevano mangiato la sera prima. Il caffè era fresco e forte e riuscì a dare a Caine un po' di carica.

Macklin, per fortuna, non cercò di fare conversazione: dubitava di riuscire a formulare una frase coerente. Dopo aver finito, l'uomo indicò la porta. "Ti aspetto al parcheggio tra quindici minuti. Ti bastano?"

"Va benissimo," rispose Caine con uno sbadiglio, desiderando di avere un termos così da potersi portare via un po' di caffè. Avrebbe potuto prenderne uno, o qualcosa di simile, al negozio, ma non ci aveva pensato. Forse ce n'era uno di scorta alla stazione.

"Vai, cucciolo," disse Macklin, spingendolo delicatamente verso la sua stanza. "Prendi le tue cose e poi partiamo."

Caine annuì distrattamente e salì le scale, sentendosi ancora più stanco del giorno prima. Aveva pensato che il disturbo del jet-lag sarebbe migliorato e invece sembrava che stesse peggiorando: non esattamente il modo migliore per iniziare la sua avventura in Australia. Controllò di nuovo la stanza da bagno per assicurarsi di non aver dimenticato niente e trasportò lo zaino e le borse al piano di sotto. Macklin ne prese una senza proferire parola e lo guidò verso il parcheggio e la Jeep. Il silenzio si fece ancora più profondo mentre sistemavano gli ingombranti bagagli di Caine accanto al piccolo zaino di Macklin. Il giovane si chiese se dovesse sentirsi imbarazzato dalla disparità del carico, ma poi si ricordò che l'uomo si era preparato per trascorrere fuori solo una notte, mentre lui aveva con sé le valigie, e gli acquisti, necessari per una vita.

Prima di lasciare la cittadina si fermarono a fare rifornimento e Caine pensò di nuovo a quanta strada li aspettasse e a quanto isolati sarebbero stati una volta raggiunta la destinazione. "Come fate con la benzina alla stazione?"

"Abbiamo un serbatoio che riempiamo una o due volte all'anno," spiegò Macklin. "Usiamo la benzina per gli spostamenti fino alla città o per i generatori quando va via la corrente. La maggior parte del lavoro viene svolta insieme ai cani, a piedi o a cavallo. Ci sono troppi posti dove neppure un ute può arrivare."

"Un ute?"

"Un fuoristrada," disse Macklin, "con un piano aperto dietro."

"Oh, un pickup."

"Straniero," rispose Macklin, ma il tono della sua voce era più scherzoso che pungente.

"Imparerò," giurò Caine. "Dammi un paio di settimane e il vostro slang non avrà più segreti."

"Sai una cosa," disse Macklin, uscendo dalla cittadina e imboccando l'autostrada, "quasi ti credo."

26

Era il complimento più bello che Caine avesse ricevuto da quando era arrivato in Australia.

UN'ORA DOPO lasciarono la strada principale. "Ultima opportunità per cambiare idea," scherzò Macklin. "Da qui in poi, sarete solo tu e l'outback."

"Che cosa stiamo aspettando?" chiese Caine. Il cameratismo di quella mattina aveva fatto svanire un po' delle paure del giorno prima. Era pronto a giurare che avrebbero avuto altre incomprensioni e confronti, ma finché ci fossero stati anche dei momenti come quelli, trascorsi in un silenzio rilassato o conversando piacevolmente, Caine sarebbe stato capace di superare tutto; forse, imparando a conoscersi, gli attimi di tensione sarebbero stati sempre meno.

"Non aspettiamo niente, cucciolo," rispose Macklin, "se non che tu apra quel cancello in modo da farmi imboccare la strada."

"S-s-scusa," disse Caine, mortificato per non essersi accorto che l'altro si aspettava che lui facesse la sua parte. "N-non lo sapevo." Saltò giù e corse ad aprire il cancello, aspettando poi che la Jeep lo superasse prima di richiuderlo e tornare a bordo.

"Non rivolgermi quello sguardo abbattuto," disse Macklin dopo che furono ripartiti. "Non ti stavo rimproverando, quindi non hai motivo di agitarti. Se ti innervosisci per ogni precisazione o suggerimento, non durerai a lungo là fuori."

"Imparerò," disse di nuovo Caine, questa volta con più decisione, mentre malediceva silenziosamente la sua balbuzie. Non aveva possibilità di riuscire a mascherare il nervosismo o l'agitazione, visto che la voce lo tradiva subito.

Macklin lasciò cadere il discorso e guidò la Jeep verso i pascoli aperti, con solo un sentiero sconnesso a indicare loro la strada. Caine si aggrappò al bracciolo mentre venivano sballottati di qua e di là, le scosse molto forti anche a quella velocità ridotta. Se le quattro ore seguenti fossero trascorse tutte in quel modo, sarebbe arrivato a Lang Downs così dolorante da non riuscire neppure a camminare.

"Questo tratto di strada è usato anche dai camion pesanti che fanno le consegne, quindi si rovina molto più in fretta delle strade che entrano più in profondità nella tenuta," disse Macklin, notando il disagio di Caine. "Taylor non si preoccupa della manutenzione perché è una causa persa. Una volta superato il prossimo cancello non sarà più così brutto."

Caine si augurò che fosse la verità: aveva già sbattuto due volte la testa contro il tettuccio, anche se indossava la cintura di sicurezza. "E cosa mi dici di Lang Downs?" chiese.

"Non lasceremmo mai una strada così malmessa," rispose Macklin, con una tale nota di orgoglio nella voce che Caine sentì il cuore accelerare i battiti.

"Ne sono contento. So che non è ancora casa mia, ma lo diventerà e voglio esserne tanto fiero quanto lo sei tu."

"Taylor amministra il suo allevamento come più ritiene opportuno," disse Macklin scrollando le spalle. "Michael gestiva Lang Downs basandosi su altre priorità."

"E quali erano?" chiese Caine curioso. "Se devo integrarmi, se devo aiutarti a continuare la tradizione di cui sei così fiero, devo sapere cosa sto sottoscrivendo."

"Michael credeva che bisognasse lavorare con la terra piuttosto che contro di essa. Credeva che svolgere anche il lavoro più umile contribuisse a costruire l'orgoglio per ogni cosa fatta e non aveva mai paura di sporcarsi le mani accanto ai jackaroo. Non ha mai chiesto a nessuno di fare qualcosa che non avrebbe fatto lui stesso. Verso la fine c'erano delle cose che non poteva più fare a causa dell'età, ma non c'è lavoro all'interno della stazione che

27

non abbia svolto almeno una volta, dallo spalare la merda di pecora, all'aggiustare le strade, all'accudire agli agnelli malati."

"Non posso dire di saper fare nessuna di queste cose," ammise Caine. "Beh, tranne forse spalare la merda; ma voglio imparare e voglio che la gente dica la stessa cosa di me quando avrò l'età dello zio Michael. In modo particolare la parte riguardante l'orgoglio per quello che si fa. Anche quando lavoravo allo smistamento della posta, un lavoro di cui non importava niente a nessuno, cercavo di fare del mio meglio, perché mi faceva sentire a posto con la coscienza, anche se nessuno avrebbe notato delle eventuali mancanze."

"Questo è l'atteggiamento giusto," disse Macklin, poi aggrottò le sopracciglia e frenò. "Stai qui, cucciolo."

"Che succede?" domandò Caine, osservando il pascolo alla ricerca di ciò che aveva attirato l'attenzione dell'uomo. Non voleva disubbidire all'ordine del sovrintendente, ma aveva appena finito di dire che voleva essere ricordato come una persona capace di fare tutto quello che serviva. Detto questo, siccome al momento la sua ignoranza poteva essere più un fastidio che un aiuto, rimase dov'era, ma con un occhio vigile nel caso fossero servite due mani in più.

Macklin camminava attraverso il bush con una tale sicurezza e facilità che Caine sentì di nuovo stringersi lo stomaco. Quello era un uomo che apparteneva all'outback, che sapeva come funzionava il mondo che lo circondava e quale fosse il suo posto all'interno di esso. Alla fine si fermò, accovacciandosi a guardare qualcosa che Caine non riusciva a vedere. Qualche minuto dopo, si rialzò e cominciò ad agitare il cappello per attirare la sua attenzione. Caine aprì la portiera e balzò a terra.

"C'è una cassetta degli attrezzi nella cabina," urlò Macklin. "Ho bisogno delle tronchesi."

Caine non aveva idea di come fossero fatte delle tronchesi, ma immaginò che servissero per tagliare, quindi dovevano avere la forma di forbici o qualcosa di simile. Andò dietro e cominciò a cercare finché non trovò qualcosa che gli sembrava somigliare all'idea che si era fatto. Si diresse verso Macklin attraverso il bush, con molta meno sicurezza di quanta ne avesse ostentata l'uomo, incerto sui pericoli (fisici o animali) che potevano frapporsi tra lui e la sua meta. Quando lo raggiunse gli porse le tronchesi e rivolse lo sguardo alla pecora che belava terrorizzata ai loro piedi. "Posso aiutare?"

"Devi," disse Macklin. "Non posso tagliare i fili e allo stesso tempo tenerla ferma." Si sfilò un paio di guanti da lavoro dalla cintura e glieli allungò. "Ti andranno grandi, ma se non li metti ti ferisci armeggiando con il filo spinato e dubito che tu sia forte abbastanza da tenere ferma questa signora. Scommetto che pesa almeno quanto te."

Caine sembrava scettico, visto che la pecora non gli sembrava così grossa, ma infilò i guanti e si inginocchiò accanto a Macklin, studiando il groviglio di filo spinato attorcigliato alle gambe e al corpo dell'animale. Voleva liberarla più in fretta che poteva e con il minor numero possibile di tagli, per ridurre le probabilità di ferirla.

"Cosa stai aspettando?" gli chiese Macklin dopo un momento.

"Niente," rispose Caine, infilando le tronchesi in mezzo all'intreccio di fili. Un primo taglio le liberò le zampe, ma era ancora imprigionata in alto. "È messa male, non è vero?"

"Ho visto animali in condizioni migliori," concordò Macklin. "Liberala. Dovremo portarla da Taylor. Se la lasciamo fuori in queste condizioni, finirà di sicuro nella pancia di qualche dingo."

Caine annuì e tagliò ancora, mentre ogni stretta gli si propagava lungo il braccio. Ecco un altro campo in cui non era forte come chiunque altro. Alla fine comunque ci riuscì: quella era la cosa importante, per quanto lo riguardava. Si sarebbe rafforzato con il tempo.

Quando anche l'ultimo filo fu reciso, Macklin si issò la pecora sulle spalle. "Prendi il filo. Se lo lasciamo qui rischiamo che ci si impigli qualche altro animale. E questa volta potrebbe non esserci nessuno a soccorrerlo."

Caine si affrettò a fare quello che gli era stato detto: raccolse il filo e le tronchesi e corse dietro a Macklin, desiderando in segreto di poter avere la sua stessa falcata. Non gli sembrava che il sovrintendente fosse tanto più alto di lui, ma camminava come un uomo alto il doppio.

Macklin mise la pecora sul sedile posteriore e il filo e la cassetta degli attrezzi nel cassone. "Sali con lei, cucciolo, sempre che tu non preferisca guidare."

"Non s-so la strada," disse Caine. Non puntualizzò che il volante si trovava dalla parte sbagliata della macchina. Su un percorso privato non avrebbe dovuto preoccuparsi del traffico proveniente dalla direzione opposta, né avrebbe dovuto fare attenzione alle regole della strada, ma non era sicuro lo stesso che fosse una buona idea.

"Ma non sai niente neppure di pecore." Macklin gli lanciò le chiavi. "Ti dirò io dove girare."

Caine si mise al posto di guida, certo che fosse una pessima idea, anche se non lo avrebbe certo detto a Macklin. L'uomo già pensava che se la sarebbe data a gambe levate alla prima occasione e lui non voleva certo confermare quel pregiudizio. Controllando sopra la spalla che Macklin e la pecora fossero a posto, ingranò la marcia, pregando Dio di fargli ricordare come guidare con il cambio manuale, e avanzò lungo la strada piena di buche. Udì Macklin mormorare qualcosa, ma era troppo occupato a non grattare le marce (specialmente con il cambio dalla parte sbagliata) per cercare di capire cosa potesse aver detto.

Proseguirono ballonzolando abbastanza a lungo perché Caine cominciasse a pensare di aver perso una deviazione da qualche parte, quando Macklin si sporse. "Gira a destra alla prossima. Andiamo a Taylor Peak, dove è più probabile che ci sia qualcuno in grado di prendersi cura di questa povera ragazza."

Come previsto, poco più avanti la strada si divideva: non tanto un incrocio quanto due sentieri che prendevano direzioni diverse. "Divergevano due strade in un bosco ingiallito," sussurrò Caine, sorridendo delle sue stesse parole. Era molto, molto lontano dal New England, anche se aveva certamente preso la strada meno battuta scegliendo di andare a Lang Downs.

"Cos'hai detto?" gli chiese Macklin.

"N-niente," rispose Caine. "Il verso di una poesia che ho letto tanto tempo fa."

"Quale verso?" insisté l'altro.

"D-divergevano due s-strade in un b-bosco ingiallito," recitò Caine, con la balbuzie esasperata al massimo ora che si sentiva sotto i riflettori. "È tratto da *La strada non presa* di Robert Frost. Lui s-sceglie quella meno battuta alla fine del poema."

"Non mi dice niente," confessò Macklin scuotendo la testa. "Non si studia tanta letteratura americana nelle scuole australiane. Perlomeno non la si studiava vent'anni fa, quando io ho finito. Forse adesso è diverso. Non lo so."

"Neanche da noi si studiano i poeti australiani," disse Caine, non volendo dare a Macklin l'impressione che lo criticasse perché non conosceva quella poesia. "Un po' di letteratura inglese, qualcosa di quella che chiamano letteratura mondiale e letteratura americana, naturalmente. Ma a meno che tu non abbia scelto il corso di laurea in inglese, la maggior parte ti entra da un orecchio ed esce dall'altro."

"Non nel tuo caso."

"Solo questo verso," si schermì Caine, "e non chiedermi il resto. Ricordo queste parole e molto vagamente il senso della poesia, ma non saprei ripeterne altri pezzi. Non sono sicuro che lo ricordassi tutto nemmeno quando lo studiavo."

"La narrativa mi piaceva," disse Macklin. "Alcuni romanzi erano veramente interessanti, ma non ho mai avuto la testa per la poesia. Troppi significati in troppo poco spazio, senza neanche un indizio su dove il poeta volesse andare a parare."

"Ti capisco," disse Caine con un sorriso comprensivo. Si zittì per mantenere la Jeep sul sentiero accidentato, imprecando tra i denti. "Ma dammi un buon libro di avventure dove affondare i denti e potrei leggerlo e parlarne per giorni."

"*Robinson Crusoe*," suggerì Macklin.

"*Il conte di Monte Cristo*," ribatté Caine, "anche se *Robinson Crusoe* non mi è dispiaciuto."

"*Racconto di due città*," aggiunse Macklin.

Caine sospirò. "Sydney Carton... quello sì che era un eroe."

"O forse un anti-eroe," ribatté l'altro. "Non ho letto tanti altri libri di Dickens, ma quello mi è piaciuto. E poi, stesso periodo storico, ma completamente diverso... *La primula rossa*."

"Quello non l'ho letto," disse Caine. "Conosco la storia perché la nostra insegnante di francese ci fece vedere il film con Jane Seymour e come-caspita-si-chiama. Oh, e Ian McKellen che faceva il cattivo."

Macklin scoppiò in una risata. "Non ti ricordi l'attore che interpretava l'eroe, ma ti ricordi Ian McKellen?"

"Beh, sai," spiegò Caine, "è dannatamente sexy da un lato, e gay e fiero di esserlo dall'altro. È logico che me lo ricordi." Si pentì di quelle parole nel momento esatto in cui gli uscirono di bocca. Non per il contenuto in sé, ma perché non sapeva cosa l'altro pensasse del suo essere gay e non voleva metterlo in imbarazzo. "Mi dispiace, probabilmente ho straparlato."

"Non mi interessa chi trovi attraente," rispose Macklin. "È affar tuo, non mio. Ma farai meglio a non essere così esplicito con i ragazzi. Potrebbero non apprezzare l'idea che tu voglia corteggiarli."

"Ho conosciuto degli etero attraenti, in effetti," disse Caine. Mantenne la voce rilassata perché non aveva percepito nel tono di Macklin quel ridicolo timore che il suo unico scopo fosse quello di trasformare tutti gli etero in gay (come se fosse possibile!) e non voleva sembrare eccessivamente sulla difensiva. "È un po' come guardare Nicole Kidman e trovarla attraente. Certo, è bella da guardare, ma sai benissimo che non succederà mai niente, semplicemente perché lei non sarà mai interessata a te. La prima cosa che considero quando mi interesso a qualcuno è che questa persona possa ricambiarmi."

"Mi sembra giusto," disse Macklin. "C'è un cancello poco più avanti. In condizioni normali lo aprirei io per te, ma non sono sicuro che questa signorina mi lascerebbe uscire e poi rientrare senza fare a pezzi ogni cosa."

"Ci penso io," rispose Caine, prima di tirare il freno a mano e saltare giù dalla Jeep. Aprì il cancello e poi dovette ricordarsi di entrare dal lato destro della macchina, anziché dal sinistro.

30

Attraversò, richiuse il cancello e poi proseguì. La strada diventò più regolare. "Immagino che ci stiamo avvicinando alla casa padronale."

"Sì," confermò Macklin. "Dovremmo esserci tra una ventina di minuti. Tu va' avanti."

Caine ubbidì: la sua guida diventava sempre più fluida man mano che i minuti passavano. La pecora ogni tanto belava, ma non sembrava particolarmente terrorizzata o sconvolta. Non che sapesse come si lamentavano le pecore, ma immaginò che se avesse sentito tanto male, come minimo avrebbe fatto più rumore. Andando ancora più avanti lo sterrato lasciò il passo alla ghiaia e cominciarono a profilarsi le sagome irregolari di alcuni edifici.

"Dirigiti verso il fienile sulla sinistra," lo istruì Macklin. "Anche se Taylor non c'è, qualcuno prenderà in consegna la pecora e se ne occuperà."

Caine entrò nell'area dei recinti e rallentò. Quando arrivò vicino al fienile, diversi uomini uscirono dai vari capanni e presero a osservarli con visi scolpiti che non tradivano alcun interesse o emozione, solo consapevolezza. Senza un motivo preciso, quegli sguardi lo resero nervoso. "N-nessuno si a-arrabbierà perché s-siamo qui, vero?"

"Non aver paura, cucciolo," lo rimproverò Macklin, mentre Caine fermava la macchina. "Stiamo solo aiutando i nostri vicini. Puoi rimanere in auto, se preferisci."

31

# CAPITOLO 6

CAINE NON avrebbe voluto altro che rimanersene nella Jeep e guardare Macklin che apriva lo sportello e tirava fuori la pecora; ma starsene rintanato come se non gli importasse, o peggio come se avesse fatto qualcosa di sbagliato, non avrebbe certo aiutato la sua causa. Quindi scese e si mise alle calcagna del suo sovrintendente mentre questi trasportava l'animale verso il più grande dei capanni.

"Chi è il ragazzo, Armstrong?"

Caine aspettò di vedere come avrebbe risposto Macklin, certo che il modo in cui sarebbe stato guardato da lì in poi sarebbe dipeso proprio da quello; ma l'uomo ignorò completamente la domanda.

"Dov'è Taylor?" chiese invece a sua volta, mettendo giù la pecora.

"Fuori, nel bush," rispose uno degli uomini.

Macklin aggrottò le sopracciglia. "Abbiamo trovato uno dei vostri animali in mezzo al filo spinato. Di' a Taylor di pulire meglio, perché se qualche vostra schifezza finisce nei miei pascoli, la cosa non mi farà affatto piacere."

"Diglielo tu," rispose l'uomo, mentre un altro si prendeva cura dell'animale ferito. "Non fa parte del mio lavoro riferire certi messaggi al capo."

Macklin si rabbuiò ancora di più. Girò sui tacchi e tornò verso la jeep, lasciando che Caine gli arrancasse di nuovo dietro per stare al passo. "Dammi le chiavi," grugnì.

"Sono nel quadro."

"Allora tira via il filo spinato dal cassone. Non mi interessa se glielo tiri direttamente sul muso. Potrebbero almeno pulire le loro cazzo di schifezze."

Caine fece subito quanto gli era stato ordinato: aprì il cassone e prese i fili che aveva tagliato via dalla pecora. Nella fretta, però, dimenticò di indossare i guanti, che aveva ancora infilati nella cintura, e uno degli spunzoni gli si conficcò profondamente nel palmo. Si morse il labbro e ingoiò le imprecazioni che avrebbe voluto urlare, sicuro che né Macklin né nessuno degli altri avrebbe fatto qualcosa di così stupido. Chiuse la sponda e salì dalla parte del passeggero, ricordandosi di andare a sinistra anziché a destra. Non appena la jeep ebbe lasciato il cortile, si lasciò scappare l'imprecazione di dolore che sentiva premergli sulla lingua.

"Cazzo."

"Che c'è ora?" chiese Macklin, con i lineamenti ancora tesi.

"Niente," rispose Caine, stringendosi la mano al petto. "Andiamocene da qui, ok?"

"Niente che desideri di più, cucciolo," rispose l'altro, senza tuttavia guardarlo. "Ti sei comportato bene. Gli uomini di Taylor sono un branco di idioti ingestibili. Non riesco a capire come riesca a farsi ubbidire."

"Non ho fatto altro che tenere la bocca chiusa."

"Con gente del genere non c'è altro da fare."

Caine scosse la testa e lasciò cadere l'argomento. La mano gli pulsava e gli dava un po' di nausea. Appoggiò la testa contro il sedile e chiuse gli occhi, facendo gli stessi esercizi di respirazione che il logopedista gli aveva insegnato per calmare la balbuzie. Li riaprì solo quando sentì che la jeep rallentava e si slacciò la cintura per andare ad aprire il cancello. Il movimento gli provocò una fitta alla mano che lo fece bestemmiare di nuovo.

"Che succede?" chiese Macklin, girandosi a guardarlo.

"Mi sono ferito la mano," ammise Caine. "Quando ho preso il filo spinato."

"Fammi vedere."

Caine aprì la mano, mostrando la puntura rossa al centro del palmo.

Macklin sospirò. "Metti i guanti la prossima volta. Qui in auto ho solo una cassetta base di pronto soccorso. Ci metteremo un cerotto e una volta alla stazione la cureremo come si deve."

Caine non era sicuro che quel discorso gli piacesse tanto, ma gli piaceva ancora meno l'idea di prendersi un'infezione.

"Quando hai fatto l'ultima antitetanica?"

"U-un paio di mesi fa. Ho fatto in modo che tutto fosse a posto prima di partire."

"Almeno questo!" esclamò Macklin con enfasi, aprendo il portaoggetti davanti alle ginocchia di Caine ed estraendone la cassetta del pronto soccorso. "Il dottore viene un paio di volte all'anno, a meno che non ci sia un'emergenza e debba venire in elicottero o in aereo. In genere cerchiamo di evitarlo."

"Non ne dubito," rispose Caine. Macklin prese un tubetto di una qualche pomata, delle salviettine disinfettanti, che fecero rabbrividire Caine al solo vederle, e una piccola garza, quindi sfregò la ferita finché questa non tornò a sanguinare e Caine si morse di nuovo il labbro per evitare di lamentarsi a voce alta. "Il sangue la pulirà," disse l'uomo, applicando la pomata, per poi passare alla fasciatura. "Tienila coperta finché non sarà completamente guarita. È facile che i tagli si infettino in questo ambiente e non sempre le medicine riescono a ripulirli a fondo."

Caine annuì, le dita che gli formicolavano sotto la stretta di Macklin. "Non ho pensato di comprare dei guanti a Boorowa."

"Te ne troveremo un paio," disse l'uomo. "Ne abbiamo sempre in abbondanza, perché ne consumiamo un sacco. La pelle conciata potrà resistere meglio della tua al filo spinato, ma anche quella si strappa alla fine."

"Allora la mia mano non aveva speranza di farcela," ammise Caine, mentre la ritirava dopo che l'altro ebbe finito di fasciarla. "Apro il cancello."

Saltò fuori dalla jeep prima che Macklin potesse fermarlo. La mano ferita gli fece un po' male quando dovette usarle entrambe per sollevare i battenti e farli girare sui cardini, ma non voleva che l'uomo pensasse che non riusciva a fare la sua parte. La jeep passò e Caine si chiuse il cancello alle spalle, notando però che il chiavistello era allentato.

"Quel cancello non chiude bene," disse a Macklin quando risalì in macchina.

"Non è un problema nostro," gli rispose lui. "È proprietà di Taylor da entrambi i lati della recinzione. Il cancello serve per separare un pascolo dall'altro. Io passo già abbastanza tempo a riparare le staccionate dove i loro confini coincidono con quelli di Lang Downs. Il resto sono problemi suoi."

"Non ti piace troppo, eh?" domandò Caine.

Macklin fece spallucce, gli occhi fissi sulla strada. Aspettò così tanto prima di rispondere che Caine aveva cominciato a disperare che lo facesse. "Non che lo detesti o altro, solo non mi piace. Capirai meglio quando saremo a Lang Downs."

Una risposta che non diede a Caine più informazioni di quelle che avesse acquisito appena poco prima, ma ormai aveva capito che quello era un atteggiamento tipico di Macklin. Due cancelli dopo, il sovrintendente si rilassò all'improvviso. Caine si guardò attorno cercando di capire cosa potesse aver portato a quel cambiamento, ma non notò nulla di diverso, né ricevette alcuna spiegazione finché non ebbero raggiunto la cima di una collinetta. Macklin fermò la macchina e sorrise. "Benvenuto a Lang Downs."

Caine osservò attentamente il paesaggio che si apriva davanti ai suoi occhi. Non vedeva niente che assomigliasse alla stazione, ma il terreno era disseminato di pecore e, nascosto in un avvallamento tra due colline, vide un piccolo recinto e un camino. "Qualcuno vive lì?"

"Non sempre," rispose Macklin. "Ma abbiamo dei capanni come quello sparsi per tutta la proprietà. In questo modo i jackaroo che sono fuori con le pecore hanno sempre la possibilità di avere un riparo durante le notti fredde o i temporali. Neil probabilmente è già tornato alla stazione e Ian sarà per strada, quindi al momento non c'è nessuno; ma ci sarà prima del tramonto. Non riusciamo a prevenire ogni incidente, ma subiamo molte meno perdite rispetto ai nostri vicini proprio perché controlliamo a vista le nostre greggi."

"E questo crea dei problemi con gli uomini?" domandò Caine. "Voglio dire, sembra che il lavoro sia più duro."

"Lo è," gli concesse Macklin. "Ma li paghiamo bene e loro sono orgogliosi di quello che fanno. Quelli a cui non piace, in genere durano meno di una stagione. Quelli che invece apprezzano come lavoriamo finiscono col fare di Lang Downs la loro casa."

"E sentirsi a casa fa la differenza," disse piano Caine.

"Proprio così, cucciolo," rispose Macklin. "Sei pronto a vedere il resto?"

"Quando lo sei tu."

Mentre proseguivano, Macklin mostrò a Caine varie cose: migliorie alla stazione, motivi per cui erano state prese certe decisioni riguardanti l'agricoltura, paesaggi e formazioni interessanti. Caine non capì a fondo molte delle informazioni sull'allevamento delle pecore, ma apprezzò comunque il fatto che l'uomo si fosse lasciato alle spalle la ritrosia nel parlargli della tenuta. Ogni volta che Caine scendeva, sorrideva nel vedere come il lucchetto in ottime condizioni e i cardini ben oliati permettessero di aprire e chiudere i cancelli con relativa facilità.

"Questo è l'ultimo," disse Macklin a un certo punto. "Siamo quasi arrivati alla stazione, ormai."

Caine si sporse, ansioso di vedere la sua nuova casa. Arrivarono in cima a un'altra collina. Da quel punto la strada digradava verso una piccola valle su cui erano sparsi vari edifici incorniciati da strade coperte di ghiaia e aiuole fiorite. "Non assomiglia per niente all'altra stazione."

"No, proprio per niente."

Non appena ebbero raggiunto il limitare degli edifici, Caine vide moltissime persone impegnate nelle attività più disparate, ma ognuna di loro si fermò un attimo per salutare con la mano prima di tornare a quello che stavano facendo. Macklin ricambiò qualche saluto, in modo particolare quello di un gruppetto di bambini di forse sette o otto anni. "Vivono tutti nella stazione?"

"Sì," rispose Macklin. "I loro genitori lavorano qui, loro sono nati qui e crescono considerando Lang Downs la loro casa."

"E la scuola? Cioè, Boorowa non è esattamente a distanza di scuolabus."

"Studiano online attraverso la Scuola dell'aria," rispose Macklin, "e ci assicuriamo che imparino qualsiasi altra cosa possa tornare loro utile."

"È incredibile," disse Caine. "Non ne avevo idea."

"Non è che siamo proprio dei selvaggi abbandonati a noi stessi."

34

"Non intendevo questo," protestò Caine. "Sono solo affascinato da come siano stati risolti dei problemi che non avevo neanche preso in considerazione. Credimi, non ti sto prendendo in giro. Dunque, quante persone vivono alla stazione?"

"Stabilmente una cinquantina. Di più in estate, quando c'è la tosatura, nascono gli agnelli e via dicendo. Una volta che la stagione della riproduzione è terminata, gli stagionali tornano a casa per l'inverno. Qualcuno magari decide che gli piace abbastanza da rimanere, altri preferiscono tornare anno dopo anno, fino a che non trovano qualcosa di permanente; ogni tanto uno scopre che Lang Downs e le pecore non fanno per lui e non si fa più vedere."

Macklin si fermò davanti alla casa padronale. "Ti lascio qui, così puoi sistemarti. La cena è alle sette in mensa, se ti va di unirti a noi. Kami probabilmente è già in cucina. Non disturbarlo o finirà con l'essere in ritardo e tu non cominceresti al meglio la tua esperienza qui."

"Cosa devo fare per la mia mano?" domandò Caine, leggermente sconcertato da quel congedo improvviso. "Hai detto che ce ne saremmo occupati una volta arrivati a casa."

"Lavala con acqua e sapone, poi mettici dell'acqua ossigenata, altra pomata e un cerotto," disse Macklin, la voce impaziente mentre scaricava i bagagli dal retro della Jeep. "Dovresti riuscire a trovare tutto in bagno. Se così non fosse, chiedi a Kami."

Poi, prima che Caine potesse rispondere, era salito di nuovo in macchina e si era allontanato. Con un sospiro, il giovane uomo si mise lo zaino in spalla e prese le buste con i vestiti che avevano comprato a Boorowa: prima quelle e poi le valigie. Si trascinò su per il sentiero che portava all'unico edificio a due piani della stazione: evidentemente la casa padronale. Provò una strana sensazione quando aprì la porta ed entrò senza bussare, ma tanto non c'era nessuno che potesse rispondere o a cui importasse. Mosse un passo all'interno e si fermò, sbattendo le palpebre per abituarsi alla penombra. Il salone era ampio e spazioso, con un divano rustico e sedie che avevano visto giorni migliori, mentre sulla parete di fondo si trovava un grande camino di pietra. Caine sorrise nel riconoscere la stanza che suo zio gli aveva descritto in moltissime lettere. Appoggiò lo zaino e fece un altro passo, fino a che il rumore di un clacson e un urlo arrabbiato gli ricordarono le valigie. Si precipitò fuori. "Mi dispiace," disse all'autista del camioncino. "Non potevo portare tutto in una volta sola." Afferrò entrambe le valigie e le spostò dalla strada. Una volta che il mezzo fu passato rombando, Caine le portò dentro una alla volta.

"Quindi immagino che debba trovare da solo la mia stanza," mormorò. "O forse, come prima cosa, dovrei dire a Kami che sono arrivato. Non vorrei che mi inseguisse con una mannaia perché ha sentito degli strani rumori."

Certo che quello fosse il modo migliore di agire, si diresse verso il retro della casa alla ricerca della cucina. Alla fine, la trovò in fondo a quella che era un'evidente aggiunta al corpo principale: un lungo e stretto corridoio che si apriva su una grande cucina industriale.

"C'è nessuno?" chiamò, sbirciando all'interno. "Kami?"

"Cosa vuoi?"

"Sono Caine Neiheisel, il nipote..."

"Lo so chi sei," lo interruppe il cuoco, uscendo dalla dispensa con le braccia cariche di patate. La sua pelle nerissima era raggrinzita attorno agli occhi, come se avesse trascorso troppi giorni a guardare fisso dentro il sole, anche se per tutto il resto non sembrava tanto più vecchio di Caine. "Ti ho chiesto cosa vuoi."

"Solo farti sapere che sono arrivato," rispose Caine, "e chiederti se c'è una stanza in particolare che debba usare."

"Qualunque, tranne questa," disse Kami. "E sapevo che eri qui: ho sentito sbattere la portiera."

"Bene, allora." Caine non sapeva cosa fare o dire davanti a quell'ostilità così lampante. "Ti lascio al tuo lavoro. Se dovessi aver bisogno, mi trovi a disfare i bagagli."

"E perché mai dovrei aver bisogno di te?" bofonchiò Kami, lasciando cadere le patate nel lavello e cominciando a pelarle.

Caine non sapeva cosa rispondere, quindi si ritirò e lasciò il cuoco alle sue patate. Tornò nel salone e cominciò a sbirciare dentro le altre stanze, prendendo nota del loro uso.

Oltre al salotto, che dominava il piano terra, trovò una sala da pranzo e un piccolo e moderno ufficio, con un computer e una stampante relativamente nuovi. Al primo piano, invece, c'erano quattro camere da letto, inclusa quella dello zio Michael. L'armadio di quella stanza era vuoto esattamente come tutti gli altri, ma Caine non se la sentiva di invadere lo spazio dello zio, quindi scelse una delle camere più piccole.

Siccome la mano aveva ricominciato a pulsargli, decise che la prima cosa da fare fosse medicarla bene e, frugando negli armadietti di tutti i bagni, riuscì a mettere insieme l'occorrente. L'acqua ossigenata bruciò ancora più dell'alcol, quando lavò la ferita per ben tre volte prima di mettere ancora un po' di pomata antibiotica e tornare a coprirla. La mascella gli faceva male per quanto l'aveva tenuta serrata durante tutta l'operazione, ma almeno era certo che ora la lesione era pulita. Tornò al piano terra e portò su le valigie, quindi si stese sul letto e rimase a guardarle, cercando dentro di sé la volontà per disfarle.

Prima che se ne accorgesse si era addormentato, completamente vestito.

FU SVEGLIATO da alcune grida provenienti dall'esterno. Sbatté qualche volta gli occhi, prima di ricordare dove si trovasse. Sedette sul letto e si passò le mani sul viso, aggrottando la fronte quando il movimento gli provocò una fitta alla mano ferita. Si guardò intorno alla ricerca di una sveglia. Le cinque e mezza. C'era ancora un po' di tempo prima di cena, avrebbe potuto disfare i bagagli e fare anche una doccia. Non voleva dare l'impressione di essere mezzo rintronato dal sonno, non la prima volta che lo vedevano, almeno. Stava morendo di fame, ma dopo lo scambio di battute con Kami non se la sentiva di scendere a chiedere qualcosa da mangiare. Avrebbe aspettato fino all'ora di cena.

Si sfilò gli stivali e si massaggiò le caviglie. L'elastico stretto aveva sfregato contro la pelle anche da sopra le calze. Forse per cena avrebbe fatto meglio a indossare le scarpe da tennis piuttosto che gli stivali. Un'altra cosa che lo avrebbe sicuramente reso diverso, ma sempre meglio che ritrovarsi con le caviglie piene di vesciche il giorno dopo, quando avrebbe cominciato a lavorare assieme agli altri.

Sperava che il saluto frettoloso di Macklin quel pomeriggio non fosse il preavviso di come l'uomo intendeva trattarlo in futuro. Se così fosse stato, avrebbero avuto bisogno di scambiare altre due parole molto presto. Caine rifiutava di farsi mettere da parte come se non avesse modo di contribuire al benessere della stazione. Aveva un paio di mani e una testa funzionante; il resto avrebbe potuto impararlo.

"Smettila di saltare alle conclusioni," si rimproverò. "Per quello che ne sai, poteva essere ansioso di tornare dalla sua famiglia. Non gli hai neanche chiesto se ne avesse una. Magari aveva solo voglia di vedere sua moglie e i suoi figli."

Per qualche ragione, Caine non pensava che la ragione fosse quella, ma gli forniva comunque una scusa plausibile per il comportamento dell'uomo. Trascorse l'ora successiva a dividere i suoi vestiti: abiti da lavoro invernali, abiti da relax invernali, abiti da lavoro estivi, abiti da relax estivi. Anche se i mucchi degli abiti da relax erano decisamente più forniti, Caine fu contento di vedere che aveva indumenti per tutte le occasioni. Le T-shirt potevano non durare più di un'estate, ma aveva comunque qualcosa che avrebbe potuto usare per il lavoro al posto delle camicie a manica lunga quando l'aria si fosse scaldata. Mise gli abiti da lavoro nei cassetti del comò e appese gli altri nell'armadio. I vestiti per l'estate finirono di nuovo dentro alle valigie, che furono spinte sotto al letto. Più avanti avrebbe cercato una soffitta o qualcosa di simile, ma per ora andava bene così. Prese l'astuccio con l'occorrente per il bagno e andò a prepararsi per la cena.

# CAPITOLO 7

QUANDO CAINE ebbe fatto la doccia, l'odore del cibo aveva ormai invaso la casa. Il suo stomaco, che non aveva visto più nulla dall'ora di colazione, cominciò a gorgogliare, spingendolo a vestirsi in fretta e scendere al piano inferiore. "Posso aiutarti?" chiese dalla soglia della cucina. "Vuoi che porti i piatti?"

"Prendi il vassoio," disse Kami senza alzare lo sguardo. "Quello grande e bianco, e riempilo di pane."

Caine prese il vassoio dallo scaffale e lo appoggiò sul bancone. "Dov'è il pane?"

"Nel forno," sbottò il cuoco, come se fosse la cosa più ovvia del mondo.

Caine trattenne l'ennesimo sospiro davanti alla maleducazione degli uomini australiani. Trovò una presina e aprì il forno, estraendone alcune teglie di panini. Li appoggiò sul bancone e, mentre aspettava che si raffreddassero in modo da poterli mettere nel vassoio grande, andò a lavarsi le mani.

"Hai già lavorato in qualche cucina in passato?" gli chiese Kami.

"Solo in q-quella di mia madre," rispose Caine sincero.

Kami emise un grugnito di disapprovazione ma poi gli diede un altro ordine, quindi Caine immaginò di non essere stato bocciato senza appello.

"Cosa ci fai qui? Pensavo di averti detto di non disturbare Kami," tuonò la voce di Macklin.

"Mi sta aiutando," ribatté il cuoco, prima che Caine avesse il tempo di rispondere all'accusa. "Si è offerto, che è molto di più di quello che quei buoni a nulla dei tuoi uomini abbiano mai fatto."

"Non usare quel tono con me, Kami," disse Macklin, ma Caine notò che l'altro non sembrava per niente intimidito. "Gli ho ordinato specificamente di non disturbati perché non ci fossero ritardi con la cena."

"E infatti non mi sta disturbando, proprio per niente," rispose il cuoco. "È sceso dieci minuti fa chiedendomi se poteva aiutare e io ho detto di sì. Ora, siccome *tu* mi stai disturbando, faresti meglio a portare quel vassoio di pane in sala. Io e Caine arriveremo con il resto tra un minuto."

"G-grazie per avermi s-sostenuto," disse Caine dopo che Macklin ebbe lasciato la stanza. "N-non credo di p-piacergli troppo."

"Non ho detto che a me piaci," rispose Kami, ma i suoi occhi brillavano. "Ho detto che mi hai aiutato. Deciderò se mi piaci dopo averti conosciuto."

"Mi sembra giusto," annuì Caine. "Bene, cos'altro c'è da fare?"

Prepararono il resto della cena, riempiendo vassoi con carne e patate da accompagnare al pane che Macklin aveva già portato in sala. La mensa era affollata, ma non delle cinquanta o più persone che Caine aveva immaginato dalla descrizione del sovrintendente.

"Non ci sono tutti gli abitanti della stazione, vero?" chiese, prendendo posto accanto a Macklin, l'unica persona che conosceva.

"Alcuni degli uomini sono fuori con le pecore," gli ricordò lui. "Altri cenano con le loro famiglie. Non c'è l'obbligo di mangiare qui."

38

"Stai di nuovo interpretando tutto quello che dico nel modo sbagliato," disse Caine.
"Sto solo cercando di capire come funzionano le cose."

"Guarda," rispose l'uomo scostandosi dal tavolo. "Lo so che vuoi aiutare, ma non c'è veramente molto che tu possa fare. Sembra che Kami ti abbia preso in simpatia, quindi perché non lo aiuti in cucina fino a che non impari a orientarti? Una volta che le cose non ti sembreranno più così strane, potrai pensare a trovarti qualche altra cosa da fare."

Caine, la bocca spalancata per lo stupore, lo osservò prendere il suo piatto e lasciare la sala.

"Questa mattina hanno trovato tre pecore morte. Nessuno sa che cosa sia successo."

Caine si girò a guardare il ragazzino che aveva appoggiato il piatto dall'altra parte del suo tavolo. Poteva avere all'incirca dodici o tredici anni – era il più grande dei bambini che aveva visto giocare prima – ma non era ancora un adolescente. Per qualche attimo si chiese se fosse la persona adatta cui chiedere informazioni, ma nessun altro sembrava disposto a parlargli. "È normale?"

Il ragazzino fece spallucce. "Qualche volta succede, ma non tre alla volta. Il signor Armstrong è molto preoccupato per questa storia."

Ed ecco spiegato il malumore. "Sono Caine," disse, allungando la mano.

"Lo so chi sei," rispose il ragazzino, stringendola. "Tutti quanti parlano dello straniero. Io sono Jason. Mio padre è un meccanico."

"Piacere di conoscerti, Jason," disse Caine. "Grazie per aver avuto pietà di me."

"Non è pietà. Voglio che mi parli dell'America. Mi piace come parlano gli yankee."

Caine sorrise. La sua nazionalità poteva anche giocare a suo sfavore con gli adulti, ma avrebbe potuto servirsene per conquistare i più piccoli. "Facciamo un patto," propose. "Risponderò alle tue domande sull'America se tu risponderai alle mie sull'outback."

"Davvero? Mio papà ha detto che non avresti avuto tempo per rispondere alle mie domande e che non avrei dovuto disturbarti. Dici sul serio?"

"Sul serio," promise Caine. "Fintanto che tu ricambierai il favore."

"Affare fatto," disse Jason. "Finisci di mangiare, così poi ti faccio fare un giro."

Caine finì e impilò il suo piatto con gli altri, ma si fermò a ringraziare Kami per il cibo. Il cuoco lo salutò agitando uno strofinaccio. Quando furono fuori, Jason fischiò piano e un cane nero, grigio e bianco si avvicinò zampettando. "Questa è Polly. È un pastore australiano. È ancora giovane per lavorare con le pecore, ma sta imparando."

"Posso accarezzarla?" chiese Caine, allungando la mano perché Polly l'annusasse.

Il cane fiutò le sue dita, poi guardò Jason, aspettando chiaramente la sua approvazione. Il ragazzo annuì e con la mano le indicò di avvicinarsi. Era il segnale che la bestia stava aspettando, perché fece scivolare la testa sotto la mano di Caine e gli appoggiò il muso su una coscia. "Le piaci. Ha buon fiuto per le persone."

Caine sorrise e si inginocchiò per grattare Polly dietro le orecchie. Jason aveva detto che era giovane, ma dalle dimensioni non sembrava proprio: le spalle gli arrivavano quasi a metà coscia. "Mi fa piacere sapere di aver superato il test." Ebbe la sensazione che ce ne sarebbero stati molti altri durante i mesi a venire.

"Allora, raccontami qualcosa della stazione," chiese, guardando Jason. "Tu sei nato qui?"

"No, sono nato a Melbourne," rispose quello. "Ma sono venuto qui quando avevo due anni. Papà perse il lavoro in città e fu assunto qui. Mamma ogni tanto aiuta Kami con il pane, quando le permette di entrare in cucina, e dà una mano a pulire i dormitori. Le ragazze sono ok, ma gli uomini non riescono a tenere le loro cose in ordine a meno che non li si costringa." Jason gli si avvicinò con fare cospiratorio. "Il prossimo anno non gli verrà chiesto di tornare e dovranno andare a lavorare per il signor Taylor, ma non dirlo al signor Armstrong. Non vuole che si parli male di Taylor Peak, anche se è la verità."

"Sarà il nostro segreto," promise Caine, benché non fosse una novità per lui. Anche se nessuno glielo aveva illustrato chiaramente, la differenza tra le due stazioni era evidente persino per chi, come lui, non aveva idea di come funzionassero le cose. "Ho visitato la casa padronale, ma nessuno degli altri edifici, ancora. Pensi di potermi fare da guida?"

"Come no," rispose Jason. "Andiamo, Polly."

Il cane, obbediente, gli si mise al fianco. "Quello è il dormitorio delle ragazze," disse la giovane guida, indicando un edificio dall'altra parte della valle. "Non mi è permesso andarci senza la mamma. Credo che abbia paura che possa vedere qualcosa che non dovrei. Come se mi importasse delle ragazze! Preferisco insegnare a Polly come guidare le pecore. Da quale parte dell'America vieni?"

"Sono originario di Cincinnati," rispose Caine, mentre percorrevano il sentiero diretti verso un lontano gruppo di edifici. "Ma vivevo a Philadelphia p-prima di venire qui."

"Mai sentito parlare di Cincinnati," disse Jason, "ma se non sbaglio Philadelphia ha a che vedere con la rivoluzione americana."

"Esatto. Il Congresso continentale, la Campana della libertà, la prima residenza presidenziale… anche se ormai non esiste più. Ma c'è questo cartellone che ti fa vedere la planimetria. Era veramente piccola, secondo gli standard moderni. E quegli edifici cosa sono?" Indicò un gruppo di capanne dal tetto basso.

"Quelli sono gli ovili che usiamo per la tosatura, la riproduzione e per qualunque altra cosa richieda che le pecore siano rinchiuse," spiegò Jason. "Al momento sono vuoti. Papà ha detto che ora che il signor Armstrong è tornato con te, cominceremo a farle accoppiare tra pochi giorni."

"Perché aspettare me?"

"Papà ha detto che era nel caso tu decidessi di vendere tutto," rispose Jason. "Se è così, non avrebbe senso far accoppiare le pecore con i montoni perché tanto finirebbero tutti al macello. Se invece non vuoi vendere, aspettare qualche giorno non farà male a nessuno."

Caine si voltò verso il ragazzo, piegandosi leggermente così da poterlo guardare direttamente negli occhi. "Io n-non so che cosa ci riserverà il futuro, ma p-prometto che non v-venderò mai la stazione dall'oggi al domani. Se d-dovesse succedere, sarà p-p-perché tutti saranno d'accordo."

"Balbetti quando sei nervoso o parli di cose serie o roba del genere."

"Sì," rispose Caine, indeciso su come sentirsi di fronte alla reazione tiepida di Jason al suo discorso.

"Non preoccuparti, amico. Non mi dà fastidio."

Caine si sentì stranamente sollevato nel sentire con quanta tranquillità Jason accettava il suo difetto. Dubitava che anche gli altri sarebbero stati così tolleranti, ma almeno in compagnia del suo nuovo amico non doveva più preoccuparsene. "Possiamo entrarci?"

"Puzzano," rispose Jason, "ma possiamo."

Caine lo seguì attraverso il terreno sconnesso e su per la piccola salita che portava al più vicino degli ovili. Il ragazzino aveva ragione a proposito dell'odore, ma Caine immaginò che avrebbe fatto meglio a imparare a conviverci. Era un allevatore di pecore ora e ciò significava avere a che fare con il letame. "Allora, come funziona?" domandò quando entrarono e vide che l'interno era suddiviso in tanti piccoli recinti.

"La riproduzione o la tosatura?"

"La riproduzione," disse Caine. "È la prima cosa che dovrò affrontare."

"Quello è facile: porti qui le pecore quando vanno in calore, le lasci con un montone per qualche giorno, poi le sposti e ne fai entrare di nuove. Se la prima volta non funziona, aspetti il turno successivo. È la tosatura il lavoro più duro."

"Ho visto delle foto," disse Caine. "Non l'aspetto con impazienza."

"A me piace," insisté Jason. "È l'inizio della nuova stagione, il momento in cui arrivano tutti i jackaroo, e quando abbiamo finito c'è una grandissima grigliata. Si fa festa quando l'ultima pecora lascia l'ovile."

"Jason, tua madre ti sta cercando."

Caine e Jason si girarono e videro Macklin stagliarsi sullo sfondo della porta. "Mi spiace che siate dovuto venire a cercarmi, signor Armstrong," disse Jason. Il rispetto verso il sovrintendente era chiaro nella sua voce. "Stavo solo facendo fare un giro a Caine... cioè, al signor Neiheisel."

"Ti ho detto di chiamarmi Caine," disse quest'ultimo, rivolto a Jason ma facendo in modo che la sua voce arrivasse chiara anche a Macklin. Non voleva che il ragazzino finisse nei guai per qualcosa che lui stesso aveva permesso. "Non m'importa."

"Grazie, Caine," disse Jason. "Ci vediamo domani dopo la scuola. Avrò lezione di storia."

"In bocca al lupo, allora," rispose lui. "Se avessi avuto economia, avrei potuto aiutarti, ma non sono mai stato troppo bravo in storia."

Il ragazzino corse fuori dall'edificio lasciando i due uomini da soli. "Sembra un bravo ragazzo."

"Sì, lo è," concordò Macklin. Non sembrava aver fretta di andare via, quindi Caine lo raggiunse alla porta. "Economia?"

"Ho studiato commercio al college," spiegò Caine, la lingua legata a causa dell'improvvisa ondata di attrazione che la vicinanza di Macklin gli aveva fatto nascere dentro. "Per q-quello che mi è servito."

"Non sai mai quando potrebbe tornarti utile," ribatté l'uomo, avviandosi verso la fila di piccoli cottage vicino al dormitorio. Caine si chiese a cosa fosse dovuto quell'improvviso miglioramento d'umore, ma decise di non indagare oltre: avrebbe semplicemente accolto la sua gentilezza quando possibile.

Gli si mise al fianco, nella speranza di poter continuare la conversazione. "Jason ha detto qualcosa a proposito di animali morti. Dobbiamo preoccuparci?"

"Non lo so. Non abbiamo ancora capito cos'è successo."

"Ma cosa può essere stato?" insisté Caine. "Malattia, vecchiaia, qualche tipo di predatore? Qualche altra cosa?"

"Sicuramente non malattia o vecchiaia. Selezioniamo le pecore ogni primavera e ogni autunno e teniamo solo quelle sane. Una volta che hanno raggiunto una certa età, non figliano più bene e la loro lana perde lucentezza. Nessuna delle due cose è redditizia. Una pecora potrebbe essersi rotta una gamba in una buca o essere stata morsa da un serpente, anche se è raro, ma di certo non tre lo stesso giorno e nello stesso pascolo. Quando gli uomini le hanno trovate, erano già state mezzo mangiate dai cani selvatici e dai corvi, quindi non sappiamo dire se siano state attaccate da un predatore."

Raggiunsero uno dei cottage più piccoli e Macklin salì sulla veranda. "Vuoi una birra?"

"Volentieri," rispose Caine, salendo a sua volta. Gli atteggiamenti volubili di Macklin lo confondevano, ma poiché in quel momento sembrava disposto a parlare, Caine lo assecondò. Una birra avrebbe anche potuto renderlo ciarliero. "È una bella serata. Potremmo bercela qui fuori e tu potresti dirmi cosa c'è da fare adesso con le pecore. Magari non sono in grado di aiutare, ma voglio veramente sapere quello che succede."

"Ho la Tooheys e la Carlton Cold," offrì Macklin. "Siediti."

"La Tooheys andrà benissimo," disse Caine, accomodandosi su una delle due sedie intagliate nel legno. Mentre l'uomo spariva all'interno, Caine passò la mano lungo il bordo levigato: la superficie era incredibilmente liscia, tranne nei punti in cui si sentiva ancora qualche nodo. Rimase stupito da quanto qualcosa di tanto rustico riuscisse, nello stesso tempo, a essere così comodo.

"Salute," disse Macklin. Porse a Caine la sua bottiglia di birra e ne sfiorò leggermente il collo con quella che lui stesso teneva in mano.

"Salute," rispose Caine, bevendo un sorso. "Cosa facciamo con le pecore morte, allora?"

"Non c'è niente da fare. Le abbiamo seppellite e basta."

"E quando vengono uccise da un predatore che si fa?" domandò ancora Caine.

"Dipende dal predatore," spiegò Macklin. "Le aquile di solito non attaccano le pecore adulte, mentre una coppia di dingo potrebbe. In quel caso aumentiamo il numero di uomini e cani di guardia e speriamo di spaventarli. Se si tratta di maiali selvatici, andiamo a caccia e facciamo scorta di carne per l'inverno."

"E se si trattasse di altro?"

"Non c'è nient'altro," disse Macklin. "Abbiamo la nostra dose di animali pericolosi qui in Australia: serpenti, coccodrilli, ragni e roba del genere. Ma i coccodrilli non vivono in questa zona e i serpenti non infastidiscono le pecore perché sono troppo grosse e non riuscirebbero a mangiarle. Avevo pensato di aspettare ancora un paio di settimane prima di spostare le greggi, in modo da risparmiare il più a lungo possibile l'erba dei pascoli più vicini; ma se là fuori c'è qualcosa che gli dà la caccia, non credo si possa più rimandare."

"Se devi farle rientrare prima, che ripercussioni avrà sulla stazione?" chiese Caine. "Dobbiamo comprare del cibo extra per l'inverno?"

"Quello siamo costretti a farlo in ogni caso," disse Macklin, "anche se cerchiamo di ridurre le scorte al minimo. Il fieno diventa sempre più costoso e quasi tutti gli anni arriviamo sul filo di lana. Aggiungere delle settimane potrebbe portare il bilancio in rosso. Non esattamente l'impressione che volevo dare a tua madre il primo quadrimestre dopo che è subentrata."

"Non preoccuparti di mia madre. Non capisce niente di affari. Se le diciamo che va tutto bene, lei si fiderà."

"Questo però non ci aiuterà quando non potremo pagare i conti," gli ricordò Macklin.

"Non è quello che intendevo," insisté Caine. "Sto dicendo che possiamo considerare uscite e entrate in un lasso di tempo più ampio di quattro mesi. Ho una laurea in economia. So come destreggiarmi in queste cose. Se dobbiamo spendere adesso per guadagnare qualcosa di più dopo, non uscirò certo di testa per uno sbilancio nella carta di credito, o qualunque altra forma di pagamento siate abituati a utilizzare."

"Se sei venuto qui per i soldi, faresti meglio a tornare subito a casa," disse Macklin con freddezza. "Lang Downs non è un porcellino da cui attingere contanti, se vuoi che duri più di un anno o due."

Caine sgranò gli occhi davanti a quel nuovo cambiamento di umore. Le sue parole non avevano assolutamente il significato che Macklin aveva dato loro, ma evidentemente i soldi erano un argomento spinoso e il suo commento era stato accolto come una critica. "Finché riuscirò a guadagnare abbastanza da potermi permettere una vacanza a Sydney una volta all'anno, avrò ciò di cui ho bisogno," disse. "La mamma non si aspettava di ereditare Lang Downs, quindi non si aspetta neanche di ricavarne degli utili. Io voglio continuare la strada intrapresa da mio zio, magari apportando dei miglioramenti, se dovesse presentarsene l'occasione; ma comunque voglio rendergli onore."

"È quello che voglio anch'io," disse Macklin, distendendo la voce fino a persuadere Caine che avrebbero potuto continuare senza che la conversazione si trasformasse in una gara a chi urlava più forte.

"Quindi, su cosa si basano i guadagni della stazione?" domandò. Se avesse capito quello, forse sarebbe potuto risalire al resto.

"Agnelli e lana," rispose Macklin. "Vendiamo gli agnelli che non ci servono per la riproduzione – dopo che sono svezzati, di regola a dicembre – e poi la lana a settembre."

"E in altri periodi? Vendete carne o lana?" domandò Caine. "Voglio dire, capisco che gli agnelli abbiano un periodo di vendita ben preciso dovuto all'età, ma la domanda è comunque costante durante tutto l'anno, quindi deve esserci un modo per andare incontro al mercato."

"Non macelliamo qui alla stazione, se non per consumo interno," disse Macklin. "Dal momento che siamo molto isolati, ci affidiamo a una ditta che si occupa di tutto, inclusa la custodia degli animali fino alla macellazione."

Caine immagazzinò l'informazione per il futuro. Avrebbe prima dovuto considerare i costi, ma se avesse potuto eliminare l'intermediario ci sarebbe stata l'opportunità di guadagnare di più. "Quanti agnelli teniamo e quanti ne vendiamo, in un anno?"

"Dipende dalle condizioni dell'inverno e da quanti ne nascono a primavera," rispose Macklin evasivo.

"Ok, quanti ne abbiamo tenuti e venduti lo scorso anno?" insistette Caine.

"È stato un anno difficile," disse Macklin, sulla difensiva. "Anche senza la morte di Michael, l'inverno è stato rigido e abbiamo perso più agnelli e pecore del solito, quindi non ne abbiamo venduti molti a primavera."

"Macklin, non sto mettendo in discussione le tue decisioni," disse Caine gentilmente. "Sto solo cercando di farmi un'idea della situazione. Quanto è brutta?"

Macklin aspettò così a lungo prima di rispondere che Caine pensò non lo avrebbe fatto. "Se la percentuale di inseminazioni sarà alta e l'inverno mite, la prossima primavera avremo molti agnelli e molta lana, ma se il prossimo inverno sarà come quello passato, dovremo cominciare ad attingere alle riserve."

"C'è un'ipoteca sulla proprietà?"

"Non per quanto ne so," disse Macklin. "Perché?"

"Perché la proprietà è enorme in termini di garanzia del mutuo," spiegò Caine. "Potremmo ottenere un prestito contro il valore della stazione se proprio dovessimo, anche se non penso che arriveremo a tanto. O potremmo cercare una via alternativa per far entrare della liquidità. Ecoturismo o roba del genere. Una vera esperienza nell'outback piuttosto che quelle studiate a tavolino che si trovano nei dintorni di Sydney."

"Questa è una stazione vera, non una fattoria turistica," protestò Macklin.

"Esattamente," disse Caine. "Possiamo dare quel tocco di autenticità che manca agli altri posti."

Macklin non sembrava convinto. "Preferirei aspettare finché non c'è proprio altra scelta."

"E può anche darsi che non sia la soluzione giusta," ammise Caine, "ma magari ci sono delle opzioni che zio Michael non ha mai considerato. Vorrei solo che rimanessimo aperti di fronte a nuove possibilità."

# CAPITOLO 8

CAINE PASSÒ le settimane seguenti a studiare i libri mastri, nel tentativo di farsi un'idea delle reali condizioni finanziarie e commerciali della stazione. Alla Comcast non aveva avuto l'occasione di usare quello che aveva imparato all'università, ma non aveva dimenticato nulla, e l'interesse personale affinché le cose andassero bene gli dava adesso la spinta per impegnarsi anche in ciò che esulava dalla sua esperienza. Aveva sempre sottomano una lista di domande da porre a Macklin e si era aspettato che l'uomo opponesse più resistenza, data la riluttanza iniziale a discutere della situazione. Invece, le giornate terminavano con loro due sulla veranda del suo cottage a bere placidamente birra e a parlare dei meccanismi economici dell'allevamento. Caine preferiva credere che fossero stati il suo ovvio interesse e la sua determinazione a proseguire lungo la via intrapresa da Michael a far pendere l'ago della bilancia di Macklin in suo favore.

"Non sono un esperto legale," disse un mese dopo, quando finalmente era certo di avere un quadro completo della situazione, "o un esperto di pecore, ma sono abbastanza sicuro che abbiamo tutti i requisiti, o quasi, per essere considerati un allevamento biodinamico. Con un po' di tempo e qualche investimento potremmo ottenere la certificazione e, con questa, determinare un sovrapprezzo per gli agnelli e forse anche per la lana."

"E come si ottiene?" chiese Macklin stancamente.

"Ecco la legislazione," disse Caine, porgendogli un plico di fogli che aveva scaricato da internet. "Ho annotato quello che mi era poco chiaro, ma da quello che ho capito, siamo già a buon punto. Dobbiamo comprare del fieno biologico, se già non lo produciamo da soli, ed essere sicuri di rispondere alle richieste veterinarie. Ma soprattutto, dobbiamo favorire il pascolo libero, non usare pesticidi, avere sufficiente spazio negli ovili e far inseminare gli animali naturalmente. Tutte cose che già facciamo. Sono necessari tre anni da quando si presenta la domanda fino all'ottenimento della certificazione, ma alcuni requisiti possono essere soddisfatti in un tempo più breve, e di conseguenza potremmo essere in grado di ottenere dei benefici già durante il processo."

"Li hai proprio fatti bene i compiti," disse Macklin, scorrendo i punti che Caine aveva segnato. "Sono impressionato. Magari un po' preoccupato riguardo al non vaccinarle, ma se eliminiamo la spesa veterinaria ci rimangono più soldi per il fieno e la granaglia biologici."

"Sarebbe possibile coltivare più fieno, o addirittura granaglie, direttamente sui terreni della stazione?" domandò Caine. "Potrebbe voler dire cambiare tutta la rotazione dei maggesi, ma una cosa risulta chiara dalla ricerca che ho fatto: più produciamo internamente e più facile sarà mantenere la certificazione una volta che l'avremo ottenuta, perché non dovremo dipendere dall'onestà di nessun altro."

"Non lo so," disse Macklin. "È più facile comprare il fieno che ci manca da Taylor o da qualcun altro dei nostri vicini se ce l'ha, oppure condividere l'acquisto di una grossa partita se anche a loro manca. Dobbiamo controllare la legislazione riguardante i pascoli e il maggese e confrontarla con i terreni che abbiamo disponibili."

L'espressione di Caine mostrò tutta la sua delusione.

"Non sto dicendo di no, cucciolo," disse Macklin. "Solo che non ne sono sicuro. Non ci ho mai pensato in questi termini prima d'ora. Da domani cominceremo a far rientrare le pecore per l'inverno: perché per i prossimi giorni non vieni con me, invece di startene rintanato in quell'ufficio? Potresti farti un'idea di come funzionano le cose e anche analizzare quello che facciamo sulla base di un'eventuale certificazione. Che ne dici?"

"Posso davvero venire?" chiese Caine eccitato. Non lo aveva chiesto prima perché sapeva cosa pensasse Macklin della sua mancanza di esperienza. E, in ogni caso, doveva controllare l'aspetto economico della stazione, in modo da sapersi regolare quando fosse arrivato il momento di pagare i conti. Era comunque stato difficile restarsene chiuso in casa sapendo tutti gli altri impegnati fuori a lavorare con le pecore.

"Basta che tu faccia quello che dico, quando te lo dico," disse Macklin. "Risponderò a ogni domanda domani sera dopo cena. Sempre ammesso che tu sia abbastanza sveglio da aver voglia di parlare, dopo aver lavorato tutto il giorno. Quando saremo fuori nell'outback, potremmo non aver tempo di scambiare neanche due parole e, se non fai quello che dico, potresti ferirti; oppure rischiare che lo faccia un animale, e io non lo voglio."

"Farò tutto quello che mi dici," promise Caine.

"Metti dei vestiti caldi," aggiunse l'uomo. "Il vento è impietoso fuori dalla valle e, una volta che saremo ai pascoli, non ci sarà il tempo di riaccompagnarti."

"Va bene," disse Caine, finendo la sua birra e alzandosi per congedarsi. "Grazie per la birra. A che ora devo essere pronto?"

"Kami preparerà la colazione per le quattro e mezza. Usciremo alle cinque. Se non sai cavalcare potrai prendere uno dei fuoristrada, ma non sarai coinvolto nel lavoro allo stesso modo."

"So cavalcare. Niente di straordinario, ma me la cavo. Finalmente una cosa utile."

"Non ne sono sicuro," disse Macklin, alzando i fogli che teneva in mano. "Se hai ragione riguardo questo, direi che sai fare più di una cosa utile."

"'Notte," si congedò Caine con un sorriso, cercando di allontanare da sé il timore che, se avesse fallito, avrebbe perso per sempre il rispetto di Macklin.

"'Notte," rispose l'altro, mentre Caine si avviava verso casa sua.

La possibilità di andare con Macklin il giorno seguente lo eccitava. Tutte le serate che aveva trascorso in compagnia del sovrintendente avevano avuto anche un altro risultato oltre a quello di fargli capire quali fossero le reali condizioni finanziarie dell'allevamento: avevano accresciuto la sua attrazione per l'uomo. Sapeva che non sarebbe potuto succedere niente tra loro: Macklin era una persona molto riservata e deviava abilmente la conversazione se sfiorava qualsiasi argomento anche solo remotamente personale. Caine non aveva idea se l'uomo fosse mai stato sposato, se fosse innamorato, o anche solo arrapato. Se era vero che nessun uomo è un'isola, Macklin ci andava comunque molto vicino. Le uniche volte in cui la sua corazza dura sembrava ammorbidirsi erano quelle che trascorreva insieme con i bambini: aveva sempre un sorriso, un gesto o un abbraccio per loro. Jason baciava la terra dove Macklin camminava ed era chiaro che lo stesso facevano gli altri bambini.

Anche per Caine era così. Solo che non aveva modo di esprimerlo e non lo avrebbe neanche fatto, a meno di non essere sicuro che le sue attenzioni sarebbero state ben accette. Anche senza avergli assicurato che non era sua abitudine correre dietro a chi non contraccambiava il suo interesse, Caine non avrebbe comunque fatto nulla per turbare il delicato equilibrio della loro amicizia: farsi avanti senza il suo permesso avrebbe di sicuro mandato tutto all'aria.

Raggiunse la casa padronale ed entrò, tremando leggermente per l'aria fredda. Le giornate erano ancora troppo calde per accendere il riscaldamento, ma di notte la temperatura aveva cominciato a scendere. Kami gli aveva procurato una stufetta portatile per la sua stanza, ma in quel modo tutto il resto della casa rimaneva freddo, benché ciò gli permettesse di risparmiare sul riscaldamento. Dopo essersi affrettato su per le scale e dentro alla sua camera, accese subito la stufa e ci rimase davanti fino a che l'aria non cominciò a scaldarsi. Mentre aspettava, cominciò a pensare a cosa mettersi il giorno dopo.

Macklin gli aveva detto di indossare abiti caldi, quindi di sicuro una maglia e una camicia da lavoro a maniche lunghe. Avrebbe anche portato il Drizabone, non si poteva mai sapere. Il bollettino meteo di quella mattina non aveva previsto pioggia, ma se anche si fosse alzato il vento, il giaccone gli avrebbe comunque fornito uno strato di protezione in più.

Gli stivali gli irritavano ancora un po' le caviglie, ma niente a che vedere col fastidio di solo un mese prima e sapeva benissimo che non avrebbe potuto indossare le scarpe da tennis. Guanti, cappello e pantaloni da lavoro completavano la sua lista mentale. A quel punto, la stanza si era scaldata e Caine poté prepararsi per andare a letto.

Indossò il pigiama e si tuffò tra le lenzuola gelide, desiderando un corpo caldo con cui dividere quelle fredde notti. Tuttavia, avrebbe dovuto cercare ben oltre i confini di Lang Downs se voleva sperare di trovarne uno. A parte Macklin, nessuno degli uomini della stazione aveva catturato minimamente la sua attenzione. Aveva già imparato quella lezione a Philadelphia: mai accontentarsi del primo venuto solo perché è meglio che stare da soli.

Tremando leggermente, Caine si strinse nelle coperte e chiuse gli occhi, sperando che il sonno arrivasse in fretta e che al risveglio non rimanesse, nella sua memoria, alcuna traccia dei sogni della notte. Affrontare Macklin di prima mattina, dopo l'ennesimo sogno erotico in cui il sovrintendente era il suo amante, sarebbe stato l'inizio della fine.


CAINE ENTRÒ in mensa con passo incerto alle 4:35 del mattino successivo. Aveva ancora i capelli umidi per la recente doccia, ma si era svegliato con un casino appiccicoso sullo stomaco, quindi non aveva potuto farne a meno. Avrebbe potuto affrontare Macklin con il viso ancora gonfio di sonno o con un velo di sudore del giorno prima, ma non con addosso l'odore del sesso. Per fortuna, neppure gli altri sembravano avere l'aria molto più sveglia, mentre sorseggiavano il caffè e mangiavano l'abbondante colazione preparata da Kami. Quando misero i panini negli zaini, Caine fece altrettanto, non volendo farsi cogliere impreparato. Aveva appena finito di mangiare quando Macklin entrò e, con il suo immenso carisma, attirò su di sé ogni sguardo. Alcuni degli uomini gli rivolsero qualche parola, altri lo salutarono con un cenno della testa e tornarono ai loro affari, ma Caine avrebbe giurato che tutti avevano notato il suo arrivo.

"Ho già p-preparato i p-panini," gli disse, raggiungendolo proprio mentre si sedeva a mangiare. Immagini vaghe del sogno gli balenarono nella testa, ma le scacciò via immediatamente. "Ho b-bisogno di altro?"

"Kit di pronto soccorso, acqua, calzini asciutti," elencò Macklin. "Non c'è niente di peggio che avere i piedi bagnati. E non c'è ragione di essere nervoso, cucciolo. Non lascerò che ti succeda niente."

"N-non sono nervoso," ribatté Caine. "S-sono stanco e questo fa peggiorare anche la balbuzie." Non era stato nervoso fino a quel momento, ma sapere che Macklin lo osservava così attentamente lo rese tale. Non voleva deluderlo.

"Non sei obbligato a venire."

46

"No!" rispose Caine. "V-voglio venire. Mi sveglierò."

"Prima di partire," lo avvertì Macklin. "Non è una buona idea dormire in sella."

"Prenderò dell'altro caffè," disse Caine. "Ne vuoi anche tu?"

In risposta Macklin gli allungò la tazza vuota.

Caine le riempì entrambe e tornò al tavolo, porgendo a Macklin la sua in silenzio. Dopo che l'uomo ebbe finito la colazione e il caffè, Caine lo seguì verso le stalle.

"Prendi Titan," gli disse. "Sa quello che fa."

Caine afferrò le redini del castrone che Macklin gli aveva indicato e salì in sella. Aveva più esperienza con le selle inglesi che con quelle western; ma dovevano radunare un gregge, non prendere al lazo del bestiame, quindi era sicuro che se la sarebbe cavata.

Un'ora dopo, però, quella sicurezza era sfumata. La sella australiana si adattava al suo corpo diversamente da quella inglese, ma soprattutto, lui non era in forma come tutti gli altri, che sembravano perfettamente a loro agio mentre i cavalli si arrampicavano su per i pendii più alti della tenuta. La temperatura si abbassò notevolmente con l'aumentare dell'altitudine e il debole sole invernale era abbastanza forte da fargli lacrimare gli occhi, ma non da scaldarlo. Quando ebbero raggiunto il pascolo dove le pecore brucavano tranquillamente, Caine era ormai ansioso di scendere per camminare un po' e scaldarsi.

"Prendi del caffè," gli disse Macklin durante una pausa, avvicinandosi in groppa al suo cavallo e passandogli un termos. Caine ne bevve una sorsata e sentì il calore espanderglisi in tutto il corpo.

"E adesso cosa facciamo?" chiese.

"Cominciamo a convincere le pecore a scendere lungo la strada da cui siamo arrivati," rispose Macklin. "Tra i cavalli e i cani, in genere è un lavoro semplice. Lento, ma semplice. La parte difficile è fare in modo che vadano tutte dalla stessa parte. Ce n'è sempre qualcuna che vuole fare di testa sua."

Caine bevve un altro sorso di caffè e restituì il termos a Macklin. "Io che faccio?"

"Siccome non conosci i segnali per guidare i cani – non che abbiano bisogno di essere guidati, a dire la verità – controlla che nessuna pecora tenti la fuga mentre noi le raduniamo. Non vogliamo perderne neanche una."

"Posso farcela," disse Caine. "Va bene se scendo e cammino un po' mentre faccio la guardia? Mi sento un po' irrigidito dopo aver cavalcato così a lungo."

"È abbastanza freddo perché tutti i serpenti siano ormai nascosti," gli suggerì Macklin, "ma se dovessi incontrarne uno, rimani immobile fino a che non va via. Non credo che tu voglia essere morso quassù. Anche se abbiamo con noi l'antiveleno, ti farebbe un casino di male."

"Farò attenzione," promise Caine, smontando con difficoltà e stirandosi fino a terra un paio di volte per sciogliere i muscoli dalla tensione.

Macklin cominciò a gridare ordini agli uomini e ai cani che si accingevano a radunare le pecore. Caine rimase indietro e li lasciò lavorare, mentre conduceva Titan per le briglie verso la parte alta del pascolo, da dove sperava di avere una visuale migliore. Via via che saliva, il suolo diventava sempre più roccioso e qua e là si stagliavano delle formazioni che creavano persino piccole cavità simili a grotte. Caine ne aggirò una e trovò una pecora bloccata tra le rocce.

"Macklin," urlò, nel tentativo di non peggiorare la situazione, ma l'uomo non lo sentì. Salì sulle rocce per chiamarlo ancora e alla fine riuscì ad attirare la sua attenzione e gli fece cenno di avvicinarsi.

Mentre aspettava che il sovrintendente lo raggiungesse, si addentrò ancora di più in quella specie di crepaccio, cercando un modo per liberare la pecora.

"Caine, dove sei?"

"Qui dentro," lo chiamò, appoggiandosi a una roccia per tenersi in equilibrio, ma quella scivolò ai suoi piedi e scoprì un enorme serpente. "Oh, merda," esclamò Caine, indietreggiando verso la parete.

"Caine?"

"Uhm, a-a-a-abbiamo u-u-un p-p-problema," sussurrò, quando Macklin apparve all'ingresso della fenditura. "S-serpente."

"Non muoverti," gli intimò l'altro, la voce tesa come non mai. "Qualunque cosa tu stia facendo, non muoverti."

Caine si immobilizzò contro la parete mentre l'uomo si avvicinava al punto in cui il serpente era stato scoperchiato. Un secondo dopo, abbassò le spalle, sollevato. "Vieni fuori," gli ordinò bruscamente, prendendolo per il polso e attirandolo a sé quando vide che non si muoveva abbastanza velocemente. "È un pitone tappeto dell'entroterra. Ma a che cazzo pensavi, cucciolo?" gli domandò, scuotendolo per le spalle mentre gli urlava contro. Sul viso un'espressione che Caine non sapeva interpretare. La rabbia si leggeva con facilità, ma il resto... non poteva essere quello che lui credeva di vedere. Macklin non poteva essere spaventato per quello che sarebbe potuto accadere. "Te l'ho detto che c'erano dei serpenti in giro. Ti avevo avvisato che erano scesi dagli arbusti. Se avessi scoperchiato un serpente bruno reale o un serpente tigre, adesso potresti essere morto."

"M-m-mi dispiace," disse Caine. "Ho visto la pecora. Volevo a-a-aiutare."

"Quel tipo di aiuto ti porta alla morte," ripeté l'uomo. "Non farmi mai più spaventare così."

Prima che Caine potesse replicare, la bocca di Macklin coprì la sua in un bacio deciso e profondo. Caine mugolò, mentre stupore e bisogno si scontravano dentro di lui e la barba di Macklin gli sfregava le labbra. La presa d'acciaio che gli intrappolava le braccia gli impediva di attirare l'uomo a sé, ma reclinò la testa in un'offerta silenziosa, sperando di ricevere di più.

Macklin si staccò all'improvviso e si allontanò furioso, come se il bacio non ci fosse mai stato, lasciando Caine confuso e con l'uccello dolorante. "C-cazzo," mormorò quest'ultimo, passandosi una mano sul viso e seguendolo lentamente. "E ora?"

Macklin tuttavia non aspettò di sentire quella domanda, ma cominciò a urlare a due degli uomini di andare a recuperare la pecora. Caine aggrottò le sopracciglia e risalì in groppa a Titan. Avrebbe aspettato il momento opportuno, gli sarebbe stato fuori dai piedi mentre guidavano le pecore verso i pascoli invernali, ma avrebbe preteso una spiegazione quando, quella sera, sarebbe andato a casa sua a discutere della giornata.

Sempre che Macklin non gli sbattesse la porta in faccia.

# CAPITOLO 9

MACKLIN FECE in modo di evitare Caine per il resto della giornata, né quest'ultimo cercò di parlargli. Non era una conversazione che potesse tenersi davanti a tutti; mentre cavalcavano verso i pascoli vicini alla stazione, Caine si chiese se, addirittura, fosse il caso di parlarne a casa di Macklin. Anche se il sovrintendente viveva da solo, la sua abitazione era vicina a quella delle altre famiglie che risiedevano permanentemente a Lang Downs e, se avessero finito con l'urlarsi contro, ci sarebbe stata la possibilità che dall'esterno li sentissero. Avrebbe potuto cercare di convincere l'uomo a raggiungerlo alla casa padronale, sfruttando una maggiore privacy, ma dubitava che lui avrebbe accettato e Caine non voleva farlo sembrare un ordine. Avevano già abbastanza questioni di cui discutere senza aggiungere alla lista anche una lotta per il potere.

Macklin non si presentò nemmeno a mensa e Caine cominciò seriamente a pensare che volesse far finta che quel bacio non ci fosse mai stato. Trascorse la cena a parlare con Jason, che era molto eccitato per aver partecipato al suo primo trasferimento di animali con Polly al suo fianco. Per quello che Caine aveva visto, il ragazzino se l'era cavata egregiamente e glielo disse.

"Davvero?" gli domandò lui.

"Non sono un esperto," gli ricordò Caine. "Ma da quello che ho visto tu e Polly eravate al posto giusto e avete fatto spostare le pecore insieme con gli altri jackaroo e i cani. Non ho visto Polly correre via per fare qualche altra cosa o te che perdevi tempo invece di lavorare. Sicuramente hai ancora da imparare, ma oggi sei stato d'aiuto e questa è una buona cosa."

"Il signor Armstrong ha detto che avrei potuto cominciare a dare una mano quest'inverno," spiegò Jason. "Non voglio deluderlo."

"Sono sicuro che non succederà," disse Caine, "e tu potresti insegnare a me tutto quello che lui ti dice di fare. Ci sono un sacco di cose che devo imparare."

"Non troppe, dopo che le pecore si sono accoppiate," disse Jason. "Diamo loro da mangiare, ci assicuriamo che stiano al coperto se nevica e controlliamo che i dingo non si avvicinino troppo. Gran parte del tempo in inverno lo trascorriamo a riparare le cose che si sono rotte durante l'estate e io anche a studiare."

"Sembra tranquillo."

"Schifosamente noioso," dissentì Jason. "Devo fare i compiti adesso. La mamma ha detto che avrei potuto farli dopo il trasferimento, ma non posso rimanere indietro, altrimenti non mi permetterà di partecipare ancora."

"Buona fortuna," disse Caine. Finì di mangiare e poi passeggiò casualmente – sperando che fosse un caso – verso casa di Macklin. La porta era chiusa, ma le luci all'interno erano accese, quindi bussò e aspettò. Macklin socchiuse la porta dopo qualche secondo.

"Non ti ho visto a cena."

"Avevo delle cose da fare," disse l'uomo, senza però aprire di più la porta e invitarlo a entrare.

"L'avevo immaginato," rispose Caine, mantenendo ferma la voce con la sola forza di volontà. "Ma non volevo rinunciare alla nostra b-birra."

"Non ho tempo stasera," ripeté Macklin.

"Cazzate," disse Caine, scostandolo ed entrando in casa. "Mi stai evitando."

"Non ero in me, lassù," cercò di correre ai ripari l'uomo. "Dimentica quello che è successo."

"E se non volessi dimenticarlo?" domandò Caine. "Se ne volessi ancora?"

"Sei qui da un mese e tra un altro potresti già essere andato via," disse Macklin. "Ti senti solo e pensi che potrei essere un buon sostituto del tizio che ti ha mollato giù a casa. Non mi conosci abbastanza da volermi."

Quel discorso lasciò Caine di stucco. "Non hai ascoltato una parola di tutto quello che ho detto da quando ci siamo incontrati, vero?" chiese alla fine. "Non me ne andrò. Anche se tu non mi vuoi, anche se quel bacio è stato un caso, io non me ne andrò. Questa è casa mia adesso, è chiaro?"

"No," disse Macklin. "Non è chiaro. Non dico che non ti credo, ma non è 'chiaro', per usare le tue parole. Non capisco come tu possa aver abbandonato la tua vita precedente e dichiarare fedeltà eterna a Lang Downs dopo solo un mese. E siccome non capisco, faccio fatica a darti fiducia."

"Mi sembra giusto," disse Caine, soppesando le parole. "Perché non mi hai detto di essere gay?"

"Perché non è importante," rispose l'altro, passandosi una mano tra i capelli spettinati. "Qui non siamo a Philadelphia. Siamo nell'outback. Non si può scegliere di essere gay."

"No, non è una scelta," concordò Caine. "È ciò che tu sei, esattamente come è ciò che sono io. Ho visto come ti guarda la gente qua attorno. Credi veramente che gliene importerebbe?"

"Forse no. Ma non fa differenza dal momento che non ho mai incontrato nessuno con cui voler stare, né voglio qualcuno con cui dividere la mia vita."

"E adesso che hai incontrato me?"

"Tu sei... sei questa meravigliosa creatura esotica," confessò Macklin, cercando disperatamente di trasformare i pensieri in parole. "Non riesco a smettere di guardarti, ma non sembri reale."

Caine respirò a fondo e gli si avvicinò, prendendogli una mano. "Sono reale," disse, "e anch'io sono incantato da te." E per sottolineare le sue parole, sfregò delicatamente le loro labbra.

L'uomo si lasciò sfuggire un gemito, strinse la mano di Caine e con l'altra lo afferrò dietro alla testa, attirandolo a sé. Caine gli passò il braccio libero dietro al collo e gli si aggrappò, mentre l'altro lo baciava con la stessa forza di quella mattina, affamato di quel tocco e alla disperata ricerca di qualcosa di più. Caine glielo concesse volentieri, gli accarezzò la nuca e si aprì sotto l'assalto di quel bacio. La lingua di Macklin gli invase la bocca, più per impadronirsene che per esplorarla, e Caine si sentì eccitato in un modo che non avrebbe mai creduto possibile. Forse era stata veramente colpa di John se il sesso tra loro era sempre stato noioso, perché in quel momento non c'era davvero niente di noioso con Macklin!

L'uomo sollevò la testa, aveva gli occhi dilatati e il respiro corto. "Non è una buona idea."

"A me sembra una cazzo di ottima idea," ribadì Caine, strusciandoglisi addosso. L'interesse di Macklin era reso evidente dall'erezione che si scontrava con la sua.

"Dobbiamo lavorare insieme," gli ricordò l'uomo.

"Allora lavoreremo insieme," rispose Caine, baciandogli la linea della mascella. "E in ogni caso non era mia intenzione baciarti mentre siamo al lavoro."

"Non è quello che intendevo," protestò Macklin. "Se andassimo a letto e poi non funzionasse, cosa succederebbe? Lang Downs è casa mia. Non posso semplicemente andare a lavorare da qualche altra parte."

"E se invece andassimo a letto e dovesse funzionare?" domandò Caine. "Potresti gettare via la possibilità di essere felice."

Macklin scosse la testa e si liberò dall'abbraccio. "Lang Downs è l'unica costante della mia vita. Non posso permettermi di metterla in gioco. Tu invece hai una possibilità di fuga."

Caine lo osservò in un silenzio sbigottito mentre spariva in un'altra stanza, lasciandolo solo e vacillante nel salotto. Sentiva il suo corpo fremere e chiedere di più, un ricordo doloroso di quello che era appena successo. Lentamente si girò e uscì, gli occhi rivolti al cielo sconosciuto mentre cercava di capire i motivi di quei cambiamenti d'umore così repentini. Un attimo prima Macklin lo aveva baciato come se non volesse mai più lasciarlo andare, e quello successivo lo aveva praticamente sbattuto fuori. Non riusciva a spiegarselo.

Era tentato di tornare indietro e pretendere una spiegazione chiara, ma dubitava che sarebbe servito. Macklin non seguiva altre regole se non le proprie e provare a cambiare le sue decisioni era come cercare di trattenere la marea.

Caine scalciò la ghiaia sotto agli stivali e si diresse verso casa sua. I dolori derivanti dalla lunga cavalcata erano diventati molto più acuti adesso che la speranza della conversazione con Macklin non lo aiutava più a cacciarli in fondo alla mente. Stava cominciando a innervosirsi e se ne rendeva conto, ma era stato respinto dall'unico uomo che avesse attirato la sua attenzione da mesi a quella parte, e l'unico in grado di farlo sentire in quel modo con solo un bacio.

Entrò in casa, salì le scale e osservò la piccola cabina-doccia della sua camera. Aveva voglia di un bagno vero, di starsene a lungo immerso in una vasca. Non era mai andato nella camera di Michael prima – non si sentiva in diritto di usare quello spazio – ma quella volta lo fece, nella speranza che la stanza da bagno fosse più grande della sua. Trovò una vecchia vasca con le zampe di leone. "Oh, grazie, zio Michael," disse, mentre apriva la manopola dell'acqua calda e chiudeva lo scarico. Si affrettò nella sua camera per prendere tutto l'occorrente e al suo ritorno trovò la stanza piena di vapore. Si spogliò e si immerse, sospirando di sollievo quando il calore gli sciolse i muscoli stanchi.

La vasca continuava a riempirsi e Caine chiuse gli occhi, ripercorrendo nella sua testa la conversazione con Macklin. Non che si fosse aspettato di finirci immediatamente a letto insieme, ma aveva sperato in qualcosa di più che quel brusco congedo. Entrambi i baci avevano chiaramente dimostrato che l'uomo era attratto da lui, il che rendeva quella conclusione ancora più incredibile. Se Macklin contraccambiava il suo interesse, perché lo aveva respinto?

Chiuse l'acqua e scivolò sotto la superficie, fino a ritrovarsi con le spalle coperte. Non aveva senso. La gente riusciva a far funzionare le proprie relazioni anche in posti remoti come Lang Downs. C'erano molte famiglie che vivevano lì stabilmente, quindi era possibile, anche se, per quello che ne sapeva, erano tutte coppie etero. Macklin non aveva detto chiaramente che il problema era la loro omosessualità, quindi o credeva veramente che lui sarebbe andato via, oppure era convinto che non avrebbe preso la relazione seriamente.

"A questo c'è un rimedio," disse piano il giovane, guardando il soffitto. "Devo solo convincerlo."

51

Non sarebbe stato facile. Macklin era deciso a non credergli quando affermava di voler rimanere, il che significava che sarebbe stato ancora meno disposto a credere che fosse serio nei suoi confronti, ma il tempo era dalla sua parte. Non aveva una scadenza, un momento entro il quale doveva vedere dei risultati. Poteva continuare a lavorare su e con Macklin, fino a dimostrargli la sua sincerità e il suo interesse. Il sovrintendente dava l'impressione di essere fatto di pietra, ma quel giorno si era incrinato quando la paura e la rabbia avevano avuto il sopravvento.

Caine non poteva provocarlo per farlo arrabbiare, ma poteva essere provocante sotto altri punti di vista. Adesso che ne aveva lo spazio e il tempo, Caine pensò di nuovo al loro bacio nel salotto di Macklin e analizzò la reazione di quest'ultimo. La sua non era mancanza di interesse, era paura. E anche desiderio. Caine sorrise e si chiese se Macklin avrebbe apprezzato una cena casalinga per due, che sarebbe anche stata la scusa perfetta per toccarlo a suo piacimento.

Il solo pensare a una cosa del genere innescò la reazione del suo corpo. Aveva trascorso pochissimo tempo tra le braccia di Macklin, ma il ricordo del contatto con quei muscoli induriti dal lavoro era già impresso sulla sua pelle. Chiuse gli occhi e tornò con la memoria alla sensazione di quelle mani decise sulle braccia e sul collo. Non era solito pensare a se stesso come a una persona passiva, ma Cristo, c'era qualcosa di terribilmente eccitante nel modo in cui Macklin lo aveva preso le due volte che si erano baciati. Se il sesso era a quel livello, Caine si immaginò ridotto a un mucchietto di cenere quando l'uomo avesse finito con lui, perché già i baci erano stati incendiari.

Si accarezzò il petto con la mano, cercando di immaginare il tocco di Macklin. Il punto in cui le mani del sovrintendente lo avevano stretto, lassù in montagna, era ancora dolorante, anche se non c'erano lividi. La sua stretta sarebbe stata altrettanto ferma durante l'amore? Lo avrebbe spinto sul letto e accarezzato con decisione? Caine imitò quel gesto che riusciva a immaginare così bene e si tirò con forza un capezzolo, emettendo un sibilo quando l'eccitazione gli si propagò direttamente allo stomaco. Provò a ruotarlo con le dita, immaginando le mani callose di Macklin al posto delle sue lisce.

Era certamente merito del soggetto delle sue fantasticherie se si sentì percorrere da un brivido, perché Caine, prima di allora, non aveva mai provato così tanto piacere nel toccarsi. Aveva un buon rapporto con la sua mano destra, come ogni uomo, ma quella sera era diverso: più potente, quasi come se Macklin fosse veramente lì con lui e lo stesse toccando sul serio anziché solo nella sua immaginazione e nei suoi sogni.

Lasciando campo libero alla fantasia, Caine usò una mano per continuare a giocare coi capezzoli, mentre con l'altra si afferrò il pene, ormai completamente duro. Si accarezzò lentamente l'asta dall'alto in basso, cercando di immaginare Macklin fare lo stesso, ma non ci riuscì. Non credeva che l'uomo fosse un amante egoista, ma sospettava che il sesso con lui sarebbe stato deciso e veloce come lo erano stati i baci e che, in un battito di ciglia, si sarebbe trovato sulle sue ginocchia e con il culo all'aria.

Il solo pensiero lo fece gemere e spinse la mano più in profondità tra le gambe, in modo da poter raggiungere la sua entrata. Era lì che Macklin avrebbe concentrato la sua attenzione, allargandolo bene per permettergli di accoglierlo.

Nella vasca, non aveva la possibilità di scivolare sulle ginocchia e assumere la posizione che l'uomo gli avrebbe chiesto, ma infilò comunque un dito nella sua apertura, immaginando che fosse quello di Macklin. Trovò la prostata e la titillò, mugolando mentre la sua erezione strattonava verso l'alto. Premette di nuovo contro la ghiandola e vide una nuvola fluida allargarsi nell'acqua. Aggiunse un secondo dito e cominciò a pompare

52

lentamente; non che si aspettasse che Macklin sarebbe andato piano, ma era passato un po' di tempo dall'ultima volta che aveva avuto qualcosa dentro di sé. Il sesso con John era diventato sempre più raro nell'ultimo anno e, quelle poche volte che lo avevano fatto, si era trattato di un pompino veloce e svogliato. Il sesso con Macklin, invece, lo immaginava sì veloce, ma dubitava che sarebbe mai stato svogliato. Sicuramente non con il modo che l'uomo aveva di baciarlo.

Sentendo il muscolo rilassarsi, Caine cominciò a muovere la mano più velocemente, imitando il modo in cui Macklin lo avrebbe scopato.

Chiuse di nuovo gli occhi e ricordò l'espressione sul suo viso quando si erano separati dopo il bacio nel suo soggiorno. L'immagine e una passata particolarmente mirata sulla prostata furono sufficienti. Caine gemette mentre il suo uccello schizzava nell'acqua e l'orgasmo lo attraversava. Crollò contro il bordo della vasca, la mano ancora in mezzo alle gambe. "Cazzo," mormorò. "Fare davvero sesso con lui probabilmente mi ucciderà."

Fece uscire l'acqua dalla vasca e poi aprì di nuovo i rubinetti. Aveva bisogno di acqua pulita se voleva veramente lavarsi.

Una volta finito il bagno, era totalmente esausto: l'alzataccia, la cavalcata, il serpente e il confronto con Macklin, sommati all'orgasmo, lo avevano lasciato completamente sfinito. Si tuffò a letto, rendendosi conto, appena prima di addormentarsi, che non aveva chiesto a Macklin i programmi per il giorno seguente. Pensò di alzarsi e programmare la sveglia per la stessa ora di quel giorno, ma la stanza era fredda, il letto caldo e il suo corpo intorpidito. Sperò di riuscire a svegliarsi in tempo comunque, ma se non ci fosse riuscito si sarebbe scusato facendo qualcosa per Macklin la sera dopo: avrebbe aiutato Kami in cucina e poi avrebbe preparato una cena speciale per loro due.

Sorrise mentre immaginava i possibili sviluppi, e addormentandosi sognò mani infuocate, labbra esigenti e un accento australiano.

# CAPITOLO 10

QUANDO, LA mattina dopo, Caine entrò in mensa, gli occhi ancora pesanti di sonno, Macklin e gli altri erano già partiti. Si versò una tazza di caffè, ma non disturbò Kami per la colazione, che era stata servita ore prima. Invece, prese una ciotola di cereali e del latte: se li sarebbe fatti bastare fino a pranzo.

"Il signor Armstrong non ha permesso nemmeno a te di andare?" gli chiese Jason, entrando in mensa e sedendogli accanto.

"Ho dimenticato di chiedergli a che ora sarebbero partiti," ammise Caine. "Ho ancora delle cose da imparare, mi sa. Perché non ti ha fatto andare con loro?"

"Ha detto che le previsioni hanno annunciato temporali e che è probabile che ci sia anche del ghiaccio su in alto," rispose Jason. "Aveva promesso alla mamma che non mi avrebbe portato se fosse stato pericoloso, quindi credo che la situazione lassù possa diventare brutta."

Caine sbiancò. "Allora è meglio che non sia andato: di certo non sarei stato d'aiuto, anzi, forse il contrario. Quindi cosa farai, oggi?"

"Compiti," disse Jason, con un'espressione talmente afflitta da far scoppiare l'altro in una risata.

"Pensi che tua mamma ti lascerebbe qualche ora libera per insegnarmi alcuni dei comandi che usi con Polly?" chiese Caine. "Non ho un cane, ma se non conosco nemmeno i comandi, non riuscirò mai ad aiutare con le pecore. Ci farà passare il tempo nell'attesa che gli uomini rientrino; se dice di sì, poi ti aiuterò con i compiti."

"Andiamo a chiederglielo," disse Jason, il viso rischiarato.

"Prima lasciami riempire la tazza di caffè," lo fermò Caine. "Anche qui da noi l'aria è fredda e umida, oggi." Non riusciva a immaginare come potesse essere il tempo ad altitudini maggiori, ma doveva assolutamente trovare il modo di scaldare Macklin quando fosse tornato. Il pensiero lo fece sorridere.

"Ci sono dei termos in cucina, se ti servono," suggerì Jason. "Ne chiedo uno a Kami."

"Però non farti staccare la testa," rispose Caine con un'altra risata.

"Non lo farà," disse Jason. "Gli piaccio."

Come da previsione, il ragazzino tornò qualche minuto dopo con un termos. Caine lo riempì, si strinse addosso il Drizabone e calcò il cappello in testa. "Andiamo a vedere cosa riuscirete a insegnarmi tu e Polly."

SE, QUANDO ebbero finito, Jason poté dirsi soddisfatto del lavoro che avevano svolto con il cane, Caine era invece ancora frastornato da tutti i vai, vieni, ferma e guarda dietro; inoltre si sentiva i piedi congelati. Si chiese come se la stessero passando gli altri. Era quasi mezzogiorno e se tutto si fosse svolto come il giorno prima, ormai avrebbero dovuto essere sulla via del ritorno. Gli uomini e i cani alla guida e le pecore dietro in un caos ordinato. Macklin sarebbe stato in fondo alla fila, lo sguardo attento, per assicurarsi che ogni cosa andasse secondo i piani e che i jackaroo facessero tutto quello che la situazione richiedeva.

Non era un'immagine che tranquillizzava Caine.

54

Si fermò per mangiare e scaldarsi, dopodiché seguì Jason a casa sua per aiutarlo con i compiti. Per fortuna, la matematica era algebra di base e la lezione di storia trattava la Prima guerra mondiale; quindi, anche se lui l'aveva studiata dal punto di vista americano, fu comunque capace di dare una mano al ragazzo. Alle tre avevano finito e Caine cominciò a preoccuparsi. C'erano ancora un paio d'ore prima del tramonto, ma il giorno prima a quell'ora erano già tornati alla stazione. "Dovremmo preoccuparci?" chiese a Jason.

Il ragazzo fece spallucce. "Non ancora. Saranno infreddoliti e di cattivo umore quando arriveranno, dato il modo in cui ha piovigginato tutto il giorno, ma se ci fossero stati dei problemi il signor Armstrong lo avrebbe comunicato via radio, oppure avrebbe mandato qualcuno nel caso la radio non funzionasse."

"Dobbiamo assicurarci che abbiano caffè e tè al loro ritorno," disse Caine. "Avranno bisogno di scaldarsi. Macklin mi ha istruito bene giorni fa sui pericoli del ritrovarsi bagnati e infreddoliti nell'outback."

"Kami avrà già preparato tutto," disse Jason. "Sa come funziona."

Il suono dei belati echeggiò nella valle. Caine alzò lo sguardo e vide le prime pecore emergere oltre la cresta della collina. "Corri a dire a Kami che stanno arrivando," disse a Jason. "Vedrò cosa fare per farli andare al caldo il prima possibile."

Jason corse in mensa e Caine si diresse verso le stalle per aprire il cancello e permettere agli uomini di entrare. Anche gli altri jackaroo che quella mattina non erano usciti con Macklin lo raggiunsero. "Potete prendervi cura dei cavalli e dei cani, mentre gli altri vanno dentro a scaldarsi?" chiese loro Caine.

"Non preoccuparti, amico," disse Neil, uno dei residenti che era andato con loro il giorno prima.

Mano a mano che gli uomini arrivavano, Neil e gli altri li liberavano delle cavalcature e Caine li indirizzava verso la mensa. Macklin ovviamente arrivò per ultimo. "Lascia il cavallo a Neil," gli disse Caine avvicinandosi, mentre questi accompagnava l'animale verso le stalle. "Ci penserà lui, mentre tu ti scaldi."

"Faccio da solo," insisté Macklin.

Caine ruotò gli occhi davanti alla testardaggine dell'uomo e lo seguì dentro alla stalla. "Allora lascia che ti aiuti a togliere i finimenti e la sella. Devi essere completamente gelato."

"Sto bene," disse Macklin, ma Caine avrebbe giurato che le sue labbra fossero blu. Afferrò la sella e l'appoggiò fuori dal box perché Neil o qualcun altro degli uomini la prendessero, poi tornò ad aiutarlo a togliere il resto.

"Andiamo," gli disse quando ebbero finito. "Tutti gli altri sono dentro a scaldarsi."

"Sto bene," insisté Macklin.

Caine gli afferrò una mano e gli sfilò il guanto. La pelle era gelida al tatto. "Non stai bene. Sei infreddolito e bagnato. Sei tu che mi hai messo in guardia contro i danni dell'ipotermia. Vai a casa e cambiati. Prenderò una tazza di caffè dalla mensa e te la porterò. Meglio ancora, vai a casa e fatti una doccia calda. Potrai bere il tuo caffè quando avrai finito."

Con quelle parole Caine lo lasciò andare, nonostante la tentazione di seguirlo ed entrare nella doccia con lui fosse molto forte. Andò invece alla mensa e riempì un termos di caffè. Avrebbero potuto condividerlo dopo che Macklin si fosse cambiato, mentre decidevano cos'altro c'era da fare. Quando raggiunse la casa dell'uomo, entrò senza bussare, credendolo sotto la doccia; invece lo trovò in cucina, a prepararsi una tazza di tè.

"Avresti dovuto dirmi che preferivi il tè," gli disse. "Kami li ha preparati entrambi. Perché non sei sotto la doccia?"

"Perché c'è ancora del lavoro da fare," rispose Macklin. "Mi farò una doccia questa notte prima di andare a letto."

"Almeno cambiati i vestiti," insisté Caine, accarezzandogli le spalle. "Anche se avevi il Drizabone a proteggerti, hai la camicia fradicia e sono sicuro che i piedi non siano messi meglio."

Macklin esitò.

"Andiamo!" gli ordinò Caine. "Oppure comincerò a spogliarti qui e adesso, e sono sicuro che non vuoi che lo faccia."

Lo sguardo di Macklin si scurì a quel commento, dando all'altro abbastanza coraggio da farlo avvicinare di un passo, ma prima che le sue mani raggiungessero il primo bottone della sua camicia da lavoro, l'uomo girò sui tacchi e sparì in un'altra stanza. Caine lo lasciò andare e si limitò a controllare il tè e spegnere il bollitore quando l'acqua cominciò a gorgogliare. Ci aggiunse il colino con le foglie di tè e lo mise da parte a raffreddarsi. Pensò di cercarsi una tazza dove bere il suo caffè, ma non voleva invadere la privacy dell'uomo. Avrebbe bevuto direttamente dal termos e poi l'avrebbe chiesta a Macklin quando fosse tornato.

Non ci volle molto. Era evidente che Macklin non si era fatto la doccia, ma almeno indossava dei vestiti asciutti, e quella era la preoccupazione principale di Caine. "Il tuo tè è in infusione. Non sapevo se ci volessi lo zucchero."

Macklin non rispose, ma aprì uno sportello e ne tirò fuori una tazza, mettendoci dentro due cucchiaini di zucchero prima di versarci il tè. Prese una seconda tazza e la porse a Caine, sempre in silenzio. Un silenzio che Caine si trattenne dal riempire di inutile chiacchiericcio; Macklin non l'avrebbe apprezzato e non avrebbe favorito lo scopo per cui si trovava lì: voleva che il sovrintendente gradisse la sua compagnia, non che lo preferisse altrove.

Macklin lo raggiunse al piccolo tavolo e bevve il suo tè lentamente. "Altri due giorni e dovremmo aver trasferito tutte le pecore nei pascoli invernali," disse alla fine.

"Perfetto," rispose Caine. "Poi potremo cominciare con la monta, se non sbaglio."

"Sì. Divideremo le pecore a gruppi a seconda di quale montone vogliamo che le ingravidi, poi porteremo il montone e lasceremo che la natura faccia il suo corso."

"Sembra una cosa stancante," osservò Caine.

"Più che altro lunga," disse Macklin, "ma non difficile. La parte più complicata è fare in modo che non ci siano accoppiamenti tra consanguinei. Ogni anno teniamo le pecore più adatte alla riproduzione, il che significa che i genitori di quelle pecore si trovano alla stazione. Non vogliamo che una pecora sia ingravidata dal suo genitore."

"Mi sembra giusto. Immagino che teniate dei registri, allora."

"Abbiamo un registro genealogico," disse Macklin. "Non esattamente un registro, è tutto sul computer adesso; ma tutte le pecore hanno una targhetta e, tramite il numero, controlliamo chi è il loro genitore, quindi le facciamo accoppiare con un montone diverso."

"A sentirti parlare sembra che serva una laurea in biologia per fare andare tutto per il verso giusto," scherzò Caine.

"Oppure un sacco di pratica," rispose Macklin. "Ti piacerebbe vedere i registri?"

"Certo che sì."

"Prendo il portatile."

Furono interrotti da un colpo alla porta. "Dopo che ho visto chi è," aggiunse Macklin.

"Scusa se ti disturbo, capo," disse Neil, "ma c'è Devlin Taylor che chiede di parlare con Caine."

"Arriviamo," rispose Macklin.

"Il nostro vicino?" domandò Caine. "Che cosa vuole?"

"Creare problemi, senza dubbio," mormorò Macklin. "Prendi il tuo caffè, cucciolo. Sarebbe capace di uccidere un uomo a forza di chiacchiere, quindi tanto vale metterci comodi mentre lo ascoltiamo."

"Non devi venire se non ne hai voglia," gli offrì Caine. "Neil ha detto che vuole parlare con me."

"Quell'uomo riuscirebbe a venderti anche un camion di letame," rispose Macklin. "Vuole mettere le mani su Lang Downs e non ho idea di quali storie o false informazioni potrebbe propinarti per raggiungere il suo scopo."

"Può dire tutto quello che vuole," disse Caine. "Non mi interessa vendere, quindi non importa cosa mi racconta."

"Importa se ti dà dei consigli sbagliati e per quello noi finiamo nei guai."

"Macklin," disse Caine, prendendolo per un braccio e fermandolo prima che aprisse la porta. "Sei tu il mio sovrintendente, non lui. Nessuno mette in dubbio la tua dedizione a Lang Downs. Se avrò bisogno di un consiglio, sarà a te che lo chiederò, e se le informazioni di Taylor dovessero essere diverse, sarà a te che darò retta. Attrazione a parte, è in te che ho fiducia."

"Però non dirlo a Taylor," lo avvisò Macklin, liberandosi dalla sua stretta e aprendo la porta.

"Sono inesperto, non stupido," ribatté Caine, mentre afferrava il cappello e seguiva Macklin all'esterno.

Se Caine non avesse già incontrato Macklin, Devlin Taylor sarebbe stato la personificazione dell'allevatore australiano. O almeno fu questa la sua impressione nel vederlo in piedi sulla veranda della casa padronale: pelle abbronzata, capelli sbiancati dal sole, fisico longilineo, atteggiamento autoritario. Ma Caine aveva conosciuto prima Macklin, quindi notò subito tutti quei piccoli difetti che lo rendevano meno affascinante dell'altro uomo. I suoi stivali erano simili a quelli di Macklin, ma non consumati dal duro lavoro. Aveva le spalle ampie, ma non altrettanto solide. Sembrava in forma, ma Caine notò una piccola pancia sporgere da sopra la cintura. Devlin Taylor poteva anche vivere nell'outback, ma non assomigliava minimamente a Macklin Armstrong.

"Presentami al tuo nuovo capo, Armstrong," esordì subito l'uomo, con un tono falsamente cameratesco. "I miei ragazzi mi hanno detto che il mese scorso siete passati, quindi ho pensato di ricambiare, comportarmi da buon vicino eccetera."

Caine strinse i denti quando l'uomo gli diede una pacca troppo gioviale sulla schiena.

"C-Caine Neiheisel," disse, prima che Macklin potesse rispondere. Voleva che Taylor trattasse con lui, non con il suo sovrintendente.

"Neiheisel," ripeté Taylor. "Che razza di nome è?"

"Tedesco di Cincinnati," rispose, già sulla difensiva per il velato insulto.

Taylor scosse la testa. "Quindi tu saresti il bis-nipote del vecchio Lang, ho sentito bene?"

"Giusto," disse Caine. "Mia n-nonna era sua s-s-sorella maggiore." Aprì la porta e fece cenno a Macklin e Taylor di entrare.

"Deve essere stato un trauma per te. Sai, l'outback dev'essere particolarmente scomodo per uno abituato a vivere in città da tutta una vita," continuò Taylor non appena furono dentro.

"Niente affatto," rispose Caine. "È un'avventura eccitante. Vuole qualcosa da bere? Caffè? Tè?"

"Una tazza di tè, se c'è."

"Torno subito," si scusò Caine.

Lasciò i due uomini da soli nel salone e andò nella piccola cucina riservata a suo uso personale, per accendere il bollitore elettrico. Avrebbe potuto chiedere a Kami, ma non voleva disturbarlo così vicino all'ora di cena. Stava tornando dai due australiani, quando li sentì parlare.

"Non ce la farà mai, Armstrong. È un ragazzo di città fatto e finito e, da quello che ho saputo, pure frocio. Gli uomini non gli daranno mai ascolto e, se tu ti schieri dalla sua parte, non ascolteranno neanche te. Aiutami a convincerlo a vendere. Gli farò un buon prezzo. Uniremo le stazioni e con il numero di pecore che riusciremo a mettere insieme diventeremo entrambi ricchi."

"Non ero interessato le prime due volte che mi hai fatto l'offerta," disse duramente Macklin. "Cosa ti fa pensare che lo sia adesso?"

"Non lo avevi incontrato, le prime due volte," rispose Taylor. "Come fai a camminare a testa alta, sapendo che lavori per un finocchio?"

"Cammino a testa alta perché so che lavoro per il nipote di Michael Lang."

Caine tornò di soppiatto in cucina, non sapendo come reagire a quello che aveva appena sentito. Non si era aspettato che la sua inclinazione sessuale sarebbe diventata così presto motivo di tensione. Sperava di riuscire a dimostrare il suo valore ai jackaroo *prima* di incontrare qualcuno di speciale, e che questi ultimi avrebbero imparato ad apprezzarlo anziché criticarlo. Non nascondeva quello che era, ma neppure lo sbandierava ai quattro venti; a Macklin lo aveva detto sin dal primo giorno solo perché era venuto fuori spontaneamente nel corso della conversazione. Versò due tazze di tè e tornò in salotto, assicurandosi di fare abbastanza rumore perché Taylor e Macklin lo sentissero arrivare.

"Allora, cosa la porta qui oggi, signor Taylor?" domandò educatamente.

"L'ho già detto, volevo incontrare il mio nuovo vicino," rispose quello. "E dirti che sarei felice di aiutarti in qualsiasi modo. Consigli, uomini, di qualunque cosa tu abbia bisogno basta che mandi qualcuno a Taylor Peak."

"È un'offerta molto generosa," disse Caine. "Ma sono sicuro che non sarà necessario approfittarne. Macklin fa in modo che tutto giri alla perfezione qui a Lang Downs."

"Non ho dubbi in proposito, ma tuo zio e io eravamo ottimi amici e in sua memoria mi farebbe piacere aiutarti. Abbiamo visto qualche branco di cani randagi su ai pascoli alti. Vi conviene stare attenti se non volete perdere delle pecore."

"Le terremo d'occhio," disse Caine, per niente intenzionato a discutere la decisione di Macklin di spostare le greggi nei pascoli più vicini, oppure a raccontare degli animali morti che avevano trovato il mese prima. Non credeva che Taylor arrivasse al punto di fare qualcosa di così subdolo come uccidere le loro pecore, ma non voleva neppure mettergli in testa strane idee.

Anche se i suoi commenti avevano raggiunto l'unico scopo di rendere ancora più evidenti le differenze di gestione tra Lang Downs e Taylor Peak, Caine preferì non dare all'uomo la possibilità di offrirgli consigli non desiderati. Se si fosse trattato solo di differenze nel modo di amministrare le due proprietà, Caine avrebbe anche potuto ascoltare; ma Taylor aveva dei secondi fini, e per questo motivo lui non si fidava.

"Devi sentirti solo qui nell'outback, senza nessuno," disse Taylor.

"Non sono quasi mai s-solo," rispose Caine, sforzandosi di sorridere. Aveva già capito dove l'uomo volesse andare a parare, ma si rifiutò di dargli la soddisfazione di costringerlo ad ammettere qualcosa che non era assolutamente affar suo. Se Taylor avesse avuto i coglioni per chiederglielo direttamente, avrebbe anche potuto rispondergli, ma di certo non avrebbe mostrato alcuna reazione davanti a delle basse insinuazioni. Macklin era capace di capire quanto fosse nervoso dal modo in cui balbettava, ma Taylor non lo conosceva così bene. "Ci sono almeno cinquanta persone che vivono qui."

"Quella non è compagnia," disse Taylor con scherno. "Quelli sono dipendenti."

"No," rispose Caine. "Sono Macklin e Kami e Jason e Neil e tutti gli altri. Oppure lei è uno di quei c-capi che pensano che non si possa essere amici dei propri dipendenti?"

"Diventa difficile licenziare qualcuno se sei suo amico," gli fece notare Taylor.

"Se si è a-amici lavoreranno con un impegno tale che non ci s-sarà bisogno di licenziarli," ribatté Caine. Si rivolse a Macklin. "Quando è stata l'ultima volta che hai dovuto licenziare qualcuno qui a Lang D-Downs?"

"Ci sono state delle persone che hanno scelto di andare via e altre che non sono tornate dopo una o due stagioni, ma da quando sono sovrintendente non ho mai dovuto licenziare nessuno. I miei uomini lavorano troppo duro perché accada."

Caine rivolse a Taylor un'occhiata compiaciuta. "Quindi vede, signor Taylor? Non c'è niente di male nell'essere amico delle persone che lavorano alla stazione."

"Ci sono gli amici e c'è la compagnia," tentò di nuovo quello.

"Anche questo è vero," concordò Caine. "Ma prima di pensare alla c-c-compagnia devo a-ambientarmi nella mia nuova vita. Lei è sposato, signor Taylor?"

"Divorziato," rispose l'uomo, arrossendo sotto l'abbronzatura. Caine nascose un sorriso. *Uno a zero per il frocio.* "Mia moglie aveva difficoltà a vivere così lontana dalla città. Diceva che Boorowa non poteva essere considerata tale."

"Credo d-d-dipenda da cosa si intende per c-città," disse Caine. "A me è piaciuta, anche se spero di poter visitare di nuovo Sydney e senza i postumi del jet-lag."

"Potresti venire con me il mese prossimo," propose Macklin. "Vado sempre una settimana a Sydney in inverno. Sono le mie ferie."

Quella proposta sorprese Caine, specialmente se fatta di fronte a Taylor e alle insinuazioni riguardo al suo orientamento sessuale. Forse era il modo in cui Macklin voleva far capire all'uomo che non gli importava. Sorrise, sperando che fosse così; ma se fosse anche dipeso da un altro motivo, una settimana a Sydney insieme a Macklin aveva tutta l'aria di essere il Paradiso. "Grazie. M-mi piacerebbe. Non vorrei essere scortese, signor Taylor, ma ho del lavoro da svolgere prima di c-c-cena, quindi se non c'è altro, la saluto."

"No, nient'altro," disse Taylor, chiaramente sorpreso da quel congedo. "Ma se un giorno dovessi cambiare idea riguardo alla tua permanenza, tieni presente la mia offerta. Sono certo che riusciremmo a trovare una soluzione."

"Se mai dovessi cambiare i-idea, me lo r-r-ricorderò," rispose Caine. Non che ne avesse l'intenzione, ma Taylor non gli avrebbe creduto se avesse fatto un'affermazione simile, quindi disse la prima cosa neutra che gli venne in mente.

Caine accompagnò Taylor alla porta e gliela chiuse con decisione alle spalle, anziché accompagnarlo sulla veranda e guardarlo andare via. Sua madre lo avrebbe rimproverato per la mancanza di educazione, ma Caine era ansioso di liberarsi dell'uomo. Si girò solo per trovarsi Macklin a un palmo dal naso.

"Non osare neanche pensare di vendere a Devlin Taylor."

Caine sorrise e gli passò le braccia attorno al collo. L'uomo si tirò indietro, ma Caine lo trattenne. "Non ti ho detto che voglio rimanere?"

Macklin si liberò dell'abbraccio di Caine e lui lo lasciò andare. "Sì, ma hai detto a Taylor che avresti ricordato la sua offerta."

"Solo perché la ricordo non vuol dire che ne terrò conto, se mai decidessi di vendere," puntualizzò Caine. "E dopo quello che ho sentito mentre facevo il tè, non venderei a lui neanche se fosse l'unica offerta che ho. Come fai a sopportarlo?"

"Il suo è un comportamento tipico," disse Macklin. "Perché credi che io vada a Sydney una volta all'anno? E comunque non lo sopporto, lo evito accuratamente a meno che non abbia alternative. Cos'hai sentito?"

"Quando voleva convincerti a spingermi a vendere e poi lo sproloquio sul fatto che sono gay," rispose Caine. "Ne deduco che non sappia di te."

"Nessuno lo sa, tranne Michael," disse Macklin. "E a lui non importava. Avevo il suo appoggio."

"Mi fa piacere sentirlo," disse Caine. "Sapere che non avrebbe avuto da obiettare alla mia presenza rende le cose più facili."

Macklin sorrise. "Non te l'ha mai detto, vero? Immagino che abbia un senso dato che non ti conosceva personalmente. Anche lui era gay, cucciolo. Lui e Donald, il suo sovrintendente, erano compagni in ogni senso del termine. Donald morì quasi subito dopo il mio arrivo, quindi è normale che non ne facesse parola nelle lettere che parlavano della stazione, ma credevo che tu lo sapessi comunque."

"No, non me lo aveva mai detto," disse Caine. "Non ricordo neanche di averlo mai sentito citare quel nome. Era una cosa pubblica?"

"Era qualcosa di cui non si parlava, ma credo che si sapesse in giro. La stazione non era ancora grande come adesso, quindi non c'era una casa riservata al sovrintendente, ma solo la casa padronale e i dormitori. Michael e Donald vivevano qui e il resto degli uomini nei dormitori. Quando poi la stazione si ampliò abbastanza da aver bisogno di altre abitazioni, Donald era malato e la scusa fu che aveva bisogno di spazio e cure che non avrebbe potuto avere altrove. La maggior parte degli uomini che ci sono ora è arrivata dopo la morte di Donald e io non ho mai chiesto loro se sapessero. Come ti ho detto, non è una cosa di cui si parla."

"Quindi non sanno neanche di te," disse Caine.

"Non è una cosa di cui si parla," ripeté Macklin. "Non c'era motivo per dirlo. Io non ho qualcuno come invece aveva Donald."

"Potresti."

"Vuoi davvero dare a Taylor altre munizioni con cui attaccarti, cucciolo?" domandò Macklin.

"Non mi frega un cazzo di Taylor," rispose Caine. "Io devo vivere la mia vita. Potremmo stare insieme, Macklin."

Macklin indurì i lineamenti. "Ti ho già detto che non funzionerebbe."

"No, mi hai detto che hai paura di provarci perché potrebbe andare male," insisté Caine. "Potrebbe andare male, non ci sono garanzie; ma potrebbe anche andare bene. Zio Michael e Donald ce l'hanno fatta. Potrebbe essere lo stesso per noi."

"Santo Dio, se sei testardo, cucciolo," disse Macklin. "È una pessima idea."

"Non è una pessima idea," continuò Caine, avvicinandosi ancora e appoggiandogli una mano sul braccio. "Dammi una possibilità, Macklin. Fammi dimostrare che ne vale la pena."

"Ci penserò."

Era abbastanza. Fino a che Macklin ci avesse pensato, Caine avrebbe potuto continuare a logorare la sua resistenza.

# CAPITOLO 11

IL DATABASE che conteneva i dati riguardanti la riproduzione era piuttosto semplice come schema, ma incredibilmente complesso per la quantità di informazioni che conteneva. Macklin aveva caricato i dati sin dalla nascita di Lang Downs in modo che per ogni pecora si potesse risalire indietro di generazioni. Caine gli aveva dato un'occhiata e poi aveva restituito il computer a Macklin.

"Dimmi come si fa a non fare gli accoppiamenti sbagliati."

"Ogni pecora ha una targhetta all'orecchio," spiegò Macklin. "I numeri vengono assegnati a lotti, così ogni gruppo di numeri deriva dallo stesso montone. Poi si tratta solo di controllare nel database, di anno in anno, che i gruppi di pecore non siano messe insieme con il loro genitore. Ci vuole del tempo a verificare, ma in questo modo si preserva la purezza della discendenza per gli accoppiamenti futuri e per la vendita degli agnelli destinati all'alimentazione."

Caine annuì. "Quindi c'è una stampa, altrimenti come consultate il database quando c'è lo smistamento delle pecore?"

"Abbiamo trasferito i dati in un palmare," spiegò ancora Macklin. "La pecora entra nel recinto, controlliamo il suo numero sul database e la assegniamo a un dato ovile."

"Ci sono un sacco di cose che ancora non so fare," disse Caine, "ma di sicuro con questa posso cavarmela."

"Non è difficile," concordò l'altro. "Sono sicuro che ci riuscirai."

Si trattava di un lavoro noioso, freddo e sporco. Gli uomini separavano dal resto del gregge poche pecore alla volta, leggevano ad alta voce il numero della targhetta, poi Caine cercava nel database chi era il loro genitore e Macklin decideva in quale recinto farle andare in base a un sistema che il più giovane non era ancora riuscito a capire.

Per l'ora di pranzo, Caine aveva già svuotato due termos di caffè, eppure si sentiva gelare lo stesso. Gli uomini che lavoravano con le pecore si muovevano, ma Caine se ne stava fermo al centro del pascolo e aspettava che fossero gli altri a portargli gli animali.

Mentre andavano verso la mensa, cercò Macklin. "Posso f-fare a cambio con qualcuno nel pomeriggio? Sto g-gelando a r-rimanere tutto il tempo fermo in un p-posto. Jason mi ha i-insegnato a lavorare con i c-cani."

"Stai balbettando per il freddo, o perché temi veramente che possa dire di no?"

"F-freddo," disse Caine, contento che fosse la verità. Macklin lo rendeva ancora nervoso a volte, ma non a causa della stazione. Avrebbe potuto dire no, ma ormai Caine sapeva che il suo rifiuto non sarebbe stato dovuto al fatto che lo considerava uno straniero.

"Stai vicino a Neil," decise Macklin, porgendogli altro caffè. "Chiederò a Jason di prendere il tuo posto. Gli ho detto che se in mattinata avesse finito i compiti, questo pomeriggio avrebbe potuto dare una mano."

"Vorrà lavorare con P-Polly," disse Caine. "Non voglio essergli d'intralcio."

"Jason si impegna molto e Polly sta imparando in fretta," rispose il sovrintendente, "ma la prima lezione che ogni jackaroo impara è che devi svolgere il compito che ti viene assegnato. Anche se si tratta di spalare letame: ce ne sarà un sacco quest'inverno, quindi non scordarlo neanche tu."

61

La scintilla che attraversò gli occhi di Macklin fu l'unico indizio che stesse scherzando; Caine lo capì e sorrise. "Sissignore, comandante, signore. Qualsiasi compito mi venga assegnato."

"Vai a prendere la pappa," lo ammonì Macklin scuotendo la testa e dandogli una spintarella in direzione del cibo preparato da Kami. "Ne avrai bisogno se nel pomeriggio devi lavorare con le pecore."

Jason arrivò mentre Caine stava mangiando, visibilmente eccitato riguardo al pomeriggio. La sua espressione cambiò leggermente mentre parlava con Macklin, ma annuì e andò a sedersi accanto a Caine. "Il signor Armstrong dice che questo pomeriggio aiuterai con le pecore. Dovresti prendere Polly, la conosci meglio di qualsiasi altro cane."

"Davvero non ti dispiace?" domandò Caine. "È il tuo cane."

"Anch'io vorrei aiutare, ma il signor Armstrong mi ha ricordato che tutti danno il loro contributo, anche se non si occupano direttamente delle pecore. Anche Kami, che non si avvicina neanche ai recinti, fa la sua parte."

"Certo che la fa," concordò Caine. "Avrei un sacco di problemi in più a tornare là fuori se non mi avesse rimpinzato di pollo al curry."

"Io invece preferisco il riso fritto," disse Jason. "Ma non lo cucina spesso in inverno. Quando è freddo prepara piatti in umido, al curry oppure sughi densi che ti scaldano da dentro."

"Sono sicuro che il riso fritto sia buonissimo, ma ora sono grato per questo curry. Finalmente mi sento di nuovo gli alluci."

"Indossa due paia di calzini," disse Jason.

"Ce li ho già," rispose Caine. "La prossima volta che vado a Boorowa cercherò degli stivali foderati di pelliccia."

"Buona fortuna, allora," disse Jason. "Sbrigati a mangiare. Il signor Armstrong sta già tornando fuori. Non credo che tu voglia farti attendere."

Caine ripulì in fretta il piatto e si affrettò dietro a Macklin. "Vieni, Caine," lo chiamò Neil, quando raggiunse gli altri uomini. "Cominciamo."

Neil fischiò per chiamare il suo cane, un vecchio pastore grigio che Caine non conosceva. Si guardò intorno alla ricerca di Polly, ma vide arrivare Jason. "Vai con Caine, bella."

"Vieni, Polly," la chiamò allora. "Facciamo vedere a questi veterani cosa sa fare una coppia di cuccioli."

Il pomeriggio passò molto più in fretta della mattina: si mossero costantemente dietro alle pecore, le separarono dal gregge poche alla volta e poi le smistarono secondo le indicazioni di Macklin. Caine e Polly non avevano la stessa fluidità di Neil e del suo cane, Max, ma se la cavarono comunque molto bene. Solo una volta Neil dovette mandare Max a correggere un loro errore; Caine pensò che, se anche le loro pecore non erano raggruppate e ordinate come quelle di Neil, non si fossero comportati affatto male per essere la loro prima giornata di lavoro.

"Faremo di te un vero jackaroo," gli disse Neil quando, terminata la giornata di lavoro, si avviarono verso la mensa.

"Sei stato bravissimo!" si complimentò anche Jason pochi minuti dopo. "Sembravi veramente uno di loro!"

"Polly è stata bravissima," si schermì Caine. "Io le ho solo detto cosa fare."

"Evidentemente le hai detto le cose giuste," insisté Jason. "Dirai al signor Armstrong che ti ho insegnato io? Magari domani mi lascerà dare una mano."

"Glielo dirò," promise Caine, "ma non ti assicuro che la mia influenza arrivi a tanto. È lui che decide, non io." Forse, un giorno, Caine avrebbe ottenuto abbastanza fiducia in se stesso e considerazione da parte degli uomini per contribuire alle decisioni; ma per ora era già soddisfatto che Macklin gli illustrasse i propri provvedimenti ogni sera, mentre parlavano dei programmi per il giorno successivo. I suoi commenti gli avevano fornito parecchie intuizioni sulla personalità e sulle capacità dei lavoranti.

Quando Caine ebbe finito di mangiare, Macklin non era ancora arrivato; così riempì un piatto e si diresse verso casa sua. Lo trovò nel salotto, curvo sui registri genealogici. "Non sei venuto a cena."

"Mi sentivo ancora pieno da pranzo," gli rispose, senza alzare la testa.

"Te l'ho portata lo stesso," disse Caine. "La metto in cucina. Puoi sempre farti uno spuntino di mezzanotte. Vuoi una birra o un po' di tè?"

"Birra," rispose distrattamente Macklin.

Caine alzò gli occhi al cielo e portò il piatto in cucina, lo mise nel frigorifero e prese due birre. Le aprì e le portò in soggiorno. "Allora, cosa c'è di così importante in quel registro da non farti neanche alzare gli occhi quando sono entrato? Non è diverso da ieri sera."

"Sto guardando i dati delle pecore che l'anno scorso non hanno portato a termine la gestazione," spiegò Macklin. "Quelle che abbiamo smistato oggi sono le pecore più giovani che non hanno ancora figliato. Alcune delle altre hanno avuto degli aborti, oppure non sono proprio state ingravidate. Vorrei provare a farle andare con un montone diverso; magari otteniamo risultati migliori."

"E dovremo separarle tutte domani?" chiese Caine.

"Sono in mezzo alle altre," spiegò Macklin. "Le pecore giovani vengono tenute separate dopo che sono state svezzate, ma tutte le altre si mescolano nel corso dell'estate. Voglio mettere un flag accanto al loro numero, così me le ricorderò nei prossimi giorni."

"Posso aiutarti?" Caine bevve un sorso di birra e gli sedette accanto sul divano.

"È un lavoro da fare in solitaria," rispose Macklin, "ma apprezzerei un po' di compagnia."

"Allora rimango," disse Caine. Non che avesse intenzione di andare via, in ogni caso; ma la richiesta gli fece piacere. Gli piaceva l'idea che Macklin lo volesse vicino.

Rimasero seduti in silenzio e Caine dovette finire con l'appisolarsi, perché quando l'uomo chiuse il computer, si svegliò di colpo. "Scusami, non sono stato una grande compagnia."

"Hai lavorato duro oggi," disse Macklin. "Devi essere stanco. Perché non vai a riposarti?"

"Tra qualche minuto," prese tempo Caine, stirandosi lentamente. "Non sono ancora pronto a salutarti."

"Perché no? Hai qualcosa per la testa?"

"Qualcuno," lo corresse Caine, tirandolo per la mano finché non gli si avvicinò. "È tutto il giorno che voglio baciarti."

"Caine," cercò di scoraggiarlo l'altro con voce decisa; ma lui non lo lasciò andare e si piegò in avanti fino sfiorargli delicatamente le labbra.

Com'era già successo, Macklin prese immediatamente il controllo e il bacio divenne esigente, rude e appassionato. Caine annaspò sotto quell'assalto e lasciò che Macklin rivendicasse la sua bocca, ma poi si sottrasse. "Mi b-baci come se tu dovessi m-morire se non ti prendi subito tutto di me."

"È una brutta cosa?" chiese Macklin. La vulnerabilità che traspariva da quella domanda colpì Caine nel centro del suo essere.

"Non è per niente una brutta cosa," rispose velocemente. "Mi fa sentire incredibilmente bene, ma qualche volta è bello anche non correre."

Macklin arrossì sotto l'abbronzatura e Caine si pentì immediatamente di aver sollevato la questione, ma ormai era troppo tardi per fare marcia indietro. Doveva solo fargli vedere quello che si perdeva. "Immagino che non ci sia il t-t-tempo per essere dolci e teneri se hai s-solo una s-settimana all'anno, ma le cose sono d-diverse adesso. Non dobbiamo affrettarci, r-ricordi?"

"Sei nervoso, cucciolo?" domandò Macklin.

Caine scosse la testa, spingendogli indietro le spalle fino a farlo rilassare contro la spalliera del divano. "E-e-eccitato." Poi gli si mise a cavalcioni ma senza sedersi, in modo da stargli sopra e sfregargli delicatamente le labbra con le sue. "È difficile c-concentrarsi quando mi sei così v-vicino."

"Hai bisogno di concentrarti?" domandò ancora Macklin, lasciandogli il controllo dei baci.

"Se v-vuoi che p-parli, d-devo," rispose Caine, muovendo le labbra lungo la guancia dell'altro fino all'orecchio. "Oppure p-posso b-baciarti e b-basta."

Le braccia di Macklin lo strinsero. "Baciami e basta."

Caine non se lo fece ripetere due volte e iniziò a mordicchiargli il lobo, prima di soffiargli dolcemente lungo l'arcata delicata: probabilmente l'unico punto delicato di tutto il suo corpo. Il brivido che percorse l'uomo eccitò Caine oltre ogni immaginazione. Seguì la linea della mascella, ruvida di barba, fino al mento deciso e all'intrigante fossetta, leccandone il minuscolo incavo e sentendo sulla lingua il gusto del sapone che si era accumulato durante la doccia. Nel momento in cui le loro labbra si toccarono di nuovo, Macklin afferrò la nuca di Caine, lo immobilizzò e ricominciò a divorargli la bocca.

Caine si lasciò andare e sedette sulle cosce dell'uomo mentre questi continuava a baciarlo fino a togliergli il respiro. Poi, con la testa che gli girava, prese di nuovo l'iniziativa e si tirò su, costringendo Macklin a reclinare la testa all'indietro per mantenere il bacio. Anziché permettergli passivamente di invadere la sua bocca, Caine adesso combatteva contro di lui in una lotta per il dominio. Con sua sorpresa, Macklin si tirò indietro, permettendogli di approfondire il bacio e, per una volta, di esplorare la sua bocca. Eccitato fino all'impossibile, Caine sollevò la testa, il respiro che gli alzava e abbassava il petto mentre guardava l'uomo sotto di lui. "M-mi fai i-impazzire," disse con il fiatone.

Macklin lo prese per i fianchi e lo fece di nuovo aderire alle sue cosce; le due erezioni picchiavano l'una contro l'altra. "Per me è lo stesso."

Caine cominciò a strusciare i fianchi contro quelli di Macklin, che rispose spingendo a sua volta, prima di tornare a baciarlo. Questa volta Caine gli offrì spontaneamente la sua bocca, già pregustando il sapore delle fantasie che diventavano realtà, quando all'improvviso le luci tremolarono e poi si spensero.

"Porca puttana," imprecò Macklin, fermando con le mani i movimenti di Caine. "Dobbiamo avviare i generatori."

"Non può farlo qualcun altro?" chiese lui. Non voleva spostarsi ora che Macklin gli aveva permesso di avvicinarsi.

"I capanni sono chiusi a chiave per impedire ai bambini di entrare e fare danni," disse Macklin. "Solo io e te abbiamo le chiavi. Se non usciamo, Neil o uno degli altri ragazzi verrà a bussare nel giro di qualche minuto."

Qualche minuto non sarebbe bastato per soddisfare i desideri di Caine. Imprecò a sua volta e si spostò. "Andiamo. Prima risolviamo e prima possiamo tornare qui."

"Non questa sera, cucciolo," lo avvisò Macklin. "Una volta messi in moto i generatori, dobbiamo controllare le linee alla ricerca del problema. Una linea guasta potrebbe causare un incendio."

"Avvia i generatori," disse Caine. "Io vado a sellare i cavalli."

Macklin annuì e prese una torcia dal mobiletto accanto alla porta. Il crepuscolo non aveva ancora lasciato via libera alla notte, ma Caine fu comunque contento di avere una luce: non era ancora in grado di orientarsi bene alla stazione. Macklin aprì il capanno dei generatori e prese un'altra torcia da una mensola. "Prendi questa. Ne avrai bisogno per sellare i cavalli, le luci delle stalle non sono collegate ai generatori."

"Ci vediamo tra qualche minuto," disse Caine, prendendo la torcia e dirigendosi verso le stalle. Molti altri uomini erano già arrivati e stavano preparando i propri cavalli. Caine sellò prima il cavallo di Macklin, poi prese Titan. Si aspettava che l'uomo avrebbe avuto da ridere sul fatto che anche lui volesse accompagnarli, ma non gli avrebbe permesso di lasciarlo indietro.

"Cosa stai facendo?" gli domandò infatti quando arrivò.

"Sello Titan," rispose Caine, sorpreso dall'essere riuscito a mantenere ferma la voce. La sua erezione, che nel frattempo si era spenta, tornò a svettare al suono della voce dell'altro.

"Neanche per sogno," tuonò il sovrintendente. "Tu torni nella tua camera e vai a letto."

Caine avrebbe voluto rispondere che non era sua intenzione avvicinarsi a nessun letto se non in sua compagnia, ma non sapeva se ci fossero orecchie indiscrete nei paraggi, e non voleva rovinare le cose rivelando la loro relazione ai jackaroo senza prima averlo deciso insieme. "Perché? Tu stai andando."

"Io sì," annuì Macklin, "e lo stesso faranno Neil e un altro paio di ragazzi che conoscono la stazione bene quanto me. Tutti gli altri se ne staranno al sicuro dentro casa."

"Io vengo con te," insisté Caine. "Questa è la m-mia stazione adesso ed è mia responsabilità assicurarmi che ogni cosa sia a p-posto."

"Non farai niente del genere," grugnì l'uomo, avvicinandosi di un passo come se la sola forza della sua presenza imponente potesse spingerlo a cambiare idea; ma Caine rifiutò di lasciarsi intimidire.

"Neanche voi, allora," affermò. "Se è troppo pericoloso non andrà nessuno e se deve essere fatto comunque, mi assumerò gli stessi rischi degli altri."

"Non sai dove andare. Non sai cosa cercare e se anche la trovassi, non sapresti cosa fare," urlò Macklin. Titan si agitò e spinse Caine contro l'uomo.

"Stai s-s-spaventando Titan," disse quest'ultimo, mentre il cuore gli batteva furiosamente.

"È te che voglio spaventare," mormorò Macklin. "Ok, va bene. Vieni se vuoi, ma rimani attaccato a Ned e fai esattamente quello che ti ordino."

"Quello che mi dici, quando lo dici," promise Caine, ormai a conoscenza dell'ammonimento. Quella era la frase tipica di Macklin ogni volta che lasciavano la stazione e, dopo l'incontro con il serpente, Caine si era assicurato di obbedire.

Macklin si allontanò e tornò qualche secondo dopo, tenendo Ned per le briglie. Caine li seguì fuori e montò su Titan. Il sovrintendente urlò i suoi ordini, spedendo Neil e altri due lavoranti a controllare le linee verso sud. "Noi ci occuperemo di quelle a nord," disse a Caine. "Ci terremo in contatto via radio e Kami ci avviserà, sempre via radio, se la luce dovesse tornare."

"Non c'è nessun temporale, però," osservò Caine mentre cavalcavano seguendo i cavi elettrici che connettevano Lang Downs a Taylor Peak verso sud e a Cowra verso nord. "Cos'altro potrebbe causare un'interruzione della corrente?"

"Potrebbe essere saltato un trasformatore," rispose Macklin, "o un albero potrebbe essere caduto sulla linea. Non ci sono temporali, ma c'è un vento piuttosto forte. C'è anche la possibilità che non sia un problema nostro, ma dobbiamo controllare lo stesso. Spero che tu ti sia vestito pesante sotto il Drizabone, cucciolo. Potrebbe essere una lunga notte."

"Starò a meraviglia," disse Caine, anche se già sentiva il freddo mordergli i piedi. Due ore dopo, desiderava non aver insistito così tanto per accompagnare Macklin. Il freddo ormai gli aveva preso le gambe e le braccia, nonostante l'impermeabile, e gli stava facendo battere i denti.

Sì sentì un crepitio provenire dalla radio alla cintura di Macklin. "Abbiamo trovato il problema, capo. C'è un trasformatore guasto vicino al confine con Taylor Peak. Nessuna linea è caduta."

"Ottimo lavoro," disse Macklin. "Tornate indietro se potete, altrimenti fermatevi in uno dei capanni e rientrate domani mattina. Non correte rischi inutili."

"Va bene, capo. Ci vediamo domani mattina."

"Noi possiamo tornare indietro," disse Macklin, guardando per la prima volta Caine da quando avevano lasciato la stazione.

"B-b-b-bene," disse Caine, battendo i denti. "P-prima è m-m-meglio è."

"Di tutti gli idioti più stupidi... Andiamo, cucciolo," imprecò l'uomo. "C'è un capanno a una decina di minuti da qui. Trascorreremo lì la notte e la prossima volta che ti dirò di fare una cazzo di cosa, tu mi ascolterai."

"Non ci scommetterei," rispose Caine, facendo girare Titan per seguire Ned, "perché tu non lo faresti e io non ti chiederei di fare qualcosa che non sia disposto a fare io stesso. La prossima volta mi vestirò di più."

Macklin guidò entrambi i cavalli verso la piccola stalla costruita contro uno dei muri. Tolse loro le selle e li coprì con dei plaid. "Vai dentro e accendi un fuoco," ordinò. Prese la radio dalla cintura e iniziò a parlare con la stazione per comunicare loro il cambiamento di programma.

Caine barcollò dentro e con la luce della torcia cominciò a cercare la legna. Per fortuna anche i suoi genitori avevano un caminetto, quindi aveva imparato come accendere un fuoco. Preparò la legna e aveva cominciato a cercare i fiammiferi, quando Macklin entrò.

"Dov'è il fuoco?"

"Dove sono i fiammiferi?" rilanciò. "È la prima volta che entro nei capanni, non so dove sono le cose."

Macklin prese i fiammiferi dal mobile accanto alla stufa. "Lo faccio io."

"No, dammi i fiammiferi e ci penso io," insisté Caine. "Non sono un incapace. Solo che non riuscivo a trovare i fiammiferi."

Macklin gli lanciò la scatola e, le braccia incrociate sul petto, lo guardò inginocchiarsi davanti al camino. Caine lo ignorò, accese il fiammifero e lo avvicinò con cautela all'esca. Continuò ad alimentare la piccola fiamma con dei rametti fino a che anche i ceppi più grossi non cominciarono a bruciare e il fuoco finalmente si accese. Si rimise in piedi e si girò a guardare Macklin, il cui viso mostrava tutta la sua sorpresa. "Non male per uno straniero, eh?" disse.

"Niente affatto," concordò l'uomo. "Ci vorrà qualche minuto prima che il fuoco scaldi un po' l'ambiente. Ci sono delle coperte sulle brande, ma non so quanto siano pulite."

"Domani le porteremo con noi e le faremo lavare," disse Caine. Ne prese una e, dopo essersi seduto davanti al fuoco, se l'avvolse attorno alle gambe. "Forse potrei dormire qui. In questo modo potrò aggiungere altra legna durante la notte."

"Starai più comodo su una branda."

"Starò più caldo vicino al fuoco."

"Aiutami a spostare il tavolo e poi potremo avvicinare le brande al fuoco," suggerì Macklin. "In questo modo staremo comodi e al caldo."

# CAPITOLO 12

PREPARARONO LE brande e mantennero vivo il fuoco, ma anche in quel modo, sotto le coperte, Caine non riusciva a smettere di tremare. Cercò di muoversi il meno possibile per non disturbare Macklin, ma evidentemente non dovette riuscirgli troppo bene perché l'uomo si girò e si alzò a sedere. "Hai ancora freddo, cucciolo?"

"S-sì," disse Caine.

"Proviamo così." Macklin accostò la sua branda a quella di Caine e coprì entrambi con la sua coperta. "Vieni qui."

Caine esitò solo un attimo prima di farsi indietro e accucciarsi contro Macklin, lasciando che il grande corpo dell'uomo lo avvolgesse con il suo calore. Caine sospirò e si rilassò quando sentì il tepore diffondersi sotto i vestiti. "Come fai a essere così caldo?" gli domandò.

"Sangue denso," rispose Macklin. "Sembra che il freddo non mi dia così fastidio come invece succede ad altre persone."

"Fortunello," ribatté Caine, accomodandosi più vicino e stringendosi nelle coperte per impedire al calore di disperdersi.

"Non ti agitare così, cucciolo. Mi farai venire strane idee."

Caine spinse ancora indietro, deliberatamente, fino a sentire il rigonfiamento della mezza erezione di Macklin. "Forse voglio farti venire strane idee," disse con voce roca.

"Caine."

"Sei stato tu a dirlo," gli fece notare lui, per nulla toccato dal tono ammonitorio della sua voce. "Se non volevi che pensassi al sesso, dovevi semplicemente aspettare che mi addormentassi. Cosa che sarebbe successa tra paio di minuti, se tu non avessi parlato." Gli si girò tra le braccia in modo da poterlo guardare in viso. "Però ora che lo hai menzionato devi andare fino in fondo."

"Devo?"

Caine leccò di nuovo la fossetta sul mento di Macklin. "Oppure posso sedurti, se preferisci."

"Vai a farti fottere."

"Non senza preservativi e lubrificante," rispose Caine, "ma sono sicuro che possiamo pensare a qualcos'altro." Fece scivolare una mano tra i loro corpi e l'appoggiò sull'uccello duro di Macklin, sopra i jeans.

"Sono sicuro che possiamo," disse l'uomo, con una voce sensualmente roca. Caine gli baciò la mascella, puntando di nuovo verso l'orecchio, mentre lo strizzava gentilmente.

Macklin gli prese la mano e gliela inchiodò al materasso, poi rotolò verso di lui, muovendosi fino a che non gli fu perfettamente sopra. Gli catturò la bocca e la invase con la propria lingua. Caine si rilassò contro il materasso sottile, godendosi il peso di Macklin che lo spingeva giù. Le spalle larghe e il fisico imponente dell'altro lo sovrastavano, circondandolo di calore e facendo crescere sempre di più il desiderio che era sbocciato quando Macklin aveva accennato agli strani pensieri. Benché sapesse che non avrebbero potuto fare sesso senza preservativi, quella posizione era incredibilmente più intima del semplice stare vicini, e Caine desiderava intensamente quell'intimità. Da quando aveva saputo dello zio Michael, non aveva potuto impedirsi di sperare che la storia potesse ripetersi; trovarsi in quel modo sotto a Macklin gli sembrava il modo migliore di cominciare. Sempre attento a rimanere avvolto nelle coperte, fece scivolare le braccia sulle spalle dell'uomo, poi giù lungo la schiena, fino ad afferrargli saldamente il sedere e spingerlo a muoversi. Forse non avrebbero potuto fare sesso, ma ciò non significava che non potessero darsi piacere.

Macklin gli si strusciava addosso, così Caine pensò di usare le mani per altre cose. Gli aprì i bottoni della camicia e, scavando sotto al pesante tessuto, trovò una lunga maglia. Si fece strada anche sotto a quella e alla fine arrivò alla pelle. Come prima cosa esplorò, risalendo verso l'alto, la striscia di peli che dal pube saliva verso l'ombelico. Era curioso di scoprire se Macklin avesse il petto glabro o peloso, ma trovò solo una leggera peluria che si estendeva dalle costole fino ai capezzoli.

"Cosa stai facendo?" gli chiese l'uomo, interrompendo il bacio.

"Ti do piacere, spero," rispose lui, accarezzandogli il capezzolo con il pollice. "Non dirmi che mai nessuno ti ha toccato in questo modo." Macklin non rispose, il che era già di per sé una risposta. "Qui è troppo freddo, ma una volta che torniamo alla stazione ho intenzione di legarti al letto e farti provare tutto quello che ti sei perso."

"Ti costringerò a mantenerla questa promessa, cucciolo," farfugliò l'altro, aprendogli a sua volta la camicia, solo per trovare la pelle nuda. "Non mi stupisco che tu sia gelato! Dove sono la maglia e i mutandoni?"

"Quali mutandoni?" chiese serio Caine. "Se non li ho comprati a Boorowa, allora non ce li ho."

Macklin gli rivolse un'occhiataccia. "È evidente che dobbiamo fare un altro viaggio. Fino a che non ci andremo te ne presterò qualcuno dei miei. Ti andranno un po' grandi, ma sarà sempre meglio che ritrovarti con le palle gelate." Fece scivolare una mano tra i loro corpi e gli accarezzò lo scroto. "Non vorrei mai che gli accadesse qualcosa."

"N-n-neanche i-i-io," mugolò Caine, troppo eccitato per parlare con chiarezza. "C-c-com…" Non riusciva a concentrarsi abbastanza per pronunciare le parole, ma Macklin capì lo stesso e continuò a massaggiargli i testicoli attraverso i vestiti. Caine si muoveva freneticamente sul letto, desiderando che l'ambiente fosse abbastanza caldo da potersi liberare degli abiti e delle coperte e abbandonarsi alla sensazione della pelle contro la pelle. "C-c-cazzo," riuscì a dire, mentre il suo corpo si contraeva preparandosi al piacere.

Le labbra di Macklin si chiusero sulle sue, impedendogli ogni altro tentativo di parlare. Caine non oppose resistenza e affondò in quel contatto, preda di un desiderio disperato. Il suo corpo pulsava di passione, ma il suo cuore chiedeva di più. Poteva darsi piacere da solo nella sua casa, ma con Macklin voleva di più. Voleva un amante.

Indugiò sul limitare del piacere: il sacco contratto, l'uccello gonfio, mentre si sfregava contro Macklin, ma non era ancora abbastanza. Si staccò dal bacio per respirare ed elemosinare di più, ma prima che riuscisse a pronunciare anche una sola parola, Macklin gli accarezzò una guancia e la tenerezza di quel gesto fu il colpo di grazia. Con un grido muto, Caine si tuffò nell'orgasmo. Macklin grugnì contro di lui, i fianchi ancora impegnati in un movimento frenetico, poi piano piano si fermò. Ansimava contro il suo collo e il suo respiro era caldo in confronto all'aria fredda della stanza.

Quando Caine riuscì a muoversi di nuovo, avvolse le braccia attorno alle spalle dell'uomo, tenendolo stretto. Macklin non lo aveva detto espressamente, ma Caine sospettava che gli altri suoi incontri sessuali avessero avuto termine subito dopo aver raggiunto il culmine. Lui non voleva che quella notte le cose andassero in quel modo e avrebbe usato ogni mezzo per impedirlo: anche la scusa di voler stare al caldo, se necessario, benché si augurasse di non dover arrivare a tanto. Sperava che Macklin decidesse di rimanere perché si era reso conto che lui avrebbe potuto dargli di più, se avesse accettato ciò che aveva da offrire.

Macklin rotolò su un fianco e trascinò Caine con sé, facendo in modo che i loro corpi rimanessero in contatto. "Non c'è acqua calda qui nelle capanne, ma se lasci che mi alzi per qualche minuto posso scaldare un panno vicino al fuoco," si offrì. "Potresti non stare tanto comodo altrimenti."

"Tra un m-minuto," disse Caine, affondandogli il naso nella spalla e rimanendo immobile. "N-non voglio ancora che tu mi lasci."

"Non vado da nessuna parte, cucciolo," promise Macklin. "Se anche mi alzo per un minuto, poi tornerò e ti terrò al caldo per il resto della notte."

"Non è q-questa notte che mi preoccupa. C-ci s-sarai ancora d-domani notte?"

"Domani notte starai al caldo e comodo nel tuo bel letto."

*E tu dove sarai?* Fu tentato di domandargli Caine, ma non voleva correre il rischio di farlo scappare a gambe levate per le colline perché si era dimostrato troppo possessivo. "Sarai il benvenuto se vorrai raggiungermi," disse invece.

"Mi hai offerto di dimostrarmi quello che mi sono perso," disse Macklin. "Vedremo che cosa ci riserverà domani. Ripuliamoci adesso, così poi potremo dormire un po'."

Caine lo lasciò andare e lo osservò mentre bagnava uno straccio nel lavandino con dell'acqua presa dalla dispensa. Caine rabbrividì al pensiero di quanto dovesse essere fredda quell'acqua, ma Macklin portò il panno vicino al fuoco e lo fece scaldare per diversi minuti. "Non è proprio caldo," disse, tornando verso il letto, "ma non è neanche ghiacciato. Lascia che ti pulisca."

Caine annuì e il respiro gli morì in gola quando Macklin gli aprì i pantaloni e li abbassò insieme con i boxer. Il panno era appena tiepido e Caine fu percorso da un brivido quando l'uomo glielo passò sulla pelle sensibile, ma la delicatezza del tocco annullò il fastidio della temperatura. "Non posso fare niente per i tuoi boxer, ma così dovresti stare un po' meglio."

Caine si contorse fino a che riuscì a scalciare via i pantaloni e i boxer, per poi rimettersi i primi senza biancheria. "Meglio senza che appiccicoso," disse. "Tocca a me."

"Sono a posto," si schernì Macklin, indietreggiando. "Girati e mettiti a dormire."

"P-pensavo che avessi d-d-detto che mi a-a-avresti tenuto al caldo."

"Non guardarmi in quel modo, cucciolo," protestò l'uomo. "Vado solo ad aggiungere della legna la fuoco. Ci vorrà meno di un minuto."

Quelle parole non addolcirono la sensazione di essere stato respinto, ma Caine si rifiutò di lasciare che Macklin vedesse quanto lo aveva ferito. Si girò su un fianco e, dandogli le spalle, aspettò che l'uomo aggiungesse altra legna al fuoco. Il fruscio inequivocabile dei vestiti fu come sale su una ferita. Macklin non era 'a posto': solo non voleva che lui lo toccasse.

Fu quasi tentato di allontanarsi quando l'uomo sgusciò di nuovo sotto le coperte e lo abbracciò da dietro, ma le sue braccia lo stringevano con forza e le sue labbra gli accarezzarono la nuca. Caine si rilassò un po' e appoggiò le mani sul braccio dell'uomo.

Un braccio nudo.

Trattenne il respiro, sorpreso dalla sensazione della pelle nuda, e fece scorrere timidamente le dita verso l'alto, aspettandosi di trovare del tessuto all'altezza del gomito o del bicipite, ma non toccò altro che pelle. Cercò di girarsi per continuare l'esplorazione, ma l'uomo lo strinse con più forza. "Dormi Caine. Abbiamo del lavoro da fare domani."

Caine gli si accoccolò contro e allungò la mano per appoggiargliela sulla coscia. Toccò del tessuto, ma si trattava di morbidi mutandoni piuttosto che dei jeans in fustagno. Sorridendo, chiuse gli occhi e cercò di dormire.


IL MATTINO successivo, Caine si svegliò con calma, vagamente conscio che Macklin si era alzato durante la notte per aggiungere legna al fuoco; e molto conscio, invece, del braccio che gli stringeva ancora la vita, del corpo muscoloso che gli premeva contro la schiena, ma soprattutto del pene duro che lo sfiorava. Fu percorso da un brivido di anticipazione, nella speranza che l'uomo sarebbe stato più disposto ad accettare le sue attenzioni di quanto lo fosse stato la sera prima.

Si girò lentamente cercando di non disturbarlo, ma gli occhi verdi dell'uomo si spalancarono di scatto, distruggendo le sue speranze di svegliarlo in modo particolarmente audace. Sul suo viso balenarono confusione, comprensione e poi disagio. "Dovremmo tornare alla stazione," disse immediatamente.

"Tra un minuto," rispose Caine, sporgendosi per un bacio mattutino.

Macklin non lo sfuggì, ma neanche lo ricambiò: non nel modo in cui lo aveva fatto la sera prima, almeno. Rimase invece perfettamente immobile tra le braccia di Caine, così evidentemente a disagio che l'altro sciolse l'abbraccio e lo lasciò andare. Sentì la puntura del rifiuto, ma si disse che probabilmente Macklin non aveva mai avuto una 'mattina dopo', e che forse non sapeva come gestire la situazione. Preferì fare retromarcia anziché spaventarlo e farlo fuggire. "C'è niente in dispensa che potremmo mangiare per colazione?"

Macklin si alzò e gli voltò le spalle mentre si infilava i pantaloni. A quel punto Caine sorrise sul serio, più divertito che ferito. Come se girandosi avesse potuto impedirgli di accorgersi che si era svegliato con un'erezione. "Potrebbe esserci un barattolo di Vegemite e un po' di pane o biscotti, ma non ho idea di quanto siano freschi."

Caine fece una smorfia disgustata. Aveva imparato a conoscere e apprezzate diversi sapori nuovi da quando era arrivato in Australia, ma il Vegemite non riusciva proprio a farselo piacere. "Magari aspetto di rientrare alla stazione."

Macklin ridacchiò e si girò mentre finiva di abbottonarsi la camicia, nascondendo alla vista i mutandoni e la pelle nuda. "E io che pensavo che tu ti stessi trasformando in un australiano."

"Saranno necessari ben più di un paio di mesi nell'outback prima che il Vegemite possa essere annoverato tra i miei cibi preferiti," disse Caine. "In modo particolare quando Kami e la sua cucina sono a non più di una o due ore di marcia."

"A proposito di Kami, dovremmo rientrare," disse Macklin, rivolgendogli uno sguardo significativo mentre se ne stava ancora spaparanzato sotto le coperte.

Caine quindi si alzò e fu percorso da un lungo brivido quando i suoi piedi avvolti solo dai calzini si posarono sul pavimento freddo. Si allungò di nuovo verso Macklin, ignorando l'espressione di disagio che gli si dipinse sul volto. Macklin doveva imparare a gestire i momenti di intimità fuori dal letto e Caine pensò che il modo migliore fosse quello di non dargli possibilità di scelta. "Solo dopo esserci scambiati un 'buongiorno' come si deve."

"Caine."

"Cosa?" ribatté il giovane. "Di certo ti sono piaciuti i baci della notte scorsa. Cosa c'è che non va nel baciarsi di mattina?"

"La notte scorsa è stata…"

71

"Esattamente," disse Caine, quando Macklin si interruppe. "La notte scorsa è stata. Smettila di fare finta che non sia successo niente, o che non ti sia piaciuto almeno quanto è piaciuto a me. Non ti sto chiedendo di sposarmi. Voglio solo un bacio."

Vedere i lineamenti di Macklin stravolti dal panico sarebbe anche stato divertente se Caine non avesse sperato nell'effetto contrario. Sospirò. "Perché è tutto così difficile?" gli domandò con gentilezza.

"Non abbiamo tempo di parlarne adesso," rispose l'altro. "Dobbiamo rientrare alla stazione."

"Perché?" chiese allora Caine. "Non *perché* in generale, ma perché affrettarsi? Cosa c'è di così importante da non darti neppure il tempo di rispondere a una mia domanda?"

"E perché è così importante da doverne parlare proprio adesso?" rilanciò Macklin.

"Perché siamo qui adesso e tu ti comporti in modo strano adesso, e se n-non mi dai una spiegazione adesso, forse non lo farai mai più."

"Forse sarebbe meglio," mormorò Macklin.

"Macklin, smettila di evitare la questione."

L'uomo sospirò e si allontanò, poi iniziò a camminare nervosamente per il capanno. "Perché non l'ho mai fatto prima, ok? Scopavo e poi finiva lì. Non ho idea di cosa tu ti aspetti da me e questo mi rende più nervoso di una pecora circondata dai dingo."

Mentre parlava si passava continuamente una mano tra i capelli spettinati e guardava Caine come se l'intera situazione fosse solo colpa sua. Quell'ammissione però, per quanto maldestra, placò un po' della frustrazione di Caine, che gli si avvicinò di nuovo. "Quello che voglio in questo momento è solo un bel bacio," ripeté. "Quello che voglio in generale lo decideremo poi. È questo il bello di una relazione: non c'è solo quello che voglio io, ma quello che vogliamo noi."

"E se tu potessi avere tutto quello che desideri? Cosa vorresti?" domandò piano Macklin.

"Quello che avevano lo zio Michael e Donald," rispose subito Caine. "Ma neanche loro avranno impiegato un giorno o una notte per costruire la loro relazione. Ogni rapporto richiede tempo e impegno. Liti e negoziazioni e qualche volta anche un passo indietro. Altre volte, invece, le cose proprio non funzionano, e allora devi accettarlo e andare avanti."

"È questo che mi preoccupa," ammise Macklin. "Se non dovesse funzionare, sarei io quello che dovrebbe andare avanti."

"Se non dovesse funzionare, partirò," propose Caine. "Non hai bisogno di me per gestire la stazione. Io p-p-posso tornare in America. Questa è casa tua e, anche se non dovessimo farcela, non faresti niente per danneggiare la stazione o la sua reputazione."

"Mi stai rendendo terribilmente difficile resisterti, cucciolo."

Caine sorrise. "Allora non farlo," disse e alzò la testa per un bacio. A quel punto Macklin lo accontentò. Fu un bacio profondo e intenso come quelli che lo avevano preceduto, ma a lui non importava, non quando finalmente si stavano baciando. Si rilassò tra le braccia dell'uomo e avvolse le dita tra le ciocche dei suoi capelli.

Quella carezza sembrò ricordare a Macklin che non tutti i baci dovevano essere decisi e svelti. Il tocco delle sue labbra su quelle del giovane si addolcì e la tenerezza della notte precedente risalì alla superficie. Caine sospirò di felicità, certo che avrebbe potuto continuare a baciare Macklin in quel modo per tutto il giorno e non averne mai abbastanza.

La radio appoggiata sul tavolo gracchiò per qualche secondo, spaventando entrambi. Ma quando Macklin cercò di sciogliersi, Caine gli afferrò di nuovo la testa per un altro, veloce bacio e solo dopo lo lasciò andare.

"A-adesso p-puoi rispondere." Non gli importava nemmeno di balbettare. Voleva che Macklin sapesse che effetto gli facevano i suoi baci; forse avrebbero potuto contribuire a convincerlo di quanto si sentisse coinvolto.

Caine indossò in fretta gli stivali e il giaccone, mentre Macklin concludeva l'aggiornamento con la stazione, assicurando loro che lui e Caine avevano trovato un riparo per la notte e che erano sulla via del ritorno. Disse anche di continuare a separare le pecore per la monta.

"Ma io non so quali pecore accoppiare a quali montoni," protestò Ian.

"Finché non le metti insieme ai loro genitori andrà bene," disse Macklin. "Controllerò non appena arrivo e vedrò se ci saranno da fare dei cambiamenti."

"Immagino che ciò significhi che dobbiamo proprio tornare a casa," realizzò Caine dopo che Macklin ebbe riappoggiato la radio sul tavolo.

"Tra un minuto," rispose l'altro. "Dopo aver ricevuto un bacio che mi terrà al caldo per tutto il tragitto."

Caine era sicuro di non essersi mai mosso tanto velocemente in vita sua come nel momento in cui volò verso Macklin. La gioia che le parole dell'uomo avevano fatto nascere in lui si scontrò con l'emozione delle loro labbra di nuovo unite in un bacio dolce, con un morso appena accennato come assaggio di quello che sarebbe venuto in seguito. Quando poi Macklin alzò la testa e gli sorrise, la felicità di Caine non avrebbe potuto essere più completa.

# CAPITOLO 13

UNA SETTIMANA più tardi Caine avrebbe di nuovo voluto strozzare Macklin. Mentre il sovrintendente lo invitava ogni sera a casa sua per una birra e lo baciava prontamente ogni volta che erano da soli, non gli aveva mai chiesto di andare oltre il soggiorno e la cucina, e ogni volta che Caine accennava a qualcosa di più, si tirava indietro, si chiudeva o trovava una scusa per porre termine alla serata. Caine aveva continuato a ripetersi che per Macklin le relazioni erano qualcosa di nuovo e che aveva bisogno di tempo per abituarsi all'idea, ma ormai si era stancato di aspettare.

"Gli uomini australiani sono troppo testardi per riconoscere quello che potrebbe giovargli," borbottò entrando in mensa. Quel pomeriggio avevano smistato le ultime pecore dentro agli ovili e il mattino successivo avrebbero fatto entrare anche i montoni, dopodiché gli stagionali sarebbero tornati a Boorowa o a Cowra e solo i lavoranti fissi sarebbero rimasti alla stazione per l'inverno.

Kami aveva preparato una speciale cena d'addio e si erano radunati tutti nella mensa, anche chi generalmente mangiava a casa propria. Caine apprezzava l'atmosfera di festa e il desiderio di salutare calorosamente quelli che partivano, ma via via che la serata si assestava sul bere e sulle chiacchiere, cominciò a perdere la speranza di riuscire a parlare da solo con Macklin. Voleva sapere che cosa stesse passando per la testa dell'uomo, ma a parte quello, voleva il suo bacio della buonanotte e non lo avrebbe certo ottenuto in una mensa piena di jackaroo. Perché non si decidevano a capire che era tardi e che si era fatta ora di tornare nei dormitori o a casa, in modo che lui e Macklin potessero nascondersi nel salotto di quest'ultimo?

Alla fine, quando ormai la mezzanotte era vicina, la gente cominciò a salutare. Caine si mise quanto più vicino possibile a Macklin e si apprestò a stringere le mani degli uomini che il mattino seguente sarebbero partiti, ringraziandoli per l'impegno con il quale avevano lavorato alla stazione. Gli sembrava un po' strano, ma al momento lui rappresentava per Lang Downs quanto di più prossimo ci fosse a un padrone ed era sua intenzione rinforzare quell'idea sia in coloro che restavano che in quelli che partivano. Quando anche l'ultima persona ebbe lasciato la stanza, Caine si girò verso il sovrintendente con un sorriso. "Cominciavo a pensare che non avremmo avuto tempo per la nostra birra."

"Vuoi dire che non ne hai ancora bevuta abbastanza per stasera, cucciolo?" lo prese in giro Macklin.

Il sorriso di Caine si allargò. "Non ne rifiuterei un'altra."

"Allora andiamo," disse l'uomo scuotendo la testa.

Attraversarono la distanza tra la mensa e la casa di Macklin camminando fianco a fianco, ma senza toccarsi. Più di una volta Caine avrebbe voluto prendergli la mano, ma non era sicuro di come l'altro avrebbe reagito e l'ultima cosa che voleva era che Macklin lo cacciasse via in un eccesso di rabbia. Nonostante la notte che avevano trascorso nel capanno non si fosse ancora ripetuta, sembrava che lui e Macklin avessero raggiunto un equilibrio: non si urlavano contro e non cercavano di scavalcarsi a vicenda. Le serate trascorse sul divano a bere birra, baciarsi e discutere delle mosse da fare per richiedere la certificazione erano state incredibilmente rilassanti, soprattutto perché Caine non aveva mai chiesto di aggiungere un nuovo tassello all'intimità della loro relazione. Ma stava per farlo e, considerato che quello avrebbe movimentato non di poco la serata, pensava che non fosse il caso di innervosire Macklin prima ancora che cominciassero la discussione.

Entrarono e Caine seguì l'uomo in cucina, fermandogli la mano proprio mentre l'avvicinava allo sportello del frigorifero. "Non mi serve un'altra birra. Ho bisogno che tu mi baci."

Macklin l'attirò a sé e affondò nella sua bocca. Un bacio deciso e vorace, decisamente diverso da tutti quelli che si erano scambiati durante la settimana. "Ho desiderato farlo da quando ti ho visto entrare in mensa."

Caine inarcò le sopracciglia, sorpreso. Macklin non aveva rifiutato i suoi baci da quella mattina al capanno, ma era la prima volta che ammetteva di desiderarlo. "Non mi sarebbe dispiaciuto se lo avessi fatto."

Era la cosa sbagliata da dire.

"Lo sai che non possiamo."

"No, non lo so. So che tu dici che non possiamo, ma in realtà credo che il tuo sia un comportamento esagerato. Ammetto che gli uomini non mi conoscono bene quanto invece conoscono te, ma pendono letteralmente dalle tue labbra. Sarebbero sorpresi, ma non ti direbbero niente. Non a te."

"Ti stupirebbe sapere quanto profondi possano essere i loro pregiudizi."

Caine fece una smorfia. "Bene. Non voglio litigare, ma continuo a pensare che stai sbagliando. Parliamo d'altro."

"Tipo?"

"Tipo quello che ti passa per la testa e perché non mi hai ancora portato a letto."

"Ho un sacco di cose per la testa," rispose Macklin sulla difensiva.

"Ad esempio?" domandò Caine. "Cosa ti preoccupa?"

"Solitamente, dopo aver accompagnato gli stagionali a Boorowa, vado a Sydney," disse Macklin. "Ci rimango una settimana e... mi rilasso prima di tornare indietro con le provviste per l'inverno."

"Intendi dire che vai per locali, accalappi qualche bocconcino che si lasci scopare e poi te ne vai," suggerì Caine.

"Non prometto loro niente."

"Mai detto che lo facessi, ma ciò non toglie che ti comporti in quel modo. Andrai anche quest'anno?"

"Pensavo che magari potresti venire con me."

"Cosa? Perché?" Macklin aveva già accennato a quella proposta quando stavano parlando con Taylor, ma non ne avevano più discusso e, con tutto quello che era successo dopo, Caine aveva pensato che non se ne sarebbe fatto più niente.

"Almeno potremmo avere un po' di tempo per noi in un posto sicuro," rispose Macklin. "Un posto dove nessuno ci conosce e dove a nessuno importa."

Caine valutò l'invito per qualche secondo. Era evidente che a Macklin era costato fare quella proposta: chiedergli di accompagnarlo non come compagno di caccia ma come eventuale amante. Da una parte avrebbe potuto rivelarsi più facile cominciare la loro relazione lontano dalla stazione e dagli occhi attenti delle persone che ci lavoravano. Ma se lo avessero fatto, se avessero iniziato la loro vita insieme avvolti nelle pieghe della segretezza, poi sarebbe diventato ancora più difficile uscire allo scoperto. Caine era disposto a fare molte cose pur di avere Macklin accanto a sé, ma nascondersi non era tra quelle. "E s-se io non v-volessi essere al s-sicuro? Io voglio una vita con te ma, se non posso, la voglio comunque con qualcuno: un compagno che stia al mio fianco e mi sostenga allo stesso modo in cui sosterrò lui. Andare di nascosto a Sydney una volta all'anno non è la vita che mi aspetto."

Macklin si passò una mano tra i capelli. "Non hai idea di quello che stai chiedendo."

"Non sono stato chiaro?"

"Cazzo, non vuoi proprio capire!"

"Allora fammelo capire tu," protestò Caine. "Non voglio fare il difficile, ma è evidente che mi sfugge qualcosa che invece a te è chiaro. Aiutami."

"Non sei più a Philadelphia. Qui nell'outback nessuno ammette di essere gay," cercò di spiegare Macklin. "Non dico che le persone non siano gay, ma semplicemente non ne parlano, perché se lo facessero trascorrerebbero il resto della vita a schivare battutacce e commenti, se non addirittura pugni."

"Di conseguenza dovremmo nasconderci," concluse Caine. "Da quello che mi hai detto, zio Michael non si nascondeva. Forse non lo sbandierava, ma neanche si nascondeva."

"E nessuno qui, a parte me e Kami, si ricorda di Donald," disse Macklin. "È morto più di venti anni fa. Le cose erano diverse allora. La stazione era più piccola e loro potevano giustificare la convivenza facendola passare per necessità."

"Quindi, come immagini le cose tra noi se non potremo dichiarare apertamente di stare insieme?" domandò Caine seriamente. "Io voglio dormire come abbiamo fatto al capanno, avvolto dalle tue braccia e riscaldato dal tuo corpo. Voglio una *vita* insieme, e non solo una scopata di tanto in tanto."

Macklin sospirò. "Non ho risposte, Caine. Non so come darti quello che vuoi e allo stesso tempo garantire che ci rimanga anche tutto il resto. Se le voci dovessero diffondersi, gli stagionali potrebbero non ripresentarsi il prossimo anno. Cosa faremo allora?"

"Se quelli non dovessero tornare, non potremmo assumerne altri?" domandò Caine. "Non potremmo trovare della gente che ci accetti come coppia?"

"Forse," disse Macklin. "Ma chi ci dice che saprebbero qualcosa di come si allevano le pecore? Potremmo ritrovarci con una squadra di novellini ed essere costretti a insegnare loro ogni cosa. Potremmo ritrovarci senza i residenti perché anche loro andranno via. Potremmo non avere più niente."

"L'economia non sta attraversando un buon momento," gli ricordò Caine. "Credi veramente che la gente sarebbe disposta a lasciarci senza avere la certezza di un altro posto dove andare? E se anche lo facessero, non pensi che potrebbero esserci delle persone che accetterebbero di lavorare per noi, nonostante il nostro orientamento, perché sarebbe meglio che non lavorare affatto?"

"Non lo so," rispose ancora Macklin. "So solo che si tratta di un rischio enorme da correre."

"Taylor sa già di me, quindi immagino che sia solo questione di tempo prima che la voce si diffonda," gli fece notare Caine. "Potremmo doverci trovare ad affrontare tutto questo anche senza i benefici dello stare insieme. Se devono condannarci, io preferisco affrontarlo insieme a te piuttosto che da solo. Non andare a Sydney la settimana prossima. Rimani qui e stai con me."

"Non so se posso farlo," rispose onestamente Macklin. "L'unica persona a cui l'ho detto, a parte te, era Michael."

"E a me non lo hai neanche esattamente detto," disse Caine, sorridendo al ricordo del loro primo bacio. "Mi hai baciato e poi sei scappato." Gli prese la mano. "Forse è arrivato il momento di smetterla di scappare."

"Cazzo, cucciolo, perché non mi chiedi qualcosa di più difficile?"

"Fare outing è una questione di fede," disse Caine. "Devi avere fede che il mondo che ti circonda ti accetti, che le persone ti sostengano nelle tue scelte e che tu possa vivere la tua vita onestamente, piuttosto che nasconderti eternamente nelle tenebre. Hai una stazione piena di uomini e donne che credono in te. Magari non sarebbe male se anche tu credessi in loro."

"Va bene," disse Macklin, alzando le mani in segno di resa. "Sei stato chiaro. O una cosa o l'altra. Domani devo andare a Boorowa per dei rifornimenti e non riuscirò a fare tutto in giornata. Ti andrebbe di accompagnarmi, e non per fare le cose di nascosto, ma perché sarebbe meglio stare con me piuttosto che qui da solo?"

Caine annuì. "E quando torneremo la smetterai di tenermi a distanza?" Vide un lampo di preoccupazione attraversare il viso dell'uomo. "Non ho intenzione di baciarti nelle stalle o in mezzo alla gente. I ragazzi non hanno bisogno di vedere cosa facciamo quando siamo soli. Semplicemente non voglio nascondere il fatto che trascorriamo dei momenti da soli."

"Non lo stiamo esattamente nascondendo neanche adesso," gli fece notare Macklin.

"No, ma se qualcuno di loro si prendesse la briga di guardare meglio, vedrebbe che ogni sera io torno a casa mia. Dopo che saremo tornati, potrei non farlo sempre. Oppure potresti essere tu a fermarti alla casa padronale, qualche volta. Potresti anche rimanerci per sempre," rispose Caine.

"Forse potrei," disse Macklin lentamente. "Te l'ho già detto, non ho nessuna idea di come muovermi quando si tratta di relazioni. Abbi pazienza, sto cercando di fare del mio meglio."

Quel lampo di vulnerabilità – un aspetto di Macklin che Caine sospettava nessuno avesse mai visto, dato che lo mostrava così raramente – cancellò tutta la frustrazione accumulata durante la settimana. L'uomo aveva almeno dieci anni più di lui, ma quando si trattava di navigare nelle acque irte di scogli delle relazioni, era lui ad avere più esperienza e l'idea gli piaceva molto. "Stammi accanto, vecchietto, e ti insegnerò tutto quello che c'è da sapere."

"Credi davvero di poter insegnare trucchi nuovi a un vecchio cane?"

"L'ho già fatto," disse Caine con un sorriso saputello. "Sapevi baciare in un solo modo quando ci siamo conosciuti."

Macklin ridacchiò e cancellò con un bacio il ghigno sul viso di Caine. "Adesso che ci siamo chiariti, vuoi una birra?" chiese quando sollevò di nuovo la testa.

"No," disse Caine. "È tardi e dobbiamo alzarci presto se vogliamo finire di sistemare le pecore e poi andare a Boorowa. E poiché non avevo in programma nessun viaggio, neanche uno di una notte, devo preparare almeno qualcosa. Farei meglio ad andare, così potremmo riposare entrambi."

"Potresti dormire qui."

"Sei sicuro?" Caine non riuscì a mascherare la sorpresa nella sua voce. Dopo tutto quello che si erano detti, era sicuro che Macklin lo avrebbe lasciato andare via come era successo ogni altra sera di quella settimana.

"Dormire, cucciolo, non passare la notte a fare altro," specificò l'uomo. "Dovremo alzarci molto presto e tu ancora prima, visto che dovrai preparare le tue cose prima di colazione. Ti capisco, se preferisci non restare."

"No!" disse velocemente Caine. "Voglio rimanere. Voglio solo che tu ne sia sicuro."

"Rimani," ripeté Macklin, anche se un leggero tremito nella voce ne tradiva l'incertezza; ma Caine preferì fare finta di niente. Macklin lo aveva invitato a rimanere: non c'era nient'altro che contasse in quel momento.

L'offerta fu accettata con un bacio, che però rimase delicato e affettuoso visto che non c'era in previsione altro che il sonno. La notte seguente, con sufficiente agio e tempo, avrebbe cercato di convincere Macklin a fare sesso. Ma intanto si sarebbe accontentato di dormire di nuovo tra le sue braccia.

Macklin rispose al bacio, abbracciò Caine e lo tenne stretto, ma non fece cenno di muoversi verso la camera da letto. "Pensavo che dovessimo dormire," insisté Caine dolcemente.

"Devi avere pazienza con me, ricordi?" disse Macklin. "È la prima volta che faccio una cosa del genere."

"Non è difficile," rispose Caine con un sorriso gentile. "Andiamo in camera, ci spogliamo, entriamo sotto le coperte e dormiamo. Esattamente come se fossi da solo."

"Facile a dirsi," mormorò Macklin.

"Andiamo," lo tirò Caine, prendendogli la mano. "A meno che tu non abbia cambiato idea."

"Non ho cambiato idea." Respirò profondamente. "Va bene. È ora di dormire."

La stanza di Macklin era simile per dimensioni e arredamento a quella di Caine, ma senza la stufetta portatile. Caine cercava di tenere la temperatura della sua stanza sui livelli a cui era abituato e si ritrovò a tremare, felice del fatto che avrebbe avuto Macklin accanto per tenerlo al caldo.

"Vado… hmm, a prepararmi," disse Macklin, indicando una porta che doveva portare nel bagno.

Caine gli diede un bacio fugace. "Ti aspetterò qui."

Dopo che la porta si fu chiusa, Caine si tolse la camicia e rimase con indosso solo una leggera maglietta. Pensò di spogliarsi anche di quella, ma non voleva mettere Macklin a disagio, tanto più che non aveva idea di cosa l'altro indossasse a letto. Data la temperatura della stanza, dubitava che l'uomo dormisse nudo, perlomeno non in inverno. Anche se si trattava di un'immagine così intrigante che Caine pensò seriamente di suggerire l'utilizzo di una stufetta. Oppure, avrebbe dovuto semplicemente convincere Macklin a dormire alla casa padronale la prossima volta.

Piegò con cura la camicia e i jeans, appoggiandoli ordinatamente sul comò, dal momento che la stanza era incredibilmente pulita. Se avessero fatto pazzamente all'amore, non sarebbe importato di vedere il pavimento cosparso di vestiti; ma per come stavano le cose, ripiegare gli abiti diede a Caine la possibilità di ammazzare il tempo mentre aspettava che l'altro uscisse dal bagno.

La porta si aprì proprio quando Caine si stava chiedendo se l'uomo avesse cambiato idea e si fosse convinto di dormire nella vasca. Indossava un pigiama in flanella a righe rosse e blu, del tipo che Caine aveva sempre visto indosso a suo nonno. Dovette soffocare un sorriso nel tentativo di non offenderlo, ma a giudicare dall'espressione accigliata di Macklin non gli riuscì bene come aveva sperato.

"Cosa? È pratico nelle notti fredde e non c'è mai stato nessuno a vederlo prima d'ora."

"Sembra caldo," disse Caine in tono rassicurante. "Fa piuttosto freddo qui."

"Devi essere gelato," disse Macklin, guardandolo indossare solo la maglia e i boxer. "Vai dentro al letto."

"Ti stavo aspettando."

"Bene, sono qui adesso." Macklin rovesciò il piumino. "Vai dentro."

"Qual è il tuo lato?"

78

"Vai dentro e basta," ordinò Macklin, la voce poco meno di un ringhio. Caine sgusciò sotto le coperte e si accomodò dall'altro lato, cosicché Macklin potesse entrare dopo di lui. Dopo che furono entrambi sotto le coperte, Caine picchiettò con la punta del dito sui bottoni del pigiama.

"Credi che potresti liberarti di questa roba, dal momento che avrai un po' di calore corporeo extra questa notte?"

"Pensavo che dovessimo dormire."

"Certo che dormiremo," promise Caine, "ma è tanto più bello farlo pelle contro pelle. Provaci. Se dovessi sentire freddo potrai sempre rimetterlo."

"Solo se anche tu togli la tua."

Caine scattò a sedere, si sfilò in fretta la maglietta e subito tornò a sdraiarsi, rivolgendo a Macklin uno sguardo carico d'aspettativa. Gli occhi dell'uomo erano fissi sul suo petto, e il giovane sentì i capezzoli, già inturgiditi al contatto con l'aria fredda, pizzicargli ancora di più. "P-per favore," sussurrò, l'eccitazione che gli montava dentro.

Macklin piegò la testa e passò velocemente la lingua su un capezzolo, poi sull'altro. Caine trattenne il respiro e si arcuò per un momento contro la carezza, prima di afferrare Macklin per i capelli. "Se v-vuoi che dormiamo, d-devi fermarti subito."

Con sua sorpresa l'uomo annuì e si sedette, sbottonò la giacca del pigiama e tornò a stendersi. Prese Caine tra le braccia e lo baciò con dolcezza. "In quale posizione dormi più comodo?"

Caine non rispose, ma gli si girò tra le braccia in modo da portare la schiena a contatto con il suo petto. Prese un braccio dell'uomo e se lo tirò attorno alla vita, quindi sospirò soddisfatto. La leggera puntura di eccitazione provocata dalla bocca di Macklin sul suo petto era ancora lì, ma si aggiungeva a un senso di intima consapevolezza di cui per il momento avrebbe saputo accontentarsi. Non c'era bisogno di avere fretta. Stavano già facendo un passo importante. Forse la notte successiva ne avrebbero fatto un altro, o forse no. Caine scoprì di non essere dispiaciuto di non fare sesso fintanto che Macklin avesse continuato a stringerlo come se non volesse mai più lasciarlo andare.

Si addormentò sorridendo.

# CAPITOLO 14

IL MATTINO seguente la sveglia suonò prestissimo, strappando Caine a un sonno profondo. Macklin ruotò su se stesso e la spense, poi tornò ad abbracciarlo e a strofinargli la bocca sul collo. Caine sorrise e si spinse indietro contro il bacio e contro l'erezione che sentiva premergli sulla schiena. Si girò verso l'uomo e fece scivolare una mano tra i loro corpi, per accarezzarlo attraverso il pigiama.

"Non cominciare qualcosa che non avremo il tempo di finire," gemette lui.

Caine accarezzò l'uccello duro un'ultima volta, con insistenza, prima di allungarsi e baciare Macklin. "Domani mattina, quando non ci sarà nessuno ad aspettarci per colazione, ho intenzione di darti un buongiorno come si deve."

"E in cosa consisterebbe?" gli chiese l'altro con voce roca.

Caine si leccò le labbra, mentre con facilità immaginava di passarle sul petto di Macklin e poi scendere verso l'elastico del pigiama e ancora più giù. "Tu cosa pensi?"

"Cazzo," mugugnò Macklin. "Non riesco a smettere di pensare a come sarebbe sentire la tua bocca su di me."

"Bene," disse Caine, con un sorriso trionfale. "Ti terrà caldo quando oggi sarai fuori."

"E cosa terrà caldo te?"

Il ghigno di Caine si allargò. "Il pensiero che sotto i jeans indosso un paio dei tuoi mutandoni. Oh, e la certezza che stanotte ti avrò tutto per me." Fece scorrere la mano lungo il fianco di Macklin. "Ho in mente di approfittarmi terribilmente di te."

Macklin grugnì di nuovo e rotolò via. "Se continui così, finirò con il camminare a gambe larghe tutto il giorno, e qualcuno se ne accorgerà."

Caine si fermò. Non voleva esagerare. "Non vogliamo che accada, vero? Potrei sempre lasciare qui i mutandoni. Non smetterò di immaginarmi la prossima notte."

"Non fare il tordo," disse Macklin. "Non c'è bisogno che tu stia al freddo. Cercherò di pensare ad altro."

"Il tordo?" ripeté curioso Caine.

"È un uccello" rispose Macklin. "Significa non fare lo stupido, lo sciocco. Non dovresti stare al freddo solo perché immaginarti mentre indossi i miei vestiti me lo fa diventare duro."

"Credo che sia arrivata l'ora di alzarsi," sospirò Caine.

"Se hai intenzione di andare a casa tua a cambiarti e preparare le tue cose per stasera, sì," ripose Macklin. "Non vuoi fare tardi per la colazione, vero?"

"Soprattutto non voglio uscire da qui quando tutti gli altri stanno andando a colazione. Non c'è bisogno di far scoppiare uno scandalo proprio adesso."

"Grazie," disse Macklin, baciandolo al volo. "Ti prendo i mutandoni."

Si tirò su la giacca del pigiama e attraversò la stanza a piedi nudi. Caine rabbrividì solo a guardarlo, poi indossò la sua maglietta e aspettò i mutandoni. Il pavimento era ghiacciato quando si mise in piedi per indossarli. Baciò di nuovo Macklin. "Ci vediamo a colazione."

"Ci sarò."

Caine non incontrò nessuno mentre tornava a casa; non fece nessuno sforzo per rientrare discretamente, ma neppure salutò Kami ad alta voce come faceva di solito. Se ne sarebbe preoccupato se e quando Macklin avesse cominciato a dormire da lui, oppure se il cuoco gli avesse chiesto espressamente dove trascorreva le sue notti.

Salì in camera e fece una doccia veloce prima di indossare dei boxer puliti e rimettere i mutandoni di Macklin sotto ai vestiti da lavoro. Sperava di avere il tempo per un'altra doccia e un nuovo cambio di vestiti prima di partire; non gli piaceva l'idea di mettersi in macchina puzzando di pecora. Infilò un cambio e alcuni articoli da toeletta in uno zaino, pentendosi di non avere né lubrificante né preservativi, ma non aveva immaginato di averne bisogno quando era arrivato in Australia. Forse Macklin ne aveva. Una volta preparato lo zaino, scese a fare colazione.

"Che significa che torni domani?" La domanda di Kami fu la prima cosa che Caine sentì quando entrò in cucina. "Cosa è successo al tuo viaggio a Sydney?"

"Ho deciso di non andare quest'anno," rispose Macklin, salutando Caine con un cenno della testa. "Ho pensato che con un nuovo capo e con i temporali che ci sono in giro, sarebbe stato meglio rimanere vicino a casa. Andrò a Boorowa insieme a Caine questa sera, prenderò le provviste domani e sarò di ritorno in serata."

"Fai come ti pare," disse Kami, "ma poi non venire a prendertela con me quando in inverno sarai incazzoso perché non hai scopato."

Caine tossì per nascondere una risata. Macklin avrebbe scopato molto più che una settimana all'anno, quando la cosa fosse dipesa da lui.

"Starò benissimo e non fiaterò," promise Macklin, mentre con occhi scintillanti lanciava un'occhiata a Caine. "Andiamo, cucciolo. Lasciamo che Kami finisca di preparare la colazione. Vorrei parlarti di un'idea a proposito della certificazione biodinamica."

"A tua disposizione," rispose Caine, seguendolo nel salone. Non appena furono soli scoppiò a ridere. "Oddio, s-se solo K-Kami sapesse," sbuffò.

"Se non abbassi la voce lo saprà di sicuro," disse Macklin, ma stava sorridendo anche lui, quindi Caine non si preoccupò di contenersi.

"Quindi, qual è la tua idea?" chiese, quando alla fine riuscì a fermarsi.

"Che volevo vederti da solo per poterti baciare," rispose l'uomo, facendo seguire le azioni alle parole. Caine rispose al bacio, sorridendogli quando si separarono.

"Continui a dire di non saperci fare con le relazioni, ma questa mattina te la cavi alla grande."

"Buono a sapersi," disse Macklin. "Andiamo a mangiare, così poi mettiamo i montoni negli ovili e ci avviamo. Fa buio presto ormai e per allora vorrei essere già arrivato."

"Io sono già pronto," rispose Caine. "Ho preparato tutto prima di scendere."

Fecero colazione insieme agli altri jackaroo e uscirono subito per svolgere il lavoro che li aspettava. I grossi maschi non erano neanche lontanamente docili quanto le femmine e si opponevano sia agli uomini che ai cani, cercando di andare ovunque tranne che nei recinti insieme alle altre centinaia di pecore. Alla fine, comunque, riuscirono a farli entrare tutti dove era previsto che stessero.

Macklin salutò tutti gli stagionali, li ringraziò e strinse personalmente la mano a ognuno, augurandogli ogni fortuna. Caine gli stava di fianco, ringraziando a sua volta quelli che si fermavano a salutarlo. Quando furono rimasti solo i residenti, Caine guardò l'orologio. "Dovremmo prendere dei panini da mangiare in macchina."

"Buona idea, cucciolo," disse Macklin. "Dirò a Kami di prepararci qualcosa mentre carichiamo il furgone."

"Ci dirà di prepararcelo da soli," lo avvisò Caine.

"Non a me," rispose Macklin.

Caine gli lanciò un'occhiata scettica e lo seguì in cucina. "Kami, potresti prepararci un paio di panini per il viaggio?"

"Il pane è nella sua cassetta e la carne in frigo," disse Kami, senza smettere di tagliare le verdure.

"Te l'avevo detto," disse Caine sottovoce, poi aggiunse più forte: "Li faccio io. Tu intanto carica la macchina. Non ci metterò molto e il mio zaino lo metterai per ultimo."

"Cazzone!" disse Kami. "Sempre a pretendere che tutti facciano quello che vuole lui, quando lo vuole lui."

"È il sovrintendente," gli fece notare Caine.

"E allora?" domandò Kami. "Questa è la mia cucina. Sono io che decido quello che si fa qui, non lui."

"Ha detto qualcosa riguardo alle provviste per l'inverno," disse Caine, che non aveva l'intenzione di affrontare quell'argomento con Kami. Per quello che lo riguardava avrebbero potuto risolvere la questione anche prendendosi a pugni. "Gli hai dato una lista? E sennò, c'è qualcosa in particolare di cui hai bisogno? Posso assicurarmi di prendertelo mentre siamo in città. Se fossi al posto tuo, non vorrei che mi mancasse qualcosa per tutto l'inverno."

"Sei un bravo ragazzo, Caine," disse Kami. "Tuo zio sarebbe stato orgoglioso di te."

Quel complimento lo sorprese così tanto che Caine non riuscì a trovare le parole per rispondere. "Grazie," disse alla fine. "Sono contento che tu la pensi così. Hai una lista?"

"L'ho data a Macklin una settimana fa," rispose Kami. "È anche lui un bravo ragazzo, e mi fa sperare che la storia si ripeta."

Quella fu una sorpresa ancora più grande. "I... io n-n-non so cosa d-dire."

"Allora non dire niente," rispose Kami. "Sono solo uno sciocco vecchio sentimentale."

"N-no, non è quello che i-intendevo. Io v-volevo dire..."

"Non dire niente," ripeté il cuoco. "Quando Macklin si sentirà pronto, mi dirà quello che vuole che io sappia. Questa conversazione rimane tra me e te."

Caine annuì, finì di preparare i panini e li infilò in uno zaino insieme a un paio di bottiglie di acqua e delle patatine: quanto bastava per farli tirare avanti fino a Boorowa; anche se sospettava che sarebbe stato appena sufficiente per arrivare all'ora di cena.

Lasciò lo zaino vicino alla porta principale e corse in camera sua a prendere quello con i suoi vestiti. Quando ridiscese, Macklin lo stava aspettando nel salone. "Sei pronto, cucciolo?"

"Pronto," disse lui, afferrando il pranzo e seguendolo fuori. Macklin lanciò lo zaino di Caine sul retro del furgone, insieme al suo, e gli fece cenno di salire.

Caine aspettò di aver attraversato il primo cancello e di essere usciti dalla stazione prima di rilassarsi contro il poggiatesta. "Hai detto che Kami conosceva anche Donald, vero?"

"Sì," disse Macklin. "Kami lavorava già qui come cuoco quando io sono arrivato. Non so tutta la storia, ma da quello che sono riuscito a capire, credo che Michael lo abbia raccolto esattamente come ha fatto con me una decina di anni prima del mio arrivo. Perché lo chiedi?"

"Per qualcosa che ha detto, niente di importante," rispose evasivo; non voleva rivelare troppo. "Mi ha fatto riflettere su quello che sa. Ha anche detto che zio Michael sarebbe stato fiero di me."

"Ha ragione," confermò Macklin. "Avrei scommesso che non saresti durato neanche per una settimana, figuriamoci per dei mesi. Mi aspettavo di vederti mollare prima ancora di avere la possibilità di dimostrare quello che vali, ma mi sono sbagliato. Ti faremo diventare un vero allevatore di pecore."

Caine sorrise. "Lo so che non mi sentirò mai completamente a mio agio, non come te o Jason che qui ci siete nati, ma voglio che le cose funzionino. Voglio che le persone che lavorano a Lang Downs possano essere fiere di me."

"Lo siamo," lo rassicurò Macklin. "Hai conquistato anche me, e bada che ero determinato a mantenere le distanze."

"Tu vuoi solo scoparmi," lo prese in giro Caine.

Macklin lasciò uscire un sibilo a quelle parole provocatorie. "Non dico che non sia vero, ma quello da solo non mi avrebbe fatto cambiare idea," continuò dopo un momento. "Nel corso degli anni si sono avvicendati diversi lavoranti di bell'aspetto, ma non mi sono mai fatto condizionare. Il fatto che tu sia un bel ragazzo non mi avrebbe influenzato, se tu fossi stato un uomo di un altro calibro."

Caine sentì che il cuore gli si scioglieva nel petto a quelle parole. "Mi fa piacere. Ma pensi sempre di scoparmi, vero?"

"Qui e in questo momento, se non la smetti di provocarmi."

"E questo dovrebbe farmi desistere?" domandò Caine con un sorriso.

"Sì, perché non c'è abbastanza spazio per farlo come si deve."

"Sono sicuro che tu sappia dove si trova il capanno più vicino."

"Certo che lo so, ma la situazione non migliorerebbe di molto. Brande strette e niente riscaldamento," ribatté Macklin. "Trattieniti fino a che non saremo a Boorowa e poi potremo discutere di tutto quello che ci faremo, o non ci faremo, a vicenda per tutta la notte e anche domani mattina."

"Potremmo discuterne durante il viaggio e poi metterlo in pratica quando arriviamo all'hotel," suggerì Caine.

"Se cominciamo a parlarne, non proseguiremo a lungo," disse Macklin. "Dimmi a che punto siamo con la certificazione biodinamica."

Trascorsero il resto del tempo a valutare i pro e i contro dell'iniziare il processo per ottenere la certificazione. Quando ebbero raggiunto la strada principale avevano ormai affrontato anche i dettagli: ci sarebbero voluti uno o due mesi per finire di preparare ogni cosa, ma Caine credeva che la primavera successiva avrebbero potuto inoltrare la richiesta.

Durante l'ultima ora di viaggio parlarono di quello che Caine avrebbe dovuto aspettarsi dall'inverno alla stazione. Era un po' preoccupato perché il freddo era arrivato con un leggero anticipo rispetto al solito, ma avrebbero affrontato come meglio potevano qualsiasi difficoltà si fosse presentata.

"Quindi, qual è la prima cosa da fare?" domandò Caine quando ebbero raggiunto la periferia di Boorowa.

"Diciamo a Paul che siamo in città, così potrà preparare il nostro ordine per domani," rispose Macklin. "Poi andiamo in hotel per le nostre stanze e infine penseremo alla cena."

"Stanze?" disse Caine. "Ne prendiamo più di una?"

"Solo se tu ne vuoi una tutta per te."

"C'è davvero bisogno di chiederlo, dopo la notte scorsa?"

"Certo che sì," rispose seriamente Macklin. "Non voglio dare per scontate certe cose e poi ritrovarci a litigare. So quello che voglio io, ma anche tu hai il diritto di dire la tua."

"Ci serve una sola stanza," ribadì Caine.

"Allora ci faremo dare una stanza e poi penseremo alla cena," si corresse Macklin. "Ma che le stanze siano due o una, prima dobbiamo andare da Paul. La settimana scorsa gli ho mandato la lista via fax, ma senza confermargli la data del ritiro; soprattutto visto che, in genere, me ne andavo una settimana a Sydney prima di passare a caricare."

"Andremo a Sydney," promise Caine, "ma solo perché avremo voglia di trascorrere del tempo in città, invece che per nasconderci. Ho sempre voluto assistere a uno spettacolo all'Opera House."

"Sei un appassionato di opera?" gli domandò Macklin mentre parcheggiava il fuoristrada.

"Non particolarmente, ma ne ho sentito parlare talmente bene che credo sarebbe interessante andarci."

Entrarono nel negozio e Macklin salutò Paul ad alta voce.

"Guarda guarda se non è lo straniero," disse il negoziante quando li vide. "Già pronto ad arrenderti?"

"Assolutamente no," rispose Caine. "Anzi, già che sono qui ho qualche altra cosa da comprare, oltre ai rifornimenti che ha ordinato Macklin. Su alla stazione fa più freddo di quello che credevo."

"Preparo la tua roba per la settimana prossima come al solito, allora?" domandò Paul rivolto a Macklin.

"Non vado a Sydney quest'anno," rispose quello. "C'è troppo da fare a Lang Downs. Caricheremo domani mattina, se riuscirai a preparare tutto. O al più tardi il giorno dopo."

"Ce la faccio per domani," gli confermò Paul. "Ho già cominciato a preparare l'ordine, per essere sicuro di avere tutto. Fammi solo servire il tuo straniero e poi mi occuperò del resto."

"Mi chiamo Caine, non 'straniero'."

"Fammi servire Caine, allora," si corresse Paul, lasciando trapelare dalla voce la sorpresa per il modo in cui Caine si era imposto.

"Ha bisogno di qualche paio di mutandoni," disse Macklin. "Gli si gela il culo là fuori, senza."

"Sono certo che ci sia qualcosa della sua taglia," disse Paul. "Sono sullo scaffale là dietro."

Caine trovò lo scaffale e ne prese diverse paia. Li pagò mentre Macklin dava a Paul le ultime indicazioni e poi furono finalmente fuori e diretti verso il Boorowa Hotel. La ragazza in portineria non batté ciglio quando chiesero una camera doppia e Caine si disse che, con tutta probabilità, pensava che volessero semplicemente risparmiare. Ora che conosceva meglio Macklin, lo avrebbe suggerito lui stesso, anche senza i progetti per la serata, quindi la giovane donna non era andata proprio fuori strada.

Lasciarono le loro cose in camera e scesero nel ristorante dell'albergo per cenare. Per quanto Caine non vedesse l'ora di avere Macklin nudo sopra quel letto, il suo stomaco reclamava del cibo. Se prima avessero mangiato, poi nulla li avrebbe più interrotti.

# Capitolo 15

CAINE NON avrebbe saputo dire, dopo, cosa avessero mangiato o di cosa avessero parlato. Per tutta la cena fu come se avesse inserito il pilota automatico: riusciva solo a sentire il proprio corpo pizzicare per l'aspettativa della notte che aveva davanti. Macklin, invece, non mostrava alcun nervosismo; ma era anche vero che raramente l'uomo lasciava filtrare qualcosa attraverso la maschera stoica che indossava. E proprio per questo, quei rari sprazzi di emozione che ogni tanto trapelavano erano ancora più preziosi.

Quando ebbero finito la cena e si furono avviati verso la loro stanza al secondo piano dell'albergo, Caine stava praticamente vibrando per la fretta. Solo la necessità di essere discreti gli impediva di prendere Macklin per mano e trascinarlo su per le scale. Nel momento stesso in cui la porta si chiuse alle loro spalle, però, gli si lanciò tra le braccia e si lasciò andare a un bacio incontrollato, con l'unico scopo di fargli perdere il controllo il prima possibile.

Macklin rispose con veemenza, ma dopo qualche lungo momento si staccò. "Vacci piano, cucciolo. Abbiamo tutta la notte e tu devi mantenere un paio di promesse."

"T-t-tipo?" domandò Caine, talmente eccitato da incespicare nelle parole.

"Credo che tu abbia accennato qualcosa riguardo al farmi vedere quello che mi ero perso," disse Macklin. "Non so esattamente a cosa ti riferissi, ma è certo che voglio scoprirlo."

Caine deglutì con difficoltà e ricordò la promessa che aveva fatto quella notte al capanno, quando si era reso conto che l'esperienza di Macklin era limitata al solo atto sessuale. "T-t-togliti la c-c-camicia."

L'uomo ubbidì e lanciò la camicia da lavoro sulla sedia, per poi sfilarsi anche la maglietta che aveva sotto. Sì girò e rimase a guardarlo in silenzio. Caine si prese un minuto per osservare lo spettacolo che aveva di fronte. Il viso di Macklin, con le sue rughe attorno agli occhi e la pelle rovinata dalle intemperie, avrebbe anche potuto suggerire la sua vera età, ma il corpo era quello di un uomo molto più giovane. Le spalle erano larghe e forti, il frutto di una vita trascorsa a lavorare all'aria aperta, la vita snella, e il tutto fasciato da muscoli ben definiti e coperto da una spruzzata di peli, abbastanza folti perché Caine potesse passarci in mezzo le dita, ma senza sfiorare lo soglia dell'irsuto.

"Allora?" chiese Macklin dopo un momento.

"Dio, mi fai venire l'acquolina in bocca," rispose Caine, spingendolo fino a farlo stendere sul letto. "P-potrei stare a guardarti tutta la n-notte."

"Spero che tu faccia anche qualcos'altro," disse Macklin con una risatina.

"Senza ombra di dubbio," rispose Caine, salendogli accanto sul letto. Seguì con la punta del dito il percorso della peluria, dalla clavicola all'estremità del petto, e poi giù lungo le costole fino a dove si restringeva in una linea e scompariva dentro alla vita dei jeans. Ci sarebbe stato tempo più tardi per sfilargli i pantaloni e proseguire anche più sotto. Qualche fortunato aveva certamente fatto a Macklin il suo primo pompino anni prima; anche se Caine non era il primo a prendersi cura del suo petto, era senza dubbio uno dei pochissimi ad avere quel privilegio: quello gli bastava. Gli altri non erano stati altro che semplici scopate: lui era il suo amante, o lo sarebbe diventato se le cose procedevano come negli ultimi due giorni.

"Perché non togli anche tu la camicia?" suggerì Macklin.

Caine scosse la testa. Se lo avesse fatto, avrebbe finito con l'essere distratto dal tocco di Macklin e non sarebbe stato in grado di mantenere la promessa. "D-d-dopo."

Per evitare che Macklin commentasse, gli si avvicinò velocemente e passò la lingua su uno dei capezzoli rosati che facevano capolino dai peli del petto. L'uomo inarcò la schiena e imprecò sottovoce. Caine sorrise e lo fece di nuovo, soffermandosi a succhiare mentre lo spingeva di nuovo contro il materasso e cercava l'altro capezzolo con le dita. Iniziò a pizzicarlo e titillarlo allo stesso ritmo con cui la sua bocca succhiava dall'altra parte, determinato a mostrare a Macklin i benefici dell'avere un vero amante. Non che avesse poi tutta questa esperienza, ma almeno sapeva cosa significava fare l'amore con calma.

Macklin gli strinse il pugno nei capelli e lo costrinse a rialzarsi per un altro bacio. "Il tizio di Philadelphia che diceva che a letto sei noioso è un emerito imbecille. Basta un tuo tocco per farmi andare a fuoco."

Caine sorrise e lo baciò di nuovo. "La s-s-stessa cosa v-vale per te. Nessuno m-mi ha mai f-fatto sentire c-così."

"Siamo una bella coppia, eh?" disse Macklin, con una risatina.

"Sì, ma una coppia di cosa?"

Macklin rise di nuovo, girò Caine sulla schiena, gli sbottonò la camicia e gliela spinse via dalle spalle. Caine si sollevò quel tanto che bastava per farsi togliere anche la maglietta. "Vediamo se ho imparato come si fa, che dici?"

Caine non credeva che Macklin gli avrebbe lasciato condurre il gioco a lungo, ma non si era neanche aspettato che lo facesse per così poco. Non che si lamentasse; aveva solo sperato di avere un'altra occasione di mettergli le mani e la bocca sul petto: non aveva ancora finito di esplorarlo. Ma ormai non ne avrebbe più avuta l'opportunità perché l'uomo l'aveva inchiodato al letto e, mentre col corpo lo costringeva all'immobilità, le sue mani e le sue labbra gli scivolavano sul torso con sorprendente delicatezza. Dato il tenore della maggior parte dei loro baci, e di quanto era stato rapido il loro primo momento di intimità, Caine non si sarebbe immaginato quella dolcezza senza che glielo avesse chiesto esplicitamente. Eppure, sembrava che Macklin avesse capito da solo, e gli succhiava e leccava un capezzolo facendo ben attenzione a non morderlo. E mentre le sue dita, decise ma mai rudi, gli stimolavano l'altro capezzolo, Caine diventò ancora più duro.

Per quanto bollenti fossero state le sue fantasie, il giovane trovò quel momento e quei gesti ancora più eccitanti; perché era evidente che a Macklin importava abbastanza di lui da essere attento e quello era un afrodisiaco più potente persino della pura lussuria. E, ancora una volta, si trovò a maledire silenziosamente la sua balbuzie, che gli rendeva quasi impossibile parlare quando era eccitato. Avrebbe voluto dire a Macklin come il suo tocco, insieme alla sensazione di essere coccolato e desiderato, lo facesse sentire bene; ma la lotta per far uscire le parole era impossibile da sostenere in quel momento. Si abbandonò quindi a gemiti e mugolii indecifrabili, sibili e sospiri, sperando che ognuno di essi fosse indicativo del suo piacere. Macklin di certo non diede segno di volersi fermare, quindi Caine immaginò che il messaggio stesse passando.

Quando le mani dell'uomo cominciarono a trafficare con i suoi jeans, Caine fu percorso da un'ondata di sollievo. Qualunque cosa stesse per succedere – e, Dio, quanto sperava che Macklin avesse con sé dei preservativi! – di sicuro li avrebbe visti nudi e insieme. Sollevò i fianchi e si costrinse a parlare. "P-per favore, d-dimmi che hai dei p-preservativi."

"No," rispose l'altro con un grugnito. "Compro sempre tutto quello che mi serve a Sydney. Speravo li avessi tu."

"Io e John siamo stati compagni esclusivi per sei anni. Non li usavamo più," spiegò Caine. "N-non i-importa. F-f-faremo qualche altra c-cosa. T-ti ho p-promesso un p-pompino."

"Mi hai promesso che mi avresti svegliato con uno," disse Macklin. La delusione dovette leggersi chiaramente sul viso di Caine, perché l'uomo aggiunse: "Stai tranquillo, cucciolo. Non ti lascerò insoddisfatto."

Caine sospirò di sollievo quando Macklin gli sbottonò i jeans e, insieme ai boxer, glieli spinse fino alle ginocchia. Poi la sua mano, forte e calda nonostante il freddo della stanza, gli si chiuse sull'uccello, massaggiandolo con decisione, ma senza essere rude. Caine spinse i fianchi verso l'altro, andando incontro alla carezza e chiedendo di più. Gli balenò per la testa che forse avrebbe dovuto fare lo stesso, ma il suo corpo, esattamente come la sua voce, non voleva saperne di collaborare.

Poi Macklin gli sussurrò qualcosa all'orecchio e Caine perse anche la capacità di ragionare. "Guardati," gli mormorò l'uomo. "Piccolo sedere ingordo, con i pantaloni attorcigliati intorno alle ginocchia, mentre supplichi di essere toccato."

Caine aveva sempre odiato quando John cercava di essere volgare durante il sesso: gli sembrava forzato e insipido. Ma in quel momento, vuoi per l'accento particolare di Macklin, vuoi per il modo in cui l'uomo lo toccava, Caine desiderò di più. Più carezze sulla pelle. Più parole sussurrate all'orecchio. Più Macklin nella sua vita.

Ma non sarebbe mai riuscito a dire tutto a parole, quindi si limitò a girare la testa e a baciarlo con passione. L'uomo non si lasciò sfuggire l'occasione e rispose allo stesso modo: la mano attorno al suo uccello rimase leggera, ma la sua bocca lo depredava.

Quando si separarono, la mano di Macklin si fece strada in mezzo alle gambe di Caine, gli accarezzò lo scroto, quindi scese a esplorare più sotto. "Vorrei aver preso almeno una crema."

Caine rotolò fuori dal letto, si strappò i pantaloni per non inciampare e cominciò a frugare nel suo beauty alla ricerca di una bottiglietta di lubrificante che non aveva gettato via prima di partire.

"L-l-lubrificante."

Il sorriso di Macklin, mentre con la mano dava dei colpetti sul materasso, gli fece quasi cedere le ginocchia. "Torna qui e lasciami finire quello che ho cominciato."

Caine saltò sul letto, ma invece di tornare a stendersi, aprì i pantaloni di Macklin e li spinse giù. "T-t-toglili."

Però, con sua sorpresa, Macklin esitò.

"Cosa c'è che non va?"

"Non sono abituato a stare nudo di fronte a qualcuno," ammise l'uomo. "In una sala appartata o un vicolo, ti apri i pantaloni quel tanto che basta a tirare fuori l'uccello, ma non ti spogli mai completamente. Non ce n'è il tempo e neanche il modo."

Caine annuì, mentre il cuore gli doleva al pensiero di quella che doveva essere stata la vita di Macklin, con solo una settimana all'anno di incontri anonimi, e nient'altro nel mezzo. "N-non devi f-farlo se n-non te la senti, ma v-vorrei toccarti a-anch'io."

Macklin annuì a sua volta e lentamente fece scivolare via i jeans. Caine trattenne il respiro quando gli vide il pene, duro e non circonciso, la punta che faceva appena capolino dal prepuzio. Timidamente, accarezzò la fessura quasi nascosta.

"Non esagerare, cucciolo," gli disse l'uomo, afferrandogli il polso, "o potremmo aver finito prima ancora di cominciare."

Caine pensò che guardare Macklin che gli veniva tra le mani dovesse essere meraviglioso, ma avrebbe saputo aspettare se fosse servito a metterlo a suo agio. Lasciò che la mano gli scivolasse lungo la coscia, dura come roccia, dell'uomo, godendo del contatto con la forza sotto le sue dita, e aspettò che Macklin facesse la sua mossa.

Per sua gioia, lui si strizzò un po' di lubrificante sulle dita e cominciò a massaggiarle fino a che non furono completamente unte. "Dimmi se diventa troppo asciutto," disse, passando un dito in circolo attorno all'entrata di Caine. "Non voglio farti male."

Caine non rispose, ma pensò che sarebbe riuscito a dire 'Ahi' se avesse sentito dolore.

Macklin lo accarezzò per diversi, lunghi minuti, fino a che Caine non cominciò a gemere senza interruzione e a spingere contro la mano dell'uomo. Il suo corpo pregava per avere di più, anche se lui non riusciva a dirlo. Alla fine Macklin lo accontentò e lo penetrò con la punta di un dito. Caine schizzò quasi via dal letto, mentre il suo corpo tornava ad assaporare un contatto così intimo dopo tanto tempo.

"Non ti faccio male, vero, cucciolo?"

Caine scosse la testa con veemenza. "N-n-n-non fermarti."

Macklin lo attirò verso di sé, affondando il dito dentro di lui, e lo baciò con trasporto, la sua lingua che gli assaggiava ogni angolo della bocca. "Non mi fermo," promise. "Non finché non sarai venuto."

E non ci sarebbe voluto molto se avesse continuato a giocare con la sua prostata. L'uomo trovò la ghiandola al primo passaggio e la sfruttò senza pietà, facendoci scivolare sopra il dito con precisione millimetrica. L'altra sua mano tornò a stringersi attorno al pene di Caine, sbattendolo a tempo con i colpetti del suo dito, cosicché il giovane si trovò ad essere stimolato sia dentro che fuori. Si dondolava tra le mani di Macklin, in preda a gemiti incontrollabili, mentre volava ad ali spiegate verso l'orgasmo. Quando si rese conto di non poter sopportare altro senza esplodere, le mani di Macklin si fermarono. Non le ritirò, ma semplicemente le immobilizzò, lì sul suo uccello e nel suo passaggio.

"Non ancora," disse. "Respira fino a che non avrai ripreso un po' il controllo."

Caine aprì gli occhi e gli rivolse uno sguardo incredulo, ma fece alcuni respiri profondi e sentì che l'orgasmo rientrava. Macklin si avvicinò e lo baciò, con dolcezza, coccolandolo con una dedizione che Caine non avrebbe creduto possibile, date le sue esperienze passate. Il giovane sospirò e si rilassò, godendosi il bacio. In quello stesso momento, le mani di Macklin cominciarono di nuovo a muoversi, più veloci ed esigenti che mai, facendolo precipitare nell'orgasmo. Venne con un grido roco, mentre ogni suo osso sembrava liquefarsi. Lottò per riprendere fiato, desideroso di dare a sua volta piacere a Macklin, quando lo sentì emettere una specie di grugnito. Si costrinse ad aprire gli occhi e rimase a osservare, rapito, l'uomo che si sbatteva l'uccello un paio di volte prima di schizzargli sullo stomaco.

"Volevo f-farlo io."

"Mi dispiace, cucciolo, non sono stato capace di aspettare," rispose lui, stendoglisi accanto sul letto. "Vederti, toccarti… è stato troppo."

"È la s-seconda volta che ti s-sei preso c-cura di te stesso, anziché lasciarlo fare a me," disse Caine. "A-adesso basta. Mi fai sentire egoista."

"Svegliami come mi ha promesso e saremo pari."

"Contaci," confermò Caine, prima di accoccolarglisi contro, incurante del disastro appiccicoso sul suo stomaco. Mentre il battito del suo cuore tornava a ritmi normali, riuscì anche a parlare con più facilità. "Chi ti ha insegnato quel trucchetto? Non è qualcosa che si impara nei bar."

"Avevo vent'anni quando andai per la prima volta a Sydney," cominciò a raccontare Macklin. "Michael insisteva perché andassi un po' a rilassarmi, se così vogliamo dire. All'epoca ero ancora un ragazzino pelle e ossa − non proprio roba di prima qualità, anche se io fingevo di esserlo. I ragazzi che cercavano i belloni non mi guardavano neanche. Immaginai che la mia unica possibilità fosse di uscire con uno degli uomini più maturi. Mi chiese di andare a casa sua. A pensarci adesso fu una cosa stupida, ma allora non avevo esperienza. Fortunatamente, lui non voleva niente di più di quello che io ero disposto a offrire e passai lì l'intera settimana prima di tornare a Lang Downs. Mi insegnò tutto quello che so sul sesso, solo che finora non ho avuto molte opportunità di metterlo in pratica."

"Pensavo che non avessi mai avuto un amante."

"Non eravamo amanti," insisté Macklin. "Lui voleva solo un culetto giovane e sodo da fottere, e a me andava bene esserlo per il tempo che rimasi a Sydney. I preliminari consistevano in lui che mi faceva venire con un dito e poi mi scopava finché non venivo ancora, oppure nel farsi fare un pompino finché non era lui a venire. Non era crudele: era solo sesso, e lo sapevamo entrambi. È successo più di vent'anni fa. Fui abbastanza sveglio da fargli indossare un preservativo, ma niente di più. Sei tu l'unico amante che abbia mai avuto."

Sentirsi dire che Macklin lo considerava il suo amante rassicurò Caine. Per quante difficoltà li aspettassero in futuro, ora sapeva che l'uomo non lo considerava solo una botta e via. "Vorrei dire che mi dispiace che tu non abbia incontrato nessuno in tutto questo tempo, ma se lo avessi fatto probabilmente non saremmo qui, quindi non posso che esserne contento."

"Ci sono cose per le quali vale la pena aspettare, cucciolo," rispose Macklin, baciandolo dolcemente. "Adesso dormiamo. Abbiamo un mucchio di cose da fare domani e un lungo viaggio verso casa."

Caine annuì e lo baciò un'ultima volta prima di girarsi sul fianco e appoggiarsi con la schiena contro il suo petto. Senza i vestiti a fare da barriera, il pene di Macklin si posizionò perfettamente tra le sue natiche, premendo leggermente contro la sua entrata. Caine sibilò leggermente a quella sensazione di intimità.

"Domani comprerò i preservativi," disse Macklin con voce strozzata.

"Bene." Anche la voce di Caine era di nuovo tremante di desiderio, ma costrinse il proprio corpo a rilassarsi. "E non dimenticare il lubrificante. Quel tubetto è quasi vuoto e lo sputo e la crema non funzionano bene."

"Piccolo sedere ingordo," lo prese in giro Macklin, ma mentre lo diceva gli accarezzava dolcemente il braccio e alla fine gli appoggiò una mano sul cuore.

"Solo per te."

"Davvero?"

Caine fece spallucce. "Te l'ho detto quello che John pensava del sesso con me. Non l'ha mai detto chiaramente, ma era ovvio che nessuno dei due fosse particolarmente ardente nei confronti dell'altro. Lo facevamo perché eravamo una coppia e ci si aspettava che lo facessimo; ma non mi sono mai sentito sul punto di morire se non fossi venuto, come è successo questa sera con te."

Macklin tirò Caine per il braccio fino a che non lo fece rotolare sul letto e poi gli si sdraiò sopra, facendolo sprofondare nel morbido materasso dell'hotel. "Non c'è niente... *niente* di noioso nel sesso con te, Caine. Niente." E come dimostrazione gli si strofinò contro, il pene già mezzo duro. "Sei bello e appassionato, e stare a letto con te è molto più eccitante di tutto il sesso che ho fatto finora. Forse era colpa sua, forse non eravate una coppia ben assortita. In ogni caso, dimentica quello che ti ha detto o come ti ha fatto sentire, perché a me non basti mai."

"Immagino che Boorowa non abbia un supermarket aperto ventiquattr'ore al giorno che venda preservativi." La sensazione dell'uccello di Macklin che diventava di nuovo duro contro di lui fece nascere in Caine il desiderio di dimostrare che le cose tra loro sarebbero andate bene un'altra volta, esattamente come le prime due.

"Non credo," disse Macklin con un grugnito. "Sarei dovuto andare prima di cena."

"Oppure avrei dovuto farlo io," osservò Caine, mentre con le mani scendeva lungo la schiena di Macklin fino a stringergli i glutei. "D-D-Dio, non sono m-mai tornato duro così in f-fretta."

Macklin fece una risatina. "Io ho almeno dieci anni più di te e mi hai già fatto venire un'altra erezione. Decisamente, cucciolo, *non* sei noioso a letto."

# CAPITOLO 16

"QU-QUESTA VOLTA devi p-permettermi di darti piacere," esclamò Caine, sgusciando via da sotto Macklin. "Anch'io voglio toccarti."

Quel lampo di disagio che Caine aveva già visto altre volte guizzò di nuovo sul viso dell'uomo, ma lui non si arrese. "P-per favore! Mi fermerò se me lo chiedi, ma voglio f-farti stare b-bene così come tu hai fatto s-stare bene me."

"Ci proverò, cucciolo," concesse Macklin, "ma sono abituato ad avere il controllo. Alla stazione, nei bar, ovunque, ed è difficile lasciarsi andare."

"Di sicuro sei in grado di sopportare una sega," scherzò Caine.

"Non è così semplice," mormorò Macklin. "Scopare in giro è una cosa; stare con te è tutt'altro. Essere qui, disteso con te su questo letto, mi spaventa a morte, cucciolo. Sei a Lang Downs da due mesi e non sai ancora che cosa significhi veramente rimanerci anno dopo anno. Tutti quelli che arrivano alla stazione pensano di essere i migliori: i più forti, i più determinati e in grado di spostare le montagne. Mi rispettano e mi ascoltano perché io sono più tosto, più forte e più duro di loro. Se così non fosse, non potrei comandarli."

"Tu sei il capo. Devono ascoltarti."

"No, dovevano ascoltare Michael e dovranno ascoltare te. Io sono il sovrintendente e loro mi ubbidiscono solo perché sanno che, se così non fosse, li prenderei a calci nel culo," insisté Macklin.

"Quindi c'è differenza tra io che tocco te e tu che tocchi me," osservò Caine, che ancora non capiva il punto di Macklin.

"Si tratta di permettere a qualcuno di prendere il comando," spiegò l'uomo. "A parte quella prima settimana a Sydney, non ho mai permesso a nessuno di avere un qualche tipo di potere su di me e, anche in quel caso, si trattava solo di sesso. Adesso è una cosa completamente diversa."

"Quindi se tu fai una sega a me sei, in qualche modo, meno gay che se io la faccio a te?" protestò Caine, incredulo. "Non ha senso. Si tratta di una mano sul tuo uccello. Sei un maschio e reagisci come tale, indipendentemente dal proprietario della mano. Accarezzarmi con la tua, di mano, è molto più indicativo del tuo orientamento sessuale che il lasciarsi fare il contrario."

"Ma sono sempre io quello che ha il controllo," ripeté ancora Macklin.

"Al diavolo," esclamò Caine. "P-puoi avere tutto il controllo che v-vuoi nell'outback. Sono il primo ad ammettere di avere b-bisogno che tu controlli ogni aspetto là fuori, ma in p-privato, quando siamo soli, non voglio avere accanto q-qualcuno che mi considera solo un c-corpo da scopare quando gli fa comodo. Ho bisogno di un c-compagno con cui dividere la vita, non uno che me la g-gestisca. Pensavo che a-avresti potuto essere tu quella persona, ma se non riesci neanche a f-farti toccare, come potrai mai l-lasciarti amare?"

Furioso, Caine balzò giù dal letto e, tremando, cominciò a guardarsi intorno alla ricerca dei boxer. Se li passò sullo stomaco appiccicoso: in quel momento detestava la presenza di quei resti, tanto quanto, solo pochi minuti prima, se ne era beato. Prese dallo zaino un paio di mutande pulite e le indossò, poi si voltò a cercare la camicia. Macklin lo intercettò prima che potesse raggiungerla.

"Dicevi sul serio?"

"Sul serio cosa?" sbottò Caine, tirandosi indietro e afferrando la camicia. Non sopportava l'idea di starsene ancora lì mezzo nudo, non quando si sentiva così vulnerabile.

"Quello che hai detto a proposito dell'amarmi," ripeté Macklin a bassa voce.

*Oh merda, l'ho detto sul serio?*

"Non importa adesso," protestò Caine, senza girarsi. "Tanto non me lo permetteresti."

"Ti avevo avvisato che non sapevo quello che facevo," gli ricordò l'uomo, appoggiandogli le mani sulle spalle. "E tu mi hai risposto che nelle relazioni si deve negoziare e combattere fino a che non si trova un punto d'incontro."

"Tu non ci stai neanche provando," ribadì Caine, scrollando via le mani dell'altro e infilandosi i pantaloni. "Stai solo cercando di farmi diventare nient'altro che l'ennesima scopata. Ma io non te lo permetterò, Macklin. O tutto o niente. Non sarò il tuo zerbino."

"Non potresti essere più fuori strada," giurò Macklin. "Le cose che abbiamo fatto insieme... Santiddio, Caine, non ho mai toccato nessuno come ho fatto con te, non l'ho mai voluto. I baci, dormire insieme la notte scorsa, passare insieme anche questa notte... non ho mai condiviso tutto questo con nessuno se non con te. Quindi, qualunque sia la cazzo di idea che ti gira per la testa, liberatene. Io sto combattendo. Non ho la più pallida idea di come darti quello che vuoi perché non l'ho mai fatto; ma il fatto stesso che ci stia provando, il fatto che io *voglia* dartelo, dovrebbe farti capire quanto questa cosa sia diversa da tutto quello che è venuto prima. Mi stai chiedendo di cambiare in una notte, e non è una cosa facile da fare."

"E adesso cosa succede?" domandò piano Caine. "Sembra che abbiamo raggiunto un'impasse."

"Non lo so," mormorò Macklin, altrettanto prudente. "Puoi finire di vestirti, scendere, farti dare un'altra stanza e dimenticare che tutto questo sia mai accaduto; ma spero che non sia questa la tua scelta. Oppure puoi rimanere e cercare, insieme a me, di trovare un modo per andare avanti."

"Credi davvero che si possa andare avanti?" indagò Caine.

"Non lo so, ma voglio provarci."

"Mia nonna diceva sempre 'Volere è potere'. Continueremo a provarci fino a che non ci riusciremo."

"Non spaventarmi mai più in questo modo, cucciolo," mormorò Macklin, prendendolo tra le braccia. "Posso affrontare pecore morte, serpenti velenosi, interruzioni di corrente e qualsiasi altra cosa con cui l'outback vorrà sfidarmi; ma non posso sopportare di vederti andare via da me."

"Allora non darmi una ragione per farlo," rispose Caine, mentre lottava contro il desiderio di lasciarsi andare al suo abbraccio. Sarebbe stato così facile arrendersi e far finta che tutto andasse bene, ma non sarebbe servito a mettere davvero le cose a posto.

"Non credevo di averlo fatto fino a che non sei stato sul punto di precipitarti fuori," ammise Macklin. "Non sto dicendo che non saresti dovuto essere arrabbiato, quindi non guardarmi in quel modo. Dico solo che un conto è darti una buona ragione per non andare via, un altro dimostrartelo con i fatti. Sto cercando di essere quanto più possibile onesto. È un cambiamento enorme nella mia vita, nel mio modo di pensare e in tutto il resto. Non può avvenire da un giorno all'altro."

*A volte sì*, pensò Caine, ricordando la sua decisione di partire per l'Australia. Ma lui non rischiava di perdere niente, Macklin invece quasi tutto. Si rese conto di doversi meritare quel rischio. "Quindi cosa facciamo adesso?"

"Spero che tu torni a letto e ti rimetta a dormire tra le mie braccia" rispose l'uomo. "È stato bello averti con me la notte scorsa. Lo so che non è quello che vuoi, ma è comunque qualcosa, o almeno lo spero. Poi vedremo cosa succederà domani."

Il giorno dopo sarebbe dovuto cominciare con Caine che svegliava Macklin con la bocca, ma dopo quel litigio il ragazzo non sapeva più se fosse possibile. Lo voleva più di ogni altra cosa; voleva dimostrargli quanto potesse essere piacevole lasciare il comando a qualcun altro, a volte. Ma aveva paura che fosse una pia illusione. Ci avrebbe provato, ma senza grandi speranze di successo. Tuttavia, dormire con Macklin era preferibile che dormire da solo e, dal momento che glielo aveva addirittura chiesto, sarebbe stato ancora meglio. Avrebbe dovuto ricordarsi di apprezzare ogni piccolo passo avanti, invece di dare tutto per scontato.

Ancora una volta, sentì di essere entrato in un mondo completamente diverso da quello che aveva lasciato a Philadelphia. "Dormire tra le tue braccia è bello," concesse, quando si rese conto che Macklin aspettava ancora una sua risposta. "Svegliarcisi sarà anche meglio."

"Allora spogliati e vieni a letto," disse l'altro. "Sto gelando."

Caine sorrise e si tolse i vestiti, poi salì sul letto e strisciò verso di lui. "Girati," mormorò. "Voglio stringerti per un po'."

Macklin si irrigidì, ma Caine gli schiaffeggiò affettuosamente una spalla. "Non farò niente per cui tu non ti senta pronto. Voglio solo abbracciarti anch'io."

L'uomo annuì e si girò lentamente fino a dargli le spalle. Caine gli si avvicinò, lo cinse con le braccia e, piegando le ginocchia dietro alle sue, assunse la tipica posizione a cucchiaio. Era un po' strano, vista la differenza di altezza, ma Caine si mise comodo. "Eccoci," disse, stampando un bacio sulle vertebre del collo di Macklin. "Non è poi così male, vero?"

"Potrei abituarmici."

"Anch'io."


IL MATTINO successivo, quando il rombo di un camion di passaggio svegliò Caine, il cielo era ancora completamente buio. Durante la notte, Macklin era rotolato sulla schiena: erano ancora abbracciati ma non più petto contro spalle. Caine sorrise: era la posizione ideale per una piccola fellatio mattutina.

Muovendosi con cautela per non svegliarlo, scivolò sotto le coperte e allungò una mano verso l'inguine di Macklin. Il suo pene, quando lo trovò, era già semi-duro e Caine si chiese che cosa l'altro potesse mai sognare. Si augurò che si trattasse di lui.

Girò piano su se stesso fino a trovare una pozione comoda, poi si allungò sopra il ventre di Macklin e chiuse la bocca sulla punta della sua erezione, succhiando con delicatezza mentre la sentiva gonfiarsi contro la lingua. Da quell'angolazione non gli era possibile prendere l'intera asta in bocca, quindi ne strinse la base con la mano e cominciò a massaggiarla. Voleva che Macklin si svegliasse in preda a un piacere tale che non avrebbe protestato perché Caine lo toccava.

Il gemito che seguì gli confermò il successo del suo piano.

"Caine."

Caine però non si fermò, ma allungò una mano per toccare quella di Macklin e rassicurarlo. Adesso che l'amante era sveglio, Caine si mosse ancora, in modo da prendere in bocca e in gola il membro in tutta la sua lunghezza, fin quasi a sfiorarne con le labbra i riccioli di pelo alla base.

"Sant'Iddio!"

Caine prese quell'imprecazione come un segno d'apprezzamento e lo fece di nuovo, prima di tirarsi indietro e passare la lingua sul prepuzio e lungo la fessura coperta da gocce di liquido salato. Macklin imprecò di nuovo e spinse via le coperte. Caine fu percorso da un brivido quando l'aria fredda lo avvolse, ma non protestò. Se Macklin voleva approfittare della luce tenue che cominciava a rischiarare la stanza per guardarlo, a lui andava bene. Qualsiasi cosa pur di tranquillizzarlo.

"È troppo," gemette Macklin senza fiato quando Caine gli passò di nuovo la lingua sulla fessura, per poi tornare a far scorrere le labbra su e giù lungo l'asta ormai completamente eretta.

"Girati," gli intimò l'uomo. "Voglio toccarti anch'io."

Non era esattamente quello che Caine voleva, ma era comunque sempre meglio che sentirsi dire di fermarsi. Aveva anche paura che se avesse interrotto il contatto con il suo pene, Macklin non gli avrebbe permesso di ricominciare; quindi spostò i fianchi con molta attenzione fino a che le sue ginocchia non toccarono la testata del letto e il suo inguine si trovò vicino alla testa dell'amante.

Macklin spinse i fianchi di Caine contro il materasso e ruotò fino a trovarsi a cavalcioni della sua testa. La nuova posizione permetteva a Caine di prendere completamente in gola il membro di Macklin e il giovane mugolò di piacere. Appoggiò le mani sui fianchi dell'uomo, in una silenziosa richiesta di muoversi a suo piacimento. Questi, però, non lo fece subito, ma si fermò a un'altezza che gli faceva premere la punta direttamente contro il palato di Caine. Un attimo dopo sentì un calore umido avvolgersi attorno alla sua erezione trascurata. Mugolò ancora e accarezzò il fianco di Macklin in segno di incoraggiamento.

Quando lo sentì tremare, ripeté la carezza e poi fece scivolare la mano tra i loro corpi alla ricerca dei suoi capezzoli. Ne tirò delicatamente uno, guadagnandosi un gemito che mandò la più deliziosa delle vibrazioni lungo la sua asta. Macklin sollevò la testa quel tanto che bastava per parlare. "Se continui ancora, cucciolo, finirò con lo scoparti la bocca."

Caine gli pizzicò ancora il capezzolo, invitante, e allo stesso tempo alzò la testa facendosi sparire quasi tutto l'uccello di Macklin in bocca.

I fianchi dell'uomo spinsero verso il basso, riempiendola completamente. Caine deglutì in modo da non rischiare di soffocare a seguito di quell'invasione improvvisa, ma poi tornò subito in posizione, permettendo a Macklin di decidere il ritmo, anziché essere lui a imporlo. Se lo avesse fatto avrebbe finito con lo strozzarsi. Avrebbe anche voluto passare le mani sulle invitanti colline del sedere di Macklin, che gli ondeggiavano davanti al viso, e magari anche accarezzargli lo scroto che continuava a sbattergli contro il naso; ma la reazione che l'uomo aveva avuto la notte precedente lo dissuase. Non voleva correre il rischio di farlo allontanare. Invece avrebbe giocato con i suoi capezzoli e serbato il resto per un'altra volta. Prima o poi, però, sarebbe arrivato a mettere la bocca su quella piccola increspatura rosa che continuava a balenargli davanti agli occhi man mano che le natiche dell'uomo si tendevano e rilassavano.

Non appena i suoi fianchi ebbero stabilito il ritmo, Macklin tornò ad avvolgere la bocca attorno all'asta di Caine. Ma era un contatto incerto, come se non sapesse come fare. Quel pensiero strappò al giovane un mezzo sorriso. Macklin poteva non essere ancora pronto a fare coming-out, ma stava cercando di cambiare e permetteva a Caine di entrare nella sua vita come mai nessuno prima aveva fatto. In quel modo le sfide che li attendevano sembravano più facili da fronteggiare. Forse ci sarebbe voluto del tempo, ma l'uomo non rifiutava di prendere in considerazione altre opzioni. Aveva solo bisogno di affrontare ogni cosa con i suoi tempi.

Le spinte di Macklin divennero più frenetiche e il ritmo si spezzò. "Ci sono," annaspò, tirandosi indietro fino alla punta affinché Caine avesse la possibilità di sfilarsi, se lo voleva. Ma questi afferrò il fianco di Macklin con un mano, spingendolo di nuovo in profondità, mentre con l'altra continuava a titillargli i capezzoli, dandogli così il permesso di venirgli in bocca.

Furono necessarie solo poche altre spinte e poi il sapore salato dell'orgasmo di Macklin si riversò sulla lingua di Caine e gli inondò la bocca e il mento, mentre lui cercava di inghiottire. Macklin emise una specie di grugnito mentre veniva, tremando con forza e con la testa appoggiata all'interno della coscia di Caine. "Non muoverti," ordinò poi, quando quest'ultimo si mosse per togliersi da sotto di lui. "Non ho ancora finito con te."

E Caine sperava proprio di no. Non voleva andare via, quanto piuttosto mettersi sul fianco cosicché Macklin potesse stendersi, se lo avesse voluto. Ma l'uomo aveva altre idee e la sua bocca tornò subito a avvolgere l'asta di Caine, mentre con le dita si faceva strada tra le sue natiche. Caine allargò le gambe, sollecitando la carezza. Non aveva idea di quando Macklin avesse trovato il lubrificante, ma le dita che lo penetrarono – due, a giudicare dall'ampiezza – erano scivolose e si muovevano con facilità dentro di lui, mentre l'uomo trovava la sua ghiandola e la stimolava come aveva fatto la notte precedente. Caine gettò la testa all'indietro sul cuscino, intrappolato tra la bocca insicura di Macklin e il tocco magistrale delle sue dita. Il contrasto gli fece quasi perdere la ragione.

Era probabilmente il pompino più maldestro e sgraziato che gli avessero mai fatto, ma le dita di Macklin dentro al suo culo compensavano pienamente e lo mantenevano sulla soglia dell'orgasmo. La determinazione che traspariva dall'espressione di Macklin mentre si sforzava di prendere l'asta di Caine ancora più in profondità dentro la bocca glielo fece apprezzare ancora di più. Sarebbe stato così facile innamorarsi della persona che era in quel momento; il problema consisteva in come si comportava il resto del tempo.

"V-v-vicino," ansimò Caine, quando una passata particolarmente riuscita delle dita di Macklin lo lasciò senza più padronanza di sé. L'uomo sollevò la testa e con la mano continuò a pompargli con forza l'uccello fino a farlo venire. Se una piccola parte di Caine era delusa dal fatto che Macklin si fosse tirato indietro, un'altra gli ricordava che anche lui aveva impiegato molto tempo prima di permettere a qualcuno di venirgli in bocca.

Il fatto che Macklin gli avesse fatto un pompino rappresentava un grosso passo avanti; Caine doveva solo fare in modo di aggrapparsi a quella consapevolezza quando dubitava dell'impegno che l'uomo metteva nella loro relazione.

Quando Macklin si alzò all'improvviso e scomparve dentro al bagno, Caine si impose di non cedere al panico. Non era scappato, ma era solo andato a prendere un asciugamano per ripulire entrambi. Quando poi sentì il gorgoglio dell'acqua, si rilassò e aspettò il ritorno del tenero amante che lo aveva accudito con tanta dedizione quella lontana sera al capanno. Ma la porta non si aprì subito e allora ripensò ai dubbi di Macklin e si impose di aspettare che l'uomo si occupasse in primo luogo di se stesso. La sua pazienza si stava decisamente esaurendo, quando finalmente la porta del bagno si aprì e Macklin, con una salvietta bagnata in mano, ne uscì per pulirgli teneramente l'addome.

"Mi dispiace di averci messo così tanto," si scusò. "Mi serviva…"

"Ti ho spaventato di nuovo?" domandò Caine. "Avevo sperato che il piacere ti avrebbe fatto dimenticare il resto."

Macklin fece spallucce, imbarazzato. "Ed è così che è andata. Mi dispiace solo di non essere stato all'altezza. Migliorerò."

Caine gli prese l'asciugamano dalle mani e lo mise da parte, poi gli fece segno di sederglisi accanto sul letto. "Se diventi più bravo di così, mi ucciderai."

"Mi sono tirato indietro prima che tu venissi."

"Se ti fossi fermato e mi avessi lasciato a metà, avrei potuto anche lamentarmi," lo rassicurò Caine, "ma anch'io ci ho messo un sacco di tempo prima che riuscissi a permettere a qualcuno di venirmi in bocca. Non è una gara, Macklin. Se tu mi dai piacere e io ti do piacere, non è importante il modo in cui lo facciamo. Anche se, piuttosto che alzarti e andare a prendere un asciugamano, avrei apprezzato di più se mi avessi pulito con la lingua."

"Troppo e troppo in fretta, cucciolo," disse Macklin. "Ma per te potrei provarci, la prossima volta."

Caine non si soffermò a pensare al sapore di Macklin che ancora indugiava nella sua bocca, ma semplicemente si allungò e lo baciò con passione, perché quella dichiarazione d'intenti equivaleva a una dichiarazione d'amore, almeno per quello che lo riguardava. Se Macklin non avesse provato qualcosa per lui, qualcosa che sarebbe potuto diventare reale e vincolante, non avrebbe detto nulla, si sarebbe fermato a 'troppo e troppo in fretta'.

L'espressione bizzarra sul viso dell'uomo quando alla fine si separarono e il modo in cui si passò la lingua sulle labbra, come se avesse assaggiato qualcosa di strano o inaspettato, riscossero Caine. Si sporse e lo baciò ancora, a bocca chiusa però. "È il tuo sapore," gli sussurrò. "Spero che presto me lo farai assaggiare di nuovo."

"Se continui a guardarmi in quel modo, molto presto," ribatté l'altro.

Per quanto Caine fosse tentato di concedersi un secondo round, il sole era ormai alto sopra l'orizzonte e loro avevano del lavoro da fare, oltre che un viaggio di cinque ore verso casa. "Questa notte," promise allora.

"Questa notte," ripeté Macklin.

# CAPITOLO 17

UNA VOLTA caricate le provviste che Paul aveva preparato, e acquistati i preservativi, si era già fatta ora di pranzo, e Caine e Macklin decisero di rimanere a Boorowa e di mettersi in viaggio verso Lang Downs dopo aver mangiato.

Arrivarono a casa piuttosto presto, ma quando finirono di scaricare e mettere via i rifornimenti, la cena era già pronta e Caine non aveva avuto modo di baciare Macklin nemmeno una volta da quella mattina in albergo. Siccome però non voleva causare un altro scontro, decise di portare pazienza e aspettare il momento opportuno: la cena sarebbe finita presto e avrebbero potuto godersi la loro solita birra serale.

Mentre anche gli altri jackaroo sfilavano fuori dalla mensa, Caine seguì Macklin verso casa sua, in silenzio per non attirare l'attenzione, ma neanche nascondendosi. Nel momento stesso in cui la porta si chiuse alle loro spalle, si gettò tra le braccia del suo amante per un bacio rapido e profondo. "Una giornata intera senza baciarti è troppo lunga da reggere."

"E cosa farai quando dovremo passare tutto il giorno nei pascoli insieme alle pecore?" domandò Macklin, ma senza che la sua voce riuscisse a nascondere una leggera nota di divertimento.

"Ti attirerò dietro a una di quelle montagnole di rocce e ti bacerò lì," rispose Caine, rubandogli un secondo bacio.

"Non ne hai avuto abbastanza delle rocce quando hai incontrato quel serpente?" continuò a stuzzicarlo l'altro.

"Farò più attenzione. A meno che tu non abbia un'idea migliore."

"Ora come ora la mia idea ci vede meno vestiti e più soli," confessò Macklin, mentre lo spingeva verso la camera da letto. "Sento che quella scatola di preservativi mi chiama."

Caine sorrise, anche se aveva lo stomaco annodato al pensiero di fare di nuovo l'amore con Macklin. Lo avrebbe fatto appoggiare sulle mani e le ginocchia per poi prenderlo da dietro, oppure preferiva qualche altra posizione? Non vedeva l'ora di scoprirlo. "Cosa stiamo a-aspettando?"

Il sorriso di Macklin specchiava quello di Caine. "Già eccitato, cucciolo?"

Caine arrossì per essersi tradito in quel modo, ma non poteva certo negare l'evidenza. "Mi fai questo effetto."

"Bene," gongolò l'uomo, così compiaciuto che Caine lo colpì, indignato. "Cosa? Non va bene che sia felice di riuscire ad accendere il mio amante con solo poche parole?"

"N-non mi piace quando b-b-balbetto," protestò Caine, sulla difensiva.

Macklin lo baciò con una tale dolcezza che lui si sentì sciogliere tutto. "Mi dispiace che balbetti perché so che la cosa ti mette a disagio, ma non mi dispiace che la mia presenza ti ecciti al punto da farti perdere il controllo. Andiamo a letto?"

Caine annuì, ma nemmeno le rassicurazioni di Macklin lo avrebbero convinto a parlare quando sapeva che le frasi non sarebbero uscite fluide.

L'uomo lo condusse lungo il corridoio, in direzione della camera dove avevano dormito così pacificamente due notti prima. Caine, però, non si aspettava che quella notte fosse altrettanto tranquilla, non all'inizio, almeno.

Rispetto all'ultima volta che erano entrati in quella stanza, non c'era più alcuna timidezza, né quella goffa incertezza riguardo a cosa sarebbe successo nei pochi minuti seguenti. Macklin tirò Caine verso di sé, le mani che si muovevano frenetiche sui suoi vestiti, e in pochi secondi lo spogliò. Poi, sorprendendolo, si allontanò di un passo e lasciò che anche lui facesse lo stesso.

Per quanto fosse tentato di affrettarsi, Caine denudò Macklin con calma, ignorando il morso dell'aria fredda sulla pelle. Leccò, baciò e accarezzò ogni centimetro del corpo che scopriva, con un'attenzione particolare ai capezzoli, e poi, quando si gettò in ginocchio, al pene.

"Credevo che avremmo usato quei preservativi," mormorò Macklin con voce roca.

"L-lo faremo," promise Caine, "m-m-ma prima p-posso f-f-fare questo, v-v-vero?"

"Non per molto," lo mise in guardia l'altro, rivolgendogli uno sguardo luminoso. "Non ho potuto guardarti questa mattina, ma la vista di te in ginocchio con la bocca attorno al mio uccello è quasi insostenibile."

Caine non provò nemmeno a rispondere, ma tenne gli occhi fissi in quelli di Macklin mentre si portava la sua asta alla bocca, succhiandola quanto più profondamente gli fosse possibile.

"Cazzo," sbottò l'uomo, afferrando Caine per le braccia e gettandolo sul letto.

Il ragazzo lo guardò da sopra la spalla e si mise in ginocchio, ondeggiando i fianchi in un invito osceno.

"Piccolo sedere ingordo," lo stuzzicò di nuovo Macklin, inginocchiandoglisi dietro. "Sai quello che succede alla persone che mi provocano?"

"Le fotti?" chiese speranzoso Caine.

"Anche," rispose l'altro. "Ma prima vengono provocate a loro volta." La sua mano scivolò tra le gambe di Caine, gli accarezzò il sacco e poi si mosse in avanti per andare a stringersi attorno al suo membro.

Caine lasciò cadere la testa tra le braccia e, incurante di quanto potesse sembrare licenzioso, alzò ancora di più il culo in aria, in una supplica silenziosa. Era ormai un dato di fatto che voleva che Macklin lo scopasse e tanto più duravano i preliminari tanto meglio era per lui: più era eccitato e più facile sarebbe stato rilassarsi abbastanza da accettare l'intrusione. Ebbe la folgorazione improvvisa che forse era quello il motivo per cui lui e John avevano smesso di fare sesso: non era mai abbastanza eccitato da goderselo.

Ma con la voce di Macklin che gli sussurrava all'orecchio, e la sua mano che lo masturbava, non sarebbe stato certo un problema: avevano appena cominciato e già stava colando sul piumone.

Poi il pollice di Macklin premette contro la sua entrata e Caine non riuscì a trattenere un singhiozzo. Il dito riempiva il suo ingresso, senza però arrivare a sfiorargli la prostata, e lo costringeva a concentrarsi sul muscolo dell'ano e su come questo si allargava. Sollevò ancora un po' i fianchi, alla ricerca di una posizione più comoda. Il pollice di Macklin lo seguì, senza muoversi. "Rilassati," gli sussurrò l'uomo all'orecchio con voce ruvida. "Abituati alla sensazione."

Caine cercò di fare quello che gli diceva Macklin, ma il suo corpo non voleva collaborare.

"Sei ancora troppo teso, cucciolo. Girati," osservò Macklin, tirando via il dito.

Caine rotolò sulla schiena. Macklin gli spalancò le gambe, ci si mise in mezzo e si spalmò ancora un po' di lubrificante sulle dita. Poi il suo pollice fu di nuovo dentro di lui, insieme alla stessa curiosa sensazione di essere riempito senza essere però stimolato; solo che, a quel punto, Macklin piegò la testa e gli passò la lingua lungo tutta l'asta. Il trucco funzionò: i muscoli di Caine si rilassarono e il fastidio si trasformò in un leggero pizzicore. Quando Macklin rialzò la testa, rivolse a Caine uno sguardo serio. "Quanto tempo è passato dall'ultima volta che sei stato preso?"

Caine fece spallucce. "Un a-anno. F-forse q-qualcosa di più."

"Idiota," mormorò allora l'uomo. "Ti aveva nel suo letto e non ti scopava ogni volta che ne aveva la possibilità? Non ha idea di cosa si è perso."

*E di cosa ho guadagnato io*, pensò Caine, mentre Macklin si piegava e gli succhiava a turno i capezzoli. Si mosse nel tentativo di far penetrare ancora più in profondità il dito che lo riempiva, ma ormai il desiderio di espellere l'intruso era scomparso, lasciandolo desideroso di qualcosa di più: il cazzo rigido del suo amante.

Ma quel di più arrivò sotto forma di un secondo dito che si unì al primo e che contribuì ad allargarlo mentre contemporaneamente pattinava sul suo punto magico. Quella sensazione sdoppiata lo fece urlare e quasi schizzare via dal letto.

"Tutto bene, cucciolo," lo rassicurò Macklin, tenendolo ancorato al materasso e baciandolo fino a farlo rilassare di nuovo. Poi le sue labbra gli scesero lungo la mascella e ancora più giù, verso le scapole. Caine inarcò la schiena, mentre il suo corpo intero vibrava. La lingua di Macklin sul capezzolo gli strappò un gemito, ma quando gli prese il nocciolo turgido tra i denti, Caine sentì un brivido di eccitazione corrergli lungo la schiena.

"Troppo rude?" domandò Macklin quando lo lasciò andare.

Caine scosse la testa, così l'uomo ripeté la carezza dall'altra parte, mentre le sue dita continuavano a muoversi in un ritmo costante dentro al suo corpo. Improvvisamente un terzo dito raggiunse gli altri, andando a premere con forza sulla prostata. Caine gridò ancora, ma Macklin lo calmò con un tocco gentile. "Tranquillo, cucciolo. Ti faccio male?"

Di nuovo Caine scosse la testa con veemenza. Apprezzava la preoccupazione di Macklin, ma voleva lasciarsi andare e smettere di pensare. Voleva che l'uomo mantenesse la promessa che gli aveva fatto e che lo facesse uscire da se stesso e volare verso l'orgasmo. "S-s-scopami e b-b-basta," riuscì ad ansimare.

Macklin fece cenno di no con la testa. "Non voglio scoparti. Voglio fare l'amore."

Caine fu rapito da quelle parole, nonostante il bisogno che sentiva infuriare dentro di sé. Macklin poteva ancora non essere pienamente convinto della loro relazione, ma neppure la metteva sullo stesso piano di uno dei tanti incontri anonimi del suo passato. "F-fallo e b-b-basta!"

"Piccolo sedere ingordo," lo prese in giro per l'ennesima volta. "Sei ancora troppo teso. Prima vieni e poi ti darò quello che vuoi."

Caine ingoiò un urlo di frustrazione: non voleva venire senza Macklin. Gli afferrò il polso e gli liberò le dita. "A-adesso!"

Macklin sembrò quasi sul punto di ribattere, ma poi indossò un preservativo e gli si posizionò tra le gambe. "Vuoi girarti?"

Farsi prendere da dietro, con il culo in aria, era stata la sua fantasia, ma in quel momento si accorse che guardare Macklin in viso era anche meglio. Scosse la testa e si allungò verso l'amante, guidandolo in posizione. L'uomo si mosse di buon grado e premette contro la sua entrata fino a che il muscolo cedette e la punta entrò. Caine si morse un labbro; le dita di Macklin lo avevano allargato, ma quella era tutt'altra cosa. L'uomo si fermò immediatamente e si sporse in avanti per leccargli i capezzoli. "Dimmi quando smette di fare male."

In realtà non sentiva tanto dolore quanto piuttosto bruciore, ma apprezzò comunque l'ovvia apprensione che stava dietro a quell'offerta. Caine non aveva idea di come Macklin potesse trattare una scopata casuale, ma stava imparando rapidamente come si tratta un amante.

La doppia stimolazione dei capezzoli e della prostata era abbastanza intensa da legargli la lingua e impedirgli di dare a Macklin il permesso di muoversi, quindi ruotò i fianchi in modo che l'asta dell'uomo penetrasse ancora più a fondo. Macklin interpretò il gesto per quello che era e spinse ancora, fino a che il suo uccello non fu completamente dentro Caine. "È troppo bello essere dentro di te," gli mormorò all'orecchio. "Non durerò a lungo."

Per tutta risposta Caine agitò i fianchi con ancora più foga, spingendolo a muoversi. Aveva già dimostrato la notte prima che, se anche fosse venuto per primo, non lo avrebbe lasciato a bocca asciutta: quello era tutto ciò che gli serviva sapere in quel momento.

Gli affondò una mano nei capelli e lo attirò verso di sé per un bacio, mentre l'altra era stretta attorno alle sue natiche, un po' per fare leva e un po' per incoraggiarlo.

Una volta ricevuto il tacito permesso, Macklin smise di trattenersi e si tuffò dentro di lui con tutta la forza e la furia che quest'ultimo aveva immaginato. Il ragazzo si puntellò sul materasso con i piedi e andò incontro a ogni spinta, godendo ogni volta che i loro corpi cozzavano l'uno contro l'altro nel tentativo di darsi reciprocamente piacere. La mano dell'uomo si fece strada tra di loro e gli si chiuse attorno all'uccello, massaggiandolo a tempo con i loro movimenti. Quando finalmente l'orgasmo lo investì, Caine abbandonò la testa all'indietro e lasciò uscire un grido strozzato. Macklin affondò in lui qualche altra volta prolungando il suo piacere, poi fu colto da un brivido intenso e cominciò a muovere scompostamente i fianchi prima di lasciarglisi cadere sopra.

Mentre entrambi cercavano di tornare a respirare regolarmente, Caine gli accarezzò i capelli e la schiena. Alla fine si sentì anche in grado di parlare di nuovo. "Non hai imparato a fare l'amore così in un vicolo."

Macklin fece spallucce. "No, ma ho passato molti anni su questo letto a immaginare come sarebbe stato avere un amante, cosa gli avrei fatto e cosa lui avrebbe fatto a me. Ho provato qualcosa e a te è sembrato piacere, quindi sono andato avanti."

Caine si sporse e lo baciò con dolcezza. "Prova tutto quello che vuoi, non mi lamenterò."

"Però mi dirai se qualcosa non ti piace, vero?"

"Certo che sì," promise. "E anche tu mi farai sperimentare qualcosa."

"Ci proverò."

Caine capì che non avrebbe ottenuto altro, quindi sgusciò via da sotto Macklin e gli si mise di fianco. L'uomo rotolò via un secondo per togliere il preservativo, ma continuò a tenergli una mano appoggiata sulla coscia, rendendo chiaro che non voleva andare via. "Mi sa che dovremmo pulirci."

"Prendi i tuoi boxer usati," suggerì Caine. "Adesso non voglio che tu ti alzi. Ci laveremo domani mattina."

"Dovrai svegliarti presto se rimani," lo avvisò l'uomo. "Dovrai essere a casa tua prima che chiunque altro si alzi."

Caine trattenne un sospiro. "Lo so," disse. "Ma preferisco alzarmi presto piuttosto che passare la notte da solo."

"Allora metto la sveglia."

Quando lo vide inserire l'allarme per le quattro e mezza, fece una smorfia e fu quasi sul punto andare a casa, ma si rese conto che se poteva accettare il bisogno di discrezione di Macklin, non poteva invece tollerare di non dividere il letto con lui. Avrebbe continuato a cercare di convincerlo a sciogliere, piano piano, tutte le sue riserve e, nel frattempo, avrebbe rispettato i suoi desideri. Rimaneva comunque molto meglio che dormire da solo.

IL MATTINO successivo, immerso ancora nel freddo notturno, Caine borbottò per tutto il tragitto verso casa. Aveva dormito male e il conforto dell'abbraccio di Macklin non gli aveva fatto dimenticare che avrebbe dovuto alzarsi poche ore dopo; quindi si era girato in continuazione nel letto, svegliandosi ogni mezz'ora per controllare la sveglia e assicurarsi di non fermarsi oltre il lecito. La notte successiva avrebbe chiesto a Macklin di dormire alla casa padronale, così sarebbe stato lui quello a doversi alzare e sgusciare via a un'ora improba.

Dopo aver aperto silenziosamente la porta, Caine scivolò nella stanza buia in direzione delle scale.

"È un po' presto per una passeggiata mattutina."

Sorpreso, si guardò attorno alla ricerca del padrone della voce. "K-Kami, mi hai spaventato."

"Se avessi acceso la luce, invece che muoverti furtivamente nel buio come un ladro, mi avresti visto," osservò il cuoco, facendo seguire i fatti alle parole. Caine sbatté le ciglia un paio di volte prima che i suoi occhi si abituassero.

"N-n-non riuscivo a dormire. Ho fatto una p-passeggiata."

Kami serrò le labbra e incrociò le braccia sull'ampio petto, facendolo sentire come uno studente al cospetto del preside.

Distolse lo sguardo, colpevole. "Mi sono addormentato a casa di Macklin. Stavamo parlando e devo aver ceduto alla stanchezza. Non volevo che nessuno si facesse strane idee, quindi sono uscito non appena sveglio."

"Vederti sgattaiolare verso casa alle quattro e mezza è molto più sospetto che vederti uscire da casa sua a un'ora ragionevole come se non avessi niente da nascondere," gli fece notare Kami. "In ogni caso credo che neanche questa sia la verità."

"E a te cosa importa?"

"Macklin è mio amico e se stai solo giocando, devi fermarti adesso," gli ordinò l'altro. "Sarebbe rovinato se gli uomini scoprissero che stai semplicemente cazzeggiando con lui."

"E se invece non stessi solo c-cazzeggiando?" chiese Caine. "Se anch'io volessi che la storia si ripetesse?"

"Allora dovresti iniziare a comportarti come se fossi fiero di lui e della vostra relazione," gli consigliò Kami. "Gli uomini rispettano la forza. Se tu lo sarai abbastanza da lottare per te e per lui, faranno spallucce e andranno avanti. Se invece ti comporti come se ci fosse qualcosa di cui vergognarsi, non vi lasceranno mai in pace e diventerete lo zimbello di tutta la stazione."

"È lui quello che ha paura di lottare per noi," disse piano Caine. "Non io."

"Perché lui sa quello che potrebbe succedere," insisté Kami. "Ma per te è diverso. Tu sei il capo: potresti anche non piacergli, ma non potrebbero mai mandarti via. Se ti dimostri abbastanza forte da guadagnarti la loro stima, neppure la posizione di Macklin sarà messa in discussione. Ma se non riescono a rispettare te, perché dovrebbero farlo con lui, dal momento che state insieme?"

"Cosa posso fare, allora?" domandò Caine.

"Sii te stesso," disse Kami. "Completamente. Hai la stessa forza di tuo zio, altrimenti non saresti durato neanche un paio di settimane qui. I ragazzi stanno cominciando a rendersi conto di questo e non ti chiamano più 'straniero'. Adesso è il momento che vedano anche il resto di quello che sei. Ovviamente, ciò non significa che devi dare spettacolo. Macklin ci spellerebbe entrambi se lo facessi, ma non puoi comportarti come se ti vergognassi di lui. Smetti di nasconderti, perché se i ragazzi lo scoprono senza che sia alle tue condizioni, poi sarà difficilissimo riconquistare la loro fiducia."

"Me ne ricorderò," esclamò Caine. "Prima, però, devo parlarne con Macklin. Non posso fare niente senza metterlo almeno al corrente delle mie intenzioni."

"Benissimo," concordò Kami. "Ma più aspetti e più sarà difficile. Adesso vai di sopra e lavati. Io devo preparare la colazione."

"Grazie, Kami," disse Caine, abbracciandolo di slancio. "Non deluderò né te, né Macklin e neppure zio Michael."

"Non credo succederà," lo confortò il cuoco mentre rispondeva all'abbraccio, per poi dargli una spintarella in direzione delle scale.

Caine salì e andò subito in camera sua. I pensieri continuavano a ribollirgli in testa anche mentre si spogliava degli abiti del giorno prima e cercava quelli che avrebbe indossato dopo la doccia. Sapeva che Kami era dalla sua parte, ma non aveva mai pensato di chiedergli un consiglio. Avrebbe dovuto farlo, invece. Non che la situazione lo avesse richiesto, fino a quel momento. Andò in bagno e aprì l'acqua calda. Gli serviva un piano, perché non aveva proprio idea di come mettere in pratica quello che Kami gli aveva suggerito.

Il primo passo, pensò, era quello di lasciare che le persone della stazione sapessero che era gay. Fare coming-out da adolescente si era rivelato banale: aveva due cugini, uno per ciascun ramo della famiglia, che erano gay. Al momento erano entrambi sposati, nel Massachusetts e nel Maine; ma anche prima che si sposassero, Caine aveva potuto contare sul loro esempio e sull'appoggio che la sua famiglia dava loro, per trovare la fiducia necessaria. Erano stati i cugini a dargli tutti i consigli sul sesso che i suoi genitori non avevano saputo gestire, loro a regalargli la sua prima scatola di preservativi e sempre loro ad aiutarlo a scaricare il suo primo film porno-gay. All'università si era iscritto subito a un club gay e, quando si era trasferito a Philadelphia aveva bazzicato molto il Gay Village, anche prima di andarci ad abitare. A Lang Downs le reazioni sarebbero state molto diverse, però.

Ma non importava. I ragazzi rispettavano la forza: sia Kami che Macklin lo avevano ripetuto più di una volta. Sarebbe stato forte e avrebbe affrontato a testa alta la loro reazione, qualunque essa fosse stata. Forse qualcuno avrebbe scelto di lasciarli, ma ci avrebbero pensato quando fosse successo. La cosa importante era non vacillare sotto ai loro occhi. Doveva diventare quell'uomo forte e sicuro di sé che non aveva mai saputo essere.

Pensò a Macklin, steso sul suo letto, desideroso di fare di nuovo l'amore, ma troppo preoccupato dalla mancanza di tempo per farlo veramente. Non voleva che anche la sua vita prendesse quella direzione. Voleva svegliarsi accanto al suo compagno, al suo amante, e fare l'amore se ne avevano voglia, oppure rimanersene semplicemente abbracciati sotto le coperte se non l'avevano. Voleva vivere la sua vita insieme a Macklin e se per fare ciò avesse dovuto attingere a delle riserve che non sapeva neanche di avere prima di arrivare nell'outback, lo avrebbe fatto.

Doveva solo capire come arrivarci senza rischiare che la faccenda gli scoppiasse in mano.

# CAPITOLO 18

MACKLIN NON era in mensa quando Caine entrò, ma alcuni dei ragazzi stavano già uscendo, quindi immaginò che fosse arrivato e già ripartito a fare qualcosa chissà dove in giro per la stazione. Non sapeva se avrebbe avuto occasione di vederlo durante la giornata, ma sperava di riuscire a incrociarlo almeno una volta, e magari anche a rubargli uno o due baci. Ma se anche non fosse successo, rimaneva sempre il loro appuntamento serale per la birra, anche se ultimamente non è che di birre ne bevessero proprio tante.

Quando anche lui uscì all'aperto, diretto verso le stalle, fu contento di aver indossato i mutandoni. Non vide Macklin da nessuna parte, ma un'occhiata ai box gli rivelò l'urgenza di un intervento. "Mi aveva avvisato che avrei spalato merda," mormorò con un sorrisino, mentre prendeva il forcone e la carriola.

Aveva finito di pulire tre box e stava cominciando il quarto, quando sentì aprirsi la porta. Sporse la testa per vedere chi fosse. "Ciao, Neil."

"Ho sentito delle voci ieri a Taylor Peak, quando sono andato a prendere il fieno."

Caine inspirò a fondo ma, ricordando le parole di Kami, rifiutò di farsi intimorire o di mostrare il suo nervosismo. "Le voci sono una brutta cosa."

"Taylor dice che sei una checca."

"Non è esattamente la parola che avrei usato," concesse Caine, sorpreso che le parole gli fossero uscite senza incertezza. "Ma se mi stai chiedendo se sono gay, allora la risposta è sì."

Il viso di Neil si accartocciò per il disgusto. "Maledetti finocchi," sputò. "Tornatevene a Sydney o in America, dov'è il vostro posto."

"Cosa c'entra il fatto che sia gay con lo stare qui?" domandò Caine, mentre appoggiava il forcone alla parete e usciva dal box. Sperava di non dover arrivare allo scontro fisico, ma non avrebbe certo lasciato passare sotto silenzio il commento di Neil. I ragazzi rispettavano la forza, aveva detto Kami. Caine avrebbe dimostrato di possederla. "O faccio il mio lavoro, o non lo faccio. Le mie fantasie quando sono solo sono affar mio."

"Non c'è posto per dei froci leccaculo qui nell'outback," insisté Neil.

"Perché no?" chiese Caine. "Potrò non sapere tutto, ma ormai faccio parte di questo posto. Non ti sei lamentato quando ti ho aiutato con le pecore, o quando ti ho fatto riparare dal freddo."

"Allora non sapevo ancora quello che eri," ribatté Neil.

"Sono esattamente lo stesso," puntualizzò Caine. "La sola cosa ad essere cambiata è il tuo punto di vista, non chi sono io o come mi comporto."

"Sarà meglio che quello non cambi," esclamò Neil, avvicinandosi. "Se provi a fare qualcosa, ti stendo."

Caine lo squadrò dalla testa ai piedi. Era piuttosto attraente, tranne che nell'atteggiamento, ma non era Macklin. "Non preoccuparti," disse con accentuata noncuranza. "Non sei il mio tipo."

"E quale sarebbe il tuo tipo?" gli domandò Neil. "Una giovane checca inesperta? O qualche culetto facile e bollente?"

"Che succede qui?"

La voce di Macklin interruppe l'invettiva di Neil. Caine fu tentato di dirgli che quello era il suo tipo: un sovrintendente sexy e spettinato che lo aveva scopato come mai nessun altro prima. Ma non credeva che Macklin avrebbe apprezzato che la sua omosessualità fosse rivelata in quel modo. "Io e Neil stavamo scambiando due parole."

"Non stavamo scambiando un bel niente," protestò l'uomo. "Se vai in giro a dire cose del genere, tutti penseranno che sono frocio anch'io."

"Questa è l'idiozia più grossa che abbia mai sentito," si schermì Caine, scuotendo la testa. "Torna al lavoro, Neil. Le pecore non si prendono da mangiare da sole."

"E ricordati con chi stai parlando prima di dar fiato alla bocca," aggiunse Macklin con un tono duro nella voce. "Stai parlando con il capo. Se decidesse di licenziarti solo perché sei uno stupido bigotto senza cervello che non è capace di tenere per sé le sue opinioni, non avresti altri da biasimare che te stesso."

"Tu lo sapevi?" sputò fuori Neil.

Macklin si strinse nelle spalle. "Non è che lo nasconda. Me ne ha parlato di sfuggita il giorno che ci siamo conosciuti."

"E non hai pensato di dovercelo dire?" disse Neil.

"Sono forse affari vostri?" si intromise Caine, attirando di nuovo l'attenzione su di sé. "Ti ho già detto che non sei il mio tipo, quindi non c'è pericolo che ti faccia delle avances senza che tu lo voglia; e se anche fossi il mio tipo, di certo ora non ti verrei più a cercare. Se prendo la decisione sbagliata è perché sto ancora imparando come funzionano le cose, non certo perché sono gay. Mentre se prendo quella giusta è perché Macklin mi ha insegnato bene, non perché sono gay. La sola persona che ha il diritto di parola in proposito è quella a cui sono interessato: dal momento che *non* sei tu, non capisco proprio di cosa stiamo parlando."

"Maledetto finocchio," imprecò di nuovo Neil, prima di precipitarsi fuori e lasciare Caine e Macklin da soli.

"Ti ha colpito?"

"Ha detto delle b-brutte cose," rispose Caine, maledicendosi in silenzio per la ricomparsa della balbuzie; ma non aveva bisogno di essere forte con Macklin. "Ma nient'altro."

"Te lo avevo detto che sarebbe potuto diventare spiacevole se i ragazzi lo avessero scoperto."

"G-glielo ha detto Taylor," disse Caine rabbrividendo. "Non ho intenzione di rinnegare ciò che sono, Macklin. Mi sono dichiarato quando avevo quattordici anni e non c'è verso che torni indietro, per nessuno. Sarò discreto, ma non rinnegherò ciò che sono."

"Lo dirà agli altri e ogni volta che ti vedranno, stai pur certo che non risparmieranno i commenti," lo avvisò il sovrintendente. "Renderanno la tua vita un inferno."

"Possono p-provarci," disse Caine con un'alzata di spalle. "N-non ho balbettato neanche una volta per tutto il t-tempo che ho parlato con Neil. Non una volta. Non ci sarei riuscito prima di venire qui. Avrei potuto usare le stesse identiche parole, ma sarebbero state spezzate. Possono dire quello che vogliono. Sono abbastanza forte da sopportarlo, adesso."

"Per quanto?" gli chiese Macklin serio. "Quanto tempo dovrà passare prima che tu decida che sarebbe più facile non doverli ascoltare? E quanto prima che tu parta?"

"Siamo tornati lì?" chiese Caine incredulo. "Dopo la scorsa notte hai ancora dubbi di questo genere?"

"Abbassa la voce," sussurrò Macklin, la sua un sibilo affilato.

"Pensavo che ci a-avresti dato una p-possibilità," protestò Caine.

104

"Hai visto come ha reagito Neil. Vuoi veramente che la tua vita sia così?"

"Imparerò a conviverci, in un modo o nell'altro. E ne varrebbe la pena se tu fossi al mio fianco."

"Se siamo fortunati, la maggior parte degli uomini rimarrà per un senso di lealtà verso me e Michael," disse Macklin. "Se invece non lo siamo, se ne andranno. Non possiamo permetterci di mettere a rischio quella lealtà."

"'Fanculo" esclamò Caine. "Tu hai solo paura. Macklin Armstrong, il sovrintendente duro e saldo come la pietra, ha paura che la gente lo guardi diversamente se si scoprisse che è gay."

"So che lo faranno," ripeté l'uomo. "Hai visto l'espressione di Neil. Hai sentito quello che ha detto."

"È solo un uomo," osservò Caine. "Un uomo pieno di pregiudizi. Non significa che anche gli altri reagiscano allo stesso modo; anche se lo facessero, è un problema loro, non nostro. Almeno finché non lasciamo che lo diventi."

"È un problema nostro se la stazione finisce nei guai perché loro ci abbandonano."

"Tutto ruota sempre intorno alla stazione, non è vero?"

"È tutto quello che ho," protestò Macklin.

"No, non è tutto quello che hai," ribatté Caine. "Hai me. O almeno potresti, se la smettessi di respingermi ogni volta che se ne presenta l'occasione."

"Mi stai chiedendo di mettere a rischio tutto quello che ho costruito in venticinque anni per poche notti di sesso?"

Caine indietreggiò come se Macklin lo avesse colpito. Quelle parole erano state così affilate e dolorose che avrebbe preferito un pugno in faccia. "È s-solo questo che s-significa per te?"

"È tutto quello che può essere in questo posto."

Caine annuì una volta, digrignando i denti per impedire alle emozioni che gli vorticavano dentro di affiorare sul suo viso. "Allora non credo ci sia altro da dire. Aspetto un aggiornamento sui risultati degli accoppiamenti per la fine della settimana. Buona giornata, signor Armstrong."

Caine si avvolse nei brandelli della propria dignità e lasciò la stalla a testa alta. Sarebbe tornato dopo per riprendere il forcone, ma in quel momento non sopportava di stare accanto a Macklin neppure un altro secondo. Non avrebbe supplicato. Non avrebbe pianto. Non avrebbe permesso a nessuno, nemmeno allo stesso Macklin, di vedere che cosa gli avevano fatto quelle poche parole. Volevano forza? L'avrebbero avuta.

Arrivò nell'ufficio dello zio Michael e chiuse a chiave la porta, anche se ebbe qualche difficoltà con la serratura. Poi si lasciò cadere su una sedia e seppellì la testa tra le mani. Non pianse, ma lasciò che la disperazione lo sommergesse. Era stato totalmente certo che la tenerezza di Macklin e l'attenzione dimostrata verso il suo piacere fossero una prova del fatto che l'uomo stava cominciando a nutrire qualcosa per lui. Ma evidentemente si era sbagliato.

"Cosa faccio adesso, zio Michael?" domandò alla stanza vuota. "Tu hai vissuto insieme a un testardo sovrintendente australiano. In qualche modo devi averlo convinto che ne valeva la pena. Come posso riuscirci io, se lui non vuole neanche riconoscere che tra noi c'è qualcosa per cui vale la pena correre un rischio?"

Si passò le mani tra i capelli e notò che si erano molto allungati da quando era arrivato. Se ci avesse pensato la notte precedente, avrebbe potuto chiedere a Macklin di tagliarglieli, ma ormai non era più possibile. Forse avrebbe potuto chiederlo alla madre di

Jason, sempre ammesso che gli parlasse ancora dopo che Neil avesse diffuso la notizia. Sperò che non proibisse a Jason di frequentarlo, ma se fosse accaduto lo avrebbe accettato. Avrebbe accettato qualsiasi cosa allo stesso modo in cui accettava la scelta di Macklin. Quella era diventata la sua vita e non avrebbe permesso ai loro pregiudizi di cambiarla.

Accese il computer e ricominciò a cercare produttori di fieno biologico nella regione, in modo da portare avanti la questione della certificazione anche mentre si organizzavano per diventare autosufficienti.

LAVORÒ FINO a dopo pranzo, dicendosi che in fondo erano molti i ragazzi che non tornavano dai campi a mezzogiorno; ma non poteva ignorare la cena, e non solo perché il suo stomaco non glielo avrebbe permesso. Era certo che ormai Neil avesse aggiornato tutta la stazione riguardo il suo orientamento sessuale e se Caine non si fosse fatto vedere in mensa, l'avrebbero interpretato come un segno di debolezza. Era probabile che trascorresse l'intero pasto a un tavolo da solo, ma ci sarebbe andato. Avrebbe dimostrato loro che non si vergognava di quello che era, o che era intimidito dall'opinione che avevano di lui.

Kami gli rivolse uno dei suoi rari sorrisi mentre gli serviva il piatto e Caine si chiese quanto brutta fosse la situazione se persino il cuoco si sentiva in dovere di dimostrarsi solidale. Prese posto e cominciò a mangiare, senza curarsi di guardarsi attorno. Un attimo dopo Jason si gettò sulla sedia accanto alla sua.

"Ciao Caine. Non ti ho visto fuori oggi."

"Ho lavorato alla richiesta per la certificazione biodinamica," ribatté lui. "Non ho avuto il tempo di uscire e vedere cosa facevi."

"Compiti, come al solito," disse Jason. "E fare finta di non sentire papà che litigava con Neil."

"E perché stavano litigando?" domandò Caine, certo però di sapere la risposta.

"Per te," confessò Jason. "Papà gli ha detto di smetterla di sparlarti dietro, perché in caso contrario avresti potuto decidere di vendere la stazione e noi tutti saremmo finiti a lavorare per qualcuno come Devlin Taylor."

"E tuo padre pensa che lavorare per qualcuno come il signor Taylor sia peggio che lavorare per me?"

"Ovvio," rispose Jason. "A te importa di Lang Downs. Potrai non saperne molto di pecore, ma stai cercando di imparare e di migliorare le cose. Al signor Taylor non interessa nulla se non i soldi che gli entrano in tasca, e questo non sarebbe un bene per noi. Hai mai visto Taylor Peak?"

"Scusa, capo."

Caine alzò la testa e si trovò davanti Ian, uno dei jackaroo, in piedi davanti al tavolo e con il cappello in mano. "Sì?"

"Questo pomeriggio, un montone ha spaccato un recinto. Lo abbiamo ripreso, ma mancano ancora delle pecore. Le abbiamo cercate, ma senza risultati finora."

"Grazie per avermelo detto," disse Caine. "Ne hai parlato a Macklin?"

"Non si è fatto vedere per tutto il giorno," rispose Ian. "Cosa dobbiamo fare con le pecore che mancano?"

"Sta diventando buio," osservò Caine. "Cercarle adesso non porterà a niente. Ricominceremo domani mattina. Se vedi Macklin, dillo anche a lui."

"Ok, capo," fece Ian, prima di accennare un saluto e allontanarsi.

106

"Anche Ian pensa che tu sia un capo migliore di Taylor," gli bisbigliò Jason. "Papà ha detto che Neil è uno stupido impiccione e che io non devo ascoltarlo."

"Spero che non sia il solo a pensarla così," mormorò Caine.

"Il fatto che tu sia gay non ha nulla a che vedere con il modo in cui gestisci l'allevamento," disse Jason scrollando le spalle. "Sei un buon capo. Anch'io me ne sono accorto."

"Vuoi dire che a tuo padre non importa che io sia gay?"

"Questo non lo so, ma ha detto che non è affar suo fintanto che tu non cominci a infastidire lui, o me, o chiunque non la pensa come te. Io gli ho detto che tu non sei così."

"No, non sono così," concordò Caine. Dal momento che Jason era in vena di confidenze, inspirò a fondo e poi gli chiese: "Ci sono altri che la pensano come Neil?"

"Non lo so e non capisco il perché di tutta questa confusione. Voglio dire, ok, se tu cercassi di mettermi le mani addosso, capirei che la gente potrebbe essere sconvolta, ma tu non lo faresti mai. Cosa importa di chi ti innamori?"

"Non lo so perché a Neil interessi," rispose Caine con onestà. "Alcune persone dicono che è sbagliato perché va contro gli insegnamenti della loro religione, altre perché è innaturale. Io dico che Dio non commette errori e che a me non sembra innaturale, quindi non lo considero sbagliato fintanto che rispetto i gusti delle persone che mi circondano. E ciò include altri uomini gay a cui potrei non piacere, non solo gli eterosessuali."

"Beh," disse Jason, "sarebbe lo stesso se a me piacesse una ragazza. Se lei non mi volesse, dovrei accettarlo e andare avanti."

"Esattamente," concordò Caine. "L'unica differenza è che io guardo i bei ragazzi, anziché le belle ragazze."

"Papà ha ragione. Neil è uno stupido. Non dargli retta."

"Non lo farò," lo rassicurò Caine. "Spero solo che nessun altro lo ascolti."

"Questo non lo so, ma nessuno è obbligato a stare qui. Voglio dire, se a qualcuno tu non piaci, può semplicemente scegliere di andare via e tu potresti trovare un sostituto a cui questa cosa non dà fastidio."

"Spero solo che sia così semplice."

"Capo? Ian ti ha detto delle pecore che si sono perse?"

"Sì," confermò Caine, alzando gli occhi verso Kyle, in piedi dall'altra parte del tavolo. "Gli ho detto che le avremmo cercate domani."

"Non è l'unico problema. Sono io che ho riparato i recinti che sono stati spaccati e credo che qualcuno le abbia aiutate."

"Li hai riparati?" domandò Caine. Detestava l'idea che qualcuno avesse deliberatamente sabotato i loro steccati, ma come prima cosa doveva pensare alle pecore.

"Non preoccuparti per quello, capo," disse Kyle. "Abbiamo sostituito tutti i pali rotti. Da lì non possono più uscire."

"Ok, allora vediamo cos'hai scoperto," disse Caine, prima di alzarsi e mettere il suo piatto insieme agli altri da lavare. "Jason, vieni con noi?"

Il ragazzino appoggiò il suo piatto sopra gli altri e corse dietro a Caine e Kyle, con un'espressione così felice sul viso che Caine non poté fare a meno di scompigliargli i capelli.

"Perché non ti cerchi un vero uomo, capo?" Caine si girò di colpo nell'udire l'accusa di Neil. L'uomo era in piedi in mezzo alla veranda, insieme ad altri due jackaroo.

Ma prima che potesse rispondere, Jason si lanciò contro Neil. "Come osi dire una cosa del genere? Caine è sempre stato gentile con me da quando è arrivato e non ha mai fatto niente di brutto."

"Sprechi fiato, Jason," disse Caine, ignorando completamente Neil. Avrebbe potuto litigare con un tipo del genere fino a non avere più voce, ma niente gli avrebbe fatto cambiare idea e non ne valeva la pena. "Non sente una parola di quello che gli dici. I tuoi genitori sanno che siamo amici e non se ne preoccupano. Neil può pensare quello che vuole."

"Hai esagerato, Neil," aggiunse Kyle. "Il fatto che sia finocchio non vuol dire che sia anche un pedofilo. Datti una calmata."

Perlomeno, oltre al padre di Jason, c'era anche un altro lavorante che non sembrava interessato alle sue inclinazioni sessuali. Sperava che non fossero i soli, ma in quel momento non aveva tempo di pensarci. Doveva occuparsi del presunto sabotaggio.

"Fammi vedere i danni allo steccato," disse a Kyle, allontanando Jason da Neil e dai suoi compari.

Kyle portò Caine fino al recinto più lontano. Le pecore brucavano pacificamente, incuranti di tutta la confusione che avevano creato solo qualche ora prima. Kyle puntò verso il lato più esterno del recinto. "Questa è la sezione che abbiamo riparato. Vedi che le assi sono nuove? Mentre queste sono quelle rotte."

Caine esaminò i pezzi di legno che Kyle gli aveva passato. Le tavole avevano i bordi frastagliati tipici del legno che si rompe sotto una forte pressione. "Ovviamente io non vedo quello che vedi tu."

"Guarda qua," disse Kyle. "Il legno si è spezzato, ma lo vedi quel buco? È come se qualcosa lo avesse perforato, indebolendolo al punto da farlo rompere. E tutte hanno lo stesso buco nello stesso punto. Su una sola asse si potrebbe pensare a un insetto, ma su quattro diventa una faccenda sospetta."

"Hai ragione," concordò Caine. "Questa la porto con me. Hai qualche idea su chi potrebbe aver fatto una cosa del genere?"

"Ieri avrei detto Taylor," rispose subito Kyle. "Ma dopo oggi, aggiungerei qualche nome più vicino a casa."

"È uno stupido bigotto, ma non credo che arriverebbe a sabotare la stazione," disse Caine. "E poi qualcuno lo avrebbe visto, se lo avesse fatto in pieno giorno."

"Forse," insisté Kyle. "Ma ora che ci sono rimasti solo i residenti, non è che la stazione pulluli di persone. Ci affidiamo quasi esclusivamente ai recinti per proteggere le pecore. Anche perché, a meno che il tempo su in alto non peggiori notevolmente, i dingo non si avventurano fin qui. Il che significa che non c'era nessuno che facesse la guardia. Se è riuscito a giostrarsi bene con i tempi, potrebbe averlo fatto anche oggi."

"Non potrebbe averlo fatto durante la notte?" domandò Jason. "O la settimana scorsa?"

"Non ha saputo che sono gay fino a questa mattina," disse Caine. "Sempre ammesso che la ragione sia questa. Ha detto di aver sentito delle voci ieri a Taylor Peak, ma mi ha affrontato solo oggi. Se non è stato lui, o se questa non è la ragione, allora sì, può essere stato fatto in qualsiasi momento."

"Poi le pecore, spaventate da chissà cosa, hanno caricato lo steccato, che si è rotto," concluse Kyle. "Chiunque sia stato, non aveva bisogno di essere nei paraggi: sarebbe comunque sembrato un incidente e nessuno avrebbe notato niente di strano."

"Devo parlare con Macklin," rifletté Caine, mentre lo stomaco gli si contorceva al pensiero di mettere piede in quella stessa casa dove, solo la notte precedente, avevano fatto l'amore così teneramente. "Deve sapere quello che sta succedendo. Jason, potresti cercarlo e dirgli di venire alla casa padronale? Ho bisogno di parlargli."

"Vado," fece Jason, correndo subito via.

"Nel frattempo," continuò rivolto a Kyle, "è troppo tardi ormai per controllare le altre staccionate. Dici che sia il caso di organizzare una guardia per assicurarsi che altre pecore non scappino e che il responsabile non ci riprovi?"

"Sei tu il capo," rispose Kyle. "Se credi che debba essere fatto, lo faremo."

Caine soffocò un sospiro che sarebbe stato certamente frainteso. Macklin non avrebbe esitato. Avrebbe dato ordine di fare qualunque cosa fosse stata necessaria. Caine inspirò profondamente e annuì. "Organizzate dei turni di guardia per questa notte," decise. "Due uomini alla volta, per un'ora. In questo modo nessuno rischierà di gelare e non sarà troppo stancante. E domani, come prima cosa controlleremo le altre recinzioni."

"Sì, capo."

Caine sorrise. "E assegna a Neil il turno delle due."

Kyle rispose sorridendo a sua volta. "Con piacere, capo."

# CAPITOLO 19

CAINE CAMMINAVA avanti e indietro per il salone della casa padronale, in attesa dell'arrivo di Macklin. Non credeva che l'uomo avrebbe rifiutato di parlargli, soprattutto se Jason gli aveva accennato qualcosa di quello che aveva visto e sentito ai recinti. In ogni caso, il sovrintendente non sarebbe stato contento.

Quando la porta si aprì e poi si richiuse, scoprì quanto si fosse avvicinato alla verità. "Volevi vedermi?"

Nessun 'cucciolo', né 'Caine' e nemmeno 'capo'. Solo una singola frase laconica.

"Abbiamo un problema, forse due," disse Caine, sforzandosi di mantenere la voce ferma. Se Macklin non voleva essere il suo amante, allora non avrebbe neppure mai più assistito alla sua vulnerabilità.

"Oltre a Neil?"

"Potrebbe farne parte, ma è qualcosa di più grave. Ian mi ha riferito che alcune pecore sono scappate e che non sono stati in grado di ritrovarle tutte perché si è fatto buio. Poi Kyle è venuto a dirmi che secondo lui non è stato un caso se sono fuggite. Mi ha mostrato le assi del recinto che hanno abbattuto e sembra che qualcuno le abbia bucate per indebolirle. Meno visibile di un taglio da sega, ma abbastanza perché le pecore potessero romperle."

"E credi che il responsabile sia Neil? Prima di questa mattina è sempre stato un dipendente modello."

"Non ho detto che il responsabile è lui," rispose subito Caine. "Credo che Taylor sia un sospettato molto più verosimile, anche se non ho idea di come provarlo, a meno di non beccare lui o uno dei suoi uomini nell'atto di sabotare qualcosa. Credo, comunque, che non dovremmo sottovalutare il fatto che Neil sia piuttosto scontento al momento. Qualche minuto fa mi ha praticamente accusato di molestare Jason. Ovviamente Jason mi ha difeso e anche Kyle gli ha detto di chiudere la bocca, ma qualunque ne sia la causa, il suo pregiudizio è piuttosto forte."

"E cosa pensi di fare?"

Caine serrò le mascelle: Macklin non lo aveva trattato in quel modo neppure quando era arrivato per la prima volta a Lang Downs. "Ho detto a Kyle di organizzare dei turni di guardia per la notte, nel caso che il nostro amico decida di riprovarci. E ho detto a Ian che avremmo ripreso la ricerca delle pecore mancanti domani mattina. Detto questo, se hai dei suggerimenti, mi piacerebbe sentirli."

"È più o meno quello che avrei fatto io," rispose laconico l'altro.

"Non tutti gli uomini hanno reagito come Neil," mormorò Caine, quando capì che Macklin non avrebbe detto altro. "Ian e Kyle continuano a chiamarmi 'capo' come hanno sempre fatto e si sono rivolti a me quando non riuscivano a trovarti. Kyle ha anche detto a Neil di darci un taglio, quando ha sentito che mi accusava di essere un pedofilo. E al padre di Jason non dà fastidio che io e il figlio siamo amici."

"Smettila," disse Macklin con voce piatta. "Quello che c'era da dire lo abbiamo detto questa mattina."

"Davvero?" disse Caine. "Io non voglio perderti."

"Non vado da nessuna parte."

"Davvero?" domandò ancora Caine. "Allora vieni qui e dimostramelo. Baciami o, meglio ancora, vieni di sopra con me e facciamo di nuovo l'amore. Trascorri la notte nel mio letto e domani mattina scendi a colazione al mio fianco."

"Mi stai chiedendo qualcosa che non posso darti."

"Che non *vuoi* darmi," lo corresse Caine. "Puoi fare quelle cose, le hai fatte quando eravamo a Boorowa. Io non mi nasconderò, Macklin. Adesso gli uomini sono sorpresi, ma alla lunga mi rispetteranno ancora di più per essere stato onesto e non aver nascosto ciò che sono. Se ci nascondiamo e loro lo scoprono, diventerà uno sporco segreto. Se invece siamo fieri di ciò che siamo, e di quello che proviamo l'uno per l'altro, ci accetteranno perché non avranno altra scelta. Non sei stato tu a dire che è quello che è successo allo zio Michael e a Donald?"

"Non voglio discuterne adesso," disse Macklin, andando verso la porta. "Andrò a vedere come Kyle ha organizzato la guardia."

Uscì prima ancora che Caine potesse fermarlo.

"Bene, 'fanculo," mormorò.

"È un ragazzo testardo," disse Kami dalla porta che portava alla cucina.

"Da quanto sei qui?" chiese Caine, imbarazzato.

"Non tanto, ma abbastanza da sentirlo rifiutare il tuo ragionamento," rispose Kami.

"Il *tuo* ragionamento," gli ricordò Caine. "Quindi? Cosa f-faccio adesso?"

"Gli dai qualche giorno per rendersi conto che il mondo non è finito solo perché i ragazzi hanno scoperto che sei gay," rispose Kami. "Ci ripenserà."

"Come lo sai?"

"Lo conosco da venticinque anni e non l'ho mai visto comportarsi come fa da quando sei arrivato tu. Potrà anche non volerlo ammettere, ma la verità è che non riesce a smettere di pensarti."

"Non è lo stesso che amarmi," osservò Caine. "Se non può amarmi, se non vuole amarmi, è irrilevante quanto mi pensi."

"Se ti pensa così tanto, vuol dire che è innamorato," lo rassicurò Kami. "Solo che ancora non lo sa."

"Spero che tu abbia ragione."


POCHE ORE dopo, da solo nel letto, Caine cercava con ogni mezzo di rimanere aggrappato alle parole rassicuranti di Kami. I dubbi che da sempre si portava appresso si ingigantivano nel buio, rendendolo ancora più consapevole dello spazio vuoto al suo fianco: uno spazio che aveva sperato potesse essere riempito da Macklin. Forse non ogni notte, ma quasi. Se Macklin fosse stato di guardia, oppure per qualche motivo fuori con le pecore, Caine non sarebbe stato così turbato dalla sua assenza. Sarebbe stato qualcosa di temporaneo, dovuto al lavoro, e non avrebbe avuto nulla a che vedere con il suo desiderio di stare con lui. La sua assenza di quella notte, invece, non aveva nulla a che vedere con il lavoro, e tutto con il desiderio di Macklin di stare con lui.

Sfortunatamente.

Caine si costrinse a considerare anche la possibilità che Kami si sbagliasse e che Macklin non sarebbe tornato sui suoi passi, nemmeno se lui gli avesse lasciato tutto il tempo del mondo. Caine non voleva lasciare Lang Downs, nonostante la promessa fatta a Macklin che tra i due sarebbe stato lui a partire. Il che, però, lasciava aperta la questione di come potessero coesistere come colleghi di lavoro dopo aver trascorso tre notti insieme come amanti.

Caine voleva credere che fosse possibile. Voleva pensare che sarebbero stati in grado di comportarsi da adulti civili, anche se non avessero mai riconquistato quella disinvoltura che c'era stata tra loro durante il suo primo mese di permanenza. Macklin non aveva rifiutato di parlargli quella sera e non aveva disapprovato le sue decisioni. Certo, non era lo stesso tipo di amicizia che avevano condiviso durante le serate sulla veranda o nel suo salotto, ma era comunque la prova che potevano avere un rapporto di lavoro.

Quindi sarebbe potuto rimanere, ma non avrebbe avuto accanto un compagno e un amante che potesse sostenerlo nel modo in cui aveva cominciato a sperare facesse il sovrintendente. Avrebbe potuto seguire il suo esempio e andare una o due volte all'anno a Sydney o Melbourne, se la solitudine fosse diventata troppo difficile da gestire, anche se, a essere sinceri, non era mai stato un fan sfegatato delle avventure di una sola notte. Tuttavia, anche il tocco di una mano qualsiasi sarebbe stato meglio del proprio. Avrebbe potuto sperare che, ora che le sue tendenze erano diventate di pubblico dominio, altre persone come lui avrebbero chiesto di lavorare lì. Non sarebbe stato Macklin – un pensiero che gli lacerò il cuore – ma avrebbe potuto esserci qualcun altro disposto a essere il suo compagno alla luce del sole, come lui desiderava.

Il tradimento insito in quel pensiero lo fece stare male. Non si erano separati da neanche ventiquattr'ore, e già lui pensava a qualcun altro. Okay, forse allora non avrebbe avuto un compagno. Non tutti lo avevano. Alcune persone riempivano la loro vita con il lavoro, gli amici e una specie di famiglia allargata. Lui quella cosa lì ce l'aveva con Jason; magari con il tempo sarebbe potuto accadere lo stesso anche con qualche altro jackaroo. Se era meno di quello che aveva cominciato a sperare di ottenere, era comunque più di quello che aveva avuto a Philadelphia.

Si passò una mano sull'addome. La rotondità che lo aveva tormentato per tutta la vita era scomparsa. In pochi mesi il ragazzo di città deboluccio si era trasformato in un uomo asciutto e robusto: non grazie alla palestra, ma al lavoro nei campi. Se in pochi mesi era cambiato così tanto, come sarebbe stato tra qualche anno?

Vivere nell'outback, però, non aveva trasformato solo il suo corpo. Quella mattina aveva litigato con Neil senza balbettare neanche una volta. Non si illudeva che il problema fosse scomparso per sempre, ma la sicurezza che aveva provato mentre fronteggiava l'uomo e i suoi pregiudizi era stata una piacevole novità. Non aveva mai avuto tutto quel coraggio prima di trasferirsi a Lang Downs.

Si stava costruendo una vita, una buona vita. Una vita di cui essere fiero, indipendentemente dal fatto che ci fosse o meno qualcuno con cui condividerla. Il trascorrere degli anni avrebbe solo migliorato le cose, rendendolo ancora più sicuro di sé e del suo ruolo a Lang Downs. Se fossero riusciti a ottenere la certificazione biodinamica, avrebbe potuto affermare con orgoglio di aver preso l'eredità dello zio e di averla non solo mantenuta, ma addirittura migliorata. Avrebbe potuto istituire un fondo fiduciario e fare in modo che, dopo la sua morte, la tenuta si trasformasse in una joint-venture costituita dalle famiglie che ci avevano trascorso la vita; oppure avrebbe potuto cercare di adottare un bimbo che seguisse le sue orme. Le possibilità erano illimitate, anche senza Macklin al suo fianco. Se avesse avuto qualcuno con cui condividerla, la sua vita sarebbe stata più ricca – su questo non aveva dubbi – ma poteva farcela anche da solo. Poteva avere una vita a Lang Downs come Caine Neiheisel. Non come il nipote di Michael Lang o come l'amante di Macklin Armstrong, ma semplicemente come se stesso.

"Non so cosa mi riserva il futuro, zio Michael," mormorò nell'oscurità. "Ma non lascerò che essermi innamorato di Macklin, senza che lui mi ricambi, mi impedisca di essere felice. Potrà non essere quello che avevi tu con Donald, ma farò in modo che funzioni."

IL MATTINO successivo Caine scese presto a colazione, determinato a mettere in pratica i propositi della sera prima. Macklin non c'era, ma in molti tra i jackaroo lo salutarono quando entrò, contribuendo a tranquillizzare le sue ansie riguardo alla reazione dei lavoranti fissi.

Prese una tazza di caffè e un piatto di cibo. Come prima cosa avrebbe mangiato e lasciato che anche gli uomini finissero la propria colazione, poi avrebbe scambiato due parole con quelli che avevano fatto i turni di guardia durante la notte e avrebbe dato gli ordini per la giornata.

Se, nel frattempo, Macklin fosse arrivato, lo avrebbe consultato; ma Caine rifiutava categoricamente di restarsene seduto con le mani in mano, come se non potesse fare niente senza l'approvazione del suo sovrintendente. Aveva appena finito di mangiare, quando entrò Kyle. "Buongiorno capo," gli disse. "Abbiamo fatto la guardia come avevi detto."

"Bene," rispose Caine. "Prenditi da mangiare e poi ne parliamo."

Macklin fece il suo ingresso un attimo dopo. Caine lo salutò gentilmente con un cenno della testa, senza ignorarlo ma neppure invitandolo a sedersi con lui. Erano colleghi e Macklin era il suo sovrintendente: quel rapporto doveva continuare.

Kyle tornò con il suo piatto, chiaramente indeciso se fare rapporto a Caine oppure a Macklin, come aveva sempre fatto. "Macklin," chiamò allora Caine, "Kyle vuole farci rapporto riguardo alla guardia di questa notte. Perché non ti siedi con noi?"

Entrambi gli uomini gli rivolsero uno sguardo sorpreso, ma lui rimase tranquillamente ad aspettare che lo raggiungessero a tavola, prima di fare cenno a Kyle di cominciare.

"Tutto tranquillo," disse quest'ultimo. "L'unica persona che ha detto di aver visto qualcosa è stato Ian, ma è quasi sicuro che si trattasse solo di un paio di dingo che tenevano d'occhio la valle dall'altopiano."

"È normale che i dingo si avvicinino tanto?" chiese Caine, guardando Macklin.

"Non normale, ma neanche una novità," rispose l'uomo. "Vuol dire che su in alto è già freddo e probabilmente ha anche nevicato, quindi sono scesi alla ricerca di cibo. Devono diventare ancora più affamati prima che scendano nella valle, nonostante il richiamo delle pecore. Ci sono troppe persone."

"Però significa che le pecore che si sono perse ieri costituiscono una facile preda per loro," concluse Caine. "Kyle, trova Ian e digli di venire nel mio ufficio. Deve dirci dove ha trovato le pecore che sono scappate e dove ha cercato quelle scomparse."

"Sì, capo," disse Kyle, ingoiando l'ultimo sorso di caffè e correndo fuori per fare quello che gli era stato ordinato.

Poi Caine si rivolse a Macklin. "Ho bisogno del tuo aiuto per organizzare le ricerche. Non conosco la stazione bene quanto te."

"Stavo cominciando e chiedermi se avessi ancora bisogno di me per qualcosa," rispose Macklin, con una nota amara nella voce. "Di certo questa mattina sembri aver preso le redini."

"Non qui," disse Caine, dirigendosi verso il suo ufficio. Macklin lo seguì con più calma. Quando furono soli, Caine gli si mise di fronte e inspirò a fondo, cercando di trovare le parole adatte a spiegare le decisioni di quella notte, senza però chiudere per sempre la porta a una loro possibile relazione. "Sarei felice di averti al mio fianco come compagno," iniziò lentamente. "Questo non è cambiato e probabilmente non cambierà, ma non è quello che tu mi hai chiesto. Tu ti preoccupi del tuo lavoro e della tua vita qui, quella che è così importante da non poter essere messa a rischio. Siamo due adulti. Possiamo continuare a lavorare insieme come proprietario e sovrintendente, ma sono io il capo e ho bisogno di comportarmi come tale. Non per gli uomini e neppure per noi, ma per me. Ascolterò sempre i tuoi consigli, e probabilmente li seguirò perché non ho l'esperienza che hai tu; ma devo prendere delle decisioni, essere coinvolto ed essere la guida che questa stazione merita. Questo significa che devi accettarmi anche tu."

Furono interrotti da un colpo alla porta, ma Caine lo ignorò. "Pensi di poterlo fare?"

"Apri la porta, capo," disse Macklin. "Dobbiamo organizzare una ricerca."

Caine sospirò di sollievo. Se Macklin avesse rifiutato la sua offerta, avrebbe comunque trovato un modo per andare avanti; ma sapere che aveva il suo appoggio per quello che riguardava la stazione dissipò l'unica paura che gli era rimasta. Diede a Ian il permesso di entrare.

Passarono la mezz'ora successiva ad ascoltare il rapporto del jackaroo e a dividere i pascoli più vicini in quadranti, così da poter avviare la ricerca delle pecore mancanti. Lui e Macklin divisero gli uomini in gruppi di due e li fecero uscire con l'ordine di chiamare ogni ora e di cercare un capanno dove potersi fermare per consumare il pranzo. Faceva troppo freddo per stare fuori più a lungo di così, senza avere la possibilità di scaldarsi. Un paio di volte gli sembrò di vedere un lampo di ammirazione nello sguardo che Macklin gli rivolgeva, e una volta anche una traccia di malinconia, ma quelle emozioni vennero prontamente nascoste nel momento in cui l'uomo si accorse di essere osservato.

Trovarono le pecore quel pomeriggio, infreddolite e arruffate, ma apparentemente illese. Caine le osservò rientrare nel recinto da una posizione opposta a quella di Macklin, e gli sembrò che la distanza fra loro fosse incolmabile.

# Capitolo 20

Tre settimane dopo, Kyle entrò nell'ufficio di Caine con un'espressione seria in viso. "Devi venire a vedere questa cosa, capo. Ho mandato Ian a cercare Macklin. È successo di nuovo."

"Cosa è successo?"

"Uno steccato rotto e un buco nelle assi," spiegò Kyle. "Ho mandato tutti fuori per cercare di accerchiare le pecore il più presto possibile. A giugno così inoltrato, non si mai quando potrebbe scoppiare un temporale."

Uscirono e si diressero verso i recinti dove le greggi trascorrevano l'inverno. La staccionata che in passato aveva avuto dei problemi era a posto, ma una porzione di una di quelle a sud era caduta. Ian e Macklin arrivarono quasi in contemporanea a Caine e Kyle.

"Guardate," disse Kyle, prendendo una delle assi danneggiate e mostrandola ai due uomini. "È la stessa cosa dell'altra volta. Qualcuno sta danneggiando deliberatamente i nostri steccati."

"Ma chi?" disse Caine. "E perché?"

"Non è questo l'importante, adesso," lo interruppe il sovrintendente. "È vero che dobbiamo scoprirlo, ma prima dobbiamo far riparare il danno e riportare dentro le pecore. Non mi piacciono quelle nuvole laggiù."

Grossi nuvoloni neri si accavallavano all'orizzonte, verso est. "Macklin ha ragione," confermò Caine. "Penseremo dopo ai come e ai perché. Hai detto di aver già mandato fuori gli uomini per cercare le pecore? Allora noi penseremo al recinto."

"Voi cominciate," ordinò Macklin. "Io vado a vedere come se la cavano i ragazzi."

Quel nuovo rifiuto fu come una pugnalata per Caine. Lui e Macklin avevano cercato di evitarsi quanto più possibile e si erano comportati civilmente quando non avevano potuto farne a meno; ma era chiaro a tutti che l'affiatamento dei primi tempi era scomparso. Nessuno dei ragazzi aveva avuto il coraggio di parlarne con Caine; era certo che non avessero osato chiedere alcunché a Macklin. Ma ogni volta che l'uomo arrancava alla ricerca di una scusa per non lavorare con Caine, la curiosità si leggeva chiaramente sul viso di ognuno dei ragazzi.

Nel corso delle ore successive, mentre i tre uomini riparavano lo steccato, i lavoranti cominciarono a rientrare e a guidare dentro al recinto poche pecore alla volta. "Perché sono così sparse?" domandò Caine. "Credevo che avessero l'abitudine di stare appiccicate le une alle altre per ripararsi dal freddo e correre meno rischi."

"Abbiamo visto delle orme di cane," rispose Ben. "Se sono uscite dalla valle e si sono imbattute in un branco di cani randagi, si saranno disperse a destra e a manca. Potrebbero volerci dei giorni per ritrovarle tutte."

"Giorni che non abbiamo, se quella tempesta continua ad avvicinarsi," osservò Kyle.

"Faremo quello che c'è da fare," insisté Caine. "Il recinto è pronto. Kyle, Ian, credo che sia arrivato il momento anche per noi di cominciare la ricerca."

La pioggia non cominciò a cadere prima delle tre del pomeriggio. Gli uomini indossarono i giacconi e continuarono imperterriti a cercare le pecore che ancora mancavano. Ma quando, il giorno seguente, ancora non accennava a smettere – ma anzi sembrava peggiorare – Caine ne ebbe abbastanza. Riusciva a sentire a malapena le dita che stringevano le redini di Titan e non credeva che gli altri se la passassero meglio.

"Non combiniamo niente in mezzo a questo casino, se non rischiare le nostre vite," decise. "Richiama tutti alla base."

"Sì, capo," disse Kyle. Prese la radio e riferì gli ordini. Tra un gracchiare e l'altro tutti risposero affermativamente.

Il terreno era una distesa di fango, in alcuni punti addirittura un pantano, e i cavalli affondavano fin sopra gli zoccoli mentre cercavano di rimanere in piedi, specialmente lungo i pendii. A un certo punto, Caine saltò giù da Titan e lasciò che l'animale trovasse da solo il passaggio per scendere da una brutta collina. Sapeva che il cavallo avrebbe potuto imbizzarrirsi, ma poiché era certo che insieme non ce l'avrebbero fatta, decise di correre il rischio. Per sua fortuna, Titan lo aspettò in fondo alla discesa. Era risalito e stavano proseguendo verso casa, quando la radio di Caine gracchiò di nuovo.

"È Neil, capo. Dice che non può tornare indietro. Aspetterà che spiova nel capanno vicino al confine ovest."

"Digli di contattarci ogni quindici minuti fino a che non arriva," ordinò Caine. "Posso perdere delle pecore, ma non voglio perdere degli uomini."

Kyle riferì l'ordine. Neil chiamò una volta, poi una seconda per dire che il capanno era irraggiungibile.

"Cristo Santo," esclamò Caine, senza rendersi conto di aver appena pronunciato l'imprecazione preferita di Macklin. "Kyle, tu sai più o meno dove si trova?"

"Più o meno," rispose Kyle.

"Bene, cosa gli impedisce di tornare a casa?"

"Una piena," spiegò il jackaroo. "Deve attraversare un fosso piuttosto grande che, con un tempo del genere, si colma molto in fretta. Senza una guida a cui aggrapparsi è bloccato dall'altra parte."

"E come gliela procuriamo una guida?"

"Due grosse funi che creino un passaggio in mezzo al quale camminare e che gli impedisca di venire trascinato via dalla corrente, se il cavallo dovesse perdere l'appoggio."

Caine lanciò un'occhiata alla fune che gli pendeva dalla sella. "Io ne ho una. Tu ne hai una. C'è qualcuno più vicino?"

"No."

"Allora andiamo. Non mentivo quando ho detto che non volevo perdere degli uomini ed è troppo freddo e umido per sopravvivere all'aperto senza un riparo."

"Sei sicuro, capo? Possiamo chiamare via radio la stazione e farci mandare qualcuno."

"Siamo ad almeno un'ora dalla stazione, forse di più con questo tempo e Neil è ancora più lontano," disse Caine. "C'è tempo perché la pioggia peggiori, la piena aumenti e Neil vada in ipotermia. Di' loro cosa vogliamo fare e dove stiamo andando, fatti mandare aiuto se riescono, ma non possiamo permetterci di aspettare."

"Ok, capo. Andiamo," obbedì Kyle, mettendosi davanti per fare strada e contemporaneamente parlando alla radio. Caine riusciva a sentire le urla di protesta di Macklin, ma si rifiutò di ascoltarle. Neil aveva bisogno di aiuto e lui poteva darglielo. Punto.

"Ti spettinerà dalle urla quando rientreremo."

"Se ce la facciamo a tornare tutti d'un pezzo, potrà urlarmi dietro finché vuole," rispose Caine.

Ci volle più tempo di quanto Caine si era aspettato per raggiungere il fosso in piena che impediva a Neil di passare. Poi dovettero costeggiarlo finché non trovarono l'uomo e un posto dove legare le corde e creare la guida.

"Stai bene, Neil?" urlò Caine, cercando di sovrastare il rumore dell'acqua che scorreva.

"Ho un po' freddo, ma nulla che non possa sopportare."

"Ti infradicerai ancora di più e avrai più freddo," lo avvisò Caine. "Ma non vedo altra soluzione."

"Non preoccuparti. Un po' d'acqua non mi ucciderà."

Sapevano tutti che era una bugia, data la velocità con cui l'acqua scendeva dalla montagna. "Avete idea di quanto sia profondo?" domandò Caine.

"Almeno un metro," disse Kyle, "in certi punti anche un metro e mezzo. Troppo profondo perché un uomo lo attraversi a piedi. Il problema per i cavalli non è la profondità, ma la corrente."

"E come facciamo a far arrivare la corda dall'altra parte?"

"Se Macklin fosse stato qui l'avrebbe attraversato in sella a quel diavolo del suo cavallo," affermò Kyle. "Non c'è niente di cui quella bestia abbia paura."

"Ma lui non è qui e non sappiamo quando e se arriverà. Altre idee?"

"Possiamo provare a lanciarla. Può darsi che sia abbastanza pesante da andare lontano."

"Proviamo," disse Caine.

Kyle prese il rotolo di corda dalla sua sella e ne legò un'estremità a un albero lungo la riva, poi lanciò l'altra verso Neil, ma fu un tiro corto che finì nell'acqua. Kyle la riavvolse e provò ancora, ma zuppa com'era, la corda cadde ancora più vicino della prima volta.

"Dalla a me," disse Caine. "E lega anche l'altra. Farò questa cosa una sola volta."

"Capo, non sono sicuro che sia una buona idea."

"Neanch'io," ammise Caine. "Ma non chiederei a nessuno di fare qualcosa che io non farei. Lega un capo all'albero e l'altro a me. Così potrai tirarmi fuori se serve."

Kyle sembrò sul punto di ribattere, ma fece come Caine gli aveva chiesto e legò un'estremità attorno al petto dell'uomo e l'altra allo stesso albero della prima. "Ok, Titan," mormorò Caine, accarezzando il collo del castrone. "Macklin dice che sei un bravo ragazzo affidabile che sa sempre cosa fare. Finora non si è sbagliato. Abbi cura di me, amico."

Titan scosse la criniera e nitrì, indietreggiando un poco quando Caine lo indirizzò verso l'acqua, ma dopo essere stato spronato un paio di volte si avventurò dentro al fosso allagato. Caine si trovò immerso fino alle caviglie, e l'acqua gli entrò dentro agli stivali, inzuppandogli i piedi. Titan perse l'equilibrio una volta, ma riuscì a recuperarlo prima di far cadere il suo cavaliere. Poi, all'improvviso, si ritrovarono dall'altra parte.

Caine diede a Neil il capo della fune bagnata. "Légatela attorno al petto. Non è quello che ha detto Kyle, ma se devo scegliere tra salvare te e salvare il cavallo, preferisco te."

"Mi dispiace per tutte le brutte parole che ti ho detto, capo," disse Neil. "Non eri obbligato a tornare indietro per aiutarmi e non eri obbligato a mettere a repentaglio la tua vita per salvarmi. Non ti darò mai più nessun problema. D'ora in poi sarò dalla tua parte."

Caine annuì. "Buono a sapersi. Però adesso sbrighiamoci. Siamo entrambi fradici e quelle acque continuano salire mentre stiamo qui a parlare. Vai."

"E tu?"

"Io ti seguo," promise Caine. "Non vedo l'ora di essere a casa all'asciutto."

"Andiamo, capo."

Caine aspettò fino a che Neil non fu a metà strada prima di spingere Titan verso l'acqua. Il cavallo, però, si oppose con più forza di prima. "Lo so," gli sussurrò di nuovo Caine, dandogli dei colpetti rassicuranti sul collo. "Neppure io voglio tornare là dentro, ma è l'unico modo per tornare a casa. Prima attraversi e prima possiamo andare all'asciutto."

Quando Titan si lasciò convincere a muovere il primo zoccolo nell'acqua, Neil e il suo cavallo stavano risalendo dall'altra parte. Caine manteneva la sua attenzione fissa sul cavallo sotto di lui, cercando di stabilizzarlo come meglio poteva e tentando in ogni modo di mantenerlo calmo. Avevano quasi raggiunto la riva quando un ramo trasportato dalla corrente si schiantò sulle gambe del castrone, che indietreggiò e poi si lanciò verso la riva, disarcionando il suo cavaliere.

Caine andò sotto, sforzandosi di rimettersi in piedi nonostante la violenza dell'acqua. Un secondo dopo, la fune che gli stringeva il petto fu tirata con forza. Si aggrappò con entrambe le mani, cercando di nuotare come meglio poteva a dispetto dei vestiti zuppi e del giaccone appesantito. Dopo qualche minuto sentì che delle mani lo tiravano a riva.

"Cristo Santo, Caine Neiheisel! Di tutte le più stupide idee del cazzo che..."

Poi sentì un paio di labbra calde coprire le sue e quasi singhiozzò di sollievo. Macklin era lì che lo abbracciava, lo insultava e lo baciava come se non volesse mai più lasciarlo andare. Qualcuno fischiò, ma Macklin lo ignorò e continuò a baciarlo, con ancora più furia se possibile, come a voler dimostrare a se stesso che Caine era ancora lì con lui.

Quando poi, alla fine, alzò la testa, Caine dovette riprendere fiato.

"Ehmm, capo?"

"Porta Neil a casa," ordinò Macklin, senza aspettare che fosse Caine a parlare. "Kyle, controlla le gambe di Titan e portalo con te. Io penserò a Caine."

"Nessun dubbio in proposito," rise uno degli uomini.

"Taci," sbottò Neil. "Caine mi ha salvato la vita. Non voglio mai più sentir dire cose del genere."

"A-a-andate a casa," ordinò Caine, mentre il freddo gli attanagliava le ossa e lo faceva tremare. "Tutti."

"Sei fradicio," disse Macklin. "Non ce la farai ad arrivare a casa se prima non ti scaldi."

"E come suggerisci di farlo?" domandò Caine. "Sta piovendo. Ogni cosa è fradicia."

"Sali a cavallo con me," suggerì Macklin. "Puoi metterti sotto al mio giaccone. Non sarà la soluzione ideale, ma basterà fino a che non arriviamo alla stazione."

"Neil potrebbe costringere Kyle e gli altri due a tenere la bocca chiusa, ma se arrivo alla stazione avvolto nel tuo giaccone, non ci sarà più la possibilità di nasconderci."

"Ho finito di nascondermi," affermò Macklin, spingendo Caine verso il suo cavallo. "Ti ho quasi perso oggi e questo cambia la prospettiva da cui si guardano le cose." Lo aiutò a salire in sella; Caine rabbrividì quando fu investito da una folata di vento. Poi Macklin salì dietro di lui e lo avvolse nel calore della sua giacca. "Andiamo a casa."

Nonostante la temperatura corporea di Macklin e la doppia giacca, quando arrivarono alla stazione Caine era talmente gelato da sentire dolore in ogni fibra del corpo e non riusciva neppure a smettere di battere i denti. Macklin scivolò giù dalla sella e lo prese tra le braccia. "Jason, occupati tu di Ned!" disse, avviandosi subito verso la casa padronale, senza lasciar andare Caine.

"Sissignore," gridò il ragazzino, mentre l'altro attraversava la veranda ed entrava nel salone.

"Kami! Ha bisogno di caffè!"

118

Caine riuscì a girare la testa quel tanto che bastava per vedere l'espressione piena di orrore del cuoco, prima che si girasse per precipitarsi in cucina.

"Portalo di sopra," gli urlò dietro Macklin, mentre cominciava a salire le scale diretto verso il bagno grande. "Puoi stare in piedi?" chiese dolcemente.

Caine annuì e si puntellò al muro, mentre l'altro apriva il rubinetto dell'acqua calda della vasca. Caine trasalì: per quanto desiderasse sentirsi di nuovo caldo, sapeva quanto male gli avrebbe fatto, almeno all'inizio.

"Dai, Cay," lo spronò Macklin. "Togliamoci quei vestiti bagnati."

Il nuovo nomignolo sorprese Caine. Ormai si era abituato a 'cucciolo', ma non era abbastanza lucido da chiedere spiegazioni in quel preciso momento. Cercò di spogliarsi, ma le sue dita avevano perso la coordinazione. Erano riusciti a togliere il giaccone e gli stivali, quando Kami piombò dentro con un termos di caffè. "Ce n'è ancora di sotto, capo," disse. "Fammi un fischio e te lo porto."

"Grazie, Kami," rispose Macklin, aspettando che l'uomo fosse uscito prima di togliergli anche gli ultimi indumenti. "Ok, Cay, in acqua adesso."

"F-f-farà male," brontolò Caine.

"Sì, ma sempre meglio che l'ipotermia," rispose Macklin. "Ed è il modo più veloce per scaldarsi."

"P-p-potresti portarmi a l-letto," propose Caine.

"Lo farò," promise l'altro. "Non appena sarò sicuro che ti sei scaldato. E verrò con te sotto le coperte."

Bastò quell'incentivo a convincerlo a mettere un dito nell'acqua. Si scottò, ma tremava così tanto da non riuscire a reggersi in piedi, nonostante il calore del bagno; così si costrinse a entrare nella vasca, soffiando per il dolore mentre si abbassava lentamente. Poi Macklin fu lì con lui, ad abbracciarlo, a tenerlo fermo e a incoraggiarlo perché si rilassasse e lasciasse defluire il dolore.

Ancora scosso dai brividi, Caine si appoggiò a quel petto robusto. L'uomo lo tranquillizzava, facendogli scorrere le mani su qualsiasi parte del corpo riuscisse a raggiungere e sfregandogli la pelle per aiutare i muscoli a distendersi e stimolare la circolazione. Cominciò a chiudere gli occhi.

"Apri gli occhi, Cay," lo sollecitò Macklin. "Non puoi dormire fino a che non sarò sicuro che ti sei scaldato."

Caine lottò per tenere gli occhi aperti, ma ormai era preda della letargia e crollava dal sonno.

"Caine!" proruppe Macklin. "Su, non puoi farmi questo. Apri gli occhi e bevi un po' del caffè di Kami."

Caine aprì la bocca, anche se non riusciva a fare altrettanto con gli occhi. Il caffè lo scaldò da dentro e la caffeina ebbe un effetto stimolante. Si costrinse di nuovo ad aprire gli occhi, per incontrare lo sguardo preoccupato di Macklin. "È tutto a posto."

"Non ancora, ma lo sarà presto," gli promise l'uomo, stringendolo di nuovo tra le braccia. "Non permetterò che ti succeda niente."

Caine sprofondò ancora di più nell'abbraccio, mentre i brividi sembravano calmarsi. "C-c-cosa succederà adesso?" domandò.

"Andiamo a letto e facciamo l'amore fino a che nessuno dei due riuscirà più a camminare," osservò placidamente Macklin. "E dopo aver finito, ti riempirò di botte per esserti comportato in un modo così dannatamente idiota, tanto per cominciare."

119

"Tu cosa avresti fatto?" chiese Caine, senza allontanarsi perché gli piaceva troppo essere abbracciato, ma alzando la testa ad incontrare i suoi occhi. "Se fossi stato al mio posto, con Neil intrappolato dall'altra parte di quel fosso e senza alcuna possibilità di trovare un riparo, cosa avresti fatto?"

"Gli avrei lanciato una corda," rispose l'uomo.

"Ci abbiamo provato. Non siamo riusciti a farla arrivare dall'altra parte. Lo avresti veramente lasciato lì?"

"No," gli concesse Macklin, "ma io so cavalcare meglio di te e conosco bene Ned."

"Io e Titan ce la stavamo cavando alla grande finché quel ramo non lo ha colpito," ribatté Caine. "E mi ero legato la corda attorno al petto proprio per avere una rete di salvataggio se qualcosa fosse andato storto. Sì, è stato pericoloso, ma anche necessario; quindi non rimproverarmi."

"Non balbetti più," osservò Macklin. "Vuol dire che ti stai scaldando."

Caine non era sicuro se si trattasse di una concessione alla logica della sua argomentazione, oppure se Macklin volesse semplicemente cambiare argomento, ma era troppo sollevato di averlo di nuovo accanto per preoccuparsene. Avrebbero potuto discuterne più tardi, se l'uomo avesse insistito. "Mi sono scaldato abbastanza da poter passare dalla vasca al letto?" chiese speranzoso.

"Credo che si possa fare," confermò Macklin, prima di alzarsi e tirarlo su. Adesso che non aveva più freddo e che l'atmosfera tra di loro si era schiarita, Caine fu improvvisamente consapevole del pene eretto di Macklin che premeva contro il suo addome, mentre l'uomo lo abbracciava stretto. Sentendosi audace, Caine fece scivolare una mano tra i loro corpi, strinse entrambi i loro sessi e cominciò a massaggiarli insieme. "Cristo Santo, se non è una favola."

"Allora asciugami e poi portami a letto, così potrò fare anche qualcos'altro," propose Caine.

Macklin prese un asciugamano e glielo passò su tutto il corpo, soffermandosi sui capezzoli, sul pene e sul sedere, con suo grande piacere. Poi, ancora meglio, Macklin gli permise di fare altrettanto. Caine avrebbe voluto fare con calma e indugiare, ma nonostante la stanza piena di vapore e la pelle asciutta, cominciò a sentire di nuovo freddo. "È o-ora di andare a l-letto."

"Freddo o eccitazione?" chiese Macklin.

"E-entrambe," rispose e lo guidò lungo il corridoio verso la sua camera. Se però Macklin avesse accettato di trasferirsi lì, avrebbero dovuto usare quella grande, se volevano avere abbastanza spazio.

"L'eccitazione è una buona cosa," mormorò Macklin, accendendo la stufetta. "Il freddo no. Vai sotto le coperte. Io devo uscire: il lubrificante e i preservativi sono a casa mia."

"Ho il tubetto piccolo," disse Caine. "È nel mio zaino."

"Però ci rimangono i preservativi."

"Quando hai fatto gli esami l'ultima volta?" chiese Caine.

"Un paio di mesi prima che tu arrivassi," rispose l'uomo, i muscoli visibilmente tesi. "Non starai suggerendo…"

"Perché no?" chiese Caine. "Il tuo test era negativo?"

Macklin annuì.

"Anche il mio. L'ho fatto insieme ai controlli medici prima di venire qui, dopo che io e John ci eravamo lasciati. Mi hai baciato davanti a un gruppo di jackaroo e portato

120

dentro in braccio quando siamo tornati," gli fece notare. "Non puoi andare in mezzo ai leoni, adesso. Ormai ti sei dichiarato: se quella non era un'ammissione di impegno, non so proprio cos'altro potrebbe esserlo. Non vedo quale sia il problema."

"Un'altra cosa che non ho mai fatto," ammise l'uomo.

Caine sorrise tranquillamente. "Allora sarà anche meglio mostrarti quello che ti sei perso."

Macklin fu percorso da un fremito d'eccitazione. "Dov'è il lubrificante? Una volta che entro in quel letto, non ne uscirò tanto presto."

"Nel mio zaino," disse Caine. "Nel beauty-case."

Dopo aver trovato quello che stava cercando, Macklin tornò deciso verso il letto, mentre ogni cosa della sua espressione e del modo in cui si muoveva faceva nascere in Caine brividi di desiderio. Aprì le braccia e lo attirò sopra di sé.

"Non farmi mai più spaventare in quel modo," gli ordinò l'uomo, appoggiandogli gli avambracci vicino alla testa. "Non ti piacerebbero le conseguenze."

"E tu non farmi uscire con un altro jackaroo, quando dovrei essere fuori con te," rispose Caine, prima di alzare la testa per baciarlo piano. La lingua dell'uomo gli invase la bocca nell'attimo stesso in cui le loro labbra si sfiorarono, impossessandosi dei suoi sensi con un tocco magistrale. Caine lasciò ricadere la testa sul cuscino, incapace di sopportare il peso di Macklin che spingeva verso il basso. L'uomo lo seguì, senza mai interrompere il bacio ed esplorando ogni centimetro della sua bocca. Poi lo fece ancora.

Quando alla fine si staccarono, l'uccello di Caine era duro e il suo corpo caldo. "Se potessi candidarmi per beneficiarne, brevetterei i tuoi baci come una cura per l'ipotermia," scherzò.

"Non ho intenzione di baciare altri che te," protestò Macklin. "Vorrei fare l'amore, ma non so se ne ho la pazienza."

"Allora scopami questa volta e facciamo l'amore la prossima," disse Caine, facendogli scorrere le mani lungo la schiena per incoraggiarlo. "Adorerò entrambe le cose."

Macklin si tirò indietro sulle ginocchia. "Girati," ordinò.

Caine si mise a quattro zampe, senza curarsi delle coperte che gli scivolavano via dal corpo: tra il riscaldamento e Macklin che lo toccava, non ne aveva bisogno.

Le dita dell'uomo furono immediatamente dentro di lui, allargandolo con urgenza. Bruciava, ma Caine lo ignorò e cominciò a spingere indietro verso le dita che lo scavavano, lasciando che la pressione contro la prostata lo accendesse abbastanza da fargli dimenticare il dolore. Poco dopo Macklin ritirò le dita e coprì Caine con il suo corpo, mentre il suo sesso, bollente, duro e del tutto nudo, scivolava completamente dentro di lui. Caine rabbrividì di piacere, ma non si mosse, lasciando le redini a Macklin. Avrebbe potuto essere un amplesso violento e veloce, senza altro che qualche bacio come preliminare, ma dal modo in cui Macklin si fermò quando lo penetrò fino in fondo e da come le sue labbra gli accarezzavano il collo, Caine capì che stavano ancora facendo l'amore.

Poi la tregua finì e Macklin cominciò a muoversi, cavalcandolo con decisione e con molta più determinazione di quanto non fosse mai stato scopato in passato. Caine abbassò la testa tra le braccia, puntò le mani contro la testiera del letto e ci si aggrappò come se da quello dipendesse la sua vita. Anche se le mani dell'amante non avevano mai lasciato i suoi fianchi, sentì ogni sua cellula sensibilizzarsi mano a mano che l'uomo affondava dentro di lui. Singhiozzò tutto il suo bisogno, ormai troppo oltre la ragione per riuscire a formularlo a parole. Ma Macklin capì lo stesso e, allungando una mano sotto ai loro corpi, prese a massaggiargli l'uccello. Caine gridò, in preda a un orgasmo accecante. Macklin però non si fermò e continuò a prosciugarlo fino a farlo sentire come una bambola di pezza intrappolata tra le fauci di un predatore. Collassò in avanti sul letto, trattenuto in posizione solo dalla presa ferrea sui suoi fianchi.

Se Caine avesse ancora avuto la capacità di pensare, avrebbe implorato l'uomo di sbrigarsi a raggiungerlo nell'orgasmo, ma ormai le parole lo avevano abbandonato. Invece serrò i muscoli attorno al membro dell'amante, cercando di fornirgli la stimolazione necessaria per raggiungere l'apice.

Che quello fosse il segnale che l'uomo aspettava, oppure tutt'altro, in ogni caso funzionò: Macklin perse il ritmo e il suo corpo prese a contorcersi sopra a quello di Caine, mentre gli scaricava dentro tutto il suo seme. Poi crollò in avanti, schiacciandogli i fianchi con il suo peso e liberando il sesso dal suo passaggio. Caine sentì il liquido scivolargli lungo le cosce e le strinse con forza, cercando di trattenere dentro di sé quanto più Macklin gli fosse possibile.

"La prossima volta sarà meglio, te lo prometto," gli mormorò l'uomo all'orecchio.

Caine era sicuro che 'meglio' lo avrebbe annientato completamente.

# CAPITOLO 21

Poi si addormentarono: il freddo e il sesso li avevano lasciati esausti. Diverse ore dopo Macklin gli diede un colpetto con il gomito per svegliarlo. "È quasi ora di cena, Cay. Sento Kami che urla in cucina."

Caine si girò sulla schiena, per poterlo guardare. "Che fine ha fatto il 'cucciolo'?"

Macklin si strinse nelle spalle. "Non ti si addice più. Ormai sei cresciuto per quel nomignolo."

"Ma mi piace," protestò Caine. "Non mi dispiace se mi chiami ancora in quel modo."

Macklin negò con la testa. "Sei il capo, adesso. Gli uomini non devono sentirmi metterlo in dubbio."

"Sono il loro capo e sono il tuo amante," replicò lui. "E ci sono ottime possibilità che ormai lo sappiano tutti. Non credo che se mi chiami 'cucciolo' qualcuno possa interpretarlo come una sfida alla mia autorità. Scoparmi fino a farmi dimenticare chi sono potrebbe, ma non diremo a nessuno chi di noi sta sopra."

"E tu credi che qualcuno crederebbe, anche per un solo secondo, che io stia sotto?" lo schernì Macklin.

Caine sorrise e gli appoggiò una mano sul sedere, le dita che si avventuravano nella fessura. "Dammi tempo e ti convincerò."

Macklin si irrigidì, ma non si mosse, così Caine affondò ancora di più le dita, fino a trovare la sua entrata e percorrerne delicatamente i confini. "Ho desiderato leccarti lì sin da quando mi sei venuto in bocca a Boorowa. Pensaci." Macklin ebbe un fremito e avvicinò i fianchi a quelli di Caine, mentre l'uccello gli pulsava di passione. "Credo che l'idea ti p-piaccia."

"Anche a te, se al solo pensiero cominci a balbettare," lo sfotté Macklin. "Abbi pazienza, cucciolo. Andremo avanti perché l'alternativa non è un'alternativa, ma con le relazioni non me la cavo meglio della settimana o del mese scorso."

"Troveremo un modo," promise Caine. "Allora, dobbiamo scendere per cena o possiamo starcene qui e fare di nuovo l'amore?"

"Prima cibo e poi sesso," dichiarò Macklin. "Dopo la tua avventura di questo pomeriggio devi mangiare. Hai consumato un sacco di energie solo per rimanere vivo."

"Come vuoi che mi comporti a cena?" gli domandò Caine. "Voglio dire, non ti starò addosso perché non è il mio modo di essere; ma posso toccarti la mano, il braccio o altro?"

"Ho detto che avevo finito di nascondermi e lo intendevo sul serio; ma non credo che mi sentirei a mio agio se mi baciassi o accarezzassi in pubblico."

"Non è certo l'impressione che hai dato oggi," fu il turno di Caine di prenderlo in giro.

"Quelle erano circostanze straordinarie," replicò l'altro. "Non aspettarti che succeda di nuovo."

"Scherzi a parte," esclamò Caine, "cosa vuoi che faccia per non farti sentire a disagio?"

"Non lo so. È una cosa che non ho mai fatto. Se fai qualcosa che mi dà fastidio te lo dirò."

"Buona idea," concesse Caine. Si mosse sul letto e si rese conto di avere le cosce appiccicose. "Ho bisogno di una doccia prima di uscire."

"E io di vestiti asciutti," disse Macklin con un sogghigno. "Sono venuto direttamente qui con te."

"Ti presterei qualcosa di mio, ma non credo che ti vada bene. Potrei vestirmi e mandare Jason o qualcun altro a casa tua, così avresti qualcosa di asciutto una volta fuori dalla doccia, oppure potrei mettere i tuoi vestiti bagnati nell'asciugatrice e portarti la cena."

"Manda Jason a prendermi qualcosa," decise Macklin. "Per un giorno o due tu non vai da nessuna parte senza di me, almeno finché non sarò sicuro che ti sei ripreso completamente dalla brutta avventura di oggi."

Caine indossò un paio di pantaloni asciutti e una maglia, ma niente biancheria dal momento che sarebbe tornato indietro per farsi una doccia non appena avesse trovato Jason, o qualcun altro, da mandare a prendere i vestiti di Macklin. Scese al piano di sotto a piedi scalzi, solo per trovare una pila di vestiti appoggiata sul tavolo davanti all'entrata. "E questi da dove arrivano?" si chiese mentre li portava di sopra.

"Sembra che abbiamo una fata madrina," disse, appoggiando i vestiti sul letto. "Qualcuno li ha lasciati di sotto."

"Kami, probabilmente," rispose Macklin. "L'intera stazione mi ha visto entrare con te in braccio e Kami deve aver immaginato che non sarei tornato fuori."

"Sa di noi," confermò Caine. "Credo che lo sapesse anche prima di me."

"È un vecchio aborigeno superstizioso," esclamò Macklin, senza riuscire a nascondere il tono affettuoso nella sua voce, nonostante le parole sprezzanti. "Probabilmente pensa che Michael abbia deciso di morire a Natale apposta perché tu potessi rompere con il tordo ed essere libero di venire a Lang Downs."

Caine sorrise. "Non mi dispiace ringraziare il fato per la mia buona stella. Laviamoci e poi scendiamo a cena. Puoi usare la doccia del bagno dello zio Michael, se vuoi. Io userò quella in fondo al corridoio."

"E perdere l'occasione di metterti le mani addosso?" disse Macklin. "Puoi venire con me nella vasca, oppure mi strizzerò nella doccia insieme a te."

"Cosa che non ci aiuterà ad arrivare a cena in orario e ci aspetta già una bella dose di prese per il culo, anche senza essere in ritardo."

"Capito," disse Macklin. "Ma dopo cena il tuo bel culetto sarà mio."

Caine rise e gli schiaffeggiò le natiche mentre passava. "A patto che anche il tuo sia mio."

Macklin non rispose e Caine non insisté oltre. Si muoveva già ai limiti di ciò che Macklin poteva tollerare e, nonostante intendesse continuare a spingere finché l'uomo non avesse spostato un po' indietro i paletti, non doveva raggiungere l'obiettivo proprio quella notte. Poteva dargli il tempo, e lo spazio, per abituarsi all'idea della sua lingua − delle sue dita e magari anche del suo sesso − dentro di sé.

Fecero una doccia veloce e scesero in mensa. Caine entrò per primo e Macklin due passi dietro di lui, non ancora certo delle reazioni che li avrebbero accolti. Non fecero in tempo a superare la soglia, però, che Caine fu circondato da una folla vociante: chi gli stringeva la mano, chi gli dava delle pacche sulle spalle, chi gli chiedeva se stesse bene, ma tutti lo ringraziavano per aver salvato Neil. La ressa lo trasportò fin quasi al centro della stanza, si guardò indietro alla ricerca di Macklin, ma ormai erano stati separati. Gli sorrise, sorpreso e commosso da quella reazione. Non sapeva cosa aspettarsi, ma di certo non quello.

Il fischio acuto di Macklin mise a tacere la confusione che regnava nella stanza. "Lasciatelo mangiare," ordinò. "Ha avuto una brutta giornata."

"Ecco, capo," disse Neil, facendosi strada in mezzo alla folla di persone. "Ti ho preparato un piatto."

"Grazie," rispose Caine, prendendolo e sedendosi al tavolo più vicino.

Jason si tuffò quasi immediatamente sulla sedia accanto alla sua. "Sei un eroe, Caine! Tutti ne parlano."

"Ho solo fatto quello che era necessario," si schermì Caine con un'alzata di spalle. "Chiunque lo avrebbe fatto al posto mio."

"Forse, o forse no," intervenne Neil, sedendogli di fronte, "Ma tu lo hai fatto. Non importa se lo avrebbe fatto chiunque."

Prima che Caine potesse chiedergli come avevano reagito i jackaroo all'omosessualità di Macklin e alla notizia della loro relazione, il sovrintendente appoggiò rumorosamente il suo piatto al suo fianco e rivolse uno sguardo truce agli uomini che ciondolavano lì attorno. "Non avete del lavoro da fare?"

"No," disse Neil. "Nessuno ci ha detto cosa fare ora che la ricerca delle pecore è stata interrotta."

"Dobbiamo preoccuparci delle piene qui nella valle?" domandò Caine.

"No," lo rassicurò Macklin. "È possibile che ci troviamo con più acqua del solito, ma la valle è aperta, quindi l'acqua non si ferma abbastanza da diventare un pericolo per gli edifici. Michael ha fatto bene i suoi conti quando ha scelto dove costruire."

"Quindi la prossima mossa è scoprire chi è che danneggia i nostri recinti," osservò Caine. "Non mi piace dover continuare le guardie con questo tempo, ma non possiamo permetterci di perdere altre pecore."

"Faremo dei turni brevi," disse Neil. "Ma è come hai detto tu: deve essere fatto."

"Puoi pensarci tu?" gli domandò Caine. "Macklin mi ha proibito di uscire per oggi."

"Ai tuoi ordini, capo," disse Neil. "Intendevo veramente quello che ho detto prima: puoi fidarti di me."

"Ti sei scaldato?" gli domandò ancora Caine. "Non eri zuppo come me, ma hai preso anche tu la tua bella dose d'acqua mentre attraversavi il fosso."

"Sto bene. Tuttavia potrei prendermi uno dei turni del mattino. Così avrò la possibilità di trascorrere la notte al caldo."

"Anche tu starai dentro, esattamente come Caine," sbottò Macklin. "Domani notte farai i turni esattamente come tutti gli altri. Ma stanotte nessuno di voi due uscirà."

Neil sembrava sul punto di voler ribattere, ma Caine sorrise e scosse la testa. "Lo hai sentito, Neil. Stanotte, siamo agli arresti domiciliari."


"AGLI ARRESTI domiciliari?" disse Macklin quando furono di nuovo soli nella camera di Caine.

Il ragazzo sorrise. "Volevi veramente che dicessi loro che non potevo fare la guardia questa notte perché tu dovevi amarmi, dal momento che prima mi avevi scopato?"

"Hmm, no, non esattamente. Magari lo pensano, ma non siamo obbligati a confermarlo."

"E non ti dispiace che lo pensino?"

Macklin fece spallucce. "Preferirei di no, ma solo perché è una faccenda privata. Non perché mi vergogno di te."

"Mi sembra giusto," concordò Caine, sfilandosi la maglia dalla testa. "Vieni a letto. La pennichella di questo pomeriggio è stata utile, ma sono ancora esausto."

"Troppo esausto per fare l'amore?" lo sfotté Macklin, spogliandosi con una serenità che non aveva mai mostrato prima.

"Non sarò mai troppo stanco per quello," rispose Caine, mentre si metteva a letto e si tirava la coperta fino al collo. Macklin gli si stese accanto e lo attirò a sé. Caine gli accostò il viso al petto e cominciò a succhiargli e leccargli con delicatezza i capezzoli.

"Quindi questa notte vuoi prendere il comando?" domandò Macklin.

"Me lo lascerai fare?" rispose Caine serio.

"Per ora."

Gli aveva concesso molto più di quanto si aspettasse e, rimuginando su quali fossero le sue opzioni e quale tra di loro potesse dargli l'idea delle sue vere intenzioni, Caine rotolò sulla schiena e si fece salire Macklin sul petto.

"Puoi guardarmi mentre ti succhio, oppure puoi girarti e farmelo a tua volta."

Caine sperava che Macklin si sarebbe girato, ma non voleva che l'altro lo capisse. Se avesse intuito quello che aveva in mente, non gli avrebbe mai dato la possibilità di cominciare.

"Per quanto l'idea di guardare sia attraente, lo è ancora di più quella di renderti il favore," disse Macklin, girandosi e dandogli in quel modo la possibilità di ammirargli il fondoschiena, mentre si piegava a leccare la sua erezione.

Caine se la prese comoda: accarezzò il sesso di Macklin e gli leccò i testicoli. L'uomo cominciò a tremare e, in quel modo, diede a Caine il coraggio che gli serviva per scivolare indietro, affondargli il viso tra le natiche e leccare la minuscola entrata.

Macklin si gelò, il membro di Caine ancora in bocca e ogni muscolo del suo corpo in tensione.

Caine lo leccò ancora.

Macklin rabbrividì, cercando di allontanarsi, ma Caine non aveva ancora finito. Lo afferrò con forza per i fianchi e lo tenne fermo, mentre premeva la lingua contro la stretta rosellina, penetrandola appena.

"Caine!"

*Lasciati amare*, lo supplicò Caine in silenzio, lasciando che le sue azioni parlassero al posto suo.

Macklin rimase fermo, il corpo ancora teso, mentre Caine continuava a leccarlo, concentrandosi più sull'anello esterno che sulla penetrazione.

Quando, però, al posto della lingua premette con un dito contro la sua entrata, l'uomo perse il controllo. Si sollevò, girò Caine sullo stomaco e gli alzò i fianchi in aria.

Caine si contorse, alla ricerca di una posizione comoda, aspettandosi di essere penetrato dalle dita e dal membro di Macklin, in sequenza. Invece, le mani dell'uomo gli afferrarono le natiche e le aprirono, esponendo la sua entrata. Caine trattenne il fiato: non sperava che Macklin avrebbe ricambiato.

"P-p-per favore," supplicò quando l'altro non si mosse. "F-f-fai qualcosa."

L'unica risposta furono i denti dell'uomo che presero a mordicchiarlo. Caine si appoggiò ai gomiti e lanciò un'occhiata da sopra la spalla. Le mani di Macklin lo aprivano ancora, gli occhi fissi sulla sua apertura. "N-n-non sei obbligato."

"No, non lo sono," concordò Macklin, con voce roca. "Ma ora che me lo hai fatto, non riesco a non pensarci."

"Allora provaci. Se non ti piace, fai qualcos'altro."

126

"Non riesco a immaginare che non mi piaccia qualcosa che ti farà provare quello che ho provato io."

Caine tremò, mentre l'aspettativa si sommava al desiderio per l'uomo che gli stava alle spalle. Poi Macklin chinò la testa, la barba che gli graffiava la pelle, e lo leccò dai testicoli fino alla base della spina dorsale, con la lingua piatta, passandogli sopra al buco ma senza fermarsi. Non era abbastanza, eppure era anche molto più di quanto Caine sperasse di ottenere così presto. Poi la lingua di Macklin fu di nuovo lì, attorno alla sua entrata, e infine all'interno.

Caine si lasciò cadere sul letto e cominciò a spingere indietro verso la bocca dell'uomo, trattenendo il fiato mentre veniva pian piano sopraffatto dalla sensazione della lingua di Macklin dentro di lui. Sorrise quando la sua mente fu attraversata dal pensiero che la volta successiva avrebbe potuto leccare l'uomo più a lungo. Se gli piaceva tanto da farglielo, allora sarebbe stato meno restio a farselo fare a sua volta.

Una delle mani di Macklin si insinuò tra le sue cosce aperte e prese a massaggiargli l'erezione con lo stesso ritmo con cui la sua lingua lo leccava. Quella doppia stimolazione fu il colpo di grazia al suo controllo e Caine fu sommerso dall'orgasmo, ritrovandosi alla fine boccheggiante e ipersensibile.

La lingua di Macklin continuava a stuzzicarlo, ma la sensazione divenne quasi insopportabile. "B-b-basta," annaspò Caine, tirandosi indietro. "È t-t-troppo."

"Non ho ancora finito con te," lo sfidò l'uomo.

"F-fai qualche altra c-cosa," disse Caine, rotolando di nuovo sulla schiena. "Oppure l-lascia che ti f-faccia qualcosa io."

"Tu vuoi solo tornare a leccarmi il culo."

Caine sbatté le ciglia, civettuolo. "P-posso?"

Con sua sorpresa, Macklin prese il lubrificante da dove lo aveva lasciato prima e si girò. "Solo finché non sarai pronto per il secondo round," lo avvisò. "Ho intenzione di venire solo dentro di te questa notte."

"Non vedo l'ora," disse Caine, tirando Macklin verso di sé, così da poter raggiungere il suo premio.

Il sapore di sudore e muschio era più evidente di prima; l'eccitazione dell'uomo era sottolineata dal sussulto del suo corpo ogni volta che Caine lo leccava. Il giovane non volle ripetere l'errore della prima volta e tenne le mani ben salde sui fianchi davanti a sé, piuttosto che cercare di penetrarlo anche con le dita. Avrebbe potuto aspettare un'altra volta, quando Macklin si fosse abituato all'idea dello scambio di ruoli. Caine non voleva essere sempre l'elemento attivo, ma rifiutava anche l'idea di cedere completamente. Macklin era già troppo compiaciuto di sé e dispotico: non aveva bisogno di comandare anche a letto.

Era difficile rimanere concentrati quando la lingua di Macklin restituiva la vita al suo sesso e le sue dita gli premevano contro la prostata, ma Caine rifiutò di farsi distrarre. Lo avrebbe fatto arrivare a tali vette di piacere che, quando lo avesse proposto di nuovo, non avrebbe più avuto nessuna esitazione.

Macklin si tirò indietro molto prima di quanto Caine avrebbe desiderato, ma siccome l'uomo si girò e lo baciò con foga, mescolando i sapori delle loro bocche, lasciò perdere. Poi Macklin lo coprì completamente, spingendolo contro il materasso e unendolo i loro corpi nella maniera più intima possibile. Penetrava dentro di lui in profondità e si dondolava come se non volesse più muoversi.

Caine avviluppò le proprie braccia e gambe attorno all'amante e gli lasciò completamente il controllo. Era di nuovo duro, ma non si aspettava di venire una seconda volta. Macklin, tuttavia, era determinato: continuava incessantemente a stimolargli la prostata con la punta del pene, mentre il suo addome strusciava contro l'erezione di Caine a ogni spinta.

"Andiamo, cucciolo," lo sollecitò Macklin, staccandosi dalla sua bocca. "Voglio vederti mentre vieni."

E l'espressione nei suoi occhi mentre lo guardava tolse a Caine il respiro. In quel momento, non ebbe dubbi che Macklin lo amasse. Forse non glielo avrebbe mai detto a parole, ma finché avesse continuato a guardarlo in quel modo, gli sarebbe bastato. Gli accarezzò la guancia con dolcezza.

Macklin fece lo stesso e l'emozione che traspariva dal suo viso, mischiata a quella che traboccava dal suo stesso cuore, furono sufficienti a Caine per raggiungere di nuovo l'orgasmo. Lanciò un urlo e si strinse attorno a Macklin, il quale non ebbe bisogno d'altro: si irrigidì, ogni singolo muscolo in tensione, poi rilasciò un lungo gemito e venne dentro a Caine, riempiendo il suo corpo così come riempiva il suo cuore.

Caine lo strinse a sé, rifiutandosi di lasciarlo rotolare di fianco. Voleva che quel momento non finisse e, con la bocca vicino alla sua guancia, pronunciò un impercettibile *ti amo*.

Macklin alzò la testa, guardò Caine negli occhi e poi si chinò a baciarlo lentamente, con dolcezza e passione. Caine lo abbracciò a sua volta, poi chiuse gli occhi e si abbandonò contro il cuscino. "Dormiamo, ora?" mormorò in mezzo a uno sbadiglio.

"Dormiamo," rispose Macklin.

"Rimani?"

"Neppure una mandria di cavalli selvaggi potrebbe trascinarmi via," affermò l'altro.

# EPILOGO

DOPO UN mese di guardie notturne, gli uomini erano esausti, intirizziti e ridotti ai minimi termini. "Non possiamo continuare così," disse Caine, rivolto a Macklin, mentre stavano andando a cena. "Metà degli uomini sono malati e, se non stiamo attenti, l'altra metà lo sarà presto. Lo so che non possiamo permetterci di perdere le pecore, ma così rischiamo di perdere degli uomini."

"Lo so, cucciolo," concordò Macklin. Anche sul suo viso, altrimenti impassibile, si leggevano i segni della stanchezza. Caine non credeva che gli altri se ne fossero accorti, ma lui aveva imparato a leggere ogni più piccola sfumatura della sua espressione, durante l'ultimo mese. "Non so cos'altro fare."

"Se avessimo un rifugio, una specie di capanno, che potesse farli stare al caldo e al riparo durante la notte, potremmo mettere due uomini alla volta di guardia e poi permettere loro di riposarsi per tutta la giornata successiva. Con una buona programmazione, non dovrebbero farlo che una volta ogni due settimane; invece adesso dormono a turno una notte sì e una no."

"Possiamo costruire tutto quello che vuoi," rispose Macklin lentamente.

"Hai qualche altra idea?" gli chiese Caine. "Perché io non ne ho."

"Voglio prendere quel maledetto bastardo che ci ha fatto questo," disse il sovrintendente. "Non voglio andare avanti così per tutta l'estate. Anche se presto arriveranno gli stagionali, sarà comunque molto stancante. Abbiamo bisogno di tutto l'aiuto possibile per la tosatura."

"Anch'io voglio prenderlo," concordò Caine. "Ma non so in quale altro modo fare."

"Non ascoltarmi, cucciolo," gli disse Macklin, stringendogli una spalla. "Costruiremo il tuo capanno e organizzeremo dei turni meno stancanti. Prenderemo il responsabile – o almeno avremo la certezza che non possa tornare a fare altri danni – e assumeremo qualche stagionale in più, se lo troviamo, per alleggerire il carico e continuare con le guardie."

Quella piccola stretta era tutto quello che Caine otteneva da Macklin quando erano in pubblico. Non gli aveva dato motivo di baciarlo di nuovo e voleva che le cose restassero in quel modo. Non era nella natura di nessuno dei due ostentare la loro relazione: i residenti lo sapevano e tutti avevano trovato un modo discreto – tutti tranne Kami – di manifestare la loro accettazione, e anche il loro consenso. Caine si considerava soddisfatto.

"Ehi, capo," disse Neil, quando i due uomini entrarono. "Ehi, capo."

"Ciao Neil," rispose Caine, mentre Macklin si limitò a un cenno della testa. Caine non aveva ancora capito se la freddezza dell'uomo nei confronti del jackaroo fosse dovuta al suo carattere, oppure se non gli aveva ancora perdonato i commenti poco lusinghieri che gli aveva rivolto quando aveva scoperto la sua omosessualità. Lui aveva smesso di preoccuparsene: Neil aveva mantenuto fede al suo impegno e non aveva più espresso nessun commento negativo su di lui. Anzi, non tollerava neppure che lo facessero gli altri.

Erano a metà della cena, quando la porta della mensa si aprì ed entrò Devlin Taylor.

"Taylor," lo salutò Caine con freddezza. "Cosa ci fai qui."

"Devo parlarti," rispose quello.

"Ti ascolto."

"Da solo," insisté Taylor.

Caine sentì la tensione accumularsi nella stanza. Rivolse agli uomini un cenno della testa, si alzò e uscì. Macklin lo seguiva dappresso.

"Ti ascolto," ripeté.

"Ho licenziato uno dei miei uomini oggi," esclamò Taylor. "L'ho sentito vantarsi di come ti aveva danneggiato i recinti. Non mi piaci: sei uno straniero e una checca e non c'è posto per nessuno dei due nell'outback, ma non voglio che a Taylor Peak ci siano uomini che fanno cose del genere. Ho pensato che dovessi saperlo, cosicché non pensassi che ci fossi dietro io. Non voglio una guerra tra stazioni."

Se anche Caine avesse scoperto le prove della responsabilità di Taylor nella faccenda, non avrebbe certo risposto in quel modo, anche se sospettava che invece il suo vicino non si sarebbe fatto alcuno scrupolo, se le situazioni fossero state invertite.

"Sei stato gentile a venircelo a riferire," gli disse. "Avresti potuto semplicemente tenerci all'oscuro."

"Ci ho pensato," ammise Taylor. "Ma non volevo che dessi la colpa a me."

"Tutto a posto, capo?" domandò Neil, sporgendo la testa fuori nella veranda.

"Sono sorpreso di vederti ancora qui, Johnson," lo apostrofò Taylor. "Che ne è stato di tutto quel parlare a proposito del non voler lavorare per un finocchio."

Neil aveva attraversato la veranda prima ancora che Caine e Macklin potessero reagire. "Potrà anche essere un finocchio, ma è il *nostro* finocchio," esclamò Neil, con le mani strette attorno al bavero della giacca di Taylor, "ed è più uomo di quanto tu non sarai mai." Poi si girò verso Caine. "Posso cacciarlo via?"

"No," disse quest'ultimo, "ma puoi scortarlo alla sua macchina e assicurarti che arrivi a casa sano e salvo."

Il viso di Neil si illuminò.

"Sano e salvo," ripeté Caine. "Taylor è venuto a scusarsi per il danno che ci ha procurato un suo ex-dipendente, non per causare guai."

"Sì, capo."

"Finirà con il mettersi nei guai se attacca ogni uomo che fa un commento su di te," osservò Macklin, mentre Neil accompagnava Taylor verso il suo fuoristrada.

"Imparerà. Oppure lo faranno gli altri," disse Caine con una scrollata di spalle. "Torniamo dentro. Ho fame."

Macklin afferrò Caine per la spalla prima che quest'ultimo potesse girarsi.

"Taylor ha torto, lo sai. Tu non sei uno straniero che non c'entra niente con questa terra. Hai l'istinto dell'allevatore e hai imparato tantissimo in soli cinque mesi. Taylor potrebbe imparare un paio di cose da te, se solo guardasse quello che sei veramente e non l'idea che ha di te."

"Non mi vedrà mai come nient'altro che un finocchio."

"E questo dimostra la sua stupidità," rispose Macklin. "E anche quanto ci sono andato vicino io."

"Tu non eri stupido," insisté Caine. "Solo impaurito. E comunque è tutto passato ormai. Neil potrà anche dire che sono il loro finocchio, ma in realtà sono solo il tuo."

Macklin sorrise, anche se con un pochino di disagio. "Ma non dirlo a Taylor. Non sopravvivrebbe alla notizia."

Caine rise e gli strizzò una mano, prima di tornare dentro. Più tardi avrebbe dovuto scusarsi per la sua scelta lessicale, ma siccome era certo che il risultato sarebbe stato del sesso rappacificatore, pensò che fosse meglio aspettare di essere da soli nella loro stanza – la camera grande – prima di parlarne.

Macklin scosse la testa e lo seguì all'interno.

# INSEGUIRE LE STELLE

Serie Lang Downs, Libro 2

Il ventenne Chris Simms riesce a malapena a mantenersi a galla. Dopo aver perso la madre e la casa, si trova a dover provvedere da solo a se stesso e al fratello minore. Quando è attaccato da un branco di teppisti omofobi, Chris pensa che la sua vita sia ormai giunta alla fine, ma viene salvato da alcuni uomini che lavorano in un allevamento di pecore della regione. La sorpresa di sentirsi offrire un lavoro è superata solo dallo scoprire che il proprietario e il sovrintendente della stazione formano una coppia gay.

Per Chris la stazione di Lang Downs è un sogno, che migliora ancora quando scopre che il ragazzo per il quale ha un debole è non solo gay, ma anche disposto a spassarsela un po'. Tutto sembra procedere al meglio, fino a che Chris non si rende conto che i suoi sentimenti per Jesse sono molto più profondi di quanto previsto dal loro accordo.

Jesse ama la vita randagia e passa di stazione in stazione, senza mai cercare qualcosa di stabile. Convinto che Chris sia troppo giovane e fragile per una relazione seria, decide di fare in modo che la loro rimanga una relazione occasionale. Tuttavia, posto di fronte al tipo di rapporto che lega il proprietario della stazione al suo sovrintendente, comincia a valutare la possibilità di fermarsi anche lui a Lang Downs; almeno finché non si accorge dei sentimenti che Chris nutre per lui e piomba nel panico. I due ragazzi dovranno quindi decidere se darsi un'occasione, possibilmente prima che la fine dell'estate li separi.

A Nicki, Emmet, Amy, Mary e Andrew,
che non mi hanno permesso di abbandonare questo libro.

# CAPITOLO 1

"AIUTATEMI, VI prego! Oddio, qualcuno mi aiuti!"

Le urla del ragazzino che un po' corse e un po' rotolò dentro lo Yass Hotel distolsero l'attenzione di Caine da quello che avrebbe dovuto essere un tranquillo pranzo in compagnia dell'uomo che, da ormai tre mesi, era il suo amante e compagno.

"Lo uccideranno. Vi prego, ho solo lui!"

"Chi?" domandò Macklin, alzandosi dal tavolo.

"Quei teppisti." Il ragazzino cominciò a piangere. "Hanno detto che è un frocio e che lo uccideranno."

L'espressione di Macklin, già di per sé non tenera, s'indurì come pietra e Caine ebbe addirittura l'impressione che gli si ingrossassero le spalle mentre si avvicinava al ragazzino.

"Dove sono?"

Non finì neanche di sentire la risposta che era già fuori dalla porta.

"Neil..."

"Sì, capo," confermò l'uomo dal tavolo accanto: era già in piedi e dietro a Macklin prima ancora che Caine terminasse la frase. Anche Ian e Kyle, gli altri due jackaroo[6] che lo avevano accompagnato a Yass per assumere nuovi dipendenti per Lang Downs, seguirono Neil senza che fosse loro richiesto. Nonostante la serietà della situazione, Caine non poté impedirsi di sorridere: faceva ancora fatica a credere di essersi guadagnato la loro lealtà.

"Sono C-C-Caine Neiheisel," disse, avvicinandosi lentamente al ragazzo. Il cuore gli batteva talmente forte nel petto che aveva l'impressione che qualcuno gli strizzasse le costole fino a mozzargli il respiro. Non poteva andare con Macklin. Non sarebbe stato utile in uno scontro, ma ciò non impediva al suo corpo di reagire alla legge dell'istinto: lottare o scappare. Inspirò a fondo e scrollò leggermente le mani per liberarsi del formicolio causatogli dalla scarica di adrenalina. "V-vuoi s-sederti?"

"Non dovremmo andare ad aiutarli?"

Caine scosse la testa. "Macklin e gli altri se la c-c-caveranno, non preoccuparti. C-come ti chiami?"

"Seth. Ne è sicuro?"

"Sono sicuro. Macklin non sopporta questo genere di cose," affermò. Era talmente certo che pronunciò la frase senza balbettare, benché il pensiero di quel tipo di omofobia così vicino a casa lo sconvolgesse, soprattutto per il pericolo che essa rappresentava anche per se stesso e Macklin. "Di dove sei?"

"Di nessun posto ormai," rispose Seth, con un tono talmente amaro che Caine sentì l'impulso di stringerselo al petto e consolarlo. Tuttavia, ricordava ancora come ci si sentiva a essere un adolescente, quindi si trattenne, immaginando che l'abbraccio di un estraneo non sarebbe stato benaccetto.

"E i tuoi genitori?"

---

6 Temine australiano per indicare un uomo (l'equivalente femminile è 'jillaroo') che lavora in un allevamento (stazione) di pecore o bovini. (NdT)

"La mamma è morta sei mesi fa, e quel bastardo buono a nulla che aveva sposato ci ha cacciati il giorno dopo il funerale," disse Seth. "Adesso ci siamo solo io e Chris, se quel tipo spaventoso riesce a salvarlo."

"Quel 'tipo spaventoso' si chiama Macklin," spiegò Caine, "ma per te è il signor Armstrong, dal momento che, a occhio e croce, non devi avere più di quattordici anni."

"Ne ho sedici," replicò subito Seth.

Era troppo piccolo e magro per avere sedici anni, ma Caine non pensava che gli stesse mentendo: era solo la prova di quanto la sua vita fosse difficile.

Decise di intervenire. Michael Lang, il suo prozio, aveva l'abitudine di prendere con sé alla stazione ogni povero ramingo che gli si presentasse davanti; e per Caine quella era stata una fortuna, perché adesso non avrebbe avuto Macklin, se suo zio non lo avesse raccolto quando aveva più o meno la stessa età di quel ragazzino. Tutto quello che doveva fare era convincere Seth che seguirlo a Lang Downs fosse la cosa migliore, sia per sé sia per il fratello. "E dove abitate?"

"Abbiamo una stanza," rispose il ragazzino, sulla difensiva.

Probabilmente un cesso da quattro soldi in una catapecchia scalcinata.

"Sei pulito?"

"Cosa? Sì!"

"Spacci?"

"Cristo, no!"

Bene. Caine era dispostissimo ad allungare una mano per aiutarlo, ma non voleva droga nella sua proprietà. Aveva troppo da perdere. "Perfetto. Anche tuo fratello è pulito?"

"E questo che c'entra?"

"Non assumo persone con problemi di droga."

"Cosa?"

"Se tutto quello che hai è una 'stanza', niente genitori e nessun altro a parte tuo fratello, dal mio punto di vista non ti si prospetta un grande avvenire. Io gestisco un allevamento di pecore a nord di Boorowa e pensavo che potesse interessarti un lavoro."

"Ma se sei uno yankee!" sbottò Seth, dimenticando il rispetto dovuto a un adulto.

"E tu un ragazzino che sta per perdere la migliore occasione che gli si potesse presentare," ribatté Caine. "Chiedi in giro, se non mi credi. È tutta la settimana che assumo jackaroo, e me ne mancano ancora un paio."

Non era proprio la verità. Avevano reclutato l'ultimo uomo quel mattino, nel pomeriggio sarebbero tornati a Boorowa per fare scorta di provviste e il giorno dopo avrebbero ripreso la strada di casa. Ma non era necessario che Seth lo venisse a sapere; Caine aveva già capito che l'orgoglio del ragazzo non gli avrebbe permesso di accettare la carità.

Anche se non sarebbe stata esattamente carità: a Lang Downs Seth avrebbe lavorato più duramente di quanto avesse mai fatto in vita sua: avrebbe sudato ogni centesimo della paga che lui e il fratello avrebbero ricevuto. Però, le spese sarebbero state pochissime e quindi avrebbe potuto mettere via ogni spicciolo per andare all'università, oppure avrebbe potuto aprire un libretto di risparmio per quando avesse lasciato l'allevamento e imboccato un'altra strada. Se, invece, avesse deciso di restare, avrebbe trovato una famiglia pronta a rimpiazzare quella che aveva perso con la morte della madre.

CHRIS SIMMS si lasciò sfuggire un lamento quando l'ennesimo calcio lo colpì sulle reni, appena sotto le costole. Aveva cercato di opporsi agli assalitori, ma erano troppi, quindi si era raggomitolato su se stesso, nel tentativo di proteggere i punti vitali e nella speranza che qualcuno intervenisse e scacciasse quei teppisti prima che lo uccidessero. Sentiva male ovunque: ogni nuovo colpo gli provocava acute stilettate di agonia che andavano ad aggiungersi all'oceano di dolore delle ferite che già gli erano state inflitte, ma Chris rimaneva aggrappato alla coscienza e alla speranza. Non poteva morire. Non poteva abbandonare Seth come avevano già fatto le persone importanti della loro vita. Non poteva proprio.

Un urlo proveniente dalla strada fece scemare la pioggia di colpi che gli si abbatteva addosso. Alzò la testa e vide un angelo vendicatore lanciarsi sui suoi assalitori, ma quando cercò di fissare lo sguardo sul suo viso, la vista gli si appannò, e l'ennesimo colpo alla testa gli fece perdere lucidità. L'ultimo pensiero cosciente prima di svenire fu che l'uomo sembrava essere scolpito nella pietra.


MACKLIN ERA in piedi davanti al corpo incosciente del ragazzo e si massaggiava le nocche doloranti. Era troppo vecchio per le risse in strada, ma quando lo aveva visto a terra, bersagliato dai colpi di cinque assalitori, aveva agito senza riflettere. Gli sembrava che questo giovane fosse un po' più grande di quello che era piombato all'hotel, ma non di tanto. I teppistelli che lo avevano attaccato avevano subito cambiato idea quando si erano trovati davanti degli uomini fatti che sapevano come menare le mani. Rivolse a Neil, Ian e Kyle un rapido cenno di ringraziamento con la testa. Sembravano stare tutti bene, tranne Neil a cui sanguinava un po' il naso, e lui, che il mattino dopo avrebbe avuto un bel livido sulla mascella. "Ha bisogno di un dottore, ma non sembra gravissimo. Ian, prendi il pick-up. Lo porteremo all'ospedale e sentiremo cosa ci dicono."

"Non è meglio chiamare un'ambulanza?" chiese l'uomo.

"È svenuto, ma respira. E non sanguina. Possiamo portarlo all'ospedale nello stesso tempo che l'ambulanza impiegherebbe per arrivare qui, e non dovremo pagarla. Ti assicuro che non è messo tanto male da averne assolutamente bisogno."

Ian annuì e corse verso l'auto.

"Dovresti avvertire Caine, capo," suggerì Neil, tamponandosi il naso con la manica. "Sarà preoccupato."

"Prima carichiamo questo tizio sul pick-up e avviamoci. Può prendere l'altra macchina e raggiungerci là." Macklin abbassò lo sguardo sul ragazzino, cercando di immaginare il modo migliore di spostarlo senza procurargli altri danni. "Neil, prendilo per i piedi. Kyle, aiutami a sollevarlo per le spalle."

Il giovane mugolò leggermente mentre lo muovevano, rassicurando ulteriormente Macklin: era incosciente, ma non in coma o altro. Mentre lo trasportavano fuori dal vicolo e lo appoggiavano sul sedile del pick-up, un pensiero non abbandonava la testa di Macklin: se non fosse stato per l'intervento di Michael Lang, lui avrebbe potuto trovarsi nella stessa identica situazione di quel ragazzo.


IL PRONTO soccorso di Yass era affollato esattamente come il resto della cittadina: sarebbe a dire per niente. Il medico fu sorpreso del loro arrivo e ancora di più dalle condizioni del ragazzo.

"Che è successo?"

"Cinque teppisti hanno cercato di ucciderlo a suon di calci," spiegò Macklin. "Suo fratello sta arrivando insieme al nostro datore di lavoro: potrà fornire i dettagli sulla sua storia medica, ma non volevamo aspettare prima di portarlo qui."

"No, certo che no," concordò il medico. "Mettetelo sulla barella. Dovrò fargli delle radiografie e…"

Macklin ignorò il resto dei borbottii del dottore, mentre questi spingeva la barella oltre le porte del pronto soccorso: avrebbe fatto quello che era in suo potere e loro sarebbero potuti andare via. Adesso era preoccupato per il suo uomo. Non credeva che i bastardi che aveva messo in fuga si sarebbero imbattuti in Caine e avrebbero capito di trovarsi davanti al proprietario di Lang Downs, e tanto meno che avrebbero tentato qualcosa dopo essere già stati presi a calci in culo una volta, ma si sarebbe comunque sentito più tranquillo quando lo avesse visto arrivare. Più di ogni altra cosa, però, conosceva il cuore tenero del suo compagno e sapeva benissimo come si sarebbe conclusa quella faccenda. Macklin non era al corrente di tutta la storia – anche se era certo che Caine se la fosse ormai fatta raccontare dal fratello del ragazzo – ma immaginava che non fosse bella, e una cosa del genere avrebbe fatto presa su di lui. Per quello che lo riguardava, non avrebbe permesso a niente e nessuno di turbare il suo amante, quindi non c'era altro da fare che trovare una soluzione.

Subito.

Caine arrivò qualche minuto dopo, tallonato dal fratello minore del ferito. Macklin si accorse di come gli occhi del suo uomo lo passarono in rassegna alla ricerca di graffi o ferite, e gli strinse la spalla proprio mentre il ragazzino lo superava per precipitarsi dentro all'ospedale. Fu un gesto misurato – non si sarebbe permesso effusioni di altro tipo in pubblico, specialmente lì a Yass – ma avrebbe comunque rassicurato Caine. Più tardi gli avrebbe permesso di spogliarlo e controllargli ogni centimetro del corpo.

"Dov'è Chris?"

"Il medico lo ha portato a fare una radiografia," disse Macklin, voltandosi a fronteggiare il ragazzino che, non avendo trovato quello che cercava, si era bloccato in mezzo al corridoio, "e non so cos'altro. Quando siamo arrivati, era incosciente ma vivo. Sentirà dolore per un po', ma non è messo così male da non riprendersi."

"Macklin, questo è Seth," intervenne Caine. "Seth, questo è il signor Armstrong."

"Grazie per aver salvato mio fratello, signor Armstrong," disse il ragazzino. "Non era obbligato a intervenire."

Il piccolo poteva anche vederla a quel modo, ma Macklin sapeva di non aver avuto scelta; non dal momento in cui aveva capito che il motivo dell'aggressione era l'omofobia.

Il medico uscì appena prima che Macklin potesse rispondere.

"È arrivato il fratello? Ho bisogno di alcune informazioni."

"Sono io," si fece avanti Seth.

Quando Macklin vide che Caine stava per seguire il medico e il ragazzino, lo prese per il braccio. "Lascia che se ne occupi lui. Devo parlarti."

"Verranno a Lang Downs," disse subito Caine. "Non appena Chris sarà in grado di viaggiare."

"Certo che verranno," concordò Macklin. "Cosa ti ha raccontato il piccolo?"

"Sono orfani. Il patrigno li ha sbattuti fuori subito dopo la morte della madre. Hanno una stanza qui a Yass, ma credo che sia una sistemazione temporanea. Hanno bisogno di una possibilità."

"Gliela daremo. Michael sarebbe d'accordo."

Caine si illuminò – come succedeva ogni volta che qualcuno nominava il prozio – e Macklin si impose, ancora una volta, di parlare di lui più spesso.

"NON HA ancora ripreso i sensi," disse il medico, "ma dovrebbe svegliarsi da un momento all'altro. Ha tre costole rotte, un trauma renale, lacerazioni e contusioni multiple e un braccio rotto. Non sono belle ferite, ma con il tempo guariranno tutte."

"Quanto tempo?"

"Per i graffi e le sbucciature è questione di giorni. Il braccio, che è la cosa più lunga, dovrà rimanere ingessato dalle sei alle otto settimane," spiegò il medico.

"Di quale braccio si tratta?"

"Il destro."

Seth imprecò in silenzio. Se si fosse rotto il braccio sinistro, Chris avrebbe potuto comunque lavorare con la mano destra, ma il contrario era impossibile. Avrebbe perso il lavoro – di conseguenza anche la camera – e sarebbero stati costretti a vivere in macchina, cercando di apparire abbastanza presentabili perché qualcuno concedesse loro un'altra possibilità e un altro posto dove stare.

A meno che non accettassero di andare alla stazione...

"Posso vederlo? Voglio esserci quando si sveglia."

"Certamente."

Il medico accompagnò Seth in una piccola stanza, dentro la quale Chris era sdraiato sul letto, mentre una serie di macchine monitorava i suoi segni vitali. "Non farti spaventare dai cavi," lo rassicurò. "Lo tengono sotto controllo, ma fa tutto da solo. Cominceremo a tirarli via subito dopo che si è svegliato. E quando saremo certi che non abbia riportato una commozione cerebrale, potrà tornare a casa. Avete un posto dove andare?"

"Sì, certo," mentì Seth. Non aveva idea di dove sarebbero potuti andare. Il padrone di casa riscuoteva l'affitto settimanalmente, dato che era così che Chris veniva pagato, e la scadenza successiva sarebbe stata da lì a tre giorni. Seth non sapeva se avevano abbastanza soldi da coprirla; e in ogni caso, avrebbero solo rimandato di una settimana l'inevitabile, perché Chris sarebbe stato impossibilitato a lavorare per diverso tempo, almeno stando a quanto diceva il medico. "Svegliati, Chris," lo pregò Seth. "Dobbiamo trovare una soluzione, e io non posso farcela da solo."

Rimaneva l'offerta dell'allevatore, ma Seth non si fidava. Ormai non si fidava più di nessuno, se non di Chris. Troppe persone avevano tradito le loro aspettative perché potesse credere che qualcun altro, oltre a suo fratello, fosse interessato al loro benessere. Si guardò attorno per assicurarsi di essere solo – anche se non si aspettava che arrivasse qualcuno – e gli strinse la mano. "Dai, Chris. Non farmi questo."

Sentiva avvicinarsi le lacrime, ma era troppo orgoglioso per mettersi a frignare come un moccioso qualsiasi. Suo fratello aveva bisogno che lui fosse forte. Si chiese cosa sarebbe successo se il giorno dopo si fosse presentato al ristorante dove Chris lavorava per prendere il suo posto. In fondo si trattava solo di lavare i piatti. Di sicuro poteva riuscirci abbastanza bene da conservare il lavoro quanto bastava a pagare l'affitto di un paio di settimane, fino a che Chris non fosse migliorato.

Le dita sotto le sue si mossero leggermente, catturando la sua attenzione. Gli occhi di Chris erano ancora chiusi, ma Seth vide del movimento sotto le palpebre abbassate, quindi forse il ragazzo si stava svegliando. "Mi senti, Chris? Dai, aiutami a risolvere questa situazione, ti prego. Ho bisogno che tu ti svegli e mi dica cosa fare, perché io non so cavarmela da solo."

Le dita di Chris si mossero ancora, ma i suoi occhi rimasero chiusi. "Cosa faremo?" domandò Seth, nella speranza che il suono della sua voce contribuisse a svegliarlo. "Se anche mi permettessero di prendere il tuo posto, avrebbero sempre da ridire sulla scuola e sul numero di ore che posso lavorare. Non sono sicuro che quello che riuscirei a guadagnare sarebbe sufficiente per l'affitto. Ho bisogno che tu ti svegli e mi aiuti a trovare una soluzione. Tu sai sempre cosa fare, Chris. Adesso è ora di dimostrarlo."

Fu interrotto da un rumore proveniente dal corridoio. Ritirò la mano, come se chiunque stesse arrivando avesse potuto considerarlo meno uomo per il solo fatto di dimostrare affetto verso il fratello. Fissò la porta per qualche secondo ma non entrò nessuno, quindi tornò a rivolgersi a Chris. "Gli uomini che ti hanno aiutato ci hanno offerto un lavoro, ma non so se dicevano sul serio, o se saranno della stessa idea una volta scoperto che hai un braccio rotto. Il dottore ha detto che dovrai tenere il gesso per almeno otto settimane; non ne so molto di pecore, ma immagino che non ci sia molto che tu possa fare in un allevamento con un braccio al collo. Credo che dovremo ringraziarli, rifiutare, e sperare che il signor Harrel ci permetta di saltare uno o due pagamenti, fino a che non sarai di nuovo in piedi. Proprio adesso che iniziavo a pensare che le cose cominciassero a girare, doveva capitare una cosa del genere!"


"DOBBIAMO FARE qualcosa."

"Lo faremo," ribatté Macklin, la mano di nuovo sul braccio del compagno per trattenerlo dall'entrare nella stanza. "Ma quel ragazzino là dentro non ci conosce e non si fida di noi; per quanto mi piacerebbe che le cose stessero diversamente, non ha motivo di farlo. Dobbiamo essere pazienti e aspettare che suo fratello si svegli. Poi, tu rimarrai qui con Neil e io andrò dentro a scambiare due parole, da uomo a uomo, con Chris."

"E io non sono un uomo?"

"Tu sei un uomo straordinario, ma in questo momento sei in balìa dei tuoi istinti da chioccia, e non è di questo che quei ragazzi hanno bisogno," spiegò Macklin. "Tu vuoi confortarli, ma una cosa del genere farebbe sentire bene solo te, mentre a loro non servirebbe a niente."

"Come lo sai?"

"Perché quando sono arrivato a Lang Downs, ero così anch'io," ammise. "Ero scappato di casa perché ero stanco di prendere le botte destinate a mia madre, cadere e vederla prendere lo stesso la sua dose. Ero stanco delle invettive omofobe di mio padre e di vivere nel terrore. Immaginavo che persino la vita di strada fosse meglio di quello. Mi sbagliavo, naturalmente, e lo capii solo quando Michael mi diede un calcio nel culo e mi rimise in riga. Ma non lo fece trattandomi con dolcezza, cucciolo; lo fece dicendomi che se quella era stata la mia scelta, allora avrei dovuto crescere e cominciare a comportarmi da uomo, e poi mi insegnò come fare. Quei due ragazzi là dentro risponderanno solo a un discorso del genere, e siccome io sono stato nella stessa situazione, posso fare per loro quello che Michael ha fatto per me. Tu potrai confortarli dopo, quando avranno imparato a conoscerci e si fideranno di noi."

Nell'udire quel racconto il cuore di Caine si rattristò. Aveva immaginato una cosa del genere da quello che l'uomo aveva accennato nel corso dei mesi, ma sentirne parlare così apertamente gli fece venir voglia di stringerlo tra le braccia e lenire tutte le sue vecchie ferite. Sorrise. Macklin aveva ragione riguardo al suo lato protettivo. "Va bene. Faremo a modo tuo."

# CAPITOLO 2

AGHI. QUALCUNO gli stava infilando degli aghi nel braccio. Chris si ribellò al dolore, conscio solo della necessità di evitarlo. Poi la memoria gli tornò in un lampo e schizzò a sedere sul letto. "Seth!"

"Ti sei svegliato!"

Chris si lasciò ricadere sul materasso. I cuscini piatti non gli fornirono alcuna protezione alla schiena e si ritrovò ad annaspare per il dolore alle costole. "Dove sono?"

"All'ospedale," rispose il fratello. Le luci fluorescenti lo facevano apparire piccolo e spaventato. "Ho chiesto aiuto. Un tizio grosso di nome Macklin e il suo capo, credo: un americano che si chiama Caine qualcosa. Lo yankee è il proprietario di un allevamento di pecore, e vuole che andiamo a lavorare per lui."

"Rallenta," lo interruppe Chris. "Non ci capisco niente. Cos'è successo dopo che sei corso via?"

"Sono entrato nell'hotel. Era vicino e ho immaginato che ci fossero delle persone. Avevo ragione. Ho chiesto aiuto e ancora prima che finissi di parlare Macklin mi ha chiesto dov'eri. Gliel'ho detto e lui e altri tre sono corsi ad aiutarti."

Macklin doveva essere il tipo che Chris aveva visto prima di svenire. "E come hai fatto a passare dal chiedere aiuto a trovare un lavoro?"

"Caine, lo yankee, non mi ha lasciato tornare indietro insieme a Macklin e gli altri. Mi ha fatto un mare di domande su dove stiamo e tutto il resto, e poi ha detto che saremmo dovuti andare a lavorare a Lang Downs, la sua stazione."

"Non gli hai raccontato la verità, vero?" Ne avevano discusso a lungo. Se la gente fosse venuta a sapere dove abitavano, e perché, sarebbero finiti tra le mani dei servizi sociali, che li avrebbero separati. Quella era la paura più grande di Chris. Non aveva avuto molto dalla vita, ma non avrebbe permesso a nessuno di strappargli l'unica cosa che per lui aveva un valore: suo fratello.

"Lo so che non avrei dovuto, ma non mi ricordavo quello che mi avevi detto di dire. Avevo troppa paura e…"

"Stai tranquillo, Seth," sospirò Chris. "Ci ha offerto un lavoro, non ha minacciato di chiamare la polizia. Non che io possa fare tanti lavori al momento, comunque."

"Potrei fare io i tuoi turni al ristorante," si offrì Seth.

"Tu devi andare a scuola."

"Non ci andrei nemmeno se andassimo in una stazione di pecore," gli fece notare Seth. "Almeno qui staremo in città."

In una città dove adesso tutti sapevano che era gay. Seth aveva detto di voler prendere il suo posto al lavoro, ma Chris non era nemmeno più sicuro di averlo, un lavoro, dopo lo scontro che lo aveva ridotto in quelle condizioni. E se anche non avesse perso il posto e Seth avesse potuto sostituirlo, avrebbe potuto incontrare quei tizi in qualsiasi altro momento, e non era detto che ci sarebbe stato il fratello a chiedere aiuto.

"Pensiamoci bene prima di decidere," disse Chris. "Ma sono troppo stanco per farlo adesso."

Un colpo di tosse dalla soglia attirò la sua attenzione.

139

"Oh, signor Armstrong," esclamò Seth, balzando in piedi. "Non l'avevo vista entrare."

Chris avrebbe voluto ridere nel sentire la deferenza nella voce di Seth – in genere era riservata ai capi di stato o ai semidei locali – ma non era il momento adatto.

"Sono contento di trovarti sveglio," gli si rivolse l'uomo. "Seth, andresti a cercarmi del tè mentre parlo con tuo fratello?"

Seth zampettò fuori dalla stanza come un cucciolo volenteroso.

"Vedo che ha fatto colpo su mio fratello."

"È solo grato che lo abbia preso sul serio quando ha chiesto aiuto."

"Mi ha salvato la vita."

"È probabile. Macklin Armstrong."

"Chris Simms," si presentò anche lui, allungando la mano sinistra. Fu un gesto sgraziato, ma quanto di meglio era riuscito a fare con un braccio ingessato. "Grazie."

"È stato un piacere. Allora, Caine mi ha detto che ultimamente non ve la passate tanto bene."

"Niente che non possiamo risolvere," si difese Chris. "Ho un lavoro."

"Smettila di dire cazzate, Chris," disse Macklin. "Hai un lavoro di merda, un appartamento che puoi a malapena permetterti e nessuna possibilità di miglioramento perché stai cercando di occuparti di tuo fratello. Mangiate regolarmente, ma non bene, perché siete entrambi troppo magri. Stai facendo del tuo meglio, e dovresti andarne fiero, ma non è abbastanza."

"Perché mi sta dicendo queste cose?" domandò Chris. "Crede che non sappia che la nostra vita fa schifo?"

"No, sono sicuro che tu lo sappia molto bene, invece," ribatté l'uomo. "Ma volevo che tu capissi che anche *io* lo so."

"Perché? Per farmi fare quello che vuole lei?"

"Cristo Santo, ragazzo, se tu non fossi già messo abbastanza male, rincarerei la dose," ruggì Macklin. "Spero di non essere stato un tale stupido testardo quando Michael Lang mi sorprese a vivere di nascosto in uno dei suoi capanni. Io ho vissuto quello che vivi tu adesso. Nessuno mi ha mai aggredito, ma sono andato via di casa a sedici anni perché mio padre picchiava sia me sia mia madre, e il resto del tempo lo passava a blaterare stronzate su froci e finocchi. Quelle parole facevano più male dei pugni."

"Lei è…" Chris non finì la frase perché non sapeva come farlo senza rischiare di offenderlo.

"Sì, e allora?"

Chris sbatté un paio di volte le palpebre, senza smettere di osservare attentamente il suo interlocutore. Era alto, anche se non in modo esagerato, sul metro e ottanta, con spalle larghe e braccia muscolose, da quello che si intravedeva sotto le maniche corte della camicia. Aveva i capelli in disordine e gli stivali impolverati. Era l'immagine perfetta dell'allevatore virile, eppure era gay.

"E niente. Ero solo sorpreso, ecco tutto."

"Sorpreso che lo abbia ammesso, o sorpreso che lo sia?"

"Un po' entrambe le cose," ammise Chris. "La maggior parte della gente da queste parti non lo direbbe a voce alta, anche se lo fosse."

Macklin si lasciò sfuggire una risatina divertita. "Niente di più vero, ma io non sono la maggior parte della gente, e Lang Downs non è la maggior parte delle stazioni. Immagino che tuo fratello ti abbia detto che il mio partner gli ha offerto un lavoro."

140

"Ha solo sedici anni," disse Chris. "Deve andare a scuola."

"Lo farà," specificò Macklin. "Abbiamo diversi ragazzi alla stazione, e ci assicuriamo che ognuno di loro ottenga il suo diploma. Quello che faranno al termine della scuola è affar loro, ma diplomarsi è obbligatorio. Usiamo la Scuola dell'aria, quindi gli orari sono abbastanza flessibili. Potrà lavorare e contemporaneamente seguire le lezioni, e tu potrai dare una mano in cucina fino a che non ti toglierai il gesso. Poi vedremo di che pasta sei fatto."

"Perché dovremmo fidarci?"

"Non dovete," ammise Macklin. "Non devi fidarti di nessuno a parte tuo fratello, almeno fino a che non ci conoscerai un po' meglio. Ma noi ti stiamo offrendo una possibilità; la stessa che il prozio di Caine offrì a me quando avevo sedici anni ed ero troppo stupido per cavarmela da solo. Non ne riceverai di migliori, e se alla fine della stagione deciderai che la stazione non fa per te, a marzo potrai andare via insieme agli altri stagionali. Cos'hai da perdere?"

Una catapecchia e un lavoro di merda in un ristorante di merda...

"Cosa diranno gli altri del fatto che sono gay? Ho sempre sentito che le stazioni non sono, come dire, aperte con persone del mio stampo."

"Allora non hai ascoltato una parola!" sbottò Macklin. "Caine Neiheisel, il proprietario di Lang Downs, è il mio partner."

"Oh, partner in quel senso," esclamò Chris, mentre la lampadina finalmente si accendeva. "Pensavo... non importa quello che pensavo. È evidente che sbagliavo. Quindi tutti sanno di voi?"

"È difficile nasconderlo quando trascorro tutte le notti alla casa padronale, nonostante ce ne sia una perfettamente funzionante a me destinata a poche centinaia di metri," ammise Macklin. "Non ne parlo con nessuno perché è solo affar mio, ma non lo nascondo."

"Mi ha salvato la vita. Immagino che questo possa essere un modo per ringraziarla."

"Non mi devi nulla," affermò Macklin. "Ma devi a tuo fratello la migliore occasione che potrebbe mai capitargli; e anche se è chiaro che stai facendo tutto quello che puoi, non è comunque sufficiente. A Lang Downs avrà una vera possibilità, e lo stesso vale per te. Pensaci finché sarai qui; ci dirai cosa ne pensi quando ti dimetteranno."

"Tutto qui?"

Chris non aveva idea del perché stesse discutendo, ma gli sembrava tutto troppo semplice.

"Che altro dovrebbe esserci?"

"Non lo so. Minacce di chiamare i servizi sociali, qualcosa per costringermi a fare le cose a modo vostro?"

"Non sei un ragazzino da intimidire," rispose Macklin con un'alzata di spalle. "Sei un uomo. Giovane, ma pur sempre un uomo. Sei perfettamente in grado di prendere le tue decisioni senza alcuna pressione da parte mia; e allo stesso modo sopporterai le conseguenze delle tue scelte, nel bene e nel male. Hai dato prova di essere un uomo quando hai tenuto tuo fratello con te e hai lavorato per mantenerlo. Continua a fare quello che è meglio per lui e te la caverai alla grande. Passeremo la notte all'hotel, ma torneremo domani mattina per sentire cosa ne pensi."

Seth entrò di corsa nella stanza. "Mi dispiace, signor Armstrong, non sono riuscito a trovarle il tè."

"Non c'è problema, piccolo," lo rassicurò Macklin, scompigliandogli i capelli mentre si dirigeva verso la porta. "Lo prenderò all'hotel. Abbi cura di tuo fratello. Torneremo domani mattina per vedere cos'avete deciso."

"Cosa abbiamo deciso?" domandò Seth, girandosi verso Chris. "Che cosa dobbiamo decidere?"

"Quello che faremo adesso," rispose lui. "Armstrong pensa che dovremmo andare alla stazione. Ha degli argomenti piuttosto convincenti."

"Quali argomenti?"

La diffidenza di Seth era evidente, mentre quella di Chris cominciava a vacillare. Sarebbe stato un sollievo non essere più l'unica persona a occuparsi di Seth. Non si aspettava certo che gli uomini della stazione si assumessero la responsabilità dell'educazione del fratello, e neppure quella del suo benessere, ma lavoravano insieme, e gli era sembrato che Armstrong gli offrisse un rapporto quasi paterno. E c'era anche l'attrattiva di non essere più, per la prima volta in vita sua, l'unica persona gay nella stanza. Se anche avesse deciso di non dichiararlo apertamente, qualcuno già lo sapeva, quindi non si aspettava che rimanesse un segreto. Se Armstrong aveva ragione, a Lang Downs non ce ne sarebbe stato il bisogno.

"Che finora abbiamo fatto fatica a mantenere la testa fuori dall'acqua e che, con il mio braccio, non ci riusciremo più," spiegò Chris. "Giù alla stazione vitto e alloggio sono inclusi."

"Non sappiamo niente di pecore," gli fece notare Seth.

"E allora impareremo," rispose Chris con un'alzata di spalle approssimativa, il meglio che gli riusciva con il gesso e le fasciature attorno al petto. "Non siamo stupidi, e sappiamo eseguire gli ordini. Al resto ci penseremo una volta là."

"Vuoi farlo veramente?"

Chris cercò di fare di nuovo spallucce per nascondere quanto, all'improvviso, sentisse il bisogno di trovare un posto al quale appartenere. E oltre a quello, voleva anche avere la possibilità di osservare Macklin e Caine, vedere come interagivano e com'era la loro vita insieme. Voleva credere che due uomini potessero avere una sana relazione, ma siccome di relazioni sane non ne aveva mai viste, non riusciva neanche a immaginarsele. "Sì, lo voglio."

"Allora immagino che sia meglio farmi dire di cosa avremo bisogno, così lo compro."

"Controlla le tasche dei miei jeans se li trovi," disse Chris. "Oggi era giorno di paga, e siccome non torneremo all'appartamento, non dobbiamo preoccuparci dell'affitto."

"Li cercherò quando andrò a chiedere al signor Armstrong che cosa ci serve," lo rassicurò Seth.

Prima che il ragazzino avesse modo di dire altro, l'infermiera fece il suo ingresso nella stanza, quindi Chris lo salutò con la mano buona e poi si appoggiò contro i cuscini mentre la donna lo visitava. Quando ebbe finito, gli diede anche una dose di antidolorifici e lui gliene fu grato, perché sentiva un male tremendo prima che le medicine lo facessero dormire.


QUANDO SI svegliò, c'era un viso nuovo accanto al suo letto. L'uomo aveva corti capelli castani, un taglio molto più ordinato di quello di Armstrong, un incarnato più pallido − anche se non completamente estraneo al sole − e occhi più dolci. Quando si accorse che Chris era sveglio, gli rivolse un sorriso così gentile che il ragazzo non seppe come reagire.

"Ciao," lo salutò l'uomo, con un accento che tradì subito le sue origini americane. "Sono Caine Neiheisel. Ho sentito che v-verrai a Lang Downs insieme a noi."

"Seth gliel'ha già detto?" domandò Chris, la voce arrochita a causa della gola secca. Dunque era quello il compagno di Macklin Armstrong! Gli sembrava troppo intimo pensarli come amanti, anche se sapeva che in fondo erano proprio quello.

Caine riempì un bicchiere d'acqua e glielo porse, benché non gli fosse stato chiesto. "Sì, ce l'ha detto. Adesso è andato a comprare il vostro equipaggiamento, ma potrete sempre prendere a Boorowa quello che non t-trova, visto che comunque dovremo fermarci prima di rientrare alla stazione."

"Non so come ringraziare sia lei che il signor Armstrong," disse Chris dopo aver bevuto una sorsata d'acqua. "Senza di lui sarei morto, e senza di lei vorrei esserlo."

"Non è niente," lo rassicurò Caine. "Mio zio era solito prendere sotto la sua ala chiunque ne avesse bisogno. Io cerco solo di emularlo in quello che posso, e questa mi è sembrata una buona occasione. Credimi, ripagherete il vostro cibo con il sudore."

"Con questa cosa al braccio?" si schernì Chris, alzando il gesso.

"Tra un po' ti libererai di quella 'cosa' e sono sicuro che nel frattempo sapremo trovarti altre mansioni," lo rassicurò l'uomo. "Mi hanno messo al lavoro quando non sapevo neanche da che parte guardarla, una pecora. Macklin troverà il modo di tenere occupato anche te."

"Mi fa piacere non essere il primo novellino della stazione."

"Non sei il primo, e probabilmente neanche l'ultimo. Sembra che siamo diventati una specie di calamita per quella gente che non appartiene a nessun altro luogo."

"Gente come me," disse Chris lentamente.

"Gente come noi," specificò Caine. "Sembra che nelle stazioni lavorino più finocchi di quanti i bigotti amino credere, e più di uno tra loro ha scelto di venire a Lang Downs questa primavera. Siccome sarebbe ipocrita da parte mia interessarmi del loro orientamento sessuale, finché lavorano bene, non ho problemi. Lo stesso vale per te e Seth: fate del vostro meglio e tutto il resto si aggiusterà."

"Faremo del nostro meglio, lo prometto," gli garantì Chris. "I medici hanno detto quando potrò uscire?"

"Quando saranno sicuri che non rischi il coma a causa della commozione cerebrale," rispose Caine. "Probabilmente domani mattina, cosa che a noi andrebbe benissimo. Partiremo appena possibile, ci fermeremo a Boorowa per le provviste, e poi decideremo se sarà il caso di proseguire, o se faremo meglio a fermarci per un'altra notte e rientrare il giorno dopo. Ci vuole solo un'ora per arrivare a Boorowa, ma da lì in poi ce ne sono altre cinque, di cui almeno quattro su strade bianche. Anche per te sarebbe meglio avere a disposizione un giorno in più per rimetterti. Le buche nella strada quando attraverseremo Taylor Peak non saranno piacevoli con quelle costole."

143

# CAPITOLO 3

LE PAROLE di Caine si rivelarono molto più che profetiche, anche dopo un'altra notte in ospedale e una a Boorowa. Quella mattina, mentre osservava i jackaroo caricare le provviste sui pick-up e avviarsi verso nord, a Chris era sembrato di stare meglio; ma per quando anche lui e Seth furono pronti a salire in macchina insieme a Caine e Macklin, il dolore era tornato, probabilmente perché era stato troppo in piedi. E quando poi si immisero nelle strade bianche che attraversavano Taylor Peak – la stazione che separava Lang Downs dalla strada principale – Chris credette di essere entrato in un nuovo girone infernale. Per di più, non gli avevano neanche permesso di guidare la sua macchina, l'avevano affidata invece a uno degli altri jackaroo. Caine aveva insistito che tra gli antidolorifici, il braccio rotto e le cattive condizioni delle strade, Chris non ce l'avrebbe fatta; ma lui rifiutava di ammettere che forse l'altro aveva avuto ragione.

Una volta lasciata Taylor Peak ed entrati nella proprietà di Lang Downs, le strade migliorarono, per quanto 'migliore' fosse un termine relativo, visto che ogni scossa andava a infrangersi direttamente sulle sue costole rotte. Già molto prima che raggiungessero la parte centrale della stazione, con i suoi prati curati e gli edifici squadrati, Chris era pronto a gettare la spugna e tornare a Yass. Persino dormire in macchina fino a che non avessero trovato un altro posto in cui stare gli sembrava una prospettiva migliore!

Poi la macchina si fermò, e Caine e Macklin scesero. Osservarli stare in piedi l'uno accanto all'altro, senza toccarsi ma insieme, a respirare come se l'aria lì fosse più pura che in qualsiasi altro luogo, gli mozzò il respiro. Lui a Yass aveva trovato una violenza brutale; quegli uomini a Lang Downs avevano trovato la pace. Forse, se se ne fosse dato la possibilità, sarebbe stato lo stesso anche per lui, e avrebbe potuto condurre una vita sicura e tranquilla.

"Allora, dove ci sistemiamo?" domandò, un po' sulle sue.

"Alla casa padronale," rispose Caine. "Aiuterai Kami in cucina, quindi è meglio che tu sia vicino." Gli strinse il braccio buono e lo condusse in una direzione, mentre Macklin scortava Seth in quella opposta. "Spero che tu non voglia che tuo fratello viva insieme agli altri jackaroo," aggiunse, quando furono abbastanza lontani da non essere uditi. "Non sono dei cattivi soggetti, ma neanche la compagnia adatta a un ragazzino. So che Seth ha visto e sentito molte più cose di un qualsiasi altro suo coetaneo, ma ciò non significa che debba continuare a vederle o sentirle."

La logica dell'argomentazione di Caine fu un duro colpo per Chris. Aveva cercato di fare del suo meglio per Seth, ma vivere in appartamenti squallidi, lavorare a orari strani e cambiare spesso sistemazione aveva avuto un suo prezzo: Seth andava male a scuola, era sboccato e maleducato, troppo simile a quei delinquentelli di strada perché Chris non ne fosse preoccupato. "Capisco che lui debba stare qui, ma io posso alloggiare al dormitorio. Non ho sedici anni."

"Credi veramente che starebbe in un posto dove non ci sei tu?" gli chiese Caine. "Ti adora. Ti idolatra, addirittura. Se tu vai al dormitorio, verrà anche lui."

"In effetti," ammise Chris. Si sentiva messo alle strette, ma non riusciva a trovare alcuna pecca nel ragionamento di Caine, e in ogni caso avrebbe potuto insistere per trasferirsi in seguito, se necessario.

"Perfetto," concluse l'uomo, riportandolo verso la casa padronale. "Prendiamo la vostra roba e cominciamo a sistemarvi. Ci sono due stanze libere, quindi ognuno di voi avrà la sua privacy. Non ho idea del perché zio Michael le abbia fatte costruire, visto che non era sposato e non aveva figli, ma sono contento che ci siano."

La casa in sé non era nuova, bastava guardarla per capirlo, anche se Chris non avrebbe saputo dire a quando risaliva esattamente. Gli interni, però, erano stati restaurati e i mobili – semplici, belli, e dai toni scuri e caldi che ben si accompagnavano al caminetto in pietra e ai pavimenti in legno – erano moderni.

"La cucina è da quella parte," disse Caine, indicando un lungo corridoio che portava a un'ala esterna. "Ti farò conoscere Kami dopo che avrai lasciato le tue cose in camera. È il nostro cuoco e lo aiuterai fino a che il braccio ti sarà guarito. Il medico ha detto che potevi usare la mano, vero? Potrai tagliare le verdure e cose del genere, mentre lui si occupa dei lavori pesanti."

"Non ho mai lavorato veramente in una cucina," lo avvisò Chris. "Al ristorante mi limitavo a lavare i piatti."

"Non preoccuparti," ribatté Caine. "Ci penserà Kami."

Mentre salivano le scale diretti alle camere da letto, Chris si rese conto che Caine aveva smesso di balbettare. Già all'ospedale, il giorno prima, il difetto non era stato troppo accentuato, ma ormai era scomparso del tutto. Liquidò la questione con una scrollata di spalle. A metà salita dovette fermarsi per riprendere fiato – anche se era Caine a portare la sua valigia – perché la fasciatura attorno al petto gli impediva di respirare bene. "Cazzo," mormorò.

"Le costole rotte fanno male, vero?" lo sorprese alle spalle la voce di Macklin. "Me ne ruppi due cadendo da cavallo quando arrivai qui. Michael non fu per niente comprensivo e mi disse che non sarei dovuto salire su un cavallo che non ero in grado di governare; ma mi fasciò stretto ogni sera per un mese, fino a che non riuscii a muovermi senza sentire dolore."

Chris si girò indietro con sufficiente lentezza da cogliere il cambiamento nell'espressione di Caine quando quest'ultimo posò gli occhi sul proprio uomo: lo sguardo gli divenne più luminoso e il sorriso più splendente. *È questo il volto dell'amore?* si chiese.

"Dov'è Seth?"

"L'ho mandato giù alla Scuola dell'aria," spiegò Macklin. "Vedremo a che punto è e di cosa ha bisogno per arrivare al diploma. Sarà impegnato per un altro paio d'ore, se nel frattempo vuoi disfare i bagagli e riposarti un po'."

"Non sono un invalido," sbottò Chris, dimenticando per un attimo che non era nemmeno stato in grado di salire le scale senza doversi fermare.

"No, certo che no," concordò Macklin. "Ma sei reduce da un pestaggio e, da quello che ho visto sulla prescrizione medica, sei anche sotto antidolorifici piuttosto forti. Ti farebbe bene un po' di riposo dopo il viaggio. Né tu né Seth comincerete a lavorare prima di domani e, tanto per mettere le cose in chiaro, io sono il sovrintendente e io decido."

"Non lascia lavorare nessuno che sia ferito o malato," intervenne Caine. "Nemmeno io."

"Tantomeno te," brontolò l'altro.

Eccolo di nuovo, si rese conto Chris. Quei due non andavano di certo a gridare ai quattro venti che stavano insieme, ma non per questo la loro relazione era meno forte o vera. "Posso almeno camminare un po' e dare un'occhiata in giro?"

145

"Ma non stancarti," lo ammonì Macklin. "Kami comincia a preparare la colazione alle quattro e mezza. Domani dovrai alzarti presto."

"Farò una passeggiata veloce," concesse Chris. Aveva bisogno di riposarsi, ma ormai che aveva insistito il suo orgoglio non gli permetteva di fare marcia indietro.

"Prima ti mostro la tua camera," intervenne Caine. "Potrei non essere in casa quando torni dalla camminata, ed è meglio che tu sappia dove andare."

Chris annuì e seguì Caine su per le scale. La camera non era grande, ma era pulita, con finestre luminose, un bel letto e un comò pieno di cassetti. "Il bagno che dividerai con Seth è in fondo al corridoio. Fate come se foste a casa vostra."

Caine andò via prima che Chris potesse ringraziarlo ancora. Piegandosi cautamente, il ragazzo aprì la valigia e cominciò a tirarne fuori il contenuto, posizionando al centro del ripiano del cassettone la foto della madre che era riuscito a rubare al patrigno. Buttò a casaccio i vestiti dentro i cassetti e tornò verso le scale.

Per sua fortuna, scendere era più facile che salire e riuscì a raggiungere l'esterno senza troppe difficoltà; anche se si riposò qualche momento su uno dei gradini della veranda prima di continuare.

La stazione era un formicaio di attività: venti o più uomini erano appena arrivati e si stavano sistemando nei dormitori, senza contare le persone che ci abitavano in pianta stabile. In lontananza si udiva il belato delle pecore. Durante la cena a Boorowa, aveva sentito alcuni jackaroo parlare dell'imminente tosatura, ma lui se la sarebbe persa a causa del suo braccio. Non aveva idea di quanto tempo avrebbero impiegato a tosare tutte le pecore, né di cosa sarebbe venuto dopo, ma una parte di lui era ansiosa di scoprirlo. Si chiese se tutto quello sarebbe durato, dal momento che ultimamente niente sembrava resistere a lungo nella sua vita, ma non poteva fare altro che metterci tutto se stesso e sperare per il meglio.

Si alzò lentamente e si diresse verso i dormitori. Macklin non era da solo quando lo aveva salvato, e Chris voleva ringraziare anche gli altri, sempre ammesso che fosse riuscito a trovarli. Attraversò il cortile e la strada, e fece appena in tempo a salire sulla veranda, quando sentì una voce proveniente dall'interno.

"È possibile che alcuni di voi abbiano sentito delle chiacchiere sul capo." Chris scivolò dentro per ascoltare. "Forse avete sentito qualcuno chiamarlo 'finocchio'," continuò l'uomo, Neil se ricordava bene, ma non ne era sicuro. "Forse qualcuno è stato anche meno gentile." Chris sperò che Neil non fosse sul punto di negare tutto. Macklin aveva detto che non ne parlavano apertamente ma che non lo nascondevano neanche. "Ve lo dico una volta per tutte," continuò l'uomo, scaldandosi via via che parlava. "Caine Neiheisel e Macklin Armstrong sono la spina dorsale di questa stazione. Se non riuscite ad accettate di lavorare per un finocchio, allora andatevene subito, perché nessuno di noi è disposto a tollerare che qualcuno li insulti."

"Aspetta," lo interruppe uno degli uomini. "*Li* insulti? Anche Armstrong è gay?"

"È un problema per te?" chiese Neil.

"No," disse quello, alzando le mani in segno di resa. "Sono solo... sorpreso. Anche dal fatto che venga ammesso apertamente."

"Caine ha salvato la vita a Neil," spiegò un altro jackaroo. "E lui adesso sente il bisogno di difenderlo da qualunque minaccia, vera o potenziale."

"Come se Macklin lasciasse che Caine si facesse anche solo un graffio," scherzò un'altra voce.

"Caine si fa il culo come chiunque altro di noi," insisté Neil.

"Di giorno, ma di notte si fa quello di Macklin."

146

"Non c'è verso che Macklin si lasci inculare."

"Caine è il capo."

"Nella stazione. Ma di certo non in camera da letto."

"Basta!" ruggì Neil. "Muovete i vostri, di culi, e andate a lavorare!"

Gli uomini sfilarono via diligentemente, lasciando Chris da solo insieme a Neil.

"Cosa guardi?" gli domandò quest'ultimo.

"Volevo ringraziarti," rispose docilmente Chris. "Se non sbaglio, tu eri insieme a Macklin, quando ha scacciato i tizi che cercavano di ammazzarmi."

"Sì," confermò quello con noncuranza. "Non ho fatto niente di speciale."

"Neanche quando Caine ti ha salvato la vita ha fatto niente di speciale?" chiese Chris. "Non mi metterò a seguirti come un cagnolino o roba del genere. Volevo solo dirti grazie, non eri obbligato ad aiutarmi."

"Me l'ha chiesto Caine," disse Neil. "Gli ho promesso che avrebbe potuto contare su di me, e io mantengo le promesse."

"Beh, qualunque sia la ragione, grazie," disse ancora Chris. "E grazie anche per quello che hai detto prima agli uomini. Lo so che non parlavi di me, dal momento che neanche mi conosci, ma se possono accettare Caine e Macklin, forse potranno accettare anche me."

"Macklin si era guadagnato il nostro rispetto molto prima che scoprissimo quello che è," lo ammonì Neil. "E Caine è… beh, è Caine. Non c'è modo di non farselo piacere. Anche quando pensavo di odiarlo, lo ammiravo. Anche tu dovrai guadagnarti il nostro rispetto, ma non sarà l'essere gay a penalizzarti."

"E cosa posso desiderare di più?" esclamò Chris. "Dovrei aiutare Kami in cucina. Caine mi stava accompagnando a conoscerlo, ma poi Macklin ci ha deviato."

"Macklin fa quest'effetto," ridacchiò Neil. "Arriva con un progetto e tutti si mettono in riga, anche il capo. Siamo fortunati ad averlo: è maledettamente bravo. Andiamo, ti porto io a conoscere Kami."

Kami, come già il nome suggeriva, era un aborigeno. La sua pelle era nera come la mezzanotte e la foresta di rughe attorno agli occhi suggeriva che sorridesse spesso; ma non sorrise quando Neil fece entrare Chris in cucina.

"Cosa c'è?" esplose. "Se volete la cena in tempo, dovete lasciarmi lavorare in pace."

"A Kami non piacciono le persone," bisbigliò Neil, con un tono troppo alto perché il diretto interessato non sentisse.

"Mi piacciono le persone, ma non quando vengono nella mia cucina," replicò Kami. "Andate via."

Chris si sentì sprofondare lo stomaco. Avrebbe dovuto aiutare quel tizio?

"Dacci un taglio, Kami," disse Neil, "o finirai con lo spaventare il tuo nuovo aiutante."

"Cosa? Sono diventato troppo vecchio per occuparmi da solo della cucina?"

Chris desiderò che il pavimento si aprisse e lo inghiottisse. "È solo una sistemazione temporanea," intervenne gentilmente. "Fino a che non mi toglieranno il gesso e potrò occuparmi d'altro. Credo che Caine e Macklin abbiano avuto pietà di me."

"E tu chi saresti?"

"Il tuo nuovo aiutante," ripeté Neil. "Chris, ma non ricordo il cognome."

"Simms. Ti stringerei la mano ma è un po' difficile con questa cosa sul braccio."

"Che ti è successo?" chiese Kami, un po' meno scontroso.

"Ad alcuni tizi non andava giù che io sia gay," spiegò Chris. "E hanno pensato di farmi cambiare sponda a suon di botte. Macklin, Neil e qualcun altro li hanno dissuasi."

147

"Perché non l'hai detto prima?" domandò Kami rivolto a Neil. "Vai fuori dai piedi e lascialo qui."

"In bocca al lupo," disse Neil, uscendo dalla cucina e lasciandolo da solo con il cuoco.

Chris aveva l'impressione di trovarsi esattamente lì, nella bocca del lupo.

"Sinceramente non so quanto potrò essere d'aiuto," disse. "Riesco a muovere la spalla e il polso, ma non il gomito."

"Lascia che me ne preoccupi io," rispose Kami. "Intanto siediti. Vuoi una tazza di tè?"

"Sarebbe meraviglioso. Non volevo approfittare della gentilezza di nessuno, ma il viaggio è stato duro."

"Siediti," ripeté Kami, affaccendandosi attorno alla stufa e al bollitore elettrico. "Non ti hanno spezzato solo il braccio, vero?"

No, erano andati maledettamente vicini a spezzargli anche lo spirito.

"No, mi hanno rotto anche delle costole."

"Ti faremo tornare in forma in men che non si dica," promise Kami. "La cena di stasera è quasi pronta, quindi comincerai domani. Macklin ti ha detto a che ora inizio a cucinare?"

"Caine ha detto che di solito cominci alle quattro e mezza."

"Sempre che non vadano ai pascoli lontani, nel qual caso alle quattro e mezzo servo la colazione," lo informò l'uomo. "Ma non succede spesso. Si va a letto presto, ci si alza presto e via dicendo. Dove dormi?"

"Nella casa padronale, di sopra," disse Chris. "Caine ha pensato che il dormitorio non fosse adatto a mio fratello."

"È comunque meglio," concordò Kami. "Nel dormitorio dovresti sorbirti le lamentele degli altri jackaroo perché la tua sveglia suona prima della loro. Nella casa padronale, invece, non sarà un problema. Anche se Macklin e Caine non fossero svegli, non li disturberai scendendo." Il bollitore fischiò, così Kami versò l'acqua sulla bustina di tè, aggiunse del latte e porse la tazza a Chris. "Ecco. Bevi e raccontami di tuo fratello mentre finisco di preparare la cena. Domani mattina non avremo tempo di chiacchierare."

Chris sorseggiò il tè e riflettè su quello che voleva dire. Nella sua testa Seth si era sdoppiato: il fratello che lui cercava di sostenere e il piccolo pezzo di merda che era diventato per proteggere se stesso. Sperando che quel periodo fosse ormai finito, si concentrò sul ricordo di Seth prima della morte della madre. "È un buffone," disse, "sempre alla ricerca di un modo per fare uno scherzo o far ridere la gente. Diversamente da molti altri buffoni, però, lo fa senza demolire il prossimo: preferisce essere lui il soggetto delle sue prese in giro, perché sa come gestirlo."

"Sembra un bravo ragazzo."

"Lo è."

"Ma?"

"Quale ma?" domandò Chris, immediatamente sulla difensiva.

"Dimmelo tu," rispose Kami. Gli dava le spalle, rendendo più facile a Chris guardare in faccia la realtà. "C'era un 'ma' nel tuo tono di voce."

"Ma gli ultimi sei mesi sono stati difficili," ammise ragazzo alla fine. "Abbiamo rischiato di finire in strada, e ci siamo trovati a vivere vicino a persone con cui prima non avremmo neanche osato parlare."

"I tuoi ti hanno cacciato perché sei gay?" chiese Kami.

"No. La mamma è morta. Non abbiamo mai conosciuto il nostro vero padre – è scomparso poco dopo la nascita di Seth – e l'asino con cui si era sposata ci ha sbattuto fuori subito dopo il funerale. Ha detto che non aveva il tempo di occuparsi di due bastardi."

"Che persona generosa!" ironizzò Kami.

Chris scoppiò in una risata e quasi si strozzò con il tè. "Non è esattamente una delle parole che userei per descriverlo, e puoi star sicuro che me ne sono venute in mente un bel po' negli ultimi sei mesi."

"Non lo metto in dubbio, ma ormai è passato," disse il cuoco. "Lang Downs è un buon posto per ricominciare; sia che tu rimanga solo una stagione, sia che tu rimanga tutta la vita."

"È quello che è successo a te?" domandò Chris, curioso.

"A me è successo il vecchio," rispose Kami. "Mi verrebbe da dire che di persone come lo zio di Caine ce n'è stata una sola, se non fosse che il nipote sembra determinato a seguirne le orme."

"Macklin ha detto la stessa cosa," commentò Chris.

"Ti ha raccontato del vecchio?"

"Di Michael Lang? Sì. Perché?"

"Perché da quello che ne so, Macklin non ha mai raccontato quella storia a nessuno, tranne forse a Caine. Mi chiedo perché te ne abbia parlato."

*Per conquistare la mia fiducia.*

"Non lo so. Ero all'ospedale, cercando di capire cosa fare, e lui mi ha raccontato di essersi trovato nella mia stessa situazione quando era ragazzo e che Michael Lang lo costrinse a mettere giudizio. Ha detto di voler fare la stessa cosa per me," spiegò.

Kami mugolò il suo assenso, mentre continuava ad affaccendarsi per la cucina, apportando gli ultimi ritocchi a quello che a Chris sembrava un pollo all'indonesiana di qualche tipo, anche se non ne era proprio sicuro. "Deve aver pensato che fosse veramente importante che tu venissi qui, se ti ha parlato di sé. Credo che nessun altro degli uomini abbia la più pallida idea che Macklin sia stato un ragazzino senza un posto dove andare."

"Tu lo sai."

"Io ero già qui quando è arrivato. Il vecchio mi aveva accolto l'anno prima."

"Perché non lo chiami per nome?"

"Non è ancora passato un anno da quando è morto," rispose Kami. "È irrispettoso pronunciare il suo nome."

"Mi dispiace," si scusò Chris. "Non lo sapevo."

Kami sorrise. "Non fa parte della tua cultura evitare di pronunciare il nome dei morti. Non mi rattrista sentirlo dire, ma io gli tributerò il rispetto che merita alla mia maniera, nello stesso modo in cui lui rispettava me quando era vivo."

"Doveva essere un uomo straordinario. Vorrei averlo conosciuto."

"Conosci Caine, che gli assomiglia molto," disse Kami. "Non fisicamente, ma condividono lo stesso spirito. Su questo non c'è dubbio."

"Da quanto tempo Caine è qui?"

"Da marzo," rispose il cuoco. "È arrivato qualche mese dopo la morte dello zio."

"Sembra così... inserito, ma sono passati solo sei mesi."

"Lui appartiene a questo posto," ammise l'altro. "Datti sei mesi e poi vedi come ti senti. Credo che ne rimarrai sorpreso."

# CAPITOLO 4

CHRIS FINÌ il tè, ringraziò Kami e usò le ferite come scusa per ritirarsi in camera per una o due ore prima di cena. Nonostante le costole doloranti, il letto era incredibilmente comodo, molto di più di quello dell'ospedale. Si coricò e chiuse gli occhi, cominciando a rilassare i muscoli partendo dai piedi e risalendo lentamente. Era un gioco che faceva sempre con la mamma, quando era più piccolo e faticava ad addormentarsi: mettevano a dormire ogni parte del suo corpo fino a che non raggiungevano la testa, anche se molte notti non ci arrivavano perché crollava prima. Sorrise al ricordo dei giorni che avevano preceduto il matrimonio con Tony, quando tutto era semplice, o almeno così gli sembrava.

Era quasi addormentato quando la porta della camera si aprì di colpo. "Chris! Indovina?"

La scarica di adrenalina che gli aveva procurato quel risveglio improvviso lo lasciò con le mani formicolanti e il cuore in tumulto. Ci mise qualche secondo a rendersi conto che la nota nella voce di Seth era eccitazione e non rabbia, paura o preoccupazione. Si era così abituato ad associare le urla a cose brutte, che aveva finito con il dimenticare il suono della gioia. "Cosa?" chiese, aprendo gli occhi e sorridendo al fratello, ma senza cercare di alzarsi a sedere.

"Ho incontrato questo ragazzo incredibile, oggi. Si chiama Jason, ha quattordici anni e vive qui da quando ne aveva due. Ha un cane tutto suo e via dicendo! Vive tutto l'anno qui alla stazione e va a scuola tramite Internet, il che significa che può gestirsi l'orario e i compiti, e allo stesso tempo dare una mano quando ce n'è bisogno. Ha detto che mi insegnerà i comandi per i cani, mi farà vedere tutto quello che riguarda la stazione e forse mi aiuterà anche con i compiti. Oh, e suo padre è uno dei meccanici. Credi che mi permetterà di aiutarlo qualche volta? Potrei imparare un mucchio di cose. Lo sai quanto mi piacciono i motori!"

"Sembra che tu abbia trascorso un bel pomeriggio," esclamò Chris, sorridendo felice sotto quel fiume di parole. Era trascorso molto tempo da quando aveva visto Seth così entusiasta per qualcosa. Forse non si fidava ancora completamente di Caine, ma qualunque cosa fosse in grado di rendere Seth così felice valeva certo il prezzo che poi avrebbe dovuto pagare. "Quindi, alla fine è stata la decisione giusta?"

"Forse sì," confermò Seth con un sorriso timido.

"Cerca solo di ricordare che non ci conoscono ancora, quindi se dovesse saltarti in mente di fare qualcuno dei tuoi scherzi, fai attenzione fino a che non capisci con chi hai a che fare," lo avvisò Chris. "Non vorrei che qualcuno si arrabbiasse e per questo fossimo costretti ad andare via."

"Farò il bravo," promise Seth. "Se rimaniamo, forse anch'io potrò avere un cane tutto mio."

Il sorriso di Chris si spense. Sin da quando riusciva a ricordare, Seth aveva desiderato un cane, ma quando erano piccoli non c'era spazio; e poi, dopo che la madre aveva sposato Tony, c'era spazio ma l'uomo non amava i cani. Seth aveva imparato a non chiedere, ma evidentemente il desiderio non era svanito. "Forse potrai. Puoi chiedere a Jason dove ha preso il suo e se riusciremo a risparmiare abbastanza ne prenderemo uno solo per te. Se decidiamo di rimanere, ovviamente."

Il viso di Seth si fece serio e il ragazzino sedette per terra accanto al letto, in modo da guardare il fratello negli occhi. "Io voglio rimanere."

Chris gli scompigliò affettuosamente i capelli. "Allora dovremo fare del nostro meglio per integrarci. Ho imparato due cose oggi."

"Cosa?" chiese Seth.

"Che tutti qui in giro credono che Caine sia in odore di santità e che tutti, tranne Caine e forse Kami, il cuoco, hanno un timore reverenziale di Macklin. Ricordatelo quando parli con le persone."

"Ti hanno salvato la vita," gli ricordò Seth. "Non li ripagherò con delle stronzate."

Chris gli diede un buffetto sulla testa. "Attento a come parli. Non sei ancora uno degli uomini che lavorano qui e non voglio sentirti usare queste parole."

"Anche tu le usi a volte."

"Lo so. È una brutta abitudine che devo cercare di togliermi," disse Chris. "Oltre a questo, però, hai detto che Jason ha solo quattordici anni; vuoi forse che suo padre gli proibisca di frequentarti perché hai una cattiva influenza su di lui?"

"No."

"Allora modera il linguaggio, in modo che non sia costretto a farlo."

"Ci starò attento," promise Seth. "Voglio veramente rimanere. Non farò niente per rovinare questa opportunità, te lo prometto."

Chris tirò su Seth e lo abbracciò stretto. Le costole gli facevano male, ma non lo lasciò andare. Non sapeva se il fratello sentisse la necessità di quell'abbraccio, ma sapeva quanto ne aveva bisogno lui. Avrebbe sopportato il dolore.

Alla fine il ragazzino si contorse leggermente e lui lo liberò. "Allora chi altri hai incontrato oggi? Nessuno?"

"Un altro jackaroo," raccontò Seth. "Si chiama Jesse. È anche lui un meccanico, anche se non credo che sia stato assunto per quello. Credo che lo abbiano preso solo per le pecore."

"Sembra che ci siano un bel po' di persone da cui imparare, allora," disse Chris. "È una bella cosa."

La campana che segnalava il pasto suonò. "Dammi una mano a tirarmi su per andare a cena. Sto morendo di fame."

Seth aiutò Chris ad alzarsi dal letto e gli rimase accanto anche mentre scendevano le scale. Per quando ebbero raggiunto la mensa, la stanza era già piena di uomini in attesa della cena. Chris si guardò intorno alla ricerca di qualche viso conosciuto, ma riconobbe solo Caine, Macklin e Neil, e non voleva approfittare ancora della disponibilità del capo. Seth risolse il problema trascinandolo a conoscere Jason e suo padre. Chris salutò educatamente e lasciò che il resto della conversazione gli scivolasse addosso dato che parlavano dei vari tipi di macchinari in uso lì alla stazione.

"Sembri annoiato."

Sorpreso, Chris trasalì e alzò lo sguardo sugli occhi più verdi che avesse mai visto. "N-no," balbettò, sforzandosi di non indugiare maleducatamente con lo sguardo. Aveva imparato come sbirciare senza farsi scoprire, ma era difficile non fissare l'uomo davanti a sé, visto che stavano parlando. "Sperduto, ma non annoiato. Non sono un meccanico e non capisco praticamente niente di tutto quello che dicono."

L'uomo rise e il movimento delle labbra gli addolcì i lineamenti. Non era ancora abbastanza consumato dalle intemperie per avere quell'aspetto tipo scolpito-nella-pietra che

151

caratterizzava Macklin, ma tempo uno o due anni e ci sarebbe arrivato, pensò Chris. Ma poi lui sorrise. "Non lo metto in dubbio. Sono Jesse Harris. Piacere di conoscerti."

"Chris Simms. Ti stringerei la mano, ma…" Alzò il braccio ingessato per mostrarglielo. "Non sono proprio al massimo della forma, al momento."

"Sei il fratello di Seth. Ha detto qualcosa riguardo al fatto che fossi ferito, ma non credevo che fosse così grave. Hai anche una bella sbucciatura sulla guancia."

Chris si portò timidamente una mano al viso. Odiava sempre non essere in forma smagliante, e in modo particolare quando sedeva vicino a qualcuno di così… virile come Jesse. Non si permise di sperare che l'uomo fosse gay, ma ciò non gli impediva di guardare. "Ha un brutto aspetto?"

"Non brutto," rispose l'altro. "Doloroso, ma guarirà. Sono sicuro che l'altro è messo peggio."

*Magari*, pensò Chris con una smorfia. "Erano in cinque. Se non fossero intervenuti Macklin e gli altri, sarei morto."

"Ho sentito Ian e Kyle che se ne vantavano, ma ho pensato che fossero stronzate. Ti hanno veramente pestato per quel motivo?"

"Almeno così hanno detto prima di attaccarmi," rispose Chris. "Ma qui dovrei essere al sicuro."

"Sì, bisognerebbe essere dei perfetti idioti per aggredire qualcuno perché è gay, quando lo sono anche il proprietario e il sovrintendente," concordò Jesse. "Hai mai lavorato in una stazione prima?"

Chris scosse la testa. "Siamo ragazzi di città in tutto e per tutto, ma non saremo un peso per Macklin e Caine."

"Sembrano capaci di ispirare questo tipo di determinazione nelle persone," esclamò Jesse. "Non ho ancora capito bene perché, ma i residenti e quelli che sono già stati qui prima dicono che nella zona è il posto migliore dove lavorare. Credo che non possa esserci raccomandazione migliore."

"Quindi anche per te è il primo anno?"

"Il primo anno a Lang Downs," rispose Jesse. "Lavoro nelle stazioni da quando ne avevo diciotto."

"Quindi non sei un novellino come me."

"Stammi vicino, ragazzo," disse Jesse sorridendo, e l'espressione che gli si dipinse sul viso fece aggrovigliare di desiderio lo stomaco di Chris. Si chiese quanto potesse essere complicato masturbarsi con la mano sinistra. "Beh, quando il tuo braccio sarà guarito, comunque. Ti insegnerò io tutto quello che serve."

"Grazie," disse Chris. "Lo apprezzo molto. Mi sento un po' perso al momento. Da domani dovrei aiutare in cucina, ma non ne so un granché, e con un braccio ingessato non posso neanche sollevare i pesi e dovrà fare tutto Kami."

"Sono certo che Kami ti dirà cosa fare," lo consolò Jesse. "Sarà lui a doversi sorbire le lamentele, in caso contrario. Ho mangiato in diverse mense negli ultimi dieci anni e questa è una delle migliori. Gli uomini sono abituati alla sua qualità e non lascerà che peggiori. Da quello che ho sentito giù al dormitorio, nessuno si fa problemi a esprimere liberamente le proprie opinioni."

"Non potevo credere che parlassero in quel modo di Caine e Macklin," disse Chris, abbassando la voce. "Ti immagini se uno di loro fosse entrato in quel momento?"

Jesse ridacchiò. "Non avrei voluto essere nei panni di chi aveva parlato, te lo assicuro. Macklin sarebbe capace di appenderli per le palle se li sentisse, e io lo appoggerei."

"E perché non dovrebbe? Ha il diritto di difendersi."

"Il punto è il motivo," spiegò Jesse. "Qui, Macklin lo farebbe perché lui è il sovrintendente e Caine il capo, e quello che fanno in privato non è affare di nessuno se non loro. In qualsiasi altra stazione dove ho lavorato, invece, il sovrintendente lo farebbe perché qualcuno gli ha dato del finocchio. Stesso risultato, ma motivazioni completamente diverse."

"Sì, capisco," replicò Chris. "Sembra che a nessuno importi che loro siano gay. Quelle battute non erano cattive, avrebbero fatto lo stesso tipo di commenti se uno degli uomini si fosse fatto strapazzare dalla moglie."

"E questo è un qualcosa di raro e prezioso," disse Jesse. "Sembra che la fila sia diminuita, vado a prendere qualcosa da mangiare. È stato un piacere parlare con te."

Chris osservò l'uomo camminare attraverso la stanza, notando come i jeans gli fasciavano perfettamente il sedere, e poi tornò a rivolgere l'attenzione al piatto che gli stava davanti. Aveva capito che Caine e Macklin erano due persone speciali, ma dopo la conversazione con Jesse si rese conto di quanto tutto quel posto lo fosse. Chris non aveva chiesto come avevano fatto gli uomini a scoprire la loro relazione o come avevano reagito, ma vedeva come reagivano in quel momento. Neil si era espresso con estrema chiarezza nel pomeriggio, e Jesse aveva ribadito il concetto. Chris era al sicuro.

Le ultime parole di Jesse gli fecero sorgere il dubbio che anche lui potesse essere gay: avrebbe spiegato alcuni suoi commenti criptici. Ma anche lì, dove non aveva paura di essere di nuovo aggredito a causa del suo orientamento sessuale, Chris preferiva non sbilanciarsi riguardo alle preferenze delle altre persone. Jesse non dava l'impressione di essere gay, ma neppure Macklin lo faceva. Quindi, forse, Chris non era un osservatore così attento come credeva di essere: di certo non avrebbe creduto che Macklin fosse gay, se non fosse stato lui stesso a dirglielo.

Sospirò e, dopo aver finito la cena, tornò lentamente verso la propria camera. Aveva bisogno di dormire se il mattino dopo voleva aiutare Kami.

DOPO AVER finito di mangiare, Jesse si spostò all'aperto a guardare il cielo notturno; le stelle sembravano sempre più luminose quando era nell'outback. Sapeva che scientificamente era da attribuirsi alla mancanza di inquinamento luminoso e smog, eppure ciò non toglieva nulla alla magia di quei puntini che si spandevano sopra la sua testa in tutta la loro magnificenza. Quella notte sembravano addirittura più brillanti del solito. Cercò di convincersi che fosse frutto della sua immaginazione, ma anche così non riuscì a scrollarsi di dosso quella sensazione.

Dopo dieci anni di vagabondaggi di stazione in stazione alla ricerca del posto giusto, alla fine ne aveva trovato uno che gli andava su misura. Quando era arrivato in città alla ricerca di un lavoro nel New South Wales, dopo aver trascorso molti anni su al nord, aveva immediatamente sentito le voci riguardanti l'omosessualità del proprietario di Lang Downs, anche se la maggior parte degli uomini non si era espressa esattamente in quei termini. Poi aveva notato un gruppetto in disparte e aveva chiesto notizie.

"Non parliamo dell'omosessualità del capo," aveva risposto uno di loro. "Per chiunque lo conosca la cosa non ha importanza."

"Allora perché non intervenite?" aveva chiesto Jesse.

"Non ci ascolterebbero e Caine non sarebbe contento se litigassimo a causa sua," era intervenuto un altro. "Lascia che dicano quello che vogliono. Avremo meno concorrenza, quando arriveranno quelli di Lang Downs."

153

"Davvero non vi importa di lavorare per lui?"

"È un buon capo, sa gestire bene la stazione ed è gentile con tutti," aveva risposto il primo uomo. "Cosa c'è da discutere? Non cerca di venire a letto con noi."

Quelle ultime parole non gli avevano suggerito con chi il capo trascorresse le sue notti, ma non erano affari suoi: per lui era sufficiente che per i jackaroo non fosse un problema. Quando era arrivato il momento di scegliere, non aveva esitato a firmare con quelli di Lang Downs, anche se aveva tenuto per sé le sue ragioni.

Era stata una sorpresa, quel pomeriggio, scoprire chi fosse il compagno di Caine. Naturalmente, Jesse aveva incontrato Macklin, quando quest'ultimo gli aveva fatto il terzo grado riguardo alla sua esperienza e alle sue referenze, e Caine gli era stato seduto proprio di fianco. I due formavano sì un fronte unito, ma senza sottintesi di sorta. E, mentre era ancora lì fermo ad ammirare le stelle, fu proprio Macklin che gli passò accanto e lo salutò con un cenno del capo, tornando alla casa padronale dopo aver compiuto i controlli notturni. Osservò l'uomo entrare in tutta tranquillità e chiudersi la porta alle spalle. Qualche minuto dopo le luci del piano terra si spensero.

Per quanto potesse sembrare strano a uno sguardo esterno, Macklin viveva nella casa padronale e faceva coppia con il proprietario della stazione, e tutti lo accettavano.

Jesse inspirò a fondo, riconoscendo l'odore dell'erba fresca sotto a quello delle pecore negli ovili lì vicino. La primavera stava arrivando anche a quelle altitudini, e insieme con essa cominciava la sua nuova vita.

Poi, mentre continuava a godersi l'aria fresca della notte, i suoi pensieri vagarono verso Chris. Non riusciva a immaginare che cosa il ragazzo avesse passato. Lui era sempre stato molto attento a non rivelarsi con nessuno, a meno di non essere sicuro della reazione, proprio per paura di essere picchiato o ucciso. Non capiva se Chris fosse stato stupido, incauto o solo sfortunato, ma di sicuro aveva subito quello che per lui rappresentava il peggiore degli incubi. Stando alle poche parole scambiate e a quello che Seth gli aveva raccontato qualche ora prima, Chris sembrava un bravo ragazzo, molto più responsabile dei suoi coetanei; ma anche quello aveva il suo prezzo. Chris aveva bisogno di un amico, e Jesse si riconosceva abbastanza in lui da voler essere quell'amico.

E non guastava che il ragazzo fosse carino, non proprio bello ma decisamente attraente. L'estate prometteva bene in più di un senso, se Chris si fosse dimostrato interessato a un qualche tipo di… svago.

"FAMMI VEDERE la mano."

"Mi sono fatto solo qualche graffio sulle nocche," si schernì Macklin.

"Sei tu quello che mi ha insegnato che non si lasciano mai infettare le ferite, quindi smettila di lamentarti."

Macklin cedette in malo modo, allungando la mano cosicché Caine potesse esaminare le sbucciature che l'altro si era procurato tirando un pugno in faccia a uno degli assalitori. Scosse la testa e lo trascinò al lavandino per lavargli e disinfettargli i tagli.

"Chris avrà bisogno di un bel po' di aiuto nelle prossime settimane," disse, sciacquando delicatamente le abrasioni.

"Mi preoccupa più Seth."

"Seth?" si stupì Caine, mentre gli disinfettava la ferita con l'acqua ossigenata. "Perché?"

Macklin inspirò tra i denti quando il liquido freddo entrò in contatto con le lacerazioni. "È cupo e arrabbiato. Va male a scuola e non è abituato ad avere delle regole. Sicuramente non sopporterà di dover studiare e neanche di dover lavorare. Ha sedici anni e questa non è la vita che vorrebbe."

"Davvero?" domandò Caine, prendendo un tubetto di crema antibiotica. "Ne sei sicuro? Io ho avuto tutt'altra impressione." Passò il gel sulle nocche di Macklin. "Ho avuto l'impressione di una persona talmente grata di non dover più vivere per strada che farebbe qualsiasi cosa pur di non tornarci."

"Può darsi che mi sbagli," ammise l'altro. "Io so solo come mi sentivo quando trovai per la prima volta lavoro in una stazione."

Caine si pulì le mani e spinse Macklin di nuovo in camera. "Me lo racconti?"

"Adesso no."

"Non era una domanda, Macklin." Caine aveva lasciato correre più di una volta in passato, sia perché Macklin si era rifiutato di parlare, come era successo appena si erano conosciuti, sia perché non sembrava il momento giusto, come per esempio quando Chris era in ospedale.

"Cosa vuoi sapere?"

"Tutto quello che c'è da sapere su di te. Non l'hai ancora capito?"

Macklin aggrottò le sopracciglia. "Sai già quello che conta."

"Se non è importante, allora non avrai problemi a raccontarmelo," ribatté lui. Non era sicuro del perché stesse insistendo a quel modo; ma da quando avevano salvato Chris e Seth, Macklin si era fatto pensieroso, e se da un lato Caine aveva imparato a convivere con il lato taciturno del suo uomo, dall'altro pensava che quel particolare umore non gli fosse troppo congeniale.

Macklin divenne ancora più serio. "Perché è così importante?"

"Perché lo è per te. Sei stato strano sin da quando li abbiamo trovati: di cattivo umore e sulle tue. Non mi hai nemmeno più t-toccato da quando siamo partiti per ingaggiare i nuovi jackaroo."

"A quello possiamo rimediare," offrì l'uomo, togliendosi la camicia e avvicinandosi.

"Oh, n-no," esclamò Caine, allontanandosi. "Non prima che tu mi abbia raccontato come sei arrivato qui."

"Te l'ho già detto," insisté Macklin. "Sono scappato di casa e Michael mi ha raccolto."

"N-non è a-a-abbastanza."

"Io credo di sì," disse l'altro, afferrandolo per un braccio. "Hai già cominciato a balbettare e sai bene quanto mi ecciti."

Caine alzò gli occhi al cielo proprio mentre Macklin si chinava per baciarlo. Odiava ancora balbettare, ma dato che ormai lo faceva raramente, tranne quando faceva l'amore con Macklin, che godeva nel fargli quell'effetto, aveva smesso di contrastarlo. In ogni caso non ne sarebbe uscito vincitore. Restituì il bacio con trasporto, determinato a farlo rilassare prima di ricominciare a insistere.

Cedette subito al lato dominante del compagno – gli piaceva troppo per non farlo – e mentre Macklin gli toglieva la camicia, aspettò il momento giusto. Quando l'uomo lo spinse verso il letto e cominciò ad armeggiare attorno alla propria cintura per togliersi i jeans, Caine gli fece di no con la testa e gli allontanò le mani, in modo da essere lui a spogliarlo. Macklin sembrò sul punto di protestare, ma Caine calò il pezzo da novanta e si lasciò cadere in ginocchio, strofinandosi contro la sua erezione attraverso il tessuto dei boxer.

"V-voglio s-s-succ…" disse con difficoltà.

"Prego," lo invitò Macklin, sorridendo e accomodandosi sul letto a gambe larghe.

Caine lo guardò male per averlo interrotto. Non aveva finito la frase, ma aveva ottenuto quello che voleva: il suo uomo sdraiato sul letto in attesa che lui gli facesse sentire quanto lo amava. Quindi pensò bene di non lamentarsi, ma cominciò a strattonargli i pantaloni e le mutande fino a spogliarlo completamente. Poi gli si inginocchiò tra i piedi e, partendo dall'interno del ginocchio, risalì lentamente lungo la coscia coperta di peli sottili, verso il suo fine ultimo: la collaborazione di Macklin.

Salendo ancora più su, gli strofinò la guancia contro i testicoli, lasciando che la puntura leggera della barba si mischiasse alle carezze delle sue labbra e della sua lingua. Macklin emise un rantolo e Caine sorrise, poi alzò la testa. "R-raccontami la s-storia."

"Cristo Santo, cucciolo," ruggì l'uomo, mentre con le dita lo spingeva verso il basso. "Finisci quello che hai cominciato."

"Solo se mi racconti la storia," insisté lui. "Magari dopo, ma voglio conoscerla."

L'espressione di Macklin divenne così dolorosa che Caine fu sul punto di rinunciare, ma dubitava che avrebbe avuto un'altra occasione. Era evidente che tutta la situazione metteva l'altro a disagio, e lui doveva sapere perché.

"Dopo," concesse alla fine l'altro.

Caine non metteva in dubbio che Macklin avrebbe mantenuto la promessa: era un uomo di parola. A quel punto doveva solo ricordargli che non avrebbe raccontato la sua storia a un estraneo, ma al suo compagno, all'uomo che lo amava e che voleva trascorrere tutto il resto della vita al suo fianco. Abbassò di nuovo la testa e prese a leccargli la pelle muschiata del perineo. Macklin non era ancora pronto a farsi penetrare, ma si era abituato al rimming come un'oca all'acqua, e Caine aveva tutte le intenzioni di approfittarne.

Macklin sollevò le gambe, aiutando Caine a raggiungere il suo obiettivo. Ma quest'ultimo non si tuffò subito sulle natiche aperte: voleva andare piano e fare in modo che il desiderio di Macklin si accendesse al punto da fargli accettare non solo le leccate, ma anche qualsiasi altra cosa volesse fargli. Per quanto Caine desiderasse poter entrare nello stretto calore di Macklin, sapeva che non sarebbe successo quella notte, ma ciò non doveva impedirgli di iniziare il suo amante ad altri tipi di piacere.

Lanciando un'occhiata al viso di Macklin e vedendolo con gli occhi chiusi, Caine si mise in bocca il dito indice e lo succhiò con attenzione, prima di passare la lingua sull'entrata dell'amante. L'uomo gemette ancora e si contorse, rendendo ancora più evidente quanto godesse di quelle attenzioni. Caine sorrise e continuò a usare tutti i trucchetti che conosceva per prolungarne il piacere. Quando Macklin cominciò a mugolare e a dibattersi sul letto, pregando l'amante di lasciarlo venire, Caine decise che era arrivato il momento.

Si tirò leggermente indietro e sostituì la lingua con la punta del dito, spingendolo appena oltre la stretta apertura. Macklin si immobilizzò, ma non si tirò indietro e Caine, prendendolo come un consenso, tornò a leccare tutt'attorno al buco, per inumidirlo ancora. Spinse il dito un po' più in profondità e lì lo tenne, mentre con la bocca e la lingua si prendeva cura dei testicoli di Macklin.

Quando arrivò a leccargli la punta del pene, il dito era ormai dentro fino alla seconda falange e premeva contro la prostata. Con un ghigno, Caine ingoiò completamente l'erezione di Macklin e al tempo stesso iniziò a far scivolare la punta del dito sul piccolo rigonfiamento. L'urlo che uscì dalla bocca dell'amante riecheggiò per tutta la stanza, facendolo sorridere ancora di più. Sperava che Seth e Chris stessero già dormendo profondamente, perché in caso contrario stavano di certo per imparare qualcosa.

"Cristo Santo," urlò di nuovo Macklin quando Caine riprese a pattinare sul suo punto magico e a prendere in gola la sua asta. "Fermati, Caine."

Ma lui lo ignorò e continuò a fare di tutto per spingerlo a venire in quel preciso momento. E, in effetti, ci volle veramente poco perché il proverbiale autocontrollo di Macklin andasse in frantumi e un fiotto di liquido caldo riempisse la bocca di Caine, mentre il suo muscolo si stringeva impietosamente attorno al dito che lo allargava appena.

Leccandosi le labbra con un sorriso soddisfatto, Caine sedette sulle caviglie. "Adesso, fuori la storia."

"'Fanculo."

"Sì, ma prima la storia."

Macklin lo guardò storto, ma Caine non cedette.

"Bene," sbuffò allora l'uomo, sedendosi e coprendosi le gambe con la coperta. "Ti ho detto che Michael mi ha raccolto quando avevo sedici anni. Ero scappato di casa a quindici perché mio padre aveva un brutto carattere e pugni pesanti. Da quello che ricordo, aveva sempre picchiato mia madre. Alla fine divenni abbastanza grande da oppormi e una volta – avevo sui dodici anni – si abbatté su di me anziché su di lei. Ero alto per la mia età, più di mia madre."

Quella cosa non era cambiata: Caine era rimasto colpito dalla sua stazza sin dalla prima volta che lo aveva visto. "E poi cosa successe?"

"Decisi di farlo di proposito. Se picchiava me, non picchiava lei."

"Ma non avrebbe dovuto picchiare nessuno dei due. Nessuno lo aveva mai denunciato?"

"Non so se qualcuno ci avesse provato," rispose Macklin. "Ma in ogni caso non ne venne fuori niente. Diventai bravo a premere i pulsanti giusti, a percepire quando era sul punto di perdere le staffe con la mamma e ad attirare la sua attenzione su di me. Non mi riusciva sempre, ma abbastanza spesso da permetterle di non andare più in giro con le maniche lunghe per nascondere i lividi sulle braccia."

"Non era tuo dovere proteggerla," disse Caine con dolcezza. "Avrebbe dovuto chiamare la polizia."

"Avrebbe dovuto," concordò Macklin. "Posso dirlo adesso che ho quarantatré anni, ma a dodici vedevo solo lei che mi pregava di non chiamare la polizia e di non interferire. Tuttavia non potevo non farlo."

"E come hai fatto ad arrivare a Lang Downs?"

"La mamma scoprì ciò che ero," disse Macklin, le mani così serrate attorno alla coperta che le nocche erano sbiancate. "Non ho mai capito come fece. Mi disse che mi amava e sempre lo avrebbe fatto, ma che non potevo continuare a vivere nella stessa casa con mio padre ed essere diverso. Mi avrebbe ucciso. Io avrei voluto dirle: 'Lascia che ci provi', ma aveva ragione lei. Lo avevo sentito blaterare fin troppo sui froci, le checche e qualsiasi altro epiteto possa venirti in mente. La pregai di venire con me: avremmo vissuto insieme, saremmo andati da qualche parte dove lui non ci avrebbe trovato. Ma lei disse che ormai aveva fatto la sua scelta e che ne avrebbe pagato le conseguenze, ma che io non dovevo soffrire a causa della sua debolezza."

Caine sentì il cuore spezzarsi al pensiero di quanto invece lo avesse fatto. "E alla fine le hai dato retta."

"Mi ruppe un braccio," continuò Macklin, la voce priva di qualsiasi emozione. "Ero stato nominato portiere della squadra di calcio e sbagliai una parata. Quella sera si infuriò

157

talmente tanto da rompermi il braccio. Disse che comunque non lo usavo, quindi cosa importava?"

"Per aver perso una partita di calcio?"

"Quella è la parte peggiore," disse Macklin, sorridendo sconfortato. "Avevamo vinto. Non appena tornato dall'ospedale cominciai a mettere da parte qualsiasi cosa mi avrebbe permesso di sostenermi quanto più a lungo possibile: una scatoletta di piselli, una caraffa di Vegemite, ogni centesimo che riuscivo a trovare, tutto quello che riuscivo a nascondere in camera. Una settimana dopo essermi tolto il gesso andai via, e da allora me ne pento ogni singolo giorno."

"Cosa?" esclamò Caine. "Perché te ne penti? È perché sei scappato da quell'inferno che hai una vita."

"Io sono scappato," disse Macklin. "Ma lei no. Non ebbi il coraggio di restare né di portarla con me."

"Avevi quindici anni," gli ricordò Caine. "Non spettava a te essere quello forte."

"Tu non c'eri," disse Macklin. "Sarà stata al massimo un metro e mezzo. Lui era quasi due metri. Non aveva alcuna possibilità. Non avrei dovuto lasciarla."

Il disprezzo verso se stesso che traspariva dalle parole di Macklin quasi lacerò l'anima di Caine.

"Così scappasti," continuò, "ma non sei arrivato qui prima dei sedici anni, o perlomeno è così che mi hai sempre detto."

"Avevo quasi sedici anni quando andai via, e impiegai circa sei mesi per arrivare qui," spiegò Macklin. "Facevo un sacco di lavori ovunque capitasse, fermandomi non più di qualche settimana, fino a che non arrivai a Boorowa."

"Ed è lì che ti trovò lo zio Michael?"

"È lì che mi trovò Charles Taylor," puntualizzò Macklin. "Il padre di Devlin Taylor."

Al solo sentir nominare il vicino, Caine aggrottò le sopracciglia. Taylor aveva mantenuto la parola e li aveva lasciati in pace, dopo aver licenziato l'uomo che aveva sabotato i loro steccati all'inizio dell'inverno, ma a Caine continuava a non piacere. Fece cenno a Macklin di continuare.

"Andai a lavorare a Taylor Peak. Era l'unica cosa che avevo trovato in zona e non avevo abbastanza denaro per arrivare fino a Yass. Dovevo scegliere tra il lavorare per lui o il morire di fame."

Dopo quelle parole, Macklin si fermò pensieroso. Caine pensò a un modo per farlo continuare senza che però gli venisse in mente nulla, ma prima che si desse per vinto Macklin scosse la testa e gli rivolse un debole sorriso.

"All'inizio non fu tanto terribile. Charles era un amministratore migliore di suo figlio. Ci faceva lavorare sodo e ci pagava poco, ma era un uomo giusto," raccontò.

"E allora cosa successe?" domandò Caine. "Voglio dire, perché andasti via?"

"Assunse uno sbandato che voleva vitto e alloggio in cambio di qualche settimana di lavoro. L'uomo era un prepotente, ma Taylor non se ne accorse mai. Tutto quello che vide fu me che cercavo di rispondere e mi diede tutta la colpa. Dopotutto, io ero il teppistello. Mi ordinò di andare via. All'epoca non sapevo neanche la differenza tra sopra e sotto, così finì a nord invece che a sud, verso Boorowa. E fu così che arrivai a Lang Downs. Il resto lo sai."

Caine non ne era troppo sicuro, ma quella sera Macklin gli aveva già raccontato molto più di quanto avesse mai fatto in passato e più di quanto avesse sperato di ottenere. Gli si avvicinò e lo baciò teneramente. "Grazie. Capisco quando debba essere difficile parlarne."

"Non ci penso più ormai," rispose Macklin. Caine ne dubitava, ma non disse nulla. "Sono stato da solo così a lungo che quella mi sembra un'altra vita. Mi ha reso ciò che sono, ma non ha più il potere di farmi del male."

Caine si chiese se fosse veramente così facile. Non ne avrebbe più parlato a meno che non fosse stato Macklin a volerlo, ma lo avrebbe tenuto d'occhio: aveva bisogno che l'uomo fosse forte e determinato. "Ti amo."

Macklin sorrise e lo attirò a sé per baciarlo.

# CAPITOLO 5

IL MATTINO successivo Chris barcollò giù per le scale all'ora prestabilita. Non era sicuro di essere abbastanza sveglio da fare ciò di cui Kami aveva bisogno, ma non voleva rimangiarsi la parola fin dal primo giorno. Continuava a pensare che non sarebbe stato di grande aiuto con il braccio rotto, ma non avrebbe compromesso la situazione arrivando in ritardo.

"Nel bollitore c'è già dell'acqua calda per il tè, o il caffè, se ne vuoi," disse l'uomo non appena Chris fu entrato in cucina. "Versatene una tazza e poi comincia a rompere quelle uova."

Chris ebbe qualche problema a maneggiare il bollitore con la mano sinistra ma, lanciandogli un'occhiata furtiva, si accorse che il cuoco gli dava le spalle, quindi poté destreggiarsi in solitudine, senza avere qualcuno che lo osservava da vicino.

Riuscì a versare l'acqua, ma il colino del tè era al di là delle sue possibilità, soprattutto se doveva cavarsela con la mano meno pratica. Non aveva idea del perché avessero usato le bustine il giorno prima e il colino con le foglie quella mattina, ma non voleva chiederlo. "Kami," lo chiamò timidamente, "detesto disturbarti ma non riesco a riempire il colino."

Kami ridacchiò. "Diamo per scontate un sacco di cose quando stiamo bene, eh?" disse, pressando le foglie dentro alla piccola palla e ripassandola a Chris. "Guarirai presto. Abbi solo un po' di pazienza."

"Non esattamente la mia specialità," borbottò il ragazzo, appoggiando la tazza sul bancone accanto alle uova che il cuoco aveva preparato. "Devo solo sbattere le uova nella scodella, vero?"

"Sì," rispose Kami. "Non preparo uova fritte per tutte quelle persone. Le mangiano strapazzate o simili."

Chris annuì e prese il primo uovo: il guscio aveva una sfumatura azzurrina. "Che colore strano."

"Quelle vengono direttamente dalle nostre galline," spiegò l'altro. "Caine sta cercando di ottenere una certificazione biodinamica per l'allevamento, ma ha apportato anche altri cambiamenti. Ci costa meno usare le uova delle nostre galline che comprarle altrove: sono più fresche, più sane e in più c'è l'incentivo di avere sempre a disposizione carne fresca."

"Sembra che stia trasformando un bel po' di cose," commentò Chris, continuando a sbattere le uova. "Ho sempre sentito dire che le stazioni sono molto restie ad accettare i cambiamenti."

"È vero," confermò il cuoco, "ma è dovuto soprattutto al fatto che i proprietari sono persone le cui famiglie sono qui da generazioni e hanno sempre fatto le cose nello stesso modo. Il jackaroo non ha mai voce in capitolo, è il proprietario che decide."

"Ma il vecchio proprietario era lo zio di Caine, se non sbaglio. Quindi si tratta di un affare di famiglia anche in questo caso."

"Sì, ma le cose stanno diversamente," precisò Kami, infornando una teglia di panini. "Caine non è cresciuto qui, quindi non guarda alle cose alla maniera dello zio: osserva tutto con occhi nuovi e una laurea in commercio."

160

"Eppure questa cosa non sembra infastidire nessuno," disse Chris. "Voglio dire, lui è il capo, ma non è detto che le sue decisioni siano condivise da tutti."

"Infatti non lo sono," confermò Kami. "Ci sono alcuni uomini che non sono tornati quest'anno, forse a causa sua, ma ci sono anche molti volti nuovi; e ce n'è uno che avrebbe potuto non esserci più se non fosse stato per Caine."

"Neil?" chiese Chris. "Ho sentito dire che Caine gli ha salvato la vita."

"Uno stupido con meno cervello di una pecora," borbottò Kami, "ma sì, gli ha salvato la vita; e Neil non permette a nessuno di dimenticarlo. Adesso finisci con quelle uova: gli uomini stanno per arrivare e saranno affamati."

Chris capiva quando una conversazione era finita, ma da come aveva visto il cuoco comportarsi il giorno prima con Neil, era anche certo di aver ottenuto più di quanto facessero molte altre persone e quel pensiero lo rassicurò. Il braccio rotto non gli avrebbe reso facile il lavoro in cucina, ma Kami non lo avrebbe strapazzato.


CINQUE ORE dopo non ne era più tanto sicuro. Kami non si era comportato in maniera crudele, ma era stato scorbutico ed esigente, sparando ordini a destra e manca. Chris aveva raggiunto il limite e aveva pensato di prendersi una pausa. Lanciò il coltello sul bancone e marciò fuori dalla cucina, sbattendosi la porta alle spalle. Camminò fino allo steccato che separava la casa dalla strada prima che le costole cominciassero a fargli male e lo costringessero a fermarsi. Si appoggiò pesantemente contro le assi e cercò di respirare attraverso il dolore.

"Stai bene, amico?"

Chris alzò la testa e vide Jesse che, cassetta degli attrezzi alla mano, gli veniva incontro. "Sì, solo dolorante," rispose. "Ho dimenticato di prendermela con calma."

"Cosa difficile da fare in una stazione," replicò Jesse, indicando con un gesto della mano l'attività quasi frenetica che li circondava. "O tiri avanti da solo, o ti ritrovi con il culo per terra. È così che funzionano le stazioni."

Chris sollevò il braccio ricoperto dal gesso. "Non che possa tirare granché al momento."

"Seth ha detto che dai una mano in cucina. È vero?"

"Cerco di farlo," mormorò Chris, "ma quello stupido asino non mi lascia neppure finire di fare una cosa, prima di ordinarmene altre dieci, e poi urla perché non ne ho fatta nessuna. Non avevo mai lavorato in una cucina, prima; non so quello che faccio e sto cercando di imparare usando un solo braccio."

"E ci sono settanta e passa persone che aspettano la cena," concluse Jesse. "Mi dispiace per te, amico. Non farei il lavoro di Kami, e men che meno il tuo, nemmeno se avessi due braccia buone."

"Non mi importerebbe se almeno mi facesse finire di fare una cosa prima di chiederne altre," ripeté Chris. "Sono disposto a imparare tutto quello che serve, anche con una mano sola, ma non riesco a star dietro alla velocità delle sue richieste."

"Prova a dirglielo," suggerì Jesse. "Magari dopo aver servito la cena, piuttosto che in questo preciso momento; ma è meglio se gli chiarisci come ti senti. Alcune persone sono nate per comandare, altre devono imparare e, dai commenti che ho sentito in giro, Kami non permette a nessuno di entrare nella sua cucina; quindi può darsi che non abbia mai imparato."

"Fantastico, ora oltre che un caso pietoso sono anche una cavia," singhiozzò Chris.

161

"Non cominciare a piangerti addosso," lo rimproverò l'altro. "Accetta un consiglio da chi è sulla piazza da più tempo di te: il muso lungo non ti porterà né amici né la soluzione ai tuoi problemi. Avevi bisogno di una pausa? Bene, ne hai fatta una. Adesso torna dentro e fai il tuo lavoro. Dopo cena parla con Kami e, se la situazione non migliora, parla con Macklin o Caine. Sono brave persone e ti ascolteranno. Ti hanno assunto per lavorare a Lang Downs, non per stare solo in cucina, no?"

Chris annuì.

"Quindi, se lavorare in cucina ti crea dei problemi, chiedi di poter fare altro," suggerì ancora Jesse. "Qual è la cosa peggiore che potrebbero farti?"

"Cacciarmi via."

"Per aver fatto una domanda?" replicò l'altro. "Se fossero quel tipo di persone, i residenti non li appoggerebbero come invece fanno. Ho lavorato in diverse stazioni e ho imparato una lezione: se vuoi sapere come sono il proprietario e il sovrintendente di una stazione, senti come ne parlano quelli che ci lavorano insieme tutto l'anno. Gli uomini di questo posto sono talmente fedeli a Caine e Macklin che, bada bene, non si limitano a tollerarli, li difendono proprio. Non mi era mai successa una cosa del genere prima; nemmeno in quelle stazioni dove per altri versi si stava bene."

"Per altri versi?" chiese Chris, stupito per la strana scelta di parole.

"È piacevole stare in un posto dove c'è tolleranza," rispose Jesse, con noncuranza. "Rende più facile essere diversi."

"Diversi come?" chiese impulsivamente Chris. Non si aspettava che le parole di Jesse significassero veramente quello che lui sperava. Chiedergli se era gay poteva portare a conseguenze disastrose come quelle di Yass: un conto era accettare che qualcun altro fosse gay, un altro essere tacciato tu stesso di esserlo. Il modo in cui le persone reagivano alle due cose poteva essere completamente diverso.

"Tu cosa ne dici?" domandò a sua volta Jesse. "Ho voluto essere assunto qui perché avevo sentito che il proprietario è gay. Non mi aspettavo che si interessasse a me – anche se le voci non dicevano niente sul fatto che facesse coppia con il sovrintendente – ma ho pensato che una stazione con un capo omosessuale avrebbe fatto meno caso se lo era anche uno dei jackaroo."

Chris lasciò uscire il respiro che non si era accorto di trattenere. "Lo dici con una tale tranquillità."

"Che sono gay?" chiese Jesse.

Chris annuì.

"In genere non è così semplice, ma tu non mi picchierai per averlo ammesso, e probabilmente neanche gli altri, se decidessi di dirglielo, quindi non ho granché da perdere," gli spiegò l'altro. "Non lo dico spesso; e neanche ci penso spesso, a dire la verità, perché tanto è difficile trovare qualcuno con cui fare certe cose nel bush. Prima di arrivare qui non avevo mai incontrato nessuno pronto ad ammetterlo. Forse c'erano persone come me che erano altrettanto brave a nasconderlo, ma è la prima volta che ne parlo con qualcuno fuori dalla città."

Chris rifiutò categoricamente di immaginare perché l'altro avrebbe dovuto dirlo a qualcuno in città. Jesse era il suo unico amico alla stazione, e lui gli rivolgeva pensieri già abbastanza lussuriosi anche senza doverselo figurare mentre rimorchiava nei bar.

"Immagino di dover essere grato a Seth per essere inciampato nelle persone giuste quando è andato in cerca d'aiuto," cambiò allora discorso, invece di dire quello che

162

realmente aveva in testa. "Se fosse incappato in un altro tipo di uomini, c'era la possibilità che venissero ad aiutarli a farmi fuori, invece che salvarmi."

"E anche se si fossero limitati a ignorarlo, saresti messo molto peggio di adesso," concordò Jesse. "Oggi quell'occhio sembra ancora più nero di ieri. Ti fa male?"

"Mi fa male ovunque," ammise Chris. "Non voglio prendere gli antidolorifici perché mi stendono, ma l'ibuprofene non fa niente per il dolore."

"Io non sono mai stato ferito in modo così grave," disse Jesse, "ma mi sono sbucciato e ammaccato cadendo da cavallo, o per via di altri incidenti. Dovresti riposarti qualche altro giorno prima di metterti a lavorare, cucina inclusa. Più ti sforzi e più tempo impiegherai a rimetterti."

"Dillo ai capi," suggerì Chris. "Gli devo la vita. Non li ripagherò con la pigrizia."

"Ma non li ripagherai neanche facendoti ancora più male e costringendoli a chiamare l'elisoccorso," replicò Jesse. "Già dovranno accompagnarti a Yass quando toglierai il gesso; fargli programmare una nuova visita medica perché tu sei troppo orgoglioso e stupido per confessare a due uomini ragionevoli che stai male non mi sembra un gran ringraziamento."

"Ciao, Chris."

Chris si girò di scatto, facendo una smorfia per il dolore alle costole. "Buongiorno, capo."

"Sei in pausa?" domandò Caine.

"Per poco," rispose nervosamente il ragazzo. "Kami era…"

"Kami?" finì la frase Caine con una risatina. "È un vecchio aborigeno superstizioso con un ego delle dimensioni di Ayers Rock e un cuore d'oro nascosto bene in profondità. Gli parlerò per ricordargli che non sei ancora nel pieno delle forze."

"A questo proposito," intervenne Jesse. "Mi dispiace intromettermi, capo, ma Chris è ferito piuttosto seriamente e…"

"E niente," lo interruppe il ragazzo. "Starò bene."

"Non stai bene," sbottò Jesse. "Mi hai appena detto che ti fa male ovunque."

"Scusami, ma non ricordo il tuo nome," disse Caine, rivolgendosi a Jesse.

"Jesse Harris," rispose quest'ultimo. "Io e Chris abbiamo parlato qualche minuto ieri sera, e un po' anche adesso. Ha un braccio e alcune costole rotte, non vuole prendere gli antidolorifici perché lo stordiscono ma sente comunque la necessità di lavorare; allora si morde la lingua e cerca di sopportare. Ma così finirà per stare peggio, non meglio."

"Con calma," esclamò Caine, con un tono leggermente divertito. "Chris, dice la verità?"

Il ragazzo affondò il tacco dello stivale nel terreno. "Sì, ma non avrebbe dovuto dirlo," sospirò rassegnato. "Starò bene."

"Certo che starai bene," confermò Caine, "ma non c'è motivo di rallentare la guarigione. Lavori da prima di colazione, dovresti andare in camera e prendere quello che ti ha dato il dottore. E se dovessi saltare la cena perché dormi, Seth ti porterà un piatto in camera. Domani mattina aiuterai di nuovo con la colazione, così sentirai di dare il tuo contributo, ma verrò io stesso a controllarti e tu mi dirai se senti ancora dolore."

"Non ho bisogno di un trattamento speciale," protestò Chris.

Caine lo guardò sconcertato. "Quella corazza di gesso attorno al tuo braccio racconta un'altra storia. Non ti stiamo v-viziando e non ti stiamo d-denigrando, Chris. Dopo che sarai guarito, ti faremo lavorare duro, esattamente come facciamo con tutti gli altri; ma devi darti il tempo di riprenderti, o rischierai di rimanere invalido. E poi chi si prenderà cura di Seth?"

"Questo è un colpo basso."

"Non voleva esserlo," disse Caine. "Volevo solo spingerti a valutare tutte le conseguenze delle tue scelte."

"Bene, tornerò dentro e prenderò una pillola, ma se non scendo per cena, mandate Seth a chiamarmi," insisté Chris. "Non voglio essere trattato come un invalido."

Si avviò verso casa, facendo del suo meglio per camminare come se non avesse le costole rotte e male dappertutto.


"VIENI CON me, Jesse," disse Caine, dopo che ebbero osservato Chris attraversare la veranda ed entrare in casa.

"Signore?" chiese Jesse. Sperava proprio di non aver già fatto qualcosa per irritare il nuovo capo.

"Non c'è bisogno di essere troppo formali," lo corresse quello. "Devo parlare con Macklin, che dovrebbe essere giù alle stalle, ma vorrei anche scambiare due parole con te. Approfittiamone mentre camminiamo."

Jesse si avviò accanto a Caine, curioso di sapere che cosa l'uomo volesse dirgli.

"È la tua prima stagione a Lang Downs, vero?" gli chiese questi, dopo qualche secondo.

"Sì," rispose lui. "Ho lavorato nei dintorni di Cowra e Grenfell negli ultimi anni, ma non ho mai trovato un posto in cui mi sentissi veramente a mio agio."

"Mi pare che tu abbia fatto amicizia con Chris."

"Sembra un bravo ragazzo," confermò Jesse. "Forse si è trovato in una brutta situazione, ma sta cercando di fare del suo meglio."

"Lo penso anch'io. Vuole impressionarmi e ringraziarmi per averlo aiutato – e questo lo capisco – ma ancora non si fida di me, e non mi dirà se c'è qualche problema," proseguì Caine. "Ho bisogno che tu continui a essere suo amico e faccia quello che hai fatto oggi. Se si sforza troppo e te lo lascia vedere, devi dirmelo. Macklin mi ha instillato la convinzione che lavorare quando si è feriti o malati porti al disastro. Io non posso guarire Chris con la bacchetta magica, ma posso fare in modo che la situazione non peggiori."

"Potresti ordinargli di stare a letto fino a che le costole non guariscono," suggerì Jesse.

"Non voglio fiaccargli lo spirito mentre lo aiuto a guarire il corpo," rispose Caine.

"Ma neppure sentirsi spiato farà bene al suo spirito," insisté Jesse. "Ha bisogno di un amico, di qualcuno di cui fidarsi."

"Allora trova un modo per impedirgli di sforzarsi troppo. Dirò sia a lui sia a Kami che, per tutta la prossima settimana, il suo turno finisce dopo che sono a posto con la colazione, ma se non gli ordino espressamente di stare a letto, lui troverà altre cose da fare."

"E io cosa dovrei farci?" protestò Jesse. "Ne ho già abbastanza di mio. Macklin ha detto che il trattore grosso non va più, e io e Patrick dobbiamo smontare completamente il motore per cercare di capire qual è il problema."

"Fatti passare gli attrezzi."

"Non è un meccanico."

"Forse no, ma sono sicuro che sappia distinguere una chiave da un cacciavite," sghignazzò Caine. "Il punto non è se tu hai bisogno del suo aiuto, ma di farlo riposare fino a che non sarà in grado di lavorare per una giornata intera. Ecco Macklin. Ti lascio alle tue riparazioni."

164

Jesse guardò Caine attraversare il capanno fino al punto in cui Macklin era occupato con i preparativi per la tosatura, che sarebbe cominciata da lì a pochi giorni. Quando l'altro lo raggiunse, il sovrintendente accennò un sorriso; un gesto talmente impercettibile che il ragazzo non era neanche sicuro di averlo visto sul serio, ma era comunque più quanto ricevessero tutti gli altri. Jesse si chiese se anche le altre persone li vedessero, quei segnali minuscoli di un rapporto più profondo, oppure se solo lui fosse in grado di coglierli, perché era un uomo gay in un mondo che, aveva creduto fino a quel momento, non lo avrebbe mai accettato per quello che era.

Scuotendo la testa davanti alla propria stupidità, si diresse verso la rimessa dove si trovava il trattore. Forse, mentre lui era via, Patrick aveva trovato il guasto, e avrebbero potuto aggiustare quella stramaledetta macchina.

PER L'ORA di cena, Jesse era pronto a mollare. Avevano fatto tutto quello che era loro venuto in mente – tranne smontare completamente il motore e poi riassemblarne i pezzi – ma senza risultato. La chiave che aveva lanciato nella cassetta cadde con un piacevole clangore. "Immagino che Kami non abbia della birra in cucina," disse a Patrick, con una specie di grugnito.

"Ne dubito, ma posso dartene qualcuna io fino a che non andrai in città e te ne prenderai una scorta," offrì l'altro. "A mia moglie non dispiacerà avere un ospite a cena."

"Jason mangia sempre in mensa. Perché voi no?"

Patrick si lasciò sfuggire una risatina. "Approfittiamo di ogni momento per stare da soli. Jason è un gran bravo ragazzo, ma non è il tipo da lasciare molta intimità ai genitori."

"Allora non voglio abusare della tua gentilezza," disse Jesse. "Me ne farò prestare o vendere una da qualcun altro. Non mi piace disturbare."

"Non disturbi affatto. Sono io che ti ho invitato. Anche se non rimani a cena, possiamo sempre berci una birra."

Jesse annuì e seguì l'uomo verso la casetta che divideva con la moglie e Jason. "Carley," chiamò Patrick nell'entrare. "Abbiamo ospiti."

La moglie del meccanico era una bella donna tra i trenta e i quarant'anni, con capelli nerissimi e un sorriso splendente. "Entra, non essere timido," disse, quando vide che Jesse era rimasto sulla soglia.

"I miei stivali non sono esattamente puliti, signora," si schermì lui. "Mi dispiacerebbe sporcarle il pavimento."

"Credi che mio figlio sia così pieno di riguardi?" rispose Carley con una risata. "Togli e lasciali sulla veranda. Non mi offendo se rimani coi calzini. Patrick ti ha offerto una birra?"

"Sì, signora," disse Jesse, sfilandosi gli stivali e lasciandoli fuori. Entrò nel salotto con il cappello stretto goffamente tra le mani. Era passato così tanto tempo dall'ultima volta che era stato invitato da qualche parte, che aveva dimenticato come comportarsi.

"A Patrick piace sedersi sul retro e guardare il tramonto, se ti va di raggiungerlo," suggerì la donna.

"Posso fare qualcosa per aiutarla?"

"No, ma sei gentile a chiederlo. Tua mamma ti ha cresciuto bene."

"Grazie," rispose Jesse, anche se dubitava che sua madre fosse d'accordo, dal momento che aveva smesso di parlargli da quando le aveva rivelato di essere gay. Tuttavia, ciò non voleva dire che lui avesse dimenticato tutti i suoi insegnamenti sulle buone maniere.

Prima che potessero aggiungere altro, la testa di Patrick spuntò dalla cucina. "Ho la Tooheys Old o la Carlton Sterling."

"Tooheys, grazie," disse Jesse, seguendolo sulla veranda. Bevve un sorso di birra e sedette sulla sdraio che l'uomo aveva lasciato libera. "Da quanto sei a Lang Downs?"

"Quasi tredici anni," rispose il meccanico. "Jason era appena nato. Io avevo perso il lavoro a Melbourne ed ero disperato. Qualcuno mi suggerì di provare con le stazioni qui sugli altopiani. Carley e io ne discutemmo un sacco, ma a Melbourne non c'era proprio niente, e il suo lavoro part-time non bastava a coprire le bollette, così io venni qui e incontrai Michael Lang. Il primo anno Carley e Jason rimasero a Melbourne, ma quella non era vita. Quando Michael mi chiese se volevo rimanere anche dopo la fine della stagione, io accennai alla mia famiglia. Lui mi rimproverò perché non ne avevo parlato prima e mi diede subito i soldi per i biglietti dell'autobus. Sono qui da allora."

"Da quello che dicono tutti, sembra che fosse un uomo eccezionale," disse Jesse. "Mi dispiace di non averlo conosciuto."

"Era una persona speciale," concordò Patrick. "Eravamo tutti preoccupati quando abbiamo sentito che la stazione era andata a certi parenti americani. Poi è arrivato Caine e abbiamo capito che ci eravamo angosciati per niente."

"Sembra che Caine piaccia a tutti," rifletté Jesse. "Non lo avrei mai detto. Sai, le stazioni non sono famose per essere posti particolarmente tolleranti."

Patrick si strinse nelle spalle. "Non sono neanche famose per essere biodinamiche, ma noi lo saremo tra meno di sei mesi. Macklin è qui da quando era poco più che un bambino, e sovrintendente da prima che la maggior parte di noi arrivasse. La gente ha fiducia in lui e lui ha fiducia in Caine. È questo che conta. Poi c'è il fatto che Caine non ha venduto l'allevamento. È venuto, ha imparato come funzionano le cose e ha cercato di migliorarlo. Certo, per gli uomini è stato uno shock scoprire che è gay, ma questo non ha nulla a che vedere con la sua capacità di gestire la stazione."

"Avrei detto che la sorpresa più grande fosse stata Macklin."

Patrick ridacchiò. "Sì, ma *tu* avresti il coraggio di dirglielo in faccia?"

Jesse sputacchiò della birra mentre cercava di deglutire e tossire nello stesso momento. "Perdio, no," biascicò quando riuscì a parlare senza strozzarsi. "Non ho istinti suicidi."

"E quindi la vita va avanti come sempre," disse Patrick. "Solo con un po' più di tolleranza."

"Sì, ho ascoltato il discorso di Neil, ieri quando sono arrivato. È stato molto chiaro su quello che non è permesso dire in sua presenza."

"Neil è una testa calda che ha avuto una specie di 'illuminazione sulla via di Damasco' quando, lo scorso inverno, Caine lo ha salvato durante un brutto temporale."

"Ho sentito qualcosa in giro, ma siccome tutti conoscono la storia nessuno la racconta."

"Per farla breve, Neil è rimasto intrappolato sulla riva sbagliata di un fosso in piena. Caine l'ha attraversato e l'ha recuperato, ma nel tornare indietro ha finito quasi con l'annegare," raccontò Patrick. "È stato allora che abbiamo scoperto di Macklin. Lo conosco da quando sono qui e non lo avevo mai visto come quel giorno."

"Sarebbe a dire?"

"Impaurito."

Jesse non riusciva a immaginare una cosa del genere, ma non aveva assistito ai fatti, quindi non ribatté.

"È stato in quel momento che ci siamo resi conto che si trattava di qualcosa di reale, e non di una semplice avventura," continuò il meccanico. "Se qualcun altro avesse fatto quello che ha fatto Caine, Macklin gli avrebbe mangiato la faccia, ma non avrebbe avuto paura per lui."

"Mi chiedo se sarebbero così tolleranti anche con qualcuno che non sia Macklin o Caine," gettò l'amo Jesse.

"Io credo che dipenderebbe dalla persona," rispose Patrick, "ma solo un completo idiota direbbe qualcosa di offensivo, anche riferito a qualcun altro, in una stazione amministrata da due gay. Non avere paura che ti costringano ad andare via."

"Non ne ho, cioè, perché pensi che stia parlando di me stesso?" si impappinò Jesse.

"Perché se fossi stato preoccupato per Chris lo avresti detto," rispose Patrick. "Ti dirò la stessa cosa che ho detto a tutti gli altri quando Caine rivelò ciò che è: non mi interessa quello che fai con un altro adulto consenziente. Non voglio sentirne parlare e non voglio che ne senta parlare Jason. E prima che tu pensi chissà cosa, sappi che dico la stessa cosa a ognuno degli uomini che trascorrono l'estate a caccia di ragazze."

# CAPITOLO 6

"CHRIS, TI ho già messo il dentifricio sullo spazzolino. Io scendo perché ho promesso a Jason che questa mattina ci saremmo incontrati presto."

"Grazie," rispose Chris, mentre cercava di abbottonarsi la camicia. Avrebbe potuto richiamare il fratello e chiedergli di aiutarlo, ma odiava di non riuscire nemmeno a fare le cose più semplici, come per esempio mettere il dentifricio sullo spazzolino.

Le costole non gli facevano più tanto male dopo due settimane trascorse a lavorare in cucina al mattino e a passare gli attrezzi a Jesse e Patrick nel pomeriggio; purtroppo, però, il braccio continuava a essere imprigionato dentro il gesso. "Cazzo," imprecò quando il bottone che cercava di allacciare saltò via. "Adesso devo anche cercare un ago e riattaccarlo. Idiota!"

Sospirò e si mise il bottone in tasca. Ci avrebbe pensato più tardi; al momento doveva solo lavarsi i denti e scendere in cucina da Kami.

Prese lo spazzolino appoggiato sul bordo del lavandino e se lo mise in bocca.

Non appena si rese conto del sapore quasi si strozzò. Sputò, si sciacquò e sputò ancora. "Ma che cazzo...?" urlò. "Seth!"

Senza pensare che Caine e Macklin potessero ancora dormire, si precipitò giù per le scale, determinato a trovare il fratello e massacrarlo di botte. Un conto erano gli scherzi, ma la schiuma da barba al posto del dentifricio faceva solo schifo.

Per quando Chris ebbe raggiunto la strada che attraversava la stazione, di Seth non c'era più traccia. Il che era piuttosto strano, perché di solito il ragazzino rimaneva in zona per gustarsi le reazioni ai suoi tiri mancini. Generalmente ciò significava che lo beccavano subito, ma lui diceva che non gli importava e che non c'era divertimento se non poteva vedere le espressioni delle *povere* vittime. Poiché la maggior parte dei suoi scherzi erano birichinate non pericolose, l'essere colto in flagrante significava solo qualche rimprovero e una punizione, ma niente di così grave da dissuaderlo dal riprovarci. Chris non aveva problemi a sopportare quelle bravate, anche la schiuma da barba sullo spazzolino, purché fossero dirette a lui. Doveva trovare Seth e convincerlo che fare scherzi a qualcun altro avrebbe potuto portare a conseguenze spiacevoli: si sarebbe fatto una brutta reputazione e ogni volta che fosse successo qualcosa, tutti avrebbero sospettato di lui, anche quando in realtà non c'entrava niente.

"È qui." La voce di Jesse attirò la sua attenzione. "L'ho trovato nascosto dietro ai dormitori," disse il jackaroo entrando nella pozza di luce prodotta dalla lampadina sulla veranda. "Non ho idea di cosa abbia combinato, ma immagino che non sia niente di buono."

"Ha pensato che fosse divertente mettere un po' di schiuma da barba sul mio spazzolino," disse Chris, e al solo ricordo gli venne voglia di sputare di nuovo, benché si fosse sciacquato la bocca per ben due volte. "Come molte altre cose, al momento non riesco a farlo da solo."

Jesse strattonò leggermente il ragazzino. "Per niente divertente," disse. "Lo sarebbe stato se tuo fratello non fosse ferito, ma non va bene approfittarsi di chi non sta bene. In quel caso non è più uno scherzo ma crudeltà pura e semplice, come prendere a calci un cane randagio in cerca di avanzi o avventarsi in cinque contro uno. Quando quei teppisti hanno aggredito Chris, non hai pensato che fosse divertente, quindi perché adesso gli fai la stessa cosa?"

"Mi dispiace," disse Seth a occhi bassi. "È solo che gli ho sempre fatto degli scherzi; ho pensato che lo avrei fatto ridere e che sarebbe stato come ai vecchi tempi."

"Vai a dire a Kami quello che hai fatto e chiedigli se ha uno spazzolino nuovo," gli ordinò Jesse, spingendolo verso la casa. "Se non ce l'ha, darai il tuo a Chris e tu userai il suo."

"Che schifo!"

"Allora spera che Kami te ne dia uno nuovo," concluse Jesse.

"Non voleva farmi del male," disse Chris, dopo che il ragazzino si fu allontanato.

"Su questo non ho dubbi," concordò Jesse, "ma non ha più l'età in cui si fanno scherzi idioti."

"Lo so," sospirò Chris, "ma gli ultimi mesi sono stati difficili. Sono contento che abbia la possibilità di essere ancora spensierato come un bambino, anche se non durerà."

"Non ci ha raccontato cosa ti è successo per finire tra le mani di quei balordi, giù a Yass," chiese Jesse.

"Non è una bella storia," rispose Chris. "Non gli piace parlarne."

"Neanche a te," suppose Jesse.

"Non c'è granché da raccontare," disse Chris. "Nostra madre è morta. Suo marito ci ha sbattuti fuori. Noi abbiamo fatto il possibile per sopravvivere e restare insieme. Poi Caine e Macklin ci hanno trovato e ora siamo qui."

"Chissà perché, ho il sospetto che non sia così semplice," esclamò Jesse. "Comunque non ti chiederò altro. Me lo dirai quando sarai pronto."

Chris si passò una mano sul viso, e fece una smorfia nel rendersi conto di come gli fosse cresciuta la barba dall'ultima volta che aveva potuto radersi. "Non è che non mi fidi di te," disse. "È solo... non mi piace pensarci, capisci? Nessuno di noi ne è uscito bene."

"A meno che tu non mi dica che hai ucciso qualcuno per rubargli il portafogli, non credo che quello che mi dirai cambierà l'opinione che ho di te," replicò Jesse. "Ti sei preso cura di tuo fratello quando non era compito tuo farlo."

Chris sapeva di non meritare quei complimenti – aveva sbagliato più di una volta con Seth – quindi cercò di mascherare il disagio cambiando discorso. "Non vedo l'ora di togliermi questo gesso. Non riesco neanche a radermi."

"Ho notato che stai diventando un po' ispido," scherzò Jesse. "Lo so che ora devi andare in cucina, ma se vuoi posso aiutarti io stasera, prima di andare a letto."

"Davvero?" chiese Chris, l'ansia di avere qualcuno armato di rasoio vicino al viso già stemperata dal pensiero di liberarsi di quella barba pruriginosa.

"Certo," confermò Jesse. "Ancora non fa tanto caldo, ma non riesco a immaginare che qualcuno possa farsi crescere la barba in estate. Non posso assicurarti una rasatura perfetta, ma sono sicuro di cavarmela meglio di quanto faresti tu con la sinistra."

"Non ci ho nemmeno provato," ammise Chris. "Ho preso il rasoio in mano e mi sono sentito così imbranato che non ho neanche cominciato."

"Questa sera," disse Jesse.

"È un appuntamento," rispose Chris, arrossendo fino alla radice dei capelli biondi quando si rese conto di quello che aveva detto. "Cioè, io non..."

"Lo so quello che volevi dire," rise Jesse. "Vai dentro prima che Kami cominci a strillare."

CHRIS TRASCORSE la mattinata a pensare a come si sarebbe sentito una volta che quella barba fastidiosa fosse sparita e a chiedersi cos'altro sarebbe potuto succedere quando Jesse lo avrebbe rasato. La battuta sull'appuntamento gli era scivolata fuori dalle labbra senza che se ne accorgesse, ma in tutta coscienza non poteva ammettere di non averci mai pensato. Alcuni giorni gli sembrava addirittura di non pensare ad altro. Certo, non potevano darsi un 'vero appuntamento' lì alla stazione, ma ciò non aveva impedito a Chris di fantasticare su Jesse.

Il tipo era attraente, divertente, gentile, sicuro di sé... tutto quello che a Chris piaceva in un uomo; e sapere che era anche gay – benché di certo non interessato a lui – gli aveva fatto sorgere più fantasie erotiche di quante riuscisse a ricordare di aver mai avuto. D'altronde, quando era in città, aveva risolto il problema concedendosi qualche pompino nel retro di un bar. Fino alla morte della mamma, almeno. Una volta che lui e Seth erano rimasti da soli, era diventato sempre più difficile. Difficile uscire, difficile giustificare il costo di qualche birra, difficile soddisfare i propri bisogni egoistici quando Seth stava tremando sotto una coperta troppo sottile in un appartamento scalcinato senza riscaldamento.

Scosse la testa per scacciare i pensieri tristi. Quel tempo era passato. Tanto per cominciare era primavera e tra poco il freddo avrebbe lasciato il posto al caldo estivo, anche lì sugli altopiani; poi, la casa padronale, per quanto semplice, era solida e confortevole. Seth sarebbe stato al sicuro in quel posto, anche quando Chris si fosse organizzato un week-end in città. Jesse avrebbe potuto suggerirgli qualche bar da bazzicare; vero che il jackaroo non aveva mai lavorato in quella zona, ma Cowra non era poi tanto lontana, e Chris aveva la sua macchina. Sempre se Caine e Macklin gli avessero concesso un fine settimana libero, ovviamente.

E infine c'era Jesse: gay, per quello che ne sapeva senza impegni, e solo proprio come lui. Aveva riso quando gli era uscita quella cosa sull'appuntamento, ma non l'aveva rifiutata. Chris non poteva certo negare di sentirsene attratto: quasi tutte le mattine da quando si erano conosciuti, si era svegliato con un'erezione dura come pietra e il viso di Jesse in testa. Masturbarsi con la sinistra era strano come cercare di radersi con la sinistra, ma lo aveva fatto lo stesso. Non aveva avuto scelta se voleva che i pantaloni si chiudessero. E in quel momento, sapere che tra appena qualche ora lui e Jesse sarebbero stati da soli in quel piccolo bagno, che le sue mani l'avrebbero sfiorato mentre lo radeva, l'avrebbero spalmato di schiuma, gli avrebbero passato il rasoio sulle guance e lo avrebbero accarezzato alla ricerca dei peli sfuggiti alla lama...

"Se hai finito di sognare a occhi aperti, abbiamo un pasto da preparare," gli disse Kami, scuotendolo dalle sue fantasticherie.

Chris sbatté le palpebre un paio di volte e tornò ad affettare goffamente le patate per il gratin che il cuoco aveva deciso di preparare per cena. Avrebbe potuto pensare a Jesse più tardi.

Quando ebbe finito di aiutare in cucina e Kami gli ebbe dato il permesso di andare, Chris si chiese cosa fare. Aveva preso l'abitudine di trascorrere il tempo insieme ai meccanici, perché gli piaceva Jesse e perché era lì che spesso bazzicava anche Seth. Non pensava che il fratello avrebbe fatto i suoi scherzi ai jackaroo, ma non era pronto a scommetterci. Quel pomeriggio, tuttavia, con lo scivolone dell'appuntamento ancora fresco nella mente e la prospettiva di Jesse che lo radeva, Chris non era certo che andare alla rimessa fosse una buona idea. Avrebbe finito con il dire qualcosa di imbarazzante o, per contro, non avrebbe aperto bocca (per evitare di dire qualcosa di imbarazzante) e Jesse avrebbe pensato che fosse un tipo strano.

Destino volle che la scelta non dovesse ricadere sulle sue spalle perché quando uscì dalla cucina, trovò Seth ad aspettarlo. "Vieni," gli disse. "Devo farti vedere una cosa."

Ubbidiente, Chris lo seguì fino alla rimessa dove i meccanici erano impegnati nella riparazione del trattore. Non aveva idea di cosa Seth volesse mostrargli, dal momento che Chris non riconosceva il davanti di un motore dal dietro, ma il fratello era palesemente eccitato. Quindi anche lui lo sarebbe stato, per fargli piacere.

"Guarda!" disse il ragazzino quando entrarono e furono investiti da un coro di congratulazioni da parte di Patrick, Jesse e gli altri due meccanici. Seth prese in mano un piccolo pezzo del macchinario. "Ho trovato il problema!"

Chris chiese conferma a Jesse con lo sguardo. Sapeva che Seth aveva la passione dei motori, ma aver trovato la soluzione a un problema che quattro uomini più esperti non avevano risolto era incredibile. Jesse annuì leggermente. "È grandioso, Seth!"

Seth cominciò a raccontare con enfasi cosa aveva fatto e come ci era arrivato.

"Scommetto che non hai la più pallida idea di cosa stia dicendo," gli sussurrò Jesse all'orecchio.

"Buio totale. Ma è orgoglioso e felice, e tutti sembrano colpiti, quindi immagino che abbia fatto qualcosa di buono."

"Certo che sì. Adesso possiamo aggiustare questo mostro e rimontarlo. Macklin sarà contento."

Si trattava di una buona notizia: se Seth si fosse dimostrato un meccanico valido, forse Caine e Macklin avrebbero sorvolato sullo scarso contributo che aveva dato lui fino a quel momento.

"Sorridi," disse Jesse, "oppure Seth penserà che non sei felice per il suo successo."

Chris non si era accorto di aver smesso di sorridere. "Mi dispiace," si scusò, tornando a indossare la maschera allegra. "Sono un po' giù, oggi."

"Dev'essere dura non poter fare niente da solo," lo consolò il jackaroo. "Ma a me sembra che tu te la stia cavando molto bene."

"Davvero?" domandò Chris, solleticato al pensiero che Jesse avesse un'opinione così positiva di lui. "Mi sembra di riuscire a malapena a tenere la testa fuori dall'acqua."

"Però lo fai, ed è questa la cosa importante," replicò l'altro. "Anche quando non ti sembra che sia così."

"Grazie," esclamò Chris, con un sorriso più genuino. "Ora mi sento meglio."

"E vedrai come starai bene questo pomeriggio, quando ti toglierò quella specie di cespuglio dal viso."

"Non è così terribile!" protestò Chris, sfregandosi la barba ispida con la mano sinistra. "Oppure sì?"

"No, non è affatto terribile," rispose Jesse. "Ti dà un'aria un po' più selvaggia. Qualcuno lo trova persino sexy."

"Qualcuno?" ripeté Chris, chiedendosi se alla fine non avrebbe fatto meglio a tenersi la barba.

"Sì, ma non io," disse Jesse. "Le irritazioni da barba mi inibiscono. Chiamami pure mammoletta, ma preferisco la pelle liscia e morbida."

"Solo in viso o dappertutto?" indagò Chris. Forse avrebbe potuto cominciare a depilarsi il petto! Il solo immaginarlo lo fece rabbrividire, ma se in quel modo poteva sperare di attrarre Jesse, non ci avrebbe pensato due volte.

"I peli vanno bene," spiegò Jesse. "Hanno una consistenza diversa rispetto alla barba, non sono ispidi."

Chris tirò di nascosto un sospiro di sollievo, sia per non essere intrinsecamente poco attraente per Jesse, sia per non doversi depilare per attirare la sua attenzione.

171

"Siediti se vuoi," gli disse l'amico. "Adesso che abbiamo capito qual è il problema, dobbiamo ripararlo e ci vorrà qualche ora. Ma stai tranquillo che prima di cena penseremo anche a te."

Chris sorrise e si accomodò al suo solito posto accanto alla cassetta degli attrezzi. Non ci capiva ancora niente di motori, ma aveva imparato abbastanza da essere in grado di passare a Jesse gli attrezzi che gli servivano.


QUATTRO ORE più tardi, il mucchio di metallo ricominciava ad assomigliare a un motore, ognuno dei meccanici era coperto di grasso e sporcizia, e Chris non stava più nella pelle per l'attesa. Mentre Jesse lavorava, il ragazzo si era concentrato sulle sue mani, osservando come si muovevano abilmente sul macchinario. Voleva sentirle su di sé. Si sarebbe accontentato di averle sul viso, ma ora che le aveva notate non poteva fare a meno di desiderare di più.

Dopo avergli ripassato l'ultimo dei suoi attrezzi, Jesse si pulì le mani con uno straccio sporco di grasso. "Che dici se ci occupiamo di te prima di cena?" domandò. "Vorrei avere il tempo di fare una doccia dopo."

"Come vuoi," rispose Chris, facendo del suo meglio per nascondere l'eccitazione. "Oppure fai prima la doccia, se preferisci. A me sta bene anche se mi radi dopo cena."

"Meglio prima," disse Jesse. "Fammi solo lavare le mani."

Chris cominciò a dondolarsi sui piedi, cercando di dissimulare la tensione che gli stringeva lo stomaco. Jesse fece con calma: si strofinò le mani con il sapone industriale che tenevano nella rimessa e che serviva a sciogliere il grasso, facendo particolare attenzione alle unghie e attorno alle cuticole. Chris non ci aveva mai fatto caso prima, e si chiese se l'uomo fosse sempre così scrupoloso, oppure se si stesse impegnando a suo beneficio. E a dire la verità non sapeva quale delle due opzioni preferire: da una parte era pregevole che Jesse si lavasse bene le mani alla fine della giornata di lavoro, ma dall'altra a Chris sarebbe piaciuto che l'uomo lo considerasse abbastanza importante da richiedere quell'attenzione particolare.

Alla fine, il jackaroo chiuse l'acqua e si asciugò. "Più di così non posso fare."

Chris non vedeva più alcuna traccia di grasso. "Mi sembrano pulite. Credo, ehm, che dovremmo andare alla casa padronale: tutte le mie cose sono là."

"È meglio farlo lì, piuttosto che al dormitorio circondati dal resto dei jackaroo," concordò Jesse. "Non c'è bisogno di dargli argomenti su cui sparlare."

Chris ripensò alle parole che aveva sentito su Caine e Macklin. "Lo fanno spesso? Parlano spesso dei capi?"

"No," rispose Jesse mentre camminavano verso la casa. "In genere si prendono in giro tra di loro. Neil zittisce all'istante qualsiasi discussione su Caine, anche quelle scherzose, e nessuno si oppone. Ma, per contro, la vita amorosa degli altri è passata al setaccio. Anche quella di Neil."

Chris sorrise. "Neil?"

"A quanto pare ha perso la testa per una delle ragazze che sono tornate," spiegò Jesse. "Dal momento che non lascia nessuno scherzare su Caine e Macklin, gli uomini parlano di lui e sembra che la sua autorità non arrivi al punto di farli tacere."

"Sarà meglio che stia al gioco, altrimenti non lo ascolteranno più quando proibirà loro di parlare dei capi."

"Credo che sia proprio per quello che non reagisce alle battute che lo riguardano." Jesse si fermò sulla veranda. "Non sono mai entrato nella casa padronale prima d'ora."

"È solo una casa," disse Chris aprendogli la porta. "Carina, ma pur sempre solo una casa. E tu sei qui per aiutarmi; sono sicuro che non faranno storie."

Lasciarono gli stivali fuori dalla porta e salirono fino al bagno. Chris porse a Jesse la schiuma e il rasoio inutilizzato. "Gli ho cambiato la lametta questa mattina, quindi dovrebbe essere affilato."

"Bene." Jesse si spruzzò un po' di sapone da barba sul palmo. "Forse faresti meglio a toglierti la camicia: potrei sporcarla accidentalmente."

Chris si rannuvolò. Non voleva che Jesse lo vedesse lottare con i bottoni, ma doveva convenire con lui che sarebbe stato impossibile radersi senza gocciolare acqua e schiuma ovunque, e poi se la sarebbe dovuta vedere con la camicia bagnata. Slacciò il primo bottone con la mano sinistra, ma quello dopo fu più difficoltoso.

"Aspetta, ti aiuto," si offrì Jesse. Si sciacquò via la schiuma dalla mano e prese il bottone tra le dita. Chris si immobilizzò quando le nocche callose dell'uomo gli sfiorarono lo sterno mentre le sue mani lo sbottonavano inesorabilmente. Gli era capitato di strapparsi i vestiti di dosso nella frenesia della passione, oppure lo aveva lasciato fare a qualcuna delle sue conquiste, ma mai nessuno prima di allora lo aveva spogliato con tanta dolcezza e cura, come se fosse importante. Deglutì cercando di mandare giù il groppo che gli si era formato in gola, e sperò che l'uccello non gli diventasse più duro del legno nel sentire Jesse armeggiargli attorno alla cintura. Sarebbe stato troppo imbarazzante!

Quando Jesse finì di sbottonargli la camicia e allungò le mani verso il colletto per aiutarlo a sfilarsela, Chris si tirò leggermente indietro, ma voleva sentire cosa si provava a farsi spogliare da lui, anche se solo in vista di una rasatura. Quando l'indumento fu finalmente sparito, Chris sentì la pelle pizzicargli per l'aria frizzante e per il tocco delle mani di Jesse. Anche il suo uccello si era svegliato e stava cominciando a prendere nota delle manovre.

"Bene, e adesso cerchiamo di metterti a posto," disse Jesse. Il tono disteso della sua voce rassicurò Chris: evidentemente la situazione non rendeva il jackaroo teso quanto lo era lui. Si girò e lo guardò in viso, il cuore che gli batteva all'impazzata mentre l'altro gli spalmava la schiuma sulle guance e attorno alla bocca. Le sue mani erano delicate e faceva attenzione a non fargli andare la crema nel naso o sulle labbra, che gli pizzicavano sempre di più. Il volto di Jesse gli era vicinissimo mentre si sporgeva verso di lui, e il grattare del rasoio l'unico suono nella stanza silenziosa.

Chris faceva del suo meglio per mantenere il respiro lento e regolare in modo da non deviare la mano dell'altro e ritrovarsi con un bel taglio sul viso. Ma poi Jesse piegò la testa di lato per raggiungergli la linea della mascella e la gola e lui sentì il battito accelerare. E quando le dita del jackaroo gli accarezzarono la pelle alla ricerca di qualche pelo residuo, non riuscì a trattenere un brivido.

"Hai freddo?" gli chiese benevolmente l'uomo. "Non fa granché caldo qui dentro, ora che ci penso."

"Sto bene," rispose lui, la voce più roca del solito.

Le dita di Jesse trovarono un punto trascurato Si avvicinò ancora di più mentre ci passava sopra il rasoio, e Chris colse un sentore di sudore, olio per motori e colonia. Non riusciva a riconoscere esattamente il tipo di profumo, ma il suo corpo reagì lo stesso, e per impedirsi di allungare la mano buona verso Jesse, la strinse attorno al bordo del lavandino alle sue spalle. Non avrebbe fatto nulla finché non fosse stato sicuro che l'altro uomo lo desiderava allo stesso suo modo.

173

"Ok, questo lato è finito," sussurrò Jesse, con una voce così roca che Chris *dovette* guardarlo. I suoi occhi verdi erano più scuri del solito e lo sguardo ancora più determinato. Chris deglutì.

"Grazie."

"Adesso girati."

Le dita di Jesse erano calde contro la pelle fresca del suo viso mentre gli faceva muovere la testa dall'altra parte in modo da iniziare la rasatura. Il rasoio toccò e grattò la guancia di Chris, ma le dita di Jesse non si mossero: non per tenerlo fermo, ma solo per... toccare.

Chris chiuse gli occhi. Guardare Jesse mentre questi lo radeva era troppo per lui: avrebbe finito con il fare qualcosa di stupido, come lasciarsi sfuggire quanto desiderava essere baciato in quell'esatto momento, oppure gettarlo a terra e scoparlo fino a stordirsi. Una qualunque delle due cose sarebbe andata più che bene.

Il rasoio si fermò, seguito dal tocco delle dita di Jesse sulla sua pelle morbida. Chris rabbrividì di nuovo e gemette debolmente. Aprì di colpo gli occhi per decifrare dalla sua espressione se l'uomo lo avesse sentito, e se lo trovò molto più vicino di prima. Il pollice del suo dito gli accarezzava il mento e l'unghia gli percorreva il labbro inferiore. Chris perse la sua battaglia contro l'autocontrollo ed emise un altro gemito.

Jesse rimase fermo per un secondo, gli occhi fissi sul suo viso; alla ricerca di cosa, però, il ragazzo non lo sapeva. In ogni caso, qualsiasi cosa Jesse avesse visto dovette rassicurarlo, perché azzerò la distanza tra loro e lo baciò dolcemente.

Chris si immobilizzò, timoroso di muoversi per paura di farlo scappare, ma il contatto non fu interrotto e le labbra di Jesse continuarono a muoversi delicatamente sopra alle sue, chiedendo, ma non pretendendo, di essere ricambiate. Era tutto quello che un bacio avrebbe dovuto essere, e niente di quello che Chris aveva sperimentato nei suoi abbordaggi da retro bar. Le sue labbra si aprirono da sole, offrendo all'uomo la possibilità di un contatto più intimo. La lingua di Jesse gli sfiorò il labbro inferiore, ma non gli invase la bocca, né l'uomo cambiò il tenore del bacio.

Bisognoso di qualcosa a cui sostenersi, Chris gli si aggrappò e, appoggiandogli la mano sul fianco, lo attirò verso di sé. Jesse seguì il movimento e lo avvolse. Con un altro uomo Chris si sarebbe forse sentito in trappola, ma desiderava troppo essere dove era in quel momento per preoccuparsene. La camicia di Jesse gli grattava contro la pelle, e i bottoni gli si impigliavano ai peli del petto, tirandoli leggermente e ricordandogli che era mezzo nudo, mentre l'altro era completamente vestito. Ma dirglielo equivaleva a interrompere il bacio, quindi lasciò che fosse la sua mano buona a parlare per lui, tirando un lato della camicia di Jesse per liberarla dai pantaloni.

"Chris, sei di sopra?"

La voce di Caine ruppe la magia. Jesse si tirò indietro quel tanto che bastava a Chris per rispondere, senza però lasciarlo completamente. Il ragazzo cercò disperatamente di dire qualcosa, ma far uscire la voce era un'impresa al di là delle sue possibilità.

"Sì," riuscì a gracchiare alla fine.

"Ok, stavo solo controllando. Ho visto degli stivali e non sapevo di chi fossero."

"Dovrei andare," disse Jesse, la voce calda mentre tornava ad avvicinarglisi e a sfregare la sua guancia ruvida contro quella appena rasata di Chris. "Non sarebbe bello se il capo salisse e ci trovasse a sbaciucchiarci nel bagno. Ce la fai a lavarti via la schiuma da solo?"

174

Chris avrebbe voluto rispondere di no, così da trattenerlo ancora un po', ma sarebbe stato egoista, e Caine era di sotto e sarebbe potuto salire da un momento all'altro. Il giovane era certo che non avrebbe avuto alcun problema nel vedere che Jesse lo aiutava a radersi, ma non sapeva come avrebbe reagito vedendoli fare altro, e di certo qualcos'altro sarebbe successo se non fossero stati interrotti.

"Me la caverò," disse alla fine. "Ci vediamo a cena?"

"Ci sarò," confermò Jesse con quel sorriso furbo e caldo che gli faceva attorcigliare lo stomaco. "E dopo cena cercheremo un posticino più intimo per finire quello che abbiamo cominciato. Se ti interessa, ovviamente."

Se gli interessava? Cristo, certo che gli interessava!

"Dimmi dove e quando," disse, senza neanche pensare a quanto potesse sembrare impaziente e affannato. "Io, ehm... non ho neanche un preservativo."

Jesse ridacchiò, il suono così virile e sicuro di sé che Chris sentì arricciarsi le dita dei piedi per l'aspettativa. "Troveremo il modo." Si avvicinò e lo baciò di nuovo, in fretta. "Ci vediamo a cena."

175

# Capitolo 7

Jesse aspettò di essere tornato fuori e avere rindossato gli stivali prima di cominciare a fischiettare, non ritenendo necessario attirare l'attenzione di Caine sulla sua uscita. Non aveva fatto niente di male: Chris non era minorenne e quello che era successo era stato consensuale. Ma Caine avrebbe potuto vederla diversamente, e discutere con il capo poteva essere il modo più veloce per estinguere quella fiammella di desiderio nata dal bacio e alimentata dall'aspettativa dell'imminente incontro con Chris.

Jesse rovistò mentalmente nel suo borsone per vedere se ci fosse rimasto qualche preservativo: ne aveva fatto scorta quando era andato a Melbourne l'autunno precedente, ma da allora aveva trovato più di un modo per scaricarsi.

Credeva di averne ancora qualcuno, ma avrebbe fatto comunque meglio ad aggregarsi al prossimo gruppo che andava a Boorowa a fare provviste. Avrebbe preso quello che serviva alla stazione e qualche altra cosa per sé.

Si mise il cappello in testa e, scendendo dalla veranda, si tuffò nel sole pomeridiano. La primavera non era ancora abbastanza inoltrata perché l'aria fosse calda, ma la luce era comunque intensa e per tornare ai dormitori Jesse dovette camminare con il sole in faccia. Nel frattempo si guardava intorno, alla ricerca di un posto adatto dove finire quello che lui e Chris avevano cominciato nel bagno. Il dormitorio sarebbe stato affollato nel dopocena, con tutti i jackaroo riuniti nella sala comune a parlare e rilassarsi prima di andare a dormire. Gli stanzini dove si tosavano le pecore erano tranquilli, ma Jesse pensò che avrebbero già dovuto trascorrerci fin troppo tempo durante l'estate. Fino ad allora preferiva evitare la puzza di animale.

La stazione aveva anche tanti piccoli cottage, probabilmente destinati alle famiglie dei residenti. Macklin aveva detto qualcosa riguardo al fatto che la casa del sovrintendente fosse vuota, ma Jesse non aveva idea di quale fosse, e non aveva intenzione di farsi beccare mentre cercava di entrarci di nascosto, con o senza Chris.

Rimanevano solo la rimessa dei trattori e la mensa.

La mensa era occupata da quelli che mangiavano, quindi rimaneva la rimessa.

Aveva il vantaggio di essere un po' discosto dal resto degli edifici, e per di più era difficile che qualcuno ci andasse dopo le ore di lavoro.

Una volta raggiunto il dormitorio Jesse andò nella sua stanza e prese l'occorrente per la doccia. Era ricoperto di sudore, grasso e lussuria. La doccia non lo avrebbe aiutato con quest'ultima, ma almeno il suo corpo sarebbe stato pulito.

Si spogliò e, dopo essersi avvolto un telo attorno ai fianchi, si avviò verso le docce comuni. Per fortuna non c'era nessuno – alcuni avevano già finito mentre altri non erano ancora rientrati dai pascoli – quindi non dovette preoccuparsi che qualcuno si irritasse per la sua presenza, che lo accusasse di guardare, o la miriade di altri problemi che aveva dovuto affrontare nel corso degli anni. Forse lì non sarebbe successo, data l'aria di tolleranza, ma Jesse non vedeva la necessità di correre dei rischi quando farsi la doccia in orari strani gli evitava ogni tipo di problema.

Aprì l'acqua alla temperatura più alta che potesse sopportare: scioglieva il grasso, ma soprattutto lo aiutò a disperdere la tensione che aveva accumulato sul collo e le spalle.

Radere un'altra persona era molto diverso che farlo con se stessi e aveva dovuto fare moltissima attenzione per non tagliare Chris. Anche dopo aver finito, la tensione non lo aveva abbandonato, sostituita dallo sforzo di trattenersi e fare le cose con la dovuta calma. Se almeno fosse servito a qualcosa! Alla fine lo aveva baciato lo stesso. Non era stato capace di resistere; non quando Chris gli stava davanti in un modo così fiducioso, con gli occhi abbassati e le labbra schiuse.

E quei gemiti che continuava a emettere!

Il solo ricordo lo fece ansimare. Non aveva idea di come sarebbe riuscito a fronteggiare il ragazzo a tavola, senza trascinarlo via alla ricerca di un posto abbastanza intimo dove rubargli un altro bacio. Gli era piaciuto troppo toccarlo: la pelle liscia del suo viso, il petto coperto da una peluria bionda, così sottile da essere a malapena visibile contro la carnagione chiara. La fasciatura attorno alle costole gli nascondeva gli addominali e la linea di peli che dall'ombelico andava a scomparire dentro i pantaloni, ma non celava i pettorali o i capezzoli, di un colore tenue e delicato che si abbinava perfettamente a tutto il resto, tranne che agli occhi.

Jesse appoggiò la fronte contro il muro della doccia. Doveva stringere i denti – e non qualche altra cosa! – e calmarsi, oppure più tardi non sarebbe stato in grado di incontrare Chris. Non aveva idea di quanta e quale esperienza avesse il ragazzo ma, in un modo o nell'altro, spettava a lui mantenere il controllo. Potevano anche divertirsi, ma non voleva ferirlo: lo era già stato fin troppo, sia nel fisico sia nello spirito.

Prese lo shampoo e cominciò a lavarsi i capelli neri. Li aveva tagliati cortissimi prima di arrivare a Yass, ma per la fine dell'estate si sarebbero allungati di nuovo. Finito con la testa, si insaponò con cura, facendo del suo meglio per togliersi dal corpo ogni residuo di grasso. Era una battaglia persa in partenza, dal momento che avevano ancora delle riparazioni da fare, ma ci provò lo stesso. Anche se, tutto sommato, il grasso era sicuramente meglio del letame di pecora. Presto sarebbe iniziata la tosatura, e allora sì che sarebbe stato lurido. Ma prima dovevano riparare il trattore, altrimenti non avrebbero avuto niente con cui trasportare la lana verso il passaggio successivo del ciclo di lavorazione. I pick-up potevano trainare un piccolo rimorchio, ma niente di abbastanza grande da contenere tutta la lana prodotta da una stazione di quelle dimensioni. Jesse aveva visto i pascoli sparsi lì attorno: Lang Downs aveva un sacco di pecore.

Usò il telo per asciugarsi, se lo avvolse di nuovo attorno alla vita e stava tornando verso la propria stanza, quando si sentì chiamare.

"Ciao, Patrick," salutò. "Ho appena finito di lavarmi."

"Bene, vieni da me dopo esserti vestito," disse il meccanico. "Ho deciso di fare una grigliata per festeggiare la riparazione di quel cazzo di trattore."

"Non è ancora riparato," puntualizzò Jesse.

"Ma ci siamo vicini. Dobbiamo solo rimontare il motore."

"Vengono anche Chris e Seth?"

"Non li avevo invitati, ma lo farò se credi che debba."

"Non so Seth, forse preferirebbe mangiare alla mensa con Jason, ma scommetto che a Chris farebbe piacere essere contato tra gli uomini."

QUANDO CHRIS scese per andare a cena, trovò Jesse che lo aspettava sulla soglia. "Eccoti," gli disse quest'ultimo, osservandolo da capo a piedi. "Patrick ci ha invitato a casa sua per una grigliata. Seth preferisce rimanere qui e mangiare con Jason, ma ho pensato che a te avrebbe fatto piacere."

Chris sorrise, mentre tutta l'apprensione – quella ansiosa, almeno; l'aspettativa era ancora ben vigile – svanì non appena posò gli occhi sul ghigno sexy di Jesse. "Mi piacerebbe una grigliata," disse. "Che cosa cucina?"

"Non l'ha detto, ma credo che sarà un piacevole diversivo alla mensa," rispose Jesse, spostandosi di lato per farlo passare. "Non voglio dire che Kami non sia bravo, ma è una nottata splendida: potremo stare seduti in giardino, bere qualche birra e guardare le stelle."

*Sgattaiolare da qualche parte da soli?* pensò Chris speranzoso, ma non lo disse. Non voleva sembrare troppo ansioso. E pace se ce l'aveva ancora mezzo duro da prima.

Mano a mano che attraversavano la stazione, diretti verso la casa di Patrick, il profumo della griglia si faceva sempre più intenso. "Da quello che si sente nell'aria, non dovrebbe volerci molto prima di mangiare," esclamò Jesse.

"Bene," replicò Chris. "Sto morendo di fame."

Quando arrivarono, Jesse lo condusse direttamente sul retro, per evitare di attraversare la casa con gli stivali sporchi. Gli altri meccanici erano arrivati e si erano già accomodati con i piedi sulla balaustra, a bere birra, ridere e scherzare con la familiarità di chi lavora insieme da anni. Chris fu contento che ci fosse anche Jesse, perché altrimenti era certo che si sarebbe sentito un pesce fuor d'acqua.

"Chris, sono contento che tu sia venuto," lo salutò Patrick con un gesto della mano dalla sua postazione accanto alla griglia. "Prendi una birra e mettiti comodo."

"Grazie, amico," disse Chris. Afferrò una birra, anche se Jesse dovette aiutarlo ad aprirla, e si accomodò su una delle sedie sotto il portico. Jesse gli sedette di fronte e si unì alla conversazione dei meccanici, ma a Chris non importava. Da dove era seduto poteva osservarlo senza dare troppo nell'occhio, e almeno a giudicare da quanto spesso lo pescò a ricambiare il suo sguardo, era evidente che il jackaroo avesse scelto quel posto con la stessa idea in mente.

Poi Jesse si portò la birra alla bocca, gli occhi incatenati ai suoi, e chiuse le labbra attorno al collo della bottiglia, facendolo scivolare dolcemente dentro e fuori un paio di volte, prima di fermarsi sulla punta e sorbire un sorso. Chris deglutì, lo stomaco attorcigliato dal desiderio. Jesse inghiottì la birra e gli fece l'occhiolino, per poi tornare alla conversazione. Chris credette di essere sul punto di incendiarsi per combustione spontanea, lì e in quel momento.

Determinato a non lasciarsi sopraffare da Jesse – l'uomo poteva anche essere più grande, ma neanche lui era uno sbarbatello senza esperienza – il ragazzo sollevò a sua volta la bottiglia fino alla bocca e, strofinandosene il bordo avanti e indietro contro il labbro inferiore, aspettò che l'altro guardasse nella sua direzione prima di leccare via con la punta della lingua una goccia che scivolava lungo il collo. Avrebbe giurato di aver visto una fiamma accendersi negli occhi di Jesse.

Si dondolò sulle gambe posteriori della sedia con un sorriso trionfante. Lui poteva essere sensibile alle provocazioni di Jesse, ma l'altro lo era alle sue. Oh, ci sarebbe stato da divertirsi!

"La carne è pronta," li chiamò Patrick. "Prendete un piatto e servitevi. Carley ha preparato dei contorni e ci sono birre, bibite varie e anche del tè, se preferite."

Chris appoggiò la sua birra sul tavolo, chiedendosi come fare a tenere il piatto e al tempo stesso prendere il cibo con un solo braccio, quando vide Jesse che gli sorrideva.

Dio se era difficile non immaginare quella bocca su di lui! Il jackaroo gli fece di nuovo l'occhiolino: "Prendi il piatto e indicami quello che vuoi," disse. "Te lo riempio io."

Chris strizzò gli occhi – mentre Jesse gli sorrideva, sfidandolo a ribattere – e annuì, incapace di pensare ad altro se non supplicarlo di farlo. Lì. In quel preciso momento. "Più tardi," riuscì a gracchiare alla fine.

"Più tardi di sicuro," confermò Jesse, puntandogli il sedere. Il ragazzo avrebbe giurato di aver sentito qualcosa come una carezza, ma Jesse teneva le mani lungo i fianchi, e non in prossimità dei suoi jeans. Chris si schiarì la gola e cercò di aggiustarsi discretamente. L'ultima cosa che voleva era che gli altri notassero la sua erezione, mentre non gli importava se Jesse se ne accorgeva. Cristo, sperava che per la fine della serata il jackaroo facesse molto di più che limitarsi a prendere nota di quanto ce l'avesse duro. Voleva solo evitare di diventare il bersaglio delle battute degli altri meccanici.

Per fortuna, nessun altro tranne Jesse sembrò notare la sua camminata incerta mentre si avvicinava al tavolo dove Patrick e Carley avevano disposto il cibo.

"Cosa preferisci?" gli chiese Jesse. "Bistecca, salsiccia, hamburger oppure... ohhhh, è agnello, quello?"

"Da qui alla fine dell'estate te ne passerà la voglia," lo prese in giro Patrick.

Jesse negò. "Non mi stancherò mai dell'agnello. Tu cosa vuoi, Chris?"

"Un paio di salsicce e un hamburger. Quella verdura ha l'aria appetitosa, e... quella là è insalata di patate? Non ne mangio da quando la mamma si è ammalata."

Jesse gli riempì il piatto con la carne e i contorni senza aggiungere altro, ma Chris non si illudeva che le allusioni fossero finite. Sperava solo di riuscire a rendere pan per focaccia.

Dopo che si furono seduti al tavolo, Chris rischiò di strozzarsi quando vide Jesse prendere una salsiccia intera, portarsela alla bocca e ciucciarne un attimo la punta prima di staccarla con un morso.

"Allora, Chris," disse Carley, sedendo accanto a Jesse – per fortuna dopo che questi aveva rimesso la salsiccia nel piatto, "di dove sei?"

"Adelaide," rispose lui, "ma è da un po' che non ci abitiamo più. La mamma si è ammalata e ha dovuto lasciare il lavoro, quindi siamo finiti a Canberra perché è lì che vive la famiglia di suo marito. Ma dopo che lei è morta, non c'era più niente che ci trattenesse."

"Non volevate rimanere con il vostro patrigno?" domandò Carley.

"Carley," disse Patrick, raggiungendoli. "Lascialo mangiare. Gli farai il terzo grado più tardi."

Chris rivolse al meccanico un sorriso grato: non aveva voglia di parlare di Tony, ma forse era meglio vuotare il sacco una volta per tutte. Almeno la gente avrebbe smesso di cercare dei modi educati per chiedere.

"Non eravamo figli suoi," continuò Chris dopo un paio di bocconi, senza però alzare lo sguardo dal piatto. Non voleva vedere le loro reazioni. "Dopo la morte della mamma, ci ha detto di levare le tende. Non ci aveva mai adottato, quindi non aveva nessun obbligo legale. Abbiamo provato a rimanere a Canberra, ma non riuscivamo a trovare un posto che potessimo permetterci, così abbiamo cominciato a spostarci verso l'interno. È in questo modo che siamo finiti a Yass, e poi qui."

"Oddio, mi dispiace," disse Carley, allungandosi attraverso il tavolo per stringergli la mano. "Qualcuno dovrebbe suonargliele di santa ragione per essere stato così crudele."

Chris riuscì ad abbozzare un sorriso, cercando di nasconderle quanto invece fosse vicino alle lacrime. Il piede di Jesse sfiorò il suo sotto il tavolo. Chris alzò la testa a guardarlo,

179

e Jesse gli sfiorò la caviglia. Quel sostegno silenzioso, civetteria o qualsiasi altra cosa il jackaroo intendesse trasmettergli, fece tornare Chris in sé e lo convinse a rivolgere a Carley un vero sorriso. "È passata. Seth sta bene e siamo ancora insieme. È questo che conta."

"Parole da vero uomo," disse Patrick con aria di approvazione. "Ti troverai bene qui, Chris. Faremo di te un vero mandriano."

"Non appena mi libero di questa cosa," ribatté lui, alzando il braccio ingessato. "Non posso fare granché in queste condizioni."

"Penseremo a tenerti occupato, non preoccuparti, amico," intervenne Jesse.

L'ESPRESSIONE SUL viso di Chris mentre raccontava a Carley di sua madre aveva completamente sgonfiato l'erezione di Jesse, che era passato dal desiderio di voler trascinare il ragazzo nel più vicino angolo buio, a quello di frapporsi tra lui e il resto del mondo e chiedere a quest'ultimo di finirla di metterlo al tappeto. Poi Chris si era ripreso e Jesse aveva tirato un sospiro di sollievo, ma il desiderio sessuale di solo qualche ora prima era passato in secondo piano.

Arrivato il momento dei saluti, Jesse si avvicinò a Chris e, una volta ringraziati i padroni di casa, gli fece cenno di seguirlo lontano dal dormitorio, in modo da poter parlare senza essere disturbati.

"Stai bene?" gli chiese quando furono soli.

Chris si strinse nelle spalle. "Credo di sì. Non mi piace parlarne, ma ormai lo sanno tutti, e si spera che la faccenda si chiuda qui."

"Non so se Carley lascerà perdere tanto facilmente," disse Jesse, "ma alla maggior parte degli uomini non importa. Noi jackaroo abbiamo la tendenza a non immischiarci negli affari degli altri, proprio perché anche la maggior parte di noi ha un passato di cui non ha piacere discutere."

"Anche tu?"

"Anch'io," rispose, benché, se Chris lo avesse chiesto, glielo avrebbe raccontato. Decise che fosse meglio cambiare argomento e puntò un dito verso l'alto. "Guarda il cielo. Hai mai visto delle stelle così? A Melbourne qualcuna si vede, ma niente del genere."

Ubbidiente, Chris alzò la testa. Jesse gli si mise subito dietro, in modo da poter guidare il suo sguardo verso le varie costellazioni. "Quella è la Croce del Sud," spiegò. "Appena sopra ci sono il Capricorno e l'Acquario."

Chris girò la testa per seguire la direzione indicata dal suo dito, appoggiandosi all'indietro contro di lui in un modo così fiducioso che Jesse fu quasi sul punto di dirgli di smetterla e di cercarsi qualcuno migliore di lui su cui fare affidamento. Ma il corpo di Chris era caldo contro il suo nell'aria fresca della sera, e Jesse non riusciva a scacciare il ricordo di quanto fosse stato bello baciarlo quel pomeriggio.

"E cos'altro c'è lassù?" domandò Chris.

"La Via Lattea, naturalmente. I Pesci sono proprio sopra alla linea dell'orizzonte, da quella parte." Puntò il dito verso est. "E la Nube di Magellano è alla loro sinistra."

"Dove hai imparato tante cose sulle stelle?" lo interrogò Chris. "Io credo di aver studiato qualcosa a scuola, ma non ricordo quasi niente."

"Ho trascorso molte notti da solo nei pascoli, a fare la guardia alle pecore. E non è che ci sia molto altro da fare se non osservare le stelle. Mi hanno incuriosito, così ho voluto saperne di più. Quello che vedi cambia da stagione a stagione, non c'è mai da annoiarsi. Non per me, almeno."

180

Chris si girò nel mezzo abbraccio di Jesse, e gli appoggiò le mani sui fianchi. "La prossima volta devi farmene vedere ancora."

"Quando vuoi," si offrì lui. La vicinanza di Chris gli provocava una reazione scontata, ma decise di assaporare la dolcezza del momento, invece che lasciarsi trasportare dall'eccitazione. Avevano a disposizione tutta l'estate. Non era necessario che si tuffassero immediatamente su un letto, o un mucchio di fieno, a seconda dei casi.

Chris sembrava condividere i suoi pensieri e si allungò per un bacio che era già un punto di arrivo, piuttosto che il preludio a qualcos'altro. Le loro labbra si incontrarono, separarono, incontrarono ancora e infine si unirono in un bacio tenero e suggestivo, ma non esigente. Jesse percepiva quanto Chris fosse pronto a renderlo più intenso, profondo e coinvolgente ma decise di trattenersi, e il ragazzo seguì la sua scia, lasciando che il contatto rimanesse leggero e morbido. Rassicurante più che smanioso.

Dopo qualche secondo Jesse si staccò, lasciando però che la propria fronte rimasse contro quella di Chris. "Cosa facciamo?"

"Ci godiamo la compagnia reciproca," rispose Chris, con voce leggermente affannata.

La risposta era allo stesso tempo più e meno di quello che Jesse aveva sperato. Chris non gli aveva chiesto dichiarazioni o promesse che lui non poteva fargli, e quello era un sollievo, ma una piccola, egoista parte di lui voleva che il ragazzo reclamasse di più. Era passato così tanto tempo dall'ultima volta in cui qualcuno lo aveva voluto per quello che era, invece che per una botta e via o una storia senza pretese. E comunque, Chris non lo stava spingendo contro il muro o nella rimessa dei trattori per avere di più, ma stava condividendo *insieme a lui* quel momento così com'era. Quindi forse voleva, se non propriamente qualcosa di più, almeno un rapporto che andasse oltre l'avventura di una notte.

"Forse dovremmo tornare dentro," disse. "Devi alzarti presto domani mattina. Kami ti starà aspettando."

"Tra un minuto," rispose Chris, sollevando la testa per avere un altro bacio. Jesse lo accontentò con piacere, godendosi la morbidezza delle labbra del ragazzo sotto alle proprie. Il peso del gesso sbilanciava un po' l'abbraccio di Chris, ma serviva anche a ricordare a Jesse con chi era; non uno sconosciuto abbordato in un bar, ma Chris, il suo amico; forse anche il suo 'amico con privilegi'.

Ma non quella notte. L'atmosfera non era quella giusta, e lui preferiva di gran lunga la complicità che si era instaurata tra loro a qualche capriola veloce che avrebbe rovinato ogni cosa.

Quando Chris alla fine si allontanò, Jesse lo lasciò andare. "Ti vedrò a colazione?"

"Ci sarò," promise.

# CAPITOLO 8

IL MATTINO successivo Chris entrò in cucina fischiettando, attirandosi uno sguardo sospettoso da parte di Kami. Lui però lo ignorò e cominciò a preparare le uova per la colazione prima ancora che gli venisse detto. Dopo diverse settimane di lavoro accanto al cuoco aveva ormai imparato come funzionavano le cose.

"Sembra che qualcuno sia di buonumore, oggi," disse Kami dopo qualche minuto. "Se non sapessi dove hai passato la notte, direi che hai avuto fortuna."

"La fortuna assume diverse forme," rispose Chris, mentre le labbra ancora gli fremevano al ricordo dei baci della sera prima. Aveva resistito alla tentazione di masturbarsi sia prima di dormire sia appena sveglio, nella speranza di conoscere al più presto la mano di Jesse. Non prima di sera, in ogni caso, visto che entrambi dovevano lavorare, ma Chris aveva trascorso la notte a sognare Jesse e tutte le cose che voleva che quest'ultimo gli facesse.

Kami rispose con un mormorio e Chris continuò a lavorare e a sognare a occhi aperti, sperando di fare abbastanza bene da non costringere il cuoco a indagare ulteriormente sui suoi pensieri.

Prepararono la colazione e Chris riuscì anche a flirtare un po' con Jesse mentre lo serviva. Dopo che gli uomini ebbero finito e si furono recati ai rispettivi lavori, Chris tornò in cucina dove Kami lo aspettava al varco. "Siediti."

Il ragazzo deglutì nervosamente. "Sì, signore?"

Kami gli rivolse uno sguardo esasperato. "Non rifilarmi quella roba del 'signore'. Non sono tuo padre, grazie agli dei. Vuoi dirmi cosa sta succedendo?"

"Succedendo?" ripeté Chris. Non voleva avere quella conversazione. Prima di tutto non sapeva che cosa stesse succedendo esattamente tra lui e Jesse e, qualunque cosa fosse, non voleva condividerla con nessuno. Era qualcosa di inatteso, e prezioso. Se anche non si fosse rivelato altro che un innocuo civettare, era comunque qualcosa di personale e non voleva rovinare tutto raccontandolo ad altri.

"Non sono cieco," insisté Kami. "So riconoscere una cotta quando la vedo. Caine se ne andava in giro con la stessa identica espressione quando lui e Macklin cominciarono a frequentarsi."

"Non ho una cotta," protestò Chris.

"E allora come la chiameresti?" gli domandò Kami. "Di chiunque si tratti, non lo conosci ancora abbastanza bene da esserne innamorato. Sei qui da appena un paio di settimane e sei stato quasi sempre in compagnia di tuo fratello."

Chris non rispose.

"Dev'essere quello nuovo che sta aiutando Patrick," proseguì Kami. "Capelli neri, occhi verdi, andatura spavalda. Jesse, mi sembra."

"Non ha un'andatura spavalda," lo interruppe Chris.

"Ho indovinato allora," esclamò Kami. "Lo difendi proprio come Caine difendeva Macklin, anche prima che si sapesse in giro che stavano insieme. A giudicare da come si è integrato in fretta, scommetto che quel ragazzo ha già lavorato in altre stazioni, e immagino che sarà nervoso come una pecora con un paio di dingo alle calcagna. È abituato a come funzionano le altre stazioni, non a come gira Lang Downs."

"Qual è la differenza?"

Kami scoppiò in una risata che risuonò quasi sgradevole. "Credi che tutti i titolari di una stazione trattino i loro dipendenti come se fossero parte della famiglia? Dovresti provare a trascorrere qualche giorno a Taylor Peak. Non hai idea di quanto tu sia stato fortunato che tuo fratello si sia imbattuto in Caine e Macklin, anziché in qualche altro allevatore. Ti avrebbero salvato per correttezza, ma ti avrebbero anche lasciato in ospedale senza nessun posto dove andare e niente da fare, quando avessi perso quella merda di lavoro che avevi. Invece adesso vivi nella casa padronale e lavori solo qualche ora al giorno, mentre tuo fratello va a scuola e impara un mestiere che lo renderà una figura importante in qualsiasi stazione da qui a Perth. Jesse, dal canto suo, è nient'altro che un dipendente, e se in una stazione si scopre che è un finocchio, difficilmente potrà rimanerci. Non puoi biasimarlo se cerca di proteggersi."

"Ma tu hai detto che Lang Downs è diversa."

"*È* diversa," confermò Kami, "ma lui è qui da quando lo sei tu e, anche se ha cominciato ad accorgersene, non è passato abbastanza tempo perché possa già fidarsi. Va contro tutto quello che ha imparato ad aspettarsi."

"E io cosa faccio?"

"Beh, dipende da te, da quello che è successo tra voi e da quello che desideri," disse Kami.

"Se lo sapessi!" esclamò Chris con sincerità.

"Sei giovane," disse ancora il cuoco. "Nessuno si aspetta che tu abbia tutte le risposte, ma prova solo a metterti nei panni di Jesse e immagina come potrebbe sentirsi in questo momento. Giusto o sbagliato che sia, si trova davanti un ragazzino che è stato picchiato a morte solo perché è gay. Un ragazzino che, appena uscito dall'infanzia, si trova a doversi sobbarcare la responsabilità di un fratello. Un ragazzino che potrebbe aver vissuto un primo amore o forse solo pochi incontri clandestini ma, in ogni caso, un ragazzino che ha ancora molto da vivere e imparare prima di crescere e sistemarsi."

"E io cosa faccio?" ripeté Chris. "Non ne ho idea."

"Dimenticati per un attimo di lui," gli disse Kami. "Non puoi decidere cosa fare con lui se prima non decidi cosa fare di te stesso. Lui ha già scelto la sua strada: vuole lavorare nelle stazioni. Ciò non significa che si sposterà in continuazione, ma significa che lavorerà sempre in un posto isolato, a contatto con la terra, legato al tempo e alle stagioni. Inoltre, se non dovesse mai trovare la stazione adatta a lui, potrebbe non avere mai una casa. Molti jackaroo finiscono con lo stabilirsi da qualche parte, oppure con il cercarsi altro da fare, se si stancano della vita randagia. Lui non ha ancora mollato, ed è più vecchio di tanti altri che decidono di darci un taglio, quindi è certo che è questo ciò che vuole. Tu, invece, sei più giovane; hai a malapena avuto l'occasione di sperimentarla, la vita, figuriamoci decidere che cosa vuoi farne."

"So quello che non voglio," disse Chris, con determinazione. "Non voglio più aver fame. Non voglio più preoccuparmi di avere un tetto sopra la testa e i soldi per pagarlo. Voglio un posto in cui stare bene, circondato da persone di cui fidarmi e che ci saranno quando avrò bisogno di loro."

Kami non rispose subito, ma si raddrizzò e gettò un'occhiata in giro per la stanza. "Il vecchio fondò questa stazione settantacinque anni fa sulla fede, l'aspettativa e la convinzione di poter creare un futuro migliore. Prese la terra che nessun altro voleva e la trasformò in qualcosa di buono e di duraturo. Conosceva ognuno degli uomini che sono passati da qui, anche quelli che non sono rimasti più di una sola estate. Li ha sempre pagati il giusto e ha dato una casa a quelli che volevano qualcosa di più che un semplice lavoro stagionale. Tu devi decidere se questa può diventare anche la tua casa, se è quello che vuoi; ma stai certo che Caine seguirà le orme dello zio."

"Non può essere così semplice," disse Chris.

"Perché no?" domandò Kami.

"Perché... perché non mi conoscono? Perché non so niente di pecore? Perché sono solo un ragazzino che hanno salvato dalla sua stessa idiozia? Perché nessuno mi vuole attorno?" L'ultima frase gli era uscita prima che riuscisse a impedirselo e quando si rese conto di cosa aveva detto emise un verso lamentoso e lasciò cadere la testa tra le braccia, nascondendosi alla vista di Kami.

La mano che gli accarezzò la schiena era goffa ma in ogni caso confortante, e gli diede il coraggio di alzare di nuovo il viso. L'espressione di Kami era l'esatto opposto della derisione e della pietà che credeva di trovare: c'era una tale comprensione nei suoi occhi, che Chris fu sul punto di perdere il controllo e cominciare a piangere.

"Nessuno mi voleva prima che arrivassi qui," gli disse l'uomo con dolcezza. "Nessuno voleva Macklin. Neil era stato cacciato da più stazioni di quante tu possa immaginare perché litigava continuamente con gli altri jackaroo. Anche Caine credeva che nessuno lo volesse veramente prima di arrivare a Lang Downs. E credi che qualcuno di noi sapesse qualcosa su come si allevano le pecore? Beh, forse Neil sì, visto che aveva lavorato in altre stazioni. Caine non aveva neanche mai messo piede in una fattoria, figuriamo in una stazione. È una tua scelta, Chris, esattamente come lo è stata per ognuno di noi. Può anche darsi che Lang Downs non sia il posto giusto per te: non lo è per tutti – non lo è mai stato – ma non confonderci con tutte le persone che in passato ti hanno giudicato per un motivo o per l'altro. Qui nessuno giudica nessuno. Se vuoi imparare, Macklin ti insegnerà. Se vuoi rimanere, Caine ti troverà un posto. Lavorerai più duro di quanto tu abbia mai fatto finora, probabilmente più duro di quanto faresti in qualsiasi altra stazione, perché qui ci si aspetta molto dagli uomini; ma non ti mancherà mai il cibo, non ti mancheranno mai gli amici, e non dovrai mai preoccuparti di avere un tetto sulla testa, perché non è così che funzionano le cose qui: noi ci prendiamo cura dei nostri. Tutto quello che devi fare è reclamare il tuo posto."

"Se è vero, allora questo è il Cielo in terra," mormorò Chris.

"Benvenuto in Paradiso," rispose Kami con un'espressione così seria che Chris quasi gli credette.

Quasi.

"Vai con Neil, oggi, invece di trascorrere il tempo insieme ai meccanici," gli suggerì Kami. "Non puoi fare granché con le pecore, ma puoi sempre imparare i comandi per i cani. Se deciderai di rimanere, devi saper lavorare con tutti gli animali, sempre che tu non abbia intenzione di farmi da schiavo in cucina per il resto della vita."


MENTRE SI recava in mensa per la cena, Jesse cercò di convincersi che non ci andava per incontrare Chris. Ma quel pomeriggio il ragazzo non si era presentato alla rimessa, come ormai faceva di solito, e Jesse non sapeva cosa pensare. Non voleva credere di aver fatto qualcosa per farlo allontanare; indipendentemente dai baci e dalle altre speranze, gli piaceva stare insieme a lui. Il resto era la ciliegina sulla torta. Aveva sentito la sua mancanza. Gli erano mancati i suoi sorrisi quando gli passava gli attrezzi, e le parole che scambiavano quando gli teneva compagnia e fingeva di capire quello che dicevano i meccanici mentre lavoravano.

Neanche Seth e Jason si erano fatti vedere, probabilmente impegnati con i compiti, e lo avevano lasciato con la sola compagnia di Patrick e degli altri due meccanici: uomini che si conoscevano e lavoravano insieme da anni e che non sentivano la necessità di riempire il tempo con le chiacchiere. Per fortuna, quel pomeriggio avevano finito di rimontare il motore del trattore, quindi il mattino successivo avrebbero potuto cominciare la tosatura. Lo aspettava, come minimo, una settimana di lavoro sporco ed estenuante, ma sarebbe stato insieme agli altri jackaroo e, soprattutto, sarebbe stato troppo occupato per pensare a Chris e a come questi si fosse lasciato fiduciosamente andare tra le sue braccia.

Non avrebbe dovuto essere capace di riconoscerne la risata in mezzo alla confusione delle voci dei jackaroo che si dirigevano verso la mensa, eppure la sentì sovrastare i toni più bassi degli altri uomini, chiara come una campana. Jesse non riuscì a trattenere l'impulso di guardarsi intorno e cercare la fonte di quel suono. Con sua grande sorpresa, vide Chris che, inginocchiato vicino a Neil, giocava con il cane da pastore che non si staccava mai dal fianco dell'uomo. Jesse aveva notato quanto Neil fosse protettivo verso il suo cane – un sentimento reciproco da quello che aveva visto – quindi fu ancora più perplesso.

"Vieni, Max," lo chiamò Chris, allontanandosi di qualche passo da Neil, che li osservava sorridente. Il cane guardò il padrone, chiedendo chiaramente il suo permesso, e nel momento in cui questo fu concesso, si lanciò dietro a Chris, facendo finta di mordicchiargli le caviglie. Ridendo forte il ragazzo continuò a correre.

"Perché non li raggiungi?" domandò Caine, spaventandolo.

"Cosa?"

"A Max piace molto giocare, specialmente quando non ha trascorso tutta la giornata fuori nei pascoli. Domani sera sarà troppo stanco per correre in quel modo, dato che lui e Neil dovranno accompagnare le pecore negli stanzini per essere tosate, e poi di nuovo fuori nei recinti che le ospiteranno prima di essere trasferite nei pascoli più lontani, ma stasera stancherà Chris in un batter d'occhio. Senza contare che non sono sicuro di quanto gli faccia bene correre, con quelle costole."

"Dice di sentirsi molto meglio," rispose automaticamente Jesse.

"Mi fa piacere," disse Caine, "ma non è quello che ho detto. Dovresti raggiungerli."

"Credi?"

"Perché non dovrei?" replicò Caine. "Vuoi due siete stati praticamente inseparabili da quando siete arrivati. Avete litigato?"

"No, non abbiamo litigato," rispose Jesse, contento di poter essere onesto almeno su quella cosa. Non aveva intenzione di raccontare il resto. "Lui... oggi non è venuto alla rimessa."

Caine sghignazzò. "Ha trascorso il pomeriggio con Neil e Max a imparare come lavorare con le pecore. Li ho sentiti mentre aiutavo Jason e Polly a insegnare a Seth le stesse cose."

Jesse esitò ancora un momento, osservando i sorrisi rilassati che si scambiavano Chris e Neil. Rifiutava di ammettere che quella sensazione strana nello stomaco potesse essere gelosia.

"Lo sai che Neil è talmente etero da far paura e che è cotto di Molly, vero? Qualunque cosa ci sia tra te e Chris, Neil non rappresenta certo una minaccia."

"Stavo pensando esattamente la stessa cosa," ammise Jesse. "Ma non è servito."

"Allora vai e unisciti a loro," ripeté Caine. "Senza combattere non otterrai mai quello che vuoi. E se è lui che vuoi, non lo avrai di certo rimanendo qui a parlare con me."

"Lo sai?" gli rispose Jesse con un sorriso. "Hai ragione. Grazie."

"Di niente," disse Caine, ricambiandolo. "Ma non fate tardi a cena."

Jesse non aveva intenzione di essere sottoposto a quel tipo di esame così presto, né tantomeno senza il consenso di Chris, e aveva già detto troppo. Non gli era sembrato che Caine disapprovasse; al contrario, aveva avuto l'impressione che lo incoraggiasse, e Jesse non voleva dargli motivo di cambiare idea.

"Ehi, amico," salutò, raggiungendo Chris e Neil. "Non sei venuto ad aiutarci, oggi."

"Ciao Jesse," ricambiò Chris, con un sorriso così luminoso che Jesse si chiese se potesse trascinarlo da qualche parte per un bacio veloce prima di cena. "Lo sai anche tu che non ci capisco niente di motori. Ho pensato che fosse arrivato il momento di imparare a essere un vero jackaroo."

"Ci sa fare con i cani," disse Neil, con aria di approvazione. "Max non dà ascolto a tutti."

"Lo fa perché glielo hai detto tu," si schermì Chris, chinandosi ad accarezzare la testa del cane.

"No," insisté Neil. "In genere l'unica altra persona cui ubbidisce regolarmente è Macklin, ma a te ha dato retta tutto il pomeriggio."

Jesse fu sul punto di dire qualcosa di provocante, ma Neil era proprio lì accanto e sorrideva incoraggiante a Chris. Era quasi certo che un commento rivolto al ragazzo sarebbe passato inosservato. E se da un lato Neil aveva contribuito a salvare Chris e difeso Caine e Macklin di fronte agli altri lavoranti, Jesse sapeva di non essere nient'altro che uno degli ultimi arrivati, e che se avesse sbagliato a valutare la tolleranza di Neil, quest'ultimo aveva abbastanza ascendente sugli altri da rendergli l'estate un inferno. Non pensava che si sarebbe potuti arrivare a tanto, ma non era pronto a correre il rischio. "Caine ci ha detto di non fare tardi per cena," disse invece. "Forse dovremmo andare."

"CIAO, CHRIS," esclamò Seth, correndo verso il fratello con Jason alle calcagna. "Indovina cos'ho fatto oggi?"

"Non lo so," rispose Chris, allungandosi per spettinare con la mano buona i capelli castano chiaro del ragazzino. Seth aveva preso il colore dalla madre, mentre Chris supponeva di aver ereditato i suoi capelli biondi dal padre, ma non ne aveva la certezza. Fece segno a Jesse e Neil di precederlo all'interno: voleva rimanere qualche minuto da solo con il fratello. "Cos'hai fatto oggi?"

"Ho imparato a raggruppare le pecore!" Seth praticamente saltava dentro agli stivali di seconda mano. "Jason mi ha insegnato, e Caine faceva finta di essere una pecora, così avevo qualcuno con cui esercitarmi!"

Chris faceva fatica a immaginare Caine che correva in giro belando come una pecora e andando nella direzione opposta rispetto a quella in cui il cane lo spingeva, ma qualunque cosa l'allevatore avesse fatto, Seth ne era conquistato. "Sembra divertente."

"Lo è stato. E domani Jason aiuterà con la tosatura e ha detto che posso farlo anch'io!"

"È grandioso," disse Chris, cercando di ricacciare indietro una fitta di gelosia. Non era certo colpa di Seth se lui aveva un braccio rotto ed era limitato nei movimenti.

"E tu cos'hai fatto, oggi?" gli domandò Seth.

"La stessa cosa che hai fatto tu," rispose Chris, "ma non c'era Caine a fare la pecora. Neil mi ha insegnato alcuni comandi."

"È divertente, vero?"

"Sì. Vuol dire che ti piace qui?"

"Sì," sussurrò Seth. "Va bene?"

"Certo che sì," lo rassicurò Chris. "Anche a me piace stare qui, anche se credo che mi piacerà ancora di più quando mi sarò tolto questo peso dal braccio."

"Solo un altro paio di settimane," disse Seth.

*E poi fisioterapia per rinforzare i muscoli.* Ma non lo disse a Seth. Il suo fratellino stava cercando di tirarlo su, e Chris lo apprezzava. Era stato proprio un bel pomeriggio e aveva anche imparato delle cose utili.

"Andiamo a mangiare?" chiese Seth. "Ho fame."

"Andiamo," assentì.

Jesse era ancora in mensa, seduto da solo in un angolo a rigirare il cibo dentro il piatto. Seth lo salutò con entusiasmo. "Non vedo l'ora di raccontargli di Caine."

"Vai allora," disse Chris. "Io devo parlare con Kami."

Seth gli rivolse uno sguardo sospettoso, ma si affrettò a prendere un piatto e a deliziare Jesse con il racconto di come aveva passato il pomeriggio.

"Che ci fai qui?" domandò Kami quando vide Chris entrare in cucina.

"Volevo ringraziarti," rispose Chris. "Ho seguito il tuo consiglio e ho trascorso un bel pomeriggio, molto meglio di quanto mi aspettassi. Neil mi ha insegnato un mucchio di cose, tra una chiacchiera e l'altra riguardo alla bellezza di Molly e la speranza che possa notarlo prima della fine dell'estate. Non gli avrei chiesto di aiutarmi se questa mattina, quando abbiamo parlato, tu non mi avessi spinto a riflettere su cosa voglio."

"È un bravo ragazzo," disse Kami, "adesso che comincia ad ambientarsi. Poteva capitarti un insegnante peggiore. E adesso vai fuori. Ho del lavoro da fare."

Chris ridacchiò e uscì scuotendo la testa. Quella reazione lo fece sorridere ancora di più. Una settimana prima si sarebbe chiesto, preoccupato, cosa avesse fatto per far arrabbiare Kami; adesso, invece, si stava abituando all'irascibilità del cuoco. Cominciava a sentirsi a casa.

Di nuovo in mensa, si riempì il piatto con lo straordinario Pad Thai di Kami e raggiunse il tavolo dove Seth stava ancora raccontando a Jesse le pagliacciate di Caine. Si sedette senza dire nulla, lasciandosi subito catturare dal racconto del fratello. Seth aveva la capacità di stillare ogni accenno di umorismo da una storia divertente e Jesse sorrideva da orecchio a orecchio, arrivando persino a sghignazzare quando il racconto giunse alla fine.

"Caine ha fatto veramente una cosa del genere?" chiese a Chris.

"Non lo so," rispose lui, preso dalla spensieratezza del momento. "Non ne sapevo niente fino a un minuto fa. Io ho avuto un insegnante diverso: è stato divertente, ma non fino a questo punto."

Jesse si rivolse a Seth. "Ci vuole del talento per lavorare con i cani. Non tutti i jackaroo ne hanno la pazienza e in genere sono quelli che finiscono a riparare le staccionate o a pulire gli stanzini. Dovresti essere molto fiero di te."

"Davvero?" chiese Chris. "Io credevo che tutti lavorassero con i cani."

"No," confermò Jesse, "almeno per quello che riguarda la maggior parte delle stazioni. Là, solo pochi jackaroo hanno dei cani propri e li usano per lavorare, e per di più non amano condividerli. Un'altra cosa in cui Lang Downs è diversa, suppongo."

"Davvero!" disse ancora Chris. "Dal modo in cui Neil ha accettato di insegnarmi non avrei mai detto che potesse essere un problema. Devo ricordarmi di ringraziarlo di nuovo. Avete finito di aggiustare il trattore?"

"Sì."

187

"Bene. Ehi Seth, mi prenderesti dell'acqua? Non riuscivo a portare sia il bicchiere che il piatto."

"Certo," annuì Seth, alzandosi subito.

"Cosa fai dopo cena?" chiese subito a Jesse, non appena Seth fu fuori portata d'orecchio. "Vorrei stare un po' con te, senza pubblico."

"Ormai l'orario di lavoro è finito," disse Jesse. "Possiamo andare giù alla rimessa. Non dovrebbe esserci nessun altro."

"Perfetto," fece in tempo a dire Chris prima che Seth tornasse con il bicchiere d'acqua. Cercò di nascondere l'eccitazione: l'ultima cosa che voleva era che il fratello gli chiedesse perché aveva un ghigno come quello dello Stregatto. "Grazie, Seth."

"Di niente," rispose quello. "Devo andare a casa di Jason dopo cena. Dobbiamo fare i compiti dato che abbiamo trascorso tutto il pomeriggio con Caine e Polly."

"Come sono contento di aver preso il diploma anni fa," intervenne Jesse. "Non vedevo l'ora di finire."

"Io non lo so," disse Chris. "Per me non era tanto male. Mi piaceva la storia e adoravo biologia e chimica. Scommetto che un po' di quella roba potrebbe tornarmi utile anche qui alla stazione."

"Hai mai pensato di andare all'università e laurearti in una qualche facoltà scientifica?" gli domandò Jesse. "I veterinari guadagnano bene da queste parti. Le stazioni più grandi ne hanno addirittura uno interno."

"Questa non è una stazione grande?" domandò Seth, con gli occhi sgranati dalla sorpresa.

"Abbastanza," spiegò Jesse, "ma niente a che vedere con gli enormi allevamenti di bestiame del Queensland o del Northern Territory. Alcuni si estendono per migliaia di chilometri quadrati."

"Wow!" esclamò Seth.

"Seth," lo chiamò Jason. "Andiamo. Non voglio studiare fino a mezzanotte."

"Ci vediamo dopo," si congedò Seth, salutando Chris e Jesse con la mano.

"Sei pronto?" domandò Jesse, con un sorriso splendente.

Chris annuì. "Ti raggiungerò tra un paio di minuti. Prima devo prendere la medicina."

# CAPITOLO 9

"COS'HAI DA sorridere?"

Caine guardò l'uomo che gli sedeva di fronte e mangiava dando le spalle al resto della sala. "Chris e Jesse."

"Come in Chris e Jesse oppure Chris-*e*-Jesse?"

"Oh, decisamente Chris-*e*-Jesse," rispose Caine. "Anche se credo che ognuno di loro preso singolarmente basti a ispirare un sorriso. Chris è stato tutto il pomeriggio insieme a Neil per imparare a raggruppare le pecore e a Jesse non è piaciuto."

"Neil non è gay."

"Lo so," sbuffò Caine per la mancanza di intuizione del suo compagno. "Non si tratta di ciò che interessa a Neil, ma di ciò che interessa a Jesse."

"E tu che c'entri?" chiese Macklin. "Non possiamo immischiarci nelle vite dei nostri uomini, se non facendo molta ma molta attenzione. Lo so che Chris ti piace, piace anche a me – quindi non cominciare a inalberarti – ma io lo conosco meglio di quanto tu non farai mai. Ha paura, cucciolo: si è trovato a essere da solo e non gli è piaciuto, perché a nessuno piace, per quanto se ne dica. Adesso però è qui, e se paragonato a quello che aveva prima, Lang Downs gli sembra la valle dell'Eden. Ma considera anche ha già avuto delle cose belle nella vita e le ha perse: gli ci vorranno più di una o due settimane per arrivare a fidarsi di noi, delle altre persone che sono qui e di quello che facciamo. Dopo che saranno trascorsi sei mesi, o un anno, le cose magari cambieranno, ma ancora è presto. Se lui e Jesse cominciano qualcosa che poi finisce male, scapperà via veloce come il vento e non avrà mai più un'opportunità come questa."

"E se invece andasse bene, non sarebbe un'altra ragione per restare?"

Macklin sorrise. "Vuoi proprio che tutti siano felici come lo sei tu, vero?"

"Non c'è niente di male," esclamò Caine sulla difensiva.

"Questa volta potrebbe. Se funziona ovviamente no, ma Chris ha bisogno di tempo per guarire e sentirsi al sicuro, altrimenti le sue insicurezze interferiranno con quello che gli offriamo. Lo so che vuoi aiutarlo, cucciolo, ed è uno dei tratti del tuo carattere che ti rendono quello che sei," *e che amo*, capì Caine anche senza che Macklin lo dicesse, "ma questa volta devi fidarti di me. Io sono stato nella sua stessa situazione e se ti avessi incontrato allora, avrei fatto un casino, perché non ero ancora pronto. Cazzo, ho quasi fatto un casino comunque, anche con il doppio dei suoi anni!"

"Ma non ci sei riuscito," lo consolò Caine con un sorriso, senza però allungare la mano per sfiorare quella dell'altro. Non si toccavano mai quando erano in pubblico. "Allora, come li aiutiamo quei due?"

"Non li aiutiamo," disse Macklin. "Almeno non nel modo che intendi tu. Aiutiamo Chris ad ambientarsi, a sentirsi sicuro del suo posto qui e del nostro sostegno; e aiutiamo Jesse a mettere radici. E forse, quando avranno la certezza che Lang Downs è il posto adatto a loro, cominceranno a guardarsi intorno e a valutare insieme con chi stare."

"Ok," disse Caine, "ci sto." Si sporse leggermente. "Ma io scommetto comunque su di loro. E se ho ragione, se riescono a farcela insieme e a far funzionare la loro storia, mi darai il culo."

"Che c'entra il mio culo con il successo o il fallimento della loro relazione?"

"Niente," rispose Caine. "Ma non potrebbe esserci incentivo migliore per aiutarli a trovare la loro strada, almeno per me."

"Mi stai suggerendo di impedirlo?"

"Io speravo che anche per te fosse un incentivo," replicò Caine.

"Non hai bisogno di nessun incentivo per aiutarli: devi solo lasciare che trovino da soli la loro strada," ripeté Macklin. "Parleremo del mio culo un'altra volta."

Caine si rabbuiò, ma lasciò correre. Avrebbe continuato a minare la resistenza di Macklin un po' alla volta, e forse alla fine lo avrebbe convinto che non c'era bisogno che detenesse il controllo anche quando erano in camera da letto.

"Adesso mi spieghi che cosa facevi questo pomeriggio con Seth e Jason?"

Caine accettò di cambiare argomento e sorrise. "Facevo finta di essere una pecora. A Polly piace giocare con me e abbiamo fatto in modo che Seth imparasse qualcosa."


JESSE MISURAVA nervosamente i confini della rimessa dei trattori. Fuori non era ancora calata la notte, ma senza le luci accese l'interno era buio, più vicino al crepuscolo che al giorno, e sarebbe diventato sempre più scuro con il passare del tempo. Respirò a fondo, lasciando che l'odore dell'olio per motori lo rilassasse. Forse non era il profumo più romantico del mondo, ma per Jesse rappresentava un punto fermo. Persino nei momenti più brutti della sua vita, entrare in un'officina e lavorare con i motori lo aveva sollevato, e spesso gli aveva anche fornito abbastanza denaro per mantenersi un tetto sulla testa e riempirsi la pancia.

La porta cigolò debolmente sui cardini mentre si apriva e poi si richiudeva. Anche se il locale era immerso nell'ombra, Jesse non ebbe problemi a seguire l'avanzare di Chris sul pavimento polveroso. "Da questa parte," lo chiamò, quando si accorse che il ragazzo non lo vedeva con altrettanta facilità.

Chris si voltò nella sua direzione e lo raggiunse vicino alla balla di paglia su cui era seduto. Gli si mise accanto, e rimase così a lungo in silenzio a fissare il vuoto che Jesse si chiese se non avesse cambiato idea.

"Mi sei mancato oggi," disse alla fine, facendogli scivolare un braccio attorno alla vita, contento che il gesso fosse dall'altra parte, così da permettergli di attirarlo a sé senza niente a impedire il contatto. "Sono contento che tu lavori con Neil e che stia imparando come funziona la stazione, ma mi ha fatto capire quanto mi fossi abituato ad averti vicino."

Quelle parole infransero anche le ultime riserve del ragazzo, che inclinò la testa nella muta richiesta di un bacio. Jesse glielo concesse con gioia, rilassandosi quando le loro labbra si sfiorarono. Durante l'inverno passato a Melbourne era stato con diversi uomini, ma era trascorso molto tempo dall'ultima volta che qualcuno si era dimostrato interessato ai suoi baci. Gli appoggiò una mano sulla gamba e lo attirò verso di sé fino a farselo salire a cavalcioni, in modo da poterlo toccare con più facilità.

"Caine ha capito qualcosa," gli disse tra un bacio e l'altro. "Non ho idea di quanto sappia, ma ha fatto qualche commento molto indicativo prima di cena."

"Oltre a dirti di non fare tardi?"

"Sì, ha detto che non devo essere geloso di Neil."

"Neil pensa solo a Molly."

"Lo so, ma ha passato tutto il pomeriggio con te, e io no."

"Non gli interesso," ripeté Chris, "e a me interessa solo quello che può insegnarmi."

190

"Bene," disse Jesse, rifiutandosi di riconoscere quanto quelle parole lo avessero sollevato. "Non ho capito se Caine approva oppure no."

"Ho accettato di venire qui perché mi hanno offerto un lavoro e un posto sicuro per mio fratello," disse Chris. "Non ho firmato nulla che desse loro il controllo sulla mia vita. Non dico che dovremmo metterci in mostra, non sono stupido; e se anche lo fossi stato, tutte le botte che ho preso solo perché sono gay mi avrebbero curato. È bello, ogni tanto, sentire sul mio corpo le mani di qualcun altro, oltre alle mie, non che ultimamente possa fare tanto con questo gesso. Non faccio sesso da quando Tony ci ha buttato fuori di casa."

Jesse si lasciò sfuggire una risata. "E non lo farai neanche stasera. Non porto mai con me i preservativi quando sono al lavoro."

"Sono sicuro che sapremo arrangiarci," disse Chris, spostando la mano tra i loro corpi fino ad appoggiargliela sul membro. "Non possiamo mica permettere che una cosa del genere vada sprecata."

"Prego, allora." Jesse si appoggiò sui gomiti, lasciando a Chris la facoltà di decidere come proseguire l'incontro. Il ragazzo avrebbe potuto ribattere di non essere uno sbarbatello alla prima esperienza, ma Jesse preferiva comunque lasciare che fosse lui a scegliere cosa fare.

Chris, però, non ebbe alcuna esitazione, e si chinò su di lui per baciarlo in un modo più aggressivo di quanto avesse fatto fino a quel momento. Quel cambiamento improvviso lo sorprese, ma poi si rese conto che, se il giorno prima era stato all'insegna del romanticismo, in quel momento si trattava solo di sesso. Jesse era abbastanza pragmatico da accettare la differenza, anche se gli mancava la dolcezza dei loro primi baci. Ma era certo che l'avrebbero ritrovata, quando ne avessero avuto voglia.

Quando Jesse si accorse che l'unica mano di Chris gli armeggiava attorno alla fibbia della cintura, si tirò su e l'aprì lui stesso, insieme ai pantaloni, pur lasciando le redini al ragazzo. "Ce l'avrei fatta," disse Chris.

"Lo so. Ma così abbiamo fatto prima e non devi pensarci più."

Chris sorrise e gli scivolò tra le ginocchia, facendogliele aprire. Gli affondò il viso contro l'inguine e inalò a fondo. "Mi vuoi."

"Certo che ti voglio," gemette Jesse.

Chris non rispose, ma gli fece scivolare la mano dentro i pantaloni per accarezzarlo, con più entusiasmo che delicatezza, confermando la prima impressione di Jesse: il ragazzo non aveva tanta esperienza quanto sosteneva. Ma non si sarebbe certo messo a discuterne in quel momento, non con la mano di Chris che gli circondava il pene e glielo tirava fuori dalla patta aperta.

Poi la bocca del ragazzo compensò ampiamente le mancanze della sua mano. Forse il problema era la mano sinistra e non l'esperienza, perché Chris succhiava come qualcuno che sa esattamente cosa fare con un uccello duro in bocca e con il tizio che ci sta attaccato, soffermandosi sulla punta prima di prenderlo in profondità e poi risalendo a stuzzicare di nuovo la fessura.

Jesse gemette e collassò di nuovo sui gomiti. Era incredibilmente bello essere toccati in quel modo, e non da un estraneo, ma da qualcuno che lo conosceva e a cui importava abbastanza di lui da essere suo amico. Tirò i capelli di Chris e lo costrinse a sollevarsi da terra e a mettersi vicino a lui, così da poterlo baciare e toccare a sua volta. La mano del ragazzo continuava il lavoro che la sua bocca aveva iniziato, e l'uomo non fece neanche più caso ai tentennamenti, perché Chris voleva essere lì con lui, voleva *lui*. Jesse gli aprì a sua

191

volta il bottone dei pantaloni e ci infilò dentro la mano, in modo da restituire almeno una parte del piacere che l'altro gli stava dando.

Chris gemette sulla sua bocca, i fianchi che si agitavano convulsamente sulla paglia mentre l'uomo lo accarezzava con urgenza. "Shhhh," gli sussurrò all'orecchio. "Non vogliamo mica che qualcuno venga a indagare il motivo di questi strani rumori."

Chris annuì, sforzandosi chiaramente di trattenere i gemiti, ma non appena Jesse tornò a toccarlo, ricominciò subito a mugolare. Jesse sorrise al pensiero di riuscire a far sentire Chris così bene. Quando cominciò a masturbarlo più velocemente, la mano del ragazzo si fermò, ma a lui non importava. Bastavano i mugolii che la bocca di Chris produceva contro la propria a eccitarlo. Prima lo avrebbe portato oltre il limite e poi si sarebbe preso cura di sé, se il ragazzo fosse stato troppo scombussolato per restituire il favore. Solo che era troppo bello sentire sul corpo un tocco diverso dal proprio.

Non ci volle molto prima che Chris fosse percorso da un brivido e si abbandonasse a un gemito profondo, mentre il suo uccello traboccava sulla mano di Jesse. L'uomo continuò a massaggiarlo anche dopo, cercando di prolungare al massimo il suo piacere. Alla fine, Chris indietreggiò un poco e Jesse, capendo che i postumi dell'orgasmo lo avevano fatto diventare ipersensibile, lasciò che il membro del ragazzo gli scivolasse tra le dita. Chris continuava ad ansimargli sul il collo, provocandogli piccoli brividi di piacere lungo la spina dorsale. Aspettò ancora qualche secondo, ma la mano di Chris rimaneva immobile accanto alla sua carne. Jesse voleva essere paziente, ma il bisogno di venire lo stava facendo uscire di testa. Se si fosse trattato di qualcuno rimorchiato in un bar, gli avrebbe spinto la testa verso il basso per fargli finire quello che aveva cominciato, ma Chris era appoggiato troppo fiduciosamente su di lui per fargli una cosa del genere, non questa volta almeno, e non se il giorno dopo voleva guardarlo negli occhi.

Invece, strinse la sua mano attorno a quella del ragazzo e cominciò a muoverle insieme lungo la propria asta. Chris si riscosse immediatamente. "Mi dispiace, sono stato egoista," sussurrò con le labbra contro il collo di Jesse.

"Va bene," rispose lui, ormai oltre il limite della ragione per la frizione combinata delle loro mani. "Solo non fermarti."

Chris gli sorrise. "Non mi fermo," promise. Ora che Chris aveva preso di nuovo il comando, Jesse lasciò cadere la propria mano di lato. Il tocco della mano del ragazzo era meglio di quanto il suo sarebbe mai stato. Sentì l'orgasmo ribollirgli nei testicoli, alla ricerca di una via d'uscita, ma cercò di reprimerlo. Non sapeva quando avrebbero avuto l'occasione di rifarlo, e non voleva che quel momento finisse troppo presto.

Chris però sembrava non pensarci e gli mordicchiava il collo e la mascella mentre continuava a massaggiarlo sempre più velocemente.

"Stai attento," mormorò Jesse, "o tutti sapranno cosa abbiamo fatto."

"Credi che gli importi?" domandò Chris.

Jesse non lo sapeva, e neanche voleva scoprirlo quando ancora non aveva neanche un'idea di cosa ci fosse tra loro. Se avessero deciso di impegnarsi in una vera relazione, avrebbe stretto i denti e detto a tutti quanti di farsi i cazzi loro, ma non poteva rischiare il posto di lavoro e il rispetto degli altri jackaroo per la scopata di una notte. Inoltre lui e Chris non avevano ancora parlato. "Preferirei non scoprirlo."

Chris sembrò accettare quella risposta, e trasformò il contatto delle proprie labbra da succhiotti a morbidi baci, ma anche quello fu più che sufficiente, insieme all'ardore con cui lo sfregava, per spingerlo oltre il limite. Venne con un grugnito, spruzzando sulla sua stessa maglietta e sulla mano di Chris.

192

Dopo che gli spasmi si furono placati, Jesse si voltò verso il ragazzo, solo per scoprire che la rimessa era immersa quasi totalmente nelle tenebre, e che anche fuori era scesa la sera. "Dovremmo rientrare," disse, senza riuscire a nascondere il dispiacere. "Non so se Macklin o Caine potrebbero venire a cercarti, ma è meglio non dare a nessuno la possibilità di chiedersi che cosa stavamo facendo mentre tutti gli altri sono nella sala comune a rilassarsi oppure già a letto. Tra l'altro, il mattino arriva fin troppo presto."

"Anche prima per me, dato che devo aiutare Kami a preparare la colazione," concordò Chris. "E con la tosatura, ci sarà da alzarsi ancora prima." Trafficò un po' con i pantaloni, la spalla destra piegata in un angolo strano mentre cercava di raggiungere il bottone con la mano.

"Aspetta, faccio io," disse Jesse. "Non capita spesso che aiuti un ragazzo a vestirsi. In genere i pantaloni li slaccio."

"I miei puoi slacciarli ogni volta che vuoi," commentò Chris. "Beh, ogni volta che è sicuro, almeno."

"Sinceramente, credo che qui lo sia," disse Jesse, tirandogli su la zip. "Non che dobbiamo sventolarlo in giro, ma siamo entrambi adulti e Caine e Macklin non terrebbero persone che dimostrassero di avere un problema con la loro relazione. Quindi, perché dovrebbe essere diverso per noi?"

"Perché noi non stiamo insieme?" domandò Chris. "Voglio dire, tra loro c'è qualcosa di reale. Noi..."

"Aspettiamo di vedere quello che succede," concluse la frase Jesse, non volendosi impegnare per più di quanto potesse offrire. Aveva trascorso una bella mezz'ora in compagnia di Chris, ma ora era arrivato il momento per ognuno di andare per la propria strada, senza la possibilità di un bis durante la notte o semplicemente di un corpo caldo a cui stringersi dopo un brutto sogno. Gli incubi che lo avevano perseguitato una volta erano passati, ma ogni tanto qualcuno ricompariva e non era piacevole svegliarsi da solo, zuppo di sudore. Avere accanto qualcuno disposto a consolarlo era un lusso che raramente si era concesso, ma che sperava di realizzare un giorno. Ma avrebbe dovuto aspettare un altro momento e un altro uomo. Chris andava bene per soddisfare i bisogni fisici, ma non era ancora pronto per il resto; e Jesse doveva tenere questo fatto ben presente se non voleva giocarsi anche il sesso.

"Esatto, proprio così," disse Chris. "Ci vediamo a colazione?"

"Ci sarò," rispose Jesse, chinandosi per dargli un ultimo bacio prima di separarsi.


CHRIS TORNÒ verso la casa padronale camminando lentamente. Il braccio gli faceva un po' male perché ci si era appoggiato, e lo stesso era per le costole, ma il resto del suo corpo stava alla grande: disteso, libero e rilassato per la prima volta da mesi. Il sesso con Jesse rappresentava decisamente un valore aggiunto alla vita a Lang Downs. Raggiunse la veranda in uno stato di beata felicità. Avrebbe potuto scegliere di entrare, affrettarsi verso le scale e sperare di raggiungere la sua camera per godersi da solo quel momento; ma spesso, alla sera, Caine e Macklin sedevano nel salone, oppure Seth gli parlava dei compiti, di quello che aveva fatto nel pomeriggio, o di qualsiasi altra cosa gli venisse in mente. Decise quindi di prendersi qualche altro momento prima di affrontarli e sedette su una delle poltrone scavate nel legno che si trovavano in veranda, appoggiando la testa contro lo schienale.

Quel pomeriggio era servito a fugare le sue preoccupazioni riguardo al tipo di vita che avrebbe condotto nella stazione. Lui e Kami avevano raggiunto un affiatamento quasi perfetto, ma Chris non riusciva proprio a immaginarsi di passare il resto della vita a lavorare in una cucina. Si era adattato alle circostanze, ma in realtà la cosa non lo interessava. Se la cavava piuttosto bene, ma non avrebbe mai voluto su di sé la responsabilità della preparazione di tutti i pasti. Se Caine e Macklin avevano pensato di farlo diventare il successore del cuoco, avrebbero fatto meglio a riconsiderare la cosa.

La porta alle sue spalle si aprì, interrompendo i suoi pensieri. Quando vide Macklin uscire e sedersi sulla poltrona accanto alla sua si irrigidì leggermente: non voleva condividere con nessuno i postumi dell'orgasmo.

Dopo averlo salutato, Macklin rimase a lungo in silenzio. Abbastanza a lungo perché Chris tornasse a rilassarsi. "Mi piace stare seduto qua fuori alla sera," disse alla fine il sovrintendente. "Lo trovo rilassante."

"Vero," rispose Chris. Non era sicuro di quale direzione quella conversazione potesse prendere, ma non trovò nulla di sbagliato nel concordare.

"Qualche volta Caine mi raggiunge, ma stasera sta litigando con un fornitore a proposito di una partita di sementi biodinamiche," continuò Macklin. "Cresceremo da soli il nostro fieno come parte del processo di certificazione, ma per farlo dobbiamo avere le sementi giuste. Il fornitore ha fatto un prezzo, ma ora che è il momento della consegna lo ha cambiato."

"Dev'essere frustrante."

"Ce la farà," disse Macklin. "È incredibile in queste cose. La gente lo guarda, sente il suo accento americano e il modo in cui balbetta, e danno per scontato di aver già capito tutto di lui. Non hanno idea di come si sbagliano."

Chris annuì, percependo chiaramente l'affetto che traspariva dalle parole di Macklin. "È una persona speciale, vero?"

"Lo è per me," replicò l'uomo. "Avevo rinunciato alla speranza di trovare qualcuno – chiunque – nell'outback, e poi eccolo: perfetto, testardo, timido e assolutamente determinato a costruire qui la sua vita. Ci ho messo un po' a crederci, a credere in lui, ma è una forza della natura, anche se non se ne accorge."

Chris non sapeva cosa dire, così lasciò che tra di loro cadesse nuovamente il silenzio. Le parole di Macklin gli riecheggiavano nella testa, o forse non proprio le parole ma il modo in cui l'uomo parlava di Caine, la certezza assoluta che fosse il suo… il suo tutto. Era quasi certo di non aver mai sentito nessuno degli adulti della sua vita mostrare quella sicurezza – nemmeno quando era più piccolo – e sentirla in quel momento, e per di più per bocca della metà dell'unica coppia gay che conosceva, gli faceva girare la testa. Per un qualche miracolo, o scherzo del destino, Macklin aveva trovato la sua anima gemella e aveva il coraggio di tenersela stretta. Chris sperava solo di essere altrettanto fortunato, un giorno.

"Ti stai ambientando?" gli domandò Macklin. "E Kami si è abituato ad averti intorno?"

"Credo di sì," rispose con una scrollata di spalle che solo qualche settimana prima gli avrebbe fatto molto più male. "Non mi ha ucciso, ancora."

"È un buon inizio," ridacchiò Macklin. "Ho sentito anche che oggi hai cominciato a lavorare con le pecore."

"Sì," disse, cercando di non pensare al perché avesse deciso di passare il pomeriggio con Neil anziché con Jesse, e tantomeno a quello che era successo dopo. Era abbastanza buio perché Macklin non lo vedesse arrossire, ma l'uomo sembrava capace di capire tutto al volo, e Chris preferiva che la sua vita privata rimanesse tale.

"Non ti stai stancando troppo, vero?"

"Non sono un bambino," protestò automaticamente Chris.

"Non sto dicendo che lo sei," disse Macklin, la voce imperturbabile come al solito. "Non sono tuo padre e non ti dirò cosa fare, ma sono il tuo capo e in quanto tale la tua capacità di lavorare è affar mio. Se esageri e questo rallenta la tua guarigione, la cosa si ripercuote su di me. Se mi dici che stai bene, io ti credo fino a prova contraria; ma mi aspetto che tu mi dica la verità, così come me lo aspetto da tutti gli altri, quando si tratta del loro lavoro."

"Sto meglio," cedette allora. Le parole franche di Macklin lo avevano rassicurato e gli avevano permesso di rispondere con la dovuta sincerità. "Le costole mi fanno ancora male quando mi allungo, ma riesco a girarmi e anche piegarmi per quanto lo consente la fasciatura. Credo che anche il braccio stia guarendo, anche se non ho modo di controllare. Non fa male, e questo è già di per sé un bene, ma mi prude da morire."

"Metti del borotalco dentro al gesso," suggerì Macklin. "Non farà scomparire completamente il prurito, ma è l'unica cosa che aiuta."

"Non credo di averne. Non lo uso spesso."

"Ne avrai bisogno quest'estate," lo informò l'altro. "Mettilo dentro agli stivali per prevenire il cattivo odore, e nel cavallo dei pantaloni per evitare che sfreghino sulle parti delicate. Ce n'è un po' nella cucina piccola. Faremo scorta la prossima volta che andremo a Boorowa."

"Quando sarà la prossima volta?" domandò Chris, pensando a quello che lui e Jesse non avevano fatto poco prima nella rimessa. "Ho pensato a qualche altra cosa che potrei comprare ora che ho un po' di soldi."

"Andiamo in città circa una volta al mese. Se mi fai una lista posso prenderti quello che ti serve."

Chris arrossì violentemente, le guance in fiamme nella fresca aria notturna. "Uhm, si tratta di cose personali. Vorrei prenderle da solo se mi permetterete di aggregarmi."

Macklin sorrise e si alzò, aprendo la porta prima di voltarsi di nuovo. "Non c'è niente di male a cercare di rilassarsi di tanto in tanto, se lo si vuole in due. Assicuratevi solo di sapere entrambi cosa state facendo."

"Noi non, cioè, non è che, non…"

"Non ti ho chiesto nessuna spiegazione," gli ricordò Macklin. "Sei un adulto e lo stesso vale per Jesse, se è lui la persona di cui parliamo. Se invece non è lui, mi basta che, di chiunque si tratti, sia un adulto. Tutto il resto non è affar mio, come mi hai fatto notare; ma non trasformare la mia stazione in un campo di battaglia solo perché non sai tenerlo nei pantaloni e non sei maturo abbastanza da accettarne le conseguenze."

"Capito."

"Bene. Ci conto."


"Era con Chris che stavi parlando sotto il portico?" domandò Caine.

Macklin ingoiò una parolaccia. Aveva sperato che Caine fosse ancora in ufficio. "Era seduto fuori quando sono uscito per distendere un po' i nervi. Sarebbe stato maleducato non rivolgergli la parola."

"Mmmmm," mugugnò Caine, con un sorriso divertito dipinto sul viso. "Credevo avessi detto che non dovevamo impicciarci."

"Chi si stava impicciando?" ribatté Macklin, rifiutandosi di dargliela vinta. "Gli ho chiesto come vanno le ferite e se si è divertito a esercitarsi con Neil e Max."

"E niente a proposito di Jesse?" lo stuzzicò Caine.

"È un adulto, Caine," disse Macklin, con un tono che suggeriva che fosse meglio lasciar cadere subito l'argomento. "Non ha bisogno che gli diciamo cosa fare."

Caine sorrise e gli passò un braccio attorno alla vita, prima di fargli scivolare la mano sul sedere. "Continua pure a ripetertelo se ti fa sentire meglio. Io aspetto solo di reclamare il mio premio."

Con un leggero brontolio Macklin spinse Caine dentro la camera e, per quella notte, quella fu la loro ultima conversazione coerente.

# CAPITOLO 10

JESSE NON aveva idea di cosa aspettarsi quando entrò in mensa il mattino successivo. La sera prima era tornato in camera ancora stordito. Non era stata esattamente una sorpresa che lui e Chris finissero con il fare sesso nella rimessa – ci erano girati intorno fin dal primo bacio – ma non aveva voluto dare per scontato che potesse accadere così in fretta.

Si chiedeva che cosa ne pensasse Chris. Erano due uomini gay, in salute e single: non c'era ragione per cui non potessero scaricarsi un po' ogni tanto, ma non avevano stabilito nessuna regola, né marcato alcun confine. Jesse non aveva problemi a fare del sesso distensivo quando capitava, ma non era pronto a impegnarsi o stabilirsi da qualche parte. Sperava che Chris non vedesse nei loro giochi più di quello che c'era in realtà.

Dovevano lavorare a Lang Downs per il resto dell'estate, come minimo, e Jesse aveva già provato sulla propria pelle come potevano cambiare in fretta le cose quando un jackaroo scopriva chi era e decideva di offendersi per come lo guardava o gli parlava. E non importava mai a nessuno che Jesse non avrebbe sfiorato quei tizi con un dito nemmeno se fossero stati gay e disponibili. Quelli che lo attraevano non erano mai quelli a cui lui piaceva, ma quelli che *pensavano* di essere il dono di Dio per le donne, indipendentemente da quanto in realtà fossero orrendi.

Non credeva che a Lang Downs potesse succedere una cosa del genere. Se non altro, era quasi sicuro che Caine e Macklin non lo avrebbero licenziato perché si era divertito con Chris, fintanto che il ragazzo fosse stato consenziente. Era un adulto, anche se giovane, e lo aveva dimostrato prendendosi cura del fratello durante gli ultimi sei mesi, ma ciò non voleva dire che gli altri jackaroo ne sarebbero stati contenti, se lo avessero scoperto. Jesse sperava solo che Chris si comportasse con distacco.

Ricordando a se stesso che il ragazzo si era già bruciato una volta perché aveva lasciato che le persone sbagliate scoprissero ciò che era, Jesse respirò a fondo ed entrò in mensa, andando immediatamente a cercare Chris con lo sguardo.

Il ragazzo era dietro al banco insieme a Kami. Quando vide Jesse sorrise e gli rivolse un cenno con la mano, la stessa cosa che aveva fatto nei giorni passati. Jesse lasciò uscire il fiato che non si era accorto di trattenere. Quello almeno era rimasto normale, a prescindere dal resto. Lanciò il cappello sul tavolo dove lui, Chris e Seth mangiavano di solito e andò a prendere la colazione.

"Buongiorno Jesse," gli disse Chris quando la fila glielo fece arrivare davanti. "Darai una mano con la tosatura, oggi?"

"Da quello che ho sentito, direi di sì," rispose, prendendo le uova strapazzate che il ragazzo gli offriva. "Vieni anche tu o sei bloccato qui tutto il giorno?"

"Kami ha detto che posso andare non appena il pranzo sarà pronto," disse Chris. "Vai a mangiare finché è caldo. Ti raggiungo appena posso."

Così, semplicemente. Come se niente fosse cambiato. E forse era proprio così. Forse alla fine sarebbe andato bene.

"Perché sorridi?" gli chiese Seth, intromettendosi nei suoi pensieri.

"Cosa?"

"Hai una faccia come se avessi appena sentito una barzelletta fantastica o ti avessero raccontato un segreto incredibile. Voglio saperlo anch'io."

"Non è niente," rispose Jesse, facendo del suo meglio per controllare la propria espressione.

Seth non sembrò convinto, ma lasciò cadere l'argomento e cominciò a raccontare quello che lui e Jason avevano visto online la sera prima, mentre facevano gli esercizi. "E lo sai che esiste una cosa che si chiama tettonica delle placche?"

"No, non lo sapevo," rispose Jesse. "E tu lo hai scoperto la notte scorsa?"

"Beh, stavamo parlando di scienze della terra ed è venuto fuori," disse Seth con noncuranza.

"Ti sta raccontando della tettonica delle placche?" chiese Chris sedendogli accanto. "Non ha parlato d'altro la notte scorsa. Credo che gli piaccia il suono."

"Cosa?" sbottò Seth, sulla difensiva

"Beh, sai, tettonica, tette," lo prese in giro Chris.

"E allora? Non siamo mica tutti gay," ribatté Seth.

"No, solo due su tre," disse Jesse, "ed è a tuo fratello che stai parlando. Cerca di essere educato."

"È mio fratello. Si suppone che sia mio dovere rendergli la vita un inferno," ribatté Seth.

"Non dopo che si è preso cura di te," insisté Jesse.

"Lascia stare, Jesse," intervenne Chris, sfiorandogli il ginocchio con il suo sotto il tavolo. "Sono capace di sopportare tutte le sue prese in giro."

Jesse avrebbe voluto insistere, ma la cosa non lo riguardava direttamente, così lasciò perdere.

"Jesse ha un segreto e non vuole dirmi qual è," annunciò Seth, cambiando argomento. "Prova a fartelo raccontare tu, Chris."

"Davvero?" domandò Chris, voltandosi a guardarlo.

"Non è niente," disse lui, ben consapevole che fosse molto più che niente. Ma non sapeva quello che Chris aveva raccontato a Seth, e non voleva essere lui a far scoprire gli altarini. "Mi piace la tosatura. Non vedo l'ora di cominciare."

"Macklin è già arrivato e andato, quindi credo che presto cominceranno," esclamò Chris. "Devo aiutare Kami a preparare i panini per il pranzo, ma Neil ha detto che nel pomeriggio posso aiutare lui e Max. Tutti dicono quanto sia dura la tosatura, ma questa sera potremmo andare a fare una passeggiata o qualche altra cosa per rilassarci un po', se non sarai troppo stanco."

Traduzione: trovare un posto isolato dove potersi saltare di nuovo addosso. Jesse sentì il suo corpo reagire in modo automatico a quel suggerimento, e dovette trattenere un altro sorriso. "Vedremo come va la giornata."

"Ho promesso a Patrick che lo avrei aiutato a controllare gli altri macchinari che servono per la tosatura," disse Seth, schizzando in piedi. "Meglio che vada."

"Vengo con te," disse Jesse. Ingurgitò quello che restava del suo caffè e fece una smorfia quando il liquido bollente gli bruciò la gola. "Ci vediamo più tardi giù agli stanzini, va bene Chris?"

"Buon lavoro," lo salutò il ragazzo, prendendo i piatti di tutti per evitare loro di doverli portare in cucina. "Arrivo appena posso."

Jesse seguì Seth fuori dalla porta, ma prima di lasciare che questa si richiudesse si fermò per guardare un'ultima volta Chris da sopra la spalla.

Il ragazzo fischiettava mentre finiva di sparecchiare i tavoli e prendeva una scopa, maneggiandola un po' goffamente a causa del gesso. Kami doveva essere in cucina a lavare i piatti oppure a preparare le salse per i panini che avrebbe servito a pranzo. Scosse la testa davanti alla propria stupidità per aver cercato di cogliere un'ultima immagine di Chris che lo accompagnasse fino a pranzo, quindi girò sui tacchi e andò verso la rimessa. Il trattore era a posto, ma Patrick aveva detto di voler controllare tutti gli altri macchinari prima di lasciare che anche i meccanici partecipassero alla tosatura.

Jesse fu il primo ad arrivare e subito aprì porte e finestre per far cambiare l'aria. Sapeva che l'odore di sesso che gli sembrava di sentire aleggiare nella stanza era solo nella sua testa, ma non vedeva la necessità di correre dei rischi, soprattutto dal momento che Patrick amava lavorare con porte e finestre spalancate, tempo permettendo.

Aveva appena finito i preparativi, tirato fuori la cassetta di Patrick e aperto il vano motore della mietitrebbia, quando arrivò il capomeccanico. "Siamo belli attivi, questa mattina," lo salutò.

Jesse si strinse nelle spalle. "Ero sveglio. Non aveva senso aspettare."

"Allora cominciamo," disse Patrick.

Jesse annuì e iniziò a controllare le candele della mietitrebbia. Qualche minuto dopo, sentì Patrick imprecare a bassa voce.

"Che c'è?" domandò. "Qualcosa di rotto?"

"No, dovevo essere veramente di fretta ieri. La chiave inglese non è al suo posto," spiegò l'uomo. "Ecco cosa ci guadagno a essere così maniacale."

Jesse si accigliò. Non si ricordava di aver visto Patrick affrettarsi a uscire il giorno prima, inoltre l'uomo era decisamente abitudinario. La sua cassetta era talmente in ordine che avrebbe potuto allungare la mano e prendere tutto quello che gli serviva, persino le più piccole punte del trapano, a occhi chiusi.

Gli sembrò di sentire il suono di una risatina, ma quando si voltò a guardare Jason e Seth, impegnati a pulire qualcosa dalla parte opposta della rimessa, nessuno dei due mostrò di interessarsi a quello che gli adulti stavano facendo.

Un attimo dopo, Patrick imprecò di nuovo. "Le pinze, però, non posso averle messe nel posto sbagliato, perché ieri non le ho neanche usate."

Un po' preoccupato, Jesse si fermò e andò verso il punto in cui Patrick era impegnato a guardare dentro la sua cassetta.

"Qualcuno si diverte a fare gli scherzi," disse l'uomo, intento. "Ogni cosa è fuori posto."

"Seth!" chiamò Jesse, con voce decisa. "Vieni qui."

"Sì, Jesse?" rispose quello, avvicinandosi ai due uomini. Cercava di rimanere impassibile, ma lui riconobbe la luce maliziosa nei suoi occhi.

"Non c'è niente che vorresti dire a Patrick?"

"No, perché dovrei voler dire qualcosa a Patrick?" cercò di dissimulare Seth, ma non riuscì a trattenere un'altra risatina.

"Piccolo pezzo di merda," gli sibilò Jesse, prendendolo per il collo della maglia e scuotendolo. "Adesso ti siedi e rimetti tutto esattamente come lo hai trovato, e per tutta la prossima settimana farai tutto quello che Patrick ti ordinerà."

"Non sei il mio capo," lo sfidò Seth.

"Vuoi che racconti tutto a Caine e Macklin?" gli domandò allora Jesse. "Posso andarci subito e poi vedremo che tipo di punizione ti daranno."

"Era solo uno scherzo innocente," mormorò il ragazzino.

199

"Seduto," gli intimò allora, spingendolo verso Patrick. "E vedi di sbrigarti."

Seth gli rivolse un'occhiataccia ma ubbidì: sedette accanto alla cassetta e cominciò a svuotarla. "E chiedi anche scusa, visto che ci sei," continuò Jesse. "Patrick non ha fatto nulla per meritare i tuoi scherzi."

"Come facevi a sapere che era stato Seth?" gli domandò il meccanico.

"Oltre al fatto che cercava di sembrare distaccato? L'ho già beccato una volta a fare un brutto tiro a Chris," spiegò. "Non che questo ne facesse automaticamente il colpevole, ma di certo lo rendeva il sospettato numero uno."

"E che questo vi serva da lezione." Patrick si rivolse a entrambi i ragazzini. "Una volta che ti sei fatto una cattiva reputazione, sei già sulla buona strada per prenderti la colpa di qualsiasi altra cosa, anche se in realtà non c'entri niente."

"Non lo dirai a Chris, vero?" domandò Seth, con un tono timoroso.

"A patto che tu la smetta con gli scherzi," rispose Patrick. Jesse confermò con un cenno del capo.

QUANDO CHRIS raggiunse gli altri per la tosatura, ebbe l'impressione che Seth fosse un po' giù di corda. Il gesso gli impediva di tenere ferme le pecore e passarle col rasoio, ma Neil gli prestò Max per aiutare a trasferire gli animali tosati nei recinti all'estremità della stazione. Si ritrovò a sghignazzare ogni volta che vedeva gli animali, ormai nudi, uscire dai capanni belando come forsennati. Max non aveva quasi bisogno di indicazioni: li raggruppava e li guidava nei recinti giusti, che erano di volta in volta quelli dove si trovava Neil oppure quelli che gli indicava lui. I salti delle pecore appena liberate, specialmente quelle piccole, lo facevano sorridere e rendevano il rumore e il polverone molto più sopportabili. Chris si rese conto di essere fortunato di poter stare all'aperto e all'aria, mentre dentro i capanni doveva esserci caldo, puzza di animale e di sudore. Di sicuro i visi degli uomini che, quando avevano bisogno di riprendere fiato, si davano il cambio ai cancelli erano accaldati e grondanti per la fatica. Chris cercò di non soffermarsi a guardare il petto nudo di alcuni di loro, immaginando che la cosa non sarebbe stata apprezzata, anche se gli sembrò di vedere che alcune tra le ragazze che lavoravano con i cani non si trattenessero dallo sbirciare. Tutte tranne Molly, notò Chris. Lei sembrava non avere occhi che per Neil, e siccome la cosa era reciproca, il ragazzo si ritrovò a sperare che i due potessero essere felici. Se da un lato Chris si sentiva in debito verso Macklin per avergli salvato la vita, dall'altro doveva riconoscere che anche Neil aveva partecipato al salvataggio, e che aveva accettato volentieri di insegnargli come si lavorava in una stazione.

Purtroppo, tutte le sue buone intenzioni si sbriciolarono miseramente quando fu il turno di Jesse di aprire e chiudere i cancelli. Si era sfilato la maglietta verde che indossava al mattino, quella che faceva risaltare ancora di più il colore dei suoi occhi (Chris non avrebbe mai ammesso di averlo notato, ma se n'era accorto eccome!), e stava in piedi accanto al recinto, nudo dalla vita in su. L'incontro della sera prima nella rimessa non lo aveva preparato a quello che ora si trovava davanti: Jesse sudato, scarmigliato e simile in tutto e per tutto all'immaginario del mandriano, con i jeans calati bassi sui fianchi, il cappello e gli stivali. Non riusciva letteralmente a distogliere lo sguardo ed era una fortuna che Max sapesse fare il suo lavoro e fosse andato da solo incontro alle pecore appena tosate, perché nemmeno una delle sue cellule cerebrali era in grado di formulare ordini per il cane. Erano tutte concentrate su Jesse e su quando avrebbe potuto incontrarlo di nuovo da solo, perché ora che gli aveva visto il petto – non particolarmente ampio ma decisamente più muscoloso del suo – ancora pallido dopo l'inverno e ricoperto da una peluria nera che richiamava il colore dei suoi capelli, non sarebbe stato in grado di trattenersi per molto. In qualche modo, però, non gli sembrava che molestare Jesse nel bel mezzo dei recinti e in pieno giorno fosse una buona idea. Avrebbe dovuto aspettare pazientemente e cercare di trascinarlo dietro ai dormitori, o da qualche altra parte, quando tutti gli altri fossero andati in mensa per il pranzo. Doveva trovare una soluzione o non sarebbe sopravvissuto alla giornata; non con il pensiero di Jesse che lavorava dentro i capanni, i suoi muscoli che si tendevano e allungavano mentre teneva la pecora in posizione, o sollevava le pesanti balle di lana per fare spazio alla vittima successiva.

"Chris!"

La voce di Neil lo riportò alla realtà.

"Scusa," urlò in risposta, correndo dietro a una pecora che si era allontanata dalle altre. Fortunatamente il sistema dei recinti era stato studiato in modo tale che le pecore non riuscissero a scappare neppure quando si sparpagliavano in tutte le direzioni. Su, nei pascoli in alto dove avrebbero trascorso l'estate, sarebbero state più libere, ma in quelli vicino alla stazione erano controllate a vista. Chris inseguì la pecora e la fece riunire alle compagne. Dietro ordine di Neil, Max lo raggiunse e finì il lavoro.

"A cosa stavi pensando, amico?" gli chiese l'uomo. "Avevi un'espressione persa."

"Niente di che," rispose Chris. "Come sta Molly?"

Era un colpo basso, ma il ragazzo non aveva dubbi che avrebbe funzionato: Neil sprizzava felicità quando parlava del suo cane o della sua ragazza.

Chris fece del suo meglio per seguire il filo del discorso, tanto da non accorgersi che Jesse era tornato dentro. Ora accanto al cancello c'era Macklin e Chris non poté impedirsi di fissarlo a occhi sgranati. Il sovrintendente non lo attraeva come Jesse, ma questo non gli impediva di apprezzare un bel fisico quando se lo trovava davanti. Da quanto aveva sentito dire in giro, l'uomo doveva essere sulla quarantina, anche se non li dimostrava affatto. Era più snello di Jesse – flessuoso, non massiccio – ma sembrava scolpito nella pietra, e quando si spinse indietro il cappello per asciugarsi la fronte col lembo della camicia che teneva infilata nella tasca posteriore dei pantaloni, Chris sentì le ginocchia piegarsi. Poi anche Caine uscì, pure lui a torso nudo, e si avvicinò al compagno. Non era solido come Macklin, ma immagini di loro due insieme balenarono davanti agli occhi di Chris, lasciandolo eccitato e improvvisamente bisognoso di una pausa.

"Neil, vado a prendere le medicine. Torno tra qualche minuto."

Neil gli fece cenno di aver capito e il ragazzo corse verso casa. Non poteva nascondersi in bagno e masturbarsi – era veramente troppo strano con la mano sinistra – ma poteva almeno sbollire un po'. Inumidì un asciugamano e se lo passò sul viso e sul collo. Non si era tolto la maglia, dato che la brezza che soffiava dagli altopiani era fresca, quindi non era colpa del tempo se si sentiva accaldato.

"Chris?"

"Di sopra," gridò. "In bagno."

Chris riuscì a sentire lo scricchiolio delle scale mentre Jesse saliva per raggiungerlo. "Forse non dovrei entrare," disse il jackaroo dalla soglia. "L'ultima volta ci hanno quasi beccati."

Chris sorrise e lo afferrò per la cintola, tirandolo dentro e chiudendo la porta. "Forse dovresti entrare," dissentì. "Tutti gli altri sono fuori."

"Dove dovremmo essere anche noi," chiarì Jesse, anche se non accennò a muoversi.

"Ci torneremo," rispose Chris, mentre si sporgeva per mordicchiargli il labbro inferiore. "Tra un minuto."

"Non dovremmo fare queste cose durante l'orario di lavoro," disse ancora Jesse, pur rispondendo al bacio. "A Caine e Macklin potrà anche non importare se siamo gay e se ci divertiamo insieme, ma avrebbero ogni diritto di protestare se il nostro divertirci dovesse interferire con il lavoro."

"Tu pensi troppo," esclamò Chris, facendogli scivolare una mano sotto la maglietta. "Perché ti sei rivestito?

"Perché stavo entrando nella casa del capo," rispose Jesse, tirandosi finalmente indietro. "È questo che ti ha stuzzicato?"

"Beh, questo e vedere Caine e Macklin insieme," ammise Chris. "Credo di non averci mai pensato prima, ma Cristo se sono sensuali!"

Jesse scoppiò a ridere. "Dovrei preoccuparmi?

"Non mi considerano proprio. E poi perché dovrebbero, dal momento che hanno l'un l'altro?"

"Non è una risposta," ribatté Jesse, con un tono ancora divertito, per fortuna.

"No, non dovresti preoccuparti," disse allora Chris con decisione. "Ho notato te prima di loro. E pensarli è come guardare un porno: li immagino insieme ma non mi ci vedo in mezzo. Se penso a me, è con te che immagino di farlo."

"Mi piace come suona," disse Jesse. "Ma non faremo niente, vero o immaginario, fino a dopo cena." Aprì la porta del bagno e trascinò Chris fuori con sé. "Andiamo. Ormai sei stato via abbastanza da aver preso le medicine. È tempo di tornare al lavoro."

Chris lasciò che Jesse lo guidasse giù per le scale, anche se si fermò per rubargli un altro bacio mentre si mettevano gli stivali prima di uscire. "Allora, dove ci incontriamo questa sera?" gli domandò poi, quando erano già vicini ai capanni della tosatura.

"Non lo so," rispose Jesse. "Penserò a qualcosa e ti farò sapere."

"Oh, Jesse, eccoti," lo chiamò Caine. "Speravo che tu e Chris faceste qualcosa per me."

"Volentieri, se possiamo," disse Jesse, mentre Chris annuiva.

"Il giorno del vostro arrivo, avrete probabilmente notato i capanni in mezzo ai pascoli. Ne abbiamo diversi sparsi per tutta la stazione, a disposizione di chi trascorre la notte fuori a fare la guardia alle pecore, ma anche di chiunque ne abbia bisogno per una qualsiasi ragione: un temporale, un'interruzione di corrente, o qualunque altra urgenza. Le costruzioni sono in buone condizioni, ma non sappiamo che cosa contengano esattamente, a parte un paio di brande. Vorrei che li inventariaste tutti e li riforniste. Mi è capitato di trascorrerci un paio di notti lo scorso autunno e ho fatto una lista di quello che non può mancare. Caricheremo tutte le provviste su un pick-up, voi controllerete quello che serve e lo aggiungerete prima di proseguire. In questo modo avremo la certezza che quando i ragazzi trasferiranno le pecore ai pascoli di montagna non ci saranno problemi."

"Io non so quanta roba potrò portare, ma non ho nessun problema ad aprire gli armadi e vedere cosa contengono," disse Chris, mentre già si figurava tutto il tempo che avrebbe passato da solo con Jesse. "Tu che ne dici, Jesse?"

"Ho trascorso abbastanza notti all'aperto da apprezzare la possibilità di un riparo," disse Jesse. "Sarò felice di dare una mano. Quando vorresti che lo facessimo?"

"Tra un paio di giorni," rispose Caine. "Prima dobbiamo preparare le provviste e caricarle sul pick-up. Vi farò sapere quando saremo pronti."

"Vuoi che aiutiamo anche a preparare le cose da portare?"

"No, chiederò a Carley di farlo fare ai piccoli," disse Caine. "Non dovrebbero avere problemi a contare batterie, pile elettriche e caraffe di Vegemite. Non c'è bisogno che ti togliamo dalla tosatura per assegnarti a qualcosa che i bambini si divertiranno un mondo a fare."

"Allora torniamo al lavoro," si congedò Jesse, dirigendosi verso i capanni. Chris lo seguì più lentamente, incapace di togliersi dalla mente l'immagine di Caine e Macklin insieme. Ora sì che sarebbe stato difficile ignorare i rumori che provenivano dalla camera accanto alla sua!

# CAPITOLO 11

"IO E macklin abbiamo calcolato che in ognuno dei capanni deve sempre esserci questa roba," disse Caine tre giorni dopo, raggiungendo Chris e Jesse al tavolo della colazione e porgendo loro una lista. "I bambini hanno preparato diverse scatole di provviste, quindi tutto quello che dovrete fare è controllare ogni capanno e rifornirlo di quello che manca."

Jesse prese la lista e la scorse velocemente: cibo in scatola, torce, batterie e lampadine, coperte pulite, kit di pronto soccorso, fiammiferi, acqua.

"Inoltre, se mentre siete in giro vedete una strada che ha bisogno di essere riparata o qualsiasi altra cosa che non funziona, ricordatevi di segnalarcela," disse Caine. "Abbiamo mandato degli uomini a controllare le recinzioni, ma sono andati a cavallo, il che significa che non hanno necessariamente percorso la strada o le stesse aree per le quali passerete voi con il fuoristrada. E comunque questo vale per ogni volta che sarete fuori. Meglio aggiustare un palo adesso che un'intera recinzione più avanti."

"Nessun problema," disse Jesse. Aveva fatto di tutto per evitare di pensare alle ore che avrebbe trascorso da solo nel pick-up con Chris, se non altro per restare sano di mente fino a quando non fossero partiti, ma ora quel momento era arrivato e l'attesa lo stava uccidendo. Durante le sere precedenti, lui e Chris erano riusciti a ritagliarsi solo qualche momento di solitudine dietro alla rimessa dei trattori. C'era sempre stato qualcosa che li aveva interrotti o qualcuno che aveva dovuto recuperare qualche attrezzo e, una notte, addirittura le pecore impazzite. Dopo essere riusciti a calmarle, e aver scoperto che il motivo di tutta quella confusione era un serpente, ormai completamente schiacciato dagli zoccoli, avevano dovuto anche esaminarle tutte alla ricerca di eventuali morsi. Per fortuna non ne avevano trovati e tutte sembravano stare bene, tranne che per lo spavento. Ma quell'episodio aveva messo in guardia Jesse sulla necessità di stare attenti a quello che li circondava, anche lì nell'apparente sicurezza della stazione. Non sapeva se Chris avrebbe saputo riconoscere un serpente innocuo da uno velenoso, ma in ogni caso sarebbe stato impossibile distinguerli al buio, e la scelta sbagliata poteva fare la differenza tra la vita e la morte. Da quel momento in avanti non aveva più suggerito di incontrarsi all'aperto, ma non potevano farlo neanche altrove perché, con l'allungarsi delle giornate, stavano aumentando anche le ore di lavoro, e c'era sempre qualcuno nei fienili o nelle stalle. Jesse aveva persino pensato di invitare Chris nella sua stanza al dormitorio, ma le pareti erano sottili come carta velina e non gli piaceva l'idea che gli altri jackaroo sentissero qualcosa. La camera di Chris nella casa padronale era ancora meno accessibile, con Seth proprio lì accanto e Caine e Macklin in fondo al corridoio. Sapeva che quel giorno avevano del lavoro da fare, ma almeno sarebbero stati da soli e lontano da occhi indiscreti. Se poi avessero trascorso qualche minuto a fare altro, non credeva che la cosa avrebbe infastidito qualcuno, a patto che svolgessero il compito che era stato loro assegnato.

Appena ebbero finito la colazione, Jesse andò subito al pick-up e Chris lo raggiunse qualche minuto dopo: a giudicare dalla sua espressione, era anche lui impaziente di mettersi in marcia. "Sei pronto?" gli chiese Jesse, guardando la mappa dell'ubicazione dei capanni che Macklin gli aveva dato prima che uscisse dalla mensa.

"Prontissimo," rispose Chris sorridendo. "Ho preso un blocco per appunti, nel caso servisse."

"Bell'idea. In questo modo saremo più precisi."

"Hai la radio?" domandò Chris. "Macklin ha detto che chiunque esca dalla valle deve avere una radio. Non si sa mai."

"È già in macchina," lo rassicurò. "Andiamo, dai."

Chris salì e si allacciò la cintura. "Andiamo."


"TI STAI di nuovo impicciando?" domandò Macklin a Caine, proprio mentre il pick-up scuro lasciava la stazione.

"Non mi sto impicciando," protestò quest'ultimo, esattamente come lui sapeva avrebbe fatto. "Avevamo detto che era una cosa da fare e Chris è la persona adatta, dato che il gesso non gli permette di aiutare con la tosatura."

"E naturalmente è un caso che tu lo abbia fatto accompagnare da Jesse," insisté Macklin. "Invece che da Neil o Kyle o qualcun altro che conosce bene la stazione. Hanno tante probabilità di perdersi quante ne hanno di trovare i capanni."

"Jesse è in gamba e ha la mappa che gli hai disegnato tu," ribatté Caine. "L'inverno potrà anche aver rovinato un po' le strade, ma non le ha fatte sparire completamente. Se la caveranno alla grande."

"In altre parole, ti stai impicciando ancora," concluse Macklin.

Caine gli rivolse quello stesso sorriso ammiccante che lo aveva incantato fin dalla prima volta che si erano incontrati, quando era ancora preoccupato che il suo cucciolo cambiasse idea e decidesse di vendere tutto. Non fece una piega quando Caine lo salutò con uno schiaffetto sul sedere, ma solo perché erano all'esterno. Non perdeva mai il controllo davanti agli uomini.

Era consapevole ormai da tempo di ciò che Caine voleva da lui, ma tra saperlo e riuscire a concederglielo, c'era una bella differenza. E a dire la verità, non riusciva neanche a capire fino in fondo cosa ancora lo trattenesse. Aveva azzerato tutti i dubbi riguardanti Caine, la sua dedizione alla stazione – e anche a lui – nel momento stesso in cui lo aveva baciato davanti a una mezza dozzina di uomini. Ma qui non si trattava di avere o meno fiducia nel suo uomo, si trattava di sapersi controllare. Aveva visto troppe volte suo padre perdere il lume della ragione per sentirsi a suo agio con l'idea. Inoltre, l'unica volta che non si era dominato, i risultati erano stati disastrosi e aveva giurato che non sarebbe mai più successo.

Ma forse era arrivato il momento di allentare quei legacci, almeno quelli relativi a quell'unica cosa.


LE STRADE che attraversavano Lang Downs non erano così piene di buche come Chris ricordava, ma neanche regolari. Cercò di controllare sulla mappa quelle che percorrevano e di segnare i punti più brutti in modo da poterli far aggiustare, anche se non era certo che quello che lui considerava in cattive condizioni lo fosse anche agli occhi di chi era abituato a quella vita.

C'erano dei giorni in cui aveva l'impressione di essere caduto nella tana del coniglio insieme ad Alice.

La maggior parte del tempo riusciva a farsene una ragione, e sapeva che gran parte del merito era dell'uomo che gli sedeva accanto. Jesse era stato il suo modello sin da quando erano arrivati. Lo guardò con la coda dell'occhio, desiderando di avere il coraggio di voltarsi e godere appieno della sua presenza. Ma nonostante i momenti intimi che avevano condiviso, e nonostante sapesse che ce ne sarebbero stati altri non appena se ne fosse presentata l'occasione, si sentiva in imbarazzo a guardarlo apertamente, come se fosse un'infrazione a un tacito accordo.

Loro non erano come Caine e Macklin: una coppia unita che sfidava il mondo. Loro si limitavano a fare sesso di tanto in tanto. Non c'era niente di male in questo, ma non era lo stesso tipo di rapporto che permetteva a Caine di sentirsi a suo agio nello spazio personale di Macklin o a Macklin di salire ogni sera le scale per dividere il letto con Caine. Chris non ci provava neanche a capire cosa ci fosse alle spalle dell'abitudine del sovrintendente di sedersi da solo in veranda a guardare le stelle prima di raggiungere il suo amante, ma lo aveva visto accadere abbastanza spesso da accettarlo. I suoi passi pesanti e misurati segnalavano la fine della giornata. Quando Macklin saliva le scale, di sotto tutto era spento, le porte erano chiuse ed era tempo di andare a letto; anche se non sempre tempo di *dormire*, a giudicare dai rumori che filtravano giù per il corridoio quasi ogni notte.

Chris non condivideva niente del genere con Jesse e non si illudeva di poterlo fare a breve, di certo non finché viveva nella casa padronale. Se fosse rimasto a Lang Downs avrebbe potuto trasferirsi al dormitorio, o forse, poiché doveva stare con Seth, in uno dei cottage più piccoli, sempre ammesso che ce ne fosse uno libero. Oppure, se non c'erano case disponibili, Seth sarebbe potuto rimanere con Caine e Macklin e lui sarebbe potuto andare al dormitorio. Ma in ogni caso, se anche lui e Jesse avessero potuto fare sesso – e qualche volta anche dormire insieme – non sarebbe comunque stata la stessa cosa.

Ma il giorno in cui avesse rimesso insieme i cocci della propria vita e fosse riuscito a decidere solo per sé, quel giorno magari avrebbe trovato un uomo così, e avrebbe avuto una relazione su cui basare l'esistenza. Certo, non sarebbe successo a breve, ma Caine e Macklin erano la dimostrazione vivente che poteva succedere, anche lì nell'outback.

"Sei troppo silenzioso." La voce di Jesse riuscì a infiltrarsi tra i suoi pensieri. "Stai bene?"

"Benissimo," rispose in fretta. Forse un po' troppo in fretta, a giudicare dallo sguardo che gli rivolse l'altro. "Stavo pensando a Caine e Macklin."

"Finirai per farmi venire un complesso di inferiorità," scherzò Jesse.

"Non in quel senso," rispose lui alzando gli occhi al cielo. "Pensavo a come vivono insieme, a come si sostengono l'un l'altro. Probabilmente è sciocco, ma li guardo e…"

"E pensi che forse c'è speranza anche per tipi come noi."

Chris annuì.

"Ho lavorato in otto stazioni negli ultimi dieci anni e non ho mai visto nessuno come loro, nemmeno tra le coppie etero. Mi fanno di nuovo credere che i sogni a volte possono realizzarsi. Magari non altrove, ma qui sì. Non mi sono mai voluto fermare in una stazione per l'inverno, nemmeno nelle due dove poi sono tornato, ma ho sempre preferito trascorrere i mesi freddi a Melbourne, o Sydney, insieme agli amici. Ma qui è diverso, qui potrei restarci."

"Sì, anch'io credo che sia quel tipo di posto," concordò Chris. "O forse dipende solo dalle persone che ho conosciuto: Kami, Neil, Patrick… sono tutti residenti e tutti consacrati alla stazione allo stesso modo in cui lo sono Caine e Macklin. Forse gli stagionali la pensano diversamente."

"In verità no," disse Jesse. "Voglio dire, ce ne sono molti che non sono ancora pronti a mettere radici, e altri che considerano questo lavoro solo come un intermezzo prima, o dopo, l'università; ma ce ne sono anche molti che tornano ogni anno perché lavorare qui è diverso."

Mentre proseguivano il giro, Chris rifletté su quelle parole. Aveva pensato di andare all'università, prima che sua mamma si ammalasse e che Tony si dimostrasse sempre più bastardo con il passare dei giorni. In effetti non era stata una sorpresa quando li aveva sbattuti fuori di casa a calci. Si chiese se quel lavoro alla stazione potesse diventare il punto da cui partire per rimettere in carreggiata la propria vita e forse anche risparmiare un po' di soldi per l'università. Avrebbe potuto lavorare part-time in inverno e tornare a Lang Downs in estate, dalla tosatura fino a... non sapeva ancora quale evento segnalasse la fine della stagione, ma se lo sarebbe fatto dire. Avrebbe preso la laurea e 'fatto qualcosa della sua vita', come Tony gli urlava sempre di fare. Tutto ciò, però, avrebbe significato lasciare Lang Downs, mentre Seth sarebbe dovuto rimanere fino al diploma, altri due anni come minimo. Chris si rese conto che non gli importava di sacrificarsi e continuare a lavorare pur di garantire al fratello la possibilità di diplomarsi e aprirsi nuove strade. Se rimanere altri due anni avesse significato che Seth sarebbe potuto andare all'università, allora Chris lo avrebbe fatto.

Lanciò un'occhiata all'uomo che sedeva con lui nella cabina del pick-up. Oppure sarebbe potuto rimanere e basta. Jesse sembrava essere contento della vita che aveva scelto; e anche Kami, Neil, Patrick, Kyle e Ian, oltre naturalmente a Caine e Macklin, si erano ritagliati un loro posto nella stazione. Patrick era sposato, e non era il solo. Neil sembrava sulla buona strada per diventarlo prima della fine dell'estate, e Caine e Macklin era come se lo fossero. Kyle e Ian, però, non avevano nessuno e, pur non avendo più vent'anni, conducevano lo stesso una vita da single all'interno della stazione, stabilmente.

Se anche Jesse fosse rimasto, come le sue parole sembravano suggerire, Chris non avrebbe dovuto stare da solo neanche in inverno: finché fosse durato il loro accordo avrebbe avuto compagnia.

"Ecco il primo capanno," disse Jesse, interrompendo il filo di quei pensieri. "Vediamo di cosa c'è bisogno."

La costruzione era spartana: quattro pareti, un tetto e una tettoia, probabilmente per gli animali, se i jackaroo fossero arrivati a cavallo anziché in macchina. L'interno non mostrava segni di infiltrazioni d'acqua, quindi doveva essere comunque ben costruita, perché Chris sapeva che durante l'inverno sugli altopiani c'erano stati dei brutti temporali.

"Non è che ci sia granché da controllare, eh?" disse.

"Quando la tua unica alternativa è passare la notte sotto la pioggia scrosciante, ripararti sotto un albero o cercare di tornare a casa nel mezzo di un temporale, posso assicurarti che ti sembra il Paradiso," rispose Jesse. "Hai la lista di Caine?"

Chris la prese e controllarono quello che c'era e quello che invece dovevano prendere dal ripiano del pick-up. Caine aveva detto che tutte le coperte avevano bisogno di essere lavate, quindi le sostituirono con quelle pulite per poi dedicarsi a riempire gli scaffali con barattoli di verdure e frutta, biscotti e Vegemite. Non si trattava di un pasto raffinato, ma sarebbe stato più che sufficiente a riempire la pancia in caso di emergenza. Sostituirono le batterie alle torce e controllarono le condizioni delle brande. A quel punto il capanno era pronto per l'estate.

"Quando mi sarò liberato da questo peso inutile, potremmo offrici volontari per un turno di notte," disse Chris mentre risalivano sul pick-up. "Così potremmo trascorrere un po' di tempo da soli."

"Da soli, forse," rispose Jesse, "ma si tratterebbe pur sempre di lavoro."

"Anche in piena notte?"

207

"A meno che non ci troviamo bloccati e usiamo il capanno come rifugio, sì. Da quello che ho capito, di notte le pecore vengono portate vicino ai capanni così gli uomini possono tenerle d'occhio. Saremmo al coperto, ma dovremmo comunque fare la guardia. I dingo e i cani randagi preferiscono attaccare con il buio, quando è più difficile vederli e fermarli."

"Che palle!" brontolò Chris. "Ed ecco che se ne va la mia bella idea per avere un po' di privacy."

Jesse rise. "Troveremo un modo, Chris. Non siamo costretti a farlo tutte le sere."

"Non l'abbiamo mai fatto, ancora."

Jesse gli diede una leggera gomitata. "Sai cosa intendo."

Lo sapeva, ma sentirlo parlare di sesso e immaginare cosa si potesse provare ad averlo dentro di sé risvegliò la sua libido. Improvvisamente l'aria diventò elettrica, Chris puntò lo sguardo sulle mani di Jesse – che stringevano il volante guidando la macchina verso il capanno successivo – e se le immaginò di nuovo addosso.

"Se non possiamo incontrarci *dietro* alla rimessa, potremmo almeno incontrarci *dentro* la rimessa?" domandò dopo qualche minuto, la voce che suonava roca alle sue stesse orecchie.

"Sei su di giri?" lo prese in giro Jesse.

Chris gli afferrò una mano e se la portò all'inguine.

"Cazzo, sì."

"Attento, amico," lo ammonì Jesse, rimettendo la mano sul volante. "Se vado fuori strada, saremo entrambi nei guai."

"Non hai risposto alla mia domanda," lo incalzò. "Possiamo incontrarci di nuovo nella rimessa?"

"Non lo so. Non ci sono garanzie che nessuno ci interrompa, e io ho passato da un pezzo l'età in cui sembra fico farsi scoprire a fare sesso."

"Detta così sembra che tu ti consideri vecchio," disse Chris. "Quanti anni hai? Venticinque? Ventisei?"

"Ventotto," rispose Jesse. "Ma non è questo il punto. Il punto è che non sono un estimatore del sesso in pubblico, neanche quando gli spettatori apprezzano; e ci sono buone probabilità che questi spettatori non apprezzerebbero."

"A me sembra che siano tutti molto tolleranti."

"C'è differenza tra essere tolleranti in teoria e vedertelo sbattere in faccia," ribatté Jesse. "Sì, siamo due adulti, ma ciò non significa che la gente abbia voglia di vederci insieme. Sono sicuro che hai notato che Caine e Macklin sono piuttosto riservati in pubblico."

"Nascondersi sotto gli occhi di tutti?"

"Non credo che loro si nascondano," spiegò Jesse. "Non avrebbe senso se consideriamo il discorso che ha fatto Neil il giorno in cui siamo arrivati. Semplicemente hanno scelto di non fare niente che possa mettere in imbarazzo chi li circonda. Contano sul fatto che i jackaroo facciano il loro lavoro, così come i jackaroo contano su di loro per averlo, un lavoro. Se i lavoranti all'improvviso cominciassero ad andare via, per loro sarebbero guai seri."

"Capisco. E possiamo farlo anche noi? Nasconderci sotto gli occhi di tutti?"

"Noi non siamo nella loro stessa situazione," gli ricordò Jesse. "Non siamo il capo e il sovrintendente."

"Macklin però ha dei sospetti," disse Chris, "e non sembra che gli importi. Ha detto che quello che faccio nel tempo libero sono affari miei, fintanto che non influisce sul mio lavoro o sul tuo."

"Mi sembra una buona cosa, credo," rifletté Jesse, "anche se, sinceramente, non sono sicuro di come mi fa sentire il pensiero che lo sappiano."

"Io non ho detto niente," disse Chris, sperando di non aver fatto nulla di sbagliato. "Eravamo seduti in veranda e Macklin ha parlato di un giro in città per fare provviste. Io ho accennato al fatto che mi servivano un paio di cose e lui si è offerto di prenderle. Ma, poiché non ho nessunissima intenzione di chiedergli di comprarmi dei preservativi, gli ho detto che avrei preferito andare anch'io. A quel punto lui se n'è uscito dicendo che va bene se ogni tanto scarichiamo insieme un po' di tensione, purché siamo sicuri di quello che facciamo. Ti giuro che non gli ho detto niente."

"Non sarebbe il sovrintendente di Lang Downs se fosse lento o stupido," gli fece notare Jesse. "Se avessi bisogno di shampoo o cose del genere, lo avresti chiesto e basta; quindi, o vuoi dei preservativi o hai lo scolo e ti servono le medicine. Se avessi avuto lo scolo, ti avrebbero curato all'ospedale, di conseguenza vuoi dei preservativi."

Quando Jesse mise giù la questione in quei termini... "Allora gliel'ho detto, mi sa."

"Non preoccuparti. Sei stato tu a dire che non era arrabbiato, e se non ti ha ordinato di troncare subito, o altro, immagino che ci abbia tacitamente dato il suo consenso."

Chris si fece più vicino a Jesse. "Allora possiamo rimanere qualche minuto in più nel prossimo capanno? Mi sei mancato."

"A pranzo," concesse Jesse. "Quando ci fermeremo per pranzo, saremo in pausa e non mi sentirò come se stessimo abusando della loro fiducia."

"Finché facciamo quello che dobbiamo, non sapranno mai quando e quanto ci siamo fermati per pranzo," cercò di convincerlo.

Jesse ridacchiò. "Vuoi veramente correre il rischio? Credi veramente di poter guardare Macklin negli occhi senza tradirti, quando comincerà a fare domande? Io sono sicuro di non riuscirci."

Dati i precedenti, Chris decise di non sfidare la sorte. "Ok, vada per la pausa pranzo, allora."

"Pensa a questo momento come a un lungo preliminare," gli suggerì Jesse, fermandosi davanti al secondo capanno. "Altre due ore di attesa, due ore per immaginare tutto quello che succederà quando ci fermeremo."

"Oppure due ore per pianificare tutto quello che ti farò," lo stuzzicò lui. Si rifiutava di essere l'unico ad arrivare arrapato all'ora di pranzo. "Ci sono un paio di cose che mi piacerebbe provare."

"Se te le lascio fare."

Chris sorrise. "Oh, sì che me le lascerai fare. Ho una bocca molto dotata. Almeno così mi hanno detto."

# CAPITOLO 12

JESSE FU tentato di fare una battuta sulla presunta esperienza di Chris, ma non voleva scatenare un litigio, specialmente perché i suoi precedenti in fatto di relazioni non erano certamente meno lacunosi di quelli del ragazzo. Qualche anno prima aveva avuto una specie di storia, durata qualche mese, con un tizio che aveva rimorchiato una sera e di cui non ricordava neanche più il nome, ma sapevano bene entrambi che non si trattava di altro se non una semplice comodità quando nessuno dei due aveva voglia di andare a caccia. Jesse non sapeva se Chris avesse mai avuto un ragazzo, una persona per cui avesse nutrito dei sentimenti, ma poiché lui stesso non poteva annoverarne uno nel suo passato, decise di non fare domande in proposito. "Ne ho di certo beneficiato l'altra notte," disse invece.

"Bene," rispose Chris, con un tono talmente compiaciuto che Jesse decise all'istante cosa sarebbe successo a pranzo: gli avrebbe aspirato il cervello attraverso il cazzo. Chris poteva anche avere una bocca dotata, ma in confronto a lui era ancora un ragazzino che probabilmente era più abituato a succhiare che a essere succhiato. Jesse sapeva come funzionavano i gay bar: un tipo come Chris, giovane e dalla corporatura esile, era destinato a stare in ginocchio con la bocca attorno all'uccello di qualcun altro, oppure con i pantaloni calati a prenderlo nel culo. Sempre che non riuscisse a beccare qualcuno di ancora più giovane e inesperto di lui. Jesse aveva assistito a qualche rara variazione di quello schema, e in genere le due persone coinvolte avevano una storia ed erano quindi disposte a invertire i ruoli. Chris non gli dava quell'impressione.

"Riforniamo anche questo capanno," disse con voce roca. "Dovremmo riuscire a farne ancora uno prima di pranzo."

Chris saltò fuori dal pick-up e andò dentro per controllare: quel capanno era molto meno fornito del precedente.

"Sono contento che stiamo facendo questa cosa," disse il ragazzo mentre portavano dentro le scatolette di cibo. "Non mi piacerebbe dovermi rifugiare qui con nient'altro da mangiare se non quello che abbiamo trovato."

"Nemmeno a me," concordò Jesse, ripensando alle notti che aveva passato all'aperto nelle altre stazioni. Cominciava a capire perché i jackaroo di Lang Downs fossero così devoti: era molto più facile accettare di avere un capo gay quando si poteva usufruire di comodità come quelle. Per una persona come lui, che in passato era stato costretto a lasciare più di un lavoro a causa della discriminazione, quell'accostamento sembrava il Paradiso.

Cambiarono le coperte e chiusero porte e finestre. "Dov'è il prossimo capanno?" Chris guardò la piantina che Macklin aveva dato loro. "Da quella parte."

Mano a mano che salivano, le strade cominciarono a peggiorare, prova evidente di quanto la zona fosse stata colpita dai temporali invernali. Impiegarono quasi due ore prima di raggiungere il capanno successivo. "Pranzo," disse Chris non appena si fermarono.

"Prima controlliamolo," suggerì Jesse. "Poi potremo rilassarci e mangiare."

"E fare sesso."

"E fare altro. Ti ho già detto che non porto mai con me preservativi quando lavoro."

"Dobbiamo trovare una soluzione," insisté Chris. "Alla stazione non possiamo, quindi dobbiamo trovare altri posti dove stare da soli."

210

"Vedremo," disse Jesse. Non gli piaceva tanto quel compromesso, a meno di non andare in uno dei capanni alla fine dell'orario di lavoro e tornare indietro prima di colazione. La sua lealtà nei confronti di Caine era troppo forte: non voleva essere licenziato. E se da un lato era sicuro che non sarebbe successo solo perché si divertiva con Chris, dall'altro Caine avrebbe avuto tutte le ragioni di farlo se quel divertimento fosse coinciso con l'orario di lavoro.

Non appena aprirono la porta furono investiti dalla puzza di escrementi animali. "Cazzo," imprecò Jesse. "Qualcosa ha passato qui l'inverno, spero solo che sia una bestia schifosa."

"Dall'odore sembrerebbe proprio così," si lamentò Chris, tappandosi il naso con la mano buona.

"Sì, ma c'è lo schifoso e c'è il pericoloso," gli spiegò il ragazzo. "Prendi una torcia e vediamo se riusciamo a scoprire di cosa si tratta senza essere costretti a entrare."

Chris ne prese una dalle scatole dei rifornimenti, e Jesse cominciò a percorrere l'interno con il fascio di luce, alla ricerca del riflesso degli occhi o di qualunque altro segno potesse loro indicare dove si trovava l'animale. Alla fine, lo scovò nell'angolo più lontano. "Là," disse. "Lo vedi?"

"Vedo gli occhi," rispose Chris, "ma non saprei dire di cosa si tratta."

"Neanch'io. Potrebbe essere un bandicoot, un bilby, una bettongia, un potoroo o, se siamo sfortunati, un vombato."

"Perché sfortunati?"

"Perché sono più grossi e più tosti degli altri. Se è un vombato, è meglio parlarne con Macklin prima di fare qualsiasi cosa. In un'altra stazione ho conosciuto un uomo che è finito all'ospedale per colpa di una di quelle bestie, e quella non era impaurita e non cercava di difendere la sua tana."

"E come facciamo a scoprire di cosa si tratta?" domandò ancora Chris. "Se sono così pericolosi, non mi sembra una buona idea andare dentro e aprire la finestra per far entrare la luce."

"Sono animali notturni," spiegò Jesse. "Di questo sono sicuro. Se è un vombato, la luce lo spingerà a rintanarsi ancora più in profondità, e se non lo è, potremo almeno scoprire di che si tratta. Tienigli la torcia puntata addosso, almeno vedremo se si muove. Io cercherò di aprire la finestra."

Chris annuì e fece come gli era stato detto, mentre Jesse scivolò dentro e, tenendosi rasente al muro, cercò di trovare la finestra al tatto; non aveva intenzione di distogliere gli occhi dalla creatura fino a che non fosse stato sicuro di cosa fosse. Trovò il gancio e l'aprì, lasciando che i raggi del sole invadessero la stanza. "È un vombato. Lo diremo a Macklin e vedremo cosa deciderà di fare."

"In ogni caso dovremo venire a ripulire," disse Chris mentre lui tornava verso la porta. "Non abbiamo pale, né altro che possiamo usare per disfare la tana, e io non sono sicuro di poterti aiutare. Non sono in grado di maneggiare una pala, al momento."

"Senza tenere conto che se anche riuscissimo a scacciarlo, rimarrebbe la questione di come ha fatto a entrare e di come impedire che possa succedere di nuovo. Forse Macklin vorrà che se ne occupi qualcuno con più esperienza; io non sono un granché come falegname. Cioè, sarei capace di inchiodare una tavola per coprire un buco, in caso di bisogno, ma non sarebbe la soluzione ideale. Stavo per suggerire di pranzare dentro, ma a questo punto credo sia meglio accomodarsi sul cassone del pick-up."

211

Chris prese la roba da mangiare dalla cabina e Jesse stese una coperta pulita sul ripiano di metallo. Non era un letto, e neanche una branda, ma era sempre meglio della fredda lamiera. Per fortuna il sole splendeva alto nel cielo ed era abbastanza caldo da smorzare la brezza che scendeva dagli altopiani, anche se Jesse non era sicuro che fosse una buona idea mettersi nudi. Aveva immaginato di far stendere Chris su una delle brande per poi leccarlo e succhiarlo con tutta calma, e non limitarsi a farlo venire e poi correre verso la destinazione successiva. Ma forse era un po' troppo freddo per una cosa del genere. Meglio decidere sul momento cosa fare.

Chris gli sedette accanto sul portellone aperto. "Ecco," disse, porgendogli la busta con il pranzo, ma Jesse aspettò un secondo prima di aprirla. Fino a poco prima il ragazzo era sembrato così impaziente, e ora si era messo a mangiare tranquillo. Decise di fare lo stesso. Non era più un diciottenne costantemente arrapato; poteva aspettare la fine del pranzo o anche un'altra occasione, se necessario.

"Sembra che Seth si stia ambientando," disse mentre mangiavano. "A parte un paio di scherzi, intendo. Dovresti essere contento."

"Un paio?" chiese Chris con la bocca piena. "Io so solo di quello che ha fatto a me."

Jesse imprecò sottovoce. "Gli avevo promesso di non dirtelo, dal momento che si è scusato e ha rimesso tutto a posto," confessò alla fine, con noncuranza.

"Cos'ha combinato?"

"Ha cambiato posizione agli attrezzi della cassetta di Patrick," raccontò. "Niente di grave, solo un gran fastidio, e ha riordinato tutto. Adesso Patrick controlla la sua cassetta ogni mattina prima di cominciare a lavorare, ma non sembra essersela presa."

"Piccolo pezzo di merda," mormorò Chris. "Gli avevo detto di non fare di queste stronzate qui alla stazione. Lui crede che sia divertente, ma ormai ha superato l'età in cui può cavarsela con poco."

"La stessa cosa che gli ha detto Patrick. E credo che lo abbia ascoltato, perché da quel momento in poi è stato un angioletto. Lascia perdere per questa volta."

"Solo perché ci ha già pensato Patrick," rispose Chris lentamente. "Sto cercando di fare del mio meglio per rappresentare un buon modello ma, Cristo Santo, il più delle volte non so neanche quello che faccio."

"Ehi," gli disse, prendendogli la mano buona e tirandola finché Chris non gli finì tra le braccia. "Smettila. Seth non è più un bambino che devi controllare costantemente; è quasi un adulto, e abbastanza grande da prendere da solo le sue decisioni. Se sbaglia è colpa sua, non tua. Hai già fatto più di quanto dovevi assicurandoti che avesse un posto dove stare e abbastanza da mangiare."

Chris sospirò e gli si appoggiò contro. "Mai più in vita mia, mai e poi mai, farò un commento sprezzante nei confronti dei genitori. Non ho idea di come facciamo, perché io dopo sei mesi alle prese con un adolescente sono già alla canna del gas."

Jesse lo baciò sul collo, più per confortarlo che per sedurlo. Non aveva idea di come si sarebbe comportato con una responsabilità simile. Se gli fosse capitata una cosa del genere, sperava solo di riuscire a essere bravo almeno la metà di quanto lo era stato Chris. In ogni caso le probabilità erano piuttosto scarse, dato che non aveva più visto nessuno dei suoi fratelli da quando era andato via da casa. E come se non bastasse, la più piccola fra loro era già più grande di Seth.

Jesse perse la cognizione di quanto tempo rimasero lì, circondati da un silenzio complice. Non era il tipo di pausa di cui avevano parlato, ma non gli importava: in quel momento Chris sembrava aver bisogno più che altro di un amico, e lui era contento di rivestire quel ruolo.

"Dovremo tornare al lavoro," mormorò alla fine il ragazzo. "Mi dispiace di averti rovinato il pranzo."

"Non hai rovinato proprio niente," gli rispose lui, prima di prendergli il mento e farlo girare verso di sé per baciarlo. "Bisogna essere in due per fare sesso, ed evidentemente tu non eri dell'umore giusto. Ci saranno altre occasioni."

Rifornirono altri due capanni prima che Jesse dicesse che per quel giorno avevano finito. Prese le coperte sporche e stava tornando verso il pick-up quando Chris lo spinse contro la porta e lo baciò con passione.

Jesse fece per protestare – più per abitudine che altro – ma aveva appena finito di dire che la giornata era conclusa e che era arrivato il momento di tornare a casa, e Chris sembrava aver cambiato umore rispetto a prima, quindi si arrese subito. Lasciò cadere le coperte a terra e attirò a sé il ragazzo, una mano sul suo fianco e l'altra dietro alla testa, per prendere il controllo del bacio. Nel momento in cui Chris si rese conto che Jesse rispondeva al suo bacio, si rilassò e lui ebbe l'opportunità di farlo girare fino a metterlo con le spalle contro la porta e inchiodarlo lì con il peso del proprio corpo. Si staccò dalla sua bocca e gli fece scivolare le labbra lungo la guancia, mentre la barba lo pizzicava leggermente.

"Presto dovremo pensare a raderti di nuovo," mormorò quando gli raggiunse l'orecchio.

Chris mugolò qualcosa, un suono di assenso, o di piacere, o forse entrambi. Ma a Jesse non importava molto a quel punto: l'importante era che il ragazzo fosse di nuovo tra le sue braccia. Gli scostò i lembi del pesante giaccone e prese a massaggiargli il petto attraverso il tessuto spesso della camicia da lavoro. Non era esattamente come stare pelle contro pelle, ma per ora dovevano accontentarsi. Il resto sarebbe venuto quando avessero avuto più tempo e magari anche un letto. Cullò per un attimo il pensiero di usare le brande alle loro spalle, ma se lo avessero fatto, sarebbero di certo arrivati in ritardo per cena e avrebbero dovuto fornire delle spiegazioni. Invece gli aprì il bottone dei jeans e abbassò la cerniera, infilandoci dentro la mano per accarezzargli l'erezione già notevole. Oh, sì, Chris si era decisamente liberato del cattivo umore di poco prima.

Cominciò a muovere la mano su e giù e si beò dei gemiti che uscivano dalle labbra del ragazzo, ora che non dovevano più preoccuparsi di soffocarli per paura di essere uditi. Sì tirò indietro quel tanto che bastava per abbassargli i jeans e i boxer sui fianchi e permettere alla sua asta di liberarsi. Baciò Chris un'ultima volta e poi si lasciò scivolare in ginocchio, pronto a reclamare il suo premio.

Sentì un tonfo leggero, probabilmente la testa di Chris che colpiva il legno della porta, ma non si fermò e rimase concentrato sul membro duro che aveva in bocca, sul liquido salato che colava dalla punta e sul profumo muschiato di sudore e desiderio che emanava dal corpo del ragazzo. Di tutte le cose che Jesse amava del sesso, i pompini erano di certo quella che preferiva in assoluto: adorava assumere il completo controllo del corpo e dei sensi di un altro uomo e metterlo nella condizione di essere solo capace di gemere, tremare e godere furiosamente. Una volta aveva avuto una discussione con non-mi-ricordo-come-si-chiama a quel proposito: il tipo sosteneva che quando si trattava di succhiare, ricevere era meglio che dare, ma Jesse non era d'accordo. Oh, certo, non si lamentava se qualcuno glielo prendeva in bocca, ma si trattava sempre di un piacere passivo; mentre in quel momento, era lui quello che faceva star bene il suo amante, e trovava che i mugolii voluttuosi di Chris fossero ancora più appaganti del suo stesso piacere.

Le dita del ragazzo scesero ad accarezzargli i capelli a spazzola, e per un secondo Jesse si chiese se Chris avrebbe provato a prendere il controllo e a scopargli la bocca, ma non lo fece, presumibilmente contento del solo contatto. Jesse ricambiò la tenerezza sfiorandogli il fianco.

"Oh cazzo, ci sono," boccheggiò Chris.

Jesse si tirò indietro e, mentre la mano prendeva il posto della bocca, si alzò e catturò le labbra del ragazzo con le sue. Lo massaggiò con forza e contemporaneamente gli depredò la bocca, esplorandone ogni angolo con la lingua.

Chris emise una specie di grugnito e si immobilizzò. Jesse rallentò il movimento della mano, cercando di rendergli graduale la discesa dal picco del piacere. Ma poi, sentendo crescere il suo stesso bisogno, cominciò a strofinarsi contro la sua coscia. Se ci avesse pensato prima, si sarebbe spostato dall'altra parte, perché quell'angolazione rendeva difficile per il ragazzo infilare la mano buona tra i loro corpi e aiutarlo, ma quando Chris cominciò a spingere contro di lui e a stimolarlo, Jesse si accorse che la posizione non era importante. Alla fine affondò il viso nel collo dell'amante e venne.

"Bene, il ritorno sarà più scomodo del previsto," borbottò quando fu di nuovo in grado di parlare.

"Togliti i boxer," suggerì Chris. "Meglio niente che appiccicoso."

Jesse pensò che probabilmente aveva ragione, ma non gli piaceva l'idea di spogliarsi davanti ai suoi occhi.

"Aspettami al pick-up," disse.

"E rinunciare alla possibilità di guardarti il culo?" scherzò Chris. "Non ci penso proprio."

Facendo del suo meglio che ricacciare indietro un'inutile rispostaccia, Jesse si sfilò gli stivali e si tolse pantaloni e mutande, rimettendo i primi quanto più in fretta possibile. Lo sguardo ammirato di Chris non fece nulla per migliorare il suo umore.

"Perché ti dà fastidio?" domandò Chris. "Non ti lamentavi prima, o quando avevo il tuo uccello in bocca qualche giorno fa."

"Quello è sesso," rispose Jesse con un'alzata di spalle. "Cambiarsi davanti a qualcuno è una faccenda più intima."

"Prego?"

"Non è qualcosa che fai abitualmente quando vai in giro a divertirti," spiegò. "Scopi, ti rivesti e te ne vai. Cambiarsi i vestiti in questo modo è qualcosa che fai con un amante."

"O un amico," intervenne Chris. "Io non ho mai avuto problemi a cambiarmi davanti ai miei amici."

"Siamo amici?" chiese.

"In quale altro modo ci definiresti?" replicò Chris.

Jesse non era sicuro di come rispondere. Si conoscevano da pochissimo tempo e, prima ancora che avessero il tempo di stabilire un rapporto, le dinamiche erano cambiate, pur senza far luce su quello che c'era fra loro. "Credo che potremmo definirci amici," ammise alla fine, con un sorriso appena accennato. "Credo di non essere mai stato amico con la persona con cui andavo a letto."

Chris gli fece l'occhiolino. "Non siamo ancora andati a letto."

Jesse decise di rimediare alla prima occasione. Forse, in fin dei conti, il giorno dopo avrebbe potuto portare un preservativo.

# CAPITOLO 13

"UN VOMBATO?" chiese Caine durante la cena, quando Jesse e Chris raccontarono quello che avevano trovato. "Non ne ho mai visto uno."

Chris vide Macklin trattenere un sospiro. "E non credo neanche che ti farebbe piacere," disse. "Sono pericolosi, specialmente quando sono in trappola, come nel nostro caso. In quale capanno lo avete trovato?"

Jesse glielo disse.

"Ci andrò dopo aver mangiato. Quando uscirà per procurarsi il cibo, inchioderemo una tavola sul buco che usa per entrare e domani manderò qualcuno a pulire."

"Vengo con te," disse Caine.

Macklin alzò gli occhi al cielo e Chris si lasciò sfuggire una risatina. "Non servono due persone per un lavoro del genere," disse il sovrintendente. "Non c'è motivo di perdere entrambi una notte di sonno. Qualcuno dovrà pur organizzare la tosatura, domani."

"E tu credi davvero che io ne sarei in grado?" scherzò Caine. "Dai l'incarico a Neil, se tu credi di alzarti troppo tardi."

"Noi domani finiremo con i capanni, se non avete altri ordini," disse Jesse, afferrando Chris per il braccio e tirandolo via dal tavolo.

Macklin non rispose, completamente concentrato su Caine.

"Cosa?" domandò Chris quando furono fuori.

"Non mi solleticava l'idea di restare e guardarli discutere," esclamò Jesse. "Ci sono cose che non ho bisogno di vedere."

"Non sei divertente."

"Non la pensavi così questo pomeriggio," ribatté l'altro con una smorfia.

Chris rise, come era certamente nelle intenzioni di Jesse, ma non poteva neanche negare che fosse vero: si era divertito un bel po' quel pomeriggio. Fu tentato di dimostrargli quanto con un bacio, ma benché al momento non ci fosse nessuno in vista, Chris sapeva bene che la cosa poteva cambiare da un momento all'altro. La porta della mensa poteva aprirsi e far uscire qualcuno, oppure qualcun altro poteva venir fuori dal dormitorio per fumare o per controllare le pecore ancora nelle stalle. Alla fine decise di dargli una leggera gomitata.

"Ci vediamo domani mattina?" disse Jesse. "Dobbiamo ancora finire con i capanni."

"Non ci rinuncerei per niente al mondo," rispose.

Il sorriso canzonatorio di Jesse si trasformò in qualcosa di più intimamente contento, e Chris sentì il cuore accelerare i battiti. Si rimproverò silenziosamente: lo conosceva da neanche un paio di settimane e non c'era verso che potesse innamorarsene così in fretta, soprattutto quando tutta la sua vita era ancora nel caos. Continuando a sorridere in modo da non rivelare il tono improvvisamente diverso dei suoi pensieri, salutò Jesse con la mano e si diresse verso la casa padronale.

Decise però di non entrare ma di sedere di nuovo sotto al portico nella speranza di avere un po' di tempo per riflettere da solo, visto che Caine e Macklin stavano andando a occuparsi del vombato. Si chiese se fosse vero quello che diceva Jesse, e cioè che Macklin sapeva perfettamente quel che era successo quel pomeriggio nel capanno. Sinceramente sperava di no. Non che la cosa lo imbarazzasse, o che avessero sbagliato; solo che era qualcosa di privato e il pensiero che Macklin sapesse, che addirittura ne parlasse, lo rendeva nervoso. Forse lui e Jesse non stavano vivendo un grande amore, forse non erano destinati a stare insieme per sempre come Caine e Macklin, ma il tempo che trascorrevano insieme era comunque speciale e lui non voleva dividerlo con nessuno.

Il rumore di un pick-up che passava lì vicino lo distolse per qualche secondo dai suoi pensieri e non poté evitare di sorridere quando vide che a bordo c'erano due persone. L'auto uscì dalla valle e si diresse verso il capanno dove lui e Jesse avevano trovato il vombato. Di certo non invidiava ai due la nottata che avrebbero passato nella cabina della macchina, ma sentì comunque una punta di gelosia per il modo aperto e naturale con cui Caine e Macklin stavano insieme.

Dovette ricordarsi che erano il capo e il sovrintendente e che, in ogni caso, avevano pagato un prezzo per arrivare fin lì. Neil aveva ammesso che non avevano mai avuto tanti nuovi jackaroo come quell'anno: solo pochi tra i lavoranti avevano scelto di tornare dopo la rivelazione dell'orientamento di Caine e Macklin; la maggior parte non l'aveva fatto, un ricambio molto più elevato del solito. Non erano a corto di dipendenti, ma sarebbe potuto succedere. Per lui il prezzo sarebbe stato diverso, ma era sicuro che ce ne sarebbe stato uno. Già una volta aveva pagato, e non perché aveva una relazione, ma semplicemente perché era diverso.

Però qualcosa di buono ne era comunque uscito: aveva trovato un posto per sé e per Seth, e aveva trovato Jesse.

Due cose buone. Forse Jesse non sarebbe mai stato "quello" che Caine rappresentava per Macklin – era troppo presto per porsi quel tipo di domande, indipendentemente da quello che sarebbe potuto succedere in futuro – ma per il momento si accontentava. L'uomo lo faceva ridere, lo faceva stare bene e lo ascoltava quando aveva bisogno di parlare. Se poi avessero anche trovato un posto dove fare sesso quando ne sentivano il bisogno, sarebbe stato quasi perfetto.

Il pompino nel capanno era stato fenomenale. Chris ne aveva già ricevuti in passato, ma ai tempi della scuola e da ragazzi che non avevano la più pallida idea di cosa stessero facendo: lo mordevano più che succhiarlo e si erano sempre tirati indietro prima che potesse venire loro in bocca.

Jesse invece sapeva quello che faceva – il cuore di Chris accelerò i battiti al ricordo – lo aveva tenuto inchiodato alla porta e lo aveva fatto sentire *preso*. Gli aveva obnubilato il cervello e rivoltato il corpo. Chris aveva passato abbastanza tempo inginocchiato nei bar da sapere come ci si sentiva a fare un pompino, ma aveva sempre avuto l'impressione che il controllo rimanesse sempre all'uomo a cui lo stava facendo. Non quel giorno, però. Quel giorno non aveva avuto alcun controllo su quello che stava succedendo, non più dal momento in cui la bocca di Jesse gli si era chiusa attorno. Aveva dovuto usare ogni stilla della sua forza di volontà per rimanere in piedi e per non supplicare Jesse di prenderlo in quello stesso istante, senza preservativi né lubrificante.

Si spostò sulla sdraio e allungò le gambe cercando di mettersi a posto l'improvvisa erezione. Sarebbe dovuto rientrare e prepararsi per andare a letto: masturbarsi con la mano sinistra era complicato, ma sarebbe comunque stato più comodo con i boxer che con i pantaloni. Solo che non se la sentiva di salire, non ancora. Mentre se ne stava lì seduto il sole era tramontato, colorando il cielo a occidente di rosa e arancio, mentre le nubi che ricoprivano l'est si illuminavano dei bagliori dei fulmini. Le pecore che ancora aspettavano di essere tosate belavano di tanto in tanto, un suono tranquillo e rilassante che gli arrivava trasportato dalla brezza leggera. Se in nottata fosse arrivata la pioggia, il vento si sarebbe certamente rafforzato e avrebbe fatto sbatacchiare i vetri delle finestre, ma in quel momento tutto era calmo.

216

Sperava che il temporale transitasse durante la notte, perché non voleva che il maltempo impedisse loro di continuare il giro di rifornimento dei capanni. Quel giorno aveva finalmente avuto l'impressione di contribuire, anziché essere semplicemente un peso per la stazione. Le cose sarebbero cambiate dopo che avesse tolto il gesso – o almeno sperava lo facessero – ma fino a quel momento era la persona meno produttiva e se ne rendeva conto, anche se gli altri avevano abbastanza tatto da non fargliene parola.

Uno scoppio di risa proveniente dal dormitorio lo raggiunse all'improvviso e Chris desiderò avere una scusa per unirsi ai jackaroo. Magari avrebbe potuto parlarne con Jesse, il giorno dopo, e chiedergli cosa ne pensava se ogni tanto, alla sera, fosse andato a fare due chiacchiere insieme a loro. Se Lang Downs doveva diventare la sua casa, allora era giusto che cominciasse a fare conoscenza anche delle altre persone che ci vivevano; non poteva aspettarsi di lavorare sempre insieme a Neil o Jesse, per quanto la cosa gli piacesse, la compagnia di Jesse in particolare. Non era ragionevole pretendere che Neil gli facesse da balia tutto il tempo; e se da un lato sembrava che a Jesse piacesse averlo vicino, dall'altro, una volta che il braccio fosse guarito, non avrebbe avuto più scuse per ronzargli intorno. Avrebbe avuto i suoi compiti e le sue responsabilità, e prima avesse imparato a gestirli, meglio sarebbe stato.

Con un risoluto cenno di assenso del capo, si alzò dalla sdraio e salì di sopra per andare a letto. Il giorno successivo avrebbe finito di aiutare Jesse con i capanni, e alla sera avrebbe cominciato a fare la conoscenza di tutti gli altri lavoranti.


"LE PREVISIONI del tempo hanno annunciato temporali per oggi," li avvisò Macklin a colazione, il mattino successivo. "Se si mette male, tornate a casa o cercate rifugio in uno dei capanni. Contattateci ogni ora via radio e fateci sapere dove siete e com'è il tempo. Non voglio che corriate rischi o che vi feriate. Non è necessario che finiate il lavoro oggi, e neanche entro questa settimana, se i temporali continuano."

"Sissignore," rispose Jesse. Persino lì, all'interno di quella valle protetta, si sentivano il freddo e l'umidità. Il riscaldamento del pick-up gli sarebbe stato molto utile, quel giorno. "Siete riusciti a scacciare il vombato, la notte scorsa?"

"Sì, ma è tornato e ha cercato di entrare. Dategli qualche giorno per rassegnarsi prima di andare a pulire; non avrebbe senso doverlo fare due volte, nel caso trovasse il modo di intrufolarsi di nuovo dentro."

Chris li raggiunse accanto alla macchina: il Drizabone che indossava, di almeno due taglie più grande, gli dava un'aria ancora più adolescenziale e vulnerabile.

"Oh, bene, Caine ha trovato il mio vecchio giaccone," disse Macklin. "Sapevo che doveva essere da qualche parte. Te ne prenderemo uno della tua taglia quando andremo a Yass per togliere il gesso. Jesse, ricordati quello che ti ho detto prima: hai abbastanza esperienza da decidere se tornare indietro o aspettare che passi."

Macklin si allontanò prima che Jesse potesse rispondere. Il preservativo gli bruciava come fuoco in tasca, mentre pensava alla possibilità di rimanere confinato in uno dei capanni insieme a Chris per un periodo di tempo indefinito. Cristo, sperava che Macklin non si accorgesse di niente o avrebbe di sicuro perso il lavoro. Doveva farsi venire un'altra idea o sarebbe stata la rovina di entrambi.

"Devi tornare a Yass per farti togliere il gesso?" chiese a Chris, dopo che furono saliti ed ebbero imboccato il sentiero verso gli altopiani.

"Così pare. A Boorowa non hanno l'apparecchio per le radiografie, ma Yass è distante solo un'ora di macchina. Non è come andare a Melbourne."

"Non è quello che intendevo. È a Yass che ti hanno aggredito, o sbaglio?"

"Lo so," disse Chris, "ma non ci andrò da solo. Caine e Macklin hanno detto che staranno con me, se lo desidero."

"Non ne sembri entusiasta."

"Già mi vedono come un ragazzino," sospirò Chris. "Se non riesco neanche a farmi tirare via il gesso da solo, che speranze ho di convincerli che sono un adulto?"

"Non è il gesso il problema," gli spiegò lui. "È che sei stato quasi pestato a morte. Se vuoi posso venire io con te. Io non ti considero un ragazzino."

"Io… te ne sarei grato," accettò Chris. "Mancano ancora un paio di settimane. Il dottore aveva detto dalle sei alle otto. Non voglio essere costretto a tornarci due volte, quindi preferisco aspettare fino alla fine. Un altro mese, in pratica. Ma a quel punto spero che si limitino a tagliare il gesso e mi lascino tornare a casa."

La pioggerellina cominciò a cadere proprio mentre superavano la cresta della valle e si dirigevano a nord, verso i capanni che non avevano controllato il giorno prima.

"Quando decidi di andare, dimmelo e verrò con te, anche a costo di dover prendere un paio di giorni di ferie," insisté Jesse. "Ricordi quello che abbiamo detto ieri a proposito dell'essere amici? Beh, gli amici si aiutano l'un l'altro quando ne hanno bisogno, e sembra proprio che accompagnarti a Yass sia uno di quei casi."

L'espressione sorpresa che affiorò sul viso di Chris fu troppo per Jesse. Fermò il pick-up e, preso il ragazzo per un braccio, lo attirò verso di sé per baciarlo. Fu un bacio dolce, ma non sensuale, perché nonostante avesse il preservativo in tasca, non voleva usarlo dentro la cabina della macchina. La prima volta che fosse entrato in Chris – o il contrario, non era schizzinoso – voleva avere il tempo e la comodità di godersi la situazione. Chris non era una qualunque scopata da bar: erano amici, e Jesse ci teneva a lui. Gli era piaciuto tornare nella sua camera al dormitorio, la sera prima, e sapere che lo avrebbe rivisto, che avrebbero riso, scherzato e lavorato insieme, e anche che probabilmente avrebbero di nuovo fatto sesso.

Il modo in cui il ragazzo rispose al bacio, leccandogli e mordendogli le labbra, gli fece quasi dimenticare il suo proposito, ma avevano appena lasciato la valle. Che lo facessero dentro il pick-up o in uno dei capanni, dovevano allontanarsi prima di spogliarsi. Jesse non sarebbe sopravvissuto all'imbarazzo se uno dei jackaroo, o magari gli stessi Caine o Macklin, li avessero colti in flagrante, e siccome erano ancora nei pressi della stazione, non era una possibilità remota.

"Stai lì," gli ordinò Jesse, con una voce che suonò roca alle sue stesse orecchie, dimostrazione di quanto l'impazienza del ragazzo lo avesse coinvolto. "Prima allontaniamoci un altro po', ok?"

Chris non apparve troppo convinto, ma si scostò e tornò ad allacciarsi la cintura di sicurezza. Jesse ingranò la marcia e si diresse verso il primo capanno.

Per quando lo ebbero raggiunto, la pioggerellina si era trasformata in una vera e propria pioggia fastidiosa, anche se non abbastanza da impedire loro di fare quello che dovevano. Jesse controllò che il giaccone di Chris fosse abbottonato e che lo mantenesse all'asciutto.

Fecero un rapido inventario e scoprirono che quel capanno era più rifornito degli altri.

"Mi chiedo perché questo abbia bisogno di così poche cose," disse Chris mentre cambiavano le coperte e sostituivano le batterie alle torce. "Alcuni erano completamente vuoti, questo sembra sia stato rifornito la settimana scorsa."

Jesse si strinse nelle spalle. "Probabilmente è usato più spesso, quindi i lavoranti ci portano più provviste. O forse è il contrario: essendo vicino alla stazione viene usato poco. Se sono così vicini, possono andare a dormire a casa."

"Sì, ha senso."

Proprio mentre stavano finendo sentirono la pioggia battere con forza sul tetto di lamiera.

"Quanto è lontano il prossimo?" domandò Jesse.

"Non sembra lontanissimo," rispose Chris, "ma è difficile dirlo con sicurezza. La piantina non è esattamente in scala."

"Proviamoci lo stesso. Ci bagneremo un po', ma preferirei farne ancora uno prima che il maltempo ci costringa ad arrenderci."

Corsero verso il pick-up sotto la pioggia, che non era ancora un acquazzone, ma ci andava vicino. La ghiaia aveva evitato che la strada si trasformasse in un pantano, ma Jesse sapeva che prima o poi sarebbe successo, e sperava, prima di allora, di avere il tempo di raggiungere il capanno successivo. Il pick-up aveva quattro ruote motrici, ma neanche quelle potevano tutto.

Per fortuna, il secondo capanno non era distante. Jesse parcheggiò quanto più vicino poté alla costruzione, senza tuttavia allontanarsi troppo dalla strada.

Si precipitarono dentro e cominciarono a fare l'inventario, ma Jesse prestava più attenzione allo scrosciare della pioggia che a quello che faceva. Erano appena a metà del lavoro quando il boato improvviso di un tuono li fece sobbalzare. Jesse aprì la porta e osservò preoccupato l'orizzonte.

"Credo sia meglio aspettare qui che il peggio passi," disse. "L'aspetto di quelle nuvole non mi piace, e non sono abbastanza pratico della zona per sapere come reagiscono le strade a tutta quest'acqua. Non credo che al capo farebbe piacere trovarsi costretto a salvare un altro jackaroo nel bel mezzo di un temporale."

"Per me va bene," esclamò Chris. "Non mi alletta l'idea di mettermi nei guai quando posso starmene qui al sicuro e all'asciutto. Ti serve qualcosa dal pick-up?"

"No. A te?"

"Solo il pranzo, nel caso dovessimo rimanere bloccati a lungo."

"Spero di no, ma meglio prenderlo adesso, prima che il tempo peggiori ancora." Si tirò su il bavero del Drizabone e calcò bene il cappello in testa per ripararsi il collo, quindi corse verso la macchina. Nel tempo che impiegò a cercare gli zaini, la pioggia gli inzuppò completamente i pantaloni, ma il resto rimase asciutto. Non appena mise piede oltre la soglia si sfilò il giaccone e lo agitò per scuoterne l'acqua.

"Forse dovremmo accendere un fuoco," suggerì Chris. "Ho messo un po' di legna nel camino, ma oltre a quello non so andare."

Con i piedi completamente zuppi, Jesse pensò che l'idea del fuoco fosse celestiale. "Ci penso io. Perché non finisci l'inventario, così quando smette possiamo prendere quello che serve?"

Chris annuì e tornò a controllare le mensole, mentre Jesse si occupava del camino. Una volta che il fuoco ebbe preso, si tolse gli stivali e allungò i piedi verso le fiamme per asciugarli e scaldarli.

"Anche i jeans sono bagnati," gli disse Chris. "Prometto di non saltarti addosso, ma è meglio se li togli e li metti ad asciugare. Se hai freddo, puoi avvolgerti una coperta attorno alle gambe."

219

Jesse si sfilò i jeans e tornò a sedersi indossando solo la biancheria. "Aspetta che mi scaldi un secondo e poi potrai saltarmi addosso finché vuoi."

Chris sorrise. "Mi piace l'idea."

Jesse tornò a prendere i pantaloni e ne estrasse il preservativo che ci aveva nascosto quella mattina prima di uscire dalla sua stanza. "Allora questo ti piacerà ancora di più."

"Pensavo che non ti portassi dietro i preservativi quando lavori," disse Chris, ingoiando il groppo di desiderio che gli serrava la gola. Il pene di Jesse cominciò a gonfiarsi al solo udire quel suono.

Chris gli si lanciò addosso e, salendogli a cavalcioni, cominciò a baciarlo selvaggiamente. Jesse ignorò il grattare del denim contro la sua pelle nuda e si concentrò sulla bocca del ragazzo che divorava la sua. Il sentirsi desiderato con così tanta intensità gli incendiò il sangue. Fece scivolare le mani lungo la schiena di Chris e gli liberò l'orlo della maglia dai pantaloni, così da potergli accarezzare la pelle. Per quanto facile sarebbe stato farlo alzare, spogliarsi e poi lasciarsi cavalcare fino allo stordimento, avevano il tempo e la tranquillità necessari per fare le cose con calma, e Jesse aveva tutta l'intenzione di approfittarne.

Si staccò con il respiro già affannato. "C'è una bella branda che ci aspetta. Che ne dici di spogliarci e stenderci?"

Chris mugugnò qualcosa ma non si mosse, anzi mise una mano tra i loro corpi e cominciò ad accarezzarlo attraverso le mutande.

Jesse gli prese la mano e la spostò. "Cos'è tutta questa fretta?"

"Che non vedo l'ora di essere scopato?" ribatté il ragazzo.

"Lo farò se è quello che vuoi," promise Jesse. "Ma ascolta cosa c'è fuori. Non finirà tanto presto e io ho un solo preservativo, quindi non c'è bisogno di correre. Possiamo prendercela con tutta la calma del mondo."

Chris si alzò e si scrollò di dosso il giaccone, ma la manica gli rimase impigliata nel gesso. Jesse lo aiutò a liberarsi e poi lo abbracciò, la schiena del ragazzo contro il suo petto. "Non c'è bisogno di correre, ricordi?"

Gli fece correre le mani sul torace ancora coperto dai vestiti, godendosi il gioco dei muscoli forti e tonici. Il ragazzo poteva anche non avere ancora il fisico asciutto di un jackaroo, ma Jesse avrebbe scommesso che entro la fine dell'estate si sarebbe irrobustito.

Chris gli si appoggiò contro con una tale fiducia che Jesse fu sul punto di fermare tutto. Il ragazzo meritava qualcuno molto meglio di lui, qualcuno con una vita regolare e la capacità di fare e mantenere le promesse. Jesse, invece, non sapeva neanche dove sarebbe andato ad aprile, una volta finita la stagione a Lang Downs.

Si diede mentalmente dello stupido: Chris lo avrebbe preso a calci in culo per quell'autoindulgenza. Il ragazzo aveva dimostrato di essere perfettamente in grado sapersi prendere cura di se stesso e del fratello: non aveva bisogno che qualcuno prendesse le decisioni al posto suo. Inoltre, aveva reso perfettamente chiaro quello che si aspettava da lui nei prossimi minuti, e lui non aveva nessun motivo per negarglielo.

Specialmente non quando l'altro gli strusciava il sedere piccolo e sodo contro l'erezione. Oh sì, aveva tutta l'intenzione di godersi quel momento: era passato un bel po' di tempo dall'ultima volta in cui aveva avuto tempo di indugiare nel sesso, invece che sbrigarsi a raggiungere la mèta. Gli sbottonò la camicia e passò le dita tra i peli che aveva visto, ma non toccato, quando lo aveva rasato. Sollevando una mano verso la sua guancia, gli sfiorò il collo. "Devo raderti di nuovo questa sera. Stai diventando ispido."

Chris gli reclinò la testa sulla mano, in un gesto talmente arrendevole che Jesse sentì sciogliersi il cuore. Lo fece girare e lo baciò dolcemente; poi, senza staccare la bocca, gli tolse la camicia – facendo attenzione a non farla rimanere impigliata nel gesso – quindi la gettò da una parte.

Chris fece lo stesso, e per la prima volta si ritrovarono pelle contro pelle. Jesse tremò a quel contatto e fece scivolare le mani attorno alla vita del ragazzo, premendoselo contro per qualche momento.

"Pensavo che l'avremmo usata, quella branda," disse Chris.

"Tra un minuto," rispose.

Chris, però, non sembrava disposto ad aspettare, e spostò la mano lungo la schiena di Jesse e dentro l'elastico delle sue mutande. Gli affondò le dita nella rotondità del sedere e lo attirò verso di sé.

Jesse fece un passo indietro. "Spogliati."

"Solo se lo fai anche tu," replicò Chris.

Jesse gli rivolse uno sguardo interrogativo, ma si tolse le mutande e le calze. "Tocca a te."

Jesse resisté alla tentazione di aiutare Chris a uscire dagli stivali e dai pantaloni, ma per quanto gli avrebbe fatto piacere essere lui a spogliarlo, sapeva di aver già valicato troppi confini. Non erano amanti, non veramente, e non poteva permettersi di far finta che lo fossero. Invece, si sdraiò sulla branda e cominciò ad accarezzarsi con sensualità mentre osservava il bel corpo snello di Chris svelarsi lentamente davanti ai suoi occhi.


CHRIS SOLLEVÒ lo sguardo dai suoi vestiti e si trovò davanti Jesse che, allungato sul letto, si faceva scorrere pigramente la mano su e giù lungo il pene turgido e pronto. Indugiò solo un secondo, avvinto da quello spettacolo incredibile, poi si lanciò su di lui, certo che quest'ultimo lo avrebbe afferrato.

E infatti le braccia di Jesse lo avvolsero e lo attirarono sopra di sé, mentre Chris, da parte sua, faceva di tutto per spalmarglisi sopra, deciso a toccarlo con ogni parte del corpo. L'uomo lo accontentò e lo circondò completamente, stringendolo forte. Chris sospirò di piacere, anche se il desiderio di portare Jesse oltre il limite diventava sempre più impellente. Il gesso non gli permetteva di muoversi come avrebbe voluto, ma le idee non gli mancavano, se Jesse gli avesse permesso di metterle in pratica. L'uomo insisteva che avrebbero dovuto prendersela comoda e divertirsi invece che affrettarsi verso la conclusione, e Chris decise di ascoltarlo. Si tirò su e si mise carponi. "Voltati."

Il volto di Jesse espresse chiaramente quanto l'uomo fosse sorpreso per quell'ordine improvviso, ma Chris non si lasciò intimorire. Nel momento in cui Jesse fu pronto, scivolò indietro sulla branda, concentrato sul suo scopo. Trovare l'angolazione giusta si rivelò piuttosto difficile a causa del braccio rotto, ma alla fine riuscì a seppellire il viso in mezzo al sedere di Jesse e a raggiungere la sua entrata con la lingua. Il mugolio di Jesse contro il cuscino gli fece affiorare un sorriso sulla bocca, senza che ciò gli impedisse tuttavia di continuare prendersi cura di quei pochi centimetri di carne che, Chris sperava, gli avrebbero dato così tanto piacere da spingerlo a scoparlo come si doveva.

L'odore del desiderio di Jesse gli rapì i sensi, spronandolo a impegnarsi ancora di più. Scese verso i testicoli e cominciò a succhiarli. Il gemito che uscì dalle labbra dell'uomo fu ancora più eccitante dei versi di prima e Chris succhiò con ancora più foga, fino a che l'altro non si scostò.

"Se vuoi ancora che ti scopi, è meglio che tu smetta," gli disse, mentre tornava a girarsi sulla schiena, gli occhi splendenti di libidine.

"Oppure potrei farti venire e poi essere io a scoparti," provò a gettare l'amo Chris.

"Potresti," concordò Jesse, senza cambiare tono.

Chris decise subito che avrebbe approfittato di quell'offerta appena possibile, ma aveva immaginato di sentire Jesse dentro di sé praticamente da quando si erano conosciuti, e di sicuro da quando aveva scoperto che era gay. Realizzare quel desiderio aveva la priorità. "La prossima volta."

Afferrò il preservativo dal punto in cui era caduto e lo srotolò sull'asta di Jesse – per fortuna era di quelli autolubrificanti. Gli salì a cavalcioni e affondò lentamente sull'erezione dell'uomo.

"Potevi lasciare che ti preparassi un po'," borbottò Jesse.

"Non ce la facevo ad aspettare," rispose lui, ondeggiando avanti e indietro, mentre i suoi muscoli si aprivano lentamente mano a mano che si abituavano alla circonferenza di Jesse dentro di sé. Bruciava, ma Chris sapeva che sarebbe passato in fretta, e allora sarebbe stato incredibile.

Jesse emise un altro verso, i tendini del collo tesi nello sforzo di rimanere immobile. Chris apprezzò il gesto, ma ormai non c'era più bisogno di aspettare. Allungò la mano buona dietro di sé e gli accarezzò il sacco. "E ora scopami."

Jesse ridacchiò mentre affondava dentro di lui. "Se vuoi che lo faccia veramente, siamo nella posizione sbagliata."

Chris si abbassò e lo baciò. "Trova il modo."

Jesse gli pizzicò un capezzolo. "Trovato."

Chris sorrise: la risposta gli era piaciuta almeno quanto la carezza. Ok, forse non proprio, ma l'idea di ridere e scherzare durante il sesso, anziché affrettarsi verso il culmine, gli era completamente nuova: non aveva mai provato quel tipo di cameratismo nel mezzo di una scopata. Adesso che gli era successo, però, non ci avrebbe rinunciato.

Lasciò ricadere la testa all'indietro e cominciò a cavalcare Jesse con slancio. Tutta la lussuria accumulata da quando era arrivato, e i mesi trascorsi dall'ultima volta che era stato preso, e leccare Jesse, e il trovarsi lì con un amico anziché con un estraneo qualunque si abbatterono su di lui e gli mozzarono il respiro, fino a che non si rese conto che l'unica cosa che gli permetteva di far funzionare ancora i polmoni era l'uccello di Jesse, che gli pompava dentro aria quando lo penetrava e gliela toglieva quando si ritraeva. Le cosce cominciarono a bruciargli via via che si impalava con velocità e forza crescenti, all'inseguimento disperato di quell'orgasmo che aleggiava appena al di fuori della sua portata.

Poi la mano di Jesse si strinse attorno al suo uccello e Chris urlò, mentre il tocco lo spediva in orbita. Le stelle presero a danzargli dietro agli occhi chiusi e il mondo si ridusse a nient'altro che lui e quell'uomo, e l'unione dei loro corpi. Il tempo, lo spazio e le responsabilità cessarono di esistere. In quel momento, l'unica cosa che contava veramente era solo far sì che Jesse arrivasse a sentirsi bene quanto lui, perché lo sentiva ancora duro dentro di sé, ancora preso dalle spinte e ancora in preda allo sforzo. Strinse più forte che poté i muscoli intorno al membro che lo penetrava e si appoggiò alle sue gambe per farlo muovere come voleva. Poi Jesse gemette e fu scosso da un brivido e a Chris parve di sentire la sua asta fremere mentre veniva dentro di lui.

Completamente sfinito, crollò sul petto dell'uomo, che lo strinse con forza mentre si spostavano per mettersi comodi. Per un secondo fu attraversato dal pensiero che dovesse pulire il casino che aveva fatto, ma la spossatezza ebbe la meglio e si addormentò di colpo.

# CAPITOLO 14

CHRIS RESISTETTE alla tentazione di percorrere in lungo e in largo la stanza dell'ospedale di Yass dove aspettava che il medico tornasse con le radiografie che dovevano confermare che poteva togliere il gesso. Cercò di convincersi che era solo impaziente di tornare a Lang Downs, ma sapeva che si trattava di altro. Quando avevano raggiunto la periferia della città, aveva praticamente avuto un attacco di panico. Jesse lo aveva tenuto stretto durante tutta la crisi, ma in quella stanza d'ospedale Chris era solo e sentiva che l'angoscia era di nuovo in agguato.

Ci aveva rimuginato sopra sin da quando si era reso conto che sarebbe dovuto tornare a Yass per farsi togliere il gesso. Aveva cercato di far finta che non gli importasse e aveva cercato di sorvolare sugli sguardi preoccupati che gli venivano rivolti, ma quando avevano raggiunto il cartello con il nome della città, tutta la paura e il dolore dell'aggressione erano tornati a sommergerlo. Aveva di nuovo sentito la gragnola di colpi piovere su di lui e si era ritrovato con la vista appannata e il respiro corto.

Jesse lo aveva abbracciato stretto e aveva cominciato a mormorargli parole rassicuranti all'orecchio, riuscendo, alla fine, a calmarlo e a permettergli di continuare il viaggio. Caine e Macklin li avevano lasciati all'ospedale, anche se Chris si era chiesto cosa avesse mai potuto dire il sovrintendente per convincere Caine ad andare via. Era sicuro che l'allevatore non si sarebbe staccato dal suo fianco per niente al mondo dopo la crisi in macchina. In ogni caso, li avevano lasciati lì con l'ordine di chiamarli non appena avessero finito. Chris odiava ammettere che anche quella cosa lo aveva rassicurato: l'hotel non era lontano dall'ospedale, ma il pensiero di camminare per le vie della cittadina, dietro al ristorante dove aveva lavorato e al vicolo dove era stato picchiato, lo riempiva di terrore.

"Signor Simms?"

"Sì, sono io," disse, rivolto al medico che stava entrando.

"Il suo braccio sembra essere guarito perfettamente. Toglieremo il gesso e poi passeremo alle terapie."

"Terapie?" domandò Chris.

"I muscoli e i legamenti si sono atrofizzati dopo otto settimane di immobilità," spiegò il dottore. "Deve esercitarli ogni giorno per allungarli e rinforzarli o potrebbe compromettere seriamente l'uso del gomito. Ha un lavoro?"

"Sì, in un allevamento di pecore," rispose Chris. "Finora sono stato in cucina per via del braccio, ma una volta tolto il gesso dovrei cominciare a lavorare con gli animali."

"Allora togliamolo e vediamo in che condizioni è," continuò il dottore. "Esercizio e attenzione le restituiranno la completa mobilità. Ci vorrà solo un po' di tempo."

A Chris quelle parole non piacquero troppo. Aveva già aspettato otto settimane per imparare a essere un jackaroo; non voleva rimandare ancora.

Guardandosi il braccio senza gesso, però, si accorse che il dottore aveva ragione: ormai era diventato la metà del sinistro e il gomito gli faceva male quando lo piegava. "Adesso le mostro gli esercizi che deve fare."

"Le dispiace se viene anche il mio amico ad ascoltare?" lo fermò prima che potesse cominciare. "Sarà lui che mi aiuterà a farli, e mi sentirei meglio se potesse sentire come muoversi."

"Credo si possa fare," rispose il dottore.

Chris tirò quasi un sospiro sollievo quando, dopo pochi minuti, Jesse entrò a seguito dell'uomo. Resistette alla tentazione di prendergli la mano e stringergliela in cerca di conforto. Jesse, però, sembrò percepire il suo stato d'animo, perché attraversò la stanza e andò a sedersi accanto a lui sul lettino. "Come va il braccio, amico?" Chris glielo mostrò. "Ok, niente di più facile. Ti rimetteremo in sesto in un baleno. Non è vero, doc?"

"Non direi 'in un baleno'," replicò il medico, "ma se fa attenzione e segue la riabilitazione dovrebbe tornare a poterlo usare normalmente nel giro di un mese."

Chris non era disposto ad aspettare un altro mese, ma tenne la bocca chiusa e ascoltò con attenzione le istruzioni riguardanti gli esercizi che doveva cominciare a svolgere subito e quelli che avrebbe dovuto aggiungere via via che riacquistava forza e flessibilità. Sperò che anche Jesse fosse attento, perché ben presto le informazioni si fecero troppo numerose per poterle ricordare tutte, e non ci teneva a dover tornare a Yass per rinfrescarsi la memoria.

Quando il medico ebbe finito e li ebbe lasciati con un volantino che conteneva quello che gli aveva appena finito di spiegare, Chris crollò sul lettino. "Sapevo che avrei avuto bisogno di un po' di tempo per recuperare, ma questa è follia."

"Ti ha dato gli stessi esercizi che darebbe a una persona che fa un lavoro d'ufficio," gli ricordò Jesse. "La tua giornata tipo a Lang Downs, o quella che diventerà la tua giornata tipo, sostituirà la parte riguardante la forza. Il trucco consiste nel non sforzarti troppo fino a che non avrai riacquistato abbastanza flessibilità. Non devi passare il tempo a sollevare pesi; il tuo compito sarà quello di spostare il fieno o spalare il letame. Basterà quello a farti recuperare forza."

"Sì, ho notato che Macklin non ha fatto andare le pecore gravide ai pascoli di montagna."

"Andiamo," disse Jesse. "Possiamo parlarne a cena. Non so tu, ma io sto morendo di fame."

L'agitazione di prima gli annodava ancora lo stomaco e Chris non era sicuro di poter mangiare, ma, se non lo avesse fatto, il giorno dopo avrebbe avuto mal di pancia, quindi era meglio sforzarsi di mandar giù qualcosa. "Basta che non andiamo all'Eatery."

"È dove lavoravi prima?"

Chris annuì.

"Troveremo un altro posto," disse subito Jesse. "Non c'è motivo di rivangare i brutti ricordi."

I ricordi erano tornati anche senza il ristorante, ma Chris non lo disse. Jesse cercava di essergli d'aiuto, e lui lo apprezzava. "Forse dovremmo chiamare Caine."

Lasciarono l'ambulatorio e si diressero verso l'uscita. Jesse telefonò a Caine non appena ebbero messo piede fuori e Chris lasciò che la conversazione gli fluttuasse attorno e si concentrò sulla respirazione. Yass era una cittadina piuttosto piccola, circa cinquemila abitanti, ma dopo aver trascorso otto settimane a Lang Downs gli sembrava una vera e propria metropoli. Il rumore delle auto di passaggio, i bambini che giocavano al parco, un camion dell'immondizia che sferragliava in fondo alla strada, tutto gli irritava i nervi. Aveva sempre vissuto in città, ma dopo aver sperimentato la pace e la solitudine dell'outback non pensava di poter tornare indietro.

"Dobbiamo rimanere qui questa notte? Non possiamo almeno tornare a Boorowa?"

224

"Non lo so," rispose Jesse. "Sono Caine e Macklin che decidono. È solo a un'ora da qui, quindi credo che potremmo, ma forse hanno già preso le camere o fatto altri progetti. Io devo anche prendere i preservativi, e sarebbe più discreto farlo qui, piuttosto che a Boorowa."

Quando Chris vide un gruppetto di adolescenti che, ridendo e scherzando tra loro, camminavano dall'altra parte della strada, sentì una spiacevole sensazione di formicolio risalirgli dalle mani lungo le braccia. "Non credo di poter rimanere qui," disse, con il cuore che gli batteva all'impazzata e la gola chiusa, ogni respiro una lotta. Quei ragazzi non avevano niente a che vedere con quelli che lo avevano attaccato, ma neanche quella consapevolezza servì a mitigare la sua reazione.

"Non posso proprio stare qui," ripeté, con una voce che suonò disperata alle sue stesse orecchie.

"Chris," lo chiamò Jesse con fermezza. "Guardami."

Chris cercò di mettere a fuoco il viso di Jesse, ma la sua vista andava e veniva mentre l'ondata di panico gli montava dentro.

"Guardami," ripeté Jesse, mettendosi tra lui e la strada. "Non c'è nessun altro oltre a me. Sei al sicuro. Non lascerò che nessuno ti faccia del male, e se dovessero provarci, non abbiamo che da rientrare in ospedale. Sei al sicuro con me."

Chris avrebbe voluto annuire, dirgli che capiva, che le sue parole lo stavano aiutando, ma anche quel movimento minuscolo richiedeva più energia di quanta riuscisse a generarne. Tutta quella che aveva gli serviva per respirare e per tenere gli occhi fissi sul viso di Jesse.

Un colpo di clacson lo fece rintanare tremante contro il muro dell'ospedale.

"Sono solo Caine e Macklin," disse Jesse, prendendolo per un braccio e scortandolo verso l'auto. "Andiamo. Ti sentirai meglio una volta che sarai in macchina e meno esposto."

Chris seguì Jesse e salì.

"Cosa ha detto il medico?" domandò Caine non appena ebbero chiuso lo sportello.

"Tra un minuto," rispose Jesse, stringendo Chris tra le braccia. "Ha un altro attacco di panico."

"Un altro?" esclamò Caine. "Non sarà il caso di parlarne con il medico prima di rientrare alla stazione?"

No! Avrebbe voluto urlare Chris, ma le parole non volevano saperne di uscire.

"No," disse al posto suo Jesse. "Alla stazione non gli è mai successo, almeno per quello che ne so io. È lo stare qui che glieli provoca. Non potremmo passare la notte a Boorowa? Non sarà la stazione, ma almeno non è neanche Yass."

"Non c'è problema," intervenne Macklin. "Non abbiamo ancora prenotato l'hotel. Significherà mangiare tardi, ma in paese ci conoscono e non credo ci faranno storie."

"Potremmo fermarci in un supermercato prima di andare? Ho un paio di cose da prendere," aggiunse Jesse. "Ci metterò pochi minuti."

La normalità della conversazione, senza contare la possibilità di lasciare Yass, aiutò Chris a stare meglio. Aveva ancora voglia di nascondersi sotto una coperta, ma almeno riusciva a respirare.

"Avevamo già deciso di fermarci," disse Macklin. "Caine può rimanere in macchina con Chris, mentre io e te entriamo a prendere quello che ci serve. Salvo che tu non voglia che ci pensi io."

Una nuova ondata di panico sommerse Chris al pensiero che Jesse potesse dire al sovrintendente quello che intendeva comprare. Non credeva che a Macklin importasse qualcosa, ma non aveva proprio voglia di scoprire che magari era esattamente il contrario. Soprattutto non voleva scoprirlo in quel momento.

225

"No, preferisco pensarci da solo," disse invece Jesse. "Devo vedere quello che hanno."

Chris tirò un sospiro di sollievo e si abbandonò contro il sedile fino a che non raggiunsero il negozio e Jesse e Macklin andarono dentro. Nell'attimo stesso in cui l'amico sparì dalla sua vista, Chris sentì il panico afferrarlo di nuovo alla gola.

"Quand'è che le pecore gravide partoriranno?" domandò, cercando di concentrarsi su qualcosa che non fosse l'assenza di Jesse.

"Presto," rispose Caine, "anche se faresti meglio a chiedere a Macklin per informazioni più dettagliate. Anche per me è la prima figliatura."

"Perché è venuto a Lang Downs?" domandò ancora Chris. "Voglio dire, so che apparteneva a suo zio e tutto il resto, ma è molto lontano da casa."

"A-avevo b-bisogno di fare qualcosa di d-diverso," rispose Caine. La ricomparsa improvvisa della balbuzie stupì Chris. Lo aveva già notato quando erano a Boorowa o Yass, ma non era mai stata così marcata.

"Le manca la sua famiglia?"

"C-certo," disse Caine, "ma ci scriviamo via e-mail e parliamo con Skype, e a Natale verranno in visita. Mamma dice che ha bisogno di una pausa dal f-freddo e dalla neve."

"Oh, è vero," esclamò Chris. "Da dove viene lei a Natale fa freddo."

"Per quasi tutta la mia infanzia abbiamo avuto un bianco Natale," replicò Caine. "Poi mi sono trasferito a Philadelphia e là c'era ancora più neve. Sarà strano festeggiare il Natale nel pieno dell'estate. Ti senti meglio? E smettila di darmi del lei, mi fai sentire vecchio."

Chris si fermò un secondo per valutare la situazione e si rese conto di stare meglio. "Sì, grazie."

"Bene. Sono contento che ci fosse Jesse con te, là all'ospedale. Sarebbe stato brutto se avessi avuto un'altra crisi senza nessuno in grado di starti vicino."

"Jesse ha ragione: è l'essere qui a Yass che mi fa questo effetto," insisté Chris. "Alla stazione non ne ho mai avuti."

"Mi fa piacere che tu ti senta al sicuro alla stazione," disse Caine. "Lo zio Michael voleva che ci fosse un posto dove le persone si sentono a casa e libere di essere quello che sono."

"Ho riflettuto su una cosa ultimamente," iniziò Chris. "Adesso che mi hanno tolto il gesso, mi piacerebbe lavorare insieme a jackaroo. Non che aiutare Kami mi dispiaccia, ma io non sono un cuoco; non come lo è lui, almeno. Se decido di rimanere a Lang Downs, vorrei impegnarmi in un lavoro che mi piace, e non in qualcosa a caso solo per fare giornata."

"Non abbiamo mai pensato che la tua mansione in cucina fosse permanente," gli assicurò Caine. "Dovrai aspettare che il tuo gomito sia completamente guarito prima di dedicarti ai lavori più pesanti, ma non c'è ragione per cui tu non possa andare a occuparti delle pecore insieme agli altri. Sai cavalcare?"

"Sono salito a cavallo, qualche volta," ammise Chris, "ma non sono sicuro che si possa definire cavalcare."

Caine scoppiò in una risata. "Ti capisco. Sentiremo che ne pensa Macklin, ma credo che sia arrivato il momento per me di lasciare Titan e passare a un altro cavallo."

"Non voglio rubarti il cavallo," protestò Chris.

"Non è il *mio* cavallo," spiegò Caine con un sorriso. "È quello che mi ha dato Macklin quando non si fidava a lasciarmi cavalcare altro. È un buon animale e mi ha anche aiutato a salvare la vita a Neil, quindi non pensare che ti stia appioppando un brocco qualsiasi. Ma da quello che ho capito, sei tu ad avere bisogno della sua fermezza ora, e non più io. Dopo sei mesi passati in sella, sono diventato molto più sicuro di me. E se non te la senti di cavalcare, puoi sempre prendere un pick-up. Ma come mi disse Macklin la prima volta che mi concesse di accompagnarlo, la macchina non ti permette lo stesso coinvolgimento nel lavoro che ottieni a cavallo."

"Forse la macchina è più sicura finché il braccio mi darà problemi, ma mi piace molto l'idea di lavorare insieme con un cavallo."

"Non c'è niente di paragonabile," affermò Caine con un sorriso soddisfatto. "Non riuscirei più a tornare indietro, neanche se lo volessi."

Osservando dal finestrino 'l'animata' cittadina di Yass, Chris pensò che lo capiva. "Ti manca la città?"

Caine fece spallucce. "Quando v-vivevo a Philadelphia, qualche volta andavo ai concerti o all'opera, ma non ogni settimana e neanche ogni mese. Se dovesse tornarmene la v-voglia, io e Macklin potremo sempre andare qualche giorno a Sydney."

Chris cercò, inutilmente, di immaginare il sovrintendente seduto in una sala da concerti, ma ormai conosceva abbastanza i due uomini da sapere che Macklin sarebbe andato, se Caine glielo avesse chiesto. Macklin sarebbe andato all'inferno e ritorno, se Caine glielo avesse chiesto.


JESSE PERSE più tempo possibile a scegliere le altre cose che gli servivano (o che aveva affermato gli servissero, così da avere una scusa per andare a fare compere) prima di andare alla ricerca dei preservativi. Sperava di aver aspettato abbastanza perché Macklin fosse già alla cassa, o addirittura fuori, invece girò l'angolo della corsia e se lo trovò davanti. Gettò un occhio alle cose che l'altro aveva in mano e arrossì fino alla radice dei capelli quando vide il tubetto di lubrificante.

"Io... solo... è..."

"Prendi i preservativi e sbrigati," gli disse l'uomo. "Chris e Caine ci stanno aspettando e non voglio che il ragazzo abbia un altro attacco di panico."

Non appena l'altro si fu allontanato, Jesse gemette per l'imbarazzo. Dopo tutti gli sforzi per essere discreto, Macklin lo aveva comunque beccato. Prese una scatola di preservativi e andò alla cassa. Il sovrintendente aveva già finito e stava uscendo, così almeno Jesse non dovette sopportare il suo sguardo mentre pagava. Non era sicuro di come avrebbe fatto a portare la borsa nella sua stanza a Boorowa, sapendo che Macklin ne conosceva il contenuto, e sarebbe anche stato terribilmente a disagio a sgusciare nella camera di Chris quella notte. Forse avrebbero fatto meglio ad aspettare di essere di nuovo a Lang Downs prima di cercare un po' d'intimità. Solo che, dopo gli attacchi di panico, non gli piaceva tanto l'idea di lasciare il ragazzo da solo.

Decise di pensarci quando fosse arrivato il momento, prese le sue cose e tornò alla macchina, rivolgendo un sorriso a Chris e Caine.

"Hai preso tutto?" domandò Caine.

Jesse arrossì di nuovo. "Sì," borbottò. "Ho preso tutto."

"Che è successo?" gli domandò Chris sottovoce mentre Macklin avviava il motore e usciva dal parcheggio.

"Te lo dico dopo," bisbigliò di rimando Jesse. "Tu stai bene? Altri attacchi?"

"No," rispose il ragazzo, "ma non vedo l'ora di tornare alla stazione dove conosco tutti. Qui non mi sento al sicuro."

Jesse non riusciva a immaginare come potesse sentirsi Chris a stare nella città dove era stato picchiato a sangue. Gli strizzò una coscia in segno di incoraggiamento. "Con noi sei al sicuro," promise.

"Lo so," rispose Chris, "ma sembra che non sia sufficiente a impedire alle farfalle che ho nello stomaco di soffocarmi."

"Tra un'ora saremo a Boorowa," lo rassicurò Jesse. "Se ne senti il bisogno, puoi anche chiuderti in camera."

"Non voglio arrivare a tanto," esclamò Chris. "Voglio godermi la cena insieme con voi e a chiunque altro sia in sala. Ora che non ho più il gesso e posso muovermi liberamente voglio conoscere anche gli altri lavoranti e cominciare a far parte del gruppo."

"Potresti venire ai dormitori la sera," suggerì Jesse. "Se anche poi torni a dormire alla casa principale, puoi sempre stare da noi fino a che non è ora di spegnere le luci."

"Potrei addirittura decidere di trasferirmi nel dormitorio a questo punto," disse Chris. "Voglio dire, all'inizio dormivo nella casa padronale perché aiutavo in cucina e per via di Seth, ma ormai non lavoro più in cucina e Seth non ha più bisogno di me come nei primi tempi. Non lo vedevo così felice e rilassato da prima del matrimonio della mamma con Tony."

"Credo che ci sia una stanza vuota," disse Jesse. Avrebbe voluto dire a Chris che potevano dividere la sua, di stanza, ma dubitava che gli altri sarebbero stati contenti di quella soluzione. Potevano chiudere un occhio riguardo a Caine e Macklin, e anche su loro due, se fossero stati discreti, ma non credeva che volessero sapere con certezza quello che sarebbe potuto succedere se lui e Chris avessero condiviso una camera.

Ma non era il momento giusto per pensarci, quindi cambiò discorso. "Dovremmo fare un po' di quegli allungamenti che ti ha suggerito il medico. Non credo che tu voglia rischiare di farti male lavorando prima di essere pronto."


"SIGNOR ARMSTRONG, non l'aspettavamo già questa sera."

"Neppure noi sapevamo che saremmo tornati, Adelaide," disse Macklin alla receptionist dell'hotel dove alloggiavano sempre quando dormivano a Boorowa. "Abbiamo bisogno di tre stanze."

"Ne ho solo due, mi dispiace," rispose lei. "Se avessi saputo che sareste tornati, ve le avrei lasciate, ma non lo sapevo."

"Non c'è problema," intervenne Jesse. "Chris e io possiamo dormire insieme."

Chris sperò che l'abbronzatura riuscisse a dissimulare un po' la vampata di imbarazzo che sentì colorargli il viso quando Macklin si voltò a guardarlo con un sopracciglio inarcato, senza per fortuna commentare. "Allora prendiamo le due stanze ancora libere."

Adelaide diede loro le chiavi e Macklin ne passò una a Caine e l'altra a lui. Ma mentre salivano le scale diretti al secondo piano, l'uomo rivolse loro un'occhiata da sopra una spalla. "Ricordate solo che le pareti sono piuttosto sottili e che chiunque alloggi nella stanza accanto alla vostra potrebbe sentire qualsiasi rumore forte."

Chris cominciò a tossire e Jesse lasciò che i due uomini li precedessero.

"Cosa gli hai detto al negozio?" gli chiese il ragazzo quando Caine e Macklin furono abbastanza lontani da non sentirli.

"Niente," rispose lui. "Ma mi ha visto mentre prendevo i preservativi. Lui, ehm, stava comprando una confezione di lubrificante."

"E quindi ci ha dato il suo permesso o ci ha detto di smetterla?"

228

"Non lo so. Ma non dovremmo parlarne qui dove chiunque può sentire. Andiamo."
Trovarono la stanza ed entrarono. Dopo essersi chiusi la porta alle spalle, Chris si lasciò cadere sul letto. "Allora, cos'è successo?"
Jesse gli sedette accanto e lo abbracciò. "Ho preso tutto il resto che mi serviva, non che fosse tanto, sperando che nel frattempo Macklin finisse i suoi acquisti e andasse verso la cassa. Ma quando sono arrivato alla corsia dei preservativi c'era anche lui. Mi ha guardato e mi ha detto di sbrigarmi a prenderli prima che ti venisse un altro attacco di panico."
"Sembrava scocciato?" chiese Chris nervosamente.
"No, non credo," rispose Jesse, stringendolo ancora più forte. "È stato molto diretto, ma non so se sia un male o un bene."
"Un bene," affermò Chris. "Imbarazzante, ma sempre meglio che saperlo contrario e dover stare ancora più attenti quando siamo insieme."
"Vero," concordò Jesse. "Anche se preferirei che non lo sapesse affatto." Jesse non si vergognava di Chris, ma non avevano mai parlato di niente che non fosse il presente e la possibilità di divertirsi insieme quando ce n'era l'occasione. Se si chiedeva se quello che c'era tra loro potesse diventare altro, era un suo problema, e non una faccenda di cui voleva discutere, né con il sovrintendente né con altri. Chris era legato a suo fratello, il che significava che era legato a Lang Downs, almeno per un altro po' di tempo. Il suo contratto, invece, sarebbe scaduto a fine marzo. Gli restavano solo pochi mesi da trascorrere insieme e lui aveva tutte le intenzioni di goderseli, invece che stare a rimuginare su ciò che non poteva essere. "Non mi piace che facciano delle supposizioni su di noi," concluse.
"No," concordò Chris. "Credo solo che dovremmo cercare di non dargli altre ragioni per farlo."
Jesse sorrise. "Quanto puoi essere silenzioso?"
Chris rispose al sorriso. "Magari è il tuo turno di essere silenzioso."
Jesse inarcò un sopracciglio. "Se pensi di riuscire a reggerti su quel braccio…"

# CAPITOLO 15

CAINE SI morse la lingua per tutto il tragitto fino alla loro camera. Non aveva idea di cosa fosse successo al negozio, ma qualcosa c'era stato di sicuro se Macklin era stato così esplicito. Caine sperava solo che ciò significasse che anche lui stava cambiando idea. Si sentiva male a essere costretto a usare una scusa del genere per discutere della questione, e non sapeva neanche perché gli sembrasse così importante, ma lo era. Fino a che Macklin avesse trattenuto quella parte di sé, Caine non sarebbe stato capace di mettere da parte la paura strisciante che il compagno fosse meno coinvolto di lui nel loro rapporto.

Era un pensiero ridicolo, e lo sapeva, ma non riusciva comunque a togliersi di dosso quel dubbio assillante. Aveva dato a Macklin ogni cosa di sé, e aveva bisogno che lui facesse lo stesso.

"Adesso chi è che si sta impicciando?" lo stuzzicò non appena si chiusero la porta alle spalle.

"Non mi stavo impicciando," insisté Macklin. "Ho visto che Jesse comprava dei preservativi e ho pensato che un po' di attenzione non avrebbe guastato."

"Fai tu attenzione, o penserò che vuoi vedermi vincere la nostra scommessa."

Macklin aggrottò le sopracciglia e si allontanò, con grande sorpresa di Caine.

"Non insistere, cucciolo," disse. Caine non lo aveva mai sentito parlare con un tono così serio. "Lo so quello che vuoi, ma non lo otterrai con una stupida scommessa. Non sono pronto, tutto qui."

Le domande si affollarono immediatamente sulle labbra di Caine. Voleva sapere perché, e anche cos'altro doveva fare per dimostrargli che era lì per rimanere, che poteva fidarsi anche stavolta e che poteva aprirsi a lui come gli aveva aperto il suo cuore e la sua casa. Poi lo guardò. Vide la postura rigida, quasi difensiva delle sue spalle, il modo in cui sembrava essere pronto a un litigio, a una lotta o a entrambi, e rinunciò. Non importava quanto i suoi continui rifiuti lo ferissero e lo lasciassero sconcertato; discuterne ancora sarebbe servito solo a peggiorare le cose. "Allora credo che dovrai usare quella confezione di lubrificante su di me."

Macklin sorrise e spalancò le braccia. Caine fece un passo avanti e si lasciò avvolgere.

"Mi dispiace, cucciolo. Ci sto provando."

"E io proverò ad avere ancora pazienza."

SDRAIATO A letto, un po' più tardi, mentre ascoltava il russare leggero del compagno, Macklin trattenne un sospiro. Voleva veramente dare a Caine quello che questi gli chiedeva. Odiava vedere quello sguardo ferito nei suoi occhi ogni volta che rifiutava di lasciarsi prendere. Sapeva che era qualcosa di irrazionale, ma non riusciva a scrollarsi di dosso la paura di cedere il controllo. In parte era a causa di suo padre, ma il resto, la maggior parte, dipendeva dal fatto che i jackaroo si rivolgevano a lui per ricevere ordini. Gli era capitato di ascoltare qualche commento su lui e Caine, quando gli uomini non si accorgevano che era nei paraggi. *"Non c'è verso che un uomo come Armstrong si faccia scopare."*

Chiudevano un occhio di fronte al fatto che fosse gay e che vivesse insieme a Caine, ma si aspettavano che anche in camera da letto fosse il sovrintendente, quello che comandava, sempre e comunque. Dopo che lui e Caine avevano ribadito la loro diversità e si erano impegnati a condividere il futuro, alcuni degli uomini se ne erano andati; uomini che non avrebbero potuto permettersi di perdere. Non tanti quanti Macklin aveva temuto, ma comunque troppi. Li avevano rimpiazzati a Yass, ma non tutti erano del calibro di Jesse, e in ogni caso non del calibro di quelli che li avevano lasciati. Aveva fatto del suo meglio per far funzionare le cose comunque, e aveva preferito tenere Caine all'oscuro su quanto lavoro extra lui e gli altri residenti si stessero accollando pur di mandare avanti la stazione. Niente sarebbe dovuto cambiare. Caine aveva dei progetti grandiosi, progetti buoni in cui Macklin credeva, se solo fossero riusciti ad andare avanti e mantenere gli uomini che avevano. Non potevano permettersi un'altra mazzata, non in quel momento. Forse tra uno o due anni – quando fossero riusciti a recuperare le perdite che erano sopravvenute l'inverno che aveva preceduto la morte di Michael – non sarebbe più stato così importante, ma in quel momento avevano bisogno di ogni centesimo derivante dalla vendita di ogni filo di lana e di ogni singolo agnello. Caine non sembrava preoccuparsi del fatto che l'ultimo quadrimestre fossero andati leggermente in rosso, ma poi se n'era uscito con la notizia che i suoi genitori – sua *madre*, la vera proprietaria della stazione, anche se Caine aveva la facoltà di rappresentarla – intendevano venire per Natale. Sarebbero arrivati tra sei settimane e Macklin voleva dimostrare alla signora Neiheisel che conservare la stazione e mandare Caine ad amministrarla era stata la scelta giusta. Caine gli aveva raccontato che era stato lui a convincere i genitori a non vendere e a permettergli di trasferirsi in Australia – ed era certo che non intendesse fare marcia indietro – ma non riusciva a liberarsi dalla sensazione che i signori Neiheisel lo avrebbero messo sotto esame, e non solo perché si era fatto trovare con le braghe calate, ma soprattutto perché se le era calate per scopare il figlio del capo.

Caine sembrava essere rifiorito alla stazione: non solo non balbettava quasi più, ma si era anche conquistato il rispetto e l'affetto dei residenti, e anche di molti stagionali. Anche a Kami piaceva, un fatto già di per sé eccezionale, perché Macklin era quasi certo che a Kami non piacesse nessuno per principio. Probabilmente non sarebbero mai diventati ricchi – il valore più grande della stazione era la terra – ma non avrebbero neanche mai patito la fame; e con tutti i progetti di Caine, tra uno o due anni, avrebbero potuto trarre beneficio dall'interesse che sembrava crescere sempre di più attorno agli allevamenti biodinamici. Dovevano solo tenere duro. La madre di Caine non doveva fare altro che permettere loro di andare avanti, e ciò significava che Macklin doveva convincerla di essere l'uomo giusto per stare al fianco del figlio, cosa che non sarebbe mai successa se avesse perso il rispetto degli uomini.

"Dormi," mormorò Caine. "Qualunque sia il problema, non è così grave da non poter aspettare fino a domani."

Macklin si vergognò di essere stato sorpreso a rimuginare. Si girò su un fianco e abbracciò Caine, determinato a scacciare i pensieri negativi. Avrebbe avuto tutto il tempo più avanti per fasciarsi la testa.


"Cazzo, se fa male," disse Chris mentre cercava di eseguire gli stiramenti che il medico gli aveva detto essere indispensabili per recuperare la flessibilità del gomito. "Non ce la faccio."

"Sì che ce la fai," insisté Jesse. Il sole aveva già raggiunto la linea dell'orizzonte verso ovest, ma ci sarebbe voluta ancora qualche ora prima che calasse la notte. La brezza aveva finalmente stemperato il calore del giorno, permettendo loro di sedere sulla veranda del dormitorio e fare gli esercizi. "Lo pieghi già meglio di quanto non facessi quando ti sei tolto il gesso. Quella notte a Boorowa riuscivi a malapena a muoverlo, mentre adesso hai recuperato almeno il cinquanta percento della mobilità. E stai anche diventando più forte: due settimane fa non avresti potuto sollevare quella forconata carica."

"Una forconata prima che il braccio cedesse," brontolò Chris. "Sai che cazzo di aiuto."

"Smettila," lo rimproverò Jesse, dandogli uno scappellotto. "Ti stai piangendo addosso, e la cosa non è per niente attraente."

"Eh, non lo è neanche essere inabile."

Jesse sospirò. Da quando Chris si era tolto il gesso, avevano avuto quella discussione praticamente ogni giorno. Lui riusciva a vedere i progressi fatti dal ragazzo, e non capiva perché Chris non li riconoscesse. La maggior parte delle volte Jesse tendeva a considerare Chris un suo coetaneo, ma ogni tanto succedeva qualcosa che gli ricordava la differenza di età che c'era tra loro. Otto anni non erano tantissimi e, in effetti, per la maggior parte del tempo si trattava di un intervallo insignificante, ma in quel momento gli sembrava invece insormontabile.

"Non sei inabile," disse, con un tono più tagliente di quanto avrebbe voluto. "Ogni giorno recuperi forza e mobilità. Lo vedono tutti tranne te, e tutti tranne te sono stufi di sentirti lamentare. Datti una regolata."

La sorpresa che si dipinse sul viso di Chris lo spinse quasi a scusarsi, ma se non andava fino in fondo niente sarebbe cambiato. Rivoleva il suo Chris, quello che flirtava, rideva e vedeva il lato positivo anche nelle situazioni peggiori; e non quel ragazzino imbronciato a cui scocciava fare tutto se non lamentarsi di quanto facevano male gli esercizi. Jesse era sicuro che facessero male, ma erano un male necessario se sperava di recuperare completamente.

"Scusa se sono un fastidio," disse Chris in tono sostenuto, alzandosi dalla sedia e cominciando a scendere le scale della veranda. "Non ti disturberò più."

"Cazzo, Chris. Aspetta! Non è quello che intendevo." Gli afferrò il braccio buono e lo trattenne. "Aiutarti non è un fastidio, e neppure averti intorno. Mi dispiace solo che tu sia sempre di cattivo umore. Mi mancano le nostre risate e i nostri scherzi. Togliere il gesso avrebbe dovuto migliorare le cose, non renderle peggiori. Guarda, domani devo andare in montagna con Neil e Ian, ti va di accompagnarci? Dovremo solo lavorare con i cani e controllare il gregge, niente di pericoloso, ma neanche niente che tu non possa fare. Potresti vedere un lato diverso del lavoro del jackaroo: non si tratta solo di spalare letame o dare il latte agli agnelli."

"Devo prima chiedere a Macklin," disse Chris. "Non so che cosa ha previsto che faccia domani, ma se acconsente, forse sarebbe una buona idea. Caine mi ha dato delle dritte sul modo corretto di stare a cavallo, e Titan è piuttosto docile. Non dovrei avere problemi a rimanere fuori con voi per tutta la giornata."

CHRIS NON fu più così sicuro che andare con Jesse, Neil e Ian fosse una buona idea quando, il mattino successivo, il suo gomito urlò di dolore non appena cercò di salire su Titan; ma strinse i denti e provò ancora, riuscendo alla fine a montare in sella. Nessuno degli altri sembrò prestare attenzione al movimento sgraziato, o se lo fecero furono abbastanza riguardosi da non commentare. A Chris andavano bene entrambe le opzioni.

Partirono un minuto dopo, con Neil e Max alla guida del gruppo. Fortunatamente, nessuno sembrava avere fretta: sia gli uomini sia gli animali avanzavano, ancora mezzi addormentati, nell'oscurità che precedeva l'alba. Chris lasciò che Titan seguisse gli altri cavalli quasi senza governarlo, nella speranza che non decidesse di andare per i fatti suoi. Per sua fortuna, la valutazione di Caine sembrava esatta perché Titan procedeva tranquillamente dietro agli altri, mentre Chris si stirava di nascosto il gomito. Doveva assolutamente recuperarne per intero la mobilità.

Con l'avvicinarsi dell'alba il cielo cominciò a schiarirsi e Chris spostò l'attenzione dalla sua ferita agli uomini che lo precedevano. Neil e Ian vivevano nella stazione tutto l'anno, dei jackaroo a tempo pieno; Jesse invece ci lavorava solo in estate, ma Chris non notava alcuna differenza nel modo in cui i tre cavalcavano. Tutto in Jesse, ogni suo movimento, ogni gesto ribadiva quanto si sentisse a suo agio in sella a un cavallo, mentre trottava di qua e di là per guidare le pecore.

Il sole aveva appena fatto capolino sopra l'orizzonte – uno spettacolo molto meno affascinante ora che non erano più nella valle – quando Neil li condusse verso uno dei capanni che lui e Jesse avevano rifornito all'inizio della stagione.

"Buongiorno," li salutò Kyle.

"Buongiorno," rispose Neil. "Com'è andata la notte?"

"Tranquilla. Ma ieri, quando sono arrivato, ho notato delle tracce al limitare del pascolo. Sembrerebbero di dingo, e neanche troppo vecchie."

"Non dopo la pioggia dei giorni scorsi," concordò Neil. "Questa notte lo hai visto?"

"No, il gregge è stato tranquillo, e non abbiamo visto o sentito nulla di strano."

"Speriamo fosse solo di passaggio," intervenne Ian. "Comunque grazie per averci avvisati."

"Max ci avvertirà se dovesse tornare. Intanto sediamoci e beviamo un caffè," disse Neil, prendendo il termos che aveva portato dalla stazione.

Chris non amava particolarmente il caffè, ma faceva ancora piuttosto freddo e l'idea di buttar giù qualcosa di caldo suonava molto allettante.

"Ho del tè se lo preferisci," gli disse Jesse.

Chris si illuminò. "Ne prendo un po' se non ti dispiace dividerlo."

"L'ho portato apposta," lo rassicurò l'altro. "La prossima volta, comunque, ricordati di prendere anche tu un termos. Non fa mai male averne uno di scorta."

Chris arrossì, ma Neil gli diede una pacca sulla spalla. "Non preoccuparti, amico. Stai vicino a noi e imparerai tutti i trucchi."

"Mi piace l'idea."

"Vedrai che ti faremo diventare un jackaroo fatto e finito," confermò Ian. "Non sei di certo messo peggio degli altri nuovi arrivi di quest'anno, e almeno non ti prendi troppo sul serio. Spero che Macklin si sbarazzi di un po' di quegli asini alla fine della stagione. Io non ho nessun problema con Macklin e il capo – non guardarmi in quel modo, Neil; sei tu quello che ha fatto le scenate, non io – ma quest'estate ne abbiamo pagato il prezzo"

"Come?" domandò Chris.

"Abbiamo perso delle persone, più del solito. Ragazzi che non sono tornati dopo aver saputo di Caine, e quelli che sono stati assunti per sostituirli non sono all'altezza di quelli che sono andati via," spiegò Neil. "Ma ce la facciamo lo stesso."

"E continueremo a farcela," concordò Ian. "È solo questo che intendevo. Stiamo lavorando più del solito."

"Non sarò un intralcio ancora a lungo," promise Chris. "Il braccio migliora ogni giorno di più."

"Mi stai mettendo in bocca parole che non ho detto," protestò Ian. "Hai aiutato Kami per tutto il tempo che hai tenuto il gesso, e ora che lo hai tolto fai del tuo meglio. Avevo un amico a scuola che si era rotto il gomito, e una volta tirato via il gesso non lo aveva curato nel modo giusto: non lo mai recuperato completamente. Nessuno ti chiede di guarire in fretta. La differenza sta nell'atteggiamento: tu sei preoccupato perché pensi di essere un peso morto per la stazione e ti sei offerto di venire con noi per imparare come funzionano le cose. È completamente diverso da come si comportano alcuni di quegli asini, che cercano di fare il minimo indispensabile perché Macklin non li prenda a calci in culo."

"Quindi non vi importa di avermi sempre al seguito?" domandò Chris.

"Per niente," disse Neil, finendo il caffè. Un latrato di Max attirò la sua attenzione. "Andiamo a vedere cos'ha trovato Max."

Uscirono all'aperto diretti verso il pascolo dove una trentina di pecore brucava in tutta tranquillità. Max era in piedi sulla cima di una cresta lì vicino, il corpo teso.

"Di qualunque cosa si tratti, a Max non piace."

"Il che significa che non piace neanche a me," disse Neil, salendo a cavallo. "Chris, forse dovresti rimanere qui."

"No, verrò con voi," insisté il ragazzo, salendo in groppa a Titan con più facilità rispetto a prima. La cavalcata gli aveva sciolto il gomito. "Starò fuori dai piedi, ma devo vedere per imparare."

Max abbaiò ancora mentre si avvicinavano al luogo in cui faceva la guardia. "Cosa hai trovato, Max?" domandò Neil.

Il cane abbaiò di nuovo e Neil smontò. "Un cazzo di serpente," imprecò. "Sembra che sia stato calpestato, ma ora dovremo controllare tutti gli animali. È un serpente tigre, non uno bruno, ma se qualche pecora fosse stata morsa non potremmo più venderla per la carne."

"Il morso la ucciderà?"

"Non in questo caso, no," spiegò Neil. "Ti fa stare da cani, anche se sei una pecora, ma il veleno non è mortale sempre che non si tratti di un agnello. È questo il motivo per cui li teniamo giù a valle fino a che non hanno almeno qualche mese." Prese uno stecco e lo usò per trasportare il cadavere fino al limite del pascolo e gettarlo in mezzo ai cespugli dall'altra parte della recinzione. "Eccoci, problema risolto."

"Se non dovessimo controllare le pecore," esclamò Jesse.

"Sì, beh, volevo essere ottimista."

Jesse e Ian scoppiarono in una risata e tutti e quattro tornarono verso il gregge. "Ian, tu e Chris controllate le pecore, mentre io e Jesse andiamo a recuperare quelle disperse e le riportiamo indietro."

"Bene," rispose Ian. "Pronto a fare la lotta con qualcuna di queste signorine, Chris?"

"Come no," rispose il ragazzo, senza neanche chiedersi se il suo braccio sarebbe stato in grado di cavarsela con una pecora adulta.

Ian fece strada verso il gruppo più numeroso di animali e smontò da cavallo. "Controllagli le gambe," disse. "Quel serpente non era grosso abbastanza da arrivargli alla pancia."

"Cosa devo cercare? Voglio dire, segni di denti è ovvio, ma il pelo ha cominciato a ricrescere e non sono sicuro di riuscire a vedere la pelle."

"Gonfiore, andatura incerta, qualsiasi cosa possa indicare che sono ferite," spiegò Ian. "Potrebbe non essere un morso, ma se hanno un problema dobbiamo guardarle lo stesso."

Chris annuì e cominciò a esaminare le pecore. Notò che Ian faceva loro scorrere le mani lungo le gambe, quindi lo imitò, sperando di essere capace di notare la differenza nel caso una zampa fosse stata gonfia. Se avesse trovato qualcosa di sospetto, avrebbe chiamato Ian.

"Cristo Santo," imprecò il jackaroo dopo qualche minuto.

"Hai trovato qualcosa?"

"Sì," rispose quello. "Vieni a dirmi cosa ne pensi."

Chris si ripropose di confermare qualsiasi cosa Ian avesse detto, perché era chiaro come il giorno che lui non aveva la minima idea di cosa stesse cercando. In ogni caso osservò attentamente l'animale.

"Vedi il gonfiore?"

"Sì, là," rispose il ragazzo, puntando il dito. "Sulla caviglia."

"Esatto, è il pastorale," disse Ian. "Il serpente probabilmente ha morso solo lui, ma per sicurezza dobbiamo controllare anche le altre."

"E di lui cosa ne facciamo?"

"Per ora lo isoliamo," spiegò Ian. "Lo teniamo d'occhio e ci assicuriamo che sopravviva. Se lo fa, dobbiamo vedere in che condizioni è quando arriverà il momento della riproduzione, perché non possiamo venderlo per la carne. Chi lo sa per quanto tempo il veleno rimane nei muscoli dopo che il gonfiore è sparito! Non ho idea se ci serva un altro maschio, magari possiamo venderlo a Taylor o a un'altra stazione."

"Ok," disse Chris. "Potrei portarlo al capanno e metterlo sotto la tettoia dei cavalli, per ora."

"Non preoccuparti. Neil e Max lo porteranno giù dopo che avremo finito con le altre. A vedere come cammina, non credo che potremmo confonderlo con qualcun'altra."

"Quindi in genere i maschi vengono venduti per la carne?" domandò Chris mentre tornava a controllare il gregge.

"In genere sì," confermò Ian. "Ovviamente ci teniamo dei montoni per la riproduzione, ma danno più problemi che altro, quindi ci limitiamo al minimo indispensabile. Per le femmine, invece, tratteniamo solo quelle che sono destinate a sostituire le fattrici troppo vecchie. Il resto lo vendiamo ai macelli. L'idea è quella di orientarci verso i metodi biodinamici, quindi il numero dei capi deve essere stabile."

"Non avevo capito che fosse così complicato."

Ian rise. "Chiedi di vedere i registri genealogici, qualche volta. È complicato, ma Macklin è riuscito a farne un'arte. Ho lavorato in un paio di altre stazioni prima di stabilirmi qui, e posso assicurarti che non esiste un sovrintendente migliore del nostro. E ora che Caine si occupa di tutta la parte riguardante le coltivazioni biodinamiche, posso assicurarti che siamo sul punto di fare grandi cose."

"Anche a corto di personale?"

"Anche a corto di personale. Ecco che tornano Neil e Jesse con le disperse. Controlliamo anche quelle, mentre Neil e Max si occupano del nostro invalido."

Ian spiegò a Neil quello che avevano trovato, mentre Chris cominciò subito a tastare le zampe delle nuove arrivate. Per fortuna, nessuna di loro sembrava ferita.

"Niente di meglio di un po' di eccitazione per cominciare bene la giornata," esclamò Jesse dopo che ebbero finito.

Chris sghignazzò. "Quindi non è sempre così eccitante?"

"No," rispose Jesse con un sorriso così luminoso che Chris sentì torcersi lo stomaco. "In genere si tratta solo di stare seduti o passeggiare qua attorno e aspettare il cambio. E a volte controllare le recinzioni o roba del genere. Il che mi fa venire in mente che, se te la senti, potremmo fare un giretto di controllo, mentre Neil e Ian finiscono di occuparsi del ferito." Alzò le sopracciglia in modo allusivo.

Chris rise, ma sentì che il suo corpo reagiva. Se anche non avessero potuto fare altro che scambiarsi qualche bacio, sarebbe comunque stato un piacevole intermezzo, dopo l'ultima, folle settimana. Era quasi sul punto di suggerire di rifare da capo il giro dei capanni, pur di riuscire a stare qualche minuto da solo con Jesse. Un giro di verifica delle recinzioni non gli avrebbe dato il tempo per fare sesso, ma Chris era determinato a prendere quello che poteva.

"Lasciami solo dire agli altri dove andiamo," disse Jesse.

Chris annuì e montò di nuovo in groppa a Titan. Il braccio gli faceva male, ma lo ignorò. Rifiutava che la ferita gli impedisse di fare quello che andava fatto. Doveva costruirsi una vita in quel posto, e non sarebbe stato possibile se non avesse potuto lavorare.

Jesse lo raggiunse dopo qualche secondo, tenendo il cavallo per le redini; ma quando vide che il ragazzo era già in sella, montò anche lui, con una facilità che Chris gli invidiò, e che si aggiunse al desiderio che già gli artigliava il ventre. Neil e Ian potevano anche disperarsi per alcuni dei nuovi arrivi, ma Jesse era straordinario, un vero e proprio mandriano, esattamente come loro due e Macklin.

"Pronto per una corsetta?" domandò Jesse.

"Non lo so," rispose. "Non sono questo gran cavallerizzo, ma tu vai avanti. Ti raggiungo alla recinzione."

"Sei sicuro?"

Oh sì, che era sicuro. Aveva proprio voglia di vederlo cavalcare, e non solo stare in sella.

"Ok, ci vediamo al recinto," rispose allora Jesse, spronando il cavallo.

Chris lo seguì molto più lentamente, gustandosi la visione dell'uomo e dell'animale che si muovevano in sincrono. Forse anche lui, un giorno, sarebbe stato capace di cavalcare in quel modo. Per ora, comunque, si godeva lo spettacolo.

Come promesso, Jesse lo aspettò vicino al recinto.

"Pensavo che Caine avesse detto che aveva fatto controllare tutte le recinzioni all'inizio della stagione," disse Chris mentre camminavano lungo la barriera di filo spinato.

"Lo ha fatto," rispose l'altro, "ma non basta mai. Gli alberi cadono e i pali marciscono. Un po' come i capanni: è facile portare una confezione di batterie se sai che ti serviranno, ma se nessuno ci presta attenzione, alla fine finisci con l'aver bisogno di un intero pick-up pieno di rifornimenti. Una piccola sezione di recinzione si ripara in fretta, ma se non lo fai alla prima occasione, finisce con il diventare un lavoro impegnativo."

"Capisco," confermò Chris.

Jesse guardò indietro nella direzione da cui erano venuti, poi prese Chris per il braccio buono e lo attirò verso di sé per baciarlo.

"Mmmh," disse poi. "È passato troppo tempo dall'ultima volta."

Chris sorrise e lo ricambiò. "Dovremmo fare qualcosa in proposito."

"Dovremmo," confermò Jesse tirandosi indietro per smontare da cavallo. "Vieni qui."

Chris atterrò direttamente tra le sue braccia, ignorando lo sbuffo infastidito di Titan. Il cavallo avrebbe dovuto farsela passare, lui aveva solo voglia di baciare il suo compagno.

Quella parola lo gelò sul posto, anche mentre le labbra di Jesse si posavano sulle sue. Poi il suo corpo reagì e Chris restituì il bacio, ma i pensieri gli rimasero impigliati su quel termine. Compagno. Erano compagni? Facevano sesso, ma anche quando non lo facevano trascorrevano comunque del tempo insieme. Erano amici. Si aiutavano l'un l'altro. Oddio, Jesse lo aiutava – lui non credeva di aver mai aiutato Jesse. Tutte quelle cose insieme sembravano portare verso una risposta affermativa, ma i compagni erano persone come Caine e Macklin: coppie solide e impegnate per la vita. Lui e Jesse si limitavano a divertirsi e passare del tempo insieme. Oppure no?

Ma la lingua di Jesse interruppe quelle riflessioni, giocando con le sue labbra fino a che queste non si aprirono e la risucchiarono dentro la bocca. Quando poi Jesse gli afferrò le braccia e se lo trascinò addosso, ogni altro pensiero svanì come per incanto.

"Aspettami fuori dal dormitorio, questa notte," gli disse, interrompendo il bacio. "Aspetteremo che gli altri siano tutti a letto e poi ti farò sgusciare in camera mia. Per favore, Chris, ho bisogno di scoparti."

Chris mugugnò: "Non hai un preservativo con te, vero?"

"Sto lavorando."

"Ce l'avevi lo stesso quando facevamo il giro dei capanni."

"Neil e Ian sono dall'altra parte della cresta. Potrebbero venirci a cercare in qualsiasi momento."

"Allora sarà meglio sbrigarsi," disse Chris, cominciando a slacciargli la cintura. "Non puoi scoparmi senza un preservativo, ma io posso aiutarti a liberarti."

"È una cattiva idea," cercò di trattenerlo Jesse.

Chris si strinse nelle spalle e si lasciò cadere in ginocchio. "Stai dicendo che non vuoi?"

Jesse scosse la testa e Chris colse l'imbeccata sbottonandogli i jeans e infilandoci dentro la mano. Cercò di ignorare il dolore al gomito: non avrebbe usato il braccio a lungo, solo il tempo necessario perché la sua bocca raggiungesse l'ambito premio.

Un lungo brivido gli corse lungo la spina dorsale quando abbassò i pantaloni di Jesse e gli leccò la punta rigonfia, già bagnata dei suoi umori. Non era mai stato un esibizionista, ma non si trattava neanche di quello, a dire il vero: nessuno li stava guardando. Quello che lo eccitava di più, mentre faceva scorrere le labbra lungo l'asta di Jesse e la prendeva completamente in bocca, era il pensiero di poter essere scoperti. La necessità di fare in fretta aggiungeva un pizzico di urgenza ai suoi movimenti: qualcuno avrebbe potuto interromperli da un momento all'altro, e Chris non voleva farsi trovare con i pantaloni calati. O quelli di Jesse, nel caso specifico.

Poi ebbe l'idea di alzare lo sguardo su Jesse, e rimase folgorato. Dal suo viso. Gli occhi dell'uomo fiammeggiavano di passione, eppure percorrevano continuamente l'orizzonte per paura che Neil o Ian potessero sbucare da dietro la cresta. Quella vista servì solo ad acuire il desiderio di Chris, che prese a rotolarsi sul palmo della mano i testicoli di Jesse, spingendolo a liberarsi il più presto possibile.

Quest'ultimo, dal canto suo, doveva essere non meno eccitato perché, in un tempo incredibilmente breve, si irrigidì e venne.

"Dovrebbe farti tirare avanti fino a questa notte," gli disse Chris, ritraendosi mentre si leccava le labbra.

"E tu, invece?" gli chiese Jesse. "Cazzo, sta arrivando Max." Si rivestì in fretta. "E io che volevo solo baciarti!"

"Max non può spifferare niente."

"No, ma se c'è lui, stai pur tranquillo che Neil non è lontano," esclamò Jesse aiutandolo a rimettersi in piedi.

"Avete trovato qualcosa?" urlò Neil, oltrepassando la cresta che separava i due ragazzi dal capanno.

"No," gridò di rimando Jesse. "Solo qualche cespuglio impigliato, ma volevamo assicurarci che il filo fosse intatto."

"Bravo ragazzo," disse Neil.

"Come sta la pecora?"

"La zampa rimarrà gonfia e rigida per qualche tempo, ma niente di che. La faremo stare al caldo e all'asciutto sotto la tettoia fino a che il gonfiore non scomparirà. Altre tracce di dingo?"

"Non mi sembra," rispose Jesse, "ma ci siamo fermati quasi subito per controllare il filo. Finiamo il perimetro e poi ci ritroviamo al capanno, ok?"

Neil assentì e fece girare il cavallo per tornare verso la tettoia.

"C'è mancato poco," sussurrò Jesse quando l'uomo si fu allontanato abbastanza. "Vediamo di finire."

"Non fare così," gli disse Chris, pur montando immediatamente in sella. "Non ci ha visti, e inoltre è il più grande sostenitore di Caine."

"Perché Caine gli ha salvato la vita. Da quello che ho sentito, prima di quell'episodio è stato piuttosto sgradevole nei suoi confronti."

"Sa che sono gay."

"C'è una bella differenza tra saperlo e beccarti con il mio cazzo in bocca mentre era previsto che lavorassimo. Non voglio che succeda di nuovo. Un bacio va bene, ma niente di più."

Chris continuava a pensare che la reazione di Jesse fosse esagerata, ma preferì tacere. Finirono di controllare la recinzione e tornarono al capanno. "Ora che si fa?"

"Ora ci sediamo e guardiamo le pecore fino a che non arriva l'ora di pranzo," disse Jesse. "Se non succede qualcosa, possiamo riposarci."

"Mi piace," esclamò Chris, smontando e allungando le mani verso la sella di Titan.

"Allenta il sottopancia, ma lascia la bardatura," lo consigliò Ian. "Se dovessi montare in fretta, sarebbe una perdita di tempo doverlo ribardare."

"Perché dovremmo rimontare in fretta?" chiese Chris, pur facendo quello che gli era stato detto.

"Kyle ha visto delle tracce di dingo. Se quella bestiaccia dovesse ripresentarsi avremmo più possibilità di scacciarla in sella a un cavallo che a piedi. Noi essere umani non siamo né particolarmente spaventosi né veloci, ma un cavallo lo è. Un calcio ben piazzato del vecchio Titan e il dingo è già morto."

"Ma si può fare? Credevo che fosse una specie protetta?"

"Non possiamo addestrare Titan a farlo," intervenne Neil, "ma se succede mentre cerca di difendersi è un problema del dingo, non nostro. Sono una piaga e nient'altro."

STAVANO METTENDO via gli avanzi del pranzo, quando l'abbaiare frenetico di Max li interruppe. I tre jackaroo più esperti lasciarono immediatamente ogni cosa e corsero alla porta. Chris li seguì più lentamente: non sapeva se avrebbe potuto essere d'aiuto e non voleva dare fastidio.

All'estremità del pascolo, Max stava correndo verso un gruppo di dingo che erano sulla cresta del crinale.

"Porca puttana," urlò Neil. "Cacciano in branco solo quando muoiono di fame." Strinse i finimenti al suo cavallo e gli salì in groppa, lanciandosi al galoppo attraverso il campo. Ian gli fu immediatamente dietro.

"Rimani qui," ordinò Jesse. "Non te la cavi ancora tanto bene a cavallo, e la situazione potrebbe diventare agitata."

"Devo chiamare aiuto?" gli gridò dietro il ragazzo mentre l'altro schizzava via.

"Finirà tutto prima che possano raggiungerci," rispose Jesse, lanciando il cavallo in un'altra direzione rispetto a quella presa da Neil e Ian, e andando a intercettare un dingo che veniva dal lato opposto e voleva evidentemente spingere il gregge verso il resto del branco.

Chris rimase a guardare con il cuore in gola, mentre i tre uomini facevano del loro meglio per allontanare le bestie selvatiche. Anche Max si era lanciato nella mischia ringhiando ferocemente e, quando Ian arrivò per disperdere i contendenti, ne emerse vittorioso, mentre il dingo contro cui aveva lottato si allontanava, zoppicando velocemente quanto glielo consentivano le tre zampe.

Così com'era cominciata la confusione finì e i tre uomini, con Max che zampettava fiero al loro fianco, tornarono verso Chris.

"Maledette bestiacce," borbottò Neil mentre scendeva da cavallo. Chris raccolse le redini che l'altro aveva negligentemente lasciato cadere quando si era inginocchiato per controllare Max.

"Sta bene?" gli chiese Chris.

"Sembra di sì," rispose quello, facendo scorrere le mani lungo i fianchi e le zampe del cane, alla ricerca di eventuali morsi. "I dingo hanno avuto la peggio."

"Non credevo che osassero avvicinarsi tanto," aggiunse Chris. "Ho sempre sentito dire che sono animali piuttosto timidi."

Jesse gli diede un colpetto con il gomito e scosse la testa. Chris capì e lasciò cadere l'argomento, soprattutto vista l'occhiataccia che gli aveva rivolto Neil. Seguendo l'adagio secondo il quale la prudenza è la più grande delle virtù, pensò che fosse meglio portare il cavallo dell'uomo sotto la tettoia. Si assicurò però di allentare solo il sottopancia, nel caso ne avessero avuto ancora bisogno.

"I dingo sono un brutto argomento per molti jackaroo," gli disse Jesse dall'ingresso, dopo qualche secondo. "Non conosco le motivazioni di Neil, ma non mi sorprenderebbe sapere che in passato ha perso un cane per colpa loro. Max è incredibilmente giovane per essere il cane di un jackaroo con così tanta esperienza come lui."

Chris rabbrividì. "Sì, ho notato che ce l'ha a morte con i dingo."

"Ma non piacciono neppure a quelli che non hanno ragioni altrettanto valide," proseguì Jesse. "Sono una minaccia per le pecore. Un animale singolo non sarebbe capace di abbattere una pecora adulta, ma un gruppo come quello di prima? Avrebbero potuto ucciderne diverse. Non so come si comporta Caine in proposito, ma sono stato in posti in cui il costo di quegli animali ti sarebbe stato decurtato direttamente dalla paga."

"Dici sul serio?"

"Non ovunque e, ti ripeto, non ho idea di come funzioni qui, ma sì, l'idea è che se un dingo uccide una pecora mentre sei di guardia vuol dire che sei stato negligente e quindi devi al proprietario della stazione il costo della pecora. E credimi, costano un bel po'."

"Wow, ma è... venale."

"È così che funziona nella maggior parte dei posti," disse Jesse in tono piatto. "Molte stazioni riescono a malapena a pareggiare i conti, a meno che non siano enormi e industrializzate. Sarà interessante vedere che cosa succederà con il progetto biodinamico di Caine: è la direzione opposta a quella che sembra stiano prendendo quasi tutte le stazioni."

"Credi che non funzionerà?"

"Non lo so," confessò Jesse. "E alla fine dei conti, fino a che riesce a pagarmi lo stipendio, la cosa non mi riguarda. È il mio lavoro, non la mia vita."

Quelle parole fecero capire a Chris quanto chiaramente avesse cominciato a immaginare il proprio futuro, e come quell'immagine cozzasse con la visione che aveva Jesse della strada da intraprendere nella vita. Aveva sbagliato: l'offerta di aiuto di Jesse doveva essere stata dettata solo dall'amicizia, esattamente come si erano detti all'inizio. L'uomo non gli aveva mai suggerito che potesse esserci dell'altro, ma Chris aveva comunque cominciato a sperarlo. Evidentemente, però, si era sbagliato.

# CAPITOLO 16

QUELLA SERA Chris era seduto a uno dei tavoli della mensa insieme a Seth e Jason: non voleva che suo fratello si sentisse trascurato dopo che lui aveva trascorso tutto il giorno al pascolo insieme ai jackaroo. Quando anche Jesse arrivò, tutte le sedie erano ormai occupate; Chris gli rivolse un sorriso di scuse, ma non fece nulla per fargli spazio vicino a loro.

Jesse non lo aveva illuso, non veramente, ma Chris sentiva comunque il bisogno di ristabilire le distanze. Era caduto nella trappola di considerarsi una coppia, di includere Jesse nei pensieri che riguardavano la famiglia, e aveva sbagliato. Jesse era solo un compagno di scopate con cui divertirsi nel corso di quell'estate.

Avevano quasi finito di mangiare quando Neil si alzò e picchiettò una forchetta contro il proprio bicchiere. Il rimbombo delle conversazioni scemò fino al silenzio.

"Scusate se disturbo la vostra cena," disse Neil, schiarendosi la voce. Chris scoppiò quasi a ridere nel vedere quanto l'uomo, in genere così sicuro di sé, sembrasse a disagio, ma quello che aveva da dire doveva essere importante, altrimenti non si sarebbe esposto davanti a tutti.

"Volevo annunciare a tutti che Molly mi ha fatto il grandissimo onore di accettare di sposarmi alla fine dell'estate."

Tutti gli uomini cominciarono a complimentarsi e applaudire, mentre anche la diretta interessata si alzava in piedi. Neil le passò un braccio attorno alla vita e l'attirò a sé, mentre gli altri jackaroo gli affollavano intorno, gli stringevano la mano e gli davano delle pacche sulle spalle dicendogli quanto fosse fortunato.

Chris si unì alla folla, rimanendo un po' indietro solo per permettere a quelli che lo conoscevano meglio di avvicinarsi per primi. "Congratulazioni," disse quando raggiunse la coppia. "Vi auguro ogni felicità."

"Grazie," rispose Molly con un sorriso.

Chris si fece da parte per permettere a qualcun altro di parlare ai futuri sposi, e andò a sbattere contro Jesse.

"Ciao," lo salutò. Non voleva essere scortese.

"Ciao," rispose Jesse. "Mi sei mancato a cena. Mi dispiace di aver fatto tardi."

Per quanto semplici, quelle parole sciolsero qualcosa nel petto di Chris. Aveva interpretato i discorsi di Jesse di quel pomeriggio come un congedo, ma non lo erano, almeno non completamente. Jesse non pensava a loro come a qualcosa che poteva durare – e non aveva motivo di farlo, visto che non avevano mai parlato di niente che andasse oltre al momento presente – ma apprezzava la sua compagnia, sia dentro che fuori dal letto. Erano amici e lui non doveva sottovalutare quella cosa. Aveva così pochi amici al momento che non poteva permettersi di perderne uno solo per non essere riuscito a mantenere fede a un proposito.

"Scusami tu per non averti preso un posto," disse Chris. "Quando mi sono accorto che non c'eri, il tavolo era ormai completamente occupato."

"Vuol dire che ci berremo una birra, allora," propose Jesse con un sorriso. "Paul me ne ha comprate alcune confezioni a Boorowa. Sono al dormitorio, se ne vuoi una."

"Sicuro," disse Chris. Stava comunque cercando di trascorrere più tempo insieme agli altri giù al dormitorio, immaginando che Caine e Macklin volessero avere indietro la loro casa. Quell'invito gli forniva solo un'altra occasione. "Fammi solo accertare che Seth non abbia bisogno di me."

"Chris," gli disse Jesse, stringendogli un braccio prima che potesse girarsi, "ha sedici anni. Non apprezzerà che tu gli stia sempre intorno. E comunque non è che ci siano tanti posti in cui mettersi nei guai qua attorno; non senza che qualcuno lo fermi prima che faccia qualche stupidaggine."

Chris esitò un secondo, ma Seth era seduto a chiacchierare accanto a Jason, e Patrick, Neil, Molly e altri residenti erano lì vicino.

"Starà bene," ripeté Jesse. La presa sul suo braccio si trasformò in una carezza e Chris cedette.

"Berrei volentieri una birra."


"Così... SPOSATI, eh?" disse Macklin, avvicinandosi alla coppia dopo che quasi tutti gli altri si erano allontanati. "Ci starete entrambi in quella tua casetta?"

"Ce la faremo," rispose Neil. "Magari potremmo aggiungere una camera durante l'inverno, quando c'è meno lavoro alla stazione."

"Potreste," disse Macklin lentamente. "Non sareste i primi, ma mi è appena venuto in mente che c'è quella grande casa, tutta vuota ora che io non la uso più. Mi sembra uno spreco spendere per fare dei lavori quando non dovreste fare altro che spostarvi dall'altra parte del cortile per avere tutto lo spazio che vi serve."

"Ma quella è la casa del sovrintendente," protestò Neil.

"Era la casa del sovrintendente," gli ricordò Macklin. "A meno che tu non creda che Caine abbia intenzione di licenziarmi a breve."

"Se non è stato tanto stupido quando era solo un novellino," replicò Neil, "non credo che lo sia diventato adesso che state insieme."

"E se dovesse retrocedermi, gli dirò di dare a te il mio posto, così la casa rimarrebbe comunque tua. A meno che tu non la voglia."

"Ci piacerebbe moltissimo," intervenne Molly. "È molto generoso da parte sua."

"Consideratelo un regalo di nozze anticipato," disse ancora Macklin. "Sono quasi certo che tutte le mie cose siano già alla casa padronale, ma più tardi darò un'altra controllata e potrete cominciare a trasferirvi il primo giorno di riposo. Dopodiché chiederò a Chris e Seth se hanno voglia di uno spazio tutto loro, anziché usare la casa grande come dormitorio."

"Lo apprezzeranno," esclamò Neil. "In particolare Chris."

"Eh?" si lasciò sfuggire Macklin, anche se credeva di sapere a cosa l'altro si riferisse.

"Neil, non sono affari tuoi," lo rimproverò Molly.

"Non sto cercando mettere nessuno nei guai," si schermì Neil. "Solo che... beh, credo che ci sia qualcosa tra Chris e Jesse."

"E ti sta bene?" domandò Macklin, ricordando fin troppo bene quanto male avesse reagito l'uomo quando aveva scoperto l'omosessualità di Caine.

Neil si strinse nelle spalle. "Non vengono a dar fastidio a me. Jesse è un buon jackaroo e Chris è un gran lavoratore e ha voglia di imparare. Non mi sarei certo aspettato di finire circondato da finocchi, ma è anche vero che non avevo mai conosciuto dei finocchi come quelli che ci sono qui."

242

"Neil!" lo ammonì di nuovo Molly, dandogli uno scappellotto. "Ecco un buon modo per farti licenziare."

"Ho capito quello che intendeva dire," disse Macklin, nonostante il brivido che gli era corso lungo la schiena quando aveva udito Neil pronunciare quelle parole offensive, per quanto fossero state dette in buona fede.

"Non va bene lo stesso," insisté Molly. "Dovremo lavorarci su."

Neil assunse un'aria sufficientemente da martire, quindi Macklin si allontanò sghignazzando e li lasciò a godersi la loro serata. Si guardò intorno alla ricerca di Chris, ma non vide nessuno sulla veranda del dormitorio. Valutò se cercarlo meglio, ma poi si disse che lo avrebbe visto il mattino successivo o al massimo durante la giornata. Lui e Seth avrebbero comunque dovuto aspettare che Neil si spostasse. Invece, si recò alla casa dove aveva vissuto per quindici anni prima che Caine arrivasse e ribaltasse completamente il suo mondo. Era certo di non averci lasciato niente, ma era sempre meglio esserne sicuri.

"COSA C'È nella borsa?" chiese Caine quando il compagno entrò in casa.

"Cose," rispose Macklin, appoggiandola sul tavolo. "Non potevo certo permettere che Neil e Molly spostassero tutta la robaccia inutile che non mi sono preso la briga di tirare via."

"Di cosa stai parlando?" domandò Caine, chiudendo il portatile in modo da poter concedere tutta la propria attenzione a Macklin.

"Neil e Molly si sposano."

"L'ho sentito," esclamò l'altro. "E questo che c'entra con la tua robaccia?"

"La casa di Neil va bene per una persona, non per una famiglia," spiegò Macklin. "Ho pensato che potevano spostarsi nella casa del sovrintendente, visto che io non la uso più. In questo modo potranno avere più spazio fin da subito, e quando decideranno di allargare la famiglia non ci sarà bisogno di aggiungere stanze."

"E cosa c'era rimasto?"

"Principalmente vestiti che non mi vanno più e roba del genere. Niente di importante, ma neanche niente che potesse interessare a Neil e Molly."

"Possiamo buttare tutto, allora?" chiese Caine, allungando la mano verso la borsa. Macklin la tirò via così in fretta da lasciarlo di sasso. Qualunque cosa ci fosse là dentro, non era certo roba senza valore; ma Caine non insisté. Avrebbe aspettato fino al giorno successivo, e quando Macklin fosse stato fuori con le pecore, avrebbe dato un'occhiata.

"Io... beh, ho trovato una vecchia foto che avevo dimenticato di avere," disse lentamente l'uomo. "La metto via e poi possiamo buttare tutto il resto."

"Posso vederla?" gli chiese Caine.

Macklin frugò lentamente dentro la borsa e ne tirò fuori una semplice cornice di plastica. Caine la prese ed esaminò la foto che conteneva. Un adolescente vicino a una donna di mezz'età dall'aria stanca. Se si concentrava riusciva a vedere il ragazzino trasformarsi nell'uomo che ora gli stava davanti. "Tua madre è bellissima."

"È demoralizzata."

"È bellissima," insisté Caine, "e si vede che ti ama tantissimo."

Macklin annuì brevemente e lui capì che era il suo modo di dirgli di smetterla. Appoggiò la foto e abbracciò il suo uomo.

"Allora, tra quanto si trasferiranno Neil e Molly?"

243

"Sta a loro decidere," disse Macklin, "ma ho pensato che Chris e Seth potrebbero prendere la casa dove vive adesso Neil. È forse un po' piccola per due persone, ma sempre meglio che vivere con noi."

"Pronto ad avere di nuovo la casa tutta per noi?" lo stuzzicò Caine.

"Beh, è dura scoparti nel salone se penso che qualcuno potrebbe entrare da un momento all'altro."

Caine scoppiò in una risata. "Eccoci." Fu tentato di fare una battuta sul cambiare posizione, ma a Boorowa la stessa cosa gli si era ritorta contro. Il fatto che Macklin desse via la sua casa, non temporaneamente ma in maniera definitiva, era la prova del suo sentirsi parte di quella relazione. Forse Caine avrebbe potuto riprendere il discorso dopo la partenza dei genitori, ma per il momento era meglio che prendesse quello che poteva e si assicurasse di far sapere a Macklin quanto apprezzava tutto ciò che questi gli dava.

Forse, il giorno dopo, avrebbe potuto cominciare a cercare la madre di Macklin. Anche se l'uomo non avesse voluto vederla, avrebbe comunque potuto aiutarlo a scoprire cosa ne era stato di lei.

# CAPITOLO 17

*Sei settimane dopo.*

"NON CREDEVO che avessi delle decorazioni natalizie," esclamò Jesse non appena ebbe messo piede dentro alla casetta dove Chris e Seth erano andati ad abitare dopo il trasferimento di Neil e Molly. "Sei andato a Boorowa?"

"No, me le ha date Caine. Ha detto che immaginava che io non ne avessi e che lui, da parte sua, ne aveva più del necessario, quindi mi ha fatto questo 'regalo di benvenuto'," spiegò Chris. "Credo di essere qui da abbastanza tempo, ormai, da non avere più i requisiti per un regalo di benvenuto, ma il suo è stato comunque un bel gesto."

"È una persona incredibile," concordò Jesse. "Anche dopo tre mesi, mi sorprende ancora come riesca a far sentire tutti i suoi dipendenti come parte della famiglia, anche quelli che probabilmente sono solo di passaggio."

"Forse alcuni che credevano di essere solo di passaggio si fermeranno, grazie a quella gentilezza," disse Chris.

"È possibile," replicò Jesse. "Non sai mai quello che una piccola gentilezza può fare."

Non era esattamente la risposta che Chris si aspettava, ma non si sentiva ancora pronto a dichiararsi e chiedergli di punto in bianco se avesse intenzione di rimanere. Nelle prime settimane dopo il suo arrivo, quando ancora non conosceva nessuno, la compagnia di Jesse gli aveva letteralmente salvato la vita; ma ormai – per quanto godesse ancora della sua vicinanza, sia come amico sia come compagno di scopate – il suo giro di conoscenze si era allargato. Aveva imparato come funzionavano le giornate alla stazione e, anche se non sapeva ancora cavalcare bene quanto Ian, o non aveva l'esperienza di Neil con i cani, stava imparando in fretta. Jesse non gli era più indispensabile come prima. Se a fine marzo avesse deciso di partire, Chris ne avrebbe sentita la mancanza, ma non si sarebbe sentito perso senza di lui. Desiderava solo sapere con esattezza cosa l'altro pensasse del loro rapporto.

"Sei troppo silenzioso," disse Jesse, intromettendosi nei suoi pensieri. "Ti manca tua mamma?"

"Un po'," rispose Chris, aggrappandosi a quella scusa. "Quando eravamo piccoli non aveva i soldi per fare grandi cose a Natale, e Tony era un tale spilorcio che anche dopo il matrimonio non cambiò quasi niente. Però avevamo le nostre tradizioni."

"Tu e Seth potete continuare a seguirle, se volete."

"È questo il punto," confessò Chris. "Non so se voglio seguirle ancora. La vita che conducevamo allora era molto diversa da quella di oggi. Non era male, non fraintendermi, ma neanche bellissima. A parte la morte della mamma, sono molto più felice qui di quanto lo sia mai stato sotto lo stesso tetto con Tony. E prima che lui arrivasse, c'erano così pochi soldi che non sapevamo mai se ci sarebbe stato da mangiare per tutti. Un lavoro stabile, una casa, pasti regolari... amici. Non sono mai stato così bene, e lo stesso vale per Seth, anche se fa il cretino sul fatto di non avere la tv via cavo o non poter andare al cinema."

"Digli che per quello c'è l'inverno," suggerì Jesse. "Cosa credi che faccia io, dieci settimane a Melbourne?"

"Scopi tutto quello che si muove perché non hai idea di cosa ti aspetti nella stazione successiva?" lo prese in giro Chris, anche se il solo pensiero gli procurò una fitta al petto.

"Non sono poi questo gran cacciatore," protestò Jesse. "Cioè, non che disdegni una buona offerta quando si presenta, ma non esco tutte le sere alla ricerca di facili prede."

Chris non si sentì affatto rassicurato. "Qualcuno ti ha detto come, e se, si festeggia il Natale qui alla stazione?"

Jesse scosse la testa. "L'argomento principale è l'arrivo dei genitori di Caine. A quanto pare la vera proprietaria della stazione è sua madre, quindi sono tutti ansiosi di fare bella figura."

"E tu no?"

"Da quello che ho sentito, quando Caine è arrivato non sapeva nulla di pecore, per cui dubito che la madre ne sappia di più. Credo che venga per vedere il figlio, non la tenuta. Non voglio dire che dobbiamo essere maleducati, o pigri o roba del genere, ma non credo si tratti dell'ispezione che tutti temono."

"E se ti sbagliassi?"

"Allora mi vedrebbe fare il mio lavoro, allo stesso modo di sempre," rispose Jesse. "Macklin sembra soddisfatto di me, e non riesco a immaginare che lei possa essere ancora più esigente, anche nel caso venga qui per controllare."

"Hai ragione."

"Smettila di preoccuparti," disse Jesse, dandogli un colpetto con la spalla. "Dov'è Seth?"

"Farà tardi da Jason per finire un progetto per la scuola. Patrick ha detto che probabilmente si fermerà a dormire da loro."

"Allora abbiamo la casa tutta per noi?"

Chris sorrise. "Avevi in mente qualcosa?"

"Sbaciucchiarci sul divano," rispose Jesse. "Non possiamo mai farlo quando c'è Seth in giro."

Jesse li visitava ormai regolarmente e Seth aveva smesso di fare commenti sulla sua presenza in casa, ma i due avevano comunque deciso di comportarsi solo da amici in sua presenza. Se la loro fosse stata una storia seria, una relazione vera e propria, allora Chris non si sarebbe fatto problemi a parlarne con il fratello e a lasciarsi andare a gesti di affetto anche davanti a lui, ma Seth era già stato deluso troppe volte. Chris non voleva creare un'illusione che sarebbe andata in frantumi quando Jesse fosse partito in autunno.

"Cosa stiamo aspettando?" disse con un sorriso, appoggiandosi contro l'incavo della spalla di Jesse, che l'attirò a sé senza però baciarlo subito. Ma a lui non importava; non voleva nient'altro che stare lì seduto per tutta la notte, respirare il profumo di pulito della pelle dell'altro e sentire il calore del suo corpo contro la schiena.

Poi le labbra di Jesse gli accarezzarono la pelle sensibile dietro all'orecchio, lungo l'attaccatura dei capelli, e Chris pensò che forse qualcosa in più lo voleva.

Piegò la testa di lato, godendosi il piacere di quell'abbraccio. Aveva sempre dovuto essere quello forte. Uno dei suoi primi ricordi era sua madre che gli diceva di essere forte per suo fratello, di fargli credere che tutto andava bene, anche se in realtà niente andava bene, di mantenere il controllo su se stesso anche quando tutto il resto era incontrollabile. Non aveva bisogno di essere forte con Jesse. Non aveva bisogno di avere il controllo. Poteva confidare sull'amicizia dell'altro ed essere certo che l'avrebbe sorretto. Sospirò e piegò ancora di più la testa, in una muta richiesta di altre carezze.

Era quello che gli era mancato negli incontri furtivi e azzardati con i compagni di scuola o nei bar che era solito frequentare quando il bisogno di sesso si faceva troppo forte. Quel contatto, quella tenerezza... anche se Jesse non gli aveva fatto più promesse di quante gliene avessero fatte gli uomini con cui era stato in passato, Chris sapeva che si trattava di qualcosa di diverso. Forse non era amore, ma era complicità, amicizia, supporto. Si trattava di qualcosa di reale e di bello, e Chris si rese conto di quanto una cosa del genere gli fosse mancata.

Mugolò debolmente, e poi boccheggiò quando le carezze date con le labbra si trasformarono in un morso leggero sul collo.

"Niente segni," disse automaticamente.

"Perché no?" chiese Jesse. "Chi vuoi che se ne accorga o se ne interessi?"

"Seth se ne accorgerebbe."

"Ma gli importerebbe?" insisté l'altro.

Chris scosse la testa.

Jesse morse ancora la pelle abbronzata prima di tornare a un bacio morbido. Chris lasciò uscire un sospiro, se di sollievo o disappunto non avrebbe saputo dirlo. Poi Jesse gli scostò il colletto della camicia e cominciò a mordergli e succhiargli la curva tra collo e spalla, strappandogli un urlo mentre veniva sommerso da un'ondata di desiderio così forte da essere quasi dolorosa.

"Cristo Santo," annaspò quando Jesse lo lasciò andare, per poi voltarsi a guardarlo in viso.

"Ti è piaciuto. Non negarlo."

"Non nego proprio niente," rispose, premendosi con forza sull'erezione. "Ho solo bisogno di un minuto per non rischiare di venirmi nei pantaloni."

"Non puoi averlo." Jesse gli scostò la mano e lo spinse giù sul divano. Scivolò sopra di lui fino a trovarsi viso contro viso e fianchi contro fianchi. "Però starò qui fermo a baciarti fino a che non avrai ripreso il controllo."

Lo sfregamento del corpo di Jesse contro il suo e i baci non erano esattamente d'aiuto in tal senso, ma Chris non si lamentò, non quando si sentiva così bene. Con sua sorpresa però, dopo aver trovato una posizione comoda, Jesse si fermò e, pur mantenendolo immobile sotto di sé, si limitò a baciarlo.

Baci lunghi, profondi, lenti. Baci che gli rubavano l'anima.

Il tipo di baci che gli facevano desiderare più che il semplice sesso.

Respirò a fondo e dimenticò ogni altro pensiero, lasciandosi avvolgere da quella beatitudine interminabile.

Jesse non era un uomo ben piazzato, non come Macklin o Kami, ma era comunque più alto e grosso di Chris − i muscoli completamente sviluppati laddove quest'ultimo manteneva ancora qualche traccia della magrezza dell'adolescenza − e quello faceva sì che il ragazzo si sentisse completamente avvolto dal corpo del jackaroo. Dopo avergli stretto le braccia attorno al collo − non tanto perché Jesse stesse cercando di allontanarsi, ma più per soddisfare il proprio bisogno di contatto – Chris gli fece scorrere le mani lungo la schiena, beandosi della sua forza. Poteva anche aver sviluppato un po' di muscoli nelle ultime settimane, ma non abbastanza da smettere di trovare il fisico di Jesse incredibilmente eccitante. Gli infilò una mano sotto la camicia e gli intrecciò l'altra ai capelli, che nell'ultimo periodo erano diventati lunghi e ispidi. Chris sperava che non li avrebbe più tagliati per il resto dell'estate.

247

"Stai meglio con i capelli lunghi," disse, le labbra che si muovevano contro quelle di Jesse.

"Mi danno un'aria trascurata," protestò l'altro.

"È per questo che mi piacciono," replicò lui, e per di impedire ogni altro commento approfondì il bacio. Intrecciò le loro lingue, senza fretta ma deciso a fargli vivere quel momento con la stessa profondità con cui lo stava vivendo lui. E il movimento con cui Jesse gli rispose gli fece capire di esserci riuscito.

Quando Jesse, ansimando, sollevò la testa, Chris gli sorrise e capì che era arrivato il momento di smetterla di raccontarsi delle storie: per il jackaroo tutto quello poteva non essere altro che una valvola di sfogo, un'alternativa a un fine settimana a Melbourne, ma per lui era diventato qualcosa di più. Si era innamorato.

Non si illudeva che Jesse lo ricambiasse, ma poteva farsene una ragione. Non si aspettava che rimanesse, neanche se avesse saputo. Non poteva controllare né i suoi sentimenti né le sue azioni, ma mentre l'uomo si chinava e lo baciava ancora, Chris si rese conto che niente di tutto quello gli importava. Il cuore era suo e poteva donarlo a chi voleva. Jesse poteva scegliere di non tenerlo, ma se l'alternativa era troncare in quel preciso momento, Chris preferiva rischiare di ritrovarsi con il cuore infranto più avanti perché aveva amato con tutto se stesso, piuttosto che rinunciare e non avere proprio niente.

MACKLIN GUIDAVA in silenzio mentre Caine, sporgendosi dal sedile dietro al suo, parlava con il padre, che era seduto davanti. All'inizio il sovrintendente non era stato convinto di quella disposizione, ma poi Caine gli aveva spiegato che, se sedeva dietro, il padre soffriva di mal d'auto, e che in quel modo avrebbero evitato di passare l'intero viaggio a preoccuparsi, specialmente quando avessero lasciato la strada asfaltata per entrare a Taylor Peak.

I signori Neiheisel erano stati gentilissimi con lui fin da subito e avevano insistito perché li chiamasse con i loro nomi di battesimo, ma da quando avevano lasciato Lang Downs il giorno prima, Macklin non aveva mai abbassato la guardia. Non riusciva a non pensare che, se solo lo avesse voluto, quella donna avrebbe potuto vendere la tenuta in qualsiasi momento. Ci era già passato un anno prima, quando Caine era arrivato, e anche se alla fine il suo amante era riuscito a tranquillizzarlo, la signora Neiheisel rimaneva un'entità sconosciuta, e Macklin odiava non avere il controllo.

La donna era stata molto cordiale, lo aveva abbracciato e gli aveva detto che era molto felice di conoscerlo finalmente. Gli aveva fatto delle domande su di lui, la sua famiglia, la sua vita, ma non aveva chiesto niente a proposito della stazione. Ovviamente Macklin faceva fatica a parlare di se stesso senza tirare in ballo il suo lavoro, dal momento che non aveva alcuna intenzione di raccontarle quella che era stata la sua vita prima di Lang Downs. Già era stata una battaglia raccontarlo a Caine.

"Quanto ci vuole prima di arrivare?" domandò la donna, con un accento americano così simile a quello del figlio che Macklin non seppe trattenere un sorriso.

"Circa mezz'ora fino a Taylor Peak," spiegò. "Poi dobbiamo attraversare quella tenuta e un tratto di Lang Downs. Da Boorowa ci vogliono circa cinque ore, perché non si può guidare veloci sulle strade sterrate."

"Non avevo idea che fosse così isolato."

"Mamma, ti ho già detto tutte queste cose," intervenne Caine.

"Sì, lo so, tesoro, ma in cinque ore si arriva a Chicago, attraversando tre stati."

248

"Percorrendo un'autostrada a settanta miglia all'ora, non su una strada di campagna ai dieci, massimo venti," le ricordò Caine. Macklin sentì lo stomaco contorcersi penosamente al pensiero di quanto fossero inconciliabili la signora Neiheisel e la vita nell'outback: non appena avesse visto la rozza stazione se ne sarebbe sbarazzata all'istante.

"Lo so, lo so. Sono un sacco di informazioni nuove, ma mi ci abituerò, ne sono certa. Niente potrebbe essere più strano del festeggiare il Natale nel bel mezzo dell'estate. Sono abituata ad avere trenta gradi Fahrenheit a Natale, non trenta gradi Celsius[7]."

"Su questo siamo d'accordo," disse Caine ridendo. "Neanche io ho mai indossato i bermuda a Natale."

Si sporse in avanti e strizzò la spalla di Macklin, riuscendo con quel semplice gesto di affetto a tranquillizzarlo. Caine poteva anche ridere di un Natale caldo – anche se a lui sembrava più strano un Natale freddo – e poteva scherzare con sua madre riguardo le distanze chilometriche, ma lo amava, e alla fine era quello che faceva la differenza. Staccò una mano dal volante e ricambiò la stretta.


"PIACI MOLTO ai miei genitori," disse Caine quella sera mentre si preparavano per andare a letto. I signori Neiheisel si erano ritirati subito dopo cena a causa dei postumi del jet lag e li avevano lasciati a occuparsi delle questioni che si erano accumulate durante la loro assenza. Neil aveva preso il ruolo di sostituto con molta serietà e Macklin era rimasto impressionato da quanto poco fosse rimasto da fare.

"Ne sei sicuro?"

Il tono vulnerabile della sua voce colpì Caine al cuore. Aveva sentito molte sue intonazioni nei nove mesi trascorsi da quando si erano conosciuti, ma mai una così incerta.

"Sì, ne sono sicuro," disse. "Mia madre ti ha abbracciato prima di andare in camera. Non lo avrebbe fatto se non lo avesse voluto. E mio padre ha voluto stringerti la mano. Non era obbligato a farlo, avrebbe potuto semplicemente augurarti la buonanotte. Lo so che sono sottigliezze, ma sono i miei genitori e li conosco bene. So come si comportavano con John e non sono mai stati così affettuosi come lo sono con te."

"Il tordo?" disse Macklin con scherno. "Non è stato abbastanza sveglio da tenerti per sé, perché sarebbe dovuto piacergli?"

"Esattamente quello che sto dicendo," continuò Caine, baciandolo con dolcezza. "Ti hanno appena incontrato e già hanno notato quanto tu sia diverso da lui. Pensa a come ti vedranno dopo che saranno stati qui un paio di settimane."

Macklin non rispose a parole, ma si chinò e ricambiò il bacio. Poi lo spinse verso il letto, e anche quella fu una risposta più che sufficiente.


CAINE TRASCORSE quasi tutto il giorno successivo in compagnia della madre. Il padre era andato a vedere le stalle insieme a Macklin, ma a lei non importava nulla delle pecore.

"Sei felice qui."

"Lo sono," confermò lui, anche se non era stata una domanda.

"Lo vedo. Non hai balbettato neanche una volta da quando ci siamo incontrati all'aeroporto."

---

7 30°F corrispondono a circa -1°C (NdT).

"È... diverso qui," disse Caine, cercando di trovare le parole adatte a descrivere la sua nuova vita e tutti i modi in cui questa lo aveva cambiato. "Non è certo il futuro che immaginavo quando ero al liceo e al college. Allora mi vedevo in una grande città, per esempio Philadelphia o New York, a lavorare per uno studio di commercialisti o in una qualche agenzia pubblicitaria, e a fare qualcosa di importante. Ma non sarebbe mai potuto accadere. Magari avevo le conoscenze tecniche, ma mi mancava la fiducia in me stesso. Per quanto mi sembrava di desiderarle, quelle cose, non riuscivo mai a trovare la forza per realizzare i miei sogni. Stare qui non è quello che mi sarei aspettato, ma è quello che voglio. Ho tantissimi progetti, mamma. Abbiamo cominciato il processo per diventare un allevamento biodinamico: tra sei mesi, un anno al massimo, otterremo la prima certificazione e potremo cominciare a vendere la lana e la carne come Livello 1 Biodinamico. Ci vorranno altri due anni prima di ottenere la certificazione di Qualità biodinamica A, ma nel frattempo potremo già alzare i prezzi. Prenderemo il sogno dello zio Michael e faremo in modo che diventi la base per il nostro futuro."

"Non ho dubbi che ci riuscirete," gli disse la madre abbracciandolo. "Hai sempre avuto le capacità per fare molto più di quello che la vita sembrava offrirti. Sono contenta che tu abbia finalmente trovato un posto che ti spinga ad andare avanti, anziché trattenerti."

"Lo sai che non è tanto il posto, quanto piuttosto l'uomo," confessò Caine, costringendosi a riconoscere anche il ruolo di Macklin in quella sua trasformazione.

"Tesoro, non avresti mai attirato l'attenzione di un uomo come quello se non avessi avuto qualcosa di speciale. Magari sono vecchia, ma gli uomini come il tuo Macklin li ricordo ancora: non ti avrebbe neanche degnato di uno sguardo se dentro di te non ci fossero state quella potenzialità e quella sicurezza che aspettavano solo l'occasione di manifestarsi."

"Quindi non ti dispiace che io rimanga in Australia?"

"Certo che mi dispiace," lo rimproverò lei. "E sei troppo lontano perché io possa venire a trovarti regolarmente, ma sono anche contenta, e sono sicura che lo sarebbe stato anche lo zio Michael. Mi fa piacere che tu mi abbia convinta a non vendere la stazione: si vede che appartieni a questo posto."

"È vero," confermò Caine.

"Quanto tuo padre e Macklin torneranno dalla loro passeggiata, dovremmo parlare due minuti d'affari."

"Non ho preparato nessun rapporto," scherzò Caine. "Non mi avevi detto che volevi vedere i libri contabili."

"Infatti non lo voglio," si schernì la donna. "Ne parleremo non appena saranno qui."

Caine non era sicurissimo che quella cosa gli piacesse, ma sua madre sembrava tranquilla, quindi di qualunque cosa volesse parlare non potevano essere cattive notizie, o almeno lei non le considerava tali.

"Macklin non apprezza particolarmente le sorprese."

"Sciocchezze, a tutti piacciono le sorprese," insisté la donna. "Specialmente quelle di questo tipo."


"CERTO CHE questo ranch è veramente enorme," disse il signor Neiheisel – *Len,* si corresse mentalmente Macklin – quando arrivarono ai capanni dove aveva luogo la tosatura, ormai vuoti, dato che tutti gli agnelli erano abbastanza cresciuti da seguire le loro madri al pascolo. "Non voglio far finta di capire qualcosa di pecore, ma anche dal basso della mia inesperienza posso affermare che fai filare questo posto come un treno."

"Caine sta facendo un buon lavoro," disse Macklin.

"Siamo onesti, Macklin. Voglio molto bene a mio figlio, ma lo conosco. È un bravo ragazzo, ma non è un cowboy. Se riesce a far andare avanti la stazione, è solo perché gli hai insegnato quello che deve sapere."

"Non è vero," insisté Macklin. "L'idea della certificazione biodinamica è stata solo sua. È lui che ha fatto tutte le ricerche, stretto tutti gli accordi e compilato tutti i moduli. Io gli ho solo spiegato quello che già stavamo facendo, cosicché sapesse da dove cominciare. Il resto è tutta opera sua."

Len scosse la testa. "Allora sei stato anche più bravo di quello che credi. La balbuzie è stata la sua palla al piede per tutta la vita, ma da quando siamo arrivati non l'ho sentito balbettare neanche una volta."

Macklin invece lo aveva sentito, ma non sarebbe certo andato a raccontare a suo padre che Caine balbettava quando facevano l'amore, specialmente quando lo facevano lentamente e a lungo e... Macklin si schiarì la gola e cercò di scacciare l'immagine del suo amante che si contorceva sotto di lui. Non voleva neanche trovarsi nelle condizioni di dover spiegare perché improvvisamente aveva avuto *quella* reazione.

"Non balbetta quasi più. Solo quando è particolarmente stressato, e gli uomini che lavorano qui lo rispettano abbastanza da evitarglielo quando possono. Ma si tratta di fiducia in se stessi e di sentirsi nel proprio ambiente, io non c'entro."

Len gli rivolse uno sguardo acuto, che gli ricordò che quell'anziano signore corpulento e gioviale prima della pensione era stato un astuto uomo d'affari, abituato a leggere le persone al primo sguardo. "Gli hai dato il tuo amore. Non c'è stato bisogno d'altro."

Macklin fu sul punto di obiettare ancora. Sapeva che la trasformazione di Caine era stata un qualcosa di psicologico, ma era stanco di tutti gli anni trascorsi a nascondere quello che era. Gli ultimi sei mesi con Caine gli avevano mostrato quanto la vita potesse essere piacevole, e confessare i propri sentimenti ne faceva parte. "Allora sono contento che abbia funzionato."

Len annuì, poi voltò le spalle alla stazione. "Fammi vedere il resto della valle. Io non cavalco, ma Caine ha detto che molte cose si possono vedere anche senza andare in montagna."

"PRIMA HAI detto che volevi parlare d'affari?" disse Caine dopo pranzo, rivolto alla madre. Macklin, seduto lì accanto, si irrigidì, ma lui lo ignorò. Sua madre glielo aveva annunciato con un'aria troppo contenta, perché potesse trattarsi di qualcosa di brutto.

"Abbiamo parlato con il nostro commercialista e inserire la stazione e i sui utili nella nostra denuncia dei redditi è troppo oneroso per noi, arrivati a questo punto della nostra vita," spiegò Len. "Così facendo il nostro reddito imponibile diventa talmente alto da strangolare la rendita del fondo pensione a suon di tasse e rende irrilevanti le deduzioni rispetto al totale."

"Cosa significa?" chiese seccamente Macklin.

"Significa che abbiamo un regalo di Natale per Caine," disse la signora Neiheisel, con un sorriso affettuoso. "Non appena la firma di Caine su questo contratto sarà vidimata da un notaio, o qualunque altra cosa si faccia qui in Australia, la stazione diventerà sua a tutti gli effetti. Lo sarebbe stata lo stesso alla mia morte, ma in questo modo la smetterete entrambi di pensare di dover rispondere a me per qualsiasi cosa. Non che ce ne sia mai stato bisogno: questo è stato il progetto di Caine fin dall'inizio."

"Adesso lo è in ogni senso," concluse Len. "Quello che ho visto oggi mi ha convinto ancora di più che sia la scelta migliore per tutti."

"Grazie, mamma," disse Caine, alzandosi per abbracciarla. "Sia perché un anno fa mi hai dato questa occasione e sia perché ora la fai diventare mia per sempre. Non ti deluderò."

"Non potresti mai deludermi, tesoro," rispose lei, prendendogli il viso tra le mani. "Mi basta guardarti per capire che questo è il posto adatto a te. Tu ti impegnerai per conservare la stazione molto più di quanto io potrei mai fare. Era già tua in pratica, ora lo è anche legalmente; e io posso riposare tranquilla sapendo che sei felice e che hai trovato la tua strada."

Abbracciò Caine ancora una volta, prima di allungare la mano e stringere quella del marito. "Andiamo a fare una passeggiata, Len. Credo che i nostri figli abbiamo molte cose di cui parlare."

Nessuno disse altro finché la coppia fu uscita, poi Caine si voltò verso Macklin, che era ancora seduto sul divano. Sembrava non aver mosso un muscolo da quando signora Neiheisel aveva fatto il suo annuncio.

"Stai bene?" gli domandò, sedendogli accanto.

"Ha detto figli."

"Eh sì," confermò Caine. "È un problema?"

"No! Certo che no," rispose Macklin. "Ma ha detto figli. Mi conosce da soli pochi giorni."

"Le sono bastati per capire che sono felice e che ci amiamo. Anni fa, la mamma e io facemmo una lunga chiacchierata riguardo al matrimonio, o meglio riguardo a ciò che la sua mancanza avrebbe significato, dal momento che non ci sarebbero mai state una chiesa e una sposa in abito bianco. Ricordo che a me dispiaceva averle tolto quella gioia. Lo sai cosa mi disse?"

"Cosa?" domandò Macklin, così piano che Caine lo sentì appena.

"Mi disse che non c'era bisogno di tutta quella pomposità perché qualcuno entrasse a far parte della nostra famiglia, e che quando avessi trovato la persona giusta, le sarebbe bastato guardarlo per capire, e allora sarebbe stato suo figlio esattamente come lo sono io. E niente avrebbe cambiato quel fatto, neanche se mi fosse successo qualcosa e a lei fosse rimasto solo il mio partner," disse Caine. "Lei ti ha g-guardato e ha c-capito."

"Stai balbettando."

Caine fece spallucce. "D-difficile non f-farlo quando stai t-trattenendo le l-lacrime."

"Di gioia?"

Caine annuì.

"Anche le mie."

L'ammissione infranse quel poco autocontrollo che Caine riusciva ancora a mantenere e le lacrime strariparono, rotolandogli giù per il viso, mentre rideva e attirava Macklin a sé. Si scambiarono un bacio bagnato e disordinato, tenero di felicità e salato di lacrime, ma a nessuno dei due importava. Continuarono a baciarsi e a ridere e a baciarsi fino a che le lacrime non si asciugarono e rimase solo la felicità.

Alla fine Caine si girò così da potersi rannicchiare sotto il braccio del compagno. "Allora, dove dobbiamo andare per far registrare l'atto?"

"A Boorowa," disse Macklin. "Non ci sono notai più vicini, salvo che Taylor non ne abbia assunto uno di cui non so niente."

"Possiamo andare tra qualche giorno," proseguì Caine. "Oppure quando riaccompagneremo i miei all'aeroporto. Dovremo fargli fare una modifica prima di firmarlo, in ogni caso."

"Quale?" domandò Macklin.

"Voglio che sopra ci sia anche il tuo nome."

"Caine," protestò Macklin.

"Macklin," gli fece il verso lui. "Non dirlo. Non dirmi che sei solo il sovrintendente o qualunque altra idiozia tu stia pensando. Tu sei la spina dorsale di questa stazione, e io lo so. Tutti lo sanno, tranne te. Amavi zio Michael come un padre e hai trascorso qui più della metà della tua vita. Se c'era qualcuno che meritava di ereditare la stazione alla morte dello zio, quello eri tu. Io non avrei mai chiesto a mia madre di darmela, ma lei ce l'ha data lo stesso."

"L'ha data a te."

Caine ringhiò. "Abbiamo ascoltato la stessa conversazione? Ha specificato che voleva che ci fossi anche tu quando mi ha detto che voleva parlare d'affari. Ti ha spiegato quali sono le sue decisioni. Ti ha chiamato figlio. L'atto è solo a nome mio semplicemente perché quando lo ha fatto redigere ancora non ti conosceva. Se fosse arrivata qui e tu non fossi stato, beh, *tu*, lo avrebbe dato solo a me. Ma tu sei tu e loro lo hanno visto. E oltre a questo, sei il mio amante e il mio compagno. Se l'Australia lo permettesse, ti sposerei e non ci sarebbe bisogno di avere questa conversazione. Per come stanno le cose, però, consideralo l'equivalente di una proposta di matrimonio."

"Fammi... fammi pensare un minuto," disse Macklin. "Tu vai per la tua strada e sei così convincente che mi fai dimenticare tutte le ragioni per cui è una pessima idea."

"Non è una pessima idea," lo interruppe.

Macklin lo guardò storto e Caine tacque, aspettando in silenzio che raccogliesse i pensieri.

"Lo dici sul serio?" chiese alla fine. "Che vorresti sposarmi se potessimo?

Caine non sapeva se prenderlo a pugni per essersi focalizzato sull'unica parte del discorso che non avrebbe mai dovuto mettere in discussione, oppure se baciarlo per ribadirgli quanto profondi fossero i suoi sentimenti. Alla fine decise per un semplice: "Sì."

Macklin si fece di nuovo silenzioso.

"Io credevo che avrei trascorso il resto della vita da solo. Dopo la morte di Michael, mi aspettavo di avere ancora la stazione, sempre se il nuovo proprietario non mi avesse licenziato, ma nient'altro. Mi sono lasciato alle spalle la mia famiglia il giorno stesso in cui sono scappato di casa, il mio padre adottivo è morto, e sapevo che nessuno avrebbe mai accettato di lavorare sotto un sovrintendente gay. Pensavo che niente avrebbe potuto cambiare quello stato di cose: avrei avuto il rispetto dei jackaroo, forse la fiducia del mio datore di lavoro, e una settimana all'anno a Sydney. E quello avrei dovuto farmi bastare."

"E ora?" domandò dolcemente Caine, con il cuore in pezzi per tutto il dolore che trapelava da quelle parole.

"E ora non so cosa pensare," ammise Macklin. "Non riesco a pensare perché ogni volta che lo faccio mi viene in mente che potrei perdere ogni cosa, come è sempre successo in passato. Tu sei tutto per me. Lo sai. Solo... solo che sembra che non riesca a togliermi questo pensiero dalla testa."

"Anche tu sei tutto per me," disse Caine, prendendogli una mano tra le sue. "Il resto è solo un modo per dimostrarlo. Il tuo nome su quell'atto ha un senso perché non c'è nessun altro che vorrei prendesse le decisioni per la stazione se io non potessi. Se mi accadesse qualcosa, vorrei che la stazione diventasse tua. Il modo migliore per assicurarsi che ciò avvenga è rendertene socio; e non solo nei fatti, perché senza di te saremmo andati a fondo – e non negare, perché lo so che è così – ma anche legalmente, in modo che nessuno possa presentarsi un giorno e portarcela via. Può darsi che in questo modo perderemo qualche altro jackaroo, e può darsi che dovremo lavorare ancora di più per tenere il passo mentre addestriamo le nuove leve che sono disposte a provare."

L'espressione di Macklin suggerì a Caine che l'uomo aveva sperato che non se ne fosse accorto.

"Sì, l'ho notato," continuò Caine, "ma serve solo a dimostrare che ho ragione. Il successo della stazione dipende già da te. Non cambierà niente, se non il lato legale. Per favore, di' di sì."

Macklin deglutì visibilmente un paio di volte, in lotta contro qualche suo demone personale, ma Caine lasciò che se la cavasse da solo. Aveva detto tutto quello che poteva dire, il resto era nelle mani di Macklin. E se avesse detto di no, Caine glielo avrebbe chiesto di nuovo l'anno dopo, e poi quello dopo ancora, e di anno in anno fino a che un giorno non avrebbe ceduto.

"Sì."


MACKLIN NON si era mai concesso di immaginare un momento come quello, quindi non si aspettava nulla, solo la profonda consapevolezza di quanto fosse giusto mentre Caine lo spingeva giù sul divano e lo baciava con passione, fermandosi più e più volte solo per sussurrargli: "Ti amo." Non riuscì a dirlo a sua volta perché Caine non gliene dava il tempo, ma dentro di sé rispose a ogni singola dichiarazione, mentre paure che credeva solo assopite scomparivano definitivamente. La madre di Caine non avrebbe venduto la stazione. Caine non si sarebbe stancato e non sarebbe andato via. Era anche a conoscenza di tutti i problemi dell'ultimo periodo, eppure voleva tenerla lo stesso. I genitori di Caine lo volevano. Caine lo voleva.

Caine lo voleva.

"Forse sarebbe meglio andare di sopra," riuscì a dire alla fine, staccandosi. "Non sarebbe piacevole se tornassero e ci trovassero sul divano. Può anche andargli bene che siamo gay, ma non c'è bisogno che ci vedano."

Caine ridacchiò e, dopo essersi messo in piedi, gli porse la mano. Macklin la prese. Voleva trascorrere il resto della vita a prenderla.

Salirono le scale diretti alla loro camera, mano nella mano, fermandosi di tanto in tanto per un bacio, ma perlopiù camminando fianco a fianco, come se fosse la cosa più semplice del mondo. Macklin non sapeva se fosse la più semplice o la più difficile, ma di una cosa era certo: era la più importante.

Una volta in camera, Caine gli si rifugiò tra le braccia e tornò a baciarlo come prima sul divano. Macklin lo ricambiò, cercando di raccogliere il coraggio per quello che sarebbe successo di lì a poco.

Caine lo voleva.

Si spogliarono lentamente, entrambi disposti verso la tenerezza piuttosto che la lussuria. Quella sarebbe arrivata, Macklin lo sapeva, ma solo dopo che si fossero amati in modo così completo e attento che la passione sarebbe stata solo il coronamento. Macklin si soffermò a baciare, accarezzare, leccare e sfiorare ogni centimetro della pelle di Caine, seguendo quello che gli diceva il cuore e il nuovo impegno che si erano presi l'uno con l'altro. Una volta nudo, Caine fece lo stesso con Macklin, fino a che questi non si sentì completamente avvolto dall'amore del suo uomo. Le gambe gli tremavano, e dovette sostenersi alla sponda del letto per stare in piedi, ma non chiese a Caine di sbrigarsi. Non era il momento di avere fretta.

Alla fine Caine si rimise in piedi, i corpi che si toccavano dai piedi alle labbra. Macklin lo baciò a fondo, con tenerezza, ribadendo il suo possesso di quella bocca. Caine sapeva di dolce, e la cosa era strana, dato che a pranzo avevano mangiato del pollo al curry, ma a Macklin non importava di cercare una spiegazione. Gli bastava assaggiare ed esplorare la bocca del suo amante con la disinvoltura data dalla familiarità, ma anche con la determinazione della prima volta. Caine gli si appoggiò contro, chiedendo di più, e Macklin lo accontentò, facendogli scorrere le mani lungo la schiena fino a raggiungere il sedere e usarlo per attirarlo verso di sé e dondolare insieme i fianchi in un movimento univoco. Caine emise un gemito e cominciò a sfregarsi contro Macklin con più urgenza.

"Aspetta," lo frenò lui, scostandosi quel tanto che bastava per far entrare l'aria tra di loro. "Non puoi fare l'amore con me se vieni subito."

"Cosa?" esclamò Caine. "Ma non volevi..."

"Adesso lo voglio," rispose. Il pensiero lo rendeva ancora nervoso, ma era arrivato il momento di fare quel passo. Caine lo voleva. Solo quello contava realmente.

"Non te ne pentirai," promise Caine. "Farò in modo che sia meraviglioso."

"Lo so," rispose Macklin. Non era mai stato quello il problema. Il problema erano state le sue fissazioni e i suoi complessi, ma ora anche quello sembrava irrilevante davanti alla proposta di Caine. Se avessero perso degli uomini, ne avrebbero assunti altri. Se avessero dovuto lavorare il doppio delle ore per fare quello che era necessario, lo avrebbero fatto.

Caine lo voleva.

Tutto il resto non contava niente.

"Stenditi," gli disse il compagno, spingendolo appena verso il letto.

Macklin si appoggiò sui cuscini, gli occhi fissi su Caine mentre quest'ultimo prendeva il lubrificante dal cassetto e gli si inginocchiava accanto. Era veramente la cosa più bella che Macklin avesse mai visto. Allungò una mano per accarezzargli una guancia, proprio mentre l'altro gli circondava il membro eretto in una stretta scivolosa. "Pensavo che volessi prendermi."

"Lo farò," disse Caine, "ma prima voglio farti sentire bene."

"Mi basta essere nella stessa stanza con te per sentirmi bene, cucciolo."

"Allora questo sarà ancora meglio."

Macklin sorrise mentre Caine lo mordicchiava gentilmente, andando a soffermarsi sui capezzoli fino a che non diventarono dei piccoli boccioli duri e desiderosi di altre attenzioni. Sentiva le mani del compagno continuare a muoversi lentamente e con un ritmo costante sulla sua erezione e cambiò posizione: allargò le gambe e piantò i piedi nel materasso in modo da poter spingere contro la mano di Caine, che sorrise e spostò la sua attenzione dai capezzoli allo scroto. Lo leccò e lo succhiò, senza però accelerare il ritmo dolorosamente lento della mano. Quando poi, con le altre dita, cominciò a esplorargli l'apertura tra le gambe, non fece neppure una piega. Ormai si era abituato. Ovviamente non restava indifferente, ma quando sentiva le dita scivolargli attraverso l'ano ed esplorarlo, allargandolo e aprendolo, Macklin non tendeva più i muscoli in rifiuto.

"Non aspettare troppo, cucciolo."

"Perché?"

"Perché sto per venire."

"E non riesci più a farlo due volte di seguito?" lo stuzzicò Caine.

255

"Non ho più vent'anni."

"Scommetto che riuscirei a convincerti," affermò Caine, prima di passargli un dito sulla prostata e allo stesso tempo leccargli la punta del pene. "Conosco tutti i tuoi punti erogeni."

Macklin non poteva negarlo. "Non voglio più aspettare. Ti voglio, Caine."

Questi gli rispose con un bacio talmente lungo che Macklin sentì il bisogno di affondargli le dita nella schiena. Poi lo sentì spostarsi e coprirlo con il suo corpo, mentre gli appoggiava il pene contro l'apertura e spingeva fino a farne entrare la punta. Si immobilizzarono, ansimanti, il fiato caldo dell'uno che accarezzava il volto dell'altro.

"Ti amo."

L'istinto di tendere i muscoli svanì e Macklin si rilassò completamente, permettendo a Caine di scivolare ancora più in profondità. "Sei dentro di me."

"Un po'," disse Caine, spingendo ancora. "Stai bene?"

"Mai stato meglio," rispose Macklin, ed era sincero. Tutte le ragioni per le quali aveva rifiutato di fare prima quel passo diventarono improvvisamente ridicole se paragonate alla sensazione di profonda giustezza. Lui apparteneva a Caine e Caine apparteneva a lui, e la stazione – e il futuro – a entrambi. L'urgenza, che era montata lentamente, cominciò a richiedere più attenzioni. Macklin avvolse le gambe attorno ai fianchi di Caine e lo esortò a muoversi. Sentiva ogni spinta dall'inizio alla fine mentre l'altro – ancora attento ma meno esitante ora che aveva avuto il permesso di muoversi – affondava completamente in lui.

L'odore di muschio e di desiderio li avvolse, e Macklin prese a respirarlo con ogni boccata d'aria. Chiuse suo malgrado gli occhi, privandosi della vista del viso meraviglioso di Caine, ma ormai non c'era più bisogno che lo vedesse per ricordarne ogni sfumatura di desiderio e amore, mentre si avvicinavano al culmine.

"Per favore, cucciolo," lo supplicò, quando il bisogno di venire si fece insostenibile.

Caine riportò la mano sul suo pene, dandogli lo stimolo necessario che gli serviva. Si irrigidì e urlò mentre l'orgasmo lo sommergeva. Qualche secondo dopo Caine lo raggiunse. Macklin rabbrividì nel sentire il liquido appiccicoso colargli lungo le cosce e sentì riaccendersi il desiderio. Non avrebbe potuto farlo un'altra volta in tempi brevi, ma quel ricordo lo avrebbe accompagnato per tutto il giorno, e lo avrebbe reso di nuovo disponibile per la notte.

"Grazie," disse dolcemente.

"Per cosa?" domandò Caine.

"Per amarmi abbastanza da rimanere."

L'unica risposta di Caine fu un altro lungo bacio.

# CAPITOLO 18

TUTTI AVEVANO partecipato alla cena di Natale, persino le famiglie che poi avrebbero festeggiato di nuovo in privato, almeno quella era l'impressione di Chris. Anche lui era contento: quella grande festa lo aiutava a sentire di meno la mancanza della madre e a superare il rimorso per aver fatto saltare le vacanze a Seth. Ma anche se la loro casetta non aveva dei grandi addobbi, a parte quelli regalategli da Caine, Seth aveva avuto comunque la sua bella dose di allegria, come un qualsiasi altro adolescente.

"Com'è il prosciutto?" gli domandò Jesse, sedendogli accanto con il piatto colmo di prosciutto, agnello, costine e tutte le salse tipiche del Natale.

"Delizioso," rispose, infilzandone un altro pezzo con la forchetta. "Ma tutto quello che esce dalla cucina di Kami è delizioso."

"Uno dei piaceri di lavorare a Lang Downs," concordò Jesse.

Chris mise il broncio. "Vuoi dire che io non lo sono?"

"Non l'ho detto," negò l'altro, picchiettandogli il labbro sporgente con la punta della forchetta. "Ho detto *uno* dei piaceri, non l'unico e neppure il più grande."

Chris sapeva che avrebbe dovuto lasciar cadere l'argomento, ma non riuscì a impedirsi di chiedere: "E qual è il più grande?"

"Se dicessi che è il non dover nascondere di essere gay, finirei con il trascorrere la notte nel dormitorio, vero?" scherzò Jesse.

"Forse no," concesse Chris, dopo qualche secondo di riflessione. "Dopotutto, non nascondersi significa anche poter stare di più insieme."

Jesse ridacchiò e scosse la testa. "Sei tu la parte migliore di quest'estate, Chris. Stavo solo scherzando."

Chris avrebbe voluto dire che lo sapeva e rispondere a sua volta, ma quelle parole avevano un significato diverso ora che aveva ammesso con se stesso quello che provava per Jesse. Il commento del jackaroo non era una dichiarazione d'amore, ma dimostrava comunque che ci teneva a lui, e bastò quella consapevolezza a scaldargli il cuore.

Avrebbe voluto dire di più, ma certe cose avevano bisogno di intimità, e la mensa nel bel mezzo della festa di Natale era tutto meno che intima, così Chris decise di cambiare argomento. "Tra un paio di settimane sarà il compleanno di Seth. La mamma ne faceva una specie di evento, per non dargli l'impressione che la sua festa si perdesse in mezzo a quelle natalizie, ma io non ho idea di cosa fare."

"Una festa a sorpresa," disse subito Jesse. "Jason ci aiuterà a tenere Seth lontano da casa vostra mentre arrivano gli invitati. Non dobbiamo invitare tutta la stazione, se non vuoi, ma sono sicuro che se decidessi di fare le cose in grande, Caine e Macklin ti darebbero il permesso di usare la mensa, e ne uscirebbe una cosa tipo questa."

"Una cosa del genere lo farebbe *indubbiamente* felice," rifletté Chris. "Ma hanno già fatto tanto per noi. Mi sento in imbarazzo a chiedere altro."

"Ma non è niente di che," disse Jesse. "Kami deve già preparare la cena, quindi non dovrebbe fare niente di particolare, se non forse una torta. Potremmo andare a Boorowa a prendere gli addobbi, ma li pagheremmo noi. L'unica cosa che chiederesti è il permesso di usare lo spazio, anziché farla a casa tua, e una cosa del genere non gli costerebbe nulla."

"No, credo di no," disse Chris, continuando a riflettere. "Non so ancora se l'idea mi piace, ma è per Seth. È stato un anno talmente difficile. Merita qualcosa di speciale."

"Esattamente," esclamò Jesse. "Ne parleremo a Caine dopo cena e sentiremo che cosa ne pensa. Se dice no, penseremo a organizzare qualcosa a casa tua."

Chris non si sentiva a suo agio a chiedere altri favori a Caine e Macklin, ma quando si trattava di Seth era disposto a fare cose che non avrebbe mai preso in considerazione per se stesso.

"Qual è il suo piatto preferito?" continuò Jesse. "Possiamo chiedere a Kami di prepararlo per quella sera. Con due settimane di anticipo non dovrebbe avere problemi a rivedere il menù, anche se lo avesse programmato con molto anticipo."

"Programma i pasti con almeno un mese di anticipo, così da essere sicuro di avere tutti gli ingredienti," disse Chris, ripensando al suo periodo in cucina, "ma e se qualcosa che prepara regolarmente non dovrebbe avere problemi a scambiare i giorni."

"Quindi, cosa vorresti che preparasse per Seth?

"Non lo so," confessò con un brivido interno al pensiero di essere così disinformato sul fratello nonostante tutto il tempo che passavano insieme. "Prima di venire qui mangiavamo tutto quello che potevamo permetterci, o quello che io portavo a casa dal ristorante, e da quando siamo arrivati ha mangiato tutte le pietanze preparate da Kami. Non abbiamo avuto il tempo di pensare a cosa vorremmo mangiare se potessimo scegliere."

"Chiederglielo potrebbe rovinare la sorpresa," rifletté Jesse. "Ecco Caine. Chiediamogli se possiamo usare la mensa. Penseremo al resto una volta che lui ci avrà dato il permesso."

Chris si guardò attorno per assicurarsi che Seth fosse ancora in compagnia di Jason e degli altri ragazzini, e quando vide che il fratello non gli prestava attenzione annuì e fece un gesto a Caine.

"Buon Natale," disse Caine. "Vi state divertendo?"

"Sì, moltissimo," rispose Jesse. "Chris voleva chiederti un favore."

Il ragazzo rivolse un'occhiataccia all'amico. "Buon Natale," salutò prima di tutto. "Tra un paio di settimane sarà il compleanno di Seth, e mia mamma gli organizzava sempre una grande festa per non dargli l'impressione che la sua si perdesse in mezzo a quelle del Natale. Lo so che chiedo molto, ma potremmo usare la mensa?"

"Certo che sì," disse subito Caine. "Chiederemo a Kami di preparare una torta e inviteremo tutti."

"Vorremmo che fosse una sorpresa," aggiunse Chris. "Pensavamo che Jason potrebbe aiutarci a distrarlo."

"Lo farà sicuramente. Gli piacciono le sorprese. Seth avrà una festa che non dimenticherà mai."

"Sarà sufficiente addobbare la mensa e invitare le persone della stazione."

Caine aggrottò le sopracciglia. "Quando compie gli anni?"

Chris glielo disse.

"I miei genitori saranno ancora qui. Potremmo dire a Seth che si tratta della loro festa d'addio, visto che partiranno dopo qualche giorno e io non so quando potrò rivederli. In questo modo non si insospettirà se anche dovesse vedere o sentire qualcosa."

"Ma in questo modo i signori Neiheisel non avranno la loro festa," protestò Chris.

"No, parteciperanno alla festa di Seth e si divertiranno lo stesso. Fidati. Mio padre odia essere al centro dell'attenzione. In questo modo li faremo contenti entrambi. Tu e Jesse pensate a cosa vorreste fare e poi ditelo a Kami. Gli dirò di accontentarvi, e se sarà necessario un viaggio in più a Boorowa, ne approfitteremo per prendere anche altre cose."

Chris sentì l'emozione serrargli la gola e impedirgli di parlare. Tempo prima, Kami gli aveva detto che avrebbe solo dovuto allungare la mano e prendere quello che Lang Downs aveva da offrire, ma lui non gli aveva creduto davvero. Anche quando gli avevano proposto di spostarsi nella casetta non era convinto, perché comunque mandare lui e suo fratello altrove rappresentava una liberazione anche per Caine e Macklin. Ma stavolta era diverso. Caine non aveva altre ragioni per farlo, se non essere gentile verso Seth. In un qualche momento durante i tre mesi precedenti Chris era diventato parte di Lang Downs, e adesso ne stava cogliendo i frutti, esattamente come Kami gli aveva promesso.

"Grazie," disse, troppo commosso per aggiungere altro.


"Te lo avevo detto che avrebbe accettato," disse Jesse un po' più tardi, dopo che erano rientrati a casa. Seth aveva implorato di poter trascorrere la serata da Jason, e Patrick aveva riproposto l'invito, così la casa era a loro completa disposizione, con sua grande gioia. Da quando i due fratelli si erano trasferiti, lui e Chris avevano avuto molte più occasioni di stare insieme, ma non era mai abbastanza.

"Non è che fossi preoccupato che potesse rifiutare, ma non mi andava di impormi," spiegò Chris, "e ancora non sono convinto di non averlo fatto. Ma ormai abbiamo preso l'impegno e andremo fino in fondo."

Jesse riusciva a capire il motivo della titubanza di Chris, ma sapeva anche che quest'ultimo non aveva termini di paragone. "Lang Downs è l'unica stazione dove tu abbia lavorato," disse. "Non te ne rendi conto perché non hai nulla con cui confrontarla, ma anche una festa come quella di stasera non avrebbe mai avuto luogo in nessun'altra stazione. Al massimo il proprietario ci avrebbe dato un giorno libero e ci avrebbe permesso di fare una grigliata al dormitorio, ma avremmo dovuto essere noi a organizzare tutto, comprare quello che serviva e via di seguito. Non avrei mai pensato, prima di venire qui, che si potesse festeggiare il Natale in mensa, tutti insieme e alla presenza del proprietario e della sua famiglia; e neppure che gli stagionali potessero essere trattati come se fossero parte anche loro di quella famiglia. Adesso che Caine lo ha fatto sembra la cosa più naturale del mondo; nessuno tra i residenti si è stupito, quindi probabilmente lo faceva anche suo zio, ma rimane una cosa speciale. Lang Downs è speciale. È un posto dove continuare a tornare, estate dopo estate, indipendentemente dal modo in cui uno trascorre l'inverno."

"Quindi dici che mi sto preoccupando per nulla?"

"Più o meno," gli confermò lui, "ma prometto di non affondare il coltello nella piaga. Cosa facciamo preparare a Kami?"

"Una buona vecchia grigliata," rispose Chris dopo un secondo. "Bistecche, agnello, hamburger... il solito, e tutte le salse per accompagnarle. Mangeremo nella mensa, ma sembrerà una di quelle feste con la griglia in giardino e tutti intorno a celebrare."

"A Seth piacerà tantissimo," disse. "Dovremo anche fare un salto in paese per prendergli qualcosa. Anche se tutti gli altri gli regaleranno la festa, immagino che tu voglia prendergli un regalo, e lo stesso vorrei fare io."

Jesse aveva visto Seth crescere tantissimo da quando erano arrivati. Per quello che ne sapeva, dopo il brutto tiro a Patrick, non aveva più fatto scherzi; ma, al contrario, grazie anche all'amicizia con Jason, il ragazzino sembrava rifiorito, e aveva imparato a muoversi per la stazione e a occuparsi delle pecore. Stando a Chris si era anche quasi messo in pari con la scuola, e l'anno successivo avrebbe potuto diplomarsi regolarmente. "Seth ha già detto cosa vorrebbe fare dopo il diploma?"

"Gli piacciono i motori," rispose Chris. "Immagino che cercherà un lavoro come meccanico da qualche parte."

"Credi che rimarrà qui alla stazione?"

"Non lo so. Ma avrà il mio supporto, qualunque cosa decida."

Quella era una delle ragioni per cui Jesse ammirava Chris: aveva imparato sulla sua pelle a cosa può portare l'intolleranza e quindi faceva di tutto perché a suo fratello fosse risparmiata la stessa esperienza. Seth poteva essere troppo giovane per apprezzarlo, ma Jesse sperava che un giorno lo avrebbe fatto.

# CAPITOLO 19

"BUON COMPLEANNO, Seth!"

Il coro di auguri risuonò attraverso la mensa non appena Seth e Jason vi misero piede. Seth aveva un'aria così sorpresa che Chris fu sul punto di scoppiare a ridere. Poi fu la volta della comprensione e infine della gratitudine. Seth lo cercò in mezzo alla folla e gli corse incontro; gli gettò le braccia al collo e lo abbracciò talmente forte da mozzargli il respiro. Ma respirare non era la cosa più importante, decise, mentre stringeva a sé il fratello. "Buon compleanno," ripeté.

"Hai fatto tutto questo per me?"

"Con un piccolo aiuto da parte di Jesse, Caine e Kami," rispose. "Volevamo che il tuo primo compleanno qui fosse speciale."

Seth si guardò intorno: i volti sorridenti, gli addobbi, i vassoi di cibo e la pila di regali. "Hai fatto tutto questo. Sei fuori di testa."

"Vai," gli disse Chris, spingendolo verso il cibo. "Stavamo tutti aspettando te per cominciare a mangiare."

MENTRE LA gente finiva di mangiare, qualcuno, Jesse non seppe mai chi, accese la radio. Jesse si affrettò a dare una mano a spostare i tavoli lungo le pareti per fare spazio a chi avesse avuto voglia di ballare.

Poi osservò, sorpreso, la madre di Caine che prendeva la mano di Seth e lo tirava verso la pista improvvisata. Seth rise e cercò di liberarsi, ma a quanto pareva il loro capo aveva preso la testardaggine da quel ramo della famiglia, e il ragazzino fu costretto ad arrendersi. La danza fu più buffa che aggraziata, ma servì comunque a convincere altre coppie a unirsi a loro. Quando la canzone finì, Molly prese il posto della signora Neiheisel, con grande piacere di Seth, ma anche imbarazzo, se quello che gli si leggeva in viso era indicativo. A Jesse non interessavano le donne da un punto di vista strettamente romantico, ma riusciva comunque a capire perché Neil – o Seth – trovassero Molly attraente.

La madre di Caine cominciò a ballare con Macklin, che se la cavava molto meglio di quanto Jesse avesse mai immaginato. L'idea che si era fatto del sovrintendente era più vicina al tipo solitario che a quello che trascorreva il tempo a ballare o in svaghi simili.

"Tocca a te, Caine," disse la signora Neiheisel quando la canzone finì. Caine si fece avanti per prenderle la mano, ma lei scosse la testa e lo spinse verso Macklin.

Jesse trattenne il respiro, chiedendosi come Macklin, Caine o i jackaroo avrebbero reagito a quella proposta. Caine rise e scosse la testa, ma la madre insisté, presto seguita da Neil. Nel giro di pochi secondi, la stanza intera reclamava a gran voce di vedere Macklin e Caine ballare insieme.

"Va bene, avete vinto," disse quest'ultimo sorridendo, mentre prendeva la mano di Macklin.

La musica ripartì e, dopo un momento iniziale di smarrimento mentre entrambi cercavano di capire chi dovesse condurre, i due riuscirono a trovare il loro ritmo.

261

"Dovresti ballare con Chris," disse Seth, comparendogli improvvisamente al fianco.

"Cosa?" chiese Jesse, così sorpreso da quel suggerimento da non trovare le parole.

"Tutti volevano che Caine e Macklin ballassero," disse Seth. "A nessuno importerà se lo fate anche tu e Chris."

"Chris e io non siamo…" Jesse indicò Caine e Macklin con la mano, impotente. Al solo pensiero il panico lo aveva paralizzato. Non si era neanche accorto che Seth sapesse di lui e Chris, figuriamoci tutti gli altri. Erano sì amici – a cui capitava di divertirsi insieme quando ne avevano il tempo e l'energia – ma non stavano insieme. Non erano una coppia. Non avevano quel tipo di rapporto che li avrebbe portati a ballare insieme davanti a tutti.

"Raccontamene un'altra," disse Seth con uno sbuffo incredulo. "Chris ha perso la testa per te, e non cercare di convincermi del contrario. Conosco bene mio fratello."

Jesse deglutì con difficoltà, rivolgendo lo sguardo verso il punto dove Chris, spensierato, bellissimo e incredibilmente desiderabile, ballava con Molly. Jesse non aveva nessun problema ad ammettere di desiderare Chris, anche se non lo avrebbe detto a voce alta: c'erano cose che Seth non doveva necessariamente sentire. Ma oltre a quello?

Jesse non ci aveva mai pensato in quei termini. Amava la sua vita randagia e non voleva rinunciarci. Otto o nove mesi di lavoro e poi una pausa, senza stress, responsabilità o altro che potessero trattenerlo dal rincorrere la prima cosa capace di attirare la sua attenzione. Ma per Chris le cose erano diverse. Era, in primo luogo, legato a Seth, e inoltre Jesse aveva notato nei suoi occhi il desiderio di trovare un posto a cui appartenere. Lang Downs poteva ridare loro, sia a Chris sia a Seth, quella casa che credevano perduta. Chris lo meritava. Meritava di più che qualcuno che non se la sentiva di impegnarsi oltre alla stagione corrente. Certo, Lang Downs gli piaceva; era quasi certo di tornare l'estate successiva, ma non aveva ancora valutato cosa fare dopo.

Era convinto che Chris la pensasse come lui: non aveva mai detto niente che potesse suggerire che desiderava qualcosa di più. Le parole di Seth, però, dicevano il contrario. Implicavano che Chris volesse una relazione, una famiglia, il giardinetto davanti a casa e tutto il resto. Ma quella non era la vita di Jesse, non era il suo futuro. Non poteva averla e neanche la voleva. Non l'aveva mai voluta.

"Allora, cosa faremo noi per il compleanno di Chris?" domandò Seth, spezzando il filo dei suoi pensieri. "Se non vuoi ballare con lui, potremmo almeno cominciare a pianificare la prossima festa."

"Quand'è il suo compleanno?" chiese Jesse, vergognandosi di ammettere che non lo sapeva.

"Alla fine di maggio."

"Non ci sarò più per allora," disse Jesse automaticamente. "La stagione finisce prima."

"Vuoi dire che non rimarrai?" gli chiese Seth. "Ma io credevo…"

E poi corse via prima che Jesse potesse aggiungere altro.

"Cazzo," borbottò lui inseguendolo; ma prima che riuscisse a vedere che direzione avesse preso, il ragazzino era già scomparso. "Merda."

"C'è qualche problema?" gli chiese Macklin dalla soglia.

"No… sì… non lo so… io…" La girandola dei suoi pensieri prese a vorticare freneticamente mentre cercava di districarsi tra la necessità di cercare Seth e mettere le cose a posto, e il desiderio di scappare lontano finché ancora poteva. Sentiva le responsabilità stringerglisi attorno come una rete e intrappolarlo fino a succhiargli la vita. Inspirò a fondo e cercò di riprendere il controllo. "Ho bisogno di una settimana. Non riesco a pensare qui. Ho un casino enorme in testa, e non so come dipanarlo."

"Fuggire non ha mai risolto i problemi," disse Macklin.

"Non sto fuggendo. Ho solo bisogno di capire cosa sta succedendo, e se rimanessi qui finirei solo con il peggiorare le cose. Non voglio fare del male e Chris o a Seth."

"E scappando non lo faresti?"

"Loro meritano qualcuno migliore di me, Macklin. Io non sono altro che un vagabondo buono a nulla e senza un progetto che vada oltre la fine della stagione. Loro sono una famiglia, hanno bisogno di qualcuno che possa farne parte e su cui fare affidamento."

"Allora diventa quella persona."

"Non so se posso farlo," confessò Jesse. "Non è facile come a dirsi."

"Io credo di sì," insisté Macklin. "Non è passato molto tempo da quando ero proprio lì dove sei tu adesso, e mi sentivo perso e confuso. Devi solo decidere cosa vuoi."

"Ho firmato solo per la stagione."

"I contratti si possono rinegoziare."

Jesse scosse la testa. "Devo pensarci."

"Torna tra una settimana," disse Macklin. "In caso contrario ritieniti senza lavoro."

"Grazie," esclamò Jesse, correndo verso il dormitorio. Prese un borsone, lo riempì di cose a caso e cominciò a scavare alla ricerca delle chiavi della macchina. Da quando era arrivato non aveva più guidato la sua auto, preferendo usare i pick-up della stazione sulle strade dissestate e nei pascoli, ma non poteva portarsi via uno di quelli. Lanciò la borsa sul sedile posteriore e partì in direzione di Taylor Peak e Boorowa.


"HA PER caso visto Jesse?"

La domanda di Chris interruppe le riflessioni cupe di Macklin. Avrebbe voluto prendere il giovane jackaroo per le spalle, scuoterlo e dirgli che stava facendo un errore a fuggire in quel modo, ma c'erano lezioni che andavano imparate sulla propria pelle.

"Sì," rispose quindi, guardando i fari dell'auto allontanarsi. "È andato via."

"Cosa? E dove?"

Macklin avrebbe voluto avere una risposta migliore. Avrebbe dovuto dire a Jesse di tirar fuori le palle e comportarsi da uomo, ma ormai era troppo tardi. "Non l'ha detto."

"Tornerà?"

"Lo scopriremo tra una settimana," disse ancora. "Non so cosa sia successo stasera per farlo andare in crisi, ma da quel poco che ha detto si è ritrovato a guardare in viso un futuro che non sapeva neanche di desiderare, e si è spaventato. Se accetti un piccolo consiglio da uno che ha vissuto una situazione simile, dagli un po' di tempo per pensare, ma non troppo. Qualche volta un calcio in culo è la cosa migliore."

"Cosa piuttosto difficile da fare quando non sai dove cercarlo."

"Allora dobbiamo solo sperare che torni indietro, o che tu riesca a immaginare dove possa essere andato a rifugiarsi per perdersi tra la folla."

"Io... dovrei solo mandarlo al diavolo e dimenticarlo," disse Chris, con voce rotta.

"Anche," concordò Macklin. "Nessuno potrebbe biasimarti se lo facessi, e men che meno Jesse, dato che si considera un 'vagabondo buono a nulla', per dirla con parole sue."

Ci puoi mettere sopra una croce, prendere quello che è successo come una lezione di vita, e andare avanti. Le storie finiscono, le persone ne traggono insegnamenti, e la vita prosegue."

"Non è un buono a nulla," protestò Chris.

"Non ho detto che lo sia," gli fece notare Macklin, sorridendo appena del fatto che Chris volesse difenderlo nonostante tutto. "Ho detto che pensa di esserlo; ed è questo il motivo per cui non cercherebbe di fermarti se tu decidessi di dimenticarlo."

"Dovrei farlo?"

Cristo Santo, Chris era così giovane. Macklin avrebbe voluto dargli un buffetto e mandarlo a letto, ma il ragazzo gli stava chiedendo aiuto.

"Non lo so cosa dovresti fare," rispose con sincerità. "Non so cosa è successo tra voi e quali promesse vi siete o non vi siete fatti. Non so quello che vuoi. Posso immaginare quello che Jesse *crede* di volere, ma non penso che, in questo preciso momento, lo sappia realmente. Ha detto che aveva bisogno di pensare. Io ti consiglio di fare altrettanto. Mentre lui è via, tu prova a immaginare cosa ti aspetteresti che facesse se dovesse tornare: ciò che per te sarebbe ideale, ma anche di cosa potresti accontentarti se il meglio fosse irraggiungibile. E se torna, dovrai mostrargli tutte le conclusioni a cui sei giunto, oppure tutto quel pensare non sarà servito a niente."

Chris annuì lentamente e cominciò ad allontanarsi.

"Chris," lo richiamò. "Qualunque cosa tu decida e qualunque cosa succeda con Jesse, tu e Seth avrete sempre una casa qui con noi. Se ciò include Jesse, tanto meglio, ma tu e tuo fratello vi siete guadagnati un posto alla stazione."

Macklin ebbe l'impressione di udire un rumore strozzato, forse un singhiozzo, ma prima di capire cosa fosse e cosa fare Chris era scappato via.

"Va tutto bene?"

Macklin sospirò e attirò Caine a sé. "Per fortuna abbiamo deciso di interrompere quella stupida scommessa, o non saresti mai stato sopra."

Caine si accigliò. "Guai in paradiso?"

"Jesse è andato via, sono quasi sicuro che Chris sia nascosto in casa a piangere e io non so come comportarmi."

"Credo che sia il caso di seguire il tuo consiglio e lasciare che trovino da soli la loro strada. Salvo che non ci chiedano aiuto, ovviamente."


CHRIS ENTRÒ in camera sua con passo malfermo, gli occhi velati dalle lacrime che cercava di non versare. Gettò un'occhiata al letto disfatto e perse la battaglia.

Jesse aveva dormito con lui la notte prima. Non lo aveva scopato e poi era sgusciato nel dormitorio come faceva di solito, ma lo aveva tenuto stretto per tutta la notte, come se non volesse più lasciarlo andare. Non avevano fatto sesso, così per fortuna le lenzuola non ne sprigionavano l'odore, ma quando al mattino si era svegliato tra le sue braccia si era concesso di cominciare a sperare.

La giornata era trascorsa tranquillamente. Non erano stati molto insieme – Jesse era andato al pascolo nord insieme e Ian e Kyle, mentre Chris aveva fatto dei lavoretti più vicino a casa insieme a Neil e a un paio di altri lavoranti – ma sia a colazione sia poco prima a cena, Jesse era stato allegro e avevano riso e scherzato. Non c'era stato niente nel suo atteggiamento che tradisse la preoccupazione per come le cose stavano andando tra loro.

Era successo perché Caine e Macklin avevano ballato insieme? Chris aveva fatto il tifo come chiunque altro quando la signora Neiheisel li aveva spinti a ballare. Se Caine e Macklin avessero scelto di rendere la loro relazione più palese, la cosa avrebbe facilitato anche lui e Jesse, nel caso quest'ultimo avesse deciso di rimanere. Però non aveva visto come Jesse aveva reagito alla scena e non sapeva se, per una qualche ragione, la cosa lo aveva infastidito.

Ma la cosa importate non era sapere che cosa lo avesse sconvolto. La cosa importante era che Jesse fosse andato via senza dire una parola.

"'Fanculo," esclamò, sentendo montare la rabbia. "Se è così che vuole comportarsi, non ne ho bisogno. Ho di meglio da fare che perdere il mio tempo dietro a qualcuno che fugge al primo accenno di difficoltà."

"Chris?"

Il suono della voce di Seth, turbata almeno quanto immaginò dovesse essere la sua, lo distolse dai suoi pensieri. "Dammi un minuto," disse, mentre andava in bagno per lavarsi il viso e recuperare un po' di autocontrollo. Non si aspettava di riuscire a nascondere a Seth la sua agonia, ma forse sarebbe riuscito a sembrare un po' più padrone di sé quando il fratello gli avesse chiesto cos'aveva.

"Ciao," disse entrando in salotto qualche minuto dopo. Respirò a fondo, determinato a mantenere il controllo sia del tono della voce che delle emozioni. "Che succede?"

"Ho fatto un casino," mormorò Seth, rivolgendogli uno sguardo talmente dispiaciuto che Chris seppe all'istante che non sarebbe mai stato arrabbiato con lui.

"Cos'hai fatto?"

"Pensavo che tu e Jesse foste una coppia," disse il ragazzino. "Gli ho chiesto di aiutarmi a organizzare la tua festa di compleanno, e lui ha risposto che non sarebbe stato qui perché la stagione sarebbe già finita. Io, ehm, praticamente gli ho detto che lo ami."

Ecco spiegata la fuga. Chris chiuse gli occhi e cercò di ricacciare indietro un urlo di frustrazione.

"Forse avresti dovuto aspettare che fossi io a dirglielo," disse, quando fu sicuro di riuscire a parlare con un tono normale.

"E come facevo a sapere che non lo avevi fatto?" domandò Seth. "È sempre qui, quando pensate di non essere visti vi baciate in continuazione e roba del genere, e la notte scorsa ha persino dormito con te. Per me era chiaro che stavate insieme."

"Lo so," sospirò Chris, "ma evidentemente Jesse non la pensava allo stesso modo. È andato via. Macklin gli ha dato una settimana di ferie."

"Tornerà?"

Eccola, la domanda da un milione di dollari.

"Non lo so," disse. Non voleva mentire a suo fratello. "Possiamo solo aspettare e vedere."

"E cosa succede se non torna?"

"Noi rimarremo qui e continueremo a fare quello che stiamo facendo," rispose Chris, determinato a prendere in considerazione quella possibilità per non farsi cogliere impreparato se si fosse verificata. "Tu devi ancora diplomarti se vuoi seguire un corso per diventare meccanico, e io ho il mio lavoro. Le decisioni di Jesse non cambiano niente di tutto questo."

"E se invece torna?" chiese Seth con una vocina sottile sottile.

265

"Allora dipende da cosa avrà da dirci. Io non voglio stare con qualcuno su cui non posso fare affidamento."

"Mi dispiace di averlo spaventato."

Chris lo abbracciò forte. "Se era destino che lo spaventassimo, sarebbe successo lo stesso comunque, prima o poi. Meglio saperlo ora, così da poterlo superare, piuttosto che programmare un futuro con lui incluso. Mi dispiace solo di averti rovinato la festa."

# CAPITOLO 20

JESSE FISSAVA il collo della bottiglia di birra che stringeva tra le mani, l'unica bevanda alcolica che fosse stato capace di trovare a Boorowa a quell'ora della notte. Per fortuna qualche locale era ancora aperto ed era riuscito a trovare quella confezione da sei e una camera dove dormire. E in quel momento, con tre birre nello stomaco, era arrivato allo stadio dell'autocommiserazione. L'infelicità, però, non faceva parte del contratto. Lui aveva firmato per un lavoro stagionale e un po' di sano divertimento insieme a un altro *jackaroo*. Li aveva avuti entrambi; e anche di più, si rendeva conto adesso.

Mandò giù un altro sorso.

Gli piaceva la sua vita. Gli piaceva l'idea di lasciare un posto alla fine dell'estate e non essere costretto a tornarci, se non se la sentiva. Gli piaceva non avere altre responsabilità se non quella derivante dal suo lavoro. Con le pecore se la cavava bene, con le persone un po' meno.

Se avesse creduto a quello che aveva detto Seth, avrebbe accettato non solo Chris, ma anche la sua famiglia. Se si fosse trattato solo di Chris avrebbe anche potuto prendere la cosa in considerazione: lui era adulto e vaccinato, ma Seth era ancora un ragazzino, e sarebbe stato influenzato dalle scelte dei due uomini più grandi.

Il diavoletto che gli sedeva sulla spalla gli suggeriva che la sua fuga aveva già condizionato Seth, ma lui ribatté che in quel modo lo aveva ferito una volta sola, mentre se fosse rimasto lo avrebbe fatto ogni volta che avesse preso una decisione sbagliata. Cosa che era sicuro sarebbe accaduta.

Aveva detto a Macklin che sarebbe stato via una settimana, quindi avrebbe dovuto comunque affrontare Chris e Seth al suo ritorno, a meno che scegliesse di non ripresentarsi. In quel modo si sarebbe giocato parte della paga e la possibilità di tornare a Lang Downs in futuro, senza considerare la mancanza di referenze per l'estate successiva, ma ne sarebbe valsa la pena pur di evitare lo sguardo ferito dei due ragazzi.

Avrebbe potuto lavorare come cameriere a Melbourne per recuperare un po' dei soldi persi, e gli sarebbero comunque rimaste le referenze degli anni precedenti. Non sarebbe stato perfetto, ma sicuramente meglio di niente.

Meglio che ferire Chris più di quanto avesse già fatto.

Da quanto tempo Chris era innamorato di lui? E da quando Seth aveva cominciato a considerarli una famiglia?

Jesse non lo sapeva e, dopo quattro bottiglie di birra, dubitava di avere la lucidità necessaria a capirlo. Ma il senso di colpa rimaneva, anche nello stordimento dell'alcol. Aveva incoraggiato Chris? Gli aveva fatto credere di offrire più di quello che avevano stabilito all'inizio?

Erano stati molto chiari sin da subito: loro non erano Caine e Macklin, ma solo amici particolari. Chris lo aveva ripetuto più di una volta nel corso di quei mesi, e Jesse non aveva mai notato alcuna insicurezza o dubbio nella sua voce.

Certo, quella volta a Yass gli era stato vicino, ma lo avrebbe fatto per qualunque amico. Tralasciando per un attimo il fatto che di amici in quella situazione non ne aveva, non avrebbe comunque esitato ad aiutarli. Forse Chris aveva interpretato male la sua presenza all'ospedale; forse ci aveva visto più di quello che c'era realmente.

Era possibile. Chris lo aveva chiamato 'un amico' davanti al medico, ma poteva benissimo averlo fatto per istinto di autoconservazione. Dopotutto era stato aggredito proprio lì, e rivelare la sua omosessualità davanti a uno sconosciuto per la seconda volta sarebbe stato incredibilmente rischioso, anche alla luce dei ripetuti attacchi di panico.

Quella stessa notte avevano condiviso una stanza d'hotel, ma non avevano potuto fare altrimenti: non ce n'era un'altra disponibile, quindi l'unica alternativa sarebbe stata dormire in macchina. Gli era già capitato qualche volta e non era un'esperienza che avrebbe amato ripetere, se solo ci fosse stata un'alternativa. In ogni caso, avrebbe fatto la stessa cosa con qualunque altro jackaroo, quindi non era sicuramente quello ciò che aveva fatto cambiare i sentimenti di Chris.

Era capitato spesso che lavorassero insieme, ma quella era una scelta che dipendeva da Caine e Macklin, non da lui. Erano una buona squadra e a lui non dispiaceva insegnargli, quindi metterli insieme sembrava la soluzione più logica. Jesse ovviamente non si era lamentato, giacché così facendo poteva sempre scapparci un bacio (o un pompino se lasciava fare a Chris); ma non ci aveva neppure letto altro se non il tipico atteggiamento sempre arrapato di un ragazzo di vent'anni. Per Chris era stato qualcosa di diverso? Il sinonimo di un impegno che Jesse non si era reso conto di assumersi?

Dio, sperava di no!

Era in grado di venire a patti con una marea di cose, ma l'aver involontariamente ingannato Chris lo avrebbe ucciso. Si era sempre vantato di essere cristallino riguardo alle proprie intenzioni, ma se avesse detto o fatto qualcosa che suggerisse che voleva di più, non sarebbe mai stato capace di perdonarselo.

Bevve un altro sorso di birra. Voleva smettere di pensare e mettersi a dormire, ma la sua mente non voleva saperne di fermarsi, allora tranguaiò quello che rimaneva nella bottiglia, nella speranza che l'ebbrezza lo avvicinasse all'oblio che la mancanza di sonno gli negava.


"DEVI SAPERE una cosa sui mandriani australiani."

Chris, che stava facendo finta di pulire i box dei cavalli mentre in realtà pensava e ripensava alla partenza di Jesse, fu colto talmente di sorpresa che si lasciò sfuggire il forcone dalle mani.

"Prego?"

"Ho detto che devi sapere una cosa sui mandriani australiani," ripeté Caine. "Vieni a fare un giro con me. La stalla non è il posto più indicato per una conversazione a cuore aperto."

"È di questo che si tratta?" chiese Chris diffidente. Non era sicuro che l'idea gli piacesse. Non metteva in dubbio che Caine avrebbe saputo dargli dei buoni consigli, ma ciò significava lui che avrebbe dovuto raccontagli di sé e Jesse. e prima di allora non aveva mai avuto nessuno con cui confidarsi riguardo alla propria vita sessuale.

"Credo che sia arrivato il momento," rispose Caine, conducendolo fuori dalla stalla e verso la veranda della casa padronale. "Finora Macklin mi ha convinto a non impicciarmi, ma a questo punto è chiaro che tu hai bisogno di un amico, e la persona che ha rivestito quel ruolo finora è la stessa per la quale ne hai bisogno adesso. Amo Macklin, ma riconosco che non è un tipo loquace, quindi tocca a me fare quella parte."

"Lo dici con una tale facilità," disse Chris, non senza invidia.

"Non dimenticare che io non sono cresciuto qui. Come se fosse possibile farlo quando mi si sente parlare!" scherzò Caine. "In ogni caso non si tratta solo di un accento o di parole con un senso differente. Mi sono rivelato ai miei genitori quando ero al liceo, e loro non hanno fatto una piega. All'università non importava a nessuno, se non forse a un compagno di corso che lo trovava un po' strano. Poi mi sono trasferito a Philadelphia, ho incontrato un ragazzo con il quale credevo avrei trascorso il resto della vita, e ho preso un appartamento nel Gay Village; sì, è esattamente quello che credi. È ovvio che mi è capitato di incontrare qualche stronzo, ma in generale la mia vita di uomo gay è stata tranquilla."

"E allora perché sei venuto qui?" domandò Chris. "Voglio dire, non che mi dispiaccia, ma perché ti sei lasciato tutto alle spalle per l'Australia?"

"Perché avevo un lavoro che non mi portava da nessuna parte, il ragazzo con cui stavo mi aveva lasciato, non potevo più permettermi l'affitto e avevo sempre voluto vedere l'allevamento dello zio Michael," raccontò Caine. "Mia madre voleva vendere, non le serviva una stazione e non aveva modo di amministrarla. Era la mia ultima occasione e anche se l'avessi s-sprecata, non s-sarei potuto f-finire peggio di come s-stavo."

"Stai balbettando. Non lo fai mai."

Caine sorrise. "Non mi conoscevi un anno fa. Ormai non lo faccio quasi più, solo quando mi emoziono. Quello che voglio dire è che, siccome non ho mai dovuto nascondere quello che sono, non ho problemi a parlare di me e Macklin. È la stessa cosa di Neil che dice a tutti che lui e Molly si sposeranno. Ma sono stato qui abbastanza a lungo da capire che sono l'unico nell'outback a pensarla così, e non ci ho messo molto a rendermene conto. Ma se ammettere di essere gay è facile, e se le persone che mi circondano lo accettano con altrettanta facilità, non pensare che arrivare a questo punto sia stata una strada in discesa. Conosci Macklin. Pensi davvero che lo avesse detto a qualcuno prima che arrivassi io?"

"No," confermò Chris. "Hai ragione. E ancora non posso credere che ieri sera abbiate ballato insieme."

"Neanche lui ci riusciva," disse Caine. "È un jackaroo in tutto e per tutto. Duro come il ferro, forte come la roccia, e pronto a schiacciare inesorabilmente sotto il tacco dello stivale tutto quello che potrebbe far pensare che è debole. È uno dei motivi per cui lo amo. Lui ci sarà sempre per me quando ne avrò bisogno e sarà sempre disposto a offrirmi la sua forza; ma qualche volta mi viene la voglia di prendergli la testa e picchiarla contro il muro per quanto è testardo e attaccato alle sue convinzioni. È questa la cosa che devi sapere dei mandriani australiani. Loro rispettano la forza e la determinazione. Sono abbastanza forti, o forse abbastanza controllati, da voltare le spalle e allontanarsi da tutto quello che vogliono, se credono che non sia giusto o buono o qualsiasi altra cosa gli dica quella testaccia vuota che si ritrovano. Macklin ci ha provato con me, e sono pronto a scommettere che Jesse stia cercando di fare lo stesso con te."

"E io cosa posso fare?" domandò Chris.

"Dipende," replicò Caine. "Esattamente come l'acqua scava la pietra, è possibile penetrare nelle loro teste e nei loro cuori, ma è un lavoraccio e non lo si fa in una notte. Io sono stato fortunato, in un certo senso: ho rischiato di annegare, e questo ha fatto aprire gli occhi a Macklin. Se non fosse successo, probabilmente gli starei ancora dando la caccia, perché non è passato neanche un anno da quando sono arrivato, e molto meno da quando mi sono reso conto che Macklin è quello che voglio. Quindi, la prima domanda non è cosa fare, bensì cosa vuoi da Jesse."

"Al momento niente," borbottò Chris.

269

"Non ti biasimo," disse Caine, strizzandogli con comprensione una spalla. "E se questa è la tua ultima risposta, allora non devi preoccuparti di nient'altro. Dimentica tutto quello che ti ho detto o mettilo da parte se un giorno dovessi incontrare qualche altro jackaroo testone con cui ti piacerebbe costruire qualcosa."

"No," ammise Chris, "non è quello che intendevo. Sono arrabbiato e ferito perché è andato via senza neanche una parola, ma Macklin ha detto che sembrava sconvolto, quindi la bomba che ha sganciato Seth riguardo al fatto che lo amo potrebbe averlo fatto andare veramente nel panico."

"Mi sembra di capire che non ne avevate parlato prima?"

Chris fece di no con la testa. "Non sembrava mai il momento giusto, e poi ce la stavamo solo spassando. Non doveva essere niente di serio: solo due ragazzi che di tanto in tanto scaricano un po' di tensione. Che c'è di male?"

"Niente," concordò Caine. "In pratica Jesse pensa che tu abbia cambiato le carte in tavola a metà partita, e non sa come gestire la situazione."

"È per quello che non gli ho detto niente," disse Chris. "Quello che provo è un problema mio, non suo. È ovvio che speravo che lui sentisse lo stesso per me, ma non era mia intenzione farne un caso di stato, o chiedergli qualcosa o aspettarmi che si comportasse in modo diverso."

"Arrivando anche al punto di lasciarlo andare via alla fine della stagione?"

"Non ci avevo ancora pensato," ammise Chris, "ma sapevo che i suoi progetti erano quelli. Aveva accennato a voler passare l'inverno a Melbourne e via dicendo, quindi sapevo che non aveva in mente di fermarsi, ma aveva anche parlato di tornare l'estate prossima, e forse avremmo potuto riprendere da dove avevamo lasciato. A quel punto chissà, magari le cose sarebbero state diverse."

"Mi sembra che tu abbia anche la risposta alla mia prima domanda, allora," disse Caine. "Tu vuoi lui, indipendentemente da quale nome si possa dare alla cosa."

"Sì, ma lui vorrà ancora me, ora che sa quello che provo?"

"Non posso dirlo io al posto suo," disse Caine, "ma ti ripeto quello che ho già detto prima. Se Macklin avesse pensato, anche solo per un secondo, che io o la stazione saremmo stati meglio senza di lui, non avrebbe esitato ad andare via senza guardarsi indietro. Per fortuna l'ho convinto del contrario prima che fosse troppo tardi, ma non ho dubbi che sarebbe potuto accadere. Se Jesse si è messo in testa di non essere la persona adatta a te, è capacissimo di sparire, a prescindere da cosa voglia davvero, solo perché ha una vena d'ostinazione larga un miglio e una corazza dietro cui nascondersi e proteggersi nel caso qualcuno scopra chi sia veramente. Macklin ha avuto a disposizione qualche anno in più per armarsi, ma ha anche sempre vissuto a Lang Downs da quando aveva sedici anni, e fino all'anno scorso c'era lo zio Michael a sostenerlo se necessario. Jesse ha viaggiato di stazione in stazione, e ogni volta ha dovuto ricominciare daccapo a convincere le persone che lo circondavano di essere duro e tosto come loro."

"E allora cosa faccio?"

"Lotta per lui."


IL BAR di Melbourne nel quale Jesse trascorreva quasi tutte le sue serate invernali, in estate era altrettanto affollato e squallido, le birre costavano sempre poco e gli uomini erano sempre disponibili. Cos'altro poteva chiedere? Tutto quello che doveva fare era cercare un po' di sollievo nell'alcol e in un bel culetto sodo. Una scopata anonima per aiutarlo a togliersi Chris dalla testa. Proprio come una prescrizione medica.

Se solo fosse riuscito a trovare il tipo adatto.

Scartò tutti i biondi perché sapeva già che sotto i capelli chiari avrebbe finito con il vedere un paio di profondi occhi scuri. Anche i mori gli davano le sensazioni sbagliate: troppo alti, troppo bassi, troppo in carne o troppo magri. Aveva già ricevuto diversi sguardi interessati se avesse voluto approfittarne, ma evidentemente non era ancora abbastanza ubriaco, perché nessuno di loro gli aveva suscitato più di una blanda e fuggevole scintilla di interesse.

"Sei tornato presto, quest'anno," gli disse il barista mentre gli portava l'ennesimo drink. "In genere non ti si vede prima della fine di aprile."

"Ho preso una settimana di ferie," rispose lui, imponendosi di non pensare al perché. "Dove altro sarei potuto andare?"

"Ci sono un paio di clienti abituali che saranno felici di vederti, in anticipo o no," disse ancora l'uomo, rivolgendogli uno sguardo malizioso.

"Dimmi dove," rispose Jesse con un'allegria che non provava. "O ancora meglio, offri a uno di loro un drink da parte mia."

"Prima non vuoi sapere di chi si tratta?

"Non importa," disse Jesse. "Sono solo in cerca di un po' di azione, non di una storia."

Il barista sembrò scettico, ma indicò un ragazzo all'estremità del bancone – non biondo, per fortuna – e Jesse lo salutò con un cenno del capo. Qualche minuto dopo il tizio gli si avvicinò. "Bentornato."

"Solo per qualche giorno," specificò Jesse. Non voleva dargli false speranze. Averne date a Chris era più che sufficiente.

"Mi accontento," disse il ragazzo. "Sono Matt."

"Jesse."

"Ti va di ballare, Jesse?"

Ballare era l'ultima cosa che voleva, non dopo aver rifiutato di farlo con Chris, ma doveva pur fare qualcosa prima di spingere il ragazzo in bagno o nella stanza sul retro e scoparlo. "Perché no?"

Matt sorrise e lo tirò verso la pista; però, invece di ballare, cominciò a strusciarglisi contro l'inguine, mentre con le mani gli palpava il petto.

Il corpo del jackaroo reagì: i capezzoli gli si indurirono e l'uccello sembrò risvegliarsi dentro ai pantaloni. Matt sorrise ancora e si girò, così da premergli il sedere contro l'erezione. Jesse emise una specie di grugnito e approfittò della posizione per accarezzargli a sua volta il torso. Il ragazzo era sensuale ed evidentemente impaziente, e la combinazione di lussuria e alcol gli fecero presto dimenticare la disperazione che lo aveva condotto a Melbourne nel mezzo dell'estate. Chiuse gli occhi e lasciò che la musica prendesse a scorrergli nel sangue. Non avrebbe mai potuto ballare in quel modo insieme a Chris, nemmeno se avesse acconsentito alla richiesta di Seth. Avrebbe dovuto mantenere le distanze, senza abbandonarsi a quei movimenti lenti e lascivi che presagivano quello che sarebbe seguito. A Matt non importava chi li guardava, e nessun altro tra gli avventori sembrava interessato a quanto oscenamente si contorcessero. Merda, probabilmente metà del bar avrebbe brindato se avesse cominciato a dare spettacolo spogliando Matt.

E dal modo in cui l'altro gli stava attaccato, gemendo così forte da sovrastare la musica ogni volta che Jesse gli strizzava i capezzoli, neppure a lui sarebbe importato.

"Andiamo in un posto più intimo," disse Jesse, facendo scendere la mano dal petto all'uccello del ragazzo. "Voglio assaggiarlo."

Matt gli rivolse uno sguardo di intesa e lo tirò verso il corridoio buio che portava alla toilette. Jesse ignorò la voce della coscienza che gli urlava che stava sbagliando, che al mattino se ne sarebbe pentito e che Matt non meritava di essere usato come uno strumento per raggiungere l'oblio, nemmeno se sembrava stargli bene una botta e via.

Le luci fluorescenti del bagno erano quasi accecanti dopo la semioscurità della sala. Jesse trasalì mentre la testa prese a pulsargli e lo stomaco si rivoltò per tutto quello che aveva bevuto prima. Matt però non fece caso al suo malessere: lo tirò verso uno dei cubicoli vuoti e chiuse la porta alle loro spalle.

*Chris se ne sarebbe accorto*, disse la voce della sua coscienza. *A Chris sarebbe importato.*

Jesse cercò di zittire quella fastidiosa voce interiore e spinse Matt contro la parete, infilandogli la mano dentro i pantaloni.

"Hai fretta," fece le fusa il giovane. "Mi piacciono gli uomini così."

Jesse pensò, cinicamente, che non c'era altra possibilità: erano nel gabinetto di un bar e potevano essere interrotti da un momento all'altro. Non c'era tempo per essere dolci e fare le cose con calma.

Matt gli aprì i jeans, gli tirò fuori l'erezione e prese a pomparla con forza. Aveva una stretta decisa, anche troppo, ma il palmo era morbido, quello di un cittadino.

Non la mano di Chris.

Jesse aprì la camicia di Matt, rivelando un petto incredibilmente glabro. Sorpreso, ci passò sopra la mano, solo per sentire un leggero pizzicore.

Depilato.

Falso.

Rammentò a se stesso che non doveva necessariamente condividere le scelte di Matt per scoparlo, e passò a rivolgere la sua attenzione ai pantaloni del ragazzo. Quando però glieli fece scendere sui fianchi e vide che anche il pube era quasi completamente depilato, fece un verso di stizza e si voltò.

"Mi dispiace," disse. "Non posso farlo."

"Che significa che non puoi farlo?" sentì la voce di Matt alle sue spalle. "In pista sembrava che non avessi nessun problema a toccarmi."

Lo stomaco di Jesse si rivoltò, e lui sentì in gola il sapore della bile.

"Ho detto che non posso farlo," ripeté, mettendosi a posto i vestiti e girandosi a guardare Matt. Aprì la porta e gli fece cenno di uscire. "Vai fuori."

"Stronzo!" gridò il giovane. "Cazzone."

Le invettive continuarono anche dopo che Jesse gli ebbe chiuso la porta in faccia, le pareti troppo sottili per impedire alle parole di oltrepassarle. Jesse, però, smise di sentirle dopo solo qualche secondo. Niente di quello che gli diceva Matt poteva essere peggio di quello che si diceva da solo.

Non voleva una botta e via. Non voleva un damerino tirato a lucido che avrebbe scopato qualunque cosa si muovesse.

Voleva Chris.

Il suo stomaco ebbe un sussulto e Jesse cadde in ginocchio. Tutto quello che aveva bevuto tornò fuori in una sola, disgustosa boccata. Vomitò a lungo, arrivando quasi a strozzarsi con la bile.

272

Aveva avuto Chris. Aveva avuto non solo il sesso ma anche l'amicizia e persino l'amore, e glielo aveva rigettato in faccia come se si fosse trattato di uno dei soliti incontri senza valore.

Un'altra ondata di nausea gli risalì la gola e vomitò ancora, con il sudore che gli scorreva lungo il viso. Non pensava di avere più nulla nello stomaco, ma il suo corpo la pensava altrimenti e, spasmo dopo spasmo, lo lasciava sempre più debole e tremante.

Aveva rovinato tutto. Nonostante l'incapacità di Jesse di vedere persino quello che gli stava davanti, Chris si era innamorato di lui, dei suoi pregi e dei suoi difetti. Jesse non aveva cercato di impressionarlo, non lo aveva avvicinato come avrebbe fatto se fosse stato in cerca di una storia, eppure Chris lo amava lo stesso.

Il vomito si trasformò in conati – mentre il suo corpo cercava ancora di eliminare l'alcol che aveva ingerito, nonostante lo stomaco fosse ormai vuoto – e il respiro rantolante diventò un singhiozzo.

Merda, se era caduto in basso, inginocchiato sul pavimento, che probabilmente non veniva pulito da mesi, del bagno di un bar lurido, puzzolente di vomito e bile.

Che gli servisse da lezione.

# CAPITOLO 21

CHRIS ERA seduto sulla piccola veranda di casa sua a contemplare le stelle. Pensava a tutte le volte che le aveva guardate assieme a Jesse, a come quest'ultimo gli indicava le costellazioni o semplicemente a come le osservavano ruotare nel cielo. Non che Chris riuscisse a pensare a molto altro da quando, due giorni prima, aveva parlato con Caine.

*Lotta per lui.*

Facile a dirsi, ma Chris non aveva idea da dove cominciare. Se Jesse fosse stato nella sua stanza nel dormitorio, sarebbe stato facile: gli avrebbe parlato, lo avrebbe sedotto e lo avrebbe amato fino a non lasciargli altra scelta se non ammettere che insieme stavano benissimo. Ma Jesse non c'era e lui non sapeva se sarebbe mai tornato.

Aveva resistito alla tentazione di sgattaiolare nella sua stanza e controllare se aveva portato via tutto. I vestiti e gli articoli comuni poteva rimpiazzarli, ma se avesse lasciato altre cose significava che aveva intenzione di tornare. Se invece la stanza fosse stata completamente vuota...

Non riusciva neanche a pensarci.

Poteva solo aspettare. Aspettare di vederlo riapparire e di sentire cosa avrebbe detto; ma quello non era lottare. Forse non ce ne sarebbe stato bisogno, forse Jesse sarebbe riuscito a sconfiggere i suoi demoni e tutto sarebbe tornato come prima. Ma ora che la bomba era esplosa, Chris non era sicuro che il loro rapporto sarebbe stato di nuovo 'normale'. Jesse sapeva quello che lui provava, anche se non lo aveva sentito dalla sua bocca. E se anche Chris credeva di poter accettare il vecchio patto, i suoi sentimenti sarebbero sempre stati lì, tra loro, e avrebbe finito con il chiedersi continuamente cosa avrebbe fatto scappare Jesse la volta successiva. Naturalmente partiva tutto dal presupposto che Jesse volesse avere ancora a che fare con lui, ora che ne conosceva i sentimenti.

"Sei ancora lì?" lo chiamò Seth, sporgendo la testa oltre la porta aperta.

"Sì," rispose lui. "Stavo riflettendo."

"Riguardo a Jesse."

"Sì."

"Vuoi parlarne?"

"Vuoi sentire?" ribatté Chris con una risata.

"Possibilmente non i dettagli," rispose serio Seth, "ma sei mio fratello. Ti sei preso cura di me per mesi interi, e in un certo senso la colpa di quello che è successo è mia. Quindi se hai bisogno di parlare, ti ascolterò."

"Devo capire cosa voglio da Jesse," disse Chris lentamente. "Potrei o non potrei ottenerlo, ovviamente; ma se non so cosa voglio, cosa posso accettare e cosa no, non ho modo di affrontarlo quando dovesse tornare."

"E lo sai cosa vuoi?" domandò Seth, sedendosi a sua volta.

"Quello che hanno Caine e Macklin," disse Chris. Il senso di sollievo che provò nel dirlo per la prima volta a voce alta lo fece quasi ridere. "Dio, non avrei mai pensato di dirlo. Non avrei mai pensato di *riuscire* a dirlo. A te sta bene?"

"Per me non è mai stato un problema che tu fossi gay," gli ricordò Seth. "Jesse mi piace, e mi piace la stazione. Se vuoi vivere insieme a lui e restare per sempre qui, io non ho problemi."

"Quindi immagino di dover trovare un modo per riuscirci, eh?"

"Sai dov'è andato?"

"Non ne ho la certezza," disse Chris. "Ha parlato spesso di Melbourne dicendo che era solito trascorre lì gli inverni; ma Melbourne non ha esattamente le dimensioni di Boorowa o Yass. Se anche ci vado non è detto che lo trovi."

"Potresti provare a chiamarlo," suggerì Seth. "Sono sicuro che Caine ha qualche numero da contattare in caso di necessità."

Chris sbatté le palpebre. "Cristo, sei un genio! Ok, come prima cosa domani mattina mi farò dare il numero da Caine e poi andrò a cercarlo. Tu riuscirai a cavartela da solo per qualche giorno?"

"Da solo?" disse Seth scoppiando a ridere. "Quante persone ci sono qui alla stazione? Sarà una fortuna se riuscirò a stare da solo un secondo, visti tutti quelli che verranno a controllare che stia bene."

"E sarà un problema?" domandò Chris.

Seth sorrise. "Certo che no."


QUANDO JESSE si svegliò, il mattino successivo, aveva ancora i postumi della sbronza e tremava leggermente. Il suo amico era già uscito per andare a lavoro, ma lui conosceva abbastanza bene l'appartamento da essere in grado di barcollare verso la cucina e mettere a bollire l'acqua per il tè. Sperava che la caffeina lo aiutasse a schiarirsi la mente. Le bottigliette di acqua che si era scolato prima di addormentarsi non erano servite a un granché, ma per fortuna il suo stomaco non minacciava più di rovesciarsi come era successo la sera precedente.

Preparò la prima tazza di tè con il pilota automatico, lasciando che fosse l'abitudine a guidare i suoi movimenti. Per quando fu pronto a versarsi la seconda, sentì che il cervello si stava lentamente svegliando, e insieme a esso il senso di vuoto che lo aveva fatto cadere in ginocchio nel bar.

Aveva rovinato ogni cosa con Chris. Lo sapeva, ma forse non tutto era perduto come l'alcol gli aveva fatto credere solo poche ore prima. Se Seth aveva ragione e Chris lo amava, forse Jesse poteva convincerlo a perdonarlo. Non sarebbe stato facile, ovviamente. Il pensiero di Chris innamorato di lui non solo lo aveva fatto andare nel panico, lo aveva addirittura spinto alla fuga. E ora che le cose avevano preso quella direzione, Jesse non si aspettava che tornassero com'erano prima. Finché era rimasto all'oscuro di tutto, aveva anche potuto credere che le cose fossero perfette così com'erano. Ma ora quei paraocchi gli erano stati strappati: se fosse tornato indietro e avesse chiesto a Chris di perdonarlo e di dargli un'altra possibilità, avrebbe anche dovuto accettare i sentimenti che il ragazzo nutriva per lui e tutto quello che comportavano. Avrebbe dovuto essere disposto a impegnarsi.

Dopo anni passati a evitare qualsiasi tipo di coinvolgimento, quel pensiero gli fece venire i sudori freddi, ma cercò di ignorarli. Era per questo che si trovava in quel casino di situazione: doveva lasciarsi alle spalle la tendenza a scappare di fronte a qualsiasi tipo di legame e decidere che cosa poteva offrire a Chris, perché se fosse tornato indietro impreparato, il ragazzo avrebbe avuto tutte le ragioni del mondo per mandarlo a quel paese.

E se fosse tornato indietro per rimanere? Sarebbe riuscito a impegnarsi con Chris, Seth e Lang Downs?

Aveva già quasi deciso che l'estate successiva sarebbe tornato a Lang Downs, quindi l'impegno verso la stazione era quello che gli dava meno problemi. *Poteva* costruirsi una vita lì, e anche piacevole, stando a quello che dicevano gli altri residenti.

Negli ultimi dieci anni aveva scelto di essere libero e spensierato, ma sapeva di non poter andare avanti all'infinito. Lo aveva sempre saputo, ma aveva immaginato che quando la vita del girovago gli fosse venuta a noia, si sarebbe cercato un posto come meccanico a Melbourne o Sydney, dove non sarebbe stato crocefisso in quanto gay e dove, di tanto in tanto, avrebbe avuto l'occasione di intrattenersi in piacevole compagnia. Ma all'epoca non era ancora stato a Lang Downs, non pensava che avrebbe trovato una stazione da cui non sarebbe fuggito e, di certo, nemmeno un luogo in cui avrebbe potuto vivere assieme a un compagno.

Lang Downs poteva diventare la sua casa, se solo lo avesse voluto.

Però rimanevano Chris e Seth.

Insieme a Chris stava bene: erano amici, si intendevano sul lavoro, e andavano d'accordo sia quando guardavano le pecore, sia quando oziavano nel dormitorio, sia, infine, quando scopavano come matti. Ma niente di tutto ciò eguagliava l'amore.

La notte prima però era stata la dimostrazione che tra di lui e Chris non si trattava solo di sesso. La notte prima aveva cercato una botta e via e non c'era riuscito, perché quello che aveva con Chris era qualcosa di completamente diverso dall'avventura di una notte. Forse non lo aveva chiamato con il suo nome, ma sin dall'inizio aveva percepito la differenza tra il fare sesso con qualcuno che si interessava a lui e il farlo con un estraneo.

Magari non era pronto a chiamarlo amore, ma aveva sempre saputo che Chris rappresentava qualcosa di diverso da una scopata anonima. Quindi, alla fine, la questione non consisteva tanto nel cambiare le dinamiche del loro rapporto, quanto nell'ammettere quello che c'era tra loro. Il rischio che stava dietro a quella frase gli fece di nuovo contrarre lo stomaco, ma poi rammentò a se stesso che non si stava tuffando senza rete di sicurezza: sapeva che Chris lo amava, o, per essere esatti, che Seth credeva che Chris lo amasse. Ma era quasi lo stesso.

Ed eccoci tornati a Seth, perché Chris non era l'unico elemento da considerare. Impegnarsi in una relazione con Chris significava anche assumersi la responsabilità di Seth, di sicuro per tutto l'anno seguente, e probabilmente anche dopo. Seth non era un bambino che aveva bisogno di attenzioni costanti, ma sarebbe sempre stato parte della vita di Chris, e sempre avrebbe richiesto (e meritato) affetto e attenzioni da chiunque avesse deciso di condividere con Chris più di un momento fuggevole. Ciò non avrebbe fatto di lui un padre, ma qualcosa di molto simile a un fratello maggiore o uno zio.

Si portò la tazza alla bocca solo per accorgersi che era vuota.

Osservò i sedimenti sul fondo e considerò le due opzioni che gli si paravano davanti: vivere a Lang Downs insieme a Chris, come suo compagno, e occuparsi di Seth il prossimo anno, o comunque fino a che non fosse andato all'università, e poi quando fosse tornato per le vacanze; oppure una serie infinita di notti come la precedente. Improvvisamente la scelta divenne ovvia.

Posò la tazza dentro il lavello e si guardò intorno alla ricerca di un pezzo di carta dove lasciare due parole per il suo amico. Sarebbe tornato subito a Lang Downs.

Doveva umiliarsi un po'.


CHRIS PARCHEGGIÒ la macchina davanti al Boorowa Hotel. Aveva sperato di poter partire subito dopo colazione in modo da arrivare a Melbourne prima di sera – e possibilmente trovare Jesse quella notte stessa – ma il fato aveva cospirato contro di lui e non era riuscito a liberarsi che dopo pranzo. Se avesse rispettato i piani, sarebbe stato possibile percorrere in una sola giornata le dodici ore di strada che lo separavano dalla città, ma per come si erano messe le cose, se anche avesse continuato, non avrebbe superato Yass, e non aveva nessuna intenzione di dormire da solo in un albergo di quella cittadina. L'ora in più di guida che lo aspettava il giorno dopo era niente rispetto al pensiero di avere un attacco di panico ogni volta che avesse sentito qualcuno camminare dietro alla porta della camera.

Il suo piano era cenare, farsi una bella notte di sonno, partire presto al mattino e raggiungere Melbourne prima di pranzo. Avrebbe chiamato Jesse una volta arrivato in città e insieme avrebbero deciso come e dove incontrarsi. Se invece si fosse sbagliato, e Jesse non fosse stato lì, avrebbe pensato a qualcos'altro. Per ora gli bastava trovare un posto dove dormire.

L'hotel aveva ancora delle camere libere, quindi prese la più economica, si limitò a lanciare la borsa sul letto e scese per andare a mangiare.

Stava appunto finendo, quando sentì una voce fin troppo familiare chiedere un tavolo. "Non ti serve," intervenne. "Puoi sederti con me."

Il sorriso che illuminò il viso di Jesse gli fece battere forte il cuore, accendendolo di speranza, amore e desiderio. "Chris! Che ci fai qui?"

Chris scosse la testa – non voleva avere quella conversazione dove tutti potevano sentire – e con il piede allontanò dal tavolo la sedia davanti a sé. Jesse sedette, ordinò da bere e si voltò a guardarlo pieno di aspettativa.

"Stavo venendo a cercarti," rispose a bassa voce. "Non volevo rischiare che tu non tornassi."

"Invece sto tornando," disse Jesse. "Tornerò sempre."

A Chris piacquero molto quelle parole, se non fosse stato per un piccolo particolare... "Vuoi dire che pensi di andare via di nuovo?"

Il cameriere arrivò con la bibita di Jesse, che ne approfittò per ordinare salsicce con purè di patate senza neanche guardare il menù.

"Forse non è il posto migliore per parlarne," rispose finalmente il jackaroo dopo che l'uomo si fu allontanato. "Ho preso una camera. Possiamo discuterne dopo cena."

"Anch'io ne ho una," disse Chris. Lui e Jesse avevano diviso una camera l'ultima volta che erano stati in paese insieme, ma si era trattato di un problema di disponibilità combinato ai suoi attacchi di panico. In quel momento, però, non c'era nessuna scusa, e Chris non pensava che fosse una buona idea finire a letto senza prima essersi chiariti. Avevano già fatto quell'errore una volta e non voleva ripeterlo. Potevano usare la stanza di Jesse per parlare, ma se l'uomo non avesse detto le cose giuste, Chris sarebbe tornato a dormire nella propria.

"Dove sei andato?" gli chiese, mentre aspettavano che il cameriere tornasse con l'ordinazione.

"A Melbourne," rispose Jesse. "Mi sono fatto ospitare da un amico per un paio di giorni."

"Perché sei andato via?"

"Anche di questo è meglio parlarne dopo."

Chris annuì e lasciò che scendesse il silenzio. Avevano trascorso molte ore senza parlare mentre controllavano le recinzioni o facevano la guardia alle pecore, ma l'atmosfera tra loro non era mai stata così tesa come in quel momento. Chris si agitò sulla sedia, cercando di pensare a qualcosa da dire, ma aveva la mente completamente vuota. Poteva aspettare il momento giusto prima di discutere seriamente con Jesse, ma non se la sentiva di ammazzare il tempo con chiacchiere senza senso.

"Come sta Seth?" chiese alla fine Jesse dopo che lo ebbero servito e che il silenzio aveva cominciato a farsi davvero spiacevole.

"Sta bene, ma si sente in colpa per quello che è successo."

"Non è stata colpa sua," rispose Jesse. "Mi ha solo fatto vedere cose che non avevo notato da solo. Oppure ad aprile mi avresti lasciato andare via senza dire niente?"

"Sarebbe dipeso da cosa fosse successo fino ad allora," rispose onestamente Chris. "Non avevi mai detto di voler restare."

"Non avevo ragioni per volerlo," gli ricordò Jesse.

"Oh, e dormire con…" Il sibilo di Jesse gli mozzò le parole in gola. Si sporse verso di lui e sussurrò: "E dormire insieme senza fare sesso non era una ragione sufficiente a farti pensare che qualcosa poteva essere cambiato?"

"Sono stato uno stupido asino cieco," sospirò Jesse. Rigirava il cibo nel piatto con un'aria così affranta che Chris quasi si impietosì. "Devo delle scuse a tutti, e comincerò con te non appena potremo parlare da soli."

"Bene," disse Chris, cercando evitare che dolore e rabbia trapelassero dalla sua voce. Per qualche motivo era sicuro che quando Caine gli aveva suggerito di lottare per Jesse, non avesse in mente un litigio.

Jesse mangiò un altro paio di bocconi e poi allontanò il piatto. "Andiamo."

Pagarono la cena e salirono verso le loro camere. Trovarono prima quella di Chris, quindi il ragazzo aprì la porta e fece cenno all'altro di entrare. Se non altro avrebbe sempre potuto sbatterlo fuori se la conversazione non fosse stata di suo gradimento.

*Combatti per lui, non contro di lui*, si ammonì silenziosamente.

"Perché sei andato via?"

"È veramente così importante?" chiese di rimando Jesse. "Non è più importante che sia tornato?"

"Non lo so. Perché sei tornato?"

"Perché mentre me ne stavo a vomitare alcol nel bagno di un bar di Melbourne ho capito una cosa," rispose Jesse. "Non mi ero reso conto di avere qualcosa di buono fino a che non l'ho quasi perso. Ho ripreso la via di Lang Downs non appena sono stato in grado di guidare."

Chris inarcò un sopracciglio.

"Volevo tornare da te."

Così andava meglio.

Tutto quello che Chris voleva era gettarsi tra le braccia di Jesse e baciarlo, ma non era ancora il momento.

"E adesso cosa succede?"

"Tu cosa vuoi che succeda?"

"Non sono io quello che è andato fuori di testa e se l'è data a gambe," gli ricordò Chris. "E non sono io quello che deve dare delle spiegazioni."

"Ma è quello il punto," disse Jesse. "Non posso dirti quello che succederà se non so cosa vuoi, perché quello che voglio io è darti quello che vuoi tu."

Chris credette di non aver capito bene. "Smettila, cazzo. Smettila di parlare per enigmi e rispondi alla domanda. Perché te ne sei andato e perché sei tornato?"

Jesse gli prese una mano e lo attirò a sé. "Seth mi ha detto che ti eri innamorato di me. Parlava del tuo compleanno e mi inseriva nei progetti come se io fossi parte della famiglia. Io non avevo mai considerato le cose sotto quella luce e sono andato nel panico. Quando ho cominciato la stagione non mi aspettavo di trovare un posto dove stare e dove potermi fermare. La prima volta che ti ho baciato non pensavo neanche di tornare, e quando poi abbiamo cominciato a frequentarci non mi aspettavo niente di diverso da quello che avevamo stabilito: un bel modo di trascorrere l'estate. Non pensavo che mi sarei innamorato di te, anche se ho dovuto fuggire per capire di esserlo."

"E questo è il motivo per cui sei andato via," disse Chris, anche se quelle parole avevano smussato un po' della rabbia e del dolore che sentiva da quando aveva visto i fanali posteriori della macchina di Jesse scomparire nella notte. "Perché sei tornato?"

"Perché non sono così stupido da sputare in faccia alla migliore opportunità che mi si sia mai presentata di avere un futuro," rispose Jesse. "Ho girato abbastanza a lungo da sapere che non ci sono molte stazioni come Lang Downs." Chris aggrottò le sopracciglia e aprì la bocca per protestare, ma Jesse alzò una mano e lo fermò. "C'è di più ovviamente, ma anche questo fa parte dell'equazione, perché tu sei legato a quel posto. Non so se te rendi conto, ma la stazione è parte del tuo futuro; ormai tu e Seth avete messo radici, sia che lo voleste o meno. Quindi se voglio stare con te, devo essere pronto anche ad accettare di rimanere a Lang Downs. È questo che ho capito negli ultimi giorni: voglio tutto. Voglio te, Seth, Lang Downs e un futuro che non avrei neanche mai immaginato possibile. Può darsi che alla fine faccia lo stesso casino, ma voglio provare. Puoi darmi un'altra possibilità?"

"Venivo a cercarti," disse Chris lentamente. "Avevo capito che non potevi semplicemente andare via come se non fosse cambiato niente dall'inizio della stagione. Avrei lottato per averti, se fosse stato necessario."

"Non è necessario, ma mi fa piacere sapere che lo avresti fatto. È stato un bene che tu non mi abbia trovato la notte scorsa, altrimenti non mi avresti più voluto."

"Hai detto che sei uscito," ricordò Chris, di nuovo diffidente. "Hai trovato qualcuno e lo hai scopato?"

"No," disse Jesse, "Ci ho provato, ma non l'ho fatto. Non ci sono riuscito. Paragonavo tutti i ragazzi che vedevo a te, e non me ne piaceva nessuno, perché *non* erano te. Appena sono stato abbastanza sobrio da guidare mi sono messo in viaggio. Sono contento di essermi fermato per la notte anziché fare tutta una tirata; non ti avrei incontrato, altrimenti."

"Una volta arrivato a Melbourne ti avrei telefonato per raggiungerti ovunque tu fossi," disse Chris, con una risatina. "Non sarebbe stato male se tu fossi stato a Lang Downs e io a Melbourne."

"Quindi mi perdoni?" domandò Jesse, appoggiando la fronte contro la sua.

"Non lo so," lo stuzzicò lui. "Non mi hai ancora baciato. Sei sicuro di essere innamorato di me?"

Jesse emise una specie di grugnito, un suono che Chris trovò allo stesso tempo divertente ed eccitante. "Sì, Chris, ti amo."

Il ragazzo gli passò le mani tra i capelli. "Allora baciami e ti perdono."


NEL SENTIRE la mano di Chris tra i capelli, Jesse fu sommerso da un'ondata di sollievo. Si chinò quel tanto che bastava per annullare lo spazio tra loro e lo baciò con tutta la dolcezza e l'amore di cui era capace. Non si aspettava di continuare a lungo così, ma per il momento gli piaceva godersi lo sfregamento tenero e delicato delle loro labbra, un contatto che andò immediatamente a scaldargli il cuore. Chris non fece nulla per affrettare le cose, ma continuò ad accarezzargli i capelli con le dita e si abbandonò fiducioso al suo abbraccio.

L'emozione di quell'istante fu troppo per Jesse, che attirò con forza il ragazzo contro di sé, nascondendogli il viso nell'incavo della spalla. "Mi dispiace di avere rovinato tutto," disse, la voce attutita dalla pelle di Chris.

"Ehi," esclamò l'altro, tirandosi indietro e prendendogli il mento tra le mani in modo da guardarlo negli occhi, "succede a volte. Ma siamo di nuovo dove dobbiamo essere: quasi in carreggiata. Non hai rovinato niente."

Jesse annuì. "Credo che mi ci vorrà un po' prima di crederlo sul serio. La scorsa notte è stata, beh, brutta."

"Tu mi ami e io amo te. E abbiamo un posto dove stare insieme. Ci rimane solo da mettere certe cose al loro posto," lo rassicurò Chris. "Possiamo trascorrere il resto delle nostre vite a farlo, se necessario."

Nell'udire quelle parole Jesse inspirò a fondo. Non che avesse messo in dubbio quello che gli aveva detto Seth, ma non aveva capito quanto terribilmente avesse bisogno di sentirlo proprio da Chris.

"Immagino che tu non abbia dei preservativi con te," chiese speranzoso.

"Ero pronto a lottare per te, ricordi?" rispose Chris. "È ovvio che ho portato dei preservativi: non ero sicuro di cosa avessi preso dalla tua stanza, e non volevo andare a controllare. Se l'avessi trovata vuota mi sarei arreso ancor prima di partire."

"Non è vuota," disse Jesse. "Sarei tornato indietro. Beh, no, la scorsa notte, quando mi sono reso conto del casino che avevo combinato, ho pensato di non farmi più vedere, ma questa mattina sono tornato in me."

"Bene," sussurrò Chris. Lo baciò al volo e aprì la borsa per prenderne i preservativi e il lubrificante. "Caine mi aveva avvisato che forse avrei dovuto farti ritrovare la ragione, e io ero pronto a tutto, ma così è molto meglio."

"Passiamo subito al sesso rappacificatore?" lo stuzzicò Jesse.

"Hai idee migliori?"

"No."

Jesse baciò Chris con passione, leccandogli le labbra fino a che queste non si aprirono lasciandolo entrare, proprio come sperava avrebbe fatto presto il sedere che teneva tra le mani. Approfittò dell'arrendevolezza di Chris e intrecciò le loro lingue mentre gli faceva scivolare una coscia tra le gambe. Il ragazzo gli si strofinò contro, provocante. Era così bello, così giusto, dopo il nulla della sera prima. Jesse strinse la presa sul fondoschiena di Chris, spronandolo a muoversi più velocemente, con più intensità, tutto purché non si fermasse. Chris mugolò e seguì l'onda.

Jesse gli prese la bocca. Baci decisi, quasi brutali che nascevano dalla disperazione e dal senso di quasi perdita. Chris rispose bacio su bacio, morso su morso fino a che non si ritrovarono ad artigliarsi a vicenda i vestiti. Alla fine Jesse si staccò.

"Nudo. Adesso."

Chris grugnì e praticamente si strappò i vestiti di dosso, mettendo in mostra il suo corpo leggermente irsuto e totalmente *naturale*. Jesse si avvicinò e lo spinse sul letto. Gli andò sopra e cominciò a mordergli i capezzoli, per poi lenire il dolore con sapienti passate della lingua, deciso a fare di tutto pur di farlo impazzire.

E a giudicare dal modo in cui il ragazzo gli si sfregava contro, ci stava riuscendo.

Seguì la curva sinuosa che gli disegnava le costole, sempre più giù, fino ad arrivare alla linea sottile di peluria che gli divideva lo stomaco. Si soffermò per qualche secondo sull'ombelico, penetrandolo con la lingua, ma non riuscì a resistere al seducente profumo del desiderio e scese ancora.

Il sapore di Chris, quando finalmente arrivò a leccargli la punta del pene, era incredibilmente buono e se, da una parte, il suo grido muto lo fece sorridere, dall'altra lo spinse a cercare di strappargli altri gemiti altrettanto deliziosi.

Voleva coprire il corpo dell'amante con il proprio – il solo pensare quella parola, amante, lo fece tremare di eccitazione –, scoparlo fino a perdere la ragione e poi stringerlo a sé per tutta la notte. E per quella dopo. E quella dopo ancora.

Succhiò l'uccello di Chris con ancora più dedizione e rammentò a se stesso che non c'era niente a impedirgli di farlo. Quella notte, quella dopo e per sempre.

"Non... durerò," disse Chris tra i gemiti.

Per un attimo Jesse pensò di farlo venire subito e poi goderselo una seconda volta. Chris aveva solo vent'anni e i suoi tempi di recupero erano fuori discussione, ma non voleva aspettare. Si tirò indietro e si spogliò in fretta, per poi tornare sul letto e coprirlo con il proprio corpo, come aveva desiderato poco prima. Il velo di sudore che ricopriva il corpo del ragazzo facilitava lo sfregamento della pelle contro la pelle, mentre Jesse lo faceva affondare nel materasso.

"Basta con i preliminari," mormorò Chris. "Prendimi, ora."

Jesse afferrò il lubrificante e lo preparò, istigato dal torrente di ammonimenti, oscenità e mugolii che provenivano dal suo amante. Un'altra volta avrebbe prolungato quel piacere, penetrandolo con le dita fino a che non fosse più stato in grado di sopportarlo, ma quella sera la sua pazienza non glielo permetteva, e il bisogno di sottoscrivere nel modo più carnale possibile le loro promesse lo spingeva ad affrettarsi.

Tolse le dita e le rimpiazzò con il suo pene, poi si chinò a cercare di nuovo le labbra di Chris, muovendo la lingua in sincronia con le spinte del suo bacino, reclamando l'amante ma allo stesso tempo dandosi completamente a lui.

Chris restituì quelle attenzioni bacio su bacio, carezza su carezza, fino a che Jesse pensò che sarebbe andato in pezzi, che sarebbe esploso, perché la sua pelle leggera non era in grado di contenere tutta quella gioia, quel desiderio e quell'amore.

Poi, sotto di lui, Chris sussultò e cominciò a dimenarsi, il corpo scosso da spasmi di piacere. Jesse si morse il labbro, cercando di prolungare l'estasi dell'amante, ma anche il suo bisogno di venire era diventato insopportabile e alla fine si arrese affondando a sua volta nell'orgasmo.

Si lasciò cadere sopra a Chris, mentre tutto l'orrore dei giorni appena passati lo sommergeva, lasciandolo svuotato e poi ricreandolo daccapo.

Quando cercò di spostarsi, le braccia di Chris gli si avvinghiarono attorno alle spalle, trattenendolo. "Non andare via."

"Non stavo andando via," promise. "Volevo solo smetterla di schiacciarti."

Chris gli serrò le gambe attorno alle cosce. "Schiacciami pure."


ERA APPENA passata l'ora di pranzo quando, il giorno dopo, Jesse inspirò a fondo prima di decidersi a scendere dalla macchina. Lui e Chris erano tornati ciascuno con la propria auto, ma Jesse lo aveva tenuto d'occhio per tutto il viaggio attraverso lo specchietto retrovisore.

"Sei tornato prima di quanto credessi," disse Macklin uscendo dalla stalla.

"Ho trovato le risposte prima di quanto credessi," rispose lui.

Macklin annuì. "I box hanno bisogno di essere puliti."

Jesse immaginò che quello fosse quanto di più simile a un 'bentornato' potesse sperare di ricevere, visto il modo in cui era andato via. Ma lui non era tornato per finire la stagione. Voleva restare.

"Mi cambio e vado, ma prima..." Respirò a fondo e si ripeté che era quello che voleva. Chris gli si avvicinò e gli passò un braccio attorno alla vita. Bastò quel semplice gesto a far svanire tutti i dubbi. "C'è posto per un'altra persona che rimanga stabilmente?"

Macklin non rispose subito, ma lo guardò a lungo, poi osservò Chris e infine tornò sul suo viso. "Dovrai rimanere nel dormitorio o trasferirti da Chris e Seth. L'unica casa libera l'abbiamo data a Neil e Molly."

"È un sì?"

"Metti via la tua roba e vai a lavorare. Mi aspetto che i residenti diano il buon esempio agli altri. Chris, lo stesso vale per te."

Voltò loro le spalle e si allontanò prima che Jesse potesse fermarlo.

"È un sì," confermò Chris, come se Jesse ne dubitasse veramente, ma quella rassicurazione gli strappò comunque un sorriso.

"Allora, dove la metto la mia roba?" chiese, senza voler dare nulla per scontato.

"A casa nostra, naturalmente."

Jesse si chinò e baciò Chris velocemente.

Era bello essere a casa.

# SUPERARE LA NOTTE

Serie Lang Downs, Libro 3

Il contabile Sam Emery è disoccupato e sta attraversando un brutto periodo. Quando sua moglie, dopo averlo emotivamente tormentato per anni, chiede il divorzio, Sam si rivolge all'unica persona che gli è rimasta: suo fratello Neil. Non si aspetta di essere respinto, ma neppure che le novità riguardo alla fine del suo matrimonio e al suo orientamento sessuale siano accettate con tanta tranquillità.

Neil lo porta con sé a Lang Downs, l'allevamento di pecore che considera casa sua, ed è là che Sam capisce per la prima volta che non è impossibile vivere apertamente la propria omosessualità. Caine e Macklin, i proprietari della stazione, sembrano riuscirci alla grande, e quando Caine offre a Sam un lavoro, tutti i sogni dell'uomo paiono diventare realtà.

Jeremy abbandona la sola casa che abbia mai conosciuto quando l'omofobia del fratello diventa impossibile da sopportare e va nell'unico posto dove sa che sarà accettato: Lang Downs. Lui e Sam legano immediatamente, ma l'animosità fra Lang Downs e la sua precedente stazione è ancora profonda e i jackaroo non hanno intenzione di accettarlo senza opporsi. Tra l'insicurezza di Sam e la posizione precaria di Jeremy, il loro sarà un cammino difficile, senza contare la lunga attesa prima che la sentenza di divorzio di Sam diventi definitiva e che loro possano iniziare la loro nuova vita insieme.

A Izzy, per avermi aiutata a non far sembrare i miei ragazzi troppo americani, e a Nessa, Jaime e Nicki per aver, come sempre, assecondato le mie ossessioni.

# CAPITOLO 1

CAINE NEIHEISEL sollevò lo sguardo dai moduli delle tasse sui quali stava impazzendo e lo indirizzò sulla porta. Di sicuro non era stato Macklin a bussare, perché il suo amante, nonché il sovrintendente di Lang Downs, non si sarebbe di certo preso il disturbo.

"Avanti."

"Scusa la seccatura, capo," disse Neil Emery, infilando la testa nella stanza. "Avresti un minuto?"

"Certo che sì," rispose Caine, mettendo da parte i moduli. "Dimmi tutto."

"Mi servirebbe un favore. Ha chiamato mio fratello Sam; sua moglie l'ha cacciato da casa e ora non ha più un posto dove andare. Ha perso il lavoro un anno e mezzo fa, e lo so che è chiedere molto, ma non è che potrebbe stare con me per un mese o due? Solo finché non si rimette in piedi."

"L'ultima volta che ho controllato mi sembrava che tu e Molly aveste una stanza in più in casa vostra. Non hai bisogno del mio permesso se vuoi ospitare qualcuno."

"Sì, lo so, però dovrò andare a prenderlo a Yass," spiegò Neil. "Posso mandargli un biglietto dell'autobus fino a lì, ma mi servirà comunque un giorno di permesso."

"Okay, facci sapere quando e incaricheremo qualcuno di sostituirti."

"In ogni caso lascio qui Max. Lui e Chris se la cavano bene ormai, e sanno come guidare le pecore a valle. È un brutto momento per assentarsi, me ne rendo conto, ma non posso permettermi di pagare a mio fratello l'hotel per qualche set…"

"Neil," lo interruppe Caine, "non devi giustificarti. Si tratta di tuo fratello ed è naturale che tu voglia aiutarlo. Non ho idea di come potrà cercarsi un lavoro stando qui, ma se anche volesse solo riprendersi dalla separazione e riflettere su cosa fare una volta tornato in città, resta comunque il benvenuto. Possiamo permetterci una bocca in più da sfamare."

"Magari potrebbe darti una mano in ufficio," suggerì Neil. "Ha lavorato come contabile in un piccolo negozio di ferramenta, finché i proprietari non hanno deciso di andare in pensione e hanno chiuso i battenti. Almeno avrebbe la sensazione di rendersi utile, anziché ricevere la carità."

"Vedremo quando arriva," rispose Caine, anche se l'idea di qualcuno che lo aiutasse a districarsi fra i regolamenti fiscali e le detrazioni dei dipendenti non gli dispiaceva per niente. La sua laurea in economia gli permetteva di capire i termini tecnici, ma non gli impediva di incagliarsi regolarmente nella diversità delle leggi.

TRE GIORNI dopo, Neil incontrò suo fratello Sam alla stazione degli autobus di Yass. La sua espressione tesa e preoccupata lo mise subito in allarme. "Hai una pessima cera!" esordì a mo' di saluto.

"Anche a me fa piacere rivederti, stronzo," rispose Sam, abbracciandolo con più entusiasmo di quanto necessario.

"Dai," fece lui, prendendogli l'unica valigia. "Andiamocene via da qui. Ci aspetta un viaggio piuttosto lungo, o magari preferisci mangiare qualcosa, prima?"

"Lungo quanto?"

"Cinque ore, più o meno. E per la maggior parte attraverso gli altopiani dove, se dovesse venirti fame, non c'è un buco per fermarsi neanche a pagarlo oro. Sì, forse è meglio se ti offro il pranzo. Possiamo restare qui a Yass oppure spostarci a Boorowa, a circa un'ora di strada. Sempre se pensi di non riuscire ad aspettare fino a che non siamo a casa."

"Apprezzerei molto un boccone, grazie," ammise Sam. "Non... ho mangiato troppo bene ultimamente."

In effetti Neil aveva notato la magrezza eccessiva del fratello, e quelle sue parole non servirono che a confermare quanto già sospettava. "Kami, il cuoco della stazione, ti rimetterà in forma in un batter d'occhio, ma per ora possiamo anche accontentarci dello Yass Hotel. Niente di particolarmente elegante, ma la pancia te la riempie."

"Perché non quello?" chiese Sam, indicando un piccolo ristorante dall'altra parte della strada.

"Noi non ci mangiamo in quel posto," rispose lui con freddezza. "Uno dei nostri jackaroo è stato quasi ucciso lì vicino la scorsa primavera e nessuno ha alzato un dito per aiutarlo. Suo fratello ha dovuto correre fino all'hotel per cercare soccorso."

"In una cittadina di queste dimensioni?"

"Non avevano preso bene il fatto che fosse un finocchio," spiegò.

Sam non rispose e Neil digrignò i denti quando lo vide indurire i tratti del viso. Non voleva litigare con suo fratello, specialmente quando questi era a terra e senza risorse, ma Sam avrebbe fatto meglio a imparare alla svelta a tenere per sé le proprie opinioni. Non aveva intenzione di tollerare da lui offese nei riguardi di Macklin e Caine più di quanto le tollerasse dagli altri jackaroo che lavoravano a Lang Downs.

"Dai, raccontami qualcosa della stazione," gli chiese Sam una volta raggiunto lo Yass Hotel e ordinato il pranzo. "Voglio dire, so che è molto isolato e che allevate pecore, ma oltre a quello è il buio."

"Non c'è nient'altro da dire," rispose Neil. "Ti ho raccontato di Molly quando ci siamo fidanzati, tutto il resto è come in una qualsiasi altra stazione. Be', escluso Caine. Lui è americano ed è il proprietario."

"E come c'è arrivato lì?"

"L'allevamento apparteneva a uno zio di secondo grado, che quando è morto l'ha lasciato alla nipote, cioè la madre di Caine. Ma siccome lei non è più una ragazzina e non aveva intenzione di trasferirsi per gestirlo, è venuto lui al suo posto. Lo scorso Natale gliel'ha regalato. Sai, magari gli sarebbe utile una mano per raccapezzarsi fra le leggi, le tasse e roba del genere. Ha il pallino per gli affari, ma è pur sempre uno yankee. Potresti aiutarlo."

"Se me lo permetterà," sospirò Sam.

"Perché non dovrebbe? Hai perso il lavoro perché i proprietari si sono stancati e hanno chiuso il negozio. Non ti hanno licenziato o cose del genere. Non è certo colpa tua se finora non hai trovato altro."

Sam si strinse nelle spalle. "Da come lo descrivi sembra un bravo ragazzo. È sposato?"

Neil quasi si strozzò con la birra. Aveva sperato di rimandare quella conversazione fino a più tardi, ma ormai, a meno di mentire, non aveva più vie d'uscita. "Da quello che mi risulta due uomini non possono ancora sposarsi in Australia. Tuttavia, il nome di Macklin è sull'atto di proprietà, e ha lasciato la casa del sovrintendente per trasferirsi in quella padronale insieme a Caine più di un anno fa, quindi immagino che quello che hanno sia qualcosa di molto simile a un matrimonio."

"Lavori per una coppia gay?"

"Sam, sei mio fratello e ti voglio bene, ma se questa cosa rappresenta un problema per te, devi dirmelo subito così ti prendo una stanza all'hotel e siamo a posto."

"No, non è un problema," ribatté in fretta Sam. "Sono solo sorpreso. L'ambiente in cui siamo cresciuti non era esattamente tollerante."

Neil si strinse nelle spalle. "Caine mi ha salvato la vita, mettendo nel frattempo a repentaglio la propria. E l'ha fatto nonostante gli avessi sputato addosso le offese più disgustose dopo aver scoperto che era gay. Si è guadagnato la mia lealtà."

L'arrivo del cibo tolse a Sam la possibilità di ribattere, e quando Neil lo vide mangiare con voracità pensò bene di non insistere oltre. Non si sentiva dell'umore giusto per sorbirsi tutta la tiritera omofoba con la quale erano cresciuti. Era una persona diversa ormai, una persona migliore, o almeno così sperava. Bastava solo che Sam fosse disposto a offrire a Caine e Macklin la possibilità di fargli capire che meritavano il suo rispetto.

Finirono di mangiare e iniziarono il viaggio in direzione nord, verso Boorowa. "Ti serve niente?" chiese Neil. "Scorte di qualsiasi genere? Una volta superata Boorowa non ci sono altri posti dove fermarsi."

"No, sono a posto. Alison mi ha permesso di portare le mie cose."

"E sta tutto in una valigia?"

"Alcuni indumenti li ho lasciati a casa di amici. Ho pensato che i completi formali non mi sarebbero serviti a granché in una stazione."

"No, in effetti no," concordò Neil. "Quindi, dai, racconta. Che è successo tra te e Alison? L'ultima volta che vi ho visti mi sembravate felici."

"Voleva qualcuno con un lavoro, mentre io volevo… Non importa quello che volevo. Ha deciso per il divorzio e io non ho intenzione di negarglielo."

"Ha un altro?"

"Non gliel'ho chiesto."

"Tu invece?"

"Niente che valga la pena."

"Sei andato in giro a fare sesso così, tanto per? Fa un po' schifo, sai!"

"Non è come credi," insisté Sam. "Volevo…"

"Volevi cosa?"

"L'ho sposata perché era quello che si aspettavano mamma e papà. Non avevo scelta, e lei mi piaceva, un pochino almeno. Siamo andati abbastanza d'accordo per qualche anno, ma niente di più. Non l'ho mai amata. Non so se lei mi abbia amato una volta, ora comunque non lo fa, e a me sta bene. Papà è morto, non posso più deluderlo, quindi non importa quello che faccio."

"Di che diavolo parli? Perché sposare Alison se non l'amavi? Avresti potuto trovare qualcun altro?"

"Sei stato tu a dirlo," fece Sam. "Due uomini non possono sposarsi qui da noi."

"Sei gay? Perché non l'hai mai detto?" chiese Neil d'impulso, quel pensiero l'unico coerente sulla scia di una rivelazione che aveva dell'incredibile. Sam era stato sposato! L'ultima cosa che si sarebbe aspettato era che fosse gay.

Lo sguardo sorpreso che l'altro gli rivolse lo fece arrossire. "Scusa, era una domanda stupida. Ovvio che tu non abbia detto niente finché papà era in vita; ma non era comunque necessario che ti sposassi. Io non l'ho fatto. Non finché non ho incontrato la persona giusta."

"Sì, ma tu non sei gay. Magari non l'avevi ancora trovata, ma sapevi che alla fine sarebbe successo. Per me era diverso, e poi tu eri lontano. Non dovevi starlo a sentire blaterare, giorno dopo giorno, su quanto fosse importante tramandare il nome di famiglia, su

287

come dovevo dimostrarmi uomo, sposarmi e mettere al mondo dei figli. Per fortuna Alison e io abbiamo preferito aspettare prima di avere un bambino."

"Sapeva di te? Alison, cioè."

"Non quando ci siamo sposati. Dopo che ho perso il lavoro e non riuscivo a trovarne un altro, le cose a casa si sono fatte... difficili. Eravamo a corto di soldi e io mi sentivo un fallito a dover vivere del suo stipendio. Litigavamo continuamente. Nove mesi fa abbiamo deciso di separarci, alla condizione che lei mi aiutasse con l'affitto. Ma così era anche peggio perché in realtà dipendevo da lei per tutto. Avevo bisogno di qualcosa che mi facesse star bene. Bisogno di trascorrere del tempo insieme a qualcuno che non mi considerasse un fallito."

"E quindi che hai fatto? Hai cominciato a rimorchiare a caso?"

"Sì, in pratica sì," rispose Sam. "Era stupido, lo sapevo già prima di farlo, però era anche bello. A loro non importava che non avessi un lavoro, o che non fossi dichiarato. Gli bastava che permettessi loro di farmi quello che desideravano. Alison continuava a ripetermi che dovevo trovarmi un lavoro, minacciava di smettere di pagare l'affitto se non mi fossi rimesso in piedi. In effetti me ne aveva anche trovato uno, da un suo cugino, ma era chiaro che il tizio lo faceva solo per pietà. Ho rifiutato e le ho detto che mi sarei arrangiato da solo. Non voglio mai più trovarmi in quella situazione."

"Vorrei averlo saputo. Avrei cercato di aiutarti."

"Non avresti potuto fare niente. Dovevo mandare tutto a puttane prima di riuscire a vedere in che gorgo ero caduto."

"E ora che pensi di fare?"

"Niente. Non ho intenzione di oppormi a nessuna delle richieste di Alison quando, fra sei mesi, ci sarà la causa di divorzio. Si prenderà la casa, la macchina, ogni cosa, perché ha pagato quasi tutto lei e io non voglio una macchia sul mio nome se per caso dovessi trovare un lavoro in un posto in cui essere gay fa la differenza."

"Non ci sono grosse opportunità per del sesso anonimo, omosessuale o etero, giù alla stazione," lo avvertì Neil. "Ci sono altri due jackaroo che sono gay, oltre a Caine e Macklin, ma stanno insieme, e tutti gli altri andranno via alla fine della stagione, cioè tra qualche settimana."

"Allora starò senza," fece Sam con un'alzata di spalle. "Non sarà la prima volta." Esitò, poi proseguì. "Mi sono rotolato abbastanza insieme a degli sconosciuti durante l'ultimo anno, meglio aspettare finché non incontro qualcuno per cui valga la pena, anche se so che probabilmente non accadrà alla stazione. Inoltre, cominciare una storia prima ancora che il divorzio diventi effettivo sarebbe solo stupido. Preferisco andare in bianco piuttosto che sentirmi di nuovo uno da poco."

"Mi era sembrato di capire che ti facesse sentire bene."

"Il sesso sì, il dopo no," spiegò Sam. "Non credo tu voglia sapere i particolari."

"Non esattamente," fece Neil con una smorfia. "Difendo Caine e Macklin con ogni fibra del mio corpo, ma preferisco non sapere quello che succede quando sono in camera. Lo stesso vale per te."

Il sorriso che Sam gli rivolse fu il più sincero da quando si erano incontrati alla stazione degli autobus.

"Grazie."


"DEVI ANDARE a Melbourne quest'inverno," disse Devlin Taylor voltandosi verso il fratello minore Jeremy. "Devi trovarti una buona moglie, accasarti e fare dei figli."

288

Jeremy lo guardò dall'altra parte del tavolo apparecchiato per la colazione nella casa padronale e si trattenne a malapena dal fare un verso sprezzante. Devlin rifiutava di mangiare in mensa insieme ai jackaroo. Diceva che era 'al di sotto del suo status'. Avevano già parlato di quella cosa del metter su famiglia più volte di quante Jeremy riuscisse a ricordare. Si sarebbe sposato solo quando fosse stato pronto – di certo non a breve giacché non avrebbe sposato una donna e non gli era concesso di sposare legalmente un uomo – e Devlin poteva anche prendere le sue insistenze e ficcarsele su per il culo. "Pensavo di andare a Sydney," rispose, "ma solo per una o due settimane, giusto il tempo di rilassarmi un po' dopo l'estate."

"Non è abbastanza tempo per incontrare una donna," protestò Devlin.

"Forse perché non voglio incontrare una donna?" ribatté lui. "Non nel senso che intendi tu, almeno. E non voglio neanche perdere di nuovo tempo a parlarne."

"Attento, ragazzo," lo ammonì Devlin, in un tono più simile a quello di un padre che di un fratello maggiore. In effetti, considerati i dodici anni che li separavano, non erano mai stati particolarmente vicini, né avevano condiviso quella parte di infanzia che permette poi di avere uno stretto legame fraterno da adulti. "La gente comincerà a sparlare. Hai già trentaquattro anni, un'età più che regolare per sistemarti. Se continui così, cominceranno a dire che sei come quei froci di Lang Downs."

"E se anche fosse?" ribatté lui accalorandosi, e non solo perché era vero. Odiava quella parola almeno quanto odiava gli sproloqui omofobi del fratello, ma gli era comunque impossibile negare di essere gay, benché avesse convenientemente dimenticato di informarne lo stronzo. "Armstrong fa un lavoro straordinario a Lang Downs indipendentemente dalla persona con cui divide il letto, e quando hai dovuto licenziare quel cretino che aveva danneggiato le loro recinzioni, Neiheisel te l'ha fatta passare senza denunciare né lui né te. Non danno fastidio a nessuno se stanno insieme."

"Non permetterò che mio fratello sia additato come finocchio!" ruggì Devlin.

"Meglio essere un finocchio rispettabile che un bigotto omofobo che non ha ancora imparato a gestire la sua stazione altrettanto bene di quanto fanno i froci di Lang Downs," gli rispose lui a tono.

L'urlo infuriato di Devlin rivelò abbastanza chiaramente quali fossero le sue intenzioni, permettendo così a Jeremy di evitare il pugno che gli sferrò. Incapace di contenere oltre l'ira che sentiva montargli dentro, rispose con un montante che colpì il fratello direttamente alla mascella. Devlin barcollò all'indietro, poi affinò lo sguardo e si gettò di nuovo all'attacco. Per quanto Jeremy cercasse di evitare il colpo, non ci riuscì del tutto e il pugno lo spinse indietro, costringendolo ad appoggiarsi alla scrivania dell'ufficio per non cadere. Quando poi il fratello gli si gettò di nuovo addosso, usò il suo slancio per rivoltarlo e fargli sbattere la faccia contro il piano di legno. Ebbe appena il tempo di concedersi un attimo di sollievo al pensiero che nessuno dei jackaroo ancora presenti alla stazione stesse assistendo alla scena, che Devlin si era già tirato su e gli aveva affondato il pugno nella pancia. Jeremy si piegò e gli si buttò addosso, mirando alle ginocchia. Devlin cadde e poi rimase lì a terra, puntandogli addosso due occhi così colmi di odio che Jeremy si sentì costretto a fare un passo indietro.

"Fuori," gridò quindi l'uomo, mentre un rivolo di sangue gli colava dall'angolo della bocca. "Non osare ripresentarti qui finché non ti sarai trovato una moglie e condurrai una vita rispettabile."

Jeremy chiuse un attimo gli occhi; conosceva bene suo fratello e sapeva che quel tono di voce indicava quanto parlasse seriamente. "Entro il tramonto sarò già lontano."

"E non prendere nulla che appartenga alla stazione," aggiunse l'altro.

Il che era impossibile, perché Jeremy non si era mai disturbato ad assegnarsi uno stipendio, ma comprava quello che gli serviva coi soldi della stazione, esattamente come faceva anche Devlin. Però era stanco di litigare, ormai: avrebbe preso quelli che considerava i suoi effetti personali e si sarebbe lasciato dietro il resto. E se gli fosse mancato qualcosa, l'avrebbe rimpiazzato una volta trovato lavoro in un'altra stazione. Sperava proprio che Lang Downs stesse cercando dei jackaroo perché sarebbe stato un altro bello schiaffo morale a suo fratello; se invece non stavano cercando nessuno, sapeva di avere abbastanza esperienza da poter essere assunto pressoché ovunque.

Salì in camera sua, massaggiandosi la mascella là dove il pugno di Devlin l'aveva colpito, e cominciò a preparare una borsa con i propri vestiti e gli articoli per l'igiene personale. Pensò di prendere il telefono ma immaginò che tanto Devlin avrebbe disdetto il contratto visto che l'apparecchio risultava di proprietà della stazione. Lanciò un'occhiata alla sacca che conteneva tutti i suoi averi terreni e si sentì sommergere dalla depressione per quanto misera era la sua vita. Sarebbe dovuto andare via già anni addietro.

"Prendo la macchina," disse una volta ridisceso al piano di sotto. "Te la rimando appena arrivo nel posto dove vado."

Devlin, seduto alla sua scrivania e con una borsa del ghiaccio contro il labbro, non si prese neanche la briga di sollevare la testa.

Jeremy girò sui tacchi e uscì dalla casa nella quale era cresciuto, richiamando con un fischio Arrow, il suo kelpie. Era arrivato il momento di dire addio a Taylor Peak.


"È TROPPO presto perché sia Neil, non credi?" chiese Caine a Macklin, osservando la nuvola di polvere che si alzava dalla strada sterrata.

"No, in effetti non lo aspettavo prima di cena," rispose il sovrintendente, seguendo il suo sguardo.

"Doveva venire qualcun altro?"

"Non che io sappia. Immagino che ci tocchi andare a vedere di chi si tratta."

"Posso pensarci io se tu preferisci restare qui e finire di mettere dentro le pecore," si offrì Caine, ben sapendo che l'altro avrebbe rifiutato.

"No, vengo con te," rispose infatti Macklin.

Caine gli rivolse un sorriso indulgente. Non aveva ancora capito in che tipo di guaio il suo uomo lo credesse capace di incappare semplicemente camminando da solo per la proprietà, soprattutto dal momento che Polly, il cane di Jason, gli era rimasta appiccicata alle calcagna per tutto il giorno e non sembrava intenzionata a mollarlo. In ogni caso, non aveva intenzione di obiettare. Sapeva di essere in grado di trattare da solo con chiunque stesse arrivando, ma ciò non significava che la cosa gli avrebbe fatto piacere, quello dipendeva dal motivo della visita.

Via via che la nuvola di polvere si avvicinava, Caine riconobbe una Jeep nera molto simile a quelle che anche loro usavano per andare in città. Alla fine, la macchina si fermò e ne scese un uomo che non conosceva, seguito da un grosso kelpie marrone con gli occhi più azzurri che avesse mai visto su un cane.

"Taylor?" esclamò Macklin, nervoso. "Che vuoi?"

Taylor significava Taylor Peak e di conseguenza quello stronzo del loro confinante, solo che quello non era Devlin. L'uomo appena arrivato era infatti più vicino alla sua età che a quella di Macklin, ed era chiaramente più jackaroo di quanto Devlin potesse mai sperare di diventare.

"Scusate se mi presento all'improvviso," esordì Taylor, "ma mio fratello mi ha cacciato dalla stazione. Speravo che aveste qualcosa da offrirmi, anche solo per un paio di giorni."

"Perché ti ha cacciato?" domandò Macklin.

"Mi sono stancato di sentire le sue stronzate," spiegò l'altro. "Gliel'ho detto e lui non l'ha presa bene."

"È così che ti sei fatto quell'occhio nero?"

"Sì, ma ne è valsa la pena. La sua espressione non aveva prezzo."

"Che gli hai detto?" Il tono di Macklin era passato dal cauto al divertito.

"Stava parlando di voi due. Sai, come fa di solito quando ha uno dei suoi attacchi. Gli ho detto che avrei preferito lavorare per voi piuttosto che per un bigotto omofobo che non è capace di gestire la sua stazione bene neanche la metà di quanto facciano le persone che è così determinato a insultare."

Caine non riuscì a trattenere il grosso sorriso che gli si disegnò sul viso. "Caine Neiheisel," disse, porgendo la mano all'ospite. "Benvenuto a Lang Downs."

"Jeremy Taylor. Piacere di conoscerti."

"Quindi cerchi solo un posto dove stare un paio di giorni, oppure un lavoro?" domandò Macklin una volta terminate le presentazioni.

"Un lavoro, se ne avete uno, ma a questo punto mi accontenterei di non dover guidare fino a Boorowa stanotte."

"La posizione di sovrintendente è già occupata," disse Macklin, serio in viso, anche se Caine riconobbe la canzonatura nel tono della sua voce. "Però abbiamo un po' di spazio giù ai dormitori."

"È un tetto sopra alla testa," accettò Taylor. "Mi va più che bene."

"Andiamo allora. Ti troveremo una branda," fece Macklin. "Caine, vorresti dire a Kami che c'è una persona in più a cena?"

"Certo," rispose lui, anche se moriva dalla voglia di seguirli e scoprire qualcosa di più sul loro nuovo reietto. Ma ci sarebbe stato tempo, non doveva per forza sapere tutto subito.


"ALLORA, HAI voglia di dirmi perché stavolta è stato diverso?" chiese Macklin, mentre lo guidava verso i dormitori, Arrow che li seguiva dappresso. "È più di un anno che Devlin ci sputa addosso ogni tipo di veleno, da quando ha scoperto di Caine per l'esattezza; e ha cercato di farti diventare come voleva lui per un tempo addirittura più lungo."

"Ha cominciato a dire che devo sposarmi," rispose Jeremy. "Stessa roba, giorno diverso, e oggi mi sono stancato. Può urlare e minacciare finché vuole, non ho intenzione di sposarmi solo perché me lo ordina lui e mi sono stufato di sentirglielo dire."

"La stazione appartiene anche a te."

Jeremy negò con un cenno della testa. "Non nel modo che conta. C'è il suo nome sull'atto di proprietà. Forse papà voleva che la gestissimo insieme, ma non mi ha fornito nessuno strumento legale di cui servirmi per affermare la mia volontà. Ero ancora all'università quando è morto, quindi forse è stato questo a fare la differenza. Chi lo sa? Sono dieci anni che Devlin m'ignora ogni volta che cerco di suggerirgli qualche miglioramento. E chissene se io ho una laurea in zootecnia e lui no: sono il fratello piccolo, quindi non conto niente. Non ne potevo più e sentirlo insultare voi due è stata l'ultima goccia."

"Sei consapevole che nasceranno delle chiacchiere perché hai scelto di venire qui invece che andare altrove, vero?" chiese ancora Macklin. "Noi non teniamo conto dei pettegolezzi, ma in futuro trovare lavoro da qualche altra parte potrebbe risultare più complicato, vista la tua permanenza a Lang Downs."

Jeremy si strinse nelle spalle. "Non diranno niente che non corrisponda a verità. Forse non ne ho mai parlato. Forse non pensavo di farlo, ma non per questo è meno reale."

Macklin annuì come se la cosa non l'avesse colpito per niente e Jeremy si chiese cosa si nascondesse mai dietro quella maschera impassibile che conosceva così bene. L'aveva indossata lui stesso per così tanto tempo che forse ormai non sapeva neanche più come toglierla. Possibile che Macklin l'avesse sospettato? Oppure lo accettava e basta? Jeremy non era sicuro fosse importante saperlo, e gliene fu enormemente grato.

"Sta a te decidere cosa dire e cosa non dire alle persone," aggiunse l'altro mentre raggiungevano il dormitorio. "Io non sono il tipo che va in giro a sparlare."

"Grazie. Già mi renderanno le cose difficili per il cognome che porto, se aggiungessi che sono gay, servirebbe solo a peggiorare le cose."

"Dipende dalla persona con cui parli. Per alcuni potrebbe addirittura rappresentare un punto a tuo favore," fece Macklin con un sorriso furbo.

"Sono qui per lavorare, non per divertirmi," rispose lui. "Non m'interessa una storia."

Macklin scoppiò in una risata. "Questa l'ho già sentita! Apprezzo l'atteggiamento integerrimo, ma fintanto che il lavoro è portato a termine come si deve, il resto sono affari tuoi e della persona con la quale scegli di trascorrere il tuo tempo. Non m'interesso della vita privata dei miei uomini, almeno finché non interferisce col lavoro."

Entrarono e sbirciarono nelle stanze fino a quando non ne trovarono una vuota. "Prenditi pure qualche minuto per mettere via la tua roba," offrì Macklin. "Poi vieni agli ovili."

"E aspettare che qualcuno entri e pensi che sia qui senza il tuo permesso?" fece lui, gettando il borsone sul letto. "Ai vestiti ci penserò stasera dopo il lavoro. Per allora si spera che tutti sappiano che ho la tua benedizione."

"La maggior parte di quelli che dormono qui sono nuovi e non sanno niente del polverone con Devlin. Magari riconoscono il cognome che porti, ma niente di più. Le difficoltà te le creeranno i residenti, che tra l'altro hanno quasi tutti delle case singole."

Jeremy non era sicuro se sentirsi o no tranquillizzato da quelle parole. I jackaroo che vivevano del dormitorio se ne sarebbero andati di lì a qualche settimana, diretti ai luoghi dove erano soliti trascorrere l'inverno una volta finita la stagione. A quel punto Jeremy avrebbe avuto l'edificio quasi esclusivamente per sé, ma gli uomini con i quali avrebbe dovuto lavorare conoscevano tutti la sua famiglia, suo fratello e l'animosità che quest'ultimo nutriva verso Lang Downs. Lui non aveva mai condiviso quei sentimenti, neanche prima dell'arrivo di Caine e della rivelazione che Macklin era gay, ma se il sovrintendente tutte quelle cose le sapeva, dubitava che lo stesso valesse per gli altri.

"Farò comunque un'impressione migliore se mi metto subito a lavorare, tanto lo so che di lavoro ce n'è."

"Di lavoro ce n'è sempre," rispose serafico Macklin.

"Allora andiamo. Dai, Arrow, vieni."

# CAPITOLO 2

NEIL FERMÒ la macchina dietro la casa che descrisse come sua e di Molly. "Portiamo dentro la valigia. Potrai aprirla dopo. È ora di cena e sono certo che tu non voglia perderti la cucina di Kami."

Sam appoggiò il bagaglio accanto alla porta e seguì il fratello attraverso la stazione. Indossava le sue scarpe più robuste, ma si pentì quasi subito di non aver accettato l'offerta di un paio di stivali quando erano passati per Boorowa. Le scarpe non gli sarebbero durate che pochi giorni. Tuttavia, aveva già approfittato troppo di Neil e non se la sentiva di chiedere di più. La mensa era piena di uomini. Alcuni in fila per ricevere il cibo dal grosso aborigeno che si trovava dall'altra parte del bancone, altri già seduti ai tavoli e impegnati a mangiare, qualcuno che dava addirittura l'impressione di aver già finito. Sam fece attenzione a non lasciare che il suo sguardo indugiasse troppo a lungo su questo o quello mentre esaminava lo stanzone. Nessuno lo conosceva in quel posto, e anche se Neil aveva detto che tutti accettavano il rapporto tra i capi, lui era ancora un estraneo. Non voleva cominciare il suo soggiorno con una zuffa. Se il fratello aveva ragione e Caine pensava davvero di assumerlo per l'esperienza che aveva nelle questioni amministrative, scatenare o partecipare a una rissa non era certo il modo migliore di presentarsi.

Nonostante i buoni propositi, però, il suo sguardo si soffermò su un uomo seduto da solo. Sam non avrebbe saputo dire cosa lo rendesse diverso da tutti gli altri jackaroo presenti nella stanza se non il fatto che se ne stava per i fatti propri, ma i capelli biondo cenere, un po' dritti sulla testa come se ci avesse passato più volte le dita in mezzo, e l'ombra di barba su mento e guance lo rendevano interessante. L'uomo emanava virilità e Sam reagì suo malgrado. "Chi è quello?" chiese a Neil, cercando di distogliere lo sguardo.

"Porca puttana," imprecò il fratello. "Che ci fa lui qui?"

Prima che Sam riuscisse a chiedergli cosa intendesse, Neil stava già attraversando la sala a grandi passi. L'uomo lo vide arrivare e si alzò, le braccia abbassate lungo i fianchi ma chiaramente pronto alla lotta. Un terzo uomo, che sembrava scavato nella stessa roccia su cui poggiavano i piedi, fermò l'avanzata di Neil. "Non prendertela con qualcuno per le colpe del fratello."

"Che ci fa lui qui?" ripeté Neil.

Giudicandolo sicuro, anche Sam si avvicinò, curioso di scoprire qualcosa di più sul bell'estraneo e sul perché Neil avesse reagito in quel modo alla sua presenza.

"Lavora," ripose l'uomo di prima. "Caine l'ha assunto questa mattina, quindi a meno che tu non voglia discuterne con lui, smettila."

Sam s'irrigidì, ben sapendo come fosse solito reagire il fratello a quel tipo di ordini quando era su di giri, e fu colto completamente di sorpresa quando lo vide scuotersi e fare un passo indietro. "Se l'ha assunto Caine, non voglio creare problemi, ma sappiate che se combina qualcosa ci penso io a metterlo a posto."

"Va bene, Macklin," intervenne il diretto interessato da dove si trovava a ridosso del muro. "Lo sai che non sono qui per causare problemi, quindi, fintanto che manterrà la sua parola, vedrai che ce la caveremo."

"Io le mantengo le promesse, Taylor," sputò Neil. "Diversamente da certa altra gente."

"Neil, basta così." Un quarto uomo s'intromise nella conversazione. Sembrava più giovane degli altri e aveva corti capelli neri e un accento americano. Sam immaginò che fosse Caine. "Jeremy ha chiesto un posto dove stare e un lavoro dopo aver lasciato Taylor Peak. Io gli ho dato entrambi. Apprezzerei se tu rispettassi le mie scelte."

Neil si sgonfiò visibilmente. "Sì, capo. Scusa."

"E ora presentami tuo fratello."

Neil si voltò verso di lui. "Caine, questo è mio fratello Sam. Sam, il mio capo, Caine Neiheisel."

"Piacere di conoscerla, signore," lo salutò educatamente lui, anche se erano probabilmente coetanei, anzi forse Caine era addirittura più giovane. In fondo gli doveva un tetto sopra la testa e probabilmente un lavoro, se Neil avesse avuto ragione. Le buone maniere erano pertanto dovute.

"Per favore, chiamami Caine e dammi del tu. Non siamo formali qui. Benvenuto a Lang Downs."

"Grazie infinite per avermi concesso di rimanere."

Caine sorrise e Sam si sentì pervadere da un'ondata di calore, tanta era la gentilezza che trasmetteva. Non si trattava di attrazione, però. Sam sapeva che l'uomo era impegnato, e se Macklin era il tizio che aveva impedito a Neil di attaccare briga con Taylor, Caine non l'avrebbe neanche guardato due volte uno come lui. Era più un sorriso famigliare, come se Sam fosse stato adottato e non ne avesse avuto idea fino a quel momento. "Lo so quant'è stancante il viaggio da Yass, quindi andate a prendere qualcosa da mangiare e poi sistemati. Domani vorrei parlarti. Ho qualche domanda riguardo certe faccende amministrative e Neil pensa che potresti aiutarmi."

"Sarò felicissimo di aiutarti," rispose lui. "Non so molto di pecore, ma escludendo i regolamenti strettamente legati al settore, le leggi non cambiano molto da un ramo all'altro, quindi dovrei poterti consigliare; e se non ci riesco io, magari conosco qualcuno a cui chiedere."

"Perfetto," fece Caine. "Ne parleremo dopo colazione. Te l'ha detto Neil a che ora si comincia a lavorare da queste parti?"

"No."

"Presto," rispose Neil. "La colazione è alle cinque, salvo quando c'è una ragione per farla prima. Non sei obbligato a venire a quell'ora, ma se non lo fai, poi sarai costretto a tirare avanti fino all'ora di pranzo con solo dei cereali freddi nello stomaco. Kami non ha pazienza con quelli che non alzano i loro culi pigri dal letto."

"Sarò in piedi," assicurò Sam. "Non voglio rovinare la routine di nessuno."

"Vado a finire la mia cena," li salutò Caine. "Ci vediamo domani."

Caine fece ritorno al tavolo dove era seduto prima che Neil esplodesse e Sam si voltò verso il fratello. Avrebbe chiesto più tardi informazioni su Taylor e sul perché Neil nutrisse tanto astio nei suoi confronti. Per ora, il cibo aveva un odore paradisiaco e lui molta fame.

"Che c'è per cena?" chiese con un sorriso all'aborigeno dietro il bancone.

"Vombato al curry," rispose l'uomo, Kami, se non ricordava male.

"Non l'ho mai assaggiato prima," disse lui, mentre teneva alto il piatto su cui l'altro stava scodellando un denso stufato.

"E non lo farai neanche ora," disse Neil. "Si tratta di vitello o montone, probabilmente montone. Alleviamo pecore dopotutto. A Kami piace prendere per il culo i nuovi arrivati."

"E io ci sono cascato in pieno."

"Non sei il primo e non sarai l'ultimo," sentenziò il diretto interessato. "Vuoi anche del naan?"

"Kami lo fa da solo," spiegò Neil. "È come quello che si trova in città, se non addirittura migliore."

"Sì, certo, volentieri," rispose lui. Non gli avrebbe fatto male conquistarsi le simpatie del cuoco, visto che con ogni probabilità l'uomo lo avrebbe nutrito per il prossimo futuro. Meglio per lui se gli fosse piaciuto.

Presero posto a un tavolo insieme a un altro gruppo di uomini e una giovane donna molto carina, la quale aspettò che Neil le sedesse accanto e poi gli tirò uno scapaccione. "Che roba era quella?" chiese.

"Non ora, Molly, per favore," ribatté lui.

Sam mascherò la risatina divertita riempiendosi la bocca di curry. Non avrebbe mai immaginato di vedere Neil sottomesso da una donna. "Bene," concesse Molly, sempre sul piede di guerra. "Ma stai pur certo che una volta a casa ne discuteremo."

Neil assunse un'espressione così mortificata che Sam ebbe pietà di lui. "Ciao," si presentò. "Sono Sam, suo fratello."

Molly sembrò sul punto di colpire di nuovo il fidanzato. "Cafone," borbottò con un'occhiataccia affettuosa verso Neil. "Piacere di conoscerti, Sam. Sono Molly. Benvenuto a Lang Downs."

"Grazie. Siete tutti molto gentili."

"È il posto," disse Molly. "Motivo per cui più tardi Neil e io parleremo della sua uscita di prima. Viene subito dopo Macklin in ordine d'importanza, se va in giro a fare lo scemo rischia di perdere tutto."

"Ma quello è Jeremy Taylor!" cercò di giustificarsi Neil. "Cosa avrei dovuto pensare?"

"Che magari i tuoi capi sono abbastanza svegli da accorgersi di chi frequenta la loro mensa e che se a loro sta bene, allora lo stesso dovrebbe essere per te?" suggerì Molly.

"Taylor? Come la stazione confinante?"

"Sì, proprio quello. Be', lui è il fratello minore, ma la famiglia è la stessa. Ho detto che non avrei litigato e manterrò la mia promessa, ma non mi fido. Devlin Taylor non riconoscerebbe una buona gestione neanche se ci andasse a sbattere contro."

Sam spostò lo sguardo sull'uomo dall'altra parte della stanza, chiedendosi cosa lo avesse spinto a lasciare la sua casa e venire lì. L'altro si alzò mentre lui lo stava ancora osservando, lasciò cadere il piatto nell'apposito contenitore e uscì. Sam pensò che sembrasse molto solo.


"Non è particolarmente alla moda," disse Neil mentre apriva la porta della stanza degli ospiti nella casa del sovrintendente. "Molly ha arredato la nostra stanza, ma non ha ancora avuto il tempo di occuparsi delle altre. Il programma era di pensare al salotto durante l'inverno, ma forse è meglio se fa prima questa."

I mobili, come anticipato, erano semplici, ma la stanza era pulita e le lenzuola avevano il profumo della pioggia estiva. Sam non sapeva come avesse fatto Molly a creare quell'illusione in una stazione nel tardo dell'autunno, ma non aveva certo intenzione di lagnarsene. Fece scorrere le dita sulla coperta ricamata. "È quella di mamma?"

"Sì," rispose Neil. "Mi ha mandato un po' di cose quando le ho detto che Molly e io stavamo mettendo su casa."

"Mi era sembrato di riconoscerla."

"Te la caverai qui tutto solo?"

"Sono un adulto," rispose Sam con un tono affettuosamente esasperato, una reazione che quella sera Neil sembrava suscitare in più persone. "Credo di riuscire a dormire senza che qualcuno mi tenga la mano."

"Sicuro di non aver bisogno di nulla?"

"Neil," gli disse lui, spingendolo fuori dalla porta. "Vai a fare compagnia alla tua bellissima fidanzata, io starò a meraviglia. Dobbiamo alzarci prima delle cinque e non ci sono abituato, quindi mi farò una doccia veloce, poi filerò dritto a letto. Al resto ci penseremo domani."

Finalmente Neil uscì e Sam si lasciò cadere sul materasso. Vero che dopo il viaggio gli serviva una doccia, ma prima aveva bisogno di raccogliere un po' le idee. Vedere suo fratello gli faceva piacere ed essersi dichiarato era stata una liberazione, ma non aveva più avuto un momento per se stesso da quando quella mattina aveva lasciato Yass, esattamente l'opposto della solitudine cui si era abituato negli ultimi mesi.

Cercò di analizzare i propri sentimenti come gli aveva insegnato la consulente matrimoniale durante le poche sedute cui lui e Alison avevano partecipato. La donna insisteva nell'affermare che il solo modo per affrontare le difficoltà era capire come ci fanno sentire e perché. In un certo senso aveva anche avuto ragione. Una volta capito che la causa del suo scontento era dovuta al fatto di vivere una menzogna, aveva fatto in modo di uscire da quella situazione, con l'unico risultato di trovarsi a dipendere dalla generosità di suo fratello.

Però sarebbe potuta andare anche peggio, rammentò a se stesso. Avrebbe potuto ritrovarsi a vivere per strada se Neil l'avesse sbattuto fuori a calci dopo aver scoperto che era gay.

Ancora non riusciva a capacitarsi di quello sviluppo. Si era inventato un sacco di scuse per evitare la conversazione e aveva preparato un'infinità di spiegazioni per rispondere alle possibili domande di Neil senza fornire informazioni che non voleva dare, ma non si sarebbe mai immaginato di uscire allo scoperto con suo fratello così, come se nulla fosse. Aveva pensato di giustificarsi dando la colpa alla perdita del lavoro e alla poca indulgenza di Alison quando non era stato capace di trovarne subito un altro, ma poi Neil gli aveva parlato dei suoi datori di lavoro, li aveva difesi quando aveva pensato che lui li stesse biasimando, così aveva deciso di buttarsi. Mai in passato, sin da quando aveva capito di essere più attratto dai ragazzi che dalle ragazze della sua classe, era stato così sincero con qualcuno riguardo a ciò che provava, e scoprì che gli piaceva molto sentirsi libero di essere se stesso. Caine gli aveva detto che il mattino seguente avrebbe voluto parlargli. Con un po' di fortuna avrebbe anche ottenuto un lavoro temporaneo.

Tuttavia, non c'era niente che potesse fare in quel momento. Non aveva un computer da usare per controllare le normative che regolavano gli allevamenti di pecore o per dare una scorsa alla legislazione sulle imposte. Poteva solo sperare che la sua memoria lo assistesse o che Caine avesse un PC su cui verificare le risposte a eventuali domande.

Borbottando tra sé riguardo alle trappole dell'autocommiserazione, si alzò dal letto per disfare la valigia, appendere le due paia di jeans che si era portato e mettere le camicie nei cassetti. Quando tutto fu a posto, prese il kit con le sue cose per l'igiene personale e si diresse verso il bagno in fondo al corridoio per farsi una doccia prima di andare a dormire.

SULLA SOGLIA del dormitorio Jeremy si sfilò gli stivali. Non sapeva se lo facessero anche gli altri, ma la sua mamma gli aveva insegnato l'educazione. Si toglieva sempre le scarpe quando doveva entrare nei luoghi dove le persone vivevano: trascorreva troppo tempo in mezzo a campi polverosi oppure dentro a ovili pieni di letame e non voleva assolutamente portare quella robaccia dentro le case. Sorrise quando Arrow sbucò dal nulla e gli si affiancò. "Ti sei divertito?" gli chiese chinandosi per grattarlo dietro le morbide orecchie. "Ti conviene fare attenzione a Max. È abituato a essere il cane alfa da queste parti e non voglio che vi azzuffiate. Intesi?"

Arrow lo guardò, poi inclinò la testa premendo contro le dita che lo sfregavano. Jeremy ridacchiò della propria stoltezza. Come aveva fatto a pensare che il cane potesse capirlo. "Credi che ci troveremo bene qui? Macklin ha deciso di darci un'opportunità, ma ciò non significa che vogliano farlo anche gli altri."

Sospirò ripensando al litigio, o quasi, con Emery. L'uomo aveva fama di essere una testa calda, e Devlin aveva fornito agli uomini di Lang Downs una lunga serie di ragioni per non fidarsi, quindi quell'accoglienza non era stata esattamente una sorpresa. Non che ciò la rendesse meno spiacevole. Se la vita a Lang Downs si fosse rivelata nient'altro che una serie infinita di discussioni con Emery oppure, dal momento che Macklin aveva vietato le diatribe, di commenti sagaci e battutine, Jeremy non era sicuro che sarebbe riuscito a sopportare. Nelle altre stazioni gli sarebbe stato più difficile dichiarare apertamente la propria omosessualità, ma non gli andava neanche di vivere in una zona di guerra, specialmente quando era uno dei contendenti.

Dalla sala comune gli giunse un suono di risate: i jackaroo che si rilassavano dopo una lunga giornata di lavoro. Immaginò che qualcuno si fosse stappato una birra, e qualcun altro si fosse acceso una sigaretta. Gli sembrò anche di sentire l'odore della maria. Immagazzinò l'informazione per ulteriori indagini. Non aveva intenzione di fare una scenata nell'allevamento di qualcun altro la sera del suo arrivo, ma aveva assistito a quello che era successo a Cowra quando uno dei lavoranti era stato arrestato per aver coltivato della marijuana nei terreni della stazione dove lavorava: per poco il proprietario non l'aveva seguito nella disgrazia, e lui non voleva che succedesse lo stesso a Caine e Macklin. Non lo augurava neanche a suo fratello, figurarsi ai suoi benefattori! Se avesse sentito ancora l'odore, o ne avesse scorte delle tracce, ne avrebbe parlato in privato con Macklin.

Aveva cullato l'idea di raggiungere gli altri nella sala comune, sperando che non tutti la pensassero come Emery, ma ora esitava. Prese il suo kit da bagno e si diresse verso le docce. Si sarebbe lavato, riposato e avrebbe pensato al resto il giorno seguente.

# CAPITOLO 3

IL MATTINO successivo, a colazione, mentre beveva la sua tazza di caffè, Sam riusciva a malapena a tenere gli occhi aperti; però gli serviva la scossa della caffeina se aveva davvero intenzione di colpire Caine con il suo acume amministrativo. Anche gli altri jackaroo avevano l'aria mezza addormentata come la sua, ma si avviarono comunque verso i recinti e i campi per occuparsi dei lavori che di solito si svolgevano in una stazione di pecore a fine autunno. Perlomeno avrebbero avuto il lavoro fisico a tenerli svegli, mentre lui avrebbe avuto solo la caffeina e la volontà ferrea di non perdere l'unica opportunità d'impiego che gli si fosse presentata da quando gli Smith avevano chiuso il negozio diciotto mesi prima.

"Tranquillo," gli disse Neil, sedendogli accanto. "Caine non morde. È l'uomo più corretto che abbia mai conosciuto."

"Comunque tu la metta, si tratta pur sempre di un colloquio di lavoro. Sono un po' fuori esercizio."

"Può darsi, ma ti ripeto ancora una volta che Caine è l'uomo più corretto che abbia mai conosciuto. Se sai fare ciò di cui ha bisogno, gli basterà. Quando si diffuse la notizia che uno yankee sarebbe venuto a gestire la stazione mi aspettavo il peggio, ma Caine non ha mai avuto paura di sporcarsi le mani o chiedere aiuto con quello che non sapeva fare. Non ha mai preteso che fossero gli altri a fare le cose al posto suo, che è anche la ragione per la quale sono ancora vivo. Non cercherà di renderti le cose difficili; vuole solo sapere se sei in grado di assisterlo."

Sam sperava con tutto se stesso di esserne capace, ma sapeva anche che le cose erano più complicate di come le descriveva Neil: non aveva abbastanza esperienza degli allevamenti di pecore per essere certo di poter aiutare.

"Se non dovesse andare bene in ufficio, immagino che potrei sempre imparare qualcosa sulle pecore."

"Eccolo, lo spirito giusto," disse Neil. "Abbiamo insegnato a Caine e posso insegnare anche a te, se dovesse proprio diventare necessario. Però ti vedo meglio in ufficio, e anche Caine sarebbe più contento."

"Non riesco a credere quanto tu ti sia addolcito," fece Sam. "Avrei immaginato tutto nella mia vita, meno che vederti così devoto verso un gay."

"Non è per quello," spiegò Neil. "Avrebbero dovuto licenziarmi per come mi sono comportato dopo averlo scoperto, ma non l'hanno fatto, e poi Caine mi ha salvato la vita, quindi più che altro sono devoto verso due degli uomini migliori che conosca. Mi dà fastidio che siano una coppia? Sinceramente cerco di non pensarci, ma non è niente rispetto a ciò che loro hanno fatto per me."

"E se un giorno io dovessi incontrare qualcuno?"

"Sarai sempre mio fratello," rispose Neil. "Se incontrassi qualcuno di speciale e questa persona ti rendesse felice, sarebbe l'unica cosa veramente importante. Non vorrei lo stesso sentire i particolari, ma non sono papà. Non più."

Sam sorrise. "Qualche consiglio per il colloquio?"

"Non cercare di fare colpo. Se c'è qualcosa che non sai, dillo e basta. Puoi sempre cercare quello che serve e impararlo. Per Caine l'onestà è fondamentale."

298

"Grazie, lo terrò a mente."

Finì di mangiare, facendo del suo meglio per mascherare il suo disagio al resto della stanza. Caine e Macklin erano seduti a un tavolo lì vicino e parlavano con alcuni jackaroo che Sam non aveva ancora conosciuto, ma dal modo in cui interagivano s'intuiva chiaramente la familiarità fra loro. Sam immaginò che ormai i due conoscessero piuttosto bene tutti gli uomini che lavoravano alla stazione, ma ci voleva comunque un certo grado di confidenza per sedere al tavolo con i capi. Dopo qualche minuto, al gruppo si unirono anche due adolescenti. Era chiaro che non avessero dubbi sul fatto di essere i benvenuti, e Sam notò che il più grande assomigliava molto a uno dei jackaroo.

"Chris e Seth Simms," lo informò Neil, che evidentemente aveva seguito il suo sguardo. "Chris è il ragazzo di cui ti ho parlato a Yass, quello che per poco non è stato ucciso. Seth è suo fratello minore. Quello seduto accanto a Chris è Jesse Harris. L'altro ragazzino invece è Jason Thompson, insieme a suo padre, il nostro capo meccanico. Sono tutti dei residenti. Carley, la moglie di Patrick, dev'essere qui in giro, anche se questa mattina non l'ho ancora vista, di solito aiuta a pulire i dormitori e qualche volta dà una mano in cucina. Quando Kami glielo permette."

"Lo sai che tra un'ora dovrai ripetermi tutto da capo, vero?" disse Sam. "Non sono mai stato bravo con i nomi."

"Ci sarà tutto il tempo per impararli, tranquillo."

Caine e Macklin si alzarono. Il secondo si diresse alla porta, mentre Caine venne verso di loro. Neil buttò giù quello che restava del suo caffè. "È il mio segnale. In bocca al lupo per il colloquio."

"Crepi. Ci vediamo a cena."

Neil annuì e seguì Macklin all'esterno.

"Fai con comodo," disse Caine, quando Sam fece per alzarsi. "Finisci la colazione. Solo perché Macklin pensa che la giornata non cominci mai troppo presto, non significa che noi non possiamo fare le cose con calma. Io e te non dobbiamo far accoppiare un migliaio di pecore in una settimana."

"No, solo trovare il modo di pagare gli uomini che impieghi e far sì che alla fine dell'anno i conti tornino," disse Sam.

"Esatto. Che vuoi che sia! Ho una laurea in economia. In teoria avrebbe dovuto essermi utile."

"Oh, non ho dubbi che lo sia, ma l'hai presa in un'università americana. Sono certo che se l'allevamento fosse negli Stati Uniti sapresti esattamente cosa fare, ma vedrai che risolveremo tutto in pochi giorni. Quando lavoravo dagli Smith, mi occupavo anche delle paghe e delle imposte. Ovviamente le dimensioni dell'azienda sono molto diverse, ma se è un dipendente oppure cinquanta, o anche cinquecento, le cose da fare sono sempre le stesse: compilare le buste paga, detrarre i contributi e calcolare le indennità."

"Sì, e poi ci sono le detrazioni sugli acquisti e tutto il resto," aggiunse Caine. "Negli Stati Uniti saprei cosa detrarre come spese aziendali, ma non è uguale dappertutto. E ogni volta che mi sembra di aver capito, leggo qualcos'altro e sono punto e a capo."

Sam finì di mangiare le uova e prese la tazza col caffè. Quelle poche parole gli avevano ridato un po' di coraggio. Vero che si trattava di un colloquio di lavoro, ma Neil aveva ragione: Caine non voleva metterlo in difficoltà. "Andiamo a dare un'occhiata?"

"Lasciami solo riempire la tazza."

Caine si versò del caffè, poi lo guidò nel suo ufficio all'interno della casa padronale. Per quanto l'edificio in sé rivelasse chiaramente l'età della stazione, l'ufficio di Caine era moderno quanto quelli che aveva visto a Melbourne.

"Bel posticino," commentò.

"Zio Michael usava ancora i libri mastro cartacei," spiegò Caine, "ma negli ultimi tempi, dato che la sua calligrafia era diventata pressoché illeggibile, Macklin l'aveva convinto a prendere un computer. Io non ci ho neanche provato a fare tutto a mano e il PC era già abbastanza vecchio. Ho pensato che siccome dovevo spendere per modernizzare l'ufficio, tanto valeva farlo per bene e togliermi il pensiero, almeno per qualche tempo."

"Mi sembra giusto. E mi renderà la vita più semplice, quindi non ho certo intenzione di lamentarmi. Vuoi farmi vedere cos'hai trovato?"

Caine accese il computer e girò il monitor in modo che anche lui potesse vederlo. Richiamò il file con i conteggi delle paghe. "Ecco il problema," disse. "Li paghiamo mensilmente, però lavorano solo otto mesi l'anno, quindi sono praticamente certo che addebitiamo troppe tasse, ma non riesco a trovare la formula per calcolare l'importo giusto."

Sam sorrise. Sì, sapeva farlo.


"JEREMY?" LO chiamò Macklin. "Neil e un paio di altri ragazzi sono andati al pascolo nord per guidare giù un gregge, ma ce n'è un altro in quello a sud. Ho gli uomini, ma nessuno che abbia abbastanza esperienza, tranne Jesse, e lui non ha un cane."

"E c'è un temporale in arrivo," aggiunse Jeremy, puntando lo sguardo verso le montagne.

"Esatto. Ci vai tu con Jesse? Tecnicamente sarà lui a guidare, ma solo perché sa dove sono le pecore."

"Va bene," rispose lui. "Sarò il suo vice."

Chiamò Arrow con un fischio e attraversò la stazione diretto ai recinti dietro gli ovili perché era lì che tenevano i cavalli. Vide un gruppo di uomini e in mezzo a loro quello che stava cercando. "Harris!" lo chiamò.

"Presente! Vieni con noi oggi?"

"Macklin me l'ha chiesto, sì," rispose in tono neutro.

"Perfetto, monta in sella. Il mattino ha l'oro in bocca."

Jeremy nascose un sospiro di sollievo a quelle parole. Aveva incontrato talmente tanta ostilità da quando era arrivato che ormai si aspettava il peggio. Quell'Harris, perlomeno, non sembrava infastidito dalla sua presenza.

"Non conosco i cavalli della stazione. Hai qualche suggerimento su quale prendere?"

"Tutti tranne Ned," rispose l'altro indicando un bel castrone sauro. "Lui appartiene a Macklin, e non ho mai visto nessun altro rimanergli in groppa."

Se quella frase fosse venuta da Emery, l'avrebbe interpretata come una sfida, ma per Harris sembrava solo un dato di fatto.

"Allora meglio prenderne un altro," disse lui con un sorriso. "Non sarebbe bello se cominciassi il mio primo giorno effettivo di lavoro finendo a terra come un pivellino."

L'altro sorrise a sua volta.

Jeremy mise i finimenti al cavallo più vicino, una grossa giumenta baia e salì in sella. "Fa' strada, capo," disse. "Il mattino ha l'oro in bocca."

Harris rise e si diresse verso l'estremità della valle. Una volta usciti dal cancello, guidò il gruppo lontano dalla via e in direzione degli altipiani, puntando sempre verso sud.

300

Jeremy ne approfittò per studiare gli altri uomini. Il più giovane del gruppo, Simms se non ricordava male, procedeva di fianco a Harris, chiaramente a suo agio in sua compagnia, anche se non altrettanto col cavallo. Non che commettesse errori eclatanti, ma il modo in cui stava in sella indicava chiaramente la sua mancanza di esperienza. Gli altri non se la cavavano meglio e non sembravano neanche avere la stessa familiarità col caposquadra. Il che portò Jeremy a chiedersi cosa fosse successo esattamente quell'estate a Lang Downs.

Nonostante la chiara inesperienza dei jackaroo, la stazione non sembrava trascurata, cosa di per sé positiva, ma Jeremy era sempre più curioso. L'ultima volta che ci era venuto – almeno tre anni prima, se non di più – ogni cosa sembrava scorrere naturalmente, come se tutti sapessero cosa fare anche senza che fosse loro detto. Quel giorno, invece, aveva il sospetto che pochi degli uomini con i quali cavalcava avessero un'idea precisa di come muoversi, tranne che per eseguire gli ordini. Avrebbe voluto chiedere, ma non aveva idea di come intavolare l'argomento.

"Da quanto sei qui?" domandò infine a Harris.

"Dall'inizio della stagione. Mi era arrivata voce dei capi e ho pensato che questo posto potesse essermi più congeniale di alcune altre stazioni nelle quali avevo lavorato."

"Ed è così?" continuò lui curioso.

Harris lanciò un'occhiata a Simms. "Puoi scommetterci. Caine mi ha offerto di restare in pianta stabile."

Jeremy annuì. "Lang Downs è sempre stato un posto dove la gente rimaneva volentieri." Lo stesso non poteva certo dirsi per Taylor Peak, con enorme sconcerto di suo padre e di Devlin, ma ciò non faceva che rendere la situazione corrente ancora più strana.

A quel punto raggiunsero il gregge e Jeremy non ebbe modo di soffermarsi ancora a riflettere: era troppo occupato a gridare ordini ad Arrow e a stare fuori dai piedi degli altri. Harris riusciva a controllare abbastanza bene la situazione, ma alcuni degli uomini se la cavavano meglio di altri a eseguire gli ordini.

Tra lui, Arrow e il caposquadra riuscirono a trasferire il gregge a valle – e se dovette mandare il suo cane a recuperare più pecore fuggitive del solito, tenne per sé i commenti. Ci pensava Harris a esternarli al posto suo, e siccome era lui al comando, era meglio fosse lui anche a rimproverare gli altri.

Fecero entrare le pecore nella stazione e le indirizzarono verso gli ovili. Macklin aveva reso la riproduzione quasi una scienza, e un ragazzino che Jeremy non conosceva sceglieva le pecore una per una e le indirizzava da una parte o dall'altra a seconda delle indicazioni del sovrintendente. "Chi è quello col capo?" chiese.

"Jason Thompson. Suo padre è il capo-meccanico. Vive qui da quando aveva due anni e ha il tocco magico con gli animali. Però pensavo che dovesse esserci anche Seth ad aiutare. Spero che non si sia imboscato da qualche parte."

"Seth?"

"Il fratello minore di Chris. In genere lui e Jason sono sempre insieme, a meno che Seth non stia lavorando insieme al papà di Jason, Patrick, che però questa mattina è andato in città per il ritiro settimanale delle provviste."

"Possibile che Macklin l'abbia incaricato di fare qualcos'altro?" Jeremy non pretendeva di capire il tono duro nella voce di Harris, ma immaginava che il ragazzino meritasse almeno il beneficio del dubbio.

"Possibile. È migliorato ultimamente, ma all'inizio, appena arrivato, ha fatto un paio di brutti tiri, soprattutto ai danni del fratello, e non gli permetterò di mettere in pericolo la

301

posizione di Chris all'interno della stazione. Ci siamo impegnati troppo per ottenere quello che abbiamo."

Prima che Jeremy avesse modo di ribattere, un altro adolescente, poco più grande di Jason, arrivò di corsa agli ovili. "Caine arriverà tra qualche minuto, Macklin. Ha quasi finito in ufficio."

"Vedi? Ecco la tua spiegazione."

"Buon per lui. Portiamo dentro i cavalli e vediamo cos'altro c'è da fare."

Alle loro spalle, uno dei jackaroo borbottò qualcosa sottovoce. Harris si voltò. "Hai qualcosa contro una giornata piena di lavoro in cambio della paga, Jenkins?"

L'uomo arrossì ma non ribatté.

"Qual è il problema?" domandò Jeremy dopo che il jackaroo si fu allontanato di soppiatto. "Era da un po' che non venivo da queste parti, e non ci ho mai lavorato prima, ma non ricordo questo tipo di atteggiamenti."

"Non sono tutti così," rispose Harris, "e Jenkins è il peggiore, ma credo che i pettegolezzi abbiano danneggiato la stazione, almeno per quanto riguarda il ritorno di alcuni stagionali. Sono stati costretti ad assumere persone che in passato non avrebbero neanche guardato. Alcuni, molti a essere sinceri, si sono adeguati e fanno il loro lavoro, ma alcuni non hanno neanche provato a imparare."

"Non mi ero reso conto che la situazione fosse tanto peggiorata," disse Jeremy scuotendo la testa. "E hanno perso anche dei residenti?"

"Non credo," rispose l'altro. "Ma è la prima stagione anche per me, quindi non so chi ci fosse prima. Quando sono arrivato, l'unica casa vuota sembrava essere quella del sovrintendente, che poi è stata data a Neil e Molly. La loro invece è stata offerta a Chris, Seth e, per estensione, anche a me."

Ecco, quello almeno spiegava gli sguardi che i due si erano scambiati per tutto il giorno, e anche l'atteggiamento di Harris verso il più giovane dei Simms. "Magari il prossimo anno andrà meglio."

"Sì, e se non dovesse succedere, almeno sapremo cosa ci aspetta e riusciremo ad affrontarlo più preparati."

# CAPITOLO 4

JEREMY AVEVA appena preso posto a uno dei tavoli vuoti in mensa, quando Harris si avvicinò e gli sedette di fronte. "Perché te ne stai qui tutto solo soletto?"

Jeremy si strinse nelle spalle. "Emery mi ha praticamente messo contro i residenti, e gli stagionali si conoscono già da tutta l'estate. Non avevo altro posto dove mettermi."

"Neil non è poi così male una volta che impari a conoscerlo," disse l'altro. "Mi hanno raccontato cos'ha combinato quando ha scoperto di Caine, ma ora sembra aver messo la testa a posto. Non ha fatto una piega per me e Chris, e ferma chiunque stia dicendo qualcosa su Caine e Macklin prima ancora che riescano a pronunciare la seconda parola."

"Non è quello il motivo per cui ce l'ha con me," spiegò Jeremy. "Lo sai che mio fratello è il proprietario di Taylor Peak, no?" Harris annuì. "Mio padre e il vecchio Lang erano buoni vicini, probabilmente non grandi amici, ma buoni vicini. Poi mio padre morì e subentrò Devlin. Lang offrì condoglianze, aiuto e qualsiasi altra cosa potesse servire, per rispetto al morto e alla loro lunga conoscenza, ma Devlin rifiutò. Disse che Lang era troppo tenero, all'antica e per di più un irresponsabile, dal momento che non si era mai sposato. Che sarebbe successo alla sua proprietà quando fosse morto?"

"Caine," sogghignò Harris.

"Sì, ma all'epoca non avevamo neanche idea della sua esistenza. Eravamo confinanti, ma non sapevamo quasi nulla della sua famiglia. Ignoravamo che avesse una nipote negli Stati Uniti, e tantomeno che esistesse anche un bis-nipote. Comunque, dopo un po' la parte dell'irresponsabilità cominciò a cambiare e Devlin decise che avrebbe comprato la proprietà. Fece un'offerta ma Lang la rifiutò. Sarebbe potuta finire lì, se non fosse per il fatto che Devlin non è tipo che si arrende facilmente. A sentir lui, Lang l'aveva offeso e aveva dichiarato che avrebbe bruciato tutto fino alle fondamenta piuttosto che vendere a lui. Sinceramente faccio fatica a crederlo. Il signor Lang era molte cose, tra cui un uomo abbastanza duro da essere riuscito a costruire tutto questo dal nulla, ma non era crudele. Almeno, non stando a quello che ho sempre visto e sentito."

"Non è certo l'impressione ci si fa basandosi sui racconti delle persone che lo conoscevano," concordò Harris. "Gli uomini che lavoravano con lui lo consideravano una via di mezzo tra un santo e un dio minore."

"Immagino che la verità stia nel mezzo, allora. Succede sempre quando si hanno opinioni tanto contrastanti. In ogni caso, non importa quello che Lang disse a Devlin, perché a quel punto mio fratello diventò ancora più determinato a comprare Lang Downs. E poi arrivò Caine. Quando si diffuse la notizia che la proprietà era passata a un parente americano, Devlin parlò con Macklin pensando di convincerlo a usare la sua posizione di sovrintendente per influenzare le decisioni dell'*infiltrato*. E io ho il sospetto che Macklin l'abbia fatto, ma per ottenere l'effetto contrario, e cioè dissuaderlo dal vendere a Devlin. A quel punto la situazione era già abbastanza brutta, ma poi si diffuse la notizia che Caine era gay e tutto sembrò precipitare. Devlin calunniò Caine in ogni modo possibile e fece di tutto per diffondere pettegolezzi su pettegolezzi. Quando venne fuori che anche Macklin era gay, be'... puoi immaginare quello che successe."

Harris scosse la testa. "Non ci tengo, grazie."

303

"Non voglio dire che tutti i problemi cui siete andati incontro quest'anno siano stati causati da Devlin. È stato qualcun altro a vuotare il sacco su Caine, che è anche il motivo per cui mio fratello è venuto a saperlo, ma riconosco che lui non ha cercato di rendervi le cose più facili. I residenti sanno tutto questo, anche se sono più supposizioni che fatti reali. Sapevo che mi aspettava un cammino in salita quando ho deciso di venire qua, ma ho deciso di correre il rischio perché rimane il posto migliore dove potessi andare."

"Lo stesso vale per me," concordò Harris. "È la nona stazione nella quale lavoro, e in nessuna delle altre ho mai sentito questo senso di appartenenza. Non dico che sarà facile, visto anche che fra le due stazioni non corre buon sangue, ma da quanto mi hai raccontato, e se non mi nascondi qualcosa, niente di quello che è successo ti ha visto coinvolto direttamente. Di conseguenza potrai ritagliarti anche tu il tuo posto qui, come abbiamo fatto Chris e io."

Jeremy si fermò un secondo a riflettere. Ormai non aveva dubbi di aver bruciato tutti i ponti con Devlin quando se n'era andato in quel modo. Era probabile che il fratello l'avrebbe ripreso se solo si fosse messo in riga e fosse tornato sposato, ma lui non aveva nessuna intenzione di farlo, a meno che a un certo punto non venisse legalizzato il matrimonio gay, cosa che di certo non avrebbe comunque giocato a suo favore. Era venuto a Lang Downs perché sapeva che Macklin l'avrebbe accolto per qualche giorno senza fare domande. Aveva auspicato che magari potesse scaturirne qualcosa di più, ma era stata una speranza flebile fin dall'inizio, e il quasi litigio con Emery non l'aveva di certo aiutato a dissipare i suoi timori. Quel giorno, però, era stato diverso. Quel giorno si era sentito parte del gruppo, come se avesse davvero qualcosa di suo da dare per contribuire al benessere della stazione. Lang Downs poteva o no aver bisogno di un aiuto extra nei mesi invernali, ma di certo ce l'aveva in quel momento. Un aiuto che lui era più che qualificato per fornire.

"Magari lo farò," disse con un sorriso.

"Finisci la cena," gli ordinò Harris. "Tra un po' arriverà Patrick con le provviste, il che significa che Chris e io avremo di nuovo della birra a disposizione. Potresti venire a berne una da noi."

"Sei sicuro? Non vorrei essere importuno."

"Non te l'avrei offerto se non fossi stato sicuro," rispose Harris – magari avrebbe dovuto cominciare a pensarlo come Jesse, se aveva intenzione di bere la sua birra – alzandosi. "È la casa più vicina ai dormitori. Se cambi idea, saremo in piedi per almeno un altro paio d'orette."

"Nessuna idea da cambiare," rispose lui in fretta. "Mi farebbe piacere bere una birra in compagnia."


"COM'È ANDATA?" chiese Neil sedendo a tavola accanto a Sam.

Quest'ultimo sorrise. "Ho avuto il lavoro."

"Sapevo che ce l'avresti fatta," rispose il fratello con un sorriso. Poi si rabbuiò. "È quello che vuoi?"

"Forse non per sempre," rispose sinceramente lui. "Non ci avevo mai pensato, sai? L'idea di lasciare la città non mi aveva neanche sfiorato. Mi sembra strano come andare a vivere all'estero. Detto ciò, mi è piaciuto molto lavorare insieme a Caine, e non è che avessi tante altre offerte. Almeno in questo modo riuscirò a rimettermi un po' in carreggiata, e se tra sei mesi o un anno dovessi decidere di cambiare, potrò aggiungere un'esperienza fresca al curriculum e non cominciare a cercare con un anno e mezzo di disoccupazione alle spalle."

"Sì, è sempre una buona cosa."

"Ti va bene se rimango da te?" chiese Sam. "Quando ti ho chiesto di venire, non immaginavo che una visita di pochi giorni si sarebbe trasformata in qualcosa a lungo termine."

"Non è che ci siano molte altre opzioni," rispose Neil. "La casa del sovrintendente era vuota solo perché Macklin si è spostato in quella padronale. Altrimenti saresti pigiato in una di quelle per scapoli insieme a me e Molly. Immagino che, volendo, potresti decidere di trasferirti nel dormitorio una volta che gli stagionali saranno andati via, fra un paio di settimane, ma diventa pesante viverci per più di una stagione."

"Vedremo, può anche darsi che nel frattempo si presentino altre possibilità. Tu e Molly avete bisogno della vostra intimità, senza contare che potreste aver bisogno di trasformare quella stanza in una cameretta per bambini."

"Un giorno, forse," fece Neil. "Ma non abbiamo intenzione di metter su famiglia, ancora. Prima vorremmo goderci un po' la vita di coppia."

"A proposito, come vanno i preparativi per il matrimonio?"

"Tra un paio di settimane, quando avremo finito con gli accoppiamenti, Molly vuole andare a Yass a cercare un posto per il ricevimento," spiegò Neil. "Poi cominceremo a pensare al resto. Sinceramente non capisco perché non possiamo sposarci qui alla stazione. Caine ci lascerebbe usare la mensa e ci sarebbe un sacco di spazio nei dormitori per gli ospiti che volessero fermarsi per la notte. Avresti dovuto vedere la festa di Natale. La mamma di Caine ha persino convinto Macklin a ballare."

"Con lei oppure con Caine?" domandò Sam.

"Con entrambi. Non riuscivo a crederci, erano tutti contenti e applaudivano."

"Non riuscivi a credere che ballassero o che tutti applaudissero?"

"Più che altro che stessero ballando. Non dimostrano mai quello che provano l'uno per l'altro quando sono in mezzo ai dipendenti. Neanche coi residenti, la cui lealtà è fuori discussione."

"Perché?" chiese Sam. "Cioè, capisco che possano desiderare di non mostrarsi affettuosi l'uno con l'altro in città, ma perché nemmeno qui alla stazione? Non è un segreto che stanno insieme."

"Devi chiederlo a loro, ma credo che un po' dipenda dalla professionalità, un po' dal fatto che Macklin è una persona estremamente riservata, e un po' dal desiderio di non mettere in imbarazzo le persone in quella che è la loro casa per l'estate."

"Capisco la professionalità e la riservatezza, ma non dovrebbero sentirsi a loro agio a casa propria?"

"Come ho detto, dovresti chiederlo a loro, ma neanche Molly e io siamo particolarmente espansivi durante la giornata. Voglio dire, non è che la bacio qui in mensa o vicino ai capanni. Semplicemente non è il posto adatto."

Sam annuì. "Sì, capisco."

"Ma la festa di Natale è stata un'occasione particolare. La gente ha partecipato con l'idea di divertirsi. Non era mai successo prima, e il merito è solo di Caine."

"E si è ripetuto?"

"Forse per il compleanno di Seth," rispose Neil dopo averci riflettuto qualche secondo. "Non è stata esattamente la stessa cosa, ma l'atmosfera era più festosa rispetto a una serata normale. Ora che ci penso, quella sera Macklin aveva passato il braccio attorno alle spalle di Caine. Perché t'interessa tanto saperlo?"

"Sto cercando di capire come inserirmi," rispose con noncuranza Sam. "Non ho idea di quanto resterò, ma chi lo sa? Forse un giorno potrei incontrare qualcuno e mi verrà il desiderio di portarlo qui insieme a me. Magari potrei persino incontrarlo alla stazione. Non questo inverno, ovviamente, ma la prossima stagione, com'è successo a te e Molly."

"Non si può mai sapere," annuì Neil. "Per Chris e Jesse è andata così. Quindi immagino che la risposta la troverai osservando loro due e Caine e Macklin. Dovrebbe darti qualche dritta su cosa fare."


"QUINDI ABBIAMO un nuovo contabile?" chiese Macklin a Caine quella sera mentre si preparavano per andare a letto.

"Direi proprio di sì," rispose quest'ultimo. "Se consideriamo vitto e alloggio come parte dello stipendio non ci costa tantissimo, e avere qualcuno che conosce bene le leggi australiane ci farà sicuramente risparmiare a lungo termine. Senza tralasciare che la stagione è andata molto bene, nonostante i problemi con la manodopera. Abbiamo venduto tantissimi agnelli, e il tasso di fallimento degli accoppiamenti è rimasto eccezionalmente basso. In primavera avremo una montagna di lana e un sacco di nuovi nati. Andrà alla grande."

"E magari il prossimo anno avremo anche dei lavoranti più capaci," aggiunse Macklin.

"Se anche dovessero tornare gli stessi di quest'anno, avrebbero comunque più esperienza di quando hanno cominciato. E ora che Jesse ha capito come muoversi potrà diventare un caposquadra, anziché restare un semplice jackaroo."

"Anche Jeremy ha l'esperienza necessaria per quel ruolo, anche se forse non conosce bene la dislocazione dei terreni."

"Non ci metterà molto a imparare. Se decidessimo di mandarlo fuori insieme a ogni squadra che uscirà in inverno, per la prossima primavera avrà assimilato tutto."

"Dovremo tenere d'occhio Neil, però. È una testa calda e Jeremy viene da Taylor Peak."

"Credevo che la tensione fosse fra Devlin e lo zio Michael," fece Caine. "E poi fra Devlin e noi."

"E infatti è così, ma basta che gli compaia davanti il nome Taylor e Neil vede rosso. Lo sai com'è fatto!"

Oh, sì che lo sapeva! Aveva avuto lo stesso problema all'inizio, quando Neil sembrava vedere solo l'etichetta 'gay' e nient'altro. "Spero che Jeremy non debba salvargli la vita per fargli cambiare idea."

"Mi auguro di no, anche se il fatto che Jeremy è gay non renderà di certo le cose più facili."

"Io non avevo intenzione di dirglielo," fece Caine con un sorriso. "Tu sì?"

"Neanche per sogno, ma non so per quanto tempo Jeremy abbia intenzione di mantenere il segreto. Ho sentito che gli stagionali parlavano di rimorchiare durante le serate libere. Ora che non hanno paura di perdere il lavoro perché sono gay, si sentono più liberi che in passato, qui o altrove. Jeremy è single e attraente, e chi lo sa quanto è passato dall'ultima volta che è stato in città? Potrebbe decidere di approfittare dell'occasione che gli si presenta e, in tutta onestà, perché non dovrebbe, fintanto che lavora bene?"

Quella era una novità per Caine, il quale cercava di stare quanto più possibile fuori dal dormitorio. Voleva che i jackaroo sentissero che quello era il loro spazio, un luogo dove rilassarsi senza avere il capo che alitava loro costantemente sul collo.

"Finché fanno quello che devono, non m'importa come trascorrono il loro tempo libero," concordò. "Che ne dici se facessimo anche noi un viaggetto di qualche giorno, in inverno?"

"Avevi già in mente qualcosa?" chiese Macklin, impassibile davanti all'improvviso cambio di argomento.

"Be', Sydney l'ho già vista, quindi la escluderei. Qual è il tuo posto preferito?"

"Ci siamo sopra."

Quelle parole scaldarono Caine fin nel profondo, ma non lo aiutavano col suo problema. "Intendo il tuo preferito oltre a Lang Downs."

"Non lo so. Non è che abbia viaggiato questo granché. Sono arrivato quando avevo sedici anni e non sono mai andato via se non per i viaggetti annuali a Sydney."

"E dove vivevi prima di venire qui?" chiese Caine, rinunciando alla discrezione. "Potrebbe essere divertente visitare la tua città natale."

"Non c'è niente a Tumut che desideri rivedere," rispose l'altro in tono piatto. Caine annuì, ma dentro di sé faceva i salti di gioia. Finalmente sapeva il nome della città dove Macklin era nato! Forse non l'avrebbe convinto a tornarci, ma era comunque un punto da cui cominciare la sua ricerca. Ci aveva vissuto fino ai quindici anni e, se anche la sua famiglia a quel punto si fosse trasferita, era certo di poter trovare qualche traccia.

"Okay, allora un posto che avresti sempre voluto visitare?" Se avesse rinunciato con troppa facilità all'idea della vacanza, Macklin avrebbe fiutato qualcosa e lui voleva evitarlo. Nel caso non fosse riuscito nel suo intento, o se magari avesse scoperto solo cose spiacevoli, non voleva che ne rimanesse deluso.

"Perth," rispose Macklin.

"Potremmo informarci. Che ne dici?"

Macklin si strinse nelle spalle. "Non c'è niente di male nell'informarsi, immagino. Solo che non sono questo gran viaggiatore. Ho continuato ad andare a Sydney solo perché Michael insisteva."

"Il mio pantofolaio," lo prese in giro lui con un sorriso. "Pronto per venire a letto?"

Macklin gli rivolse un ghigno furbetto mentre si sfilava la pesante camicia. Caine si appoggiò ai cuscini e si preparò a godersi lo spettacolo.

# CAPITOLO 5

SAM LANCIÒ uno sguardo alla mensa, cercando di decidere dove sedersi. Ora che avevano finito con gli accoppiamenti, gli stagionali sarebbero partiti la mattina dopo. Kami aveva tirato fuori il barbecue e cucinato più carne di quanta avrebbe potuto mangiarne un esercito, insieme a tanti di quei contorni che Sam non sapeva da che parte cominciare. Tutti i presenti erano su di giri e anche lui si sentiva allegro, benché ciò non risolvesse il suo problema attuale. Non appena Macklin aveva dichiarato che il lavoro era finito, Molly e Neil si erano precipitati a Yass per organizzare il matrimonio, lasciandolo praticamente da solo. Da quando era arrivato, Sam aveva trascorso le giornate in ufficio e le serate con il fratello e la cognata, oppure nella sua camera quando capiva che i due volevano un po' d'intimità. Aveva svolto una discreta mole di lavoro, il che era positivo, ma non aveva fatto conoscenza con nessuno tranne Molly.

"Non stare lì a bloccare la fila. Siediti con noi." Sam non ricordava il nome del ragazzino che gli aveva rivolto la parola, ma lo seguì al tavolo dove c'erano anche un altro adolescente, due jackaroo e... Jeremy Taylor.

"In ogni caso, mi chiamo Jason," disse il ragazzino. "Non ci hanno ancora presentati ufficialmente."

"Sam," rispose lui d'istinto. "Sam Emery. Quindi, cosa fai di preciso qui alla stazione?"

"Mio padre è il capo-meccanico, ma a me i motori non piacciono. Preferisco gli animali. Ora che sono abbastanza grande Macklin mi permette di dare una mano, di tanto in tanto. Un giorno diventerò veterinario e poi tornerò a lavorare qui."

"Come fanno a non piacerti i motori?" lo interruppe l'altro giovinetto. A giudicare dalle loro espressioni, Sam pensò che dovesse essere una discussione piuttosto frequente.

"E fu così che trascorsero il resto della serata a decantare rispettivamente le virtù di animali e motori. Sono Chris, e quello è mio fratello Seth.Questi invece sono Jesse e Jeremy."

"Piacere di conoscervi. Io sono Sam, il fratello di Neil, e credo il contabile di Caine, almeno finché non avremo sistemato quello che c'è da regolare con le tasse di successione e tutto il resto. Dopo non so se avrà ancora bisogno di me."

"Lui preferirebbe di gran lunga starsene all'aperto insieme a Macklin," disse Jesse. "Fintanto che avrai voglia di rimanere alla stazione e fare il lavoro d'ufficio, Caine ti terrà."

"E perché non dovrei averne voglia?" chiese lui.

"Perché un sacco di persone immaginano che la vita in una stazione sia romantica, come nei film," rispose Jeremy anticipando Jesse. "Invece per la maggior parte del tempo si tratta di vivere isolati e lavorare sodo, sopportare temperature estreme e lasciarsi maltrattare dal tempo. Non c'è proprio niente di romantico negli allevamenti."

Chris e Jesse sogghignarono.

"Non ho detto che non puoi avere del romanticismo," continuò Jeremy, evidentemente capendo al volo, "perché quello ovviamente succede. Al momento ci sono tre coppie alla stazione che si sono incontrate qui, e sono solo quelle di cui ho notizia. Io intendevo un'altra cosa. Mi riferivo a come questo tipo di vita è rappresentata nei film. Lo vedevamo tutti gli

308

anni a Taylor Peak. Assumevamo tutti questi giovanotti pieni di entusiasmo e convinti di essere sul punto di tuffarsi in chissà quale grande avventura. La metà non arrivava neanche alla fine della prima stagione, figurarsi se pensavano di tornare."

"Non mi faccio illusioni," disse Sam, "ma ho un tetto sopra la testa, cibo nel piatto e un lavoro che mi permette di usare le mie conoscenze. Diventa difficile lamentarsi."

"Vedremo cosa dirai a metà luglio, quando ti si ghiacciano anche i pensieri, o a metà dicembre quando fa così caldo che non si riesce neanche a respirare."

"Mi sa tanto di sfida," ribatté allora Sam, incredulo lui per primo davanti alla propria audacia. "Che ottengo se ci riesco? Se resisto addirittura dodici mesi?"

"Tutta la birra che riuscirai a bere in un anno," rispose Jeremy senza batter ciglio. "Se arrivi al prossimo aprile, ti rifornirò di birra per tutto l'anno successivo."

"Andata," accettò lui, porgendogli la mano per suggellare il patto.

Jeremy gliela strinse, e se Sam non la ritrasse tanto rapidamente quanto avrebbe fatto tempo addietro, nessuno sembrò farci caso.

"Ho chiesto a Macklin di poter fare il giro in città per i rifornimenti domani," continuò Jeremy, cambiando completamente discorso. "Vi serve qualcosa?"

"A me sì," rispose Chris. "Ti faccio una lista."

"Io sono a posto," disse invece Jesse.

"Credi che potrei venire con te?" s'informò Sam. "Non ho praticamente niente di quello che potrebbe servirmi per l'inverno, ma stivali e giaccone non puoi comprarli per delega."

"C'è un sedile libero sull'ute," rispose l'altro con una scrollata di spalle. "E il tempo passerà più in fretta se avrò qualcuno con cui parlare."

Non era esattamente la risposta entusiasta che Sam aveva sperato di ottenere, ma era comunque meglio di un rifiuto. Poi si ricordò che Jeremy aveva dei problemi con Neil – anche se non sapeva di preciso di cosa si trattasse – ed era quindi naturale che fosse diffidente nei suoi confronti, almeno finché non avesse capito se condivideva le opinioni del fratello. "Grazie. A che ora pensavi di partire?"

"Subito dopo colazione. Ci vogliono quattro ore per arrivare a Boorowa."

"Mi faccio trovare pronto."

Prima che la conversazione potesse proseguire, Caine si mise in piedi in mezzo alla sala e fischiò per attirare l'attenzione dei presenti.

"Vorrei ringraziarvi per il duro lavoro svolto questa stagione," cominciò. "Nessuno di voi aveva l'obbligo di scommettere su Lang Downs quando vi abbiamo assunti in primavera, sia che si trattasse della vostra prima stagione qui con noi, sia che fosse una delle tante. Nessuno di voi aveva l'obbligo di scommettere su di me, se è per quello. Quest'anno avrebbe potuto rivelarsi un disastro: nuovo proprietario, un sacco di nuova manodopera. Ma così non è stato, grazie al vostro impegno e soprattutto a quello di Neil, Kyle e Ian, che hanno lavorato molto di più di quanto avrei mai osato chiedere a chiunque. Abbiamo avuto una buona estate e ognuno di voi troverà un piccolo extra nella busta paga di domani mattina. Vi auguro di trascorrere un buon inverno e spero di rivedervi il prossimo anno."

Tutti i jackaroo applaudirono nel sentire che avrebbero ricevuto una gratifica.

"È troppo generoso," borbottò Jesse. "La metà di loro si merita a malapena la paga, figuriamoci un bonus."

"Può permettersi di esserlo," disse Sam. "Che i jackaroo lo meritino o no, la stazione è in positivo col bilancio."

309

"È una bella notizia," intervenne Jeremy. "Non so se sia la verità o un'altra delle bastardate di Devlin, ma avevo sentito che la stazione aveva avuto un brutto anno prima della morte di Lang, forse anche un paio di brutti anni."

Sam non disse nulla poiché non sapeva quanto Caine fosse solito condividere con i suoi dipendenti, ma non si era trattato solo di chiacchiere. La situazione non era stata così seria da mettere la stazione in pericolo, ma aveva notato un paio d'anni in rosso mentre cercava di capire come giravano le cose. Sapeva che la responsabilità era da attribuirsi al cattivo tempo e a circostanze al di là del controllo umano, ma Caine era lo stesso riuscito a ribaltare la situazione. Lui e Macklin erano davvero una squadra eccezionale.

Jeremy sorrise. "Naturalmente, conoscendo Devlin, è probabile che abbia montato tutta la storia per distogliere l'attenzione dai problemi che Taylor Peak stava avendo nello stesso periodo."

"Cattiva gestione a parte, credo che le condizioni atmosferiche e cose del genere influiscano sulle due stazioni allo stesso modo," intervenne Sam. "Voglio dire, non è che si trovino ai lati opposti del paese. Sono confinanti."

"Sì, con enorme disappunto di mio fratello. Per quello che mi riguarda, invece, lo trovo fantastico."

"Perché?"

"Perché qualsiasi cosa infastidisca mio fratello per me è meravigliosa," rispose serafico l'altro. "È un bigotto misogino, razzista e omofobo. Ho smesso di difenderlo ormai, indipendentemente da quello che pensa il tuo, di fratello. Non ha apprezzato quando gliel'ho fatto presente, ma ormai ho chiuso con lui, quindi non m'importa più."

Sam notò il livido oramai scolorito che gli contornava l'occhio, i segni già quasi del tutto nascosti dall'abbronzatura. "È così che ti sei procurato quell'occhio nero?"

"Potrei aver detto un paio di cose che non gli sono piaciute," rispose l'uomo. "Però ne è valsa la pena, e lui era messo peggio di me quando ho finito."

Sam espresse mentalmente la propria gratitudine a Caine per aver fatto cambiare atteggiamento a Neil prima del suo arrivo. Se non fosse successo, immaginava che non ci avrebbero messo molto a venire alle mani, solo che lui non se la sarebbe cavata bene come Jeremy. La sua forza erano sempre stati i numeri, non i pugni.


SVEGLIO NEL suo letto, quella stessa notte, Sam ripercorse con gli occhi della mente la conversazione con Jeremy e il modo naturale con cui l'uomo sembrava accettare Jesse e Chris. All'inizio Sam non aveva notato nulla di particolare nel loro comportamento, ma nel corso della serata la cosa era diventata più evidente. Jeremy non aveva battuto ciglio quando Seth aveva fatto un commento fuori luogo riguardo a quanto sedessero vicini, aggiungendo che nessuno aveva voglia di vederlo. Jesse gli aveva tirato uno scapaccione e tutti avevano riso, Seth incluso. Dopodiché Chris e Jesse si erano stretti ancora di più l'uno all'altro.

Il fatto di non essere omofobo, però, non significava necessariamente che Jeremy fosse gay, anche se Sam lo sperava. Da quando era arrivato aveva preso l'abitudine di osservare i jackaroo in mensa ed era già in grado di distinguere i residenti dagli stagionali. Si muovevano in modo diverso, si ponevano in modo diverso e avevano un portamento che implicava una diversa fiducia in se stessi, come se, per qualche ragione, la terra sotto i loro piedi li ancorasse a sé in una maniera del tutto particolare.

Lui e Jeremy erano arrivati a Lang Downs lo stesso giorno, ma il jackaroo si muoveva come Neïl e Macklin, con quella grazia e quella sicurezza che derivavano dal sapere esattamente ciò che facevi, oltre che dalla consapevolezza di saper fronteggiare qualsiasi cosa l'altopiano decidesse di gettarti in faccia. Per Sam quell'atteggiamento era attraente oltre ogni dire.

Naturalmente, se anche Jeremy fosse stato gay, non c'erano speranze che s'interessasse a lui. Lui che non sapeva niente di pecore e che non avrebbe lasciato passare un'ora prima di fare qualche stupidata.

Quest'ultima considerazione non gli avrebbe comunque impedito di guardarlo o di fantasticarci sopra. Nell'anno precedente aveva incontrato diversi uomini attraenti, ma nessuno che potesse reggere il confronto con i lineamenti decisi del viso di Jeremy. L'abitudine di strizzare gli occhi contro il sole gli aveva scavato una serie di piccole rughe agli angoli degli stessi, e aveva una vecchia cicatrice sulla guancia. Non poteva certo dirsi una bellezza classica, ma Sam aveva notato la luce ironica che gli illuminava lo sguardo, il modo in cui i suoi occhi blu-verde si animavano quando raccontava della sua infanzia nella stazione e delle sue birbonate da adolescente. A un certo punto si era passato una mano fra i corti capelli biondi, lasciandoseli tutti dritti sulla testa. Sam immaginava che quello avrebbe alimentato i suoi sogni a occhi aperti per settimane perché, diversamente dagli uomini con i quali aveva avuto un'avventura o quelli che sbirciava di nascosto nei siti porno-gay, Jeremy era reale.

Sarebbe stato molto semplice masturbarsi in quell'esatto momento al ricordo di occhi sorridenti, capelli ispidi e un sorriso sbilenco, ma la sveglia avrebbe suonato presto e a quel punto avrebbe potuto passare tutta la giornata con Jeremy, l'originale, non una semplice fantasia. Con quel pensiero in testa si girò sul fianco e si costrinse ad addormentarsi.

JEREMY FU effettivamente sorpreso di vedere Sam al tavolo della colazione il mattino successivo. Gli stagionali, quelli che avevano finito di lavorare il giorno prima, erano tutti rimasti a letto, così come alcuni dei residenti. Se a Lang Downs girava un po' come a Taylor Peak, l'inverno, con le sue giornate corte, era una stagione più rilassata e c'erano meno cose da fare, quindi era ammissibile prendersela comoda. Sam, tuttavia, era seduto allo stesso posto che occupava sin da quando era arrivato. Jeremy fece finta di non averlo notato, ma non gli riuscì tanto bene.

Sam Emery era il suo esatto contrario: controllato, fine, elegante come lui non sarebbe mai riuscito a essere. Jeremy lo immaginava capace di integrarsi senza difficoltà in qualsiasi attività commerciale del paese: gli sarebbe bastato entrare in un ufficio e avrebbe potuto cominciare a dirigerlo. Non l'aveva ancora visto indossare un completo – non era esattamente il tipo di abito che uno portava in una stazione dove si allevavano pecore – ma anche i suoi capi sportivi avevano un non so che di ricercato.

Sapeva che cosa avrebbe detto Devlin di uno come Sam, l'avrebbe chiamato 'straniero' o anche peggio, e si sarebbe preso gioco dei suoi modi 'cittadini' e della sua incapacità di amalgamarsi. A quanto pareva, però, nessuno a Lang Downs l'aveva accolto in quel modo. Di certo contribuiva il fatto che Sam non stesse fingendo di essere un jackaroo. Era venuto per una visita ed era finito col rimanere, cominciando a seguire la parte amministrativa della stazione. Jeremy aveva imparato moltissime cose all'università, durante i suoi studi di zootecnia, ma l'amministrazione non era una di quelle. Con gli animali era bravo, con i numeri un po' meno, e nutriva il massimo rispetto per chiunque fosse capace di gestire il complesso aspetto finanziario di un'azienda.

Inoltre, non guastava che Sam fosse attraente. Diversamente dalla maggior parte degli uomini che lo circondavano, sembrava aver frequentato il negozio di un barbiere negli ultimi dieci anni. I suoi capelli neri avevano un taglio ordinato e lui li portava semplicemente pettinati all'indietro, senza pretese. Aveva una fronte alta, che però si abbinava perfettamente alla mascella squadrata e al mento volitivo. L'unico aspetto che rovinava quell'insieme di forza era l'atteggiamento dimesso che Jeremy gli scorgeva addosso ogni volta che l'osservava, come se fosse abituato agli sguardi indifferenti delle persone. E non riusciva proprio a spiegarsi come diavolo fosse possibile, visto che lui non riusciva a staccargli gli occhi di dosso. Con la fortuna che si ritrovava, tuttavia, Sam era come minimo etero. Non che il suo gay radar fosse particolarmente sviluppato, ma non riceveva proprio nessunissima vibrazione da parte dell'uomo.

Ovviamente, ciò poteva anche dipendere dal fatto che gli aveva a malapena rivolto la parola. Non aveva mai osato avvicinarlo quando era insieme a Emery, nonostante l'attrazione che nutriva nei suoi confronti. Aveva promesso a Macklin che non avrebbe litigato col suo braccio destro e intendeva mantenere la parola. Sfortunatamente, ciò rendeva anche difficile parlare con Sam, dato che era quasi sempre insieme al fratello. La sera prima, quando si era reso conto che Emery e la sua fidanzata erano partiti per qualche giorno, aveva praticamente mandato Jason a prenderlo e la conversazione era stata piacevole e naturale. Sam non aveva mostrato il minimo accenno d'intolleranza verso Chris e Jesse, l'opposto di come si diceva avesse reagito Neil quando aveva scoperto l'omosessualità di Caine. Jeremy aveva scelto di interpretarlo come un segnale positivo, anche se in realtà non voleva dire niente oltre al fatto che Sam era di più ampie vedute rispetto a Emery. Cosa che, secondo lui, non era neanche troppo difficile.

"Ciao."

Jeremy sollevò lo sguardo e vide Sam in piedi dall'altra parte del tavolo. "Ciao, buongiorno. Lasciami finire il caffè e poi andiamo."

"Non c'è fretta," disse Sam. "Volevo solo avvisarti che sono pronto e che quando vuoi metterti in marcia a me va bene. Avevi detto che volevi partire presto."

"No, va bene. Ho finito di mangiare. Mi stavo solo godendo il caffè per qualche minuto. Non capita spesso di averne il tempo."

"Infatti, ho avuto anch'io quest'impressione," ribatté Sam, sedendogli di fronte. "Posso prenderne un'altra tazza per entrambi, se vuoi. È bello godersi la tranquillità."

"E se ci prendessi due tazze da portar via? Ci sarà un sacco di tranquillità nell'ute e l'aria si sta facendo fredda. Il caffè ci aiuterà a stare caldi finché il riscaldamento non farà il suo dovere."

Sam sorrise e si avviò verso la cucina. "Calma, Taylor," borbottò Jeremy a se stesso. "Cerca di stare calmo."

Buttò giù il resto del suo caffè ormai quasi freddo e si alzò proprio quando Sam stava uscendo dalla cucina con un termos e due tazze di alluminio in mano. "Fatto."

"Anch'io," disse Jeremy. "Macklin mi ha dato le chiavi ieri sera e Paul ha già l'ordine nel suo negozio a Boorowa."

"Sì, ho visto il conto del mese scorso. Sembra che ci sia un ordine fisso, almeno per quanto riguarda l'estate."

"Facevamo lo stesso a Taylor Peak," confermò lui, salendo sull'ute e avviandosi attraverso la stazione. "Devlin aveva un ordine regolare sempre aperto, e telefonava il giorno prima per aggiornarlo se si fosse reso necessario aggiungere qualcosa in più o di diverso dal solito."

312

"E se vi fosse servito meno?"

"Abbastanza improbabile. Devlin ordinava sempre un po' meno per evitare gli sprechi. Tutti odiavano i venerdì e la maggior parte dei jackaroo trascorreva il sabato sera in paese, e a Devlin andava più che bene, così non avrebbe dovuto dar loro da mangiare."

"È..."

"Dillo pure," fece lui. "È mio fratello ma non abbiamo lo stesso tipo di rapporto che tu hai col tuo. È uno spilorcio e un gran bastardo, quando va bene."

"È per questo che sei andato via?"

"In parte," rispose lui. "Mi ero stancato di ascoltarlo e che si credesse in diritto di governare la mia vita. Avevo pensato di affidarmi al buon cuore di Macklin per un paio di giorni, non mi aspettavo che mi offrisse un lavoro."

Sam rise. "Sì, conosco la sensazione. Ho chiamato Neil per avere un posto dove stare qualche giorno mentre organizzavo le cose con la mia ex moglie. Non avrei mai creduto che si trasformasse in un'offerta di lavoro."

Ex moglie. Jeremy sentì la delusione serrargli lo stomaco. Eccola la sua risposta: Sam non era gay.

"Mi dispiace per il divorzio," disse automaticamente.

"Non preoccuparti," rispose Sam. "Sì, fa male ammettere che il matrimonio è fallito, ma in tutta sincerità è meglio così. Non eravamo adatti l'uno all'altra. Io non sarò mai quello che lei voleva, e lei non è mai stata quello che volevo io. L'ho sposata per far contento il mio vecchio."

"È morto?" Jeremy capiva bene quanto potessero pesare le aspettative della famiglia, anche se era sempre riuscito a resistervi. Lui e Sam avevano in comune più di quanto apparisse a prima vista.

"Sì, se n'è andato da un paio d'anni. A quel tempo tiravamo ancora avanti, ma poi, un anno e mezzo fa, ho perso il lavoro e quello ha segnato la nostra fine. C'è voluto solo qualche mese per capirlo. Quando ha chiesto la separazione e poi il divorzio non mi sono neanche opposto."

313

# CAPITOLO 6

SAM FU sorpreso di quanto si rivelò veloce il viaggio fino a Boorowa. Era stato un po' in ansia al pensiero di tutto quel tempo nel pick-up con Jeremy, visto che lo conosceva a malapena; invece, avevano parlato piacevolmente, soprattutto della stazione e di cosa aspettarsi durante l'inverno. Jeremy gli aveva fornito tantissime informazioni, rispondendo alle sue domande con molta più pazienza di quella mostrata da Neil le poche volte in cui aveva cercato di farsi spiegare come affrontare la stagione fredda.

"Grazie per la pazienza," disse infine mentre s'immettevano sulla statale. "Neil tende a dimenticare che non ho la sua esperienza."

"Tuo fratello è un fantastico jackaroo, quindi lungi da me l'idea di sminuirlo, ma deve ancora imparare un paio di cose su come si gestiscono le persone, se davvero vuole prendere il posto di Macklin," rispose Jeremy. "Essere il sovrintendente non significa solo impartire ordini."

"Non è mai stato troppo paziente con quelle che considera domande stupide," ammise Sam. "Il problema è che non gli è mai entrato in testa che per l'altra persona, invece, quelle domande non sono affatto stupide. In ogni caso, non mi sembra che Macklin abbia intenzione di rinunciare alla sua posizione per ora, almeno da quello che mi ha lasciato intendere Caine."

"Oh, sono certo che non lo voglia. È esattamente della stessa pasta di mio padre e del vecchio Lang: morirà lavorando piuttosto che lasciare la stazione. Il discorso è che non è più solo il sovrintendente ormai, è il capo, e qualche volta è utile avere un cuscinetto tra chi comanda e chi ubbidisce. In teoria non dovrebbe esserci differenza, gli ordini vengono sempre dalla stessa persona, indipendentemente da chi sia a comunicarli, però l'ho già visto accadere, anno dopo anno. Magari Macklin impiegherà una o due stagioni prima di capirlo, ma alla fine ci arriverà. Tuo fratello è il candidato più logico per sostituirlo, ma non l'unico, e se vuole quel posto dovrà imparare a spiegare le cose ai nuovi senza che questi mettano in discussione la loro decisione di lavorare in una stazione."

"Glielo farò presente," disse Sam.

"Però non dirgli che è farina del mio sacco, altrimenti ignorerà il consiglio per ripicca."

"Si può sapere perché? Che è successo tra voi?"

Jeremy fece spallucce. "Ce l'ha con me per l'idiozia di mio fratello. Devlin si è fatto parecchi nemici a Lang Downs, ma io non sono lui e questa cosa tuo fratello non sembra volerla capire."

"Sì, qualche volta gli capita," si scusò Sam. "Potrei parlargli, cercare di fargli capire che qualsiasi cosa sia successa non è colpa tua."

"Auguri, amico, ma non esporti per me. Non voglio che tu finisca nei guai per qualcosa che non ti riguarda direttamente. Si abituerà ad avermi intorno e forse uno di questi giorni gli entrerà in testa che non sono Devlin e che non condivido le sue opinioni su Caine o su come si gestisce una stazione."

"E quale tra i due è il vero problema?" chiese Sam. "Perché lo sai anche tu che fino a un anno fa la pensava esattamente come tuo fratello su Caine."

"Riguardo a cosa esattamente? Che Caine era uno straniero senza nessuna capacità di amministrare una stazione, oppure che era una vergogna per tutti noi perché è frocio?"

Sam fece una piccola smorfia nel sentire l'insulto uscire con tanta naturalezza dalla bocca di Jeremy. "Probabilmente entrambe le cose," ammise. "Anche se ora sembra averle superate. Caine gli ha salvato la vita, non so se te l'hanno raccontato, e Neil gli è fedele fino alla morte."

"Ne ho sentito parlare. Per quello che vale, io penso che sia fantastico che ci sia del sangue nuovo in zona per dare uno scossone a tutto questo vecchiume, e quello che Caine fa nella sua vita privata, e insieme a chi, non sono affari miei. Come ti ho detto, non condivido le idee di Devlin."

"Mi sembra positivo visto che ora lavori a Lang Downs."

"Non avrei accettato l'offerta di Macklin se non avessi sentito, in coscienza, di poter lavorare per lui. Neil crede che sia venuto per sabotare la stazione o qualcosa di altrettanto stupido, ma non è così. Ho rotto con mio fratello e Lang Downs era l'opzione più ragionevole per me. Se non avesse funzionato, sarei andato altrove. Siccome, però, sono qui, non ho intenzione di passare il mio tempo a lamentarmi perché faccio il lavoro che amo agli ordini di un uomo che rispetto."

"Mi sembra di sentire Neil, il che rende ancora più idiota che lui non riesca a vedere oltre il tuo cognome."

"I pregiudizi sono cose infide," rispose filosoficamente Jeremy. "Ci vuole molto impegno perché una persona riesca a vedere oltre le apparenze. Ho intenzione di mantenere la promessa che ho fatto a Macklin la prima sera: non litigherò con Neil. Lavorerò insieme ad altre squadre, oppure farò qualcosa di totalmente diverso. Non ho bisogno di essere sovrintendente, o caposquadra, o chissà cos'altro. Mi basta avere un tetto sopra la testa e l'eccellente cibo di Kami nel piatto. Neil arriverà a capirlo un giorno, o forse no, per me è indifferente."

Sam non capiva perché gli importasse tanto che Neil e Jeremy arrivassero a una tregua – o per meglio dire che Neil arrivasse a tollerare Jeremy – ma la stazione era una realtà piccola, in procinto di diventarlo ancora di più ora che gli stagionali stavano andando via per l'inverno, e nessuno avrebbe avuto piacere di vivere in mezzo a quella tensione fra compagni di lavoro.

Si sforzò di accantonare ogni pensiero riguardante il proprio interesse personale verso l'uomo. Non aveva nessun motivo per credere che fosse ricambiato, e non aveva intenzione di aggiungere altro nervosismo a quello che già c'era.

"A proposito di un tetto sopra la testa," disse, "da oggi rimarrai da solo nel dormitorio, vero?"

"Esattamente, perché?"

"Perché non ne posso più di sentire Neil e Molly, un'altra notte e potrei strangolarli, oppure soffocare me stesso," rispose con un sorriso tirato. "Ma non ci sono altri letti liberi alla stazione, esclusi quelli nel dormitorio. Caine ha accennato a una stanza degli ospiti nella casa padronale, ma quando ne ho fatto parola a tavola, Chris ha cominciato a ridere, quindi immagino che non sarebbe tanto più silenziosa della mia sistemazione attuale." E molto più difficile da ignorare. Sam non si sarebbe mai intromesso in una relazione di quel tipo, ma il pensiero di Caine e Macklin a letto insieme stuzzicava la sua libido molto più di quanto non facessero Neil e Molly. "Mi piacerebbe dormire tutta la notte, uno di questi giorni."

"Per quello che mi riguarda, una volta che gli stagionali hanno levato le tende, sei libero di occupare qualsiasi stanza tu voglia. Sarà piacevole avere qualcuno con cui condividere tutto quello spazio. Le notti possono diventare lunghe da queste parti senza nessuno con cui scambiare due parole o dividere una birra."

"Fantastico," disse Sam. "Mi trasferirò non appena arriveremo a casa questa sera."

"Non vuoi restare a dormire a Boorowa?" gli chiese Jeremy. "Non si aspettano di vederci tornare in giornata."

Sam cambiò espressione mentre ricalcolava mentalmente le spese per la giornata. "Non l'avevo messo in programma," ammise. "Non ci ho riflettuto a modo, a quanto pare. Non sono sicuro di avere abbastanza soldi sia per l'albergo che per i vestiti nuovi. Immagino che mi converrà prendere qualcosa adesso e tornare il prossimo mese per il resto."

"Non volevo crearti problemi," si scusò subito Jeremy. "Mi ero scordato che questo fosse il tuo primo assegno. In questo periodo dell'anno la maggior parte degli uomini ha in tasca i soldi delle paghe dell'estate, visto che non c'è un posto dove spenderli. Ci sbrigheremo a prendere quello che ci serve e poi torneremo subito a casa. Conosco abbastanza Taylor Peak da poterla percorrere anche di notte, e una volta entrati a Lang Downs le strade sono tenute meglio e non sarà un problema seguirle."

"Mi dispiace," fece Sam. "Non era mia intenzione scombinare i tuoi piani. Se vuoi restare in città, posso sempre dormire nell'ute." La schiena gli avrebbe fatto un male infernale, ma era sempre meglio che costringere Jeremy a cambiare i suoi progetti perché lui era a corto di soldi.

"Non preoccuparti," lo rassicurò l'altro. "Staresti scomodo e al freddo. Arriveremo tra un quarto d'ora circa. Dirò a Paul che siamo di fretta e di preparare tutto il prima possibile. Prendiamo quello che ti serve, pranziamo e nel pomeriggio saremo di nuovo per strada. Faremmo anche meglio a prendere dei panini da mangiare in macchina, perché di certo non riusciremo a essere alla stazione in tempo per la cena. Anzi, credo proprio che arriveremo in tarda serata."

"Grazie," disse Sam, per niente sicuro di essere riuscito a mascherare il sollievo tanto quanto avrebbe voluto. "La prossima volta, quando non dovrò comprarmi un guardaroba intero, mi sdebiterò."

"Non c'è niente di cui sdebitarsi," insisté Jeremy. "Il Boorowa Hotel è passabile, ma non è che la cittadina offra tutti questi svaghi. Dormire fuori è più che altro un'abitudine. So che alcuni degli uomini si vedono con qualche ragazza, ma non è mai stato il mio stile."

"Non ti piacciono gli incontri occasionali?"

"Non ho niente contro gli incontri occasionali, ma odio le sceneggiate e in una città di queste dimensioni è inevitabile che ce ne sia sempre qualcuna."

Sam ripensò a tutto il melodramma che aveva circondato le sue storie di una notte a Melbourne, di come fosse solito controllare i bar nei quali si recava per assicurarsi che il tizio con il quale era andato a letto la volta precedente non fosse presente, prima di prepararsi ad accalappiarne uno nuovo, e la tensione che gli stringeva lo stomaco quando uno dei suddetti tizi si presentava prima che lui fosse andato via. Il sesso andava bene, il resto erano più complicazioni di quante la sua vita avesse bisogno.

"Sì, capisco," disse, quando si accorse che Jeremy si aspettava una qualche risposta. "Neanche a me attira tanto."

"E in ogni caso non credo tu voglia fornire alla tua ex un'arma da usare contro di te in tribunale. Non c'è motivo per rendere il divorzio ancora più complicato di quello che è."

"Non mi sto opponendo a nulla," disse lui. "Voglio solo che finisca il prima possibile e che si arrivi alla firma dei documenti. Sono pronto per vedere conclusa quella parte della mia vita."

316

"Quanto manca?" domandò Jeremy mentre raggiungevano la periferia di Boorowa, sempre ammesso che si potesse usare quella parola riferita a una cittadina che contava solo un migliaio di abitanti.

"Non più di sei mesi, spero. Dovrò tornare a Melbourne per firmare, ma dal momento che terrà tutto lei tranne i miei vestiti e gli effetti personali, non ci sarà bisogno di mercanteggiare."

"Di sicuro rende le cose più semplici, credo," disse Jeremy, parcheggiando vicino all'emporio. "E ora andiamo a prendere quello che ti serve. Paul dovrebbe avere tutto, e se qualcosa non c'è può ordinartela e la ritirerà qualcun altro al prossimo giro."

"Cosa dovrei comprare secondo te?" lo interrogò Sam mentre si avviavano verso il negozio. "Io immaginavo che degli stivali, un giaccone e qualche paio di pantaloni pesanti dovrebbero bastarmi per l'inverno."

"Dipende da cos'hai intenzione di fare: se passerai tutto il tempo in ufficio o se invece verrai nei recinti insieme a noi," rispose Jeremy. "Se starai sempre dentro, quello che hai elencato sarà più che sufficiente. Potresti addirittura fare a meno dei pantaloni pesanti per il tratto dal dormitorio alla casa padronale. Se invece pensi di uscire con noi, ti serviranno anche dei mutandoni, dei guanti, un cappello e un Driza-Bone. Una giacca imbottita va benissimo per restare caldi quando il percorso è breve, ma se sei fuori a cavallo un Driza-Bone è obbligatorio, sia perché è impermeabile, sia perché ti protegge le gambe."

"Non lo so. Non sono mai salito a cavallo, e sono certo che sarei solo d'intralcio."

"Non durante l'inverno, quanto tutto è molto più rilassato. Non c'è granché da fare, solo assicurarsi che ogni cosa scorra a dovere. Anzi, è il periodo migliore per imparare, perché le persone hanno il tempo di spiegarti e insegnarti senza la pressione che, invece, è inevitabile il resto dell'anno."

"Ti stai proponendo?" chiese Sam, incapace di trattenere l'eccitazione al pensiero di trascorrere più tempo insieme all'attraente jackaroo.

"Se vuoi. Anche se pensavo che magari preferissi fosse Neil a insegnarti."

Sam si strinse nelle spalle. "È tutta quella storia fratello maggiore-fratello minore; non lo rende un buon istruttore."

"Allora va bene, sarò felice di aiutarti."

"Perfetto, quindi, mi raccomando, assicurati che prenda l'occorrente," rispose lui con un sorriso.

Entrarono nel negozio e Jeremy salutò il proprietario.

"Che ci fai qui, Jeremy?" esclamò l'uomo. "L'ordine di Taylor Peak sarà pronto solo giovedì."

"Non sono qui per l'ordine di Taylor Peak, Paul, ma per quello di Lang Downs, e per prendere alcune cose per me e il mio amico."

"Tuo fratello sa dove vivi ora?" gli chiese l'uomo.

"Non lo so e, più importante, non me ne frega niente. Ha reso chiare le sue intenzioni quando mi ha ordinato di lasciare la stazione. Vorremmo rientrare in serata, quindi ti saremmo grati se potessimo caricare il prima possibile."

Paul schiuse le labbra come per aggiungere qualcos'altro, ma sembrò ripensarci e non disse nulla. Jeremy, da parte sua, non indagò oltre e guidò Sam verso il fondo del negozio dove c'erano le camicie, i pantaloni e la biancheria invernale. "Ti lascio qui a cercare la tua taglia," gli disse. "Devo prendere qualcosa anche per me."

Sam lo lasciò andare. Gli sarebbe servito aiuto con gli stivali, il cappello e il giaccone, ma i pantaloni e le camicie poteva sceglierli da solo. Non c'era niente di particolarmente

317

raffinato tra i capi esposti, ma tanto a lui non servivano vestiti eleganti, ce li aveva già. Il problema era quello che invece non aveva. Prese tre paia di pantaloni e tre camicie. Avrebbe dovuto fare spesso il bucato oppure indossare i suoi abiti da città per l'ufficio, ma aveva un budget limitato e altre cose da comprare.

Appoggiò i capi che aveva scelto sul bancone e andò a cercare Jeremy. "Allora, che stivali mi consigli di prendere?"

"Io preferisco i Blundstones, ma anche R.M. Williams è una buona marca. Credo che Paul li abbia entrambi. Ti conviene provarli e vedere quali ti senti meglio addosso."

Sam comunicò la propria misura e qualche minuto dopo il negoziante fu di ritorno con scatole di entrambe le marche. Sam si tolse i mocassini e si preparò alla prova.

"Aspetta," lo fermò Jeremy. "Se li porti con quelle calze, ti farai male ai piedi." Afferrò un paio di spessi calzini in cotone e glieli lanciò. "Ti serviranno comunque, quindi tirane fuori un paio e prova gli stivali con le calze giuste."

Sentendosi il re dei cretini, Sam seguì le istruzioni di Jeremy e, dopo essersi tolto i calzini vecchi, infilò quelli nuovi. Erano morbidi, soffici e così caldi che si immerse per qualche secondo nella sensazione di piacere. Un debole colpo di tosse lo riportò alla realtà e Sam indossò subito il primo paio di stivali.

Erano un po' stretti, così li tolse e prese il secondo. "Questi sono molto più comodi," disse.

"Allora prendi quelli," rispose Jeremy con un sorriso. Gli lanciò un cappello. "Prova questo."

Sam se lo mise in testa e aggiustò la visiera finché non se lo sentì comodo. "Come mi sta?"

"Come se fossi nato per portarlo," rispose l'altro, il sorriso ancora più ampio. Sam si impose di smetterla di comportarsi come un adolescente alla sua prima cotta, ma non riuscì a fermare l'ondata di piacere che lo percorse per il complimento e il sorriso. Era quasi certo che Jeremy non avesse voluto dirgli nulla di particolare, però si stava interessando a lui, e a quanto pareva bastava quello per fargli battere un po' più forte il cuore.

"Non credo proprio," rispose, agitandosi inquieto sotto lo sguardo fisso del jackaroo, "ma forse un giorno potrebbe diventare vero."

"Tutti devono cominciare da qualche parte, e tu hai cominciato in un posto diverso, con una vita e una carriera diverse. Non c'è niente di sbagliato."

Anche se al momento Sam faceva molta fatica a crederci, sapeva che Jeremy aveva ragione. Doveva solo tornare a convincersene in quel luogo, circondato da uomini con una mascolinità molto più manifesta e fisica della sua. In passato, quando era il contabile in una città popolata da impiegati, era stato più facile credere nelle proprie abilità e riconoscere il proprio valore. Perdere il lavoro aveva scosso quella fiducia, ma Sam aveva cercato di non mollare. Poi Lang Downs gli aveva portato un nuovo impiego, ma anche un nuovo standard con cui confrontarsi, e lui era ben consapevole della mollezza del proprio corpo se paragonato a quello dell'uomo che gli stava accanto.

"Su, cos'altro mi serve? Avevi parlato di un giaccone," disse, cercando ancora una volta di spostare da sé l'attenzione di Jeremy.

"Un Driza-Bone. Sono qui dietro."

Jeremy lo guidò verso il fondo del negozio, fino a una rastrelliera cui erano appesi una serie di giacconi lunghi e scuri. Ne prese uno e glielo passò. "Provalo, ma non sorprenderti se non te lo senti subito bene. Deve prima scaldarsi."

318

Sam si fece scivolare l'impermeabile sulle spalle e lo mosse un po' per farselo calzare a pennello. Gli dava una sensazione strana rispetto alle giacche dei completi cui era abituato, ma sapeva che quelle non gli sarebbero servite a nulla a Lang Downs. "Allora, cos'ha di speciale questo tipo di giaccone?" chiese, mentre aspettava che il calore del corpo lo ammorbidisse.

"Tanto per cominciare è impermeabile," rispose Jeremy, "ma la cosa più importante è come è tagliato. Vedi come è diviso dietro? Quando cavalchi i due lembi cadono ai lati del cavallo e tu poi usarli per coprirti le gambe e mantenerle calde e asciutte."

"Non sono mai salito su un cavallo in vita mia," disse Sam. "Sei sicuro che mi serva?"

"Vuoi o no che t'insegni com'è la vita in una stazione? Non puoi evitare di cavalcare, specialmente in inverno quando spesso la pioggia rende le strade impraticabili."

Sam era piuttosto scettico riguardo ai cavalli, ma annuì lo stesso. Magari rischiava di rendersi ridicolo, però sarebbe sempre stato meglio che non provarci affatto. Se voleva sperare di guadagnarsi il rispetto degli uomini con i quali avrebbe vissuto e lavorato – non solo di Jeremy, anche se il suo gli avrebbe fatto particolarmente piacere, ma quello di tutti – doveva imparare almeno le basi della vita in una stazione. "Hai idea di cosa ti aspetta, vero?"

Jeremy sorrise, la sua espressione abbastanza predatoria da instillare in Sam il dubbio che non fosse poi così etero come aveva pensato. "Non vedo l'ora."

Sam deglutì e tornò a prestare attenzione al Driza-Bone che nel frattempo si era ammorbidito. "È comodo ora che si è scaldato."

"Bene. Quindi l'unica cosa che ci è rimasta da prendere è un paio di guanti pesanti. Fa freddo su negli altipiani e ti serviranno quando lavoreremo." Gli prese la mano e girò il palmo verso l'alto, poi ci mise accanto la propria. "Dovrai farti venire un po' di calli prima di riuscire a lavorare senza."

"Lo vedo," rispose lui, di nuovo scoraggiato. Non riusciva a trovare una sola cosa di sé che potesse attirare l'attenzione di un uomo come Jeremy. "Meglio prenderne un paio, allora."

"Ehi," lo fermò il jackaroo, mentre lui si stava già voltando. "Non ti stavo prendendo in giro. È esattamente come ho detto prima: hai scelto una carriera diversa, che tra l'altro è ancora quello che fai. Tutto il resto serve solo a permetterti di ambientarti meglio nella tua nuova vita. Nessuno si aspetta che tu diventi un jackaroo. Caine e Macklin ti hanno assunto per tener dietro ai libri contabili, non per occuparti delle pecore. Credimi, io mi sentirei perso con le questioni amministrative esattamente come capita a te quando pensi a quello che faccio io. Posso occuparmi a occhi chiusi di tutto ciò che riguarda gli animali, ma ho dovuto lasciare l'unico corso di ragioneria a cui mi ero iscritto perché non ci capivo niente."

"Davvero? Ma sono solo numeri."

"E leggi fiscali e norme per le assunzioni e altre centinaia di cose simili," insistette Jeremy. "Era un disastro. Anche a Taylor Peak stavo quanto più lontano possibile dai libri contabili. Ma non è più un mio problema, visto che ora solo un semplice jackaroo a Lang Downs."

Sam non pensava che Jeremy avrebbe mai potuto essere 'un semplice' qualcosa, ma tenne per sé la considerazione. Gli piaceva davvero, e non voleva perdere la sua amicizia provandoci con lui prima di capire se il suo coinvolgimento fosse corrisposto. Vero, aveva ricevuto un paio di segnali che avrebbero potuto significare che forse c'era dell'interesse, ma preferiva non correre il rischio. Inoltre, cominciare una relazione prima di firmare le carte del divorzio voleva dire guai assicurati. Non che potesse concedere ad Alison più di quanto aveva già acconsentito a darle, ma le scenate se le sarebbe risparmiate volentieri.

"Che guanti mi consigli?" domandò. Dubitava che si sarebbe mai sentito a proprio agio nella stazione tanto quanto Jeremy, ma poteva almeno imparare quel poco che bastava per permettergli di partecipare alle discussioni al tavolo della cena.

# CAPITOLO 7

PER LA fine del pranzo, Jeremy era contento che non avessero deciso di restare anche per la notte. Se avesse dovuto rispondere a un'altra domanda su quello che era successo con Devlin e perché ora vivesse a Lang Downs, avrebbe finito col mettere le mani addosso a qualcuno.

"La maledizione dei piccoli centri," disse mentre pagavano il conto.

"Non ne sono sicuro," disse Sam, seguendolo fuori dal ristorante. "La gente ti conosce e se fossi nei guai ti aiuterebbero."

"È vero, probabilmente," concordò lui, anche se sospettava che se avesse rivelato le proprie preferenze sessuali, il numero di coloro che l'avrebbero aiutato si sarebbe ridotto drasticamente. Macklin non era stato ostracizzato del tutto, ma a suo tempo Jeremy aveva sentito abbastanza maldicenze da sapere che alcune persone l'avrebbero disconosciuto. "Ma spesso significa anche nessuna privacy, e soprattutto nessuna remora a impicciarsi degli affari degli altri."

Raggiunsero l'ute e cominciarono a caricare le provviste che Paul aveva raggruppato sulla rampa del negozio. Per quando ebbero finito, Jeremy si sentiva abbastanza accaldato da decidere di arrotolarsi le maniche della camicia. Prese anche in considerazione l'idea di togliersela del tutto e guidare in maglietta, ma sapeva che si sarebbe raffreddato in fretta e a quel punto avrebbe desiderato indossare qualcosa di più caldo. "Pronto per riprendere il viaggio?"

Sam annuì in silenzio. La prima volta che non aveva una risposta pronta, notò Jeremy, ma decise di non indagare. Si erano alzati presto e avevano avuto una giornata intensa, anche se era solo metà pomeriggio. Li aspettavano ancora quattro ore di strada, forse di più se le nubi che si erano addensate all'orizzonte avessero deciso di scaricare il temuto temporale. Se il tempo fosse stato buono, avrebbe potuto tagliare per i pascoli, ma non aveva intenzione di rischiare di impantanarsi nei campi di Taylor Peak. Non ci teneva a incontrare suo fratello, specialmente alla presenza di Sam, il quale non meritava di trovarsi invischiato nella sua disputa famigliare.

Imboccarono la strada in direzione ovest, verso gli altopiani e la stazione. Un paio di volte Jeremy credette di cogliere Sam a fissargli le braccia laddove le maniche gliele lasciavano ancora scoperte, ma non ne era proprio sicuro e non voleva rovinare la bella atmosfera che si era venuta a creare fra loro con una domanda inopportuna. C'erano già stati dei ragazzi a Sydney o Melbourne che erano impazziti per le sue braccia, anche se a lui non sembravano niente di speciale ma solo il risultato di una vita di lavoro, esattamente come quelle di tutti gli altri jackaroo che conosceva. Sam, però, non era come gli uomini che si trovavano abitualmente nelle stazioni. Ciò non toglieva che quel presunto interesse per le sue braccia fosse strano, a meno che l'uomo non gli avesse taciuto qualcos'altro oltre alla storia con la ex moglie.

Non che, in quel caso, avrebbe potuto biasimarlo. Jeremy stesso era stato piuttosto reticente riguardo ai propri segreti, e non aveva motivo di aspettarsi un comportamento diverso da parte dell'altro, sempre ammesso che si trattasse davvero di quello. Forse stava solo fissando un punto vuoto nello spazio e la posizione più comoda per la sua testa era con lo sguardo rivolto alle sue braccia. Per quello che lo riguardava era una spiegazione valida quanto il fatto che un uomo del calibro di Sam potesse interessarsi a un semplice mandriano.

"Sembra che stia arrivando un temporale," disse Sam quando furono vicini alla diramazione per Taylor Peak e Lang Downs.

"Sì. Passiamo il cancello e poi sarà meglio coprire le provviste. Se gli ordini di Caine assomigliano a quelli di Devlin, è meglio che non si bagnino."

Sam annuì e balzò fuori per aprire il cancello. Jeremy lo attraversò e si fermò. S'incontrarono vicino al retro del pick-up e iniziarono la battaglia col grosso telo impermeabile. "Prima che lo fissiamo, ti conviene prendere il Driza-Bone" disse rivolto all'altro. "Se comincia a piovere, ti farà comodo quando arriviamo ai cancelli."

Sam prese il giaccone e poi, insieme, coprirono il cassone dell'ute e fissarono l'incerata. Mentre lavoravano il vento prese a soffiare con forza e Jeremy fu contento di avere con sé un paio di mani extra. Se la sarebbe cavata anche da solo, ma con l'aiuto di Sam tutta l'operazione fu più semplice e veloce.

"Grazie per l'aiuto," disse quando salirono di nuovo sul pick-up.

"Di niente. Anche se non ho fatto questo granché."

Già da prima Jeremy aveva notato la tendenza di Sam a sminuirsi, e ora eccola di nuovo, la convinzione che il suo contributo fosse meno importante o significativo di quello degli altri. "Hai trattenuto giù il telo impedendo al vento di portarselo via mentre io lo legavo. Se non l'avessi fatto, avrei dovuto combattere anche contro il vento, anziché vedermela solo con la corda."

"Te la saresti cavata."

"Sì," ammise, perché sapeva che era vero, "ma col tuo aiuto è stato più facile."

Sam si chiuse in un silenzio imbarazzato e Jeremy ricacciò indietro il desiderio di rimbrottarlo. Si chiese se non ci fosse qualcos'altro riguardo al suo matrimonio che l'uomo non gli aveva detto. La modestia era una cosa, ma quella mancanza di fiducia in se stesso puzzava da lontano di abuso emotivo.

Si stavano avvicinando al secondo cancello, quello che avrebbe potuto condurli alla casa padronale di Taylor Peak oppure lasciarli proseguire verso Lang Downs, quando la sua attenzione fu catturata da un paio di fari. "Sembra che abbiamo compagnia," disse.

Sam s'irrigidì, quasi si aspettasse di venire colpito. "C'è qualche problema?"

"Non dovrebbe," rispose lui, resistendo alla tentazione di dargli qualche pacchetta confortante sul ginocchio. Non sapeva se il gesto sarebbe stato apprezzato, quindi continuò a tenere le mani sul volante e aspettò che l'altro veicolo si avvicinasse. "Se quelli di Lang Downs vogliono raggiungere Boorowa devono per forza attraversare Taylor Peak. Fintanto che i jackaroo non creano complicazioni, non è mai stato un problema per noi lasciare che attraversassero la nostra terra, e il vecchio Lang è sempre stato molto chiaro con i suoi uomini: 'se causate problemi a Taylor Peak non prendetevi la briga di tornare'. Non ho sentito Macklin dire la stessa cosa, ma non credo sia molto più tollerante sull'argomento."

"Non sembra il tipo da andarci leggero con chi fa qualche scemenza," concordò Sam. "Credo che non ci resti altro da fare che aspettare e vedere cosa vogliono, o sbaglio?"

"Infatti," rispose Jeremy. "Non siamo obbligati, ma dal momento che li abbiamo visti, la cosa migliore è salutarli. Ci raggiungeranno tra un minuto e poi potremo andare a casa."

Qualche secondo dopo, l'altro veicolo diventò chiaramente visibile e Jeremy si sentì sprofondare lo stomaco nel riconoscere la macchina di Devlin. Abbassò il finestrino dell'ute e lasciò che l'aria fresca disperdesse il calore della cabina. Sarebbe potuto scendere e lasciare che l'interno della macchina restasse caldo, ma forse era meglio mantenere lo sportello fra sé e il fratello. Non pensava che sarebbero arrivati di nuovo alle mani, ma era sempre meglio evitare un altro occhio nero.

"Jeremy," disse Devlin accostandosi. "Ho sentito che sei stato in paese oggi."

"Sono andato a prendere le provviste per Lang Downs," rispose lui. "Non che la cosa ti riguardi, comunque."

"Mi hanno detto anche quello. Hai davvero intenzione di scegliere quei due finocchi buoni a nulla invece della tua famiglia?"

"Se la scelta è tra vivere con la tua bigotteria oppure vivere con Caine e Macklin, credo che sarò molto più felice a Lang Downs," ribatté lui serafico. "Te l'ho detto il giorno in cui sono andato via: ho smesso di giocare secondo le tue regole."

"Non sei meglio di loro," inveì Devlin, prima di puntare lo sguardo all'interno dell'ute. "Oh cazzo, se quello è il meglio che sono riusciti a trovare per l'estate, mi sa che sei salito su una nave che sta affondando."

Jeremy lo afferrò per il colletto della camicia e lo attirò a sé. "Ascolta, stronzo di un idiota, insultami pure tutto il giorno, ma lascia Sam fuori da questa storia. Lui è il contabile che Caine e Macklin hanno assunto per tenere dietro ai libri. Le cose vanno così bene che hanno bisogno di qualcuno a tempo pieno, quindi fatti entrare in quella testaccia vuota che Lang Downs non sta colando a picco e tu non potrai comprarla per una miseria e poi costringere Caine ad andarsene. Non sei degno neanche di pulirgli le scarpe."

"Froci di merda, tutti quanti," insisté Devlin. "Tra un po' ti ritroverai a essere uno di loro. Non venire da me quando tutto andrà a rotoli."

"Non sono più venuto da te da quando avevo cinque anni e tu mi hai preso in giro perché ero caduto dal mio primo pony."

"Avrei dovuto capirlo già allora che c'era qualcosa che non andava in te," sogghignò Devlin.

"Non c'è niente che non vada in me," ribatté Jeremy. "Tranne il fatto che ho aspettato troppo prima di mandarti a quel paese."

Senza aspettare una risposta, chiuse il finestrino e lasciò andare il freno. Non diede gas, non voleva ferire Devlin dopotutto, ma solo andarsene da lì.

"Mi dispiace che tu abbia dovuto assistere," disse a Sam dopo che il fratello si fu spostato e di lui non era rimasta che un'ombra sullo specchietto retrovisore. "Devlin non sente ragioni quando si tratta di Caine e Macklin. Era già brutto quando mi credeva dalla sua parte, ora che sa che la penso diversamente ha messo anche me sulla sua lista nera."

"Tutto bene," rispose l'altro debolmente. "Non è colpa tua."

Raggiunsero il cancello e Sam scese prima che lui potesse aggiungere altro. Jeremy portò la macchina dall'altra parte e aspettò che risalisse.

"Non sei andato nel panico perché hai scoperto che sono gay, vero?" gli chiese non appena fu dentro. "Non sembravi disturbato da Caine e Macklin, quindi ho pensato…"

"Cosa? No, certo che no," lo interruppe Sam. "Sarebbe davvero stupido, oltre che ipocrita. Voglio dire, non l'avevo capito finché tuo fratello non l'ha insinuato, ma non sono affari miei, e non c'era ragione per cui dovessi parlarmene e…"

"Sam, respira. Finirai con l'iperventilare se non ti calmi."

Ubbidiente, Sam si chinò in avanti e si mise la testa fra le ginocchia, respirando piano, con un ritmo regolare. Jeremy avrebbe sorriso della scena se non avesse dovuto combattere contro l'impulso di picchiare chiunque lo avesse ridotto in quel modo. Poi si ricordò all'improvviso di quello che aveva detto: ipocrita.

Quello sì che era interessante. La sua ex l'aveva scoperto e lo stava usando contro di lui? Lo sapeva già quando l'aveva sposata oppure era una rivelazione recente? E chi altri ne era a conoscenza?

323

Il respiro di Sam si regolarizzò e l'uomo tornò a sedersi dritto.

"Va meglio?" gli chiese lui.

Sam annuì, anche se nella luce incerta della notte e del temporale ormai vicino, Jeremy pensò che avesse ancora un'espressione stravolta.

"È stata tua moglie, vero?"

"Prego?"

"La tua ex," ripeté. "Cosa ti ha detto per renderti così insicuro?"

"Niente," rispose subito Sam. "Voleva solo che finisse. Merita qualcuno che la ami davvero."

"E tu no?" insisté lui. "Non meriti anche tu qualcuno che ti ami davvero?"

"Un contabile disoccupato e timido, con la pancetta e un principio di calvizie?" ribatté lui. "Come no! C'è la fila davanti alla porta."

"Eccola di nuovo! Quel tipo di frase. Chi ti ha fatto credere una cosa del genere?"

"Lo specchio."

Jeremy lasciò correre la prima parte: se Sam non era pronto a confidarsi con lui, non poteva certo costringerlo. Poteva, però, ribattere a quanto aveva appena detto. "Allora ti serve uno specchio nuovo. Innanzitutto perché, da quello che mi risulta, non sei più disoccupato. Sempre che tu non pensi che Caine ti abbia assunto per pietà."

Sam esitò quel tanto che bastava a fargli capire che invece la pensava proprio in quel modo, anche se scosse la testa in negazione.

Jeremy non riusciva a crederci. "Lascia che ti dica qualcosa sugli allevamenti di pecore, almeno quelli delle dimensioni di Taylor Peak e Lang Downs. La maggior parte degli anni la differenza fra un bilancio in rosso e uno positivo sta in uno o due agnelli. Il valore della stazione è tutto sulla carta, legato alla terra, agli edifici, ai macchinari e agli animali. I soldi entrano due volte l'anno: in autunno, quando si vendono gli agnelli, e in primavera, dopo la tosatura. Il resto dell'anno si contano i centesimi e si spera che niente si rompa e debba essere sostituito perché, fino alla stagione successiva, non ci sono garanzie di quanti soldi entreranno per continuare a far girare le cose. La pietà non trova posto in una stazione. Se Caine ti ha assunto è perché crede che tu possa fare i suoi interessi. Non lo conosco bene, ma so che in America ha una laurea in economia. Magari qui non gli serve a granché, però dimostra che sa come si gestiscono i soldi e ciò significa che gli hai fatto una buona impressione, il che di conseguenza ha fatto una buona impressione a me."

"Tuttavia il resto non cambia," asserì Sam. "La calvizie incipiente rimane."

Jeremy alzò gli occhi al cielo. "L'amore non ha niente a che vedere con i capelli. Quando mia madre è morta, mio padre aveva un tale pancione da birra che facevi prima a scavalcarlo che a girargli intorno e neanche un capello, però lei lo amava come il giorno in cui si erano sposati. E i tuoi capelli vanno benissimo. Io avevo pensato che avessi la fronte alta, non che li stessi perdendo."

"Apprezzo quello che stai facendo," disse Sam. "Davvero, ma non serve. So bene cosa sono e cosa non sono. Ormai l'ho accettato, e non mi serve la pietà di nessuno."

"Se fosse stata pietà, magari potrei lasciar perdere," disse Jeremy, "ma non ho passato la giornata a parlare con te per pietà. Non mi sono offerto di insegnarti come muoverti nella stazione per pietà. Mi è piaciuta la tua compagnia oggi, e questo è molto più importante di com'è la tua pancia o se perdi qualche capello. Non sei obbligato a credermi, ma io devo dirtelo almeno una volta: credo che tu sia un uomo interessante e attraente e mi piacerebbe conoscerti meglio, però capisco che sei nel mezzo di un divorzio e hai delle questioni da risolvere, quindi non ti faccio pressioni. Ma non puoi impedirmi di essere tuo amico."

# CAPITOLO 8

IL MATTINO successivo, Sam entrò in ufficio, accese il computer e fece del suo meglio per far finta di aver trascorso una buona nottata e che tutto andasse come al solito. Nessuno doveva sapere che la conversazione avuta con Jeremy mentre tornavano da Boorowa l'aveva fatto andare completamente nel pallone.

Caine arrivò qualche minuto più tardi. "Sei venuto presto, oggi," lo salutò con un sorriso. "In genere ce la prendiamo più comoda in inverno, quando c'è meno lavoro nei pascoli."

Sam fece del suo meglio per sorridere, rifiutandosi di ammettere quanto gli costasse. "Jeremy mi ha accennato qualcosa ieri, ma siccome non ne avevamo parlato non ho voluto dare niente per scontato."

"Ora ne abbiamo parlato," disse Caine. "Macklin diceva di voler uscire a cavallo per controllare i capanni. Ci assicureremo che il temporale di ieri sera non li abbia danneggiati e che siano ancora abbastanza robusti da poter affrontare l'inverno."

"Capita spesso che i temporali causino danni?"

"A volte," rispose Caine. "Di norma ci toccano una o due brutte tempeste all'anno, ma stando a quello che dice Macklin è impossibile fare delle previsioni."

"Comunque l'assicurazione dovrebbe coprire le riparazioni."

"Forse, ma conviene sostituire un paio di tavole e non pensarci più che stare a chiamare un perito, con tutto l'ambaradan che ne consegue."

"In ogni caso dovresti andare a fondo della questione. Se usi una macchina digitale che dia anche l'indicazione del giorno e dell'ora, avrai una prova che testimonia quando è stata scattata la foto. Non ha senso pagare per delle riparazioni che potrebbero essere coperte dalla polizza. Già spendi abbastanza per la manutenzione ordinaria senza doverti accollare anche quella straordinaria. Puoi fare le riparazioni da solo e poi presentare una richiesta di rimborso."

"Non è che presentando troppe richieste poi ci aumenta il premio?" domandò Caine. "Preferisco mantenere i premi bassi e assorbire le piccole spese, piuttosto che vedermeli aumentare a forza di goccioline."

"Dovrei vedere i dettagli della vostra copertura e la politica della compagnia," rispose lui, "ma se fosse così, allora vi consiglio di cambiare compagnia. Che senso ha avere un'assicurazione se hai paura a sottoporle una richiesta di rimborso?"

"Ho proseguito con quello che faceva mio zio," ammise Caine. "C'erano così tante cose da guardare dopo la sua morte che il pensiero dell'assicurazione non mi ha proprio sfiorato. Di certo non era tra le urgenze, anzi."

"Ce l'hai la polizza? Mi occupavo anche di queste cose al negozio. Sarei contento di leggerla e farti sapere cosa ne penso."

Caine fece una risatina. "Da qualche parte c'è di sicuro." Indicò lo schedario addossato a una delle pareti. "Ma lo vedi anche tu quello che ho ereditato. Per ora sono riuscito a intaccare appena la superficie, e forse neanche. Continuo a ripetermi che prima o poi mi prenderò il tempo per spulciarlo da cima a fondo, ma non è mai il momento giusto."

Sam annuì. "Immagino che non ci sia tutta questa fretta. Assicurati solo di documentare tutti i danni, perché potremmo dedurre le spese delle riparazioni per le quali non chiederemo il rimborso all'assicurazione."

"Mi porto dietro la macchina fotografica."

"Caine?" chiamò Macklin

"Arrivo tra un secondo. Prepara i cavalli che ti raggiungo fuori."

Macklin rispose con un mugugno affermativo e poi si sentirono i suoi passi che si allontanavano. "Un'ultima cosa prima che vada," fece Caine. "Se dovessi cercare qualcuno che vive, o viveva, a Tumut, come potrei fare?"

"Hai un nome?"

"Sì. Sarah Armstrong."

Sam lo guardò sorpreso. "È… un segreto, immagino."

"Sì," ammise l'altro. "Se dovessi scoprire qualcosa di brutto, preferirei che Macklin non lo venisse a sapere."

"Ti aspetta," gli disse. "Penserò alle varie possibilità e poi ti farò sapere."

"Grazie, Sam. E sentiti pure libero di frugare tra quei documenti se ti va. Se invece non ne hai voglia, lo faremo insieme un altro giorno."

Sam aspettò che Caine fosse uscito prima di lanciare un'occhiata perplessa allo schedario. Aveva la sensazione che non gli sarebbe piaciuto quello che ci avrebbe trovato dentro. I registri dell'ultimo anno e mezzo erano impeccabili, ma c'era una chiara mancanza d'informazioni per molte delle cose antecedenti. Stando a tutto quello che aveva sentito da quando era arrivato, Sam era sicuro che i documenti si trovassero lì dentro, solo che non erano nella forma più accessibile. Con un sospiro, aprì il primo cassetto e si mise al lavoro.

Aveva diviso il contenuto in tre pile (troppo vecchio per preoccuparsene, rilevante, da vedere immediatamente) quando la sua attenzione fu richiamata dal suono di qualcuno che si schiariva la voce. Nonostante i pensieri che lo avevano tenuto sveglio quasi tutta la notte, non appena vide Jeremy sulla soglia, con il cappello in mano e senza scarpe, non riuscì a trattenere il sorriso che gli affiorò sulle labbra. "Ciao."

"Ciao," rispose l'uomo. "Sembri impegnato."

"Sto solo dividendo dei documenti. Il vecchio Lang sarà anche stato un mandriano eccezionale, ma la sua capacità organizzativa lasciava molto a desiderare."

Jeremy scoppiò in una risata. "Te l'ho detto che noi jackaroo preferiamo gli animali ai numeri. Ero venuto con l'idea di convincerti a fare la prima lezione di equitazione, ma credo che invece me ne starò qui a guardarti."

"Non sto facendo niente d'interessante," disse lui con una risatina sconcertata. "Osservare qualcuno divedere delle carte è eccitante come fissare la vernice che si asciuga."

"Può darsi, ma vedere te che dai un senso a tutta quella roba ha del potenziale," rispose Jeremy con un ghigno esagerato. "Te l'ho detto che trovo molto eccitante il pensiero di saperti così competente in quello che fai."

Sam arrossì fino alla radice dei capelli. Gli stessi che stava perdendo. "Non hai accennato a niente del genere, ieri. Hai detto che ero interessante."

"Interessante e attraente," specificò Jeremy. "E ho anche detto che sono seriamente impressionato dal fatto che tu riesca a capire tutta quella roba che per me è un mistero. Allora non sapevo ancora che tu fossi gay, quindi ho volontariamente omesso la parte dell'attrazione. Non volevo spaventarti. Ma ora che so di avere una possibilità, te lo ripeterò ogni volta che posso."

"Dai, smettila di prendermi in giro," rispose lui, incapace di sostenere il suo sguardo.

326

"Non ti sto prendendo in giro," gli assicurò Jeremy, entrando nella stanza e andando a sederglisi accanto. "Non lo farei mai."

Era vero. Sam dovette ammettere con se stesso che Jeremy poteva essere... molte cose, ma di certo non era un bulletto che si divertiva a deridere qualcuno perché era intelligente anziché atletico. "Scusa, le vecchie abitudini eccetera eccetera..."

"Dovremo lavorarci su questa cosa. Dai, spiegami quello che stai facendo e vediamo se posso aiutarti."

Sam gettò uno sguardo ai mucchi di documenti che aveva già diviso. La classificazione aveva un senso per lui, ma se Jeremy era davvero così ignorante nelle questioni amministrative come si proclamava, non ci avrebbe capito nulla. "Apri il prossimo cassetto e comincia a dividere le carte per data. Tutto quello più vecchio di dieci anni in una pila. Dai tre ai dieci in un'altra e le cose più nuove in una terza. I documenti più vecchi sono quelli che posso guardare con comodo, a meno che non si tratti di una polizza assicurativa, nel qual caso dammela indipendentemente da quale data porti."

"Direi che posso riuscirci," affermò Jeremy. Aprì il cassetto e si mise al lavoro.

Sam si aspettava che dopo tutto quel parlare di attrazione e roba simile, la presenza di Jeremy sarebbe stata una distrazione, invece il jackaroo si mise a lavorare in silenzio, interrompendolo solo occasionalmente per fargli una domanda o chiedere una spiegazione. La mattinata si rivelò così più tranquilla di quanto previsto.

Quando lo stomaco di Sam protestò per la fame guardarono entrambi l'orologio.

"Oh guarda," disse Jeremy. "È già ora di pranzo. Possiamo fare una pausa, capo, oppure mi costringerai a lavorare a oltranza con la pancia completamente vuota?"

Sam rise della battuta, soprattutto considerato che era stata la sua pancia vuota a produrre quel rumore. "Andiamo. Abbiamo fatto più di quanto sarei riuscito a fare se fossi stato solo. Ci siamo meritati una pausa."

Jeremy balzò in piedi con la facilità di un uomo in totale controllo del proprio corpo. Sam invidiò la grazia dei suoi movimenti, ma non cercò di imitarlo. Sapeva che si sarebbe solo reso ridicolo. Si era appena puntellato al bracciolo della sedia più vicina, quando Jeremy si sporse e gli offrì la mano. Sam la prese e si lasciò tirare in piedi, ignorando il brivido di desiderio che lo attraversò nel sentire la grossa mano di Jeremy avvolgersi attorno alla sua e la facilità con la quale lo sollevava. Quel giorno, l'uomo indossava di nuovo le maniche lunghe, ma quello prima era riuscito a vedergli le braccia lasciate scoperte dalla camicia arrotolata. Non si era mai reso conto di avere la fissazione delle braccia, ma quell'accenno di pelle gli aveva smosso qualcosa dentro.

La mensa era deserta quando entrarono, ma Sam se lo aspettava. Anche nel pieno della stagione molti jackaroo preferivano portarsi dietro dei panini piuttosto che tornare alla stazione, e ora che c'erano rimasti solo i residenti, la cosa era ancora più visibile. Un piatto colmo di sandwich e coperto da una pellicola trasparente era appoggiato sul bancone, così i due presero dei piatti e si servirono. "Allora sentiamo, quali sono i programmi per il pomeriggio?" chiese Jeremy.

"Avevo pensato di lavorare tutto il giorno in ufficio," rispose lui, "ma se tu hai altro da fare, non preoccuparti. Posso fare da solo. Non è un problema."

"Non è quello che ho detto, né quello che intendevo. Avevi accennato a trasferirti al dormitorio. Magari potrei darti una mano con le tue cose, e ti avevo anche promesso di farti vedere com'è la stazione."

"Sai, ci ho pensato e credo sia meglio chiedere a Caine prima di trasferirmi. Voglio dire, lo so che le stanze sono vuote, ma c'è comunque differenza tra lo stare nella stanza degli ospiti di Neil o al dormitorio."

"Dici?"

"Sì, certo. Finché sto da Neil dipendo dalla sua generosità. Nel dormitorio, invece, dipenderò dalla generosità di Caine."

"E per quale motivo?" lo interrogò Jeremy. "A meno che le cose qui non siano diverse dal resto delle stazioni, Caine è il proprietario anche della casa in cui vive Neil. Tuo fratello può usufruirne come benefit del suo contratto, ma fa comunque parte delle proprietà della stazione. Se decidesse di andare via, non otterrebbe nulla dal suo valore, ma solo da quello che ci ha aggiunto a spese proprie."

"Oh. Non ci avevo pensato in questi termini."

"Ecco cosa si guadagna a frequentare il figlio di un proprietario terriero," disse Jeremy con un sorriso. "Magari capisco poco di amministrazione, ma qualcosa nel corso degli anni l'ho imparata pure io."

"Quindi suggerisci di starti vicino?" lo stuzzicò lui, sentendosi audace.

"Decisamente," rispose l'altro, con un sorriso sempre più ampio. "Se stai con me non sbagli."

"Mi sentirei più a mio agio a chiederglielo, comunque. Anche se tecnicamente non fa differenza, ce n'è per me."

"Ti ha detto dove andava?"

"Ha accennato qualcosa riguardo al controllare i capanni dopo il temporale."

"Ah, capisco," fece scherzosamente Jeremy. "Fammi indovinare: c'è andato anche Macklin."

"Sì, che c'è di male?"

"Niente. È un atteggiamento molto responsabile vista la tempesta di ieri. E anche una buona cosa che si preoccupino della proprietà e del benessere dei loro dipendenti."

"Allora perché sghignazzi in quel modo?"

"Perché i capanni sono probabilmente l'unico altro posto della stazione, oltre alla loro camera, dove possono avere un po' di privacy," spiegò Jeremy. "Sì, sì, è di certo solo un caso che Macklin abbia deciso di andare con lui, come no!"

Sam si sentì avvampare ancora una volta, qualcosa che gli succedeva con regolarità allarmante quando era insieme a Jeremy. "Non penserai mica che siano usciti a cavallo solo per *quello*, vero?"

"No," rispose l'altro. "Sono certo che torneranno indietro con una lista completa di riparazioni; ma sono anche certo che ognuno di loro avrebbe potuto fare lo stesso lavoro molto più in fretta se fosse stato da solo."

"Sei terribile. Sono i nostri capi. Non dovremmo spettegolare in questo modo."

"Non lo faccio con malizia," lo rassicurò Jeremy. "In effetti credo che sia fantastico. Se due anni fa qualcuno mi avesse detto che sarebbe successa una cosa simile così vicino a me l'avrei considerata una cavolata, ora invece ne parlo come se fosse la cosa più naturale del mondo."

"Lang Downs è un posto speciale."

"Lang Downs è un miracolo," lo corresse l'altro. "Un fottuto miracolo, e se non ci credi, chiedi a Chris come è arrivato qui. Oppure a Macklin. O a Kami. O Patrick. Credo che la maggior parte dei residenti abbia una storia da raccontare riguardo a come questo posto abbia cambiato loro la vita. Non ho mai capito cosa guidasse Michael Lang nelle sue azioni, ma anche da ragazzino, quando venivo in visita, mi rendevo conto che qui le cose erano differenti. E ora anche di più."

"Perché Caine e Macklin stanno insieme?"

"Perché lo fanno alla luce del sole. Mi sono sempre chiesto se ci fosse qualcosa tra il vecchio Lang e il suo sovrintendente, ma era qualcosa di cui non si parlava. Caine e Macklin non si nascondono. Magari non se ne vanno in giro mano nella mano o a sbaciucchiarsi nei posti dove la gente potrebbe vederli, ma non puoi vivere qui e avere dei dubbi riguardo al tipo di rapporto che li lega. Ed è qualcosa di molto speciale."

"Ti sei *sempre* chiesto?" ripeté Sam. "Quando hai cominciato a pensare di essere gay?"

"Quando ero ancora un adolescente," raccontò Jeremy. "Tutti gli altri ragazzini della stazione giravano attorno al dormitorio delle ragazze nella speranza di sbirciarne qualcuna nuda. Io li seguivo perché era quello che ci si aspettava, ma preferivo di gran lunga bazzicare insieme ai jackaroo. La maggior parte non si faceva problemi a girare per il dormitorio mezzi nudi o anche di più. Non ero più un bambino e avevo lo stesso loro equipaggiamento, quindi perché avrebbero dovuto preoccuparsi?"

"Vergogna," lo rimproverò Sam, ma non riusciva a smettere di sorridere al pensiero di un Jeremy adolescente che spiava i jackaroo sotto i loro occhi. "Non ne avevano idea, eh?"

"Certo che no. Facevo sempre in modo di telare prima che si accorgessero dell'effetto che mi facevano. Però ne ricavavo del discreto materiale su cui fantasticare."

"Ricordami di non fare la doccia quando sei in giro per il dormitorio," lo prese in giro.

"Non mi permetterei più, ora. Quando avevo quattordici anni, non avevo il senso del limite, ma nel frattempo ho imparato il decoro. Ormai aspetto sempre di essere invitato."

Sam arrossì di nuovo, questa volta al pensiero di racimolare il coraggio, prima o poi, per chiedere a Jeremy di raggiungerlo nella doccia. Magari da lì a qualche mese, quando la vita nella stazione l'avesse aiutato a liberarsi di un po' della mollezza del proprio corpo. Vedere Jeremy nudo, però, aveva la sua attrattiva. Erano quasi alti uguale – Jeremy forse qualche centimetro più di lui – ma le somiglianze finivano lì. Il jackaroo aveva un gran fisico. Non c'era altro modo per definirlo. Non come un body builder, ma come una persona abituata al duro lavoro nei campi. Aveva spalle ampie, e se il resto delle braccia corrispondeva a quel pezzo che aveva visto il giorno prima, erano massicce anche quelle. Gli abiti che indossava per lavorare non erano tagliati per mettere in mostra il fisico, ma rivelavano abbastanza da suggerire che anche il resto del suo corpo fosse ugualmente muscoloso. E la sua immaginazione non aveva problemi a riempire i vuoti.

"Ti ho spaventato?" gli chiese Jeremy.

"Cosa? No, stavo solo pensando a una cosa," rispose lui in fretta. Troppo in fretta, a giudicare dal sorriso che illuminò il viso dell'altro.

"E di te che mi dici? Quando l'hai scoperto?"

"Credo di averlo sempre saputo," ammise lui, "ma ho smesso di fingere, anche con me stesso, circa un anno fa. Ho sposato Alison per fare contento mio padre. Sai, è da lui che Neil aveva ereditato la sua omofobia... Alison mi piaceva, io piacevo a lei, e sembrava il meglio a cui potessi aspirare. Per un po' ha anche funzionato, non era fantastico, ma neanche terribile. Poi ho perso il lavoro e non sono riuscito a trovarne un altro, e lei ha cambiato atteggiamento. Tutto ha cominciato ad andare a rotoli e io, pensando di non avere altro da perdere, sono andato in un gay bar e mi sono fatto rimorchiare. È stata un'azione schifosa, ma mi ha dimostrato quello che avevo sempre cercato di negare."

Jeremy annuì, l'espressione imperscrutabile.

"Bene, ora che ho definitivamente rovinato l'atmosfera," scherzò Sam, cercando di dissipare il velo che era caduto su di loro, "credo sia meglio se mi rimetto al lavoro."

"No," lo fermò Jeremy. "Dovresti venire fuori con me per un paio d'ore. Chris non usa Titan oggi, quindi è il giorno ideale per la tua prima lezione di equitazione."

"Ma ho del lavoro da fare," protestò Sam. "Quei documenti non si smisteranno da soli."

"No, certo che no, ma ti ho aiutato tutta la mattina," gli ricordò Jeremy, "e potrò aiutarti anche più tardi se vorrai. Ora ti serve un po' d'aria fresca. Vedrai che poi lavorerai meglio."

Sam non era sicuro della logica di quel discorso, ma l'idea di trascorrere alcune ore in compagnia di Jeremy, anche a costo di rendersi ridicolo, cosa che era certo sarebbe successa, era molto più allettante che dividere vecchi fogli di carta. "Bene allora, vediamo cosa riesci a insegnarmi."

# CAPITOLO 9

JEREMY CONDUSSE Sam al recinto dove pascolavano i cavalli quando non erano utilizzati. "Sei mai salito su uno di quelli?"

Sam scosse la testa. "Non ne ho mai avuta l'occasione. Non è qualcosa che serve molto nel mio campo."

Jeremy sghignazzò. "No, infatti. Anche se ci sono persone che cavalcano solo per il gusto di farlo."

"È Neil quello sportivo in famiglia, non io."

Jeremy si abbassò per passare in mezzo alle assi della recinzione e si avvicinò al castrone baio che gli aveva consigliato Jesse quando, quella mattina, gli aveva chiesto quale fosse il cavallo più adatto a un principiante. Ovviamente aveva ignorato il sorriso saputello che aveva accompagnato la risposta. "Vieni, Titan," disse, prendendo l'animale per la cavezza. "Ti faccio conoscere Sam."

Titan lo seguì docilmente fino all'estremità del recinto. "Salutalo, Sam."

Sam allungò la mano con cautela. Titan l'annusò e poi prese a sfiorargliela con le labbra. "Vuole un regalo," spiegò Jeremy. "È un po' viziato perché tutti i jackaroo gli portano sempre mele, carote e quant'altro."

"Avresti dovuto dirmelo. Avrei preso qualcosa dalla mensa."

"Tieni," disse lui, offrendogli la mela che si era messo in tasca mentre stavano uscendo. "L'apprezzerà più lui di me. Tieni la mano aperta e lascia che te la prenda dal palmo."

Sam ubbidì, si mise la mela sul palmo e l'offrì al cavallo, il quale la prese e la fendette con un solo colpo dei grossi denti.

"Spaventoso," sussurrò Sam.

"Nah, non morde. Mi sono informato. È solo ghiotto."

"E ora?"

"Ora lo selliamo e ti facciamo vedere il mondo da una nuova prospettiva. Prendo i finimenti. Tu rimani qui a fare amicizia. Dovrai montarlo, quindi è meglio che vi conosciate prima."

Lasciò Sam da solo con Titan e attraversò gli stanzini della tosatura diretto alla selleria. Prese quanto gli serviva e tornò fuori giusto in tempo per vedere Titan dare una leggera testata a Sam e farlo indietreggiare di diversi passi. Sam rise e gli grattò il muso. Quel suono investì Jeremy come un camion in corsa. Era tranquillo e spensierato, la nota più felice che gli aveva sentito emettere da quando avevano cominciato a parlarsi. Neanche le poche risate che Sam gli aveva regalato il giorno prima erano state così serene. Jeremy decise che avrebbe fatto qualsiasi cosa per sentirlo ridere ancora in quel modo, sia assicurandosi che trascorresse più tempo possibile con Titan, sia imparando cosa fare per strappargliele lui stesso. Il giorno prima, Sam non aveva risposto quando gli aveva chiesto da cosa scaturisse quel suo complesso d'inferiorità, ma l'uomo che in quel momento stava giocando con Titan non si sentiva né inadeguato né inferiore, si limitava a godersi una bella giornata autunnale e a scherzare con una pasta di cavallo che amava chiunque gli portasse dei doni. Era quella la persona che Jeremy voleva arrivare a conoscere.

Si pentì di aver mandato Arrow con Chris e Jesse quella mattina, perché se anche il suo cane avesse avuto su Sam lo stesso effetto, voleva che non lo perdesse di vista un secondo.

"Sembra che stiate diventando amici," disse, appoggiando la sella sull'asse più alta della staccionata. Non appena l'altro si accorse della sua presenza tornò ad alzare i muri dietro ai quali si nascondeva, strappandogli un'imprecazione silenziosa. Jeremy, però, non aveva altra possibilità: non poteva insegnargli a cavalcare da lontano.

"È molto affettuoso," rispose Sam.

"Sì, molto," concordò lui. Scavalcò ancora una volta il recinto e prese la brusca. "Dammi solo un minuto per strigliarlo ed evitare che rimanga qualcosa sotto la sella, altrimenti gli darà fastidio. Poi lo sello e possiamo cominciare."

"Non mi sembra sporco."

"No, ma siccome trascorre tutta la giornata all'aperto ha sempre della polvere e della terra addosso. Pensa a come ti sentiresti tu se avessi un sassolino nella scarpa e fossi costretto a camminare per ore intere."

"Non sarebbe piacevole."

"Motivo per cui strigliamo sempre i cavalli prima di sellarli." Finì con la brusca e prese una curasnetta per controllargli gli zoccoli. Una volta che anche quelli furono puliti, prese il sottosella e gliel'appoggiò sulla schiena. "Dammi la sella."

Sam fece quello che gli era stato detto, la sollevò e gliela passò. Lui l'appoggiò sulla schiena di Titan e strinse il sottopancia. Titan sbuffò e scosse la criniera.

"Non credo gli piaccia," disse Sam.

"Probabilmente no," concordò lui. "Tuttavia, gli piacerebbe ancor meno se la sella non fosse fissata e gli si spostasse continuamente sulla schiena." Fece passare la briglia sopra le orecchie dell'animale e porse le redini a Sam.

"Cammina sempre alla sua sinistra e stringi le redini con la destra, tenendogliele sotto il mento. Da quello che dicono tutti, a lui non darebbe fastidio averti dall'altra parte e non cercherà di ribellarsi, ma è meglio abituarsi fin da subito a fare le cose nel modo corretto, per quando poi passerai ad altri cavalli."

"Sembri piuttosto sicuro che succederà."

"Lavori in una stazione. Imparerai abbastanza in fretta e cavalcherai presto altri animali. È nella natura delle cose."

"Se lo dici tu," concesse Sam. Guidarono Titan dentro un recinto vuoto.

"Bene. Sali, dai," disse Jeremy, aiutandolo a issarsi sulla schiena dell'animale. "Come senti le staffe?"

Sam si mosse leggermente sulla sella, poi, una volta che si fu accomodato, Jeremy gli controllò la lunghezza delle staffe e si assicurò che avesse i piedi nella posizione corretta. Lo sentì trasalire quando gli fece scorrere la mano lungo il polpaccio la prima volta, ma non si lasciò scoraggiare. Era davvero importante accertarsi che Sam fosse nella posizione giusta se voleva evitare che cadesse e si facesse male, e ovviamente ciò gli forniva anche un'ottima scusa per toccarlo.

"A posto, tieni i talloni bassi," lo istruì. "Serve a evitare che il piede rimanga intrappolato nella staffa in caso di caduta. Altrimenti rischi di essere trascinato."

"Non mi sembra un'idea tanto bella," disse Sam.

"È una bellissima idea," insisté lui. "Se fai quello che ti dico e presti attenzione alla tecnica, non ti farai male. Tutto ciò che ti serve sono esercizio e concentrazione."

"Se lo dici tu."

"Lo dico io," rispose, dando qualche colpetto leggero sulla groppa di Titan. "Stringigli piano i fianchi con i talloni e fallo camminare."

Sam eseguì e Jeremy si tirò leggermente indietro per osservare come reagiva ai movimenti del cavallo, alla nuova esperienza e a tutto il resto. Per il momento non era necessario che gli fornisse nuovi suggerimenti. Era meglio aspettare che Sam cercasse di capire da solo cosa fare, e se non ce l'avesse fatta allora sarebbe intervenuto.

Senza il flusso costante della conversazione, Sam sembrò dimenticarsi della sua presenza e la sua espressione tornò rilassata, un misto di stupore e tranquillità. Jeremy pensò che vederlo in quel modo valesse il silenzio che era sceso fra loro, in particolare quando l'uomo si girò verso di lui e gli rivolse un sorriso entusiasta.

"E ora che faccio?" chiese.

Jeremy gli spiegò come usare le redini, poi tornò ad allontanarsi e riprese a osservarlo. Era pronto a scommettere che avrebbe potuto passare ore intere a guardare Sam sorridere in quel modo senza mai stancarsi.

Trascorsero le due ore successive nel recinto, con Sam che guidava Titan attorno alla serie di ostacoli che Jeremy gli metteva davanti perché si esercitasse a schivarli, e minuto dopo minuto l'espressione del suo viso si fece sempre più rilassata.

"Sei pronto a rientrare?" gli domandò alla fine Jeremy, cercando di non dare a vedere quanto la sua reazione sconsolata lo inorgoglisse. Se cavalcare gli piaceva così tanto, sarebbe stato più facile convincerlo la prossima volta che l'avrebbe chiamato per una lezione.

"Di già?"

"Gli stai sopra già da due ore. Domani ti farà male dappertutto. Cavalcare è più stancante di quanto sembri."

"Non mi sembra di aver fatto granché."

Jeremy sorrise. "Allora scendi e vediamo che ne pensano le tue gambe."

Sam scivolò giù da Titan e non seppe trattenere un grido strozzato quando le gambe gli cedettero. Jeremy lo afferrò per un braccio e lo aiutò a ritrovare l'equilibrio.

"Okay, forse due ore erano un po' troppe per la mia prima lezione."

Jeremy rise. "Appoggiati al recinto. Io tolgo i finimenti a Titan e rimetto tutto a posto. Stasera prendi del Nurofen e fatti un bel bagno caldo. Ti aiuterà a rilassare i muscoli. È probabile che tu senta ancora male per un paio di giorni, ma la storia è sempre la stessa: usa i muscoli e loro si abitueranno."

Sam zoppicò fino alla staccionata mentre Jeremy tirava via la sella da Titan e lo riaccompagnava nell'altro recinto. Stava andando a prendere i finimenti, quando arrivarono Caine e Macklin. Caine lanciò uno sguardo a Sam e sorrise. "Hai maltrattato il mio nuovo contabile?"

"Solo una lezione di equitazione, capo," rispose lui, ricambiando il sorriso. "Ho pensato che prima capisce come funziona la stazione, meglio riuscirà a dare un senso a quello che deve fare."

"Avete trovato molti danni?" domandò Sam senza staccarsi dal recinto al quale era appoggiato.

A Jeremy non interessò tanto il riscontro quanto il sorriso che affiorò, veloce come il lampo, sulle labbra di Caine prima che questi rispondesse. Sì, indipendentemente da quello che avevano trovato, avevano senza dubbio approfittato dei momenti di solitudine.

"Senti, Caine," lo chiamò, dopo aver ascoltato l'elenco dei danni causati dal temporale. "Sam pensava di spostarsi nei dormitori e dare agli sposini novelli un po' di privacy, ora che non è più un ospite ma si fermerà in pianta stabile. Prima, però, ci sembrava giusto chiederti il permesso."

"Quest'inverno non è certo un problema. Dovremo rivedere la sistemazione quando cominceremo ad assumere gli stagionali in primavera, ma abbiamo quattro mesi di tempo per pensarci. Ti serve aiuto per trasferirti, Sam?"

"Mi sono già offerto io," rispose Jeremy nello stesso momento in cui Sam diceva: "Non ho molta roba da spostare."

Caine li guardò divertito e Jeremy lo prese come un buon auspicio. "Dai, Sam, mettiamo via il resto e poi spostiamo le tue cose."

"Se dovesse servirti qualcosa per ravvivare la stanza, sentiti pure libero di prendere quello che vuoi dalle camere degli ospiti della casa padronale. Tanto non le usa nessuno," aggiunse Caine, mentre lui e Macklin giravano i loro cavalli verso il recinto più lontano.

Jeremy afferrò sella e sottosella e passò le briglie a Sam. "Ti faccio vedere dove stanno le cose e la prossima volta t'insegno a sellarlo."

Sam annuì e, muovendosi con quella camminata rigida tipica di tutti i nuovi cavallerizzi, lo seguì fino alla selleria, dove rimisero ogni cosa al suo posto.

"Andiamo a preparare i tuoi bagagli," gli disse a quel punto Jeremy.

"Ho davvero pochissime cose," protestò Sam. "Una valigia e le cose che ho comprato ieri, e la maggior parte è ancora dentro la busta."

"Allora ce la caveremo in fretta," ribatté lui, non ancora pronto a lasciarlo andare. Avrebbe dovuto, prima o poi, lo sapeva bene. Sam non era ancora pronto per quello che lui aveva in mente, o meglio, non avrebbe interpretato quello che aveva in mente nel modo giusto. Jeremy, tuttavia, poteva aspettare. Avrebbero dovuto condividere il dormitorio, loro due soli, per tutto l'inverno.

Sam non scherzava quando aveva detto di non avere molto. Non che lui avesse tanto di più visto il modo in cui aveva lasciato Taylor Peak, ma che quell'unica valigia contenesse, in quel momento, tutta la vita dell'altro uomo, gli sembrò di una tristezza infinita. "Tu prendi le buste di ieri, io mi occupo della valigia," disse.

"Non sono una damigella in attesa di essere salvata," sbottò Sam. "Sono in grado di portarmela da solo la mia stramaledetta valigia."

"Non ho mai detto il contrario. Volevo solo aiutarti."

Sam sospirò. "Scusa. Non è colpa tua, è solo che…"

"Cosa?"

"La mia vita è stata una schifezza per un'infinità di tempo, e ora all'improvviso sembra che tutto vada bene. Neil non ha dato di matto quando gli ho detto che sono gay, Caine mi ha offerto un lavoro che include un tetto sopra la testa, tu che mi fai il filo come se t'importasse davvero… Mi sembra tutto troppo bello per essere vero. Sai com'è, no?"

"No, non lo so." Anche se non era completamente vero. Jeremy aveva sempre pensato che Lang Downs fosse una specie di piccolo miracolo, e ancora di più ora che Caine e Macklin li avevano presi entrambi con loro. Il problema di Sam, però, non era credere in Lang Downs, il suo problema era convincersi che anche lui meritava qualcosa di buono. "Perché non dovrebbero capitarti cose belle? E perché non dovrei provarci con te?"

"Perché non fai sul serio," disse Sam. "E io sono stanco di essere rimorchiato per pietà oppure di essere visto solo come un corpo utile da riempire."

"Non so decidere se sentirmi lusingato dal fatto che tu mi reputi capace di impegnarmi tanto per una scopata caritatevole, oppure offeso perché mi credi capace di trattare le persone in questo modo," disse Jeremy dopo qualche secondo. "Sì, ti ho fatto il filo tutto il giorno.

Penso che tu sia un uomo attraente e interessante, e mi piacerebbe conoscerti meglio. Se le cose andranno bene, potremmo, e ribadisco *potremmo*, valutare se sia il caso di spingerci oltre, perché, scherzi a parte, non sono così idiota da sputare nel piatto dove mangio. Se dovessimo decidere di andare avanti sarà perché lo vogliamo entrambi e perché desidereremo provare a costruire qualcosa di duraturo. Ho visto quello che succede in una stazione quando una storia va a farsi benedire e le due persone sono intrappolate insieme nello stesso posto, impossibilitate a sfuggirsi finché uno dei due non decide di andare via. Non ho nessuna intenzione di correre un rischio del genere per soddisfare un semplice capriccio."

"Ci conosciamo da tre giorni," disse Sam. "Com'è possibile che tu voglia già spingerti così oltre?"

"Perché l'unica cosa che ti riguarda di tutto quello che ho detto è che sei la persona con la quale ne parlo. No, aspetta, non l'ho detto bene." Fece un respiro profondo. "Senti, prima portiamo le tue cose di là e ti sistemiamo, poi cercherò di spiegartelo in un modo che abbia senso."

Sam non sembrava convinto, ma gli lasciò prendere la borsa con gli acquisti del giorno precedente. Jeremy la interpretò come una vittoria. Portarono tutto nel dormitorio e Sam scelse una stanza dalla parte opposta rispetto alla sua, non poté fare a meno di notare Jeremy con rammarico, anche se preferì tacere il proprio scontento. Era importante che Sam si sentisse a suo agio, tutto il resto veniva in secondo piano.

Sam appoggiò le sue cose sul letto e poi tornò nella sala comune, chiudendosi la porta alle spalle in un modo tale da rendergli chiaro che non sarebbe stato il benvenuto. "Bene, ora dimmi tutto."

Jeremy prese una birra dalla sua scorta. "Ne vuoi una?"

Sam fece cenno di no e Jeremy, dopo averne bevuta una sorsata, andò a sedersi su una delle sedie sparse per la stanza. "Ho trentaquattro anni," disse. "Ho avuto degli incontri occasionali durante l'università e anche dopo, quando mi prendevo una settimana di ferie e andavo a Melbourne o Sydney per scaricare un po' di tensione, ma sono sempre stato chiaro riguardo a quello che io e il mio partner dovevamo aspettarci da quegli incontri. Ognuno di noi otteneva ciò che voleva, niente di più e niente di meno. Ora, però, non ho più vent'anni e dalla vita mi aspetto qualcosa di diverso, specialmente da quando è arrivato Caine e io ho capito che non dovevo per forza accontentarmi di quel poco che riuscivo a ottenere."

Sam non sembrava ancora convinto, però lo ascoltava, così continuò.

"Quasi nello stesso periodo del suo arrivo avemmo un problema grosso alla stazione: una delle jillaroo rimase incinta. Il tizio con il quale andava a letto la mollò alla velocità della luce. Lei pensava che fosse una cosa seria, lui che si stessero solo divertendo. Il resto di quell'estate fu un disastro: tutti che si schieravano da una parte o dall'altra e loro due che rifiutavano di lavorare insieme. In più di un'occasione pensai che Devlin sarebbe esploso e li avrebbe ammazzati entrambi. Quando arrivò l'autunno eravamo tutti stufi di quelle sceneggiate e io feci una promessa a me stesso, anzi due. La prima fu di essere sempre chiaro con il mio partner riguardo alle mie intenzioni, così da non ritrovarmi in mezzo a tutta quella massa di casini. La seconda di iniziare una storia solo se pensavo potesse arrivare da qualche parte."

"Capisco il senso," fece piano Sam. "E anche l'attrattiva. Quello che non capisco è come possano esserti bastati tre giorni per essere così sicuro di ciò che vuoi."

"Il problema sono i tre giorni in sé o il fatto che speri di avere una storia con te?"

"Tre giorni sono pochi."

335

"Quindi, se avessi aspettato un mese prima di dire le stesse cose mi avresti creduto?" incalzò lui.

"Non... non lo so."

Perlomeno gli aveva dato una risposta sincera, pensò sconsolato Jeremy. "Vuoi che mi faccia indietro e ti lasci stare?"

# CAPITOLO 10

SAM FU quasi sul punto di accettare l'offerta, perché in quel modo non avrebbe più dovuto affrontare i dubbi e i desideri che gli si agitavano dentro; ma sarebbe stato troppo facile, e Jeremy non era il solo che di recente aveva fatto delle promesse a se stesso. Quelle di Sam riguardavano il decidere cosa voleva veramente e cercare di accettare certi aspetti di sé. "Non lo so," ripeté. "In questo momento solo due persone sanno che sono gay. Be', forse tre, se Neil l'ha detto a Molly. I tizi con i quali sono andato a letto l'anno scorso non contano perché non mi conoscevano. Ero solo un corpo da usare e nient'altro. Magari Caine e Macklin lo sospettano, ma non gliel'ho detto. Non avevo mai pensato che potesse esserci altro per me oltre a un matrimonio senza amore e qualche capatina occasionale in un vicolo buio. Poi sono arrivato qui e ho visto quello che Caine e Macklin hanno costruito. Ho impiegato settimane intere prima di arrivare a concepire che sia possibile, figurarsi se riesco a pensare di poterlo avere anch'io. È troppo da digerire in una volta sola."

"Capisco che possa apparirti brutale. Non mi ero reso conto che fosse troppo presto e non volevo farti pressione."

"Mi fai anche nascere un sacco di pensieri in testa," ammise riluttante Sam. "E non tutti sono brutti. Solo che sta accadendo troppo in fretta."

"Quindi cosa vuoi che faccia?" insisté Jeremy. "Come posso facilitarti le cose?"

"Sinceramente?"

L'altro annuì.

"In questo momento mi serve più che altro un amico. Mi sembra tutto piantato in aria tra il divorzio e il nuovo lavoro, senza contare l'impatto che quest'ultimo potrebbe avere sul divorzio. Non credo che Alison voglia farmi penare o pretendere ciò che è mio, ma non voglio darle nessuna scusa per reclamare più di quanto io abbia già acconsentito a darle. Se dovessimo cominciare una storia e lei la usasse contro di me, perderei anche quel poco che mi è rimasto."

"Due borse di vestiti?" chiese Jeremy.

"Potrebbe chiedere gli alimenti, oppure potrebbe accampare lo stress psicologico o i danni morali."

"Sono quasi certo che le stesse accuse potresti farle tu nei suoi confronti," ribatté il jackaroo. "Quante volte ti ha rinfacciato di non avere un lavoro?"

Sam sentì un improvviso calore al viso. "Non ci provo neanche a contarle."

"E scommetto che non ti ha detto solo quello."

Sam non rispose, la mente ingombra dei ricordi dei commenti al vetriolo di sua moglie, a partire dal suo aspetto fino alle sue capacità – o piuttosto incapacità – amatorie. "Era molto stressata."

"Non è una giustificazione per l'abuso psicologico," insisté Jeremy. "In ogni caso, non faremo niente che potrebbe fornirle un'arma per pretendere da te più di quello che già ha preso. Quanto deve passare prima che firmiate le carte?"

"Circa sei mesi. Non possiamo presentare la richiesta finché non siamo stati separati un anno e mancano ancora tre mesi perché ci arriviamo. Poi ce ne vorranno altri tre per arrivare alla chiusura."

"Allora per i prossimi sei mesi saremo amici, impareremo a conoscerci e vedremo di aiutarti a lavorare sulla tua autostima. Potrei flirtare un po' perché a quanto pare non riesco a impedirmelo, ma non cercherò di ottenere nulla di più, nemmeno un bacio," disse Jeremy. "Quando il divorzio sarà effettivo e tu non dovrai più preoccuparti di lei, vedremo cosa sentiremo l'uno per l'altro. Potresti aver ragione tu e, conoscendoti, scoprirò che stiamo meglio come amici. Potrei aver ragione io e, conoscendoti, arriverò a trovarti ancora più interessante e attraente di quanto già non faccia. Comunque sia andrà bene, perché abbiamo acconsentito entrambi a questa linea d'azione. Inoltre, se dovessi avere ragione io, non potrai più dirmi che non ti conosco abbastanza."

Sam deglutì a vuoto, considerando le opzioni proposte da Jeremy. Aveva bisogno di un amico, su quello non c'erano dubbi. Aveva pensato che con il tempo sarebbe potuto diventare amico di Caine, ma l'uomo rimaneva il suo capo e Sam non era sicuro di riuscire ad aprirsi completamente con lui, visto quel limite che li separava. Con Neil erano molto più vicini ora che non c'erano più segreti, ma il fratello era completamente preso da Molly, com'era giusto che fosse, e Sam non era sicuro che avesse tempo anche per lui. Senza contare che gli aveva detto chiaramente quali cose voleva e quali non voleva sentire. Jeremy, invece, poteva essere quell'amico. Poteva insegnargli com'era la vita alla stazione. Gli aveva già dimostrato che era capace di ascoltarlo senza giudicare e che era pronto a difenderlo, anche dalla bassa opinione che Sam aveva di se stesso.

Il problema con Jeremy non era una possibile amicizia, ma la tenacia con cui l'uomo affermava la possibilità di qualcosa di più, perché fintanto che quella strada fosse rimasta aperta, Sam non avrebbe saputo impedirsi di fantasticarci sopra. Sarebbe stato uno stupido a non desiderare tutto ciò che avrebbe potuto ottenere da un uomo come Jeremy, sia che si trattasse di una notte di piacere o della storia di una vita. Solo, non riusciva a credere che qualcuno come il jackaroo potesse interessarsi a lui.

Jeremy avrebbe detto, forse anche a ragione, che era Alison a parlare, ma non per quello era più facile lasciarsi alle spalle i dubbi, soprattutto considerando che Sam non era mai stato un tipo ammaliante, neanche prima che iniziasse a perdere i capelli. Non aveva mai avuto il fisico atletico che faceva sbavare le ragazze, anzi, era appena un gradino sopra i secchioni che tutti prendevano in giro, graziato solo dal fatto di non portare gli occhiali. Nel suo lavoro era bravo, ma non un fenomeno, e nient'altro che un semplice impiegato, anche se era arrivato a dirigere l'ufficio della sua vecchia ditta. Non aveva usato la propria abilità con i numeri per accumulare un portafoglio azionario o per mettersi in proprio. Gli era bastato soprintendere il negozio degli Smith, senza mai essere sfiorato dall'idea che i due, una volta deciso di andare in pensione, potessero chiuderlo anziché venderlo a qualcuno che sarebbe stato ben contento di ereditare un contabile che conosceva alla perfezione ogni aspetto dell'attività.

Era rimasto francamente stupito quando Alison aveva accettato di sposarlo, dieci anni e dieci chili prima. Se avesse continuato a fare esercizio come quel giorno magari avrebbe perso i dieci chili, ma nessuno gli avrebbe restituito i dieci anni.

Jeremy aveva solo un anno meno di lui, eppure gli si sarebbe potuta attribuire qualunque età tra i venticinque e i quaranta. Le rughe che il sole e il vento gli avevano scavato sul viso dichiaravano che non era più un ragazzo, ma lo facevano solo sembrare più vigoroso, non più vecchio. Era certo che di lì a dieci anni avrebbe avuto esattamente lo stesso aspetto. Peccato che lo stesso non potesse dirsi per lui.

Era quella la cosa che più di tutte gli faceva specie: con il suo aspetto, il senso dello humour e quel sorriso diabolico, Jeremy avrebbe potuto avere chiunque volesse, uomo o donna. I tizi che frequentavano i bar nei quali Sam si era recato quando il bisogno di lasciarsi tutto alle spalle era diventato soverchiante, si sarebbero tuffati a pesce su qualcuno come il jackaroo, e non solo per una notte. Avrebbero voluto prenderselo e tenerlo. Quindi, perché qualcuno del genere, qualcuno con una vastissima scelta di possibili amanti, avrebbe dovuto volere lui?

Potevano essere amici. Sam avrebbe adorato avere un amico come Jeremy, ma se l'uomo avesse continuato a sventolargli sotto il naso la possibilità di qualcosa di più, avrebbe finito col desiderarlo anche lui. Oh, ma chi voleva prendere in giro? Lo desiderava già. Solo che non riusciva a spiegarselo e quindi non ci credeva. Avere Jeremy a portata di mano e poi perderlo sarebbe stata la peggiore delle torture.

"Sam?"

"Scusa, ero sovrappensiero."

"Lasciami indovinare," disse Jeremy. "Ti stavi chiedendo cosa ci trovi in te e cercavi di immaginare un modo per soffrire di meno quando cambierò idea."

Sam arrossì. "Come lo sai?"

"Non è difficile. So già che non ti consideri attraente e mi hai chiesto perché ti trovo interessante, il che significa due cose: o stai cercando di trovare un modo gentile per darmi il due di picche oppure cerchi di convincerti a non accettare la mia proposta."

Gli si avvicinò al punto che Sam riusciva a sentire il calore del suo fiato. Moriva dalla voglia di accorciare la distanza tra loro e sentire come sarebbe stato baciarlo, ma non lo fece.

"Se stai cercando di scaricarmi con grazia, non farlo," disse Jeremy. "Se veramente t'interessa solo l'amicizia, basta che tu lo dica. Sono grande e vaccinato, posso farmene una ragione. Se invece stai cercando di convincerti e tirarti indietro, smettila lo stesso. Non succederà nulla finché il tuo divorzio non sarà effettivo, quindi non c'è nulla da cui tirarsi indietro."

"Non cercavo di scaricarti," ammise lui.

Jeremy gli rivolse di nuovo il suo sorriso, quello che gli faceva attorcigliare lo stomaco. "Bene. Tutto il resto può aspettare."

Sam non era ancora convinto, ma discutere con Jeremy era come cercare di catturare il fumo. Doveva solo trovare il modo di proteggere il proprio cuore, cosicché quando i sei mesi fossero trascorsi e il jackaroo avrebbe cambiato idea, non avrebbe sofferto più di tanto.

"Jeremy?"

L'uomo si rimise dritto. "Sì, sono qui," rispose alla voce che l'aveva chiamato.

Chris e Jesse entrarono un attimo più tardi, si pulirono i piedi sul tappeto e si tolsero gli stivali. Un bellissimo kelpie marrone arrivò saltellando alle loro spalle e andò dritto da Jeremy.

"Ciao, Arrow," disse il jackaroo, grattandolo dietro le orecchie. "Hai fatto il bravo?"

"Ci ha aiutato immensamente," disse Jesse. "Grazie per avercelo prestato."

"Non c'è di che. Sam, hai già conosciuto Arrow?"

"No," rispose lui, porgendo il palmo al cane.

Questi si avvicinò e gli annusò la mano, poi si lasciò cadere ai suoi piedi e gli appoggiò il muso sulla gamba. Sam sorrise e cominciò a grattarlo dietro le orecchie come aveva visto fare al padrone. "È bellissimo."

"Ce l'ho da quando era un cucciolo," raccontò Jeremy. "L'ho addestrato da solo."

"E anche molto bene," aggiunse Jesse.

"Volete una birra?" chiese Jeremy. "Sono in debito di quella che ho bevuto da voi qualche sera fa."

339

"Mi piacerebbe," rispose Jesse. "Se non disturbiamo."

"Neanche per sogno. Sam ha deciso che il dormitorio è meglio della camera degli ospiti di suo fratello, quindi lo stavo aiutando a sistemarsi. Tutto qui. Sei sicuro di non voler niente, Sam?"

"Massì, dai, prendo anch'io una birra," accettò lui, più rilassato ora che non erano più soli. Jeremy non avrebbe insistito quando erano presenti altre persone, e a lui non dispiaceva farsi qualche altro amico. Se quella doveva diventare la sua casa, meglio che imparasse a conoscere quanti più residenti possibile.

Jeremy passò le birre e poi si appoggiò allo schienale della propria sedia. Chris e Jesse si sedettero su uno dei divani e cominciarono a raccontare la loro giornata. Sam si mise comodo e ascoltò. Non conosceva nessuna delle persone che nominavano, né sapeva in cosa consistessero i lavori che avevano svolto, ma non importava. Il cameratismo rilassato di quel momento, seduti insieme a parlare alla fine della giornata, gli era più che sufficiente. Avrebbe imparato. Avrebbe conosciuto gli altri residenti e Jeremy gli avrebbe spiegato quali lavori svolgevano. Poi, un giorno, avrebbe potuto partecipare anziché limitarsi ad ascoltare.

"Tu cos'hai fatto oggi?" chiese Chris a Jeremy, dopo che lui e Jesse avevano finito il loro racconto.

"Ho insegnato a cavalcare a Sam."

"In un solo giorno? Impressionante," replicò Jesse.

"Mi ha insegnato a salire e scendere senza rompermi l'osso del collo e a far girare Titan nel recinto," precisò Sam. "Non mi azzarderei a uscire da lì, ora come ora."

"Non avrai problemi con lui," gli assicurò Chris. "Fino a qualche mese fa neanch'io ero mai salito su un cavallo. Non che sia diventato un cavallerizzo esperto, ma me la cavo abbastanza perché mi permettano di lasciare la valle anche su altri animali."

"Tocca a tutti i nuovi?" domandò Sam.

"Non so degli altri," disse Chris, "ma so per certo che Caine ha cominciato con lui, poi io e ora tu. È un cavallo solido, affidabile e non fa brutti scherzi, il che lo rende perfetto per quelli che, come noi, hanno bisogno di un po' di pazienza in più."

"All'estremo opposto c'è Ned," intervenne Jesse. "Il più grosso figlio di puttana della stazione. L'unico che gli abbia mai visto in groppa è Macklin. Quando lo cavalca lui è docile come un agnellino, ma se gli si avvicina qualcun altro diventa un maledetto diavolo."

"Allora sarà meglio che lo lasci a lui. Già faccio fatica con Titan, non voglio pensare a un cavallo che solo Macklin è in grado di governare."

"Mi piacerebbe provare a cavalcarlo una volta," intervenne Jeremy. "Con il benestare di Macklin, ovviamente. Capisco che sia il suo cavallo, ma a che serve se nessun altro può usarlo? Voglio dire, Arrow è il mio cane e mi piace pensare che con me dia il meglio di sé, ma va fuori anche con altri se glielo ordino."

"Non chiederlo a me," rispose Jesse. "Io ti dico solo quello che ho visto. Ai residenti non interessa e i nuovi che ci hanno provato durante l'estate sono tutti finiti col culo per terra, anche quelli che avevano un po' di esperienza. Io non ho provato, non mi attira l'idea di farmi male."

"E Macklin che ha detto?"

"Ha detto che erano stati avvisati e che è colpa della loro idiozia se sono stati disarcionati. Non ha mai proibito a nessuno di montarlo, si limita a dire che Ned non tollera nessun altro che lui."

La campana appena fuori dalla mensa suonò, avvisando che la cena era pronta. Si avviarono tutti insieme. La sala sembrava enorme ora che il numero dei presenti si era ridotto

340

a meno della metà rispetto al giorno prima. Sam si riempì il piatto e seguì Jeremy, Chris e Jesse a uno dei tavoli. Qualche minuto dopo entrò un altro gruppo di uomini e Sam non poté fare a meno di notare che presero posto quanto più lontano possibile da Jeremy.

"Ti odiano davvero così tanto?"

"Non mi conoscono," rispose il jackaroo. "Odiano Devlin, non che possa biasimarli, e danno per scontato che, siccome siamo fratelli, io fossi a conoscenza dei suoi intrighi. In ogni caso non mi dà fastidio. Mi sono già fatto qualche amico e Macklin e Caine si fidano abbastanza da permettermi di rimanere. Il resto sarebbe solo la ciliegina sulla torta."

"Ma non è giusto!"

"Certo che no," intervenne Jesse, "Ma non è qualcosa che possiamo aggiustare da un giorno all'altro. È questione di tempo e fiducia e un giorno arriveranno a capire che la presenza di Jeremy a Lang Downs non cambierà niente."

Seth e Jason arrivarono di corsa. "Chris, Jesse," li chiamò il primo, "Patrick dice di andare da lui dopo cena. Carley ha preparato una torta."

"Possono venire anche Jeremy e Sam?"

"Non lo so," rispose il ragazzo. "Patrick non l'ha detto."

"Sì, certo che possono venire," disse Jason. "Papà dice sempre che è maleducato invitare alcune persone e non altre, quindi sono invitati anche loro."

"Allora ci farà piacere assaggiare la torta di Carley."

"Grande!" esclamò Seth. "Vieni, Jase, andiamo a prenderci qualcosa."

"Ecco come cambiano gli atteggiamenti," fece Jeremy con un sorriso. "Una persona alla volta e piano piano si fa la differenza."

# CAPITOLO 11

SAM TRASCORSE il giorno successivo da solo in ufficio. Aveva visto Jeremy a colazione, avvolto nel suo Driza-Bone. Il jackaroo si era scusato di non poter trascorre di nuovo la giornata in sua compagnia, ma Macklin aveva bisogno di lui e Arrow. Sam ci era rimasto male, ma che poteva farci? Jeremy era stato assunto per lavorare con le pecore, mentre lui doveva occuparsi della contabilità. La bella notizia era che aveva finalmente trovato la polizza dell'assicurazione. Quella cattiva era che era incredibilmente datata. Caine, tuttavia, non era in giro per potergliene parlare, quindi la mise da parte in attesa della prima occasione buona e tornò a dividere i fogli.

La mensa era vuota a pranzo – anche i bambini avevano deciso di mangiare altrove – così Sam decise di portarsi il panino in ufficio. Era troppo deprimente starsene lì tutto solo soletto.

"Dove pensi di andare?"

La voce tonante lo spaventò al punto di fargli quasi perdere la presa sul caffè. "Stavo tornando in ufficio."

Il grosso aborigeno fece un verso incomprensibile. "Vieni qua dove fa più caldo. Tutti hanno bisogno di una pausa."

Sam lo seguì docilmente in cucina. L'aria era parecchio più calda che in sala e c'era un profumo fantastico. "Che c'è per cena? Ha un odore meraviglioso."

"Lo sformato del pastore," rispose l'uomo. "E per favore niente battute su quanto sia appropriato. Le ho già sentite tutte e non mi fanno ridere."

"Non ci penso neanche. Adoro quel piatto. Mia madre ce lo cucinava sempre quando eravamo bambini e faceva freddo."

"Ti rimane attaccato allo stomaco e ti scalda quando il tempo è brutto," concordò Kami. "Hai l'aria di uno che ha bisogno di mangiare."

Sam si passò intenzionalmente una mano sulla pancia. "Questa non ha bisogno di nessun aiuto, grazie."

Kami lo squadrò. "Se qualcuno ti ha detto una cosa simile ti ha mentito, ragazzo mio. Hai il viso scavato e la pelle tirata. Ho già visto uomini con quell'aspetto e di solito non mangiavano bene. Farai un sacco di movimento da queste parti, se non ti nutri come si deve finirai con l'ammalarti."

"Non si fa un gran movimento a stare tutto il giorno seduti in ufficio," ribatté lui.

"Forse no, ma non ci rimarrai per sempre. Caine vorrà mostrarti qualcosa, o a Macklin servirà la tua opinione su un progetto, e senza che tu te ne renda conto ti troverai all'aperto a lavorare insieme con loro. Ovviamente sempre se non sarà tuo fratello a trascinarti fuori per primo."

"E perché dovrebbero farlo?" chiese lui.

"Perché non riescono a concepire che qualcuno possa non amare questo posto tanto quanto lo amano loro. E poiché gli capita più spesso di avere ragione che torto, continuano a coinvolgere le persone."

Sam non riusciva neanche a immaginare che tipo di input avrebbe potuto dare a qualcosa che non riguardava l'amministrazione, ma Kami sembrava abbastanza convinto. "Ieri Jeremy ha cominciato a insegnarmi a cavalcare. Naturalmente oggi aveva altro da fare."

"Ah, quindi è da quella parte che soffia il vento, eh?" domandò Kami. "Non permettere che l'opinione di Neil influenzi la tua su quel ragazzo. Conosco lui e la sua famiglia da prima che venisse al mondo. È la cosa migliore che sia uscita da quella stazione, al contrario di quel cervello bacato di suo fratello."

"Lo so che Neil ha dei pregiudizi, ma io cerco di non condividerli."

"Mi fa piacere sentirlo. Non ero sicuro che ce l'avrebbe fatta quando ha scoperto di Macklin e Caine. Sa già di te e Jeremy?"

"Non c'è nessun *me e Jeremy*," insisté Sam, arrossendo suo malgrado. "È stato gentile con me gli ultimi due giorni, mentre Neil è via dalla stazione, tutto qui."

"Allora perché sei dello stesso colore di uno dei miei peperoncini? La gente non arrossisce a quel modo senza motivo."

"È solo stato gentile," perseverò Sam.

"Ed è passato un po' di tempo dall'ultima volta che è successo, vero? Dai quell'impressione."

"Perché continuate tutti a ripetermelo? Solo perché non trasudo sicurezza non significa che abbia subito abusi o mi sia trascurato o qualunque altra cosa pensiate."

"Hai ragione, però siccome ci sono passato prima di te, so riconoscere i segnali quando li vedo, e in te li scorgo ogni volta che ti sminuisci o ti metti sulla difensiva. Sei al sicuro qui, Sam. Nessuno alzerà un dito o la voce con te. Nessuno ti farà a pezzi perché sei ciò che sei. Lo so che ancora non hai motivo di fidarti, ma Lang Downs è un porto sicuro. Michael Lang ha cominciato a raccogliere chi ne aveva più bisogno sin da quando ha fondato la stazione settant'anni fa. Macklin, tuo fratello, me... siamo solo gli ultimi di una lunga fila di persone che sono arrivate per leccarsi le ferite e hanno capito che questa era la Terra Promessa. E Caine ha portato avanti la tradizione iniziata dallo zio. Chiedilo a Chris se non mi credi. Tu e Jeremy siete gli acquisti più recenti, ma non i primi e di certo non gli ultimi. Non finché Caine e Macklin dirigeranno la stazione. Quindi, puoi accettarlo adesso, oppure puoi continuare a combattere e ritardare la felicità ancora un po'."

"È la prima volta che ti sento nominare il nome di zio Michael," disse Caine entrando in cucina. "E no, non stavo origliando. Ho solo pensato di riempirmi il termos prima di tornare fuori da Macklin."

"Quando sei arrivato non era ancora trascorso un anno dalla sua morte," spiegò Kami, "ed è considerato irrispettoso pronunciare il nome dei morti prima di un anno. Ora però è passato. E ora via, fuori da qui. Sam e io stiamo parlando."

Caine sorrise a Sam. "Così ora hai anche capito chi è che comanda davvero qua attorno. Viviamo tutti nel terrore di Kami."

"Capisco anche perché," azzardò Sam, spronato dal sorriso di Caine e dalla schiettezza del cuoco.

"Vi lascio alla vostra conversazione, allora. Oh, qualche idea sul progetto di cui stavamo parlando, Sam?"

"Un paio, e ho anche trovato la polizza dell'assicurazione, della quale dovremo parlare quando avrai tempo."

"Dirò a Macklin che domani dovrò restare in ufficio. Ne approfitteremo per discutere tutto."

"Grazie," fece lui, mentre l'altro usciva.

343

"Straniero," disse Kami, scuotendo affettuosamente la testa. "A vederlo ora non sembrerebbe, ma quando è arrivato ne sapeva anche meno di te. Molto meno, considerato che è pure uno yankee. Ricordatelo quando comincerai a dubitare di riuscire a trovare il tuo posto. Caine è qui da poco più di un anno. Chris da circa sei mesi. Non è da quanto tempo sei alla stazione ciò che conta, ma quanto del tuo cuore ci investi."

"Quindi vorresti dirmi che se rimango e ci provo, posso arrivare a sentirmi parte di tutto questo come è successo a Caine?" chiese Sam.

"Troverai da solo ciò di cui far parte," chiarì Kami. "Devi solo prendere quello che ti viene offerto."

Sam pensò alla proposta di Jeremy del giorno prima: essere amici fino alla convalida del divorzio e poi, magari, diventare qualcosa di più. Non poteva concedersi di sperare, non così presto, ma sarebbe stato bello avere un amico. Era passato troppo tempo da quando aveva avuto qualcuno di suo; non il marito di una delle amiche di Alison e quindi amico di riflesso, ma una persona che aveva scelto proprio lui. "Meglio che mi rimetta al lavoro. Non vorrei doverci tornare dopo cena. Ho ancora diverse cose da sbrigare."

Kami sorrise. "Bene, vattene. E comunque mi stavi tra i piedi."

Sam sussultò e solo dopo si rese conto dell'affetto che traspariva dalla voce del cuoco. Era lo stesso tono con cui aveva parlato a Caine. Sorrise per tutto il tragitto fino all'ufficio, confortato dal fatto che a quanto pareva si era fatto un altro amico senza neanche rendersene conto.


SAM CENÒ di nuovo in compagnia di Jeremy, Chris e Jesse. Si era aspettato di farlo insieme a Neil e Molly, ma non li vide in mensa, così immaginò che non fossero ancora tornati, oppure che avessero deciso di mangiare da soli a casa propria. Sam aveva notato che c'era una cucina, anche se non li aveva mai visti usarla se non per preparare una tazza di tè o riporre le birre.

"Perché sei tanto nervoso?" gli chiese Jesse quando lo vide guardarsi intorno per la quinta volta.

"Sto cercando Neil e Molly," rispose. "Avevano detto che sarebbero tornati oggi e non so se preoccuparmi o no del ritardo."

"Sembra più tardi di quello che è," gli ricordò Jeremy. "Le giornate si accorciano via via che l'inverno si avvicina. Io non mi preoccuperei ancora."

"Neil si sa muovere nella stazione," lo rassicurò ulteriormente Jesse. "Non si perderà e se dovesse accorgersi di essere in difficoltà cercherà un capanno in cui trascorrere la notte. Potrebbe correre coscientemente dei rischi per se stesso, ma non metterebbe mai in pericolo un singolo capello della bella testolina di Molly."

"Vero," riconobbe Sam. "Ha un telefono. Avrebbe chiamato se ci fosse stato un problema."

"Credo anch'io," confermò Jesse. "Magari chiedi a Caine se l'ha sentito. È probabile che abbia chiamato il capo prima di tutti gli altri."

"Non che avesse altra scelta," confessò Sam. "Io sono senza telefono. Quando non lavoravo non potevo permettermelo e ora non mi serve a granché visto che sono sempre in ufficio."

Jeremy si acciglò. "Se ti capitasse di uscire dalla valle, assicurati di portare con te una radio o di essere insieme a qualcuno con un telefono. Possiamo fare attenzione finché vogliamo ma gli incidenti succedono, e non sarebbe piacevole se tu ti trovassi là fuori senza un mezzo per comunicare in caso di difficoltà."

"È davvero tanto pericoloso?"

"Può diventarlo, ma a volte è anche di una bellezza da togliere il fiato."

Furono interrotti dal rumore di un'auto. "Scommetto che sono Neil e Molly," disse Jesse. "Vuoi andare a vedere se va tutto bene?"

"No, non credo ce ne sia bisogno," rispose lui, innervosendosi suo malgrado al pensiero di come avrebbe reagito Neil nel vedere insieme a chi era seduto. "Ci parlerò quando verranno a cena."

Jeremy dovette accorgersi della sua tensione perché gli si avvicinò e sussurrò: "Vuoi che mi sieda altrove?"

"No!" esclamò lui, assicurandosi di tenere bassa la voce. "Sei stato gentile con me e non mi vergogno di essere tuo amico. Temo solo che Neil non la prenderà tanto bene."

"Non voglio crearti problemi," insisté Jeremy.

"È Neil quello che ha un problema se non riesce a farsi entrare in testa che tu non sei come tuo fratello. Però lo conosco, e so come reagisce quando deve ammettere di aver sbagliato."

Neil fece il suo ingresso in mensa con quella stessa sicurezza che Sam aveva visto negli altri residenti, tranne forse che in Chris e Jesse. Alcuni degli uomini lo salutarono e lui rispose distrattamente guardandosi attorno. Quando il suo sguardo si posò su di lui e vide chi aveva accanto, irrigidì i muscoli del viso e si avvicinò con passo pesante al loro tavolo.

Sam sospirò. Aveva sperato di evitare una scenata in pubblico, ma Neil sembrava non curarsi di dare spettacolo e Molly non era presente per fermarlo.

"Che stai facendo?" chiese.

"Mangio," rispose lui, ricordandosi che ormai non dipendeva più dalla generosità di suo fratello. Aveva un posto alla stazione indipendentemente da quelli che erano i loro rapporti. "È quello che si fa in una mensa a quest'ora, o sbaglio?"

"Non fare il cretino," sbottò Neil. "Lo sai che non è quello che intendevo. Perché mangi con lui?"

"Ceno insieme ai miei amici perché mi hanno invitato e non avevo motivo di rifiutare."

Neil fece una smorfia come se avesse ingoiato qualcosa di sgradevole ma, prima che potesse aggiungere altro, Molly lo raggiunse e gli appoggiò una mano sul braccio. "Neil, lascialo in pace. Sam è un adulto e può sedersi insieme a chi gli pare. Gli parleremo a casa dopo cena."

Sam non era esattamente entusiasta all'idea, ma immaginò di non poterlo evitare. "Sì, vi raggiungerò dopo cena e potremo discuterne. Hai promesso a Macklin che non avresti iniziato una lite, quindi non farlo, okay?"

Neil aprì la bocca per dire qualcosa, probabilmente spiacevole, ma Molly lo tirò con forza e lui inghiottì le parole e le permise di portarlo via.

"Porca miseria," borbottò Sam. "È mio fratello e gli voglio bene, ma è una fortuna che Molly lo tenga al guinzaglio, perché altrimenti prima o poi qualcuno lo ammazza. Mi dispiace, Jeremy."

"Nessun problema, amico," rispose quello con un sorriso che aveva tutta l'aria di essere sincero. "Mi aspetto che le persone non mi giudichino in base alle azioni di mio fratello; il minimo che possa fare e riservarti lo stesso trattamento."

"In effetti. Però mi sa che questa sera mi toccherà rinunciare alla nostra birra. Ho il sospetto che la discussione con Neil non sarà breve, specialmente quando scoprirà che ho lasciato la sua stanza degli ospiti."

"Oh, non lo sa ancora?" intervenne allegramente Jesse. "Posso venire a sentirlo esplodere?"

"Jesse," lo riprese Chris. "Sii educato."

"Rispetto immensamente Neil come jackaroo. E lo rispetto enormemente per come difende Caine. Davvero. Ma a volte è un po' troppo prepotente. So che non lo fa apposta, ma ciò non toglie che mi farebbe piacere vederlo ridimensionato."

"Rimane una faccenda privata," ribatté Chris. "Non voglio avere spettatori esterni alla nostra famiglia quando devo parlare di cose serie con Seth, e neanche Sam dovrebbe."

"Bene," concesse Jesse. "Poi, però, mi racconti tutto."

"Andrà così," disse Sam. "Gli ricorderò che sono suo fratello maggiore e perfettamente in grado di prendere da solo le mie decisioni. Gli dirò che gli sono molto grato per avermi permesso di stare con lui e Molly quando sono arrivato, ma che ho bisogno di uno spazio mio, e lo stesso vale per loro. E poi gli chiederò come vanno i preparativi del matrimonio. È probabile che Neil cerchi di intimidirmi e cominci a protestare, ma ho quasi trentasei anni e non può ordinarmi cosa fare. Non è così che funziona."

"Potremmo berci una birra giù al dormitorio," intervenne Jeremy. "In questo modo vi assicurerete in che condizioni tornerà a casa."

"Così mi fai sembrare un ragazzino come Seth," protestò Sam.

"Non è una questione d'età, ma di quanto sia difficile litigare con tuo fratello, indipendentemente da quanti anni tu abbia. Ne so qualcosa, credimi."

Sam non poteva ribattere. Aveva assistito all'ultima lite fra Jeremy e suo fratello e non era stato piacevole. "Come vuoi, ma ti assicuro che non andrà come credi tu."

A quel punto Chris cambiò argomento e chiese a Jesse quali riparazioni avessero in programma per i macchinari quell'inverno. Sam non capiva niente di motori, ma lo stesso non poteva evidentemente dirsi per Jesse, il quale cominciò a parlare con disinvoltura di trattori e altri veicoli.

Dopo essersi trastullato quanto più a lungo possibile con la cena, arrivò il momento in cui Sam non poté più rimandare l'inevitabile. "Ci vediamo dopo, ragazzi," disse mentre si alzava per andare ad aggiungere il suo piatto alla pila di quelli sporchi.

Neil lo aspettava appena oltre la soglia di casa. "Lo sai cosa penso di Taylor," lo assalì all'istante.

"Sì che lo so. E so anche cosa pensano Caine e Macklin, e al momento sono più propenso a fidarmi del loro giudizio che del tuo."

"Sono tuo fratello!"

"Nessun dubbio in proposito, ma loro sono i capi e in quanto tali hanno deciso di assumere il fratello minore del loro rivale. In caso di errore, sarebbero loro quelli che avrebbero più da perdere, ma a quanto pare la cosa non li preoccupa. E io non vedo perché dovrei considerare la tua opinione più importante della loro, specialmente dal momento che Jeremy si è dimostrato molto amichevole e disponibile nei miei confronti."

"Ti sta usando," lo avvisò Neil.

"E perché mai dovresti pensare una cosa del genere? Seriamente, Neil, ti ascolti quando parli? Se Jeremy avesse davvero qualche fine segreto per essere qui – e, in tutta onestà, credo sia l'idea più balzana che abbia sentito da quando sono arrivato – sono l'ultima persona alla quale dovrebbe rivolgersi visto che ne so addirittura meno di lui. Inoltre, mentre

346

stavamo tornando dal giro delle provviste a Boorowa ci siamo imbattuti in Devlin Taylor e hanno litigato di nuovo. Taylor non lo vuole attorno, chissà poi perché. Jeremy non se l'è inventato, l'ho visto con i miei occhi."

Neil non sembrava convinto, ma Sam non si lasciò intimidire. "Guarda, Neil," disse, un po' tranquillizzato. "Non ti chiedo di farti piacere Jeremy. Non ti chiedo di lavorarci insieme. Però a me piace e vorrei che continuasse a insegnarmi, quindi ti chiedo di accettare almeno questo. Inoltre, è la sola altra persona che vive al dormitorio e mi verrebbe difficile evitarlo."

"Aspetta, che vuol dire *altra* persona che vive al dormitorio? Perché ci sei andato?"

"Perché non posso approfittare di te e Molly per sempre. Il contratto con la stazione mi garantisce anche vitto e alloggio, quindi tanto vale approfittarne."

"Vivere qui vale come alloggio alla stazione," puntualizzò Neil.

"Può darsi, ma vuole anche dire appoggiarmi a te quando non è strettamente necessario. Mi rendo conto che posso dare l'impressione di fare la punta gli spilli, ma ho passato gli ultimi nove mesi dipendendo dalla generosità di Alison, se così vogliamo chiamarla, e ora che ho la possibilità di stare in piedi sulle mie gambe, non voglio rinunciare alla sensazione di libertà. Per favore, non chiedermelo."

"Non…"

"Di' di sì e falla finita," disse Molly dalla soglia alle loro spalle. "Non è una scelta che spetta a te."

"Va bene," cedette allora Neil. "Mi serve una birra. Ne vuoi?"

"Certo," rispose lui, accettando l'offerta di pace.

Neil sparì in cucina e Molly gli si avvicinò. "Siediti. Non credo ci sia bisogno che sia io a dirti quanto tuo fratello è testone."

"No, infatti. È sempre stato così."

"Ha i suoi vantaggi," proseguì lei, "anche se mi rendo conto che al momento non si vedono. Però ci arriverà. Ti vuole bene e si preoccupa. Hai l'aria macilenta e sembri stanco, anche dopo quattro settimane qui alla stazione. Non litigherebbe così se tu non gli stessi a cuore."

"Mi dispiace solo che non riesca ad apprezzare il valore della persona che più di tutte si è dimostrata amichevole nei miei confronti."

"Ci sono anni di sangue amaro da superare," gli ricordò Molly. "Lo so che la colpa è principalmente di Devlin e non di Jeremy, ma Neil la vede diversamente e sai perché?"

"Perché?"

"Perché non riesce a immaginare un mondo in cui lui si schiererebbe con qualcun altro contro di te. Non si capacita che il litigio tra Jeremy e Devlin possa essere così grave da spingerlo a venire qui con l'intenzione di rimanerci. Capisce che possano aver discusso, ma non che possano separarsi per sempre. E di conseguenza, immagina che Jeremy sia venuto solo per vedere come funzionano le cose qua e poi portare quell'esperienza a Taylor Peak e magari usarla per danneggiarci."

"La lealtà è sempre stata la sua qualità migliore."

"È così," concordò Molly. "È grazie alla sua lealtà che ha potuto mantenere il lavoro dopo che Caine gli ha salvato la vita. Ed è sempre grazie alla sua lealtà che ha contribuito a salvare la stazione quest'estate quando moltissimi dei nuovi jackaroo non sapevano cosa fare. Nessuno ha lavorato più duro di Neil per assicurarsi che tutto girasse come doveva, neanche Macklin. Naturalmente potrebbe anche essersi impegnato tanto per evitare che Macklin lo facesse, ma il risultato non cambia. Pensa che Alison sia un'idiota per averti

347

lasciato e la lista potrebbe continuare. Ed è anche il motivo per cui non riesce a concepire che Jeremy possa mettere qualcosa al di sopra di suo fratello."

"Personalmente credo sia il contrario, e cioè che sia stato Devlin a considerare qualcosa più importante di suo fratello," disse Sam. "Da quello che ho capito, almeno."

"La lealtà deve essere reciproca," spiegò Molly, "ma resta che Jeremy è qui invece che a Taylor Peak, e per Neil questa cosa non ci porterà nulla di buono. Alla fine però ci arriverà. È leale, non cieco. Capirà che Jeremy non ha cattive intenzioni. Gli serve solo un po' di tempo."

"Quindi, nel frattempo non mi resta che ignorarlo."

"Non ho detto questo. Dovresti fare esattamente ciò che hai fatto oggi e cioè spiegargli dove sbaglia. Ha fiducia in te. Una volta superata la sorpresa, capirà che se tu dai credito a Jeremy, forse potrebbe farlo anche lui."

# CAPITOLO 12

"SEI SICURO di voler fare il giro degli ovili?" gli chiese Jeremy qualche giorno dopo mentre attraversavano la stazione a piedi. Sam aveva trascorso gran parte della giornata in ufficio, studiando la polizza di assicurazione insieme a Caine e aiutandolo a cercare la madre di Macklin. Quando l'uomo aveva dichiarato finita la giornata lavorativa, Sam aveva pensato di approfittare del tempo libero fino a cena per trascorrere qualche ora all'aperto.

"Sì, sono sicuro. Devo imparare come funzionano le cose, ricordi?"

"Poi però non venire a lamentarti con me della puzza," lo avvertì Jeremy.

Sam gli rispose con un sorriso.

Gli ovili puzzavano davvero, ma alla fine non gliene importava più di tanto. Jeremy gli spiegò a cosa serviva ogni singolo stanzino, mostrandogli dove sarebbero stati raccolti gli agnelli dopo la nascita e illustrandogli l'uso dei vari attrezzi. Avevano quasi terminato il loro giro quando Sam udì un miagolio disperato.

"Pensavo che le pecore fossero tutte fuori," disse, guardandosi intorno.

"Infatti," concordò Jeremy. "O almeno dovrebbero."

"Però c'è qualcosa che si lamenta qui. Non l'hai sentito?"

Seguirono la direzione da cui proveniva il suono finché non trovarono un gattino tartarugato intrappolato fra il cancello e il palo di uno degli stanzini. "Shh, calmo, piccolo," lo tranquillizzò Sam accarezzandogli la testa, mentre Jeremy apriva il chiavistello per liberarlo. Il micino cadde in avanti direttamente fra le mani di Sam e il miagolio si trasformò in fusa sin troppo rumorose viste le dimensioni minuscole del suo corpicino.

"Gli piaci," fece Jeremy.

"È solo contento di essere libero da quella trappola," rispose Sam, posandolo a terra. Ma quello ricominciò subito a piangere.

"No, gli piaci," insisté il jackaroo.

Sam fece un passo indietro per vedere cosa sarebbe successo e il micio lo seguì zoppicando vistosamente. "È ferito," disse, prima di riprenderlo in braccio.

"Fammelo vedere," chiese Jeremy.

Sam glielo passò delicatamente, poi osservò con ansia mentre l'altro controllava il piccolo corpo. Quando le dita dell'uomo premettero contro il suo fianco, il gattino soffiò in protesta. "A quanto pare si è un po' ammaccata le costole quando è rimasta intrappolata."

"È una lei?"

"Decisamente," confermò Jeremy, girandola in modo da esporle la pancia. Sam non aveva idea di cosa cercare, non sapeva nulla di anatomia felina, però prese per buona l'affermazione del jackaroo.

"Che si fa ora?"

"È uno dei gatti mezzi selvatici che vivono qui alla stazione," rispose l'uomo. "Un paio di giorni e tornerà come nuova."

Si mosse per rimetterla a terra, ma Sam gliela prese dalle mani. "Non può cavarsela da sola. È troppo piccola."

349

"La sua mamma è qui da qualche parte," ribatté l'altro. "Starà bene, davvero. Ma se vuoi viziarla per qualche giorno, liberissimo. Solo non venire a lamentarti da me quando ti butterà all'aria i vestiti o userà i tuoi stivali per farsi le unghie."

"C'è un sacco di gente che vive insieme ai gatti," fece Sam. "Non può essere tanto difficile."

"Non ne ho idea. Ho sempre avuto solo cani."

"Un gattino non può avere esigenze troppo diverse da quelle di un cucciolo," insisté Sam. "Cibo, acqua, un posto dove fare i suoi bisogni, qualcosa da graffiare e magari da mordere..."

"Se la vizi non imparerà mai a cacciare da sola. Poi dovrai tenertela per sempre."

"Ma è solo finché non guarisce."

Jeremy gli rivolse uno sguardo dubbioso, ma Sam non si lasciò scoraggiare. Se la strinse al petto mentre lasciavano gli ovili e tornavano verso i dormitori. "Che cosa mangi di solito?" le chiese.

"Carne," rispose per lei il jackaroo. "È una cacciatrice, o perlomeno lo diventerà se le insegni come si fa."

"Forse Kami potrebbe darmi gli scarti di quello che prepara per cena, anche se poi dovrò tagliarglieli a pezzettini."

"Ha denti e artigli. Può dilaniare quello che le darai esattamente come farebbe con un topo o qualunque altra preda," gli ricordò l'altro.

"Sì, ma è ferita. Non credo abbia voglia di farlo in questo momento," insisté Sam.

Jeremy fece di nuovo quello sguardo esasperato. "Allora arrenditi subito e ammetti di esserti preso un gatto. Non la manderai mai più agli ovili. Te lo dico fin d'ora."

"Ed è una cosa tanto terribile?" chiese Sam.

"No," rispose l'altro, la voce più dolce. "Non lo è per niente. Fai solo attenzione quando c'è in giro Arrow, almeno finché non capiremo se vanno d'accordo. È molto più grosso di lei, e in forma."

"A questo punto credo le serva un nome, allora."

"Prima o poi," concesse Jeremy. "Intanto datti un paio di giorni per vedere se ti viene in mente qualcosa di particolare."

"Da dove l'hai preso il nome per Arrow?"

"Si è trattato di una battuta, più che altro. Faceva parte di una cucciolata di sette. Gli altri sei erano dei normali cuccioli che inciampavano l'uno sull'altro e camminavano a zigzag, ma lui era diverso. Individuava un obiettivo e ci si dirigeva dritto, senza barcollare o inciampare, proprio come una freccia col suo bersaglio."

"Bella storia."

"Sì, per cui ecco il nome: Arrow – freccia. Sono certo che i suoi fratelli e le sue sorelle abbiano superato la fase traballante dei cuccioli e siano diventati degli splendidi cani da pastore, ma Arrow aveva una marcia in più già da allora."

"Credi che lo disturberà avere attorno un gatto?" domandò Sam.

"La maggior parte delle volte, quando ho visto cani e gatti non andare d'accordo è perché il gatto aveva paura già da prima. I cani tendono ad adattarsi più facilmente visto che il gatto non rappresenta davvero una minaccia per loro. È probabile che la considererà solo qualcos'altro da controllare e di cui prendersi cura. E lei è abbastanza giovane da superare un'eventuale paura."

"Sam, Jeremy, che avete lì?" domandò Jason, arrivando di corsa.

350

"Sam ha trovato un micino negli ovili," raccontò Jeremy. "Non crede che riesca a cavarsela da sola e vuole portarsela a casa."

"Posso vederla?"

Sam gliela passò facendo molta attenzione, ma gli fu subito chiaro che il ragazzo sapeva bene come maneggiarla. Le accarezzò piano la testa e poi la controllò. "Non sembra avere qualcosa di rotto," disse. "Probabilmente è solo una sbucciatura. E ha fame, molta. Chissà dov'è la sua mamma?"

"Non lo so. Non abbiamo visto altri gatti negli ovili," rispose Jeremy.

"Sono liberi all'interno della stazione. In genere vanno dentro solo quando c'è brutto tempo o per avere i piccoli. Non sembra ancora cresciuta, proverò a vedere se trovo il resto della nidiata. Se lei sta così, gli altri non saranno messi tanto meglio."

"L'abbiamo trovata nel penultimo stanzino a destra," indicò Jeremy. "Dovrebbe darti almeno un indizio su dove cominciare."

"Grazie," disse il ragazzo. "Vado a chiamare Seth e poi andremo a cercarli. Magari ci aiuterà anche Polly, ha un buon fiuto."

Fischiando per chiamare il proprio cane corse verso la rimessa dove erano alloggiati i macchinari e dove Seth trascorreva tutto il suo tempo, a meno che Patrick non lo cacciasse o Jason stesso lo trascinasse in una delle sue avventure.

"Dovremmo andare ad aiutarli?" domandò Sam.

"No, lasciali divertire. Noi presenteremo la scriccioletta ad Arrow e le prepareremo la cuccia. Poi andremo a vedere se Kami ha degli avanzi da darle. Se vuoi tenerla ti converrà anche comprare qualcosa in paese. Cibo per gatti, una lettiera e roba del genere. Anche se una volta guarita dovesse trascorrere molto tempo all'aperto, ti conviene prendere subito quello che ti serve invece che improvvisare finché non starà meglio."

"Chi sarà il prossimo a fare il giro delle provviste?"

"Non lo so, ma possiamo farcelo dire. Hai abbastanza soldi? Sennò posso prestarti qualcosa fino alla prossima paga."

"Credo di potermi permettere una busta di cibo per gatti e una lettiera," rispose Sam freddamente.

Jeremy sospirò. "Non volevo offenderti. Però so che hai dovuto spendere gran parte del tuo ultimo stipendio per comprarti i vestiti. È un prestito amichevole e nient'altro."

"Lo so," disse Sam. "Scusa. I soldi sono un argomento spinoso. Quando Alison e io abbiamo acconsentito a una separazione di prova non avevo un lavoro, quindi ha dovuto pagarmi lei l'affitto di un appartamento, ma quello che mi passava bastava a malapena per far fronte al canone nel posto più economico che sono riuscito a trovare e mi restava pochissimo per il cibo. Avevo dei risparmi, ma non sono durati che pochi mesi. Ho sempre avuto l'impressione che usasse i soldi come leva per farmi tornare strisciando ai suoi piedi."

"Mi sembra di capire che tu stia molto meglio senza di lei," dichiarò Jeremy. "Non ti biasimo per essertene liberato."

Sam rise, ma il suono risultò amaro alle sue stesse orecchie. "Sono quasi certo che sia esattamente il contrario. A sentir lei non ne facevo una giusta."

"Allora era una scema, perché io devo ancora vederti fare qualcosa di sbagliato."

"Sì, be', tu però non vivi insieme a me."

"No, non vivo insieme a te, però vivo con te. Non nella stessa stanza, ma sotto lo stesso tetto, e trascorriamo insieme gran parte del nostro tempo libero. Stavi insieme a lei più di così quando eravate sposati?"

"Dormivamo nello stesso letto," disse Sam. "Ma con i suoi orari la maggior parte delle volte non riuscivamo nemmeno a cenare insieme."

"Peggio per lei," esclamò Jeremy. "Io di certo non mi lamento, visto che ora sei qui con me."

Mentre si avvicinavano al dormitorio, Arrow trotterellò nella loro direzione e strusciò la testa contro la gamba di Jeremy, il quale lo grattò con affetto dietro le orecchie. "Che dici se facciamo adesso le presentazioni?" suggerì. "In questo modo, se non dovessero andare d'accordo, sarà più facile separarli."

"Okay," concordò Sam.

Jeremy afferrò con forza Arrow per il collare e gli ordinò di sedersi. Il cane si mise giù e alzò sul padrone uno sguardo adorante. Sam non riuscì a non sorridere davanti alla scena, dopodiché s'inginocchiò per mostrargli la micetta che teneva in braccio. Lei appiattì le orecchie e cominciò a soffiare, ma il cane la ignorò e continuò ad annusarla, evitando però la zona ferita. Lei soffiò ancora, ma questa volta con meno convinzione. Arrow le rispose leccandole il muso. La gattina scosse la testa un paio di volte per liberarsi dalla saliva che l'aveva bagnata e si riaccucciò fra le braccia di Sam, facendo le fusa.

"Credo che gli piaccia," disse Jeremy.

"Mi sembra reciproco," concordò Sam quando Arrow le strusciò contro il naso e lei si abbandonò al tocco.

"Andiamo a vedere se Kami ha qualcosa da darle, dai."

Quando Sam si tirò su, la gattina si agitò e Arrow uggiolò scontento, così la depositò a terra, pronto a prenderla se l'avesse vista barcollare o sofferente, ma lei gli si avvolse attorno alle caviglie e poi zampettò verso il cane, il quale rimase pazientemente immobile mentre la piccoletta gli passava sinuosa fra le zampe davanti.

"Oppure potremmo lasciarli soli e andare a parlare con Kami senza di loro," disse Jeremy con un sorriso.

"Magari se Arrow viene con noi ci seguirà anche lei. Non credo che dovremmo lasciarla già da sola."

"Proviamo," acconsentì Jeremy. "Arrow, qui."

Il cane si spostò ubbidiente di fianco al padrone, attento a non calpestare la pallina di pelo, la quale impiegò qualche secondo prima di raggiungerlo, ma alla fine gli fu di nuovo fra le gambe.

"Di questo passo non ci arriveremo mai in mensa," esclamò Jeremy sollevandola e appoggiandola sulla schiena del cane. "Proviamo se così va meglio."

La micia rimase un attimo spiazzata dalla nuova situazione, girando un paio di volte su se stessa per trovare il giusto equilibrio. Arrow rimase perfettamente immobile, aspettando che si sistemasse. Alla fine lei sedette e non appena si fu accomodata sulla sua schiena, il cane alzò lo sguardo verso Jeremy, come per dirgli che ora potevano andare.

"Non sarà il mio gatto," disse Sam. "Sarà il *suo* gatto."

"Sono certo che non avrà problemi a condividerla," rispose l'altro con un sorriso.

Arrivarono alla mensa senza problemi. La gattina dava l'impressione di essere perfettamente a suo agio sulla schiena di Arrow e a quest'ultimo non sembrava dispiacere averla lì. Sam pensò che Jeremy lo conoscesse bene e che avrebbe detto qualcosa se la cosa fosse stata un problema.

Lasciarono il cane a fare il gat-sitter sotto il portico ed entrarono a cercare Kami.

"Che vi ho detto riguardo al fatto che non voglio essere disturbato mentre preparo la cena?" sbraitò il cuoco non appena li vide.

352

"Speravamo che tu potessi darci qualche avanzo," disse Sam. "Abbiamo trovato una gattina negli ovili. È ferita e affamata. La prossima volta che qualcuno andrà in paese farò prendere del cibo per gatti ma nel frattempo devo darle qualcosa. Non è necessario che sia chissà che, basta qualche avanzo."

Kami strinse le labbra con fare adirato, ma Sam aveva già imparato che quella era la sua espressione abituale, così si mise pazientemente in attesa mentre l'uomo si affaccendava per la cucina. Tornò da loro con un termos e una grossa scodella piena di carne. "Conservateli al freddo finché non glieli date se non volete che vadano a male."

"Grazie," fece Sam. "Ci togliamo subito dai piedi così puoi finire di preparare la cena."

"Se dovessi far tardi, dirò a tutti che è colpa vostra perché mi avete disturbato."

"Se fai tardi, ci assumeremo le nostre responsabilità," disse Jeremy.

Tornarono fuori con il loro bottino. Arrow si era sdraiato per terra e la gatta gli camminava sopra. "Non sembra che la zampa gli faccia male come prima," commentò Jeremy.

Sam la prese ignorando il suo verso di protesta. "Arrow non può alzarsi per portarti se tu gli stai sopra. Un secondo di pazienza e poi ti lascio andare."

Arrow si mise subito in piedi e abbaiò nella sua direzione. Sam gli rimise la micia sopra e la strana processione ritornò verso il dormitorio. Una volta lì, Sam cercò una ciotola e ci versò dentro un po' di latte. La gattina saltò giù dal dorso di Arrow per andare a vedere, quindi cominciò a lappare con la sua piccola lingua rosa.

Sam tagliò le interiora del pollo in piccoli pezzi e li mise dentro un piattino accanto alla ciotola. La gattina li annusò riluttante. "Va tutto bene, scricciolina," la rassicurò lui. "Sono per te. Lo so che hai fame."

Lei miagolò e provò un assaggio. Sam non riusciva a immaginare che avesse un buon sapore, ma evidentemente lei la pensava diversamente, perché si tuffò sul piatto come se stesse morendo di fame. Cosa che, visto quanto era magra, era anche possibile.

Jeremy tornò con uno scatolone pieno di carta di giornale. "Finché non le avremo preso una lettiera vera e propria sarà meglio tenerla qui dentro quando siamo fuori. Non vorrei ritrovarmi tutto il dormitorio all'aria."

"Credi che ci starà?" domandò Sam.

"Non per molto, ma ci vorranno un paio di giorni prima che sia guarita e abbastanza in forze da saltar fuori, e per allora avremo pensato a qualcos'altro."

Sam non era tanto convinto, ma pensò che fosse meglio fare almeno un tentativo, così quando la piccoletta ebbe spazzolato tutto il cibo la mise dentro la scatola. Cominciò a miagolare immediatamente e Arrow gemette di rimando, infilando a sua volta la testa dentro lo scatolone e dandole dei colpetti col naso come se in quel modo potesse capire cosa non andava. Quello sembrò calmarla. Sam lo accarezzò sulla testa. "Tieni d'occhio la nostra ragazza, okay, Arrow? Noi andiamo a cena, ma torniamo presto e la facciamo uscire così potrete giocare."

"Chissà se Jason è riuscito a trovare i suoi fratelli," rifletté Jeremy mentre camminavano verso la mensa. La campana non aveva ancora suonato, ma non erano i soli a essersi già avviati.

"Glielo chiederemo a cena. Spero che stiano bene e che si siano solo separati per qualche ragione."

"Lo spero anch'io. Però è strano che la mamma perda di vista uno dei suoi piccoli."

353

L'espressione sul viso di Jason quando entrano nella sala e lo videro seduto nell'angolo non li rassicurò, tuttavia.

"Ho trovato la sua tana," disse il ragazzo quando li scorse. "Non ho idea di che tipo di predatore li abbia attaccati, ma la mamma era praticamente squarciata e dei piccoli non c'era traccia. Non so neanche quanti ne avesse. Abbiamo cercato dappertutto senza trovare niente, quindi credo che chiunque sia stato se li sia portati via."

"È piuttosto azzardato, no? Venire così in un luogo abitato," chiese Sam. "Voglio dire, non ne so molto di animali selvaggi, ma mi sembra strano."

"Dipende da cos'era," rispose Jason. "Abbiamo avuto dei gufi che hanno fatto il nido negli ovili prima d'ora e la scorsa primavera abbiamo trovato un vombato in uno dei capanni. Non è proprio comune, ma neanche troppo insolito. Se fosse stato un uccello, tipo un falco, sarebbe potuto entrare e uscire indisturbato senza che nessuno se ne accorgesse. I dingo di solito non si spingono così a valle, ma potrebbero averlo fatto questa volta. Ora che gli accoppiamenti sono finiti non c'è più tutto questo movimento alla stazione."

"Ce la farà, la mamma?" domandò Jeremy.

"È presto per dirlo," rispose Jason. "L'ho fasciata meglio che potevo." Mostrò loro la mano piena di graffi. "Caine ha detto che avrebbe chiamato il veterinario ma non potrà venire prima di domani. È fuori per un'emergenza e non può lasciare finché non è risolta. Continuo a dirgli che dovremmo prenderne uno in pianta stabile, ma lui insiste che non abbiamo abbastanza richiesta da giustificare la spesa."

"Lo sai che ha ragione," disse gentilmente Jeremy. "Ci sono momenti in cui un secondo veterinario in zona sarebbe utile, ma la maggior parte del tempo il lavoro che c'è non basta neanche per il dottor Walker. Si lamenta continuamente di passare dall'abbondanza alla carestia."

"Da grande diventerò veterinario e tornerò a lavorare qui," affermò il ragazzo adirato. "Caine potrà assumermi come jackaroo e poi pagare me al posto di un altro veterinario quando ce ne sarà bisogno."

"Se t'impegnerai tanto da diventare veterinario non ti basterà lavorare come jackaroo il novanta percento del tempo," gli fece notare Jeremy. "È un bel progetto, ma non porti dei limiti finché non avrei preso la tua laurea e potrai pensarci come si deve."

Il viso di Jason si trasformò in una maschera di testardaggine, così Jeremy cambiò argomento e cominciò a raccontare quello che avevano fatto per la gattina fino a quel momento e cosa intendevano fare in futuro. Jason approvò e Sam non avrebbe dovuto sentirsi tanto sollevato; si trattava pur sempre di un ragazzino, per l'amor del cielo, non di un veterinario. Non ancora!

Dopo aver finito di cenare, lui e Jeremy tornarono al dormitorio. Aprirono la porta e trovarono Arrow davanti al caminetto con la gattina raggomitolata fra le zampe davanti, profondamente addormentata. La scatola dentro cui l'avevano lasciata giaceva rovesciata sul fianco dall'altra parte della stanza.

"Bene, non ha funzionato," sospirò Sam. "Immagino che ci convenga pensare a qualcos'altro." Si chinò per prendere la cucciola, ma fu scoraggiato dal ringhio sommesso di Arrow. "Okay, mi sa che per il momento la lascio qui."

"Arrow," lo rimproverò Jeremy. "Lascialo fare. Non vuole fare del male alla Scricciolina."

"È così che si chiama ora?" scherzò lui.

"Sì, finché non le trovi un nome migliore," disse Jeremy. "Non posso chiamarla semplicemente 'gatta'. Dai, Arrow, andiamo." Il cane abbassò lo sguardo sulla gattina e poi lo sollevò sul padrone, chiaramente combattuto tra il desiderio di sorvegliare la sua protetta e l'obbedienza a Jeremy.

"Non farlo alzare. Non fanno male a nessuno, ed è carino che lui sia così protettivo nei suoi confronti."

"Diventerà una rompicoglioni," esclamò Jeremy. "È già straviziata. Scommetto che ha continuato a piangere finché Arrow non ce l'ha fatta più e non ha rovesciato la scatola per farla uscire. Non è abbastanza grossa da riuscirci da sola."

"Può darsi che almeno riesca a proteggerla da qualunque sia la cosa che ha preso i suoi fratelli," disse Sam. "Vuoi una birra?"

"Volentieri."

Sam sorrise e andò in cucina. Escludendo la gattina che dormiva vicino ad Arrow davanti al camino, era come una qualsiasi altra serata da quando si era trasferito, e pensò che avrebbe potuto tranquillamente abituarsi a quella routine.

# Capitolo 13

CAINE FISSAVA la barra di ricerca Google. Sarah Armstrong era un nome molto più comune di quanto avesse creduto, ma quando aggiunse Tumut ai criteri di ricerca non uscì alcun risultato. Non gli restava altro da fare che controllare ogni singolo nome e vedere se riusciva a restringere il campo. Ricordando a se stesso che aveva tutto il tempo del mondo e che non aveva nessun altro posto in cui essere in quella fredda e cupa mattinata di maggio, si loggò e cominciò a cliccare sui vari link, eliminando tutte le persone al di sotto dei sessantacinque anni. Non sapeva quanti anni avesse avuto la donna quando Macklin era nato, ma gli sembrava che sessantacinque fosse uno sbarramento plausibile perché collocava il parto intorno ai suoi vent'anni.

Due ore dopo, basandosi sull'età e senza nessun altro elemento che gli permettesse di operare ulteriori eliminazioni, aveva ristretto il campo a sette nomi. Aveva lasciato fuori una signora che aveva l'età giusta perché era un giudice. Macklin non aveva mai accennato al fatto che la madre lavorasse e se la donna fosse stata un giudice, o anche solo un avvocato, avrebbe di certo usato le sue capacità e conoscenze per sfuggire alla violenza del marito. Ne aveva cancellata un'altra perché era aborigena mentre la foto che Macklin conservava mostrava chiaramente che si trattava di una donna caucasica. Purtroppo, però, per la maggior parte delle donne di quell'età non c'erano tante informazioni. Nome, città ove risiedevano e poco altro. Se avesse avuto almeno la data di nascita, anche senza l'anno, sarebbe stato in grado di restringere ancora di più la cerchia, ma non poteva chiederlo a Macklin senza rivelare quello che stava facendo e non voleva parlargliene finché non ne avesse saputo di più.

Impiegò altre due ore per scoprire i numeri di telefono delle sette donne e a quel punto era già arrivata l'ora di pranzo. Nascose il foglio su cui li aveva appuntati sotto una pila di vecchi registri. Non gli importava se Sam l'avesse trovato, visto che l'uomo sapeva cosa stava cercando di fare. Macklin, dal canto suo, non andava attorno ai libri perché non voleva incasinare il sistema che lui e Sam avevano adottato da quando quest'ultimo aveva cominciato a lavorare per loro. Si alzò e si stirò la schiena. Assumere il fratello di Neil era stato un colpo di genio, ora gli restava solo da trovare il modo per convincerlo a rimanere.

SAM ERA in ufficio quando Caine rientrò dalla pausa, così si prese alcuni minuti per informarlo sui propri progressi e per rispondere agli interrogativi che si erano presentati mentre l'uomo negoziava una nuova polizza che andasse a sostituire quella stipulata dallo zio Michael trenta e passa anni prima. Una volta finito lì, prese il foglio e lo portò nella stanza che divideva con Macklin. Le telefonate sarebbero già state abbastanza imbarazzanti anche senza avere un pubblico.

Osservò ancora una volta la lista di nomi e annotazioni e scelse la donna che secondo lui aveva più possibilità di essere la madre di Macklin.

"Pronto?"

"Parlo con Sarah Armstrong?"

"Sì. Chi è lei?"

356

"Mi chiamo Caine Neiheisel e sono il proprietario di un allevamento di pecore nel Nuovo Galles del Sud. Sto cercando di trovare la madre del mio sovrintendente, Macklin Armstrong."

"Mi dispiace figliolo, ma hai scelto la Sarah Armstrong sbagliata. Io e mio marito non abbiamo mai avuto figli."

"Mi scusi per averla disturbata, allora," la salutò Caine prima di riattaccare.

La seconda telefonata fu molto simile alla precedente, solo che questa Sarah Armstrong non si era mai sposata.

Dopo aver cancellato anche il nome seguente, Caine si chiese se avesse perso la testa a cercare di fare quella cosa partendo dalle poche informazioni in suo possesso. Nascose la lista nel suo cassetto sotto le calze pulite e uscì a cercare Macklin. Aveva già perso troppo tempo in quella vana indagine, poteva fare il resto un'altra volta.

"CIAO, SAM," lo salutò Jeremy, facendo capolino in ufficio. "Mi serve Arrow ai pascoli per un po'. Macklin vuole spostare un gregge un po' più vicino alla stazione."

"Okay," rispose Sam, chiedendosi per quale motivo glielo stesse dicendo. Non che gli dispiacesse sapere in cosa fosse impegnato, ma gli sembrò strano che fosse venuto apposta a informarlo.

"Devi venire a prendere Scricciolina," continuò Jeremy. "Vanno entrambi in crisi quando li separo, ma va meglio se la piccoletta sta con te."

"Dobbiamo trovarle un altro nome," disse Sam scuotendo la testa, ma si alzò dalla scrivania e lo seguì fuori. Come da previsione, trovò la gattina abbarbicata sulla schiena di Arrow, chiaramente decisa a seguire lui e Jeremy al lavoro.

La sollevò e lei emise un miagolio di protesta mentre il cane gli diede una testata leggera. "Ora basta, voi due," li rimproverò. "È solo per qualche ora. Arrow, non puoi occuparti di lei e allo stesso tempo fare il tuo lavoro, e tu, signorina bella, sei troppo piccola per andare a giocare con le pecorelle puzzolentine. Ti calpesterebbero senza neanche accorgersene. Vieni in ufficio con me e ti faccio giocare con le mie penne."

"Grazie," fece Jeremy. Chiamò Arrow, il quale lo accompagnò riluttante, e insieme si avviarono verso il recinto dei cavalli. Sam, un sorriso sulle labbra, li seguì con lo sguardo.

"È un bello spettacolo, vero?" gli arrivò da dietro le spalle la voce di Caine.

Sam si sentì arrossire fino alla radice dei capelli. "Che intendi?"

"Un uomo e il suo cane," spiegò l'altro. "C'è qualcosa di speciale nel legame che li unisce."

"Mi sa che ultimamente Arrow sia più interessato alla mia gattina che a Jeremy."

"E tu invece?" gli domandò Caine. "A cosa sei interessato ultimamente?"

"Ai premi delle assicurazioni," rispose lui con una smorfia.

"Non intendevo quello," insisté il suo capo. "Per quanto l'immagine di un uomo e del suo cane possa essere virtualmente appassionante, il tuo viso esprimeva tutto meno che virtù."

"Mi mancano ancora sei settimane prima di poter presentare domanda di divorzio," disse Sam. "Non sono nella posizione di interessarmi a nessuno per il momento."

"Il cuore non segue i programmi. Non lasciare che qualcosa di bello ti scivoli fra le dita solo perché non è il momento giusto."

"Non è una questione di tempistica," spiegò lui. "È che non voglio fornire nessun tipo di munizione ad Alison."

"Mi era sembrato di aver capito che aveste già concordato i termini della separazione."

"Infatti. Ma è successo prima che trovassi un lavoro. Se non le do alcun motivo per desiderare di vendicarsi, è probabile che non le venga in mente di chiedere il rimborso dei soldi che ha dovuto pagare per l'affitto prima che venissi qui. Se invece gliene do, potrebbe decidere di chiedere una revisione degli accordi, e probabilmente la otterrebbe. Non era obbligata a mantenermi per nove mesi prima che mi stancassi e chiedessi aiuto a Neil, e se facessi qualcosa di sbagliato tipo iniziare una relazione mentre siamo ancora separati, nessun giudice si schiererebbe mai dalla mia parte."

"Jeremy è un bel bocconcino," disse Caine. "Vale la pena aspettare. Assicurati solo che anche lui sappia cosa sta aspettando."

"Ne abbiamo parlato. Ha detto che capisce."

"Allora taccio. Ma se dovesse servirti un orecchio per sfogarti, non farti problemi."

"Grazie," disse Sam. La gattina gli si agitò fra le braccia. "Sarà meglio che la porti dentro e mi rimetta al lavoro."

Tornò in ufficio e si chiuse la porta alle spalle, per impedire alla micetta di andarsene in giro per la casa. Lei picchiò contro la porta con un po' d'impazienza, ma quando capì che non si sarebbe aperta e che nessuno sarebbe venuto ad aiutarla, sbuffò e ritornò da lui. Sam si chinò per grattarle dietro le orecchie e lei gli avvolse le zampette attorno al polso cosicché, quando si sollevò, la portò con sé. Gli saltò in grembo, girò un paio di volte su se stessa e infine gli si accoccolò sulle gambe cominciando a lavarsi.

"Comoda?" le chiese lui con un sorriso.

Lei fece le fusa e gli mise la testa sotto la mano.

"Come faccio a lavorare se vuoi essere accarezzata?"

Scricciola gli rivolse uno sguardo altamente incurante. Sam sorrise e le appoggiò una mano sulla schiena mentre con l'altra riprese a inserire i dati al computer. E, anche se era un po' meno veloce di quanto sarebbe stato con due mani, non c'era nessun altro nella stanza che lo notasse e il conforto che riceveva dalle fusa della gattina ripagava in pieno la lentezza.

"Vedi?" le disse dopo qualche minuto. "Se venissi qui con me invece che andartene in giro a bighellonare con Arrow, potresti trascorrere tutte le giornate così, rilassata e coccolata."

Lei ruotò su se stessa ed espose la pancia. Lui gliela grattò ubbidiente. "È inverno ora, e c'è più calma, ma quando arriverà la primavera, Arrow dovrà lavorare molto di più. Dovrai abituarti a non averlo sempre a disposizione durante il giorno."

Per tutta risposta lei aumentò il volume delle fusa.

"Ovviamente ciò significa che anch'io dovrò abituarmi a vedere meno Jeremy," continuò Sam con un sospiro. "Siamo proprio una bella coppia, eh? A struggerci in questo modo per un uomo e il suo cane. Almeno potremo stare un po' insieme quando loro saranno là fuori a fare cose… pecorecce."

Lo fece sentire bene pronunciare quelle parole, ammettere che Jeremy aveva attirato il suo interesse in un modo che trascendeva l'amicizia alla quale avevano deciso di limitarsi finché il divorzio non fosse stato definitivo. Su quello non poteva prescindere, però poteva usare quei cinque mesi di attesa per gettare le fondamenta su cui ricostruire la sua vita una volta risolti i suoi problemi e riguadagnata la libertà.

Abbassò lo sguardo sulla gattina che gli sonnecchiava in grembo, il cuore in tumulto. "Oddio, non posso avere di questi pensieri. Devo essere fuori di testa."

Lei si scostò da sotto le sue mani e gli si aggrappò al petto con i piccoli artigli, colpendogli lo sterno col mento. Sam la prese e se la avvicinò. La micia ricominciò a fare le fusa e si strusciò contro la sua mascella. "Sono matto ad avere già di questi pensieri, vero?" Inspirò a fondo e cercò di calmare il panico crescente. Il matrimonio con Alison era già finito da molto, e anche se la parte legale avrebbe richiesto un altro po' di tempo prima di essere completata, essere single non rappresentava una novità. Aveva avuto nove mesi per abituarsi all'idea. Nove mesi di stupidi rischi nei bar insieme a perfetti sconosciuti, solo per il gusto di non sentirsi inutile per qualche ora. Ormai era a Lang Downs da sei settimane, un tempo sufficiente ad aver impostato un trantran quotidiano sia in ufficio che nel tempo libero. Era sempre stato una persona abitudinaria e, per quando possibile, preferiva sapere in anticipo cosa lo aspettava, quindi avere quella nuova routine gli dava un senso di sicurezza, qualcosa che gli era mancato da quando aveva perso il lavoro. La separazione da Alison non era stata niente al confronto. Erano quattro settimane che viveva con Jeremy e aveva trascorso con lui la maggior parte delle serate, anche se andava da Neil e Molly almeno una volta la settimana in modo da non dare al fratello l'impressione che preferisse la compagnia del suo nuovo amico alla sua. A dire la verità l'aveva anche invitato più di una volta a raggiungerlo al dormitorio, ma Neil aveva sempre rifiutato.

In quelle quattro settimane Jeremy aveva rappresentato l'amico perfetto. Era stato paziente con la sua ignoranza riguardo alle cose della stazione, comprensivo in relazione al suo lavoro in ufficio, divertente; senza contare il bene che faceva al suo ego ogni volta che flirtava o gli proibiva di autodenigrarsi. Era perfetto, e quella cosa lo spaventava un po'. Aveva imparato sulla propria pelle che qualsiasi cosa sembrasse troppo bella, probabilmente lo era.

Non voleva cominciare una storia con Jeremy e poi vederla naufragare perché, diversamente dal suo precedente matrimonio, questa volta non si sarebbe trattato di una scusa per nascondere al padre la propria sessualità. Una storia con Jeremy sarebbe stato qualcosa di vero e reale, e perderlo gli avrebbe fatto infinitamente più male che la fine del matrimonio con Alison.

"Che devo fare, tesoro?" chiese.

La gattina fece le fusa.


MACKLIN ASPETTÒ che Jeremy chiudesse il cancello alle loro spalle. Era un sollievo avere a che fare con qualcuno che sapeva cosa stava facendo dopo un'estate trascorsa a guidare i jackaroo tanto quanto le pecore.

"Ti stai ambientando?" chiese quando l'uomo gli tornò di fianco.

"Abbastanza," rispose l'altro. "È piacevole avere un po' di compagnia al dormitorio, e Chris e Jesse mi ospitano a casa loro un paio di volte la settimana."

"Bene. E gli altri? Ti ignorano sempre?"

"Non tutti. Patrick e Carley mi hanno invitato a raggiungerli qualche volta e l'altro ieri Ian mi ha chiesto di aiutarlo anche se non ero l'unico disponibile. Lo sapevo che non sarebbe stato facile, ma non mi pento di essere venuto."

"Mi fa piacere," disse Macklin. "Posso parlare con Neil se vuoi."

"No, preferisco di no. Puoi ordinargli di lavorare con me ma non puoi ordinargli di essermi amico e, se anche potessi, non lo vorrei. Deve arrivarci da solo."

"Sa essere testardo," lo avvisò.

"Anch'io. Ora come ora mi lascia in pace e Molly gli impedisce di prendersela con Sam per il fatto che siamo amici. Non voglio che Sam si senta preso tra due fuochi."

"Oh, allora è così che stanno le cose," disse lui con un sorriso.

"No, non è così che stanno le cose," ribatté Jeremy, ma Macklin notò come la sua pelle avesse assunto una sfumatura più intensa.

"Ah no? Lo sai che non avrei niente da obiettare, vero? Non dopo quanto è successo fra me e Caine."

"Non si tratta di quello. Sam non è ancora pronto e io non ho intenzione di forzarlo. Non prima che abbia divorziato."

"È solo un pezzo di carta," gli fece notare lui. "Sono d'accordo nel porre fine al loro rapporto."

"Non è questo il punto. Lei è una stronza. Lo so che non la conosco e che mi è arrivata solo la versione di Sam, ma gli hai parlato? Hai sentito in che termini si riferisce a se stesso? Si mette costantemente in discussione. Crede di essere brutto. Non ha neanche un po' di autostima. È lei ad avergli fatto questo, e io non voglio fornirle altre armi per danneggiarlo, né davanti al tribunale né a livello personale. Quando il divorzio sarà definitivo e Sam non avrà più nulla a spartire con lei, allora non importerà più, ma per ora non c'è altra scelta. Userebbe quello che c'è tra noi per ferirlo a morte e io non lo permetterò."

"Credi davvero che arriverebbe a tanto?" domandò Macklin.

"Non è un rischio che mi sento di correre, e soprattutto non è un rischio che Sam si sente di correre. Lui non considera la cosa dal punto di vista dell'abuso, ma da quello finanziario. L'ha mantenuto per nove mesi dopo la separazione e lui teme che se solo dovesse darle un motivo di scontento, potrebbe chiedere di essere rimborsata."

"E allora la rimborseremo e Sam ci ripagherà con il lavoro," rispose Macklin con un'alzata di spalle.

"Non accetterebbe mai. È dipeso da lei tanto a lungo che ora il pensiero di dipendere da qualcun altro lo spaventa a morte."

"E tu sei sicuro di volerti accollare una simile responsabilità?"

"Io non voglio che dipenda da me," spiegò Jeremy. "Spero che impari a fidarsi, ma non gli serve qualcuno che lo mantenga. Gli serve un compagno. Non è la stessa cosa."

"No, infatti," concordò lui, pensando al suo partner, alla stazione e alla differenza che c'era tra il lavorare per Caine i primi nove mesi e il possedere l'allevamento insieme con lui dall'ultimo Natale. "Lo conosci meglio di me, ma se c'è qualcosa che io e Caine possiamo fare, devi solo dircelo. Qui a Lang Downs ci prendiamo cura dei nostri."

"Comincio a rendermene conto," disse Jeremy. "È una delle cose che Devlin non ha mai capito."

"In sua difesa devo dire che vostro padre non era tanto diverso. Devlin non ha avuto un modello da seguire come invece è stato per me."

"Caine però non ha avuto nessun modello," ribatté Jeremy.

"Caine è... Caine," disse lui alla fine, senza trovare parole migliori per descrivere il proprio compagno. "Lui si fa da solo le sue regole."

"È un uomo in gamba," concordò l'altro. "Sei un bastardo fortunato."

"Come se non lo sapessi," rise lui.

"Dai, raccontami un po' di quel tuo cavallo," disse Jeremy. Macklin fu contento di cambiare argomento perché lo faceva sentire più a suo agio che non parlare delle proprie emozioni. Era Caine l'esperto in quel campo, non lui.

"Che vuoi sapere?"

"Continuo a sentirmi dire che non si fa cavalcare da nessuno tranne che da te."

"Non è proprio la verità. Michael lo cavalcava prima di diventare troppo debole per salire a cavallo."

"Perché?"

"Perché Ned si lasciava cavalcare da Michael? Oppure perché non lo permette a nessun altro?

"Entrambe."

"L'abbiamo preso a un'asta," cominciò a raccontare. "Faceva parte di un gruppo di cavalli selvaggi destinati all'abbattimento se nessuno li avesse comprati. Michael era furioso. Voleva prendere tutto il branco, ma non potevamo permettercelo, e c'erano anche altre persone interessate, così permise che andassero in altre stazioni. Poi arrivò Ned, che nitriva e scalciava, palesemente il tipo di cavallo cui non potevi buttare una sella in groppa e andare a lavorare come se niente fosse. Michael lo ottenne quasi per nulla, molto meno del suo valore reale, comunque."

"Se non si può cavalcare, non è che valga granché," disse Jeremy.

"Sei sicuro?" gli chiese lui. "Credi che Sam valga meno in questo momento perché non è libero o perché deve risolvere dei problemi con se stesso?"

"Cosa? No, certo che no!"

"E allora perché per Ned non dovrebbe essere stato lo stesso?"

"Perché Ned è un investimento economico."

"Anche Arrow lo è?"

"Lei almeno si rende utile."

"Lo stesso fa Ned," ribatté Macklin. "È il cavallo più affidabile che abbia mai cavalcato."

"Okay, quindi l'avete comprato a un'asta di cavalli selvaggi e lui lo era più che mai. Immagino che avrete dovuto domarlo. Chi è stato, tu o Lang?"

"Nessuno dei due. Era già stato domato. Le cicatrici che ha sui fianchi lo dimostrano. L'abbiamo curato e abbiamo aspettato che fosse lui a venire da noi e, quando l'ha fatto, gli abbiamo insegnato cos'è la gentilezza. Si fida di noi perché non abbiamo mai alzato un dito su di lui. Non si fida degli altri perché non ha motivo di farlo. La maggior parte dei residenti ha i loro cavalli preferiti e non hanno bisogno di prendere lui. Caine non è abbastanza bravo da gestire un cavallo così forte. E fa miracoli per la mia reputazione con gli stagionali vedermi in sella come niente fosse quando la maggior parte di loro non riesce neanche ad arrivarci, figurarsi a rimanerci."

Jeremy sghignazzò. "Ah, ecco, ora è chiaro. Però mi sembra rischioso. Che succederebbe se qualcuno avesse bisogno di prenderlo? Non solo per dimostrare qualcosa, ma per una vera necessità?"

"Non lo so," rispose Macklin. "Dovremmo solo sperare per il meglio."

# CAPITOLO 14

CAINE DOVETTE aspettare quasi un'altra settimana prima di avere l'opportunità di proseguire con le telefonate alle donne che aveva selezionato nella speranza che una di loro fosse la madre di Macklin – il quale, da parte sua, voleva la sua opinione su questo, quello e quell'altra cosa ancora, e Caine non poteva certo lamentarsi dal momento che aveva assunto Sam proprio per avere più tempo da trascorrere nei pascoli e lavorare alla certificazione biodinamica. Il pensiero della lista non l'aveva però abbandonato un secondo, e venne finalmente il giorno in cui Macklin non aveva niente di particolare da chiedergli, così Caine accampò la scusa di avere delle cose da vedere con Sam e riuscì a ritagliarsi un po' di tempo in solitudine.

Fece altre due telefonate che si rivelarono una delusione. Gli erano rimasti solo un paio di nomi e poi avrebbe dovuto ricominciare tutto daccapo. Sperando per il meglio, digitò il penultimo numero e aspettò che qualcuno rispondesse.

"Pronto?"

"Potrei parlare con Sarah Armstrong, per favore?"

"Sono io."

"Signora Armstrong, il mio nome è Caine Neiheisel."

"Vuole vendermi qualcosa?"

"No, signora, sto cercando una persona, e spero che lei possa aiutarmi."

"Sono quasi certa che non sia il caso," disse la donna. "Nessuno mi cerca e non conosco nessuno che dovrei ritrovare."

Per quanto quelle parole suonassero deprimenti, Caine si trovò a sperare. "Le dice niente il nome Macklin?"

"Non più."

La sua voce era così triste che Caine fu certo di aver trovato la persona giusta. "Sente la sua mancanza, signora Armstrong."

"Lo conosce?"

"Certo," rispose. "È il mio partner."

La donna rimase in silenzio così a lungo che Caine si chiese se non fosse caduta la linea.

"Partner in che senso?" chiese lei alla fine.

Caine fu quasi sul punto di piangere per il sollievo. Stando ai racconti di Macklin, si era fatto l'idea che la donna avesse intuito la sessualità del figlio, ma non ne era stato sicuro al cento per cento fino a quel momento. "In tutti i sensi," rispose. "Siamo i proprietari di un allevamento di pecore nel Nuovo Galles del Sud."

"È... è felice?"

"Mi p-piace pensare di sì," disse Caine, maledicendo tra i denti la propria balbuzie, ma troppo emozionato per riuscire a controllarsi. "È un u-uomo m-meraviglioso."

"Ne sono contenta. Suo padre era un maledetto bastardo che ha reso le nostre vite un inferno. Macklin è riuscito a scappare, grazie a Dio, ma quando finalmente il porco è morto non sapevo più come trovarlo."

"V-vorrebbe v-vederlo?"

"Non hai idea quanto," rispose lei, e c'erano lacrime nella sua voce. "L'ho pensato tantissimo e ho pregato che stesse bene. Non speravo di poterlo incontrare di nuovo."

Caine rifletté un attimo su come muoversi. Far allontanare Macklin dalla stazione per un periodo di tempo indefinito sarebbe stato quasi impossibile, ma a seconda di dove si trovava lei, poteva andare a prenderla e portarla lì da loro. "Dove vive adesso?" chiese, perché non aveva pensato di scrivere anche gli indirizzi insieme ai numeri di telefono. "Potrei venire a prenderla e portarla qui alla stazione per una visita."

"A Canberra," rispose lei. "Ho lasciato Tumut dopo la morte di mio marito."

"È solo a un'ora e mezzo da Boorowa. La nostra stazione è poco più a nord. Quando vorrebbe venire?"

"Lavoro," rispose lei. "E non ho un ponte fino al Compleanno della Regina a giugno."

Caine controllò il calendario, ringraziando che riportasse le festività australiane, altrimenti non avrebbe saputo che il Compleanno della Regina era celebrato ogni secondo lunedì di giugno. "Sarò lì il venerdì precedente. Guideremo fino a Boorowa dopo che è uscita dal lavoro e poi decideremo se ce la sentiamo di proseguire fino alla stazione, o se ci conviene fermarci a dormire in paese e rimetterci in strada il mattino seguente."

"Dio ti benedica, ragazzo," disse la signora Armstrong. "Sei un dono del cielo."

"Nossignora, niente del genere."

"Chiamami Sarah, per favore."

Caine sorrise. "Ci vediamo fra un mese, Sarah." Le lasciò il suo telefono e l'indirizzo e-mail nel caso avesse bisogno di contattarlo prima e riattaccò. Si appoggiò contro la testata del letto e sorrise. Sarebbe stata una sorpresa meravigliosa per Macklin.


SAM ERA seduto sotto il portico del dormitorio e guardava la sua gattina – doveva davvero trovarle un nome al più presto o sarebbe rimasta Scricciola per sempre – che giocava con una foglia sul prato fra la casa e la strada. Ormai non aveva più difficoltà a muoversi, ma con la mamma ancora impossibilitata a prendersi cura di lei, Sam aveva rinunciato all'idea di rimandarla agli ovili, il che lo riportava alla questione del nome. Un nome vero.

"Come la chiamiamo?" disse, quando Jeremy lo raggiunse e gli passò una birra.

"Scricciola," rispose l'uomo come se fosse la cosa più ovvia del mondo.

"Quello è un soprannome, non un nome vero," ribatté Sam. "Le serve qualcosa di più dignitoso."

Proprio in quel momento la micia ruzzolò a terra, strappando a entrambi gli uomini una risata. "Oh, sì, è così dignitosa."

"Supererà lo stadio dell'imbranataggine e, per tua informazione, finirà col pesare minimo dieci chili e a quel punto il nome che le hai dato sarà ridicolo."

Uno stridio improvviso dal cielo fece loro sollevare la testa. Un falco, a giudicare dalle dimensioni, planava sopra la valle.

"Non mi sono ancora abituato a vederli," disse Sam. "Non c'erano tanti falchi, o uccelli di grosse dimensioni in generale, a Melbourne."

"No, infatti," confermò Jeremy. "Hanno bisogno dei roditori e della caccia, ed è più facile trovarli qui che in una grande città. Ne avevo visto qualcuno all'università, ma sempre nei pressi di un parco o giù di lì."

Il falco stridette ancora, gettandosi in picchiata verso l'erba. "Ha individuato una preda," disse Jeremy. "Chissà di cosa si tratta?"

363

Quando l'uccello riprese la propria ascesa con gli artigli vuoti, Sam rispose: "Niente, a quanto pare."

"Ci riproverà. Sta cacciando, non ci sono dubbi."

Il falco fece qualche altro giro in tondo, poi si lanciò di nuovo, questa volta direttamente verso di loro. Sam non capì da dove fosse sbucato Arrow, ma quando il falco cercò di prendere la gattina ci fu uno scontro tra piume e pelliccia. Il cane fece un salto e tirò giù l'uccello dal cielo, allontanandolo dalla micetta. Poi si mise sopra quest'ultima con atteggiamento protettivo, abbaiando e mostrando i denti al predatore confuso, senza spostarsi di un centimetro dalla sua posizione.

Il falco si tirò su immediatamente, scrollandosi le piume. Lanciò un'occhiataccia al cane, ma non lo sfidò. Arrow abbaiò un'altra volta e fu sufficiente: l'uccello si lanciò di nuovo in cielo e si allontanò verso l'estremità della vallata.

"Immagino che l'avesse considerata una preda facile," disse adagio Sam, con il cuore in gola.

"Se è stato lui a prendere il resto della sua famiglia, avrà pensato che non c'era motivo per cui non dovesse essere lo stesso con lei," ribatté Jeremy altrettanto lentamente. "Qui, Arrow."

Arrow girò la testa verso di lui ma non si mosse.

"Va tutto bene, bello," disse Sam. "È andato via."

Arrow li guardò come se li considerasse entrambi matti, ma fece un passo indietro in modo che la micia gli fosse davanti anziché fra le zampe e la spinse verso il portico. Lei non oppose resistenza e si arrampicò su per i gradini, il cane che la seguiva dappresso.

Sam si chinò e la prese in braccio per controllare che gli artigli del falco non l'avessero graffiata prima dell'arrivo di Arrow, ma non trovò nessuna traccia di sangue sulla pelliccia. "Ho trovato un nome," disse.

"Cioè?"

"Ladyhawke."

Jeremy sorrise e le accarezzò la testa. "Se lo dici tu."

Sam abbassò lo sguardo sul grazioso musetto e sorrise. "Sì."


"SALVE, RAGAZZI" disse Seth, correndo furtivamente dentro il dormitorio con una scatola in mano. "Posso nasconderla qui?"

"Cos'è?" chiese Jeremy sospettoso. "E perché la nascondi?"

"È un regalo per Chris," rispose il ragazzo. "Oggi è il suo compleanno e voglio darglielo stasera durante la festa. Sa che gli abbiamo organizzato qualcosa, ma non sa che gli ho preso un regalo. Me l'ha preso ieri Patrick in città. È appena arrivato."

"E cosa gli hai regalato?" domandò ancora Jeremy.

"Non sperare che te lo dica. Se vuoi saperlo, devi venire alla festa."

"Sono certo che gli altri si divertiranno di più senza di me."

"Non Sam," ribatté il ragazzo.

"Non è giusto, Seth," lo rimproverò quest'ultimo. "Non dovresti far sentire Jeremy in colpa perché non vuole trascorrere la serata in una stanza piena di persone che non vogliono avere nulla a che fare con lui."

"Chris non la pensa così," insisté l'adolescente. "E neanche io e Jesse: vieni sempre a casa nostra. Patrick e Carley non la pensano così: ti invitano ogni volta che organizzano

364

qualcosa. Gli unici che non ti vogliono sono Neil, Ian e Kyle, e probabilmente gli ultimi due lo fanno solo per rispetto verso Neil."

"Resta il fatto che se vengo, Neil, Ian e Kyle passeranno la serata a guardarmi male e la festa sarà rovinata," ripeté Jeremy.

"No, non l'accetto. Se vogliono rovinare la festa, chiederemo loro di andarsene."

"Ti ringrazio dell'appoggio, Seth, ma ho promesso a Macklin che non avrei trasformato la sua stazione in una zona di guerra."

"E allora non farlo," ribatté Seth. "Vieni alla festa, bevi qualche birra e divertiti. Se loro se la prendono, saranno stati loro a causare dei problemi, non tu."

"Mi occupo io di Neil," intervenne Sam prima che l'altro potesse rifiutare ancora. "Chris gli piace. Se gli facciamo presente la cosa prima, vedrai che non vorrà rovinargli la festa. Ci penseremo io e Molly a tenerlo in riga."

"Grazie," disse Jeremy.

"Vado a parlargli subito. Ci vediamo dopo, in mensa."

Sam uscì e andò in cerca del fratello. Per fortuna nessuno era stato mandato nei pascoli lontani quel giorno, quindi aveva un numero limitato di posti da controllare. Lo trovò negli ovili che riparava il cuoio usurato di alcune briglie.

"Ciao, Sam," lo salutò l'uomo quando lo vide entrare.

"Ciao," rispose lui. "Avresti un minuto?"

"Certo. Devo fare questa cosa, ma non richiede una grossa concentrazione. Che succede?"

"Seth e Jesse hanno organizzato una festa di compleanno per Chris questa sera," cominciò.

"Sì, lo so. Hanno invitato praticamente tutti."

"Esattamente. Hanno invitato tutti. Il che significa anche Jeremy."

Neil aggrottò la fronte.

"Che è anche la ragione per cui sono qui," continuò Sam. "Per ricordarti di non comportarti in questo modo. Non devi parlargli, ma non puoi neanche passare la serata a guardarlo male. Quando arriverà il tuo compleanno, potrai decidere di non invitarlo, ma Chris vuole che lui ci sia, e tu non hai il diritto di rovinargli la festa solo perché non ti piace."

"Non lo farei mai," protestò il jackaroo.

"Non di proposito," concordò Sam. "Lo so che non lo faresti mai apposta, ma se non ti soffermi a pensarci finirai col fare le stesse cose che fai tutte le sere a cena, e l'atmosfera della festa ne risentirà. Cerca di non fare quella faccia quando lo vedi, okay?"

"Ci proverò," concesse il fratello. "E se dovessi dimenticarlo, tu ricordamelo."

"Contaci," gli assicurò lui, "e lo dirò anche a Molly." Dopo un attimo di esitazione, continuò. "Sai, credo che potrebbe piacerti, se solo volessi dargli una possibilità. Avete moltissimo in comune. L'unica cosa che vi tiene a distanza è il suo cognome."

"È solo che non capisco perché è qui," ammise Neil.

"Perché suo fratello l'ha cacciato da Taylor Peak. La ragione devi chiederla a lui. Non sta a me dirtelo, non senza il suo benestare comunque. Lo so che per te è impossibile pensare a qualcosa che potrebbe farci litigare in quel modo, e lo stesso vale per me, ma Devlin è diverso da noi. Assomiglia più a papà, e sinceramente mi vengono in mente diverse possibilità che avrebbero fatto decidere a nostro padre di rinnegarci completamente."

"Sì, lo credo anch'io," disse Neil. "Cercherò di darmi una calmata. Però ho i miei buoni motivi per non fidarmi di Taylor."

"Quale Taylor?" insisté Sam. "Hai mai avuto un problema con Jeremy? Oppure si è trattato sempre e solo di suo fratello?"

Neil ebbe un attimo di esitazione. "Credo sempre Devlin e i suoi jackaroo. Ora che ci penso, non ho mai visto Jeremy coinvolto nei litigi."

"Allora sforzati di dargli il beneficio del dubbio. Lui per me ha fatto questo, e anche molto di più."

"Ci proverò," concesse Neil.


QUANDO ARRIVARONO in mensa per la cena, Sam non riuscì a trattenere un sorriso. Seth e Jesse avevano fatto le cose in grande. La sala era piena di stelle filanti e c'era un enorme cartellone con il quale si annunciava che Chris compiva ventun anni. Kami aveva preparato un abbondante buffet, con molto più cibo di quanto i residenti potessero consumare, ma la cosa non era importante visto che erano tutti i piatti preferiti del festeggiato. Probabilmente avrebbero continuato a godere degli avanzi per tutta la settimana.

"Hai parlato con Neil?" gli chiese piano Jeremy quando lo raggiunse.

"Sì. Mi ha promesso che per il bene di Chris si comporterà al meglio. Andrà tutto alla perfezione, vedrai. Prendiamo un piatto prima che le crocchette spariscano." Sam aveva già imparato che le crocchette di Kami andavano a ruba.

Patrick e Carley li raggiunsero al tavolo, anche loro con i piatti colmi di cibo. Sam aveva smesso di cercare di mangiare meno da quando era arrivato alla stazione. Da una parte la cucina di Kami era troppo buona, dall'altra tutti lo rimproveravano perché era troppo magro. All'inizio aveva temuto di ingrassare, ma Jeremy aveva mantenuto la promessa di insegnargli a cavalcare, e sembrava che quell'esercizio bastasse a fargli tenere il peso sotto controllo, quindi aveva smesso di preoccuparsi della dieta.

"Seth e Jason hanno preparato un'intera playlist," confidò loro Carley. "È stato l'argomento principe in casa nostra per tutta la scorsa settimana, tra una lezione e l'altra. Quali canzoni, in che ordine, quella adatta per far ballare Chris e Jesse... avreste detto che parlavano di astrofisica anziché di musica."

"La musica è un argomento molto serio quando si hanno sedici anni," disse Sam.

"Quindici e diciassette, ma immagino valga lo stesso," precisò Carley. "Dovrei ripensare a tutte le audiocassette fatte in casa che ci scambiavamo alle scuole superiori."

Jeremy scoppiò in una risata. "Attenta Carley, così tradisci la tua età."

"Ho un figlio di quindici anni. Ormai sanno tutti che sono nata all'età della pietra."

"Balle," intervenne Patrick. "Solo un mucchio di balle. Non hai più di vent'anni."

Carley rivolse uno sguardo adorante al marito, poi tornò a rivolgersi a loro due. "Anche voi dovreste ballare questa sera."

"Tu e Molly sarete contesissime," rispose Jeremy. "Siete in inferiorità."

"Oh, non intendevo con me," spiegò la donna. "Dicevo voi due insieme. Non sarà un problema per nessuno."

"Forse no, ma non sono sicuro che sia una buona idea," fece Sam.

"Perché no?"

"Perché non sono ancora ufficialmente divorziato."

"È un ballo, mica una proposta di matrimonio," ribatté lei sarcastica. "Non infrangi nessuna legge se ti diverti insieme a un amico."

366

Alison non l'avrebbe pensata allo stesso modo se fosse venuta a saperlo, ma Sam preferì non dirlo a voce alta. Sapeva già ciò che Jeremy pensava della sua (quasi) ex moglie, non gli serviva che altri condividessero la sua opinione.

Non appena la maggior parte dei presenti ebbe finito di mangiare, Seth e Jason montarono lo stereo e fecero partire la musica, subito seguita dalle richieste affinché Chris e Jesse (e chiunque altro volesse) si gettassero nelle danze. Chris non sembrava convinto, ma Jesse gli afferrò una mano e lo trascinò al centro della sala, dove i tavoli erano stati spostati proprio per quello scopo.

La danza in sé fu goffa – nessuno dei due sapeva bene come seguire – ma era evidente l'affetto che li legava, e i sorrisi che aleggiavano sui volti dei presenti dicevano chiaramente che Carley aveva ragione e che a nessuno importava che a ballare fossero due uomini.

La canzone finì e Seth gridò: "A chi tocca ora ballare col festeggiato?"

Nessuno si mosse per diversi secondi, poi Kyle, uno dei jackaroo che aveva aiutato Macklin a salvare la vita di Chris, si alzò. "E perché no? È o non è il suo compleanno?"

Scoppiò una risata generale e di lì a poco Ian prese il posto di Kyle, facendo girare il giovane per la sala con molto più stile di quanto avessero fatto i due precedenti cavalieri. Quando, qualche minuto dopo, venne il turno di Neil, Sam tirò un enorme sospiro di sollievo. Non riusciva ancora a credere quanto fosse cambiato il fratello. Poi toccò a Molly, cosa che mise Chris tremendamente in imbarazzo, finché lei non ebbe pietà e cominciò a condurre. In breve quasi tutti i presenti avevano fatto almeno un giro.

"Vai," disse Jeremy, spingendolo verso la pista improvvisata. "È il suo compleanno."

"Neanche tu ci hai ballato, ancora."

"Prima tu e poi io," promise Jeremy. "E poi ballerò con te."

Sam esitò riguardo alla seconda parte dell'offerta, ma anche alcuni degli altri stavano ballando insieme, persino quegli uomini che non erano coppie e in alcuni casi che non erano nemmeno gay da quanto ne sapeva, quindi pensò che forse non ci sarebbe stato niente di male. I presenti non l'avrebbero considerata una cosa diversa da Kyle che ballava con Ian, o Chris che ballava con tutti. Non pensava che Alison avesse delle spie alla stazione, soprattutto perché di sicuro non si aspettava che lui si rifugiasse lì, e da quando era arrivato non c'erano stati volti nuovi; ma anche se, in un modo o nell'altro, le fosse giunta voce della festa, avrebbe sempre potuto discolparsi dicendo che il ballo con Jeremy era come quello di chiunque altro e non qualcosa con un significato ben più profondo.

Ondeggiò tra i ballerini finché non riuscì a sostituire Carley come partner di Chris. Lei gli cedette il posto con una risata allegra. Chris lo salutò con un sorriso. "Mi chiedevo quanto ci avresti messo a deciderti."

"Non sono un gran ballerino," si scusò lui.

"Perché noi lo siamo?" ribatté il festeggiato. "Non si tratta del ballare. È per divertirsi."

E divertente lo era, dovette ammettere Sam. Si era aspettato di sentirsi imbarazzato riguardo al ballo in generale e a farlo con un altro uomo in particolare, però nessuno li guardava. Nessuno rideva di loro o sogghignava. Tutti gli altri si divertivano quasi nello stesso modo. Sam si permise di rilassarsi e godersi il momento, ma Jeremy lo interruppe fin troppo presto.

Sam fece un passo indietro e lasciò che lui e Chris si allontanassero volteggiando. Prima che riuscisse a sentirsi in imbarazzo per essere rimasto da solo in mezzo alla pista, Molly gli prese la mano. "Tocca a me," disse. "Allora, pensi di ballare con Jeremy?"

"Sei la terza persona che me lo chiede oggi," cercò di abbozzare.

367

"Non è che il modo in cui lo guardi denoti esattamente indifferenza, sai, tesoro? Mai qui sei al sicuro."

"Nessun posto è davvero sicuro," rispose lui. "Non finché il divorzio non sarà definitivo."

"Se ci andassi a letto insieme, potresti anche aver ragione," ribatté lei. "Ma non ti fai problemi a ballare con me. Perché dovresti fartene con lui?"

"Perché non mi sento attratto da te."

"Si tratta di un ballo, Sam, nient'altro. Inoltre, salvo tu non abbia detto tutto a tua moglie, credo che lei avrebbe più problemi a vederti ballare con una donna che insieme a un altro uomo," gli fece notare. "Vedi trame dappertutto perché hai un segreto, ma la maggior parte delle persone non guardano le cose con i tuoi stessi occhi."

"Tu però l'hai capito."

"No, me l'ha detto Neil," ammise Molly. "L'ho capito per Jeremy, ma solo perché sapevo cosa cercare. Caine può averlo intuito subito perché usa lo stesso criterio e perché è un inguaribile romantico e vuole che tutti siano felici quanto lo è lui. Seth e Jason possono averlo capito perché sono più precoci di quanto dovrebbero, ma scommetto che nessun altro si è reso conto di niente, a meno che non sia stato Jeremy a dire loro qualcosa."

"Non credo. Non è più dichiarato di quanto lo sia io."

"E vuole esserlo?" domandò Molly con voce dura.

"Credo di sì. Ha detto che Macklin lo sa fin dal primo giorno, e suo fratello pure, anche se non sono certo che diffonderà la notizia, visto che la considera come una macchia sulla propria reputazione."

Molly fece una faccia esasperata. "Signore, salvami dalla stupidità dei mandriani australiani."

"Ehi, non sono tutti malaccio," protestò lui. "Stai per sposarne uno, ricordi?"

"Il peggiore di tutti," borbottò lei. "Anche se questa sera ha ballato con Chris e non ha fatto il muso a Jeremy nemmeno una volta."

"Potrebbe se ci vede ballare insieme."

"Balla con Jeremy. A Neil ci penso io," disse la donna. "Ecco, è libero. Vai a prendertelo prima che lo faccia qualcun altro."

Sam fece un respiro profondo e si avviò verso il punto dove si trovava l'altro uomo. Sarebbe stato pronto a giurare di avere gli occhi di tutti puntati addosso, ma quando azzardò uno sguardo intorno, gli sembrò che nessuno facesse caso a lui e al suo percorso attraverso la stanza.

Nessuno, eccetto Jeremy. Jeremy lo fissava sin da quando si era staccato da Molly. Sam non riusciva a decidere se desiderasse di più correre verso di lui, o voltargli le spalle e scappare lontano. L'intensità con cui l'altro lo squadrava lo rendeva nervoso. Si era abituato a trascorrere del tempo insieme a lui, a essere suo amico, ma in quel momento l'uomo non lo guardava come si guarda un amico. Lo guardava come se fosse una ghiottoneria che intendeva divorarsi in un sol boccone.

Sam deglutì e impose ai suoi piedi di continuare a muoversi. Nessuno l'aveva mai guardato in quel modo prima, e lui non aveva idea di come gestire il groviglio di sensazioni che gli si ammassava dentro lo stomaco. Non potevano farlo. Doveva passare ancora un mese prima della presentazione dell'istanza di divorzio, e almeno altri tre prima che venisse accettata.

Fu quasi sul punto di girarsi e correre via nella direzione opposta. Non poteva farlo. Non ora, forse mai, ma prima che il panico lo sopraffacesse completamente, Jeremy sorrise e lui rispose, perché non poteva farne a meno. Poi gli fu accanto e Jeremy lo prese tra le braccia e lo guidò verso la pista da ballo.

Erano più o meno alti uguali. Jeremy aveva forse qualche centimetro di vantaggio, ma non abbastanza da rendere strano il ballare insieme, non come era successo quando Macklin aveva danzato con Jason, il quale non aveva ancora avuto lo scatto di crescita dell'adolescenza. Essere sullo stesso livello significava anche che gli occhi grigio-verde di Jeremy erano direttamente ad altezza dei suoi e lo ipnotizzavano con il loro colore cangiante. Sam sbatté un paio di volte le ciglia, incredulo, ma ebbe la conferma di non aver immaginato l'anello centrale di un colore leggermente diverso, e neanche lo sguardo di Jeremy. Perse quasi l'equilibrio, ma l'altro lo stabilizzò con quelle grosse mani sulle quali si rifiutava di fantasticare. Quella che circondava la sua fra i loro petti era gentile, la stretta decisa ma non dolorosa, i calli sul palmo evidenti ora che le loro dita erano intrecciate. L'altra mano era appoggiata sul suo fianco. Non lo attirava verso il corpo che gli stava di fronte – non erano una coppia, dopotutto – ma lo tratteneva con decisione. Sam riusciva a sentire il calore propagarsi attraverso la camicia. E l'espressione di Jeremy, così eccitata e possessiva, come se volesse stringerlo fra le braccia e non lasciarlo andare mai più... Sam si sentì percorrere da un brivido di desiderio quando l'altro lo guardò in quel modo.

"È una pessima idea," disse con voce roca.

"No, non lo è," rispose Jeremy. "È l'idea migliore che abbia mai avuto. Non scappare da me, Sam. Ti chiedo solo un ballo e nient'altro, non finché non sarai pronto, ma non negarci almeno questo."

Sam deglutì con difficoltà, il corpo avvolto da una vampata di passione. Era certo di avere il viso dello stesso colore di un pomodoro, ma annuì e continuò a ballare. Di tanto in tanto le loro cosce si sfioravano, lasciando Sam a ondeggiare tra il desiderio di scappare e quello di farsi ancora più vicino. Aveva visto Jeremy a cavallo e sapeva quali muscoli si nascondessero sotto i suoi jeans. Voleva sentire quelle gambe premute contro le sue, in mezzo alle sue. Voleva annullare la distanza tra loro e strusciarsi su di lui fino a perdersi. Era così stanco di cercare di tirare avanti, di preoccuparsi sempre di tutto. La tentazione di qualche ora di oblio fra le braccia di Jeremy era forte, e Sam sapeva che non avrebbe dovuto fare altro che chiedere. Sarebbe stata sufficiente una parola e Jeremy si sarebbe preso carico di tutto, l'avrebbe riportato al dormitorio e l'avrebbe fatto sentire bene come nessuno dei suoi incontri occasionali aveva mai fatto. E in più, Jeremy sarebbe stato ancora lì il mattino seguente e l'avrebbe guardato con lo stesso calore nello sguardo, la stessa offerta di amicizia, di confidenza, e non solo.

Sarebbe stato talmente facile e bello, ma il giorno dopo Jeremy avrebbe voluto di più, e ora come ora, Sam non poteva permettersi di darglielo. Doveva accantonare quei desideri, ricacciarli indietro finché non fosse stato libero. Se a quel punto Jeremy l'avesse voluto ancora, Sam avrebbe preso con gratitudine quello che poteva. Doveva solo aspettare altri quattro mesi.

Una volta che la canzone fu terminata, fece un passo indietro, resistendo alla tentazione di correre fuori e prendere aria. Si era trattato solo di un ballo, allora perché si sentiva come se l'avessero squarciato e poi ricomposto? "Grazie," disse con imbarazzo, consapevole che stava fuggendo, ma senza riuscire a impedirselo.

"Grazie a te," rispose Jeremy e lo lasciò andare.

Sam non si era mai sentito più grato per qualcosa in tutta la sua vita.

"Va tutto bene?" gli chiese Neil, quando lo trovò seduto in un angolo qualche minuto dopo.

"Sì."

"Davvero? Perché hai l'aria di uno che ha visto un fantasma oppure a cui è morto il gatto," insisté l'altro.

"No, è solo che…"

"Solo cosa?"

"Andiamo a fare due passi," disse Sam. Non sapeva come il fratello avrebbe reagito, e non voleva provocare una scenata alla festa di Chris.

Neil annuì e lo seguì all'esterno. Il vento che proveniva dagli altopiani era freddo e Sam rabbrividì, desiderando di aver preso il giubbetto prima di uscire. Ma ormai era troppo tardi.

"Promettimi che mi lascerai parlare prima di dire qualsiasi cosa."

"Non mi piacerà, eh?"

"Probabilmente no. Ma devi ascoltarmi invece di cominciare a urlarmi contro, okay?"

"Okay, ti ascolto."

"Sei innamorato perso di Molly," cominciò lui. "E di certo non immagini che le cose possano prendere una brutta piega, e spero per te che non succeda mai. Non immagini che la persona che in teoria dovrebbe appoggiarti in ogni momento possa rivoltartisi contro e dire cose che ti fanno dubitare di te stesso. E poi cominciare a ripeterle con una frequenza tale e con così tanta cattiveria che alla fine non puoi fare altro se non crederle."

"Alison…"

"Non interrompermi," ripeté duro Sam. "È già abbastanza difficile così. Mi ha fatto credere di essere un buono a nulla. Mi ha fatto credere che nessuno mi volesse e che lei mi facesse un favore a tenermi. Mi ha fatto credere…" Prese un respiro profondo. "Non importa quello che mi ha fatto credere. Il punto è che il mio matrimonio era un inferno e, quando alla fine sono arrivato qui, volevo solo raggomitolarmi in un angolo buio ed essere lasciato in pace. Solo che nessuno me l'ha permesso e men che meno Jeremy."

Neil aprì la bocca, ma Sam lo guardò male finché non la richiuse.

"Jeremy ha trascorso le ultime sei settimane a essermi amico, a prendermi metaforicamente a calci nel culo quando cominciavo a piangermi addosso e a fare tutto quello che era in suo potere per ridarmi un po' di fiducia in me stesso. E l'ha fatto senza aspettarsi nulla in cambio, se non la mia amicizia," continuò Sam. "Non insiste per avere altro perché sa che non sono pronto e il divorzio non è ancora definitivo."

"Aspetta…"

"Silenzio," proruppe Sam. "Lo so che non ti piace, Neil, ma a me sì. Mi piace un sacco e per qualche strana ragione sembra che lo stesso sia per lui, e questa cosa mi manda un po' fuori di testa. Non so come comportarmi. L'unico rapporto serio che ho avuto è stato quello con Alison, e guarda com'è finito!"

"Cristo Santo, mi costringerai a considerarlo parte della famiglia, vero?" fece Neil.

Sam si rimangiò una risata. "Di tutto quello che ti ho detto, ti fissi su questo?"

Neil si strinse nelle spalle. "È la cosa più facile da affrontare. Il resto mi fa venire voglia di picchiare qualcuno."

"Finché non si tratta di Jeremy, puoi picchiare chi ti pare."

"Più che altro pensavo ad Alison," disse Neil. "Quindi, anche Taylor è gay? È per questo che è venuto qui?"

"Sì. Non so se suo fratello l'ha scoperto o se Jeremy si è semplicemente stancato di ascoltarlo, in ogni caso è il motivo per cui è andato via."

"E sei sicuro che sia proprio lui ciò che vuoi?"

"Neil..."

"No, ti assicuro che non lo sto dicendo perché si tratta di lui," lo interruppe in fretta il fratello. "Sei stato tu stesso a dire di non aver mai avuto un rapporto serio se non con Alison. Il divorzio non è ancora definitivo, anche se non sarà mai troppo presto dopo quello che mi hai raccontato. Non si tratta di Taylor e di cosa penso io di lui. Vorrei solo essere sicuro che tu non ti getti a capofitto in qualcosa che poi rimpiangerai. Una relazione di rimbalzo, in poche parole."

Sam rifletté un attimo sulla domanda di Neil prima di rispondere. "Nella vita non c'è mai niente di certo, ma so com'è un brutto rapporto. E so cosa non voglio. A un sacco di uomini, quelli con cui andavo a letto a Melbourne, non importava che fossi ancora legalmente sposato, anche se eravamo separati. Un sacco di uomini non avrebbero la pazienza di sopportare tutte le mie fisime riguardo a quello che potrebbe fare Alison se venisse a scoprire che sono gay e sto con qualcun altro prima che tra noi sia ufficialmente finita. Un sacco di uomini..."

"Non hai frequentato gli uomini giusti," lo interruppe Neil. "Parlami di Taylor."

"Potresti cominciare con l'usare il suo nome," disse Sam. "È gentile. Può darsi che per te non voglia dire tanto, ma per me significa molto. È paziente, spiritoso e mi fa ridere. Mi fa dimenticare che non sono parte di questo posto come invece lo siete voi."

"Che vuol dire che non fai parte di Lang Downs come noi?"

"Non sono un jackaroo," disse Sam. "Né lo sarò mai, non m'illudo. Però a Jeremy non sembra importare. Lui mi parla come se avessi idea di quello che dice e potessi avere una mia opinione in proposito. Quando gli faccio delle domande, mi spiega le cose. Mi sta insegnando a cavalcare. Lascia che lavori col suo cane."

"Tutto molto bello," esclamò Neil. Sam lo fulminò. "No, dico sul serio. Ma fare parte di Lang Downs non significa diventare un jackaroo. Patrick non lo è. Certo, sa cavalcare se deve, ma è un meccanico, non un pastore."

"Sì, però la stazione ha bisogno di un meccanico."

"E ha anche bisogno di qualcuno che tenga i conti e si assicuri che veniamo pagati," gli ricordò Neil. "Caine non ha inventato un lavoro appositamente per te."

"Jeremy mi guarda come se valessi qualcosa," confessò piano Sam. "Mi guarda come se fosse fortunato ad avermi."

"Lo è."

"Sei mio fratello, quindi di parte," disse ancora lui, ma sorrise. "Nessun altro l'ha mai fatto. Alison non lo pensava neanche quando avevo ancora un lavoro e contribuivo alle spese di casa. Quando ho perso il lavoro non sono più stato buono a nulla se non a prendermi le sue urla. Gli uomini a Melbourne neanche mi vedevano. Non davvero, almeno. Ero solo un mezzo per svuotarsi. In loro difesa, va detto che lo stesso era per me. Jeremy però mi vede, e continua a considerarmi."

"Maledizione, mi sa che dovrò proprio abituarmi a chiamarlo Jeremy, vero?"

# CAPITOLO 15

DOPO CHE ebbero finito la loro chiacchierata, Neil tornò alla festa, ma Sam non se la sentiva più. Non sarebbe stato di compagnia e non voleva imporre il proprio umore taciturno agli altri. Camminò fino al dormitorio e prese il suo Driza-Bone. Era una notte splendida, con le stelle che risplendevano luminose nel cielo, così tornò sulla veranda e si appoggiò alla balaustra per osservarle. La luna non era ancora sorta, oppure era già tramontata, Sam non sapeva quale delle due, quindi riusciva a vedere l'intero firmamento. La sua maestosità gli tolse il fiato.

"Ehi, ciao," lo salutò Jeremy, avvicinandosi dalla strada che portava alla mensa. "Non sei tornato dentro. Ero preoccupato."

"Sto bene," rispose lui. Il viso gli si aprì in un sorriso quando si accorse che era la verità. "Ho parlato con Neil. Ci ha invitato a cena da lui e Molly la prossima domenica."

"Tuo fratello, lo stesso che mi odia, ci ha invitato a cena? Che gli hai detto?"

"Gli ho raccontato di Alison, di te, tutto, più o meno," ammise. "Gli ho detto che mi guardi come se valessi qualcosa."

"Tu vali qualcosa," ripeté Jeremy.

"Sì, lo pensa anche lui," disse Sam, "ma il fatto che per te sia lo stesso l'ha conquistato. O ha cominciato a conquistarlo, perlomeno."

"Pensavo che fino a dopo la tua sentenza di divorzio non avremmo cominciato niente."

"Infatti, ma non c'era bisogno di aspettare ancora quattro mesi prima di abituarlo all'idea di averti attorno."

"Anzi, pensavo che fino a dopo la tua sentenza di divorzio non avremmo pensato a cosa siamo l'uno per l'altro," si corresse Jeremy.

"Così doveva essere," concordò Sam. "Ma stasera ho capito che non mi servono altri quattro mesi per sapere cosa voglio. Magari devo aspettare prima di averlo, e so che tu potresti cambiare idea o non essere ancora pronto, ma io lo sono, e dovevo dirlo a Neil."

Jeremy gli si avvicinò, avvisandolo di ogni suo movimento in anticipo, ma Sam non voleva tirarsi indietro. Anzi, andò direttamente incontro al bacio. Le labbra di Jeremy erano screpolate e ruvide sopra le proprie, ma il bacio in sé fu incredibilmente tenero, come se Sam avesse appena realizzato ogni singolo desiderio di Jeremy, e lui non sapesse trattenersi. Il jackaroo sollevò una mano e gliel'appoggiò sul viso, le dita calde contro la sua guancia fredda. Sam sentì i calli dell'uomo sulla propria pelle, il tocco che gli ricordava costantemente insieme a chi era e quanto fosse fortunato a essere lì. L'enormità di quella situazione gli strappò un brivido.

Jeremy si staccò e appoggiò la fronte alla sua. "Tutto bene?"

Sam avrebbe voluto annuire e rispondergli che stava a meraviglia, ma non ci riusciva. Tremava, ma non avrebbe saputo spiegare perché. Jeremy inclinò la testa e sfregò insieme i loro nasi. "Nessuna pressione, Sam. Te lo giuro, ma dopo quello che hai detto... Mi dispiace se ho accelerato i tempi."

Sam inspirò a fondo. Non voleva staccarsi. Il modo in cui Jeremy lo stringeva, le loro fronti che si toccavano, i nasi che si sfioravano, i respiri che si mischiavano, tutto era indicibilmente intimo; più di tutto il sesso che aveva condiviso nel retro dei bar e nelle

372

squallide stanze d'albergo, addirittura più degli anni che aveva trascorso con Alison. Anche prima che le cose precipitassero, non era mai stato in quel modo.

"Non... non so come farlo," disse con voce tremante.

"Come fare cosa?" gli domandò Jeremy.

"Tutto, a quanto pare," rispose lui con una risatina amara.

"A me non sembra," disse l'altro guidandolo dentro il dormitorio, dove faceva più caldo. Poi, invece di lasciare che si ritirasse sulla sua solita sedia vicino al caminetto, lo tirò con sé sul divano. "Hai convinto tuo fratello a non fare una scenata durante il compleanno di Chris. Gli hai detto di noi. Hai tenuto il punto, perché sono certo che lui non ne sia stato esattamente entusiasta."

"A dire la verità, la sua prima preoccupazione era che mi gettassi in qualcosa prima di essere pronto," confermò Sam. "Non con chi lo stessi facendo."

"È... incredibile," disse piano Jeremy. "Mi sarei aspettato più resistenza da parte sua."

"Può darsi che tu lo abbia conquistato senza accorgertene, oppure mi vuole più bene di quanto credessi."

"Che succede ora?" chiese il jackaroo.

"In che senso?"

"Il tuo divorzio non sarà convalidato fino a settembre e siamo solo a maggio, per quanto vorrei fosse altrimenti," spiegò l'altro. "Non sono riuscito a trattenermi dal baciarti, ma ti ho fatto delle promesse e non ho intenzione di infrangerle."

"Bene," disse lui, la testa che ancora gli girava. "Non so cosa succede adesso. Immagino che continueremo a fare ciò che abbiamo sempre fatto, tranne che forse trascorreremo un po' più di tempo con Neil e Molly. Credo davvero che potreste diventare amici se solo ve ne deste la possibilità."

"Per te, darei una possibilità anche al diavolo. Neil è una testa calda. Quando abitavo ancora a Taylor Peak, pensavo che fosse un cretino attaccabrighe e mi chiedevo perché Macklin non se ne liberasse, ma da quando sono arrivato qui l'ho visto lavorare, e l'ho visto con te. È un attaccabrighe, ma non un cretino."

"No, infatti," concordò Sam. Si appoggiò alla spalla di Jeremy. "Non credo che dovremmo baciarci spesso perché sarebbe facile scivolare in qualcos'altro, ma è bello stare seduto insieme a te in questo modo."

"Vero," concordò Jeremy, spostandosi in modo da potergli passare un braccio attorno alle spalle. Sam si avvicinò finché i loro fianchi non si toccarono. "Ma in una relazione c'è molto più del sesso. Possiamo trascorrere i prossimi tre o quattro mesi a costruire il resto e quando avrai finalmente ottenuto il divorzio e potremo fare sesso, l'attesa l'avrà reso ancora più speciale."

"Perché mi sento come una vergine in attesa della sua notte di nozze?" chiese Sam.

"Non lo so," rispose l'altro con un sorriso e un'alzata di spalle, "ma non ho intenzione di lamentarmi di essere la persona che hai scelto."

"Lo sai, vero, che non sono vergine?"

"Non pensavo che lo fossi, ma mi piace lo stesso essere la tua scelta."

Sam sorrise e gli scivolò un po' più vicino. Una parte di lui desiderava che il divorzio fosse già definitivo così da non doversi preoccupare di cosa sarebbe successo dopo, ma anche con quell'ombra che incombeva su di loro, non riusciva a immaginare di essere da nessun'altra parte.

QUELLA NOTTE Jeremy era disteso nel suo letto, il suo freddo e solitario letto, grazie tante, e cercava di scacciare l'eccitazione che gli bruciava lentamente dentro sin da quando aveva trovato Sam sulla veranda. Sfortunatamente, la sua immaginazione era più forte della sua volontà. Si girava e rigirava sulla stretta branda, grato del fatto che Lang Downs fosse dotata di stanze singole per ogni jackaroo. Non erano eleganti, ma almeno avevano delle pareti, una porta e un'illusione di privacy. E, ancora meglio, Sam aveva scelto una camera dalla parte opposta dell'area comune, quindi le possibilità che lo sentisse se avesse deciso di cedere agli istinti e prendere in mano la situazione erano scarse.

Chiuse gli occhi e richiamò alla mente l'immagine di Sam sulla veranda, così fiducioso e puro mentre lui lo baciava per la prima volta. Escludendo il discorso sulla verginità, Sam era davvero innocente sotto moltissimi aspetti. Si era preso qualche brutto calcio dalla vita, vero, ma non era diventato freddo o rancoroso. E l'aveva baciato come se fosse la cosa più sorprendente al mondo. Il suo orgoglio ne era stato solleticato, ma era servito anche a confermare ciò che già pensava. Quel bacio casto e tenero non avrebbe dovuto essere niente di speciale, invece lo era stato. Jeremy non riuscì a impedirsi di chiedersi cos'altro sarebbe stato nuovo e speciale.

Sapeva anche, nella profondità della propria anima, che non avrebbe mai spinto Sam a fare qualcosa che non voleva, un altro bacio, o amoreggiare oppure sesso. Qualsiasi cosa fosse quella che stava crescendo tra loro era troppo preziosa per rovinarla chiedendo più di quanto l'altro si sentisse a suo agio a concedere. Doveva solo essere paziente. In fondo non era più un adolescente e poteva aspettare.


JEREMY SI dondolava nervoso da un piede all'altro mentre aspettavano che Neil o Molly venissero ad aprire la porta. Sam sarebbe entrato tranquillamente senza bussare, ma lui non se la sentiva. Magari più avanti, ma non in quel momento. Non la sera del suo primo invito. Per la stessa ragione, aveva insistito per lasciare Arrow e Ladyhawke al dormitorio, benché Sam gli avesse assicurato che potevano portarli. Un'altra volta, forse, ma non la prima cena, anche se Arrow andava d'accordo con Max, il cane di Neil, quasi quanto andava d'accordo con la micetta.

"Sam, Jeremy, entrate," li fece accomodare Molly quando aprì la porta. "Non dovete bussare."

"Gliel'ho detto," disse Sam, chinandosi a baciare la futura cognata sulla guancia. "Ha continuato a ripetere che non sarebbe stato educato presentarsi così."

"Bene, per questa volta," fece Molly con un sorriso, spalancando la porta per farli passare. "Neil? Sam e Jeremy sono arrivati!"

Jeremy udì una voce smorzata provenire dall'altra stanza, ma non riuscì a distinguere le parole. Ricordandosi gli insegnamenti della madre, si tolse gli stivali e li lasciò accanto all'entrata insieme a tutte le altre scarpe e stivali, poi seguì Molly e Sam all'interno. Le dimensioni della casa erano ridotte rispetto alla padronale, ma da quello che gli sembrava di capire era stata costruita con una planimetria molto simile: soggiorno e cucina al piano di sotto e una scala che portava alle camere. D'altronde, la maggior parte dei bungalow con più di una stanza aveva una pianta simile, o almeno così gli era sembrato, quindi non avrebbe dovuto sorprenderlo che lo stesso valesse per la casa del sovrintendente.

"Ho la Carlton Old e la Toohey's," disse Neil, facendo il suo ingresso in soggiorno. "Molly ha insistito per avere del vino a cena, ma ho pensato che cominciare con una birra vi avrebbe fatto piacere."

Jeremy nascose un sorriso davanti all'espressione dimessa di Neil. "Per me una Carlton, grazie," disse.

"Potresti anche salutare, Neil," lo rimproverò Molly.

"L'ho fatto," protestò l'uomo. "Gli ho offerto la birra!"

"Appunto, non gli hai detto ciao," lo corresse lei.

Neil fece una faccia scocciata e si voltò verso di loro. "Ciao, Jeremy," disse.

Jeremy non riuscì a trattenere una risatina. "Ciao, Neil. Grazie per l'invito."

"Gli amici di mio fratello, eccetera eccetera," rispose l'uomo con un movimento della mano. "Vado a prendere la birra. Sam, per te la Toohey's, vero?"

"Sì, grazie."

"Vieni a sederti," fece Molly. "Ti sei ambientato? Il dormitorio è comodo?"

"Va benissimo," rispose lui. "Niente di elegante, naturalmente, ma è caldo e asciutto, quindi cos'altro potrei desiderare?"

"Un paio di cose in mente le avrei," disse Molly con una risata. "D'altronde sono una decoratrice e mi piace che tutto abbia un tocco personale."

"Sì, in effetti il dormitorio è molto impersonale," concesse Jeremy. "Ma è sempre meglio delle alternative che mi aspettavano in questo periodo dell'anno."

"Davvero tuo fratello ti ha cacciato da Taylor Peak?" chiese lei. "Scusa, non sono affari miei."

"Va bene," la rassicurò Jeremy. "E comunque sì, mi ha detto di non farmi più vedere finché non fossi stato pronto a mettermi in riga e sposarmi. E tanto che c'era potrebbe aver detto un paio di cose per niente carine su Caine e Macklin. Non sono mai stato d'accordo con lui su quel punto, però avrei potuto ignorarlo. Il resto invece no."

"No, certo che no. Hai fatto la scelta giusta a venire qui. Neil, dovresti parlare con Macklin per far costruire loro una casa."

A Jeremy andò di traverso la birra. "Il dormitorio va benissimo," disse. "Davvero."

"Va bene per ora," spiegò la donna. "Ma come la penserai in estate, quando sarà pieno di jackaroo e tutti vi guarderanno strano se vorrete trascorrere un po' di tempo insieme?"

"Verremo qui," intervenne Sam.

"Sei sempre il benvenuto, entrambi lo siete," disse Neil, "ma il nostro salotto non è tanto più privato del dormitorio. Se davvero avete intenzione di diventare una coppia una volta che il divorzio sarà definitivo, vi serve un posto vostro. A meno che non pensiate di andare in un'altra stazione."

"Solo se Macklin mi licenzia. Qui non devo preoccuparmi di essere picchiato, o guardato dall'alto in basso e preso in giro. In qualunque altro luogo finirei solo col guardarmi continuamente le spalle. Tuttavia, non significa che dobbiamo disturbare Caine e Macklin chiedendo loro una casa. Non voglio pesare sulle finanze della stazione."

"Ricordati solo che è meglio costruire in inverno piuttosto che in estate, perché c'è meno da fare," gli ricordò Neil. "Se non la facciamo adesso, dovrete trascorrere un'intera estate nel dormitorio prima di poterne riparlare."

"Ci penserò," concesse Jeremy.


SAM FU scosso da un brivido quando entrò sotto le coperte. Giugno si era rivelato particolarmente freddo, e quel giorno era stato il peggiore in assoluto. Nonostante la biancheria pesante non era riuscito a scaldarsi per tutto il giorno. Poteva solo immaginare quanto fosse stato difficile per quei jackaroo che erano usciti nei pascoli. Si rintanò sotto le coperte e cercò di pensare a cose calde, ma il vento soffiava sotto la tettoia del dormitorio e Sam aveva l'impressione di sentire le folate penetrare attraverso le pareti e sotto le coperte.

Ladyhawke era raggomitolata al suo fianco ma, benché calda, era troppo piccola per riuscire a scongelargli più di qualche dito. Razionalmente sapeva di essere ridicolo. Il dormitorio era resistente alle intemperie e riscaldato, ma lui non riusciva lo stesso a scrollarsi il freddo di dosso. Pensò con nostalgia al suggerimento di Neil riguardo alla casa per lui e Jeremy, una casa dove avrebbero potuto alzare il termo finché volevano o sgattaiolare insieme sotto le coperte senza preoccuparsi di quello che avrebbero pensato gli altri. Era un'idea piacevole, ma non gli sarebbe stata utile quella notte.

"Sono un'idiota," borbottò. "Ci sono dozzine di altre camere, basta che prenda un plaid in prestito." Si mise i jeans e una camicia così da non dover andare in giro in biancheria, anche se si trattava di quella lunga, nel caso Jeremy fosse ancora in piedi, ed entrò nella stanza accanto alla propria, mettendosi a frugare dentro il cassettone alla ricerca di una coperta. Ne tirò fuori una e la scosse. Una busta di plastica cadde dalle pieghe e gli atterrò su un piede. La raccolse con cautela, cercando di capire cosa contenesse. Passò un minuto buono prima che la forma particolare delle foglie gli facesse accendere la lampadina. "Oh, merda. Jeremy!"

"Che succede?" rispose l'uomo dall'altra stanza.

Tenendo la busta come se dovesse morderlo, Sam andò verso l'area comune. "Ho, hmm… Ho trovato questo quando sono andato a prendere un'altra coperta. Non credo che dovrebbe essere qui."

Jeremy gliela prese dalla mano. "No, infatti, ma non mi stupisce. La mia prima notte alla stazione mi era sembrato di sentire odore di marijuana insieme a quello di sigaretta, ma poi non è più successo e ho pensato di averlo immaginato. A quanto pare mi sbagliavo."

"Che facciamo?"

"Domani mattina lo diremo a Macklin. Se si tratta solo di questa busta, ce ne liberiamo. Se ce ne sono di più, non ne ho idea, ma Macklin lo saprà di sicuro."

"Dobbiamo metterci a cercare adesso?" domandò Sam.

"No," rispose Jeremy. "Ora vai a letto. Hai le labbra blu. Domani mattina lo diciamo a Macklin e perquisiamo il dormitorio con il suo aiuto e quello di Caine."

"Ci rimarranno male."

"Ehi," gli disse l'uomo afferrandolo per il braccio e scuotendolo leggermente, "a meno che sia roba tua, non ne sei responsabile. La colpa è di chiunque abbia portato questa schifezza nella proprietà. La tua denuncia è un aiuto. Vedranno chi occupava quella stanza e si assicureranno di non assumerlo la prossima primavera. Terremo gli occhi aperti quando usciremo a cavallo per assicurarci che il cretino non abbia fatto crescere qualche pianta nella proprietà e, se dovessimo scovarla, penseremo a farla sparire. Se non l'avessi trovata, il tipo sarebbe potuto tornare col rischio di creare davvero un casino."

"Però mi dispiace essere il latore di brutte notizie."

"Questo lo capisco," disse Jeremy, attirandolo un po' più vicino. Sam gli permise di abbracciarlo, il suo calore un balsamo sia per il corpo che per l'anima. "A nessuno piace rattristare le persone cui si tiene, ma sarebbe molto peggio se non dicessi nulla."

Sam rifletté qualche secondo. Aveva letto e ascoltato storie di persone finite in prigione per aver coltivato e venduto marijuana, e se le autorità ne avessero trovata traccia a Lang Downs, Caine e Macklin avrebbero fatto fatica a dimostrare che non l'avevano piantata loro e non ne sapevano nulla. Meglio correre ai ripari prima che le cose precipitassero. "Sì, hai ragione. Domani mattina glielo diciamo."

"Per ora lascia la busta sul tavolo," consigliò Jeremy. "Non c'è nessun altro qui e non ci saranno problemi."

Sam annuì ma non si scostò. Era troppo bello starsene fra le braccia di Jeremy e, con sua grande gioia, sembrava che neanche quest'ultimo avesse voglia di lasciarlo.

"Torni a letto?" gli chiese Jeremy con un sorriso.

"Fa freddo," rispose lui. "Non riesco a scaldarmi, neanche col gatto vicino."

"È per quello che sei andato a cercare un'altra coperta?"

Sam annuì. "Ma non credo che servirà a molto quando mi manca proprio il calore che la coperta dovrebbe trattenere."

"Ti senti male?" insisté l'altro.

"No, ho solo freddo. È stato così per tutto il giorno. Lo stufato di Kami mi ha aiutato a cena, ma poi sono uscito per tornare qui e il benessere è volato via."

"Se fosse settembre, avrei qualche suggerimento," disse Jeremy, sollevando le sopracciglia con fare provocatorio.

"Se fosse settembre non avrei freddo," ribatté Sam. "Non in questa maniera almeno. Il freddo di giugno è diverso da quello di settembre."

"Non si sa mai," ribatté l'altro. "Il tempo da queste parti è imprevedibile. Potrà non essere il tipico clima di settembre, ma ricordo di aver visto anni in cui il freddo è andato avanti fino a ottobre inoltrato."

Sam rabbrividì di nuovo. "Comunque, hai qualche suggerimento utile per le temperature di metà giugno anziché per quelle di settembre?"

"Chi di noi due ha la branda più larga? Io o te?"

"Non lo so. Perché?"

"Perché potremmo dividerla finché non ti scaldi," suggerì Jeremy. "Poi le coperte ti aiuteranno a mantenere la temperatura e io andrò a dormire nell'altra stanza."

"Non è molto carino nei tuoi confronti," fece Sam.

"Piuttosto, non sono sicuro che le brande siano adatte a due uomini adulti. Sono singole."

"Lo so, però l'idea di andare a letto con te mi piace. Dormire! Volevo dire dormire con te!"

Sam si sentì avvampare.

Jeremy strusciò il naso contro il suo. "A me piacciano entrambe le idee, Sam, ma sono solo un essere umano. Passo la metà del tempo a trattenermi dal saltarti addosso, e dormire accanto a te, svegliarmi accanto a te, renderebbe il tutto ancora più difficile. Non dico che non lo farei se è ciò che vuoi, ti chiedo solo di pensare a quello che mi chiedi e a cosa potrebbe significare."

Sam ci aveva pensato, in effetti. Eccome se ci aveva pensato! Quel singolo bacio che si erano scambiati sotto il portico e le serate trascorse davanti al caminetto a bere birra e a parlare di tutto, da come avevano trascorso la giornata fino ai ricordi preferiti dell'infanzia, avevano rafforzato in lui la convinzione di cosa voleva e insieme a chi. "Due mesi e mezzo," disse. "Alison ha fatto la richiesta il primo di giugno. L'udienza è fissata per fine luglio. Poi ci rimangono solo trentun giorni e sarò un uomo libero."

"E a quel punto decideremo cosa vogliamo fare," proseguì Jeremy. "Stanotte, comunque, hai bisogno di scaldarti, quindi o vengo io per qualche minuto o prendi uno scaldino."

"Preferirei te," affermò Sam, tremando un po' al pensiero di percorrere il corridoio ed entrare in una delle stanze, rimanere con indosso solo la biancheria e sgusciare sotto le coperte come amanti, come compagni. "Ma credo sia più sicuro se cerco uno scaldino."

"Ne ho uno in camera," disse Jeremy. "Te lo porto."

Sam annuì, ma non lo lasciò andare. Jeremy ridacchiò e gli diede qualche colpetto leggero sul polso. "Devi liberarmi se vuoi che te lo prenda."

"Tra un minuto," rispose lui. Non riusciva a spiegarsi perché fosse tanto appiccicoso quella sera, ma non voleva negarsi quel piacere visto che lo faceva stare bene e non infastidiva nessuno.

"Okay," cedette Jeremy, tornando ad abbracciarlo. "Dimmi quando sei pronto."

Sam si lasciò andare contro il jackaroo e inspirò a fondo. L'uomo doveva aver fatto una doccia prima di cena perché profumava di cedro e menta e non di terra e letame. Gli fece scivolare una mano verso la nuca e cominciò a giocherellare con i corti capelli. "Sam, tesoro," gli sussurrò Jeremy all'orecchio. "A meno che tu non abbia cambiato idea riguardo a dove vuoi dormire, devi smetterla di stuzzicarmi. Non sono fatto di pietra."

Sam sospirò pesantemente e si staccò. "Mi dispiace. Non volevo..."

Jeremy lo zittì con un bacio.

"Non scusarti mai perché vuoi toccarmi," gli disse quando sollevò la testa. "Non desidererei altro che portarti in camera mia e scaldarti per tutta la notte. Vorrei solo che tu ti rendessi conto di cosa mi fanno le tue mani addosso, e vorrei che te ne ricordassi quando lo fai."

"Va bene," rispose Sam con voce incerta. "Lo so che non è giusto nei tuoi confronti."

"Ehi, lo sapevo a cosa andavo incontro quando ho accettato questa situazione. Me l'hai detto subito che il tuo divorzio non sarebbe stato definitivo fino a settembre. Solo perché è più difficile di quanto pensassi, non significa che rimpianga la mia scelta. Non appena potremo, però, andremo via per il week-end in un posto dove nessuno ci conosce, e trascorreremo tutto il tempo a letto."

Il brivido che attraversò Sam a quel punto fu di desiderio anziché di freddo. "Un piano favoloso. Continua a parlarmi così e non mi servirà più lo scaldino."

"Se continuo a parlarti così, finisce che dimentico che non è ancora settembre," rispose l'altro. Poi si tirò indietro e Sam lo lasciò andare.

Il jackaroo sparì in fondo al corridoio e fu di ritorno un minuto dopo stringendo in mano un apparecchio elettrico. "Accendilo e mettilo fra le coperte. Dovrebbe riscaldarti piacevolmente," disse, porgendoglielo.

"Grazie," rispose Sam. Posò la busta con l'erba sul tavolo e tornò verso la propria camera, lo scaldino in mano. Una volta raggiunta la porta si voltò verso Jeremy. "Settembre non arriverà mai abbastanza presto."

Jeremy s'irrigidì, quasi come se stesse combattendo contro se stesso. Sam lo interpretò come il suo segnale per nascondersi. Entrò in camera e chiuse la porta.

Tra lo scaldino, Ladyhawke e la coperta extra riuscì finalmente a scuotersi il freddo di dosso, ma i suoi sogni furono popolati da immagini di un corpo in ombra che si avvolgeva al suo da dietro e lo stringeva, tenendolo al caldo.

# CAPITOLO 16

"MACKLIN, AVRESTI un minuto?" domandò Sam dopo colazione il mattino successivo.

"Certo," rispose il sovrintendente. "C'è qualche problema?"

"Una specie," disse lui. "Volevo parlarne a Caine, ma non l'ho ancora visto."

"Lui e Patrick sono andati a Boorowa," rispose l'altro. "Dovrebbe rientrare stasera. Dobbiamo aspettarlo?"

"No, non credo. Potresti venire al dormitorio?"

Macklin annuì e gli fece strada fino alla costruzione.

"Faceva freddo la notte scorsa," cominciò a spiegare, "così sono entrato in una delle altre stanze per prendere una coperta. Pensavo che avrei potuto lavarla e rimetterla al suo posto prima dell'arrivo degli stagionali, non mi sembrava una cosa grave."

"E non lo è, infatti," disse Macklin. "Se vuoi tenerla, possiamo sempre comprarne un'altra."

"No, sono certo che tra un po' non mi servirà più. Ma non è questo il problema," spiegò Sam mentre entravano. Prese la busta e la passò a Macklin. "L'ho trovata dentro la coperta."

L'espressione di Macklin s'indurì. "In quale stanza?"

Sam gliela indicò.

"Jenkins," sputò l'uomo. "Avrei dovuto immaginarlo. Ha passato l'intera estate a cercare di lavorare il meno possibile. C'era solo questa?"

"Non lo so," rispose lui. "Ho chiamato Jeremy e lui ha detto di fartela vedere subito questa mattina e che poi avremmo cercato insieme."

"Okay," disse Macklin, entrando nella stanza in questione. "Cominciamo."

Trascorsero i successivi venti minuti a perquisire l'intera camera, aprendo cassetti e controllandoli sia dentro che sotto, ispezionando l'armadio e le lenzuola, addirittura rovesciando il materasso per assicurarsi che non fosse stato tagliato e poi ricucito, ma non trovarono nessuna traccia di altra marijuana o droghe diverse.

"Dobbiamo controllare anche le altre stanze," disse l'uomo quando ebbero finito. "Meglio assicurarsi che non ne abbia nascosta altra in giro oppure che fosse il solo ad averla."

"In ufficio non ho niente di urgente da fare. Posso cercare io, se tu hai altro di cui occuparti."

Macklin rifletté per un momento. "Se non ti dispiace, vorrei cercare di capire dove l'ha presa. Qualche anno fa c'è stato un allevatore a Cowra che ha avuto un problema simile. Gli trovarono delle piante nella proprietà e sarebbe finito in prigione se uno dei suoi jackaroo non avesse ammesso di essere stato lui a mettercele. Mi sentirò meglio dopo essermi assicurato che lo stesso non sia successo qui."

"Fai quello che devi," disse Sam. "Io controllerò il dormitorio e, se dovessi trovare qualcosa, segnerò il punto. Tu però non uscire da solo, portati qualcuno."

379

Macklin sorrise, ma si vedeva chiaramente quanto fosse teso. "Chiederò a Jeremy di accompagnarmi visto che sa già cosa sta succedendo. Non parlarne con nessuno tranne Caine finché non te lo dico io, okay?"

"Contaci," lo rassicurò lui.


"JEREMY, SELLA un cavallo!" ordinò Macklin, entrando nel capanno dove lui e altri jackaroo stavano riparando degli attrezzi.

"Che succede, capo?" chiese lui, alzandosi.

Macklin non disse niente ma indicò con la testa il recinto dove pascolavano i cavalli, una risposta più che sufficiente per quello che lo riguardava. Era chiaro che l'uomo non volesse parlarne davanti agli altri, ma Jeremy era certo di sapere di cosa si trattava. Prese sella e briglie dallo stanzino e, insieme ad Arrow, seguì il sovrintendente all'esterno.

Qualche minuto dopo erano diretti verso l'estremità della vallata. "Non credi che potrebbe averla piantata qui vicino?" chiese.

"Troppo pericoloso," rispose Macklin. "Avrebbe corso il rischio che qualcuno la vedesse. Se si è coltivato le piante da solo, è probabile che abbia scelto uno dei pascoli più remoti, possibilmente lontano dai sentieri e dai percorsi diretti fra un capanno e l'altro."

"Quindi stiamo andando a caso, oppure hai una qualche idea precisa su dove potrebbe essere?"

"Jenkins in genere si offriva volontario per far parte dei gruppi che lavorano nei pascoli a sud," disse Macklin. "Magari è solo una coincidenza e all'epoca la cosa non aveva destato sospetti, ma è meglio controllare."

Jeremy annuì e lo seguì attraverso il cancello."


DUE ORE dopo, con una tempesta in avvicinamento all'orizzonte e le temperature in calo, Jeremy cominciava a rivalutare la saggezza di quella ricerca. "Dobbiamo tornare indietro," disse. "Possiamo continuare domani se non sei soddisfatto di quanto abbiamo fatto finora."

Macklin sembrò sul punto di discutere, ma osservò l'orizzonte e cambiò palesemente idea. "Parlerò a Caine, stasera quando torna." Guardò di nuovo l'orizzonte. "Oppure domani, se dovesse decidere di restare a Boorowa a causa del maltempo. So per certo che nessuno dei residenti è coinvolto, quindi potrebbero contribuire guardandosi intorno quando sono in giro. Ma voglio prima parlarne con Caine."

Jeremy annuì e fece voltare il cavallo nella direzione da cui erano venuti. L'aveva appena spronato al piccolo galoppo che lo schianto improvviso di un tuono li spaventò entrambi. Per un attimo credette che sarebbe caduto quando il cavallo s'imbizzarrì, ma alla fine riuscì a governarlo. Si voltò per controllare Macklin e lo vide per terra, con Ned che incombeva su di lui.

"Merda," esclamò, guidando la propria cavalcatura verso l'uomo. "Stai bene?"

"Non credo," rispose quello. "Sono quasi certo di aver sentito qualcosa spostarsi nel ginocchio quando sono caduto."

Jeremy aggrottò la fronte e scivolò giù dalla sella. S'inginocchiò accanto al sovrintendente e gli tastò delicatamente la gamba. Macklin emise un sibilo di dolore e poi disse: "Sì, c'è decisamente qualcosa che non va."

"Dov'è la radio?" domandò Jeremy.

Macklin gliela passò. Lui premette il pulsante e chiamò la stazione. Nessuna risposta. Cambiò frequenza e riprovò.

"Niente," disse.

"Potrebbe essere colpa del temporale che interferisce con la ricezione, oppure dipende dalle batterie. Ieri sera l'ho lasciata in carica, ma può darsi che non abbia preso."

"E ora?" chiese Jeremy. "Se ti aiuto pensi di riuscire a cavalcare?"

"Non per molto," rispose l'altro. "C'è un capanno dopo la prossima collinetta. Se riuscissi ad arrivarci, tu potresti tornare alla stazione e venire con un ute. E se il temporale si scatena, sarò al riparo finché non arrivate."

"Non mi piace l'idea di lasciarti da solo."

"Non posso farcela a tornare alla stazione a cavallo," disse Macklin. "Perlomeno non su Ned. Magari se tu avessi preso Titan avrei potuto provarci, ma non c'è verso che rimanga in sella a Ned o Cloudy con un ginocchio fuori uso."

Jeremy serrò le labbra. "Okay, vediamo di farti salire su Cloudy. Io porterò Ned per la briglia fino al capanno e lo sistemerò sotto la tettoia."

Dopo diverse imprecazioni riuscirono finalmente a far salire Macklin in groppa a Cloudy, e Jeremy si rese conto che l'uomo aveva ragione: per quanto gli scocciasse lasciarlo da solo nel casotto, Macklin non sarebbe riuscito a tornare alla stazione in quelle condizioni, nemmeno se fosse stato lui a cavalcare Ned. Una volta arrivati al capanno cominciarono il doloroso processo inverso nel tentativo di farlo smontare senza che si facesse ancora più male. Cercando di afferrare saldamente il sovrintendente, Jeremy lasciò andare la briglia di Cloudy e questi se ne fuggì al galoppo in men che non si dica. Arrow gli si lanciò dietro abbaiando come un disperato, ma non c'era verso che potesse competere con la velocità di un cavallo. Jeremy fischiò per farlo tornare indietro, prevedendo una lunga e penosa camminata per raggiungere la stazione.

"Prendi Ned," disse Macklin, mentre Jeremy lo aiutava a zoppicare dentro.

"Mi sembrava di aver capito che nessun altro potesse cavalcarlo tranne te," rispose. "Hai altra scelta? La radio non funziona. Se vai a piedi, anche ammesso che il temporale non si scateni, ci metterai delle ore prima di arrivare. Prendi Ned."

"Se mi disarciona e mi rompo l'osso del collo, vengo a cercarti," lo minacciò allora lui.

"Ricordati... di parlargli prima di montarlo," disse Macklin. "Digli chi sei e di cosa hai bisogno. Lo so che mi fa sembrare un allocco, ma è quello che faccio io. Ogni volta che lo prendo, gli ricordo che sono io e gli dico quello che faremo. Quegli asini che provano a salirgli in groppa solo per dimostrare di esserne capaci non si prendono mai il disturbo."

"Okay," cedette Jeremy. "Se non c'è altro modo, lo faccio. Ti serve qualcosa prima che vada?"

Macklin scosse la testa. "Accendo il fuoco e mi avvolgo in una coperta. Basterà finché non torni."

Jeremy sperava che avesse ragione. "Bene, ma al fuoco ci penso io. Non avrai problemi ad alimentarlo dalla sedia, ma inginocchiarti per accenderlo non credo ti farebbe bene."

Macklin lo guardò accigliato, ma lui lo ignorò. Impilò in fretta un mucchietto di legna e le diede fuoco. Nel frattempo Macklin raccolse la coperta di una delle brande e si sedette su una sedia davanti al caminetto. Jeremy prese una bottiglia d'acqua e gliela mise accanto. "Hai la radio, vero?"

"Sì," rispose l'altro.

"Continua a provare. Anche solo nel caso in cui Ned decidesse di non collaborare e io mi trovassi costretto a farmela a piedi."

"Contaci," disse Macklin, "ma vedrai che collaborerà."

"Arrow, tu rimani qui," disse al suo cane. La cavalcata verso la stazione, ammesso che Ned gli permettesse di salirgli in groppa, sarebbe stata veloce e difficile, e Jeremy non voleva farlo stancare per niente.

Dirigendosi verso il punto in cui il cavallo aspettava pazientemente, desiderò avere un po' più di fiducia in se stesso. Accarezzò il grosso muso, sollevato dal fatto che l'animale non avesse cercato di staccargli la mano con un morso. "Ciao bello," disse. "Sono Jeremy, un amico di Macklin. Lui è nel capanno ed è ferito. Dobbiamo andare a cercare aiuto, il che significa che devi lasciarmi salire in groppa, okay? Torneremo alla stazione, cercheremo Neil, Ian o chiunque altro sia disponibile, e verremo qui con un ute per prendere Macklin e portarlo a casa, dove lo rattopperemo. Vuoi aiutarmi?"

Jeremy si sentiva un po' idiota a parlare in quel modo a un cavallo ma l'animale gli diede un colpetto sul petto e lui pensò che quello fosse un buon segno. Gli fece passare le redini sopra la testa e gli si mise di fianco. "Ora salgo in sella, okay? Non farò niente di cui ti debba preoccupare. Proprio come quando sei con Macklin, giusto?"

L'animale si mosse un poco, ma non si oppose quando Jeremy si spostò sulla sella per aggiustare la misura delle staffe. Macklin era un po' più alto di lui e aveva le gambe molto più lunghe. "Okay, sei pronto per riportarmi alla stazione?" chiese.

Ned scosse la testa e il movimento gli fece piegare il collo fino a raggiungere il garrese. Jeremy si sporse un po' e, con la mano guantata, gli diede dei colpetti gentili sulla spalla tremante. "Rilassati, amico," disse. "Lo so che non sono Macklin, ma non ti farò male. Tutto quello che ti chiedo è di riportarmi alla stazione in modo che possa aiutare il tuo ragazzo. Andiamo, dai," e mosse le briglie guidandolo nella direzione di casa.

Ned quella volta capì il messaggio e si avviò verso la stazione di buon passo. Jeremy si abbandonò al movimento con la sicurezza di un cavaliere esperto. Magari non conosceva quel particolare cavallo, ma cavalcava sin di quando aveva imparato a camminare, e il passo di Ned era sciolto e armonioso. Capiva perché Macklin amasse tanto montarlo.

Quando un lampo illuminò il cielo sempre più scuro, Ned scartò leggermente, ma si riprese quasi subito. Jeremy tirò un sospiro di sollievo. Non voleva capitombolare giù dalla sella e perdere il mezzo di trasporto più rapido per tornare alla stazione.

Durante il loro giro, lui e Macklin se l'erano presa comoda, guardandosi intorno alla ricerca delle piante di marijuana, ma ora non aveva il tempo di andare piano, e Ned dovette sentire la sua urgenza, perché partì a passo spedito, il tipo di andatura che poteva mantenere per un certo tempo senza restare a corto di fiato. Se fosse stato a Taylor Peak e con un cavallo che conosceva meglio, Jeremy avrebbe potuto spingere un po' di più, certo della resistenza dell'animale, ma pur riconoscendo le capacità di Ned, si trattava sempre del cavallo di Macklin e lui non voleva correre rischi inutili.

"Dov'è Macklin?" gli urlò Neil non appena lo scorse in sella a Ned.

"È ferito," rispose lui, saltando giù dalla sella e lanciando le redini al jackaroo più vicino. Non si prese neanche la briga di guardare chi fosse. Se Ned fosse scappato, sarebbe stato solo per rifugiarsi nel recinto e riposarsi. "Cloudy se l'è data a gambe. Ho accompagnato Macklin in un capanno e sono tornato indietro su Ned."

"Sei davvero coraggioso o davvero stupido," esclamò Neil. "Quale capanno?"

"Ti ci accompagno," disse lui, "ma qualcuno deve chiamare il dottore. Macklin si è fatto male al ginocchio. Non credo sia rotto, ma bisogna farlo controllare. Per quando torneremo, il dottore sarà già qui."

"Ian, chiama il dottor Peters. Digli che Macklin si è fatto male a un ginocchio. Io e Jeremy andiamo a prenderlo. E chiama anche Caine. Non so cos'avesse da fare, ma immagino che vorrà saperlo il prima possibile, anche se dubito che riuscirà ad arrivare prima del dottore."

"Agli ordini," rispose Ian, correndo verso la casa padronale. Ricomparve qualche secondo dopo e lanciò a Neil un mazzo di chiavi.

"Andiamo," disse quest'ultimo. Jeremy salì dalla parte del passeggero e gli indicò la strada da prendere.

"E in ogni caso, perché siete usciti?" chiese l'uomo. "Le previsioni avevano detto che c'era la possibilità di temporali. Macklin aveva raccomandato a tutti di restare nei pressi della stazione."

"Sam ha trovato della marijuana nel dormitorio ieri sera," rispose lui. "Macklin voleva assicurarsi che non ce ne fosse dell'altra piantata da qualche parte."

"Asino," borbottò Neil. "Pensava che non potesse aspettare neanche un giorno?"

"A quanto pare no. Lui e Sam hanno rigirato tutto il dormitorio per vedere se ce ne fosse ancora, ma per fortuna non ne hanno trovata."

"E nei pascoli c'era qualcosa?"

"No, ma non abbiamo fatto in tempo a controllare tutta la zona che Macklin voleva coprire prima che le nubi diventassero troppo minacciose e ci costringessero a riprendere la via di casa."

Come se avessero aspettato solo quelle parole, le cateratte del cielo si aprirono e la pioggia prese a scrosciare.

"Tempo di merda," imprecò Neil. "Non so se il dottor Peters riuscirà a volare in queste condizioni. Se deve venire in macchina, potrebbe non farcela in giornata."

"Potremmo mettergli un impacco di ghiaccio e poi steccarglielo," disse Jeremy. "Dovrà lo stesso farsi vedere dal dottore, ma almeno passerà la notte. Da quello che mi è sembrato di capire il problema è circoscritto al ginocchio."

L'ute scivolò e sbandò sulla strada fangosa, ma Neil guidava con la sicurezza di chi conosce bene il territorio e si spostò sull'erba per avere un'aderenza migliore.

Ogni volta che arrivavano a un cancello Jeremy si tirava sulla testa il cappuccio del Driza-Bone e correva sotto la pioggia per aprirlo, e il fatto che Neil si fermasse non appena il paraurti era libero dal battente gli strappò un sorriso. Magari non erano ancora amici, ma Neil si stava impegnando per far piacere a Sam e Jeremy lo apprezzava molto.

"Conoscevi bene l'ex di Sam?" chiese dopo essere salito di nuovo sull'ute, le mani davanti alla bocchetta del riscaldamento.

"Prima che Sam venisse qui avrei detto di sì," rispose Neil. "Ora non lo so più. Perché?"

"È convinto che userebbe la nostra relazione contro di lui se dovesse scoprirla. Ero solo curioso di sapere se potesse aver ragione o se stesse solo cercando di essere prudente."

"Lo biasimi?"

"Per niente," si affrettò a dire Jeremy. "Dopo tutto quello che mi ha raccontato, non mi stupirei di nulla. Volevo solo la tua opinione."

"Ti sei stancato di aspettare?"

"Stancato nel senso che vorrei fosse già settembre," rispose lui. "Non stancato nel senso che voglio rinunciare a lui, se è di questo che ti preoccupi."

"Non mi era passato neanche per l'anticamera del cervello," disse Neil. Jeremy non riuscì a capire se fosse la verità o una bugia a fin di bene, ma accettò quelle parole per quello che erano.

"Voglio che sia libero, non da ultimo per il fatto che odio non poterlo neanche baciare senza che ci sentiamo in dovere di guardarci dietro le spalle per controllare se siamo spiati, o senza che ci sentiamo in colpa. E prima che tu lo chieda, non abbiamo fatto altro e anche i baci sono stati pochi, e continueremo così finché non sarà di nuovo single. Non voglio che si senta in colpa a causa mia, e non voglio che il nostro rapporto cominci con le premesse sbagliate."

"Non era mia intenzione chiederlo. Apprezzo la tua sincerità ma, davvero, non m'interessano i particolari della vita sessuale di mio fratello. Non li volevo neanche quando era sposato, e quella era una cosa che riuscivo a capire. Di certo non mi servono adesso."

"Ti senti ancora un po' stranito da tutta la storia dell'essere gay, vero?" chiese.

"Sì," confermò Neil. "Non sono arrabbiato, e non ho intenzione di prendermela con lui o dirgli qualcosa, ma ciò non significa che voglia pensarci. E non significa neanche che lascerò che tu lo ferisca come ha fatto Alison. Se succede, giuro che te la faccio pagare."

"Non so cosa ci riserverà il futuro," disse piano lui, "ma ti giuro che non lo tratterò mai nel modo in cui l'ha trattato Alison, neanche se le cose non dovessero funzionare e dovessimo finire col separarci."

"Bene," affermò Neil. "Perché il problema non è che si siano lasciati. Il problema è come l'ha ridotto."

# Capitolo 17

Non appena Caine ebbe raggiunto la periferia di Canberra, il suo cellulare segnalò l'arrivo di un messaggio. Qualcuno doveva averlo chiamato mentre percorreva la zona morta che si estendeva da Boorowa fino a lì. Qualche secondo dopo ne arrivò un altro. Preoccupato, prese il telefono e guardò meglio.

Non c'era un solo messaggio, ce n'erano ben quattro. Non prometteva niente di buono!

Si fermò in un parcheggio e li ascoltò uno di seguito all'altro.

"Caine, sono Ian. Jeremy è appena arrivato in groppa a Ned. Ha detto che Macklin è ferito. Abbiamo chiamato il dottore ma immaginavo che tu volessi saperlo quanto prima."

Caine sentì una stretta al petto. Il pensiero che Macklin si fosse fatto male era angosciante. Non aveva avuto neanche in previsione di uscire quel giorno, gliel'aveva chiesto quella mattina prima di partire! E ora qualcosa l'aveva costretto a cambiare programma e si era ferito!

"Caine, sono ancora Ian. Mi sono appena reso conto che l'altro messaggio poteva essere frainteso. Jeremy ha detto che si è fatto male a un ginocchio. Abbastanza gravemente da non poter cavalcare, ma niente di più. Chiama quando senti questo messaggio."

Poi, "Caine, sono Kyle. Il dottore sta arrivando in elicottero per controllare il ginocchio di Macklin. Jeremy e Neil sono andati a prenderlo. È gonfio, ma sembra che non ci sia niente di rotto."

E infine, "Caine, dove sei?" Il suono della voce scocciata di Macklin lo rassicurò. Se era arrabbiato, voleva dire che non stava troppo male. "Chiamami quando senti questo messaggio. Dovresti prendermi delle cose a Boorowa prima di tornare a casa."

Inspirando a fondo, Caine digitò il numero della stazione e attese che qualcuno rispondesse.

"Dove sei?" lo apostrofò subito Macklin. "Non rispondevi al telefono."

"Ho ricevuto il messaggio solo adesso," rispose, evitando di scendere nei particolari. Era andato troppo avanti per rovinare la sorpresa a quel punto. "Hai detto che devo prenderti delle cose, se mi fai un elenco mi ci fermo prima di ripartire."

Macklin gli passò la lista di medicine prescrittegli dal dottore e Caine la trascrisse coscienziosamente. Non aveva previsto di fermarsi di nuovo dopo aver preso la madre di Macklin, ma la ricetta era per la farmacia di Boorowa non per quella di Canberra, quindi non aveva scelta.

"Sei sicuro di non nascondermi nulla?" gli chiese quando si accorse che l'altro non sembrava tanto propenso a terminare la loro conversazione.

"Il dottore mi ha controllato bene," rispose Macklin. "Ha detto che è solo il ginocchio. Però mi conosci, mi scoccia stare rinchiuso a non fare niente. Se tu fossi qui potremmo andare in ufficio per controllare i registri oppure lavorare alla certificazione biologica o a qualcos'altro, così da non essere costretto a starmene sul divano a girarmi i pollici."

"Leggi un libro," suggerì Caine. "Guarda la TV. Lavora alla certificazione da solo. La riguarderemo insieme quando arrivo, se vuoi."

Macklin fece un verso seccato.

"Tornerò prima possibile," lo rassicurò lui. "E, tra l'altro, questa mattina mi hai detto che non saresti uscito a cavallo, quindi non prendertela con me se non c'ero quando hai cambiato idea."

"È successa una cosa," disse l'uomo. "Ne parleremo quando arrivi."

Quelle parole non erano per niente rassicuranti, ma Caine non insistette. Se Macklin non voleva parlarne al telefono, chiedere altre spiegazioni l'avrebbe solo irritato di più, e quella era l'ultima cosa che lui voleva al momento. C'era già un buon cinquanta percento di probabilità che il suo uomo si arrabbiasse con lui quando sarebbe arrivato a casa con la sua sorpresa, meglio non sfidare ulteriormente la sorte.

"Arriverò appena posso," gli disse. "Ti amo."

"Anch'io," rispose Macklin. "A presto."

Di nuovo in preda all'agitazione in previsione di quello che stava per fare, Caine posò il telefono e percorse il resto della strada verso l'appartamento dove avrebbe dovuto incontrarsi con Sarah Armstrong. Non erano esattamente case popolari, ma ci andavano vicino. Sorrise pensando alla casa padronale a Lang Downs e alla stanza degli ospiti che conteneva. Se quel week-end fosse andato bene, avrebbe cercato di far trasferire Sarah alla stazione. La madre di Macklin meritava più di quello. Parcheggiò ed entrò nello stabile, cercando l'appartamento della donna. Una volta trovato, bussò e rimase in attesa che lei aprisse, mentre il cuore gli batteva all'impazzata nel petto.

Le aveva detto cos'era lui per Macklin, e l'unica reazione della donna era stata di gioia alla notizia che il figlio fosse felice, ma era pur sempre il loro primo incontro. Senza che il diretto interessato fosse presente, tra l'altro (cosa che probabilmente rendeva il tutto più semplice, dato che i due non si vedevano da oltre trent'anni). Non pensava che a quel punto la mamma di Macklin avrebbe reagito male, ma si sentiva lo stesso un po' inquieto.

La porta si aprì e Caine vide per la prima volta il volto della suocera. Non sapeva la sua età, ma sembrava che portasse scolpito sul viso ciascuno dei suoi anni. Quando però gli sorrise, il gesto le tolse almeno una decina d'anni. "Devi essere Caine."

"S-sì, s-signora," rispose lui, maledicendo sottovoce la propria balbuzie, ma la preoccupazione per Macklin, unita all'emozione di quell'incontro, erano troppo perché riuscisse a controllarla.

"Entra un attimo," continuò lei. "Sono già pronta. A meno che tu non abbia voglia di una tazza di tè prima di ripartire."

"P-preferirei andare," declinò Caine. "M-Macklin si è fatto male mentre io ero in v-viaggio e v-vorrei r-raggiungerlo il p-prima possibile."

"Oh, certo!" esclamò Sarah. "Prendo la valigia."

Sparì nell'altra stanza e ne uscì quasi subito trascinandosi dietro un piccolo trolley. Caine lo prese e lo portò fuori, nel ballatoio. Lei chiuse a chiave la porta e lo raggiunse. "Spero che non sia nulla di grave."

"È caduto da cavallo," rispose lui. "Si è s-storto il g-ginocchio. Non è niente, ma voglio andare a casa a vederlo."

Mise la valigia nel cassone (e sorrise mentre lo faceva perché continuava a chiamarlo col nome americano anziché con quello australiano. Aveva imparato a usare un sacco di parole locali, ma questa proprio non gli entrava in testa) e raggiunse Sarah all'interno della macchina.

"Dai, raccontami qualcosa di te," gli disse lei dopo che ebbero ripreso la strada per Boorowa. "Come ci sei finito in una stazione di pecore nel Nuovo Galles del sud?"

Caine sorrise. Era una domanda facile. "La proprietà apparteneva a mio zio," cominciò a spiegare, la balbuzie che spariva via via che si rilassava nella narrazione. "Non aveva figli e quando è morto è passata a mia madre. Lei voleva venderla perché non le serviva, ma l'ho convinta a lasciarmela gestire. Lo scorso Natale l'ha regalata a me e Macklin."

"Sei stato molto coraggioso a lasciare tutto per venire qui."

Caine si strinse nelle spalle. "In tutta onestà, non c'era poi molto da lasciare. Ha sentito come balbetto. È difficile farsi una carriera quando si ha questo difetto, e non avevo neanche un ragazzo. La stazione è stata una specie di dono di Dio e l'occasione di ricominciare daccapo."

"Rimane sempre una scelta coraggiosa," insisté la donna. "Un sacco di gente continua a vivere una vita triste perché non ha il coraggio di cambiarla."

Caine non le chiese se parlasse di se stessa. "È stata una scommessa. Vincente."

"E Macklin?"

"Macklin è il sovrintendente," le spiegò. "Mi ha aiutato a capirci qualcosa e io me ne sono innamorato."

"Lo so che non è stato così facile come lo dipingi," disse lei con una risata.

Anche Caine rise. "No, infatti, ma come per tutte le cose importanti, ne è valsa la pena. È un uomo forte, risoluto, a volte una gran testa dura, ma sotto sotto ha un gran cuore."

"Bene. Suo padre ha fatto del suo meglio per riuscire a spezzarglielo a suon di botte, ma non c'è mai riuscito. Sono contenta che non sia cambiato."


MACKLIN UDÌ il suono della porta principale che si apriva, di Caine che si toglieva gli stivali e percorreva il corridoio. Avrebbe voluto alzarsi e andare a salutarlo con un bacio, ma gli era stato ordinato di farlo solo con l'aiuto delle stampelle e lui quei due attrezzi li odiava.

"Sono in soggiorno," lo chiamò invece.

Caine entrò e lo raggiunse sul divano, baciandolo con decisione prima di fargli scorrere una mano lungo la gamba. "Come va?"

"È slogato, ma il dottore non crede che mi sia lacerato qualcosa. Qualche giorno sul divano e poi qualche settimana con un maledetto tutore e tornerò come nuovo. Perché ci hai messo tanto?"

"Ti ho portato una sorpresa," disse Caine.

Macklin si accigliò. Non gli piacevano le sorprese, anche se si fidava abbastanza di Caine da essere certo che fosse bella.

"Non c'era bisogno che mi portassi nulla."

"Infatti non ti ho portato una cosa," fece l'altro. "Ti ho portato una persona."

Quello sì che era strano, ma prima che potesse chiedergli che cosa intendesse, sentì dei nuovi passi nel corridoio, poi una donna che non conosceva fece il suo ingresso nella stanza. Macklin guardò da lei e Caine e viceversa prima di essere colto da un'illuminazione. "Mamma?"

"Ciao, Macklin," disse piano lei. "Spero… spero che non ti dispiaccia se sono venuta a trovarti."

"Come mi hai trovato?" le chiese lui.

"Non l'ho fatto. È stato Caine a trovare me. Lo so che hai tutte le ragioni per odiarmi, ma volevo vederti un'ultima volta, volevo vedere che tipo di uomo sei diventato."

"No!" esclamò Macklin, afferrando le stampelle. Con difficoltà si mise in piedi, rifiutando l'aiuto di Caine. "No, non ti odio. Dio mio, mamma, è…"

Le parole lo abbandonarono, così come l'equilibrio, e tutto ciò che poté fare fu allargare le braccia. La sua mamma corse a rifugiarcisi in mezzo con gli occhi colmi di lacrime. Lui le affondò il viso nei capelli sottili, incredibilmente sollevato che lei profumasse ancora di rose. Dopo tutti quegli anni, quella cosa non era cambiata. "Non posso credere che tu sia qui."

Lei lo strinse con forza. "Ti ho pensato ogni giorno," disse, la voce attutita dal tessuto della sua camicia. "Pregavo che tu trovassi un posto sicuro dove crescere ed essere felice. Non avrei mai immaginato..." Si tirò indietro e si guardò intorno. "... questo."

"Caine ti ha raccontato della stazione?" le chiese lui.

"Qualcosa. Siediti. Ha detto che ti sei fatto male al ginocchio." Lui ubbidì. "Caine mi ha raccontato un po' di cose, ma il resto vorrei sentirlo da te. Mi sono persa così tanto."

E lo stesso era stato per lui.

"Ti dirò tutto quello che vuoi sapere, ma prima parlami di te."

"Non c'è molto da dire," fece lei. "Tuo padre è morto otto anni fa. Io ho venduto tutto e mi sono trasferita a Canberra. Lavoro come aiuto cuoca nella cucina di un piccolo ristorante per integrare la sua pensione. Non è granché, ma sono sola e mi basta."

Macklin la attirò in un altro abbraccio e cercò Caine con lo sguardo. Quest'ultimo annuì e sorrise, prima di sedergli a fianco.

"Magari le piacerebbe restare qui?" disse piano, appoggiandogli la mano sulla schiena. "Abbiamo un sacco di spazio."

"Oh, no... non potrei..."

"Non deve decidere subito," la interruppe Caine. "È un'offerta a tempo indeterminato. Si prenda il week-end per dare un'occhiata in giro. Passi un po' di tempo con le persone che vivono qui. Lunedì la riporterò indietro come avevamo stabilito, ma ci piacerebbe molto se ci riflettesse sopra."

"Grazie," disse sua madre, sorridendo a Caine da sopra la sua spalla. Poi si tirò un po' indietro e lo guardò. "È un ragazzo da non lasciarsi sfuggire."

"Credimi, mamma, lo so bene."

"Vi lascio a parlare da soli, ora. Devo dire qualcosa a Kami. Ti porto la cena qui così non dovrai andare in mensa."

Caine si alzò, ma prima che si allontanasse, Macklin gli afferrò la mano. "Grazie," disse, cercando di fargli capire dal tono della voce quanto gli fosse davvero grato.

"Di niente," rispose l'altro, restituendo la stretta.

Senza l'amante ad appoggiarlo, Macklin sentì la propria sicurezza vacillare. Erano quasi trent'anni che non vedeva sua madre. Non sapeva neanche da dove cominciare.

"Da quanto vivi alla stazione?" gli chiese lei.

"Più o meno da quando sono andato via. Ho trascorso alcuni mesi a Taylor Peak, la stazione che avete attraversato venendo qui, ma non è andata bene. Poi sono arrivato a Lang Downs e non sono più andato via."

"E ora ti appartiene."

"Appartiene a Caine," disse lui, deciso. "Io l'aiuto solo a condurla."

"Non è la sua versione. Anche se era sicuro che tu l'avresti detto."

Macklin ridacchiò. "Mi conosce bene."

"Non è una brutta cosa."

"No, è una cosa meravigliosa in effetti. Il prozio di Caine e il suo partner hanno costruito questo posto dal niente. Quando Michael è morto, la stazione è passata alla madre di Caine, la quale l'ha donata a lui a Natale, e lui ha insisto per mettere anche il mio nome sull'atto."

"Quindi non dovresti sminuire la sua generosità. Quante persone ci lavorano?"

"Una ventina di residenti fissi e poi gli stagionali che assumiamo in estate quando c'è più da fare. L'inverno è un periodo tranquillo."

"Sono così fiera di te," gli disse lei, abbracciandolo ancora. "Mi dispiace non esserci stata prima."

"Ci sei adesso. Caine ti ha trovata."

"Tuo padre non l'avrebbe mai capito, ma io credo che Caine sia meraviglioso. Ed è altrettanto meraviglioso che tu abbia trovato un uomo e un posto che ti rendono felice."

"Caine mi rende felice," concordò Macklin. "E cerca di fare lo stesso con tutti. Lo so che l'offerta di rimanere è stata improvvisa, ma mi piacerebbe che tu accettassi. È il momento giusto per decidere. In genere si costruisce in inverno perché c'è meno da fare con le pecore e potremmo avere una casetta pronta entro la primavera. Non aspettarti niente di eccezionale, però sarebbe tutta tua."

La donna lo guardò intensamente per qualche secondo, poi lo abbracciò di nuovo con un singhiozzo. "Oh, mio figlio, il mio dolce, meraviglioso figlio. Mi sei mancato."

Macklin la tenne stretta a sé mentre lei piangeva, dandole dei colpetti imbarazzati sulla schiena, incerto su come comportarsi di fronte alle lacrime.

"Ti faccio vedere la tua camera," le disse quando si calmò. "Puoi disfare i bagagli e riposare un po' prima di cena. È un viaggio bello lungo da Canberra."

La sua mamma scosse la testa. "Non dovresti muoverti con quel ginocchio. Resterò qui con te finché Caine non torna. Non sono venuta per vedere la stazione, sono venuta per vedere te."


"TI SERVE niente?" gli chiese Caine più tardi quella sera, dopo aver accompagnato la mamma nella sua stanza ed essersi ritirati a loro volta per la notte. "Un bicchiere d'acqua? Un'altra coperta?"

"Mi serve solo che tu ti sieda e la smetta di agitarti," brontolò Macklin. "Mi sono solo slogato il ginocchio. Qualche giorno e sarò a posto."

"Il dottor Peters ha detto che dovrai usare le stampelle per almeno due settimane," insisté l'altro.

Lui mugugnò ancora. "Siediti e smettila di starmi addosso," ripeté, scorbutico. "Non sono un invalido."

Caine lo raggiunse sul letto e Macklin lo afferrò e se lo tirò vicino. "Grazie. Te l'ho già detto prima, ma non potevo dimostrartelo. Non davanti alla mamma."

"Lo sa che siamo amanti."

"Certo. Sapeva di me anche prima che scappassi, ma c'è differenza tra sapere e vedere."

"E tu sei riservato di natura," concluse per lui Caine. "Non me la sono presa perché non mi hai baciato."

"Vieni più vicino e ti bacio adesso."

Caine sorrise ed entrò nel cerchio delle sue braccia. "Impossibile rifiutare simili offerte."

Macklin gli prese la testa fra le mani e accostò delicatamente le labbra alle sue. Caine doveva sapere quanto fosse stato frustrante stare tutto il giorno fermo, perché non accennò a

389

voler prendere il controllo, come invece succedeva spesso. Bensì affondò fra le sue braccia e nel bacio con quella dolcezza gentile che era una parte così importante del suo modo di essere.

"Mi lasci sempre senza parole," gli disse lui quando si decise a staccarsi.

"Io?" chiese Caine sorpreso.

"Sì, tu," rispose Macklin. Gli posò un bacio veloce sulla punta del naso. "Tu... fai accadere le cose. Hai trovato la mamma e l'hai convinta a darmi un'altra occasione."

"Non ho dovuto convincerla. Non ci ha pensato due volte quando si è trattato di rivederti."

"Forse, ma resti tu quello che l'ha trovata e l'ha portata qui."

"Ti mancava," disse semplicemente Caine con un'alzata di spalle, come se quella fosse una ragione sufficiente per fare quello che lui aveva ritenuto impossibile per tutto quel tempo. O magari, a pensarci bene, non gli era servita altra ragione se non quella di voler vedere felice chi gli stava accanto.

"E ora non più," concluse lui. Lo fece stendere sul letto con l'intenzione di rotolargli sopra e ringraziarlo a dovere, ma nel momento stesso in cui il suo ginocchio sfiorò il materasso fu accecato da un lampo di dolore e si lasciò cadere sul fianco, il respiro affannato.

Caine si tirò su di colpo, le mani appoggiate sulla sua gamba. "Che posso fare?"

"Dammi solo un minuto," annaspò lui. Il dolore stava già diminuendo. "Non credo che riuscirò a scoparti come avevo in programma."

"Allora faremo qualcos'altro. Posso cavalcarti io, lo so quanto ti piace, o possiamo stare sul fianco. Non m'importa come facciamo l'amore, mi basta che tu mi voglia."

Quelle parole non erano state pronunciate con lo scopo di eccitarlo. Spesso gli bastava sentire la voce di Caine per perdere il controllo, ma quello non era il suo tono sensuale, né aveva ancora cominciato a balbettare, cosa che Macklin trovava incredibilmente eccitante. No, Caine gli stava semplicemente esponendo delle alternative, anche se l'effetto fu lo stesso. Assicurandosi di mantenere il ginocchio piegato in modo da non farsi di nuovo male, Macklin lo fece stendere e poi si chinò su di lui come meglio poteva e gli mordicchiò un capezzolo. Caine sibilò, strappandogli un sorriso. Macklin sollevò la testa e con un ghigno disse: "Penserò a qualcosa," poi si riabbassò e tornò al compito piacevolissimo di lasciare Caine completamente incapace di parlare.

# CAPITOLO 18

IL LUNEDÌ mattina Caine si svegliò da solo, un'eventualità così rara che si chiese se non fosse successo qualcosa durante la notte. Macklin era stato nervoso la sera prima, cosa che lui aveva imputato al fatto che quel giorno Sarah sarebbe tornata a Canberra. Le avevano chiesto a più riprese, durante tutto il week-end, di fermarsi a vivere insieme a loro, ma lei non aveva ancora dato una risposta definitiva. Caine si aspettava che Macklin cercasse di convincerla per tutto il viaggio fino in città.

Con un verso scontento, si stirò e si mise in piedi. Indossò qualcosa e si avviò verso la mensa. In genere Macklin era lì oppure sul patio, ma a quell'ora del mattino la mensa sembrava la scelta più verosimile. Quando raggiunse il soggiorno, però, vide una luce proveniente dall'ufficio e deviò in quella direzione. "Che ci fai qui a quest'ora?"

Macklin sollevò lo sguardo e sorrise distrattamente. "Progetti."

Sbuffando leggermente per quella risposta evasiva, Caine entrò nella stanza e sbirciò da sopra la spalla dell'amante. Sul foglio che gli stava davanti c'erano disegnati degli schizzi molto dettagliati, comprensivi di misure. "Cos'è?"

"La casa della mamma," rispose Macklin. "Magari non è ancora pronta a trasferirsi qui. Magari non lo sarà mai, ma se un giorno si decidesse, ci sarà una casa già pronta ad attenderla." Sollevò su di lui lo sguardo di due occhi tremendamente vulnerabili. "Non ti dispiace, vero?"

"Certo che no!" rispose Caine. "Sono stato io a chiederle di rimanere, se ben ricordi. Possiamo cominciare i lavori già domani, tipo preparare il terreno finché non ordiniamo il materiale. E se lei decidesse di non venire, potremmo sempre darla a qualcun altro. Seth sta raggiungendo quell'età in cui presto non vorrà più vivere insieme a Chris."

"Dai per scontato che voglia rimanere," disse Macklin.

"Se non succede, ci sarà qualcun altro che potrebbe volerla. Sam ad esempio. O Jeremy."

"Oppure Sam e Jeremy," suggerì Macklin con un sorriso a trentadue denti.

"Anche," concordò lui. Si chinò e lo baciò piano. "Falle vedere i progetti. Lascia che ti aiuti. Potrebbe darle un incentivo in più per trasferirsi. Non sarebbe solo una casa, ma la casa che ha contribuito a disegnare."

"Bella idea," concordò Macklin. "Potremmo parlarne durante il viaggio verso Canberra. Non ti dispiace se mi metto seduto dietro insieme a lei mentre tu guidi, vero?"

Caine sorrise e lo baciò ancora. "Certo che no. Potrai sederti davanti con me al ritorno. A meno che tu non la convinca a tornare a casa con noi. Nel qual caso potresti desiderare di sederle di nuovo accanto."

"Anche se riuscissimo a convincerla, dubito che potrebbe tornare subito indietro con noi," fece Macklin. "Dovrebbe licenziarsi dal lavoro, disdire l'affitto e le utenze. Credo che al massimo potremmo tornare a prenderla il prossimo week-end."

"Nel caso lo faremo," gli assicurò lui. "Oppure potresti restare con lei in città. Con un tutore al ginocchio non è che tu possa fare granché qui alla stazione, in ogni caso."

"Vedremo," disse Macklin. "Dai per scontato che la convinceremo oggi mentre la accompagniamo a casa. È sperare un po' troppo."

Caine si strinse nelle spalle. "Stavo solo proponendo. Lo sai che non mi dispiace averti qui, anche con la gamba in quelle condizioni, ma se preferisci stare con lei, be', avete trent'anni da recuperare. Posso fare a meno di te per qualche giorno."

"Ti amo. Non riesco neanche a dirti quanto."

Caine gli strizzò una spalla. "Me lo dici, tranquillo. Ora dai, ho fame, e scommetto che ce l'hai anche tu. Dopodiché ci aspetta un lungo viaggio, quindi andiamo a vedere dov'è tua madre e facciamo colazione."

Macklin brontolò un po' quando lo costrinse a usare le stampelle per camminare fino alla mensa, ma lui non aveva nessuna intenzione di correre dei rischi inutili che potessero compromettere la sua guarigione. Aveva bisogno che il suo sovrintendente fosse abile al cento per cento quando sarebbero arrivati gli stagionali ad agosto.

Caine chiamò Sarah, ma siccome lei non rispose, pensò che fosse già andata in mensa. E infatti, non appena misero piede in sala, la videro in cucina a un passo da Kami. Caine aveva trascorso quasi un anno a osservare come tutti scappassero impauriti davanti al grosso aborigeno, ma la mamma di Macklin restava totalmente imperturbabile anche davanti alle sue occhiate più truci.

"Ti dico che le uova saranno più morbide se ci aggiungi un po' di latte. Giusto una spruzzata."

"Ho mandato avanti questa cucina per quarant'anni," le ringhiò Kami, "e nessuno si è mai lamentato delle mie uova."

"E allora dimostrami che sono meglio delle mie," lo sfidò lei. "Falle a modo mio e poi sentiamo quali preferiscono."

"E se vinco io?" chiese Kami.

"Allora ti darò la ricetta degli scones di mia nonna," disse Sarah. "Ma se vinco io, la prossima volta che vengo lascerai che prepari la cena ai ragazzi."

Caine trattenne il fiato mentre aspettava la risposta di Kami. L'aborigeno aveva tollerato l'aiuto di Chris quando, a causa del suo braccio rotto, il ragazzo non era stato in grado di lavorare con gli altri jackaroo, ma si era trattato solo di pochi giorni e Chris gli aveva fatto da assistente, eseguendo alla lettera i suoi ordini e nulla più. Sarah, invece, parlava di sostituirlo.

"Lascerò che mi aiuti a cucinare," le concesse Kami. Caine voleva dirle di accettare l'offerta perché tanto non avrebbe ottenuto niente di più, ma non se la sentì di interromperli.

"Aggiudicato," esclamò lei, porgendogli la mano perché lui la stringesse. Kami la guardò allo stesso modo in cui i jackaroo guardavano una vipera quando capitava loro di incontrarne una fra i cespugli. Dopo un secondo, però, la prese nella sua, anche se l'espressione sconcertata non abbandonò un attimo il suo viso.

Caine indicò i tavoli con la testa. Macklin annuì e insieme lasciarono la cucina quanto più silenziosamente possibile. Caine aveva il sospetto che Kami non si sarebbe trattenuto dall'esprimere la propria opinione su Sarah e il suo ficcanasare se lei avesse vinto la scommessa. Ma non gli importava; sarebbe stato interessante vedere qualcuno opporsi alla dittatura che l'uomo aveva instaurato in cucina.

"Non l'avevo mai vista imporsi in quel modo," disse piano Macklin quando furono abbastanza lontano da non essere uditi.

"Ha vissuto abbastanza a lungo con tuo padre da imparare a riconoscere al volo quando le persone sono violente," disse Caine. "Kami brontola e magari urla, ma non alzerebbe mai un dito su nessuno. Litigare con lui non è la stessa cosa che litigare con tuo padre."

"Gli staccherei la testa se solo ci provasse," ringhiò Macklin.

Caine gli appoggiò delicatamente una mano sul braccio. "Io lo licenzierei, cosa che sarebbe anche peggio, ma non è questa la ragione per cui non lo farebbe mai. Semplicemente, non è quel tipo d'uomo."

"Lo so," rispose Macklin scuotendo la testa, come se volesse schiarirsi le idee, "ma ho passato quindici anni a vedere come la picchiava. È difficile scrollarsi di dosso il desiderio di proteggerla."

"Non ho mai detto che devi farlo," disse lui. "Vorrai sempre proteggerla, ed è una cosa bellissima. Devi solo imparare a riconoscere cosa rappresenta e cosa non rappresenta una minaccia. Devi proteggerla dai pericoli veri, non da tutti quelli che potrebbero avvicinarla."

Macklin fece un verso scocciato. "Vuoi insinuare che potrebbe uscire con qualcuno, vero?"

"Non si sa mai. Zio Michael ha vissuto fino a oltre novant'anni. Se tua madre dovesse fare lo stesso, magari potrebbe gradire un po' di compagnia. Ha solo... quanti? Settant'anni?"

"Sessantacinque. Mi ha partorito a ventidue."

"Quindi potrebbe avere ancora trent'anni davanti a sé. Perché dovrebbe scegliere di restare da sola se magari le capitasse di incontrare qualcuno che le piace?"

"Potrebbe trasferirsi qui. Non sarebbe più sola," borbottò Macklin.

"Non starebbe da sola in una casa vuota," concordò Caine, "ma non è la stessa cosa che avere qualcuno con cui dividere la vita. È diverso."

"Forse, ma è mia madre e io non voglio pensarci."

Caine scoppiò a ridere. "Bene, ma se succede poi non dirmi che non ti avevo avvisato."


MACKLIN ASPETTÒ finché tutti non si furono radunati per la cena, arrivando addirittura a chiedere a Jason di chiamare i suoi genitori. Quando tutti si furono serviti, zoppicò fino al centro della stanza, maledicendo sottovoce le stampelle.

"Tieni," protestò Caine, avvicinandogli una sedia. "Possono sentirti anche se stai seduto."

Macklin resistette alla tentazione di sbuffare. Il ginocchio gli faceva un male cane dopo il viaggio di andata e ritorno a Canberra e, per quanto odiasse mostrare le proprie debolezze, appoggiarci il peso non avrebbe certo migliorato la situazione.

"Allora, ci sono notizie buone e notizie meno buone," cominciò dopo essersi seduto. "Qualche sera fa, mentre cercava una coperta extra in una delle stanze del dormitorio, Sam ha trovato un po' d'erba. Era nella camera di Jenkins, che ovviamente non richiameremo quando ad agosto andremo in città per reclutare gli stagionali. Il problema è che non sappiamo dove possa averla presa. Non andava in paese più spesso degli altri, e so che ognuno di voi mi avrebbe avvertito se vi avesse chiesto di procurargli qualcosa d'illegale. La nostra preoccupazione è che sia riuscito a introdurre qualche pianta qui nella stazione in modo da avere una scorta sempre disponibile."

"Va da sé che non tollereremo niente del genere qui," continuò Caine. "Come ha già detto Macklin, ci fidiamo di ognuno di voi, ed è per questo che ve ne stiamo parlando. Macklin e Jeremy hanno già cominciato a controllare il pascolo a sud, che è quello dove Jenkins andava più volentieri, ma la stazione non è piccola e non è neanche la stagione adatta, quindi chiediamo a tutti di aiutarci e tenere gli occhi aperti. Fare delle ricerche mirate è una perdita di tempo." Macklin ignorò l'occhiataccia nella sua direzione. "La stazione

393

è troppo grande per una cosa del genere, ma se vedeste qualcosa mentre svolgete i vostri compiti abituali, dovete dircelo subito in modo da darci la possibilità di sradicarla."

Con grande sollievo di Macklin tutti annuirono e nessuno si dimostrò a disagio per la richiesta. Non che si aspettasse qualche rifiuto, però non voleva che nessuno si sentisse accusato, sia di fare uso di droghe che di proteggere qualcuno che ne faceva. Per fortuna non avevano interpretato l'annuncio in quel modo.

"Bene, questa era senza dubbio la notizia cattiva," esclamò Patrick. "Qual è quella buona?"

"Quella buona è che mia madre, che avete avuto occasione di conoscere durante il week end, ha accettato di trasferirsi alla stazione," disse Macklin. Non riusciva ancora a credere che avesse davvero detto sì, ma i progetti per la casa erano in ufficio e avevano già ordinato quello che serviva per cominciare i lavori. "Nella casa padronale c'è lo spazio per accogliere degli ospiti, ma alla lunga non sarebbe la soluzione ideale, quindi spero che vogliate aiutarci a costruirle una casa."

Le grida di gioia furono quasi assordanti e Macklin capì una volta di più come quegli uomini e quelle donne fossero ormai diventati la sua famiglia. Magari non sapevano quasi nulla della sua infanzia e cosa l'avesse spinto a scappare e finire lì alla stazione, ma avevano chiaramente notato quanto era stato contento di riavere sua madre e avevano preso a cuore la questione.

"Dove vuoi costruirla?"

"Quanto sarà grande?"

"Quando arriva?"

Le domande continuarono a piovergli addosso, troppo veloci e accavallate perché lui potesse anche solo cominciare a rispondere. Incrociò lo sguardo di Caine e rise di pura felicità.

"SEMBRA MOLTO felice," disse Sam a Jeremy mentre tutti gli altri si accalcavano attorno a Macklin e Caine, chiedendo informazioni su Sarah.

"Davvero," concordò Jeremy. "Lo conosco da molto tempo. Non bene, per forza di cose, ma ha sempre avuto quest'aria imbronciata, come se portasse sulle spalle il peso del mondo."

"Ora non ce l'ha più."

"No," confermò Jeremy. "Non ce l'ha più. Sono contento che tutto sia andato per il meglio. Quando mi hai raccontato la prima volta cosa aveva in mente Caine, mi sono preoccupato. Non sapevo come lei avrebbe reagito a vedere suo figlio insieme a un uomo, oppure come lui avrebbe reagito alla sorpresa, ma a quanto pare mi sono angosciato per nulla."

"E ora viene qui," disse Sam. "Sono contento per lui. Avrei bisogno di parlargli di un'altra cosa, ma può aspettare fino a domani."

"Che succede?" domandò Jeremy, preoccupato dall'espressione mogia sul suo viso.

"Mi è arrivata la citazione per il divorzio. Devo essere a Melbourne il ventiquattro di luglio, quindi mi serviranno due, meglio se tre, giorni per andare, partecipare all'udienza e tornare. Non possiedo una macchina, per cui dovrò farmela prestare da Neil oppure prendere di nuovo l'autobus. Se faccio così, vuol dire che qualcuno dovrà portarmi a Yass e poi tornare a prendermi, ma non me la sento di guidare da solo per le strade della stazione."

"Se vuoi ti accompagno," si offrì Jeremy, "anche se correresti il rischio che Alison ti chieda chi sono e cosa ci faccio con te." Sam rimase silenzioso così a lungo che Jeremy cominciò a preoccuparsi. "Sam?"

"Vorrei poterle dire di levarsi dalle palle e che non sono affari suoi con chi sono, visto che è stata lei a cacciarmi, ma ho paura di come potrebbe reagire," spiegò alla fine. "Non voglio provocare niente che ritardi il divorzio. Ho negato ciò che ero per tutta la vita. Posso continuare a farlo per altre otto settimane."

"Sta a te scegliere," disse Jeremy. Neanche lui voleva fare qualcosa che potesse ritardare il divorzio, ma odiava l'idea di Sam che affrontava la sua ex moglie senza il suo appoggio. "Posso prestarti la mia macchina se per caso Neil dovesse aver bisogno della sua. Non devo andare da nessuna parte. Oppure potrei accompagnarti fino a Seymour o giù di lì, poi tu vai in tribunale e passi a riprendermi quando l'udienza è terminata. In questo modo non saresti da solo."

"Sei molto gentile," lo ringraziò Sam. "Non sono certo che dovremmo chiedere entrambi tre giorni di ferie contemporaneamente, ma apprezzo l'offerta."

"Non devi decidere ora," gli ricordò lui. "C'è ancora più di un mese. Avrai tutto il tempo di pensarci e organizzarti di conseguenza."

"Ora, senti, quanto credi ci vorrà per costruire la casa per la mamma di Macklin?"

Jeremy accettò di cambiare argomento. "Dalle sei alle otto settimane, probabilmente. Dipende da quanto tempo ci vuole per avere il materiale. Non sarà niente di complicato, più come le case di Kyle e Ian, che come quella padronale. Quattro pareti, un tetto, quattro mura interne, qualche finestra… e anche se non sarà completa per quel periodo, potrà trasferirsi lo stesso mentre apportano i ritocchi finali."

"È pochissimo," disse Sam. "O forse no. A dire la verità non ho idea di quanto ci voglia per costruire una casa."

"Dipende da quanto la vuoi grande e complicata," spiegò Jeremy, "ma per qualcosa di basilare si fa in fretta. Se hai intenzione di fermarti qui definitivamente, magari dovresti pensarci anche tu. Il dormitorio viene a noia dopo un po'."

"E dove altro potrei andare?" domandò Sam. "Qui ho un lavoro e ci sei tu. A meno che tu abbia intenzione di non restare…"

"L'unico altro posto dove potrei vivere è Taylor Peak, ma Devlin dovrebbe chiedermi scusa in ginocchio prima che accetti anche solo di pensare di tornare. Quindi, finché non succede, è questa la mia casa."

"La nostra casa. Magari dopo che hanno finito con il bungalow della mamma di Macklin potremmo chiederne uno per noi."

"Mi piacerebbe," disse Jeremy, stringendogli la mano sotto il tavolo. "Dal momento che non dovremo pagare la terra, ma solo i materiali, potremmo anche chiedere a Macklin e Caine un prestito. Non abbiamo molte spese qui alla stazione e saremo in grado di restituirlo in fretta."

Sam sorrise e restituì la stretta. "Stiamo facendo tutto alla rovescia, lo sai vero? Ci siamo baciati un paio di volte e ora parliamo addirittura di metter su casa insieme."

"Ti riferisci al fatto di non essere mai andati a letto?" domandò Jeremy. Sam annuì. "Non si tratta di sesso, ma del nostro rapporto. Non fraintendermi, sarò felice quando il divorzio sarà definitivo e potrò fare l'amore con te, ma non per quello ti amerò di più, così come non ti amo di meno perché dobbiamo aspettare."

Sam fece una faccia assolutamente sbalordita e Jeremy si soffermò un attimo a guardarlo, cercando di capire perché. Era certo di non aver detto niente che l'altro potesse contraddire.

"Dici sul serio?" gli chiese finalmente l'uomo dopo qualche secondo. "Davvero mi ami?"

Jeremy dovette soffermarsi a riflettere sulle parole che aveva appena pronunciato prima di rendersi conto di cosa gli fosse uscito dalla bocca. Però era la verità. Naturalmente era la verità. Solo che non aveva pensato di dirglielo per la prima volta in quel modo.

Si guardò intorno. Nessuno prestava loro attenzione, ma non era certo che continuasse in quel modo e lui non voleva essere interrotto. "Non è il posto giusto per parlarne," disse. "Torniamo al dormitorio. Almeno saremo soli."

Sam annuì e lo seguì fuori. Arrow e Ladyhawke si fecero loro incontro non appena uscirono dalla mensa, la gattina come il solito abbarbicata sulla schiena del cane. Una volta raggiunto il dormitorio, Sam la prese fra le braccia e se la strinse al petto. Jeremy si sentì sprofondare il cuore. Non era di certo la reazione in cui aveva sperato. Sam la coccolava in quel modo solo quando era lei a chiederlo o quando era agitato per qualcosa.

Jeremy sedette sul divano e diede qualche colpetto sul cuscino accanto a sé. Sam lo raggiunse, la micetta ancora stretta a sé.

"Non volevo metterti ansia. Mi è scappato, tutto qui."

"Quindi dicevi sul serio? Mi ami?"

"Dicevo sul serio. Non era mia intenzione pasticciare così o confessartelo prima della chiusura del tuo matrimonio. Non volevo metterti pressione o farti sentire in dovere di restare con me solo perché mi sono innamorato, ma…"

Non riuscì a finire la frase perché Sam lo baciò. Ladyhawke cominciò a miagolare stretta fra i loro corpi finché Sam non la lasciò andare e una volta che lei fu riuscita a sguisciare via, l'uomo gli si fece ancora più vicino, continuando a baciarlo con qualcosa che assomigliava molto alla disperazione.

Jeremy restituì il bacio con lo stesso ardore. Sam non gli aveva detto che anche lui lo amava, ma non importava: quel bacio parlava da solo.

Quando si staccarono, entrambi con il respiro affannato, Jeremy appoggiò la fronte a quella dell'amante. "Quindi, modo di dirlo a parte, ti sta bene?"

"Credo di aver cominciato a innamorarmi di te la prima volta che ti ho visto, quando non sei arretrato davanti a Neil, ma non l'hai neanche provocato," rispose Sam. "Solo che non riuscivo a capire – e neanche adesso ci riesco – cosa ci vedessi in me, quindi non ho detto niente."

C'era un'infinità di argomenti con cui Jeremy avrebbe potuto controbattere a quelle parole, ma non era sicuro che sarebbero bastati a convincere Sam, e non poteva neanche portarlo a letto e dimostrarglielo in quel modo, non dopo avergli detto che non si trattava solo di sesso. Il tempo era il suo miglior alleato a quel punto. Avrebbe continuato ad amare Sam, ad appoggiarlo e a credere in lui finché un giorno si sarebbe svegliato e avrebbe capito quanto lo considerasse speciale. "Vedo *te*," rispose. "E mi basta."

"Vieni a Melbourne con me," disse Sam. "Alison può andare a quel paese per quello che mi riguarda. E se dovesse fare delle domande, le risponderò che mi hai accompagnato dal momento che non ho una macchina, ma non le permetterò più di controllarmi. E se andasse a dire al giudice che vengo a letto con te, potrò rispondere in tutta onestà che non è vero, anche se l'unica ragione per cui non lo faccio è per poterlo giurare davanti alla legge, e se lui decidesse in suo favore, troverò il modo di darle quello che chiederà. Non voglio lasciare Lang Downs, quindi non devo preoccuparmi di perdere il lavoro perché sono gay, o di non riuscire a trovarne un altro. Le ho permesso di controllarmi fin troppo a lungo."

396

# Epilogo

Sam fu quasi sul punto di fare dietrofront e uscire dalla casa di Neil e Molly quando vide lo striscione che era appeso in salotto: 'Buon divorzio!'

Era contento che il suo matrimonio fosse ufficialmente chiuso: aspettava quel giorno da quando lui e Alison si erano separati – anche di più da quando era arrivato a Lang Downs – ma fare addirittura una festa? Sam non era il tipo per cose del genere.

"Rilassati," mormorò Jeremy alle sue spalle. "Neil ha invitato solo gli amici più stretti, non tutta la stazione."

Grazie a Dio!

Ovviamente, la stanza straripava lo stesso di persone. La definizione di amici stretti di Neil era più ampia della sua. Non che, in ogni caso, avrebbe impedito di venire a nessuno dei presenti se glielo avessero chiesto. Solo che se fosse dipeso da lui non li avrebbe invitati, tutto qua.

Che era probabilmente la ragione per cui Neil non lo aveva coinvolto.

"Andiamo," disse Jeremy, spingendolo verso la tavola su cui Molly aveva disposto tutto il cibo. "Starai meglio dopo esserti preso qualcosa da mangiare e da bere."

Sam si lasciò guidare e si riempì il piatto che Jeremy gli aveva dato, riconoscendo in alcuni dei piatti sia la mano di Kami sia quella di Molly. Poi il cuoco uscì dalla cucina con un altro vassoio, seguito da Sarah, che lo rimproverava. Kami aveva tutta l'aria di un marito succube, e Sam non riuscì a impedirsi di sorridere.

"Credi che la stazione si abituerà mai a vederli così?" chiese.

Jeremy fece un ghigno. "Agli stagionali non importa, non a quelli nuovi comunque, ma noi credo che ci metteremo del tempo prima di riuscirci."

Sarah si era trasferita a Lang Downs come previsto e i residenti avevano fatto del loro meglio per consegnarle la casa il prima possibile. Poi, un giorno che lui, Caine e Macklin erano in ufficio a controllare dei conti, lei era entrata in ufficio e aveva annunciato che, se non era troppo disturbo, avrebbe preferito andare a vivere con Kami e che quindi una casa nuova non le serviva. Sam era certo che Macklin fosse stato sul punto di svenire.

Caine, invece, non aveva battuto ciglio, si era girato verso di lui e gli aveva chiesto se la volesse per sé, come se fosse la cosa più naturale del mondo. Sam aveva accettato a due condizioni: che gli fosse concesso di rimborsare un po' alla volta il costo dei materiali e che Jeremy potesse trasferirsi insieme a lui.

Caine aveva ribattuto al primo punto, e l'aveva guardato come se fosse matto per essersi anche solo preoccupato del secondo.

"Stai bloccando la fila." Jeremy gli diede un colpetto col fianco, richiamandolo dal mondo dei ricordi.

"Scusa. Pensavo."

"Non c'è problema." Si chinò e gli rubò un bacio, cogliendolo alla sprovvista.

"Posso farlo ora, ricordi?" disse poi, quando lui s'irrigidì di riflesso. "Nessuno ci fa caso qui, e nessuno, tra coloro che invece non ci sono, ha più il diritto di impicciarsi della tua vita."

397

Sam ci mise un po'a fare mente locale. Era diventato più sicuro di sé con i residenti e nessuno sarebbe rimasto sorpreso di vederlo baciare Jeremy. Non si erano mai lasciati andare a dimostrazioni pubbliche di affetto, ma tutti sapevano che stava nascendo qualcosa fra loro. Durante l'udienza, con suo grande sollievo, non si era fatto cenno alla sua sessualità. Il giudice aveva letto l'accordo di divorzio e l'aveva firmato senza neanche una parola, e i trenta giorni di attesa erano passati senza che Alison cercasse di contattarlo. Ormai non faceva più parte della sua vita e mai ne avrebbe fatto parte in futuro.

"Non è per questo," disse, anche se a volte gli capitava ancora di doversi ricordare che era tutto finito ed era un uomo libero. "È... una cosa personale. Riguarda noi, non loro."

"Di certo non ho intenzione di fare altro se non darti qualche bacio quando siamo in compagnia, eppure non fai una piega quando Neil bacia Molly. Non dovrebbe essere diverso per noi."

"Non lo sarà," gli promise lui. "Devo solo abituarmi all'idea che possiamo stare insieme senza nasconderci e senza far finta che sia qualcosa di diverso da quello che è. Sii paziente ancora un po', pensi di riuscirci?"

"Tutto quello che vuoi," rispose Jeremy, dandogli una spintarella con la spalla.

Sam sorrise sollevato. Aveva sperato che Jeremy rispondesse in quel modo. D'impulso, si chinò e lo baciò a sua volta.

"Ehi, voi due," urlò Neil dall'altra parte della stanza. "Aspettate la fine della festa per mettervi a pomiciare."

Sam gli fece il dito e diede a Jeremy un altro piccolo bacio.

Forse non ci avrebbe messo tanto quanto temeva.

# Domare le fiamme

Serie Lang Downs, Libro 4

Thorne Lachlan sa un paio di cose riguardo allo sfuggire al fuoco. Per anni ha combattuto insieme al suo reparto di Commando nei conflitti più caldi del pianeta. E ora che si è congedato combatte un altro tipo di fuoco insieme al Servizio Protezione Incendi. Quando una questione di servizio lo porta a Lang Downs, una stazione in pericolo di essere divorata dalle fiamme, conosce Ian Duncan, e la scintilla fra loro è immediata. Entrambi gli uomini sono però perseguitati dai ricordi del loro passato e ciò impedisce loro di dare libero sfogo all'attrazione che li unisce.

Se da una parte Thorne desidera intensamente ricostruirsi una vita insieme a Ian in un luogo da poter finalmente chiamare casa, dall'altra teme che la propria instabilità possa rappresentare un pericolo per le altre persone che abitano nella stazione. Ian, dal canto suo, ha sempre pensato che l'incubo da cui è fuggito quando era ancora solo un adolescente gli avrebbe reso impossibile intrattenere qualsiasi tipo di rapporto sentimentale. La fiducia sembra qualcosa di impossibile per entrambi, finché le conseguenze dell'incendio non li costringeranno a guardare al di là delle cicatrici che sembrano impedire loro di guarire.

Per Janelle Taylor, che mi ha iniziato al romance quando avevo dodici anni e che, quando ci siamo incontrate a Kansas City, mi ha ricordato di scrivere solo le storie che mi parlano.

# CAPITOLO 1

IL FUOCO gli lambiva la pelle, il fumo lo soffocava. Cercò di scappare ma non riusciva a muovere né braccia né gambe. Annaspò in cerca di ossigeno, tentando di raggiungere il punto da cui sentiva provenire le urla. Conosceva quelle voci, le conosceva meglio della propria da tutta la vita, ma non riusciva a trovarle. Non riusciva a muoversi, a respirare. Bruciava. Oh, se bruciava!

Thorne si svegliò dall'incubo con un grido soffocato. Si passò le mani sul viso e sentì i peli corti della barba impigliarsi nei calli. Cazzo, odiava il fuoco! Nonostante l'esercito, nei suoi vent'anni di servizio, gli avesse fatto perdere una marea di abitudini e altrettante gliene avesse instillate, neppure loro erano riusciti a estirpargli quel sentimento di amore/odio nei confronti del fuoco.

Aprì un lembo della tenda nella quale dormiva, cercando di decidere se la luce rossastra all'orizzonte fosse l'alba oppure il bagliore dell'incendio che aveva divorato gli altopiani del Nuovo Galles del Sud per tutto l'ultimo mese. Thorne si era unito ai pompieri non appena aveva sentito i primi rapporti, e sarebbe rimasto fino a che anche l'ultimo focolaio non fosse stato spento, o finché il fuoco non si fosse preso anche lui. Sarebbe stato quasi un sollievo, in un certo senso, ma non aveva intenzione di dargli quella soddisfazione.

Fece un verso contrariato quando si rese conto di aver personificato l'incendio, come se le fiamme che si propagavano nell'outback si curassero di chi o cosa divoravano sul loro cammino. A Thorne, invece, importava, e avrebbe fatto di tutto per impedire loro di sconfiggerlo.

CAINE NEIHEISEL osservò i rapporti che riferivano di acri di terreno bruciati e di proprietà danneggiate, e poi le previsioni sull'incendio che stava imperversando vicino al lato nord della stazione. Era stato fortunato, si disse, a trascorrere sette anni a Lang Downs senza dover affrontare prima un'emergenza di quel tipo. D'altronde, siccome non volevano che il fuoco si sviluppasse proprio all'interno della stazione, stavano sempre molto attenti, soprattutto in estate. Grazie al cielo, fino a quell'anno gli inverni e le primavere erano stati sufficientemente umidi da non suscitare particolare allarme, ma a quanto pareva la fortuna era finita.

"Fissare la televisione non cambierà nulla."

"Lo so," rispose Caine, senza tuttavia sollevare lo sguardo, neanche quando sentì la voce di Macklin. Erano più di trent'anni, ormai, che il suo amante e compagno lavorava lì alla stazione ed era abituato a quello che succedeva nell'outback. Lui, invece, non era così tranquillo. "Tengo sotto controllo gli sviluppi cercando di decidere se è il caso di preoccuparci."

"È sempre il caso di preoccuparsi quando il fuoco diventa incontrollabile, ma non è guardandolo in televisione che si risolvono i problemi."

"Che suggerisci, allora?"

401

"Innanzi tutto, spostiamo le pecore qui nella valle," disse Macklin. "Poi costruiamo delle barriere tagliafuoco lungo il perimetro. Perderemo gli steccati, e magari anche i capanni, ma proteggeremo gli animali e la stazione. Steccati e capanni si possono ricostruire."

"Bene," disse Caine, alzandosi e prendendo il cappello. "Diamoci da fare."


THORNE SPALAVA terriccio e sassi sulle fiamme sempre più vicine, cercando di soffocarle prima che raggiungessero la barriera alle sue spalle, ma quel pomeriggio il vento si era rafforzato e aveva cominciato a soffiare sulle braci ardenti trasformandole in fuoco vero e proprio, che non c'era verso di spegnere con la sola terra. Thorne, tuttavia, non aveva nessuna intenzione di arrendersi. Non aveva mai abbandonato una battaglia in vita sua e non avrebbe cominciato in quel momento. Arretrò di qualche passo quando, nonostante l'equipaggiamento protettivo, il calore si fece intollerabile. Magari le fiamme avrebbero vinto, ma Thorne aveva intenzione di contendere loro ogni centimetro di terreno conquistato.

Ignorava le urla che lo circondavano. La metà o più erano echi di battaglie lontane, un tipo diverso di fuoco. Non poteva permettere loro di condizionare le sue azioni di quel momento, perché c'erano altri che dipendevano da lui. Aveva notato una costruzione sulla cima della vicina collina quando quella mattina era andato incontro al fronte dell'incendio, e se c'erano degli edifici dovevano anche esserci delle persone.

"Lachlan, retrocedi."

Thorne fu quasi sul punto di ignorare l'ordine del capitano, ma se l'esercito non era riuscito a estirpare dalla sua mente la reazione istintiva al fuoco, gli aveva però instillato l'obbedienza alla gerarchia di comando. Si ritirò dall'altra parte della barriera tagliafuoco, lanciando un'ultima, violenta palata di terra dietro di sé. "Signore?"

"Ci pensiamo noi a tenere la posizione," disse il capitano Grant. "Ho bisogno che tu vada a sud, verso una stazione che si chiama Lang Downs. Se perdiamo questa barriera, dovremmo indietreggiare nella loro proprietà. Devono essere informati del pericolo a cui vanno incontro, e noi dobbiamo sapere che tipo di aiuto possiamo aspettarci."

"Capitano," protestò Thorne, "non può andare qualcun altro? Sarò molto più utile qui che a parlare con un allevatore il cui unico pensiero è salvare la pelle."

"È per questo che mando te," insisté il capitano. "Se quella è la sua unica preoccupazione, mi servirà la tua esperienza per evitare che il fuoco si prenda l'intera proprietà e oltre. Se, invece, fosse disposto a collaborare, non c'è nessuno più adatto a organizzare gli aiuti e a impiegare ogni uomo al meglio delle sue capacità."

"Devo restare."

Il capitano scosse la testa. "Tu vuoi restare, ma sei esausto. Sei qui da settimane ormai, senza mai una pausa. Tutti gli altri si sono presi almeno un giorno per lavarsi e mangiare del cibo vero, anziché le razioni."

"Sono un Commando, signore. Un soldato delle forze speciali," gli ricordò Thorne. "Qualche settimana è nulla per noi. Siamo addestrati a sopravvivere per mesi nelle peggiori condizioni possibili."

"Eri un Commando," replicò il capitano. "Hai lasciato l'esercito, ricordi?"

"Una volta Commando, sempre Commando, signore," disse Thorne, trattenendo il sussulto istintivo che il riferimento al suo stato corrente gli aveva provocato. Non avrebbe voluto lasciare l'esercito, ma i suoi superiori lo avevano ritirato dal servizio attivo e lui non era riuscito ad accettarlo. Combattere gli incendi non era la stessa cosa che combattere a Timor Est, in Afganistan o in Iraq, ma era sempre meglio di un lavoro d'ufficio che lo avrebbe ucciso dentro, nell'anima, indipendentemente da quanto avrebbe protetto il suo corpo.

"Allora obbedisci agli ordini, soldato," intimò il capitano. "Con questo vento non so per quanto riusciremo a tenere la barriera."

"Sissignore." Il suo superiore nel 1° Battaglione lo avrebbe strapazzato a dovere per quella risposta biascicata, ma era anche vero che il suo superiore nei Commando non gli avrebbe mai ordinato di ritirarsi da una battaglia che potevano ancora vincere.

Thorne lanciò il badile verso uno degli altri pompieri e tornò stancamente al suo ute. Il navigatore gli mostrò il percorso per Lang Downs, ma sarebbe dovuto arrivare fin quasi a Cowra, chilometri e chilometri lontano dalla sua destinazione, prima di potersi dirigere di nuovo a sud. Borbottando qualcosa riguardo ai superiori senza spina dorsale e agli ordini assurdi, indirizzò l'ute direttamente verso sud. Avrebbe guidato fino a incontrare una recinzione, l'avrebbe seguita fino a un cancello, e poi avrebbe proseguito sulle strade della stazione. Prima o poi sarebbe arrivato a Lang Downs.


ERA STRANO vedere di nuovo i segni della civiltà dopo un mese di vita nell'outback e di notti all'aperto. Thorne seguì la strada sterrata fin dentro la vallata, il primo posto in quattro settimane che non mostrasse i segni della desolazione dovuta a quell'estate torrida. Non era verdeggiante come avrebbe potuto essere dopo una primavera piovosa, ma neanche caratterizzata da quel marrone secco o quel nero carbonizzato che contraddistingueva le zone dell'outback dove aveva vissuto negli ultimi tempi. Nel mezzo della vallata, case e rimesse si annidavano le une accanto alle altre sopra un tappeto verde, quasi fossero il nucleo di un piccolo universo a sé stante.

Thorne ignorò la stretta al cuore davanti a quello spettacolo. Ciò che sorgeva ai suoi piedi non era solo un gruppo di edifici: era una casa. La sua era bruciata diciotto anni prima, prendendosi le vite dei suoi genitori e di suo fratello minore, però Thorne sapeva ancora riconoscerne una quando la vedeva. Anzi, aveva addirittura trascorso vent'anni nei Commando per difendere casa. Non la sua, mai la più la sua da quando l'aveva persa, ma le case di tutte quelle persone che sarebbero potute diventare le vittime dei terroristi che lui e la sua squadra avevano fermato, dei ribelli che avevano abbattuto, dei guerriglieri che avevano arginato. La stazione là sotto poteva non essere casa sua, ma era comunque una casa, e Thorne era disposto a morire pur di impedire che il fuoco la strappasse agli uomini e alle donne che la consideravano tale.

Si fermò sul ciglio della strada e tirò il freno a mano. Scese e si prese qualche minuto per osservare la vallata, calcolando mentalmente le angolazioni, la direzione del vento e le possibilità di protezione. La battaglia che li attendeva non avrebbe coinvolto pallottole o altri tipi di arma, ma sarebbe stata comunque una lotta, e quanto meglio avessero difeso la valle tanto più alte sarebbero state le probabilità di vittoria. Le pendici che la racchiudevano erano più ripide dalla parte opposta rispetto all'imbocco lungo il quale si snodava la strada. Ciò rendeva più semplice sia la scelta della posizione dove predisporre la barriera tagliafuoco, sia la sua protezione, perché la caduta avrebbe reso più difficile per le ceneri incandescenti attecchire sulle stoppe sottostanti. Avvicinandosi alla strada e all'ingresso nella valle, l'inclinazione diventava più lieve, ma anche lì era chiaro il confine tra la parte coltivata e il promontorio. Avrebbero concentrato le protezioni in quel punto, posizionando gli uomini a difesa delle pendenze più lievi, là dove il superamento delle barriere sarebbe risultato in un problema più grave.

Una volta formulato un piano mentale, Thorne risalì sull'ute e percorse il resto del tragitto fino all'interno della stazione. Quando arrivò ai bordi dell'insediamento vero e proprio, due uomini si fecero avanti per accoglierlo, entrambi con indosso Akubra logori e stivali consumati. La somiglianza però finiva lì. Sotto i cappelli, uno era biondo, l'altro moro. Uno con i lineamenti duri come le rocce delle colline circostanti, l'altro con un'espressione gentile e il viso rasato di fresco. Thorne si fermò e abbassò il finestrino.

"Possiamo aiutarla?" chiese il moro, sorprendendolo con un accento americano.

"Spero di sì. Sto cercando il padrone. C'è un incendio diretto da questa parte e sono venuto per aiutarvi a mettere in piedi le difese."

"Siamo noi i proprietari," rispose l'americano. "Sono Caine Neiheisel, e questo è il mio partner, Macklin Armstrong. Lei invece è...?"

"Thorne Lachlan," rispose lui. "Sono insieme alla squadra di pompieri impegnati a nord della proprietà. Il capitano mi ha mandato ad avvisarvi e a predisporre le protezioni attorno al centro abitato."

"Quanto tempo abbiamo?" chiese Armstrong e Thorne si rilassò un poco. L'uomo era australiano e aveva tutta l'aria di uno abituato a lavorare con gli animali.

"Se le condizioni si mantengono stabili, quarantott'ore circa. Se invece il vento cala, potremmo riuscire ad arrestare il fuoco dov'è, o perlomeno a rallentarlo quanto basta a farvi guadagnare un po' di tempo. Ma non conviene fare affidamento su questa possibilità, perché quando lo sapremo per certo potrebbe essere già troppo tardi per costruire le barriere."

"Abbiamo già detto ai nostri jackaroo di trasferire gli animali all'interno della valle," disse Neiheisel. "Non appena rientrano avremo cinquanta uomini e tutta l'attrezzatura della stazione da mettere a vostra disposizione. Lo zio Michael ha costruito questo posto dal nulla e io non ho intenzione di perderlo proprio ora."

Thorne tirò un sospiro di sollievo. Le sue possibilità di proteggere la stazione aumentavano con ogni paio di braccia disposte a collaborare e con ogni tipo di sostegno che il proprietario fosse stato disposto a fornire. Thorne avrebbe combattuto con le unghie e con i denti per fermare il fuoco, anche a costo di farlo da solo, ma in quel modo era molto meglio.

"Bene. Dove posso piazzare la tenda? Metto il mio equipaggiamento fuori dai piedi e poi possiamo cominciare a segnare i punti in cui costruire le barriere."

"Posso darti del tu?" chiese Neiheisel, e al suo cenno affermativo proseguì. "Non hai bisogno di montare nessuna tenda. C'è una stanza degli ospiti già pronta in casa. Puoi dormire lì."

"Non basterà quando arriverà il resto della squadra," lo avvisò Thorne.

Neiheisel si strinse nelle spalle. "Troveremo delle brande o metteremo due bambini per letto. Nessuno dormirà per terra finché potrò impedirlo."

Il pensiero che ci fossero dei bambini esposti al pericolo del fuoco fece gelare a Thorne il sangue nelle vene. "Magari potreste convincere le famiglie che hanno dei figli piccoli a evacuare fino a che la situazione non sarà di nuovo sotto controllo. I danni alla proprietà si possono riparare, ma i bambini non si sostituiscono."

"Abbiamo già presentato la scelta ai genitori," disse Armstrong. "Se dovesse rivelarsi necessario, Carley e Molly prenderanno i più piccoli e andranno in città, ma per ora preferiscono tutti restare qui e aiutare."

Thorne non era nella posizione di poter obiettare, ma mentre parcheggiava il suo ute nel posto che gli aveva indicato Armstrong e prendeva gli attrezzi necessari per cominciare ad allestire le barriere, la sua determinazione ad aiutare quella gente a superare indenne l'inferno in avvicinamento si fece ancora più salda.

Quando, alla fine, tornò dai due uomini, vide che un terzo si era unito a loro, il cavallo che scalpitava nervoso sotto di lui.

"Neil, ti presento Thorne Lachlan del Servizio Protezione Incendi." Mentre Caine parlava, l'uomo saltò giù dalla sella e lanciò le briglie a un jackaroo che passava da lì. "Fa parte della squadra che sta combattendo il fuoco più a nord ed è venuto ad aiutarci ad allestire le difese. Thorne, lui è Neil Emery, il nostro sovrintendente."

"Piacere, amico," disse l'uomo, porgendogli la mano. Thorne la strinse, apprezzando la presa decisa e i calli sulla pelle, sinonimo di duro lavoro. "Si vede già il fumo all'orizzonte. In effetti mi aspettavo che qualcuno venisse ad avvisarci."

"A quanto pare non serviva." Thorne si guardò intorno, osservando le pecore superare la cresta dell'altopiano e cominciare la loro discesa nella vallata. "I tuoi capi si stavano già preparando, ma io ho qualche trucchetto da suggerire per aiutarvi a restare al sicuro."

Neil annuì e si voltò verso Caine. "Vuoi dire a Molly di andare via adesso? Per favore."

"È tua moglie," rispose quest'ultimo. "Se non dà retta a te, cosa ti fa credere che ascolterà me?"

"Tu sei il capo. Io solo suo marito."

Thorne colse lo sguardo divertito di Armstrong. Erano anni che non aveva donne intorno, ma ricordava ancora i tentativi infruttuosi del padre quando doveva convincere sua madre a fare qualcosa che lei non voleva. Il pensiero gli procurò una fitta dolorosa al petto, la stessa sofferenza che aveva provato quasi vent'anni prima, alla faccia di tutti quelli che dicevano che il tempo guariva le ferite.

"Se diventa pericoloso, ce ne andremo tutti," disse Caine con un'occhiata tagliente a Macklin. "Gli edifici possono essere ricostruiti e le bestie sostituite. È per questo che abbiamo l'assicurazione."

"Non arriveremo a tanto," gli assicurò Thorne. "Non lo permetterò."


QUANDO, ALLA fine, il sole cominciò ad abbassarsi sull'orizzonte e la campana chiamò tutti a cena, Thorne aveva sviluppato un sano rispetto per gli uomini di Lang Downs. I suoi suggerimenti erano stati presi molto seriamente ed Emery aveva dato ordini affinché ogni suo consiglio fosse seguito alla lettera. Al suono della campana, tuttavia, ognuno dei lavoranti interruppe ciò che stava facendo e, come se eseguissero un ordine, cominciarono tutti a ridiscendere verso l'insediamento.

"Finiremo domani," disse Emery prima che Thorne avesse modo di protestare. "Si sta facendo buio e Kami ha già rimandato la cena. Andiamo. Anche tu devi mangiare."

Thorne fu quasi sul punto di replicare. Era un Commando e nessun cuoco armato di mestolo avrebbe mai avuto la meglio su di lui. Tuttavia, non valeva la pena entrare in conflitto per qualcosa del genere, sarebbe stato uno scemo a rifiutare del cibo vero ora che aveva l'occasione di mangiarne. Molto presto sarebbe tornato alle razioni. "Se lo dici tu."

"Sì che lo dico," disse Emery con un sorriso enorme. Poi tornò serio. "Un'altra cosa. Sei appena arrivato, quindi non mi aspetto che tu sappia dei capi o degli altri, ma non tolleriamo nessuna stronzata omofoba qui. Caine e Macklin hanno costruito un posto sicuro per loro stessi e per chiunque ne abbia bisogno, e non siamo disposti ad accettare niente che possa minacciare questo stato di cose."

Thorne mantenne lo sguardo fisso sull'uomo senza battere ciglio. La rivelazione riguardo ai due allevatori lo aveva sorpreso meno dell'enfasi con cui Emery difendeva i suoi capi. I jackaroo non erano famosi per la loro apertura mentale. "L'unica minaccia è l'incendio," disse con voce neutra. "Concentriamoci su quello."

"Buono a sapersi," replicò l'uomo e il sorriso con cui accolse le sue parole fu più genuino di qualsiasi altro gli avesse rivolto in tutto il giorno, lasciandolo con la sensazione di essere sopravvissuto a una prova senza nemmeno rendersi conto che era stato sotto esame.


CAINE COLLASSÒ sul divano del salotto della casa padronale. Aveva imparato a lavorare duro da quando si era trasferito a Lang Downs. L'impegno fisico richiesto dalla stazione era di gran lunga superiore a quello della sua vecchia vita a Philadelphia, ma quel giorno era stato ancora più sfiancante del solito. Dietro insistenza di Thorne, avevano cominciato a scavare una barriera tagliafuoco attorno a tutta la vallata, sperando in quel modo di proteggere dalle fiamme imminenti gli edifici e gli animali in essi riparati. Per il momento avevano scavato un solco largo circa dodici metri lungo il lato nord. Il giorno successivo si sarebbero occupati di quello a sud e poi sarebbero usciti per andare ad affrontare direttamente l'incendio.

"Thorne ha detto quanti pompieri ci sono nella brigata?" chiese quando Macklin lo raggiunse qualche secondo più tardi. "Una cosa è metterlo nella stanza degli ospiti e dire a Kami che c'è una bocca in più da sfamare, ma se dobbiamo ospitare un'intera squadra dobbiamo pensare a dove alloggiarli e cosa far loro mangiare."

"No, non l'ha detto." Macklin gli sedette accanto e gli passò un braccio attorno alle spalle. Caine si appoggiò al corpo del compagno, cercando per quanto possibile di tranquillizzarsi. Lang Downs era la sua vita, la sua fonte di guadagno e la sua salvezza. Era stato sincero quando aveva detto che gli edifici potevano essere ricostruiti, e li avrebbe ricostruiti se fosse stato costretto ad arrivare a tanto, ma il pensiero di perdere la casa che lo zio Michael e Donald avevano costruito con le loro mani, il luogo dove il loro amore era cresciuto al sicuro e protetto, gli sembrava un sacrilegio. Ovviamente, non valeva quanto una vita – lo zio si sarebbe rivoltato nella tomba se avesse saputo che Caine metteva in pericolo i suoi uomini per una casa – ma se avesse potuto salvarla, l'avrebbe fatto.

Il rumore di passi lungo il corridoio richiamò la sua attenzione sul loro ospite. Non si staccò da Macklin – non aveva nessuna intenzione di nascondersi in casa sua – ma si preparò a una possibile reazione negativa. Thorne, invece, li salutò con un cenno della testa e continuò verso le scale.

"So che devi essere esausto," disse Caine prima che l'uomo raggiungesse la rampa, "ma potresti concedermi uno o due minuti prima di andare a dormire? Ho qualche questione logistica da sottoporti e preferirei parlarne stasera, così da organizzare le cose al meglio."

Thorne tornò indietro senza dire una parola e si fermò accanto alla poltrona.

"Siediti," lo invitò lui. "Starai più comodo."

"Se mi siedo potrei non alzarmi più," rispose mestamente l'uomo. "Questa mattina mi sono svegliato all'alba per combattere il fuoco in prima linea e da allora non mi sono fermato neanche un attimo."

"Non ti tratterrò a lungo," promise Caine. "Avrei solo bisogno di sapere quante persone aspettarmi quando arriverà anche il resto della brigata. Dobbiamo studiare come alloggiare e nutrire tutti."

"Non è necessario che lo facciate," insisté Thorne. "Ognuno di noi ha la sua tenda, il suo materassino e le sue razioni. Non vogliamo approfittare della stazione."

Accanto a lui, Caine sentì Macklin sbuffare, ma lo ignorò e concentrò la propria attenzione sul pompiere che gli stava davanti. "Non mi ricordo di aver detto che stai approfittando di noi. Tu e la tua squadra siete qui per proteggere la mia stazione. Il minimo che possa fare è assicurarmi che abbiate di che mangiare e un posto dove dormire. Mio zio uscirebbe dalla tomba se non lo facessi. Quindi, per cortesia, rispondi alla mia domanda."

"Ci sono trenta uomini nella brigata che ho lasciato questa mattina," rispose Thorne un po' teso. "Il capitano non ha detto se aveva intenzione di mandare tutti qui e lasciare una fetta di outback in balia del fuoco, oppure se invece voleva provare a respingerlo. Di conseguenza non so se arriveranno tutti insieme, e neppure se arriveranno affatto. I suoi ordini sono stati di assicurarmi che Lang Downs fosse preparata a ogni evenienza."

"Quindi faremo conto che arrivino tutti. Un'ultima cosa: Lang Downs è una stazione con certificazione biologica, il Servizio Protezione Incendi usa la schiuma?"

"Sì," disse Thorne. "Usiamo solo schiuma di classe A, che è biodegradabile. Cerchiamo di non farla venire a contatto con l'acqua, ma per il terreno è sicura."

Che fosse biodegradabile era un buon inizio, ma non voleva necessariamente dire che fosse anche approvata dalla Commissione per le certificazioni biologiche. A quanto pareva avrebbe dovuto fare un po' di ricerche. "Potresti chiedere al tuo capitano di non usarla a meno che non sia proprio indispensabile? Perdere la certificazione biologica è meglio che perdere la stazione, ma solo se non c'è altra scelta."

"Posso provare a chiedere," disse Thorne, "ma non garantisco che mi ascolterà. C'è altro?"

Caine sentì Macklin trasalire per quella domanda brusca, ma l'uomo era esausto e si vedeva. "No. Dormi bene. Ci vediamo a colazione."

Thorne salì stancamente le scale e quando Caine sentì chiudersi la porta della stanza degli ospiti, si voltò verso Macklin. "Che ne pensi?"

"Penso che la supereremo allo stesso modo in cui abbiamo superato tutto il resto."

"Non intendevo quello," spiegò Caine. "Che ne pensi del nostro pompiere in loco?"

Macklin ridacchiò. "Un altro randagio?"

Caine si sentì arrossire. "Forse. Se gli serve una casa."

# CAPITOLO 2

IL RUMORE di un colpo di pistola mandò in frantumi quella che fino a un attimo prima era stata una perfetta giornata di primavera. Thorne imprecò a mezza voce. Doveva tornare dal suo squadrone. Poi vennero le grida, molto più terribili degli spari che le accompagnavano, e infine il silenzio. Thorne si gettò tra la vegetazione del sottobosco, il fucile pronto a sparare, determinato ad abbattere chiunque gli si parasse davanti. Ma la giungla era diventata muta e quando Thorne raggiunse i suoi compagni, trovò ad attenderlo solo cadaveri, le cui spettrali maschere di morte lo accusavano in silenzio.

Si svegliò fradicio di sudore freddo nonostante il calore che avviluppava la stanza. Barcollò fuori dal letto e attraversò il corridoio per raggiungere il bagno, dove vomitò tutta la cena. Anche dopo averlo svuotato, il suo stomaco continuò a ribellarsi, conati a vuoto che gli straziavano il corpo così come le immagini dell'incubo gli straziavano la mente.

Era convinto di essersi ormai lasciato alle spalle quei ricordi. Il suo ufficiale in comando gli aveva ordinato di allontanarsi dalla prima linea per trasportare sulle spalle un commilitone ferito che non sarebbe sopravvissuto senza soccorso medico. Aveva ricevuto un encomio per quel gesto, ma mentre lui portava Walker in salvo, il resto dello squadrone era stato falciato dal fuoco nemico. Gli avevano detto tutti che un uomo in più non avrebbe fatto alcuna differenza, perché la disparità numerica era stata tale da non lasciare loro via di scampo. Gli strizzacervelli gli avevano diagnosticato la Sindrome del sopravvissuto, che secondo lui era solo una gran stronzata, ma si era presentato a tutte le sedute, aveva ripetuto tutti i luoghi comuni del caso e si era imbarcato per un'altra missione il giorno stesso in cui lo avevano dichiarato abile al servizio attivo. Lui, Walker e il loro nuovo squadrone avevano trovato i ribelli responsabili della strage e li avevano sterminati, ed era stata enorme la soddisfazione quando Thorne aveva ripreso le piastrine del suo vecchio comandante dal collo dell'uomo che ne aveva dissacrato il cadavere. Non sapeva se quei pezzi di metallo avrebbero fornito alcun conforto alla vedova, ma sperava che lo facesse il pensiero che l'assassino di suo marito era andato incontro al giusto castigo.

Una volta che il suo stomaco si fu assestato, Thorne si costrinse a rimettersi in piedi per sciacquarsi la bocca e spruzzarsi il viso con dell'acqua fredda. Aveva dei profondi segni scuri sotto gli occhi, ma quella non era davvero una novità. La barba gli si era infoltita al punto di aver bisogno di una regolata, ma siccome Thorne non aveva creduto di averne la possibilità prima di riuscire a scambiare la tenda con un tetto vero – cosa che non sarebbe successa finché tutti gli incendi non fossero stati domati – non si era portato dietro il regolabarba. I suoi capelli neri mostravano più striature argento di quante fosse abituato a vederne, ma le ignorò. Anche suo padre aveva avuto più che una discreta quantità di grigio su barba e capelli quando aveva la sua età. La madre diceva sempre che gli davano un'aria distinta e lo rendevano più bello. E comunque, nella vita di Thorne non c'era nessuno a cui importasse se aveva i capelli neri o grigi, corti o lunghi. Nella sacca aveva degli elastici per tenerli legati e allontanarli dal collo e dagli occhi mentre lavorava, ed era l'unica cosa che contasse.

Nauseato dalla propria debolezza, spense la luce e tornò a letto. Fuori era ancora buio. Si sarebbe rimesso a dormire, possibilmente senza altri brutti sogni, e al mattino tutto gli sarebbe apparso sotto una luce migliore.

Si stese e tirò su le coperte, ma non appena abbassò le palpebre, immagini dell'incubo presero a balenargli dietro gli occhi chiusi. "Merda," borbottò mentre si girava e provava a concentrarsi su qualcos'altro.

Neiheisel e Armstrong erano stati una sorpresa. Thorne aveva trascorso metà della sua vita a ignorare la propria sessualità, a uscire con i suoi commilitoni e a scopare qualsiasi cosa si muovesse. La maggior parte delle volte si era trattato di ragazze, che erano state abbastanza accomodanti da permettergli di fotterle nel culo così da poter ignorare le parti femminili. Solo quando era in permesso lontano dalla base si era azzardato a rimorchiare qualche ragazzo con cui scatenarsi, ma le occasioni erano state poche e molto distanti fra loro. Caine e Macklin, tuttavia, non assomigliavano per niente a una di quelle scopate o a qualcuno dei tizi che si era portato a letto da quando era stato congedato. Thorne aveva trascorso la vita in un ambiente omofobo e non si era aspettato niente di diverso quando quel pomeriggio era arrivato a Lang Downs. Invece, aveva trovato due uomini che tutti sapevano essere innamorati e che i jackaroo arrivavano addirittura a difendere. Due uomini che condividevano una casa nella quale potevano sedere insieme sul divano e parlare della loro giornata come una coppia qualsiasi. Thorne non aveva mai preso in considerazione che potesse esistere qualcosa del genere, e ciò rendeva ancora più ferrea la sua determinazione a salvare quel posto. C'erano troppi pochi porti sicuri al mondo e lui non avrebbe permesso che uno di questi venisse spazzato via quando toccava a lui proteggerlo.

Si era messo sul fianco, cercando di trovare una posizione abbastanza comoda da farlo riaddormentare, quando udì un rumore provenire dall'altro capo del corridoio. Si immobilizzò, ogni senso in allerta mentre cercava di identificarne la fonte. Sapeva che i suoi istinti di soldato erano fuori luogo in una stazione, ma lo avevano mantenuto in vita troppe volte perché potesse ignorarli. Affinò l'udito cercando di cogliere altri segnali di pericolo e lo sentì di nuovo: un gemito seguito da un'imprecazione soffocata.

Thorne si mise seduto, valutando le armi a sua disposizione. Non poteva più portare una pistola, ma non si separava mai dal suo coltello. Lo prese e aspettò il momento migliore per agire. Poi eccolo di nuovo, la voce più forte questa volta, e le parole più chiare.

"M-m-aledizione, Macklin. F-f-fallo ancora."

Thorne si lasciò ricadere sul materasso mentre il pugnale gli cadeva di mano con un clangore. Non era la vita dei suoi ospiti a essere in pericolo, solo la sua sanità mentale. I rumori si fecero più forti, più appassionati ed espliciti, la nota più profonda di Macklin che echeggiava tra i sospiri e i gemiti di Caine. Il letto scricchiolò una volta, poi ancora e infine prese a cigolare con un ritmo regolare che fece immediatamente e dolorosamente indurire il sesso di Thorne.

Quanto era passato da quando aveva scopato l'ultima volta? Non se lo ricordava nemmeno. Chiuse gli occhi cercando di evocare l'immagine di un amante, vero o immaginario, da usare mentre si dava piacere, ma la sua mente rimase desolatamente vuota. Allora avvolse la mano attorno alla propria erezione e cominciò a muoverla a tempo con i rumori che provenivano dall'altra stanza. Quando avesse finito con gli incendi sarebbe andato a Melbourne o a Sydney e avrebbe cercato un club. Poi avrebbe trovato un culo disposto a farsi riempire e avrebbe sfogato tutta la tensione che non poteva scaricare in nessun altro modo. Venne proprio mentre i rumori in fondo al corridoio aumentavano progressivamente d'intensità e poi cessavano del tutto, ma il piacere gli sembrò vuoto. Non ce l'aveva più duro, ma non poteva neanche dirsi soddisfatto.

Gli serviva una doccia prima di colazione, così si alzò e andò al borsone per cercare il beauty e un cambio di biancheria. Si sarebbe lavato e poi sarebbe andato a vedere a che ora cominciava la vita nella stazione.


QUANDO THORNE fece il suo ingresso in mensa, la stanza era già piena a metà di uomini, e dietro al bancone del buffet c'era una donna sconosciuta che li serviva via via che entravano.

"Signora," la salutò educatamente quando fu il suo turno.

"Ci diamo tutti del tu, qui. Devi essere Thorne," disse lei. "Kami mi ha raccontato del tuo arrivo ieri sera." Lo scrutò un attimo in silenzio, poi gli mise un'altra cucchiaiata di uova strapazzate nel piatto. "Hai l'aria di uno che ha saltato qualche pasto di troppo, figliolo, ma non preoccuparti, te li faremo recuperare a tempo di record."

"Grazie, signora…"

"Lang," rispose lei, "ma mi chiamano tutti Sarah." Gli passò il piatto.

"Lang come in Lang Downs? Pensavo che la stazione appartenesse a Neiheisel."

"A lui e a Macklin," rispose la signora Lang. "Ma lo zio di Caine ha accolto mio marito quando non aveva nessun altro posto dove andare." Lanciò un'occhiata verso la cucina alle sue spalle, dove c'era Kami impegnato a lavare i piatti. "E lui ha cambiato il suo cognome in Lang molti anni fa, come tributo all'uomo che ha salvato moltissime vite decidendo di non rifiutare nessuno, neppure un ragazzo aborigeno con nient'altro che i vestiti che portava addosso. Per nostra fortuna suo nipote ha voluto seguire lo stesso esempio. Il caffè è nel thermos accanto al muro, oppure c'è del tè, se lo preferisci. Nel caso ti serva altro, basta chiedere."

"Grazie, signora," si congedò Thorne, prendendo il proprio piatto e guardandosi intorno alla ricerca di un tavolo a cui sedersi. Le parole della donna avevano rinforzato ancora di più la sua determinazione a voler salvaguardare quel posto e i suoi abitanti. Era chiaro che fosse troppo speciale per potersi permettere di perderlo. Emery gli fece un cenno con la mano, così andò verso il tavolo che l'uomo divideva con la moglie e altri jackaroo.

"Conosci già tutti?" gli chiese il sovrintendente dopo che Thorne si fu seduto con le spalle al muro. "Non mi ricordo chi ho presentato a chi ieri."

"Signora Emery," salutò lui con un sorriso. "E ho conosciuto… Simms, vero?" Il giovane uomo annuì. "E poi… basta, credo. Io sono Thorne Lachlan dello SPI."

"Jesse Harris, Kyle Jones e Patrick Thompson," disse Emery. "Patrick è il nostro capo meccanico. Kyle è qui da più o meno quanto lo sono io. Jesse e Chris sono arrivati nello stesso periodo sei anni fa e ancora non siamo stati capaci di liberarcene."

"E neanche lo farai," lo rimproverò la moglie. "Quindi smettila con le battute."

"Molly è molto protettiva con la sua 'nidiata'," disse Emery. "Non vuole mai che mi diverta."

"Non mi fido che tu non dica qualche stupidaggine travestita da presa in giro. Ci sono cose su cui non si può scherzare."

"Molly ha perso il senso dell'umorismo riguardo a determinati argomenti più o meno nello stesso momento in cui ha scoperto di essere incinta," confidò Jesse.

Quello spiegava perché il giorno prima Emery aveva insistito affinché la moglie lasciasse la stazione. "Quali argomenti? Non vorrei mai che mi prendesse in antipatia." La sera prima l'aveva vista tirare più di uno scappellotto al marito.

"Quelli che potrebbero mettere a disagio me e Chris," rispose Jesse. Non era una spiegazione particolarmente utile, ma prima che potesse approfondire, Neil alzò una mano e fece cenno a un altro jackaroo di unirsi a loro.

"Guarda, guarda chi ci ha portato l'uccellino," scherzò.

Thorne rimase pietrificato sul posto. Di sicuro l'uomo che si stava avvicinando non si era presentato in mensa la sera prima, perché altrimenti l'avrebbe notato. Esattamente come gli altri lavoranti, anche quello era snello e segnato dalle intemperie, la pelle screpolata dal vento e coperta di lentiggini, eppure c'era qualcosa in lui che attizzava Thorne in una maniera difficile da spiegare. Afferrò la tazza col caffè e ne prese un sorso per nascondere la propria reazione.

"Non sono l'ultimo," ribatté il nuovo arrivato. "Non mi sembra di vedere Sam e Jeremy da nessuna parte."

Neil emise un gemito e si coprì le orecchie con le mani. "Non voglio sentire."

"Sono sicuro che ci sia una ragione del tutto innocente a giustificazione del loro ritardo," continuò l'uomo. "Sono sicuro che i rumori che ho sentito quando sono passato accanto a casa loro non erano per niente quello che pensi."

"Non ti ascolto," ripeté Neil. "Non ti ascolto, non ti ascolto, non ti ascolto."

"Mi sembrava di aver capito che non volessi saperne di atteggiamenti omofobi," intervenne Thorne.

"Infatti è così, ma ciò non significa che voglia pensare a mio fratello che fa sesso. Non si tratta di omofobia. È istinto di sopravvivenza. È... no. Solo no."

"Quante coppie vivono a Lang Downs?" chiese allora lui d'impulso.

"Otto," rispose Neil. "Caine e Macklin, Patrick e Carley, Chris e Jesse, Sam e Jeremy, Sarah e Kami, Kyle e Linda, Andrew ed Elizabeth e infine Molly e io."

"E abitate tutti in case singole?"

"Sì, e anche Ian. A proposito, vi siete già presentati?"

"No," rispose l'uomo che Thorne stava cercando di non guardare.

"Thorne Lachlan, ti presento Ian Duncan. Ian, Thorne lavora con i pompieri. È venuto per avvisarci dell'arrivo degli incendi."

"Benvenuto, amico," lo salutò Ian, porgendogli la mano. Thorne la strinse, ignorando il brivido che il contatto gli propagò lungo tutto il braccio. Ian, tuttavia, si ritrasse subito, quasi si fosse scottato, e Thorne decise di accantonare il proprio interesse. "Allora, qual è il programma per oggi?"

"Costruire la barriera lungo il lato sud della vallata," rispose Thorne.

"Patrick invece comincerà a fissare i serbatoi per l'acqua ai cassoni degli ute," aggiunse Neil. "E Jesse lo aiuterà. Tu puoi scegliere se restare qui oppure se venire con noi a scavare la barriera. Siete riusciti a far rientrare tutto il gregge ieri?"

"Non sono certo che le abbiamo radunate proprio tutte," disse Ian. "Ma non credo neanche che sprecare manodopera per cercare qualche pecora dispersa sia la scelta migliore al momento. Non finché la vallata non sarà al sicuro. E comunque ci penserà il fuoco a spingerle verso di noi."

"Che scegli, allora?" chiese Neil. "La barriera o approntare gli ute?"

"Non me la farai mai passare liscia se decidessi di stare qui e lavorare alle macchine," fece Ian. "Quindi vada per la barriera."

Thorne non provò neanche a capire il non detto tra i due uomini, ma era chiaro che le prese in giro fossero benevole. Nessun altro sembrava esserne impressionato, quindi

411

resistette alla tentazione di lanciarsi in difesa di Ian. Non ne aveva alcun diritto e non credeva che un'eventuale interferenza sarebbe stata apprezzata.

"Avete mangiato a sufficienza, ragazzi?"

Il suono della voce della signora Lang lo fece trasalire. Si era già mezzo alzato dalla sedia quando si rese conto che aveva cominciato a reagire e si costrinse a rimettersi giù. La donna non aveva fatto nulla per meritare una sua reazione.

"Prendo volentieri un'altra fetta di bacon se ne hai, Sarah," disse Ian. Lei gliela mise nel piatto, poi gli diede una pacca affettuosa sulla spalla, prima di continuare il suo giro e fermarsi al tavolo di Caine e Macklin.

"È sempre così materna?" chiese Thorne.

"Abbastanza," rispose Neil. "Non ha visto Macklin per trent'anni e ora deve recuperare il tempo perduto. Nessuno di noi sfugge completamente alle sue attenzioni."

"Finché non mi arriva alle spalle all'improvviso credo di poterlo sopportare," disse Thorne.


PER L'ORA di pranzo avevano già completato metà della barriera tagliafuoco nel lato sud, e Thorne aveva trascorso la mattinata cercando di non fissare Ian. Mentre tutti gli altri jackaroo si erano spogliati restando solo con le magliette, quest'ultimo aveva tenuto la camicia a maniche lunghe.

"Non senti caldo?" gli domandò Thorne quando si sedettero per mangiare.

"Meglio il caldo che una scottatura," rispose l'uomo con un'alzata di spalle, asciugandosi la pelle con un fazzoletto che teneva attorno al collo proprio a quello scopo. "Devo ancora trovare un filtro solare che m'impedisca di diventare rosso come un'aragosta. L'alternativa è tra le maniche lunghe o un cancro della pelle." Ian aveva una massa di capelli rossi e una carnagione bianchissima e coperta di lentiggini. Thorne capiva perché il sole potesse rappresentare un problema serio.

"Allora perché rimani?" gli chiese. "Perché non vai da qualche parte dove puoi lavorare al chiuso?"

"Perché Lang Downs è casa mia," rispose semplicemente l'altro, e il sorriso che gli illuminò il viso mentre lo diceva era la cosa più bella che Thorne vedesse da anni. "Sono qui da quando avevo vent'anni, e ci rimarrò finché avrò fiato per lavorare."

"È normale?" si informò Thorne, poiché non poteva porre la domanda che gli interessava davvero. "Avevo l'impressione che le stazioni fossero più che altro luoghi di passaggio."

"Per i lavoratori stagionali è così," disse Ian. "Ma tutte le stazioni hanno bisogno di una squadra che sia un po' la spina dorsale e rimanga tutto l'anno. Quella di Lang Downs è particolarmente fedele. Macklin è qui da più di trent'anni e Kami da ancora prima. Io, Neil e Kyle siamo arrivati insieme circa quindici anni fa. Jesse e Chris si sono aggiunti da sei e Sam e Jeremy da cinque."

"E Caine?" chiese Thorne. "Non è nato qui."

"È arrivato sette anni fa, dopo la morte di Michael, il suo prozio. È stato lui a fondare la stazione negli anni quaranta e l'ha amministrata fino al suo ultimo respiro. Dopodiché è passata a Caine."

Ian si asciugò di nuovo il collo e mentre si rimetteva il cappello, Thorne notò un piccolo taglio che sanguinava. "Ti sei tagliato?"

412

L'uomo si guardò la mano, poi la pulì sui jeans. "Un paio di giorni fa. Stavo lavorando a una sedia per la veranda di Sam e Jeremy e lo scalpello mi è sfuggito di mano. Devo averci preso contro questa mattina mentre stavamo lavorando e con i guanti non me ne sono accorto."

"Dovresti lavarlo e mettere una pomata disinfettante," gli raccomandò Thorne. "Meglio che non s'infetti."

"Può aspettare fino a stasera."

"Emery!" chiamò allora lui. "Hai una cassetta del pronto soccorso a portata di mano?"

"Sì, chi si è fatto male?"

"Ian."

Neil li raggiunse portando con sé il kit per le medicazioni. "Che hai fatto, amico?"

"Mi sono sbucciato nel mio laboratorio un paio di giorni fa," rispose Ian. "E oggi devo aver urtato contro una pala o qualche altro attrezzo. Ma non è niente. Davvero!"

"Non fare lo scemo," lo rimproverò Neil prendendo una garza e una crema antibiotica. "Da' qua e fammi vedere."

Ian alzò gli occhi al cielo ma gli porse la mano senza ulteriori proteste. Thorne l'afferrò prima che riuscisse a farlo Neil e la osservò con attenzione. "Sembra superficiale e pulito. Una compressa imbevuta di alcol per stare sul sicuro e una fasciatura per continuare a tenerla pulita."

Neil gli cedette la cassetta del pronto soccorso con un'espressione strana, che Thorne decise di ignorare. Qualunque fosse l'esperienza del sovrintendente, difficilmente avrebbe potuto essere paragonabile a ciò che lui aveva imparato nel corso degli anni dai dottori sui campi di battaglia. Pulì tutta l'area e poi mise un cerotto. "Fa' attenzione per qualche giorno e vedrai che non avrai problemi."

"Amico, non c'è posto per la cautela in una stazione," disse Ian. "Non so cosa t'immagini che facciamo, ma un taglio come questo è una sciocchezza. Non c'è bisogno che faccia attenzione. Gli dai più importanza di quanta ne abbia."

Thorne lasciò cadere la faccenda quando Ian si alzò e si allontanò seguito a ruota da Neil, ma si ripromise di tenerlo d'occhio. La più brutta delle sue cicatrici – e ne aveva una bella collezione – gli era stata lasciata da una piccola ferita all'apparenza insignificante... finché non si era infettata e gli era quasi costata la gamba. Neanche la pallottola che gli aveva attraversato la clavicola aveva richiesto tanta convalescenza come quel graffietto infetto sul polpaccio.

Si mise a mangiare il suo panino in silenzio finché uno dei bambini non gli sedette accanto. "Perché mangi da solo?"

"Perché non conosco nessuno," rispose lui con sincerità. "Gli altri sono tutti amici, io invece sono qui solo per aiutare a scavare le barriere tagliafuoco."

"Caine dice sempre che gli estranei sono solo amici che ancora non hai incontrato." Con l'apparecchio per i denti e i capelli corti nascosti dal cappellino da baseball, Thorne non riusciva a capire se si trattasse di un maschio o una femmina, ma la franchezza di quella risposta lo colse alla sprovvista. Era certo di non essere mai stato tanto sicuro di sé, soprattutto non nel periodo in cui anche lui aveva portato una cosa del genere in bocca. "Mi chiamo Laura. Tu chi sei?"

"Thorne," rispose lui. "Vivi qui nella stazione?"

"Sì, io e la mamma siamo arrivate un paio d'anni fa. Mi piace. Sono tutti molto gentili."

413

"Non ti mancano gli altri bambini?"

"Naa," disse Laura. "Gli adolescenti sono una spina nel fianco. Preferisco passare il tempo insieme ai jackaroo. Loro non mi guardano strano perché sono una ragazza a cui piace stare fuori e lavorare piuttosto che fare cose da femmina."

"Capisco che possa essere frustrante."

"Allora, qual è la tua storia?"

"La mia storia?"

"Sì, tutti quelli che arrivano a Lang Downs hanno una storia. Neil era una testa calda che non riusciva a tenersi un lavoro. Chris è stato aggredito e pestato a sangue e Caine e Macklin gli hanno permesso di restare. Jeremy ha tirato un pugno a quel bastardo di suo fratello e per questo è stato cacciato dalla loro stazione. Quindi, qual è la tua storia?"

"Non ho una storia. Il capitano della squadra antincendio mi ha mandato ad aiutarvi. Tutto qui," insisté lui.

Laura lo guardò come per dirgli che stava raccontando solo delle gran stronzate, ma era troppo educata per esprimere il pensiero a voce alta. "Se lo dici tu. Perché continui a fissare Ian?"

"Lo sto controllando. Ha una ferita alla mano e non voglio che peggiori."

"Ian ha spesso dei tagli sulle mani," spiegò Laura. "È sempre impegnato a costruire qualcosa nel suo laboratorio. Ci ha fatto le sedie per la veranda e ora ci farà un nuovo tavolino da caffè per il salotto. Sarà bellissimo. Qualche volta mi permette di guardare."

"Sembra molto interessante," disse Thorne. Poi abbassò lo sguardo sulle proprie mani. Anche lui aveva la sua bella dose di cicatrici, ma tutte frutto della distruzione, mai della creazione. Si chiese cosa si provasse a plasmare qualcosa dal nulla, a immergersi una volta tanto nella vita e non solo nella morte, anche se per una giusta causa.

"Ehi, va tutto bene?" gli chiese Laura, toccandogli il braccio. Thorne non si fermò a pensare. Non poteva. Il suo corpo reagì anche senza il permesso del cervello, l'altopiano erboso che si sfocava davanti ai suoi occhi fino a trasformarsi nella giungla di Timor Est, la pressione sul suo braccio non più il dito di una bambina ma un machete. La sua mano scattò in avanti e le afferrò il polso, torcendole il braccio finché la ragazzina non urlò di dolore.

Il rumore frantumò la visione e la sua vista si schiarì. Le lasciò andare la mano, orripilato davanti a ciò che aveva fatto.

"Mi dispiace..." disse, scattando in piedi. "Non volevo..." Si sentì la gola invasa dal sapore amaro della bile e andò a nascondersi dietro uno dei trattori che stavano usando per scavare la barriera. Si appoggiò all'enorme ruota e vomitò il pranzo. Quella bambina, quella dolce e innocente bimbetta, non rappresentava un pericolo. Non aveva meritato di essere attaccata in quel modo.

"Che diavolo combini, Lachlan?" chiese Neil sbucando da dietro la macchina. Si fermò quando lo vide piegato in due, ma Thorne continuò a sentire la sua presenza: era immobile e aspettava una spiegazione. Quando finalmente fu certo che l'attacco di nausea fosse passato, si rimise dritto e affrontò il sovrintendente.

"Sono stato nei Commando per vent'anni," disse. "Mi hanno addestrato a reagire d'istinto a ogni minaccia, senza pensare. Sono fuori da tre mesi ma l'addestramento non si dimentica. Quando Laura mi ha toccato il braccio ho avuto un flashback. Mi dispiace. Non è stata colpa sua. Le starò lontano."

"Cosa li innesca?"

"Cosa?"

414

"Resterai qui per qualche altro giorno," spiegò Neil. "Questa volta ti sei fermato, ma la prossima potresti non farlo e qualcuno potrebbe farsi parecchio male. Se sappiamo cosa li scatena, possiamo evitarlo."

"Non avvicinatevi quando sono di spalle e non toccatemi all'improvviso. Fintanto che vedo le cose, posso valutare la loro pericolosità e agire razionalmente. Sono i movimenti inaspettati che mi fanno scattare."

"Avvertirò gli altri, ma Laura merita che sia tu a darle una spiegazione."

Thorne sentì di nuovo in bocca il sapore acido della bile quando ripensò alla dolce ragazzina che aveva cercato di essere amichevole e che invece era caduta vittima della sua instabilità. Si sarebbe scusato e le avrebbe spiegato cos'era successo, perché Neil aveva ragione e lei meritava di sentirlo dalla sua bocca, ma poi avrebbe mantenuto le distanze. Non l'avrebbe messa di nuovo in pericolo. Il periodo trascorso a Timor Est aveva fatto sì che l'età non rappresentasse più un'attenuante nella sua valutazione del rischio. Si era trovato davanti troppi bambini soldato della stessa età di Laura perché il suo cervello la proteggesse. Trovò una borraccia e si sciacquò la bocca, poi andò a cercare la ragazzina.

Il suo stomaco fu sul punto di ribaltarsi di nuovo quando vide che era in compagnia di Ian. Si irrigidirono entrambi non appena lo notarono, ma lui si assicurò di restare a distanza di sicurezza sperando in quel modo di tranquillizzarli. "Non... non reagisco bene quando qualcuno mi tocca all'improvviso," disse, sapendo che si trattava solo di una pessima scusa. "Quando mi hai sfiorato il braccio ho avuto un flashback e ho risposto nel modo in cui l'esercito mi ha insegnato a reagire alle minacce. Quell'addestramento mi ha salvato la vita più di una volta, ma tu non c'entravi niente. Ti starò lontano d'ora in poi. Non voglio che tu ti senta in pericolo a casa tua."

Laura lo guardò con le guance ancora bagnate di lacrime, ma la sua espressione sembrava meno spaventata rispetto a quando si era avvicinato.

"E i tocchi non improvvisi?"

Thorne sbatté gli occhi un paio di volte. "Scusa?"

"Se sai che qualcuno sta per toccarti, ti vengono lo stesso i flashback?"

"In genere no," rispose lui. "Almeno finché non c'è una minaccia."

"Quindi se ora ti abbracciassi andrebbe bene?"

Thorne sentì il mondo spostarsi dal proprio asse. Aveva aggredito la bambina e ora lei voleva abbracciarlo? "Immagino di sì."

"Laura, non mi sembra una buona idea," intervenne Ian. Thorne non batté ciglio. Aveva già dimostrato quanto poteva essere pericoloso.

"Guardalo, Ian," esclamò Laura. "C'è rimasto peggio lui di me. Non voleva farmi male, così come io non volevo spaventarlo. Andrà tutto bene."

Thorne rimase perfettamente immobile quando la ragazzina si alzò e lo raggiunse. Mantenne un rigido controllo su ogni muscolo del proprio corpo mentre lei gli passava le braccia attorno alla vita e poi lo stringeva. Non azzardandosi a fare di più, le diede un paio di pacche leggere sulla schiena, ma sembrò bastarle. Gli rivolse un sorriso splendente, lo lasciò e poi corse via, chiamando a gran voce un altro jackaroo.

"Non meriti il suo perdono." Lo sguardo ostile di Ian gli fece più male di una coltellata.

"Credi che non lo sappia?" sbottò. "Sono un assassino a sangue freddo. È questo ciò che l'esercito ha preteso da me, fino a che, tre mesi fa, mi ha scaricato in mezzo ai civili. Perché credi che sia venuto nell'outback? Meno persone da ferire e più possibilità di proteggerle. Non mi libererò mai del sangue che mi imbratta le mani, ma forse, se

415

contribuisco a salvare qualche vita, magari cancellerò una piccola parte del debito che ho nei confronti dell'universo."

Aveva fatto in tempo a mangiare solo la metà del panino prima che Laura facesse scattare il flashback, ma sapeva che non sarebbe stato capace di mandare giù nient'altro, neanche se ci avesse provato. "Torno a lavorare. Di' agli altri di raggiungermi, quando hanno finito col pranzo."

# CAPITOLO 3

"LACHLAN HA dei flashback," disse Neil senza tanti preamboli rivolto a Macklin e Caine. "Dice che scattano quando qualcuno gli si avvicina di sorpresa alle spalle o lo tocca all'improvviso. Ha reagito con Laura."

"Le ha fatto male?" chiese subito Caine.

"Probabilmente le verrà un livido sul polso, ma per fortuna si è fermato in tempo. Ha vomitato quando ha capito cos'era successo."

"Era un soldato, vero?" domandò Macklin.

"Ha detto che ha servito per vent'anni nei Commando."

"Gli parlerò," disse Caine. "Magari possiamo aiutarlo, in qualche modo."

"No," lo fermò Macklin. "Ci penso io."

"Non mi serve la tua protezione."

"E a lui non servono le tue attenzioni," insisté Macklin. "Già si sente debole e vulnerabile. Se vai da lui col tuo carico di pietà e gentilezza rischiamo che crolli completamente, oppure che se la prenda con qualcun altro e poi se la dia a gambe. Nessuna delle due opzioni è accettabile. Abbiamo bisogno della sua esperienza con gli incendi, il che vuol dire che deve restare qui ed essere in grado di cooperare. Ci parlo io con lui. Tu pensa a Laura."

Caine borbottò qualcosa, ma Macklin lo ignorò. Afferrò il cappello e si infilò gli stivali. "Portami qualcosa per cena, se non dovessi arrivare in tempo in mensa. Devo trovarlo prima di potergli parlare."

Thorne non era né in mensa né al dormitorio, cosa che non lo sorprese. Il suo ute, però, era parcheggiato insieme agli altri, il che significava che l'uomo non aveva lasciato la stazione. Macklin lo interpretò come un segnale positivo. Lo zaino che la sera prima aveva lasciato nel cassone era tuttavia sparito, quindi era probabile che fosse andato a nascondersi da qualche parte per leccarsi le ferite. Macklin smise di percorrere con lo sguardo gli edifici e cominciò invece a cercare una tenda.

La individuò quasi subito, a circa un miglio lungo la strada che conduceva fuori dalla vallata; di lato in modo da non bloccare il passaggio, ma sufficientemente vicina da sentire se arrivava qualcuno. Fischiettando stonato ma abbastanza forte da essere udito, si avviò su per la salita, assicurandosi che gli stivali facessero rumore sui sassi. In un altro momento avrebbe camminato sull'erba da un lato o dall'altro, ma quel giorno aveva bisogno che Thorne lo sentisse. Voleva parlare, non combattere.

Quando, alla fine, raggiunse il piccolo accampamento, l'uomo era già fuori dalla tenda e lo aspettava.

"Il letto nella camera degli ospiti era così scomodo?" gli chiese lui. "Avremmo potuto cercarti un'altra sistemazione."

"È un altro il motivo per cui sono qui, non fingere di non saperlo." Il viso di Thorne era attraversato da più emozioni di quante Macklin riuscisse a elencare. "Le barriere sono a posto. Me ne andrò domani in mattinata."

"Gli incendi non sono spenti e c'è ancora pericolo. Vuoi lasciare il lavoro a metà?"

"Ascolta Armstrong, mi piacete voi e mi piace quello che avete costruito qui, ma sono una minaccia per chiunque mi stia vicino. Oggi ne avete avuta la prova."

"Neil ha detto che Laura era più che altro spaventata, e i suoi genitori non sono venuti a lamentarsi. Quindi, salvo che tu abbia in programma di attaccare qualcun altro, non vedo il problema."

"Il problema è che non lo programmo," sbraitò Thorne. "Non posso controllarlo. Qualcosa scatta dentro di me e reagisco come un automa assassino."

"E quando è passato ci stai male."

"Come se importasse dopo che ho ferito qualcuno," rispose l'uomo con disprezzo. "Mi hanno addestrato a uccidere. Non mi servono delle armi. Tutto quello che tocco diventa un'arma."

"Hai detto la verità a Neil riguardo ai flashback?" chiese Macklin. "Perché possiamo cercare insieme una soluzione se il problema si limita a quello. Resterai qui ancora pochi giorni e gli uomini sono abbastanza svegli da capire che non devono arrivarti alle spalle all'improvviso o toccarti senza avvertirti. Se le cause scatenanti sono solo queste, saremmo contenti se decidessi di restare."

"Sono quelle di cui sono consapevole," rispose Thorne. "Non mi piacciono i rumori forti e inaspettati, ma mi fanno sobbalzare più che altro. Il vero problema sono i flashback."

"Allora riprendi la tua roba e vieni a cena. Puoi mangiare con le spalle rivolte al muro così non avrai sorprese e dirò alla mamma di evitare di toccarti. Secondo lei nessuno è mai troppo grande o vecchio per un abbraccio, ma tu potresti essere l'eccezione."

"Se me lo aspetto e ho una via di fuga nel caso dovesse essere il momento sbagliato, non mi dispiacciono gli abbracci," disse Thorne. "Succede solo quando sono teso o mi colgono di sorpresa. Non sopporto di sentirmi in trappola."

"È per questo che sei qui invece che in casa?" chiese Macklin.

"No, non mi sentivo in trappola. Pensavo di non essere più il benvenuto dopo quanto successo."

"Non farci l'abitudine," lo ammonì Macklin. "Ma sei ancora il benvenuto. Ci serve tutto l'aiuto possibile per proteggere la stazione. Non voglio che i bambini perdano le loro case."

Era stato un tentativo, ma sembrò funzionare. L'espressione tormentata e persa sul viso di Thorne lasciò il posto alla determinazione. L'uomo serrò la mascella e disse: "No, neppure io lo voglio. Dammi un minuto per raccogliere le mie cose."

Macklin aspettò che l'altro smontasse il campo con un'economia di movimenti che parlava di anni di esperienza. Si mise lo zaino in spalla e ridiscesero insieme verso la stazione. "Perché non mi hai ordinato di togliermi dai piedi?"

"Te l'ho detto. Ci serve il tuo aiuto."

"Ho già fatto quello per cui ero stato mandato," disse Thorne. "Le barriere tagliafuoco sono pronte. Non c'è ragione che rimanga fino all'arrivo dell'incendio."

Macklin ebbe un attimo di esitazione. Aveva detto a Caine che Thorne non aveva bisogno di tenerezza, ma anche lui, come il compagno, era capace di riconoscere un'anima in pena quando ne incontrava una. "Che sai di Lang Downs?"

"Non molto," rispose Thorne. "Non l'avevo mai sentita nominare prima che il capitano mi dicesse di venirci. Sono stato lontano dal paese per vent'anni e non sono cresciuto in questa regione."

"L'ho chiesto perché non sapevo se qualcuno degli altri ti avesse già raccontato la nostra storia," spiegò Macklin. "Lang Downs ha preso il nome dal prozio di Caine, Michael

418

Lang, che l'ha fondata quando aveva circa vent'anni. Michael non si è mai sposato, ma i jackaroo che nel corso degli anni sono arrivati e poi rimasti sono diventati i suoi figli putativi. Ha trascorso la vita ad accogliere uomini traditi dalla fortuna e senza alcuna prospettiva e ha dato loro una casa. Kami, Neil, Ian, Kyle, me... siamo solo gli ultimi di molti che si sono ricostruiti una vita tra queste colline. Poi Michael e morto ed è arrivato Caine, il quale ha proseguito il cammino intrapreso dallo zio. Chris, Jesse, Sam, Jeremy, Seth, che non hai conosciuto perché è fuori a studiare, Linda, la moglie di Kyle, e sua figlia... Le uniche persone che abbiamo mai cacciato dalla stazione sono stati un drogato e un tizio che ci aveva derubato. Non tutti rimangono, ovviamente. Alcuni restano una o due stagioni. Alcuni vengono a lavorare qui ma non hanno bisogno di niente di più. L'importante, però, è che non abbiamo mai voltato le spalle a chi aveva bisogno di un porto sicuro, e non abbiamo intenzione di cominciare ora."

"A me non serve un rifugio," insisté Thorne. "Sono qui per combattere gli incendi e nient'altro."

Una bugia enorme, secondo Macklin, che però non obiettò. Non sarebbe servito a niente. "Allora rimani per proteggere le persone che invece ne hanno bisogno," disse. "Meritano un posto da chiamare casa."


IN MENSA, Thorne sedette a un tavolo vuoto, le spalle rivolte al muro. Non sapeva per quanto sarebbe rimasto da solo, ma almeno avrebbe visto chiunque gli si fosse avvicinato prima che lo raggiungesse. Era certo che Neil avesse raccontato agli altri quanto successo con Laura e non si sarebbe stupito se nessuno gli avesse rivolto la parola, oppure se i genitori della ragazzina si fossero presentati per protestare. Meglio, quindi, essere pronti a tutte le evenienze.

Tutte tranne una bambina che sgambettava fino a lui e si aggrappava ai suoi pantaloni. "Ciao, tesoro," la salutò, lanciando tutt'intorno uno sguardo atterrito alla ricerca dei genitori, ma nessuno sembrava aver notato l'assenza della piccina. "Come ti chiami?"

"Dani. Pecché seduto solo?"

Thorne non aveva la più pallida idea di cosa rispondere. Non voleva spaventarla, quindi non poteva dirle che poco prima aveva aggredito Laura e che ora nessuno voleva parlargli. "Non sono solo," disse allora. "Ci sei tu con me."

Quella risposta sembrò soddisfare la bambina, che alzò le braccia per essere sollevata. Lui le passò le sue grosse mani sotto le ascelle, osservando come facessero sembrare ancora più minuscolo il piccolo petto. Era una follia! Se avesse stretto con troppa forza avrebbe potuto romperle una costola.

"Mangia," ordinò Dani, accomodandosi sulla panca accanto a lui e indicando con un gesto imperioso il piatto ancora pieno.

Senza sapere come opporsi, Thorne prese una cucchiaiata di curry e trattenne a stento un gemito di piacere. Dopo anni di razioni, sia nell'esercito che con i pompieri, ogni pasto casalingo sembrava manna dal cielo, ma il cuoco di Lang Downs era davvero qualcosa di eccezionale. La carne, di origine sconosciuta – ma Thorne aveva imparato da tempo a non fare domande – era tenera, la salsa piccante senza tuttavia bruciargli la bocca, e il riso soffice e cucinato alla perfezione.

"Vuoi naan?" gli chiese Dani. "A me piace naan con cully."

"Sei un'esperta, non è vero? Il curry però lo preferisco con il riso, quindi niente naan."

Dani si strinse nelle spalle e sorrise. "Meglio. Più pe' me."

"Puoi prendere il mio," suggerì Thorne. "Magari potresti andare a chiederlo a Kami."

"Già mangiato," rispose Dani. "Tu taldi."

"Hai ragione. Dovevo parlare con il signor Armstrong prima di venire a cena."

"Dani, eccoti," disse Molly, avvicinandosi al tavolo. "Non ti sta dando fastidio, vero?"

"Nessun fastidio, signora," la rassicurò Thorne. "Mi sta tenendo compagnia."

"Solo, lui," intervenne Dani molto sicura di sé. "Noi amici."

"Noi siamo amici," la corresse Molly. "E sono contenta che tu ti sia fatta un nuovo amico, ma non devi avvicinarti a lui quando non ti vede, va bene, piccola? E parlagli sempre davanti, mai da dietro."

"Pecché?" chiese Dani.

"Perché voglio vedere il tuo bel sorriso," disse Thorne. "Non mi piace quando le persone mi si avvicinano di nascosto. Mi spavento."

"Io piango quando paula. Anche tu piangi, signole?"

No, lui aggrediva le persone. "Qualche volta," disse invece. "E qualche volta mi arrabbio e urlo alla persona che mi ha spaventato. E puoi chiamarmi Thorne."

"Signor Thorne," lo corresse Molly. "Ti dispiace se mi siedo con voi? La schiena mi sta uccidendo."

Thorne si alzò subito e andò dall'altra parte del tavolo per allontanare la panca e permettere a Molly di accomodarsi. "Scusi. Mia mamma mi ucciderebbe se mi vedesse. Mi ha insegnato a essere più educato di così."

"Sono certa che tua mamma sia molto fiera del tuo stato di servizio," disse Molly sedendosi.

"È morta prima che mi arruolassi," rispose brevemente Thorne. "Non l'ha mai saputo."

"Oh, mi dispiace," fece la donna. "Non volevo risvegliare brutti ricordi."

Thorne annuì, incapace di rispondere sommerso com'era da una nuova ondata di dolore. Ricacciò tuttavia indietro le emozioni come faceva sempre, restio a mostrare la propria vulnerabilità, persino alla signora gentile che gli stava davanti. La vulnerabilità era sinonimo di debolezza e la debolezza ti uccideva. Gli avevano infilato a forza quel concetto in testa sin dal suo primo giorno nell'esercito. "È tutto a posto, signora. Non poteva saperlo."

Fece quasi un salto sulla panca quando sentì un paio di piccole braccia avvolgerglisi attorno alla vita, ma per una volta il contatto inaspettato non innescò nessun flashback. Invece, Thorne mandò giù il groppo che gli era salito in gola e ricambiò delicatamente l'abbraccio di Dani.

"Mammina, signol Thonne vuole abblaccio."

"Allora dagliene tu un altro," disse Molly. "Sono troppo grossa per abbracciare chiunque di questi tempi."

A Thorne non sembrava che fosse ancora particolarmente grossa, ma la sua esperienza con le donne incinte era vasta quasi quanto quella con le bambine che lo abbracciavano, quindi magari non era un buon giudice. Si mise Dani sulle ginocchia e l'abbracciò di nuovo. Lei gli gettò le braccine attorno al collo e strinse forte e Thorne affondò il naso nei suoi capelli che profumavano di borotalco e shampoo e lasciò che quell'odore lo calmasse.

"Tuo viso pizzica." Dani allentò la presa attorno al suo collo e gli passò le piccole mani sulle guance.

"Diventerà più morbida quando sarà cresciuta un altro po'," disse Thorne. "Scommetto che non è ruvida come quella del tuo papà quando deve ancora radersi al mattino. Più è lunga e meno punge."

"Papà pizzica molto," confermò Dani. "E la mamma dice fale la balba tutte le mattine."

Dani gli passò un altro paio di volte le mani sul viso poi si girò e gli si accomodò in grembo. "Mangia," ordinò di nuovo.

"Tesoro, non è facile con te in mezzo. Perché non vieni a sederti vicino a me?"

Dani scosse la testa, mentre Thorne stringeva d'istinto le braccia attorno al suo corpicino. "Va bene così," disse. "Non mi dà fastidio."

"In questo caso," disse Molly con un sorriso. "È impegnativa a volte."

"È una benedizione," rispose Thorne con lo sguardo basso sui suoi capelli scuri. Non sapeva neanche da quanto non si sentisse così in pace, ed erano bastati l'abbraccio di una bambina e l'accettazione della madre perché succedesse.

"Anche. Questo invece," aggiunse Molly accarezzandosi la pancia, "sarà un diavolo. Sono settimane che mi tira continuamente dei calci."

Thorne sentì dei passi in avvicinamento e quando si voltò vide Neil diretto verso di loro con un sorriso dipinto sul volto. Non lo conosceva abbastanza, però, da valutare se fosse sincero o meno. "Tutto bene?"

"Alla grande," rispose Molly. "Avevo bisogno di sedermi un attimo e Thorne mi ha aiutato a tenere occupata Dani. Oggi mi ha fatto correre come una dannata."

"Carley ti aveva detto di mandarla da loro se non fossi riuscita a starle dietro da sola."

"Sì, e Carley ha passato la giornata a occuparsi di una valle piena di pecore perché voi eravate tutti impegnati a scavare le barriere," disse Molly. "Sarah l'ha guardata un po' questo pomeriggio dopo il sonnellino, ma sono comunque esausta."

"Ci penso io, ora," promise Neil. "Dai, principessa. È ora di andare."

Dalla sua posizione sulle ginocchia di Thorne, Dani scosse la testa con decisione. "Voglio stale qui."

Thorne trattenne di nuovo il fiato mentre la piccola lo abbracciava ancora una volta stretto stretto, poi le allontanò le braccia dal proprio collo. "Sarò qui anche domani e potrai tenermi di nuovo compagnia, ma adesso devi andare con il tuo papà così poi non sarai troppo stanca per giocare."

Dani mise su un broncio talmente dolce che Thorne ebbe voglia di cedere alle sue insistenze, ma non pensava che i genitori avrebbero apprezzato, così si alzò e la passò al padre da sopra il tavolo. "Buona notte, Dani."

"'Notte, signol Thonne."

Continuò a osservarla mentre Neil la portava fuori dalla mensa, la testa che già ciondolava sulla spalla del padre. "Grazie," disse a Molly. "In pochi mi avrebbero affidato i loro figli."

"Pochi si sarebbero presi la briga di aiutare una stazione con dei capi come i nostri," rispose Molly con un'alzata di spalle. "Jeremy ha trascorso l'ultima ora al telefono col fratello cercando di convincerlo che è anche nel suo interesse evitare che l'incendio rada al suolo Lang Downs, eppure Taylor non è ancora disposto a mandare degli uomini ad aiutarci."

La confusione di Thorne dovette essere evidente sul suo viso, perché Molly scoppiò a ridere. "Scusa, non ti hanno raccontato questa storia, vero?"

Lui scosse la testa.

421

"Taylor Peak è una stazione situata a sud ovest rispetto a Lang Downs. Il proprietario si chiama Devlin Taylor, ed è una persona impossibile. In ogni caso, circa cinque anni fa, Taylor e suo fratello Jeremy hanno litigato e Jeremy è finito a lavorare qui da noi. È in tutto e per tutto uno dei nostri adesso, ma sperava di poter fare appello a un briciolo di affetto fraterno residuo per chiedere a Devlin di aiutarci. Finora non ha funzionato."

Thorne sorrise, benché senza convinzione. "Potrei parlarci io."

Molly abbandonò la testa all'indietro incapace di trattenere uno scroscio di risa. "Oh, vorrei tanto essere una mosca per assistere alla scena. Scommetto che gliela faresti fare addosso nel giro di cinque minuti."

Anche Thorne scoppiò a ridere. "Faccio tanta paura?"

"Non mentre coccoli mia figlia," rispose Molly, una scintilla di divertimento ancora nello sguardo. "Ma sono certa che in altri momenti sai essere davvero spaventoso."

"Nel caso servisse, non avrei problemi a calcare la mano," offrì lui. "Ma non vorrei peggiorare i rapporti tra le due stazioni."

"Sarebbe impossibile," disse Molly. "Taylor è un bigotto omofobo che considera Caine un usurpatore yankee e lui e Macklin due froci, anche se in realtà amministrano la loro stazione molto meglio di quanto lui abbia mai fatto con la propria. Il fatto che anche suo fratello sia gay e che, in aggiunta, 'viva nel peccato' insieme al fratello del nostro sovrintendente ha solo peggiorato le cose. È convinto che Lang Downs sia un covo di perversione e che dovremmo tutti bruciare all'inferno. È probabile che, a suo vedere, gli incendi siano la punizione divina per il nostro stile di vita peccaminoso."

"Qualche volta, quando un incendio è troppo forte per lasciarsi estinguere, cerchiamo di incanalarlo verso aree disabitate, dove il danno sarà minore. Magari potremmo deviare questo verso i suoi campi."

Molly sorrise. "Non avevo idea che tu fossi così vendicativo."

"Lang Downs potrà non essere casa mia, ma anche un cieco vedrebbe quanto è importante per tutti voi," disse Thorne. "Se Taylor è così stupido e implacabile, allora merita quello che gli succederebbe."

"Lang Downs può diventare casa per chiunque ne abbia bisogno. E io ti ho già trattenuto abbastanza. Vado a salvare Neil da Dani e ad assicurarmi che il piccolo demonio vada davvero a letto. Se lo lascio a se stesso finirà con il giocare insieme a lei per ore, anziché metterla a dormire."

"Buona fortuna," le augurò lui, mentre la donna si metteva in piedi. Lei gli rivolse un ultimo sorriso, poi si diresse verso la porta con la sua andatura a papera. Una volta uscita, Thorne si abbandonò contro il muro alle sue spalle.

Prese la forchetta per continuare a mangiare, ma le mani gli tremavano così forte da impedirgli di portarsi il cibo alla bocca senza farlo cadere. Appoggiò i gomiti sul tavolo e si prese la testa fra le mani, cercando di controllare il respiro. Se fosse riuscito a riportarlo alla normalità, anche il tremore si sarebbe placato. Inspirò contando fino a otto ed espirò altrettanto lentamente, costringendo il proprio corpo a sottomettersi. Thorne era un meccanismo ben oliato, uno strumento mantenuto in condizioni perfette che faceva ciò che doveva quando era il momento. Non aveva tempo per le debolezze o la mancanza di controllo. Doveva...

"Thorne?"

# CAPITOLO 4

SENTIR PRONUNCIARE il proprio nome mandò in frantumi la sua concentrazione. La sua visione si offuscò fino a diventare una massa grigia penetrata solo da un bagliore rossastro. I capelli di Ian, prese a litaniare a se stesso sottovoce. Non è sangue. Sono i capelli di Ian. Non è sangue. Nessuna minaccia. Nessuna minaccia. Solo Ian. Nessuna minaccia.

"Thorne?"

Ian sembrava preoccupato. Non andava bene. Non poteva. Non doveva permettere a nessuno di avvicinarsi. Si costrinse a mettere a fuoco la vista quel tanto che bastava a trovare il viso dell'uomo. "Portami via." Non gli sembrò neppure la propria voce quella che parlava, se non fosse stato per il fatto che le parole dovevano essere per forza le sue. "Portami al sicuro."

"Andiamo," rispose l'altro. Gli offrì la mano ma aspettò che fosse lui a prenderla, una piccola benedizione in mezzo a quel caos turbolento che erano diventati i suoi sensi. Thorne la strinse e si aggrappò a essa come se ne andasse della propria vita. A quel punto Ian lo guidò fuori dalla porta, eludendo le domande e ordinando alle persone di spostarsi, mentre lui si sforzava di concentrarsi solo sul calore della pelle contro la pelle. Non poteva permettersi di pensare a nient'altro o avrebbe perso il controllo.

Raggiunsero l'esterno, ma anche lì c'era della gente che gironzolava, pensando agli affari propri oppure impegnata negli ultimi lavori della giornata. Ian, comunque, non si fermò né lo lasciò andare, ma lo condusse oltre i jackaroo e lontano dai dormitori e dalla casa padronale. Raggiunsero i cottage dei residenti e li costeggiarono fino alla veranda di uno dei più piccoli, in fondo alla fila.

"Tutti gli altri volevano che la loro porta d'ingresso guardasse verso l'interno della stazione," disse Ian come se volesse chiacchierare del più e del meno. "Ma io ho sempre preferito che la vista spaziasse libera sull'altopiano."

Il suo tono pratico aiutò Thorne a mettere ordine nei propri sensi. Si aggrappò al corrimano della veranda e fissò lo sguardo sugli intagli che lo decoravano. "È un bel lavoro," disse con voce roca. Sapeva per esperienza che quando i suoi incubi minacciavano di sopraffarlo l'unica strada era ancorarsi a ogni parvenza di normalità. "L'hai fatto tu?"

"Sì," rispose Ian. "Il secondo inverno che ho trascorso alla stazione."

"E il primo cos'hai fatto?" chiese lui, senza però lasciare la presa. Non si sentiva ancora sicuro, però parlare lo aiutava. Così come lo aiutava il silenzio che li circondava e la tranquillità che trapelava dal paesaggio che avevano davanti. Nessuna minaccia, si ripeté. Solo Ian. Sono al sicuro qui.

Ian sorrise. "La mia cucina. Vuoi vederla?"

Thorne scosse la testa. "Non adesso. Mi serve un altro minuto."

Il jackaroo annuì. "Le sedie sono abbastanza comode, se posso farmi un complimento da solo."

Thorne si staccò dal corrimano quel tanto che bastava per girarsi verso la veranda e osservare le sedie. "Hai intagliato anche queste?"

"Sì. Mi piace avere qualcosa da fare durante il tempo libero."

Thorne passò la mano su un bracciolo. Il legno era liscio, neanche una scheggia a increspare la perfezione della superficie laccata. Cercò di ricordare l'ultima volta in cui aveva impiegato il suo tempo libero a fare qualcosa di costruttivo, ma non gli venne in mente nulla. L'esercito aveva scandito ogni momento della sua giornata, ad esclusione dei brevi periodi di licenza, e quelle ore le aveva trascorse a cercare una scopata veloce per poi tornare subito alla base. Dopo aver lasciato l'esercito, invece, aveva passato ogni attimo a combattere gli incendi e cercare di dare un significato alla propria vita. Nessuna delle due cose gli aveva procurato un hobby. "Sei bravo."

"E tu gentile," rispose Ian. "Si tratta solo di uno dei miei primi tentativi. Non dondolano come quelle che costruisco ora, però non si sono ancora sfasciate."

"Non sono gentile," disse Thorne scuotendo di nuovo la testa. Puntò lo sguardo sulla vallata e sui colori del tramonto, che con le sue sfumature striava il cielo alla sua sinistra. "Ho dimenticato molto tempo fa cos'è la gentilezza."

Udì lo sbuffo di Ian accanto a sé ma lo ignorò. Sapeva come far finta, niente di più e niente di meno. Quella gentilezza spontanea che spingeva una persona a costruire mobili per chiunque glieli chiedesse gli era completamente estranea. Non aveva più conosciuto quel tipo di bontà da quando sua madre era morta.

Ian non aggiunse altro, così Thorne lasciò che il silenzio scendesse fra loro. Il jackaroo era una presenza quieta al suo fianco, un compagno silenzioso nella tempesta di emozioni che ancora sentiva infuriare dentro di sé, testimone della sua battaglia ma senza giudizi di sorta o offerte di assistenza.

Il cielo si scurì gradualmente, il blu sfumò verso il rosso e l'arancio e poi verso il grigio e il nero. Le stelle si accesero e Thorne lasciò che l'immobilità della notte penetrasse nella sua anima. Era una piacevole tregua dopo il tumulto di quella giornata e, mentre la sua mente piano piano si placava, si chiese cos'avesse di speciale quel jackaroo per riuscire a farlo rilassare in quel modo. In genere, solo la completa solitudine gli riportava la pace – persino la presenza di Walker era più di quanto riuscisse a sopportare – eppure aveva appena trascorso diversi minuti, se non addirittura ore, seduto accanto a Ian senza che ciò aggiungesse altro stress al suo già precario equilibrio.

"Grazie," disse alla fine.

"La mia veranda è a tua disposizione ogni volta che vuoi," rispose il jackaroo. "La stazione può diventare un manicomio in estate, anche senza la presenza delle pecore nella valle e la minaccia degli incendi. È piacevole ritagliarsi qualche attimo di quiete alla fine della giornata."

In altri momenti, Thorne avrebbe chiesto se l'invito sulla veranda si estendesse anche ad altre stanze della casa, ma aveva appena trovato un rifugio e non voleva perderlo solo per ingordigia. C'era ancora qualche giorno prima che la minaccia del fuoco si facesse critica e Thorne poteva permettersi di aspettare e vedere come si sarebbero evolute le cose fra loro. Quella notte aveva bisogno di dormire, non di sesso. Sperava solo di riuscire ad arrivare al mattino senza incubi.

"Dovrei tornare indietro," disse. "Non vorrei che Caine e Macklin si chiedessero dove sono finito. Armstrong è già dovuto venire a cercarmi una volta, oggi."

"Ci hanno visto uscire insieme," disse Ian. "Sanno dove sei. Se vogliono andare a letto, ti lasceranno una luce accesa."

Thorne ripensò ai suoni che aveva sentito quella mattina attraverso le pareti. "Magari è meglio se aspetto un altro po'."

424

"Oh, hanno dato spettacolo la notte scorsa?" domandò Ian con una risatina divertita. "Ricordo che anche Chris si era lamentato una volta, subito dopo il suo arrivo, quando dormiva nella stanza degli ospiti."

"Ho avuto un incubo e non sono più riuscito a riaddormentarmi," confessò Thorne. "Sono sicuro che pensavano stessi dormendo."

"Non che questo renda più sopportabile il doverli ascoltare. Non ti dà fastidio sapere che stanno insieme?"

"Non sono affari miei," rispose Thorne. "Se c'è qualcuno che ha il diritto di essere infastidito siete tu e tutti quelli che erano già qui prima dell'arrivo di Caine."

"Non sono neanche affari nostri," disse Ian. "Ma non mi dà noia, se è quello che stai chiedendo. Macklin è finalmente felice, ed è difficile avercela con loro per una cosa simile."

"E le altre coppie?"

"Stessa cosa," rispose Ian. "Ero al fianco di Macklin quando ha salvato Chris da quella banda di delinquenti che lo stava pestando a morte; e sono stato al fianco di Sam e Jeremy quando suo fratello è piombato qui come una furia un anno dopo il loro arrivo e gli ha chiesto di tornare a casa. Sono brave persone. Quello che fanno dentro casa loro e con chi non dovrebbe riguardare nessun altro."

"Il mondo sarebbe un posto migliore se tutti la pensassero così," disse alla fine Thorne. Aveva sperato che Ian gli facesse capire in qualche modo se il suo interesse potesse o meno essere ricambiato. Non era così stupido da dare per scontato che tutti nella stazione fossero gay solo perché lo erano i capi. Neil e Patrick erano entrambi felicemente sposati, così come Sarah, Kami e i genitori di Laura. E anche se la presenza di Macklin e Caine aveva attratto una percentuale maggiore di jackaroo gay rispetto alla media, Ian viveva alla stazione da molto prima dell'arrivo dell'americano. Il fatto che fosse rimasto non lo rendeva gay, diceva solo che aveva una mentalità abbastanza aperta da accettare che i suoi capi pendessero in quella direzione.

"Se dobbiamo addentrarci nel campo della psicologia culturale mi serve qualcosa da bere," scherzò Ian. "Vieni. Preparo del tè. Puoi correggerlo se preferisci."

"I miei flashback non hanno bisogno di aiuto per avere la meglio sul mio autocontrollo," ribatté Thorne, ma si alzò e seguì l'altro dentro casa. Ian andò verso la cucina, ma lui si bloccò ad ammirare il soggiorno. Ogni mobile, intagliato in un legno dalla tonalità color del miele, era un capolavoro. I cuscini erano un collage di colori e tessuti diversi, ma ogni singolo ghirigoro del legno era lucidato fino a risplendere. Fece scorrere la mano sulla spalliera di una delle sedie. I pezzi sulla veranda gli erano piaciuti, ma non erano nulla se paragonati a quelli interni. Raccolse la mascella da dove gli era caduta per terra e raggiunse Ian.

Anche la cucina era dello stesso caldo legno dorato, gli sportelli magnificamente intagliati per accordarsi alle sedie e al tavolo. "Hai un talento incredibile. Perché stai qui a lavorare in una stazione di pecore anziché vendere le tue creazioni in città? C'è gente che pagherebbe fior di quattrini per capolavori del genere," disse.

"Significano di più se sono un regalo," rispose Ian appoggiando un bricco di tè sul tavolo. "E poi mi piace stare qui. È sicuro."

Quella scelta di parole fece suonare dei campanelli d'allarme nella mente di Thorne. Non era comodo, non era divertente e neppure un altro centinaio di aggettivi con cui Ian avrebbe potuto giustificare la sua permanenza in quel posto. Era sicuro. Se il bel jackaroo restava lì perché era sicuro, allora voleva dire che il resto del mondo, o una sua parte, non lo era, e quel pensiero scatenò il suo istinto di protezione. Ian gli aveva donato un'oasi di pace quando ne aveva avuto bisogno, e che il diavolo se lo portasse se lui avrebbe permesso a qualcosa o qualcuno di fargli del male.

Si costrinse a compiere i gesti comuni di aggiungere latte e zucchero alla tazza di tè che l'altro gli aveva versato. Il jackaroo, dal canto suo, aggiunse solo latte, niente zucchero, e Thorne immagazzinò l'informazione per un uso futuro. Magari non gli sarebbe mai servita, ma aveva trascorso quasi tutta la vita sul campo a catalogare ogni dettaglio perché qualsiasi cosa gli fosse sfuggita avrebbe potuto rivelarsi fatale.

Nonostante il latte, il tè era caldo e forte, proprio come piaceva a lui.

"Cosa ti ha portato alla stazione?" chiese Thorne con naturalezza. O perlomeno sperò di aver avuto un tono naturale.

"Il solito," disse Ian. "Era un modo per guadagnare qualcosa pur non possedendo nessuna abilità o esperienza particolari. Il vecchio Lang mi ha assunto all'istante, senza neanche leggere le mie referenze, e, quando la stagione è finita, ha detto che avrei potuto avere questa casa. Avrei dovuto finirla da solo perché era poco più che un capanno all'epoca, ma sarebbe stata mia e nessuno sarebbe potuto entrare senza il mio permesso. Era un sogno che diventava realtà."

A quel punto Thorne si sentì afferrare dal desiderio di rintracciare chiunque fosse entrato in casa di Ian senza permesso e fargli passare un brutto quarto d'ora. Sapeva anche come. L'esercito ufficialmente condannava la tortura, ma spesso chiudeva un occhio quando i Commando ottenevano le informazioni desiderate. Aveva imparato a non lasciare segni, anche se doveva ammettere che gli sarebbe piaciuto vederne sulla persona che aveva ferito Ian.

"Da quanto vivi qui?" chiese, invece.

"Quindici anni. Ne avevo venti quando sono arrivato. Non me ne sono mai pentito."

"Vedi spesso la tua famiglia?"

Il viso dell'uomo si contorse in una smorfia così espressiva che Thorne dovette quasi combattere l'istinto di ritrarsi. Il disgusto che alterò i lineamenti del jackaroo era la cosa più lontana dall'espressione che una persona assumeva di solito quando parlava della propria famiglia.

"No. Ed è meglio per tutti. Neil, Kyle, Jesse, e gli altri... Sono loro la mia famiglia ora."

"Sono fortunati ad averti."

Ian a quel punto sorrise e la sua espressione si rasserenò. "È più esatto dire che siamo stati fortunati ad aver trovato il signor Lang, o Caine per quello che riguarda Chris e Jesse." Il suo viso si fece di nuovo serio. "Dobbiamo impedire a questi incendi di distruggere la vallata. Il resto della stazione è composto solo da steccati e capanni, sarebbe un fastidio doverli ricostruire, ma la loro perdita non ci porterebbe al fallimento. La valle però..."

Ian non terminò la frase, ma Thorne non ne aveva bisogno. Gli era bastato un giorno e mezzo tra i suoi abitanti per capire quanto quel posto fosse speciale. E poi, aver appreso della tradizione di accogliere quelle persone che avevano bisogno di una seconda occasione nella vita, e vedere come tutto ciò si era concretizzato nella bellezza della casa di Ian, aveva fatto crescere ancora di più la sua determinazione.

Thorne aveva combattuto moltissime battaglie in vita sua, ma nessuna importante come quella. Era ovvio che a livello di politica internazionale altre guerre avevano avuto un maggior peso, ma in quel frangente non si trattava di politica. Era qualcosa di personale e lui avrebbe difeso la valle fosse stata l'ultima cosa che faceva.

426

"Li fermeremo," promise. "Domani uscirò per andare a cercare il fronte dell'incendio e lo seguirò passo passo. Se anche non dovessimo riuscire a estinguerlo potremmo essere in grado di deviarlo lontano dalla valle. Non gli permetterò di bruciare la vostra casa."

"Grazie," disse Ian. "So di essere stato brusco oggi, dopo quello che è successo con Laura, ma apprezzo davvero quello che stai facendo per noi."

"Me lo sono meritato. L'ho aggredita nonostante non mi avesse fatto niente. Non dovresti perdonarmi con tanta facilità."

"Ti sei scusato, ed era chiaro che non l'hai fatto di proposito. Non ne so molto di disturbi da stress post traumatico, ma ti ho visto sul punto di perdere il controllo due volte ormai, ed è palese che è qualcosa contro cui stai lottando. Tutti, qui, hanno combattuto le loro battaglie. Magari non c'entravano le pistole o altri tipi di arma, ma ognuno di noi ha le sue cicatrici. Non saremmo a Lang Downs altrimenti."

"Il signor Lang non vi avrebbe fatti restare?"

"Non ce ne sarebbe stato bisogno," lo corresse Ian. "È questo ciò che differenzia i residenti dagli stagionali, e anche ciò che distingue Lang Downs dalle altre stazioni della zona. Per tutti gli altri, quello del jackaroo è solo un mestiere. Lo fanno per qualche anno e poi passano ad altro. Magari trovano piacevole lavorare qui, ma hanno bisogno di questo posto. Noi che siamo rimasti, invece, non avevamo nient'altro."

"E ora che siete qui?"

"Ora abbiamo tutto ciò che potremmo desiderare. Macklin ha Caine e sua madre. Kami ha una cucina tutta per sé e Sarah. Neil ha Molly e la loro famiglia. Chris e Jesse hanno l'un l'altro e Chris aveva anche un posto sicuro dove far crescere suo fratello, finché Seth non è stato abbastanza grande da andare all'università."

"E tu?" chiese Thorne. "Tu cos'hai?"

"Una casa."

Una casa. Thorne si sentì stringere il cuore a quelle parole, il desiderio di un posto da poter chiamare suo così forte da arrivare quasi a soffocarlo.

"Se il signor Lang fosse stato vivo, ti avrebbe già offerto un posto qui con noi," disse piano Ian. "E se conosco Caine, sta solo aspettando il momento giusto."

Thorne si alzò di scatto, quasi rovesciando la sedia nella foga. "Non so a cosa ti riferisci."

"Sei sicuro? I simili si riconoscono tra loro, Thorne. E io so riconoscere un'anima in pena quando ne vedo una."

"Non vuol dire che mi serva la tua pietà," ringhiò lui a denti stretti. Non poteva mostrarsi debole. La debolezza conduceva alla morte.

"Non è pietà," disse Ian. "È empatia. Magari non sono stato un soldato, ma so cosa vuol dire essere preso a calci dalla vita e raggiungere il punto in cui ti chiedi se esiste un motivo per andare avanti, e forse hai ragione. Forse Lang Downs non è la risposta ai tuoi problemi, non come lo è stata per me, ma una cosa la so: vale sempre la pena di andare avanti."

Si alzò anche lui, con più grazia di quanto avesse fatto Thorne e appoggiò la tazza dentro al lavello. "Il mattino arriverà presto. Puoi restare sul mio divano se non hai voglia di sentire di nuovo Caine e Macklin. Nell'armadio di là ci sono dei cuscini e delle coperte. Io vado a dormire."

Thorne rimase immobile in silenzio mentre Ian usciva dalla cucina e imboccava un breve corridoio. Raggiunta la soglia della sua camera si voltò di nuovo. "Il bagno è lì," aggiunse, indicando la stanza di fronte alla sua. "Gli asciugamani sono sotto il lavandino, nel caso decidessi di restare."

Dopodiché entrò e si chiuse la porta alle spalle, lasciando Thorne da solo e senza la più pallida idea di cosa fare a quel punto.

Era buio pesto, ma la luna splendeva alta nel cielo e la planimetria della stazione non era complicata. Non avrebbe avuto problemi a tornare alla casa padronale se avesse voluto. Oppure avrebbe potuto stendersi sul divano di Ian. Se fosse tornato da Caine e Macklin avrebbe rischiato un'altra frustrante sessione di sesso in stereofonia attraverso le pareti, cosa anche abbastanza naturale visto che lo facevano dormire nella camera degli ospiti solo come semplice atto di cortesia nei confronti di qualcuno che li stava aiutando. Probabilmente si sarebbe riposato di più sul divano; in quel caso però, se avesse avuto un altro incubo, non avrebbe avuto il lusso di una camera singola dentro cui nascondersi e Ian avrebbe visto il suo lato debole.

Non che l'uomo non l'avesse, comunque, già scoperto. Aveva intuito al volo il suo più grande desiderio senza neanche un indizio da parte sua. Forse era vero che tra simili ci si riconosce. Thorne non aveva idea di cosa Ian avesse subito in passato, ma era chiaro che qualcosa lo aveva ferito. Si era lasciato tutto alle spalle quando era arrivato a Lang Downs, ma ora anche quel rifugio era minacciato dagli incendi che si stavano avvicinando da nord. Thorne non poteva in alcun modo cambiare il suo passato, però poteva fare in modo di proteggere il suo futuro.

Una volta presa la sua decisione, afferrò un cuscino e una coperta dall'armadio. Si tolse la maglietta e gli stivali, ma tenne i jeans e la biancheria. Aveva dormito vestito tante di quelle volte ormai da non accorgersi più della differenza, senza contare che voleva mettere in imbarazzo Ian spogliandosi più dello stretto necessario. Andò in bagno e si sciacquò la bocca con il collutorio. Il mattino successivo avrebbe dovuto recuperare il suo zaino dall'ute per prendere lo spazzolino e un cambio d'abiti, ma almeno in quel modo avrebbe dormito abbastanza comodo. Lanciando un'ultima occhiata alla porta chiusa del suo ospite, tornò al divano e si accomodò per la notte.

# CAPITOLO 5

IL MATTINO successivo, Thorne si svegliò con un sussulto. Si sentiva incredibilmente irrequieto, ma non ricordava di aver fatto brutti sogni. Una piccola benedizione dopo la tempesta del giorno prima. Il suo subconscio doveva aver avuto un bel daffare per gestire tutto quello che era accaduto, o quasi accaduto, e lui era contento di non ricordare nulla. La casa era ancora immersa nell'oscurità, ma Thorne ebbe l'impressione di cominciare a vedere una sottile striscia di luce farsi strada attraverso le finestre, così scostò le coperte e si infilò la maglietta. Puzzava di sudore, ma Thorne aveva sopportato di peggio nella giungla, dove un cambio di vestiti aveva decisamente meno valore di una razione in più. Se ne avesse avuto il tempo si sarebbe lavato e cambiato prima di colazione; in caso contrario, ci avrebbe pensato a fine giornata.

Lasciò gli stivali accanto al divano per paura che i suoi passi pesanti svegliassero Ian e uscì sulla veranda, dove lo trovò seduto su una delle sedie con una tazza di tè in mano

"Ce n'è ancora nel bricco se vuoi," disse l'uomo. "Se invece preferisci il caffè dovrai aspettare finché non apre la mensa."

"Sto bene così," rispose lui in automatico. Si accomodò sulla sedia vuota e cercò di spiegarsi come fosse stato possibile che Ian avesse attraversato il salotto e si fosse fatto un tè in cucina senza svegliarlo. "Sei in piedi da molto?"

"Una ventina di minuti," rispose l'altro. "Mi sono svegliato presto, ma tu sembravi così in pace che non ho voluto disturbarti."

Thorne aggrottò la fronte. Sul serio stava dormendo in pace? Magari quella sensazione di straniamento con cui si era svegliato era dovuta al fatto che nel sonno aveva sentito Ian muoversi in cucina. O forse prima lo aveva sentito e poi, all'improvviso, il rumore era scomparso. Se davvero era riuscito a convincere il suo subconscio che Ian non rappresentava una minaccia ma, anzi, qualcuno da proteggere, sentirlo e poi non sentirlo più avrebbe potuto causargli quel risveglio improvviso.

"Grazie, amico. Erano mesi che non dormivo una notte intera."

"Gli incubi sono delle brutte bestie," lo consolò Ian. "Se dormire sul mio divano ti aiuta a stare meglio, vieni pure quando vuoi, anche se non sono certo di quanto possa giovare alla tua schiena."

"Sono abituato a dormire ovunque capiti," gli ricordò Thorne. "Qualsiasi cosa che non sia la nuda terra o dei sassi che mi si infilano nella carne è un miglioramento."

"In questo caso il mio divano deve esserti sembrato una nuvola," fece Ian ridendo. "Neanche l'ombra di terra o sassi."

Thorne sorrise e tornò a voltare la testa verso l'orizzonte. Il sole non era ancora spuntato sopra le colline, ma il colore del cielo era decisamente più chiaro di quanto non fosse stato qualche minuto addietro. Sarebbe stata un'altra giornata caldissima, Thorne ne era certo, ma al momento la temperatura era piacevolmente fresca, con anche un accenno di umidità nell'aria. Sperava di non sbagliarsi, perché avrebbe aiutato moltissimo a rallentare gli incendi. Una bella rugiada poteva far guadagnare loro parecchie ore.

Spostò automaticamente lo sguardo verso nord, alla ricerca di quella coltre di fumo che aleggiava in lontananza ormai da settimane. Il mattino precedente non aveva controllato per vedere quanto apparisse scuro dalla stazione, ma aveva a che fare con quel fumo da mesi e avrebbe dovuto essere capace di calcolarne la distanza.

"Non dirmelo," fece Ian.

"Scusa?"

"Qualunque cosa tu stia pensando mentre osservi il fumo all'orizzonte, non dirmelo. Tirerai le tue conclusioni dopo colazione. Per ora lasciami gustare ancora un po' la pace e il silenzio, prima di dover ricominciare a preoccuparsi del fuoco in avvicinamento o peggio."

"E se fossero belle notizie?"

"Lo sono?"

"Non ho ancora deciso," rispose con sincerità Thorne. "La luce è troppo scarsa ed è difficile giudicare."

"Allora lascia che m'illuda ancora fino a colazione," gli chiese Ian. "Odio ricevere brutte notizie quando sono a stomaco vuoto."

Thorne annuì e riprese a guardare in lontananza, anche se con la coda dell'occhio non smise di spiare il suo compagno di levataccia. Il jackaroo teneva lo sguardo rivolto a est, sul punto dove a breve il sole si sarebbe alzato sopra l'orizzonte. Sorseggiava il suo tè in silenzio e sembrava contento di lasciare che il mondo si svegliasse lentamente intorno a lui. Thorne sospettò che la sua fosse una pace conquistata a caro prezzo, e un po' lo invidiò. Come sarebbe stato avere un posto tutto per sé, poter accogliere il giorno coi propri tempi e scegliere quali battaglie combattere, anziché essere sballottato come un pacco postale dalle necessità del Governo prima e del Servizio Protezione Incendi poi? Come sarebbe stato avere di nuovo un posto suo?

Era stato troppo giovane quando aveva perduto l'unica casa che avesse mai conosciuto, anche più giovane di quanto suggerissero i suoi anni. Non aveva saputo apprezzare ciò che aveva, ma quale adolescente lo faceva, d'altronde? Di certo non uno cresciuto tra i privilegi, come era il suo caso. Non aveva capito ciò che aveva finché non l'aveva perso e a quel punto era stato troppo tardi.

Niente avrebbe potuto ridargli la sua famiglia, ma anche Ian aveva perso molto a giudicare da quanto aveva lasciato intendere la sera prima, forse anche più di lui, ma aveva trovato una nuova casa e una nuova famiglia. Magari…

Scosse la testa per allontanare quei pensieri. Aveva un lavoro da svolgere in quel posto, e se da un lato ciò implicava proteggere la stazione, dall'altro non voleva dire che avrebbe dovuto rimanerci. Lang Downs non era l'unica proprietà minacciata dal fuoco.

Il suono di voci che si auguravano il buongiorno spezzò il silenzio e Thorne lo prese come un segnale: era arrivato il momento di alzarsi e raccogliere le sue cose. Tornò dentro e piegò la coperta, ma la lasciò sul divano nel caso Ian avesse voluto lavarla prima di riporla.

"Ci vediamo a colazione," disse quando uscì di nuovo. "Grazie per avermi permesso di dormire sul tuo divano."

"Quando vuoi," rispose Ian senza però distogliere lo sguardo dall'alba ormai prossima. Thorne cercò di non sentirsi deluso mentre aggirava la casa e si incamminava verso la mensa. Accantonò quel pensiero e si concentrò su ciò che doveva fare, il che includeva prendere contatto col suo capitano, giacché non l'aveva fatto la sera prima.

Caine e Macklin gli fecero cenno di raggiungerli non appena mise piede nell'edificio.

"Buongiorno," lo accolse Macklin. "Non ero sicuro che tu fossi ancora qui. Non hai dormito in casa."

"Ho passato la notte sul divano di Ian," rispose lui. "Ci siamo fermati a parlare fino a tardi e a quel punto era più semplice restare lì."

430

"Nessun problema," disse Macklin. "Dove dormi è affar tuo. Hai già conosciuto Sam e Jeremy?"

Thorne salutò con un cenno del capo gli altri due uomini seduti al tavolo. "No, non ancora."

"Sam è il nostro contabile e Jeremy uno dei capisquadra," li presentò Caine. "Sono con noi da cinque anni."

"Piacere," li salutò Thorne.

"Volevo andare a Taylor Peak oggi," disse Jeremy dopo aver esaurito le presentazioni. "Devlin non cede, ma spero che i suoi jackaroo siano abbastanza intelligenti da ignorare i suoi ordini, almeno per questa volta."

"Sei sicuro che sia una buona idea?" chiese Sam. "L'ultima volta che vi siete visti, ha cercato di suonartele. Di nuovo."

"E se n'è andato con più lividi di quanti me ne abbia lasciati," replicò l'altro. "Andrà tutto bene."

"Potrei venire con te," si offrì Thorne senza riflettere. "Può darsi che mi ascoltino visto che sono con lo SPI. E, in caso contrario, mi hanno sempre detto che è utile avermi accanto durante le risse."

"Potrebbe funzionare," intervenne Macklin. "Ovviamente preferirei non dover arrivare alle mani. La tensione tra le due stazioni è già profonda, però ci serve tutto l'aiuto possibile."

"Ho un'idea migliore," fece Caine. "Sappiamo già cosa succederà qualora Jeremy dovesse presentarsi a Taylor Peak. Potremmo indicare la strada a Thorne e lasciarlo andare da solo. Sono sicuro che lo ascolteranno, e sarà più facile se Jeremy non è lì con lui. Da quanto ne so, Taylor non ha mai picchiato nessun altro, e con Jeremy ha alzato le mani a causa nostra."

"Dovrebbe solo provarci," ribatté Thorne con bieca soddisfazione. Dopo tre mesi senza altro su cui scaricare l'aggressività se non i fuochi, una bella scazzottata era proprio quello che gli ci voleva.

"Il nome del sovrintendente è Williams," lo informò Jeremy. "Parla con lui se puoi, avrai più possibilità di convincerlo che se vai da Devlin. Non mi spingerei tanto in là da affermare che è un nostro fan, ma almeno non è prevenuto come mio fratello ed è lui che gestisce il lavoro quotidiano della stazione. Se riesci a persuaderlo, potrebbe aiutarci senza che Devlin venga mai a saperlo."

"Lo terrò a mente," disse Thorne. "Mentre sono via, radunate tutti i rastrelli e i badili che trovate e riempite le cisterne d'acqua."

"Non è il nostro primo incendio," gli fece notare Macklin. "Al tuo ritorno ci troverai già a combattere le fiamme in prima linea."

Thorne avrebbe voluto dirgli di aspettarlo, ma erano tutti uomini perfettamente capaci di prendersi cura di loro stessi, e prima avessero raggiunto i pompieri che combattevano l'incendio, più alte sarebbero state le probabilità di ridurre al minimo i danni alla stazione. Le sue paure non dovevano influenzare le loro decisioni.

"Macklin," li raggiunse la voce severa della signora Lang, che si stava avvicinando al tavolo portando in mano un piatto colmo di cibo. "Hai distratto il ragazzo finora con le tue chiacchiere e non l'hai neanche fatto mangiare. Mi vergogno di te. Davvero!"

"Scusa, mamma," disse Macklin, mentre la donna posava il piatto davanti a Thorne, il quale trattenne una risata. L'uomo non avrebbe apprezzato e lui non voleva mettere a repentaglio il rapporto che stava cominciando a costruire con gli abitanti della stazione,

431

quell'amicizia cameratesca che per anni aveva condiviso esclusivamente con Walker. Magari non ne sarebbe venuto fuori niente, ma per la prima volta in quasi un quarto di secolo, Thorne aveva trovato un posto nel quale non gli sarebbe dispiaciuto fermarsi.

Scosse la testa per scacciare quelle fantasie assurde e si tuffò sul piatto di uova e pancetta. Era tutto delizioso, esattamente come ogni altra cosa che aveva mangiato alla stazione, e si prese il tempo di dirlo alla signora Lang prima di uscire.

"Oh, chiamami Sarah," disse lei. "Come fanno tutti."

Appena fuori dalla mensa si trovò faccia a faccia con Ian. "Ho sentito che vai a Taylor Peak."

"Jeremy non è riuscito a convincerli, così ho pensato di provarci io," rispose. "È più difficile rifiutarsi di aiutare un incaricato del Servizio Protezione Incendi, piuttosto che un fratello con cui non vai d'accordo."

"Sta' attento," lo mise in guardia Ian. "So che sei in grado di difenderti, ma l'ostilità tra le due stazioni risale a molto prima che Jeremy decidesse di vivere con noi anziché lì. Taylor ha accumulato molto rancore senza mai riuscire a sfogarlo."

"Starò attento," promise Thorne. "Ma devi promettermi che farai altrettanto se dovessi arrivare all'incendio prima di me. Guarda da che parte tira il vento, è il modo migliore per capire che direzione prenderà il fuoco, e qualsiasi cosa dovesse succedere fai in modo di non averlo mai alle spalle."

Ian sorrise in un modo così tenero che il suo viso preoccupato assunse di nuovo un'espressione dolce e innocente. Thorne provò l'impulso di chinarsi e baciarlo, il desiderio che gli bruciava con prepotenza dentro il petto, ma non sapeva se Ian avrebbe apprezzato le sue attenzioni e non voleva mettere a repentaglio l'amicizia che stava nascendo fra loro.

Si perse per qualche altro secondo negli occhi smeraldo dell'uomo, poi fece un passo indietro e si costrinse a camminare verso il proprio pick-up. Valutò se chiamare il capitano, ma avrebbe avuto più informazioni dopo aver parlato con Williams e avrebbe lo stesso potuto avvisarlo per tempo dell'arrivo del gruppo proveniente da Lang Downs.


TAYLOR PEAK era per molti versi l'opposto della stazione confinante: edifici costruiti senza uno schema preciso, quasi industrializzata, ingombra al punto di ricoprire quasi interamente il terreno su cui sorgeva. Era anche trascurata, con strade piene di buche e nessun segno di una comunità radicata come quella che aveva visto quando era arrivato a Lang Downs. Nessuna casa aveva delle piccole aiuole sul davanti. Non c'erano bambini a giocare nelle macchie d'erba tra un edificio e l'altro. Taylor Peak poteva essere una stazione redditizia, ma non era una casa. Thorne non se la sentì di biasimare Jeremy per aver preferito Lang Downs al luogo dove era cresciuto.

"Posso aiutarla?"

"Sto cercando Williams," disse all'uomo che si era avvicinato al suo ute. "Mi hanno detto che è il sovrintendente."

"Di là," indicò il lavorante. "Quello senza cappello."

Thorne passò in rassegna gli uomini che parlavano accanto a uno dei fabbricati più grossi finché non trovò colui che cercava. "Grazie. Vado a parlargli."

Si mise in tasca le chiavi e si diresse verso il gruppo, ben consapevole degli sguardi che lo seguivano. Mantenne il passo regolare e rilassato, proiettando intorno a sé un'aura di forza e autorità. Quell'atteggiamento l'aveva già aiutato a uscire da diverse situazioni spinose in passato, e magari l'avrebbe fatto anche quella volta. Quegli uomini non erano

432

ostili, solo diffidenti nei confronti degli stranieri e Thorne poteva ancora ricavarne qualcosa di buono. Aveva un'ottima ragione per essere lì e nessun motivo per iniziare una lite. Era un partito neutrale.

Almeno all'apparenza. In realtà aveva deciso di unire il suo destino a quello degli uomini di Lang Downs dal momento stesso in cui aveva stretto la mano a Caine e Macklin. I jackaroo che gli stavano davanti, però, non lo sapevano e lui non aveva intenzione di dirlo.

"Signor Williams?" chiese educatamente quando fu vicino all'uomo che gli era stato indicato.

"Eccolo. E lei è...?"

"Thorne Lachlan del Servizio Protezione Incendi. Faccio parte dell'unità che sta combattendo contro il fuoco a nord e a est della stazione," disse, porgendogli la mano. Williams la strinse con la stessa presa salda che Thorne aveva già avuto modo di apprezzare nei proprietari di Lang Downs. "Il capitano mi ha mandato a parlare con le stazioni che si trovano sulla linea delle fiamme per avvisarle e per vedere che tipo di aiuto possiamo aspettarci."

"Quindi è già stato a Lang Downs," affermò Williams.

"È da lì che vengo. Stanno radunando uomini ed equipaggiamento. Immagino che li troverò già al fronte dell'incendio quando tornerò alla mia compagnia."

Williams si schiarì la gola. "Non lo dica al capo," consigliò. "Non li nomini neppure. Manderò quanti più uomini possibile perché il fuoco è già troppo vicino, ma se Taylor sente che ci saranno anche loro mi ordinerà di non fare niente pur di non favorirli. Una stupidaggine, se posso dire la mia."

"Non vedo ragione di farne parola col vostro capo se il silenzio ci farà ottenere l'aiuto che ci serve," rispose Thorne. "Tra quanto potremo partire?"

"I primi uomini con rastrelli e badili saranno pronti tra una mezz'ora. Caricare le cisterne sui cassoni degli ute richiederà più tempo, ma possiamo venire in due ondate," disse Williams. "Non riesco a fare di più. Ho anche la stazione da mandare avanti, ma una ventina di uomini posso racimolarli."

"Ogni tipo di aiuto è ben accetto," rispose diplomaticamente Thorne, anche se dentro di sé paragonava il tipo di accoglienza che stava ricevendo lì con quella che aveva ricevuto a Lang Downs. Caine e Macklin avevano ordinato a tutti gli uomini, tranne i pochi indispensabili alla stazione, di raggiungere il fronte del fuoco. Solo Molly, Carley, Kami, Sarah e quattro jackaroo sarebbero rimasti alla base. Gli altri erano già diretti verso l'incendio.

"Lo so cosa pensa," disse Williams, "e non mi sento di biasimarla, ma finché il fuoco non minaccerà direttamente i nostri pascoli, non posso fare di più. Tengo troppo al mio lavoro per rischiare di perderlo."

"Anche l'aiuto più piccolo è meglio che niente," ripeté Thorne. "Guiderò il primo gruppo non appena sarà pronto, e il secondo potrà raggiungerci quando gli ute saranno equipaggiati."

Williams annuì e si voltò per radunare gli uomini, impartendo ordini a destra e a manca. I jackaroo si dispersero chi di qua chi di là e Thorne si fece da parte per lasciarli lavorare.

Aveva impiegato due ore per raggiungere Taylor Peak e ce ne sarebbero volute altre due per arrivare al fronte dell'incendio. Da dove si trovavano, avrebbero potuto usare le vie principali anziché andare attraverso gli altopiani, ma anche in quel modo Ian e gli altri sarebbero arrivati molto prima di lui. Era ansioso di rimettersi in marcia e ridurre al minimo il tempo che Ian avrebbe trascorso a combattere le fiamme senza che lui potesse guardargli le spalle.

Ripensò al momento elettrico tra loro appena prima che lasciasse la stazione. Il sorriso che Ian gli aveva rivolto era stato diverso. Thorne aveva già visto molteplici espressioni attraversare il viso del jackaroo la sera prima, e anche quella mattina mentre aspettavano insieme l'alba, ma non l'aveva mai guardato in quel modo, con quel sorriso dolce e intimo, quasi invitante. In una situazione diversa, Thorne avrebbe potuto scambiare quel sorriso per un consenso. Ma non in quel frangente, non poteva. Per quanto Ian gli piacesse – e più tempo passavano insieme, più gli piaceva – non aveva nulla da offrirgli e il jackaroo meritava di meglio che una notte di sesso mordi e fuggi. Thorne, dal canto suo, era troppo incasinato per azzardarsi anche solo a pensare a qualcosa di diverso, persino se fosse stato nella posizione di poter restare una volta neutralizzata la minaccia degli incendi. Eppure, non desiderava altro che vedere ancora quell'espressione sul viso di Ian. Anzi, desiderava capire se avesse davvero letto un invito in quei suoi occhi verdi, e in caso di risposta positiva, voleva imparare a conoscere il suo odore, il suo sapore, quali suoni avrebbe emesso mentre facevano l'amore. Dio, riusciva persino a immaginarlo e bastava quello a far reagire il suo corpo.

Si mosse a disagio, cercando di far cambiare direzione ai propri pensieri. Non poteva esibire un'erezione in mezzo al cortile di Taylor Peak, mentre aspettava che gli uomini radunassero l'equipaggiamento necessario ad accompagnarlo a combattere un incendio; e di certo non poteva permettersi che quei pensieri gli affollassero la testa quando si fosse trovato davanti al fuoco, dove un attimo di distrazione poteva fare la differenza tra fare il proprio dovere o morire.

Richiamò così alla mente tutto ciò che Ian aveva raccontato del proprio passato – aveva accantonato ogni brandello di informazione come un drago faceva con il suo oro. Thorne non aveva capito cosa fosse successo alla famiglia del jackaroo, ma era chiaro che non fossero in buoni rapporti e probabilmente per scelta di Ian, a giudicare dal disprezzo che gli aveva colorato la voce mentre ne parlava. La domanda era quando si fossero allontanati e perché, ma Ian non aveva detto niente che potesse fornirgli un indizio al riguardo. Un'altra cosa che aveva notato era che mentre descriveva gli abitanti della stazione come una famiglia, il jackaroo non aveva accennato a nessuna donna in particolare. Thorne sperava che ciò significasse che non c'era nessuna fidanzata nascosta da qualche parte. L'omissione, ovviamente, non lo rendeva necessariamente gay – anche se il quasi bacio poteva essere considerato un indizio abbastanza valido a favore di quella tesi–, ma diceva solo che con ogni probabilità il suo cuore non era impegnato.

O, perlomeno, era ciò che Thorne sperava significasse, perché Ian era una persona incredibilmente riservata.

"Cazzo," imprecò sottovoce mentre tornava nervosamente verso l'ute. Si stava muovendo a tentoni e tutto quel girare in tondo non lo portava da nessuna parte se non sempre più vicino a un mal di testa. Doveva pensare agli incendi e non chiedersi se Ian avesse o meno una fidanzata e se, nel caso la risposta fosse stata negativa, potesse essere interessato a lui.

Salì in macchina e trattenne a stento l'impulso di picchiare la fronte sul volante. Non avrebbe risolto niente e gli avrebbe fatto aumentare il mal di testa già incombente. Invece, afferrò il telefono satellitare e chiamò il suo capitano per aggiornarlo sugli ultimi sviluppi.

"Grant."

"Capitano, sono Lachlan. Ho delle novità."

"Sentiamo."

"Lang Downs è pronta. Abbiamo finito le barriere ieri, come previsto. Ci sono cinquanta uomini equipaggiati, tra cui anche delle autocisterne improvvisate, diretti verso di voi. Dovrebbero arrivare da un momento all'altro. Io al momento mi trovo a Taylor Peak, la stazione confinante. Si sono impegnati a mandare una ventina di uomini e qualche altro ute modificato," riferì.

"Ottimo lavoro," disse Grant. "Tra quanto arriverà la squadra di Taylor Peak?"

"Dovremmo partire nei prossimi quindici, venti minuti. Poi due ore di strada. Ci vorrà più tempo per allestire i cassoni dei pick-up così la prima ondata non avrà l'attrezzatura completa. Tornerò anch'io insieme al primo squadrone. Sono già stato via troppo."

"Non sei stato seduto a grattarti," gli fece notare Grant. "Sei andato a cercare l'aiuto che ci serviva."

"Comunque sarà bello tornare in azione, signore,"

"Ci vediamo tra un paio d'ore."

"Sissignore," lo salutò Thorne prima di chiudere la chiamata.

435

# Capitolo 6

Ian era seduto accanto a Neil dentro uno degli ute della stazione. Stavano sobbalzando attraverso l'outback diretti a nord, verso il confine della proprietà, e più oltre verso una sezione di terreno incolto invaso dal fuoco. Non era la prima volta che un incendio minacciava Lang Downs da quando Ian era arrivato, e di certo non sarebbe stata l'ultima, ma ciò non rendeva la situazione più sopportabile. Ian lavorava con il legno. Il fuoco era il suo nemico naturale e, mentre proseguivano nel loro tragitto, non poté fare a meno di ripensare a tutte le ore che aveva trascorso a intagliare oggetti per la stazione. C'era qualcosa di suo in ognuna delle case, sia che si trattasse di un pezzo di arredamento che del suo tocco nella costruzione dell'edificio. E lo stesso poteva dirsi per ogni stanza del dormitorio. Aveva trascorso quindici anni a riversare tutta la sua amicizia e il suo affetto in quegli oggetti e sarebbe bastato che le fiamme riuscissero a superare la barriera perché ogni cosa svanisse in un istante.

"Williams non è uno scemo, indipendentemente dal suo capo," disse Neil dal suo fianco. "Manderà tutti gli uomini di cui potrà fare a meno."

"Non sono preoccupato per quello," rispose lui.

"Allora sei preoccupato per Thorne?" chiese Neil con la sorpresa nella voce. "È scavato nella roccia quello lì, duro come il granito e solido come le montagne. Non c'è verso che qualcuno possa sfidarlo e farla franca."

"Era un Commando," cercò di spiegare Ian. "Il corpo speciale meglio addestrato che abbiamo in Australia, e ora spegne gli incendi insieme a una brigata di volontari. Non ti sembra strano?"

"Magari gli serviva una pausa. Alla gente capita di stancarsi."

"Ha dormito sul mio divano la notte scorsa," rivelò lui con cautela. "Ha quasi avuto un altro crollo nervoso mentre eravamo in mensa. Troppa gente forse, troppo rumore, non lo so; fatto sta che mi ha chiesto di farlo uscire da lì e io l'ho portato a casa mia. Niente bambini, cani, o mogli a disturbare la quiete. Solo io, lui e il paesaggio. Abbiamo anche parlato. Per così dire."

"Non è un tipo espansivo, eh?"

"No, è più il tipo tosto e taciturno."

"E pure belloccio, se t'interessa l'articolo," osservò Neil.

"Che sia il caso di avvisare Molly?" lo prese in giro lui, cercando di fargli cambiare argomento.

"No, le donne le preferisco… Le preferisco. Punto. Pensavo che potessi essere tu quello interessato."

"Io? E perché?"

"Perché ti sei dimostrato più coinvolto da questo tizio in un giorno che da chiunque altro in quindici anni," rispose Neil. "Sono tuo amico. Sai che per me non fa differenza. Caine e Macklin mi hanno curato e Sam ha dato il colpo di grazia. Cristo, mi ha persino fatto accettare un Taylor in famiglia. Dopo una cosa del genere, il resto è una passeggiata."

"Lo so. E se m'interessasse qualcuno in quel modo non avrei paura a dirtelo perché è un uomo, è solo che non m'interessa nessuno."

"Perché no?" chiese Neil. "Voglio dire, capisco che potresti non aver mai incontrato nessuno alla stazione che abbia attirato la tua attenzione, ma non sembri neanche interessato a cercare altrove."

Ian fece spallucce, imponendosi di ricacciare in fondo alla memoria il ricordo del dolore bruciante. "Non mi è mai sembrato il caso di farlo."

"Quindi hai intenzione di passare tutta la vita da solo?"

"Non sono solo. La stazione brulica di gente," protestò Ian.

"La maggior parte della quale se ne andrà tra pochi mesi, oppure è felicemente sposata – o quantomeno accasata – con l'uomo o la donna dei suoi sogni," gli ricordò Neil. "Non è la stessa cosa."

No, non era la stessa cosa, ma Ian aveva accettato già da tempo di non essere materiale da relazione.

Quando divenne chiaro che l'amico aspettava una risposta, si strinse di nuovo nelle spalle. "Che vuoi che ti dica? Abbiamo scelto di fare questa vita pur sapendo che sarebbe stata isolata. Tu hai incontrato Molly, Kyle ha incontrato Linda e l'ha convinta a trasferirsi qui insieme a Laura, e io non potrei essere più felice per la vostra buona stella. Tu e Molly siete fatti l'uno per l'altra; anche un cieco lo vedrebbe. Io non ho incontrato la mia Molly e non so se la incontrerò mai."

"Come fai a incontrare la tua Molly se non vai a cercarla, o cercarlo, a seconda di cosa vuoi?" insisté Neil.

Non voleva cercare. Era quello il nocciolo della questione, ma non poteva dirglielo, perché l'amico avrebbe sì rispettato la sua scelta, ma avrebbe voluto capirne le ragioni, e ciò lo avrebbe costretto a parlare di argomenti che evitava da diciassette anni, escludendo quell'unica volta col vecchio Lang. L'aveva tenuto nascosto alla madre affidataria, agli insegnanti e ai compagni di scuola, agli assistenti sociali che una volta al mese andavano a controllare come se la passava. L'aveva tenuto nascosto agli uomini delle due stazioni in cui aveva lavorato prima di arrivare a Lang Downs. Michael aveva impiegato più di un'ora per farsi raccontare la storia e da quel momento Ian non ne aveva più fatto cenno con nessuno. Omissione che sarebbe continuata per sempre, se fosse dipeso da lui. C'erano cose che era meglio restassero taciute e nascoste in fondo al cassetto dei ricordi.

"Ti è mai venuto in mente che magari non voglio incontrare nessuno?" sbottò. "Forse mi piace trascorrere il mio tempo da solo e in pace, senza qualcuno accanto che mi assilli continuamente con richieste di ogni tipo. Magari mi va bene mangiare in mensa e non ho voglia di ricordarmi dei compleanni, degli anniversari e di tutte le altre stronzate a cui si deve fare attenzione quando si sta insieme a qualcuno. Quindi vedi di darci un taglio, Neil, va bene?"

L'amico sembrò essere colto alla sprovvista dalla veemenza della sua risposta. Aprì la bocca per dire qualcosa ma la richiuse all'istante quando lui gli scoccò un'occhiataccia.

"Mi dispiace di aver sollevato la questione," disse dopo qualche secondo. "Non ne parleremo più."

Ian trasse un sospiro esasperato e si passò una mano fra i corti capelli rossi. Non era stata sua intenzione sbottare in quel modo, ma Neil non sapeva mai quando era il caso di fermarsi. La sua testardaggine era un bonus sul lavoro, ma una volta che si era fissato su un'idea non la mollava più.

"No, scusa tu se sono scoppiato. È un tasto dolente con tutte queste coppie che mi girano attorno. Una cosa era quando sono arrivati Chris e Jesse, che venivano entrambi da fuori, e sai che voglio bene a Molly come a una sorella, ma poi Kyle ha incontrato Linda,

437

e persino Kami si è sposato con Sarah, e all'improvviso mi sono trovato a fare sempre il terzo incomodo. Nessuno lo fa apposta a farmi sentire così, ma non cambia che tutti abbiano qualcuno a cui voler bene e io no."

"Allora fai qualcosa per cambiare questo stato di cose," lo incalzò di nuovo Neil. "Scherzavo a proposito di Thorne, ma se ti piace davvero, posso provare a sondare il terreno per te. Non mi è sembrato che lo abbia disturbato vedere Caine e Macklin, e quando ieri mi prendevi in giro a proposito di Sam e Jeremy mi ha rimproverato perché gli sembrava che avessi fatto un commento omofobo. Magari sei fortunato."

"Magari," ripeté lui. "Ma non è venuto qui per restare. E non è neanche venuto per l'estate. Rimarrà solo qualche giorno e quando l'incendio si sposterà, lo seguirà fino al prossimo pericolo o la prossima avventura."

"Sei stato tu a dire che c'è qualcosa che non torna," gli ricordò l'amico. "Allo stesso modo in cui non tornava per noi quando siamo arrivati, finché Michael ha messo tutto a posto. Magari è già uno di noi e neanche se ne rende conto."

"Un altro dei Bambini Perduti del vecchio Lang?" fece Ian accennando un sorriso. "È così che ci chiamano, sai? Se Michael fosse ancora vivo magari potrebbe fare la sua magia un'ultima volta, ma se n'è andato e io non sono lui."

"No, e neanche Caine, però se la sta cavando alla grande lo stesso," disse Neil. "Ha preso Chris e Seth. Ha assunto Sam e ha nominato Jeremy caposquadra. È andato a cercare Sarah quando Macklin non aveva neanche il coraggio di provarci."

"Chris e Seth avevano quindici anni meno di lui. Sam e Jeremy hanno chiesto aiuto e Sarah avrebbe fatto di tutto pur di rivedere suo figlio," puntualizzò Ian. "Per Thorne è diverso."

"Allora fallo parlare con Kami."

Ian quasi si strozzò tanto la risata fu forte e improvvisa. "Kami? Ma se è affettuoso come una pietra!"

"È migliorato da quando sta con Sarah."

"Okay, allora è affettuoso come una pietra morbida."

"Se il problema è che Caine è troppo giovane o troppo gentile allora devi farlo parlare con qualcuno di meno giovane e meno gentile. Oppure lo fai tu," disse Neil.

"Dai per scontato che voglio che rimanga."

Neil gli scoccò un'occhiata incredula, poi riportò l'attenzione al campo che stavano attraversando. "Non sono nato ieri, Duncan. Se non avessi voluto che rimanesse non avresti tirato in ballo Michael. Quindi smettila di raccontarmi storie, o di raccontarle a te stesso, e pensa a un modo per ottenere ciò che vuoi, perché non ho proprio nessuna intenzione di trovarmi davanti tutti i giorni quel tuo muso lungo nel caso non dovessi riuscirci."

Ian provò a balbettare un'altra negazione, ma Neil non era chiaramente interessato ad ascoltare, così sprofondò contro il sedile e prese il termos cercando di nascondersi dietro la tazza del caffè.

Gli era piaciuto il tempo trascorso sulla veranda insieme a Thorne la sera precedente. La conversazione non era stata esattamente naturale, ma nascondevano entrambi dei segreti, tasti dolenti che non erano disposti a toccare. Vederlo poi addormentato sul suo divano, quella mattina, era stato un inizio di giornata perfetto. L'uomo era bello da far paura. Ian non aveva problemi ad ammetterlo, anche se non voleva ammettere tutto il resto. Aveva sempre avuto un debole per le barbe – probabilmente perché lui non riusciva a farsene crescere una decente neanche a piangere in greco – e quella di Thorne, benché piuttosto corta, era folta e scura. I capelli, invece, erano lunghi e gli arrivavano quasi alle spalle quando non li raccoglieva dietro la testa con un elastico. E gli occhi... Ian pensò che avrebbe potuto tranquillamente perdersi nelle loro profondità, tanto erano azzurri e trasparenti. La notte precedente si era scoperto più di una volta a fissarlo, anche se dubitava che Thorne se ne fosse accorto. Bastava poi aggiungere a tutto il resto un corpo tonico che con ogni probabilità non aveva neanche un filo di grasso e Ian avrebbe potuto tranquillamente sbavargli dietro.

Se solo avesse potuto sperare di dare un seguito al desiderio che il solo guardarlo gli scatenava dentro... Ma così non era. Ci aveva provato in quei pochi, disastrosi mesi dopo che aveva lasciato la sua ultima famiglia affidataria, quando aveva potuto guardarsi intorno e avvicinare quei ragazzi che gli sembravano attraenti. Qualcuno dei più giovani lo aveva persino baciato, i più vicini alla sua età. Non aveva invece trovato il coraggio di avvicinare i più grandi, quelli che davvero gli facevano ribollire il sangue. Ogni volta che si era trovato ad andare oltre i baci, comunque, era entrato in paranoia. Alcuni tra i ragazzi erano stati comprensivi; altri, la maggior parte, si era dimostrata meno paziente. "Rizza cazzi" era stato l'insulto più carino che gli avessero rivolto dopo che li aveva fatti eccitare e poi si era tirato indietro.

In qualche modo, però, Ian era convinto che Thorne non sarebbe stato neanche così gentile. Non sembrava il tipo di uomo che uno potesse sedurre e poi lasciare all'asciutto, pur senza malizia. Quando aveva sedici anni, Ian non aveva potuto opporsi, ma non era più un ragazzino ora. Non aveva intenzione di vivere nella paura in casa propria, e ciò significava non fare nulla che potesse indurre Thorne o chiunque altro a pensare che fosse disponibile. Non lo era. Fine della discussione.

Quella consapevolezza non gli aveva tuttavia impedito di sognare, la notte precedente. Non gli aveva impedito di desiderare di poter conoscere la gioia della compagnia di un altro uomo. I sogni, per una volta, non si erano trasformati in incubi e nella sua mente Ian aveva cercato il tocco di Thorne, godendosi il contatto intimo anziché rifuggirlo. Si era svegliato prima del solito con un'insistente erezione mattutina. Se ne era occupato in silenzio, ma non aveva provato vero piacere. Era servito solo a ricordargli ciò che non avrebbe mai avuto.

E poi c'era stato quel momento a colazione, prima che Thorne partisse alla volta di Taylor Peak. L'uomo era stato così serio mentre sciorinava i suoi consigli e insisteva affinché facesse attenzione nel caso avesse raggiunto il fronte dell'incendio prima che lui arrivasse a coprirgli le spalle. Ian non era preoccupato. C'erano Neil, Kyle e gli altri a proteggerlo, così come lui avrebbe protetto loro, senza contare gli altri pompieri già presenti in loco. Non avrebbe lottato da solo contro il fuoco. No, era stata l'espressione sul viso di Thorne, lo sguardo intenso con cui lo aveva scrutato, come se volesse imprimersi la sua faccia nella memoria, a colpirlo. Thorne si era tirato indietro prima che potesse diventare qualcosa di più che un'occhiata eloquente, ma Ian aveva avuto l'impressione che l'altro avesse considerato l'idea di baciarlo. E forse era meglio che non ci avesse provato, perché Ian non sapeva come avrebbe reagito. E se un giorno gli fosse capitata l'occasione di baciare Thorne, non voleva che il momento fosse rovinato dalla sua incapacità di gestirlo.

Cazzo, Neil aveva ragione!

"Non so neanche da che parte cominciare."

Neil lanciò un grido di trionfo, non lasciandogli altra scelta che dargli una botta sulla spalla.

"Cazzo fai?"

"Non c'è bisogno che ti esalti tanto," rispose lui scorbutico. "Magari farei meglio a chiedere aiuto a Jeremy. È impegnato da meno tempo."

"Posso aiutarti anch'io!" protestò Neil.

"Davvero? Quand'è stata l'ultima volta che hai provato a sedurre un uomo?"

La bocca di Neil si aprì e poi si richiuse come quella di un pesce, ma dopo qualche secondo l'amico scosse la testa. "Se avessi solo voluto sedurlo, l'avresti fatto ieri notte. Invece ti sei seduto con lui, avete parlato e gli hai permesso di dormire sul tuo divano. A pensarci bene, è esattamente ciò che dovresti continuare a fare. Eccetto la parte del divano. Potresti farlo dormire con te."

Ian ignorò l'ultima parte del consiglio. Non era pronto ad accogliere Thorne nel suo letto, neanche se si fossero limitati a dormire. "Parlargli e basta?"

"In quale altro modo puoi sperare di capire se è ciò che vuoi?" ribatté Neil. "Voglio dire, a cos'altro servono gli appuntamenti se non a fare delle cose insieme per conoscersi e scoprire se si hanno gli stessi gusti e gli stessi obiettivi nella vita, e magari se si è disposti a raggiungerli unendo le forze? È difficile 'uscire' quando si vive in una stazione, ma il resto non cambia."

"Non sono mai uscito con nessuno," ammise Ian. "Neanche prima di venire qui. Non saprei neanche da dove cominciare."

"Mai?" fece Neil sorpreso. "Wow, è…"

"Patetico," terminò per lui Ian. "Lo so, ma la mia vita non è stata bella prima che arrivassi a Lang Downs. Lo sai, anche se non nei dettagli. È probabile che faccia solo un gran casino."

"Concentrati sull'imparare a conoscerlo. Se quello che scopri ti piace, penserai al resto strada facendo."

"Grazie, amico," disse Ian. "Conta molto il tuo appoggio per me."

"Sì, solo, ecco, niente dettagli, okay? Non ho bisogno di sapere nulla della tua vita sessuale."

Strozzarsi, annaspare, vomitare bile e altri fluidi amari.

"Niente dettagli," promise. Neil non aveva bisogno di sapere che non ci sarebbero stati dettagli da condividere.

"Ci pensi tu?" chiese l'amico quando raggiunsero il confine di Lang Downs. Grato della tregua, Ian scese ad aprire il cancello per permettere all'ute di passare dall'altra parte. Lo chiuse alle loro spalle e poi risalì, contento di sedere in silenzio mentre si avvicinavano alle nuvole di fumo, molto più prossime ora di quanto non lo fossero state un'ora prima.

"Non promette nulla di buono," disse Neil. "La notte scorsa non c'era tutto quel fumo."

"Neanche questa mattina. Thorne non è sembrato pessimista quando ne abbiamo parlato prima di colazione, ma dev'essere cambiato qualcosa nel frattempo."

"Non so perché è peggiorato, ma so cosa lo farà smettere," disse con convinzione Neil. "Quello stronzo di fuoco non si avvicinerà alla mia famiglia."

"Però stai attento. Molly non ce la farebbe passare liscia se ti facessi male."

Neil lo guardò storto ma non replicò mentre si avvicinavano sempre di più al fronte dell'incendio. Per terra si vedevano i segni lasciati dai mezzi pesanti. Neil proseguì seguendo le impronte lungo il sentiero e nel giro di qualche minuto raggiunsero la brigata del Servizio Protezione Incendi.

"Thorne ha per caso detto come si chiama il capitano?" chiese mentre parcheggiava.

"A me no," rispose Ian. "Ma Caine e Macklin sono già qui. Sono certo che il capitano sa che stiamo arrivando."

Scesero e si unirono ai loro capi e agli altri jackaroo per sentire quali fossero gli ordini.

"Il nucleo dell'incendio è dall'altra parte del dirupo," diceva il capitano mentre si avvicinavano. "Per fortuna, il dirupo in sé è roccioso, quindi è probabile che l'incendio si esaurisca piano piano. Ma c'è anche l'eventualità che si separi in due tronconi e ci circondi. Ho disposto i miei uomini a ventaglio e mi sono raccomandato di fare attenzione, ma possiamo solo aspettare. Per nostra sfortuna, c'era una sterpaia con anche molti alberi caduti alla base del burrone. Tutta quella roba secca raggruppata in un unico punto ha rafforzato le fiamme come non succedeva da settimane, e questo accresce le possibilità che riescano ad aggirarci."

"Ci dica dove dobbiamo metterci," disse Macklin. "La maggior parte dei miei capisquadra ha esperienza con gli incendi, e il resto degli uomini è abbastanza responsabile da fare ciò che viene loro ordinato."

"Abbiamo mandato i camion con la schiuma a spruzzare le zone dove la possibilità che l'incendio si diffonda è più elevata," spiegò il capitano. "Ma è un po' tirare a indovinare finché non vediamo come si sviluppa la situazione. Assegnerò una vostra squadra a ogni mio gruppo. In questo modo saremo pronti a qualsiasi evenienza."

"Neil, fai le squadre. Un uomo con esperienza per ogni squadra, minimo. Fai loro capire che prendono ordini dagli uomini del Sevizio antincendi e che non voglio colpi di testa. Siamo qui per aiutare, non per stare tra i piedi."

"Sì, capo," disse Neil. "Ian, raduna la tua squadra."

# CAPITOLO 7

IL RUGGITO delle fiamme era assordante e il fumo così denso da impedirgli di scorgere gli altri membri della sua squadra. In teoria avrebbero dovuto guardarsi le spalle l'un l'altro e al contempo fare del loro meglio per combattere il fuoco, ma Ian poteva solo limitarsi a sperare che stessero tutti bene perché l'incendio richiedeva tutta la sua attenzione. Avevano dato per persa la sterpaia e si erano ritirati verso la base del burrone, dove una radura tra gli alberi avrebbe potuto permettere loro di contenere le fiamme impazzite, ma Ian non era sicuro di quanto tempo sarebbero stati in grado di reggere. Aveva ripulito il terreno meglio che poteva con quello che aveva a disposizione: una pala e un rastrello. Non potevano portare l'attrezzatura pesante lì in fondo al dirupo, quindi era tutto nelle loro mani. Da qualche parte si vedevano chiazze di terra nuda, ma c'era ancora troppa erba secca perché si potesse stare davvero tranquilli. Avrebbe voluto vedere o sentire gli altri così da sapere come stavano andando le cose ma, a meno di abbandonare la postazione che gli era stata assegnata, doveva cavarsela da solo.

Il fragore si fece ancora più intenso via via che il fronte si avvicinava lambendo avidamente la barriera improvvisata. Ian strinse la presa attorno al manico del badile e ricominciò ad ammassare terra davanti al fuoco per impedirne l'avanzata. Tossì attraverso il fazzoletto bagnato con cui si era coperto la bocca. Anche il fumo stava aumentando. Sentiva bruciare gli occhi e i polmoni, ma c'era la sua casa in gioco e doveva continuare a combattere.


"DOV'È IAN?" chiese Thorne alla squadra che risalì barcollando nell'area di comando. "Doveva essere con voi."

"Siamo dovuti venire via, Lachlan. Non c'era niente che potessimo fare per opporci. Non aveva senso sacrificare le nostre vite inutilmente."

"Dov'è Ian?" ripeté lui.

"Non lo so."

"Emery, mi aiuti a recuperare un disperso?" chiese allora Thorne, rinunciando a tirar fuori qualcos'altro da quella sottospecie di pompiere. Non si lasciavano indietro i compagni, accidenti a lui!

"Chi dobbiamo recuperare?" domandò Neil. Aveva il viso ricoperto di polvere e fumo, ma per il resto esibiva lo stesso atteggiamento spavaldo che gli aveva visto nei due giorni precedenti, sorriso sfacciato e tutto.

"Ian."

L'espressione del sovrintendente si fece improvvisamente seria. "Dimmi che devo fare."

"Mi serve una corda," rispose Thorne. "Non so dove sia, ma la sua squadra era alla base del dirupo. Se è ancora lì, posso calarmi fino a lui, ma se dovesse essere ferito, sarà necessario che tu ci tiri su entrambi."

"Aspetta che chiamo gli altri," fece allora Neil. "Non sono sicuro di riuscire a sostenere il peso di tutti e due."

"Ci vediamo al dirupo. Io intanto lo cerco."

Neil annuì e partì di corsa. Thorne si precipitò nella direzione opposta, verso il burrone e il punto in cui Ian era stato avvistato l'ultima volta. Il fumo era così denso da oscurargli completamente la visuale.

"L'hai trovato?" chiese Neil, tornando con un rotolo di corda.

"Non vedo niente." Si legò la fune attorno alla vita. "Scendo. Se tiro due volte, fammi risalire."

Neil non sembrava convinto, ma annuì. "Riportalo indietro."

"Non ho mai abbandonato un compagno e non ho intenzione di cominciare oggi." Non disse che qualche volta aveva riportato i corpi senza vita di uomini che non era riuscito a salvare. Non era necessario che Neil lo sapesse, anche se a giudicare dalla sua espressione probabilmente lo aveva intuito.

Thorne si calò nel burrone quanto più in fretta possibile, considerato anche l'equipaggiamento inadeguato. Se ci fosse stata la sua squadra di Commando, avrebbero improvvisato un'imbragatura e un moschettone in un batter d'occhio e la discesa sarebbe stata più rapida e sicura, ma erano tornati tutti in Afghanistan – almeno così gli aveva detto Walker l'ultima volta che si erano sentiti – e Thorne doveva cavarsela da solo.

Via via che il fondo del burrone si avvicinava, la temperatura si faceva sempre più insopportabile. Thorne cercò di penetrare con lo sguardo la cortina di fumo alla ricerca di Ian. Alla sua destra il fuoco formava un muro in continuo movimento. Se il jackaroo era da quella parte, non c'era più niente da fare. Pregando con tutta la tenacia di cui era capace, Thorne si girò verso sinistra e continuò la ricerca.


IAN TOSSÌ di nuovo, e con una violenza tale da piegarsi in due. Doveva trovare il modo di andare via da lì. Non poteva fare più nulla, ormai; ma il fumo era così denso da impedirgli di vedere qualsiasi cosa. Poteva solo sperare di riuscire ad allontanarsi dal fuoco. Se fosse riuscito a muoversi più in fretta delle fiamme sempre più vicine, forse avrebbe potuto sfuggire anche al fumo. Non doveva fare altro che mantenere la mente lucida e il passo sicuro. Si soffermò un attimo per riprendere il controllo di sé, poi si avviò verso la salvezza.

Dieci minuti dopo era pronto ad ammettere la sconfitta. O il suo senso dell'orientamento lo aveva abbandonato, oppure il fuoco lo aveva circondato. Fu colto da un altro accesso di tosse e collassò al suolo. L'istinto di conservazione gli diceva di alzarsi e continuare a cercare una via d'uscita, ma non riusciva a respirare e le gambe non lo reggevano. Sarebbe morto lì, senza mai avere la possibilità di scoprire se Neil avesse ragione e Thorne fosse davvero l'uomo adatto a lui. Non pensava che se la sarebbe cavata, ma se fosse successo, giurò che non avrebbe più permesso alla paura di bloccarlo. Forse Thorne non era il suo 'lui', ma non gli sarebbe costato nulla scoprirlo. Se si fosse salvato, avrebbe approfittato al meglio di quella seconda occasione.

Si piegò di nuovo su se stesso, la tosse ormai incessante. Non doveva preoccuparsi di essere raggiunto dal fuoco: il fumo l'avrebbe ucciso prima.

La vista cominciò ad annebbiarsi a causa della mancanza di ossigeno, e Ian si mise sul fianco, sperando che il fumo fosse meno denso a terra e che gli permettesse di tenere duro quel tanto che bastava per strisciare via. Gli sembrò di sentire qualcuno chiamare il suo nome, ma ormai non si fidava più dei propri sensi. Rotolò verso il punto da cui pensava provenisse la voce, sperando di scoprire che era vera e non un'allucinazione dovuta alle esalazioni.

Poi Thorne piombò nel mezzo della radura dove si trovava e Ian capì che invece si trattava proprio di una creazione della sua mente.

"IAN!"

Thorne si lasciò cadere in ginocchio accanto al jackaroo e gli cercò il battito. Okay, bene, era ancora vivo. Poi sollevò il fazzoletto che gli copriva la bocca e controllò il respiro. Era presente ma superficiale, il che significava che doveva tirarlo fuori da lì quanto prima. Sentiva gli occhi pizzicare per il fumo mentre lo aiutava a rimettersi in piedi.

"Riesci a camminare?" chiese, sorreggendo il suo peso con la spalla.

"Provo," rispose l'altro con voce spezzata. Era abbastanza. Seguì a ritroso la fune, diretto verso la parete scoscesa e da lì verso la salvezza. Il fuoco era sempre più vicino. Dovevano sbrigarsi o anche quella via di fuga sarebbe presto stata inutilizzabile.

"Pensavo..." Le parole di Ian furono interrotte da un attacco di tosse secca. A Thorne quel suono non piacque per niente, ma non c'era nulla che potesse fare finché non fossero stati al sicuro dalle fiamme.

"Non parlare," disse. "Risparmia le forze per camminare."

Il fumo si diradò impercettibilmente via via che si avvicinavano al fondo del burrone, e al contempo Ian sembrò scuotersi di dosso parte della letargia che lo aveva indebolito. Tossiva ancora parecchio, ma non si appoggiava più con tutto il peso alla spalla di Thorne, né quest'ultimo doveva trascinarlo per farlo camminare.

"Ci siamo quasi," disse. "Quando arriviamo alla parete, Neil e gli altri ci tireranno su. Devi solo resistere un altro po'."

"Sei venuto a salvarmi," boccheggiò Ian scostandosi il fazzoletto dal viso. "Pensavo che sarei morto."

Thorne strinse la presa. Si sarebbe gettato in quell'inferno senza esitazione per ciascuno degli uomini che aveva conosciuto a Lang Downs e per i suoi colleghi pompieri, ma salvare Ian aveva un significato più profondo del semplice rispondere ai dettami del suo addestramento. Qualcosa aveva cominciato a germogliare fra loro tra la sera precedente e quella mattina, e Thorne era curioso di scoprire dove li avrebbe condotti. Più tardi avrebbe potuto ripetersi all'infinito che si conoscevano da troppo poco tempo perché ci fosse qualcosa di diverso dalla semplice curiosità, ma in quel momento, posto di fronte all'evidenza che Ian era accasciato a terra quando lo aveva trovato e che sarebbero bastati pochi minuti di ritardo perché lo perdesse per sempre, Thorne abbandonò ogni tentativo di razionalità.

"Ci sarò sempre per te."

Ian inciampò e quando Thorne lo aiutò a rimettersi in piedi se lo trovò davanti, fra le braccia. Si disse che erano ancora in pericolo e che non era né il momento né il posto giusto, ma Ian aveva allungato una mano verso di lui e Thorne si arrese e chinò la testa così da poter appoggiare le labbra sulle sue. Ian sapeva di cenere e puzzava di fumo, ma a lui non importava. Stava rispondendo, solo quello contava. Approfondì il bacio con furia, godendosi la sensazione dell'uomo che praticamente gli si aggrappava addosso e gli affondava le mani nei capelli, liberandoli dall'elastico che usava per tenerli lontani dal viso. Lo sentì irrigidirsi quando gli afferrò le natiche per sorreggerlo, ma siccome Ian non interruppe il bacio per protestare, continuò a stringerle.

Un altro attacco di tosse li costrinse a separarsi. "Andiamo," disse Thorne. "Devi farti vedere da un dottore."

Ian annuì e, pur con passo incerto, continuò a camminare fino alla base della parete rocciosa.

"Ora arriva il bello," lo avvisò Thorne. "Abbiamo una corda sola e non abbastanza tempo per farci tirare su separatamente." Fece passare la fune attorno al petto di Ian e l'annodò meglio che poté. "Neil e gli altri ci isseranno fino in cima ma tu devi restarmi aggrappato mentre io guido la salita. Qualunque cosa accada, non lasciarmi."

"Contaci," disse Ian.

Thorne diede due forti strattoni e si preparò al contraccolpo. La fune in tensione gli affondò nella schiena e lui e Ian cominciarono la loro ascesa. Avrebbe avuto dei lividi, se non vere e proprie abrasioni, quando fossero arrivati in cima, ma aveva sofferto ferite peggiori e la salvezza di Ian dipendeva da lui. Strinse il jackaroo tra il suo petto e la parete, angolando il proprio corpo nella posizione inversa della discesa in corda doppia, cosicché i suoi piedi erano a novanta gradi rispetto ai fianchi e formavano una specie di supporto su cui Ian poteva sedersi.

I muscoli delle gambe protestarono sotto il peso eccessivo, ma lui li ignorò. Il suo corpo era solo uno strumento di cui servirsi e non decideva cosa Thorne potesse o non potesse fare. E quella salita andava fatta a qualunque costo.

Metro dopo metro risalirono il burrone, lasciandosi le fiamme alle spalle, ma il fumo li seguiva e Ian ricominciò a tossire con ancora più accanimento di prima. "Manca poco," disse Thorne. Avrebbe voluto avere le mani libere per rimettergli il fazzoletto su naso e bocca ma gli servivano per tenerlo fermo e stabilizzarlo. "C'è una maschera per l'ossigeno nella tenda medica e in men che non si dica ti porteremo a Cowra e da un dottore. Continua a fare respiri calmi e superficiali in modo da non irritare oltre i polmoni."

Ian annuì tra un colpo di tosse e l'altro. Thorne avrebbe voluto tranquillizzarlo ancora ma doveva concentrarsi sul mantenere la posizione delle proprie gambe oppure si sarebbero schiantati entrambi contro le rocce. Erano già abbastanza malconci: non servivano altri graffi per dimostrare che erano sopravvissuti a quella battaglia. Un altro attacco di tosse, ancora più forte dei precedenti, scosse il corpo di Ian, che si accasciò contro di lui e gli fece perdere l'equilibrio, costringendolo a inclinarsi di lato e mandandolo a sbattere contro la parete. La tensione della fune tuttavia non calò, continuando a tirarli inesorabilmente verso l'alto. Thorne imprecò sottovoce quando le rocce ruvide gli graffiarono la pelle. Non si era preoccupato di indossare l'equipaggiamento completo quando era sceso, quindi c'era solo una maglietta sottile a proteggergli le braccia e le spalle, e sarebbe stata ridotta a brandelli nel giro di pochi secondi. Ruotò le spalle cercando di mantenere Ian lontano dalle rocce. Avevano quasi raggiunto la cima ormai. Qualche altro minuto e sarebbero stati in salvo e nient'altro avrebbe avuto importanza. Fece una smorfia quando una roccia particolarmente affilata gli ruppe la maglietta e gli tagliò la pelle, ma con Ian che gli si appoggiava addosso e i jackaroo che li stavano issando, Thorne non poteva fare altro se non tenere duro. Se avesse cercato di cambiare posizione avrebbe rischiato di ferire Ian.

Alla fine raggiunsero la cima del burrone e diverse paia di mani si sporsero per afferrarli. Thorne spinse Ian per primo, poi si aggrappò anche lui e si lasciò tirare oltre il bordo.

"Gli serve dell'ossigeno," ordinò non appena vide i jackaroo raggruppati attorno al corpo accasciato dell'uomo. "E fateglli spazio per respirare."

Uno dei pompieri corse verso la tenda medica e tornò nel giro di qualche secondo, facendosi strada tra i lavoranti per dare a Thorne la maschera a ossigeno. La bombola era piccola, ma probabilmente sarebbe bastata per stabilizzarlo fino a Cowra. Thorne pensava di

445

poterci arrivare in circa mezz'ora, quarantacinque minuti al massimo, se avesse spinto l'ute al limite sul terreno accidentato dell'outback.

"Ha bisogno di un medico," disse. "E l'ospedale più vicino è quello di Cowra."

"Prenderò..." cominciò Neil, ma Thorne gli rivolse uno sguardo così feroce che l'uomo deglutì visibilmente e cambiò quello che stava per dire. "... il tuo posto nella squadra così potrai accompagnarlo. Carley porterà a entrambi un cambio di vestiti, ma arriverà dopo di te."

"Io sto bene," rispose lui automaticamente.

"No che non stai bene," sbottò Neil. "Hai sangue su braccia e schiena, come se qualcuno ti avesse trascinato sulle rocce."

Thorne gli rivolse un sorriso sardonico. "E infatti è andata proprio così. Grazie, amico, ci hai salvato tirandoci fuori da lì. E la sua vita vale qualche graffio."

Thorne non fu capace di interpretare l'espressione che attraversò il viso di Neil a quelle parole, ma aveva altre cose di cui preoccuparsi in quel momento, come per esempio portare subito Ian in ospedale. "Credi di riuscire a camminare fino al mio ute?" domandò a quest'ultimo.

Ian provò a togliersi la maschera per rispondere, ma Thorne gli fermò la mano. "Non parlare. Annuisci e basta."

L'uomo allora fece di sì con la testa, così Thorne lo aiutò a rimettersi in piedi. Ian, tuttavia, non riuscì a fare che un paio di passi prima di inciampare di nuovo. Spazientito, Thorne lo sollevò tra le braccia, ignorando lo strillo infastidito, e lo portò fino al pick-up. Avrebbe avuto tempo più tardi per convincersi di non aver goduto dell'espressione sorpresa ma tenera dell'uomo, o di come il suo peso fosse piacevole fra le sue braccia; per il momento decise di approfittare allegramente della situazione. L'incendio glielo aveva quasi portato via, ma Ian era salvo ora e, meglio ancora, aveva ricambiato il suo bacio.

Quando ne avessero avuto il tempo e la possibilità, aveva tutta l'intenzione di vedere quali altre attenzioni il jackaroo fosse disposto a ricambiare.

Il viaggio verso Cowra fu disagevole poiché Thorne spinse l'ute al massimo delle sue prestazioni come fuoristrada, scivolando e sbandando sulla terra e sui sassi delle piste lasciate dai mezzi pesanti. Al suo fianco, Ian si aggrappava alla maniglia con una mano e premeva la maschera sulla bocca con l'altra, l'incarnato pallido e l'aria di chi stava per sentirsi male. Thorne tuttavia non aveva intenzione di rallentare: meglio un po' di nausea che un danno permanente ai polmoni a causa del fumo.

Quando raggiunsero la strada principale, Thorne accese la luce intermittente dei vigili del fuoco e accelerò. Non stava correndo verso un incendio ma aveva lo stesso un'emergenza medica a bordo, pensò, nel caso qualcuno avesse avuto da ridere sull'uso della luce d'emergenza. Ignorò i cartelli che dicevano 'riservato ai mezzi di soccorso' e si fermò proprio davanti alle porte del pronto soccorso. "Portate una barella," urlò scendendo al volo e precipitandosi dall'altro lato del veicolo per aiutare Ian a scendere.

Il jackaroo si accasciò tra le sue braccia. Thorne lo tenne stretto a sé per qualche secondo mentre aspettava di vedere se dall'interno lo avessero sentito o meno. "Andrà tutto bene," lo rassicurava intanto, muovendo le labbra contro i suoi capelli tagliati cortissimi. "Ti rimetteranno in sesto in tempo record, intanto io aspetterò qui."

"Che è successo?" chiese un infermiere alle loro spalle.

Thorne si girò e aiutò Ian a salire sulla barella. "Intossicazione da fumo," disse, costringendosi a osservare la situazione con freddezza e fare un resoconto che potesse essere utile ai dottori. "Ci stava aiutando a spegnere gli incendi a est della città. Non so esattamente quanto sia rimasto in mezzo al fumo, ma quando l'ho trovato era a terra. Non aveva perso coscienza, ma neanche si muoveva in autonomia. L'ho estratto e gli ho dato dell'ossigeno. Una rapida ispezione non ha rivelato la presenza di bruciature."

"Non è l'unico ferito," disse l'infermiere mentre spingeva la barella attraverso le porte.

"L'estrazione ha richiesto che fossimo tirati fuori da un burrone senza la necessaria attrezzatura," riferì Thorne.

"Vi hanno legato una corda attorno al petto e hanno tirato?"

"Più o meno. Ma preferisco qualche graffio alla morte."

"Ha fatto la cosa giusta," lo rassicurò l'infermiere. "Lo visiteremo, gli daremo qualcosa per contrastare l'infiammazione e ci assicureremo che nessun'altra parte del corpo abbia subito danni. Manderò anche qualcuno a disinfettarle la schiena e le braccia. È coperto di terra."

Thorne non ne aveva tanta voglia, ma non poteva mettersi a discutere quando il giorno prima aveva rimproverato Ian per aver trascurato un graffietto sulla mano. "Potrei farmi una doccia?" chiese. "Mi lascerò disinfettare le ferite, ma sarebbe meglio se prima mi ripulissi."

"Aspetti qui. Porto lui dai dottori e poi le mostro dove andare."

Thorne aspettò con finta pazienza mentre l'uomo spingeva la barella dentro una sala visita. Osservò dal vetro che un dottore arrivava e cominciava a visitarlo, ma quando l'infermiere aiutò il jackaroo a mettersi seduto e cominciò a sbottonargli la camicia, si voltò dall'altra parte.

Voleva vedere com'era il corpo di Ian sotto i vestiti da lavoro, ma non in quel modo. Voleva che fosse lui a mostrarglielo, che si sfilasse gli abiti uno alla volta in un provocante strip-tease, oppure che lasciasse a lui il piacere di scartarlo come il dono che era.

"C'è il dottor Johnson con lui," disse l'infermiere di prima, cogliendolo di sorpresa. Per un attimo combatté contro i propri istinti, ma la preoccupazione per la salute di Ian lo aiutò a ritrovare il controllo necessario e a scacciare i ricordi.

"Come sta?"

"Soffre di un brutto caso di asfissia da fumo, come ha giustamente fatto notare lei, ma è sveglio e lucido. Anche il livello dell'ossigeno nel sangue è quasi normale, quindi è da escludere un avvelenamento da monossido di carbonio. Lo terremo in osservazione finché i polmoni si sfiammano. L'eparina lo aiuterà. E probabilmente continuerà ad avere la tosse per un po' di tempo, ma piano piano dovrebbe scomparire. Dopo un incidente del genere, tuttavia, il fumo potrebbe causargli eventuali attacchi d'asma. Gli daremo un inalatore tascabile tanto per stare sul sicuro. Magari non lo userà mai, ma prevenire è meglio che curare."

"Grazie," disse Thorne. "Mi ha fatto un po' preoccupare. Non ha mai perso conoscenza, ma c'è stato un attimo in cui non ero sicuro se ragionasse lucidamente o no."

"Ha risposto senza problemi alle domande del dottore," disse l'uomo. "Ed è un buon segno. Ora lasci che le indichi dove sono le docce e nel frattempo vedo se trovo qualcosa della sua taglia da farle indossare. La sua maglietta sembra pronta per l'immondizia, ormai."

L'infermiere lo accompagnò in un bagno riservato al personale, e Thorne immaginò che forse, a quel punto, aveva assunto ai loro occhi lo status di paramedico, anche se non si era presentato e non aveva fornito nessuna spiegazione riguardo alla sua presenza. Poi si ricordò del pick-up ed estrasse le chiavi dalla tasca.

"Non mi sono preso la briga di parcheggiare quando sono arrivato," disse. "Ero troppo preoccupato che Ian ricevesse aiuto il prima possibile."

"Dirò a qualcuno di occuparsene," lo rassicurò l'infermiere. "Devo farle portare dentro qualcosa?"

"No, il portafogli ce l'ho in tasca. Tutto il resto è solo attrezzatura di servizio. Può restare dov'è."

"Si lavi. Torno subito con i camici puliti e per dare un'occhiata a quei tagli," si congedò l'uomo.

Thorne si tolse la maglietta rovinata. La salopette aveva resistito un po' meglio, ma anche quella era macchiata di cenere e terra. La gettò sul pavimento insieme al resto. L'avrebbe lavata e poi avrebbe valutato se fosse il caso di salvarla. Per fortuna la biancheria intima sembrava in condizioni migliori, così avrebbe avuto qualcosa da indossare sotto i pantaloni da dottore fino a che Carley non fosse arrivata con i cambi.

L'acqua calda gli fece pizzicare i tagli, costringendolo a prendere atto di averne più di quanti avesse immaginato. Ignorando il dolore, prese una barretta di sapone e cominciò a sfregare la pelle incrostata. Sapeva che più tardi lo staff dell'ospedale gli avrebbe anche fatto un lavaggio antisettico – e lui l'avrebbe sopportato, indipendentemente da quanto potesse fare male, perché non poteva permettersi un'altra infezione che lo avrebbe costretto lontano da Ian – ma meglio si lavava in quel momento e meno sarebbero stati costretti ad andare a fondo e sfregarlo dopo. Non vide nessun flacone di shampoo ma sapeva di doversi lavare anche i capelli, così usò il sapone. Avrebbe pagato con nodi a non finire, ma era indispensabile che si togliesse completamente di dosso l'odore del fumo prima di andare a trovare Ian. Anche se la puzza non bastava a influenzare la sua respirazione, avrebbe però influenzato il suo stato mentale. Un'altra cosa che sapeva per esperienza personale.

I vigili del fuoco non gli avevano permesso di avvicinarsi ai resti carbonizzati della sua casa, eppure l'odore lo perseguitava ancora. Per Ian, che era quasi morto a causa del fumo, doveva essere anche peggio.

Alla fine, soddisfatto del suo livello di pulizia e convinto che non avrebbe provocato a Ian un nuovo attacco di tosse, chiuse l'acqua e prese un asciugamano dalla pila che l'ospedale forniva allo staff. Come promesso l'infermiere aveva anche lasciato dei camici e dei pantaloni appena fuori dall'area delle docce, così Thorne si vestì e, dopo essersi rimesso gli stivali, andò a cercare qualcuno che potesse occuparsi della sua schiena.

"Va meglio?"

Thorne sorrise all'infermiere. "Perlomeno sono pulito. Come sta Ian?"

"Come quando è andato a fare la doccia," rispose l'uomo.

"Immagino che voglia controllare la mia schiena."

"Dal momento che ne ha parlato…" rispose l'altro con un sorriso, guidandolo verso un ambulatorio.

# CAPITOLO 8

IAN GIACEVA nel suo letto d'ospedale, quanto più fermo possibile perché anche il più piccolo movimento poteva scatenare un altro attacco di tosse. Perlomeno l'ossigeno e la medicina che il dottore gli aveva dato gli impedivano di tossire quando non si spostava. Non sapeva quanto avrebbe ancora potuto approfittare di quella pace apparente, perché le medicine esaurivano il loro effetto prima o poi, ma intanto prendeva ciò che poteva.

Approfittò anche del silenzio per provare a dare un senso ai ricordi e riempire i buchi là dove invece regnava il buio. Ricordava la sensazione del proprio corpo che si arrendeva anche se lui non voleva morire. Poi Thorne era apparso in mezzo al fumo come una specie di moderno cavaliere con l'armatura scintillante, era piombato su di lui e lo aveva portato in salvo. Un sacco di cose avevano contorni sfumati nella sua mente, ma c'era un istante che ricordava con chiarezza cristallina: la sua espressione, la determinazione quasi spaventosa che gli si leggeva sul viso quando era corso al suo fianco per controllare il battito e il respiro, il modo in cui i capelli gli erano scivolati fuori dalla coda e gli avevano sfiorato il mento, una cortina di nero e argento che incorniciava i suoi lineamenti regolari, contorti in quel momento dalla preoccupazione. Ian aveva provato a rassicurarlo, ma quella maledetta tosse gli aveva impedito di parlare. Per un attimo aveva pensato che Thorne l'avrebbe sollevato e trasportato a braccia, come infatti aveva fatto poco dopo, ma le gambe lo reggevano ancora in quel momento, con un po' di aiuto, ovviamente. Riusciva ancora a sentire il tocco di quelle grandi mani sul collo, quando lo avevano sfiorato per controllare il battito, e poi sui fianchi, mentre Thorne lo accompagnava verso la parete del burrone. Riusciva a sentire il suo corpo avvolgerlo mentre i loro amici li tiravano verso la salvezza. Sapeva che l'ex Commando aveva sopportato l'impatto contro le rocce e si era ferito perché non lo facesse lui. Sperava solo che lo stessero curando.

Quei ricordi avevano già un sapore incredibile, ma era il bacio che si erano scambiati a occupare quasi per intero i suoi pensieri. Non era mai stato baciato in quel modo. Nonostante la minaccia incombente del fuoco, non era stato un bacio affrettato o furtivo, come la maggior parte di quelli che aveva ricevuto prima di decidere che non fosse più il caso di illudere gli uomini. Nemmeno le mani di Thorne che gli afferravano il sedere lo avevano spaventato, anche considerando che non aveva mai volontariamente permesso a nessuno di toccarlo in quel modo. Con Thorne, tuttavia, si era solo trattato di un altro elemento di quel bacio adrenalinico. Se ci pensava ora, a mente fredda, sentiva il disagio abituale che lo aveva afferrato ogni volta che aveva provato ad andare oltre i baci, ma in quel momento, in fondo al burrone, non si era sentito in quel modo. Se non avesse cominciato a tossire, se non avessero avuto il fuoco di cui preoccuparsi, sarebbero stati ancora lì a baciarsi allegramente.

Gli sarebbe piaciuto credere di aver finalmente superato i suoi complessi, ma non era il tipo che si illudeva. Magari con Thorne sarebbe potuto andare leggermente oltre, ma presto i vestiti avrebbero cominciato a volare o le mani avrebbero cominciato a scavare e sarebbe finita come al solito. Ian si sarebbe tirato indietro e avrebbe chiesto più tempo. Thorne lo avrebbe accusato di averlo provocato e se ne sarebbe andato oppure avrebbe preteso di più. Se fosse andato via e uscito dalla sua vita, Ian si sarebbe trovato a dover sanare un ego leggermente ammaccato e forse un cuore sanguinante. Se invece avesse chiesto di più, lui avrebbe dovuto respingerlo. Non aveva funzionato con il padre affidatario quando aveva sedici anni e dubitava che avrebbe funzionato con Thorne. L'uomo lo aveva sollevato tra le braccia e trasportato come se non pesasse nulla. Se avesse deciso di prenderlo contro la sua volontà, Ian non avrebbe avuto modo di opporsi.

Non lo farebbe mai, replicò con decisione una parte di sé. È troppo una brava persona per fare qualcosa del genere.

L'adolescente ferito che dimorava ancora dentro di lui ribatté che neanche il suo genitore affidatario sembrava il tipo da farlo, eppure ciò non l'aveva fermato.

Ian sentì il nervosismo crescere e insieme a esso la tensione ai polmoni. Cercò di fare un respiro profondo per calmarsi ma servì solo a fargli pizzicare di più la gola. Degluti sperando di trovare sollievo, ma ormai il malessere si era scatenato. Si piegò su se stesso e cominciò a tossire dentro la maschera che gli copriva il viso. Quando si accorse di non riuscire a smettere nonostante tentasse di respirare normalmente, cercò a tentoni il pulsante fissato in cima al letto e lo premette con forza, chiamando l'infermiera.

La donna arrivò dopo pochi secondi. "Deve prendere respiri profondi," disse. "Aggiungerò una dose di salbutamolo al flusso di ossigeno, ma deve riuscire a farlo arrivare ai polmoni perché funzioni. Prima riesce a inalarlo e prima la tosse si calmerà."

Ian annuì per dire che aveva capito e fece del suo meglio per immettere aria nei polmoni nonostante il bisogno istintivo di espellere gli agenti irritanti. Sentì sulla lingua il sapore metallico della medicina e fece una smorfia di disgusto, ma la tosse si placò quasi all'istante.

"Meglio?" chiese l'infermiera con un sorriso comprensivo.

Ian annuì di nuovo perché non poteva parlare con la maschera, e tornò ad appoggiarsi ai cuscini. Si prospettavano giorni lunghi e noiosi con niente da fare e nessuno con cui parlare, non che al momento potesse comunque chiacchierare tanto. Gli tornò alla mente che Neil aveva accennato a Carley e a un cambio di abiti. Magari avrebbe potuto chiederle di portargli un libro. Non importava neanche quale. Aveva già letto quelli che aveva in casa e non aveva avuto modo di ordinarne di nuovi, però gli piacevano tutti, quindi non gli sarebbe dispiaciuto rileggerne uno. Allungò il braccio per prendere il telefono sul comodino. Era probabile che Carley fosse già in viaggio, ma le avrebbe lo stesso inviato un messaggio, nella debole speranza che non fosse ancora partita.

Dopo qualche secondo il telefono vibrò. Richieste particolari?

Davvero non gli importava, però dal momento che poteva scegliere... The Dragon Prince. Il principe dragone. Terzo scaffale, sulla destra.

Trovato. Arrivo il prima possibile.

Ian sapeva che 'prima possibile' significava comunque quattro ore, ma era sempre meglio che non avere nulla con cui passare il tempo fino al giorno successivo o anche oltre. Scivolò più in basso sul letto, cercando di trovare una posizione comoda che gli permettesse di restare supino perché aveva già capito che stare sul fianco gli faceva peggiorare la tosse. Chiuse gli occhi, principalmente perché non sapeva cos'altro fare, e cercò di spegnere i pensieri.

Sentì la porta aprirsi, ma pensò che fosse solo l'infermiera venuta a controllare i parametri o chissà cos'altro, così non si preoccupò di guardare. Tuttavia non sentì nessuno toccarlo, così dopo qualche secondo sollevò le palpebre e vide Thorne seduto accanto al letto.

"Scusa se ti ho svegliato," disse immediatamente l'uomo. "Volevo solo controllare che stessi bene."

Ian scosse la testa per dire che non stava dormendo, ma Thorne lo guardò con un'espressione incerta, così fece spallucce come a dire che non importava e gli porse la mano. Thorne sembrò confuso dal gesto, ma la prese nella sua più grande. Ian diede una stretta di ringraziamento, poi la lasciò lì. Era bello sentire il contatto con un'altra persona dopo aver visto la morte da vicino. L'indomani si sarebbe mostrato di nuovo forte, ma in quel momento gli era concessa qualche smanceria.

Thorne non cercò di tirarsi indietro e Ian ne fu contento. Avrebbe capito se l'uomo fosse stato ansioso di tornare sull'altopiano. Era quello il suo lavoro, dopotutto: spegnere gli incendi, non fare da babysitter a un jackaroo ferito, anche se gli faceva piacere che restasse lì, benché in silenzio.

"Sembra che vada meglio," disse l'ex Commando dopo qualche secondo. "Almeno hai smesso di tossire."

Peccato che non fosse stato lì dieci minuti prima ad assistere all'ultimo attacco, ma Ian si limitò a sorridere dietro la maschera e lasciò cadere l'argomento. Non stava tossendo al momento, e non poteva dire la stessa cosa dell'ultima volta che si erano visti. Sentiva ancora un sapore strano in bocca a causa delle medicine che avevano mischiato all'ossigeno, e avrebbe dato qualsiasi cosa per un sorso d'acqua, ma non sapeva se fosse permesso. L'avrebbe chiesto all'infermiera quando fosse tornata. Per ora si sarebbe accontentato di avere Thorne seduto accanto al suo letto, a tenergli la mano.

"Non hai visto quando il resto della squadra si è ritirata?" gli chiese Thorne. "Non parlare, muovi la testa."

Ian fece segno di no. Non aveva visto nulla oltre il muro di alberi che gli stava davanti. Rabbrividì quando ripensò a quanto denso fosse stato il fumo, quanto fosse difficile respirare. Sentì la gola stringersi di nuovo e tossì piano.

"Attento." Thorne gli lasciò andare la mano e lo aiutò a chinarsi in avanti. "Piano, respiri profondi," consigliò, massaggiandogli in modo incoraggiante la schiena. "Rilassati e lascia che l'ossigeno arrivi ai polmoni. Non c'è fumo qui. Non avrei dovuto parlarne, scusa."

La tosse si placò, ma Thorne non accennò a spostarsi, così Ian lasciò che lo prendesse fra le forti braccia e si appoggiò al suo petto, duro come roccia. Nonostante non curasse particolarmente il proprio fisico, Ian riconosceva che la vita alla stazione gli permetteva di restare abbastanza in forma. Thorne, invece, non aveva un centimetro molle in tutto il corpo. Solo muscoli duri.

Eccetto i capelli, puntualizzò la sua sleale libido. I capelli di Thorne, quando ci aveva affondato le dita mentre si stavano baciando, gli erano sembrati morbidi come la seta.

Credette di sentire le labbra di Thorne posarsi sulla sua testa, ma non si voltò per controllare. Era troppo bello stare lì. Un attimo dopo sentì il pizzicore della barba contro il suo scalpo e questa volta sollevò lo sguardo e vide che l'uomo gli aveva appoggiato la guancia sui capelli mentre lo abbracciava.

Ian non aveva idea di cosa stesse succedendo fra loro, ma quando Thorne tornò a guardarlo, l'espressione sul suo viso lo rassicurò di una cosa: erano entrambi coinvolti.

"Vuoi stenderti di nuovo?" gli chiese l'uomo.

Ian scosse la testa. Gli dispiaceva costringere Thorne a stare seduto scomodamente sul bordo del letto anziché sulla sedia, ma non voleva che si allontanasse da lui. Nelle ore immediatamente successive l'intossicazione, le sue braccia erano arrivate a rappresentare

451

la salvezza, e benché Ian sapesse di essere al sicuro lì in quel letto d'ospedale, era ancora abbastanza scosso da desiderare di essere consolato.

"Cosa ti hanno dato?" chiese Thorne con una risatina. "Sei molto coccoloso."

Ian si strinse di nuovo nelle spalle. I dottori, per assicurarsi che non fosse allergico, gli avevano detto quali medicinali avrebbero usato, ma i nomi gli erano entrati da un orecchio e usciti dall'altro. Non soffriva di nessun tipo di allergia, quindi era inutile cercare di ricordarli. Se ne sarebbe occupato più avanti, quando fosse tornato a casa e avrebbe dovuto pensare da solo alle medicine. Per il momento, era un problema loro.

Non potevano esserci dubbi sul bacio che, quella volta, Thorne gli posò sulla testa. "Chiudi gli occhi e riposa," disse. "Io rimango finché non arriva qualcuno dalla stazione."

Ian però non voleva solo che restasse. Voleva che continuasse ad abbracciarlo e a parlargli, ma a quanto pareva la presenza dell'uomo era ciò di cui il suo corpo e la sua mente avevano bisogno per rilassarsi perché, prima che riuscisse a trovare un modo per esprimergli i propri desideri, si addormentò contro il suo petto.


THORNE FU colto di sorpresa dalla fiducia dimostrata da Ian nell'addormentarsi fra le sue braccia. Era grato per il fatto che il jackaroo riuscisse a rilassarsi in quel modo anche dopo averlo visto perdere il controllo per ben due volte il giorno prima. Non riusciva a decidere se ciò significasse che non era stato spaventoso come credeva, oppure che Ian fosse incredibilmente ingenuo. In ogni caso, apprezzava il risultato.

Si mosse appena in modo che l'altro stesse più comodo. Avrebbe dovuto appoggiarlo sul letto e lasciarlo dormire in pace, ma era riluttante a farlo.

Anche il suo colorito era migliorato e non mostrava più quel pallore mortale sotto lo strato di cenere e terra che non erano stati puliti a dovere. Non appena avesse potuto togliersi la maschera per qualche minuto, avrebbe avuto bisogno di una doccia. Neil aveva detto che avrebbe chiamato Carley perché portasse a entrambi un cambio d'abiti, ma Thorne non sapeva quanto ci avrebbe messo ad arrivare. Immaginò che, nell'attesa, Ian avrebbe potuto indossare uno dei camici dell'ospedale, se necessario. E in ogni caso c'erano anche una coperta e le lenzuola a salvaguardare la sua modestia.

Ripensando alle sue degenze e a quanto fosse facile annoiarsi, si guardò intorno alla ricerca di qualcosa che potesse aiutare il jackaroo a far passare il tempo. Lui sarebbe potuto rimanere finché l'uomo non si fosse stabilizzato e qualcuno della stazione fosse arrivato a dargli il cambio, ma il capitano Grant lo avrebbe rivoluto indietro prima o poi; e poi c'erano Neil e gli altri, che volevano di certo sapere la prognosi. Era sorpreso, in effetti, che non avessero ancora chiamato l'amico sul cellulare, ma forse non avevano segnale, il che non prometteva bene per l'arrivo di Carley con i vestiti, oppure erano troppo impegnati con il fuoco, e neanche quel pensiero era particolarmente rassicurante. Nei tre giorni che aveva trascorso a lavorare insieme agli uomini e le donne di Lang Downs, aveva imparato ad apprezzare la loro determinazione, il loro calore e il loro senso di comunità. Se uno di loro stava male, tutti stavano male.

Desiderò poter conoscere meglio Ian e sapere cosa fosse solito fare nel suo tempo libero, oltre a lavorare il legno. Era certo che il personale dell'ospedale non avrebbe apprezzato che gli portasse un coltello e un ciocco da intagliare, ma Ian non aveva parlato di nessun altro svago. Magari lo avrebbe chiesto a Carley quando fosse arrivata. Non sapeva quanto fossero intimi, ma di certo la donna sapeva meglio di lui cosa gli piacesse.

Desiderò avere con sé il Kindle, ma l'aveva lasciato a casa di un amico a Wagga Wagga. Non portava mai niente di prezioso quando usciva a combattere gli incendi. Il fuoco si era già preso troppe cose importanti nella sua vita.

Ian si mosse nel sonno, appoggiandogli il viso sul petto. La maschera dell'ossigeno gli premeva contro lo sterno, ma lui non si mosse. Se l'altro aveva bisogno di stargli più vicino per sentirsi al sicuro, Thorne avrebbe sopportato con gratitudine pur di concedergli la comodità di cui aveva bisogno. Non era sicuro che Ian si rendesse conto di quanto fosse andato vicino a morire, ma prima o poi sarebbe successo, e a quel punto avrebbe avuto bisogno di tutto l'aiuto possibile per accettarlo. Per quanto la sua vita nei Commando lo avesse indurito, Thorne viveva lo stesso attimo di terrore quando, per un motivo o per l'altro, si trovava a guardare in faccia la propria mortalità. Per Ian, che non era addestrato e di certo non si aspettava di dover vivere quelle esperienze, sarebbe stato molto, molto peggio.

Aveva guardato la sua squadra cercare conforto nella bottiglia, tra le braccia della persona amata, o tra quelle di uno sconosciuto, e uno addirittura nella droga. Quelli che avevano una persona cara se la cavavano meglio, ma Thorne sapeva già che non era il caso di Ian. Non volle concedersi neppure la speranza di poter diventare la sua persona speciale, ma avrebbe potuto rivestire i panni dell'estraneo disponibile, se necessario. E se neanche quello fosse andato bene, Thorne avrebbe scoperto cos'era che Ian voleva e avrebbe smosso cielo e terra per procurarglielo, perché non c'era stato a proteggerlo quando ne aveva avuto bisogno e lo aveva quasi lasciato morire. I venti uomini che Williams aveva mandato ad aiutarli da Taylor Peak non valevano la vita di Ian e Thorne si disse che avrebbe fatto meglio ad avviarsi da solo.

Le mani cominciarono a tremargli, mentre la rabbia che non lo abbandonava mai completamente si faceva sempre più incontenibile. Non poteva, tuttavia, perdere il controllo lì, dopo che Ian si era affidato a lui in quel modo. Doveva trattenersi ancora un po'. Quando Carley fosse arrivata, lui sarebbe stato libero di andare a sfogare la propria frustrazione contro il fuoco, com'era giusto che fosse.

Cercò di regolarizzare il respiro e di immergersi in quello stato mentale da pre-battaglia che gli permetteva un controllo totale sul proprio corpo e gli calmava la mente. Quando raggiungeva quella condizione, niente poteva più coglierlo di sorpresa o agitarlo. Diventava una macchina, capace di qualsiasi cosa gli venisse richiesta, sia che si trattasse di restare immobile per ore, sia che si trattasse di porre fine alla vita di un nemico nel modo più veloce ed efficace possibile. Non c'erano nemici a cui opporsi in quel luogo, ma c'era un innocente da proteggere, e quello richiedeva la totale immobilità. Impiegò più tempo di quanto gli sarebbe piaciuto, ma alla fine entrò nel giusto ordine di idee, il corpo pronto a rispondere a ogni suo comando, come per esempio restare immobile e sorreggere Ian che dormiva.

In quello stato di iper-vigilanza, udiva ogni passo che percorreva il corridoio fuori dalla stanza, il bip dei macchinari e il chiacchiericcio delle voci, ma nessuna di quelle cose rappresentava una minaccia, quindi nessuna lo strappò alla sua immobilità. Via via che il tempo passava, cominciò a distinguere un passo dall'altro – quello breve e netto di qualcuno che indossava i tacchi, quello leggermente strascicato di qualcuno in scarpe da ginnastica, il picchiare pesante degli stivali, altri tacchi, ma più lenti, come se il loro proprietario avesse tutto il tempo del mondo per raggiungere la sua meta. Aveva identificato quindici persone a partire dal modo in cui camminavano, quando un passo nuovo si fermò davanti alla loro porta.

Thorne tese ogni muscolo del proprio corpo nel caso si fosse rivelato necessario proteggere l'uomo che dormiva tra le sue braccia, poi rimase immobile, aspettando di poter valutare la minaccia. La porta si aprì e un viso conosciuto fece capolino da dietro lo stipite. "Posso entrare?"

Thorne annuì cercando di disperdere l'adrenalina che nel frattempo gli era entrata in circolo. "Dorme," disse, come se Carley non potesse vederlo da sola.

"Okay, gli fa bene riposare." La donna portava con sé un piccolo borsone da viaggio, che appoggiò sulla sedia dove prima era seduto lui. "Ho portato un cambio di vestiti per lui e uno per te. E anche il libro che mi ha chiesto. Vado a procurarmi qualcosa da mangiare e poi prendo il tuo posto. Ho saltato il pranzo per venire qui. Ti serve qualcosa dal bar?"

"No," rispose lui. "Tutto a posto."

Lei lo guardò pronta a insistere, ma Thorne abbassò di nuovo lo sguardo su Ian, congedandola in silenzio. Non riusciva a parlarle in quel momento, benché sapesse che era un'amica e non un nemico. Nel suo stato d'animo attuale ogni cosa rappresentava una minaccia. Doveva uscirne, ma non sapeva bene come. Quando era nei Commando, quelle situazioni si concludevano con una battaglia, oppure con tutta la squadra che sentiva lo stesso bisogno di sfogarsi, il che si traduceva in una scazzottata all'ultimo sangue mascherata da allenamento corpo a corpo. Sentì la porta chiudersi dietro la donna ed emise un sospiro tremante. Gli serviva un sacco da pugile, oppure un tapis roulant o un bilanciere dove poter scaricare la tensione prima che Ian si svegliasse e si aspettasse di trovarlo normale.

Con attenzione, così da non disturbarne il sonno, lo adagiò sui cuscini. Gli stivali che indossava non erano l'ideale per correre, ma non sarebbe stata la prima volta che li usava a quello scopo. Si sarebbe messo a girare attorno al perimetro dell'ospedale finché non fosse riuscito a pensare con chiarezza, poi sarebbe tornato e avrebbe ripreso a tenergli compagnia.

# CAPITOLO 9

QUANDO LA porta si aprì, Ian sollevò lo sguardo dal libro. Carley era arrivata e andata, con la promessa che qualcun altro sarebbe passato a fargli visita il giorno successivo. Gli aveva anche detto che Thorne era ancora nei paraggi, benché non sapesse esattamente dove. Ian aveva annuito, cercando di ignorare l'implicazione nascosta nel suo sorriso. Invece, aveva cercato rifugio nel romanzo fantasy che preferiva in assoluto e, come sempre, si era perso nella storia di Sioned e Rohan e nella lotta da essi intrapresa per difendere la loro terra dalle forze che tramavano per distruggerla. Aveva letto solo una cinquantina di pagine – non che avesse davvero bisogno di finirlo visto che avrebbe tranquillamente potuto raccontarlo scena dopo scena – ma quando vide che si trattava di Thorne, mise giù il libro e sorrise da dietro la maschera a ossigeno.

"Dormito bene?" gli domandò l'uomo.

Ian annuì e indicò la sedia dove era ancora appoggiato il borsone che aveva portato Carley.

"Sì, mi ha detto che ha portato dei vestiti puliti anche per me," disse Thorne. "Ma è meglio se aspetto a cambiarmi finché non ho fatto una doccia. Sono un po' sudato."

Ian inarcò un sopracciglio cercando di trasmettere la propria perplessità. Gli sembrava un po' tardi per andare a correre, o qualunque altro tipo di esercizio Thorne fosse solito svolgere, ma l'uomo era visibilmente sudato e con il fiato corto, quindi era chiaro che era stato impegnato in un qualche tipo di attività mentre lui dormiva.

"Sono andato a sgranchirmi le gambe," spiegò infatti il pompiere. "Stress da post missione. Dovevo bruciare l'adrenalina in un modo o nell'altro e correre è un metodo sicuro."

Ian indicò la porta del bagno.

"Grazie. Approfitto per sciacquarmi, se davvero non è un fastidio."

Ian scosse la testa e con la mano gli fece cenno di muoversi. Thorne sorrise e prese la sua borsa, così lui si rimise a leggere. Era così assorto nella storia che non lo sentì rientrare finché l'uomo non gli parlò. "Il principe dragone. Non l'ho letto. È bello?"

Ian annuì entusiasta e gli porse il volume. Avrebbe tanto voluto parlare in quel momento. Invece, tutte le cose meravigliose che avrebbe potuto raccontargli su quella serie, tutte le domande che avrebbe voluto rivolgergli su quali libri aveva letto – perché da come aveva impostato la frase era chiaro che anche Thorne leggesse fantasy – rimasero intrappolate dietro la maschera per l'ossigeno. Si guardò intorno frustrato alla ricerca di qualcosa su cui scrivere, ma non vide né un foglio né una matita.

"Sembra interessante," diceva intanto Thorne. "Magari quando l'hai finito potresti prestarmelo."

Ian gli disse a gesti che poteva prenderlo anche subito.

"E tu che leggi?" chiese l'uomo. Ian lo guardò male. "Scusa, non dovrei farti domande a cui non puoi rispondere. Che dici se chiedo all'infermiera un pezzo di carta? In questo modo potresti scrivermi le tue risposte."

Ian annuì con decisione e osservò Thorne appoggiare con attenzione il libro sulla sedia prima di uscire. Gli piacque quel riguardo. Non tutte le persone trattavano i libri con la sua stessa cura. Aveva visto dei jackaroo alla stazione gettarne alcuni sui tavoli o sulle sedie come se non valessero nulla, e magari così era per loro, ma per Ian tutti i libri erano speciali e come tali meritavano di essere trattati. Thorne sembrava pensarla allo stesso modo, o perlomeno era abbastanza educato da non voler rovinare quelli degli altri.

L'ex Commando ritornò qualche secondo più tardi con un blocco e una penna. "Eccoci. Ora possiamo parlarci."

Ian prese gli oggetti dalle sue mani e cominciò a scrivere.

Ti piace il fantasy?

"Lo adoro," rispose Thorne. "Il mio Kindle ne è pieno. Solo che non ho mai comprato questo. L'ho adocchiato un paio di volte ma non conoscevo nessuno che lo avesse letto e che potesse darmi un'opinione. Quindi dici che è buono?"

È il mio preferito. Credo di averlo letto un centinaio di volte.

"Wow! È davvero così bello? Te lo chiederò in prestito quando lo avrai finito."

Prendilo. Io me ne faccio portare un altro domani.

"Non posso portarlo con me," disse Thorne. "Torno al fronte dell'incendio. Se dovesse rovinarsi non potrei mai perdonarmelo. Lo leggerò alla sera, quando verrò a trovarti."

Ian sorrise, ammaliato benché restio ad ammetterlo. Si era aspettato che Thorne si assicurasse che stesse bene, per poi farsi aggiornare da chiunque altro andasse a fargli visita. Non aveva previsto che volesse tornare ogni giorno.

Per quanto tempo devo restare in ospedale? scrisse.

"Non lo so," rispose l'altro. "Mi hanno detto solo che eri sotto ossigeno, che ti avevano dato qualcosa per la tosse e che stavi meglio."

Quello Ian lo sapeva già. Potresti chiederlo quando tornano?

"Sì, lo chiederò," gli assicurò Thorne. "Hai letto la serie Memory, Sorrow e Thorn? È una delle mie preferite."

Ian annuì. Mi è piaciuta, ma non quanto Il principe dragone.

"Wow. Allora devo proprio decidermi a leggerlo."

Prendi pure quello che vuoi dalla mia libreria a casa, offrì Ian. Ricordati solo di rimetterli al loro posto quando hai finito. C'è una logica nella disposizione.

"Autore, serie e ordine all'interno delle serie?" domandò Thorne sorridendo.

E data di pubblicazione delle serie, scrisse Ian. Si sentì imbarazzato per quella pignoleria, ma l'altro si limitò ad annuire.

"Ha un senso. Se ne prendo uno, mi assicurerò di rimetterlo al suo posto. Mi piacerebbe poterti prestare il mio Kindle, così avresti più scelta, ma l'ho lasciato a casa di un amico a Wagga Wagga. Non volevo portarlo vicino al fuoco. Una cosa è custodirlo dentro una base, per quanto remota, perché le basi vengono attaccate molto più raramente di quanto non succeda alle singole squadriglie, ma quando vai a combattere gli incendi non hai una base. Voglio dire, abbiamo un campo base, quello sì, ma l'unica cosa che lo protegge è la distanza, e se il fuoco si muovesse in direzioni inaspettate, il campo potrebbe essere colpito. Sono poche le cose a cui tengo davvero e che mi dispiacerebbe perdere, e il Kindle è una di quelle."

Ian annuì. Le implicazioni che stavano dietro le parole di Thorne lo avevano confuso, ma avendo a disposizione solo qualche foglio per comunicare, gli sembrava un'impresa titanica dare un senso ai propri pensieri. La cosa che lo colpì di più, tuttavia, fu che l'uomo aveva lasciato il Kindle a casa di un amico e non a casa propria. Possibile che non avesse un posto da poter chiamare casa? Sembrava proprio di no, e quel pensiero lo rattristò incredibilmente.

Dove vivi quando non sei fuori con la Protezione Incendi? scrisse.

456

"Fino a qualche mese fa, vivevo all'interno delle basi presso cui ero assegnato," rispose Thorne. "Era meno costoso e più comodo di una casa mia, tanto non ho una famiglia di cui preoccuparmi. E da quando mi sono congedato sono stato con il Servizio Protezione Incendi, quindi ho vissuto in una tenda, ovunque il fuoco ci chiamasse."

E quando i fuochi saranno spenti?

"Immagino che dovrò cercare un posto dove vivere," rispose Thorne. "Non nutro un attaccamento particolare verso nessun luogo, quindi immagino dipenderà da dove troverò lavoro."

E la tua famiglia?

"Non ho nessuno," disse l'ex-soldato. "Sono tutti morti in un incidente molto tempo fa."

Mi dispiace, scrisse Ian, sentendosi un coglione per aver fatto riaffiorare quelli che erano evidentemente brutti ricordi, indipendentemente da quanto vecchi.

"Non lo sapevi," fece Thorne. "È normale chiedere. Magari sarò abbastanza fortunato da trovare un'altra famiglia, proprio come te."

Ian desiderava disperatamente suggerire a Thorne di restare alla stazione, ma non poteva farlo senza averne prima parlato con Caine e Macklin, e se anche questi ultimi avessero acconsentito, restava un atteggiamento presuntuoso. Non aveva idea se l'uomo fosse interessato a lavorare in una stazione dove si allevavano pecore. A lui piaceva, ma aveva incontrato moltissime persone che ci provavano per un'estate e poi decidevano che non era il loro mestiere.

Prima che riuscisse a trovare le parole per rispondere, tuttavia, la porta si aprì di nuovo e fecero il loro ingresso Neil, Caine e Macklin. Ian li salutò con la mano, giacché non poteva parlare, e aspettò mentre facevano il terzo grado a Thorne riguardo al suo stato. Questi riferì quello che sapeva e promise di andare a informarsi sul resto.

Qualche minuto più tardi arrivò un dottore, e fu solo dopo che si fu allontanato di nuovo e Caine ebbe mandato Neil a prendere la cena, che Ian si accorse che Thorne non era rientrato dalla sua ambasciata.

Dov'è Thorne? Scrisse sul blocco, poi lo passò a Caine.

"Non lo so," rispose quello. "Vuoi che vada a cercarlo?"

Ian scosse la testa. Thorne era un adulto perfettamente in grado di prendersi cura di sé, e lui doveva smetterla di comportarsi da adolescente e sentirsi trascurato solo perché non l'aveva salutato prima di andare via.

"Magari è andato a prendere qualcosa da mettere sotto i denti. Scommetto che non ha mangiato più nulla dall'ora di colazione," rispose Caine. "Vedrai che tornerà subito."

Ian non ne era così certo, ma non replicò. Invece scrisse: Il fuoco è sotto controllo?

"Abbastanza. Almeno per il momento," disse Caine. "Non è completamente spento, ma lo controlliamo e, sempre che non riesca a superare la barriera, dovrebbe esaurirsi in pochi giorni. Però hanno previsto nuovi temporali per questa notte e c'è la possibilità che nascano nuovi incendi, specialmente se avremo solo fulmini e niente pioggia, come è successo negli ultimi tempi."

Ian annuì. I temporali che scoppiavano in quella stagione erano sempre accompagnati dal rischio di incendi, soprattutto quando l'inverno e la primavera erano stati secchi come quell'anno. Nessuno si aspettava un'estate umida, ma la mancanza di piogge durante l'inverno aveva decisamente reso più gravi i problemi che stavano affrontando in quel momento.

"Ti manca qualcosa?" si informò Macklin. "Torniamo alla stazione questa notte e possiamo chiedere a qualcuno di portarti il necessario."

Ian annuì. Altri libri?

Macklin rise. "Dammi i titoli."

Ma a lui non importava davvero quali; aveva già letto tutti quelli contenuti nella sua libreria. Thorne, tuttavia, era interessato al Principe Dragone, quindi Ian decise di farsi mandare il resto della serie. A lui non sarebbe certo dispiaciuto rileggerli e se anche Thorne li avesse trovati di suo gradimento, avrebbe avuto la possibilità di proseguire con la lettura della serie, quando alla sera fosse passato a fargli visita. Se invece non gli fossero piaciuti... in quel caso, Ian poteva perdonargli quello scivolone, giacché era un appassionato di fantasy in generale. Scrisse i titoli e diede la lista a Macklin.


L'ORARIO DELLE visite era quasi passato quando Thorne fece la propria ricomparsa in ospedale. Prima, nel momento in cui Ian aveva cominciato a parlare del suo futuro, si era sentito afferrare da un senso di oppressione e aveva dovuto allontanarsi, ma ora gli dispiaceva di essere sparito senza una spiegazione. Non aveva idea di come giustificarsi, però sapeva di doverlo fare. Aveva guidato distrattamente per le strade della città finché una piccola libreria notata per caso gli aveva dato un'idea. Come al solito ci era rimasto dentro più tempo del previsto, ma alla fine ne era uscito portando con sé l'ultimo volume di Tad Williams nella speranza che, essendo di recente pubblicazione, Ian non avesse ancora fatto in tempo a procurarselo. Se invece lo avesse già avuto, Thorne aveva deciso di tenerlo per sé. Da quando aveva il Kindle raramente comprava dei cartacei, ma uno in più o in meno non sarebbe stato un problema. Anche perché non avrebbe occupato chissà poi quale spazio nell'angolo dell'appartamento che Walker gli aveva gentilmente concesso per conservare le sue cose.

"Ciao," salutò entrando nella stanza e notando che Ian era di nuovo da solo. "Ti ho portato una cosa."

Ian sollevò lo sguardo dal libro che aveva ripreso a leggere e inarcò di nuovo l'elegante sopracciglio in un gesto che indicava curiosità. Thorne si sentì afferrare dal desiderio assurdo di baciarlo, proprio lì e in quel momento, ma non sapeva come l'altro avrebbe reagito alle sue avances, così si accontentò di porgergli la bustina della libreria.

"Spero che, siccome è abbastanza recente, tu non l'abbia ancora comprato," disse, mentre Ian estraeva il libro dalla busta e lo guardava. Qualche secondo dopo scosse la testa e Thorne sentì di potersi finalmente rilassare. Non era certo che le sue scuse fossero state accettate, ma almeno gli aveva fatto un regalo gradito.

"Caine e Macklin sono tornati a Lang Downs?" chiese.

Ian annuì.

"Il dottore ha risposto alle tue domande?"

Ian annuì di nuovo e allungò la mano per prendere il blocco e la penna appoggiati sul comodino accanto al letto. Scrisse per qualche secondo, poi gli passò l'appunto. Dai cinque ai sette giorni a seconda di come reagisco. Ma già da domani cominceranno a togliermi la maschera per brevi intervalli.

"Bene," disse Thorne. "Meglio di niente, e sarà più facile parlarti."

E più veloce, scrisse Ian.

"Sì, anche più veloce," concordò lui. "Magari dovrei avviarmi anch'io. Non mi piace troppo l'idea di guidare su quelle strade sterrate al buio. Se conoscessi la zona un po' meglio, non ci sarebbero problemi, ma per come stanno le cose non vorrei perdermi oppure trovarmi bloccato da qualche parte. Però domani sera torno a trovarti, okay?"

Ian annuì. Stai attento.

Thorne sorrise quando lesse le due parole. Si fece coraggio e, chinandosi, gli posò un bacio sulla guancia. "Starò attento," promise. "Adesso ho una ragione in più per farlo."

Osservò il jackaroo sgranare per un attimo gli occhi e temette di aver osato troppo, ma poi Ian sorrise e gli prese la mano. Thorne ricambiò la stretta e il sorriso. Non voleva andare via. Voleva rannicchiarsi nel letto accanto a lui e sorvegliarlo per tutta la notte. Ovviamente, lì in ospedale non correva alcun pericolo – e se anche fossero sopraggiunti dei problemi, era nel posto giusto per ottenere tutto l'aiuto possibile – ma l'idea di lasciarlo da solo continuava a non piacergli. Dubitava, tuttavia, che l'ospedale gli avrebbe permesso di restare. La sua appartenenza al Servizio Protezione Incendi gli aveva garantito una certa immunità quel giorno, ma da quello che ne sapeva gli ospedali erano abbastanza rigidi riguardo agli orari di visita, a meno che il paziente non fosse in condizioni critiche, e non era certo il caso di Ian. Inoltre, rischiava di passare la notte sacrificato in un letto non adatto a ospitare due persone, pagando l'indomani con un bel mal di schiena. Nonostante tutto, però, non riusciva a convincersi ad alzarsi e salutare.

Alla fine Ian liberò la mano e prese la penna. Vorrei poterti baciare di nuovo.

Thorne rimase senza fiato. "Se tu non fossi bloccato in quel letto, farei molto di più che baciarti," affermò poi. "Magari domani ti toglieranno la maschera mentre sono qui e potremo farlo come si deve."

Ian annuì e allo stesso tempo cominciò a tossire.

"Merda, mi dispiace," si affrettò a scusarsi Thorne. "Non volevo farti venire un altro attacco."

Ian scosse la testa, ma Thorne continuò a sentirsi responsabile. Il respiro del jackaroo era stato abbastanza normale finché lui non aveva ventilato l'idea del sesso. Gli diede un altro tenero bacio sulla fronte. "Ti lascio in pace adesso. Mi dispiace se ti ho fatto star male, ma prometto che farò del mio meglio perché Lang Downs sia al sicuro. Ci vediamo domani, va bene?"

Ian aggrottò le sopracciglia e gli prese la mano per fermarlo, ma Thorne si liberò gentilmente. "A domani sera," ripeté. Non sapeva cosa l'altro avesse in mente di dire, ma qualunque cosa fosse non se la sentiva di affrontarla in quel momento. Il giorno successivo avrebbe fatto quello che doveva e quando, alla fine della giornata, fosse tornato a trovarlo e Ian fosse stato nelle condizioni di parlare, avrebbero chiarito ogni cosa. "Goditi il libro."

Udì il verso di protesta o frustrazione, o magari entrambe, che provenne da Ian, ma non per questo cambiò idea. Non poteva. Rovinava tutto ciò che toccava in quel periodo e non voleva fare del male anche a lui.

Raggiunse l'ute e, una volta salito, appoggiò la fronte sul volante. Cazzo, aveva bisogno di bere. Anzi, aveva bisogno di ubriacarsi come una spugna e scopare la prima anima che si fosse mostrata consenziente, ma sapeva che non avrebbe fatto nessuna delle due cose. Una promessa era una promessa e Thorne non aveva nessuna intenzione di rimangiarsi quella che aveva fatto a Ian, anche se ciò significava tornare in prima linea quella notte stessa e assicurarsi che il fuoco non si avvicinasse a Lang Downs.


IAN PUNTÒ lo sguardo sul libro che stringeva fra le mani perché non sopportava la vista della stanza vuota. Aveva accettato di buon grado quando Macklin e Caine erano andati via perché continuava a ripetersi che Thorne era solo andato a prendere qualcosa da mangiare e presto sarebbe tornato, ma ora che anche lui era andato a casa per la notte era tutto un altro paio di maniche. Non avrebbe dovuto lasciarsi abbattere da una cosa del genere. Alla stazione erano più le sere che trascorreva da solo che quelle che passava in compagnia; senza contare che con Thorne aveva parlato solo qualche ora. Non abbastanza da giustificare quella sensazione strisciante dovuta alla sua assenza.

Era il modo in cui l'altro era andato via ad averlo turbato. Prima era rientrato quasi timidamente, portando con sé un regalo che gli aveva messo in mano con tenera goffaggine, e ciò lo aveva reso ancora più prezioso ai suoi occhi. Era chiaro che Thorne non fosse avvezzo a fare regali e non aveva idea di come il suo pensiero sarebbe stato accolto, però aveva lo stesso speso del tempo per scegliere qualcosa di suo gradimento. Poi gli aveva sfiorato teneramente la guancia e lui aveva avuto voglia di un altro bacio, uno vero questa volta, e lo aveva detto. Persino in quel momento, a mente fredda, stentava a credere di essere stato tanto audace. Lui non diceva cose del genere. Non provava cose del genere, o forse sì, e Thorne aveva reagito esattamente come si era aspettato: chiedendo di più. Ian si disse che non era una brutta cosa, che era normale desiderare che un bacio si trasformasse in altro. Erano uomini adulti, e di conseguenza liberi di lasciare che i baci conducessero al sesso. Thorne non aveva motivo di sospettare che Ian non fosse normale sotto quel punto di vista e che il semplice pensiero del sesso lo terrorizzasse, anche se l'attacco di tosse poteva essere stato un indizio piuttosto chiaro, visto il modo in cui l'altro se l'era filata subito dopo.

Ian, lo sguardo puntato sul libro, si accigliò di nuovo. Aveva rovinato tutto prima ancora di avere la possibilità di cominciare? Il solo pensiero lo faceva star male, ma la consapevolezza di ciò che avrebbe implicato stare insieme a un uomo lo faceva stare anche peggio. Senza contare che tutto quel ragionamento dava per scontato che Thorne rimanesse alla stazione, cosa alquanto improbabile. Aveva detto di non avere nessun altro luogo dove andare, ma ciò non significava che avesse intenzione di restare a Lang Downs. E non significava neppure che Caine e Macklin potessero permettersi di assumere un altro jackaroo in pianta stabile, specialmente uno da istruire. Avevano preso Chris e Seth, ma originariamente era stato per l'estate e quando poi avevano chiesto loro di restare, Chris era già abbastanza esperto della stazione. Avevano preso anche Sam, ma la sua abilità nell'amministrare le finanze era stata di grande aiuto. Sam non era un jackaroo, ma aveva ottime competenze per ciò che riguardava altri aspetti della gestione. Ian non aveva idea in cosa Thorne fosse esperto, tranne che nel combattere sia gli uomini che gli incendi. Era certo che l'uomo avesse imparato anche altro negli anni trascorsi sotto le armi, ma non sapeva se qualcuna di quelle capacità sarebbe stata utile in una stazione.

Stai mettendo il carro davanti ai buoi, si rimproverò in silenzio. Niente di tutto ciò avrà importanza se chiederà più di quanto tu sia disposto a dare.

Sospirò sconfortato, mise da parte il regalo di Thorne e riprese Il principe dragone. Lì non doveva concentrarsi per andare avanti con la lettura, non quanto sarebbe stato necessario con qualcosa di nuovo. La storia già nota gli permetteva di procedere in modo meccanico e dimenticare, almeno per qualche ora, di essere troppo danneggiato perché qualcuno avesse voglia di sopportarlo a lungo.

# CAPITOLO 10

THORNE ARRANCAVA attraverso la foresta in fiamme, rallentato dal peso che si portava sulle spalle. Doveva uscire da quell'intrico di alberi ma ovunque si girasse c'era qualcosa che gli bloccava il passaggio: un muro di fiamme, un mucchio di cadaveri, ribelli con mitragliatori e machete puntati contro di lui e contro il suo prezioso carico. Si voltò a sinistra e si trovò improvvisamente davanti il corpo di un impiccato. A giudicare dall'aspetto doveva essere lì già da alcuni giorni. Il fuoco non lo aveva ancora raggiunto, ma i corvi sì. Thorne sentì la bile salirgli in gola, ma si costrinse a guardarlo in viso nel caso fosse riconoscibile.

Lo sguardo verde di Ian lo fissava vitreo da fuori le orbite gonfie.

Barcollò all'indietro, allontanandosi dal corpo e cercando di non vomitare. Doveva andare avanti. Se si fosse fermato sarebbero morti entrambi e lui non poteva permetterlo. Aveva già deluso troppe persone e sbagliato troppe volte. Non poteva farlo ancora. Non sarebbe sopravvissuto a un'altra perdita.

Aggirò il cadavere e continuò ad avanzare lungo il sentiero. L'uomo era morto di una morte orrenda, ma il suo corpo non era stato ancora bruciato. Il fuoco non era quindi ancora arrivato fin lì e quella strada avrebbe dovuto essere sicura. Thorne avrebbe portato in salvo il suo fardello e tutto sarebbe andato bene.

Aveva percorso un paio di centinaia di metri quando incespicò in qualcosa che spuntava dalle felci e quasi cadde. Riuscì a recuperare l'equilibrio e abbassò lo sguardo per vedere cosa l'avesse fatto inciampare. Un paio di piedi calzati da stivali ingombravano il sentiero. Thorne seguì le gambe fino al corpo e capì subito che non c'era speranza. Metà del torso era squarciata. Nessuno sarebbe sopravvissuto con una ferita del genere. Sperando di riuscire a identificarlo, Thorne lo fece rotolare sulla schiena, con l'unico risultato di cominciare a vomitare.

Gli occhi di Ian erano chiusi, ma non c'era modo di non riconoscere i suoi capelli rossi, le lentiggini e la curva morbida delle labbra.

Doveva andare via. Doveva riuscire a mettersi in salvo. Si rimise in spalla il suo fardello e nonostante il peso si mise a correre. La foresta era pericolosa anche senza il fuoco. Prima il cadavere impiccato e ora questo, lacerato da una granata o una mina antiuomo. Dovevano andare via da lì se volevano sopravvivere. Dovevano raggiungere la base, la salvezza, le cure e la possibilità di stare al sicuro.

Più avanti il sentiero curvava verso destra. Thorne corrugò la fronte, perplesso. Anche il fuoco era alla loro destra. Non potevano procedere in quella direzione, ma non vedeva nessun altro passaggio, e non potevano neppure tornare indietro. Il pericolo era alle loro spalle. Il fuoco alla loro destra. L'unica possibilità era seguire il sentiero e sperare che la deviazione servisse solo a evitare un qualche tipo di ostacolo lì davanti. Riprese il cammino, ma ben presto vide altri cadaveri schierati a lato del passaggio. Avevano tutti le mani legate dietro la schiena e una singola ferita di arma da fuoco sul retro della testa. Un'esecuzione, quindi, anche se ciò non rendeva la vista meno spaventosa. La cosa più raccapricciante, però, era che tutti esibivano una testa di capelli rossi. Sapeva, anche senza il bisogno di guardare, che portavano le fattezze di Ian.

Li superò in fretta, ormai sul punto di cedere alla disperazione. La base doveva essere lì davanti. Trasportava quel corpo sulle spalle da molto ormai. La foresta ai suoi lati cominciò a confondersi mentre lui la percorreva di corsa. I tronchi degli alberi si fondevano gli uni con gli altri in un folle caleidoscopio di colori e sensazioni. Lampi di rosso contro il verde e il marrone delle piante cercarono di attirare la sua attenzione, ma lui li ignorò. Non ce l'avrebbe fatta a vedere un altro corpo con le fattezze di Ian. Non poteva fermarsi. Doveva portare il suo compagno in salvo.

Con un ultimo scatto, superò le porte della base proprio mentre queste si stavano chiudendo. Poi, con attenzione infinita, lasciò scivolare il corpo dalle proprie spalle e lo adagiò su una delle brande dell'infermeria. Ian aveva gli occhi chiusi, ma Thorne non si lasciò impressionare. Chiamò il dottore e nel frattempo cominciò a cercare il battito. Era debole, ma presente, così rimase vicino al compagno incosciente finché il medico arrivò e cominciò a visitarlo per cercare la ferita.

Osservarono ogni lembo di pelle, ma non riuscirono a trovare nessun segno che potesse giustificare quello svenimento. Nessuno squarcio, nessuna contusione, niente che potesse dare loro un suggerimento riguardo a una possibile cura. Ian se ne stava semplicemente lì, immobile, il respiro sempre più flebile. Il dottore gli mise una flebo, inoculandogli nel corpo liquidi, medicine o chissà cos'altro, ma senza risultato. Poi, all'improvviso, il respiro si arrestò e il petto smise di muoversi. Thorne si trasformò in un turbine di azione, spingendogli aria nei polmoni affinché riprendessero a pompare ossigeno, appoggiandogli due dita sul collo per controllarne le pulsazioni. Penosamente lente, ma c'erano, così Thorne continuò a respirare per entrambi. Poteva farlo. Poteva farlo per tutto il tempo che fosse stato necessario. Il dottore avrebbe scoperto qual era il problema e l'avrebbe risolto, e nel frattempo lui avrebbe continuato a far respirare Ian e a fargli battere il cuore. Non aveva intenzione di perderlo. Non di nuovo.

Il battito perse qualche colpo e Thorne cominciò con la rianimazione. Trenta compressioni, due respiri, trenta compressioni, due respiri. Non aveva idea di quanto andò avanti nell'attesa che il dottore scoprisse la causa di quello stato, ma a un certo punto cominciarono a fargli male le braccia e a bruciargli i polmoni per lo sforzo. Sentì delle mani afferrarlo per le spalle e provare a trascinarlo via da Ian, ma lui oppose resistenza. Possibile che non lo vedessero? Non era morto. Stava solo dormendo, e lui doveva riuscire a svegliarlo.

Le mani lo strattonarono di nuovo, riuscendo, questa volta, a separarlo da Ian. E mentre i medici coprivano il corpo dell'uomo con un lenzuolo, lui abbandonò la testa all'indietro e urlò tutto il suo senso di impotenza.

Fu il mugghio del suo stesso urlo a strapparlo all'incubo e farlo ripiombare nel presente. Il cuore gli batteva furiosamente nel petto, e Thorne rantolò per riprendere fiato mentre cercava di disperdere le immagini del sogno e riconnettersi alla realtà. Era steso sul divano di Ian, le coperte così attorcigliate alle gambe da impedirgli di muoversi. Fuori era ancora buio e nonostante Thorne avesse la sensazione che il mattino fosse ormai vicino, la luce proveniente dalla lampada che era rimasta accesa quando si era addormentato rendeva difficile valutarlo con sicurezza. Era al sicuro e stava bene, sebbene si sentisse un po' ammaccato. La schiena gli bruciava là dove si era tagliato il giorno prima, ma non si trattava che di un piccolo fastidio nel grande schema delle cose. Il libro che aveva cominciato a leggere prima di dormire era ancora appoggiato sul tavolo, in attesa di essere ripreso. Il sogno poteva essere spiegato con relativa facilità: un amalgama ipnagogico delle sue peggiori esperienze con la morte, il viso di Ian sovrapposto a quello di tutti gli uomini che aveva visto trucidati, giustiziati o ammazzati in battaglia, e infine a quello di Walker. Sapeva che Nick non era morto – le sue cose erano conservate nel suo appartamento – ma c'erano andati vicini e Thorne avrebbe portato per sempre con sé il ricordo di quella fuga forsennata attraverso la foresta.

Gli incubi, però, li avrebbe evitati volentieri.

Aveva abbastanza esperienza di brutti sogni e delle sue reazioni a essi da sapere che non si sarebbe riaddormentato, così si districò dalle coperte, le piegò ordinatamente e andò a fare la doccia. Si sarebbe schiarito la mente e poi sarebbe andato subito a combattere il fuoco in prima linea. Non poteva cambiare il passato, ma poteva assicurarsi che Ian avesse ancora una casa a cui tornare quando i dottori lo avessero dimesso dall'ospedale.

"QUALCUNO HA visto Thorne oggi?"

"No, perché?" domandò Neil, sollevando lo sguardo dalla sua colazione.

"Perché non è venuto a dormire nella casa padronale e il suo ute non è insieme agli altri," rispose Caine. "Almeno è tornato alla stazione?"

"Sì," disse Neil. "L'ho sentito entrare nel cottage di Ian ieri sera. Magari ha parcheggiato il pick-up lì vicino."

"Non credo," fece Caine, ma andò alla finestra a controllare. "No, non lo vedo da nessuna parte."

Neil si accigliò. Thorne si era guadagnato la sua fiducia il giorno prima rischiando la vita per salvare Ian, proprio come Caine aveva fatto tutti quegli anni prima con lui. "Diavolo, spero che non abbia deciso di fare qualcosa di stupido."

"È una possibilità?" intervenne Macklin, raggiungendo Caine alla finestra.

"Forse." Neil fece loro segno di avvicinarsi. Ian non avrebbe gradito quello che Neil stava per rivelare, ma sarebbe stato anche peggio se lo avesse detto davanti a tutti i presenti. "Sapete che Thorne ha dei problemi, no?" Caine e Macklin annuirono. "Be', a quanto pare ha visto in Ian un punto fermo. Due sere fa ha quasi perso di nuovo il controllo e ha permesso a Ian di restargli vicino finché non si è calmato. Hanno parlato e poi Thorne ha dormito sul suo divano. Magari non vuol dire niente, ma quando ieri ha scoperto che Ian non era tornato insieme alla sua squadra è andato fuori di testa. Ian è il mio migliore amico, eppure io non sarei tornato in quell'inferno per niente al mondo. Non avrei neanche saputo da che parte cominciare, tanto per dirne una. Thorne, invece, si è calato come se niente fosse, ed è tornato su insieme a Ian. E…"

A quel punto ebbe un attimo di esitazione. Quello che aveva riferito fino a quel momento era in sostanza di pubblico dominio, fatti a cui aveva assistito e non qualcosa che Ian gli aveva detto in confidenza. Continuare, però, avrebbe significato tradire la fiducia dell'amico. Guardò i due uomini che gli erano seduti di fronte: se qualcuno all'interno della stazione doveva sapere ciò che Ian gli aveva confessato, erano loro, perché qualunque tipo di impegno a lungo termine necessitava la loro approvazione. "E credo che a Ian piaccia. In quel senso."

Macklin lo guardò perplesso. "Ian?"

"Sì, Ian," rispose Neil. "Lo frequento da tre lustri e non l'ho mai visto dimostrare interesse verso nessuno. Non conosco Thorne, quindi non saprei dire se lo ricambia, ma gli ha salvato la vita. Credo che il minimo che possiamo fare sia concedergli la possibilità di fare chiarezza nella sua testa."

"Senza contare che ti piacerebbe vedere Ian finalmente felice," aggiunse Caine.

"Sì, anche quello. Ha sempre il sorriso sulle labbra e una parola gentile per tutti, ma avete mai guardato i suoi occhi?" spiegò Neil. "È sempre solo, anche in mezzo a una folla. Anche con me. Se Thorne riesce a far sparire quello sguardo, avrà tutto il mio appoggio."

"Però pensi che stia facendo qualcosa di stupido," rimarcò Macklin.

"Magari mi sbaglio, ma per quanto sia contento del risultato, andare a cercare Ian in mezzo al fuoco è esattamente ciò che definirei 'qualcosa di stupido'. E la scorsa notte ha dormito di nuovo in casa sua invece di tornare nella sua stanza alla casa padronale, che di certo ha un letto infinitamente più comodo del divano. Non ho idea di cosa gli stia passando per la testa, ma sarei pronto a scommettere che non ragiona lucidamente."

"Quindi che suggerisci?" chiese Caine.

"Di tenerlo d'occhio," rispose Neil. "Magari mi sbaglio e alla fine si risolverà tutto per il meglio, ma se ho ragione e lui comincia a fare delle scemenze, forse possiamo farglielo notare, e se non lo capisce, possiamo provare a proteggerlo da se stesso."

"Ci sono dei bambini qui alla stazione," disse Macklin. "Non possiamo permettergli di restare se dovesse rivelarsi un pericolo per la loro sicurezza."

"Lo so, uno dei quei bambini è mia figlia, e presto saranno due. Ma i bambini possono imparare a rispettare i suoi paletti, così come possono impararlo gli adulti. E non ha davvero fatto male a Laura. Però ha salvato la vita di Ian. Non basta per concedergli il beneficio del dubbio?"

"Sì," affermò Caine, interrompendo la risposta di Macklin, "ma c'è comunque un confine che non può superare e se lo fa dovremo chiedergli di allontanarsi."

"Mi sembra giusto. Grazie. Carico qualcuno e poi torno in prima linea. Non mi piace l'idea che sia là fuori da solo."

"Ci sono gli altri pompieri," disse Macklin.

"Sì, ma non li conosco. Mentre so che i nostri lo terranno d'occhio."

"Verremo anche noi appena possibile."

"Grazie," disse Neil. Prese il cappello e le chiavi di uno degli ute e andò alla ricerca di qualcuno che avesse già finito la colazione. L'uomo brontolò un po' per la fretta con cui fu strappato alla compagnia, ma Neil era il sovrintendente e nessuno aveva il coraggio di tenergli testa troppo a lungo.

IL FUOCO era avanzato rispetto al giorno precedente, scoprì Thorne quando raggiunse il campo base. Le fiamme sul fondo della scarpata e nei boschi circostanti si erano esaurite quasi del tutto durante la notte, anche se il capitano Grant aveva ordinato a una squadra di controllare bene e spegnere, se possibile, ogni focolaio ancora attivo. Le barriere avevano resistito da un lato, ma l'incendio era riuscito a superarle dall'altro e ora stava bruciando attraverso i campi a ovest del burrone dove lo avevano combattuto il giorno prima.

"Dobbiamo cercare di spegnerlo," disse Thorne. "Non basta cercare di contenerlo. Ogni volta che lo facciamo, riesce a superare le barriere e avanzare."

"Non ho né gli uomini né i mezzi per affrontarlo direttamente," ribatté il capitano Grant.

"Li avrà," disse Thorne. "Quando gli uomini di Lang Downs arriveranno potranno usare i loro ute per andare nei campi. In mezzo agli alberi erano inutili, ma all'aperto è tutt'altra faccenda. Li faccia schierare all'estremità della barriera per poi muoversi verso l'interno, affogandolo via via che si spostano. Se si mantengono vicini gli uni agli altri, dovrebbero essere in grado di fendere le fiamme."

"Significa chiedere molto."

"Ci sono le loro vite e il loro sostentamento in ballo," disse Thorne. "Non credo che rifiuteranno."

"Bene, glielo chiederò," acconsentì il capitano, "ma finché non arrivano, voglio che pensiate ad allargare la barriera."

Thorne non condivideva l'ordine. Avrebbe dovuto. Sapeva che indietreggiare era la cosa migliore da fare con pochi uomini e un incendio così poderoso, però non riusciva ad accettarlo. Ogni metro di pascolo conquistato dal fuoco era un metro più vicino a Lang Downs. Thorne aveva già fallito una volta con Ian. Non sarebbe successo di nuovo. Afferrò uno degli idranti contenenti la schiuma e si unì a una delle squadre. Nessuno lo degnò di una seconda occhiata poiché spesso irrigavano le barriere con la schiuma per scongiurare la possibilità che le fiamme attecchissero a qualsiasi cosa di infiammabile fosse rimasto in mezzo alla terra, ma quando raggiunsero la loro destinazione lui non si fermò. La schiuma poteva essere usata sia come prevenzione che per soffocare le fiamme alla base.

Sentì che qualcuno lo chiamava, ma non ascoltò. Gli altri potevano eseguire gli ordini oppure seguirlo, a loro la scelta. Lui avrebbe spento il fuoco.

UN'ORA DOPO, Thorne tornò verso la barriera per sostituire il serbatoio ormai vuoto che portava sulle spalle. Non poteva affermare di aver spento completamente il fuoco, ma aveva fatto del suo meglio per intaccarlo. Gli altri pompieri lo guardarono sconsolati mentre scambiava il serbatoio vuoto con quello pieno e si voltava per tornare verso il pascolo. Aveva percorso pochi metri quando qualcuno lo afferrò per un braccio e lo costrinse a girarsi. Thorne sollevò d'istinto i pugni, ma si bloccò quando vide la faccia di Neil.

"Dove diavolo pensi di andare?" gli chiese l'uomo.

"A fare il mio lavoro," rispose lui freddamente. "Il fuoco è da quella parte, non qui."

"E tu hai intenzione di affrontarlo da solo, senza nessuno che ti guardi le spalle? Sei scemo o cosa?"

"So quello che faccio," insisté lui.

"E chi lo spiegherà a Ian quando ti farai uccidere?" urlò Neil. "Vuoi farmi entrare in quella stanza d'ospedale per dire al mio migliore amico che l'unica persona a cui si sia mai interessato ha fatto una cretinata e si è ustionato, se non peggio? Stai certo che se dovesse succedere una cosa simile dimenticherò quanto ti sono grato per avergli salvato la vita e ti strangolerò con le mie stesse mani."

"Gli ho promesso che non avrei lasciato che il fuoco vincesse," protestò Thorne, per quanto sottosopra da ciò che le parole di Neil avevano rivelata. "Ha già perso molto in vita sua. Non permetterò che perda anche la sua casa."

"Non perderà la sua casa," replicò Neil. "Se anche gli edifici dovessero bruciare fino a crollare, non perderà la sua casa, perché Lang Downs non è solo un gruppo di costruzioni in mezzo a una vallata. Lang Downs sono gli uomini e le donne che la abitano, che credono in ciò che essa rappresenta, e se non riesci a capirlo, allora forse non è il posto per te."

"Cosa?"

"Ho parlato in tuo favore questa mattina," disse Neil. "Ho detto a Caine e Macklin che appartieni alla stazione e di proteggerti allo stesso modo in cui proteggono noi. Ho detto che pensavo che saresti stato la persona giusta per Ian, ma se non riesci a capire neanche il fondamento di ciò che siamo e come lavoriamo, allora forse mi sono sbagliato."

465

Thorne dovette fermarsi e riflettere. Non credeva alle sue orecchie: in primo luogo che Ian avesse raccontato a Neil di lui, e poi che Neil avesse tradotto le parole dell'amico in un suo possibile soggiorno a Lang Downs. Avrebbe avuto di nuovo una casa. Gli sembrava troppo bello per essere vero, ma non era il momento adatto per pensarci.

"Ascolta, il capitano ha scelto la tattica più sicura. Sta cercando di contenere il fuoco anziché soffocarlo. Con un numero limitato di uomini non sarebbe una cattiva strategia, ma con gli ute e i lavoranti di Lang Downs possiamo essere più aggressivi. Possiamo spegnerlo anziché contenerlo e aspettare che si estingua da solo. In mezzo al bosco non era possibile: c'era troppo combustibile e poco spazio, ma nei pascoli il fuoco non è altrettanto veloce e violento. Avanza lentamente e a terra, non alto e ruggente come ieri. Se mettiamo gli ute in fila e andiamo avanti, spruzzando le fiamme via via che le troviamo, penso che potremmo sconfiggerlo. Io sono riuscito a spegnerne una parte, ma è troppo esteso perché possa farcela da solo."

"Mi sembra un buon piano," disse Neil. "Ma non posso decidere da solo. Lascia che parli con gli altri."

Thorne annuì e tornò verso il proprio ute. Avrebbe lasciato lì l'estintore e sarebbe salito su uno dei pick-up della stazione, così da poter spruzzare l'acqua. Inoltre, sapeva dove si trovava il fronte dell'incendio. Ce li avrebbe condotti in fretta e senza perdite di tempo.

"Non hai ascoltato gli ordini del tuo capitano questa mattina."

Thorne girò su se stesso e vide Macklin camminare nella sua direzione. Represse la propria reazione istintiva perché l'uomo non sembrava dell'umore adatto per assecondarlo, e perché, improvvisamente, aveva tutte le ragioni per desiderare di lasciargli una buona impressione.

"Non erano gli ordini giusti," rispose.

"Forse no, ma hai deliberatamente messo in pericolo la tua vita senza che qualcuno ti guardasse le spalle."

"Neil mi ha già rimproverato ampiamente."

"E con ogni probabilità ha detto più del necessario, lo conosco," disse Macklin scuotendo la testa. "Quel suo brutto carattere lo farà ammazzare uno di questi giorni. Non ho intenzione di urlare. Ti dirò solo questo: qualche volta è necessario correre dei rischi, ma non voglio nessuno nella mia stazione che metta in pericolo le persone perché è incauto. C'è differenza tra le due cose e farai meglio a capirlo se hai intenzione di restare nei paraggi."

Le parole di Macklin lo colpirono ancora più nel profondo di quanto avessero fatto quelle di Neil. Macklin poteva rendergli possibile restare a Lang Downs insieme a Ian e dare loro il tempo di scoprire se fosse possibile costruire qualcos'altro al di là del bacio frenetico che si erano scambiati il giorno prima in mezzo al fumo. Macklin aveva anche il potere di cacciarlo e negargli quella possibilità. Thorne se ne infischiava di quale fosse l'opinione del capitano su di lui, ma quella di Macklin era improvvisamente vitale.

"Starò più attento," promise, "ma ho un piano. Un piano attuabile. Sì, c'è qualche rischio, ma non credo sia avventato. La strategia del capitano non funziona. Dobbiamo pensare a qualcos'altro."

"Ti ascolto," disse l'uomo. Teneva ancora le braccia incrociate sul petto e niente nel suo linguaggio del corpo indicava che fosse ben disposto, ma Thorne decise di andare avanti lo stesso. Era la sua occasione di dimostrare a Macklin che era capace di pensare sotto pressione, di analizzare una situazione e valutarne i pro e i contro. Non l'aveva fatto quella mattina quando si era precipitato incontro al fuoco da solo, ma ne era capace. L'aveva fatto per anni nei Commando, ed era giunto il momento di provarlo anche ai jackaroo di Lang Downs.

Quando Thorne finì di esporre il proprio piano, Macklin era più rilassato e annuiva.

"Bene, faremo come dici tu," disse, prima di illustrargli le regole per la sicurezza che secondo lui erano indispensabili e che Thorne accettò senza fiatare. Quegli uomini erano gli amici di Ian. Non voleva essere costretto a dirgli che qualcuno era rimasto ferito più di quanto Neil volesse andare a dirgli che lui era rimasto ferito, specialmente se era in suo potere impedirlo.

# CAPITOLO 11

THORNE SI trascinò all'ospedale dopo cena. Si sentiva esausto nel corpo, ma esibiva un sorriso trionfante. Il suo piano aveva funzionato e i fuochi che erano usciti a combattere quella mattina erano ora molto ridimensionati. In alcuni punti gli ute non erano riusciti ad avvicinarsi fino al punto di spruzzare direttamente le fiamme, e se in un paio di casi Thorne sarebbe anche stato disposto ad affrontarle a piedi, era bastato uno sguardo di Macklin perché abbandonasse l'idea prima ancora di avere la possibilità di esprimerla a voce. Avrebbero dovuto tenere sotto controllo quelle aree e vedere se l'incendio si sarebbe estinto definitivamente o se avesse attecchito di nuovo in zone al momento spente, ma era il primo giorno da molte settimane in cui, secondo Thorne, erano stati fatti dei progressi concreti.

E, ancora più importante, Thorne si era di nuovo sentito parte di una squadra. Al picco della sua carriera, in compagnia di un gruppo di uomini di cui si fidava, era stato un ingranaggio di una macchina quasi perfetta. Non si era reso conto di quanto quel cameratismo gli fosse mancato finché non lo aveva vissuto di nuovo quel giorno. Macklin dirigeva le operazioni con la sicurezza di un sergente istruttore, mantenendo ognuno al suo posto e facendo spostare gli ute da una zona all'altra a seconda dell'intensità del fuoco, mentre gli uomini sotto il suo comando reagivano all'istante, con un affiatamento e una fiducia che Thorne aveva invidiato.

A quanto pareva Neil aveva ragione: non erano solo un gruppo eterogeneo di jackaroo, per quanto quella potesse essere la prima impressione. Erano una squadra, tenuta insieme dai residenti, i quali riuscivano a comunicare anche senza parole. Li aveva visti reagire a un gesto, a uno sguardo persino, e sapeva che quel tipo di rapporto non nasceva dopo giorni e neanche dopo settimane di convivenza. Ci volevano anni per imparare a lavorare insieme in quel modo, anni che quegli uomini avevano evidentemente trascorso a costruire qualcosa.

Thorne non era ancora uno di loro, però lo avevano incluso. L'avevano addirittura ascoltato quando aveva fatto loro notare alcune mancanze riguardo al modo in cui affrontavano le fiamme. Finché spiegava da cosa nascevano i suoi dubbi, erano disposti a seguirne i suggerimenti, ignorandolo solo quando il pericolo era maggiore di un possibile beneficio.

Le parole di Neil gli risuonavano ancora in testa. "Lang Downs non è solo un gruppo di costruzioni. Sono gli uomini e le donne che vi abitano a renderla ciò che è."

Aveva trascorso la giornata a proteggere quelle persone e a esserne a sua volta protetto, e il desiderio che ciò continuasse attingeva a un bisogno così profondo dentro lui da non riuscire neanche a vederne la fine.

La ragione per la quale era stato accolto in quel modo si trovava dall'altra parte della porta che aveva davanti. Neil aveva indicato con molta chiarezza per quale motivo erano disposti ad accettarlo fra loro: salvando la vita di Ian, Thorne si era guadagnato la possibilità sia di ottenere il rispetto della stazione che di assicurarsi l'interesse del jackaroo. Sperava solo di mostrarsi degno di entrambi.

Potendo, avrebbe preferito lavarsi prima di fare visita a Ian, ma non avrebbe avuto il tempo di tornare a Lang Downs e poi raggiungere l'ospedale prima della fine dell'orario di visita, così si era presentato al piano in condizioni a dir poco spaventose. L'unica nota positiva era che non aveva nessun nuovo taglio o graffio. Era sudato e sporco di polvere, ma almeno non sanguinava.

Inspirò a fondo per farsi coraggio, quindi spinse la porta ed entrò nella stanza.

"Ciao," lo salutò dal letto la voce gracchiante di Ian.

Thorne sorrise. Il jackaroo non aveva la maschera per l'ossigeno, nonostante fosse appesa a un gancio vicino al cuscino. Indossava i suoi vestiti e non aveva più il viso e i capelli sporchi di cenere, quindi dovevano averlo giudicato abbastanza in forze da potersi alzare e camminare fino al bagno.

"Ciao. Come stai?"

"Meglio, grazie," rispose Ian. "Sono ancora a corto di fiato, ma mi hanno tolto la maschera per qualche ora per vedere come me la cavo."

"Allora sono arrivato al momento giusto."

Ian arrossì. "Ho chiesto se potevano aspettare fino all'ora di cena, così non ce l'avrei avuta quando fossi venuto. Se fossi venuto, ovviamente."

"Te l'avevo promesso, no?" disse Thorne.

"Sì, però può capitare che le persone non mantengano le promesse, anche se ce la mettono tutta. Qualche volta la vita si mette in mezzo."

Thorne si chiese chi fosse stato in passato a tradire una promessa fatta a Ian e dove avrebbe potuto trovare quella persona, così da scacciare la tristezza che si nascondeva in fondo agli occhi del jackaroo. "Dammi il tuo numero," disse d'impulso. "In questo modo, se non riuscirò a essere nel luogo in cui avevo promesso di trovarmi, potrò chiamarti e spiegare. Non sarà la stessa cosa, ma almeno non passerai il tempo a preoccuparti."

Ian gli dettò il proprio numero e Thorne lo salvò nella rubrica del telefonino. Giurò a se stesso che solo l'Apocalisse avrebbe potuto impedirgli di mantenere una promessa fatta a Ian, ma se si fosse trovato a dover affrontare l'impensabile avrebbe almeno avuto la possibilità di avvisarlo.

"Com'è andata oggi?" chiese poi l'uomo. "Scusa, domanda scema. Si vede da quanta cenere hai addosso."

"Non è una domanda stupida," replicò Thorne. "È stata un'ottima giornata. La squadra di Lang Downs ha contribuito a spegnere una bella porzione di incendio. Ci sono rimasti solo pochi focolai, ed esclusivamente perché non siamo riusciti ad avvicinarci con gli ute. Qualche altro giorno e l'incendio potrebbe essere spento del tutto."

"Oh, ottime notizie," esclamò Ian, rattristato. La sua espressione cozzava così tanto con le parole, che Thorne cominciò a sperare che Neil potesse avere ragione. "Che farai a quel punto?"

"Andrò uno o due giorni a Wagga Wagga," rispose lui. "Tutte le mie cose sono conservate là a casa di un amico. Walker ha detto che potevo lasciarcele finché non avessi avuto un posto mio, ma non voglio approfittare della sua generosità, soprattutto perché presto sarà di ritorno dalla sua missione."

"Quindi hai trovato un posto dove stare?"

"Forse," rispose lui. "Neil e Macklin pensano che potrei restare a Lang Downs, se per te va bene."

"Davvero vuoi restare?"

Thorne annuì. "Non mi sono mai fermato da quando ho lasciato l'esercito perché non mi sentivo a mio agio da nessuna parte. Ho pensato che magari con i pompieri sarebbe andata meglio, che saremmo stati una squadra, ma in realtà ci conosciamo a malapena. Sono tutti volontari. Bravi ragazzi, certo, ma non è la stessa cosa che essere parte di un gruppo.

Oggi però, mentre guardavo Macklin e Neil dirigere le operazioni, mi sono sentito di nuovo parte di un tutto ed è stato come tornare a casa."

Ian rimase in silenzio così a lungo che Thorne cominciò a sentirsi nervoso. "A meno che tu non preferisca che me ne vada. Non avrei dovuto presumere quando ti ho baciato, ma tu hai ricambiato e…"

"Thorne, basta," lo interruppe gentilmente il jackaroo. "Non hai presunto nulla e ho davvero ricambiato il tuo bacio. Avrei voluto baciarti anche ieri sera, se è per questo. È che… non mi comporto così di solito, ma non importa, perché tanto lo sto facendo lo stesso. Sì, voglio che tu rimanga, ma…"

"Ma?" lo spronò lui quando l'altro si interruppe.

"Dicevo sul serio: di solito non mi comporto così. Non ho mai avuto una storia vera. La vita non è stata facile per me prima di arrivare a Lang Downs, e anche se le cose sono migliorate da quando mi sono stabilito alla stazione, non avrei mai immaginato di poter incontrare qualcuno. Non sapevo neanche che Macklin fosse gay finché non si è messo con Caine, e a quel punto mi ero già rassegnato a stare da solo. Non è così strano in una stazione. Ma poi è arrivato Caine, e Neil ha incontrato Molly, Kyle ha sposato Linda, e io mi sono ritrovato a essere l'unico ancora da solo. Eppure, neanche allora pensavo che avrei incontrato qualcuno. Non sono fatto così. Poi sei arrivato tu."

Thorne trattenne il grido di giubilo che sentì risalire nella gola, ma non riuscì a fermare il sorriso enorme che gli piegò la bocca.

"Non ti avevo mai visto sorridere in quel modo," commentò Ian. "Mi piace."

"Non ho avuto molte ragioni per sorridere in vita mia," ribatté lui, "ma forse le cose stanno per cambiare, e non sei il solo che non sa cosa sta facendo. Io sono passato direttamente dalla scuola alla carriera militare. La mia ultima storia è finita il giorno in cui mi sono arruolato. Ci ho messo un po' a farmene una ragione, ma è passato da migliore amico a ragazzo a estraneo nel giro di sei mesi, e tu hai già visto quanto sia difficile per me stare in mezzo alla gente. Non sono più capace di vivere da civile."

"Allora immagino che torneremo a impararlo insieme," disse Ian. "Però… non voglio che le cose tra noi corrano troppo, okay? Sotto molti aspetti siamo ancora degli estranei."

"Non c'è molto che possiamo fare oltre a baciarci finché sei qui dentro," replicò Thorne, "ma ti assicuro che non sono più un ragazzino arrapato in balia degli ormoni. Possiamo andare piano finché vuoi. Non sono un esperto, ma la vita nei Commando mi ha insegnato una cosa: ci vuole del tempo per imparare a fidarsi e nessuna relazione va lontano senza la fiducia. Ora come ora, non hai nessun motivo per fidarti di me, e tutti per non fidarti. Spero di convincerti del contrario, e quando succederà passeremo al resto."

"Un motivo per fidarmi di te ce l'ho," lo contraddisse Ian. "Sei venuto a cercarmi, ieri, quando tutti mi avevano ormai dato per perso. Non ci ha provato nessun altro. Solo tu."

"Però non devi consentire a qualcosa solo per gratitudine."

"Non lo faccio per gratitudine. Davvero. Ero già interessato a te prima dell'incidente. Puoi chiederlo a Neil, se non mi credi. Vederti emergere dal fumo per venire a salvarmi è solo stata la dimostrazione che avevo scelto bene."

Neil gli aveva dato a intendere più o meno le stesse cose, anche se non aveva specificato quando era avvenuta la conversazione. Tuttavia, era piacevole sentirselo confermare.

"Allora, quando pensavi di andare a Wagga Wagga?" domandò Ian.

"Di certo non finché sarai in ospedale," rispose lui. "L'ultima email che ho ricevuto da Walker diceva che sarebbe tornato a casa per Natale, ma ultimamente non ho potuto controllare la mia posta elettronica per vedere se ci sono aggiornamenti. Mi piacerebbe vederlo, considerato che vado. È l'unico rimasto del mio primo squadrone."

"Dove sono gli altri?"

L'aria umida e pesante che gli intasava le narici con un odore di morte e putrefazione, avvisandolo di ciò che era successo ancor prima che raggiungesse il plotone.

"Sono morti."

Ian trasalì per il tono della sua voce. Thorne inspirò a fondo e cercò di controllare la propria espressione. Non sarebbe mai riuscito a restare impassibile davanti al pensiero di quella strage senza senso, ma poteva almeno provarci. Ian non meritava di vedere quanta rabbia gli bruciasse ancora dentro.

"Il comandante mi aveva ordinato di evacuare Walker perché era ferito. Quando sono tornato dalla squadra, li ho trovati tutti morti. Io e Walker siamo stati gli unici sopravvissuti."

"Come fai a sopportare qualcosa del genere?" domandò Ian con l'incredulità nella voce. "Non riesco neanche a immaginare quanto tu debba essere forte."

Thorne non si sentiva forte, anzi. Si sentiva afferrare dalla tristezza ogni volta che pensava a quelle morti e a tutte le altre che gli pesavano sulla coscienza. Le sue mani erano macchiate di sangue che non aveva modo di espiare. Non meritava di stare accanto a qualcuno che invece tutti quegli orrori non li aveva vissuti, ma era troppo egoista per rifiutare ciò che la vita gli stava offrendo.

"Impari a conviverci," sussurrò quando si accorse che Ian stava effettivamente aspettando una risposta.

Immagini dell'incubo della notte prima gli balenarono davanti agli occhi della mente – i corpi allineati per un'esecuzione – e fece una smorfia.

"O perlomeno impari a pensarci il meno possibile," aggiunse. "Mi capita, qualche volta, di vederli nei miei sogni."

Ian allungò una mano e Thorne si avvicinò al letto. Il jackaroo diede qualche colpo di tosse. "Tutto bene?" chiese allora lui.

"Sì," rispose l'altro prendendo il bicchiere con l'acqua. Bevve un paio di sorsi. "È per l'odore di fumo sui tuoi vestiti."

"Non ci avevo pensato finché non sono arrivato," disse Thorne. "Domani porterò un cambio da indossare prima di entrare. Non voglio allungare la tua convalescenza. Magari farei meglio a stare dall'altra parte della stanza."

Ian scosse la testa. "Non posso baciarti se sei lontano, e in questo momento ho davvero voglia di farlo."

Thorne si chinò lentamente e catturò la sua bocca. Il primo bacio era stato rude e frettoloso, traboccante adrenalina e paura, e non voleva rimpiangerlo, visto che li aveva portati lì in quella stanza, ma in quel momento aveva bisogno che Ian si fidasse di lui, e ciò significava dimostrargli che era capace di autocontrollo.

Quel bacio, sì, quel bacio doveva essere perfetto, così Thorne indugiò sfiorando a stento le labbra sotto le sue. Sentì il respiro di Ian sulla barba, piccoli sbuffi d'aria che recavano appena un accenno di affanno dovuto all'inalazione di fumo. Thorne sollevò la mano con l'intenzione di appoggiarla sulla guancia del jackaroo, ma i ricordi del sogno erano ancora freschi nella sua memoria. Vedeva i propri palmi intrisi di sangue e non se la sentiva di insozzare la pelle candida di Ian.

Quest'ultimo, invece, non aveva le sue stesse riserve e gli afferrò la mano per portarsela al viso. Thorne a quel punto smise di chiedersi cosa avesse fatto per meritare un simile tesoro e abbandonò ogni riserva, piegandogli le dita attorno alla mascella, le punte

471

che gli sfioravano l'orecchio. Ian fu scosso da un brivido e si protese ancora di più verso di lui. Thorne interpretò il gesto come un invito e aumentò la pressione sulle sue labbra, senza chiedere altro ma limitandosi a strusciare insieme le loro bocche, indugiando, separandosi per respirare e tornando a indugiare.

Percepì col proprio corpo il movimento della spalla di Ian quando quest'ultimo sollevò il braccio e gli infilò una mano tra i capelli intricati. Aveva perso l'elastico a un certo punto durante la giornata e da quel momento aveva rinunciato a tenere i ciuffi lontani dal viso. Ian, però, non sembrava curarsene mentre mugolava nel bacio. Un attimo dopo, una seconda mano raggiunse la prima, le dita che passavano tra i riccioli arruffati, scioglievano i nodi e gli massaggiavano lo scalpo.

Thorne fece un verso di gola tipo fusa per la bellezza di ciò che stava accadendo: una stanza singola dietro una porta chiusa, la bocca di Ian soffice e arrendevole sotto la sua mentre si abbandonava alla carezza, le mani affondate nei suoi capelli, che lo blandivano e lo massaggiavano come se non sapessero fare altro. Si staccò e appoggiò la fronte a quella del jackaroo. Ian aprì gli occhi e incontrò il suo sguardo e Thorne avrebbe pianto nel vedere la felicità e lo stupore che si contendevano la sua espressione. Un bacio, un normale e casto bacio, gli aveva regalato quello sguardo e lui avrebbe fatto di tutto per custodirlo.

Strusciò la guancia contro quella di Ian, lasciando che la barba grattasse sull'accenno di ricrescita che gli colorava appena il mento. L'uomo sospirò abbandonandosi al contatto, e Thorne gli fece scorrere le labbra lungo lo zigomo e sul naso. I capelli del jackaroo erano troppo corti perché Thorne potesse passarci in mezzo le dita, così appoggiò la mano a coppa sulla sua nuca e lasciò che la peluria gli solleticasse il palmo. Con la mano in quella posizione il suo pollice si trovava appena sotto l'orecchio di Ian, e quando Thorne sfiorò quel lembo di pelle, l'uomo fu attraversato da un brivido e sospirò di nuovo.

Thorne non seppe resistere a quel gemito: aveva bisogno di respirarlo direttamente dalla gola di Ian, così lo baciò di nuovo, con le labbra aperte quella volta, anche se tenne la lingua per sé.

Perfetto, rammentò a se stesso. Deve essere perfetto.

Quando ripeté la carezza, Ian ripeté il sospiro e Thorne credette di sentire il proprio cuore incendiarsi. Non aveva fatto nulla per meritare la sua fiducia, eppure sembrava che l'altro gliel'avesse concessa lo stesso. Gli mancò il fiato quando una delle mani dell'uomo gli tirò con forza un ciuffo di capelli mentre l'odore di disinfettante dell'ospedale sembrava svanire sotto l'assalto del profumo silvestre della pelle di Ian. Carley doveva avergli portato il suo bagnoschiuma, perché era un dato di fatto che il sapone dell'ospedale non avesse quel buon odore.

Desideroso di annusarlo ancora, gli affondò il viso nell'incavo del collo e inalò.

"Oh," fece Ian, e Thorne non seppe come interpretare esattamente quel verso. Accennò a tirarsi indietro per chiederglielo, ma l'altro lo trattenne. Thorne sorrise e strofinò ancora un po' il naso contro la sua gola, assicurandosi che la barba gli accarezzasse la pelle tanto quanto facevano le sue labbra.

"Non dovrebbe essere tanto bello." Il tono ansimante di Ian lo avrebbe steso se non fosse già stato seduto. Il jackaroo gli aveva dato a intendere di non avere molta esperienza, ma qualcuno doveva pur essersi preso la briga di scoprirlo a un certo punto.

E se invece nessuno lo aveva fatto, bene, un'altra ragione perché Thorne facesse del suo meglio per rendere quel bacio quanto più perfetto possibile. Ian meritava di essere vezzeggiato. Meritava di essere baciato per quel tesoro che era. E se nessuno fino a quel momento se n'era accorto tanto meglio per lui, che era il più fortunato figlio di puttana di tutto il Nuovo Galles del Sud, perché ora Ian era suo, e lui non aveva nessuna intenzione di lasciarlo andare.

Il jackaroo continuò a tirargli i capelli finché Thorne non alzò la testa, e a quel punto si tuffò sulla sua bocca senza bisogno di suggerimenti. Thorne rispose al bacio, ma lasciò all'altro il controllo: se aveva intenzione di continuare a lui non sarebbe certo dispiaciuto.

Il tocco delle labbra di Ian si fece esitante una volta esaurita la prima scossa di entusiasmo, come se non sapesse cosa fare ora che lo aveva alla sua mercé. Thorne, tuttavia, non premette, contento di restare lì a baciarsi lentamente mentre Ian decideva il passo successivo. Se anche avesse deciso di non spingersi oltre, Thorne avrebbe accettato la sua scelta senza replicare. Non voleva rovinare l'atmosfera che si era venuta a creare tra loro chiedendo più di quanto Ian fosse disposto a concedere.

Ian non approfondì il bacio, ma neanche si fermò, continuando a passargli le dita fra i capelli e sulla barba, tracciando il confine tra la peluria e la pelle liscia, sia sulle guance che sul collo, esplorandogli il viso a suo piacimento.

Quelle carezze leggere e che quasi gli facevano il solletico erano più potenti di qualsiasi tocco apertamente sessuale avesse mai sperimentato. D'altronde, se fosse stato solo il sesso ciò che desiderava, gli sarebbe bastato entrare in uno qualsiasi dei tanti bar da lì fino a Melbourne, ma nessuno di quegli incontri gli avrebbe fatto provare la stessa sensazione di intimità delle dita incerte di Ian sulla sua pelle.

Stabilì un ritmo costante di carezze con il pollice, avanti e indietro, sopra quel punto sensibile dietro l'orecchio del jackaroo. Qualsiasi altra cosa avrebbe potuto disturbare il flusso costante dei baci oppure l'esplorazione di Ian del suo viso, ma Thorne non riusciva a smettere completamente di toccarlo. Voleva che Ian sentisse sbocciare lo stesso tipo di intimità che stava scuotendo lui con un'intensità che non aveva più conosciuto da quando aveva perso la verginità.

Scacciò quel pensiero e tornò a concentrarsi su Ian. Il ricordo di Daniel rischiava di rovinare il momento.

Alla fine il jackaroo si tirò indietro, guardandolo con occhi scuri di desiderio, e Thorne si sentì come se avesse vinto il primo premio della lotteria. "Non immaginavo che baciarsi potesse essere tanto bello," mormorò Ian.

Thorne chiuse un attimo gli occhi, commosso e orripilato in egual misura da quell'affermazione. Ian era arrivato a fidarsi di lui al punto di fargli quella rivelazione, eppure il peso degli anni di solitudine che quelle poche parole presupponevano colpì Thorne nel profondo. Neanche lui aveva più avuto nessuno di importante dopo Daniel, ma non aveva vissuto una vita così isolata da non sapere quanto potesse essere bello baciare. "A tua disposizione per ripetere l'esperienza tutte le volte che vuoi."

Ian gli rivolse un breve sorriso luminoso. "Potresti pentirti di averlo detto."

"Mai," giurò lui.

"I ragazzi alla stazione non sanno di me," disse Ian. "Non ho mai avuto motivo di dirglielo."

"Credi davvero che potrebbe essere un problema?" chiese Thorne. "Ci sono già tre coppie gay che vivono apertamente la loro relazione, non vedo che differenza potrebbe fare una in più."

"Potrebbero risentirsi del fatto che non ho ritenuto opportuno parlarne anche quando sapevo che non avrebbe fatto alcuna differenza," spiegò Ian. "Michael non tollerava ingiurie di alcun genere in sua presenza, eppure già a quei tempi se ne sentiva qualcuna, contro Kami principalmente più che contro l'omosessualità, anche perché nessuno dichiarava apertamente di esserlo all'epoca. Le poche volte in cui il discorso è saltato fuori, Michael ha soffocato i commenti sul nascere, esattamente come faceva con quelli razzisti. Tuttavia, non poteva controllare ciò che non sentiva e se da una parte Kami aveva i suoi difensori, nessuno si esprimeva mai a favore degli omosessuali."

"Ora però le cose sono cambiate," fece notare Thorne. "Neil mi ha avvisato sin dal primo giorno."

Ian rise, benché il suo tono non trasmettesse vera allegria.

"Sì, ne sono certo. Neil è incredibilmente fedele. Al punto di rendersi quasi ridicolo."

"E questo che c'entra?"

"Neil era il peggiore di tutti in quanto a commenti omofobi. Quando ha scoperto di Caine si è comportato in modo disgustoso nei suoi confronti. Sinceramente non mi capacito del perché Caine non lo abbia licenziato, a meno che non pensasse di non averne l'autorità, visto che era arrivato da poco," spiegò Ian. "Poi, durante un brutto temporale, è capitato che Neil si trovasse dalla parte sbagliata di un fosso in piena, senza nessuna possibilità di attraversarlo per raggiungere un posto sicuro e asciutto. L'aria si era raffreddata tantissimo e lui sarebbe morto di ipotermia prima che smettesse di piovere, oppure sarebbe affogato nel tentativo di attraversare, se Caine non avesse rifiutato di perdere un uomo e non si fosse legato una corda attorno al petto e fosse passato dall'altra parte per portarne un'altra a Neil e permettergli di raggiungere in sicurezza la sponda opposta. Da quel momento, il suo atteggiamento nei confronti di Caine è cambiato come dal giorno alla notte, ma non sono mai stato sicuro che la sua nuova tolleranza andasse oltre al rispetto nei confronti del capo."

"Anche suo fratello è gay, o sbaglio?" chiese Thorne. Pensava di essere riuscito a farsi un'idea abbastanza precisa delle relazioni che intercorrevano tra i residenti, ma non ne era completamente sicuro.

"Sì, e il problema lì non è stato che Sam fosse gay, ma che si sia innamorato di Jeremy Taylor," disse Ian. "Non è razionale, ma la paura della sua reazione non è scomparsa neanche in quel caso. Caine gli ha salvato la vita, Sam è suo fratello: la sua lealtà gli avrebbe impedito di prendersela con loro."

"E tu sei il suo migliore amico," esclamò Thorne. "Mi ha dato un'altra lavata di testa oggi, quando ha pensato che stessi correndo rischi inutili."

"Lui e Caine hanno questo tratto in comune: nessuno deve farsi male sotto la loro responsabilità."

"Non è quello il motivo per cui si è arrabbiato," spiegò lui. "Se l'è presa perché se mi fosse successo qualcosa tu ne avresti sofferto."

Ian aprì la bocca per rispondere, ma non ne uscirono parole, solo una tosse insistente e secca. Thorne prese il bicchiere e gliel'avvicinò alle labbra, ma nonostante il jackaroo ne inghiottisse qualche sorso, la situazione non migliorò come invece aveva fatto prima. Cominciando a preoccuparsi gli mise una mano sotto al mento. "Che devo fare?"

Ian arrancò per afferrare la maschera che era appesa accanto al letto. Thorne l'aiutò a indossarla e aprì il flusso dell'ossigeno. Non sapeva di quanto le infermiere avessero allentato la valvola in precedenza, ma diede due giri, sperando che fosse sufficiente. Quando fosse stato sicuro che Ian non stava soffocando, sarebbe andato a cercarne qualcuno per far regolare l'emissione.

La tosse si placò, ma solo leggermente e Ian continuava ad avere le lacrime agli occhi. "Devo chiamare aiuto?" gli domandò Thorne.

Il jackaroo annuì, così lui si precipitò alla porta e attirò l'attenzione del personale. Arrivò subito un'infermiera, tutta rapidità ed efficienza, che aggiustò il flusso e iniettò una dose di qualcosa nel tubo della maschera. Qualunque cosa fosse, sembrò aiutare Ian, ma Thorne era tornato acutamente consapevole dell'odore di fumo che emanava dai propri vestiti. Restare lì non avrebbe fatto altro che peggiorare i suoi sintomi. Quando l'infermiera si congedò, Thorne prese la mano dell'uomo e la strinse. "Tornerò domani. Con addosso abiti puliti. Ora riposa."

Ian aggrottò le sopracciglia scontento, ma lui non si lasciò convincere a cambiare idea. Non voleva mettere a repentaglio la sua guarigione. Si fermò vicino alla porta e si voltò per guardare un'ultima volta come, anche sotto la maschera, le labbra di Ian fossero chiaramente gonfie per i baci che si erano scambiati, e come il suo collo e mento fossero arrossati dallo sfregamento della sua barba. Era un bello spettacolo e a Thorne non sarebbe dispiaciuto replicarlo una volta che l'altro non fosse più stato bloccato in un letto d'ospedale con un'insufficienza respiratoria.

Gli lanciò un ultimo bacio, sentendosi un po' sciocco fino a che Ian non lo afferrò al volo e si portò la mano al cuore. Thorne sorrise e si chiuse la porta alle spalle. A quel punto doveva solo superare un altro giorno, e poi sarebbe tornato a trovarlo.

# CAPITOLO 12

DOPO CHE l'ex soldato fu andato via, Ian impiegò qualche minuto per calmare il proprio respiro. La responsabilità era probabilmente da attribuirsi al suo cuore impazzito tanto quanto a tutto il resto, ma non poteva spiegarlo all'infermiera. Si passò le dita sulle guance e poi lungo il punto dove la maschera incontrava la pelle, sentendo ancora il pizzicorino lasciato dallo sfregamento della barba di Thorne. I pochi ragazzi che aveva baciato prima di stabilirsi a Lang Downs erano sempre stati rasati, quindi quella sensazione era una novità. Aveva sentito la presenza dei baffi durante il loro primo bacio, ma era stato tutto talmente improvviso e veloce che non aveva neanche fatto in tempo a capire cosa stesse succedendo. Non quel giorno, però. Quel giorno Thorne aveva indugiato sulle sue labbra, apparentemente appagato persino da quell'esile contatto. Non aveva sottinteso di volere di più, o che i baci che si stavano scambiando non fossero sufficienti.

Ed era stato perfetto. Era stato tutto ciò che Ian sentiva di poter gestire senza preoccuparsi che fosse il preludio a qualcos'altro. Le sue pur limitate puntate nel mondo del sesso non lo avevano preparato all'emozione che aveva provato tra le braccia di Thorne, alla meraviglia davanti al fatto che quell'uomo eccezionale desiderasse stare con lui. Non aveva approfittato dell'occasione per palpeggiarlo. Gli aveva semplicemente accarezzato il viso e il collo come se fossero la cosa più preziosa al mondo. Se il loro primo bacio era stato disperato e alimentato dalla paura, come quello che si erano scambiati Leila e Ian Solo prima che quest'ultimo venisse ibernato nella carbonite, i baci di quella sera assomigliavano più alla tenerezza piena di promesse che era seguita al salvataggio su Tatooine.

Ian aveva superato la sua ossessione per Leila e Ian Solo più o meno da quando aveva capito di trovare i ragazzi più interessanti delle ragazze, ma i due personaggi di Guerre Stellari avevano comunque incarnato a lungo la sua idea di romance. Sioned, che immaginava se stessa e Rohan avvolti dalle fiamme, aveva probabilmente sostituito la vecchia fantasia, la quale non lo aveva però del tutto abbandonato.

E, in ogni caso, qualunque fosse l'idea di romance che Ian sceglieva, Thorne si calava perfettamente nel ruolo, e quel pensiero gli scaldava il cuore e al contempo gli faceva accelerare i battiti. Tossì piano dietro la maschera, ora che le pulsazioni frenetiche gli rendevano più difficile respirare. Per quanto gli sarebbe piaciuto ripercorrere con la memoria i momenti trascorsi col pompiere, non era sicuro che fosse una buona idea. Avrebbe avuto il tempo di ricordare – e magari ripetere – l'esperienza quando la tosse non fosse più stata un problema.

Con un sorriso dipinto sul volto, riprese Il principe dragone e permise alla propria immaginazione di sostituire i visi dei suoi personaggi preferiti con quello di Thorne e il suo.


IAN AVEVA appena finito il pranzo e, seguendo il consiglio dell'infermiera, non si era rimesso la maschera, quando arrivarono Molly e Dani.

"Zio Ian!"

Dani attraversò la stanza con tutta la velocità concessale dalle sue gambette di bambina di tre anni, che era sempre più di quanto Ian riuscisse a spiegarsi, considerato quanto fossero corte. La prese al volo quando si lanciò su di lui e la sollevò accanto a sé sul letto.

"Ciao, Danibella," la salutò. "Posso avere un bacio?"

La bambina gli schioccò un bacione sulla guancia e lui ricambiò con una pernacchia sul collo, facendola ridere come una matta.

"Come stai?" gli chiese Molly avvicinando la sedia al letto.

"Meglio," rispose. "Come vanno le cose alla stazione?"

"Tutto bene, se escludi che sono tutti preoccupati per te."

"Io sto bene," si schermì lui in automatico.

"Non è vero," ribatté Molly. "O non saresti qui."

"Starò bene," si corresse allora. "Vogliono solo tenermi dentro per un altro giorno o due per essere sicuri che non mi verrà un attacco d'asma una volta a casa. Non sono più in pericolo."

"Zio Ian malato?" chiese Dani.

"Un po'. Ho respirato troppo fumo e mi ha fatto male," disse lui. "Ma i dottori si stanno occupando di me e tornerò a casa in un batter d'occhio."

"Oggi," ordinò la bambina.

"Dovrai parlarne con i dottori," fece Ian. "Credo che vogliano tenermi qui un po' più a lungo. Ma verrò non appena mi daranno il permesso."

Dani mise su il broncio, così Ian le fece il solletico finché non ricominciò a ridere.

"Come va con l'incendio?" domandò poi a Molly.

"Sono usciti anche oggi per tenere d'occhio i punti critici," rispose la donna, "ma secondo Neil è più una precauzione che una necessità. Ha detto che le fiamme erano state spente ovunque, tranne che in qualche punto isolato, e anche lì si sarebbero probabilmente estinte da sole nel giro di uno o due giorni senza nessun tipo di intervento. Quindi, a meno che non ne scoppino di nuovi, il peggio sembra passato."

"Ha detto… altro?" Guardò Dani. Neil non avrebbe parlato di lui e Thorne davanti a sua figlia, indipendentemente da quali fossero stati i suoi veri pensieri al riguardo. Stava insegnando a Dani ad amare e accettare Sam e Jeremy come se fosse la cosa più naturale del mondo. Lo aveva sentito, una sera, discutere con il fratello e giurargli che avrebbe fatto di tutto per non diventare un padre come quello che avevano avuto loro. Ciò non significava, tuttavia, che non ne avesse parlato con Molly in privato.

"Ha accennato che Thorne potrebbe fermarsi più a lungo del previsto," rispose la donna. "E che dormirà sul tuo divano, se ho capito bene."

"L'alternativa sarebbe la stanza degli ospiti della casa padronale, e ciò significherebbe sentire Macklin e Caine in effetto dolby surround."

Molly ridacchiò. Avevano sentito tutti i commenti di Chris riguardo a cosa significasse avere una stanza che dava sullo stesso corridoio dei loro capi. Di giorno, davanti agli altri jackaroo, erano sempre molto cauti, e se uno non avesse saputo da che tipo di rapporto erano legati, avrebbe potuto scambiarli per semplici soci. Di notte, tuttavia, nell'intimità della loro casa, a quanto pareva lasciavano da parte ogni riserva.

"A te fa piacere che rimanga?" chiese Molly.

Ian ci pensò su per qualche secondo. L'idea di Thorne sul suo divano e nella sua vita superava di parecchio i confini di ciò che riteneva sicuro, ma ogni volta che si sentiva assalire da quella paura ripensava al modo in cui si erano baciati la sera prima, e specialmente al fatto che Thorne non avesse neanche accennato a volere qualcosa di più. Non si era approfittato della sua fiducia, e di conseguenza lui sentiva di potergliene concedere un altro po'. "Credo di sì," disse. "Ma non ho mai fatto qualcosa di simile prima."

"Basta che ti ricordi che non sei da solo. Sei circondato da persone che ti vogliono bene e che ci saranno se avrai bisogno di parlare, oppure disposte a dargli una ripassata al posto tuo."

"Non sono sicuro che sarebbe una buona idea," rise lui. "È molto ben addestrato."

"Dani può stenderlo quando vuole," rispose Molly. "Non è vero, tesoro?"

La bambina sollevò i piccoli pugni in atteggiamento bellicoso. "Io stendo." Poi guardò la madre. "Chi stendo?"

Ian scoppiò a ridere, lunghe risate squillanti, finché non gli mancò il fiato e cominciò a tossire. Si asciugò le lacrime dalle guance e prese la maschera dell'ossigeno. Molly cominciò a scusarsi, ma lui le fece cenno di tacere. Afferrò il blocco degli appunti e scrisse, È bello ridere.


NONOSTANTE LA fiducia che aveva esibito con Molly, Ian fu contento di poter restare un po' di tempo da solo dopo che lei e Dani furono andate via e prima che Thorne arrivasse. La sera prima l'uomo aveva accennato al fatto di restare, aveva chiesto la sua opinione in proposito e non si era lasciato abbattere dai suoi dubbi, ma Ian aveva avuto modo di riflettere meglio sull'intera questione e non era sicuro di apprezzare le conclusioni a cui era giunto. Restare alla stazione avrebbe significato ricominciare da capo per Thorne. Ian non sapeva nemmeno se era capace di cavalcare o se sapesse qualcosa di pecore. A lui piaceva tutto della stazione, a parte forse spalare il letame dagli ovili in inverno, ma aveva passato quindici anni a sentire i jackaroo lamentarsi di questo o quell'aspetto del lavoro. Aveva visto gente che alla fine dell'estate giurava che mai e poi mai avrebbe rimesso piede in una stazione. Magari in quel momento Thorne era disposto a provare, ma ciò non significava che sarebbe rimasto per sempre. Magari avrebbe finito con l'annoiarsi al punto di decidere di mollare baracca e burattini, specialmente se lui non fosse stato capace di superare le proprie paure. Che tipo di relazione sarebbe stata la loro se Ian non fosse mai riuscito ad andare oltre i semplici baci?

Bastava il pensiero a farlo rabbrividire. Che ne sapeva lui di come si viveva un rapporto di coppia? Suo padre era scomparso più o meno quando lui era nato, e la sfilza di fidanzati che sua madre aveva accolto in casa erano stati più che altro propensi a prenderlo a ceffoni, e anche a lei. Poi, una volta entrati in gioco i servizi sociali, la rapidità con cui lo avevano spostato da una famiglia affidataria all'altra, sempre nel tentativo di trovargli la sistemazione definitiva, non gli aveva permesso di imparare nulla sui rapporti affettivi. Fino a che non era approdato all'ultima famiglia, e lì aveva trovato l'inferno. Ricordava ancora, nei suoi incubi, la notte in cui il padre affidatario era entrato in camera sua 'per assicurarsi che si stesse ambientando'.

Ian voleva che la storia tra lui e Thorne funzionasse. Voleva che l'uomo fosse felice alla stazione, che restasse con lui e che continuasse a guardarlo come lo aveva guardato la sera prima. E magari anche che continuasse a baciarlo in quel modo. Se avesse avuto anche la più pallida idea di come fare, la prospettiva che Thorne restasse lo avrebbe forse spaventato meno, ma l'idea di averlo e poi perderlo era intollerabile. Una cosa comunque era certa: se voleva gettarsi in quell'avventura, doveva farlo mirando al per sempre; e se invece preferiva tirarsi indietro doveva deciderlo in fretta. Qualsiasi altra cosa non sarebbe stata giusta nei confronti del pompiere.

Senza contare che più aspettava e più sarebbe stato difficile conservare il proprio cuore integro quando Thorne lo avesse lasciato.

No, doveva provarci. C'era già troppo dentro per uscirne senza conseguenze. Inspirò a fondo e cercò di valutare cosa avrebbe potuto significare e come fare per soddisfare un amante senza rischiare un attacco di panico. Quelli di Thorne bastavano già per tutti e due.

IAN S'ILLUMINÒ come un albero di Natale quando Thorne fece il suo ingresso nella stanza un paio d'ore dopo, cosa anche abbastanza in tema, visto che mancava poco più di un mese alle feste. Il sorriso con cui l'uomo gli rispose trasmetteva quanto anche lui fosse contento di vederlo.

"Mi sono cambiato prima di venire," disse. "Niente abiti che puzzano di fumo, oggi."

"Bene," rispose lui, invitandolo a sedersi con qualche colpetto sul materasso, "anche se oggi mi sento meglio. Sono stato senza maschera per quasi tutto il giorno e ho dovuto rimetterla solo una volta. Molly e Dani mi hanno fatto ridere e mi è venuta la tosse."

"Meraviglioso. È un piccolo tesoro quella bambina." Thorne si avvicinò e gli sedette di fianco.

"È un diavoletto, ecco cos'è," rettificò lui, "ma tutti l'adorano. Anche se mi chiedo come reagirà quando arriverà il fratellino. Difficilmente vorrà condividere le attenzioni." Allungò la mano verso Thorne e lo attirò a sé. La puzza di fumo non era scomparsa completamente dai suoi capelli, ma era meno forte del giorno prima. Ian non pensava che gli avrebbe scatenato un altro attacco di tosse, ma sarebbe comunque stato contento quando gli incendi fossero stati completamente domati e l'uomo non ne avesse più avuto addosso l'odore. Ignorando i ricordi legati al fumo, si protese e baciò dolcemente il suo soldato. "Ciao."

"Ciao a te," rispose quello. "Quindi ti senti meglio?"

"I dottori hanno detto che se riesco a superare la notte senza dover far ricorso alla maschera, domani potrebbero anche mandarmi a casa." Fece una pausa. "Non vedo l'ora. Non sono abituato a stare tutto il giorno a letto."

"Personalmente, conosco diverse buone ragioni per voler trascorrere tutta la giornata a letto."

Ian trasalì. Avrebbe potuto trascorrere tutta la giornata a baciare Thorne, su quello non aveva dubbi, ma stare insieme su un letto, un letto vero – senza la paura che le infermiere potessero piombare nella stanza in qualsiasi momento per controllare come stava – non sarebbe stato sufficiente per Thorne, e quel pensiero metteva Ian ancora a disagio.

"Come va con il fuoco?" preferì domandare anziché affrontare le proprie paure. "Molly ha detto che ci sono rimasti solo alcuni punti critici."

"Ci sono state un paio di recrudescenze oggi, ma niente di che," rispose Thorne. "Credo che il peggio sia passato."

"Lo spero. Odio l'idea di saperti in pericolo."

Thorne lo guardò sorpreso. "Ho passato così tanta parte della mia vita in pericolo che ormai non ci faccio neanche più caso."

"Allora ricomincia," suggerì Ian. "Se rimarrai a Lang Downs..." deglutì a vuoto, "... con me, devo essere sicuro che non ti farai male. Voglio vederti tornare a casa ogni sera."

"C'è differenza tra essere in pericolo e mettersi in pericolo," rispose Thorne. "Cerco sempre di prendere tutte le precauzioni possibili per portare a casa la pelle e svolgere comunque il mio lavoro. Non ho istinti suicidi."

479

"Nessun lavoro a Lang Downs è così fondamentale da dover rischiare la vita," insisté lui. "Se non credi a me, chiedilo a Caine. Gli edifici si possono ricostruire, le pecore rimpiazzare, ma nulla vale una vita perduta. L'unico motivo per cui è ammissibile mettersi volontariamente in pericolo è per salvare qualcun altro."

"Mi hanno rimbrottato anche per quello," ammise Thorne. "Il capitano Grant non ha apprezzato la mia decisione di venirti a cercare, ma io sto bene e tu sei vivo. Gli ho detto, con tutto il rispetto possibile, dove poteva metterseli i suoi rimproveri."

Ian sghignazzò. "Con tutto il rispetto?"

"Con infinito rispetto," ribatté Thorne. "Gli ho detto che mi sarei assicurato che gli incendi fossero spenti perché minacciavano un posto molto importante per me, ma che comunque rassegnavo le mie dimissioni dal Servizio Protezione Incendi. La tua vita vale più di qualsiasi regolamento."

Dopo una dichiarazione del genere, Ian non poté fare altro se non avvicinarsi a Thorne e baciarlo. La barba dell'uomo gli grattava le labbra, rammentandogli chi era la persona che aveva davanti. Non si trattava di uno sconosciuto raccattato in un bar o qualche fantasia senza volto. Era Thorne, con la sua barba folta e i capelli lunghi. Bastò quel pensiero a fargli sollevare le mani per affondargliele tra i riccioli. Si crogiolò nel piacere di quelle ciocche che gli scorrevano sulle dita mentre attirava a sé la testa di Thorne. Avrebbe voluto tuffarsi in lui e non uscirne mai più.

Thorne interruppe il bacio per fargli scorrere le labbra sulla mascella, come aveva fatto anche la sera prima. Ian trattenne il fiato e reclinò la testa all'indietro, offrendo all'uomo la propria fiducia allo stesso modo in cui gli offriva il collo. Sospirò quando sentì la successiva, tenera carezza, le leccate, i morsi leggeri e i baci, il tutto sottolineato dal solletico costante della barba. Si rilassò a quel punto, contento di lasciarsi avvolgere dalle attenzioni di Thorne.

E, insieme a quel momento di resa, arrivò anche una nuova, sconvolgente rivelazione: si stava eccitando. Per la prima volta in vita sua era insieme a qualcuno che lo eccitava, nonostante la paura. Improvvisamente ingordo, usò le mani ancora affondate nei capelli di Thorne per costringerlo ad alzare la testa e incontrare di nuovo le sue labbra. Lo baciò con tutta la gioia e lo stupore che gli sgorgavano dal cuore e con tutta la crescente passione di cui osò fare mostra. Le sue inibizioni non avevano nessuna intenzione di mollare la presa, ma anche così, Ian premette la bocca su quella del pompiere e gli mordicchiò il labbro inferiore. Percepì, più che udire, l'uomo che tratteneva il fiato e poi Thorne insinuò la lingua tra le sue labbra, spaventandolo e facendolo indietreggiare.

"No?" chiese il pompiere.

"Sì," rispose lui, il desiderio che superava di gran lunga la paura. Thorne aveva chiesto il permesso. Si era frenato al primo segno di incertezza e aveva aspettato che lui desse il suo consenso prima di proseguire. Gli aveva dimostrato di meritare la sua fiducia.

Ian lo attirò di nuovo verso di sé, schiudendo le labbra in un tacito invito. Sentiva di poter correre il rischio perché Thorne si sarebbe fermato se glielo avesse chiesto. Poteva stare lì su quel letto d'ospedale e baciare quel bellissimo, incredibile ed eccitante uomo senza preoccuparsi di ciò che sarebbe successo dopo.

Quando Thorne approfondì il bacio, Ian notò che sapeva di menta e si chiese se avesse succhiato una caramella per profumare l'alito prima di entrare oppure se era come Michael, che teneva sempre delle mentine in tasca per quando aveva bisogno di un 'goccetto'. La risposta non era davvero importante, però gli strappò un sorriso.

"Che c'è?" chiese Thorne.

"Sai di menta. Mi ha fatto ricordare cose belle."

"Un vecchio fidanzato?"

"No," rispose lui. "Mai avuto. Michael Lang ne aveva sempre qualcuna in tasca. Ne mangiava così tante durante la giornata che aveva sempre quell'odore addosso. Aveva cominciato già prima del mio arrivo, per smettere di fumare. Quando l'ho conosciuto, le sigarette erano ormai un ricordo lontano ed erano rimaste solo le mentine."

"A me ricordano mia madre," confessò Thorne. "Ne aveva sempre una confezione in tasca o in borsa. E... dopo la sua morte ho cominciato a portarle con me per non dimenticarmi di lei."

"Sono contento che tu abbia dei bei ricordi di tua mamma e un modo per conservarli."

"È stato molto tempo fa."

"Allora è ancora più importante," insisté Ian, attirando Thorne a sé per un altro bacio.

Il contatto rimase delicato, poiché nessuno dei due sembrava ansioso di correre verso la meta successiva, ma il bacio era più profondo ora, con la bocca aperta mentre si esploravano l'un l'altro. Per tutto il tempo Thorne non spostò mai la mano dalla testa di Ian, accarezzandogli quel punto dietro l'orecchio che non avrebbe dovuto essere tanto sensibile, eppure lo era.

Ian provò a fare lo stesso per Thorne, ma se da un lato l'uomo piegò la testa per andare incontro al suo tocco, dall'altro non reagì come invece faceva lui. Nel muovere la mano, però, gli passò le dita sulla nuca e ciò scatenò la reazione che aveva sperato.

"Lì," mormorò Thorne contro le sue labbra.

"Qui?" chiese Ian, ripetendo la carezza.

"Sì."

"Non è dove sono sensibile io," rifletté lui a voce alta.

Thorne sorrise e gli diede un bacio. "No, ma è questo il bello di un nuovo amante: scoprire tutti i suoi punti sensibili."

"Pensavo..." ma non finì la frase, timoroso di lasciar trasparire quanto profonda fosse la sua inesperienza.

"I ragazzi con cui sei stato in passato erano dei perfetti imbecilli se non si sono presi la briga di scoprire questo punto." E come dimostrazione gli fece scorrere il dito sulla pelle.

"Non sono mai stato così intimo con nessuno," ammise lui. "Cominciavano a baciarmi e poi a palpeggiare e a quel punto finiva tutto."

"Imbecilli, dal primo all'ultimo," ribadì Thorne. "Non commetterò lo stesso errore."

Ian annuì, sentendo un brivido di desiderio percorrerlo dalla testa ai piedi, e accarezzò di nuovo la nuca dell'uomo. "Neanch'io."

481

# CAPITOLO 13

"GRAZIE PER essermi venuta a prendere, Molly. Mi rendo conto che non dev'essere stato piacevole fare tutta quella strada due volte in una settimana," disse Ian quando raggiunsero Lang Downs. Le pecore affollavano ancora la vallata, ma il giorno prima Thorne aveva detto che stavano ancora tenendo d'occhio dei punti critici, quindi era logico che Caine volesse giocarsela sul sicuro. Se fossero rimaste ancora a lungo, però, avrebbero dovuto procurarsi il fieno per farle mangiare e a quel punto sarebbe diventato costoso. Magari il pericolo sarebbe passato prima di dover arrivare a tanto. Ian lo sperava.

"Non c'è problema. Però non esagerare col lavoro prima di esserti rimesso completamente. Non vorrei doverti riportare indietro."

"Ho un apparecchio per l'aerosol e un inalatore d'emergenza," disse Ian. "Andrà tutto bene."

Molly non sembrava convinta, ma non lo seguì quando prese ad attraversare la stazione, diretto verso il suo cottage. Sarebbe stato bello dormire tutta la notte nel proprio letto, senza interruzioni, e poi tornare al lavoro. Non si aspettava che lo facessero di nuovo avvicinare agli incendi, ma c'era molto da fare anche lì nella vallata. Magari Neil gli avrebbe lasciato Max. Il kelpie dava il suo meglio quando era con il suo padrone, ma non si faceva problemi a obbedire anche a lui quando erano soli. Cosa che non si poteva certo dire di Arrow, il cane di Jeremy, che rispondeva solo a quest'ultimo e Sam.

Nell'avvicinarsi a casa si chiese se Thorne fosse già rientrato. L'uomo era andato a trovarlo tutte le sere in ospedale, e avevano trascorso più tempo a parlare di quanto ne avessero passato a baciarsi. Naturalmente avevano fatto anche quello, ma Ian aveva l'impressione di conoscerlo meglio dopo tutti quei discorsi, di capire il suo passato militare e le ragioni che lo avevano spinto a lasciare l'esercito. Non era informato dei dettagli, ma molti erano riservati e c'era la possibilità che non ne venisse mai a conoscenza. E non erano i dettagli a contare, comunque. A lui interessava sapere come quelle esperienze avevano plasmato Thorne.

Non vedeva l'ora di trascorrere delle serate insieme a lui sul divano, a parlare e scrollarsi di dosso la stanchezza della giornata. Sperava di potergli insegnare com'era la stazione e cosa significava viverci, di potergli mostrare la bellezza del paesaggio brullo e quella dei boschi nascosti, di farlo assistere alla maestosità di un temporale sull'altopiano. Aprì la porta e mise piede in casa, bloccandosi immediatamente sul posto quando si trovò davanti una bellezza di tutt'altro tipo.

Thorne era in piedi in mezzo al salotto, praticamente nudo tranne che per un asciugamano annodato precariamente attorno ai fianchi.

Ian sapeva che l'uomo aveva un fisico possente, ma non si era mai posto il problema di cosa si nascondesse davvero sotto i suoi vestiti. Le spalle erano ampie e muscolose, mentre dei tatuaggi neri circondavano ciascun bicipite, benché fosse troppo lontano per riconoscerne il disegno. La pelle aveva il colore del miele, e non si capiva se fosse la sua tonalità naturale oppure il risultato di molto tempo trascorso sotto il sole con indosso un costume minuscolo (o magari niente). Il petto era ricoperto da una folta peluria, spruzzata qua e là d'argento, proprio come la barba e i capelli, e che altro non faceva che renderlo ancora più affascinante.

Il torso si restringeva all'altezza della vita, il che era probabilmente una buona cosa visto che in caso contrario l'asciugamano non avrebbe coperto nulla – non che adesso coprisse molto comunque. Thorne era riuscito a legarselo in vita, ma quello tornava ad aprirsi sotto il nodo, lasciandogli scoperti il fianco e la coscia. Ian sospettava che se l'uomo si fosse voltato, anche una parte di sedere sarebbe stata in bella mostra.

"Ti piace lo spettacolo?" chiese Thorne, facendolo avvampare d'imbarazzo.

"Scusa," balbettò lui. "Non volevo fissarti."

"Puoi fissarmi finché ti pare," rispose l'altro. "Non mi dà fastidio."

Le guance di Ian si infiammarono ancora di più, perché nonostante ci provasse sembrava non riuscire a distogliere lo sguardo. L'educazione gli avrebbe imposto di andare in cucina, in camera o in qualunque altro posto e lasciare che Thorne si vestisse in pace, ma le gocce d'acqua che scorrevano lungo il petto del pompiere avevano catturato la sua attenzione e non riusciva a non seguire con lo sguardo il loro percorso discendente. Sentiva le mani fremere tanto era il desiderio di toccarlo, ma Thorne non gli aveva detto che poteva. Gli aveva solo concesso il permesso di guardare.

Deglutì a fatica mentre l'uomo gli dava le spalle e prendeva un paio di boxer bianchi. Li infilò e poi se li tirò su lungo le gambe e sotto l'asciugamano. Ian rimase senza fiato. Sapeva che l'altro non stava allestendo uno spettacolino a suo beneficio, ma diavolo se non sembrava che così fosse. L'asciugamano scivolò a terra e Ian ebbe il colpo d'occhio di un paio di glutei ben definiti dello stesso colore dorato del resto del corpo. Durò solo un attimo e poi il tessuto fu al suo posto – non che, comunque, facesse molto per celare i globi muscolosi. L'unica differenza stava nel colore.

"Che hanno detto i dottori riguardo alla post degenza?" chiese Thorne voltandosi a guardarlo.

Le parole non riuscirono neanche a farsi strada nel cervello di Ian, tanto questi era impegnato a godersi la vista. Thorne era ancora più pericoloso ora che era parzialmente vestito di quanto non lo fosse stato quando l'asciugamano rischiava di cadere. Il telo, almeno, era stato lente e aveva lasciato qualcosa all'immaginazione. Le mutande, invece, incorniciavano il pacco di Thorne alla perfezione, attirando implacabilmente l'attenzione.

"Cosa?" fece, costringendosi a cercare lo sguardo dell'uomo, anche se questi si stava infilando una maglietta.

Bene, pensò Ian, ora almeno potrò smetterla di rendermi ridicolo.

"Ti ho chiesto cosa ti hanno consigliato i medici riguardo alla post degenza," ripeté Thorne. Afferrò un paio di jeans e indossò anche quelli.

"Oh, ehm… di non stancarmi per alcuni giorni, riprendere a lavorare con calma, fare l'aerosol prima di andare a dormire e portarmi sempre dietro l'inalatore perché altre cose oltre al fumo potrebbero scatenare gli attacchi d'asma," rispose lui distrattamente, ancora troppo preso dall'immagine di Thorne mezzo nudo nel suo salotto.

A quel punto, però, l'uomo aveva finito di vestirsi e stava camminando verso di lui. "Stai bene?" chiese, accarezzandogli il punto sensibile dietro l'orecchio.

"Sì, solo un po'…" cominciò lui, abbandonandosi al tocco.

Thorne sorrise. "Potrei scusarmi, ma non sembri troppo dispiaciuto. Se avessi saputo che eri già a casa, mi sarei portato i vestiti in bagno."

"No, va tutto bene," rispose lui in un bisbiglio, stupito dal suo stesso ardire. Aveva sempre detestato i dormitori proprio a causa della mancanza di privacy, ma Thorne non era un jackaroo qualunque e non sembrava offeso dal suo sbirciare. Si mise in punta di piedi e lo baciò con dolcezza. Sapeva sin da prima che Thorne era più alto di lui, ma finché erano rimasti seduti sul letto d'ospedale la differenza era stata meno marcata. Ora, invece, si sentiva una specie di nanetto in confronto. "Ma quanto sei alto?"

"Uno e novantatré," rispose l'uomo, chinando la testa per cercare di nuovo le sue labbra. Ian gli intrecciò le dita ai capelli ancora umidi e si assicurò di sfiorare ripetutamente con le dita il punto sensibile sulla sua nuca, come rappresaglia – o gratitudine – per le attenzioni che lui aveva riservato al lembo di pelle dietro il suo orecchio.

In risposta Thorne gli succhiò il labbro inferiore, facendogli girare la testa più di quanto non avesse fatto lo spettacolo di poco prima. Ian annaspò e si aggrappò alle spalle del pompiere come se ne andasse della propria vita. Avendone vista l'ampiezza, pensò che forse sarebbero state capaci di sostenerlo.

Ian non avrebbe saputo dire cosa sarebbe successo se la campana della cena non avesse suonato. Per la prima volta in tutta la sua vita stava volontariamente tra le braccia di un uomo senza che la paura gli facesse perdere la testa. Vederlo nudo lo aveva eccitato così tanto che forse avrebbe trovato il coraggio di fare qualcosa per alleviare il desiderio, ma, come rispondendo a un richiamo pavloviano, il suo stomaco cominciò a brontolare.

"Andiamo a mangiare," disse Thorne tirandosi indietro. "Dopo riprenderemo da dove abbiamo lasciato."

QUATTRO ORE dopo, Ian si lasciò cadere su una sedia davanti al tavolo della cucina, completamente esausto. La cena era andata esattamente come si aspettava: tutti erano andati a parlargli e, una volta assicuratisi che stava bene, avevano insistito perché facesse una scappata al dormitorio per una birretta di bentornato. Una birra erano poi diventate diverse, finché Ian non si era ritrovato piacevolmente alticcio. Ma la cosa più piacevole della serata era stata avere Thorne accanto in ogni momento, da quando erano usciti diretti alla mensa fino al rientro a casa. Ed era ancora lì, che gli volteggiava attorno mentre lui preparava l'aerosol. "Siediti," borbottò alla fine Ian, quando tutto fu pronto. "Stai rovinando una bella sbronza."

Thorne lo guardò storto ma sedette, e Ian lo interpretò come un progresso. L'occhiataccia se la sarebbe risparmiata volentieri, ma gli piaceva che Thorne fosse protettivo nei suoi confronti, anche se non ce n'era davvero bisogno. Non avrebbe potuto parlare una volta cominciato con l'aerosol, così guardò l'uomo negli occhi e disse: "Raccontami la tua giornata. Mi aiuterà a far passare il tempo più in fretta."

Poi si mise ad ascoltare gli aggiornamenti sulla situazione del fuoco e sui punti critici ancora sotto osservazione. Parlò anche di altri incendi su al nord e di come il capitano avesse dirottato là alcune loro risorse. Ian dovette dare a vedere la propria preoccupazione, perché Thorne sorrise. "Gli ho detto che sarei rimasto qui, con il Servizio Protezione Incendi o da solo. Lui non mi ha detto di non farlo, quindi immagino che sarò parte della squadra finché anche l'ultimo uomo non sarà richiamato sull'altro fronte, poi diventerò tutto tuo."

Quelle parole gli fecero esplodere dentro una scarica di euforia, che non aveva nulla a che vedere con la medicina o la birra e tutto a che vedere con l'uomo che gli stava seduto davanti. Non era certo di essere pronto ad affrontare ciò che era implicito nel fatto che Thorne fosse 'tutto suo', ma desiderava scoprirlo a dispetto di come avrebbe potuto finire. Thorne era l'opposto del suo padre affidatario. Qualunque cosa fosse ciò che stava succedendo fra loro, non si trattava di potere e dolore come era invece successo ai tempi della sua adolescenza, e lui non era più il ragazzino magro e inerme di allora.

"Hai fatto una faccia strana," disse Thorne. "Mi sono spinto troppo in là?"

Ian scosse la testa. Non voleva parlare del passato o spiegare i ricordi che le parole di Thorne avevano risvegliato. Non c'entrava nulla con quello di cui stavano discutendo.

"Sei sicuro? Posso andare via se preferisci."

Ian scosse di nuovo il capo e allungò la mano per prendere quella dell'uomo. Non aveva idea di come sarebbero riusciti a far funzionare quel rapporto, ma una cosa la sapeva per certo: non voleva che Thorne andasse via.

L'altro sorrise a quel punto, e il suo viso sembrò improvvisamente più giovane, tanto da far decidere Ian di volerlo vedere più spesso.

Quando ebbe finito con il trattamento, mise via l'apparecchio e poi si lasciò cadere sul divano. Thorne lo raggiunse qualche secondo più tardi.

"Stanco?"

"Non dovrei esserlo," rispose lui. "Non ho fatto niente tutta la settimana."

"Tranne rimetterti dopo essere stato sul punto di morire. E anch'io sono stato in ospedale e so quanto sia riposante: infermiere che entrano ogni poche ore a controllarti, rumori e luce nei corridoi in ogni momento."

"Non è molto riposante, in effetti," concordò lui.

"Per niente," insisté Thorne. "Non sentirti obbligato a stare sveglio per tenermi compagnia. È già tardi."

"Però non ho ancora avuto la mia dose di baci," fece lui con il broncio.

"Questo perché sei voluto andare al dormitorio. Se fosse stato per me sarei tornato immediatamente qui e ti avrei baciato per tutta la sera."

Ian pensò che sarebbe stato meraviglioso, ma uno sbadiglio gli impedì di dirlo a voce alta.

"Vai a dormire," ripeté Thorne. "Io ci sono anche domani."

"Sei sicuro che il divano sia abbastanza comodo?"

"Meglio di un materassino appoggiato direttamente per terra," rispose Thorne. "Quindi, a meno che tu non mi stia invitando nel tuo letto, tesoro, è meglio se la smetti di tentarmi, perché mi piacerebbe davvero portarti nell'altra stanza e stringerti tutta la notte, ma ho promesso che saremmo andati piano e sto cercando di mantenere la parola."

Ian sentì una spirale di calore avvolgergli il cuore e le viscere, ma sapeva di non essere pronto a tanto. Avrebbe potuto trascorrere tutta la notte insieme a Thorne sul divano, avrebbe persino potuto dormire tra le sue braccia, sul divano, ma qualcuno nella sua camera, nel suo letto, aveva sempre avuto come risultato lui che, sanguinante, implorava di smettere.

"Grazie." Salutò l'uomo con un bacio e si alzò.

"Per cosa?"

"Perché non insisti."

"La vita è più che fare sesso," rispose Thorne. "Non capisco come tu abbia fatto ad arrivare alla tua età, e per giunta con quell'aspetto, ed essere ancora diffidente. Ma anche se spero che un giorno ti fiderai abbastanza da raccontarmi la tua storia, non è detto che debba essere adesso. E comunque non sono governato dal mio uccello. Non faremo nulla che possa metterti a disagio."

Ian si irrigidì al pensiero di quanto Thorne fosse arrivato vicino a scoprire il suo segreto, ma immaginò che in fondo non fosse poi così difficile intuirne il succo. Restava il fatto che non sopportava l'idea che qualcuno sapesse cosa era successo. Razionalmente si rendeva conto di non aver fatto nulla di sbagliato e che non era stato lui a chiedere di subire quello che aveva subito, ma ciò non diminuiva l'imbarazzo che ancora lo perseguitava, o la sensazione di sudicio che gli era rimasta attaccata alla pelle da tutte le volte che il padre affidatario si era approfittato di lui.


IL SONNO si fece attendere persino dopo che Ian si fu spogliato e, con indosso solo la biancheria, fu entrato a letto. Anche quella sera, come al solito, aveva chiuso la porta ma all'improvviso quella sottile lastra di legno gli sembrò una barriera inconsistente. Immagini di Thorne gli lampeggiavano nella testa: quando era apparso in mezzo al fumo per salvarlo come l'eroe di una delle sue fantasie romanzesche; mentre intratteneva Dani al tavolo della cena così che Neil e Molly potessero mangiare in pace; mentre rideva insieme agli altri jackaroo al dormitorio e giocava con la sua bottiglia di birra; il sorriso intimo che gli aveva rivolto quando lui gli aveva detto che non voleva che andasse via. Più che altro, però, lo vedeva avvolto da quel maledetto asciugamano, così appetitoso da fargli desiderare di morderlo, e così pericoloso da far suonare ogni suo campanello d'allarme. Ian sapeva di non essere particolarmente grosso, non quanto Thorne almeno. Con il suo metro e ottanta scarso – stivali inclusi – era una quindicina di centimetri più basso dell'altro uomo. Vero che conduceva una vita attiva e probabilmente era più in forma della media degli uomini della sua taglia, ma Thorne era tutto fuorché nella media. Avrebbe potuto essere scolpito dalla pietra sotto i loro piedi tanto era coriaceo, ed era anche più addestrato. Ian non avrebbe avuto nessuna possibilità di cavarsela in uno scontro contro di lui.

"Non lo farebbe mai," disse a voce alta, scacciando i dubbi che lo assillavano. "Non è fatto così. Ha appena detto che gli andrebbe bene se anche non dovessimo mai fare sesso."

Ed eccolo il problema, che Ian volesse ammetterlo o meno. Thorne poteva anche essere d'accordo con quella prospettiva, in quel momento e in futuro, ma ciò non significava che lo fosse anche lui. Finalmente aveva la possibilità di intraprendere una relazione con un uomo capace di rispettare i suoi limiti, eppure non riusciva a convincersi a fare il primo passo.

"Non è vero," borbottò rivolto a se stesso. "Ho fatto il primo passo. L'ho baciato. L'ho baciato un sacco."

Ed erano stati tutti baci incredibili, dal primo all'ultimo, persino quello frettoloso e feroce tra le fiamme. E, per una volta, i baci lo avevano portato a desiderare qualcosa di più con la stessa forza con cui la temeva. Avrebbe voluto esserne felice, invece si sentiva solo più incerto. Non aveva permesso a nessuno di toccarlo intimamente da quando era stato abbastanza grande da evitare l'affido. Non aveva mai incontrato nessuno di cui si fidasse al punto di concederglielo.

Fino a quel momento.

Si sentì stringere lo stomaco mentre permetteva a quel pensiero di farsi strada dentro di lui. Voleva scoprire come sarebbe stato toccare Thorne. Gli bastava ricordare com'era poco prima, quando lo aveva sorpreso a vestirsi, per sentire un movimento alle parti basse. Era un uomo bellissimo, con muscoli possenti sotto la peluria scura che gli copriva il petto, e lui voleva toccarlo. Era certo che Thorne non si sarebbe opposto, ma Ian non era sicuro di saper gestire ciò che sarebbe venuto dopo. Se avesse ceduto ai suoi desideri e avesse accarezzato il corpo del pompiere come desiderava fare, quest'ultimo avrebbe di certo voluto ricambiare. Niente sesso era una cosa completamente diversa dal sesso unilaterale, ed era di quello che si sarebbe trattato.

486

Si mise sul fianco e si concentrò sul proprio respiro. Non sarebbe arrivato da nessuna parte a forza di rimuginarci sopra. Doveva dormire. Tutto il resto poteva benissimo aspettare fino al mattino.

FECE SCORRERE lentamente le mani sopra il corpo muscoloso, la peluria che gli solleticava i palmi. Il gesto strappò un sospiro e un sorriso all'uomo che, sotto di lui, si lasciava tranquillamente esplorare. Era al sicuro. Finché stava lì era al sicuro. Nessuno poteva fargli del male ora che c'era Thorne.

Si chinò per baciare l'amante e bere avidamente dalla sua bocca. Quando questi, per rappresaglia, gli passò la lingua sulle labbra, lui l'attirò dentro la bocca e prese a succhiarla. Thorne dovette apprezzare il gesto, a giudicare dal modo in cui cominciò a muoversi. A Ian piaceva la sensazione dei loro corpi che si strusciavano, così premette un po' più forte contro il petto dell'uomo e cominciò ad accarezzarlo con più decisione. Thorne borbottò qualcosa, le parole troppo indistinte perché Ian potesse coglierle. Ma non importava. Non si era trattato di un verso di protesta, così decise di interpretare quel mugolio seducente come incoraggiamento e si accostò ancora di più, allargandogli le gambe sopra i fianchi.

Un paio di mani forti lo immobilizzarono, spaventandolo e facendolo fermare. "Non avere fretta."

Si svegliò gridando. Prima ancora di fare mente locale o ricordarsi che era solo – e al sicuro – udì qualcuno bussare alla porta.

"Ian? Va tutto bene?"

Ian sentì la nausea risalirgli in gola e la ricacciò indietro. "Sì, sto bene. Solo uno strano sogno."

"Sei sicuro?" insisté Thorne.

"Sì, stai tranquillo," ripeté lui, mentre il cuore gli correva all'impazzata nell'attesa che la porta si aprisse, invece rimase chiusa.

"Va bene. Se ti serve qualcosa, chiamami. Sono qui."

Lentamente sentì il battito tornare normale. Thorne lo aveva ascoltato. Aveva accettato le sue parole e non aveva insistito per entrare. Aveva rispettato la porta chiusa.

Trasse un respiro profondo e cercò di scuotersi di dosso gli strascichi del sogno. A quanto pareva, persino il suo subconscio aveva accettato che Thorne non gli avrebbe messo fretta. Aveva, sì, sognato che l'uomo lo toccasse, ma solo per dirgli di andare piano quando lui, invece, si stava facendo trasportare dalla foga del momento. Non che comunque si fosse sentito in balia della passione finché l'altro non glielo aveva fatto notare.

Non aveva mai fatto sogni del genere in precedenza, e di certo mai riguardanti una persona ben specifica. C'erano stati incubi in cui vedeva il viso del padre affidatario, ma quella notte non si era trattato di un incubo. Nessuno lo aveva spaventato, ferito o costretto a subire nulla. Era stato lui ad avere il controllo. Lui che aveva fatto sentire bene Thorne, benché sentisse la propria stessa eccitazione montare con il passare dei secondi.

A pensarci bene, ce l'aveva ancora semiduro, persino dopo che Thorne era venuto a controllarlo e mentre il sogno cominciava a sbiadire. Non aveva ancora idea di come riuscire a far funzionare quel rapporto, ma era sempre più convinto di doverci provare.

# CAPITOLO 14

THORNE SI irrigidì quando vide Dani attraversare di corsa il prato diretta verso di lui. La cosa non lo avrebbe innervosito tanto se tra loro non ci fosse stata la strada. Vero che non c'erano macchine in giro, ma non era quello il problema. Dani non possedeva nessun istinto di conservazione, e Thorne era sicuro che un giorno gli sarebbe arrivata alle spalle, gli avrebbe fatto scattare un flashback e si sarebbe fatta male. Bastava il pensiero per dargli la nausea. Dani non meritava una cosa simile e, ancora peggio, Macklin avrebbe avuto tutte le ragioni per cacciarlo dalla stazione a quel punto, e ciò significava che avrebbe perso Ian. Le cose tra loro andavano bene, ma Thorne non si faceva illusioni: se il jackaroo si fosse trovato a dover scegliere tra lui e la stazione, non ne sarebbe uscito vincitore. E non avrebbe neanche potuto fargliene una colpa, pur considerando quanto ne avrebbe sofferto: Ian meritava di dividere la vita e la casa con qualcuno di cui poteva fidarsi.

"Ciao, Dani," disse, prendendo la bambina in braccio. "Dovresti fare più attenzione quando attraversi la strada."

"Mamma detto no macchine," rispose lei, dandogli un bacione sulla guancia sopra la barba. "No macchine, strada sicula."

"In questo caso," fece lui.

La bambina arricciò il naso. "Puzzi."

"Non succederà più dopo oggi," la rassicurò. "L'incendio è spento. Non devo più tornare indietro e impregnarmi dell'odore del fumo."

"Bene. Fumo puzza."

Thorne fece una risatina. "Ti sei comportata bene con la mamma oggi?"

"È stata con me."

La voce alle sue spalle lo colse di sorpresa, mandando in allerta tutti i suoi istinti. Si girò e avvolse il proprio corpo attorno a quello di Dani in un gesto protettivo.

"Laura!" intervenne Molly prima che Thorne potesse reagire. "Cosa ti abbiamo detto riguardo al fatto di non arrivare di sorpresa alle spalle di Thorne?"

"Scusa," disse contrita la ragazzina. "L'ho scordato."

"È una regola pericolosa da dimenticare," l'ammonì Thorne. "Ti ricordi quello che è successo l'ultima volta?"

"Tholne paula?" chiese Dani, posandogli una delle sue minuscole mani sul viso e facendolo voltare per guardarla.

"Avevo paura che qualcosa potesse farti male," rispose lui in tutta sincerità.

"Niente fa male. Solo selpenti. Ma loro nelle stalle."

"Lo so che Laura non ti farebbe mai del male," disse Thorne. "Ma mi ha colto di sorpresa e l'istinto di proteggerti ha avuto il sopravvento."

Lei gli si agitò fra le braccia per essere messa giù. Thorne la posò a terra e la bambina andò da Laura. "Di' scusa."

"L'ho già fatto."

"Dillo ancola," ordinò il frugoletto con fare imperioso.

Thorne trattenne una risatina. A quanto pareva Dani aveva ereditato la capacità materna di governare il mondo.

"Scusa," ripeté Laura. "Non volevo spaventarti di nuovo."

"Bene. Ora gioca." E prima che Thorne potesse rispondere, Dani l'aveva già portata via con sé.

"Grazie," disse a Molly dopo che le due bambine si furono allontanate. "Avevo Dani in braccio quindi immagino che l'istinto di proteggerla sia stato più forte di quello di attaccare, ma è stato comunque meglio che qualcun altro le abbia fatto notare ciò che ha fatto."

"Non c'è niente di male a voler proteggere un bambino," rispose Molly. "Magari assicurati solo che sia davvero necessario."

"Più facile a dirsi che a farsi," ammise lui. "Questo tipo di reazione mi ha salvato la vita più di una volta ed è difficile disimparare certe lezioni."

"Allora non farlo. Impara solo a mitigarle. Non dico che sarà facile, ma sarà sempre meglio che vivere nel terrore di come potresti reagire se qualcuno ti spaventa."

"Come sei diventata così saggia?"

Molly rise. "Anni di vita con Neil."

Anche Thorne rise della battuta e cercò di immaginarsi ancora a Lang Downs tra cinque o dieci anni a partire da quel momento. Era piuttosto facile figurarselo, a meno che non facesse qualcosa per far incazzare Caine e Macklin. Ma più forte della facilità con cui lo immaginava era quanto lo voleva. I Commando gli avevano dato un riparo, ma la verità era che nelle cose che contavano era stato un senzatetto per un tempo infinitamente lungo. Ed ecco che ora aveva la possibilità di avere di nuovo una casa. Doveva solo assicurarsi di tenersela stretta e non perderla di nuovo.

"Tutto bene?" lo interrogò Molly.

"Sì, scusa, stavo solo pensando."

"Pensare è una buona cosa. Anche Neil dovrebbe farlo più spesso, ma qualche volta è necessario ignorare il cervello e seguire quello che ti dice la pancia. Sei nuovo qui, è vero, ma sei già parte della famiglia e non devi più portare tutto il peso da solo, a meno che tu non lo voglia."

"Me l'hanno già detto in molti."

Molly gli rivolse un sorriso triste. "Non sei un jackaroo ma sembra che l'esercito ti abbia fatto la stessa cosa che l'outback fa a molti di loro."

"E sarebbe?"

"Che sei diventato duro come il granito, convinto che le emozioni siano un macigno inutile e determinato a tenerti tutto dentro, fosse l'ultima cosa che fai." Gli appoggiò una mano sul braccio. "Non ti ucciderà permettere alle persone di aiutarti. Non tradiremo la tua fiducia."

Thorne avrebbe tanto voluto crederle, ma non sapeva neanche da che parte cominciare a parlare di tutto il casino che aveva in testa. E, ancora più importante, quelle persone non meritavano il casino che lui aveva in testa. Non meritavano la morte e la desolazione che si portava dentro. Magari quel capitolo della sua vita era chiuso, ma i suoi effetti si facevano ancora sentire.

"Vuoi che ti prenda a scappellotti come faccio con Neil?" gli chiese Molly.

Thorne riuscì a sorriderle. "No, ho capito. Solo che non so da dove cominciare."

"Da quello che ti fa più male. Non devi parlarne per forza con me, ma confidati con qualcuno. Con Ian, oppure con Macklin, o Kami, se preferisci. È, incredibilmente, un ottimo ascoltatore, e non ti giudicherà, né riferirà ad altri quello che gli dici. Qualche volta penso che sia il confessore della stazione."

Thorne non riuscì a trattenere un sorriso a quella descrizione. Conosceva il cuoco a malapena, lo vedeva a cena e qualche volta al mattino, benché fosse Sara a servire la colazione la maggior parte dei giorni. Non sembrava particolarmente affabile, ma forse era quello il suo punto forte. Se era davvero poco loquace, allora qualsiasi segreto gli venisse rivelato era al sicuro dai pettegolezzi.

"Lo terrò a mente," promise. "Ora è meglio che vada a farmi una doccia prima di cena."

Molly lo lasciò andare e lui si precipitò verso il cottage di Ian. Non sapeva se l'altro uomo era già a casa, e se anche ci fosse stato non si aspettava niente di diverso dai baci che si erano scambiati le sere precedenti. Non si soffermava volentieri a pensare alle ragioni per le quali Ian fosse così spaventato, ma si era ripromesso di non fare nulla che potesse peggiorare la situazione e intendeva onorare quella promessa.

Si fermò appena dentro la porta per togliersi gli stivali e notò che quelli di Ian erano già lì, insieme alla camicia a maniche lunghe che indossava quella mattina. Si chiese se ciò significasse che il jackaroo se ne andava in giro per casa a torso nudo. Sicuramente no. Con ogni probabilità indossava una canottiera. Thorne aveva imparato che quando si trattava di mostrare il proprio corpo, Ian era piuttosto timido. Gli anni trascorsi nell'esercito avevano estirpato anche quello da lui, ma rispettava la privacy dell'altro, e aveva persino preso l'abitudine di portarsi i vestiti puliti in bagno quando andava a fare la doccia per non metterlo in imbarazzo.

"Sono a casa, Ian," urlò mentre attraversava il salotto per prendere i vestiti da mettere dopo, così da essere pronto quando Ian avesse finito di lavarsi.

"Oh, sei tornato prima del previsto."

Thorne sollevò lo sguardo dalla sua sacca e lo posò su Ian, che, pantaloni puliti appoggiati sul braccio, stava in piedi in mezzo al corridoio tra la camera e il bagno, indossando solo un paio di jeans sporchi.

Gli bastò quella vista a fargli venire l'acquolina in bocca. Ian non era massiccio, ma i suoi muscoli scolpiti risaltavano perfettamente sotto la pelle chiara e coperta di lentiggini. Da quello che poteva giudicare da quella distanza, non c'era un grammo di grasso su quel corpo. L'addome era piatto e tonico, diviso in due da una striscia di peli rossicci che sparivano sotto la vita dei pantaloni. Cercando di dissimulare quell'attenta analisi con un colpo di tosse, Thorne sollevò lo sguardo sul viso dell'uomo e gli rivolse un sorriso incerto. "Il capitano Grant ha dichiarato la fine dell'emergenza e ha richiamato tutti gli uomini. Non mi sembrava il caso di restare se non c'era più nulla da fare. Da questo pomeriggio, ho definitivamente chiuso con il Servizio Protezione Incendi."

"Quindi domani potrò mostrati la stazione?" Ian giocherellava nervosamente con i passanti dei jeans puliti, ma aveva risposto e Thorne decise di proseguire la conversazione.

"Esattamente," confermò. "Però porta pazienza con me. Ne so meno dell'ultimo jackaroo."

Ian sorrise apertamente a quel punto. "Ho insegnato ai novellini per quindici anni. Credo che saprò impedirti di commettere troppi errori, anche perché gli altri sanno più o meno quello che fanno ormai. Hanno avuto tre mesi per imparare e non hanno più bisogno di una supervisione continua."

Thorne avrebbe voluto continuare a farlo parlare così da non dover smettere di guardare il suo petto nudo, ma avevano tutti e due bisogno di una doccia e Kami non aspettava nessuno per la cena. "Laviamoci. Poi a cena mi racconti cosa mi aspetta."

Ian gli sorrise di nuovo e sparì in bagno, lasciandolo da solo sul divano a cercare di farsi sgonfiare un'erezione per la quale non poteva fare niente; non quando il jackaroo continuava a guardarlo con occhi sgranati ogni volta che si trovavano ad affrontare qualche nuovo grado di intimità.

"ANDIAMO," DISSE Ian dopo colazione il mattino successivo, tirando allegramente Thorne per la mano. "Ci sono un sacco di cose che voglio farti vedere!"

"Non è che uno può almeno finire in pace il caffè?" ribatté l'altro, ma stava sorridendo così Ian ignorò la protesta e lo guardò appoggiare la tazza – vuota – nel catino insieme al resto dei piatti sporchi.

"Quindi, qual è il programma di oggi?" domandò Thorne mentre si dirigevano verso gli ute parcheggiati accanto ai capanni per la tosatura.

"Dovremmo riportare le pecore ai pascoli più lontani, ma tu sei un novellino e io ancora a mezzo servizio, quindi non accompagneremo il gregge a cavallo."

"Bene," rispose Thorne. "Perché non so cavalcare."

Ian sorrise e dopo che furono saliti sul pick-up disse: "A questo possiamo rimediare. Titan non ha un cavaliere fisso al momento, quindi quando tutte le pecore saranno di nuovo ai pascoli, potremmo prenderlo e insegnarti quel tanto che ti permetterà di sentirti a tuo agio in sella. Per ora andremo a controllare gli steccati e i capanni. Caine non crede che siano stati danneggiati, grazie al vostro intervento, ma è meglio accertarsene e, visto che ci siamo, daremo anche un occhio alle scorte."

"Sembra noioso," ribatté Thorne.

"Molti dei lavori che facciamo lo sono," ammise Ian mentre guidava il pick-up fuori dalla vallata, "ma io cerco di considerare ogni piccola incombenza come una rotellina che contribuisce a far girare il tutto. Certo, è noioso guidare lungo chilometri e chilometri di steccato, ma se pensiamo che ciò ci impedirà di perdere degli animali, allora abbiamo contribuito al benessere di tutta la stazione. Rifornire i capanni è tedioso, ma così facendo mi assicuro che i miei amici abbiano sempre cibo e acqua quando ne hanno bisogno."

"Quando ero nei Commando facevo qualcosa di molto simile," disse Thorne. "Mesi di duro lavoro per il bene comune e poi momenti di eccitazione per interrompere la noia."

"Credo che i miei momenti di eccitazione siano meno pericolosi," rispose Ian con un sorriso. "Un dingo o un serpente. Un piccolo fuoco, se sono davvero sfortunato. Niente a che vedere con pallottole e guerriglia."

"Ringrazia Dio che sia così" replicò Thorne, l'espressione improvvisamente seria.

"Lo faccio."

"Stiamo tornando verso la zona dell'incendio?" domandò Thorne.

"Solo la parte che ha toccato i confini della proprietà. Guideremo lungo le recinzioni e aggiusteremo i danni che troviamo, sia che dipendano dal fuoco che da altro. Ci sono anche un paio di capanni in zona, li controlleremo."

"Quindi i capanni sono dei rifugi temporanei?"

"Più o meno. Sono delle casupole formate da una sola stanza e rifornite di acqua e beni non deperibili. Li usiamo quando siamo fuori con pecore durante la notte, oppure in caso di emergenza. Mi sono stati utili durante molti temporali. Tutti sanno che devono sostituire quello che hanno usato, ma Caine vuole lo stesso che vengano controllati due o tre volte l'anno. Si cambiano le coperte, ci si assicura che ci siano abbastanza acqua e cibo, si rimpingua la scorta di legna, si controlla la cassetta del pronto soccorso e cose del genere. In caso di bisogno potrebbe fare la differenza tra salvarsi e morire."

"Non devi cercare di convincermi di quello che stiamo facendo," disse Thorne. "Ero un soldato e sono abituato a eseguire gli ordini. Specialmente quando vedo una logica in quello che faccio, come in questo caso."

"Ma io non sono un ufficiale," ribatté Ian, percependo un vago disagio all'idea di impartire ordini a Thorne. Era stato contento quando Macklin aveva chiesto a Neil di diventare sovrintendente. Lo avrebbe fatto se necessario, ma gli andava benissimo essere un caposquadra, o addirittura un semplice jackaroo a cui non era necessario dire cosa c'era da fare. "E questo non è l'esercito."

"No, ma anche qui ci sono ordine, routine e disciplina," spiegò Thorne. "Neil, Macklin o chi per loro danno gli ordini, e tutti gli altri li eseguono. Quando sei fuori con una squadra, hai un compito da svolgere e fai di tutto per svolgerlo al meglio. Nell'esercito è lo stesso. La sola differenza è che non sempre è una questione di vita o di morte."

Ian non aveva mai pensato alla questione in quei termini, anche se doveva riconoscere che Thorne aveva ragione. "So per certo che ho cominciato a sentirmi più a mio agio qui alla stazione quando ho cominciato a capire perché mi veniva chiesto di fare certe cose, e ora cerco di riservare la stessa cortesia agli altri."

"Vuoi dire che non ti sei accorto che questa era casa tua nel momento stesso in cui ci hai messo piede?" lo prese in giro Thorne. "Sembra che per tutti gli altri sia andata così."

Ian fu sommerso dai ricordi dei suoi primi tempi a Lang Downs. Stava per conto suo da due anni all'epoca e aveva imparato a non fidarsi di nessuno – non che prima fosse stato particolarmente aperto, dopo quello che il padre affidatario gli aveva fatto. Era musone e difficile da trattare. Macklin non era ancora il sovrintendente ma solo un caposquadra e lo aveva preso per il verso sbagliato sin dal primo momento: a ogni suo ordine Ian arruffava il pelo e quasi mordeva. Era stato sul punto di andare via quando Michael lo aveva chiamato su alla casa padronale.

"No, non è stato facile per me," ammise. "Quando ancora vivevo con mia madre, ci spostavamo un sacco, sia per nasconderci dai suoi ex che per sfuggire ai creditori, e quando alla fine sono stato affidato ai servizi sociali, hanno fatto fatica a trovarmi un posto dove stare. Non ero né piccolo né carino. Ero un adolescente arrabbiato e con un ego sproporzionato. E quando sono arrivato qui ero un ventenne arrabbiato e con un ego sproporzionato. Non sapevo cosa significasse avere una casa, quindi ovviamente non ne ho riconosciuta una in Lang Downs."

Avevano raggiunto il cancello che portava al pascolo superiore. Senza aspettare che gli venisse detto, Thorne saltò giù dall'ute e andò ad aprirlo. Ian lo attraversò e aspettò che risalisse prima di proseguire lungo la recinzione e riprendere il discorso. "Alla fine Michael si è scocciato. Ero convinto che mi avrebbe licenziato, invece mi ha fatto sedere e mi ha detto che avevo una scelta nella vita. Io gli ho riso in faccia. Non avevo avuto nessunissima possibilità di scegliere nulla fino a quel momento, non per quello che mi riguardava."

"Ma a quanto pare ti fatto cambiare idea," osservò Thorne.

"Ha detto che non poteva cambiare quello che mi era successo prima che arrivassi a Lang Downs, e neanche potevo farlo io, ma che stava a me decidere come sarebbero andate le cose da quel momento in poi. A dire la verità non gli ho creduto. Nessuno mi aveva mai voluto, quindi perché avrebbe dovuto volermi lui? Era già abbastanza avanti con gli anni all'epoca, e troppo innamorato del suo partner per essere interessato a me. E non ero neanche un buon jackaroo perché ero stato troppo impegnato a rompere per imparare davvero qualcosa. Non capivo cosa potesse volere."

"Come ti ha convinto?"

"Non l'ha fatto, in realtà," disse lui. "Voglio dire, non con i discorsi. Non gli ho creduto, ma le sue parole mi hanno costretto a pensare, così ho cominciato a osservare gli altri residenti e ad ascoltare quello che dicevano i jackaroo che tornavano anno dopo anno, anche se in inverno andavano via. Ed è stato allora che ho cominciato a sentire come venivano chiamati i residenti: i ragazzi perduti di Michael. Ho sbuffato quando lo sono venuto a sapere. Peter Pan era solo una favola e Lang Downs non aveva nulla a che vedere con l'isola che non c'è. Però ho continuato ad ascoltare e alla fine mi sono reso conto che forse lo era, e se l'offerta di Michael fosse stata sincera, sarei stato uno scemo a lasciarmela scappare. Quando la stagione è finita, Michael mi ha chiamato di nuovo alla casa padronale e mi ha chiesto cosa avessi deciso. Io ho risposto che sarei rimasto volentieri."

"E lui ovviamente ha acconsentito."

Sì, Michael aveva acconsentito, ma a una sola condizione. Aveva bisogno di sapere esattamente cosa lo avesse condotto lì, ma Ian non raccontò a Thorne quella parte. Aveva accettato la richiesta e sputato fuori tutta l'orribile storia, e non voleva ripetere l'esperienza. Per sua fortuna, un punto rotto della recinzione attirò la sua attenzione.

"Sì, infatti," rispose, fermando l'ute. "Andiamo. C'è del lavoro da fare."

# CAPITOLO 15

"BUONE NOTIZIE," disse Thorne quando raggiunse Ian in salotto dopo cena. "Mi ha chiamato Walker. È in Australia e la settimana prossima sarà a Wagga Wagga, così pensavo di andarci anch'io e prendere le mie cose. Però credo sia troppo lontano per fare andata e ritorno in giornata."

"Credo che potremmo fare a meno di te per un paio di giorni," rispose Ian. Si costrinse a sorridere anche se dovette combattere un'improvvisa ondata di gelosia. "O anche per tre, se hai voglia di stare un po' insieme al tuo amico."

"Quello dipenderà dai suoi programmi," disse Thorne. "Non credo che avrà molto tempo libero, eccetto che di sera. Con ogni probabilità andrò, trascorrerò la serata con lui e tornerò il giorno successivo. Voglio vederlo e prendere le mie cose, ma non voglio stare via troppo a lungo."

Ian sentì la gelosia scemare un po'. "Raccontami qualcosa di lui."

"Di Walker?" chiese Thorne. Ian annuì. "Non c'è molto che non ti abbia già detto. Eravamo entrambi nei Commando e siamo amici da moltissimo tempo."

"Cosa penserà del fatto che ti sei stabilito in una stazione?" Non era esattamente la domanda che Ian aveva in mente, ma non seppe persuadersi a chiedere nient'altro.

Thorne gli sfilò il libro che stava leggendo e lo appoggiò sul tavolino da caffè, poi gli prese il viso fra le mani e lo baciò. Ian si abbandonò al tocco, completamente stregato dopo due settimane che lo facevano. "È quella la vera domanda o vuoi sapere cosa penserà del fatto che sto con te?"

"Entrambe le cose," ammise lui, sentendo le guance infiammarsi sia per il bacio che per l'imbarazzo di essere stato scoperto.

"È probabile che sarà sorpreso per quanto riguarda la stazione. Non so come reagirà a noi due, ma non importa. Non è lui che deve decidere, e qualunque sia la sua reazione, bella o brutta, non m'impedirà di tornare da te. Sì, è un amico, una delle poche persone che posso sinceramente chiamare tali, ma non rappresenta una minaccia per te."

"Scusa," disse Ian. "Non dovrei essere tanto appiccicoso."

"Puoi essere appiccicoso finché vuoi, tesoro," fece Thorne mentre si chinava per baciarlo di nuovo.

Ian lasciò che prendesse il controllo del bacio. Giorno dopo giorno, gli era sempre più facile fidarsi di Thorne quando erano seduti a scambiarsi tenerezze, come in quel momento. E la giornata appena trascorsa era stata l'ennesima conferma. Thorne si era rivelato un allievo modello per quanto riguardava il lavoro: faceva tutto ciò che gli veniva detto e Ian non doveva mai ripetere le istruzioni. La prima volta che si erano fermati per aggiustare una recinzione, Ian aveva dovuto mostrargli come fare, ma la seconda, avevano lavorato insieme come una squadra.

Inclinò la testa contro le mani di Thorne, fidandosi che lo avrebbero sorretto. E infatti l'uomo non lo lasciò e poco dopo abbandonò la sua bocca per dedicarsi a mordicchiargli e baciargli la mandibola, la sua barba che lo solleticava in quel modo erotico che gli toglieva sempre il respiro.

Ian lo aveva osservato quel pomeriggio e aveva visto quanto forti fossero le sue mani e le sue braccia. Estrarre un palo dal terreno non era una cosa facile e molti jackaroo non imparavano mai a farlo da soli, ma a Thorne era bastato vederlo una volta per afferrare il movimento, che aveva poi replicato con un'efficienza e una forza tali da catturare l'attenzione di Ian, il quale si era trovato a fissargli imbambolato le braccia. Colto da improvvisa audacia, prese a tracciarne timidamente i muscoli con la punta delle dita. Non osò però superare la linea del gomito, soprattutto perché non voleva avere fretta e perdere così parte dell'esperienza. La pelle delle braccia di Thorne, come quella del suo petto, era coperta da una folta peluria, morbidi riccioli dello stesso colore dei capelli, e sotto di essa c'era uno strato di muscoli duri come roccia. Thorne mormorò qualcosa di incomprensibile contro il suo collo, ma Ian immaginò che non gli stesse chiedendo di fermarsi, così continuò con la sua esplorazione.

L'interno dei polsi era deliziosamente sensibile, scoprì Ian, e sorrise nel sentire come, ogni volta che gli passava le unghie sulla pelle liscia – uno dei pochi punti a non essere coperto da quella meravigliosa peluria – Thorne trattenesse il respiro.

"Mi chiedevo se avresti mai trovato quel punto," sussurrò l'uomo tra i sospiri, e Ian sorrise ancora di più al pensiero di aver scoperto di sua iniziativa qualcosa su Thorne. Si chiese quali altre zone erogene avrebbe trovato se fosse stato abbastanza audace da cercarle.

Avrebbe potuto chiederlo a lui, certo, ma sospettava che la ricerca rappresentasse per entrambi almeno la metà del piacere... finché il coraggio non lo avesse abbandonato.

Thorne gli stava ancora strofinando il naso sul collo, ma era chiaro che anche lui stesse aspettando di vedere quale sarebbe stata la sua mossa successiva. Il tempo sembrò dilatarsi, denso di significato. Ian avrebbe potuto tirarsi indietro e continuare a fare ciò che già conosceva, e allora anche Thorne avrebbe ripreso a somministrargli le consuete attenzioni, oppure poteva azzardare qualcosa di nuovo e vedere che tipo di reazione avrebbe ottenuto. Inspirò a fondo per calmarsi, una, due volte, rammentando a se stesso come Thorne aveva sempre rispettato i suoi limiti. Non avrebbe mai insistito affinché facesse qualcosa che lo metteva a disagio, ma quando abbassò lo sguardo sulle proprie mani, ancora posate sopra gli avambracci dell'altro, si rese conto di volere di più. Per quanto quella parte del suo corpo fosse attraente, c'era molto altro da esplorare. Magari non era pronto per tutto, ma non ci sarebbe stato niente di male a fargli scorrere le dita sui bicipiti. Non era un tipo di intimità molto diversa da quella che già avevano condiviso.

Gli avvolse le mani attorno ai gomiti e poi le fece scorrere su per il muscolo finché non raggiunse il bordo della maglietta. A quel punto si fermò e fece il percorso contrario.

"Posso toglierla," offrì Thorne.

Nell'udire quelle parole, Ian si gelò. Lo aveva già visto senza maglia, ma solo dall'altra parte della stanza. Dal giorno in cui era tornato dall'ospedale, Thorne si era sempre preoccupato di portare i vestiti con sé in bagno quando andava a fare la doccia e uscirne completamente vestito. Alla sera aspettava che lui andasse in camera prima di spogliarsi, ed era sempre in piedi e già vestito quando Ian ne usciva al mattino. Sapeva che Thorne lo faceva per rendere la vita più facile a lui, e non per se stesso, e quella consapevolezza lo aiutò a calmarsi e prendere una decisione. "Se vuoi."

Thorne scosse la testa. Il gesto gli fece strusciare di nuovo la barba contro la sua pelle strappandogli un debole gemito. "Non parliamo di cosa voglio io, Ian," disse in tono serio. "Ma di quello che vogliamo noi, che in questo momento dipende da cosa vuoi tu. So che in passato hai sofferto e non voglio essere io ad aggiungere altro dolore a quello che già hai patito."

La sua prima reazione fu di negare tutto, ma l'espressione sul viso del compagno gli bloccò le parole in gola. Non lo stava compatendo, ma non era neanche disposto ad accettare stronzate riguardo al fatto che non gli fosse successo niente di brutto. Non chiedeva risposte, ma neanche bugie. Ian annuì lentamente, cercando di tornare all'argomento precedente. Che fare con la maglietta? Aveva già ammirato il petto di Thorne in passato, e se anche l'uomo si fosse spogliato dalla vita in su non significava che lui non potesse limitarsi al solo guardare. Non era obbligato a fare nulla. "Tra un po', magari," disse alla fine, prima di attirare l'ex pompiere a sé per un altro bacio.

Thorne si avvicinò senza opporre resistenza e quello diede a Ian il coraggio di fargli scorrere le mani sulle ampie spalle ancora coperte. Non fu una carezza particolarmente audace, ma a lui sembrò lo stesso una vittoria e, invece di affondare le mani nella salvezza rappresentata dai capelli dell'uomo, continuò a farle vagare sulla sua schiena, percependo la forza dei muscoli sottostanti. Quando Thorne fece lo stesso con lui, tuttavia, si irrigidì. L'altro si allontanò immediatamente e si adagiò all'indietro, appoggiandosi al bracciolo del divano.

"Non ti toccherò più, a meno che non sia tu a chiederlo," lo rassicurò. "Ma spero che ciò non voglia dire che tu smetti di toccare me."

Ian deglutì una volta e poi una seconda, mentre continuava a fissare l'uomo adagiato sui cuscini. Con le mani allacciate dietro la nuca, il suo petto sembrava gonfiarsi, facendolo apparire ancora più grosso del solito. Percorse tutto il suo corpo con lo sguardo, arrossendo furiosamente quando notò il rigonfiamento all'altezza dell'inguine. Era stato lui, o meglio erano stati i suoi baci, a fargli quello. Eppure, benché eccitato, Thorne si era rimesso completamente alle sue decisioni. Saperlo fu liberatorio.

Allungò di nuovo la mano e gliel'appoggiò sulla curva del petto. Non aveva il coraggio di cercare lo sguardo dell'uomo mentre aspettava una sua reazione – non era così coraggioso – ma lo sentì trattenere il fiato. "Sarai la mia morte," disse Thorne, la voce un rombo nel suo petto che Ian credette di percepire oltre che udire.

"Spero che almeno sia un buon modo di andarsene," disse lui, facendosi forza.

"Il migliore," rispose Thorne.

Quelle parole lo incendiarono in un modo che non aveva mai sperimentato fino a quel momento. Non si trattava più solo di lussuria, benché c'entrasse anche quella. Era qualcosa di più profondo. Thorne lo attirava come mai nessuno prima, sia a livello fisico che emotivo.

"Posso…?" Non riuscì a finire.

Thorne gli coprì la guancia con la mano e gli fece alzare lo sguardo sul suo. "Puoi fare tutto ciò che vuoi, Ian. Sono tuo, ricordi?"

Ian deglutì e annuì, poi portò le mani sull'orlo della sua maglietta. Thorne si sollevò quel tanto che bastava per farsela passare sopra la testa, poi tornò a stendersi. "Tutto ciò che vuoi," ripeté.

Ian si soffermò qualche secondo a studiarlo. L'aveva già visto a distanza, ma era diverso ora. Da vicino si notavano le cicatrici che facevano capolino da sotto la folta peluria e i dettagli dei tatuaggi che gli adornavano le spalle e che in genere erano nascosti dalla maglietta: una spada che trafiggeva un boomerang da una parte e una serie di numeri dall'altra. Non fece domande, ma cercò di imprimersi le cifre nella mente. In un altro momento, forse, avrebbe trovato il coraggio di farsi spiegare cosa significavano. Se erano date, come sembrava, la più vecchia risaliva a circa vent'anni prima. Le cicatrici, invece, raccontavano una storia diversa: un'increspatura di pelle sotto la clavicola, una linea frastagliata lungo il costato, un solco che assomigliava ai denti di una sega che spariva sotto la vita dei pantaloni, il segno di un'ustione che gli avvolgeva il fianco e spariva dietro la schiena. Tanti piccoli dettagli che fecero capire a Ian quanto dovesse essere stata dura la sua vita precedente. Anche lui aveva delle cicatrici sulle mani e le gambe che si era fatto lì alla stazione, quando era ancora un novellino con più boria che cervello ed era rimasto impigliato nel filo spinato. Macklin gliene aveva cantate quattro quando lo aveva trovato ricoperto di sangue, ma solo qualcuna delle punture aveva lasciato un segno. Thorne, a quanto pareva, era stato meno fortunato, oppure era rimasto ferito molte più volte.

"Sono tutte vecchie e guarite da tempo," disse piano, come se gli avesse letto nel pensiero. "Ferite di guerra, per la maggior parte, e niente che mi crei problemi. Non andrò da nessuna parte, a meno che non sia tu a chiederlo."

"Sei sicuro che non ti fanno male?" chiese Ian in tono esitante, le dita sospese sopra un bottone di pelle gibbosa sulla parte alta del petto. Avrebbe voluto toccarlo, assicurarsi che fosse guarito, ma non voleva che Thorne sentisse dolore.

"Sicuro," rispose l'altro. "Ma se può farti stare meglio, prometto che ti avviserò se dovessi farmi male."

"Sarà meglio," ribatté lui deciso. Sapeva cos'era il dolore, e si sarebbe tagliato una mano piuttosto che infliggere qualcosa del genere a un altro essere umano.

"Lo prometto. Stai tranquillo, però, non mi fai male. Anzi, è meraviglioso." Appoggiò la mano sulla sua. "E spero che quando sarai pronto lascerai che te lo dimostri."

Ian ricacciò indietro il rifiuto automatico che gli era salito alle labbra. Si era già spinto molto oltre ciò che avrebbe mai immaginato di poter fare e forse un giorno sarebbe stato pronto. Ma fino ad allora, aveva una distesa di pelle da esplorare, così lasciò che le sue mani volassero sopra il petto dell'altro, godendosi il suo respiro affannato e il modo in cui i suoi muscoli si contraevano sotto le sue dita. Quando sollevò lo sguardo sul suo viso, si sentì mozzare il fiato in gola dalla passione che vide bruciare in quegli occhi zaffiro. Sarebbe stato pronto a giurare che di solito non fossero tanto scuri, ma in quel momento Thorne aveva le pupille dilatate, circondate da un sottile cerchio blu molto molto scuro, e tutto quel fuoco era concentrato su di lui. Sentì le guance infiammarsi di nuovo e distolse lo sguardo, incapace di sostenere l'intensità con cui l'uomo lo fissava. Ma la vista che gli si presentò davanti fece tutto fuorché calmarlo. Se prima c'era stato un rigonfiamento nei pantaloni di Thorne, le dimensioni del pene perfettamente definito che gli premeva ora contro la patta non avevano nulla da invidiare ai pali che avevano piantato nel terreno quella mattina. Deglutì e fu quasi sul punto di tirarsi indietro, ma la voce di Thorne lo fermò.

"Niente che tu non voglia, ricordalo. Quello che vedi è un problema mio, non tuo."

Ian voleva disperatamente credergli. Finora Thorne non si era mai rimangiato la parola data e aveva persino fatto più di quanto il servizio gli imponesse pur di salvarlo. Era andato a trovarlo in ospedale ogni giorno, benché non fosse un viaggio propriamente breve, e aveva trascorso l'ultima settimana a dormire sul suo divano, senza mai chiedere più di quanto lui fosse disposto a dare. Aveva lavorato instancabilmente al suo fianco per tutto il giorno, facendo tutto ciò che gli veniva chiesto, sia le cose difficili che quelle facili. Avevano piantato pali nel terreno, tirato filo spinato e rifornito i capanni di batterie e olio per le lampade, e l'uomo aveva affrontato ogni compito con la stessa scrupolosa determinazione. Con un profondo respiro, Ian annuì e si concesse di avere fiducia. Thorne si era di nuovo sistemato con le mani dietro la testa e lui poteva prendersi il suo tempo per esplorarlo.

La pelle era calda sotto i suoi palmi mentre li faceva scorrere sopra quella distesa di pelle nuda. Evitò di toccargli i capezzoli perché non era sicuro di essere pronto a compiere un gesto deliberatamente eccitante anziché di sola scoperta, ma i piccoli bozzoli di carne si inturgidirono lo stesso nonostante la mancanza di stimolazione diretta, e fecero capolino dalla coltre che gli copriva il petto, attirando la sua attenzione. Allungò con cautela una mano per toccare, ma la tirò indietro quando Thorne inspirò bruscamente.

"No, non fermarti," lo incitò. "È bello."

Non era stato bello quando il padre affidatario glieli strizzava mentre lo spingeva giù contro il letto, ma il viso di Thorne non mostrava traccia di dolore, così Ian sfiorò il bottoncino rigido con la punta del dito.

"Sììì," sibilò l'uomo. "Ancora."

Quella reazione gli piacque abbastanza da seguire il suggerimento e ripetere la carezza. Thorne si inarcò contro il tocco e gemette di nuovo. Quei suoni lo esortavano a continuare, ma più che altro rispondevano al desiderio che si stava lentamente risvegliando dentro di lui. Non avrebbe mai immaginato di potersi eccitare tanto e neanche di provare una simile voluttà nell'accarezzare un'altra persona e nel dargli piacere. Lasciò che le mani indugiassero dov'erano e si sporse per baciare di nuovo quelle labbra leggermente screpolate, beandosi di come la barba raschiasse leggermente le sue. Quando poi Thorne gliele leccò, Ian non ebbe neppure un attimo di esitazione prima di aprire la bocca e rispondere alla tacita richiesta. L'altro sapeva ancora di menta, ma lui non si pose domande quella volta; invece gli succhiò la lingua, godendosi la freschezza che la caramellina aveva lasciato dietro di sé.

Ian gioì per il bacio e per la sensazione di sentire il petto di Thorne sotto le proprie mani, ma c'era qualcosa che mancava. Impiegò qualche secondo prima di capire di cosa si trattasse, ma poi notò che l'altro teneva ancora le mani saldamente ancorate dietro la testa. "Ci sono moltissime cose per le quali non sono pronto," disse, "ma mi piace sentire le tue mani fra i capelli."

"Dal momento che lo chiedi," rispose Thorne con un sorriso. Gli piegò le dita attorno alla nuca e prese ad accarezzare quel punto che lo faceva gemere, e Ian rispose con entusiasmo, affondando la lingua nella sua bocca. Thorne lo lasciò fare e succhiò a sua volta, con delicatezza.

Ian si sentì attraversare da un brivido e si tirò leggermente indietro, appoggiando la fronte a quella dell'ex-soldato. Il suo sesso pulsava di desiderio, ma era troppo presto perché potesse permettere a Thorne di occuparsene, e non poteva neanche farlo da solo lì davanti. Immaginò che anche il compagno dovesse essere nelle stesse condizioni, se non peggio, eppure se ne stava lì tranquillo e lasciava che lui gli si appoggiasse addosso. Ian avrebbe voluto spiegargli perché si era fermato, ma non sapeva da che parte cominciare. Thorne, tuttavia, non gli fece alcuna domanda, ma continuò ad accarezzargli la nuca. Un gesto che gli fece venire in mente il modo in cui Sam grattava le orecchie di Ladyhawke. Gli altri jackaroo sfottevano senza pietà il povero contabile per aver trasformato un gatto selvatico in un animale domestico, ma Ian aveva sentito come la piccola palla di pelo rispondeva alle attenzioni dell'uomo e in quel momento fu certo di aver, finalmente, capito. Avrebbe voluto essere capace anche lui di fare le fusa per dimostrare a Thorne quanto apprezzasse le sue carezze.

"Dovrei lasciarti dormire."

"Solo se vuoi andare anche tu," rispose Thorne. "Per quello che mi riguarda puoi restare qui finché ne hai voglia."

Ian odiava ammettere che stavano raggiungendo il limite oltre al quale non si sarebbe più sentito a suo agio, ma l'altro meritava la verità. "Credo che non mi sentirei a mio agio se restassi, perlomeno non così."

"Allora siediti e magari leggiamo un po' se non hai ancora voglia di andare a letto. Sono ancora all'inizio della tua libreria."

Ian sorrise, ma subito dopo dovette trattenere uno sbadiglio. "Si sta facendo tardi, e domani dovremo ancora alzarci presto."

"Ci sono giorni in cui non ci si alza presto da queste parti?" chiese Thorne.

"Abbiamo un giorno libero a settimana, anche se non tutti lo sfruttano. Non è che ci sia tanto da fare se non lavori, e Boorowa non è esattamente dietro l'angolo. Ci vado se mi serve qualcosa, ma mai più di una o due volte a stagione."

"Quindi non vai mai in paese per farti una bevuta e rilassarti?"

"Posso bere qui e chiunque sia di turno per le provviste mi rifornisce di birra se rimango a secco, e non sono esattamente il tipo che si rilassa," rispose lui. "Non sono mai andato in città per il gusto di andarci da quando mi sono trasferito. La stazione ha tutto ciò di cui ho bisogno."

"Allora sei un uomo fortunato," disse Thorne. "Però verresti a Wagga Wagga con me? Significherebbe prenderti un altro giorno libero, ma da quello che mi sembra di capire ne hai accumulati un bel po'."

"Non è così che funziona," spiegò Ian. "Il lavoro deve andare avanti e se io mi allontano, Caine e Macklin rimangono a corto di un lavorante. Non è giusto nei loro confronti e neanche nei confronti delle persone che devono fare la mia parte di lavoro mentre sono via."

"Tu non hai mai fatto il lavoro di qualcun altro in passato?"

"Probabilmente, ma non è che tenga il conto," protestò Ian.

"Ma vorresti venire con me?" insisté Thorne. "Se l'assenza dal lavoro non fosse un problema, verresti ad aiutarmi a prendere le mie cose e a conoscere Walker?"

"Se l'assenza dal lavoro non fosse un problema," rispose lui. "Ma lo è."

"Lo so, ma io ho conosciuto la tua famiglia. Pensavo che magari tu avessi voglia di conoscere la persona più vicina a una famiglia che mi sia rimasta. Capisco se ti sembra che stiamo andando troppo in fretta, ma quello che c'è tra noi non è una sciocchezza."

No, non lo era.

"Ne parlerò con Neil," concesse Ian. "Se mi dice che potranno fare a meno di me per un giorno in più, verrò con te. Se invece dice di no, magari potremo andare in autunno, dopo la tosatura. Una volta passato aprile non c'è più tanto da fare."

Thorne si mise seduto e gli diede un altro bacio. "Grazie. Per me conta già molto che tu ne parli a Neil." Allungò il braccio sullo schienale e Ian ci si infilò sotto, la guancia appoggiata al suo petto. Thorne si allungò, raccolse i libri appoggiati sul tavolino e gli passò il suo.

Ian lo prese e l'aprì alla pagina dove aveva lasciato il segnalibro. Mentre si lasciava riconquistare dalla storia, pensò che non si era mai sentito più soddisfatto.

# CAPITOLO 16

"HAI L'ARIA felice," disse Neil quando si trovarono da soli nel recinto tre giorni dopo. Il commento lo sorprese. Ian non si sarebbe definito infelice prima dell'arrivo di Thorne, ma nelle ultime due settimane aveva praticamente camminato a due centimetri da terra. "Immagino di esserlo," rispose.

"Bene. Anche lui sembra ambientarsi bene."

"Molto meglio di quanto facciano di solito i nuovi jackaroo che assumiamo in primavera," concordò. "Dobbiamo decidere quale sarà il suo giorno libero. Deve andare a Wagga Wagga per prendere alcune cose dall'appartamento del suo amico."

"Gli ho assegnato lo stesso giorno che hai tu," disse Neil. "È la stessa cosa che faccio per Chris e Jesse e per Kyle e Linda. Ho immaginato che fosse giusto riservarvi lo stesso riguardo. Però per andare e tornare da Wagga Wagga ci vuole più di un giorno."

"Sì, infatti. Però se parte la mattina del suo giorno libero, perderà solo una giornata di lavoro anziché due. Mi ha chiesto di accompagnarlo, ma sono stato in ospedale una settimana e poi a turno ridotto per altri sette giorni, non posso prendermi un'altra vacanza così presto."

Neil sbuffò. "Hai presente con chi stai parlando, vero? Quand'è stata l'ultima volta, escludendo il ricovero, che sei stato un giorno intero senza lavorare?"

Ian dovette pensarci qualche secondo. "Natale dell'anno scorso?"

"Esattamente," confermò Neil. "Se proprio dobbiamo metterci a fare la conta dei giorni, la stazione te ne deve più di quanti tu ne abbia usati stando in ospedale – e quelli comunque non contano – e andando con lui a Wagga Wagga. Se non vuoi andare per motivi tuoi, va bene, farò la parte del cattivo e dirò che non puoi prenderti un giorno, ma tutti saprebbero che è una stronzata."

"Non so cosa voglio fare," ammise lui dopo qualche secondo. "Thorne ha ragione quando dice che ha già incontrato tutte le persone che per me sono importanti. Il tipo di Wagga Wagga è il suo migliore amico, la cosa che più di ogni altra si avvicina a una famiglia."

"È un passo importante... andare a conoscere i genitori," fece Neil. "Sei pronto?"

"È questo il problema. Non so se sono pronto e non so se lo sarò mai."

"Devi deciderlo da solo, ma posso dirti che incontrare i genitori di Molly è stato molto meno brutto di quanto avessi immaginato. E quest'uomo è il suo miglior amico, non i suoi genitori, che forse potrebbero essere gli unici a convincerlo a cambiare idea."

"Erano nello stesso reggimento nei Commando," spiegò Ian. "Thorne gli ha salvato la vita. Ho avuto l'impressione che siano intimi."

"Intimi come lo siamo noi? Oppure intimi come lo sono Chris e Jesse?" chiese Neil. Ian non seppe trattenere un sorrisino ironico al pensiero che Neil aveva portato come esempio Chris e Jesse e non Sam e Jeremy.

"Intimi come lo siamo noi due," confermò. "Non credo che Thorne abbia raccontato a qualcuno di essere gay mentre era ancora nell'esercito."

"Probabilmente la scelta migliore. E ora ha intenzione di dirlo al suo amico?"

"Così pare. Ed è una delle ragioni per le quali sono indeciso: se dovesse esserci una scenata non voglio che la mia presenza peggiori la situazione."

500

"Però potresti anche migliorarla," gli fece notare Neil. "È più difficile lavare i panni sporchi davanti a un pubblico."

"Però se vado con lui, sarà costretto a dirglielo," obiettò Ian. "Non potrà valutare la situazione e decidere che magari è il caso di rivelarsi un'altra volta. E non sarebbe giusto."

"Forse, e forse no," disse Neil. "Resta il fatto che ti ha chiesto di accompagnarlo."

"Quindi pensi che dovrei?"

"Penso che non dovresti rifiutare solo perché hai paura. Ha scelto di correre un grosso rischio chiedendotelo, e tu non dovresti prenderlo alla leggera."

"Non lo sto prendendo alla leggera," disse Ian. "Ma mi sembra un passo molto importante da fare insieme a qualcuno che conosco solo da un mese."

"Il tempo scorre diversamente da queste parti," gli fece notare Neil. "Hai trascorso più tempo insieme a lui di quanto avresti fatto normalmente se viveste entrambi a Melbourne, vi foste conosciuti e aveste cominciato a uscire insieme. Avete mangiato insieme, lavorato insieme, Cristo siete anche quasi morti insieme. Non credo che il tempo sia una buona scusa."

"Quanto tempo ci hai messo a capire che Molly era la donna giusta per te?" chiese allora. All'epoca aveva capito che Neil se ne stava innamorando, ma non ci aveva badato più di tanto. Caine era arrivato da poco alla stazione e tutto era ancora molto incerto, così l'infatuazione di Neil nei confronti della bella jillaroo non era sembrata importante, finché i due non avevano annunciato il loro fidanzamento.

"Ho capito quasi subito che era lei che volevo, ma Michael era appena morto e ogni cosa sembrava campata in aria, così non ho detto niente la prima estate che ha lavorato qui. Quando però l'estate successiva è tornata, ho pensato che fosse un segno del Cielo, e ho fatto tutto quello che era in mio potere per convincerla a sposarmi."

"Io e Thorne non potremo sposarci, lo sai."

Neil alzò gli occhi al cielo. "Non è questo il punto, scemo. Potrò anche non essere una cima, ma se c'è una cosa che Caine e Sam mi hanno insegnato è che l'amore non è definito dal sesso della persona che ti interessa. Certo, se ci rifletto a fondo, sento ancora una puntura di disagio, ma l'amore di Sam per Jeremy è uguale a quello mio per Molly. E se hai la fortuna di provare un sentimento simile per Thorne, ti consiglio di afferrarlo con entrambe le mani e non lasciarlo andare mai più."

"Dovremmo tornare al lavoro," disse Ian. Neil aveva ragione e lui lo sapeva, ma aveva bisogno di riflettere bene su tutta la faccenda e non poteva farlo con l'amico che lo osservava con quella luce di speranza nello sguardo.

Neil scosse la testa. "Prendi Titan e insegna al tuo novellino come si cavalca. Più tardi ne raccoglierai i benefici."

Ian sentì le guance andargli in fiamme. L'unico beneficio che avrebbe ottenuto dall'insegnare a Thorne ad andare a cavallo sarebbe stato di avere un altro jackaroo in grado di aiutarlo col lavoro, ma Neil quello non lo sapeva. Ian non gli aveva mai raccontato nulla del suo passato e non aveva intenzione di farlo in quel momento. Prese la cavezza dell'animale e scappò, mente la risata canzonatoria di Neil lo seguiva fino al capanno della tosatura dove tenevano le bardature.

"CHE CI fai nella mia cucina?"

Thorne sollevò la testa sorpreso e vide Kami che lo guardava male dall'altra parte della stanza. "Sono venuto a prendere dell'acqua," disse. "Ian mi sta insegnando a cavalcare e fuori è caldo. Ha detto che qui potevo trovarne."

501

"È di là, in mensa," borbottò l'uomo. "Non qui dove io lavoro."

Ma prima che Thorne potesse scusarsi e andare via, il cuoco gli aveva sbattuto davanti un bicchiere pieno. "Grazie."

"Non serve," rispose Kami. "Siediti."

Thorne fu quasi sul punto di rifiutarsi visto il tono di voce con cui era stato pronunciato l'ordine, ma se c'era una cosa che aveva imparato nell'esercito era di non indispettire la persona che preparava la cena, così sedette e bevve una lunga sorsata dal suo bicchiere.

"Trascorri molto tempo insieme a Ian di giorno e dormi con lui di notte."

"Dormo sul suo divano," lo corresse lui.

Kami si immobilizzò per qualche secondo e un'espressione sorpresa gli attraversò il viso prima di essere sostituita dal solito cipiglio. "C'è qualcosa che non va nel suo letto?" chiese.

"Non saprei," rispose lui. "Non sono stato invitato e di certo non ci vado senza permesso."

"Buono a sapersi. È l'unico residente di cui non so la storia, ma sono certo che ne abbia una. Ricordo com'era quando è arrivato, e mostrava tutti i sintomi di un animale ferito."

"Non l'ha raccontata neanche a me," ammise Thorne, "ma non ce n'è bisogno. Posso immaginarla a grandi linee, ma se anche non potessi, non sono il tipo d'uomo che costringe qualcuno ad andare a letto con lui."

"Allora che tipo d'uomo sei?"

Thorne non era sicuro di come rispondere a quella domanda, in parte perché non aveva idea di cosa l'altro volesse sentirsi dire. "Sono un soldato," iniziò lentamente. "In congedo, magari, ma pur sempre un soldato."

Kami lo guardò così a lungo che Thorne cominciò ad agitarsi nervosamente sulla sedia. "Non sei un soldato," disse alla fine. "Sei un guerriero."

"È la stessa cosa."

"No che non lo è," insisté l'altro. "Chiunque si unisca all'esercito è un soldato, e quando finisce il servizio diventa qualcos'altro. È un lavoro, niente di più e niente di meno. Tu sei diverso. Eri un soldato e facevi parte dell'esercito, ma c'è qualcosa di molto più profondo. Combattere per ciò che ritieni importante e dare tutto ciò che puoi per difendere coloro che ami fa parte della tua natura."

"Mi avesse almeno portato qualcosa di buono," borbottò lui.

"Ti ha reso un guerriero ferito," rispose Kami. "Non ha cambiato il tuo cuore."

"Non sono ferito," ribatté Thorne in automatico.

"Non tutte le ferite sono fisiche. Sussulti se qualcuno ti viene dietro all'improvviso. Ti ritiri dai tocchi inaspettati e dai rumori forti. Il tuo corpo può anche essere sano, ma il tuo cuore è ferito."

Thorne aprì la bocca per negare, ma Kami lo interruppe. "Non dirlo. Non mentire a te stesso. Non devi per forza parlarne con me. Non devi neanche parlarne con Ian, ma lui non merita di vivere all'ombra della tua menzogna."

"Quindi che dovrei fare?"

"Aiutatevi l'un l'altro a guarire," rispose Kami come se fosse la cosa più logica del mondo.

"E come?" insisté Thorne, perché avrebbe fatto di tutto per aiutare Ian, ma non aveva idea da dove cominciare.

"Questa è una domanda per la quale solo voi due avete la risposta, ma ti dico due cose che Sarah mi ha insegnato: amalo nonostante tutto e sii paziente con le cicatrici che si porta dentro."

Thorne diventò di gesso. Non si era permesso fino a quel momento di pensare all'amore. Non lo aveva neanche preso in considerazione visto il casino che aveva in testa, ma nel momento stesso in cui Kami aveva pronunciato quella parola, aveva capito che nome dare all'emozione che gli si agitava dentro. In un momento qualsiasi durante l'ultimo mese, Thorne si era innamorato.

"Posso farlo," disse con voce strozzata. "Se me lo permetterà."

"Ho la quasi certezza che non te lo permetterà," fece l'altro ironico. "Ed è qui che entra in gioco la pazienza. L'ho già visto con Macklin, con Jesse, Sam e Neil. Non credono di meritare di essere amati e quando l'amore si presenta alla loro porta lo cacciano. Non c'è motivo per cui Ian dovrebbe essere diverso. Sei nuovo qui, ma saresti uno dei randagi di Caine, se Ian non ti avesse reclamato per primo."

"Sua moglie ha accennato al fatto che la stazione ha accolto molte persone in cerca di una casa," disse Thorne in tono neutro.

"Dormi sul divano di Ian," gli fece notare Kami. "Quindi credo che tu risponda perfettamente alla descrizione, però sì, Lang Downs ha sempre dato una casa a quelle persone che nessun altro era capace di apprezzare. E tu sei indubbiamente uno di noi."

"Finché non faccio male a qualcuno," replicò lui con l'amarezza nella voce.

"E allora non farlo," rispose l'altro incurante. "Fai quello che è necessario per permettere al tuo passato di riposare in pace, così da non minacciare più nessuno."

"Non so da che parte cominciare," ammise Thorne.

"Allora faresti meglio a scoprirlo."


DOPO CENA Thorne si lasciò cadere su divano di Ian tirando un sospiro di sollievo. Se qualcuno glielo avesse chiesto prima di quel giorno avrebbe detto che cavalcare non potesse essere tanto stancante per il cavallerizzo visto che era la bestia a fare la maggior parte del lavoro. Aveva cambiato idea. Ogni singolo muscolo delle gambe gli doleva e non era sicuro che sarebbe mai più riuscito a chiudere le cosce. Per un attimo temette che avrebbe avuto le gambe ad arco fino alla fine dei suoi giorni.

Ian lo aveva preso in giro senza remore, ma non gli importava. Tralasciando per un attimo l'orgoglio leggermente ammaccato, avevano trascorso un'altra splendida giornata insieme mentre il jackaroo gli insegnava le basi grazie alle quali avrebbe potuto lavorare alla stazione. Ed era anche stato divertente. Ian era un insegnante paziente e Titan un animale docile, e quando la giornata di addestramento era finita, Thorne si era accorto di aver ormai fatto suoi i fondamenti dell'equitazione. Solo che ora faceva fatica a camminare.

"Pensavo a Wagga Wagga," disse Ian, raggiungendolo sul divano. "Abbiamo entrambi il mercoledì libero e Neil ha detto che può fare a meno di noi anche giovedì, se al tuo amico va bene."

"Quindi vieni con me?" chiese conferma lui sentendosi come un bambino la mattina di Natale.

"Se mi vuoi ancora," rispose Ian. "Non voglio starti tra i piedi o altro, ma visto che avevi chiesto…"

"Certo che ti voglio ancora con me," lo interruppe lui. I muscoli si fecero sentire quando si tirò su e si voltò verso il jackaroo, ma decise di ignorarli. Aveva sopportato di peggio. "Dopo quello che hai detto l'altra notte non ero sicuro che ne avessi voglia, e lo avrei accettato."

"Ci ho pensato," ammise Ian. "Neil si è persino offerto di fare la parte del cattivo e darmi una scusa per rifiutare."

"Cosa ti ha fatto cambiare idea?" Thorne era strafelice al pensiero che Ian volesse davvero partire con lui, e qualunque cosa lo avesse portato a prendere quella decisione era più che intenzionato a ripeterla.

"Neil mi ha convinto che non avevo nulla da perdere e tutto da guadagnare ad accompagnarti. Magari sarà un disastro, ma siccome ci tieni, verrò a conoscere il tuo amico."

Thorne non riusciva a smettere di sorridere, nemmeno quando attirò l'uomo a sé. Gli accarezzò la guancia con la punta del naso e poi si chinò per sfiorargli dolcemente le labbra. Era tentato di approfondire il bacio, ma non era un momento passionale quello, e le parole di Kami continuavano a risuonargli in testa: amalo nonostante tutto. Così, invece di infilargli la lingua in bocca, appoggiò la fronte alla sua e cercò di non pensare a come sarebbe stato strappargli di dosso la camicia e leccargli e baciargli il petto. Ian aveva reso chiaro di non essere pronto per quel livello di intimità e Thorne non aveva intenzione di insistere, per quanto morisse dal desiderio di scoprire se la sua pelle fosse liscia come gli era sembrata qualche giorno addietro, oppure se il delizioso rossore che ogni tanto gli colorava le guance si estendesse anche sotto il colletto della camicia.

D'altro canto, Ian poteva anche non essere pronto a togliersi la camicia, ma non aveva problemi a infilare le mani sotto la sua maglia, cosa che ovviamente a lui non dispiaceva affatto. Nel momento stesso in cui sentì le mani dell'uomo arrivargli alla vita, sollevò le braccia in modo da rendergli più facile spogliarlo. Era stata una tortura incredibilmente meravigliosa sentire Ian percorrerlo tutto con le dita e non poter reciprocare, ma se serviva a fare in modo che l'altro si fidasse sempre di più, l'avrebbe sopportato senza fiatare. E a dimostrazione di quel pensiero, Ian approfittò della sua posizione e gli sfilò la maglietta, lasciandolo nudo dalla vita in su. Come la volta precedente, Thorne si appoggiò contro il bracciolo del divano lasciando che l'altro lo guardasse e toccasse a suo piacimento.

"Parlami dei tatuaggi," disse Ian, tracciando con il dito quello che aveva sulla spalla sinistra.

"È il simbolo dei Commando," rispose lui.

"E gli altri?"

"Date che non voglio dimenticare." Sperava che Ian non chiedesse a cosa corrispondevano. Non voleva parlare dei suoi genitori, del suo squadrone e neanche di quando aveva lasciato l'esercito. Non in quel momento. In quel momento voleva pensare solo all'uomo che gli stava sopra. Per fortuna la sua risposta sembrò essere sufficiente, perché il jackaroo annuì e riprese la sua esplorazione.

Le mani di Ian erano calde sulla sua pelle, e ruvide per i calli dovuti ad anni di duro lavoro. Thorne non si aspettava che la vita alla stazione fosse tutta rose e fiori, ma non si era reso conto di quanto potesse essere fisicamente logorante finché non aveva cominciato a trascorrere tutte le sue giornate con Ian. Si alzavano prima dell'alba e lavoravano fino al tramonto: tirare filo spinato, piantare pali, cavalcare e controllare le pecore, e tutto questo mentre Ian era ancora a mezzo servizio. Non osava neanche immaginare cosa avrebbero fatto una volta che avesse ripreso a lavorare a pieno ritmo. Ma poi Ian gli fece passare le dita tra i peli del petto, arrivando pericolosamente vicino ai suoi capezzoli e ogni altro pensiero sparì improvvisamente dalla sua mente. Il suo mondo si ridusse al tocco delle mani del jackaroo e al calore del suo corpo. Ce l'aveva già duro come una roccia, e avevano appena cominciato. Si sentiva come se avesse di nuovo quindici anni, ma attribuiva parte della responsabilità anche al fatto che ogni sera si trovava tremendamente eccitato e senza alcuna reale possibilità di soddisfazione in vista. Si era liberato nella doccia, ma era stato solo un misero palliativo di ciò che desiderava realmente. Non aveva nessuna intenzione di pressare Ian, tuttavia, non quando questi si abbandonava a lui con quella fiducia, dopo la paura e la preoccupazione della prima sera.

Avvolse la nuca dell'uomo nel palmo della propria mano e lo attirò a sé per baciarlo. Qualunque potesse o non potesse essere la conclusione di quella serata, l'entusiasmo di Ian nel baciarlo era ormai pari al suo, e quando Thorne si spostò per raggiungere meglio la sua bocca, il jackaroo gli appoggiò le mani direttamente sopra i capezzoli, mozzandogli il respiro.

Ian cominciò a ritrarsi, ma lui scosse la testa e lo tenne contro di sé. Bastò qualche secondo, poi l'uomo tornò a rilassarsi. Non spostò le mani, cosa che Thorne prese come una vittoria, ma neanche mosse le dita per stimolarlo di più. D'altro canto, considerato come lo faceva sentire stringere le braccia attorno a Ian per baciarlo, non gli servivano altri stimoli.

Il jackaroo si spostò un poco fino a stenderglisi praticamente sopra, una posizione non particolarmente adatta a nascondere quanto Thorne fosse eccitato. Ian non ne aveva mai accennato, e Thorne onestamente non voleva saperlo, ma aveva il sospetto che fosse stato stuprato. Baciarsi era tranquillo e sicuro, così come lo era pomiciare in quel modo sul divano, e Thorne non voleva che la percezione di quanto fosse eccitato rovinasse quei bei momenti. Mosse i fianchi per cercare di far scivolare il compagno sul lato, anziché averlo addosso, ma Ian non colse il suggerimento, cosicché Thorne gli fece scorrere le mani sulle spalle per aiutarlo a scivolare. Percepì i muscoli dell'uomo tendersi sotto il cotone della camicia e sentì una scintilla di rabbia infiammarsi dentro di lui. Nessuno meritava di essere ferito in quel modo, tantomeno Ian, e Thorne odiò profondamente l'uomo senza volto che lo aveva lasciato preda di quel terrore. Quando, però, spostò le mani affinché Ian non si sentisse in trappola, questi scosse la testa.

"Non fermarti."

Thorne sperò che volesse dire che poteva farlo rotolare sotto di sé e trascorrere tutta la notte a fare l'amore, ma sapeva bene che era un desiderio vano. Invece, lasciò che le sue mani vagassero sulla schiena dell'uomo, godendosi la sensazione di muscoli scolpiti sotto la camicia. Ian mugolò di piacere e ricominciò a baciarlo, e Thorne accettò con gratitudine ciò che gli veniva concesso.

# CAPITOLO 17

NON ERANO riusciti a lasciare la stazione presto quanto avrebbero voluto, così quando alla fine raggiunsero Wagga Wagga era già quasi ora di cena. Thorne aveva detto a Walker che lo avrebbero raggiunto per mangiare insieme, così non ebbero il tempo di fermarsi all'albergo dove avrebbero trascorso la notte.

"Volevo fargli una buona impressione," borbottò Ian mentre si fermavano nel parcheggio dell'appartamento dell'uomo.

"Rilassati," lo rassicurò Thorne. "È appena rientrato da una missione di sei mesi a Timor Est. Paragonato all'aspetto e all'odore dei soldati in certi momenti, profumi come un campo di fiori."

"Grazie tante," rispose Ian, ironico. "È proprio il tipo di paragone che speravo di suscitargli."

"Ian, rilassati," ripeté Thorne. "Non gli importa niente se siamo venuti subito qui, e probabilmente andremo a mangiare in qualche locale nei dintorni, dove la gente arriva direttamente dal lavoro. Non sarà un problema. Fidati."

Ian non era sicuro che si trattasse di una promessa che Thorne poteva mantenere, ma non l'aveva mai ingannato fino a quel momento, così cercò di tranquillizzarsi. Lasciandosi alle spalle la sicurezza relativa della macchina si incamminarono verso l'appartamento di Walker.

La porta fu spalancata appena qualche secondo dopo che ebbero bussato. "Ci stiamo rilassando, eh, Lachlan," disse l'uomo che aveva aperto mentre stringeva Thorne in un abbraccio. "La vita da civile ti fa bene."

Thorne rise, un suono che procurò a Ian una stilettata di gelosia. Avevano passato insieme quasi un mese, e sapeva quanto raramente l'ex soldato si lasciasse andare, ma era bastato un semplice commento di Walker perché ridesse come un matto.

"Ian, ti presento il mio vecchio compagno d'armi Sergente Nick Walker. Walker, lui è Ian Duncan. È uno dei capisquadra di Lang Downs, la stazione dove lavoro."

"Piacere Duncan," lo salutò l'uomo, porgendogli la mano.

"Piacere mio, chiamami pure Ian," rispose lui stringendogliela. "Non sono il tipo a cui piacciono le formalità."

"Anche tu puoi chiamarmi Nick. Però non ti prometto che risponderò. Dopo tanti anni nell'esercito, è più probabile attirare la mia attenzione con Walker piuttosto che con Nick." Dopodiché si scostò per farli entrare.

"Da quanto tempo sei arruolato?" chiese Ian, in mancanza di qualcosa di meglio da dire.

"Il prossimo mese saranno diciannove anni," rispose Walker. "Un altro anno e poi dovrò decidere se restare oppure prendere la porta. Non ho i gradi per ritrovarmi bloccato in un lavoro d'ufficio come invece sarebbe successo al nostro Lachlan, quindi potrei tornare ad arruolarmi e restare sul campo, se lo volessi."

"E se invece decidessi di lasciare cosa faresti?"

"È quello il problema," rispose per lui Thorne. "Quelli che servono per un periodo breve hanno l'opportunità di riqualificarsi una volta fuori, ma per noi militari di carriera è un altro paio di maniche."

"Restiamo per tutto il periodo richiesto, e poi siamo lasciati a noi stessi, a meno che non decidiamo di firmare e servire ancora," spiegò Walker.

"A sentirti sembra che tu abbia già deciso," commentò Ian.

"Non lo so, davvero. Lachlan ha trovato qualcos'altro da fare," rispose Walker. "Magari c'è posto per uno in più in quella vostra stazione."

Ian si sentì investire da un'altra ondata di gelosia, ma aveva vissuto troppo a lungo con Michael Lang per poter affermare con sicurezza che non avevano bisogno di altro aiuto. "Non sta a me decidere, ma non ho mai sentito che Lang Downs abbia rifiutato di aiutare chi ne ha bisogno," disse. Era la verità e allo stesso tempo non assicurava nulla. La palla era nel campo di Walker a quel punto: se da lì a un anno si fosse presentato, Ian avrebbe dovuto decidere cosa fare e se valesse la pena affrontare il miglior amico di Thorne per conservare ciò che gli sembrava essere il timido principio di qualcosa di vero e destinato a durare.

"Hai deciso cosa fai per Natale, Lachlan?" domandò Walker. "Torni qui come l'anno scorso?"

"No," rispose Thorne, e Ian tirò un invisibile sospiro di sollievo. "Resterò a Lang Downs con gli altri."

Il viso di Walker fu attraversato da un lampo di sorpresa. "Hai detto che ci lavoravi, non che avevi deciso di restarci."

"Non abbiamo avuto modo di parlare come si deve da quando mi sono trasferito," ribatté Thorne. "Ti racconterò tutto, ma io e Ian siamo reduci da un lungo viaggio e non ci dispiacerebbe una pinta e qualcosa da mettere sotto i denti."

"Come no, amico. Fammi prendere le chiavi e andiamo."

Presero la macchina di Walker per andare al pub del quartiere e dal modo in cui furono accolti fu chiaro che l'uomo fosse un cliente abituale quando era in città. Presentò sia Ian che Thorne, il quale ricevette lo stesso benvenuto riservato agli eroi. Ian si disse che lui non aveva fatto niente per meritarselo e di non essere geloso, però decise che non appena avesse fatto ritorno alla stazione, come prima cosa avrebbe ammazzato Neil. Era stata la più brutta idea di tutte le brutte idee, ma prima che riuscisse a inventarsi una scusa per uscire e cercare il modo di arrivare al loro hotel, Thorne gli prese il braccio e lo trascinò nella conversazione.

Magari la serata si sarebbe rivelata lo stesso un enorme disastro, ma Thorne lo voleva lì. E tanto doveva bastargli.


"PERCHÉ TI hanno messo il tipo alle calcagna?" chiese Walker un'ora dopo, approfittando del fatto che Ian fosse andato in bagno. "Hanno paura che tu diserti o cosa?"

"È una stazione dove si allevano pecore, non l'esercito," rispose Thorne. "Se non tornassi, perderei la paga, ma non verrebbero a cercarmi. Non è così che funziona."

"Era una battuta."

"Brutta," ribatté lui. "Mi piace stare lì, Walker. È un posto tranquillo, silenzioso e pacifico. Tutte cose che nella mia vita si sono viste ben poco. Certo, non nego che il lavoro sia duro, ma è bello per una volta tanto costruire qualcosa anziché distruggerlo."

"Abbiamo anche fatto un sacco di bene in tutti questi anni," insisté Walker.

"Sì, certo che sì. Ma il bene di qualcuno era sempre il male di qualcun altro. Se uccidevamo un guerrigliero e proteggevamo un villaggio, la popolazione era al sicuro ma il guerrigliero era morto e la sua famiglia aveva perso un figlio, un fratello, un padre o altro. Si presume che fare il bene di molti cancelli parte di quel debito, ma la realtà è che non lo ha mai fatto. Alla stazione invece non c'è nessun rovescio della medaglia. La sensazione di costruire qualcosa non è accompagnata dalla consapevolezza di aver distrutto qualcos'altro."

"Ti sei trovato una ragazza giù alla stazione?" chiese di punto in bianco Walker. "Parli come uno con il cuore tenero."

"No, nessuna ragazza," rispose Thorne, preparandosi al momento della verità. "Ho trovato Ian."

"Aspetta un attimo, credo di non aver capito," esclamò l'amico. "Ian, cioè il tizio che è appena andato in bagno?"

"Sì," scandì bene Thorne. "È un problema?"

"No," si affrettò a rispondere l'altro. "Ma... quando è successo?"

"L'ho incontrato un mese fa, quando mi hanno mandato a Lang Downs per avvisarli che l'incendio si stava avvicinando. Te l'ho detto."

"No, non quello. Da quando ti piacciono gli uomini?"

"Ah, da quando ero un ragazzino," rispose lui. "Solo che me lo sono tenuto per me."

"E dopo tutto questo tempo e quello che abbiamo passato insieme non hai mai pensato di dirmelo?"

"Non ce n'era motivo. Non c'era nessuno di importante nella mia vita, non sapevo neanche se mai ci sarebbe stato, e lo sai bene come funziona con i segreti. Non appena ne riveli uno a qualcuno, lo sanno anche tutti gli altri."

"Come se potessi fare qualcosa che ti metterebbe in pericolo! Mi hai salvato la vita, te lo ricordi o no, cazzo?"

"Va tutto bene?" domandò Ian, raggiungendoli al tavolo.

"Il cazzone mi ha tenuto nascosto delle cose su di sé per diciannove anni," sbraitò Walker. "No che non va tutto bene."

Quando Thorne vide l'espressione di Ian a quelle parole, avrebbe voluto tirare un cazzotto a Walker seduta stante. "Non prendertela con lui," sbottò. "Se sei arrabbiato, sfogati con me."

"Ci puoi scommettere le mutande che sono arrabbiato con te." Si voltò verso Ian. "Tu lavori insieme a una squadra, vero? Quindi sai com'è. Devi fidarti degli uomini che sono nei campi con te e devi essere sicuro che facciano la loro parte e ti coprano le spalle. E ora scopro che per tutti questi anni mi ha mentito. Che dovrei pensare?"

"Che ha fatto il suo lavoro e ti ha guardato le spalle per tutti quegli anni," rispose tranquillamente Ian. "Non so come funziona nell'esercito, però so come funziona nell'outback, dove rivelare le tue tendenze alla persona sbagliata potrebbe voler dire che nessuno ti guarda più le spalle se non per tirarci una coltellata. Se può farti sentire meglio, sia il fratello del mio migliore amico che i nostri capi sono gay e io non ho raccontato di me a nessuno fino a un paio di settimane fa. Avevo tenuto il segreto così a lungo che l'ho rivelato solo quando proprio non ho più avuto scelta."

Walker non sembrava convinto dall'arringa appassionata di Ian, Thorne, invece, sentì quelle parole scaldargli il cuore, e gli strinse il ginocchio sotto il tavolo in segno di ringraziamento.

"Ascolta, non te l'ho detto per crearti dei problemi o per farti un dispetto," disse alla fine. "Sei la cosa più vicina a una famiglia che mi sia rimasta e volevo che Ian ti conoscesse,

508

ma ora capisco che è stata una cattiva idea, quindi prenderemo le mie scatole e ci toglieremo dai piedi. Se un giorno dovessi fare pace con l'idea, sai come raggiungermi, ma non sarò io a cercarti."

"Siediti," sbottò Walker quando lo vide alzarsi. "Sono incazzato come una biscia, ma non te la caverai tanto facilmente. Siamo o no una squadra?"

"Non ho mai voluto altro, però non ho intenzione di sorbirmi le solite stronzate omofobe."

"Credi che sia questo il problema?" ribatté l'altro. "Non me ne frega un cazzo di chi ti porti a letto. Ce l'ho con te perché non hai mai avuto abbastanza fiducia in me da dirmi la verità. Siamo usciti insieme. Ti ho visto rimorchiare delle ragazze. Cristo, ci siamo addirittura scambiati quelle gemelle a Saigon. Qui non si tratta di omissione, come ha detto il tuo ragazzo. Si tratta di una menzogna bella e buona."

"Una menzogna necessaria," insisté Thorne. "Non eravamo i soli a guardare quelle notti. Magari a te non sarebbe fregato niente, ma sai benissimo che ad altri sarebbe importato, e le storie tipo quella delle gemelle a Saigon mi hanno tenuto al sicuro da loro."

"C'è altro che non mi hai detto?" chiese Walker.

"No," lo rassicurò lui. "Non c'è altro. Voglio dire, ci sono cose di cui non abbiamo parlato da quando mi sono congedato, storie che non ho avuto il tempo di raccontarti, ma nessun segreto."

"È già qualcosa," borbottò l'altro. Si voltò verso Ian. "Scusa per la sparata. Non riguarda te, lo capisci, vero?"

Ian non sembrava convinto, almeno non per quanto lo riguardava, ma annuì e rivolse a Walker un sorriso incerto.

"Dai, raccontami di Timor Est. È un po' migliorata la situazione?" cercò allora di cambiare argomento.

Trascorsero il resto della serata a scambiarsi storie di missioni condivise o affrontate separatamente e a ricordare vecchi commilitoni. Thorne aveva paura che Ian potesse sentirsi escluso, ma sperava che ascoltare quei discorsi lo aiutasse a conoscerlo meglio. Non gli piaceva parlare dei suoi anni nell'esercito e cercare di dare loro una struttura coerente, ma quelle puntate confuse lungo il viale dei ricordi rispondevano allo stesso fine e in un modo molto meno ragionato. Ian rise delle storie buffe – e Walker si assicurò di ripescare ogni singolo ricordo in cui lui faceva la figura dello scemo – e gli strinse la mano sotto il tavolo quando la conversazione virò verso gli amici scomparsi e le missioni segrete. Quando alla fine lasciarono il pub per tornare all'appartamento, la tensione tra lui e l'amico si era dissipata e ridevano insieme come succedeva ogni volta che si vedevano e trascorrevano del tempo insieme.

"Ci facciamo un'altra birra?" offrì Walker quando raggiunsero casa sua. "Domani non sono di turno e non devo alzarmi presto."

"Tu no, ma noi sì," gli ricordò Thorne. "Dobbiamo guidare per diverse ore, anziché restarcene tutto il giorno a letto a poltrire. Non possiamo permetterci i postumi di una sbronza."

"Com'è che non reggi più l'alcol?" lo stuzzicò allora Walker. "Una volta mi stracciavi come se niente fosse."

Probabilmente avrebbe potuto fingere, come aveva fatto per tutti quegli anni nell'esercito, ma aveva promesso a Walker che non ci sarebbero stati più segreti fra loro. "La spuntavo solo perché riuscivo a far credere di bere più di quanto facessi in realtà. La maggior parte di quelle notti in cui tu finivi ubriaco fradicio e io no, in realtà avevo bevuto un solo bicchiere, ma che tutti pensavano che ne avessi tracannati molti di più."

"Altri segreti?" chiese Walker, ma non sembrava esserela presa a male come prima, così Thorne si limitò a fare spallucce.

"Solo un espediente. Il mio miglior amico al liceo era il figlio di un alcolista, spesso manesco, e giurammo insieme che non saremmo mai diventati come lui."

"Così hai imparato a bere senza ubriacarti."

"E può decidere di non bere se così preferisce," lo interruppe Ian. "Se ti fa piacere che restiamo un altro po', non ci sono problemi, ma possiamo prenderci un caffè, o anche dell'acqua. Non è necessario bere per divertirci."

"Sai dov'è la cucina," fece Walker rivolto a Thorne. "Prendi quello che ti pare. Io vorrei scambiare due paroline col tuo ragazzo."

Thorne s'irrigidì, ma Ian gli fece cenno che andava tutto bene, così si spostò in cucina e si mise a preparare il caffè. Era stato ospite di Walker abbastanza spesso quando servivano ancora entrambi, e sapeva bene dove trovare tutto ciò che gli serviva.


IAN SI innervosì quando vide Thorne lasciare la stanza. Non pensava che Walker avesse intenzione di fargli del male, e se anche così fosse stato, Thorne era a portata di voce, ma nemmeno quella consapevolezza lo aiutò a calmare i nervi.

"Conosco Lachlan da moltissimo tempo," esordì Walker.

"Mi era parso di intuirlo," rispose lui sarcasticamente.

L'altro sorrise, anche se il divertimento non raggiunse i suoi occhi. "Cretino. Già mi piaci. In tutti questi anni, comunque, non l'ho mai visto felice. Soddisfatto per aver portato a termine una missione, contento di essere ancora vivo, sazio dopo una notte di scopate, persino eccitato in previsione del congedo – e questa cosa ancora non la capisco – ma non l'ho mai visto felice. Troppe schifezze nel suo passato perché potesse esserlo. Ti ha raccontato dei suoi genitori?"

"Qualcosa. So che sono morti."

"Non sta a me dirti come sono andate le cose, ma fattelo dire prima o poi. Capirai cosa voglio dire col discorso della felicità. Tu, però, lo rendi felice. Non so ancora cosa pensare di tutta la faccenda, ma siamo stati commilitoni per tutta la vita e niente potrà mai cambiare questo fatto."

"Buono a sapersi," disse Ian, rilassandosi un po'. "Anch'io voglio che sia felice."

"Siamo in due. Sono cresciuto in una stazione, sai? Non nel Nuovo Galles del Sud, ma so bene come funzionano e che tipo di pregiudizi potrebbe trovarsi a dover affrontare."

"Non a Lang Downs," disse immediatamente Ian. "Non finché Caine e Macklin sono i proprietari e Neil il sovrintendente. Capisco che per te non voglia dire niente, ma ho visto Neil licenziare un uomo la scorsa estate perché non la smetteva di fare discorsi sgradevoli sui capi. Se avesse tenuto la bocca chiusa dopo la prima volta e probabilmente anche dopo la seconda e la terza, Neil avrebbe potuto passarci sopra, ma siccome nessuno è più leale di lui, non è disposto ad accettare nessun commento ignorante su Caine e Macklin o sulle altre coppie che vivono con noi. Lo stesso varrà per me e Thorne. Non che lui non sappia difendersi da solo, e sono sicuro che qualunque cosa decidesse di fare per difendersi, il poveretto che se lo troverà davanti avrà guai più seri che perdere il lavoro."

"Potrebbe, ma non lo farà," disse Walker. "A meno che non venga attaccato fisicamente, oppure qualcuno cerchi di fare del male a te. È addestrato a uccidere persino nel sonno, ma è anche sufficientemente disciplinato da mantenere il controllo finché non dovesse esserci una buona ragione per non farlo."

Ian ripensò al pomeriggio nel campo insieme a Laura e a tutte le volte da allora in cui lo aveva visto arrivare molto vicino al punto di rottura, e si chiese quanto informato fosse davvero Walker della situazione mentale del suo amico. Ma prima che potesse chiedere un chiarimento o un consiglio, Thorne tornò reggendo in mano due tazze di caffè – uno nero e uno leggero e dolce, come piaceva a lui – e una birra per Walker.

"Tutto bene qui?" chiese, appoggiando le bevande sul tavolino davanti al divano.

"Benissimo," rispose lui, rendendosi conto mentre lo diceva che era vero. "Grazie per il caffè."

"Lo so come diventi sennò," rispose Thorne con un sorriso che lui non seppe impedirsi di ricambiare. Si conoscevano davvero ormai, dopo un mese trascorso a lavorare e vivere insieme. Anche a giudicare dall'espressione di Walker c'era qualcosa di diverso e Ian si augurò che fosse un bel cambiamento. Prese un sorso di caffè e deglutì lentamente mentre veniva colpito da un'epifania improvvisa, che gli piombò addosso con la delicatezza di una mandria inferocita: si era innamorato del massiccio guerriero ferito che gli sedeva accanto sul divano.

Gli altri due continuavano a parlare, grazie al Cielo, perché lui era troppo annichilito per fare altro se non fissare senza vederlo il muro dall'altra parte della stanza. Non poteva essersi innamorato di Thorne. Thorne che non meritava di stare accanto a qualcuno che neanche riusciva a sopportare l'idea di spogliarsi davanti a un altro uomo. Thorne che, al contrario, meritava un compagno capace di amarlo senza riserve, anche se il pensiero di cosa ciò avrebbe comportato gli dava la nausea. Le mani presero a tremargli attorno alla tazza, facendogli quasi versare il liquido bollente. Inspirò a fondo cercando di calmarsi, ma il tremito peggiorò, e Ian dovette posare il caffè prima di rovesciarselo addosso e sul divano.

"Ian?" lo chiamò Thorne quando la tazza tintinnò sul tavolo. "Che succede?"

Ian scosse la testa e cercò di non andare in iperventilazione.

"Ian, mi stai spaventando."

"Dacci un taglio, Lachlan," sbottò Walker. "Dovresti aver visto abbastanza ragazzi appena tornati dal campo da saper riconoscere un attacco di panico."

Ian avrebbe voluto negare, dire che stava bene, ma non riusciva a formulare le parole. Un attimo dopo sentì Thorne avvolgergli una spessa coperta attorno alle spalle. Avrebbe dovuto sentirsi quasi soffocare considerato che era metà dicembre e faceva caldo, eppure gli sembrava di gelare, anche fasciato com'era, e non si lamentò quando Thorne se lo tirò in grembo e aggiunse il calore del proprio corpo a quello della lana. Sentire attorno a sé la stretta dell'uomo lo aiutò a ritrovare una parvenza di controllo. Era al sicuro con Thorne, al sicuro tra le sue braccia, al sicuro mentre le sue larghe mani gli massaggiavano la schiena e bloccavano i ricordi dolorosi del passato. Doveva rilassarsi, fidarsi dei due uomini e avrebbe smesso di tremare. Sarebbe stato capace di tornare a respirare normalmente. Sarebbe stato capace di sorridere e assicurare loro che non si trattava di niente di grave, solo di un brutto ricordo. E magari sarebbero passati oltre, perché anche nel loro passato c'erano momenti che non volevano rivivere, e di certo avrebbero compreso il suo desiderio di lasciarsi quell'esperienza alle spalle.

Peccato che fossero passati diciassette anni da quando era scappato, e ancora non fosse riuscito a lasciarsi un bel niente alle spalle.

Si sentì afferrare dalla nausea e premette il viso contro il collo di Thorne, lasciando che il profumo fresco del cedro e quello gessoso del granito inondato dal sole gli rammentasse

511

dove si trovava. Il padre affidatario odorava sempre di brillantina per capelli e spesso di whisky, mai di buono, e non portava la barba, così l'ormai familiare sensazione ispida del viso di Thorne sulla sua fronte rappresentava un altro stadio di realtà che lo separava dal suo passato. Doveva trovare il modo di calmarsi oppure avrebbero cominciato a chiedere spiegazioni che lui non poteva dare. Non voleva essere costretto a raccontare ciò che gli era successo. La vergogna lo sommerse di nuovo, quasi soffocandolo con la sua intensità.

Doveva uscire da quell'appartamento. Andare in un posto sicuro.

"... sicuro. Ci sono io. Sei al sicuro."

Le parole di Thorne riuscirono finalmente a penetrare lo strato di panico in cui si era smarrita la sua mente.

"Guarda, Walker è di guardia alla porta e sei tra le mie braccia. Nessuno potrà farti del male. Sei al sicuro."

Ian avrebbe voluto gridare loro che non sarebbe mai più stato al sicuro, ma si costrinse a valutare realisticamente l'uomo che lo aveva ferito. Paragonato a un ragazzino di sedici anni, sembrava grosso e intimidatorio, ma Ian non aveva più sedici anni, e i due uomini che gli erano accanto in quel momento erano ancora più massicci. Avevano più o meno la stessa età che il suo aguzzino aveva avuto all'epoca, il che significava quindici o più anni di quelli che aveva avuto lui, ed erano soldati altamente addestrati, forti e nel fior fiore della vita. Se anche l'uomo lo avesse trovato e avesse cercato di fargli ancora del male, non avrebbe avuto alcuna possibilità contro nessuno di loro, figurarsi poi se lo avessero attaccato insieme. Era davvero al sicuro.

Si accasciò tra le braccia di Thorne, la tensione che lo abbandonava via via che quella certezza si faceva strada in lui. Finché stava con Thorne, era al sicuro.

"Mi dispiace," disse con tono desolato.

"Non scusarti," lo redarguì Thorne. "Tu ci sei stato l'ultima volta che i flashback mi hanno quasi sommerso. Ora è il mio turno di aiutarti."

"Sabbiamo entrambi cosa significa," aggiunse Walker. "Magari gli incubi che ci tormentano sono diversi, ma mentiremmo se dicessimo che dormiamo sonni tranquilli. Lachlan, riportalo in albergo e fagli dimenticare tutto tranne il tuo nome. Lo farà stare meglio."

Ian rabbrividì. Gli sarebbe piaciuto avere quella possibilità. Gli sarebbe piaciuto poter dimenticare, ma non sarebbe successo nel modo suggerito da Walker, non quando era proprio quella la causa dei suoi incubi.

"Ci penso io," promise Thorne. "Avrei voluto caricare la macchina stasera in modo da non dover tornare domani mattina, ma ora non sono più sicuro che sia il caso."

"Sono poche scatole," disse Walker. "Ci penso io a portarle giù, così domani mattina potrete mettervi in strada appena svegli."

"Mi dispiace," si scusò ancora Ian, dopo che Walker fu uscito portando il primo scatolone. "Ho rovinato la serata."

"Non hai rovinato niente," insisté Thorne. Gli accarezzò il viso con il suo, il solletico della barba un'altra conferma che era al sicuro e protetto. "Walker ha ragione. Sappiamo entrambi cosa si prova. Mi piacerebbe che tu mi dicessi quale ne è la causa, ma non voglio insistere. So che non sempre parlarne fa bene."

"Non adesso," prese tempo lui. "Forse... forse un giorno, ma non questa sera." Non qui.

Thorne annuì e lo strinse un po' più forte. Ian chiuse gli occhi e inspirò l'odore della sicurezza. A un certo punto la coperta cominciò a diventare troppo calda, un buon segno probabilmente vista la temperatura esterna, così se la scrollò dalle spalle, anche se non fece nulla per sciogliersi dall'abbraccio dell'uomo. Non avrebbe voluto essere in nessun altro posto.

Prima o poi avrebbe dovuto affrontare entrambe le cause di quell'attacco di panico, ma per il momento poteva continuare a fingere che Thorne gli rivolgesse tutte quelle attenzioni perché condivideva i suoi sentimenti. Ovviamente non si illudeva che quello che c'era tra loro sarebbe durato quando gli avesse rivelato il suo passato, ma per il momento avrebbe preso ciò che poteva. E poi, il ricordo dei momenti trascorsi insieme lo avrebbero scaldato durante il futuro inverno della sua vita.

Rimase seduto sul divano senza mai sollevare lo sguardo anche quando sentì la porta aprirsi e chiudersi più volte, mentre Thorne gli sussurrava parole di rassicurazione all'orecchio. Se il suo compagno non si mostrava preoccupato, il rumore doveva essere imputabile a Walker che continuava a portare fuori gli scatoloni.

"Caricato tutto," disse alla fine l'uomo, penetrando nel suo stato di dormiveglia. "Ci vediamo la prossima volta che vieni in città."

"Non credo che sarà a breve," rispose Thorne.

"Non preoccuparti. Non importa quando, però teniamoci in contatto."

"Non mancherò. Grazie, Walker."

"Abbi cura di lui, e lascia che lui abbia cura di te."

"Se me lo permetterà."

Ian si sentiva in dovere di aggiungere qualcosa, ma l'attacco di panico lo aveva prosciugato di ogni energia. Si mise in piedi, ma dovette lasciare che Thorne gli passasse un braccio attorno alla vita e lo sorreggesse. Scesero le scale e raggiunsero l'ute, ma anche in quel caso dovette essere Thorne ad allacciargli la cintura. Si addormentò prima ancora di uscire dal parcheggio.

# CAPITOLO 18

THORNE ODIÒ dover svegliare Ian quando raggiunsero l'albergo, ma l'alternativa sarebbe stata portarlo a spalla, e non gli sembrava il caso. Fortunatamente, il jackaroo si destò senza ulteriori traumi, anzi, riuscì persino a sorridergli.

"Scusa. Non avrei voluto crollare addormentato in quel modo."

"Nessun problema," rispose lui. "Ti senti meglio?"

"Un po'. Spero solo che questo pisolino imprevisto non mi tenga sveglio il resto della notte."

"Andiamo subito a registrarci, così potrai metterti subito a letto," suggerì lui. "Se ci sbrighiamo magari riesci a non svegliarti del tutto e ti riaddormenterai più facilmente."

Ian annuì e lo seguì all'interno della lobby. Il portiere diede loro le chiavi e le istruzioni per raggiungere le loro stanze. Erano sullo stesso piano, ma alle estremità opposte del corridoio, cosa che Thorne non apprezzò affatto. Se Ian avesse avuto degli incubi, lui non sarebbe stato abbastanza vicino da sentirlo.

Si fermarono davanti alla porta del jackaroo. "Sei sicuro che te la caverai? Non mi piace l'idea di lasciarti da solo dopo un attacco di panico come quello di poco fa."

Ian esitò un attimo prima di rispondere. "Credo che un po' di compagnia mi farebbe bene. Se per te non è un problema. Non posso... quello che ha detto Walker..."

"Non intendevo quello," lo rassicurò Thorne prima ancora che finisse la frase. "Vorrei solo assicurarmi che tu dorma. Walker aveva buone intenzioni, ma non può capire."

"E tu? Capisci?"

"Capisco abbastanza da sapere che facendo l'amore con te ti farei più male che bene," rispose lui sinceramente. "Per quanto l'idea mi piaccia, non voglio ferirti. In nessun modo. Mai."

"Non... Grazie."

Thorne era certo di non essere mai stato più fiero di sé nel sentire quella parola. Si stava solo comportando da persona per bene, ma a quanto pareva Ian non ne aveva conosciute tante fino a quel momento, o perlomeno non interessate a lui. Essersi guadagnato la sua fiducia al punto di venire creduto sulla parola gli sembrava un'impresa più meritevole di qualsiasi altra avesse mai compiuto durante la sua carriera militare.

"Ti aspetto fuori finché non ti sei preparato per la notte, e poi resterò nella stanza con te finché non ti addormenti."

"Come un bambino che ha paura del buio," replicò Ian con una punta di amarezza nella voce.

Thorne lo afferrò per le braccia e lo strinse a sé. "No, come un uomo che ha appena avuto un attacco di panico e che ora deve dormire in una camera sconosciuta di una città sconosciuta senza nulla a cui aggrapparsi nel caso dovesse succedere ancora." Gli mise due dita sotto al mento per fargli sollevare la testa e poter guardare quei pensierosi occhi verdi. "Non sei l'unico ad avere questi problemi. Hai visto quanta fatica ho fatto io per ricacciarne indietro uno quando ho dormito da te la prima volta, e credimi, ci sono riuscito solo perché mi hai aiutato ad aggrapparmi alla realtà e mi hai dato un posto in cui sentirmi al sicuro. E mi reputo fortunato che tu mi permetta di fare lo stesso per te."

"Non ho idea di come affrontarlo," ammise Ian. Si staccò da lui e cominciò a camminare avanti e indietro sotto il suo sguardo impotente. "Credevo di essermi lasciato tutto alle spalle e poi..."

"Se vuoi parlarne, ti ascolto," offrì lui in tono pacato. "Qualunque sia la cosa che ti perseguita anche nel sonno, potrebbe essere più facile da sopportare se la condividi. A me qualche volta basta ricordare che non ero solo, che anche nel peggiore degli incubi, c'era Walker lì con me."

"Non questa notte," disse Ian. "Stanotte voglio solo dormire. Chiedimelo di nuovo dopo Natale e ti dirò tutto ciò che vuoi sapere."

Thorne si accigliò. Mancava solo una settimana a Natale, quindi non si trattava di un intervallo di tempo abbastanza lungo da poter fare la differenza, ma gli dispiaceva che Ian soffrisse da solo anche per i pochi giorni che restavano. Sapeva già che l'uomo aveva un passato burrascoso alle spalle. Lo stesso Kami lo aveva confermato, benché non fosse a conoscenza dei dettagli. Lui, ovviamente, si era fatto un'idea, considerata l'esitazione che il jackaroo dimostrava verso tutto ciò che aveva a che fare con il sesso, però aveva anche pensato che i problemi fossero limitati a quello. Ciò che aveva scatenato l'attacco di quella notte, tuttavia, non riguardava il sesso. Erano stati seduti sul divano di Walker a parlare, senza neanche sfiorarsi, e per una volta tanto la conversazione non era stata infarcita di sottintesi come invece succedeva di solito. Walker aveva usato un paio di volte l'espressione 'il tuo ragazzo', ma non nei momenti che avevano preceduto la crisi, quindi non era dipeso da quello. Di conseguenza le paure di Ian avevano radici ben più profonde di quanto lui avesse immaginato.

"Decidi tu," rispose.

"Non voglio rovinarci le feste," spiegò Ian. "E non dire che non succederà. Non puoi saperlo e io non voglio correre rischi. Una volta passato Natale parleremo, e se a quel punto mi vorrai ancora vedremo come andranno le cose."

Thorne si sentì gelare. Nulla di quanto l'uomo poteva rivelare avrebbe mutato i sentimenti che nutriva per lui, ma Ian non sapeva quali fossero questi sentimenti. E non era neppure il momento adatto per rivelarglielo. Non gli avrebbe creduto, e se anche lo avesse fatto, avrebbe avuto paura che la sua confessione potesse cambiare le cose. Sapeva che Ian aveva subito degli abusi, e indipendentemente dal fatto che fosse stato stuprato oppure che avesse dovuto prostituirsi per poter mangiare, l'esperienza gli aveva lasciato un blocco che riguardava tutto ciò che concerneva il sesso. Thorne non si sarebbe fatto scrupoli ad ammazzare l'uomo o gli uomini che lo avevano rovinato fino a quel punto, ma non ne incolpava a Ian. Anzi, non lo avrebbe biasimato neppure se avesse scoperto che aveva ucciso per legittima difesa.

"Non cambierà nulla, ma aspetterò," gli disse. "E ora andiamo. È arrivato il momento di mettersi a letto. Hai un'aria esausta. Aspetto fuori e tu mi dici quando posso rientrare, okay?"

"Non c'è bisogno che tu esca," lo fermò Ian. Thorne gli lesse chiaramente sul viso la battaglia che stava ingaggiando contro se stesso mentre cominciava a sbottonare la camicia a maniche lunghe che aveva indossato durante il viaggio per proteggere la sua pelle delicata. Sotto portava una maglia senza maniche, così Thorne poté solo cogliere l'impressione delle spalle e delle braccia, non del petto, anche se la canotta era abbastanza aderente da suggerire ciò che si nascondeva sotto. Dopo la camicia fu il turno dei pantaloni, ma il jackaroo non li sbottonò, anzi rimase con le mani ferme sulla vita, come se non riuscisse a convincersi a continuare. Mosso a compassione, Thorne gli diede le spalle, concedendogli almeno l'illusione della privacy. Udì il fruscio dei jeans che cadevano per terra e poi quello delle coperte. "Puoi girarti adesso. Grazie."

Thorne si voltò e lo vide coperto fino al collo dal lenzuolo sottile. Faceva troppo caldo per qualcosa di più pesante, persino a quell'ora della sera. "Prego," rispose, occupando la sedia dall'altra parte della stanza. "Spegni la luce e dormi. Io farò la guardia finché non sarò sicuro che ti sia addormentato."

Ian spense la lampada, facendo piombare la stanza nel buio. Gli occhi di Thorne impiegarono qualche secondo per abituarsi all'oscurità, ma aveva sempre avuto un'ottima visione notturna, e la luce che filtrava dalla finestra aperta era abbastanza da permettergli, di lì a poco, di scorgere il profilo di Ian steso sul letto. Il jackaroo giaceva immobile, ma era facile intuire che non si fosse rilassato. Sfortunatamente, Thorne non sapeva se ciò dipendesse dagli effetti dell'attacco di panico oppure dalla sua presenza nella stanza. Per quanto desiderasse con tutto se stesso che Ian lo considerasse un punto fermo, sapeva che a volte la mente, soprattutto i momenti di sovreccitazione come quello, giocava dei brutti scherzi e che tutte le sue buone intenzioni avrebbero potuto non essere abbastanza. Nonostante tutte le sue rassicurazioni, nel suo stato di estrema vulnerabilità, Ian avrebbe potuto continuare a considerarlo una minaccia.

Tuttavia, non riusciva a convincersi a lasciarlo, non finché c'era la possibilità che l'altro potesse avere bisogno di lui. Se ne sarebbe andato solo se fosse stato Ian a chiederlo, ma non prima.

LA SEDIA emise un altro scricchiolio.

Ian sospirò e si rigirò nel letto. Thorne era ancora seduto al suo posto dall'altra parte della stanza, molto meno vigile di quanto lo fosse stato prima, il che era probabilmente anche la causa del cigolio.

All'inizio, subito dopo essersi seduto, era rimasto immobile, ogni muscolo pietrificato nel compito di fare la guardia. Ora, però, sembrava quasi che stesse sonnecchiando e Ian si sentì in colpa. Non aveva idea del perché l'uomo avesse deciso di restare con lui o cosa stesse aspettando, ma sapeva per certo che non si sarebbe riposato se fosse rimasto a ciondolare lì sopra.

"Thorne," lo chiamò piano.

L'altro si svegliò all'istante, il corpo intero pronto allo scatto.

"Che succede? Stai bene?"

"La sedia scricchiola e tu rischi di farti venire il torcicollo. Vieni a letto."

Le parole gli erano uscite prima ancora che si rendesse conto di volerle pronunciare, ma non cercò di rimangiarsele. Si sentiva al sicuro con Thorne, ed era solo il rumore della sedia che gli impediva di dormire. Di conseguenza, non pensava che ci sarebbero stati dei problemi se anche gli avesse permesso di avvicinarsi.

Si aspettava di sentirsi più teso quando l'uomo si tolse la maglietta e i jeans e si accostò al letto con indosso la sola biancheria, invece era tranquillo. Nel profondo, sapeva che Thorne non rappresentava una minaccia. Si sarebbe disteso e sarebbe rimasto dal suo lato del letto, se fosse stato questo ciò che Ian voleva, oppure, se solo glielo avesse chiesto, se lo sarebbe stretto al petto per tutta la notte, e poi, al mattino, lo avrebbe salutato con un bacio e si sarebbe comportato come se quella fosse la normalità.

E non appena quel pensiero si manifestò nella sua mente, Ian seppe che lo voleva. Non era pronto a seguire il suggerimento di Walker e permettere a Thorne di portarlo all'oblio con il sesso, però il resto poteva farlo. Poteva dormire tra le braccia dell'uomo e lasciare che quella vicinanza smussasse le punte acuminate che gli trafiggevano l'anima. Sperava solo che anche per Thorne fosse lo stesso.

Sollevò il lenzuolo in un gesto di invito, e l'ex soldato si stese dalla sua parte del letto, esattamente come lui aveva previsto. Ian si mosse appena verso di lui e cercò la sua mano. L'uomo intrecciò subito le dita alle sue, ma nient'altro. Ian sorrise e si girò sul fianco, tirandosi sopra il braccio dell'uomo e lasciando che le loro mani unite premessero contro il suo petto.

"Sei sicuro?" sussurrò Thorne.

Ian gli si avvicinò ancora, mentre il corpo possente e caldo del compagno lo proteggeva da ogni minaccia si trovasse al di fuori di quel letto. "Sono sicuro."

Thorne non aggiunse altro e lui ne approfittò per rilassarsi ancora di più. Tra il calore che irradiava dal corpo alle sue spalle e il senso di protezione che trasmetteva, Ian sentì il sonno intorpidirgli piano piano i sensi. Avrebbe dovuto innervosirsi quando Thorne si spostò e premette il pube contro di lui, ma sapeva, anche senza doverci riflettere, che non si trattava di una minaccia. Si stava solo mettendo comodo: non si preparava ad aggredirlo. Si raggomitolò ancora di più contro il compagno di letto e si rilassò completamente, la stretta sulla mano di Thorne la sua àncora mentre si arrendeva al sonno.


THORNE SI svegliò il mattino successivo con un'erezione e un bisogno disperato di andare in bagno, ma alzarsi significava disturbare Ian, che gli si era aggrappato come un koala gigante con il suo albero. L'idea di svegliarlo lo inorridiva, ma se non si fosse sbrigato avrebbe finito col farsela addosso, senza contare che non aveva idea di come l'altro avrebbe reagito nel sentirselo completamente duro alle spalle.

E come se tutto ciò non fosse abbastanza, cominciò a sentire le spire impalpabili del ricordo fluttuare sinuose agli angoli della sua mente, sussurri di incertezza che gli rammentavano cos'era successo l'ultima volta che aveva dormito in quel modo abbracciato a un uomo. Cercò di non pensarci, ma ormai il danno era fatto: non c'era verso che riuscisse a restare ancora in quel letto, anche se ciò avrebbe significato svegliare Ian.

Fece del suo meglio per liberarsi con delicatezza, anziché allontanare da sé in malo modo le braccia del compagno addormentato. Non era lui il problema e non meritava di subirne le conseguenze. Aveva fatto un passo enorme la notte precedente fidandosi di lui al punto di permettergli di dormire nel suo letto, e ora Thorne non voleva tornare al punto di partenza, anche se restava il fatto che doveva assolutamente alzarsi.

In quel preciso momento.

"Thorne?" borbottò Ian.

"Mi serve il bagno," rispose lui, facendo una smorfia quando si accorse di quanto brusco fosse stato il suo tono. Anche Ian sembrò colto alla sprovvista, ma lo lasciò andare. Thorne si infilò i jeans, ma lasciò perdere la maglietta nel tentativo di uscire dalla stanza quanto più in fretta possibile.

Si chiuse in bagno e cercò di calmare il respiro. Doveva ricomporsi prima che Ian venisse a cercarlo. Se fosse stato un po' più sveglio gli avrebbe detto che andava a fare la doccia. In quel modo avrebbe guadagnato una decina di minuti di solitudine. Non che l'esercito gli avesse mai concesso tutto quel tempo, ma non era detto che Ian lo sapesse. Per come stavano le cose, invece, aveva appena un paio di minuti a disposizione prima che il jackaroo cominciasse a chiedersi dov'era andato e cosa c'era che non andava.

Doveva davvero fare pipì, così si occupò prima di quello e poi cercò di riassumere quella parvenza di controllo che gli aveva salvato il didietro in più di un'occasione quando era nei Commando. Se fosse stato fortunato al suo rientro nella stanza avrebbe trovato Ian di nuovo addormentato.

Purtroppo non fu fortunato.

"Va tutto bene?" chiese infatti il jackaroo non appena Thorne si chiuse la porta alle spalle.

Thorne fu quasi tentato di mentire e assicurargli che andava tutto benissimo, ma l'altro lo guardava con una tale fiducia che gli fu impossibile persino prendere in considerazione l'idea. "Vuoi davvero che ti racconti la mia triste storia strappalacrime?"

"Sono certo che non sia strappalacrime," disse Ian. "E se anche lo fosse, sì, mi piacerebbe sentirla. Quello che puoi dirmi, almeno."

Thorne non poté fare a meno di notare la scelta di parole: non tutto, ma quello che poteva dirgli. Sia che dipendesse dal fatto che erano informazioni riservate, oppure ricordi troppo dolorosi da condividere, Ian avrebbe accettato i buchi nel suo racconto. Solo che in quel caso non si trattava di segreti governativi, e se dunque era un argomento troppo doloroso da affrontare, forse parlarne a voce alta gli avrebbe fatto bene, se non altro per togliersi il pensiero una volta per tutte.

"La scorsa notte è stata la seconda volta in tutta la mia vita che ho dormito abbracciato a qualcuno," cominciò. "E la prima… è finita male."

"In che senso?" domandò Ian, l'espressione addolorata.

"Niente di quello che immagini," rispose lui immediatamente, la mente che tornava al weekend dopo il suo diploma. "Daniel era il mio miglior amico. Ci eravamo appena diplomati e avevo detto ai miei genitori che avrei dormito a casa sua così avremmo festeggiato. Lo facevamo spesso e per loro era una cosa normale. Non sapevano che eravamo riusciti a procurarci una confezione di preservativi e che avevamo deciso che quella notte avremmo fatto il grande passo: avremmo perso la nostra verginità e saremmo diventati uomini. Pensavamo di essere innamorati e quel momento avrebbe suggellato per sempre la nostra storia."

Ricordava ancora cosa aveva provato ad accarezzare e baciare Daniel. Erano stati attenti a non farsi scoprire, ma non perché si vergognassero. Non dei loro sentimenti. La vergogna era arrivata dopo.

"Ci addormentammo dopo, abbracciati l'uno all'altro come se non avessimo un problema al mondo," continuò a raccontare. "Fummo svegliati dalla mamma di Daniel la mattina dopo, non era ancora l'alba. Fu la prima volta che la vidi piangere."

"Piangeva perché stavate insieme?" chiese Ian, orripilato.

"No," lo rassicurò lui. "Magari fosse stato così semplice. Era venuta a dirmi che c'era stato un incendio. Aveva distrutto la mia casa e ucciso i miei genitori e mio fratello minore. Mentre io facevo sesso a casa di Daniel, loro stavano morendo."

Thorne odiava il tono distaccato della propria voce, ma aveva trascorso così tanto tempo a confinare tutto quello che provava riguardo all'incendio dietro uno spesso muro, che ormai raccontava quella storia come se fosse successa a un estraneo anziché a lui. Non era neanche più capace di soffrire per loro.

"Se anche ci fossi stato non sarebbe cambiato nulla," disse piano Ian. "Tranne il fatto che saresti morto anche tu. Mi dispiace che tu abbia perso la tua famiglia in un modo tanto orribile, ma non mi dispiace che tu sia vivo. Neanche un po'."

518

A lui invece era dispiaciuto. Aveva considerato la desolazione che circondava la sua vita e aveva pensato di finirla in quel preciso momento. Avrebbe risolto in un colpo solo tutti i suoi problemi, e forse era per quello che la mamma di Daniel aveva insistito affinché restasse con loro per un po'. Per lo meno in quel modo c'era qualcuno che lo teneva d'occhio e si assicurava che mangiasse, dormisse e si lavasse. Però aveva dovuto prendere in prestito i vestiti di Daniel, perché i suoi erano tutti andati distrutti nell'incendio. Gli ci era voluto un mese per capire che doveva trovare il modo di uscirne. Il giorno dopo si era arruolato, rifiutando da quel momento di guardarsi indietro.

"Non puoi saperlo," ribatté. "Avrei potuto essere ancora sveglio. Avrei potuto svegliarli prima che bruciassero vivi. Avrei potuto salvarli."

"Avresti potuto," disse Ian. "Di certo lo faresti se succedesse adesso, ma avevi solo diciotto anni. Non eri che un ragazzo. Non era una tua responsabilità, e non dovresti sentirti in colpa perché sei ancora vivo."

Thorne si trattenne dal rispondergli male, ma per quanto quelle parole lo facessero arrabbiare, sapeva che Ian aveva ragione. Non avrebbe potuto fare nulla se non morire insieme a loro, e gli piaceva pensare di aver fatto qualcosa di cui andare fiero nei Commando. I suoi genitori avrebbero voluto che facesse qualcosa di importante nella sua vita, anche se forse non avrebbero contemplato la carriera militare. Però era certo che sarebbero stati fieri di ciò che era diventato, perché aveva contribuito a fare la differenza.

"Facile a dirsi."

"Parlo per esperienza, credimi," gli assicurò Ian. "Mi porto dietro così tanti problemi legati alla mia famiglia, che non basterebbe una settimana intera per elencarli tutti. E non credere che m'illuda di poterli risolvere. Però mi dispiace vedere che ti senti in colpa per qualcosa che non avresti potuto cambiare. Torna a letto. È ancora troppo presto per alzarsi."

Thorne ridacchiò. "Disse l'uomo che si alzava tutte le mattine prima dell'alba per andare a lavorare."

"Il fatto che lo faccia quando devo non vuol dire che mi piaccia farlo anche quando posso permettermi di poltrire," ribatté Ian. "Vieni a letto."

Thorne si era già avvicinato al letto e stava cominciando a togliersi i jeans quando si sentì afferrare dai dubbi. Una cosa era la sera prima, quando erano stati entrambi troppo stanchi per fare altro se non dormire, ma di mattina era tutt'altro paio di maniche.

"Non fare lo scemo," lo rimproverò Ian. "Io mi rimetto a dormire, come dovresti fare anche tu, e starai più comodo senza i jeans. Mi fido."

Thorne non si lasciò sfuggire la valenza di quelle due paroline. Non erano esattamente ciò che avrebbe voluto sentire, ma erano comunque importanti, forse anche di più. Ian non avrebbe mai potuto amarlo se non si fosse fidato. Lasciò cadere i jeans a terra e salì sul letto con l'intenzione di tirare l'uomo a sé come aveva fatto la sera precedente, ma Ian sembrava avere altre idee. Lo prese per la spalla e lo costrinse ad appoggiare la guancia sul suo petto, il naso affondato nella curva del suo collo.

Poi sospirò soddisfatto e gli posò un bacio sulla testa. La semplicità di quel gesto e l'autentica condivisione di quel momento gli fecero salire le lacrime agli occhi. Non si era più concesso di piangere per la sua famiglia dal momento in cui aveva firmato i fogli dell'arruolamento. Era sempre stato quello forte, affidabile, qualche volta aveva persino indirizzato gli altri. Era stato quello a cui tutti facevano riferimento anche quando non era lui a dover guidare una missione. Aveva seppellito il suo cuore in profondità ed era diventato l'esempio della precisione e dell'autocontrollo militari. Atteggiamento che gli aveva salvato la vita più di una volta, ma che gli aveva imposto un suo prezzo: chiudere tutto il suo dolore dietro un muro invalicabile, per sempre. Il suo cuore, però, aveva cominciato ad anelare la libertà, così da poter afferrare tutto ciò che una possibile vita insieme a Ian aveva da offrire, ma Thorne aveva paura di cos'altro sarebbe uscito se avesse abbattuto quelle pareti.

Aveva la possibilità di vivere una vita vera, avere una vera famiglia. Gli stagionali andavano e venivano, ma Thorne aveva visto il modo in cui i residenti avevano cominciato a includerlo, come se fosse scontato che sarebbe rimasto con Ian. Neil e Molly, Chris e Jesse, persino Caine e Macklin non lo volevano per quello che sapeva fare. Lo avevano osservato mentre Ian gli insegnava quelle nozioni basilari che persino i bambini conoscevano lì alla stazione. Dani sapeva già quali fossero i serpenti pericolosi, lui lo ignorava completamente. Laura cavalcava come se fosse nata in sella, lui riusciva a malapena a restare in equilibrio se il cavallo accelerava un po' oltre il trotto. Jason, il figlio di Patrick, era tornato dall'università e dal corso di specializzazione che stava facendo in veterinaria, per trascorrere le vacanze di Natale insieme alla famiglia, e guardarlo lavorare con il suo cane, Polly, era esattamente come guardare Jeremy e Arrow. Thorne, invece, non aveva neanche idea di quali fossero i comandi più semplici. Non avevano bisogno di lui, ma lo avevano fatto sentire lo stesso parte del gruppo perché avevano riconosciuto uno spirito affine.

Aveva condiviso lo stesso cameratismo con il suo primo reggimento nei Commando, ma dopo il massacro aveva preferito non investire più tanto di se stesso. Aveva collaborato con la nuova squadra, aveva combattuto per proteggerli e si era lasciato proteggere, ma non era stato lo stesso. Per la prima volta da quando aveva attraversato la giungla per evacuare Walker a causa di un'emergenza medica, sentiva di nuovo quel legame familiare che si era spazzato quando era tornato alla sua unità e li aveva trovati tutti morti, e questa volta poteva afferrare le mani tese verso di lui consapevole di non correre alcun rischio.

La vita a Lang Downs poteva non essere prevedibile, ma nemmeno portava con sé quei rischi inerenti che accompagnavano ogni unità dei Commando. Thorne poteva far parte di quella famiglia senza doversi preoccupare che un gruppo di guerriglieri o una scarica di fuoco amico gliela portassero via. Poteva aver fiducia in loro allo stesso modo in cui Ian si fidava di lui.

Soffocò contro il collo di Ian il singhiozzo che minacciava di uscire. Il jackaroo non disse niente, si limitò a stringerlo di più a sé e ad aspettare, dandogli il tempo di venire a patti con quella realizzazione improvvisa. Thorne sperò solo che quando alla fine anche Ian avesse deciso di rivelargli il suo passato, lui potesse offrirgli lo stesso conforto e la stessa pace.

# CAPITOLO 19

IL SUO ritorno a Lang Downs passò totalmente inosservato, altra conferma che quel posto avrebbe potuto davvero diventare casa. Nessuno sembrò sorpreso di vederlo. Nessuno fece alcun commento riguardo a quanta, o quanta poca roba, aveva portato indietro con sé da Wagga Wagga. Neil gli disse di mettere via le scatole e poi mettersi al lavoro. A Ian, invece, non disse neanche quello.

Non che quest'ultimo avesse bisogno di indicazioni. Aveva già preso il suo borsone e lo aveva gettato sulla veranda, e ora stava cambiando gli stivali 'buoni' riservati alla città con quelli sporchi che usava per andare nei campi.

"Neil ha detto di mettermi al lavoro, ma non cosa dovrei fare. Suggerimenti?" gli chiese lui.

L'abbaiare dei cani attirò la loro attenzione prima che Ian avesse il tempo di rispondere e quando Thorne tornò a guardarlo, il jackaroo sorrideva da orecchio a orecchio. "Ora che me lo dici..." Fece un fischio acuto, chiamando a sé gli animali e l'uomo che li accompagnava.

"Ian, sei tornato!"

Quando la figura si avvicinò, Thorne riconobbe Jason, in compagnia di Polly e Arrow.

"In questo esatto momento," rispose Ian. "Devo andare a controllare la mia squadra, ma Thorne non se la cava ancora abbastanza bene a cavallo da potermi accompagnare."

"Vuoi che lo faccia esercitare?" chiese Jason. "Dopotutto ho insegnato a Seth."

"In effetti speravo che tu potessi dargli un'infarinatura riguardo ai cani. C'è una cucciolata in arrivo e stavo pensando di tenerne uno. È da un po' che non ho un cane mio e mi sembra il momento giusto per riprenderlo. Ma anche Thorne dovrebbe imparare a lavorarci insieme."

"Come vuoi," disse Jason. "Ci pensiamo io e Molly. Di certo non può essere più imbranato di Caine quando è arrivato."

"Non ci giurerei," si intromise lui. "Sono piuttosto inetto in tutto ciò che non siano operazioni militari."

"Al confronto questa è una passeggiata," lo rassicurò Jason. "Vieni, andiamo a vedere se nei recinti c'è qualche pecora con cui poterci esercitare."

"Forse dovremmo cominciare con i comandi più semplici," disse lui. "Non sono sicuro di essere pronto ad affrontare una pecora in carne e ossa."

"Non facciamo un addestramento vero e proprio qui," spiegò Jason. "Anche se con una cucciolata in arrivo, immagino che Neil e Macklin ne metteranno in piedi uno. Polly è un cane da lavoro, non da varietà. Se le dai ordini senza senso rischi di farla innervosire. Quando sente qualcosa, si aspetta di dover agire in un certo modo con le pecore, non lo fa tanto per fare."

Aveva un senso in effetti: anche lui aveva sempre odiato quegli esercizi di allenamento che li costringevano a fare movimenti inutili. "Va bene, ma non farmi fare nulla che potrebbe danneggiare lei o la pecora."

"È troppo intelligente per fare male alla pecora," spiegò Jason. "Non preoccuparti. Se le ordini qualcosa che non ha senso, te lo farà capire."

Thorne non era sicuro di come si sentisse all'idea che un kelpie fosse più sveglio di lui, ma immaginò che doveva fare buon viso a cattivo gioco. "Da dove cominciamo?"

Un'ora dopo Thorne nutriva ancora più rispetto per gli uomini e le donne che lavoravano nelle stazioni, senza contare i cani che li aiutavano a tenere a bada le pecore. Jason era la quintessenza della pazienza quando si trattava di insegnare e Polly eseguiva ubbidiente tutti i suoi ordini, tranne quelli chiaramente sbagliati, che secondo lui erano fin troppi.

"Se può farti sentire meglio," disse Jason scavalcando lo steccato e andandogli accanto al centro del recinto, "tutti quelli che lavorano coi cani ci sono passati. Ho insegnato a Caine quando è arrivato, e anche lui si confondeva, girava in tondo e la faceva andare ovunque tranne che nel posto giusto, e all'epoca anche lei stava imparando quindi non era capace di ignorare gli ordini sbagliati. E se pensi che quello fosse il peggio, avresti dovuto vedere Seth."

"Cosa avrei fatto io?" si intromise una voce.

Thorne girò immediatamente su se stesso, i sensi già in allerta, ma Jason non aspettò che valutasse la situazione. Si lanciò di corsa verso lo steccato, saltandolo al volo come se fosse alto solo pochi centimetri anziché arrivargli al petto. Il ragazzo dall'altra parte – solo un vecchio potrebbe considerarlo un ragazzo, gli fece notare malignamente la sua coscienza – sopportò a malapena l'impatto di settanta chili di muscoli che gli piombarono addosso sotto forma di abbraccio. Non caddero, ma poco ci mancò.

"Sei tornato! Chris aveva detto che non sapeva se ce l'avresti fatta!" esclamò Jason.

"Non mi sono mai perso un Natale, finora," rispose l'altro. "E non ho intenzione di cominciare adesso. Chi è il nuovo?"

"Thorne, vieni a conoscere Seth," lo chiamò Jason.

Thorne si avvicinò allo steccato, così come anche i due ragazzi. "Seth, ti presento Thorne Lachlan. Sta da Ian. Thorne, lui invece è Seth Simms, il fratello di Chris."

"Piacere," disse lui, allungando la mano. Seth la strinse con una decisione che Thorne apprezzò.

"Salve, amico," lo salutò. "Non sapevo che Ian avesse una famiglia fuori dalla stazione."

"Non ce l'ha, infatti," rispose lui, benché non completamente sicuro che fosse la verità. Ian aveva detto di non essere in contatto con nessuno, non che non c'era nessuno.

"Allora perché stai da lui?" insisté Seth.

"Perché mi ha offerto il suo divano quando la stanza degli ospiti nella casa padronale è diventata troppo…"

"Capito tutto. Il giorno in cui Neil e Molly si sono trasferiti nella casa del sovrintendente e hanno lasciato a me e Chris il loro piccolo cottage è stata una benedizione," disse Seth con una risata. "Capisco cosa provi. E perché stavi alla casa padronale e non nel dormitorio?"

"Perché non mi hanno assunto come jackaroo," rispose Thorne. "Sono venuto insieme ai pompieri per fermare gli incendi."

"E Caine ti ha adottato," continuò Seth. "L'ho già sentita questa storia."

"A voler essere esatti, è stato Ian ad adottarmi e Caine e Macklin sono stati così gentili da acconsentire."

"Ian?" ripeté Seth. "Sul serio?"

"Sì. Perché sei così sorpreso? È sempre stato molto gentile con me." Era stato molto più che gentile, ma Thorne non era pronto a condividere anche quello coi due ragazzi.

"Perché Ian è sempre stato molto sulle sue," cominciò a spiegare Jason. "È amichevole con tutti, ma davvero amico solo di Neil e Kyle. Costruisce mobili per tutti, e porta cibo e birra ogni volta che c'è una festicciola a casa di qualcuno, ma non invita mai nessuno nel suo cottage. Il che va anche bene, perché in confronto alla casa di Neil e Molly o a quella di mamma e papà, la sua è davvero piccola, e se l'occasione richiede più spazio, come per esempio il Natale oppure un compleanno, andiamo in mensa, ma resta il fatto che lui non invita. Nessuno lo ha mai visto prendere qualcuno sotto la sua ala come ha fatto con te. In genere quello è il compito di Caine."

Alle loro spalle Polly abbaiò, facendoli voltare verso di lei.

"Gli sto insegnando a lavorare con i cani," spiegò Jason.

"E non hai chiesto a Caine di far finta di essere una pecora?" lo prese in giro Seth.

"Non ho più quattordici anni," rispose Jason. "Posso lavorare con quelle vere, adesso."

Sembrava ci fosse una storia dietro quelle parole, e Thorne l'avrebbe ascoltata volentieri, ma trovò il leggero rossore sulle guance di Jason ancora più interessante. Fino a quel momento il ragazzo era stato la personificazione del perfetto jackaroo sicuro di sé, più giovane di Neil, Ian e alcuni degli altri, ma molto più a suo agio lì nella stazione di molti altri stagionali. In quel momento, invece, con Seth che lo canzonava, assomigliava di più al ragazzino che era stato.

"Quindi, Seth," disse Thorne, cambiando completamente argomento. "So cos'è che tiene Jason lontano dalla stazione, ma nessuno mi ha detto cosa fai tu."

"Studia ingegneria meccanica," rispose Jason prima che l'altro riuscisse ad aprire bocca. "Dovresti vederlo. È un genio con le macchine. Anche papà lo dice, e sono sempre stato convinto che nessuno capisse di motori più di mio padre."

Thorne impiegò qualche secondo a fare i collegamenti, ma poi ricordò che Jason era figlio di Patrick, il capomeccanico della stazione.

"Mi piace sapere come funzionano le cose," intervenne Seth con un'alzata di spalle e un imbarazzo improvviso per la sviolinata dell'amico. Thorne si chiese se fosse mai stato tanto giovane e ingenuo. Poi ricordò per quanto tempo lui e Daniel si erano girati attorno senza che nessuno dei due trovasse il coraggio di ammettere che voleva qualcosa di più dell'amicizia. A quanto pareva Seth e Jason non avevano ancora raggiunto lo stadio della consapevolezza.

"Che progetti hai per dopo la laurea?" domandò invece.

Seth si strinse di nuovo nelle spalle. "Dipende. La parte teorica è interessante, ma io preferisco sporcarmi le mani. Mi piace smontare le macchine e poi rimontarle. Avrei potuto cercarmi un posto da apprendista in un'officina e sarei stato contento lo stesso, ma Chris non ha voluto saperne."

"Ho l'impressione che non ci sia tanto spazio per un ingegnere meccanico in una stazione, o sbaglio?"

"Invece ti sbagli. Innanzi tutto c'è la manutenzione dei macchinari," rispose Seth. "Ma Caine sta anche pensando di migliorare i recinti con un sistema di mulini a vento per portare l'acqua agli abbeveratoi anziché aspettare che sia la pioggia a riempirli oppure doverlo fare con le cisterne degli ute. Poi ha accennato a voler installare dei pannelli fotovoltaici sul tetto di alcuni capanni, perché anche con il fuoco acceso in inverno c'è sempre un gran freddo. Sono tutti progetti che riguardano il mio campo."

"Non avevo considerato questo aspetto," confessò Thorne. "Sembra che abbiate già programmato tutto."

"Vedremo," rispose il ragazzo.

"C'è la sua bella," intervenne Jason accigliato. "È una ragazza di città in tutto e per tutto. Non verrà mai a vivere qui alla stazione, e se anche lo facesse la considererebbe una sofferenza."

"Capisco che possa essere un problema." Thorne non riusciva a immaginare che qualcuno potesse sentirsi triste a Lang Downs, ma d'altro canto lui non era abituato a vivere in città, non dopo aver viaggiato per vent'anni in alcuni degli angoli più remoti del pianeta. Rispetto ad alcuni dei posti dove lui e la sua squadra avevano bivaccato, la stazione era una spa di lusso. Però sapeva che il suo era un punto di vista piuttosto particolare.

"Devo disfare la valigia," disse Seth. "Vi lascio alla vostra lezione. Ci vediamo a cena."

Si diresse verso la manciata di case sparse lungo il lato nord della strada che attraversava la valle, e Thorne notò l'espressione sul viso di Jason mentre lo seguiva con lo sguardo. "Credo di aver raggiunto il livello di saturazione per oggi," disse, provando un'improvvisa compassione per il ragazzo. "Possiamo anche smettere se preferisci andare ad aiutare Seth."

"Sei sicuro?" domandò Jason. La speranza che gli illuminava lo sguardo confermò a Thorne che la sua intuizione era giusta.

"Sono sicuro. Troverò qualcos'altro da fare. Il lavoro non manca di certo da queste parti."

"Grazie."

"Jason!" chiamò però prima che l'altro corresse via. "Non insistere con Seth sulla sua decisione di restare in città. Arriverà a capire da solo cosa è davvero importante. Dagli tempo."

"Lang Downs non sarebbe casa senza di lui," rispose il ragazzo.

"Dagli tempo," ripeté Thorne.

Jason annuì e fischiò per chiamare Polly, poi partì a tutta corsa dietro all'amico. Thorne non seppe trattenere un sorriso nel vedere come la spalla di Seth sfiorasse quella di Jason mentre camminavano insieme lungo la strada.

Lì lasciò alla loro rimpatriata e girò attorno agli ovili, diretto verso il dormitorio, alla ricerca di qualcuno che potesse affidargli qualche altro compito, ma non incontrò nessun caposquadra. Senza niente di meglio da fare, decise di tornare a casa e cominciare a mettere via le sue cose. Non voleva svuotare tutti gli scatoloni, nel caso non fosse rimasto a vivere con Ian, ma poteva prendere il Kindle e qualche altra cosa che gli servisse. Ian era stato generoso nell'offrirgli la sua libreria e finalmente Thorne avrebbe potuto restituire la cortesia, anche se sarebbe dovuto arrivare fino alla mensa per comprare qualche nuovo titolo, visto che il cottage di Ian non aveva il Wi-Fi. A pensarci bene, Thorne non aveva visto nulla di neppure vagamente elettronico nella casa, ad esclusione del cellulare e della radio che tutti i jackaroo si portavano dietro quando si recavano nei pascoli più lontani.

Scavò nelle varie scatole finché non trovò il Kindle, che si affrettò a mettere in carica prima di riprendere la sua investigazione. In tutta onestà non ricordava tutto ciò che possedeva. Aveva accumulato diversi oggetti nel corso degli anni, principalmente souvenir turistici dei posti dove era stato, ma alcuni pezzi erano più pregiati, sia che fossero il ricordo di missioni più lunghe che di persone o luoghi che lo avevano toccato nel profondo. Per il momento li lasciò tutti avvolti nella carta. Non voleva dare per scontato che sarebbe rimasto lì. Dopo un mese di convivenza, era piuttosto sicuro che Ian lo avrebbe tenuto con sé, anche se per tutto quel tempo Thorne aveva continuato a dormire sul divano, dal momento che non c'era stato nessun invito a rendere permanente la loro sistemazione.

Naturalmente, tutti quei ragionamenti si riferivano a prima che trascorressero la notte nello stesso letto. Thorne avrebbe evitato volentieri tutto ciò che aveva portato Ian ad avere l'attacco di panico, però avrebbe gradito molto che potesse ripetersi il resto della nottata. Era impossibile spiegare quanto lo aveva fatto sentire bene dormire abbracciato a lui, avvolgersi attorno al suo corpo snello e frapporsi come un muro fra il compagno e il resto del mondo. Aveva trascorso vent'anni a lottare per difendere la sua squadra o qualunque altro posto o persona i suoi comandanti decidessero di affidargli, e l'istinto di protezione era ormai entrato a far parte di lui, ma non aveva mai avuto niente di suo da proteggere. Le motivazioni che aveva creduto di possedere prima erano nulla in confronto a ciò che provava per Ian, e sempre di più anche per Lang Downs. Chiunque pensasse di minacciare la sua nuova casa e la sua nuova famiglia avrebbe fatto bene a cambiare idea in fretta.

Lo scricchiolio dei passi sulla ghiaia lo avvisò dell'arrivo di qualcuno. Sollevò la testa e sorrise quando vide Ian sulla veranda, intento a togliersi gli stivali. Posò le scatole e andò a salutarlo.

"Ciao," gli disse il jackaroo. "Pensavo che tu fossi con Jason e Polly."

"Infatti," rispose lui. "Ma poi è arrivato Seth e a quel punto Jason ha perso ogni interesse per me."

Ian rise. "Sì, succede. Sono stati inseparabili sin da quando si sono visti la prima volta sette anni fa. Non li stacchi neanche con un argano. Scommetto che Jason si è diplomato con un anno di anticipo perché voleva seguire gli stessi corsi di Seth, nonostante abbiano interessi completamente diversi."

"Stavo guardando dentro le scatole che abbiamo portato," disse Thorne, "ma non volevo tirare fuori troppe cose senza prima chiederti il permesso. Non volevo dare nulla per scontato."

Ian lo tirò dentro casa e lo baciò non appena la porta si chiuse alle loro spalle.

"Devi ancora chiedere dopo ieri notte?"

"Non smetterò mai di chiedere," rispose lui con decisione. "Avrai sempre una possibilità di scegliere quando sei insieme a me."

"Non hai idea di cosa significhi sentirtelo dire," disse Ian prima di baciarlo ancora.

A Thorne non servivano altri dettagli per sapere che fin troppo spesso a Ian era stata negata la possibilità di scegliere. Quella però era la sua casa e lui non avrebbe permesso che diventasse un altro luogo dove altri decidevano per lui. Ricambiò il bacio con tutto l'ardore che lo spingeva a volerlo sapere felice e al sicuro. E sperò di poter continuare a farlo per i successivi quaranta o cinquant'anni.

"Vediamo se riusciamo a trovare un po' di spazio per le tue cose," disse Ian. "E se non dovessimo riuscirci, decideremo cosa ci serve e la prossima volta che qualcuno andrà a Boorowa mi farò portare il legno. Magari per un po' dovremo stringerci, ma prima o poi avremo quello che ci serve."

Thorne non seppe resistere: lo riprese tra le braccia e lo baciò di nuovo. Commenti come quello erano l'equivalente di una dichiarazione d'amore per quanto lo riguardava. Sperava ancora che il jackaroo gli dicesse le due magiche paroline prima o poi – non che potesse lamentarsi visto che neanche lui aveva ancora trovato il coraggio di dichiararsi – ma gli andava bene anche la dimostrazione che Ian avesse intenzione di tenerselo attorno ancora per molto, molto tempo.

Quando si separarono, lo sguardo dell'uomo sembrava confuso, proprio come si sentiva lui, e ciò non l'aiutò a recuperare il controllo. Inspirò a fondo e fece un passo indietro, per mettere un po' di distanza fra i loro corpi. Ian si fidava di lui perché sapeva che era capace di controllarsi, e non era il momento di dimostrargli il contrario.

"Dai, fammi vedere cosa c'è dentro le scatole."

Thorne aprì la prima e ne estrasse l'oggetto a cui teneva maggiormente: la maschera che uno scultore timorese gli aveva regalato dopo che lui aveva salvato suo figlio da una banda di guerriglieri. "Questa viene da Timor Est," disse, mostrandola a Ian. "Probabilmente è la cosa più preziosa che possiedo."

"È bellissima," disse l'uomo. "Fatta a mano da un artista eccezionale. Posso?"

Thorne gliela porse, certo che le mani capaci di scavare quei mobili meravigliosi l'avrebbero trattata con l'attenzione e il rispetto che meritava. Ian la portò vicino alla finestra così da poterla osservare alla luce del sole. "Assolutamente meravigliosa," ripeté. "Il tempo che deve esserci voluto per incidere i dettagli… Spero che tu l'abbia pagata per quello che merita e che non l'abbia comprata in uno di quei negozi per turisti che si approfittano degli artigiani locali."

Thorne sapeva bene a quale tipo di negozio si riferisse. In genere li evitava quando cercava qualcosa di valore, ma in quel caso non era una questione di soldi. "È un regalo," disse. "Simboleggia la protezione. L'uomo che me l'ha data ha detto che mi avrebbe protetto dal momento che avevo salvato suo figlio."

"Non ho niente a cui appenderla," fece Ian. "Ma possiamo procurarci qualcosa la prossima volta che qualcuno andrà a Boorowa. Qualcosa di tanto prezioso merita di essere messo in bella mostra, non tenuto nascosto dentro una scatola."

"Una scatola sembrava il posto più sicuro quando mi trasferivo ogni pochi mesi."

"Ovvio, ma ora sei qui. È un oggetto che fa apparire il mio lavoro un giochino da principianti. Dobbiamo trovarle un posto. Hai qualcos'altro di simile?"

"Niente di così bello," rispose lui. "Quando stavo in un posto per poco tempo prendevo un oggetto qualunque per ricordarmi della visita. Se invece mi fermavo per qualche mese prendevo qualcosa di più bello, ma la maschera è di certo il gioiello della mia collezione."

Ian gliela riportò. "Finché non troviamo un posto dove appenderla, possiamo appoggiarla sul comò in camera mia, se per te va bene," offrì. "Non sarà visibile se qualcuno verrà a trovarci, ma noi potremo vederla e sarà al sicuro."

Per quello che lo riguardava sarebbe potuta restare per sempre nella stanza di Ian, se ciò avesse significato che ci sarebbe stato anche lui. Non riusciva a immaginare un posto migliore in cui l'influenza dello spirito protettivo sarebbe stata benaccetta. "Mi sembra perfetto."

Riprese la maschera e seguì Ian in camera, l'unica stanza della casa in cui non fosse ancora mai entrato. Era arredata più o meno nello stesso stile del resto: mobili di legno fatti a mano e colori tenui. Una bellissima coperta nelle tinte calde della terra era stesa sul letto e attirò l'attenzione di Thorne. "Hai fatto tu anche quella?"

"No," rispose Ian con una risata. "Me l'ha fatta Carley quando non ho voluto niente in cambio del letto a castello per Jason. In qualche modo credo di averci guadagnato io. Il letto non era questo granché."

Thorne non gli credette: tutto quello che Ian faceva, anche le cose più funzionali, erano bellissime, se non altro perché erano fatte a mano e uniche.

Il jackaroo posò la maschera sul comò di fronte al letto. "Ora può proteggerti mentre dormi."

"Può proteggerci entrambi."

Ian sorrise e si avvicinò per ricevere un altro bacio, che Thorne fu più che contento di dargli.

"Dovrei anche farti spazio per i vestiti," disse Ian quando si staccarono. "Va' a prendere la borsa e portala qua mentre io sposto un po' di roba."

# CAPITOLO 20

ANCHE IL giorno di Natale cominciava presto a Lang Downs, scoprì Thorne quando la sveglia di Ian suonò alla solita ora impossibile di tutte le altre mattine. Però restava Natale, e lui era sicuro che sarebbe stato il migliore degli ultimi vent'anni. Nessun altro Natale era cominciato con lui che si svegliava accanto a un uomo estremamente attraente con la certezza che lo stesso sarebbe successo anche il mattino successivo, e quello dopo ancora, e via a seguire. Nessun altro Natale era cominciato con dolci baci e dita delicate che gli scorrevano fra i capelli. Nessun altro Natale era cominciato in una stazione che sentiva di poter chiamare casa in compagnia dell'uomo di cui si era innamorato.

"Ci perderemo la colazione se non ci alziamo," mormorò Ian fra un bacio e l'altro.

"È Natale," protestò Thorne.

"Sì, lo so. Motivo in più per non fare tardi. Kami e Sarah preparano una colazione all'inglese la mattina di Natale, e poi paste e panini dolci. Ci sarà anche un pranzo e l'anno scorso Sarah ha persino fatto il vino e il sidro caldi."

"A sentirti uno potrebbe pensare che fuori sia freddo, invece c'è il rischio di sfiorare i quaranta anche oggi. Pantaloni corti, magliette e vino caldo. C'è qualcosa di sbagliato in quest'immagine."

"Come se i tuoi Natali fossero stati tanto diversi," lo prese in giro Ian. "Fuori fa un caldo infernale, ma noi ci aggrappiamo alle nostre radici inglesi come se non avessimo altro."

Thorne non se la sentì di contraddirlo: nei Commando non aveva avuto tante opportunità di festeggiare il Natale, ma ricordava i pranzi tradizionali con la sua famiglia prima di andare in spiaggia a nuotare o fare surf.

"Va bene, mi hai convinto," disse. "Che i festeggiamenti abbiano inizio."

Si vestirono in fretta e andarono in mensa. Thorne non aveva chiesto quando erano soliti scambiarsi i regali alla stazione, ma Ian non aveva accennato nulla quella mattina, quindi pensò che il suo dono potesse aspettare fino a più tardi. Gli dispiaceva di non aver avuto il tempo e l'opportunità di cercare il regalo perfetto, però era riuscito a prendergli qualcosa che avrebbe apprezzato e usato. Il jackaroo si era lamentato più di una volta di recente di quanto il suo cappello fosse in brutte condizioni e di come la tesa gli impedisse la visione più che bloccare i raggi del sole. Aveva controllato la misura una sera mentre Ian si stava lavando prima di cena e poi si era offerto per il successivo giro a Boorowa in modo da potergliene comprare uno nuovo. Non era il regalo ideale, ma sperava che gli piacesse.

Come anticipato, la colazione fu due volte più abbondante del solito, con una scelta molto più ampia. Thorne non sapeva neanche da che parte cominciare, mentre Ian non si fece scrupoli, mettendosi subito in fila al tavolo con i dolci. Thorne aveva già capito che il jackaroo aveva un debole per lo zucchero, ma quella mattina sembrava come un bimbo la mattina di Natale, una metafora quanto mai azzeccata.

La mensa, in genere piuttosto tranquilla a quell'ora, risuonava degli allegri, anche se assonnati, auguri di Buon Natale, tra i quali spiccava la versione tutta americana di Caine. Indugiarono un po' più a lungo del solito, ma alla fine dovettero dedicarsi al lavoro: la stazione non si fermava solo perché era festa.

Thorne si era aspettato qualche lamentela, ma la colazione e la prospettiva di un ricco pranzo, o semplicemente lo spirito natalizio, furono sufficienti a tacitare ogni commento. Ian dovette guidare una squadra che lavorava nella valle, così Thorne poté restare con lui anziché accodarsi a qualcun altro. Stava imparando a cavalcare, ma non era ancora così bravo da poter uscire insieme agli altri. "Presto," gli rispondeva il jackaroo ogni volta che lui gli chiedeva se il momento fosse arrivato.

Nessuno dei lavoranti era quello che normalmente si sarebbe potuto definire pigro, ma quel giorno si misero tutti al lavoro con ancora più entusiasmo del solito. "Sanno che prima finiamo e prima potranno smettere," spiegò Ian a un certo punto. Aveva un senso e la determinazione comune portò i suoi risultati: per mezzogiorno avevano tutti finito i loro compiti e si diressero verso i dormitori o le case per cambiarsi in occasione del pranzo.

"Non ho niente di elegante da mettermi," disse Thorne mentre tornavano verso il loro cottage.

"Non c'è bisogno di abiti formali alla stazione," rispose Ian. "Io metterò gli stivali nuovi e magari un paio di pantaloni al posto dei jeans, ma questo è il massimo dell'eleganza che ci concediamo da queste parti."

"Posso farcela," fece lui con un sorriso. "Sono abituato alle uniformi da parata e alle formalità militari."

"Risalteresti come una mosca bianca se ti vestissi in quel modo. Carley e Linda potrebbero mettere dei prendisole. Forse anche Molly, ma non so se ne ha uno che le vada bene col pancione. Anche in questo caso, comunque, è più qualcosa legato alla temperatura che all'eleganza."

"Quindi anche tu indosserai una camicia a maniche corte?" lo prese in giro lui.

"No, perché è probabile che alla fine del pranzo ci ritroveremo fuori e non voglio scottarmi. Le protezioni vanno bene, ma non durano tanto e non voglio diventare del colore di un'aragosta."

Thorne avrebbe voluto convincerlo, se non altro per potergli liberamente guardare le braccia in pubblico, ma non poteva controbattere l'affermazione sulle scottature e non voleva vederlo dolorante o a rischio di un tumore della pelle, quindi si rassegnò a conservare i suoi sguardi lascivi per dopo, in privato. Ian di notte dormiva ancora con la maglietta senza maniche, ma in quel modo Thorne poteva almeno guardargli le braccia.

Fecero la doccia e si cambiarono in fretta. Ian stava benissimo con i suoi pantaloni sportivi e la camicia di batista un po' più elegante di quelle che usava per il lavoro. Sarebbe stato un piacere togliergliela quella sera, quando sarebbero finalmente stati soli. Con ogni probabilità non sarebbero andati oltre a quello, ma Thorne si sarebbe fatto bastare con piacere qualsiasi cosa l'altro gli avesse concesso. Fu anche sfiorato dal pensiero che magari quella notte avrebbe scoperto la verità sul passato di Ian, ma non aveva intenzione di insistere. La settimana successiva, se Ian non avesse detto nulla, avrebbe chiesto di nuovo, ma non voleva rovinare quella giornata con domande inopportune.

Si erano appena seduti, i piatti – come previsto – stracolmi di cibo, quando Neil arrivò al loro tavolo e li salutò con una pacca sulla spalla. "Buon Natale," disse con il suo solito sorriso.

"Buon Natale," rispose Ian, a cui seguirono gli auguri di Thorne.

"Grazie per il letto che hai regalato a Dani," continuò Neil. "Le è piaciuto moltissimo. Ha deciso che è diventata una bimba grande ormai e ha acconsentito a cedere la culla al fratellino o alla sorellina."

"Non la usa più da quando aveva diciotto mesi," fece notare Ian scuotendo la testa.

"Lo so. Ma era sua, anche se non la usava. Ora però ha il suo letto, che è molto meglio della culla perché zio Ian l'ha fatto solo per lei."

"Anche la culla l'avevo fatta per lei."

"Stiamo cercando di non ricordarglielo. La culla è per i piccoletti. Il letto nuovo è solo suo."

"Sono contento che le piaccia."

"Molto. Ha anche chiesto quando zio Ian e zio Thorne sarebbero venuti a vedere come sta dentro la sua cameretta."

Ian dovette aver risposto qualcosa perché Neil annuì e poi si allontanò, ma il fruscio improvviso che gli riempì le orecchie impedì a Thorne di udire le parole che i due si erano scambiati. Zio Thorne... aveva perso la speranza di sentirsi mai chiamare in quel modo quando suo fratello era morto. Ed ecco che ora, in meno di un mese, era diventato zio onorario di una bimbetta di tre anni che comandava tutti a bacchetta.

"Buon Natale, ragazzi."

Thorne sobbalzò e la sua mano andò in automatico in cerca di un'arma. Ma riuscì a controllarsi e a sorridere a Chris e Jesse che, come Neil, stavano facendo il giro dei tavoli.

"Buon Natale," rispose Ian. "Contenti che Seth sia tornato?"

"È sempre bello averlo qui," disse Chris. "Anche se odio quando le vacanze finiscono e lui riparte."

"Capisco, però va tutto bene a Sydney, vero? Perlomeno, a vederlo sembra stare bene."

"Sì. Va tutto bene," confermò Chris. "Vorrei solo che potesse tornare a casa più spesso."

"Siamo abituati male," disse Ian. "Molte famiglie non sono abituate a trascorrere tanto tempo insieme, neanche quando vivono nella stessa città."

"Lo so. Ma ciò non rende meno difficile vederlo andare via."

"Lascialo volare via adesso e forse un giorno tornerà definitivamente."

"La speranza è l'ultima a morire. Volevo anche ringraziarti per il nuovo tavolo per la veranda. Ora, quando abbiamo ospiti, possiamo anche portare qualche vassoio con il cibo anziché fare continuamente dentro e fuori."

"Di niente," si schermì Ian. "Però ci aspettiamo un invito per provarlo."

"Non appena riusciremo a fare un salto in città e prendere l'occorrente per una festicciola, tu e Thorne sarete i primi della lista," promise Jesse.

"Hai fatto una cosa per ogni persona che sta alla stazione?" chiese Thorne quando Chris e Jesse si furono allontanati per andare a prendere da mangiare.

"Non proprio tutti. Ma ho cercato di fare qualcosa per i residenti. Gli stagionali vanno e vengono, ma gli altri sono la mia famiglia."

"Sì, l'ho notato. Devi aver passato mesi interi a lavorare ai regali di Natale."

"A meno che qualcuno non abbia qualche urgenza, tendo a lavorare tutto l'anno e poi distribuire gli oggetti a Natale," spiegò Ian. "Macklin mi permette di usare uno dei capanni per conservare gli oggetti finiti, e tutti sono abbastanza rispettosi della mia privacy da non andare a curiosare per scoprire quello che potrei aver loro fatto."

"Dev'essere costoso," disse Thorne.

Ian si strinse nelle spalle. "Vivo qui nella stazione. Non vado in città a buttar soldi in alcol o cose del genere. I vestiti li compro quando mi servono e quasi tutto quello che guadagno finisce in banca. Posso permettermi di comprare il legname per fare dei regali ai miei amici. E quando invece il lavoro è per la stazione, come le sedie per il portico dei dormitori, Caine paga sia il materiale che la manodopera, benché io continui a dirgli che deve comprare solo il legno."

"Puoi continuare a dirglielo finché ti pare," intervenne Sam, raggiungendoli. "Non ti ascolterà."

"Buon Natale, Sam," lo salutò Ian con un sorriso.

"Buon Natale e grazie per la scrivania. Sarà bello avere un tavolo mio senza dover sempre occupare quello di Caine. Ultimamente passa più tempo fuori che dentro, ma è pur sempre il suo ufficio."

"Di niente," rispose Ian. "Anche se mi sembra che il regalo sia più tuo che anche di Jeremy. Spero che a lui non importi."

"Non gli dispiace, se vuol dire che alla sera torno a casa e ci rimango invece che andare in ufficio a controllare questa o quell'altra cosa che ho scordato."

Ian fece una risatina. "È dura lasciare il lavoro quando lavori dove vivi."

"D'altronde nessuno di noi è mai completamente libero. Ormai l'avrai capito anche tu, Thorne, non è vero?"

"Dopo tanti anni nell'esercito non sarei capace di vivere in nessun altro modo," ammise Thorne. "Anche quando non era il nostro turno di guardia era sottinteso che avremmo dovuto intervenire se necessario."

"Sapevo che c'era una ragione se ti sei ambientato tanto bene," disse Sam.

"Dov'è Jeremy?" chiese lui. Era strano vedere Sam senza Jeremy, quasi quanto lo era vedere Caine senza Macklin. Di tanto in tanto vedeva Jeremy e Macklin senza i loro partner, ma raramente il contrario.

"È andato a Taylor Peak," riferì Sam con un piccolo broncio di dispiacere. "Andrà incontro a un'altra delusione, ma non vuole arrendersi."

"Tu lo faresti se fossi nei suoi panni e litigassi con Neil?"

"No," ammise Sam, "ma Caine ha estirpato i pregiudizi di Neil, così non ho dovuto affrontare quella lotta. Qualche volta penso che non lo ripagherò mai abbastanza per tutto quello che ha fatto per me."

"Non credo," disse piano Thorne, "che tenga il conto. Secondo me fa quello che fa perché sa che la fiducia e l'affetto che riceve in cambio gli basteranno per il resto della vita." Prima non la pensava in quel modo, non esattamente, ma sentiva che quelle parole si adattavano perfettamente ai suoi sentimenti nei confronti dei proprietari della stazione. Gli avevano dato un'occasione perché ne aveva bisogno e perché Neil aveva interceduto a favore di Ian. Aveva chiuso un occhio davanti alla sua aggressività e gli aveva permesso di cominciare a piantare le sue radici. Per ricambiarli, se glielo avessero chiesto, avrebbe lavorato fino allo sfinimento.

"No, non tiene il conto," concordò Sam. "È per questo che ne sono così consapevole. È il contabile che è in me a parlare. Vado a prendermi qualcosa da mettere sotto i denti."

"Puoi tornare qui e mangiare con noi, visto che Jeremy non c'è," lo invitò Thorne.

"Grazie, ma ho promesso a Dani che sarei stato con lei. Diresti che dovrebbe averne abbastanza dello zio Sam, visto il tempo che trascorro con Neil e Molly, invece non le basta mai."

Sam andò verso il tavolo di Neil e della sua famiglia, e Thorne si girò verso Ian, ma prima che riuscisse a trovare le parole giuste per la domanda che aveva in testa, Caine si mise in posizione privilegiata e attirò su di sé l'attenzione dei presenti.

"Felice Natale," disse quando tutti i jackaroo si furono seduti.

531

"Buon Natale!" rispose l'intera stanza in coro.

"Bene, Buon Natale, allora," fece lui con un sorriso. "Coloro che bazzicano da queste parti da qualche anno sanno già che cerco di cogliere quest'occasione per ringraziarvi di essere qui, sia che si tratti di una stagione che di tutta la vita. E chi ha già passato il Natale con noi, conoscerà la storia che sto per raccontare ma credo che valga la pena ripeterla e ricordarla. Lo zio Michael ha fondato Lang Down con un desiderio e una speranza: trasformare questa valle in un prospero allevamento di pecore pur trattando la gente che lavorava per lui con cortesia e onestà. Non tollerava alcun tipo di pregiudizio e si è sempre battuto per quello che riteneva giusto, anche quando le sue scelte lo rendevano sgradito ai suoi vicini. Io n-non ho mai avuto la f-fortuna di incontrarlo da vivo, ma l'ho conosciuto tramite le lettere che ci siamo scambiati e le storie che mi hanno raccontato quelli tra voi che hanno avuto quell'onore.

"Il mio c-cammino verso Lang Downs è cominciato sette anni fa, quando mia m-madre ci disse che zio Michael era morto. Lei e mio padre vi mandano i loro saluti. Mio p-p-padre non sta abbastanza bene da poter affrontare un viaggio dall'Ohio per essere qui con noi, ma mi hanno chiesto di estendere a tutti voi gli auguri di un p-prospero e s-sereno anno nuovo visto che non possono farlo di persona. In ogni caso, il mio viaggio è cominciato sette anni fa e spero che finisca il più tardi possibile. Coloro tra voi che erano già qui – Kami, Neil, Ian, Kyle, Patrick, Carley e naturalmente Macklin, tra gli altri – mi hanno accolto nonostante non avessi idea di cosa stavo facendo e mi hanno insegnato quello che c'era da sapere. Da allora abbiamo seguito l'esempio di zio Michael e abbiamo accolto altre persone, e quest'anno in particolare vorrei darei il benvenuto ai due nuovi membri della nostra famiglia: Linda e Thorne. Vi auguro di t-trovare a Lang Downs la f-felicità che io vi ho trovato.

"Avete il resto della giornata libero. Purtroppo non possiamo interrompere completamente il lavoro a Natale, ma ho sempre cercato di ridurlo al minimo. Godetevi la giornata insieme ai vostri amici, alla vostra famiglia se è qui con voi e grazie a tutti per aver reso Lang Downs quello che è."

Tutti applaudirono quando Caine tornò a sedersi vicino a Macklin, il quale gli passò subito un braccio attorno alle spalle, e Thorne non poté fare a meno di notare che qualcuno dei presenti si asciugava di nascosto gli occhi. Solo anni di esperienza nel trattenere le emozioni permisero anche a lui di non cedere all'emotività. Era stato una specie di vagabondo per due decenni, andando dove lo mandavano e combattendo quando gli veniva ordinato. Non sapeva ancora cosa provava esattamente all'idea di avere di nuovo una casa, ma di una cosa era certo: l'avrebbe difesa a costo della vita. Apparteneva a quel posto. Caine stesso l'aveva detto. Dani lo chiamava zio Thorne. Jesse l'aveva invitato per una birra con la stessa naturalezza con cui aveva invitato Ian. Sam aveva detto che si era integrato.

Si voltò verso Ian, il quale neanche stava provando a nascondere quanto il discorso di Caine lo avesse toccato. Sorrise e gli strinse la mano, lì sul tavolo, davanti a tutti, anche se a nessuno importava. O meglio: nessuno sembrò farci caso, perché Thorne era sicuro che a un sacco di persone importasse che lui e Ian stessero insieme, e se quella non era una ragione per restare a qualunque costo, allora Thorne non sapeva quale avrebbe potuto esserlo. Aveva la possibilità di rifarsi una vita lì, insieme a un uomo meraviglioso e all'interno di una comunità che li accettava. Aveva trascorso vent'anni a combattere per la patria e pensava di trascorrere i successivi venti a combattere per la sua nuova vita.

"Finisci di mangiare," disse piano Ian. "Non ti ho ancora dato il mio regalo."

# Capitolo 21

THORNE INGURGITÒ il pranzo quanto più in fretta possibile senza rischiare di farselo tornare su. Gli dispiacque un po' non avere il tempo di rendere il giusto tributo agli sforzi culinari di Kami e Sarah, ma non voleva aspettare oltre prima di dare a Ian il suo regalo e vedere cosa il jackaroo avesse preso – o fatto – per lui.

"Non è passato troppo tempo dalla colazione, vero?" chiese Caine. "Mi piace pensare di non ridurre i miei jackaroo alla fame."

"No, non è questo," rispose Thorne, pulendosi la bocca. "Volevo finire in fretta per dare a Ian il suo regalo."

Caine sorrise. "Mi sembra un ottimo motivo. Ian, grazie per le cornici. Non avrei saputo trovarne una delle dimensioni giuste per la foto dello zio Michael e di Donald."

"E quella a libro è perfetta per la foto del matrimonio della mamma e per quella che ho conservato da quando ero piccolo," aggiunse Macklin. "Si lamenterà perché la faccio vedere, ma è l'unica cosa che mi sono portato dietro quando sono scappato."

"Sono contento che vi piacciano," disse Ian. "Fare i mobili mi dà soddisfazione, ma gli oggetti che hanno un significato sentimentale sono i miei preferiti."

Macklin si voltò verso Thorne. "Se non ti abbiamo ancora spaventato, sei pronto a firmare?"

"Caine mi ha appena dato altre buone ragioni per restare," rispose Thorne, "però ho ancora molto da imparare per diventare un residente."

"Niente che il tempo e l'esperienza non possano mettere a posto. Siamo stati tutti dei novellini e tutti abbiamo imparato. Lo farai anche tu."

"Hai già imparato più di quanto avessi fatto io in un mese," intervenne Caine. "Dovevi vedermi mentre cercavo di arrabattarmi. Non capivo niente di quello che facevo. Tu, almeno, hai dalla tua l'esperienza nell'esercito."

"Non sono sicuro che possa rivelarsi molto utile in un allevamento di pecore."

"Di certo è più utile che dieci anni trascorsi a smistare la posta," disse con amarezza Caine. "Non vogliamo trattenerti, così potrete andare a scambiarvi i vostri regali, ma volevamo dirti che siamo pronti a offrirti un contratto. Non devi decidere questa notte. Prenditi il tempo che ti serve per pensarci."

"No," disse Thorne. "Non ho bisogno di pensarci. Non immaginavo che me lo avreste offerto così presto, ma avevo già deciso di accettare se l'aveste fatto."

"Allora firmeremo domani mattina," disse Caine. "In teoria dovresti avere una casa tua, ma non credo ti dispiaccia che non ce ne sia una libera al momento."

"No, sono perfettamente soddisfatto della mia sistemazione attuale," rispose lui, lanciando un'occhiata infuocata a Ian.

"E un altro punto per me," esclamò Caine con un sorriso splendente. "Cinque residenti nuovi senza dover costruire nessuna casa."

"Sam e Jeremy sono andati a vivere in una casa nuova," borbottò Macklin. Aveva tutta l'aria di essere una vecchia discussione fra loro.

"Una casa che abbiamo costruito per tua madre," gli ricordò Caine.

"Sì, ma non ci ha mai vissuto."

"Resta il fatto che non l'abbiamo costruita per loro. Quando hanno deciso di lasciare il dormitorio e andare a vivere insieme la casa era vuota. Non l'abbiamo costruita perché serviva a loro."

"Stai spaccando in quattro un capello," protestò Macklin.

Thorne ridacchiò mentre i due si allontanavano, ancora presi dalla loro discussione.

"Quindi, chi ha ragione?" chiese a Ian.

"Entrambi. Hanno costruito la casa per Sarah, che tecnicamente non è una residente anche se abita qui, ma lei non ci ha mai vissuto. Avevano in programma di costruirne una per Sam e Jeremy dopo aver ultimato quella di Sarah, ma lei ha sorpreso tutti annunciando che si sarebbe sposata con Kami e sarebbe andata ad abitare con lui, così a Sam e Jeremy è toccata quella già pronta."

"E quando è successo? Cinque anni fa?"

"Più o meno."

"E ancora ci discutono sopra?" chiese Thorne scuotendo la testa.

Ian rise. "Quello non è discutere, è semplicemente il loro modo di fare. Se qualche volta discuteranno, te ne accorgerai. Non succede spesso, ma quando lo fanno tutti camminano in punta di piedi per giorni."

"È così brutto?" domandò Thorne.

"Peggio di quando litigano i genitori."

Thorne ricordava ancora quella sensazione anche se era da parecchio che non la provava. "Allora sono contento che non litighino spesso." Allontanò il piatto. "Non credo di poter mandar giù altro."

"Allora fermati," disse Ian. "E in ogni caso mangeremo avanzi per una settimana."

Lasciarono i piatti nel grosso contenitore apposito e tornarono verso casa di Ian. Non avevano fatto che pochi passi, quando il jackaroo intrecciò le dita alle sue. Thorne sorrise per tutto il tragitto.

"Arrivo subito," disse non appena furono entrati. "Prendo il tuo regalo."

Andò nell'altra stanza e prese il pacchetto incartato con cura. Quando tornò in salotto, Ian lo stava aspettando con una scatolina in grembo.

"Buon Natale," gli disse lui, porgendoli il suo pacchetto.

"Buon Natale anche a te."

"Prima tu," disse Thorne. Sapeva che il suo regalo non sarebbe stato all'altezza di quello di Ian, ma almeno era qualcosa di cui il compagno aveva bisogno.

Ian aprì il pacco con la stessa attenzione con cui lui l'aveva chiuso, poi aprì la scatola. I suoi occhi si illuminarono quando vide il cappello nuovo. "Grazie! Mi serviva proprio! Quello che ho adesso è distrutto."

"Provalo," gli disse lui. "Guarda se ti va bene. È della stessa misura di quello vecchio, ma è utile come dire che due paia di scarpe hanno lo stesso numero."

Ian lo indossò. "È perfetto. Esattamente quello che avrei scelto quando mi fossi deciso ad andare in città per comprarne uno nuovo." Si protese verso di lui e lo baciò dolcemente. "Grazie."

"Di niente. Sono contento che ti piaccia."

"Molto. Ecco, questo è per te. Aprilo e poi ti spiego cos'è."

Thorne rimase un po' sorpreso da quelle parole, ma aprì la scatola e ne estrasse una serie di disegni.

534

"Non avevo il legno giusto," si affrettò a dire Ian mentre lui studiava i fogli, "e se anche l'avessi avuto ci sarebbe voluto più tempo di quello che avevo prima delle feste, ma non volevo presentarmi a mani vuote, così ho pensato che i disegni potessero essere un inizio. E in questo modo, se non ti piace, posso cambiarlo prima di cominciare."

Thorne osservò con più attenzione i disegni e all'improvviso gli schizzi presero una forma ben precisa. "È... per la mia collezione."

"Sì, è un mobile per tutti i tuoi ricordi," confermò Ian. "La parte bassa e mediana sono aperte, così puoi metterci dentro quello che vuoi e cambiare posizione per i nuovi, se ne avrai di nuovi, ma la parte in alto è disegnata appositamente per contenere la maschera. Merita di avere un posto speciale. Il legno dovrebbe arrivare la settimana prossima, e poi potrò cominciare subito a costruirlo. Mi dispiace di non aver fatto in tempo prima di Natale."

"Cristo, Ian, non devi scusarti," disse Thorne. "Nessuno mi ha mai fatto un regalo del genere. Si vede quanto impegno hai messo solo per fare i disegni. La vetrina sarà magnifica."

"Ti piace davvero?" chiese Ian. "Posso cambiare tutto quello che vuoi."

"Mi piace davvero." Thorne posò con attenzione i disegni e si tirò Ian a sedere in grembo. Posò il suo cappello sopra i fogli e si apprestò a dimostrare al suo uomo quanto il regalo lo avesse commosso.

Ian dischiuse le labbra con una dolcezza che sciolse Thorne e gli fece desiderare di prolungare quel momento all'infinito. Stare insieme al jackaroo gli aveva insegnato ad apprezzare di nuovo i baci. Gli anni lo avevano indurito e alla fine era arrivato a considerare i baci solo come il mezzo per raggiungere un fine oppure qualcosa di troppo personale per essere condiviso con uno sconosciuto qualunque abbordato in un bar. Con Ian, però, era diverso. Con Ian erano i baci a essere il fine e avevano trascorso ore su ore a fare solo quello, seduti l'uno accanto all'altro oppure con Ian a cavalcioni delle sue gambe. Qualche volta Thorne finiva a torso nudo, ma non sempre. Qualche volta Ian era abbastanza audace da accarezzarlo mentre si baciavano, e qualche volta permetteva anche a lui di toccarlo. Ma il filo rosso che attraversava tutti i loro momenti insieme era quella deliziosa pressione delle labbra.

Quella notte sembrava che Ian si sentisse audace, perché gli salì in grembo e allargò le gambe ai lati delle sue in una posizione molto più intima di qualunque altra avessero mai assunto, anche nel sonno. Thorne gli strinse le mani attorno ai fianchi per fermarlo, ma quando lo sentì irrigidirsi sotto le sue dita cambiò idea e tornò a posargliele sulle spalle, in un punto molto più tranquillo.

Ian lo spinse contro il divano e lui gli cedette volentieri il controllo. Ci aveva messo poco a imparare che le cose procedevano meglio tra loro quando lo faceva. E comunque non gli dispiaceva per niente essere accarezzato. Qualche volta si sentiva un po' egoista, ma quasi ogni volta che cercava di ricambiare Ian si tirava indietro, così faceva del suo meglio per accettare e basta.

Ian gli aprì i bottoni alla velocità della luce e lo aiutò a sfilarsi la camicia. Thorne si divincolò per facilitargli il compito, poi portò le dita sul bottone più in alto della camicia di Ian, aspettando il suo permesso per andare avanti. Quando arrivò, sbottonò quello e i seguenti, poi spinse via i lembi. Rimase un attimo di stucco quando vide che sotto Ian non indossava la solita maglietta.

"Sei sicuro?"

"No," ammise l'altro con voce tremante, "ma lo voglio. È come se ci fosse una guerra dentro di me tra la paura e il desiderio. E non posso permettere che la paura vinca."

"Però ricordati sempre che puoi dire di no o tirarti indietro in qualsiasi momento," gli ricordò lui. "Non nego che desidererei poter fare di tutto con te, ma non voglio spingerti a compiere scelte che ti mettono a disagio. E va bene anche procedere lentamente assaporando ogni singolo passo. Avevo dimenticato quanto fosse bello baciare, finché tu non me lo hai ricordato."

"È bello, sì," concordò Ian, "ma voglio di più. Ho solo paura di prenderlo."

"Cosa ti è successo?" gli domandò allora lui. "Lo so che mi hai detto che me lo avresti raccontato dopo Natale, ma mi sento come se camminassi in un campo minato finché non lo so."

Ian scosse la testa e invece di rispondere lo baciò. Attaccò tutti i suoi punti sensibili: la nuca, l'interno del gomito, quella zona del petto appena sotto le costole, facendolo impazzire di passione. Thorne gemette nel bacio quando Ian si spostò sul suo grembo e fece strusciare insieme le loro erezioni. Incapace di trattenersi spinse verso l'altro alla ricerca di più frizione e desideroso di trasmettere al jackaroo le stesse sensazioni sublimi che sentiva lui.

Ian però schizzò via come se si fosse scottato, e in un batter d'occhio era già dalla parte opposta della stanza, lasciando lui ansimante e disperato sul divano. "Ian, ti prego," lo supplicò. "Dimmelo."

"Non... non posso," rispose Ian, gli occhi sgranati e colmi di terrore. "Mi odieresti."

"Ian," cercò di convincerlo lui. "Non potrei mai odiarti. Ti amo, ma devi dirmi cosa ti è successo così che possa smettere di spaventarti senza volerlo."

"Non puoi amarmi," gli urlò allora Ian. "Sono merce avariata. Lui mi ha... rovinato. Veniva nella mia camera quando eravamo soli in casa e mi costringeva e quando aveva finito diceva di non raccontarlo a nessuno perché nessuno avrebbe creduto a una troia sfondata. Non sapevo come fermarlo. Non potevo..."

Thorne sentì in bocca il sapore della bile, ma lo ricacciò indietro. Doveva mantenere il controllo per il bene di Ian. "Non sei merce avariata," disse, scandendo ogni parola. "Qualunque cosa ti abbia fatto, è colpa sua, non tua. Non l'hai chiesto tu."

"Lui diceva di sì," sussurrò Ian, la voce rotta. "Diceva che ero appariscente. Diceva che mi mettevo in mostra e che lui mi stava solo dando quello che chiedevo."

Thorne non riuscì più a restare seduto e ascoltare senza fare nulla. Doveva muoversi. Sarebbe bastato anche solo camminare per la stanza. Sapeva che stava spaventando Ian, ma le sbarre della sua volontà riuscivano a stento a trattenere la furia che gli ribolliva dentro, e se non avesse trovato il modo di incanalarla, avrebbe finito col fare qualcosa di cui si sarebbe pentito.

"Quanti anni avevi?" chiese.

Ian trasalì e indietreggiò verso la cucina.

"S-s-sedici."

"Maledetto bastardo figlio di puttana," inveì allora lui. "Chi era? Giuro che lo ammazzo. Gli stacco il cazzo e glielo faccio ingoiare."

Ian lo guardò con il terrore puro negli occhi, poi corse veloce come un lampo verso la camera, lasciandolo solo in salotto con la sua giusta ira. Un attimo dopo, Thorne sentì la porta sbattere e il rumore di un mobile che veniva spinto sul pavimento.

"Cazzo!" imprecò. Il suo campo visivo cominciò a restringersi e il mondo che lo circondava si oscurò.

La REALTÀ riaffiorò lentamente. Thorne inspirò a fondo e cercò di capire dove si trovava e cosa fosse successo. L'ultima cosa che ricordava era Ian che scappava come se fosse stato lui a stuprarlo e non lo sporco pedofilo che gli aveva messo addosso le sue lerce manacce. Ricordava che fuori c'era ancora luce. Ora invece sembrava buio, quindi doveva aver perso il senno per un po', un'ora o forse più.

Inspirò di nuovo e aprì gli occhi. Era seduto sul pavimento del salotto, il che significava che era rimasto nella stanza oppure ci era tornato dopo che la sua furia si era consumata. Un'occhiata veloce gli confermò che portava ancora gli stessi vestiti di prima, ma ciò escludeva solo la possibilità che fosse entrato a forza nella camera di Ian e avesse fatto l'amore con lui come meritava. Qualunque cosa avesse fatto, per fortuna non era quella.

Si guardò intorno con più attenzione. I fogli con i disegni della vetrina che Ian gli aveva dato erano sparsi per terra ai piedi del divano. Li raccolse con attenzione e vide che non erano rovinati, quindi li aveva solo fatti cadere e non distrutti in un accesso d'ira. Anche il resto del mobilio era al suo posto.

Serrò il pugno e si diresse in cucina, sperando di non aver arrecato alcun danno agli splendidi pensili con cui Ian l'aveva arredata. Sentì un bruciore alle nocche e quando abbassò lo sguardo su di esse vide la pelle escoriata e sporca di sangue. Cazzo, aveva colpito qualcosa durante il momento di black-out, con forza e, a giudicare dalle condizioni delle mani, anche ripetutamente. Le nocche gli si stavano già gonfiando, e sarebbe stato fortunato a non essersi rotto niente. Più importante di tutto, comunque, era che non aveva idea di cosa avesse colpito.

La cucina era impeccabile, quindi non aveva riversato la sua rabbia su di essa, anche se ciò non faceva che infittire il mistero riguardo al suo bersaglio. Tornò in salotto e si mise a osservare il punto in cui era stato seduto. Qualche decina di centimetri sulla destra notò una macchia sul muro. La guardò da vicino e trovò la risposta alle sue domande. A quanto pareva aveva preso a pugni la parete, perché il rivestimento in legno esibiva una macchia di sangue. Biascicò un'altra imprecazione e prese la camicia per provare a pulire la chiazza. Per fortuna il sangue venne via bene dalla vernice, ma Thorne non poté fare niente per l'ammaccatura.

Si lasciò cadere di nuovo per terra e appoggiò la fronte alle ginocchia. Non poteva farcela. Per quanto la sua rabbia fosse stata giustificata dopo tutto quello che Ian aveva subito, aveva perso di nuovo il controllo al punto da non ricordare neanche su cosa si fosse accanito. Avrebbe potuto fare qualsiasi cosa mentre era in quello stato e il fatto che invece avesse solo provato a trapassare con i pugni il muro non cambiava nulla. La volta successiva avrebbe potuto cercare di trapassare qualcuno, e se fosse accaduto mentre era vicino a Dani o Laura, non c'era dubbio che le due bambine non avrebbero avuto la forza o la rapidità necessarie a sfuggirgli. Thorne rappresentava un pericolo, sia per la stazione che ormai considerava casa sua, sia per le persone che amava, e non poteva accettarlo.

Tuttavia, neppure andare via era un'opzione. Quella gente lo aveva accolto come se fosse uno di loro. Caine e Macklin si aspettavano che firmasse un contratto il mattino successivo. La figlia di Neil lo chiamava zio. Chris e Jesse gli avevano promesso di invitarlo per una birra. Aveva dei progetti, maledizione, e non voleva rinunciarci. E poi c'era Ian, sempre ammesso che lo volesse ancora dopo quello scivolone. Avrebbe capito se il jackaroo non avesse più voluto vederlo, ma se, contrariamente, gli avesse concesso anche solo un briciolo di possibilità, Thorne avrebbe trascorso ogni attimo della sua vita a cercare di riconquistarne la fiducia. Aveva creduto di sapere cos'era l'amore, una lontana notte di primavera di tanti anni prima, in una camera all'ultimo piano, con il suo migliore amico, eppure quel sentimento impallidiva rispetto a ciò che provava per Ian. Avrebbe trovato il modo di riconquistarlo, a qualunque costo, ma prima doveva farsi aiutare. Aveva cercato di convincersi che i suoi problemi sarebbero spariti quando si fosse riabituato alla vita civile, invece non stavano andando via. Anzi, semmai peggioravano. Avrebbe parlato con Caine e Macklin al mattino e poi sarebbe andato a Wagga Wagga e avrebbe chiesto di essere ricoverato in una clinica per l'igiene mentale. E questa volta avrebbe fatto sul serio e risposto sinceramente alle domande, invece che dare la risposta 'giusta', come era successo quando aveva dovuto parlare con lo psicologo dopo lo sterminio del suo squadrone. Si sarebbe rimesso in piedi e poi sarebbe tornato per chiedere a Ian di perdonarlo.

Avrebbe trovato il modo di far funzionare quello che c'era tra loro.

Doveva, perché l'alternativa era inconcepibile.


IAN NON riusciva a smettere di tremare. Si era trattenuto dallo strisciare sotto il letto o dentro l'armadio nella sua ricerca di un posto sicuro, ma era finito lo stesso rannicchiato nell'angolo tra il letto e il muro, quanto più lontano possibile dalla porta. Sapeva che Thorne non gli avrebbe mai fatto del male. Sapeva che la rabbia dell'uomo era rivolta al padre affidatario, ma neanche quella consapevolezza era bastata a placare la paura quando l'altro aveva cominciato a urlare.

Poi erano cominciati i tonfi. Non riusciva a capire cosa fosse l'oggetto della rabbia di Thorne, ma sentiva i colpi cadere regolari anche attraverso la porta chiusa. Infine era sceso il silenzio, ma Ian lo temeva quasi quanto il fracasso di poco prima. Perlomeno i rumori gli permettevano di seguirlo e gli davano un'idea dei suoi spostamenti all'interno della casa. Il silenzio, invece, poteva significare qualsiasi cosa: sia che se n'era andato – Dio, ti prego fa che non sia andato via – oppure che lo aspettava appena fuori dalla porta, in attesa di un'opportunità per entrare – non lo farebbe. Lui lo faceva, non Thorne.

Quando il silenzio si protrasse, Ian decise di alzarsi. La cassettiera di cedro che nel suo terrore cieco aveva spinto davanti alla porta era ancora al suo posto, un tacito rimprovero alla sua mancanza di fiducia. Cupamente, si costrinse a rimetterla a posto ai piedi del suo... del nostro, maledizione, è il nostro letto! Si mise una maglietta, tolse i jeans e andò a dormire. Per quanto la stanza fosse afosa, Ian rabbrividì tra le lenzuola fredde, senza più Thorne a scaldarlo. L'uomo sembrava una fornace e a Ian quel tepore avrebbe fatto comodo in quel momento. Aveva l'impressione che ogni scintilla di calore gli fosse stata succhiata via dal corpo quando aveva rivelato il suo segreto e il compagno era scoppiato in quel modo.

La sua assenza lo martellava con insistenza come il mal di denti, ma non riusciva a trovare il coraggio di muovere le gambe. Avrebbe voluto uscire e dirgli di raggiungerlo a letto, ma non sapeva come affrontarlo – ha detto davvero che mi ama? – dopo tutto quello che gli aveva confessato. Non avrebbe sopportato di leggere il disgusto sul suo viso o, peggio ancora, la pietà. Thorne aveva affrontato molto di peggio in vita sua, tra la morte dei genitori e le esperienze nei Commando. Paragonata a quello, la vita di Ian era stata una passeggiata nel parco. Aveva trascorso qualche anno tutt'altro che piacevole, quello sì, ma poi era arrivato a Lang Downs e al porto sicuro che essa rappresentava. Thorne, invece, non era mai stato al sicuro per vent'anni.

Non aveva il coraggio di uscire ad affrontarlo, ma aveva imparato sin dall'inizio della loro storia che bastava una porta chiusa a tenere Thorne fuori. Così, se anche lui non se la sentiva di cercarlo, avrebbe comunque potuto far sapere al compagno che era il benvenuto in camera, se fosse voluto tornare.

Le gambe gli tremavano mentre si avvicinava alla porta, ma una volta che l'ebbe aperta, i pochi passi che lo riportarono verso il letto furono più sicuri. Non era riuscito a chiedergli di raggiungerlo, ma aveva fatto in modo che fosse l'altro a scegliere, anziché chiuderlo fuori.

Tutto il resto avrebbe dovuto aspettare fino al mattino.

# CAPITOLO 22

THORNE SI svegliò alle prime ore del mattino con il collo rigido e il fondoschiena dolorante per essere rimasto tutta la notte seduto contro il muro. Gli era capitato di dormire in posizioni peggiori, ma ciò non rese più facile doversi tirare su. Non sentiva alcun suono provenire dalla camera o dal bagno, ma Ian doveva essere ancora lì dentro. Non sarebbe potuto uscire senza che lui se ne accorgesse. Per quanto esausto, Thorne sarebbe di certo stato svegliato dal rumore della porta di ingresso che si apriva e poi si chiudeva.

Si inoltrò di un paio di passi nel corridoio per controllare se da lì si sentisse provenire qualche suono e vide invece la porta aperta. Non accostata, ma proprio spalancata come se si trattasse di un invito. Deglutì a vuoto. Nonostante quello che era successo, Ian non l'aveva chiuso fuori dalla loro camera. Non che lui avrebbe avuto il coraggio di guardarlo in faccia dopo la sua reazione inconsulta, però a quanto pareva Ian lo aveva perdonato. Thorne non sapeva come fosse possibile, ma la porta era indiscutibilmente aperta. Muovendosi con quanta più cautela gli riuscisse, entrò per prendere un cambio di vestiti da indossare dopo la doccia, così da essere già fuori quando l'altro si fosse svegliato.

"Mi sei mancato," mormorò assonnato Ian. "Vieni a letto."

Thorne trattenne un singhiozzo strozzato e si avvicinò al letto, prendendo la mano che il jackaroo gli stava tendendo. "Sei sicuro?"

"Mmm," rispose Ian. "Freddo senza di te."

Thorne sentiva di non meritare la grazia che gli aveva fatto guadagnare il perdono dell'uomo, ma non aveva nessuna intenzione di contraddirlo. Salì sul letto e gli si mise alle spalle. Ian indietreggiò verso di lui, gli prese la mano e se la portò al petto con un sospiro soddisfatto. Quel gesto non fece altro che rafforzare la sua determinazione. Doveva far sì che stare insieme a Ian in quel modo diventasse la prassi, e ciò significava farsi aiutare, così da poterglielo promettere ed essere sicuro di mantenere la parola data.

Gli posò un bacio dietro all'orecchio e si rilassò nel dormiveglia. Ci avrebbe pensato Ian a svegliarli quando fosse stata ora, fino a quel momento Thorne era contento di restare dov'era.

THORNE NON si rese conto di quanto avessero dormito prima che Ian si girasse fra le sue braccia e lo baciasse. Lui strinse la presa e ricambiò, fregandosene dell'alito cattivo e di ogni altra cosa che non fosse ribadire al suo uomo che lo amava e sempre l'avrebbe fatto.

Quando alla fine si staccarono per respirare, Thorne appoggiò la fronte a quella del jackaroo. "Ho quasi fatto qualcosa di imperdonabile ieri sera," disse piano. "E sono sicuro di averti ammaccato il muro." Inspirò a fondo e proseguì tutto d'un fiato. "Ero sincero quando ho detto che ti amo. Magari non avrei dovuto dirlo in quel modo e in quel momento, ma non sono pentito di averlo fatto. Mi dispiace solo di non averlo confessato per la prima volta in un momento migliore. Però, se voglio restare qui e mantenere la promessa intrinseca nella mia dichiarazione, mi serve aiuto. Ieri notte ho perso coscienza di me. Sono andato completamente fuori di testa e in quell'intervallo di tempo ho colpito il muro così tante volte, e con così tanta forza, da romperlo e ferirmi alla mano. Non posso chiederti di vivere con me in queste condizioni e neanche posso chiedere a Caine e Macklin di lasciarmi stare alla stazione in queste condizioni. C'è una clinica a Wagga Wagga. Mi farò ricoverare finché non avrò imparato a controllarmi, però tornerò. Giuro che tornerò."

Ian si aggrappò a lui.

"Tornerò," ripeté Thorne. "Odio dover andare via, soprattutto adesso, ma non voglio metterti in pericolo."

"Non mi hai fatto niente ieri sera."

"No, ma non eri nella stanza," rispose lui. "Ho il vuoto totale. Non so neanche se mi rendessi conto di cosa stavo facendo mentre lo facevo. Avrei potuto ferirti senza volerlo. Tu sei stato abbastanza sveglio da fuggire, ma se al tuo posto ci fosse stata Dani? O Laura? Se anche non avessi fatto loro del male, avrei potuto spaventarle, senza che lo meritassero. Nessuno di voi lo merita. Ci ho riflettuto a lungo la notte scorsa. Tra i dottori alla base e quelli del centro di igiene mentale a Wagga Wagga, riceverò l'aiuto di cui ho bisogno. Riuscirò a riprendere il controllo di me e tornerò a casa."

"A casa?" chiese Ian.

"Lang Downs è casa," giurò Thorne. "Tu, Neil e Kami avevate ragione, tutti voi. C'è qualcosa di magico in questa vallata ed è mia intenzione farne parte per molto, molto tempo, ma non mi perdonerei mai se facessi male a qualcuno. Lascia che mi curi e quando tornerò stabiliremo delle regole affinché non ti spaventi più come ho fatto ieri. Ci prenderemo cura l'uno dell'altro e cercheremo di ricucire gli strappi."

"L'importante è che torni."

"Tornerò," promise di nuovo Thorne, "e ti chiamerò ogni giorno se me lo permetterai. Oppure ti scriverò. Non ti sto lasciando, sto solo andando a farmi aiutare così da poter stare insieme. Va bene?"

"Okay," si decise alla fine Ian. "Immagino che dovremo dirlo a Caine e Macklin. E credo proprio che ci siamo persi la colazione."

"Saranno ancora nei paraggi?" chiese lui.

"Non lo so. Se non ci sono li vedremo a pranzo oppure a cena. Lo so che prima vai e prima tornerai, ma credo che tu possa aspettare finché non hai dato loro una spiegazione."

"Allora speriamo di trovarli in ufficio o ai capanni," disse Thorne, "perché voglio tornare il prima possibile. Ho una promessa da mantenere."

"Anch'io. Non ho avuto la possibilità di dirtelo ieri sera perché ero troppo angosciato, ma ti amo."

Quelle parole scivolarono sull'anima di Thorne come un balsamo, scaldandolo e alleviando il dolore delle ferite e dei dubbi. Avrebbe potuto affrontare qualsiasi cosa se era quella la ricompensa che lo aspettava a casa, persino i demoni che lo tormentavano di notte.

Demoni che non si erano più presentati da quando aveva cominciato a dormire insieme a Ian, si rese conto all'improvviso. Non aveva più avuto un incubo da prima del loro soggiorno a Wagga Wagga, quando avevano dormito per la prima volta abbracciati. Non era così ingenuo da credere che fossero scomparsi del tutto, nonostante Ian, però si sentì rincuorato. Se dormire accanto a lui lo faceva sentire così in pace con se stesso da riposare tutta la notte, forse sarebbe riuscito a trovare anche quella tranquillità di spirito necessaria a sconfiggere i demoni che lo tormentavano di giorno.

Posò un ultimo bacio sulle labbra sorridenti di Ian e si mise seduto. "Quindi da dove cominciamo a cercare Caine e Macklin?"

"Io comincerei dalla mensa," disse Ian, mettendosi anche lui seduto, ma dall'altra parte del letto. "Potrebbero essere ancora lì, oppure qualcuno che è lì potrebbe sapere dove sono andati. In caso contrario potremmo controllare gli ovili e l'ufficio. Vuoi che ti accompagni quando ci parli?"

"Solo se ti va. Non voglio che tu ti senta a disagio."

"Non sarà piacevole, sia che assista o meno," rispose Ian. "Voglio esserti d'aiuto e se per farlo devo starti vicino, ci sarò."

"Allora sì," accettò lui. "Vorrei che tu venissi con me."


CAINE E Macklin non erano in mensa quando i due uomini si presentarono finalmente a mangiare, e neanche in ufficio, disse loro Sam. Thorne si era quasi rassegnato a dover aspettare fino a cena quando li videro nella rimessa dei macchinari, impegnati a osservare, insieme a Patrick, il motore di un grosso macchinario che Thorne non seppe identificare.

"Caine," chiamò Ian, "Quando hai finito con Patrick, io e Thorne avremmo qualcosa da dirti."

"Andate pure," disse il meccanico. "Io vi ho fatto vedere qual è il problema. Ordinerò il pezzo da sostituire e non appena arriva l'aggiusterò."

"Avete bisogno solo di me o anche di Macklin?" chiese loro Caine raggiungendo insieme al compagno la porta del capanno.

"Entrambi, se avete tempo," rispose Thorne. "In caso contrario possiamo dire anche solo a te."

"Il tempo lo troviamo," intervenne Macklin. "Torniamo in casa?"

Ripercorsero la strada fino alla casa padronale e seguirono Caine e Macklin all'interno. "Qui va bene, o devo cacciare Sam dall'ufficio finché non abbiamo finito?" domandò Caine.

"Va benissimo," rispose Thorne. Inspirò a fondo e cercò di decidere da dove cominciare. "Prima di firmare il contratto di cui abbiamo parlato ieri, ho bisogno di andare di nuovo a Wagga Wagga. Ho avuto una crisi ieri sera. Ho perso la cognizione del tempo e dello spazio e quando alla fine sono tornato in me mi sono reso conto di aver preso a pugni il muro abbastanza volte da ammaccarlo e procurarmi una brutta ferita alla mano." La sollevò per far loro vedere il danno. "Voglio stare qui. Mi sento a casa, ma nel mio caso non si tratta solo di una persona che ha bisogno di un posto sicuro dove stare per dimenticare qualche brutta esperienza del passato. Sono pericoloso e non voglio che Ian o altri corrano dei rischi. C'è un centro di igiene mentale a Wagga Wagga. Mi farò ammettere e ci resterò finché non mi diranno che posso tornare perché non rappresento più una minaccia. Non so quanto durerà, ma spero di essere ancora il benvenuto a quel punto."

"Siediti," gli ordinò Macklin.

Thorne occupò la sedia più vicina. Non era di Ian, notò, anche se alcuni pezzi d'arredamento sparsi per la stanza mostravano chiaramente il suo tocco. "Ian, va' da Kami e fatti dare del ghiaccio, per favore. Tu, invece, fammi vedere la mano."

Thorne la sollevò e Macklin la esaminò con la fronte aggrottata. "L'hai conciata per le feste, su questo non ci sono dubbi. Ci metteremo del ghiaccio e ci assicureremo che non siano rimaste delle schegge dentro ai tagli, però ti conviene fare una radiografia quando arrivi a Wagga Wagga. Se qualche osso è incrinato o rotto devi farlo mettere a posto prima che peggiori."

Lanciò uno sguardo verso il corridoio e poi a Caine, che annuì.

"Lo zio Michael non ha mai cacciato nessuno dalla stazione," disse l'americano, "a meno che non si trattasse di qualcuno che rappresentava un pericolo, oppure che non

542

accettasse le persone che lui considerava la sua famiglia. Abbiamo cercato di seguire lo stesso principio e non vogliamo allontanarti. Sei abbastanza uomo da ammettere di aver bisogno di un aiuto che noi non possiamo darti, ma devi assicurarti di avere la situazione sotto controllo prima di tornare."

"Lo farò," giurò Thorne. "Credetemi quando dico che la ragione principale per cui ho preso questa decisione è che non voglio trovarmi nella condizione di aver fatto del male a qualcuno a cui tengo. Non tornerò finché non sarò certo che Ian non correrà alcun rischio a stare con me."

"Allora ti auguriamo buona fortuna," disse Caine. "E mandaci dei resoconti regolari su come procede la terapia, sia attraverso Ian che direttamente, così da poter seguire i tuoi progressi. Siamo una famiglia qui, e ci aiutiamo nel momento del bisogno."

Ian tornò portando con sé una busta di ghiaccio. "Ecco a te. Avrei dovuto pensarci ieri notte."

"Nelle condizioni in cui ero non ti avrei permesso di aiutarmi. E tu non stavi molto meglio di me. Parto subito. Prima arrivo e prima finisco, no?"

"Giusto," disse Ian, protendendosi per baciarlo, incurante degli spettatori.

Thorne gli strinse la mano con quella buona. "Ti chiamo appena arrivo. Ti amo."

E prima di cambiare idea uscì dalla casa padronale.


"DOVREI TORNARE al lavoro," disse Ian dopo che Thorne fu uscito. Non che ne avesse voglia. Se fosse dipeso da lui si sarebbe raggomitolato nel loro letto per lasciarsi cullare dall'odore dello shampoo che l'uomo aveva lasciato sul cuscino, ma non poteva permettersvelo. Aveva del lavoro da svolgere e persone che dipendevano da lui.

"Tra un attimo," lo fermò Macklin. "Che è successo ieri sera, Ian?"

"Thorne ve lo ha detto. Ha avuto un flashback e ha perso il controllo."

"Hai visto cosa ha fatto?" chiese Caine.

Ian scosse la testa. "Ero in camera. Ho sentito il rumore, ma non ho visto nulla."

"Lo hai sentito prendere a pugni il muro e non sei andato a vedere?" insisté Macklin. "Ian, che è successo?"

Ian si nascose il viso fra le mani, pensando furiosamente a un modo per evitare di raccontare ai due uomini i dettagli più sordidi del suo passato, ma non trovò nulla, e forse neanche doveva. Thorne aveva ammesso i suoi fallimenti, e lui poteva fare lo stesso. "Ha voluto sapere del mio passato," disse piano, senza trovare il coraggio di sollevare la testa. "Prima che arrivassi a Lang Downs. Gli ho detto... che il padre della famiglia affidataria che mi ospitava mi violentava. Thorne ha perso il controllo e io mi sono spaventato. Mi sono nascosto in camera come un codardo mentre lui si lacerava la mano contro il muro piuttosto che farmi del male."

Macklin borbottò qualcosa sottovoce, un'imprecazione a giudicare dal tono. Ian fu quasi sul punto di tirarsi indietro davanti alla sua rabbia, ma l'espressione sul viso di Caine lo fermò. Macklin poteva anche essere arrabbiato, ma lo era per lui, non con lui.

"Non l'avevi mai detto," disse Macklin dopo qualche momento.

"Michael lo sapeva," rispose lui. "Mi disse che potevo restare, ma prima dovevo raccontargli la verità. Non so come avrebbe fatto a capire se avessi mentito, ma avevo troppa paura di perdere il lavoro per correre il rischio. Non l'ho mai confessato a nessun altro. Non... mi piace parlarne."

"Mai?" ripeté Caine. "Non ne hai parlato con l'assistente sociale?"

"Avevo paura," ammise lui. "Mi aveva convinto che nessuno mi avrebbe creduto e che se gli avessi causato dei problemi avrebbe fatto anche peggio. Io non vedevo l'ora di diventare maggiorenne e poter andare via."

"Come si chiamava?" volle sapere Macklin, la voce più fredda e dura di quanto Ian l'avesse mai sentita.

"Non importa più," disse. "Non può farmi più niente ormai."

"No, ma se gli vengono ancora affidati dei ragazzi, deve essere denunciato," insisté Macklin. "Il sistema potrà anche non essere perfetto, però ci vuole una denuncia."

"Isaac Patterson," confessò allora lui. "A Darwin. Quando... sono scappato ho scelto di allontanarmi quanto più possibile."

"Bene," disse Caine. "Mi dispiace per quanto ti è successo, e più ancora che tu abbia dovuto vivere tutti questi anni con un peso del genere sul cuore, ma sono contento che alla fine tu abbia deciso di confidarti con qualcuno. Per qualsiasi cosa, sai che ci siamo."

"Grazie," rispose lui, "ma ora come ora voglio solo tornare al lavoro."

E far finta di non sentire già la mancanza di Thorne.

# CAPITOLO 23

"VADO A controllare le recinzioni," disse Ian rivolto a Neil vedendolo in uno dei recinti insieme a una squadra. "Prendo la radio."

L'uomo lo guardò perplesso. "Aspetta un attimo. Jesse, pensa tu agli uomini oggi. Io devo parlare con Ian."

Ian serrò le labbra e trattenne un sospiro esasperato. Se aveva deciso di andare a controllare gli steccati era perché non aveva voglia di parlare con nessuno. Tuttavia aspettò che l'amico lo raggiungesse. Gli avrebbe detto quello che doveva e poi sarebbe andato per i fatti suoi.

"Che succede?" chiese Neil non appena Jesse lo ebbe sostituito alla guida della squadra.

"Niente. Ho solo bisogno di stare un po' da solo ed è un po' che nessuno controlla i recinti del lato sud."

"Avevo in programma di mandarci una squadra la settimana prossima, quindi sull'utilità mi trovi d'accordo. Resta il fatto che non mi hai detto perché devi farlo tu, oggi e da solo."

"L'hai detto, ho bisogno di stare solo."

"Bene," fece allora Neil. "Prepara il cavallo. Ci vediamo al cancello non appena anch'io sarò pronto."

"La parola 'solo' in genere significa senza nessuno attorno," si impuntò lui.

"Starò zitto," tagliò corto Neil con un'alzata di spalle. "Ho controllato il meteo questa mattina. Nessuno esce da solo oggi. Hanno previsto brutti temporali con la possibilità di forti piogge, fulmini e grandine. Se vuoi andare, per me va bene, ma ti fai accompagnare, da me o da qualcun altro."

"Bene, allora vieni," cedette lui. Non gli piaceva l'idea di avere compagnia, ma non aveva guardato le previsioni e se erano davvero come diceva, allora Neil faceva bene a non permettere a nessuno di uscire da solo. In genere l'amico era bravo a rispettare il suo bisogno di silenzio, ma se così non fosse stato, Ian avrebbe avuto tutto il tempo per stare da solo nella sua casa vuota e nel suo letto vuoto quella notte.

Sellarono i cavalli e lasciarono la vallata, diretti verso sud, il silenzio tra loro tranquillo e amichevole. Ian sapeva che l'amico avrebbe voluto chiedergli cos'era che lo tormentava, ma non lo fece e per quello gli fu grato. Si sentiva ancora come se gli avessero strappato la pelle – la tensione di raccontare a Thorne prima e a Caine e Macklin poi ciò che aveva subìto gli aveva lasciato dentro un senso di vuoto. Se avesse detto qualcosa a Neil, il discorso sarebbe inevitabilmente finito su Thorne, e da lì sarebbero passati al perché quest'ultimo era andato via, per poi finire con lui che rivelava all'amico il suo segreto più orribile, cosa che era già successa due volte nelle ultime dodici ore. Se fosse dipeso da lui avrebbe scelto di non parlarne mai più.

"Ieri notte Dani ha dormito nel suo nuovo letto," disse alla fine Neil. "E questa mattina ci ha informato che possiamo spostare la culla nella stanza del bimbo già oggi. La principessa."

Ian rise. "Bene Sono contento che abbia funzionato, anche se prevedo che vi farà impazzire quando avrà tredici anni anziché tre."

"Magari sarò fortunato e non ci saranno ragazzini della sua età alla stazione, così non dovrò pensarci finché non ne avrà sedici o diciassette," rispose Neil.

"Magari, ma se fossi in te non ci spererei."

"Parlando di speranze…"

"Non ci provare." Lo interruppe lui prima che potesse finire la frase. "Qualunque cosa tu stessi per dire, no."

"Hai litigato con Thorne?" lo ignorò Neil. "Non l'ho visto in giro questa mattina e tu ti comporti come un orso col mal di testa."

Qualcosa era successo, quello era certo, ma Ian non era sicuro di poterlo definire un litigio. "Non voglio parlarne, davvero."

"Senti, di qualunque cosa si tratti non è terribile come sembra. Vi ho visti insieme e so quanto Thorne tiene a te. Aspetta fino a sera, in modo che entrambi possiate calmarvi, e vedrai che andrà tutto a posto."

Se solo fosse stato così semplice.

"Difficile che vada a posto se lui non c'è," borbottò Ian.

"Cosa? Non è qui? E dov'è allora?"

"Sta andando a Wagga Wagga," rispose. "Avevo detto che non volevo parlarne."

"Sì, sì. E perché sta andando a Wagga Wagga? Non siete appena tornati? Non è per via di quel suo amico, vero? Non mi sembrava il tipo da tradire."

"Non è per via del suo amico e non mi sta tradendo," sospirò lui. "Ieri sera ha avuto un altro flashback, attacco di panico o comunque tu voglia chiamarlo. Sta andando a curarsi. Non ho idea di quando tornerà."

"Oh."

"Sì, oh," ripeté Ian. "Non volevo parlarne, ricordi?"

"Senti, capisco che ti mancherà, ma non è colpa tua e…"

"Ma è colpa mia," sbottò allora lui. "Sono io la ragione per cui ieri sera è scoppiato e invece di accettarlo e aiutarlo, sono andato a nascondermi perché non sopportavo di vedere l'espressione del suo viso dopo quello che gli avevo detto."

Raggiunsero l'estremità del primo pascolo e attraversarono il cancello. Solo dopo esserselo richiuso alle spalle, Neil riprese: "Non riesco a immaginare nessun'altra espressione sul suo viso tranne adorazione quando si tratta di te. Forse un'adorazione frastornata, ma ti guarda allo stesso modo in cui Macklin guarda Caine. Qualunque cosa tu abbia visto non era diretta a te, oppure non era ciò che immagini."

"Non c'eri," disse Ian. "Non hai visto quanto era arrabbiato."

"Con te?" ripeté Neil.

In tutta onestà Ian non ne era sicuro. "Forse no, ma stava gridando e anche io ero sconvolto e sono dovuto fuggire. Ha picchiato il muro con una violenza tale da ammaccarlo. E questa mattina la sua mano era così gonfia che non riusciva neanche a chiuderla."

"Mi sa che faresti meglio a cominciare dall'inizio," disse Neil. "Che è successo?"

"Te l'ho detto," cercò di abbozzare Ian.

"Mi hai detto che è esploso per colpa tua. Non mi hai detto perché lo pensi," insisté Neil.

"Ha fatto domande sulla mia vita prima che arrivassi a Lang Downs. Non volevo dirglielo, ma ha insistito. E quando alla fine ho ceduto non gli è piaciuta la risposta."

"E il fatto che tu sia stato dato in affidamento lo avrebbe spinto a prendere a pugni il muro?"

"Gli ho raccontato tutta la storia," cedette Ian con un sospiro. "La storia di cui finora solo Michael era a conoscenza."

Neil gli rivolse un'occhiata indagatrice, mentre avvicinava il cavallo al suo. "Ed è per questo che ha perso il controllo?"

Ian annuì.

"Poi continuiamo," disse Neil, "ma prima dobbiamo controllare quella recinzione." Indicò una sezione di recinto con il filo un po' allentato qualche decina di metri più avanti.

Smontarono da cavallo e controllarono tutta la sezione. I pali e il filo erano intatti, si erano solo allentati i chiodi e bastò qualche colpo di martello per rimetterli a posto.

"Neanche a me piace parlare del passato," riprese Neil quando furono risaliti a cavallo ed ebbero ripreso a percorrere il perimetro della recinzione. "Sono sicuro che Molly non è a conoscenza neanche della metà delle cose che ho fatto e di cui mi pento, ma principalmente perché non è mai venuto fuori. Immagino che nel tuo caso sia venuto fuori se ne hai parlato con Thorne, e prima di lui solo con Michael."

"Ho subito degli abusi nell'ultima famiglia da cui sono stato," confessò alla fine Ian. "Ho reagito male a una cosa che ha fatto e lui ha chiesto perché. Meritava la verità così gliel'ho detta. Non l'ha presa bene."

"Nessuno prenderebbe bene la notizia che qualcuno a cui si vuole bene è stato maltrattato."

"Non erano solo maltrattamenti," biascicò Ian. Non voleva farlo. Non voleva essere costretto a dirglielo. Non voleva che Neil lo guardasse diversamente. Aveva già fatto scappare il suo amante. Non voleva far scappare anche il suo amico.

Neil aggrottò la fronte e le rughe agli angoli della sua bocca si fecero più profonde. "Ah, cazzo."

Una risata amara sfuggì dalla gola di Ian. "Sì, usava quello."

"E per tutti questi anni non hai detto niente?"

"Che differenza avrebbe fatto? Ero qui." Al sicuro. "Non mi interessava nessuno. Nessuno era interessato a me. Non poteva più farmi del male, neanche se ci avesse provato. Non importava."

"Importa a me," affermò Neil con una tale serietà nella voce che Ian sentì le lacrime inumidirgli gli occhi. Se li asciugò. Aveva già pianto abbastanza la sera prima nel suo letto. Non aveva tempo per farlo anche in quel momento. "Mi importa perché sei mio amico e perché nessuno dovrebbe essere solo quando si porta dentro simili ferite."

"Non ero solo," ribatté Ian. "Posso non avertelo detto, ma da quando sono arrivato a Lang Downs non sono mai stato solo. Non nelle cose importanti. E lo sai."

"Lo so, ma credo anche che tu fossi solo, finché non è arrivato Thorne. Ti ama, no?"

"Sì, me lo ha detto ieri sera. Anch'io lo amo, ma neanche tutto l'amore del mondo può bastare a risolvere i nostri problemi."

"Lui soffre di stress post traumatico o qualcosa del genere e tu hai alle spalle un passato di abusi," riassunse Neil, "ma nessuna delle due cose è la fine del mondo. Hai detto che è andato a Wagga Wagga per farsi aiutare. Potresti farlo anche tu. A Cowra, e forse persino a Boorowa. Potresti andarci una volta a settimana, quando hai il tuo giorno libero."

"Riesco a malapena a parlare con te di quanto mi è successo," protestò Ian. "Come credi che potrei affrontarlo con un estraneo?"

547

"Non devi vivere e lavorare con quell'estraneo," disse Neil. "Non ti tratterò diversamente a causa di ciò che mi hai raccontato, ma con un estraneo non dovresti neppure chiederti se la tua frase successiva sarà quella che cambierà il vostro rapporto. Non so cosa è successo la notte scorsa, ma se ti sei sentito in dovere di raccontare la tua storia a Thorne per giustificare la tua reazione, allora non te lo sei lasciato alle spalle. E se t'impedisce di stare con l'uomo che ami, allora hai il dovere, sia per te che per lui, di cercare di risolvere il problema."

Il crepitio secco del tuono li interruppe prima che Ian avesse il tempo di rispondere.

"Non mi piacciono quelle nuvole laggiù," disse Neil.

Neanche a Ian. Un fulmine attraversò minacciosamente il cielo. "Non riusciremo ad arrivare a casa prima che si scateni."

"No," concordò Neil. "C'è un capanno a un paio di chilometri da qui. Credo sia la scelta migliore."

Lanciarono i cavalli al galoppo attraverso il pascolo, combattendo contro la forza del vento. Le prime, pesanti gocce di pioggia colpirono le tese dei loro cappelli, facendo rimpiangere a Ian di non aver indossato il suo Driza-Bone, ma col caldo che faceva aveva preferito non appesantirsi. Quando però la pioggia si intensificò e lo inzuppò, si pentì della sua scelta. I cavalli galoppavano quanto più veloce possibile, ma neanche in quel modo riuscirono a lasciarsi indietro il temporale e per quando raggiunsero il capanno erano fradici. Misero i cavalli al riparo della tettoia e li strofinarono con la paglia asciutta, poi entrarono per asciugarsi a loro volta.

"Fa troppo caldo per accendere un fuoco, ma è l'unico modo se vogliamo asciugarci," si lamentò Neil. "Ricordami perché siamo usciti a controllare le recinzioni?"

"Perché io avevo bisogno di stare solo e tu sei troppo testardo per lasciarmi in pace?" suggerì lui.

"Sei tu quello testardo," ribatté Neil. "Ti avevo detto che il tempo sarebbe peggiorato, ma tu non potevi restartene alla stazione e metterti a riparare i finimenti, lavoro che ti avrebbe permesso di stare da solo e all'asciutto. No, tu dovevi insistere per uscire a cavallo."

"Avrei finito le briglie in un'ora," disse Ian. "E poi cosa avrei fatto?"

"Avresti preso un tè e saresti rimasto all'asciutto? Accendi il fuoco. Io chiamo la stazione via radio e dico a Caine che stiamo bene. Poi guarderemo se nei mobili c'è qualcosa da mangiare per ammazzare il tempo."

Ian gli rivolse uno sguardo esasperato, ma accese il fuoco. Il calore sarebbe stato indispensabile per asciugare i loro vestiti e scaldarli, impedendo così che si prendessero un raffreddore. Con ogni probabilità avrebbe reso la capanna simile a un forno, ma meglio quello che ammalarsi. Quando il fuoco cominciò finalmente ad ardere allegramente nel caminetto, Neil tornò con un bricco pieno d'acqua per il tè. "Caine dice di aspettare qui finché non spiove."

"Che era quello che avevamo pensato di fare anche noi," disse Ian. "Non c'è un po' di zuppa o qualcosa di solido da mangiare?"

"C'è, ma prima il tè, almeno finché non vediamo quanto a lungo durerà questo temporale. Se si schiarisce, potremmo riuscire ad arrivare alla stazione in tempo per il pranzo."

Ian appese il bricco sopra le fiamme e si tolse la camicia fradicia. La canottiera non era in condizioni molto migliori, ma decise di tenerla ugualmente. Neil prese due asciugamani e gliene lanciò uno sulla testa. Lui se lo tolse e fece il dito all'amico, il quale ricambiò con un sorriso. L'intero scambio fu così naturale, che Ian sentì un nodo dentro di sé sciogliersi. Non avevano trovato una soluzione, ma ora Neil sapeva la verità e le cose tra loro non erano cambiate. L'amico era ancora arrogante, lui gli teneva ancora testa e scherzavano ancora insieme.

L'acqua cominciò a bollire, Ian fece il tè e si misero a sorseggiarlo in un piacevole silenzio.

"Probabilmente non sono affari miei," disse Neil dopo qualche minuto, "ma le cose andavano bene tra te e Thorne prima che andasse via, vero? A letto, voglio dire. Non sei preoccupato che possa ferirti o altro."

Ogni traccia di piacevolezza scomparve.

"Non ho paura che mi faccia del male," rispose sinceramente Ian. Aveva un mare di cose di cui preoccuparsi, ma la paura che Thorne lo costringesse non era tra quelle.

Neil lo guardò perplesso. "Non è esattamente un complimento."

Ian si passò una mano fra i capelli e una parte della sua mente registrò che stavano diventando troppo lunghi. Presto avrebbe dovuto chiedere a Sarah o Carley di tagliarglieli. Ma non era il momento di pensarci: Neil aspettava una risposta e la sua pazienza era sempre molto scarsa.

"Non... mi sento molto a mio agio quando siamo vicini," ammise allora. "Avevo sedici anni quando sono andato a vivere con la mia ultima famiglia affidataria. Non conoscevo nessun altro ragazzo gay. Ho passato due anni all'inferno e poi sono scappato. Non volevo avere niente a che fare col sesso. Sono arrivato qui e non era esattamente a portata di mano."

"E tu ovviamente non l'hai cercato, perché avresti dovuto?" finì Neil al posto suo. "Senti, non sono un esperto di relazioni, ma il sesso dovrebbe servire a farti divertire, a stare bene e ad avvicinarti alla persona con cui stai, no? So che per te non era così – e il bastardo meriterebbe di essere ammazzato per quello che ti ha fatto – ma non credo che eliminare completamente il sesso dalla tua vita sia la risposta, specialmente ora che hai qualcuno con cui condividerlo. L'unica cosa, ecco, risparmiami i dettagli."

"Niente dettagli," promise Ian. "È quello che è successo la notte scorsa. Le cose si sono fatte un po' intense e io sono andato nel panico. Thorne ha voluto sapere perché. Non è la prima volta che lo chiedeva, ma è stata la prima che gli ho risposto. Ha cominciato a imprecare e urlare, rivolto al bastardo, non a me, ma a quel punto ero già terrorizzato e non sono stato capace di sopportare altro."

"Quindi che hai fatto?"

"Mi sono chiuso in camera finché lui non si è calmato, poi per la prima volta da diversi giorni sono andato a letto da solo e ho odiato ogni momento. Non credo di aver dormito finché lui non è entrato per vestirsi e invece mi si è steso accanto."

"Sai che farei di tutto per te, vero?" chiese Neil. Ian annuì, senza però comprendere dove volesse andare a parare. "Se davvero hai bisogno di parlarne, sono disposto ad ascoltare, dettagli e tutto, ma credo che quello che ti ho detto prima sia ancora più vero adesso: hai bisogno di un tipo di aiuto che io non sono in grado di darti. Devi trovare qualcuno che ti spieghi come liberarti della paura e del dolore. Capisco che deve essere stato orribile e non riesco a immaginare come possa reagire una persona a vivere in quel modo, ma so anche che sono trascorsi molti anni da allora e che hai la possibilità di costruire qualcosa di davvero speciale. Non voglio che tu perda questa opportunità perché hai paura di fare sesso con Thorne."

"Non saprei neanche dove cominciare a cercare."

"Neanch'io, ma il dottor Peters lo sa di sicuro," disse Neil. "Anche Caine potrebbe aiutarti. Certe volte mi stupisce ancora vedere quante cose sa. Il punto è che noi possiamo trovarti un supporto, ma tu devi essere deciso. Devi credere che quello che c'è tra te e Thorne sia abbastanza importante da fare tutto il necessario per farlo funzionare."

"Quindi immagino sia il caso di cominciare non appena torniamo alla stazione," disse Ian. "Ho una paura del diavolo, ma non voglio perdere Thorne, perché non mi capiterà mai più qualcosa di altrettanto bello."

# CAPITOLO 24

"QUINDICI ANNI. Quindici cazzo di anni." Macklin capiva molto bene cos'aveva provato Thorne. Il desiderio di tirare pugni era quasi incontenibile. La sua prima scelta sarebbe stata la faccia del pedofilo, così come era certo sarebbe stata quella dell'ex Commando, ma secondo dopo secondo il muro gli sembrava sempre di più una valida alternativa.

"Non voleva che lo sapessimo," disse Caine. "Lo sai com'è. Neppure tu volevi parlarmi di tuo padre."

"Mio padre mi ha un po' strapazzato," fece lui come se niente fosse. "Ma non è niente in confronto a quello che ha subito Ian."

"Ti ha rotto un braccio perché non hai parato un gol in una partita che la tua squadra ha vinto," ribatté Caine. "Non lo definirei esattamente strapazzare."

"Però non è stupro," rispose lui senza peli sulla lingua. "Ha vissuto per anni con un peso simile sul cuore e io non ho fatto nulla per aiutarlo."

"Io credo di sì. Tu e Michael gli avete dato un posto sicuro in cui vivere. Un posto da poter chiamare casa, dove dimenticare e dove andare avanti con la propria vita."

"Non sembrava che fosse andato tanto avanti questa mattina," disse Macklin.

"Probabilmente abbiamo notato cose diverse," insisté Caine. "Sì, Ian sta ancora combattendo contro i fantasmi di ciò che gli è successo, ma credi che avrebbe almeno provato ad avere una storia con Thorne se si fossero incontrati quindici anni fa?"

"No, non sicuramente no," dovette ammettere lui. "Se ne stava sempre da solo all'epoca. Ogni tanto beveva qualcosa con Neil e Kyle, ma non andava mai in paese con gli altri e da quando ha avuto la sua casa, ha fatto di tutto per proteggere la propria privacy. Mi ha molto stupito che abbia permesso a Thorne di dormire sul suo divano. Non l'aveva mai fatto neanche con Neil."

"E quand'è che Neil avrebbe avuto bisogno di dormire sul divano di Ian?" domandò Caine malizioso.

"Non sono sicuro, ma c'è stata quella volta, quando Molly era incinta di Dani, che sono quasi sicuro lo abbia messo fuori casa per una settimana. È andato da Sam e Jeremy. Non so se Ian avrebbe rifiutato di ospitarlo, ma sarei pronto a scommettere che non gliel'ha neanche chiesto. Sapeva quale sarebbe stata la risposta e sapeva anche che Sam, invece, non avrebbe detto no."

"Il che dimostra quello che ho appena detto. Ha permesso a Thorne di dormire sul suo divano. Da quello che so, lo ha addirittura invitato a dormire sul suo divano. Vuole questa storia e sta facendo del suo meglio affinché funzioni, e non sarebbe arrivato a questo punto senza tutti gli anni di pace e tranquillità che ha vissuto qui. Capisco che vorresti averlo saputo e che avresti voluto aiutarlo allora, o anche che vorresti aiutarlo adesso, ma lo hai già fatto, e Ian lo sa e lo apprezza."

Macklin annuì, ma solo per non deludere Caine. Inoltre, c'era del lavoro da fare e non aveva il tempo di rimuginare sul passato e tutti i modi in cui aveva abbandonato Ian a se stesso. Caine gli avrebbe detto che Ian era un uomo adulto, che lo era stato sin da quando era arrivato alla stazione, e non aveva bisogno della sua protezione. Ma Macklin non era mai stato il tipo da prendere sottogamba le responsabilità e tutti gli uomini e le donne della stazione erano una sua responsabilità, i residenti in primo luogo.

"MAMMA?"

"Ciao, amore," lo salutò sorridente Sarah quando Macklin la raggiunse in cucina. "È strano che tu ti faccia vedere a quest'ora. Va tutto bene?"

"Non proprio," ammise lui. "Ho avuto giorni migliori."

"Preparo del tè e poi mi racconti qual è il problema," offrì lei. "Se anche non posso aiutarti, vedrai che parlarne ti farà bene."

Macklin annuì e rimase in silenzio a osservarla muoversi per la piccola cucina della casa che divideva con Kami. Rifiutava assolutamente di considerare il cuoco il suo patrigno, ma era contento di vedere quell'espressione appagata sul viso della madre. Qualche minuto dopo, la donna tornò con la teiera e la posò sul tavolo. "Ora dimmi cosa ti preoccupa."

"Thorne è partito questa mattina alla volta di Wagga Wagga. È andato a farsi curare per via dei flashback."

"Una scelta coraggiosa," disse lei. "Molti militari rifiuterebbero persino di ammettere che hanno un problema, figurarsi se chiederebbero aiuto per risolverlo."

"È la stessa cosa che gli ha detto Caine. E anche Ian."

"Ah, è vero, Ian. Come ha preso questa partenza?"

"Non lo so," ammise Macklin. "Hai sentito abbastanza racconti da immaginare come fosse Michael. Accoglieva chiunque ne avesse bisogno e in cambio faceva una sola domanda: cosa ci aveva condotti alla stazione. Non giudicava, ma voleva la verità. Mi piace pensare che lo facesse per poterci proteggere. Quando è morto, tutti quei segreti sono finiti nella tomba insieme a lui. Caine ha insistito per conoscere la storia di Chris e Seth prima di prenderli. Neil ci aveva raccontato quella di Sam addirittura prima che arrivasse, e Jeremy ha rivelato a me cosa lo aveva fatto allontanare da Taylor Peak, ma avevo dato per scontato che i vecchi residenti, in quanto adulti, non avessero bisogno della mia protezione come invece ne avevano Chris e Seth."

"Ian invece ne ha bisogno?" chiese la madre.

"Non nel senso che qualcuno lo stia effettivamente minacciando, ma quando è arrivato qui non si è lasciato tutti i suoi problemi alle spalle. Mentre io ero impegnato a far prosperare il lascito di Michael, innamorarmi di Caine e ottenere dalla vita più di quanto abbia mai meritato, Ian soffriva in silenzio solo perché non ho seguito le orme di Michael e non ho insistito per conoscere le storie di tutti."

"Macklin, tesoro," disse Sarah con un tono di rimprovero, "sei anche tu umano come il resto di noi. Credi che io non rimpianga di non aver lasciato tuo padre quando eri piccolo? Alcune notti mi sembra di sentire ancora lo schiocco del tuo braccio che si rompeva, ma siamo sopravvissuti, e siamo addirittura felici, che è una vendetta molto più dolce di qualsiasi altra cosa potessimo avergli fatto. Spero che stia marcendo all'inferno, torturato dall'idea che abbiamo entrambi accanto un uomo che ci ama e che il suo odio e le sue violenze non ci hanno impedito di trovare la felicità."

Macklin fu colto di sorpresa dalla veemenza della madre, ma non poteva negare di condividere il sentimento. "Gli starebbe solo bene. Però anch'io ti ho abbandonata. Avrei dovuto trovare il modo di portarti con me, oppure avrei dovuto cercarti non appena sono diventato maggiorenne."

"Oh, amore mio," disse la donna, allungandosi attraverso il tavolo per prendergli la mano. "Ti senti ancora in colpa dopo tutti questi anni? Eri solo un bambino, non potevi farti carico anche di me, soprattutto non quando tu stesso soffrivi tantissimo. Dovevi prima imparare a stare bene con te stesso."

"Non sono venuto a cercarti neanche allora."

Sarah fece una risatina. "Questo perché non sei stato bene con te stesso finché non hai incontrato Caine," disse lei comprensiva. "E non guardarmi in quel modo. Puoi pensare quello che ti pare, ma è la verità. A quarant'anni soffrivi dentro tanto quanto a quattordici, finché non è arrivato lui e ti ha insegnato ad amare di nuovo. Mi hanno raccontato di come eri solito trascorrere una settimana a Sydney in inverno. Una settimana di sesso, perché era l'unica cosa che osavi concederti, anche quando Michael e Donald ti mostravano che poteva esserci qualcosa di molto diverso. Quindi non dirmi che non soffrivi."

"Ora però non soffro," disse Macklin. "Ian invece sì, e io non so come aiutarlo."

"Forse non puoi. Forse è Thorne che deve dargli l'aiuto di cui ha bisogno. Lui non avrebbe potuto guarire te. Ci voleva Caine. Quindi Ian può aver bisogno di Thorne."

"Ma Thorne sarà lontano per settimane."

"Allora, nel frattempo, dagli ciò che chiede. Magari dei giorni extra di riposo per andare a Wagga Wagga a trovare Thorne, oppure la possibilità di leccarsi le ferite in pace."

"Farò come dici, ma credo di potergli dare anche un'altra cosa. Quando Caine ti ha trovato e tu mi hai detto che papà era morto, ho avuto la certezza che non avrei mai più dovuto preoccuparmi che potesse fare del male a qualcun altro. Posso dargli la stessa tranquillità."

"Come?"

"Assicurandomi che le autorità vengano informate di ciò che quel bastardo gli ha fatto. È passato molto tempo, ma se lo facciamo finire in prigione, Ian non dovrà mai più preoccuparsi che possa fargli ancora del male."

"E credi che le persone che sono qui lo permetterebbero?"

"No, così come non avrebbero permesso a papà di fare male a me se mi avesse trovato," disse Macklin. "Ma non mi sono sentito completamente al sicuro finché non ho saputo che era morto. Non mi ero reso conto che la cosa continuasse a preoccuparmi tanto, ma il sollievo alla notizia è stato troppo reale per continuare a negarlo."


MACKLIN RIAPPOGGIÒ la cornetta con bieca soddisfazione. "Isaac Patterson è stato incarcerato dieci anni fa per aver abusato di un minore. È stato condannato all'ergastolo ed è morto in prigione poco più di un anno fa."

"Ti senti meglio, ora?" gli domandò alla fine Caine.

"Sì, per quanto possa sembrare assurdo dal momento che non sono io la vittima."

"Non è assurdo. Ha fatto male a un tuo amico. È normale che tu volessi vederlo andare incontro alla giusta punizione. Dovresti dirlo a Ian. Forse potrebbe aiutarlo a chiudere quella brutta porta."

"Mi accompagni? Te la cavi meglio di me con questo genere di cose."

"Che genere di cose?" scherzò Caine.

"Le emozioni," rispose lui reticente. "Com'è che dice Molly quando parla di noi? Che stiamo lontani dalle nostre emozioni neanche fossero serpenti velenosi?"

"Qualcosa del genere," confermò Caine. "Per fortuna, i vostri partner sembrano più a loro agio con quel lato di loro stessi. Comunque sì, vengo volentieri a cercare Ian."

Lo trovarono nello stanzino dove tenevano i finimenti dei cavalli, circondato da un mucchio di briglie e staffe di cuoio. "Non è una giornata un po' troppo calda per un lavoro del genere, Ian?" gli disse Macklin. "Almeno spostati fuori dove soffia un po' d'aria."

"Ci sono anche le persone là fuori," borbottò Ian. "E sembrano tutti molto interessati a sapere perché Thorne è andato via. E rispondere che non sono affari loro non sembra funzionare."

"Sai che lo chiedono solo perché sono preoccupati per te, vero?" disse Caine. "Se non gliene importasse nulla, avrebbero già tagliato corto dicendo che evidentemente Thorne non era adatto a questa vita."

"Lo so, però devo spiegare lo stesso perché è andato via, e a quel punto vogliono sapere cosa è successo, e quello è un argomento del quale ho intenzione di parlare ancora meno che di dove si trova Thorne."

"A questo proposito..." cominciò Macklin.

"Rilassati Ian," lo interruppe Caine. Macklin notò le linee di tensione che attraversavano il viso del jackaroo e sospirò davanti alla propria dappocaggine. Fece un cenno a Caine e gli chiese tacitamente di proseguire al posto suo, visto che a quanto pareva lui riusciva a fare casino anche quando doveva comunicare qualcosa che, in quello schifo di situazione, assomigliava a una buona notizia.

"Non sei..."

"Non preoccuparti di noi," lo rassicurò Caine quando Ian interruppe la frase. "Abbiamo chiamato il Dipartimento dei servizi sociali di Darwin. Se fossimo arrivati al punto di dover denunciare Patterson per stupro avresti dovuto farlo tu, ma per ora volevamo solo assicurarci che non gli venissero ancora dati bambini in affido e capire cosa fosse necessario fare."

"E li prende?" domandò Ian. La sua voce era così incerta e debole che Macklin si sentì come catapultato indietro nel tempo, quando chiedeva alla madre di spiegargli perché suo padre li maltrattava in quel modo.

"No," rispose allora. "È stato condannato all'ergastolo dieci anni fa. È rimasto in prigione nove anni prima di morire. A quanto pare qualcuno fra i detenuti non aveva gradito il suo crimine."

"L'hanno ammazzato?" domandò Ian.

"No, ma non sono stati teneri. È morto qualche giorno dopo un'aggressione a causa delle ferite. Intestino perforato."

Odiava ammettere di provare una specie di soddisfazione perversa al pensiero che la bestia che aveva abusato di Ian fosse stata costretta a subire lo stesso tipo di dolore e umiliazione che aveva inflitto alle sue vittime. Non cancellava le sofferenze del suo amico, ma portava con sé una specie di giustizia poetica. Solo che preferiva non farne cenno a Caine.

Ian, tuttavia, non si fece quegli scrupoli. "Bene," disse con voce bassa e soddisfatta. "Gli sta bene che qualcuno gli abbia insegnato che vuol dire essere costretti a stare giù e subire. Spero che gli abbiano ridotto gli intestini a brandelli. Grazie per averlo chiesto al posto mio. Non so se avrei mai avuto il coraggio di telefonare."

"Non c'è di che," rispose Macklin. "Se dovesse servirti altro, faccelo sapere."

"In effetti," cominciò piano il jackaroo, "stavo pensando che potrei cominciare ad approfittare del mio giorno libero per fare delle cose anziché lavorare. Se potete fare a meno di me, ovviamente."

"È il tuo giorno libero," disse Caine, "certo che possiamo fare a meno di te. C'è qualcosa in particolare che vorresti fare? Non che siano affari nostri, beninteso. Puoi fare quello che vuoi, anche dormire dalla mattina alla sera."

"Per quanto l'idea sia allettante, avevo altro in mente," disse Ian con un sorriso appena accennato. "Il dottor Peters mi ha dato il nome di una persona a Cowra che forse potrebbe aiutarmi con i miei problemi mentre Thorne è a Wagga Wagga a cercare di risolvere i suoi."

"Bene. Dovresti farlo. Se all'inizio ti servono anche dei giorni in più, faccelo sapere. In tutti questi anni hai accumulato molte ferie. Cambieremo il tuo orario a seconda del bisogno."

"Prima devo organizzarmi, ma vi farò sapere."

"Fallo, mi raccomando," intervenne Macklin.

"Tranquillo," promise Ian. "Neil mi ha già rimproverato abbastanza per aver pensato di potercela fare da solo. Non voglio che succeda ancora."

"Bene, perché io non ci andrei giù leggero come ha fatto lui."

Ian sorrise. "Messaggio ricevuto, capo. Se dovesse servirmi qualcosa, stai pur certo che la chiederò."

# CAPITOLO 25

THORNE ERA al Centro di igiene mentale di Wagga Wagga da tre giorni quando Walker andò a fargli visita.

"Come te la passi, Lachlan?" chiese l'amico quando si incontrarono in sala visite.

"Bene," rispose lui. "I dottori mi hanno diagnosticato un Disturbo post traumatico da stress, che non è esattamente una sorpresa dopo tutto quello che abbiamo visto e fatto. Stiamo provando a controllare le reazioni eccessive con dei medicinali. È troppo presto per dire se funziona, ma il dottore sembra ottimista. Abbiamo anche parlato a lungo, la cosa più difficile per quello che mi riguarda. Devo girare attorno a un sacco di cose perché si tratta di informazioni riservate, ma non sono i dettagli del luogo o i parametri della missione ciò che conta davvero."

"No, immagino di no," disse Walker. "E il tuo ragazzo come ha preso tutta questa faccenda?"

"Non lo sento da quando l'ho chiamato per dirgli che ero arrivato sano e salvo. Non ho accesso al cellulare e neanche al computer, e comunque Ian non ha una casella di posta, però gli scrivo delle lettere vere. Il dottore dice che mi fa bene. Spero di riceverne di sue in risposta, ma la stazione è così isolata che la posta arriva solo una volta a settimana, a meno che non sia urgente. L'ufficio postale più vicino è Boorowa."

"È una storia seria, quindi?"

Thorne annuì. "Lo amo, e se per guarire e poter trascorrere il resto della mia vita insieme a lui devo sottopormi a tutto questo, lo farò senza esitazioni. E non importa quanto tempo ci vorrà."

"Spero che sappia quanto è fortunato ad averti," disse Walker.

"Sono io quello fortunato."

*Caro Ian,*

*Dio, è stranissimo prendere in mano una penna e scrivere una lettera vera. Persino tutti i miei rapporti erano sempre battuti al computer, quando mi toccava scriverli e non riferirli a voce.*

*Sono arrivato a Wagga Wagga, ma questo già lo sai. Il centro è carino, moderno e tutto il personale gentile. Mi piace anche Kevin, lo psicologo con cui lavoro. La diagnosi ufficiale per il mio stato è Disturbo post traumatico da stress. Ho cominciato una terapia di ansiolitici che, dicono, mi aiuterà a controllare gli scatti nervosi. Non ne ho avuti da quando sono arrivato, ma sono passati solo pochi giorni e sembra che le medicine abbiano bisogno di più tempo per cominciare ad avere effetto.*

*Mi manchi. Mi è dispiaciuto andare via così all'improvviso, ma non potevo rimandare. Un giorno o persino un'ora in più non avrebbero reso il distacco più facile, e se non fossi partito subito avrei finito con il convincermi a restare.*

556

*Spero che tu stia bene. È strano essere lontani dopo aver*
*trascorso così tanto tempo insieme. Ho ricominciato ad avere gli*
*incubi. Lo sapevi che non mi era mai successo da quando dormivamo*
*nello stesso letto? L'ho detto allo psicologo e lui ha risposto che*
*evidentemente stare con te mi faceva sentire al sicuro. Mi piace pensare*
*che per te fosse lo stesso. Spero di non aver rovinato tutto con quella*
*scenata la sera di Natale. Non ero arrabbiato con te ma per quello*
*che ti era successo, però mi rendo conto che saperlo potrebbe non fare*
*differenza, dal momento che sei stato comunque costretto a sentirmi*
*urlare e rompere le cose.*

*Stiamo lavorando anche su alcune tecniche per il controllo della*
*rabbia. La maggior parte del tempo non sento di essere arrabbiato, ma*
*lo psicologo pensa che potrebbe essermi utile anche con il DPTS e io*
*sono disposto a provarle tutte pur di tornare da te quanto prima.*

*Ti scriverò presto un'altra lettera, ma voglio spedire questa con*
*la posta di oggi. Non so quando andrete in paese la prossima volta, però*
*vorrei che fosse già lì ad aspettarti.*

*Ti amo.*

*Thorne*


IAN FINÌ la lettera e la posò con cura sul tavolo davanti a sé. Aveva chiamato la psicologa che gli aveva consigliato il dottor Peters proprio quel pomeriggio. Aveva sperato che ci fosse qualcuno a Boorowa, ma la scelta era stata fra Cowra e Yass e la prima era un po' più vicina, se così si poteva dire. Abbastanza, comunque, da dover partire presto durante il suo giorno libero, arrivare fino in città per la seduta e poi tornare a casa di notte. Sarebbe stato un viaggio impegnativo, ma in quel modo avrebbe potuto evitare di perdere giornate di lavoro.

Avrebbe potuto scrivere a Thorne per dirgli che anche lui stava cercando di guarire, che voleva che le cose fra loro funzionassero e che stava facendo la sua parte affinché ciò accadesse. Sperava solo di averne il coraggio.

*Caro Thorne,*
*Non sei l'unico un po' disorientato da questa faccenda delle*
*lettere. Pensavo di aver chiuso con questo genere di cose quando ho*
*cominciato a lavorare in un allevamento di pecore. Nessun conto da*
*tenere (non per me almeno), nessun saggio da scrivere, assolutamente*
*niente. Solo io e gli spazi sconfinati. E invece eccomi qui a scrivere a*
*mano.*

*Sono contento che tu ti trovi bene con il tuo psicologo e che*
*senta che ti sta aiutando. Anch'io ho fatto la prima seduta con la*
*mia psicoterapista a Cowra. Non so ancora come mi faccia sentire*
*parlare di tutto questo con una donna, ma l'alternativa era andare a*
*Yass che è ancora più lontano. Immagino che per le settimane a venire*
*trascorrerò il mio giorno libero in macchina. Forse in futuro potremmo*
*fare le sedute via Skype (immagino che mi farò spiegare da Sam e*
*Caine come fare, se per allora tu non sarai ancora tornato), ma per*

*ora mi aspettano un lungo viaggio, una breve seduta e un altro lungo
viaggio.*

*Sembra che tu non sia il solo con un Disturbo da stress post
traumatico. Il mio è un po' più specifico del tuo e legato a un singolo
evento ripetuto piuttosto che a una lunga permanenza nell'esercito, ma
i sintomi sono gli stessi.*

*Mi sento un codardo ad affrontare l'argomento per lettera
invece che aspettare che tu torni a casa così da dirtelo faccia a faccia,
ma non sono sicuro di poterne parlare di persona. È già abbastanza
difficile farlo con la psicologa.*

*Il fatto è che non sono sicuro se potrò mai sentirmi a mio agio
con il sesso anale. Voglio fare l'amore con te, ma non so se quella sarà
mai un'opzione contemplabile. Uno degli esercizi che la dottoressa mi
ha suggerito è provare a immaginare tutti i modi in cui possiamo stare
insieme, tutte le cose che possiamo fare l'uno all'altro e vedere quali
riesco a visualizzare e quali invece fanno scattare le crisi di panico. La
risposta è che posso raffigurarmi quasi tutto, tranne quello. So molto
bene, anche mentre sono qui seduto, che tu non sei lui e non mi faresti
mai del male, ma a quanto pare non riesco a compiere quell'ultimo
passo. La dottoressa dice di non sforzarmi e che se non sono a mio
agio con qualcosa devo dirlo ed esplorare altre vie, però io mi sento lo
stesso come se ti stessi privando di qualcosa. Al che lei ha risposto che
se mi fai sentire così allora non sei l'uomo giusto.*

*Io ho insistito che tu non sei così e che mi avresti voluto
anche se non avessimo potuto fare altro che baciarci. Però voglio
che una cosa sia chiara: qualunque sia il problema nella mia testa,
non dipende da qualcosa che tu hai fatto o peggiorato. Il contrario.
È perché sei tu che riesco a stare a letto e immaginare di toccarti. È
grazie a te se riesco a immaginare che un paio di mani sul mio corpo
portino piacere anziché dolore.*

*Non ricordo se te ne ho mai parlato, ma mia mamma non è
stata molto presente durante la mia infanzia. Era al lavoro, quando
riusciva a trovarlo, oppure fuori alla ricerca dell'ennesimo uomo che
pagasse le bollette quando non ci riusciva. Anche prima di essere
preso in carico dall'assistenza sociale, stavo molto per i fatti miei.
Non sono abituato all'idea che qualcuno possa toccarmi con tenerezza
e affetto, e quando tu lo facevi non riuscivo mai a farmelo bastare,
finché le carezze non si trasformavano in tocchi chiaramente sessuali.
È quella la parte con cui ho dei problemi. I baci, le mani che si
stringono, le carezze sulle braccia o tra i capelli... sono tutte tenerezze
che nessuno mi aveva mai rivolto prima. Dovremo lavorare sul
passaggio tra il gesto affettuoso e quello sessuale. Ma voglio superare
quella linea. La supererò. Solo che non so ancora esattamente dove si
trova.*

*Accidenti, ho scritto un sacco. Si sta facendo tardi e domani
mattina devo alzarmi presto per andare a Cowra. Lascerò la lettera
nella cassetta della posta lungo il tragitto, ma dovrò aspettare fino*

558

*al giro per i rifornimenti di venerdì per vedere se ce ne sarà una tua,*
*anche se dubito che potrà essere la risposta a questa. Ma sempre*
*meglio che niente. Mi manchi.*
   *Ti amo.*
   *Ian*


THORNE LESSE la lettera di Ian una prima, poi una seconda volta. Inspirò a fondo e la lesse di nuovo, e non perché non la ricordasse. Anzi, ce l'aveva già impressa a fuoco nella memoria. No, la lesse perché fino a che non fosse stato capace di leggerla senza provare l'impulso di dare la caccia a tutti quelli che avevano ferito Ian e ucciderli lentamente, non avrebbe potuto rispondergli e lui voleva rispondergli. Voleva scrivergli e dirgli che non importava, che sarebbe andato benissimo continuare solo con i baci e le carezze che si erano scambiati fino a quel momento, e che per lui sarebbe stato lo stesso una benedizione; ma non poteva farlo finché non fosse riuscito a liberarsi di un po' della rabbia che gli era esplosa dentro nel leggere le paure e le confessioni di Ian.

Guardò il diario su cui lo psicologo gli aveva suggerito di annotare i suoi pensieri, così da poterli analizzare con calma più avanti, ma c'era troppa aggressività dentro di lui in quel momento perché potesse sedersi e scrivere. Aveva bisogno di correre. Per fortuna il centro aveva anche una piccola palestra con un tapis roulant. Sarebbe andato lì per un po' e poi avrebbe scritto.

Quando, un'ora dopo, Kevin lo raggiunse, Thorne stava ancora correndo. "È da un po' che sei qui. L'assistente cominciava a preoccuparsi."

"Ho corso più a lungo di così," rispose lui. "E più forte."

"Non ho dubbi in proposito," ribatté Kevin. "Ma lo hai fatto quando eri ancora nell'esercito e la tua vita dipendeva da quello. Se corri in quel modo mentre sei qui, vuol dire che qualcosa non va."

"Sei stato tu a dirmi che l'esercizio fisico è un buon modo per scaricare la rabbia."

"Certo, e lo confermo. Ma se non è bastata un'ora sul tapis roulant a farti calmare, significa che questa volta l'esercizio non è la risposta." Premette il pulsante di arresto. "Fatti una doccia e raggiungimi nel mio studio."

"Non voglio parlarne," borbottò Thorne.

"Oh, non ne dubito, ma è solo un altro motivo per cui dovresti farlo. Se non sei da me tra mezz'ora verrò a cercarti e parleremo ovunque ti trovi, anziché nella privacy del mio ufficio. Stavi facendo dei bei progressi, Thorne, non lasciare che quello che è successo oggi, di qualunque cosa si tratti, li vanifichi."

   *Caro Ian,*
   *ho così tanti pensieri da condividere con te che non so neanche*
*da che parte cominciare. Per questo motivo, non fare caso se questa*
*lettera dovesse risultare un po' sconnessa. Come prima cosa, sono*
*contento che tu abbia deciso di parlare a qualcuno di quanto ti è*
*successo. Per quanto possa essere difficile (e so quanto è difficile,*
*credimi), sono certo che ti aiuterà. A me sta aiutando. Ho ancora*
*molta strada da fare, ma vedo i miglioramenti ed è incoraggiante.*
*Quando ho letto la tua lettera avrei voluto dare la caccia a tutti quelli*
*che ti hanno ferito e ripagarli con la stessa moneta. La rabbia mi*

*offuscava la vista, ma anziché prendere a pugni qualcosa come ho fatto quella sera a casa tua, sono andato in palestra e ho corso per un'ora. È probabile che avrei continuato all'infinito, ma Kevin mi ha costretto a smettere e parlare con lui.*

*Sto male per te quando penso a tutto quello che hai passato e non hai idea di quanto ti rispetti per non esserti arreso e per avermi dato una possibilità. Mi auguro che non ci sia bisogno di dirlo, ma lo faccio lo stesso perché ho bisogno che tu lo sappia, e forse anche tu hai bisogno di sentirlo.*

*Non mi aspetto niente da te, se non che tu faccia ciò che senti. Se ciò significa baciarci sul divano per il resto della nostra vita, mi va bene. Se poi un giorno dovessi arrivare a desiderare di più, non mi lamenterò, ma stai pur cento che non ti farò mai pressioni. Mi sono arrangiato da solo per molti anni, e se tu non dovessi mai arrivare al punto di voler condividere certi momenti con me, continuerò a fare come prima. Ciò che conta è averti nella mia vita, il resto è solo la ciliegina sulla torta. Piacevole ma non indispensabile. La parte importante, la torta, sei tu e il modo in cui trascorriamo insieme i nostri giorni e le nostre notti, se vorrai ancora farlo dopo il modo in cui mi sono comportato. Voglio stare insieme a te. Il sesso è bello, ma sei tu ciò che conta davvero.*

*Però mi piace l'idea che tu ci immagini insieme. Quando tornerò a casa, vuoi che ti sussurri all'orecchio tutte le sensazioni che mi fai provare? Ti renderebbe più sicuro di te o ti spaventerebbe?*

*Merda, mi viene duro solo a pensarci. Quando ho cominciato questa lettera non avevo intenzione di parlare di sesso. Dovrei dirti che non ne ho bisogno, ma Kevin insiste che devo essere sincero, quindi ecco la verità. Pensare a te mi eccita, specialmente quando immagino di toccarti o baciarti. La differenza tra me e quel topo di fogna è che io non sono dominato dai miei istinti. Non lascio che siano loro a controllarmi e di conseguenza non ti impongo nulla. L'unica cosa che mi spingono a fare è prendermi cura di te e convincerti a fidarti, così magari un giorno avrai voglia di sperimentare insieme a me. Sono solo un essere umano, quindi mi eccito quando mi tocchi, come è successo la sera in cui mi hai raccontato cosa ti è successo, ma non lascio che il mio uccello mi controlli. Non farò mai qualcosa contro la tua volontà, quindi non devi avere paura di me.*

*Lo so, lo so, facile per me dirlo, non sono io quello che è stato ferito. Però stai sicuro che io non ti farò mai del male, perlomeno non in quel modo. Sono certo che faremo e diremo un sacco di cose che ci faranno arrabbiare l'uno con l'altro, fa parte di ogni rapporto, ma non voglio che tu abbia paura di me. Lascerò Lang Downs prima che possa accadere.*

*Sono passate due settimane da quando sono andato via. Faccio fatica a credere che sia tanto. Oggi ho chiesto a Kevin quanto tempo dovrò ancora restare. Vista la lontananza preferirei aspettare per assicurarmi che le medicine siano quelle giuste, il che significa altre*

*due settimane. Se vivessi in città e potessi fare dei controlli periodici*
*non sarebbe un problema, ma preferisco fare le cose per bene ora e poi*
*tornare definitivamente a casa piuttosto che andare via troppo presto e*
*poi essere costretto a un altro soggiorno qui.*
*Ti scriverò presto. So che non riceverai prima questa lettera*
*solo perché ho deciso di spedirla adesso anziché aspettare qualche*
*altro giorno, ma almeno saprai che ti ho risposto subito.*
*Ti amo.*
*Thorne*


IAN POSÒ la lettera di Thorne e rimase a fissare il muro per un minuto buono prima di alzarsi e cercare carta e penna. Le mani gli tremavano quando si sedette al tavolo della cucina. Più che altro, però, desiderava di essere toccato, ed era una sensazione nuova che solo Thorne era stato capace di ispirargli.

*Caro Thorne,*
*ho appena ricevuto il tuo ultimo plico di lettere. Grazie per*
*scrivermi con questa regolarità.*
*Sono le dieci di sera e io sono al tavolo della cucina invece che*
*a letto a dormire perché non potevo aspettare fino a domani prima di*
*risponderti. Mi manchi, ma questo già lo sai, anche se spero che non ti*
*sia stancato di sentirmelo ripetere.*
*Ho cominciato a sognarti di notte, sai? E immagino che tutti*
*gli esercizi di visualizzazione comincino a funzionare perché quando*
*mi sveglio sono eccitato. Ero convinto che lui mi avesse spezzato e*
*che non sarei mai più stato capace di reagire al tocco di un'altra*
*persona. Cristo, reagisco a malapena al tocco della mia mano. È come*
*se lui avesse trovato un interruttore dentro di me e lo avesse spento;*
*ma poi sei arrivato tu e l'hai acceso di nuovo. Ti sogno e mi sveglio*
*desiderando di averti accanto perché se la mia mano non mi fa provare*
*nulla, le tue invece lo fanno. Chiudo gli occhi e immagino che sia tu a*
*toccarmi; un po' aiuta, ma non è lo stesso che averti qui con me.*
*Anna dice che è un buon segno e che le mie reazioni riguardo*
*al sesso stanno cominciando a normalizzarsi. Io non so se tutto ciò*
*riguarda il sesso, ma di certo riguarda te. Penso alle tue mani su di*
*me e mi eccito, non solo a livello mentale, ma anche fisico. Ancora,*
*però, non riesco ad andare oltre le carezze e i baci. Anna mi ha dato*
*una lista di cose da immaginare. Devo partire da un bacio– ma quello*
*è ricordare, non immaginare – e poi avventurarmi piano piano verso*
*le mani, la bocca e infine il sesso penetrativo. Te ne ho già parlato una*
*volta e non è cambiato nulla, ma sto ancora lavorando sul resto.*
*Ti immagino steso sul divano, senza maglia e bellissimo, e*
*le mie mani cominciano a fremere da quanto grande è il bisogno di*
*toccarti. Riesco praticamente a sentire la sensazione dei tuoi peli sotto*
*i palmi. Ecco con quanta chiarezza ti ricordo! Poi penso a come mi*
*baci e al fatto che non ti fermi mai solo alla bocca, ma scivoli verso*

561

le guance, la mascella e dietro l'orecchio. Adoro la sensazione della tua barba e vorrei riuscire a farti provare le stesse emozioni. Voglio baciarti senza mai smettere e magari anche farmi strada lungo il tuo petto.

Devi capire che non c'è niente di spaventoso in questo. Lui non mi faceva niente del genere, né voleva che lo facessi a lui. Credo che sia per quello che riesco anche a immaginare di usare le mani. Non mi toccava in quel modo (non gli importava che venissi, grazie a Dio. Non credo che sarei stato capace di sopportare anche quell'umiliazione oltre a tutto il resto) e non mi chiedeva di farlo. Si tratta sempre di sesso, sì, ma non è insozzato dallo stupro.

Ecco, l'ho detto. L'ho chiamato col suo nome. Anna mi fa esercitare a ripeterlo. Non saprei dirti se ciò lo rende più o meno spaventoso, ma almeno non è più un segreto, non è qualcosa di nascosto o spaventoso. Non ho chiesto io quello che mi è successo e non è colpa mia se a sedici anni non ero abbastanza forte da potermi opporre a un uomo adulto.

In ogni caso, non è di questo che volevo parlarti, bensì dei miei sogni e dei miei esercizi di visualizzazione. Non ti nascondo che questi ultimi non mi piacciono troppo, soprattutto perché Anna mi spinge costantemente a considerare altre opzioni oltre a quelle con cui mi sento a mio agio, quindi quelle sedute non sempre finiscono bene. Arrivo al punto in cui immagino di prendertelo in bocca e mi gelo. Quando sogno, però, non ci sono confini e quanto è bello allora, Thorne. Quanto è bello! Riesco a vedere il tuo viso e la tua espressione mentre ti tocco, e più vado avanti più il sogno diventa meraviglioso. E quando poi mi sveglio, tengo gli occhi chiusi e immagino che sia la tua mano quella che mi accarezza e mi fa sentire bene, ed è qualcosa che non avevo mai provato prima. Posso solo immaginare quanto sarà più bello quando sarai davvero qui.

Non vedo l'ora che arrivi il tuo prossimo pacco di lettere. Forse per allora saprai con più certezza quando arriverai, ma non sarà mai troppo presto.

Ti amo.

Ian

# CAPITOLO 26

THORNE FERMÒ l'ute all'imbocco della vallata. Non erano passati neanche tre mesi da quando aveva posato per la prima volta lo sguardo su quel fazzoletto di Paradiso in terra infossato tra gli altopiani riarsi, ed era già diventato casa, una casa che gli era mancata da morire durante le ultime cinque settimane. Il paesaggio era più verde di quanto ricordasse, grazie alle temperature più fresche e alla pioggia, che avevano aiutato la terra a riprendersi dal caldo eccessivo di quell'estate. Neppure i pascoli erano più secchi, nonostante non fossero rigogliosi al pari della valle.

Era in ritardo per il pranzo e in anticipo per la cena, così non si aspettava di incontrare tanta gente al suo arrivo, però sperava di vedere almeno Ian. Avevano scambiato qualche parola la sera prima, quando lo aveva chiamato dall'appartamento di Walker, ma era stata una conversazione innaturale: avevano bisogno di essere soli per discutere liberamente di tutto ciò che c'era in sospeso fra loro.

Thorne, tuttavia, sperava che l'imbarazzo non continuasse anche quando si sarebbero incontrati. Si era aperto moltissimo con Ian nelle sue lettere, e lo stesso aveva fatto il jackaroo. Tanto detto eppure non detto. Nessuno di loro era lo stesso uomo di cinque settimane prima e benché Thorne pensasse che l'esperienza li avesse resi entrambi più forti, avrebbero dovuto trovare un nuovo equilibrio.

Ma restare lì all'imbocco della valle non avrebbe facilitato le cose, così trasse un profondo respiro, rimise la marcia e si diresse verso la stazione.

Parcheggiò davanti al cottage di Ian e lanciò il suo borsone sulla veranda. Prima di disfarlo preferiva assicurarsi di essere ancora il benvenuto sul divano o nel letto del jackaroo. Non credeva che ci sarebbero stati problemi, ma era meglio non dare nulla per scontato.

Tornò sulla strada e si incamminò verso la mensa, nella speranza che qualcuno potesse indicargli dove trovare Ian, quando vide Ian stesso discendere la strada nella sua direzione.

"Ciao," lo salutò timidamente il jackaroo quando gli fu vicino.

"Ciao," rispose lui. "Mi sei mancato."

"Anche tu." Stringeva e allentava le mani lungo i fianchi come se non sapesse cosa farne e Thorne desiderò poter allungare una delle proprie e intrecciare le dita alle sue per tranquillizzarlo, ma aveva promesso che avrebbe lasciato a lui le redini e non aveva intenzione di rimangiarsi la parola un minuto dopo essere tornato a casa. "Com'è stato il viaggio?"

"Lungo," rispose Thorne, "ma non spiacevole. Tutto bene qui alla stazione?" Non era la domanda che avrebbe voluto fare, ma sembravano essere rimasti intrappolati in un circolo di convenevoli. Sentì il cuore stringersi mentre cercava di immaginare un modo per uscirne.

"È piovuto. Ce n'era bisogno. Caine aveva cominciato ad accennare alla necessità di integrare l'erba dei pascoli con del fieno, ma immagino che ora possiamo farne a meno."

Prima che Thorne potesse pensare a qualcos'altro da dire, Neil si avvicinò a Ian da dietro e gli diede uno scappellotto. "Va' a baciarlo, scemo. Hai avuto un muso lungo così per cinque settimane perché ti mancava. Parlerete dopo."

563

Ian piegò la testa in imbarazzo e scoccò un'occhiataccia all'amico, ma il sorriso che gli increspava le labbra rovinò l'effetto. Thorne allungò la mano per accoglierlo, non ancora pronto a compiere il passo decisivo di essere lui a iniziare il bacio senza il consenso esplicito di Ian, ma più che felice di dimostrargli quanto fosse contento di essere tornato a casa. A quanto pareva il jackaroo non aspettava altro, perché annullò la distanza fra loro e sollevò la testa per baciarlo. Thorne piegò la propria con la stessa impazienza e sospirò quando finalmente le loro labbra si sfiorarono. Dovevano ancora parlare, dovevano mettere le cose a posto, ma era a casa, tra le braccia di Ian e lo stava baciando appassionatamente. Nient'altro contava in quel momento, neppure Neil a pochi metri da loro.

"Cercatevi una stanza," urlò qualcuno.

"E tu fatti una vita," ribatté Neil prima ancora che Thorne potesse reagire. Sollevò la testa ma tenne Ian stretto a sé, mentre entrambi osservavano il sovrintendente raggiungere con aria furiosa chiunque fosse il lavorante che li aveva presi di mira.

"Entro domani mattina non avrà più un lavoro," mormorò Ian contro la sua spalla. "Ma è meglio andare dentro se per te è lo stesso."

"Andrei in capo al mondo insieme a te," rispose Thorne. "Dentro è vicino."

Gli fece passare un braccio attorno alla vita e tornarono verso casa di Ian.

"Neil mi ha già detto che quando arrivavi potevo prendere il resto della giornata," continuò il jackaroo mentre andavano verso la veranda. "Quindi questo pomeriggio sono tutto tuo."

"Non solo questo pomeriggio, spero."

"Non solo questo pomeriggio," confermò Ian, arrossendo. Il viso gli diventò quasi dello stesso colore dei capelli. "Ma da domani dovrai di nuovo contenderti il mio tempo con la stazione. Ho un lavoro, e lo stesso vale per te."

"Lo so," rispose Thorne, stringendolo più forte. "E apprezzo che Neil ci abbia regalato queste ore."

Raggiunsero la veranda e il borsone.

"Perché non l'hai portato dentro? Erano solo due passi in più."

"Perché prima volevo vederti," rispose Thorne. "E perché non volevo dare niente per scontato."

"Lo apprezzo," disse Ian, "ma in questo caso, ti prego dai pure per scontato. Lo so che abbiamo molto di cui parlare e che io ho un lungo percorso davanti a me – e forse non arriverò mai dove vorrei, anche se Anna dice che sto facendo dei progressi – ma mi sei mancato in queste settimane, un dolore costante come se mi avessero strappato un arto. Sono certo che litigheremo e lotteremo e sbaglieremo come tutte le coppie, ma c'è solo un posto dove voglio che tu dorma di notte, ed è nel nostro letto, vicino a me. Sopporterò quando dovrai passare qualche notte nei capanni, perché sono certo che lo stesso dovrò fare io, ma non voglio che tu dubiti mai più di essere il benvenuto."

Thorne afferrò la borsa mentre ci passavano accanto e poi la lasciò ricadere immediatamente dopo aver varcato la soglia di casa, perché non poteva lasciar passare una dichiarazione del genere senza baciare Ian con quanta più passione possibile.

Il jackaroo rispose al bacio con lo stesso trasporto, trascinandolo con sé dentro casa. Per un attimo Thorne pensò che lo stesse guidando verso la camera e fu sul punto di rallentare un po', ma poi Ian voltò verso il divano. Thorne non aveva nessun problema a seguirlo lì, specialmente non dopo le ultime lettere. Non voleva neanche affrettare troppo le cose, però, così seguì la guida di Ian, ovunque essa li conducesse.

564

Aveva perso il conto di quante volte si era masturbato pensando alle lettere e immaginando Ian a letto che lo sognava. Non avrebbe chiesto di meglio che trasformare quei sogni in realtà in quel preciso momento, ma era Ian che doveva decidere.

Fu Ian a interrompere il bacio, il corpo che pizzicava di desiderio. Era stato terrorizzato all'idea che la passione dei suoi sogni non avrebbe avuto seguito nella vita reale quando Thorne fosse tornato. Non avrebbe dovuto preoccuparsi. Il compagno sapeva ancora di mentine, molto più buono dal vero di quanto lo fosse stato nella sua testa. La sua barba gli graffiava ancora le labbra, un ulteriore livello di stimolazione, se mai ce ne fosse stato bisogno. Il suo petto era ancora solido e massiccio sotto le sue mani. Ma la cosa più bella di tutte era che il corpo di Ian reagiva alla vicinanza dell'altro uomo, colmandolo di bisogno e desiderio.

Gli tirò l'orlo della maglietta, ansioso ora di poter mettere di nuovo le mani sul corpo dell'amante. Thorne seguì docile i suoi movimenti, permettendogli di spogliarlo dalla vita in su. Per un attimo Ian si sentì avvolgere da un velo di timidezza, ma fissò lo sguardo sul viso di Thorne e sul desiderio e bisogno che vi leggeva, un'eco del proprio. Thorne voleva quello che stavano facendo con la stessa sua intensità, qualunque cosa 'quello' dovesse rivelarsi.

Gli fece scorrere le mani dalla vita fino alle spalle, godendosi la sensazione della folta peluria sotto i palmi, insieme all'occasionale rigonfiamento di una cicatrice. Thorne si inarcò contro la carezza, strappandogli un sorriso. Si mosse con calma, tornando a familiarizzare col corpo dell'amante, ritrovando tutti i suoi punti sensibili e prestando loro particolare attenzione, e quando anche quello non fu più abbastanza, spinse Thorne a stendersi e appoggiarsi al bracciolo, come avevano già fatto tante volte in passato. E quando si mosse per continuare quel loro dolce fare l'amore – perché era pronto ad ammettere che fosse qualcosa di più del semplice pomiciare – non scivolò di fianco come era solito fare prima. Invece, gli salì a cavalcioni come aveva fatto anche quella famosa notte che aveva portato così tanti cambiamenti. Rilasciò un sospiro quando le loro erezioni si toccarono attraverso il tessuto, ma non andò nel panico. Thorne non gli avrebbe fatto del male. Il rigonfiamento dentro i suoi pantaloni non rappresentava una minaccia, ma solo un altro modo in cui lui poteva far star bene il suo amante. Ondeggiò esitante contro di lui, gratificato oltremisura quando lo sguardo dell'uomo si scurì e Thorne aprì le gambe e lo incoraggiò a mettercisi in mezzo.

Ondeggiò ancora, con più decisione questa volta, mentre chinava la testa per passargli le labbra sulla clavicola.

"C-cazzo," ansimò Thorne. "Chi sei e cos'hai fatto al mio Ian?"

Ian sorrise. "Ti avevo detto cosa avevo sognato, o non mi hai creduto?"

"Ti ho creduto, solo che non mi aspettavo che tu fossi così…"

"Impaziente?" suggerì lui, strusciandosi ancora contro la sua erezione. "Però lo sono. È un problema?"

"Cristo, no, macché problema," imprecò Thorne. "Solo, non smettere ti prego."

Ian sorrise e continuò a muoversi e leccare, adorando il modo in cui Thorne si contorceva e spingeva. Gli sembrava di volare mosso da una scarica improvvisa di adrenalina ora che quest'uomo bellissimo era sotto di lui, dove poteva ammirarlo in tutta la sua magnificenza. La frizione esercitata dallo sfregamento contro le gambe aperte di Thorne era un afrodisiaco più potente di quanto lo fosse mai stata la sua mano e si ritrovò ad ansimare contro il petto dell'uomo, mentre lottava per mantenere il controllo. Non voleva che finisse subito. Voleva continuare a sentire ancora un po' quel senso di libertà. Non aveva bisogno di pensare in quel momento, poteva spegnere la mente e lasciare che il suo corpo prendesse il sopravvento.

Sotto di lui, Thorne si irrigidì all'improvviso, poi si rilassò, e Ian si sentì avvampare al pensiero di quello che doveva essere successo. Affondò il viso nel collo dell'uomo e si abbandonò completamente alle sensazioni.

Solo a quel punto, Thorne lo abbracciò, così delicatamente che Ian avrebbe potuto sciogliersi in qualsiasi momento se solo l'avesse voluto... ma non lo voleva. No, non voleva muoversi mai più da quella posizione. Inoltre, non era sicuro che le gambe lo avrebbero sorretto, quindi meglio restare dov'era.

Inspirò l'odore della pelle di Thorne, mischiato a quello del sesso e pensò che in tutta la sua vita non aveva mai sentito un profumo così meraviglioso. In passato era un odore che non vedeva l'ora di lavarsi via di dosso, ma in quel momento, con Thorne caldo e docile sotto di lui, rappresentava la sicurezza, non il dolore, la paura o la vergogna.

"Ti amo," gli sussurrò l'uomo sui capelli.

"Anch'io," rispose lui e gli diede un bacio sul collo. Inspirò a fondo ancora qualche volta, poi sollevò il viso. "Non pensavo che mi sarei mai sentito così."

"Perché sei innamorato o perché hai fatto sesso?"

"Entrambi," rispose. "Vanno insieme e il sesso non era una possibilità che contemplavo prima."

"A proposito di sesso," disse Thorne muovendosi leggermente sul divano. "Staremo molto scomodi tra un po' se non ci togliamo questi pantaloni appiccicosi. Mi hai annientato, lo sai?"

"L'avevo capito, sì," rispose lui, sentendosi un po' arrossire.

Thorne si mise seduto e si destreggiò tra gambe e braccia finché lui non gli fu seduto in grembo. "Mi raggiungi nella doccia?"

Ian si immobilizzò.

"Per lavarci," gli assicurò l'altro.

Ian deglutì a vuoto e ripensò a quanto era stato bello strusciarsi contro Thorne e poi anche a tutte le cose che aveva sognato mentre erano lontani. "E se non volessi solo lavarmi?"

"Tesoro, puoi farmi tutto quello che vuoi per quanto vuoi."

Ian sorrise, gli prese la mano e lo tirò verso il bagno.


THORNE SI preparò a una dose massiccia di prese in giro quando lui e Ian fecero il loro ingresso in mensa il mattino successivo. La sera prima non si erano presentati a cena e immaginava che bastasse quello a scatenare qualche commento sopra le righe. Non avrebbero tuttavia colto nel segno perché, ad esclusione di qualche timida carezza nella doccia – ormai era già dipendente dal tocco delle mani di Ian, e sperava che per lui fosse lo stesso – avevano trascorso la serata a parlare, non a fare altro, ma nessuno oltre a loro poteva saperlo. Tutti gli abitanti della stazione avrebbero visto una coppia che si era riunita dopo settimane di lontananza e avrebbero di certo immaginato come avevano festeggiato la riunione.

Con sua grande sorpresa, tuttavia, nonostante tutti si fossero voltati a guardarli e avessero sorriso o fatto un gesto della mano, nessuno fischiò o reagì in modo diverso dal normale alla loro presenza

"Neil ci guarda ancora le spalle, vero?" mormorò all'orecchio di Ian quando lo raggiunse in fila.

"Probabilmente, ma non ho intenzione di lamentarmene. È stato molto protettivo nei miei confronti da quando sei andato via. Gli... ho raccontato tutto. Si è un po' risentito perché non gliene ho parlato prima."

Thorne gli accarezzò un fianco. "Non eri pronto a farlo."

"E lo capisce. Però si sente anche in dovere, ora che lo sa, di assicurarsi che nessuno possa farmi stare peggio."

"Me incluso?"

"Solo se pensasse che mi fai stare peggio," rispose Ian, "ma sa benissimo che invece sei quello che mi fa stare meglio. Sono sicuro che ormai sei entrato anche tu sotto la sua ala protettiva. Se c'è una cosa in cui Neil è bravissimo, è proprio difendere la sua famiglia."

Thorne strinse il fianco di Ian, poi tolse la mano per prendere il vassoio. Gli piaceva che Neil lo considerasse parte della famiglia. Significava che ormai era stato accettato in maniera completa. Si diressero verso un paio di sedie vuote e Thorne non poté fare a meno di sorridere quando vide che Jesse e Chris si stringevano per far loro posto.

"Bentornato," lo salutò Chris. "Sei contento di essere a casa?"

"Molto contento," rispose lui. "Mi siete mancati tutti."

"Sì, certo," disse Jesse. "Che tradotto vuol dire che ti è mancato Ian."

"Certo che Ian mi è mancato," specificò lui, perché non poteva negare di aver sofferto ogni minuto per la sua assenza, "ma mi siete mancati anche voi. Lang Downs ormai è casa."

"Fa questo effetto, non è vero?" concordò Jesse. "Ti sello Titan. Immagino che oggi vorrai uscire con Ian."

"Prima devo parlare con Caine e Macklin. Devo ancora firmare il contratto."

Ian gli sorrise, la luce che gli illuminava lo sguardo quasi accecante tanto era intensa. "Arriveremo non appena abbiamo fatto," disse a Jesse. "Non dovrebbe volerci molto."

La colazione proseguì più o meno nello stesso tono, con gli altri residenti che si fermavano a salutarlo e gli offrivano il loro aiuto per qualsiasi cosa di cui dovesse avere bisogno. Quando ebbero finito, Thorne si sentiva completamente sopraffatto da quella dimostrazione di affetto. Ian gli sorrise mentre andavano insieme verso la casa padronale.

"Va tutto bene?"

"Benissimo," rispose. "Sono solo sorpreso di vedere quanto tutti abbiano, all'apparenza, sentito la mia mancanza. Voglio dire, tu è ovvio che l'abbia sentita, ma non c'è ragione perché gli altri notassero che non c'ero e tanto meno che gliene importasse qualcosa."

"Perché non dovrebbero averlo notato?" lo contraddisse Ian. "Siamo o no una famiglia?"

"Continui a ripetermelo, ma per anni ho avuto solo Walker..."

"E ora hai più persone di quante probabilmente ne vorresti. Ricordo quanto mi sentii commosso quando arrivai qui per la prima volta. Alcuni visi sono cambiati: Michael è morto e qualcuno tra i residenti più vecchi ha smesso di lavorare ed è andato altrove, ma l'affetto che lega tutti è lo stesso di quindici anni fa. Devi solo avere fiducia in noi."

"Bentornato Thorne," lo salutò Caine quando aprì la porta di casa. "Sei pronto a firmare il contratto?"

"Sono pronto," rispose lui. "Non dovrei più avere bisogno di andare a Wagga Wagga per essere ricoverato, ma dovrò connettermi con il centro una volta alla settimana. Il mio psicologo vuole continuare le sedute via Skype."

"Non c'è problema. Fatti dare la password da Sam. È protetto solo perché è lì che si trova tutta la documentazione amministrativa."

"Dovrai insegnare anche a me a usarlo," intervenne Ian. "Sarebbe più facile che andare fino a Cowra una volta a settimana, e anche io devo proseguire la terapia."

"Vi aggiusteremo," assicurò loro Caine. L'espressione australiana pronunciata con l'accento americano di Caine fece sorridere Thorne.

Divertimento a parte, tuttavia, finalmente ci credeva. L'uomo che tre mesi prima era arrivato a Lang Downs era spezzato. Non mentiva a se stesso dicendo di essere guarito – non era neanche certo che sarebbe mai stato possibile dopo tutte le brutture che gli avevano insozzato l'anima – ma si sentiva meglio di quanto non si sentisse da anni. La cosa migliore, però, era che aveva Ian e avrebbe fatto di tutto per proteggere la loro storia. Caine gli mise davanti il contratto. Thorne lo lesse velocemente, poi prese una penna. Ecco un vincolo che avrebbe onorato felicemente per tutta la vita.

# ONORARE LA TERRA

Serie Lang Downs, Libro 5

Il sogno di Seth Simms non è mai stato di diventare un jackaroo, e in effetti, stando a quanto dice il suo miglior amico Jason Thompson, non lo è. Ha solo avuto la fortuna, dieci anni prima, di trasferirsi a Lang Downs insieme al fratello. La vita nella stazione gli ha dato la stabilità necessaria a finire la scuola e frequentare l'università, ma il giovane non ha mai pensato che Lang Downs potesse diventare per lui il porto sicuro che sembra essere per tanti altri. Sa di essere troppo incasinato e crede che nessuno sarebbe disposto a prendersi in casa qualcuno con tutti i suoi problemi.

Sin da piccolo, Jason ha avuto un solo scopo nella vita: lavorare a Lang Downs come veterinario al bisogno e come jackaroo il resto del tempo. Può così approfittare delle sporadiche visite di Seth per stare con lui, anche se il sogno di passare da amici ad amanti sembra destinato a non avverarsi mai, visto che il ragazzo è etero.

Quando Seth torna a casa all'improvviso con l'intenzione di rimanere, Jason accoglie la notizia con la gioia che merita, ma destreggiarsi tra la relazione con un altro jackaroo e l'amicizia con il giovane meccanico non si rivela facile, soprattutto quando scopre quanto profondi siano i problemi di Seth e con quali mezzi il ragazzo cerchi di tenerli a bada.

*Per tutti coloro che hanno chiesto di più.*

# LISTA DEI PERSONAGGI

Caine Neiheisel: proprietario della stazione Lang Downs (*Ereditare il cielo*).

Macklin Armstrong: co-proprietario di Lang Downs, compagno di Caine (*Ereditare il cielo*).

Seth Simms: fratello di Chris, si è trasferito a Sydney per studiare ingegneria, miglior amico di Jason.

Jason Thompson: miglior amico di Seth, figlio di Patrick e Carley, si è appena laureato in veterinaria.

Chris Simms: fratello di Seth, residente di Lang Downs (*Inseguire le stelle*).

Jesse Harris: compagno di Chris, residente di Lang Downs, meccanico e jackaroo (*Inseguire le stelle*).

Sam Emery: direttore amministrativo di Lang Downs (*Superare la notte*).

Jeremy Taylor: residente di Lang Downs, compagno di Sam (*Superare la notte*).

Thorne Lachlan: residente di Lang Downs, ex soldato di carriera nelle Forze Speciali (*Domare le fiamme*).

Ian Duncan: residente di Lang Downs, compagno di Thorne (*Domare le fiamme*).

Patrick e Carley Thompson: residenti di Lang Downs, genitori di Jason. Patrick è il capo meccanico.

Neil Emery: sovrintendente di Lang Downs, fratello di Sam, sposato con Molly, padre di Dani e Liam, miglior amico di Ian.

Kami Lang: cuoco di Lang Downs.

Sarah Lang: madre di Macklin, sposata con Kami in seconde nozze.

Devlin Taylor: proprietario di Taylor Peak, la stazione confinante, e fratello di Jeremy.

Nick Walker: ex soldato delle Forze Speciali, miglior amico di Thorne.

Kyle e Linda: residenti di Lang Downs. Linda ha una figlia, Laura, da un precedente matrimonio.

Charlie White: residente di Taylor Peak.

Michael Lang: fondatore, ormai morto, di Lang Downs, prozio di Caine.

# PROLOGO

LA PRIMA cosa che Seth Simms fece dopo essere entrato in casa fu lanciare la sacca con il pranzo sul bancone della cucina. Ilene si sarebbe arrabbiata se l'avesse vista lì, ma la priorità di Seth, in quel momento, era farsi una doccia e togliersi il grasso dalle mani e dai capelli. Avrebbe pensato al resto una volta che si fosse ripulito. E comunque, Ilene non sarebbe arrivata prima di un'altra ora.

Dopo essersi piazzato sotto il getto d'acqua calda, Seth si chiese, non per la prima volta, cosa ci facesse ancora a Sydney visto che ormai si era laureato. Il lavoro all'officina meccanica era sufficiente a pagare le bollette e gli permetteva di frugare sotto il cofano di tutte le macchine che voleva, ma erano cose che avrebbe potuto fare già a sedici anni, anche senza quello che aveva imparato frequentando i corsi di ingegneria meccanica all'università. Era un argomento su cui litigava con Ilene almeno una volta al mese, ma cercarne un altro significava impegnarsi a restare a Sydney. La città non gli dispiaceva, diversamente da tanti altri posti in cui era vissuto da ragazzo, prima che lui e il fratello approdassero a Lang Downs, ma neanche la sentiva casa. Lang Downs era stato l'unico luogo a essersi mai guadagnato quel titolo.

Uscì dalla doccia e cominciò ad asciugarsi. Aveva ceduto alle insistenze di Ilene e trascorso il Natale insieme alla famiglia di lei, quindi era più di un anno che non metteva piede alla stazione. Lui e Chris si scrivevano regolarmente, talvolta anche tutti i giorni, ma non era lo stesso che vedersi. Magari avrebbe potuto prendere qualche giorno di ferie e fare una breve visita. Chris e il suo compagno Jesse gli avrebbero preparato la sua vecchia stanza e a Caine, il proprietario, non sarebbe dispiaciuto avere una bocca in più da sfamare per qualche giorno, tanto più se in cambio lui avesse aiutato svolgendo qualche lavoretto. E non avrebbe avuto nessun problema a farlo: Patrick, il capomeccanico, non spostava mai niente. Seth era pronto a scommettere che sarebbe riuscito a trovare gli attrezzi dentro alla rimessa anche con gli occhi bendati.

"Seth! Quante volte devo dirti di non lasciare i resti del pranzo sul bancone?" La voce stridula di Ilene risuonò per l'appartamento, dandogli immediatamente sui nervi. Qualche volta si chiedeva perché continuassero a stare insieme. Non era sempre stato così, ovviamente, anche se, in tutta sincerità, non riusciva a identificare il momento in cui le cose avevano cominciato a cambiare. Quando si erano conosciuti, tre anni prima, Ilene era spiritosa, sempre allegra e sorridente. All'epoca non le interessava che lui lavorasse come meccanico, nonostante avesse una laurea in ingegneria. Gli aveva detto che il lavoro giusto sarebbe arrivato a tempo debito. Ultimamente, però, era molto meno paziente. Cristo, visti i suoi precedenti, non si sarebbe stupito se fosse stato lui a trasformarla in un'arpia urlante. Infilò un paio di bermuda e una canottiera e uscì dal bagno. "Stavo appunto venendo a metterli via. Sarebbe stato peggio se avessi lasciato impronte di grasso ovunque. Ne ero ricoperto."

La ragazza lo guardò accigliata, ma non continuò la ramanzina, cosa per cui le fu grato.

"Stavo pensando di andare qualche giorno a Lang Downs a trovare mio fratello. Ti va di accompagnarmi?"

572

L'espressione che le si dipinse sul viso fu già di per sé una risposta. Non nutriva nessun interesse per la stazione, né mai l'avrebbe nutrito. Era stato l'unico punto a suo sfavore quando avevano cominciato a uscire, ma Seth aveva sperato che, col tempo, avrebbe capito quanto era importante per lui e avrebbe imparato ad amarla, o perlomeno a tollerarla, per farlo contento. Non era successo.

"Quando pensavi di andare?" gli chiese invece, il tono di voce così freddo e carico di rimprovero che Seth dovette trattenersi dallo sbatterla fuori su due piedi. Era sua ospite in fin dei conti. Sul contratto d'affitto c'era solo il *suo* nome. Avrebbe potuto chiederle di andare via in qualsiasi momento e lei non avrebbe potuto farci niente.

"Non ho ancora deciso. Devo prima parlarne a Chris, sentire quando potrebbe andargli bene. E poi chiedere le ferie in officina."

"Non potresti andare e tornare nel giro di un fine settimana?" chiese lamentosa lei. "Stavo guardando delle crociere per le vacanze. Se usi le ferie adesso, dovremo aspettare fino all'anno prossimo."

"Ilene, detesto le navi. Lo sai. Perché dovrei andare in crociera? Starei male per tutto il tempo."

"Detesti le barche," ribatté lei. "Non sei mai stato su una nave da crociera. Non ti accorgi neanche che sei in mezzo al mare se eviti i ponti esterni. È più una città galleggiante che altro."

Magari era così, ma sempre nave restava.

"Vado a scrivere a Chris. Sento che ne dice e poi parleremo dei progetti per le vacanze. Ma niente navi."

Lei sbuffò, ma non aggiunse altro. Seth svuotò la sacca del pranzo e la ripose sotto il lavello, così da non dover sentire altri rimproveri quando fosse tornato in cucina. Dopodiché andò nella stanza in più che usavano come studio e accese il computer. Sentiva Ilene camminare con passo pesante in salotto e in cucina, blaterando su cose inutili con il solo scopo di rendere chiaro il suo malumore, ma Seth la ignorò. Quando aprì la cartella della posta in arrivo, sorrise nel vedere un messaggio del fratello in cima alla lista. Lo aprì e si sentì gelare non appena lesse la prima riga.

*Jason è a casa.*


JASON THOMPSON era in piedi sulla veranda del dormitorio, lo sguardo rivolto in lontananza verso il cielo notturno. I genitori gli avevano offerto la sua vecchia stanza, ma lui non voleva tornare come ospite o essere considerato ancora un ragazzino. Voleva che gli altri lo vedessero come uno di loro, sia che lavorasse come jackaroo sia che aiutasse in veste di veterinario, e l'unico modo perché ciò accadesse – con i residenti in primo luogo, e forse anche con gli stagionali – era vivere insieme ai lavoranti.

"Sei troppo silenzioso, amico."

Jason spostò lo sguardo per vedere chi lo aveva raggiunto. Impiegò qualche secondo a dargli un nome. Cooper qualcosa. Non ricordava il resto. Aveva incontrato troppe persone nuove negli ultimi due giorni per riuscire a tenere a mente ogni cosa.

"È strano essere a casa eppure fare le cose diversamente dal solito," spiegò. "Prima che partissi per l'università, la mamma non mi permetteva spesso di venire al dormitorio, e in ogni caso mai da solo e senza una ragione ben precisa. Non ero un jackaroo, quindi, per come la vedeva lei, non avevo ragione di stare qui."

"Ora invece ce l'hai," finì per lui Cooper.

"Forse," rispose Jason con una punta di amarezza nella voce. "Neil mi ha assegnato lo stesso lavoro che ha assegnato a uno dei novellini. O ha paura che mi succeda qualcosa e che mio padre vada a cercarlo, oppure non si ricorda che ho vissuto alla stazione tanto quanto lui. Mi considera ancora un ragazzino."

Cooper si appoggiò alla colonna che sosteneva il tetto della veranda, permettendo a Jason di ammirare il suo fisico slanciato. Per un attimo, si sentì in colpa per quello sguardo concupiscente, ma l'altro lo squadrava allo stesso modo. "Allora è cieco. Sei tutto meno che un ragazzino."

Jason sorrise. Cooper non era Seth, ma era lì, era interessato ed era disponibile – tre cose che Seth non sarebbe mai stato – e c'erano modi peggiori di trascorrere l'estate. Si portò la bottiglia della birra alle labbra e la svuotò tutta d'un fiato. "Mi andrebbe un'altra birra. Ne ho qualcuna in camera. Ti unisci a me?"

Il viso di Cooper si aprì lentamente in un sorriso e lo sguardo del jackaroo lo percorse di nuovo dalla testa ai piedi. "Dipende da cos'altro offri."

Jason sorrise a sua volta. "Sono certo che sapremo trovare qualcosa che piaccia a entrambi."

# CAPITOLO 1

LO SQUILLO del telefono riscosse Sam Emery, il responsabile amministrativo di Lang Downs, dalla profonda concentrazione in cui era immerso mentre compilava il bilancio trimestrale per la stazione. Imprecò sottovoce rendendosi conto di aver perso il segno di dove era arrivato nella lunga fila di cifre, ma non c'era nessun altro in casa che potesse rispondere.

"Lang Downs. Sono Sam Emery."

"Posso parlare con Jeremy Taylor?"

"No, è su ai pascoli," rispose Sam. "Ma può lasciare un messaggio."

"Può dirgli di chiamare Taylor Peak appena possibile? Riguarda suo fratello."

Sam rifletté qualche secondo su cosa avrebbe potuto dire. Lui e Jeremy non facevano segreto della loro relazione lì a Lang Downs, ma il fratello del suo amante non accettava quello che c'era fra loro, motivo per cui entrambi lavoravano per Caine e Macklin e non per Devlin. D'altro canto, se c'era un problema, magari poteva essere di aiuto... sempre ammesso che l'uomo dall'altra parte della linea non condividesse gli stessi pregiudizi del suo padrone e fosse disposto a parlargli.

"Sono il compagno di Jeremy. È successo qualcosa a suo fratello?"

L'uomo esitò così a lungo che Sam pensò avrebbe riattaccato, ma alla fine si decise a parlare. "C'è stato un incidente. Devlin è stato portato all'ospedale di Canberra in elicottero. So che lui e Jeremy hanno avuto dei problemi ma ho pensato che dovesse saperlo."

"Che tipo di incidente?" Sam si sentì stringere lo stomaco al pensiero di tutte le cose che avrebbero potuto andare male in una stazione: ossa rotte, arti stritolati, o peggio.

"Il cavallo l'ha disarcionato," rispose l'uomo. "Più o meno un'ora dopo ha perso conoscenza e non siamo riusciti a svegliarlo. Sembra messo male."

"Farò in modo che Jeremy lo sappia subito," gli assicurò Sam. "Deve venire lì alla stazione o possiamo andare direttamente all'ospedale?"

"I caposquadra possono cavarsela da soli per qualche giorno. Non è ancora la stagione degli accoppiamenti. Ma se le cose vanno per le lunghe, ci sarà bisogno di qualcuno capace di decidere. Siamo abituati a seguire gli ordini del capo."

Sam avrebbe avuto qualcosa da dire a proposito di mandriani testoni che prendevano decisioni stupide, ma l'avrebbe riservato a Devlin quando si fosse ripreso. Al momento, la priorità era far rientrare Jeremy dai pascoli e mandarlo a Canberra. Tutto il resto avrebbe potuto aspettare finché non ne avessero saputo di più sulla prognosi.

"Grazie per averci informato," disse. "Se parla con la persona che lo ha accompagnato, la informi che Jeremy sta arrivando. Faremo il prima possibile."

"Agli ordini," rispose l'uomo prima di riattaccare.

Sam si appoggiò allo schienale e inspirò a fondo. Non aveva idea del modo in cui Jeremy avrebbe accolto la notizia. Era vero che lui e Devlin non si parlavano da anni, ma erano pur sempre fratelli. Sam non riusciva neanche a immaginare come si sarebbe sentito se ci fosse stato Neil ferito in ospedale. Di certo ne sarebbe stato devastato. Aspettare tuttavia non avrebbe migliorato la situazione, ma anzi avrebbe potuto fare la differenza tra il permettere a Jeremy di vedere il fratello ancora in vita oppure no. Inspirò di nuovo e prese la radio.

Controllò la frequenza che era stata assegnata quel giorno al suo amante e regolò il trasponder in modo che solo la sua radio ricevesse la chiamata. Non c'era bisogno per il momento che tutta la stazione venisse a conoscenza della notizia. Se ne sarebbero preoccupati quando avessero avuto informazioni più precise.

"Jeremy? Ci sei?"

La radio crepitò per qualche secondo, poi la voce di Jeremy gli arrivò attraverso l'etere. "Eccomi. Che succede?"

"C'è stato un incidente a Taylor Peak."

Jeremy disse qualcosa che si perse nella statica, ma a occhio e croce non doveva essere stato niente di lusinghiero.

"Devi tornare," insistette Sam. "Dobbiamo andare a Canberra."

"Sam, non è un buon momento."

"Jeremy Taylor, riporta immediatamente il tuo culo alla stazione. Tuo fratello è ferito," lo rimproverò lui. "Dove sei? Possiamo incontrarci a metà strada per risparmiare tempo. Uno degli altri jackaroo penserà a riportare il cavallo."

Il suo sfogo fu accolto da un lungo silenzio.

"Ci vediamo sulla strada che porta fuori dalla valle tra un'ora," cedette infine Jeremy. "Portami un cambio di vestiti. Puzzo di pecora."

"Ti aspetto al terzo cancello dalla stazione," disse Sam. "A tra poco."

Posò la radio e andò in cucina. Non si aspettava di trovarci nessuno ad esclusione di Kami e Sarah. Avrebbe raccontato loro quanto successo, chiedendogli poi di riferirlo a Caine e Macklin. Con sua sorpresa, però, c'era proprio quest'ultimo seduto a un tavolino di fianco alla porta della cucina.

"Che c'è che non va?" esordì l'uomo non appena lo vide entrare.

Sam non si prese la briga di chiedergli come facesse a saperlo. Era chiaro che glielo aveva letto in faccia. "Hanno chiamato da Taylor Peak. Devlin è stato disarcionato e l'hanno portato a Canberra in elicottero. Jeremy sta tornando. Partiremo non appena avrò preso qualche cambio di vestiti, e non so quanto staremo via."

"Non importa." Macklin si alzò. "Non lasciare che Jeremy torni indietro solo perché teme di trascurare il lavoro. Io e Devlin non siamo mai stati amici, ma è suo fratello e Jeremy deve restargli accanto finché sarà necessario. Non siamo a corto di manodopera e riusciremo a coprire i suoi turni."

"Grazie," fece Sam. "Lo apprezzo, anche se lui non avrà mai il coraggio di dirlo."

Macklin sorrise. "Siamo intesi, allora."

"Sono arrivato solo a metà del bilancio trimestrale."

"Sam, vai!" lo spronò l'altro. "Caine se la caverà. E fateci sapere se c'è qualcosa che possiamo fare."

Sam annuì e uscì diretto alla casa che divideva con Jeremy. Buttò qualche vestito in una valigia, la chiuse e la gettò dentro al cassone dell'ute, quindi si diresse verso il cancello dove avrebbe dovuto incontrarsi con il suo uomo. Era probabile che sarebbe arrivato in anticipo, ma meglio quello che fare tardi. Sarebbero partiti non appena Jeremy lo avesse raggiunto e magari avrebbero fatto in tempo a trovare Devlin ancora vivo.


SETH NON fu particolarmente sorpreso di non incrociare nessuno mentre attraversava Taylor Peak diretto verso casa. Ogni tanto poteva capitare di incontrare un gruppo di jackaroo appartenenti alla stazione confinante, ma la maggior parte delle volte gli unici esseri viventi erano le greggi di pecore sparpagliate qua e là nei pascoli. Fu invece più sorpreso quando scorse una macchina che si dirigeva verso di lui da Lang Downs. Si spostò sul ciglio della strada per farla passare e vide all'interno Sam e Jeremy. Li salutò con la mano ma loro non lo notarono oppure non lo riconobbero. Seth si strinse nelle spalle e proseguì. Probabilmente si erano scordati che sarebbe arrivato quel giorno. Chris di certo gliel'aveva detto, ma non poteva aspettarsi di essere in cima ai pensieri di tutti. Non era neanche più in cima ai pensieri di Chris da quando era partito per frequentare l'università, ma difficilmente il fratello si sarebbe scordato del suo arrivo. Poteva sempre contare su di lui, anche quando il resto del mondo lo deludeva.

Percorse gli ultimi chilometri con la sola compagnia della musica. Non riusciva a credere quanto fosse bello poter scegliere le canzoni e alzare il volume a suo piacimento, invece di dover sempre sottostare alle preferenze di Ilene.

Entrando nella stazione vera e propria, sorrise nel vedere Carley, la mamma di Jason, uscire dal dormitorio sommersa da un mucchio di lenzuola. Abbassò il finestrino e sporse fuori la testa. "Ti serve una mano?"

"Da quanti anni credi che lo faccia, ragazzino?" ribatté lei scherzosamente. "Tranquillo che non mi lascio sopraffare da qualche paio di lenzuola sporche."

"Buttale nel baule," insisté Seth mentre tirava la leva per aprirlo. "Così strada facendo mi aggiorni sulle novità."

Lei gli rivolse uno sguardo esasperato, ma accettò e, qualche secondo dopo, gli sedette accanto nella macchina.

"Allora, che mi racconti?" chiese lui.

Il sorriso della donna si spense. "Devlin Taylor ha avuto un incidente. Jeremy e Sam stanno andando a Canberra. Non so altro, ma Sam sembrava piuttosto scosso quando è andato via, quindi immagino che non sia messo troppo bene."

Seth si sentì stringere lo stomaco al pensiero di qualcuno costretto a correre al capezzale di un fratello ferito. Se lo avevano portato all'ospedale di Canberra e non a quello di Yass, che era più vicino ma anche più piccolo, allora doveva essere una cosa seria. "Questo spiega perché non mi hanno neanche salutato quando li ho incrociati per strada."

"Tu invece spiegami perché c'è tutta quella roba là dietro. Chris ha detto che ti saresti fermato solo qualche giorno."

"L'idea era quella," rispose lui. "Ma poi mi sono reso conto che volevo tornare a casa. Spero proprio che Caine e Macklin abbiano bisogno di un paio di mani in più."

"Se dicono no, ci penso io a convincerli," disse Carley, l'espressione più determinata che mai. "Patrick comincia a invecchiare, indipendentemente da quello che ne pensa lui, e le mani gli danno più fastidio di quanto vorrà mai ammettere. L'orgoglio gli impedisce di dire a Caine e Macklin che non ce la fa da solo, ma stai pur certo che non rifiuterà se ti farai vedere giù alla rimessa e l'aiuterai con i lavori più pesanti."

"Avresti dovuto chiamarmi prima," esclamò Seth. "Sarei venuto di corsa."

"Patrick non me l'avrebbe mai perdonato. Avevi una vita a Sydney: un lavoro e una ragazza. Non ti avrebbe mai chiesto di abbandonare tutto per lui. Ti ha sempre considerato un figlio e voleva che tu fossi felice. Se Sydney era la tua scelta, non avrebbe interferito."

"Non importa più ormai," disse Seth. "Resterò fintanto che andrà bene a Caine e Macklin. Sia che possa lavorare con le macchine o che debba uscire con una delle squadre, sono qui per rimanere."

"E la tua ragazza? Irene, o sbaglio?"

"Ilene," la corresse Seth con una smorfia di disgusto mentre parcheggiava davanti alla casa di Carley e Patrick – *la casa di Jason* puntualizzò la sua mente traditrice. "Non le

577

interessava trasferirsi qui con me e a me non interessava restare. Mi è subentrata nell'affitto dell'appartamento. Le poche cose che volevo tenere ma che non ho potuto portarmi dietro sono in un deposito e ci resteranno finché non avrò un posto dove metterle. Il resto gliel'ho lasciato. La maggior parte non valeva neanche la pena di perderci tempo a discutere."

"Oh, tesoro, mi dispiace." Carley lo strinse in un tenero abbraccio.

Seth ricambiò con decisione. Dopo che sua madre era morta quando lui aveva solo quattordici anni, Carley era stata la figura che più di tutte aveva rappresentato quel ruolo. Non avrebbe mai chiesto apertamente le sue attenzioni – a ventisei anni non aveva bisogno delle coccole quanto un bambino – ma il ragazzino spaurito che viveva ancora dentro di lui non aveva nessuna intenzione di rifiutarle. Non gli dispiaceva aver perso Ilene, ma lo scarso giudizio dimostrato nello sceglierla, e poi nell'aspettare tanto prima di lasciarla, era una puntura dolorosa per il suo orgoglio.

"Sono contento di essere tornato," rispose alla fine.

"Vieni dentro. Ti preparo una tazza di tè e continuiamo a parlare mentre faccio partire la lavatrice. Chris aveva programmato di stare vicino a casa oggi così da poterci essere quando saresti arrivato, ma è dovuto andare a prendere il posto di Jeremy dopo che ci hanno informato dell'incidente. Sapeva che avresti capito."

Certo che capiva. Avrebbe fatto la stessa cosa se fosse stato al suo posto, ma ciò non toglieva che gli dispiacesse non vederlo. Non voleva andare a casa e aspettare seduto sul divano del salotto di Chris e Jesse senza niente da fare fino all'ora di cena, quando i jackaroo fossero rientrati dai campi. "Vengo solo se mi permetterai di aiutarti."

"Bene, porta dentro le lenzuola, ma una volta che sono in lavatrice non c'è davvero altro da fare se non aspettare."

Seth le prese dal baule in una bracciata e seguì la donna in casa. Quando era un ragazzino, aveva trascorso altrettanto tempo in quella cucina di quanto ne avesse passato in quella di Chris e Jesse. Lui e Jason avevano fatto i compiti insieme su quel tavolo per quasi tre anni; e se aveva fatto finta di avere più difficoltà con la matematica di quanto non fosse vero, era stato solo per permettere all'amico più giovane di raggiungerlo e potersi così diplomare lo stesso anno. Ovviamente, poi Jason aveva dovuto rovinare tutto andando a studiare veterinaria in un'altra città.

Seth aveva fatto domanda per la facoltà di ingegneria il giorno dopo che Jason aveva ricevuto la lettera in cui gli veniva comunicato di essere stato accettato ad Adelaide. E ora, sette anni dopo, era finalmente tornato a casa.

Portò le lenzuola in lavanderia e le infilò dentro la lavatrice.

Carley l'avviò, poi lo spinse di nuovo in cucina. "Siediti," gli ordinò mentre cominciava a riempire il bollitore elettrico. "Raccontami che ti è successo."

Seth si strinse nelle spalle. Non poteva raccontarle di essere tornato a Lang Downs perché era lì che si trovava Jason. Non era preoccupato dell'opinione che la donna avrebbe potuto avere di lui se gli avesse confessato di essere bisessuale – non aveva mai battuto ciglio per le altre coppie gay della stazione – ma poteva avere delle obiezioni riguardo al fatto che puntasse suo figlio. E se anche così non fosse stato, Jason avrebbe potuto non apprezzare che sua madre lo sapesse prima di lui. "Volevamo cose diverse. E un paio di settimane fa mi sono reso conto che non l'amavo abbastanza da accettare di cedere a tutte le sue pretese quando a lei non importava di me neanche quel tanto da scendere a compromessi sulle cose basilari."

"Sembra che tu stia meglio senza di lei." Carley gli mise davanti il cestino con i tè e una tazza. "Anche se qui non è che le ragazze abbondino. Quest'estate ci sono solo tre jillaroos. Ogni anno ne arrivano sempre meno."

"Che ti aspettavi? La maggior parte di loro cerca un marito tanto quanto un lavoro. Pensano che Lang Downs sia piena di gay e di conseguenza un pessimo terreno di caccia." Carley fece una risatina. "Quindi dieci vuol dire 'pieno' di questi tempi? Ci sono molti altri uomini alla stazione."

Seth si soffermò per un secondo a contare. Caine, Macklin, Chris, Jesse, Sam, Jeremy, Thorne, Ian... erano otto, ma Carley aveva parlato di dieci. "È arrivata una nuova coppia dall'ultima volta che sono stato qui?"

"Solo perché sono gay non significa che stiano con qualcuno o che abbiano in mente di restare," insistette lei. "Abbiamo già avuto dei jackaroo gay che sono rimasti solo una o due stagioni. Lo sai bene."

Aveva ragione, ovviamente, ma Seth non li aveva mai considerati perché arrivavano e partivano seguendo i ritmi delle stagioni e spesso senza che la loro presenza avesse questo grosso impatto sulla stazione e i suoi abitanti. Seth aveva sempre guardato agli stagionali come a un mare di volti interscambiabili, almeno finché uno di loro non dimostrava interesse per la meccanica.

Ma non importava. Seth non era mai stato con un uomo perché il suo cuore era troppo preso da Jason per riuscire ad andare oltre l'apprezzamento per un bel viso o un bel sedere se gli capitava di vederne, e non aveva intenzione di mettersi a dare la caccia ai jackaroo gay solo perché era single.

"Al momento ho messo una croce sulle donne. Dopo essere stato tre anni con Ilene ne ho abbastanza. Sarà bello godersi la vita a casa senza pressioni o altro." E sarebbe stato bello vedere di nuovo Jason, anche se per quello avrebbe dovuto aspettare dopo cena.

"Sono contenta di averti di nuovo qui," gli disse Carley mentre versava l'acqua bollente dentro la tazza. "Ho sentito la mancanza dei miei due ragazzi. Caine ti metterà subito al lavoro proprio come ha fatto con Jason, ma mi aspetto di vedervi a cena qui la domenica, anche se il resto del tempo mangerete alla mensa."

"Sì, mamma." L'aveva detto per prenderla in giro, ma la felicità che le lesse sul viso gli fece decidere di chiamarla più spesso in quel modo. La donna che lo aveva messo al mondo aveva appena meritato quel titolo, diversamente da Carley, che lo aveva appoggiato e aveva creduto in lui sin quasi dal suo primo giorno alla stazione.

"A che sta lavorando Caine?" le chiese per cambiare argomento. "Ha sempre qualche nuovo progetto in mente."

"Si sta informando sui pannelli fotovoltaici e le pale eoliche," rispose lei. "Vuole portare l'elettricità nei capanni. Il fuoco va già abbastanza bene, ma l'elettricità sarebbe particolarmente utile nel caso facesse davvero freddo o fosse molto umido. L'ipotermia è pericolosa."

"A cena cercherò di scambiarci due parole," disse Seth. "L'ingegneria elettrica non è il mio ramo, ma ne so abbastanza da potergli dare una mano. Mi piace infilare il naso nei motori, ma se riuscissi a mettere a frutto la mia bella laurea, almeno mi sentirei ripagato di tutta la fatica che ho fatto per prenderla."

"Non ho mai capito perché sei voluto andare all'università quando ne sapevi già quasi quanto Patrick di motori e avresti potuto imparare da lui il resto."

Seth si sentì arrossire. "Chris voleva che avessi più di una strada aperta, e all'epoca mi era sembrata una buona idea."

"E ora?"

"Ora mi dà l'opportunità di mettere a disposizione di Lang Downs una serie di conoscenze che non avrei avuto altrimenti," disse Seth. "Ne è valsa la pena."

# CAPITOLO 2

JASON DIEDE qualche colpetto sul collo del cavallo e richiamò Polly. Avevano trascorso l'intera giornata a spostare il gregge da un pascolo all'altro ed era stanco, sporco e pronto ad andare a casa. Si sarebbe sentito in quel modo a prescindere, ma quello era il giorno in cui tornava Seth. Jason non sapeva quanto si sarebbe fermato – *mai abbastanza*, comunque – quindi lo innervosiva ogni secondo che non potevano trascorrere insieme perché lui era nei pascoli. Se anche lui fosse stato in visita non sarebbe importato, avrebbe detto ai capi che non aveva voglia di uscire, ma non era più un bambino o un ospite. Era lì per lavorare e ciò significava fare tutto quello che Macklin o Neil gli ordinavano. Quel mattino non avevano avuto bisogno che restasse alla stazione in veste di veterinario, così era uscito a cavallo per svolgere il lavoro di un jackaroo, come aveva sempre detto avrebbe fatto.

"Sono le ultime, ragazzi," urlò Ian mentre si chiudeva il cancello alle spalle. "È ora di rientrare. Jason, possiamo pensare noi a Polly se tu vuoi andare avanti."

"Sicuro?" chiese lui. Aveva Polly sin da quando era un cucciolo, e più di una volta l'aveva portata in sella con sé, ma non montava Titan quel giorno, e non sapeva come avrebbe reagito il cavallo se Polly gli fosse saltata in groppa all'improvviso.

"Vai," lo rassicurò Ian. "La tua testa è stata laggiù tutto il giorno, tanto vale che ci porti anche il resto del corpo quanto prima. Magari è la volta che la smetti di fare il muso lungo."

"Non è vero che avevo il muso lungo!" esclamò Jason rivolgendosi a Thorne.

"Invece mi sa di sì, ragazzo," rispose quest'ultimo. "Sei sicuro di non andare incontro a una delusione?"

"Il mio migliore amico torna a casa per una visita," esclamò lui. "Perché dovrei essere deluso?"

L'espressione di Thorne diceva che nessuno credeva alle sue rassicurazioni, ma Seth era etero. Jason l'aveva sempre saputo. E l'aveva accettato. Non avrebbe potuto diventare gay più di quanto lui potesse diventare etero. Ciò, ovviamente, non gli aveva impedito di amarlo. Niente mai avrebbe potuto. Aveva accettato anche quello. Durante l'università ad Adelaide non aveva fatto nulla per far funzionare il suo rapporto con Riley e quando alla fine si erano lasciati, aveva dato la colpa alle diverse aspettative che avevano nei confronti della vita: lui voleva tornare a casa, Riley voleva una compartecipazione in una piccola clinica veterinaria in città. Magari le cose sarebbero state diverse ora che era di nuovo alla stazione. Cooper non era Seth, ma era un jackaroo di carriera che apprezzava la vita nell'outback. Bastava quello perché avessero in comune più di quanto avesse mai avuto con qualunque altro ragazzo.

Tranne che con Seth, ma Seth non era gay. Aveva quella ragazza a Sydney. Anche se lo trattava malissimo. Era un'arpia, sempre pronta a strillargli contro per questo o quel motivo. Jason l'aveva sentita diverse volte mentre lui e l'amico parlavano via Skype. Di persona era anche peggio. Sperava almeno che fosse brava a letto perché Seth meritava che ci fosse anche solo un lato positivo in quella relazione.

Thorne avvicinò il proprio cavallo al suo. "Non per farmi gli affari tuoi, ma se accetti il consiglio di uno che ne ha viste di cotte e di crude, cerca di dimostrarti meno entusiasta del ritorno di Seth se vuoi mantenere vivo l'interesse di Cooper. Un uomo potrebbe arrivare a chiedersi quanto è importante per il suo amante se questi presta più attenzione al suo amico che a lui."

"Seth non resterà che pochi giorni, una settimana al massimo," ribatté Jason, "e se anche restasse più a lungo, non si interesserebbe mai a me. Non ho l'equipaggiamento giusto. Ma rimane il mio migliore amico e non intendo rinunciare alla possibilità di passare del tempo con lui finché è qui. Quando sarà partito, Cooper avrà di nuovo tutta la mia attenzione."

Thorne non sembrò convinto, ma Jason lo ignorò e spronò il cavallo verso la stazione. Se davvero non aveva che pochi giorni da trascorrere insieme a Seth, non voleva sprecare neanche un minuto.

Persino al piccolo galoppo, impiegò mezz'ora per raggiungere casa. La macchina di Seth non era parcheggiata davanti al cottage di Chris e Jesse, ma neppure quella dei due uomini c'era, il che poteva significare che entrambe erano nell'area che usavano come parcheggio dietro alla rimessa degli attrezzi. Tolse in fretta e furia i finimenti al cavallo e gli diede una strigliata veloce prima di spedirlo nel recinto a brucare l'erba. Prese un attimo in considerazione il dormitorio, ma era probabile che a quell'ora le docce fossero già tutte occupate. Avrebbe fatto prima ad andare a casa dei genitori e usare il loro bagno, poi sarebbe corso a cercare Seth.

All'amico non sarebbe importato se fosse stato pulito e profumato oppure se avesse ancora puzzato di sudore e polvere, ma importava a lui. Forse Seth non avrebbe mai ricambiato i suoi sentimenti, ma Jason avrebbe continuato a sforzarsi. Era uno sciocco? Pace.

Volò su per gli scalini della casa dei genitori e si fermò sulla veranda per togliersi gli stivali. Magari non viveva più lì, ma non per questo sua madre era più indulgente.

"Ciao, mamma," la salutò entrando. "Posso approfittare della doccia?"

"Sì. certo, ma prima vieni a salutare Seth. Mi ha tenuto compagnia per tutto il pomeriggio."

Jason rimase di sasso. Seth era lì nella cucina di sua madre, invece che da Chris e Jesse, o in mensa o chissà dove. Non se l'aspettava. Inspirò a fondo e ricordò a se stesso che si trattava del suo miglior amico. Nient'altro aveva importanza.

Deviò verso la cucina, incollandosi un sorriso sulla faccia, ma nel momento stesso in cui il suo sguardo si posò sul ragazzo, tutto il suo nervosismo sparì di botto. Seth era bello come sempre: capelli castano chiaro spettinati come se avesse tenuto il finestrino aperto mentre guidava (o come se qualcuno ci avesse passato in mezzo le dita, ma quell'immagine era troppo fastidiosa per soffermarcisi, anche se le dita fossero state quelle di Seth stesso) e occhi verdi che brillavano di gioia. Aveva sempre pensato che gli occhi fossero il suo punto forte e, splendenti com'erano in quel momento, catturarono la sua attenzione e lo stregarono.

"Bentornato," lo salutò, attraversando la stanza per andare ad abbracciarlo. "Quanto ti fermi?"

Seth si alzò per ricambiare l'abbraccio e quello che era partito come uno scambio veloce si trasformò in una stretta che portò i loro corpi in contatto dalla testa ai piedi. Jason pregò che il suo uccello non decidesse di svegliarsi.

"A tempo indeterminato," rispose Seth quando si tirò indietro. "Mi sono stancato di Sydney."

Jason lo scrutò in viso alla ricerca di un accenno di dubbio o esitazione, ma non ne trovò. Quale fosse la ragione che l'aveva spinto a quella decisione, Seth sembrava convinto.

"Allora bentornato sul serio. Siamo contenti di riaverti." Deglutì. "*Io* sono contento di riaverti."

"Sì, tua mamma mi stava dicendo che Patrick sta cominciando a soffrire di artrite alle mani. Cercherò di alleggerirgli quanto più possibile il lavoro, e magari riuscirò anche ad aiutare Caine a realizzare qualcuno dei suoi progetti."

Non era per quello che Jason era contento della presenza dell'amico, ma meglio lasciarglielo credere. "Ricordati solo di non parlare dell'artrite davanti a papà. Non riesce ancora ad accettare che sta peggiorando."

"Starò attento," rispose Seth. "In effetti non ho ancora incontrato Caine e Macklin e non gli ho detto che vorrei rimanere. Magari farei meglio ad andarci adesso, visto che stanno rientrando tutti dai pascoli. Ci vediamo a cena?"

"Certo che sì. Dopo anni a base delle schifezze della mensa dell'università, i piatti di Kami sembrano ancora più buoni di quanto non fossero quando eravamo ragazzini. Tu almeno mangiavi del buon cibo fatto in casa."

"Lo dici tu. Ilene in cucina se la cavava male quanto me."

"A proposito di Ilene…" Lasciò la domanda in sospeso.

"Ha deciso di restare a Sydney," rispose Seth. "Non starò a ripeterti parola per parola quello che ha detto, ma era chiaro che non avesse nessuna voglia di trasferirsi in una stazione dove si allevano pecore."

Fu un sollievo. Jason l'avrebbe sopportata se avesse significato avere Seth a casa, ma non doverci avere niente a che fare – non doverla più vedere accanto all'uomo che lui amava – era molto meglio.

"Mi dispiace." Era una bugia, ma anche la cosa giusta da dire viste le circostanze.

"A me no," ammise Seth. "Non eravamo fatti l'uno per l'altra. Peccato che ci ho messo tutto questo tempo a capirlo."

Lo abbracciò di nuovo brevemente, poi strinse Carley, un po' più a lungo. "Ci vediamo in mensa."

Dopo che Seth fu uscito, Jason si lasciò cadere sulla sedia che l'amico aveva occupato. "Sono fottuto."

"Educazione, giovanotto," lo rimproverò sua madre. Jason trasalì. Non aveva voluto dirlo a voce alta.

"Scusa mamma, mi sto già abituando alla vita del dormitorio."

"Non è una buona ragione per essere volgari. E, in ogni caso, perché lo pensi? Eri così contento di vederlo."

Jason rifletté su cosa dire, ma non era mai stato bravo a mentirle. D'altro canto, se non si fosse inventato qualcosa lei avrebbe cercato di scoprirlo da sola. Jason voleva bene a sua madre, ma doveva riconoscere che non si era mai fatta scrupoli a ficcare il naso nei suoi affari. Si alzò e andò verso la porta. Meglio fare la doccia al dormitorio. Non era il momento giusto per affrontare sua madre e tutte le sue domande. "Non è niente. Vado a darmi una pulita prima di cena. Ci vediamo dopo."

Carley lo fermò prendendolo per un braccio. "Non voglio impicciarmi, ma se dovesse venirti voglia di parlare, sono qui."

"Grazie, mamma."


JEREMY ERA nel corridoio fuori dal reparto di terapia intensiva dell'ospedale di Canberra. I medici avevano fatto del loro meglio per stabilizzare Devlin, ma l'infermiera con cui avevano parlato non sembrava nutrire troppe speranze. Però aveva promesso di mandare il primo dottore che si fosse liberato a spiegargli quale fosse la prognosi.

"Signor Taylor?"

"Sì, sono io," rispose lui, voltandosi a guardarlo. Il viso stanco e logorato dell'uomo non lo aiutò a tranquillizzarsi. "Come sta mio fratello?"

"Non bene," disse il dottore. "Non voglio mentirle. La caduta ha causato un'emorragia cerebrale. Abbiamo aspirato del sangue per diminuire la pressione ed evitare danni al cervello, ma considerato il tempo intercorso tra l'incidente e l'inizio del trattamento, temo che qualche danno sia inevitabile. Lo terremo qui questa notte perché vogliamo assicurarci che sia stabile prima di spostarlo, ma preferiremmo trasferirlo in un centro traumatologico a Sydney. Se non altro, lì hanno a disposizione maggiori risorse per aiutarlo ad adattarsi alla nuova situazione."

Jeremy scosse la testa come se volesse rifiutare ciò che aveva appena sentito. "È il proprietario di un allevamento di pecore. Ci sono uomini che dipendono da lui."

"Mi dispiace, signor Taylor, ma ciò che faceva prima non cambia il suo stato attuale. Faremo quanto è in nostro potere, ma passerà molto tempo prima che possa tornare a svolgere qualsiasi tipo di lavoro in una stazione. Ammesso che sopravviva."

"Grazie per avermi informato," rispose in automatico Jeremy. Aveva la sensazione che il mondo gli stesse crollando addosso. Lui e Devlin non si parlavano da anni, ma era pur sempre suo fratello, un punto fermo della sua vita. Non poteva… La vita senza Devlin… Se fosse morto, non avrebbero più avuto l'occasione di fare pace.

"Jeremy?"

Si voltò verso il punto da cui aveva sentito provenire la voce di Sam. Il compagno gli prese la mano e lo allontanò dalla vetrata che si affacciava sulla stanza di Devlin. Trovarono – Sam trovò, perché lui si limitava a seguirlo – una saletta tranquilla. Le sedie di plastica erano tutto meno che comode, ma era comunque meglio che stare in piedi.

"Hai parlato col dottore?"

Jeremy annuì, cercando di mettere ordine nei propri pensieri.

"Non sembra…" La voce gli si spezzò prima che avesse modo di finire la frase. Deglutì per ingoiare il nodo che gli stringeva la gola e trattenne le lacrime. Devlin non avrebbe pianto, nel caso i ruoli fossero stati invertiti. Anzi, forse avrebbe accolto con gioia la notizia di un frocio in meno al mondo. "La situazione è brutta. È vivo, ma non sono sicuri per quanto ancora. E se anche dovesse sopravvivere, non sarà più in grado di gestire la stazione, non per un bel pezzo almeno. E io non so neanche chi è il suo braccio destro per poterlo avvisare."

"Chiameremo Taylor Peak e vedremo chi risponde," disse Sam. "E se non dovesse rispondere nessuno, chiameremo Caine e gli diremo di mandare qualcuno con un messaggio. Faremo tutto il necessario, un passo alla volta. D'accordo?"

Jeremy annuì, grato per la ferma risolutezza del compagno al suo fianco. Avrebbe potuto fare tutto, fintanto che avesse avuto Sam dalla sua parte. Doveva ricordarselo, sempre.

"Vuoi che chiami subito?"

Jeremy si strinse nelle spalle, incapace di decidere. Tutti i suoi pensieri erano concentrati nella stanza dove era ricoverato Devlin, dove suo fratello stava combattendo per restare in vita. Oddio…

"Calmo," lo tranquillizzò Sam, massaggiandogli la schiena mentre lui si piegava su se stesso. "Respira. Ci penso io al resto. Tu pensa solo a far entrare aria nei polmoni. Dentro e fuori. Piano, così."

Jeremy accordò i respiri al movimento della mano di Sam sulla sua schiena. Inalava quando questa si spostava a destra ed esalava quando andava a sinistra. Inalava ed esalava. Lento e regolare, come il massaggio di Sam. Forte e sicuro, come la sua mano. Gli afferrò l'altra, che era appoggiata sul suo ginocchio, e ci si aggrappò come se da essa dipendesse la sua vita. Il panico scemò piano piano e Jeremy riuscì a rimettersi seduto, ma non lasciò la presa sulla mano del partner. Non era certo che altrimenti sarebbe stato capace di mantenere il controllo.

Sam gli fece spostare la stretta dall'altra parte. "Continua a respirare. Io chiamo Taylor Peak."

Jeremy non ascoltò la conversazione, si concentrò invece sulla mano di Sam nella sua. Quando si sentì abbastanza saldo, si alzò e tornò verso la camera di Devlin. Non gli era permesso entrare, ma da lì avrebbe potuto tenere d'occhio il petto del fratello che si alzava e si abbassava e assicurarsi così che fosse vivo. Finché avesse continuato a respirare potevano farcela.

Sam lo raggiunse qualche minuto dopo, ma Jeremy non gli chiese se fosse riuscito a parlare con qualcuno. Il compagno era la personificazione dell'efficienza: se da Taylor Peak non avevano risposto, si era di certo già messo in contatto con Caine affinché mandasse qualcuno all'altra stazione per metterli al corrente della situazione e chiedergli di contattarlo.

"Ce la farà," disse l'uomo. "È troppo testardo per morire."

"Spero che tu abbia ragione." Se Devlin fosse morto, Taylor Peak sarebbe diventata sua, e quella era l'ultima cosa che Jeremy voleva. Una volta forse l'aveva desiderata, ma ormai la sua casa era a Lang Downs.


SAM RIMASE sveglio insieme a Jeremy, offrendogli il suo appoggio silenzioso. Avrebbe voluto fare di più, ma ormai era solo questione di aspettare. Aspettare che Devlin si svegliasse. Aspettare che i dottori gli facessero altri esami. Aspettare di sapere cosa avrebbe detto la prognosi a lungo termine. Era vicino al compagno con tutto il cuore. Non riusciva neanche a immaginare cosa avrebbe provato se ci fosse stato Neil su quel letto d'ospedale, incosciente. Gli bastava il pensiero per sentirsi prendere dal panico.

Il suo telefono cominciò a suonare, la vibrazione che rimbombava nel corridoio vuoto. Sam guardò lo schermo. "È Taylor Peak. Vuoi parlarci?" Jeremy scosse la testa. Sam non si era aspettato una risposta diversa, ma era giusto che chiedesse. "Preferisci che mi allontani?"

"No, resta qui. Potrebbero aver bisogno che…" Fece un gesto impotente con la mano.

Sam gliel'afferrò e la strinse forte mentre si portava il cellulare all'orecchio. Non poteva fare molto, ma di certo poteva ricordare al compagno che non era solo.

"Pronto?"

"Parlo con Sam Emery?"

"Sì."

"Sono Tim Perkins di Taylor Peak. Mi hanno detto di chiamarla riguardo al capo."

"Grazie per averlo fatto, Tim. Il signor Taylor è ancora incosciente e i medici dicono che ha un'emorragia cerebrale. Non sanno se e quando riprenderà conoscenza. Lei è il sovrintendente?"

"Non c'è un sovrintendente qui. Non c'è più stato da quando Williams è andato in pensione un paio d'anni fa. Taylor fa tutto da solo."

Sam aggrottò la fronte. Sapeva quanto lavoro comportasse la gestione di una stazione. Caine, Macklin e Neil si dividevano il lavoro all'aperto con gli altri caposquadra e lui stava tutto il giorno in ufficio a occuparsi della contabilità. Se Devlin aveva cercato di fare tutto da solo, non c'era da sorprendersi che avesse avuto un incidente. "Chi è il caposquadra con più anzianità? Taylor non è nelle condizioni di dare ordini al momento e finché non lo sarà c'è bisogno di qualcuno che mandi avanti le cose."

"Taylor Peak non funziona così, amico. Il capo ha tutto in testa e noi facciamo solo quello che ci ordina."

Sam avrebbe voluto sbattere la testa contro il muro, ma non sarebbe servito ad aiutare Jeremy o Taylor Peak. Non aveva idea se al compagno la stazione interessasse, ma nel frattempo, sentiva che era suo compito fare del suo meglio per preservarla. "Chi è il lavorante che è lì da più tempo? So per certo che non ha assunto una squadra intera la scorsa primavera."

"Probabilmente Charlie White. Non so da quanto è qui, ma c'era già quando sono arrivato io."

"Allora me lo chiami," ordinò lui in tono secco. Doveva pur esserci qualcuno alla stazione con abbastanza cervello da riuscire a mandare avanti le cose per uno o due giorni, finché non avessero avuto un'idea più chiara della situazione o Devlin non avesse potuto dare ordini più specifici. Guardò Jeremy con la coda dell'occhio per controllare come stesse reagendo a quella conversazione, ma il compagno sembrava non ascoltarlo. Gli stringeva ancora la mano, ma la sua attenzione era rivolta completamente al fratello.

Sam sentì i borbottii arrabbiati di Perkins mentre l'uomo andava a cercare l'altro jackaroo, poi: "Pronto?"

"Ha abbastanza esperienza della stazione e del modo in cui Taylor mandava avanti le cose per stare da solo un paio di giorni finché non ne sappiamo di più delle sue condizioni?" chiese bruscamente.

"Per qualche giorno sì," disse White. "Non farò spostare le greggi da un pascolo all'altro o cose del genere, ma posso assicurarmi che i lavori vengano fatti e gli animali governati e puliti."

"Aggiudicato. Sarà il responsabile finché non capiamo cosa fare. Se dovessero presentarsi decisioni che non può prendere da solo, mi chiami a questo numero. Penserò io a parlarne col fratello di Taylor. Ma non mi cerchi per le cose di tutti i giorni, solo per quelle importanti."

"Solo qualche giorno," ripeté White. "Oltre la settimana non è più alla mia portata."

Sam alzò gli occhi al cielo, sconsolato, e ringraziò tutti gli dei per averlo fatto approdare a Lang Downs, dove Caine e Macklin rispettavano e coltivavano l'intelligenza e l'indipendenza dei loro caposquadra. "Speriamo che per allora Taylor sia capace di dare di nuovo gli ordini, fosse anche solo dal suo letto d'ospedale."

White riattaccò e Sam si trattenne a stento dal lanciare il telefono attraverso il corridoio. Non avrebbe cambiato nulla riguardo alla situazione a Taylor Peak, ma l'avrebbe fatto sentire meglio. In ogni caso, non era quello di cui Jeremy aveva bisogno, così evitò e rimise l'apparecchio nella custodia che portava alla cintura.

"Quant'è brutta la situazione?" chiese il compagno dopo qualche secondo.

"A quanto pare tuo fratello non ha mai voluto spiegare ai suoi uomini come e quando si fanno le cose," rispose quanto più diplomaticamente possibile. "Il primo tizio con cui ho parlato ha detto di no non appena ho accennato al fatto che avrebbe dovuto prendersi delle responsabilità. Il secondo ha accettato, ma solo per quanto riguarda il lavoro quotidiano e le cose basilari. Niente che possa richiedere una decisione. Tu non ci penseresti due volte a spostare un gregge da un pascolo all'altro se fosse necessario, vero?"

"Ne parlerei prima con Macklin, ma se lui fosse irraggiungibile, farei quello che c'è da fare. Devlin è sempre stato così, un accentratore. Ascoltava Williams perché lavorava alla stazione da quando eravamo ragazzini, ma non ha mai dato retta a nessun altro. Non mi stupisce che non abbia assunto un nuovo sovrintendente dopo che Williams è andato via."

Sam aveva un vago ricordo dell'uomo dagli incendi di quattro anni prima, quelli che avevano portato Thorne a Lang Downs, ma non riusciva a evocare molto di più che un viso logorato dalle intemperie e una testa piena di capelli bianchi. Se l'avesse visto non era sicuro che avrebbe saputo riconoscerlo. "Ed è ancora alla stazione? O da qualche parte nelle vicinanze? Non possiamo chiamarlo e chiedergli di prendere in mano la situazione finché Devlin non trova un altro sovrintendente o non ricomincia a dare gli ordini lui stesso?"

"Non so dov'è andato dopo la pensione," rispose Jeremy. "Possiamo provarci, ma non so se tornerebbe."

"Proverò a rintracciarlo. Se anche ci facesse guadagnare solo qualche settimana, almeno finché Devlin non si ristabilisce, sarebbe sempre meglio che cercare di gestire la stazione da qui e al tempo stesso pensare a tuo fratello."

"Grazie." La voce di Jeremy si spezzò e Sam decise di gettare al vento ogni discrezione. Il suo uomo aveva bisogno di lui. Lo prese tra le braccia e lo strinse forte, affidando al linguaggio del corpo ciò che non poteva dirgli a parole. Qualunque cosa fosse successa – con Devlin, con Taylor Peak, con tutto – non l'avrebbe mai lasciato ad affrontarla da solo.

# CAPITOLO 3

A CENA Seth sedette con Chris e Jesse per abitudine. Non conosceva ancora nessuno dei nuovi stagionali e non era riuscito a parlare con Caine e Macklin per dire loro che voleva rimanere, ragion per cui non se la sentiva di andare in giro a presentarsi. E comunque, riprendere i contatti con le persone che già conosceva era più importante che incontrare gente nuova.

Patrick li raggiunse non appena li vide. "Bentornato, figliolo. Carley dice che speri di restare."

"Spero che tu mi dia accesso alla rimessa degli attrezzi," rispose lui con un sorriso. "Ne so un po' di più di dieci anni fa ormai."

"Ne sapevi già abbastanza da surclassare uomini con più esperienza," rispose Patrick. "Puoi venire quando vuoi."

"Dillo a Macklin, allora. Voglio davvero rimanere."

"Sai bene quanto me che non diranno no. Hanno accolto gente che neanche conoscevano, figurati se non c'è un posto per chi è di famiglia."

Quelle parole gli scaldarono il cuore. Non aveva avuto molti punti fermi nella sua vita ad esclusione di Chris, ma sapeva di poter sempre tornare a Lang Downs, per cercare conforto, per leccarsi le ferite o semplicemente perché era casa. "Lo so."

Neil gli sedette accanto sulla panca, l'espressione preoccupata.

"Ancora niente da Sam?" chiese Patrick.

L'uomo scosse la testa. "No, e più tardano a dirci qualcosa, peggiori saranno le notizie quando lo faranno. Dovrebbero essere già arrivati a Canberra ormai, quindi o Devlin è ancora sotto i ferri, oppure l'hanno trasferito a Sydney."

"Se c'è qualcosa che possiamo…"

"Lo stesso vale per me," aggiunse Seth quando la voce di Patrick sfumò.

"Finché non sappiamo che succede c'è poco da fare," disse Neil. "Jeremy non ha l'autorità di chiedere il nostro aiuto senza il consenso del fratello, sempre ammesso che voglia aiutare quel te…"

"Neil Emery, non osare finire quella frase," gli intimò Molly, sua moglie, sedendogli di fronte. "Dani è qui da qualche parte e non voglio che prenda le tue brutte abitudini."

Seth trattenne una risatina. Come al solito, era Molly che portava i pantaloni in casa Emery, soprattutto quando si trattava dell'educazione di Dani e di quelle che lei chiamava le brutte abitudini di Neil. Era stranamente rassicurante che, anche con il passare degli anni, certe cose di Lang Downs restassero immutate.

"Bentornato a casa, Seth," lo salutò la donna. "Non ho avuto modo di dirtelo prima. Per quanto ti fermi?"

"Finché Caine e Macklin mi vorranno. Ho lasciato l'appartamento di Sydney. Era tempo di tornare a casa."

"Allora bentornato davvero. Siamo contenti di riavere le tue mani d'oro."

"Solo le mie mani?" scherzò Seth.

"Certo che no," ribatté Molly con una risata. "Ma le tue mani saranno particolarmente utili per i progetti di Caine. Credo che aspettasse il tuo ritorno per cominciare."

"Gli parlerò dopo cena o domani mattina. Non vedo l'ora di scoprire cos'ha in mente e mettermi al lavoro."

"Dovresti fare un salto al dormitorio più tardi per incontrare gli altri jackaroo," intervenne Neil. "La chiacchierata con Caine può aspettare fino a domani e a seconda dei piani che ha in mente per te, ti sarà utile conoscere gli uomini."

"Non vuole mettermi a guidare una squadra, vero?" chiese Seth. "Avevo diciannove anni quando sono andato via. Non ne so abbastanza per prendermi la responsabilità."

"I caposquadra non ci mancano," lo rassicurò Neil. "Ma se vuole che tu installi delle pale eoliche o dei pannelli solari e che tiri dei fili elettrici, ti servirà aiuto. Molly non stava esagerando riguardo ai suoi progetti. Vuole mettere un generatore in tutti i capanni e parlava anche di fare in modo che il corpo della stazione dipenda meno dall'energia esterna. Ed è solo l'inizio."

"Mi aspetta un bel po' di lavoro, allora." Non avrebbe dovuto preoccuparsi che Caine non sapesse come mettere a frutto la sua laurea. Si era detto che male che andasse avrebbe potuto lavorare alla manutenzione dei macchinari ed essere lo stesso contento, ma quello di cui parlava Neil era tanto, tanto meglio.

La porta della mensa si aprì di botto e un gruppo di jackaroo caracollò all'interno, ridendo e scherzando. Anche Seth, come tutti gli altri al suo tavolo, accolse quell'ingresso rumoroso con quieta rassegnazione. "È venerdì sera," disse.

"Allora avrebbero fatto meglio ad andare in città subito dopo la fine del lavoro," rispose Neil. "Noi facevamo così."

"Una o due volte per stagione," lo corresse Patrick. "La maggior parte dei fine settimana, facevate festa qui in mensa, proprio come faranno loro questa sera."

"Purché quelli che domani sono di turno siano in grado di lavorare."

"Magari un paio avranno difficoltà a stare in sella, ma a parte quello, non ci saranno problemi. Non hanno abbastanza alcol a portata di mano per ubriacarsi al punto di non poter lavorare," intervenne Jesse.

Chris fece una risatina mentre Patrick alzava gli occhi al cielo e Neil si copriva le orecchie. Seth si sentì rassicurato da quegli atteggiamenti familiari. Neil era il più grande sostenitore di Caine e Macklin e non era disposto a tollerare neanche un accenno di omofobia da parte dei jackaroo al suo comando, ma bastava accennare al sesso tra uomini per farlo scappare. Però aveva contribuito a salvare Chris quando era stato quasi picchiato a morte, e solo per quello era in cima alla lista delle persone che Seth rispettava di più.

Il suono della risata di Jason catturò la sua attenzione. Percorse la mensa con lo sguardo e lo vide seduto insieme ai jackaroo che erano appena entrati. Gli fece un po' male, ma ricacciò indietro il disappunto. Quegli uomini erano suoi amici e non poteva pretendere che si dimenticasse di tutto il resto solo perché lui era tornato a casa. Uno dei jackaroo gli passò un braccio attorno alla spalla con una familiarità che Seth giudicò eccessiva.

"Chi è quello seduto accanto a Jason?" chiese prima di riuscire a impedirselo.

"Cooper Samuels, uno dei nuovi stagionali," rispose Jesse. "Ha lavorato più che altro nella squadra di Kyle, ma sembra in gamba. Lui e Jason hanno fatto subito amicizia."

Da quello che pareva a lui era più che amicizia, specialmente quando Cooper si alzò e mentre si allontanava fece scorrere le dita sul collo di Jason per una carezza leggera. Seth sentì la cena diventare piombo nel suo stomaco. "Vado a letto. Sono ancora stanco per il viaggio."

"Seth!"

Ignorò il richiamo di Chris e a passo di marcia uscì dallo stanzone.

Non era sicuro di dove fosse diretto. Non aveva importanza purché fosse abbastanza lontano dalla mensa da non vedere le mani di un altro uomo sul corpo di Jason e abbastanza lontano dal dormitorio da non dover sentire quello che avrebbero fatto dopo cena. Non aveva alcun diritto su di lui. Erano amici, amici per la pelle, ma Jason non gli aveva mai fatto intendere che potesse esserci di più.

Seth aveva sempre saputo che i suoi sentimenti verso l'amico – amico, appunto – erano senza speranza. L'aveva capito quando Jason era partito per l'università senza neanche voltarsi indietro. Erano ragazzi all'epoca e lui aveva cercato di minimizzare quello che provava dicendosi che si trattava solo di un'infatuazione giovanile, con l'unico risultato di passare sette anni insieme a persone che non amava, l'ultima delle quali era stata proprio Ilene. E se quello non bastava a riassumere la schifezza della sua vita, non sapeva proprio cos'altro l'avrebbe fatto. Quando aveva sentito che Jason era tornato, la speranza si era riaccesa, ma avrebbe dovuto saperlo: la vita non era generosa con lui. Le cose belle erano riservate a persone come Caine e Macklin. A lui toccavano solo gli avanzi.

Aveva pensato che Jason fosse diverso, ma a quanto pareva si era sbagliato. Raggiunse il capanno degli attrezzi e tirò un pugno contro la parete con tutta la forza che aveva. Il legno era in grado di sopportare i suoi maltrattamenti e se magari Seth fosse riuscito a scaricare in quel modo un po' della rabbia che gli si agitava dentro, il giorno dopo sarebbe stato più facile nasconderla. Il dolore si irradiò lungo tutto il braccio e lui lo accolse con gioia. Gli stava bene: era sbagliato desiderare in quel modo qualcosa che non avrebbe mai potuto avere. Sua madre non era stata severa praticamente su niente, ma una cosa Seth l'aveva imparata quando lui e Chris vivevano ancora insieme al patrigno: prendere qualcosa che apparteneva ai fratellastri garantiva loro una lezione sia da parte di questi ultimi che di Tony. Aveva imparato a fargliela pagare in modi che il patrigno non riuscisse a vedere o per i quali non potesse dargli la colpa, ma non poteva ricorrere agli stessi mezzi in quel momento, perché se anche si fosse vendicato di Samuels per avergli rubato Jason, quest'ultimo non gli avrebbe mai perdonato di essersi immischiato nei suoi affari.

Sferrò un altro pugno contro il legno. Il disgustoso scricchiolio gli fece aggrovigliare le budella. Ricacciò indietro la bile che sentì salirgli in gola. Doveva fermarsi o non sarebbe più stato capace di nascondere le ferite, e il giorno dopo lo aspettavano al lavoro. Neil era stato chiaro in proposito. Si portò la mano al petto e si appoggiò alla parete, il respiro che entrava e usciva rumorosamente dai suoi polmoni. Mandò di nuovo giù altra bile e sollevò la testa verso il cielo che si stava scurendo, mentre cercava di controllare le reazioni del proprio corpo sia al dolore alla mano sia al tumulto che aveva in testa. Si concentrò sulle nocche intorpidite usandole per ancorarsi alla realtà, piuttosto che perdersi nella palude nebbiosa della sua mente.

Dopo essersi assicurato di riuscire a fare altro, a parte tenere insieme i pezzi grazie alla sola forza di volontà, abbassò lo sguardo sulla mano. La pelle delle nocche era tagliata e sanguinava. Strinse i pugni finché il dolore non si attenuò. Riusciva a muovere tutte le dita e chiuderle, quindi era probabile che non ci fosse niente di rotto. Si sarebbe fatto una fasciatura per tenere le ferite pulite e il mattino successivo sarebbe andato presto alla rimessa. I meccanici avevano spesso graffi e sbucciature sulle mani. Avrebbe raccontato di aver combattuto contro un bullone bloccato e di esserne uscito sconfitto. Nessuno avrebbe saputo che invece aveva perso la testa e, se le cose fossero tornate a peggiorare, avrebbe premuto sui tagli finché la sua mente non si fosse placata. Non sapeva cosa avrebbe fatto una volta guarito, ma aveva tempo per pensarci. Per il momento, poteva bastare quello.

LA VOCE di Chris attirò l'attenzione di Jason giusto in tempo per permettergli di scorgere Seth che si precipitava fuori dalla mensa e spariva nella luce del crepuscolo. Aspettò qualche secondo per vedere se Chris gli sarebbe andato dietro, ma quando fu chiaro che non l'avrebbe fatto, si alzò e si scusò con i compagni di tavolo. Più tardi si sarebbe preso la lavata di capo di Kami per aver fatto freddare la cena, ma Seth era più importante. Qualunque fosse il motivo di quella reazione sgomenta, Jason sapeva di doverlo aiutare.

Dall'alto della veranda scrutò la strada a destra e a sinistra, ma non lo vide da nessuna parte. Aggrottò la fronte e pensò a dove avrebbe potuto rifugiarsi.

"Cercavi me?"

Jason si voltò verso la voce alla sua sinistra. Cooper era appoggiato a una trave e aveva una sigaretta spenta tra le labbra carnose.

"Cercavo Seth," rispose lui con sincerità. La delusione che velò il viso del jackaroo gli ricordò il consiglio di Thorne di quel pomeriggio. Mise da parte la preoccupazione per Seth: in fondo c'erano Chris e Jesse a guardargli le spalle se avesse davvero avuto dei problemi. "Ma trovare te è anche meglio."

Il viso di Cooper si illuminò. Allontanò la sigaretta dalla bocca. "E che pensi di fare ora che mi hai trovato?"

"Dipende da cosa offri." Quel piacevole gioco di seduzione, così simile a quello della prima notte che avevano trascorso insieme, lo calmò. Il giorno seguente sarebbe stato libero: se lo era tenuto apposta per poterlo passare con Seth. Cooper invece doveva lavorare. Avrebbe trascorso la notte con il suo amante e la giornata successiva in compagnia del suo migliore amico. Neppure Seth avrebbe trovato qualcosa da obiettare a quel piano.


BRUTTA SITUAZIONE. *Emorragia cerebrale. Probabili danni al cervello. Se anche sopravvive, potrebbe non essere mai più in grado di gestire la stazione.*

Neil non riusciva a staccare gli occhi dal messaggio di Sam. Merda merda merda. Non erano le notizie che aveva sperato di ricevere, neanche trattandosi di un figlio di buona donna come Devlin Taylor. Si alzò dal tavolo, doveva dirlo subito a Caine e Macklin.

"Avete un minuto?" chiese, avvicinandosi al tavolo dove erano seduti i due uomini.

"Certo," rispose Caine. "Che succede?"

"Sam mi ha mandato un messaggio." Passò loro il telefono perché leggessero. "Non ci ho parlato, quindi non so cosa ha in mente di fare Jeremy, sempre ammesso che ci abbia pensato, ma di certo questo cambia le cose."

"Senza dubbio," concordò Caine. "Possiamo spostare un po' di persone e magari promuovere uno dei jackaroo stagionali che vengono già da qualche anno. E io posso occuparmi dell'ufficio finché non troviamo un nuovo contabile."

"Vuoi licenziare Sam?" chiese lui bruscamente.

"Sai benissimo che non lo farei mai." Neil trasalì nel sentire il lieve tono di rimprovero nella voce di Caine. Non gli piaceva deluderlo, neanche nelle piccole cose.

"Scusa," rispose. "Ma la notizia mi ha sconvolto."

"Lo immagino. Io non ho fratelli, ma siamo tutti colpiti da quello che è successo. Se Jeremy va a Taylor Peak per aiutare suo fratello, o per gestirla nel caso Devlin non dovesse farcela, è ovvio che Sam lo seguirà, sarebbe egoista aspettarsi il contrario. In teoria potrebbe venire un paio di volte alla settimana per continuare a occuparsi del lato finanziario, ma anche Jeremy avrà bisogno del suo aiuto, soprattutto considerando che ha studiato zoologia e non gestione d'azienda. Non sarebbe giusto chiedere a Sam di fare i salti mortali tra una stazione e l'altra. Io mi sono abituato a stare fuori da quando c'è lui, ma ho pur sempre una laurea in economia e posso cavarmela con l'ufficio finché non troviamo qualcun altro."

"E se Taylor non dovesse permettergli di aiutarlo?"

"Allora andremo avanti come abbiamo sempre fatto," intervenne Macklin. "Gli avvenimenti di Taylor Peak ci riguardano solo perché coinvolgono Jeremy, oppure nel caso decidessero di ricominciare a farci la guerra. Tralasciando le opinioni personali di Taylor, i rapporti tra le due stazioni sono stati pacifici negli ultimi anni e non saremo noi a spezzare questo equilibrio."

"Che devo dire a Sam?"

"Digli che lui e Jeremy sono nei nostri pensieri e che ci facciano sapere se hanno bisogno di aiuto," rispose Caine. "E digli anche che sono entrambi in permesso finché ne hanno bisogno. Hanno già abbastanza di cui preoccuparsi senza doverci aggiungere anche il pensiero del lavoro. Faremo in modo di cavarcela da soli finché non saranno pronti a tornare."

"Grazie, capo. Riferirò."

Neil scrisse al fratello mentre usciva dalla mensa. Non fece quasi in tempo a inviare il messaggio che il telefono vibrò di nuovo.

*Non fare mai nessuna stupidaggine che ti possa mettere al suo posto.*

*No, stai tranquillo,* rispose, anche se era una promessa molto difficile da mantenere. Persino i migliori cavalieri qualche volta venivano disarcionati. Rifletté un attimo, poi aggiunse: *se posso aiutare, farò tutto il necessario. Anche se significasse essere gentile con Taylor.*

*Grazie.*

Neil si era aspettato una risposta più lunga. Qualcosa del tipo che doveva crescere o imparare a tenere a bada il suo brutto carattere o una qualunque della miriade di cose per cui Sam e Molly lo sfottevano di continuo. Quel silenzio, invece, era preoccupante. Capiva che non era il momento per gli scherzi, ma decise di aspettare al massimo altre due ore e poi avrebbe chiamato Sam. Se la situazione fosse peggiorata, voleva saperlo. Di Taylor gliene fregava meno che niente, ma a Jeremy ci teneva parecchio.


JASON SI stirò tra le braccia di Cooper. Ogni singolo muscolo del suo corpo era infiacchito dal recente orgasmo, ma la sua mente non sembrava trovare pace. Continuava a vedere Seth che usciva di corsa dalla mensa. "Farei meglio a tornare in camera mia. Devi lavorare domani e non voglio disturbarti."

"Non mi 'disturbi'." Cooper gli mordicchiò il collo e Jason dovette resistere all'impulso di spingerlo via. Non voleva arrivare a discutere, ma quella sera aveva tutta l'intenzione di dormire da solo.

"Allora diciamo che non voglio che domani mattina tu mi svegli." Gli sfiorò le labbra per addolcire il rifiuto. Cooper cercò di approfondire il bacio, ma lui si allontanò e si mise seduto. La sua maglietta e i jeans erano vicino alla porta, e quando fosse andato a recuperarli l'altro avrebbe goduto di un bello spettacolo. Magari sarebbe bastato a distrarlo un po'.

Il jackaroo borbottò qualcosa ma non sembrò troppo deluso, così Jason gli strizzò l'occhio, poi si chinò per raccogliere i vestiti. Cooper sorrise e fece una faccia esageratamente arrapata. Jason tirò un sospiro di sollievo: non aveva davvero voglia di discutere. Voleva solo il suo letto e qualche ora per riflettere in santa pace su cosa avrebbe significato per la sua sanità mentale avere Seth costantemente sotto gli occhi. Una volta capito quello, sarebbe stato in grado di valutare il resto e avrebbe così potuto trascorrere il sabato con l'amico, ritrovare il suo equilibrio e sentirsi più a suo agio anche nella relazione con Cooper. Entro la sera successiva tutto sarebbe tornato a posto: gli servivano solo un po' di tempo e di spazio.

Una volta vestito, tornò a voltarsi verso l'amante. "Sta' attento là fuori domani. Non so esattamente cosa sia successo a Taylor Peak, ma chiunque potrebbe cadere da cavallo. Non voglio vederti trasportato d'urgenza in ospedale."

"Sto sempre attento," rispose l'altro, sicuro di sé. Jason non gli aveva mai visto fare niente che contraddicesse quell'affermazione, quindi dovette accettarla per buona. Cooper si alzò dal letto attraversando la stanza completamente nudo e Jason si fermò un secondo ad ammirarne il fisico slanciato e il gioco di luci e ombre sui muscoli. Il jackaroo gli passò le braccia attorno alla vita, posandogli le mani sulla curva del sedere, e lui fece altrettanto. Si avvicinò alla sua bocca e lo baciò piano. L'altro strinse la presa sulle sue natiche e ricambiò. "Sei sicuro che non posso convincerti a restare?"

"Non questa notte." Gli diede una sculacciata sulla pelle nuda. "Va' a letto. Parlavo sul serio quando ho detto di stare attento e non puoi farlo se crolli di sonno quando sei in sella."

"Come vuoi, ma domani notte non accetterò un no come risposta."

Avrebbe deciso a suo tempo cosa fare. Gli piaceva la compagnia di Cooper – e il sesso era gradevole – ma se avesse trascorso troppe notti insieme a lui, i residenti sarebbero stati capaci di accoppiarli e farli trasferire in un cottage in un batter d'occhio e Jason non si sentiva pronto a un passo del genere. Un giorno forse, ma non in quel momento.

*O, perlomeno, non insieme a Cooper*, aggiunse la sua mente traditrice. Con Seth riusciva a immaginarlo eccome, se non fosse stato per il piccolo particolare che Seth era etero.

"Ci vediamo domani sera," lo salutò. Gli diede un altro bacio veloce e si sciolse dall'abbraccio. Controllò che il corridoio fosse libero e uscì. Non che la sua relazione con il jackaroo fosse un segreto, ma non aveva voglia di ascoltare le prese in giro se qualcuno lo avesse visto sgattaiolare fuori dalla sua camera.

Una volta al sicuro nella propria stanza, tornò a spogliarsi. Avrebbe avuto bisogno di una doccia per lavare via il sudore e il lubrificante, ma se fosse andato nei bagni correva il rischio di imbattersi nel suo amante. Avevano già condiviso la doccia, prima e dopo l'inizio della loro storia, ma quella sera non ne aveva voglia. Meglio aspettare fino al mattino, quando tutti gli altri fossero già andati ai pascoli. Poteva sopportare di restare sudato fino ad allora.

Si infilò tra le lenzuola e cercò di rilassarsi. In genere non aveva problemi a dormire dopo il sesso, anche quando era costretto a lasciare il letto prima di poter crollare. Quella sera, però, il sonno sembrava eluderlo. Continuava a vedere Seth precipitarsi fuori dalla mensa. Si girò e guardò la sveglia sul comodino. Dieci e otto. Troppo tardi per bussare alla porta di Chris e Jesse e chiedere di parlare con l'amico. Chris aveva acconsentito a guidare di nuovo la squadra di Jeremy il mattino successivo, rinunciando al giorno libero. Probabilmente avrebbe dovuto offrirsi lui al suo posto, ma tecnicamente non era un caposquadra, anche se conosceva la stazione e il suo funzionamento come le sue tasche.

La verità era che voleva trascorrere la giornata insieme a Seth. Le email, Skype e gli altri mezzi di comunicazione andavano bene, ma niente era paragonabile al chiacchierare di persona. Si sarebbe offerto di sostituire Chris la domenica, così da dargli l'occasione di stare un po' insieme al fratello.

# CAPITOLO 4

"COME STA questa mattina?" chiese Jeremy all'infermiera di turno al piano di Devlin quando raggiunsero l'ospedale. Mancavano ancora due ore all'orario delle visite, ma lui non sarebbe riuscito a restare un secondo di più nella stanza d'albergo dove avevano trascorso la notte. Trovava preferibile fare avanti e indietro in sala d'aspetto piuttosto che altrove perché, qualunque cosa succedesse, almeno sarebbe stato lì. Che fossero notizie belle o brutte non importava – belle era meglio, ovviamente – ma sarebbe stato lì.

"Nessun cambiamento. I dottori stanno facendo il giro di visite proprio ora, quindi magari sapranno dirle qualcosa di più dopo averlo visto." C'era una nota di stanchezza nella sua voce che poteva essere imputabile sia al fatto che fosse alla fine del turno di notte, sia perché la mancanza di cambiamenti non faceva auspicare niente di buono. Sam gli posò una mano sulla schiena, accarezzandola piano, e Jeremy si sentì precipitare lo stomaco. Se il compagno sentiva il bisogno di confortarlo allora le cose stavano andando male.

"Grazie," disse rivolto alla donna. "Allora aspetto di parlare con i dottori."

Lei gli rivolse un sorriso tirato e tornò al proprio lavoro.

"L'importante è che non sia peggiorato," proseguì poi lui con tenacia, voltandosi verso il partner.

"Sì, certo, anche se non si tratta propriamente di buone notizie. Non vorrei che ti facessi illusioni e poi ci rimanessi male."

"Che altro dovrei fare se non sperare?" esclamò Jeremy. "Darlo per perso?"

"No, certo che no," rispose Sam mentre lo accompagnava verso la fila di sedie allineate lungo il muro accanto alla finestra. "Ma più a lungo resta in coma, più difficile sarà il recupero quando si sveglia."

Jeremy intuì il resto della frase, anche se Sam non lo espresse a voce alta. "Sempre ammesso che si svegli. Dillo pure. Ignorarlo non lo rende meno probabile."

"Sto cercando di non pensare al peggio."

"Anch'io, ma è difficile. Se anche dovesse svegliarsi in questo esatto momento, non potrà tornare subito alla stazione. E ciò significa che ci sarà da discutere su chi dovrà guidarla al posto suo, senza contare tutti gli sproloqui riguardo al fatto che se avesse avuto un 'vero' fratello il problema non si sarebbe posto perché avrebbe potuto chiedere a lui di sostituirlo. Ma dal momento che invece gli è toccato essere imparentato con un frocio che preferisce vivere nella perversione a Lang Downs piuttosto che tenere alto il nome della famiglia, allora deve cavarsela da solo."

"Non è colpa tua," affermò Sam con una sicurezza tale da riuscire quasi a convincerlo. "Anche quando hai cercato di soddisfare le sue aspettative, ha reso la tua vita un inferno. Nessuno può ragionevolmente chiederti di sopportare tanto. E comunque non sei stato tu a dirgli di non assumere un nuovo sovrintendente dopo che Williams è andato in pensione. Avrebbe potuto trovare qualcuno che lo aiutasse, anche se questo qualcuno non eri tu. È stato un incidente, niente di più e niente di meno."

"Forse," disse Jeremy. "Ma sai bene che lui la penserà diversamente."

"È un problema suo, non tuo," insisté Sam.

593

Jeremy avrebbe voluto crederlo, ma per quanto difficile fosse stato il loro rapporto sin da quando era stato abbastanza grande da rendersi conto dei pregiudizi che offuscavano la mente di Devlin, la sua adorazione per il fratello maggiore aveva fatto sì che ogni parola sprezzante nei suoi riguardi lo ferisse profondamente. "Non dare mai Neil per scontato. So che non sempre l'abbiamo pensata allo stesso modo, ma sei fortunato ad averlo per fratello."

"Sai che ti considera un fratello acquisito," disse Sam. "Se anche dovesse succedere qualcosa a Devlin, non rimarresti senza una famiglia."

Jeremy sbatté le palpebre, cercando di cacciare indietro le lacrime. Non poteva mettersi a piangere in quel momento, non mentre la vita di Devlin era ancora appesa a un filo. Doveva essere forte. "Non hai idea di quanto significhi per me."

"Lo so, invece. Ero convinto che avrei perso Neil se avesse scoperto che sono gay. Invece, quando mi ha accettato… So di essere fortunato. Sono arrivato a Lang Downs quasi senza niente, certo di perdere anche quel poco che mi era rimasto, invece ho trovato una nuova famiglia, una nuova casa, un rapporto con mio fratello e l'amore. Se potessi cambiare la testa di Devlin, lo farei solo perché sono conscio di quanto ti ferisce ogni volta che ti respinge per colpa mia."

"Non per colpa tua," puntualizzò lui. "O non solo per colpa tua. Mi respingerebbe a causa della mia omosessualità anche se non avessi nessuno. Avere te rende quel rifiuto tollerabile."

Sam lo attirò a sé per abbracciarlo e Jeremy gli si aggrappò. Senza il suo appoggio… Gli affondò il viso nella curva del collo. Non voleva neanche pensarci. Sam era dalla sua parte e, qualunque cosa succedesse a Devlin e a Taylor Peak, quel fatto non sarebbe cambiato. Magari non era un jackaroo nato e cresciuto sull'altopiano, ma era la sua roccia al pari della terra in cui affondava le sue radici.

Sam continuò a stringerlo, aspettando pazientemente che si ricomponesse e non avesse più la sensazione di sbriciolarsi in mille pezzi se non ci fosse stato lui a tenerlo insieme. Alla fine, il momento fu interrotto dal brontolio del suo stomaco.

"Forse faremmo meglio a cercare qualcosa da mangiare mentre aspettiamo di parlare coi dottori," disse.

"Ci vado io se tu preferisci restare qui," si offrì Sam.

Sarebbe stato facile accettare, ma rimanere lì seduto non avrebbe cambiato niente, né avrebbe spinto i medici a finire prima il loro giro. Anzi, allontanarsi per cercare la colazione avrebbe fatto trascorrere il tempo più in fretta. "No, vengo con te. Mi farà bene camminare. Non sono abituato a stare seduto tanto a lungo."


"Macklin, hai un minuto?" disse Seth quando alla fine riuscì a vedere il proprietario della stazione dopo colazione.

"Posso trovarlo." Dieci anni prima, l'espressione – o piuttosto la mancanza di espressione – sul viso dell'uomo lo avrebbe fatto scappare a gambe levate, ma ormai aveva imparato a guardare oltre quell'atteggiamento distaccato e a capire quando davvero non aveva il tempo per parlare.

"In privato?"

Macklin sembrò sorpreso, ma lo guidò fuori dalla mensa e nella casa padronale. "Che succede?"

"Ecco… Ehm… vorrei tornare a casa," disse lui tutto d'un fiato. "Non solo per una vacanza, ma per rimanere." Macklin inarcò un sopracciglio e aspettò, così Seth prese un

594

grosso respiro e proseguì. "Odio Sydney. Voglio dire, non è che proprio la odi, ma è troppo grande e rumorosa e la gente si aspetta delle cose da me. Non è casa."

"Anche qui la gente si aspetterà delle cose," obiettò Macklin. "Fa parte dell'essere adulti."

"Lo so, ma qui ci si aspetta che lavori, che non sia un peso per gli altri e che, se dovessi fare qualche casino, lo ammetta e mi faccia aiutare a risolverlo. Queste aspettative riesco ad accettarle. Sono tutte le altre che non sopporto."

Macklin annuì. La sua espressione suggeriva che capisse chiaramente a cosa si stava riferendo. Per quello che ne sapeva lui, l'uomo non aveva vissuto da altre parti se non a Lang Downs sin da quando era un ragazzino ma, sempre stando alle storie che gli avevano raccontato, aveva trascorso la vita a negare chi era finché non era arrivato Caine e l'aveva costretto a uscire allo scoperto, cambiando completamente la natura della stazione.

"Carley mi ha detto che Patrick comincia ad avere problemi con le mani. Potrei prendere sulle mie spalle parte del suo lavoro e anche altre cose, se dovesse servire. Quello che non so posso impararlo," continuò. "Ti prego. Ho... bisogno di tornare a casa."

"Perché?" chiese Macklin. "Non sto dicendo no. Non voglio dire no, ma ho bisogno di capire. Non posso aiutarti se non capisco."

"Non lo dirai a nessuno, vero?"

"Mi hai mai sentito sparlare di qualcuno?"

No, non l'aveva mai sentito. I pettegolezzi erano all'ordine del giorno quando ancora viveva alla stazione, persino in quei momenti in cui i jackaroo cercavano di proteggere le sue 'orecchie innocenti', ma niente del genere era mai uscito dalle labbra di Macklin.

"Ho rotto con Ilene," disse, cercando di decidere da che parte cominciare. "Non funzionava. C'è... qualcun altro. C'è sempre stato, ma non... non mi considererà mai in quel senso. So che il mio è un sentimento senza speranza. Sta con un'altra persona, ma se sono qui... Cristo, mi sto rendendo ridicolo."

"Capita che l'amore faccia questo effetto a un uomo," concordò Macklin. "Ecco i patti: puoi restare. Lang Downs è casa tua tanto quanto di Jason." Seth fece una smorfia. Non avrebbe voluto essere tanto trasparente. "Ma non lasciare che i tuoi sentimenti interferiscano col tuo lavoro. Con il lavoro di entrambi. Se vuol dire che non sarete nella stessa squadra, va bene. Posso assegnarvi a caposquadra diversi. Se vuol dire fare in modo che i vostri giorni liberi non coincidano, va bene anche quello. Ma sta a te gestire quei momenti in cui non potrete evitarvi. In mensa, al dormitorio... a meno che tu non voglia restare da Chris e Jesse." Seth era stato tentato, ma sarebbe stato come ammettere la sconfitta. Scosse la testa. "Allora dovremo trovarti una stanza al dormitorio. E dovrai imparare a sopportare le chiacchiere degli altri jackaroo. Neil non permette loro di parlare di me e Caine, e li zittisce altrettanto rapidamente quando scherzano su Sam e Jeremy. Thorne fa troppa paura per prenderlo come bersaglio, quindi restano solo Chris e Jesse – che però vivono troppo per i fatti loro per essere interessanti – e le coppie nuove."

Seth aveva sentito abbastanza chiacchiere su Chris e Jesse quando erano ancora agli inizi da sapere bene cosa aspettarsi. Avrebbe dovuto restare seduto con un sorriso incollato in faccia a far finta di non sentirsi morire dentro ogni volta che il nome di Jason fosse stato associato a quello di Cooper. Avrebbe dovuto prenderlo in giro allo stesso modo in cui avrebbe canzonato qualunque altro jackaroo, una volta che non avesse più potuto fingere di non sentire le voci. Avrebbe dovuto indossare la maschera che aveva perfezionato quando viveva con il patrigno e fare finta che tutto andasse bene quando in realtà niente andava bene. Avrebbe dovuto ingannarlo così bene che il suo migliore amico non avrebbe mai sospettato.

Serrò i pugni, lasciando che la pelle ferita gli tirasse sulle nocche. Il morso del dolore gli restituì la calma. Poteva farcela. "Ne varrà la pena se posso stare a casa."

"E se provassi a dirglielo?" suggerì Macklin. "Potresti restare sorpreso dalla sua risposta."

"Sta con qualcun altro," ripeté lui. "Non voglio intromettermi. Se le cose tra loro non dovessero funzionare, ci penserò, ma non voglio essere l'altro uomo."

"La scelta è tua," disse Macklin. "Bene, se resti, dovremmo parlare dei tuoi compiti. Dubito che tu abbia voglia di guardare le pecore."

"Carley ha accennato a certi progetti di Caine. Potrei sfruttare la mia laurea e aiutarlo."


JEREMY CONTROLLÒ di nuovo l'orologio. Le dieci. Quanto ci mettevano i dottori a finire il giro delle visite? Si era aspettato che qualcuno si presentasse per aggiornarlo almeno un'ora prima.

"Guardare l'orologio ogni due minuti non li farà finire prima," disse Sam.

"Lo so, ma ormai sono passate delle ore."

"Solo perché siamo arrivati molto presto. Le dieci non è già tardi per chi non lavora in una stazione, amore."

Jeremy sospirò e controllò di nuovo. Dieci e due. "Se devo guardare ancora qualcosa in televisione comincio a urlare."

"No, per favore. Le mie orecchie non potrebbero sopportarlo."

Jeremy si voltò di scatto verso la voce inaspettata.

"Neil! Che ci fai qui?"

L'uomo si strinse nelle spalle come faceva sempre quando voleva sminuire un suo gesto gentile. "Non c'erano notizie questa mattina, così ho pensato di venire a controllare con i miei occhi."

"E ti sei alzato prima dell'alba per guidare fin qui?" ghignò Sam. "Se anche avessimo avuto delle novità, saresti partito prima che potessimo comunicartele."

"I miei fratelli avevano bisogno di me," ribatté Neil, con un tono di voce così sicuro che Jeremy dovette trattenere di nuovo le lacrime.

"Siamo contenti che tu sia venuto." Sentì le guance infiammarsi quando la sua voce si spezzò, ma aveva bisogno che Neil capisse quanto la sua presenza fosse importante. "*Io* sono contento che tu sia qui."

"Che ha detto Caine in proposito?" domandò Sam.

"Ha detto che se volevo passare il mio giorno libero in macchina, erano affari miei," rispose Neil. "Se parto all'ora di cena, arriverò a casa in tarda serata. La strada è lunga, ma ne vale la pena."

"Non era il tuo giorno libero," disse Jeremy aggrottando la fronte. Era sconvolto, sì, ma non tanto da non ricordare che Neil aveva scelto di non lavorare la domenica per stare insieme alla famiglia.

"Caine sembrava convinto che lo fosse quando ieri sera ha fatto quel commento," si limitò a riferire l'altro con un'alzata di spalle. Jeremy si sentì di nuovo sommergere dalla gratitudine. Qualsiasi cosa succedesse con Devlin, lui avrebbe sempre avuto una famiglia, e molto più affidabile di quanto lo fosse mai stato suo fratello.

"Mr. Taylor?"

"Sì, sono io."

"Abbiamo fatto un'altra TAC a suo fratello questa mattina. È per questo che ho aspettato tanto prima di venire a parlarle." Il tono del dottore era gentile, fin troppo.

"Ci sono brutte notizie, vero?" chiese lui. Rabbrividì nonostante il caldo dell'ambiente. Sam e Neil gli si affiancarono, il calore dei loro corpi che gli dava forza. Non doveva affrontare quel dramma da solo.

"Non sono buone notizie," concordò il dottore. "Abbiamo aspirato il sangue che gli premeva sul cervello nella speranza di ridurre il rischio di un danno cerebrale ma, nonostante le medicine, l'emorragia non si è fermata e la massa sanguigna sta di nuovo premendo. Abbiamo programmato un altro intervento per ridurla, ma più questa situazione va avanti e più il suo recupero sarà difficile."

"Ma si riprenderà?" chiese Jeremy. "E non mi rifili le solite frasi fatte. Non voglio aggrapparmi a una falsa speranza. Se lo operate di nuovo e alleviate la pressione, avrà o no qualche possibilità di tornare come prima?"

"Non so risponderle," ammise il dottore. "Il cervello è un organo ancora in gran parte sconosciuto e sono troppi i fattori che possono influenzarne il funzionamento. Fattori che non siamo in grado di prevedere. Se l'emorragia si ferma e dobbiamo solo aspirare il sangue in eccesso avrà di certo più possibilità che se alleviamo la pressione ma l'emorragia continua. Il problema è che noi non siamo attrezzati per il tipo di intervento di cui ha bisogno suo fratello. Deve andare a Sydney e, anche se normalmente non trasferiremmo un paziente nelle sue condizioni, ho paura che se non lo facciamo lo perderemo comunque."

"Cosa devo firmare per farlo trasferire?" gracchiò Jeremy. "Mi prenderò io la responsabilità se serve a salvargli la vita."

"Dirò a un'infermiera di preparare i moduli," disse il dottore. "Intanto vediamo come reagisce al secondo intervento. Potrebbe darsi che i parametri vitali si stabilizzino una volta ridotta la pressione. Se succede, potremo trasferirlo senza problemi. Manca qualche minuto prima che venga portato in sala operatoria. Vuole vederlo?"

Jeremy fu quasi sul punto di rifiutare. Aveva troppi pochi ricordi felici di Devlin e troppi di lui incosciente in un letto d'ospedale. Ma se non fosse andato e lui fosse morto, se ne sarebbe pentito per il resto della vita. Decise di entrare un momento, augurargli di guarire presto e poi tornare in sala d'aspetto. "Se non sono d'intralcio."

"Stanno ancora preparando la sala operatoria. Le dirò io quando è il momento di uscire."

Jeremy annuì e seguì il dottore. Sam e Neil gli rimasero accanto, sostenendo il suo spirito provato con il loro muto supporto. Probabilmente non li avrebbero fatti entrare nella stanza di Devlin insieme a lui – non sapeva quanto l'ospedale fosse rigido riguardo ai visitatori – ma sapeva che li avrebbe trovati ad aspettarlo appena fuori dalla porta quando avesse finito. Magari sarebbe entrato da solo nella camera di Devlin, ma non era solo ad affrontare quel dramma.

Il dottore li accompagnò fino alla stessa stanza della sera precedente – non che Jeremy si aspettasse che fosse diversa, ma da come stavano andando le cose non si sarebbe sorpreso più di tanto – poi si spostò da parte per farli entrare. Neil esitò sulla soglia, ma Jeremy lo afferrò per il braccio e se lo tirò dietro. Se il dottore era disposto a farli entrare tutti e tre, allora Jeremy voleva la sua intera famiglia con sé. Sam gli strinse l'altra mano e insieme lo circondarono con il loro affetto.

La pelle del fratello sembrava giallognola sotto l'implacabile luce artificiale, nonostante l'abbronzatura dovuta a una vita trascorsa all'aria aperta. Era passato a malapena un giorno dall'incidente e le sue guance erano già incavate. Il petto si alzava e si abbassava seguendo il ritmo di un respiratore, mentre un'altra macchina faceva bip a tempo con il suo battito. E se le pulsazioni del fratello erano meno regolari delle sue, non c'era da stupirsene visto lo stato in cui si trovava.

"Vai a parlargli," lo incitò Sam. "Magari non può risponderti, ma non è detto che non ti senta. Possiamo uscire se preferisci un po' di intimità."

Jeremy scosse la testa. Sam e Neil sapevano quanto fossero brutti i suoi rapporti con Devlin da quando si era trasferito a Lang Downs. Nessuna delle sue parole li avrebbe sorpresi. Sempre ammesso che ne trovasse…

"Merda Devlin," bofonchiò alla fine. "Perché ti sei ficcato in questo casino? Non potevi assumere un nuovo sovrintendente e farti aiutare? Come faccio io a mandare avanti Taylor Peak se vivo a Lang Downs? E non dirmi che non devo farlo. Non posso lasciare che tutto vada in malora mentre tu sei qui che cerchi di guarire. Non potrei mai perdonarmelo, neanche se tu lo facessi. È comunque più probabile che ti incazzerai perché faccio le cose a modo mio quando tu non hai modo di impedirmelo." Trattenne un singhiozzo. "Potrei addirittura provare a fare le cose a modo tuo per una volta, se servisse a farti stare meglio e a farti riprendere in mano le redini della stazione. Giuro che poi ti starò fuori dai piedi e la smetterò di darti il tormento perché cambi idea su me e Sam, su Lang Downs e su tutto il resto. Sparirò del tutto se è quello che vuoi, solo, ti prego, non morire."

Sam gli passò un braccio attorno alla vita e Neil gli appoggiò una mano sulla spalla. Bastò quello a fargli perdere del tutto il controllo, si girò tra le braccia del compagno, gli affondò il viso nel collo e pianse.

# CAPITOLO 5

QUEL SABATO mattina Jason arrivò a colazione ben oltre l'orario usuale, ma durante il fine settimana Kami e Sarah lasciavano sempre del cibo in caldo per i jackaroo che avevano il giorno libero. Avrebbe mangiato qualcosa e poi sarebbe andato a cercare Seth, visto che l'amico non era in mensa come invece aveva sperato. Non importava però. Potevano permetterselo. Seth sarebbe rimasto lì e non era necessario che si affannassero a sfruttare ogni minuto per stare insieme: potevano non incrociarsi di tanto in tanto e avere lo stesso tutto il tempo del mondo per vedersi.

E allora perché Jason aveva la sensazione che Seth gli stesse scivolando via fra le dita?

Si passò una mano tra i capelli. Si stavano allungando. Avrebbe dovuto chiedere a sua madre di tagliarglieli quando la domenica successiva fosse andato a pranzo da lei. Si riempì il piatto con uova e pane tostato e sedette a mangiare, facendo una smorfia quando il suo sedere sbatté sul legno duro. Normalmente avrebbe accolto la sensazione con un sorriso perché gli avrebbe ricordato la bella scopata della sera precedente, ma quella mattina ne fu infastidito. Già sentiva la voce di Seth che lo sfotteva.

"Che ti hanno fatto le mie uova per meritarsi che le guardi tanto male?"

"Buongiorno Sarah," salutò Jason, sorridendo alla donna. "Niente. Ho solo diverse cose per la testa."

"E vuoi parlarne?" chiese lei mentre gli sedeva di fronte.

"Non proprio." Sapeva che a Sarah non importava che lui fosse gay – di certo non voleva meno bene a Macklin perché lo era – ma non se la sentiva di parlarle del caos che aveva in testa. Non che ci fosse molto da dire comunque: era solo stanco di ricordare al suo cuore recalcitrante che Seth era etero e interessato solo alla sua amicizia. Non serviva a niente.

"Hai discusso col tuo bello?"

"Qualcosa del genere," rispose. A quanto pareva ne avrebbero parlato anche se non voleva. "Mi piace, anche se non sono sicuro che ci sia di più. È troppo presto. Ma lui non sembra pensarla allo stesso modo."

"Ti dirò due cose," disse Sarah, "e magari avrai l'impressione che mi stia contraddicendo, ma ascoltami fino in fondo. Primo: il tempo scorre diversamente qui alla stazione che nel resto del mondo. Si passa più tempo gli uni insieme agli altri di quanto non si faccia in città. C'è solo un gruppo di persone, quindi lavoro, vita sociale e riposo non sono mai completamente separati gli uni dagli altri. Si impara a conoscersi prima. Secondo: non farti trascinare in qualcosa per cui non sei pronto. So cosa si prova a sentirsi intrappolati in un rapporto e non lo augurerei al mio peggior nemico, figuriamoci a un bravo ragazzo come te. Quello che voglio dire è che se ti sembra la persona giusta, non importa se vi conoscete da poco, ma se è quella sbagliata, niente potrà cambiare questo fatto. E se ancora non sai quale delle due sia, non fare promesse che poi potresti non voler mantenere."

"Grazie, Sarah," fece Jason. "Tutto quello che voglio oggi è stare insieme a Seth. La sua compagnia mi aiuta sempre a mettere le cose nella giusta prospettiva."

"Allora devi sbrigarti," disse la donna. "È alla rimessa degli attrezzi per qualche lavoretto e poi andrà a controllare i capanni. Macklin lo ha messo subito al lavoro."

Jason afferrò un pezzo di pane tostato e corse fuori. "Grazie ancora, Sarah. Ci vediamo a cena."

Lei scosse la testa sconsolata, ma lo salutò con un gesto della mano. Jason si ficcò il pane in bocca e prese la direzione della rimessa. La macchina di Seth era ancora parcheggiata davanti al cottage di Chris e Jesse, ma se l'amico aveva intenzione di andare nei pascoli era probabile che prendesse uno degli ute della stazione.

"Seth?" lo chiamò quando fu vicino alla rimessa. "Sei lì?"

Nessuna risposta, ma dall'interno proveniva una litania sommessa di imprecazioni e il rumore del metallo contro il metallo. Suo padre non aveva l'abitudine di bestemmiare mentre lavorava, quindi o il problema era più complicato del solito oppure si trattava di Seth.

"Chris non è mai riuscito a farti smettere, eh?" chiese entrando.

Seth si voltò di scatto, una chiave inglese in mano, poi si accasciò contro la ruota del trattore. "Cristo Santo, Jase, mi hai fatto venire un accidente!"

"Scusa, non volevo spaventarti. Si è rotto qualcosa?"

"No, ordinaria manutenzione." La voce di Seth era strana. "Ho pensato che fosse meglio dare subito un'occhiata ai macchinari, se devo esserne in parte responsabile."

"Oh." Jason cercò di non far trapelare la sua delusione. "Speravo di trascorrere la giornata con te dal momento che non ci vediamo da un'infinità di tempo. Scriversi non è la stessa cosa che parlare a quattr'occhi."

"Mi piacerebbe," disse Seth, "ma non avrò un giorno libero fino alla settimana prossima. A meno che tu non voglia stare qui e farmi compagnia mentre finisco con questo trattore. Poi devo andare a controllare un paio di capanni."

La speranza che filtrava dalla sua voce fu tutto ciò di cui Jason ebbe bisogno per decidere. "Ovvio che rimango. Non so se potrò darti una mano, ma mi piacerebbe farti compagnia. Posso passarti gli attrezzi come facevo con mio padre quando ero piccolo."

"E io che pensavo che quando si tratta della sua cassetta, Patrick sapesse trovare fino al più piccolo bullone a occhi chiusi," esclamò Seth con un sorrisone. Jason non avrebbe dovuto essere tanto sensibile a quell'espressione, considerato che stavano parlando di suo padre, ma l'argomento della conversazione non influì sul modo in cui quell'atteggiamento giocoso gli fece aggrovigliare lo stomaco. Era disarmato quando si trattava di Seth.

"È così, infatti; ma mi ha sempre fatto sentire indispensabile al buon andamento dell'officina, almeno finché non ho cominciato a chiedermi cosa facesse quando non c'ero io ad aiutarlo. Avrò avuto sui dieci anni." Si scostò dalla porta e andò a sedersi su una balla di fieno, proprio come faceva da bambino.

"Sei fortunato ad avere un padre così."

"Lo so. Ho sentito troppe storie da parte degli altri jackaroo per dubitarne. A volte penso che io e Caine siamo gli unici qui ad aver avuto un'infanzia normale, e Caine aveva il problema della balbuzie. Tutti gli altri hanno dovuto affrontare qualche tipo di difficoltà."

"Non tutti abbiamo avuto la fortuna di crescere alla stazione," disse Seth. "Ma quelli con un po' più di cervello si sono fermati non appena se ne è presentata l'occasione."

Jason sorrise – probabilmente come l'altro aveva inteso che facesse – anche se ricordava ancora il ragazzino imbronciato e sempre sulla difensiva che era arrivato insieme al fratello dieci anni prima. L'unica cosa a cui Seth teneva all'epoca erano Chris e le macchine. A Jason piaceva pensare di aver reso gli anni trascorsi insieme prima che si separassero per andare all'università migliori di quelli che avevano preceduto il suo arrivo. Se solo nel frattempo non si fosse innamorato di lui…

"Allora, che fai?" gli chiese. "Non avrò una laurea in ingegneria, ma ho imparato qualcosa da mio padre nel corso degli anni."

"MR. TAYLOR?"

Jeremy sollevò lo sguardo e vide un dottore sconosciuto sulla soglia della sala d'attesa.

"Sì?"

"Può venire con me?"

Sam gli strinse la mano. "Vuoi che ti accompagni?"

"Venite entrambi," rispose lui, spostando lo sguardo su Neil. "Se sono buone notizie, ne gioiremo insieme, in caso contrario avrò bisogno del vostro appoggio morale."

Seguirono il dottore fino alla stanza di Devlin. Il letto era vuoto, i macchinari silenziosi. "Devlin è ancora in sala operatoria?"

"Mi dispiace, Mr. Taylor, ma il suo cuore è andato in arresto durante l'operazione e non siamo riusciti a farlo ripartire. L'emorragia ha creato troppa pressione sul tronco encefalico."

Jeremy fissò il dottore senza vederlo, mentre il suo cervello cercava di capire quelle parole. Sam e Neil gli furono di fianco all'istante, ciascuno con un braccio attorno alle sue spalle. Le ginocchia gli tremavano e la sua mente si sforzava di dare un senso a quella nuova realtà, ma non ci riusciva. Devlin non poteva essere morto. C'era sempre stato, anche quando lui avrebbe desiderato altrimenti. Qualsiasi altra cosa nella sua vita era cambiata – in bene o in male – ma non Devlin. E ora se n'era andato.

Si piegò sotto il peso del dolore, e solo le braccia di Sam e Neil gli impedirono di cadere. "Non posso…" annaspò. "Non può essere morto."

"Mi dispiace tantissimo," ripeté il dottore.

Jeremy si costrinse a rimettersi dritto. "Posso vederlo?"

"Tra qualche minuto," disse l'uomo. "Lo stanno lavando. Può aspettare qui. Un infermiere verrà a chiamarla quando saranno pronti."

Jeremy annuì e il dottore si congedò.

"Mi dispiace," gli sussurrò Sam stringendolo fra le braccia.

Jeremy cominciò a tremare, mentre cercava di trattenere i singhiozzi. Aveva già pianto quel giorno. Gli sembrava quasi di sentire la voce sprezzante di Devlin: *i veri uomini non piangono.* Già farlo una volta era stato brutto, due sarebbe stato davvero troppo.

"Non trattenerti," gli ordinò Sam. "È tuo fratello. Hai il diritto di piangere la sua morte."

"Mi disconoscerebbe se lo facessi," rispose lui tra un singhiozzo e l'altro.

"E io ti disconosco se non lo fai," borbottò Neil.

Jeremy cercò di non ridere, ma senza successo. Le lacrime gli rigavano il viso mentre piangeva e rideva e poi piangeva ancora. "Cazzo, Emery," singhiozzò. "Non puoi dire cose del genere. Sei l'unico fratello che mi è rimasto."

"Sono sicuro che ci sono diversi uomini a Lang Downs che avrebbero piacere di considerarti tale, ma credo che ti terrò per me."

601

La risata di Jeremy si spense, mentre il dolore tornava a sommergerlo e le lacrime continuavano a scendere senza ritegno. Sedette sul letto vuoto e Sam gli si mise accanto, la sua roccia inamovibile.

"Aveva fatto testamento?" chiese. "Oppure lasciato istruzioni su cosa fare in caso di decesso?"

"C'è un cimitero alla stazione," disse Jeremy. "Sarà inumato lì, come tutti i membri della famiglia da centocinquant'anni a questa parte."

Lui e Devlin sarebbero stati gli ultimi due.

"Il funerale allora è a posto, ma ci servono lo stesso il testamento e la polizza dell'assicurazione, se li aveva."

"Dovrebbero essere nella cassaforte in ufficio. Conoscevo la combinazione di papà. Spero che non l'abbia cambiata."

"Dov'è la cassaforte?" chiese Neil. "Posso dire a Molly di andare a Taylor Peak e cercare i documenti. Fa parte della famiglia, in un certo senso."

"Fa parte della famiglia e basta," lo corresse Jeremy.

"Anche se dubito che la maggior parte dei jackaroo voglia riconoscerlo," gli ricordò Neil. "Resta il fatto che non la intralceranno come invece succederebbe se mandassimo un uomo. E sarà più veloce che se vai tu e poi torni qui."

"La stazione… non c'è il sovrintendente."

"Allora scegline uno," disse Sam. "Perkins, White o chi vuoi tu. Temporaneamente, finché non possiamo andare noi e vedere cosa c'è da fare."

"A quello possiamo pensarci domani," lo interruppe Neil. "Dimmi dove devo far cercare Molly. Il resto può aspettare uno o due giorni."

Jeremy chiuse gli occhi e cercò di ricordare l'ufficio di Devlin. Non c'era più entrato da quando si era trasferito a Lang Downs circa dieci anni prima. Anche quando andava a Taylor Peak per torturarsi con i continui rifiuti del fratello, non superava mai il salotto – sempre ammesso che ci arrivasse. La metà delle volte Devlin lo cacciava prima che raggiungesse la veranda.

"L'ufficio è nella parte posteriore della casa, a sinistra del salotto," rispose. "Se Devlin non ha spostato niente, la cassaforte è nell'armadio. Se l'ha spostata potrebbe essere ovunque. La combinazione di papà era dodici, ventinove, tre."

"Lo dico a Molly. Ti serve niente da casa? Può prenderlo prima di andare a Taylor Peak."

Ed eccola la verità: casa era quella che aveva costruito con Sam e dove viveva da anni, ma Taylor Peak era la sua eredità. A meno che Devlin non l'avesse estromesso completamente dal testamento – avevano un lontano cugino a cui avrebbe potuto intestare tutto per fargli dispetto – Taylor Peak e tutte le responsabilità ad essa collegate erano diventate sue.

Stava per sentirsi male.

"Jeremy?"

"No, non mi serve niente da casa," rispose mentre cercava di mandare giù la bile che sentiva salire in gola. "Di' a Molly che mi dispiace farla venire fin qua."

"Non dire scemenze. Viste le circostanze sarà contenta di rendersi utile," disse Neil. "La chiamo adesso. Dodici, ventinove, tre, giusto?"

Jeremy annuì e l'uomo lasciò la stanza.

"Non ce la faccio," confessò lui a Sam quando rimasero soli.

"A fare cosa?" Il compagno gli si avvicinò.

"Ad abbandonare la vita che abbiamo costruito insieme, prendermi in carico la stazione e sostituire Devlin. E se anche lo volessi, non saprei da che parte cominciare."

"Dall'inizio," disse con sicurezza Sam. "E andare a Taylor Peak non significa rinunciare alla vita che abbiamo costruito insieme. Posso lavorare in remoto e andare a Lang Downs al bisogno. Caine troverà il modo di far funzionare le cose. Lo sai."

"Sempre partendo dal presupposto che io voglia Taylor Peak, ma se invece preferissi fregarmene di tutto e tornare a casa?"

"Sarebbe quello che faremmo," rispose Sam, "ma devi comunque decidere cosa fare con la stazione. Devi tenere presente che Devlin ha assunto degli uomini e che hai delle bestie che non puoi abbandonare. Se vuoi far passare questa stagione, vendere il gregge e lasciare la terra incolta, puoi farlo, ma continuerai a dover pagare le tasse e tutto il resto senza però avere alcun profitto."

"Potrei vendere," propose Jeremy. "Cristo, potrei persino regalarla. O magari sono stato fortunato e l'ha lasciata a qualcun altro. E a quel punto non dovrei più preoccuparmene."

"Ci penseremo quando Molly porterà i documenti," disse Sam. "Ma qualunque cosa tu decida, ci siamo dentro insieme e niente potrà cambiare questo fatto."


CAINE SOLLEVÒ lo sguardo quando sentì qualcuno entrare in ufficio. Era Molly e l'espressione sul suo viso gli disse tutto quello che voleva sapere. "Brutte notizie, vero?"

Molly annuì. "Taylor è morto questa mattina. Neil mi ha chiesto di andare a Taylor Peak per vedere se riesco a trovare il testamento e portarglielo a Canberra. Linda ha detto che terrà i bambini per oggi, ma non so se riuscirò a tornare prima di sera."

"Possiamo pensarci io e Macklin questa notte se Linda ha dei problemi," si offrì lui. Linda, la moglie di Kyle, guardava spesso i due piccoli Emery, anche se sua figlia Laura era abbastanza grande da poter fare loro da babysitter. "Porta le nostre condoglianze a Jeremy e fammi sapere se posso fare qualcosa. A Canberra o alla stazione."

"Contaci," rispose Molly. "Chiamerò quando arrivo o anche prima se dovessi avere qualche novità."

Uscì e Caine si appoggiò allo schienale della sedia con un sospiro pesante. Conosceva a malapena Devlin Taylor e quel poco che aveva visto non gli era piaciuto in modo particolare, ma la notizia della sua morte l'aveva scosso. Nel bene o nel male, era stato un punto fermo del mondo che ruotava attorno alla stazione.

Era un allevatore esperto e un bravo cavallerizzo, eppure era stato disarcionato e ferito in modo così grave da morirne. Caine rabbrividì. Con quanta facilità la stessa cosa sarebbe potuta succedere a uno qualunque dei jackaroo di Lang Downs?

O a Macklin.

Razionalmente sapeva che il compagno stava bene. Quel giorno era rimasto alla stazione per riparare i finimenti, controllare le staccionate e in generale svolgere qualunque altra incombenza riuscisse a trovare. Aveva deciso di occuparsi della manutenzione proprio per essere nelle vicinanze se fossero arrivate notizie di Jeremy. Il panico che stringeva la gola di Caine, quindi, non era logico. Afferrò il cappello e andò fuori. Doveva controllare con i suoi occhi che Macklin stesse bene.

Lo trovò qualche minuto dopo fuori dagli stanzini della tosatura con un martello in mano e una manciata di chiodi tra i denti e si sentì invadere dal sollievo.

Macklin finì la riparazione, posò il martello e si tolse i chiodi di bocca. "Caine? Che succede?"

"Molly sta andando a Taylor Peak. Devlin è morto questa mattina e io sono andato nel panico al pensiero che la stessa cosa potrebbe succedere a te o a chiunque altro qui alla stazione."

Macklin lo abbracciò stretto – sapeva sempre cosa fare per tranquillizzarlo. "Siamo prudenti. Non usciamo mai da soli. Abituiamo i cavalli a non spaventarsi per i rumori inaspettati o i movimenti tra i cespugli. Facciamo tutto ciò che è in nostro potere per assicurarci che alla fine della giornata tutti tornino a casa, ma qualche volta gli incidenti succedono e basta." Gli sollevò il viso così da poterlo guardare negli occhi. "Ma lo stesso discorso vale per tutti i mestieri. Incidenti d'auto, incendi, e chi più ne ha più ne metta. Le disgrazie accadono indipendentemente da quanto uno faccia attenzione. Come sta Jeremy?"

Caine deglutì. "Non ci ho parlato, e neanche Molly, credo. Le ho detto di farci sapere se serve qualcosa, ma non saprei cosa potrebbe essere."

"Potremmo far andare un paio di uomini a Taylor Peak per mandare avanti le cose finché Jeremy non prende in mano la situazione," suggerì Macklin. "Devlin non ha mai chiesto aiuto, ma ricordo che tuo zio aveva mandato un po' di uomini quando c'era ancora il vecchio Taylor e la stazione era stata molto danneggiata da un tornado che li aveva presi in pieno ma aveva risparmiato noi."

"Manderò un messaggio a Sam e chiederò. Non so neanche se i jackaroo sono stati avvisati."

"So che vuoi essere utile ma non strafare," lo avvisò Macklin. "Jeremy dovrà imparare a rapportarsi da solo con i suoi uomini, proprio come hai fatto tu quando sei arrivato. Non possiamo rischiare di rovinare tutto interferendo troppo o troppo spesso."

"Almeno sa cosa sta facendo. Io non sapevo neanche da che parte si guarda una pecora quando sono venuto a dirigere la stazione dopo la morte di zio Michael."

"Vero, ma come te dovrà combattere contro la diffidenza, e in più tutti sapranno fin dall'inizio che è gay. Non mi stupirebbe se perdesse degli uomini, proprio come è successo a noi la seconda estate. Se la caverà se tiene duro, ma la strada sarà ardua."

"Come fai a dirmi una cosa del genere e poi pretendere che non mi intrometta?" esclamò Caine. "Non puoi aspettarti che rimanga seduto in un angolo a guardare."

"No, ma mi aspetto che tu lasci decidere a Jeremy che tipo di aiuto chiedere e quanto spesso. Rischiamo di complicare le cose sia aiutando troppo che non aiutando affatto."

Caine non era convinto, ma non aveva senso discutere con Macklin, soprattutto perché non avrebbero potuto fare niente finché Jeremy non fosse tornato e non avessero visto davvero come stavano le cose. Magari si stavano tutti preoccupando per niente e Jeremy avrebbe preso il posto di Devlin senza difficoltà.

# CAPITOLO 6

SETH RISE alla battuta di Jason e si scostò i capelli dagli occhi con la mano sbucciata e gonfia.

"Che hai fatto?" chiese l'amico afferrandogli il polso.

"Niente," rispose lui, il cuore che gli galoppava nel petto al pensiero che Jason scoprisse come si era ferito. Non avrebbe capito. Nessuno lo faceva. Il dolore lo aiutava a inquadrare i pensieri, ma era qualcosa che non aveva senso se non per lui. Solo per lui. "Mi sono graffiato le nocche mentre cercavo di sbloccare un bullone."

Era una scusa debole, a voler essere generosi, ma non gli era venuto in mente niente di meglio. A scuola, prima di trasferirsi a Lang Downs, riusciva sempre a svicolare dicendo di essere stato coinvolto in una rissa – una rissa che lui aveva provocato, ma in modo subdolo cosicché nessuno ci vedesse nulla più che la solita esuberanza adolescenziale. Purtroppo anche quel tempo era passato e lui non era più un adolescente che poteva ricorrere a trucchi simili. Aveva delle responsabilità ora, e ciò implicava anche trovare altri modi per placare la propria anima quando la confusione che aveva in testa minacciava di sopraffarlo.

"Ti sei fatto vedere da qualcuno?" lo interrogò Jason. "Meglio che non si infetti."

"L'ho pulito subito," rispose. Aveva imparato abbastanza di pronto soccorso nei suoi tentativi di nascondere le ferite da sapere che era indispensabile tenerle pulite. Quella mattina non aveva coperto le sbucciature perché lo avrebbe rallentato nel lavoro, ma aveva intenzione di farlo prima di andare a cena. La gente avrebbe notato la fasciatura, ma se non avessero visto cosa c'era sotto non avrebbero neanche potuto mettere in discussione la sua versione dei fatti.

"Doveva essere un bullone bello tosto," fece notare Jason. "Dai, che altro c'è in programma per oggi?"

"Devo andare a rilevare la posizione di un paio di capanni. Ho sentito in giro che c'è l'idea di installare pannelli fotovoltaici e pale eoliche. Non sono esattamente un esperto, ma ho seguito un paio di corsi sulle energie rinnovabili, quindi dovrei essere in grado di farmi un'idea di cosa potrebbe esserci utile. Ma prima ho bisogno di vedere i capanni, perché l'esposizione è diversa per ognuno. Non devi accompagnarmi se non ne hai voglia. Non farò niente di interessante."

"Non mi importa cosa fai," ribatté Jason. "Voglio passare la giornata con te. Non lo facciamo da una vita. So che devi lavorare, ma almeno staremo insieme. Potrei farti da assistente."

*Approfitta della scusa e non venire*, pensò Seth quasi con disperazione. Bramava la compagnia di Jason, ma averlo così vicino eppure così lontano era come spargere sale sulle sue ferite aperte. Riusciva a sopportare il dolore fisico, ma lo strazio che sentiva nel cuore gli faceva venir voglia di gettarsi sul primo coltello a portata di mano. "Sì, certo. Hai qualcosa su cui scrivere?"

"No, ma posso chiederlo alla mamma. Dammi cinque minuti e poi andiamo."

Lui annuì e Jason uscì dalla rimessa. Non appena fu sparito alla vista, Seth si accasciò contro il trattore. Cristo, doveva essere masochista! Perché diavolo aveva deciso di tornare a casa?

Sotto quel punto di vista, Sydney avrebbe potuto sembrare preferibile, ma anche lì era stato depresso. Non quel tipo di depressione che porta a tagliarsi, ma piuttosto una sensazione di intorpidimento, di morte interiore. Qualcosa che neanche il rasoio poteva risolvere. Per quanto potesse essere difficile vedere Jason ogni giorno e sapere che avrebbe trascorso le sue notti con Cooper, almeno era a casa.

Naturalmente Jason non aveva detto nulla – era troppo discreto per farlo – ma Seth aveva notato l'attenzione con cui si era seduto e la smorfia che faceva quando, di tanto in tanto, cambiava posizione sulla balla di fieno. Seth poteva non averne esperienza diretta, ma era capace di riconoscere i segni di una buona scopata quando li vedeva. Gli dispiaceva solo di non essere stato lui a lasciarglieli.

Fin troppo presto per i suoi gusti, Jason tornò alla rimessa. "Ho un blocco e una matita," disse. "Quando vuoi, sono pronto."

"Andiamo allora."

Presero la direzione del parcheggio sterrato dove sostavano gli ute quando non erano in uso. Seth salì e trovò le chiavi già infilate nel quadro. "Pronto?" chiese.

"Sono nato pronto."

La risposta familiare lo fece sorridere. Quante volte si erano detti le stesse identiche cose prima di una verifica con la scuola? Dio, era così facile ricadere nei vecchi schemi con Jason, ma non erano più adolescenti, e Seth si conosceva meglio di quanto non facesse allora. Le cose sarebbero andate diversamente se quando aveva sedici o diciotto anni fosse stato capace di dare un nome al calore che sentiva nel petto? Ne dubitava. Jason lo considerava il suo miglior amico, quello con cui scherzava, studiava o prendeva in giro gli altri jackaroo, ma non era l'amante che accoglieva di notte nel suo letto. No, era qualcun altro a godere di quel privilegio. Seth avrebbe voluto davvero, ma proprio davvero, essere felice per lui, se solo quella felicità non avesse preteso un prezzo tanto alto.

*Jason vale qualsiasi prezzo*, si disse. *E i fidanzati vanno e vengono, mentre i migliori amici sono per sempre.*

Avrebbe solo dovuto continuare a ripeterselo finché non ci avesse creduto. Lui stesso era uscito con diverse donne quando stava a Sydney, e Jason aveva avuto più di una storia durante l'università, ma niente era riuscito a scalfire la loro amicizia. Anche quando Jason lo aveva abbandonato per andare a studiare lontano, le fondamenta del loro rapporto avevano resistito. Seth doveva convincersi di quello e il resto si sarebbe risolto da solo. Se avesse smesso di essere ossessionato dall'amico, magari avrebbe persino potuto trovare qualcuno per sé.

Il pensiero gli fece stringere lo stomaco. Riusciva a immaginare di stare insieme a Jason in ogni modo possibile, ma non appena provava a sostituire il suo viso con quello di qualcun altro, si sentiva afferrare dalla nausea. Di nessuno si fidava come di lui.

"Sei troppo silenzioso," disse l'amico, costringendolo a interrompere quel flusso di pensieri.

"Scusa, stavo solo cercando di ricordare come si orientano i pannelli solari. È passato un po' di tempo da quando ho dato quell'esame."

"Sì, succede anche a me a volte, quando ripenso alle cose sugli animali domestici che ho studiato il primo anno," disse Jason. "Ne sapevo abbastanza da superare l'esame, ma sapevo anche che non era quello di cui volevo occuparmi, quindi non ho mai cercato di imparare più dello stretto necessario."

"Tranne che a te non serve, e a me ora sì."

Jason si strinse nelle spalle. "È per quello che c'è internet. Puoi usare il computer di mamma se non ne hai uno tuo e guardare tutto quello che hai dimenticato o non hai studiato. Io faccio così quando devo controllare qualcosa."

"Ho un portatile," rispose lui. "E verificherò tutto due volte prima di cominciare con l'installazione. Lo farei anche se fosse il mio campo anziché qualcosa che ho studiato per un semestre e solo per curiosità."

"E ora non sei contento di averlo fatto?"

"Caine ha la capacità di farti sentire contento per qualsiasi cosa ti chieda di fare." Jason rise. "Verissimo! Allora, cos'è che cerchiamo esattamente?"

Seth si lanciò in una spiegazione su capacità di immagazzinamento, angoli, esposizioni e costi verso potenza di erogazione. Dall'espressione sul viso di Jason, più della metà di quello che disse gli entrò da un orecchio e uscì dall'altro, ma di tanto in tanto l'amico gli pose delle domande che lo aiutarono a guardare le cose da un'angolazione diversa. Quando raggiunsero il primo capanno, la tensione che gli aveva attanagliato lo stomaco era scomparsa e il vecchio cameratismo era tornato. Forse quel pomeriggio non sarebbe stato poi tanto terribile, dopotutto.

QUANDO, NEL tardo pomeriggio, tornarono nella valle, Seth era riuscito a dimenticare parte delle sue preoccupazioni e a crogiolarsi di nuovo nel calore della presenza di Jason. Avevano controllato solo due della dozzina e passa di capanni sparsi per i pascoli della stazione, ma lui era riuscito a farsi un'idea più chiara di cosa cercare e quali calcoli fare per realizzare il sogno di Caine di mettere un generatore in ogni casupola. L'energia richiesta non era molta, quella che bastava a un frigorifero, una lampada e una stufa. Solo il frigorifero avrebbe assorbito costantemente, la stufa sarebbe stata usata solo in inverno e la luce quando qualcuno stava usando il capanno. I due che avevano visitato quel pomeriggio erano entrambi esposti a sud e avevano il sole di fronte per gran parte del giorno. Un paio di pannelli sul tetto e una buona capacità di immagazzinamento nella relativa batteria sarebbero stati sufficienti a coprire le esigenze. Se qualcuno dei capanni fosse stato invece circondato da alberi che bloccavano i raggi del sole per parte della giornata, avrebbero dovuto cercare soluzioni alternative, ma ci avrebbe pensato più avanti. Per il momento, aveva già qualcosa da riferire.

"La macchina di Neil non c'è ancora," disse Jason mentre parcheggiavano. "Spero non significhi che ci sono brutte notizie."

"Sì, lo spero anch'io," concordò lui. Conosceva Devlin Taylor solo di vista. L'uomo aveva espresso con chiarezza la sua opinione a proposito di tutto ciò che riguardava Lang Downs, quindi Seth non l'aveva mai considerato più di tanto. Gli dispiaceva, tuttavia, veder soffrire Jeremy e, qualunque cosa fosse successa al fratello, l'amico ne sarebbe stato di certo devastato. Seth rifiutava categoricamente di pensare che qualcosa del genere potesse accadere con Chris. Il fratello era stato il suo unico punto fermo prima che arrivassero a Lang Downs ed era ancora l'unica persona a cui teneva che non lo aveva abbandonato, neppure una volta. Se Chris avesse avuto un incidente come quello di Devlin... Seth non voleva neanche pensarci.

"Vado a farmi una doccia prima di cena," disse Jason. "E poi devo vedere che piani ha Cooper per la serata. Non voglio trascurarlo troppo."

Parlando di dimenticare le preoccupazioni...

"Ci vediamo a cena, allora," lo salutò lui. "Oppure no, se vuoi stare un po' insieme al tuo uomo."

"Potresti raggiungerci al dormitorio," offrì Jason. "Ci sono un sacco di ragazzi in gamba quest'anno. Ti divertirai."

"Ci penserò," svicolò Seth. Aveva detto a Macklin che avrebbe occupato una delle stanze libere del dormitorio, ma più ci pensava e meno riusciva a sopportare l'idea. Sarebbe rimasto con Chris e Jesse e più avanti avrebbe pensato a una sistemazione migliore. "Domani devo lavorare, quindi non voglio fare tardi." Soprattutto, non voleva vedere Jason tra le braccia di un altro uomo.

"Anch'io devo lavorare," gli rammentò il ragazzo. "Puoi fermarti per poco, se preferisci, ma è sempre meglio che stare da solo in camera tua."

"Non sono solo, ho Chris e Jesse."

"Vero. Immagino che vivere con tuo fratello sia diverso che abitare a casa dei genitori. Non ci ho pensato due volte a trasferirmi al dormitorio quando sono tornato."

*Non hai pensato due volte a tuffarti nel letto di Cooper*, rifletté cinicamente Seth. "Sarebbe un tantino complicato dormire con Cooper se vivessi ancora con i tuoi."

"Mamma e papà non hanno problemi né col fatto che sono gay né con Cooper. Ma gli altri jackaroo già mi considerano un ragazzino e se vivessi insieme ai miei genitori non me la farebbero passare più."

"Immagino di no. Ma hai più esperienza di tanti di loro messi assieme, quindi che importa quello che pensano?"

Jason si strinse nelle spalle. "È bello avere degli amici della mia età. Non sapevo che saresti tornato definitivamente quando mi sono trasferito al dormitorio."

Le cose sarebbero andate diversamente se avesse rivelato i suoi piani a Jason in anticipo invece di volergli fare una sorpresa? Il solo pensiero gli diede la nausea.

"Ci vediamo a cena," lo salutò. Doveva allontanarsi prima di dire qualcosa di cui poi si sarebbe pentito. Non era sua abitudine sconfinare nel territorio di qualcun altro e finché Jason era felice con Cooper, lui non poteva fare niente. Se lo avesse messo in imbarazzo, avrebbe perso anche la loro amicizia, e non l'avrebbe sopportato.

Si precipitò fuori dall'ute, lasciando lì gli appunti che aveva dettato a Jason e tutto il resto. Sarebbe tornato dopo cena per assicurarsi che chiunque prendesse il mezzo il giorno dopo lo trovasse immacolato, ma in quel momento aveva un assoluto bisogno di stare da solo. Gli sembrò che Jason lo chiamasse, ma non si voltò per controllare. Non ce la faceva più a stare lì con lui.

Chris era in salotto quando entrò in casa. "Ciao. Com'è andato il primo giorno?"

"Bene," rispose a denti stretti, "ma mi serve una doccia. Parliamo dopo, okay?"

"Sì, certo." Chris sembrò sorpreso da quella fretta, ma Seth non se la sentiva di dargli delle spiegazioni in quel momento. Parlare con lui avrebbe potuto essere meno complicato che parlare con Jason, ma di poco. Prima doveva ritrovare il proprio equilibrio e solo a quel punto avrebbe potuto tornare a fingere che tutto andasse bene.

Prese un cambio di vestiti dalla camera e si fermò un attimo a valutare se portare con sé anche il rasoio. Gli era sempre piaciuta la sensazione della lama affilata quando si radeva, e nessuno gli aveva mai fatto domande sul perché ne possedesse uno e lo tenesse in bagno. Premette con forza contro le sbucciature sulle nocche, ma durante la mattinata e la giornata di lavoro avevano smesso quasi del tutto di fargli male. "Maledizione!"

Afferrò il rasoio e andò in bagno. Doveva radersi in ogni caso. Magari la doccia lo avrebbe aiutato e la lama affilata gli sarebbe stata utile solo per liberarsi della barba.

Si spogliò e appoggiò il rasoio sul lavandino. Se lo avesse messo sul bordo della vasca, dove avrebbe potuto raggiungerlo con facilità, la tentazione di usarlo sarebbe stata più forte. La doccia avrebbe funzionato. L'acqua bollente e il vapore l'avrebbero aiutato a far scorrere via la tensione alla stregua del sudore e della polvere che aveva accumulato durante le ore di lavoro. Poteva farcela. Non aveva bisogno di tagliarsi per ritrovare l'equilibrio.

Si lavò i capelli, imprecando piano quando i ciuffi gli si impigliarono sulle unghie sbeccate. Gli serviva sia una sbarbata che un tagliaunghie. Non avrebbe mai creduto che il lavoro alla stazione potesse rovinargli le mani più di quanto avesse fatto il lavoro nell'officina di Sydney, eppure doveva essere così perché erano un disastro. Si aggrappò a quel pensiero piuttosto che immaginare Jason che tornava da Cooper. Non avrebbero fatto la doccia insieme. Il blocco docce del dormitorio non offriva abbastanza intimità per una cosa simile.

Si massaggiò con più forza il cuoio capelluto. Doveva restare concentrato su quello che faceva e non su cosa Jason potesse o non potesse star facendo insieme a un altro uomo. Non erano affari suoi, a meno che Cooper non lo ferisse. In quel caso, sarebbe stato suo dovere intervenire come migliore amico. Jason sembrava felice della sua storia con il jackaroo, quindi Seth non aveva il diritto di mettersi in mezzo. L'amico non l'avrebbe apprezzato e se si fosse arrabbiato con lui, avrebbero trascorso ancora meno tempo insieme.

Puntellò le braccia al muro. Doveva smetterla. Non poteva perdere la testa in quel modo. Non era sano e non lo aiutava. Si costrinse a sciacquarsi i capelli e a prendere il bagnoschiuma. Bagnò la spugna e grattò via dalla pelle la sporcizia e il grasso. La ruvidezza del tessuto era piacevole e il bruciore del sapone sui tagli delle mani una ventata d'aria fresca sull'obnubilamento della sua mente. Inspirò a fondo e continuò a grattare con più forza del necessario finché la pelle non cominciò a fargli male.

Stava bene. Non aveva bisogno di compiere alcun gesto drastico per placare i fantasmi che lo tormentavano. Jason era felice e Seth poteva essere contento per lui. Poteva continuare a essere il suo migliore amico e potevano continuare a ridere delle stesse brutte battute e guardare gli stessi vecchi programmi in televisione.

Sentendo di aver riacquistato il controllo di sé, chiuse l'acqua, si asciugò e uscì dalla vasca. Avrebbe seguito il piano originale e si sarebbe rasato, così da non doversene preoccupare il mattino successivo. Poi si sarebbe vestito e sarebbe andato a cena, e magari avrebbe anche accettato l'invito di Jason e fatto un salto al dormitorio. Magari avrebbe anche scoperto che Cooper gli piaceva, se fosse riuscito a superare l'istintiva gelosia nei suoi confronti.

Il grattare del rasoio sulla pelle era piacevole in un modo normale, sano. Seth controllava i gesti e tutto ciò che rimuoveva erano i peli dei baffi. Nessun taglio, nessun graffio. Solo pelle liscia e rasata. Niente di cui preoccuparsi. Niente che gli altri potessero notare.

Una volta finite le abluzioni, si vestì, gettò gli indumenti sporchi nel cesto e raggiunse Chris in salotto. "Scusa se prima sono stato sbrigativo. Ma oggi i pascoli erano un forno e polverosi da morire."

"Pensavo che dovessi lavorare nella rimessa," ribatté il fratello.

"Questa mattina l'ho fatto, ma nel pomeriggio sono andato a studiare un paio di capanni insieme a Jason. Abbiamo controllato l'esposizione in modo da poter già dire qualcosa a Caine e farlo contento."

Chris rise. "Passiamo tutti un bel po' di tempo a cercare di fare contento Caine, non è vero?"

Seth ricambiò il sorriso. "Non ho dimenticato che devo a lui e Macklin se sei ancora qui. E probabilmente se ci sono anch'io. Non saprei come avremmo fatto se non ci fossero stati loro."

"Avremmo trovato un modo per andare avanti," rispose Chris, "ma ciò non vuol dire che non gli sia grato. Abbiamo un luogo sicuro che possiamo considerare casa, e una cosa del genere merita di ricevere in cambio una lealtà infinita. Sono contento che tu sia tornato. Non credo di avertelo detto ieri."

"Avevo bisogno di andare via e vedere cos'altro c'è là fuori, ma niente di quello che ho trovato si avvicina a ciò che ho qui. Ora che lo so, ho intenzione di restare. Almeno finché Caine e Macklin me lo permetteranno."

"Fa' il tuo lavoro, se sbagli dillo subito e non attaccare briga, e vedrai che non avranno motivo di non volerti. Anche loro ti considerano parte della famiglia."

"Non ho più preso parte a una rissa da quando ci siamo trasferiti qui dieci anni fa," rispose Seth sulla difensiva. "Ho superato quella fase.

"Perché non c'era nessuno con cui litigare."

In verità non c'era stato motivo di azzuffarsi per annegare nel dolore il caos che regnava nella sua testa. La vita a Lang Downs era molte cose, ma non lo aveva mai tormentato come invece gli era successo in precedenza.

"Forse, ma non ho più quattordici anni e non sono più uno scavezzacollo," gli ricordò lui. "In questi anni ho imparato a gestire il mio brutto carattere." Si accarezzò le nocche e il pizzicore lo tranquillizzò. "Mi avvio verso la mensa. Vieni con me o aspetti Jesse?"

"Jesse non c'è," rispose Chris. "Gli è toccato il turno di notte nel pascolo a sud. Dovrebbe tornare domani all'ora di pranzo. Vengo con te."

Uscirono sulla veranda e Seth si fermò per prendere un respiro profondo. Sì, faceva caldo e l'aria era immobile lì nella valle; si sentiva l'odore della polvere, ma anche quello dei gelsomini.

"Dovremmo piantare qualche fiore anche noi," disse. "Siamo gli unici a non averne."

"Fai pure se vuoi," rispose Chris. "Io e Jesse ci abbiamo provato, ma non abbiamo il pollice verde."

"Allora ci provo. Sarà divertente avere qualcosa di cui occuparsi, tipo un animaletto, ma meno esigente."

"Se lo dici tu!" Chris gli urtò la spalla con la propria mentre si incamminava verso la mensa. "Dai, che ho fame."

Seth rise e si affrettò a raggiungerlo. Il buon umore continuò finché non superarono le porte della sala. C'era un silenzio pesante. Seth si guardò intorno, cercando la causa di quel disagio. Tutti erano seduti insieme ai compagni soliti, tranne Dani e Liam, i figli di Neal, che erano insieme a Linda e Kyle, invece che con i genitori. "Neil è via e lo sappiamo, ma Molly dov'è?" chiese.

"Non lo so, ma qualunque cosa sia successa, ho la sensazione che non siano buone notizie." Si avvicinò al tavolo dov'erano anche Thorne e Ian e lui lo seguì. L'ultima cosa di cui aveva bisogno erano altre brutte notizie, ma far finta che non fosse successo niente non avrebbe cambiato le cose.

"Che succede?" domandò Chris sedendosi.

"Taylor non ce l'ha fatta," rispose Thorne. "Non sappiamo i particolari ma da quel poco che ho imparato quando ero nei Commando, la caduta deve avergli provocato un'emorragia cerebrale. Non è detto che debba essere fatale, ma spesso lo è, purtroppo."

Seth rabbrividì. Quante volte aveva visto qualche jackaroo rientrare coperto di polvere perché era caduto? Non succedeva tutte le settimane e neanche tutti i mesi, ma abbastanza spesso perché nessuno la considerasse una cosa al di fuori del reame delle possibilità. E una caduta di quel tipo aveva appena ucciso un uomo.

"Che succederà ora a Taylor Peak? Caine ha detto qualcosa?" chiese Chris.

Thorne scosse la testa. "Sono ancora tutti increduli. Immagino che l'obitorio non restituirà il corpo prima di lunedì, e martedì o mercoledì ci sarà il funerale. Poi dipenderà da come si sente Jeremy. Non è facile perdere la famiglia in un colpo solo."

"No, non lo è," concordò Chris.

"Quando è successo a me, ho impiegato settimane prima di riuscire a pensare in modo logico e razionale," continuò Thorne. "Ovviamente, qualcuno potrebbe obiettare che arruolarsi e andare subito nei Corpi speciali non sia esattamente sinonimo di pensiero razionale, nonostante io mi sentissi in grado di prendere decisioni."

Seth si alzò di scatto. Non ce la faceva più ad ascoltare quei discorsi senza rischiare di perdere la testa. "Vado a prendere qualcosa da mangiare. Torno subito."

Afferrò un piatto e annuì in direzione di Kami, il cuoco della stazione e nuovo marito di Sarah. L'uomo era taciturno persino nei suoi momenti migliori, ma il suo silenzio era esattamente ciò di cui Seth aveva bisogno in quel momento. Fu quasi tentato di chiedergli se potesse mangiare in cucina, ma così facendo avrebbe rivelato troppo dei suoi sentimenti, così si riempì il piatto e si sforzò di restare calmo. Quando Chris era stato aggredito, lui era corso a cercare aiuto. Era arrivato allo Yass Hotel, dove aveva trovato Caine e Macklin, che avevano salvato l'unica cosa che per lui contasse ancora. Tuttavia, aveva perso abbastanza cose e persone nella sua giovane vita da sapere come ci si sentisse quando il mondo ti si sbriciola sotto i piedi. Aveva perso sua madre e pochi giorni dopo la casa, quando il patrigno li aveva cacciati la sera stessa del funerale. Se non fosse stato per Chris... Non valeva neanche la pena di pensarci.

Almeno Jeremy non avrebbe dovuto preoccuparsi di non avere più un tetto sopra la testa.

Accantonò quei pensieri e tornò al tavolo. Avrebbe mangiato in fretta e poi sarebbe andato da qualche parte dove la conversazione non si sarebbe incentrata sulla morte di Taylor. Doveva pur esserci qualcuno che pensava ad altro.

# CAPITOLO 7

SETH DURÒ mezz'ora al dormitorio prima che la conversazione diventasse insostenibile. Aveva sperato che nessuno dei jackaroo conoscesse Taylor a sufficienza da rimuginare sulla sua morte più di quanto fosse appropriato considerata la tristezza della notizia, ma non fu fortunato. Parlavano solo di quello, sia che si trattasse di speculare su cosa l'avesse ucciso sia che si trattasse di chiedersi se portandolo subito all'ospedale avrebbe potuto salvarsi. Seth non aveva una risposta a nessuna delle due domande, ma fu la discussione in sé a fargli venire le vertigini. Avrebbe potuto trattarsi di Chris o di Caine, oppure di uno qualunque degli uomini che a Lang Downs erano diventati così importanti per lui. Neanche tutta la sua esperienza aveva impedito a Taylor di avere un incidente, e Caine e Chris ne avevano ancora di strada da fare prima di diventare jackaroo esperti quanto lo era stato lui.

"Sono stanco morto," disse all'uomo che gli stava di fianco – non si era neanche impegnato a ricordarne il nome. "Vado a letto."

"'Notte," rispose quello senza distogliere lo sguardo dal centro della stanza.

Ecco quanto lo consideravano i lavoranti! Nemmeno Jason guardò nella sua direzione quando Seth si avviò verso la porta. La ciliegina sulla torta di una giornata di merda.

Con il tramonto la temperatura era scesa, restituendo all'aria quel tocco di freschezza che qualche ora prima era stato completamente assente, ma Seth non si fermò a godersela. Era aggrappato al proprio autocontrollo con le unghie. L'unica cosa che gli interessava era arrivare in un posto dove potesse stare da solo e crollare all'insaputa di tutti. Per il mattino successivo avrebbe raccolto i pezzi e nessuno si sarebbe accorto di niente, ma prima aveva bisogno di arrivare in camera sua senza che Chris lo trattenesse. In altri momenti ci avrebbe pensato Jesse a distogliere da lui l'attenzione del fratello, ma Jesse non c'era e con la notizia della morte di Taylor, era probabile che Chris desiderasse il conforto della sua presenza.

Seth prese in considerazione di sgusciare dentro attraverso la finestra, ma non era sicuro che fosse aperta. E, in ogni caso, non aveva più quattordici anni e non stava cercando di scappare dal suo patrigno Tony. Poteva dire a Chris che era stanco e che non aveva voglia di parlare. Il fratello non gli avrebbe detto che era insolente mentre gli tirava un manrovescio. Chris avrebbe accettato le sue parole, l'avrebbe abbracciato e gli avrebbe augurato sogni d'oro.

In quel momento, tuttavia, avrebbe preferito il manrovescio. L'avrebbe aiutato a uscire da quella palude che erano diventati i suoi pensieri. La gentilezza di Chris sarebbe solo servita a sottolineare quanto aveva da perdere.

Dio, la sua testa era un casino, ma rendersene conto non serviva a niente. A Sydney aveva imparato a cavarsela in un modo o nell'altro, ma niente lo aveva preparato al tumulto interiore che il ritorno alla stazione gli stava causando.

"Seth? Che ci fai lì fuori?"

La voce di Chris si insinuò nei suoi pensieri. "Niente. Guardo le stelle."

"Non c'è Jesse a indicartele e io ancora non ne so tanto quanto lui. Posso mostrarti la Croce del sud, ma più lontano non vado."

"Tutti sanno riconoscere la Croce del sud," ironizzò lui. "Dai, possibile che in dieci anni tu non abbia imparato altro? Che razza di fidanzato sei?"

Chris rise. "Questa la racconto a Jesse. Una volta non ti piaceva come rispondeva a questa domanda."

All'epoca Seth era giovane e ingenuo. Non aveva idea di cosa fosse davvero la bisessualità e neanche il tempo di capirlo, tra la scuola e il tentativo di aiutare Chris a mantenere un tetto sopra le loro teste. Non voleva sentir parlare di sesso in generale, e tantomeno di cosa facesse suo fratello. A distanza di dieci anni la sua visione era cambiata, ma non per quanto riguardava la vita sessuale di Chris.

"E neanche adesso."

"Andiamo, è tardi e domani dobbiamo entrambi alzarci presto. Non so quando Jeremy e Sam arriveranno, ma di certo non sarà domani mattina, quindi dobbiamo ancora coprire i loro turni."

"Se posso aiutarti per qualcosa, fammelo sapere," disse Seth mentre rientravano. "Questa mattina ho fatto tutti i controlli di routine, quindi finché qualcosa non si rompe posso occuparmi di altro. Anche i nuovi progetti di Caine possono aspettare qualche giorno se è necessario."

"Lo deciderà Macklin, visto che Neil è ancora a Canberra con Jeremy, ma so che apprezzerà l'offerta anche se magari dovesse dire che non serve."

"Sono a disposizione," ripeté Seth. "Ho imparato abbastanza prima di partire per l'università da poter fare pressoché tutto per uno o due giorni."

"Glielo dirò. Buonanotte. Tutto bene nella vecchia stanza?"

"Benissimo." Era una bugia bella e buona, ma il problema non risiedeva nella stanza in sé o in qualcosa che Chris potesse cambiare. Il problema era nella sua testa e niente poteva risolverlo.

"Fammi sapere se ti serve qualcosa. Buonanotte."

Seth rispose con un gesto della mano e fuggì in camera. Avrebbe dovuto fare piano finché non fosse stato sicuro che Chris si fosse addormentato, ma il fratello non era mai entrato nella sua stanza senza permesso. Se anche avesse bussato, Seth avrebbe potuto dirgli che voleva stare da solo e Chris avrebbe rispettato la sua richiesta.

Chiuse la porta e si appoggiò al legno solido. Avrebbe potuto girare la chiave e chiudere fuori il mondo, ma non sarebbe servito a niente contro l'incubo che si portava dentro. Il rasoio risplendette dal comò, attirando la sua attenzione. Seth lasciò che il suo sguardo vagasse per il resto della camera, cercando qualcos'altro su cui concentrarsi. Solo il giorno prima si era sbucciato le nocche, non aveva bisogno di fare niente quella sera. Non erano passate che ventiquattr'ore. Non gli era mai successo di averne bisogno a intervalli così ravvicinati. Era un adulto ora, non uno stupido ragazzino incapace di gestire la propria vita.

Il rasoio però lo chiamava, il canto di una sirena a cui non sapeva resistere. Avrebbe potuto prenderlo e farsi uno o due taglietti in un punto che nessuno avrebbe visto. Sarebbe stato sufficiente ad aiutarlo a dormire e a fargli affrontare la giornata seguente svolgendo i compiti che Caine e Macklin gli avrebbero affidato. Oppure avrebbe potuto restare lì a far finta di non essere sul punto di crollare a pezzi e il giorno dopo ritrovarsi talmente stanco da commettere qualche imprudenza e farsi male.

Non poteva fare una cosa del genere a Chris. Doveva ritrovare il controllo ed evitare di ferirsi, a qualunque costo. Qualche piccolo taglio sulla pelle era un prezzo equo per la tranquillità del fratello.

Prima di riuscire a convincersi a non farlo, aveva già afferrato il rasoio, la cassetta del pronto soccorso e un asciugamano, che per fortuna era nero. Chris l'aveva comprato dicendo che in quel modo non si sarebbero notate le macchie. E neanche il sangue, nel caso Seth fosse andato un po' più a fondo di quanto fosse sua intenzione. In tanti anni non aveva mai perso il controllo dei tagli e non voleva cominciare quella sera.

Stese l'asciugamano sul letto e ci appoggiò sopra il rasoio e la cassettina del pronto soccorso, poi si spogliò fino a restare in mutande. Il problema ora diventava dove tagliarsi. Faceva troppo caldo per le maniche lunghe – anche se Ian le portava sempre, indipendentemente dalla temperatura – quindi avrebbe avuto le braccia scoperte. Non sapendo cosa Macklin gli avrebbe chiesto di fare il giorno dopo, non poteva neanche tagliarsi l'interno coscia perché magari avrebbe dovuto cavalcare. Restava solo la zona dell'anca che poi andava fasciata stretta in modo da evitare che sanguinasse se avesse trascorso la giornata a cavallo. Sarebbe stato scomodo, ma sempre meglio delle macchie di sangue che avrebbero potuto attirare l'attenzione dei compagni.

Provò l'affilatura del rasoio con il pollice, anche se lo aveva usato solo qualche ora prima per radersi. Allora non aveva voluto tagliarsi. Ora sì. Soddisfatto dal filo, pulì sia la lama che la gamba con una salviettina imbevuta d'alcol. Una volta, un taglio si era infettato a causa di una lama sporca e solo per miracolo era riuscito a evitare che l'infermiera capisse cosa aveva fatto davvero. Non voleva che succedesse di nuovo, anche perché Chris non si sarebbe lasciato rassicurare da qualche scusa e non gli avrebbe permesso di uscire dalla stanza subito dopo aver ricevuto le medicine come invece aveva fatto l'infermiera.

Il semplice rito della preparazione lo calmò al punto che valutò se mettere via il rasoio e provare a fare senza, ma se poi non fosse bastato non avrebbe avuto un'altra occasione prima della sera successiva, e non poteva permettersi di crollare davanti agli altri. Non conosceva Taylor abbastanza bene da poterlo usare come scusa, e se anche avesse potuto mascherare un po' della sua ansia facendola passare per preoccupazione per suo fratello, l'inganno avrebbe avuto vita breve.

Prese un respiro profondo e premette il rasoio sulla pelle, un'incisione profonda un paio di millimetri. Sibilò quando il tanto agognato dolore gli corse lungo i nervi. Era lui che controllava quel momento e nessun altro. Lui che decideva quando farsi male e quando fermarsi. Lui che sceglieva la posizione, la profondità, il numero dei tagli. Il nodo di tensione che lo soffocava si allentò un po' mentre Seth osservava il sangue affiorare, rosso rubino contro la pelle bianca. Aveva viso, mani e braccia abbronzati dal tempo che trascorreva all'aria aperta, ma le sue gambe non vedevano mai il sole, nascoste com'erano dentro la tuta da lavoro che serviva a proteggerle dagli attrezzi appuntiti o da tutto quello che avrebbe potuto ferirlo nell'officina e nei pascoli. Per una ragione che non capiva bene, quel contrasto gli piaceva. Passò il dito lungo il taglio e macchiò di rosso la zona circostante. Trasalì quando sentì la puntura di dolore, ma non smise. Invece, premette con un po' più di forza, lasciando che l'alcol che gli era rimasto sulle dita aggiungesse bruciore al bruciore. Una volta finito avrebbe dovuto disinfettare tutto di nuovo, e quell'ultima sferzata di fuoco sarebbe stato l'impulso finale verso la sanità mentale, almeno per un altro po'. Pensò di farlo subito e, se non fosse bastato, incidere ancora e soffrire il doppio quando avesse pulito entrambe le ferite contemporaneamente. Sì, avrebbe disinfettato subito il primo taglio e aspettato a fare il secondo. Se fosse riuscito a ritrovare l'equilibrio con un solo taglio, era meglio che farsene due.

Pulì il sangue con la garza sterile e prese la bottiglietta dell'alcol. Avrebbe potuto usare una salvietta imbevuta, ma non sarebbe andata altrettanto a fondo e non avrebbe bruciato allo stesso modo. Si morse il labbro per trattenere lo strillo che inevitabilmente gli usciva ogni volta che l'alcol entrava a contatto con la carne viva.

Lo tenne quanto più a lungo possibile, lasciando che gli penetrasse nel flusso sanguigno, giù fino al centro del suo essere. La prima volta che si era tagliato, aveva sopportato a malapena di pulire la ferita con la salvietta impregnata, ma ormai aveva imparato a godere delle ondate di dolore che cancellavano tutto il rumore che sentiva nella testa e lo aiutavano a respirare di nuovo. Solo a quel punto usò la garza per assorbire l'alcol. Mise un paio di cerotti a farfalla per tenere il taglio chiuso e con il nastro adesivo ci fissò sopra una compressa di garza per evitare il contatto con la polvere. Aveva fatto attenzione a non andare troppo in profondità, cosicché il sangue si sarebbe fermato subito e il mattino successivo la ferita sarebbe stata quasi del tutto chiusa, ma comunque era meglio prevenire che curare.

Pulì e sterilizzò il rasoio, quindi rimise via tutto. Si soffiò il naso e nascose la garza insanguinata dentro al fazzoletto di carta, affinché Chris non la vedesse quando avesse svuotato il cestino. Seth non credeva che il fratello si sarebbe messo a frugare tra i suoi rifiuti, ma in quel modo non doveva preoccuparsi: tutti avevano dei fazzolettini usati nel cestino e Chris non ci avrebbe fatto caso. Una garza insanguinata, invece, era tutt'altro discorso.

Si mise a letto e lasciò che il pulsare alla gamba lo cullasse nel sonno.


JEREMY ERA steso sul letto dell'hotel a guardare il soffitto mentre la luce che filtrava da dietro le tende tirate si faceva sempre più chiara. Al suo fianco, Sam dormiva tranquillo, incurante della sua insonnia. Perlomeno uno di loro aveva riposato tutta la notte. Anche lui si era addormentato subito la sera prima, esausto dopo una giornata che lo aveva prosciugato emotivamente e dopo il sollievo provato nell'apprendere di non essersi alienato il fratello al punto che questi lo aveva cancellato dal testamento. Taylor Peak era sua ora, nel bene e nel male.

Il suono della sveglia del telefono di Sam risuonò nella stanza. Il compagno si girò e la spense. "Come stai oggi?" chiese poi, tornando a voltarsi verso di lui.

"Stanco," ammise Jeremy. "Sono sveglio già da un po'."

"Mi dispiace." Sam si appoggiò sul gomito per poterlo guardare meglio in viso. "Vuoi parlarne?"

Lui fece spallucce. "Non c'è niente di cui parlare. Devlin se n'è andato e Taylor Peak è mia. Neil e Molly ci aspettano per colazione. Dovremmo prepararci."

"Far finta che non sia successo non renderà le cose più semplici." Sam gli accarezzò dolcemente una guancia.

Jeremy si scostò e si mise seduto. "Non faccio finta." Il suo tono di voce rimbombò nella stanza più duro di quanto avesse voluto, ma qualche volta Sam lo faceva innervosire. "Mio fratello è morto e io ho ereditato la stazione, qualcosa che non ho mai voluto in primo luogo, e di certo non in circostanze simili. Possiamo parlarne fino a perdere la voce, ma i fatti rimangono questi. Mi resta una sola cosa da fare: impegnarmi per portare avanti la sua eredità. Vado a lavarmi."

Sam non ribatté, forse aveva capito il messaggio. Jeremy andò in bagno e aprì la doccia regolando il miscelatore su bollente. Si spogliò ed entrò nella cabina. L'acqua calda gli pizzicava la pelle, ma non si scostò. Gli serviva qualcosa in grado di disperdere la foschia che lo avvolgeva. Se quello che gli serviva era l'acqua calda, avrebbe sopportato il fastidio quanto più a lungo possibile. Un soffio d'aria fresca indicò che qualcuno aveva aperto la porta. Jeremy appoggiò un momento la fronte alle piastrelle davanti a sé, pregando Dio di concedergli la forza di non sbottare contro Sam, che invadeva anche gli unici secondi di solitudine che era riuscito a ritagliarsi da quando avevano ricevuto la notizia dell'incidente.

Sentì un frusciare e poi il compagno entrò sotto la doccia alle sue spalle. Jeremy si preparò ad altre domande, ma Sam non disse nulla. Si limitò a prenderlo tra le braccia e stringerlo. Jeremy si rilassò e si appoggiò a lui. Dopo qualche secondo, Sam allungò un braccio verso il flacone dello shampoo e se ne versò un po' sul palmo della mano. Jeremy chinò la testa all'indietro e lasciò che l'amante gli lavasse i capelli, massaggiandogli lo scalpo mentre il gel piano piano si trasformava in schiuma. Si abbandonò alla carezza – non c'era altro modo per descriverla, nonostante la praticità del gesto – e lasciò che l'affetto di Sam lo avvolgesse, isolandolo dal mondo esterno. Tutto il resto poteva andare al diavolo per quanto gliene importava. C'era Sam lì nella doccia, a prendersi cura di lui malgrado il suo cattivo umore, e nient'altro importava.

"Sciacquati," mormorò il compagno. Jeremy si spostò completamente sotto lo spruzzo e lasciò che l'acqua lavasse via le bolle e un po' della sua tensione. Quando la vide scorrere chiara, si girò verso di lui, intenzionato a restituire il favore, ma Sam scosse la testa. "No, non ho ancora finito."

Jeremy tacque e lasciò che l'altro facesse come voleva. L'uomo gli passò una spugna insaponata sul petto e le spalle, poi giù lungo il torso e i fianchi, le gambe e i piedi. "Girati."

Jeremy obbedì, ma non seppe impedirsi di lanciargli un'occhiata da sopra la spalla e sorridere. "Ti sei scordato un punto."

"Non ho finito," ripeté Sam, sorridendo a sua volta.

Devlin si stava probabilmente rivoltando nella bara, ma che poteva farci lui? Era morto, invece Jeremy era vivo. Era vivo e aveva Sam, ed era solo grazie al suo amore che riusciva ad andare avanti in quel momento. E se l'intimità con lui era sbagliata, allora era disposto ad accettarne le conseguenze.

Sam risalì le sue gambe fino alla schiena e poi alle spalle e al collo, e infine gli si accostò, lasciando che i loro corpi si incastrassero alla perfezione. Jeremy chiuse gli occhi e si abbandonò contro di lui, beandosi del modo in cui si completavano a vicenda. Il rumore bagnato della spugna che cadeva fu l'unico avvertimento prima che Sam allungasse il braccio e cominciasse a massaggiargli il sesso con la mano insaponata. Jeremy gemette debolmente. Non c'era tempo per fare l'amore, ma, cavolo, era bello sentire le mani dell'amante su di sé. Magari avrebbero potuto masturbarsi a vicenda prima di scendere a incontrare Neil e Molly per colazione. Il tempo per quello c'era di sicuro.

"Smettila di pensare e rilassati." Il respiro di Sam gli solleticò l'orecchio e gli fece scorrere un brivido lungo la spina dorsale. Jeremy cercò di obbedire e di chiudere la mente a tutto tranne che alla sensazione del tocco dell'amante. Si sentì percorrere da una vampata di calore che poco aveva a che vedere con l'acqua calda che scorreva loro addosso e tutto con l'eccitazione che le mani di Sam gli scatenavano dentro ogni volta. Quel giorno però era diverso, le sue carezze trasmettevano compassione e amore, non avevano lo scopo di condurli al piacere quanto quello di riaffermare il legame di anime che c'era fra loro. Il sesso di Jeremy non era neanche del tutto eretto, e andava bene così. Aveva solo bisogno che il suo uomo continuasse a toccarlo e amarlo. Avrebbe potuto affrontare qualsiasi cosa finché c'era Sam a tenerlo saldo.

Si appoggiò completamente a lui, sapendo che il compagno non l'avrebbe lasciato cadere.

"Va meglio?" mormorò Sam. "Te la senti adesso di affrontare la giornata?"

Jeremy annuì. "E tu?"

"Mio fratello ci aspetta per colazione. Non sono io che devo preoccuparmi di come affrontare la giornata." Gli posò un bacio sul collo. "Se ti senti abbastanza forte da andare di sotto, io sono a posto."

Il riferimento alla morte di Devlin – non che comunque ci fosse bisogno di ricordarglielo – gli provocò una stretta al petto, ma non doveva affrontare tutto da solo. Neil e Molly erano quanto di più vicino a una famiglia la legge permettesse loro di essere, e lo sentivano ancora più vicino nel loro cuore. Bastava che dicesse una parola, una sola, e chiunque tra i residenti a Lang Downs si sarebbe fatto in quattro per aiutarlo. No, non doveva affrontare tutto da solo, qualunque cosa il 'tutto' si fosse rivelato.

"Sono pronto."

Sam lo fece girare e lo baciò, a lungo e con dedizione. Quando si staccò, chiuse l'acqua e gli lanciò un asciugamano in testa. "Asciugati da solo. Non sono il tuo cameriere personale."

Jeremy fece una risatina. "Mi era sembrato di sì mentre mi lavavi."

"Ti stavo solo aiutando a calmarti," ribatté il compagno.

Jeremy continuò a sorridere per tutto il tempo che impiegò ad asciugarsi e vestirsi. "Andiamo a mangiare e poi vediamo di capire che succede adesso."

Si presero per mano e uscirono insieme dalla stanza per raggiungere Neil e Molly.

Li trovarono al ristorante dell'albergo, impegnati a leggere il menu.

"Era ora che vi faceste vedere," li accolse Neil e, dalla smorfia che seguì, Molly dovette avergli dato un calcio sotto il tavolo. Il pensiero strappò a Jeremy un altro sorriso.

"Mi sono attardato sotto la doccia," rispose. "Dopo tutto quel tempo passato in ospedale ne sentivo il bisogno."

"Ne avevi tutto il diritto," disse Molly, con un'occhiataccia al marito. "E se decidi di voler passare l'intera giornata a letto, nessuno te ne farà una colpa."

Jeremy scosse la testa. "Ci sono troppe cose di cui occuparsi. Devo pensare a come trasportare Devlin a casa. Devo trovare qualcuno che offici il funerale. Credo che andasse ancora in chiesa a Boorowa, quindi magari il Ministro sarà disposto a venire a Taylor Peak per pronunciare qualche parola in suo ricordo. E poi devo cominciare a pensare a come dirigere di punto in bianco una stazione delle dimensioni di Taylor Peak. Dormirò quando avrò tempo."

"Non posso fare molto riguardo allo spostamento o alla cerimonia funebre," intervenne Neil, "ma se Devlin non aveva scelto una bara, Ian potrebbe costruirne una. Ha fatto quella di Michael quando è morto. Niente di elaborato ovviamente, ma personalizzata in un modo che quelle comprate non potranno mai essere. E per quanto riguarda la stazione, sai che non devi fare altro che darmi un colpo di telefono e in un paio d'ore sono da te. Cristo, credo che se lo chiedessi, Macklin stesso verrebbe a controllare per aiutarti a mettere tutto a posto. E stai certo che nessuno saprebbe darti consigli migliori."

"Lo so," disse Jeremy. "E lo apprezzo, ma Devlin aveva il suo modo di fare le cose. Non ho mai fatto niente per accontentarlo finché era vivo e ora che è morto vorrei provare a seguire le sue orme, almeno in quello."

Sam si acciglio. "Ti sei sempre lamentato di quanto pessima fosse la sua gestione. Sei sicuro di voler continuare a fare le cose come le faceva lui?"

"Non voglio commettere errori, ma devo capire cosa faceva e perché prima di cominciare a cambiare a destra e a sinistra. Devlin ha gestito Taylor Peak per molti anni e aveva imparato da nostro padre, il quale a sua volta aveva imparato dal suo. Doveva pur esserci un po' di saggezza nelle scelte che faceva, anche se al momento mi sfugge. Non mi rimane altro di lui. Sento di doverci almeno provare."

"Come vuoi," lo assecondò Neil. "Anche se ciò significa che dobbiamo lasciarti fare a modo tuo. Siamo qui per aiutarti, non per complicarti di più la vita."

# CAPITOLO 8

JASON SOLLEVÒ lo sguardo quando Caine raggiunse l'estremità della mensa e fischiò per attirare l'attenzione dei presenti.

"Ho parlato con Jeremy questa mattina," disse. "Il funerale si terrà martedì a Taylor Peak e Devlin verrà inumato nel lotto di famiglia subito dopo. Ho fatto qualche spostamento alla tabella dei turni in modo che i residenti possano partecipare. Capisco che a causa di ciò alcuni di voi dovranno rinunciare al giorno libero, ma aggiungeremo un giorno alla prossima paga come ringraziamento. Apprezziamo molto l'impegno grazie al quale ci avete permesso di affrontare l'incertezza dei giorni scorsi."

Attaccò il nuovo foglio con i turni alla bacheca e tornò a sedersi. Alcuni tra gli stagionali si alzarono per andare a controllare, ma non i residenti, i quali non dubitavano che Caine fosse riuscito a sistemare le cose in modo da permettere loro di stare vicino all'amico. Jason decise di guardare prima di uscire, non sapendo se in quel caso specifico fosse stato considerato un residente o un jackaroo qualunque. Aveva trascorso abbastanza tempo con Sam e Jeremy da desiderare di prendere parte al funerale, ma capiva anche le esigenze della stazione e non aveva vissuto lì negli ultimi sette anni. Se Caine aveva bisogno che rimanesse, sarebbe rimasto e avrebbe trovato un altro momento per andare a porgere le sue condoglianze agli amici.

"Farò meglio a darmi da fare, allora," disse Ian, strappandolo ai suoi pensieri.

"Riguardo a cosa?"

"La bara," rispose il jackaroo. "Sam mi ha mandato un messaggio per chiedermi di farla, ma non sapevano ancora quando ci sarebbe stato il funerale. È il minimo che possa fare per Jeremy dopo tutto quello che lui ha fatto per noi. Vorrei solo non averlo dovuto ripagare così."

"Lo stesso vale per noi," intervenne Chris dal suo fianco. "Anch'io vorrei dimostrargli la mia gratitudine con qualcosa di altrettanto concreto, ma dovrò accontentarmi di offrirgli il mio aiuto quando dovranno spostare le loro cose."

"Si trasferiranno a Taylor Peak?" chiese Seth.

Jason si sentì male per loro. Anche lui era stato lontano per frequentare l'università, era vero, ma l'idea di lasciare Lang Downs per sempre gli provocava quasi un malessere fisico.

"Non l'hanno ancora annunciato," rispose Chris, "ma in quale altro modo Jeremy potrebbe gestire la sua stazione? Quando il tempo è buono ci vuole un'ora e mezza per andare da qui a Taylor Peak, e in certi giorni, se il tempo è cattivo, non si può proprio raggiungere. Non saprei come potrebbero vivere qui e lavorare là. Non è fattibile."

"Non riesco a immaginare questo posto senza di loro," fece Jesse. "Chi darà fastidio a Neil ora che non ci sarà più Sam a stuzzicarlo?"

"Vedrai che troveremo un modo," rispose Ian. "Però hai ragione: fanno parte della stazione tanto quanto ognuno di noi. Cristo, perché Taylor doveva ammazzarsi? Già è stato brutto quando è morto Michael, ma lui almeno era vecchio e aveva vissuto la sua vita. Ora, invece, perdiamo due residenti in un colpo solo a causa dell'imprudenza di Taylor."

619

"Non li stiamo perdendo," si intromise Linda, la moglie di Kyle. "Non li vedremo più ogni giorno, questo è vero, ma l'amicizia non finisce solo perché non si abita più vicino. Avete tutti delle giornate libere, anche se non ne approfittate quanto potreste. E allora perché non andare a Taylor Peak ad aiutare Jeremy se ne ha bisogno, o semplicemente a trovarlo se invece se la cava da solo? Magari non tutte le settimane, nel caso non gli servisse aiuto, ma abbastanza spesso da continuare a frequentarlo. Sappiamo tutti che Taylor aveva un modo tutto suo di vedere le cose; forse Jeremy arriverà lì e si accorgerà che c'è bisogno di un cambiamento radicale, e in quel caso avrà bisogno di tutto l'aiuto possibile. E chi potrà darglielo meglio degli uomini che sanno e capiscono come ha vissuto da quando è arrivato qui? Se c'è qualcuno che è capace di gestire una stazione, siete voi. Se alternate bene i vostri giorni liberi, potreste essere da lui tutti i giorni, e tutti i giorni lui avrebbe accanto qualcuno di cui si fida e che condivide il suo modo di agire. Pensate a quanta differenza potrebbe fare."

"Allora immagino che dovremo parlare con Caine e Macklin e studiare insieme uno schema per i giorni liberi," disse Jesse. "Hanno sempre cercato di fare in modo che le coppie siano libere nello stesso giorno, ma così riusciamo a coprire solo cinque giorni, sei se anche loro due si offrono di aiutare."

"Un giorno posso prenderlo anch'io," fece Jason. "Se non altro, gli servirà un veterinario che dia un'occhiata al gregge e si assicuri che gli animali stiano bene. Inoltre, era già mia intenzione mettere a disposizione di Taylor le mie capacità, solo che non ne avevo ancora avuta l'occasione."

"Anch'io posso andare," aggiunse Seth. "Non so se hanno un meccanico, ma se anche l'avessero potrei sempre unirmi a una squadra."

"Ed ecco coperta tutta la settimana," disse Linda. "Visto, non era tanto difficile!"

Jason le sorrise. Kyle aveva fatto davvero bingo quando l'aveva sposata e aveva portato lei e sua figlia Laura alla stazione. Non sapeva se Laura avesse già dei progetti per dopo il diploma, ma si era già ritagliata un posto all'interno della loro piccola famiglia. "Ora dobbiamo solo convincere Sam e Jeremy ad accettare."

"Quello è facile," intervenne Thorne. "Non glielo chiediamo. Andiamo lì e cominciamo a lavorare. Non potranno più dire di no a quel punto."


JEREMY OSSERVÒ in un silenzio compassato la bara di Devlin che veniva calata nella fossa. Neanche conosceva gli uomini che reggevano le funi. Sam aveva trovato dei volontari e organizzato tutto senza di lui. Era quello il modo in cui si svolgeva gran parte della sua vita al momento. E probabilmente era meglio così, visto che non si sentiva in grado di prendere nemmeno le decisioni più semplici. La vita continuava a vorticargli attorno, ma lui era troppo perso dentro il suo dolore per notarlo.

Il Ministro aveva speso parole di conforto e lode per una vita ben vissuta, ma non erano state sufficienti a penetrare lo strato di ghiaccio che gli aveva invaso il petto da quando, domenica notte, avevano raggiunto Taylor Peak. Neil si era accollato la responsabilità dei jackaroo, assicurandosi che il lavoro alla stazione andasse avanti, e Sam si era occupato dei preparativi per il funerale.

"Jeremy."

Sbatté un paio di volte le palpebre nell'udire il proprio nome, cercando dentro di sé la forza per rispondere. Sam gli era accanto e gli porgeva una pala. Jeremy la prese e mosse un passo verso la fossa profonda che conteneva i resti mortali di suo fratello. Deglutì con forza e raccolse una badilata dal mucchio lì accanto.

Tremando al pensiero che presto tutta quella terra fredda e secca avrebbe coperto la bara che Ian aveva realizzato in fretta e con raffinata maestria, fece ciò che ci si aspettava da lui e la gettò dentro la tomba.

Tutt'intorno, gli uomini e le donne erano in piedi, le teste chine e i cappelli tenuti rispettosamente all'altezza del cuore. Molly aveva gli occhi pieni di lacrime, notò. E lo stesso Linda.

C'era anche Linda? Non ricordava di averla vista arrivare e, guardandosi intorno, vide altri volti conosciuti in mezzo a quelli dei jackaroo di Taylor Peak. Ian e Thorne erano accanto a Neil e Molly. Caine e Macklin in seconda fila, insieme a Jason e Seth. Ricordava che Jason era tornato alla stazione per restarci, ma credeva che Seth fosse lì solo per una visita. Kyle era poco distante, insieme a Linda e Laura, un braccio sulle spalle di quest'ultima. E infine Chris e Jesse. Tutti i suoi amici di Lang Downs erano venuti a fargli sentire il loro appoggio. Non avrebbe dovuto esserne sorpreso. Se fosse stato al posto loro, anche lui si sarebbe precipitato al loro fianco, ma i giorni trascorsi all'ospedale avevano creato un baratro che non sapeva come colmare. Non era più un caposquadra di Lang Downs ormai: era il proprietario di Taylor Peak e tutti sapevano che non correva buon sangue tra le due stazioni.

Il Ministro concluse l'ultima preghiera e i presenti cominciarono a disperdersi. Alcuni tra i jackaroo andarono via immediatamente. Jeremy non li biasimava: anche lui l'avrebbe fatto se avesse potuto, ma c'erano centocinquanta anni di storia a legarlo alla stazione e non poteva semplicemente cancellarli.

Molly fu la prima a raggiungerlo e stringerlo in un abbraccio delicato. Lui si appoggiò alla sua spalla morbida e lasciò che il contatto lo calmasse. Sapeva che lei non gli avrebbe chiesto più di quello che poteva dare. Tutti gli altri avevano bisogno di qualcosa, anche Sam e Neil, ma Molly era lì solo per lui.

Aveva svuotato gli armadi di Devlin e messo tutti i suoi vestiti dentro le scatole. Aveva organizzato la cucina e fatto l'ordine settimanale per i rifornimenti. Aveva pulito la casa padronale da cima a fondo, per permettere a lui e Sam di ricominciare da capo. E tutto quello senza mai rivolgergli una sola domanda. Jeremy non aveva dovuto decidere cosa tenere o cosa gettare, né dove mettere una padella, una pentola o una fotografia. E quando il peso delle responsabilità aveva minacciato di schiacciarlo, Molly aveva accantonato ciò che stava facendo e lo aveva semplicemente abbracciato finché non si era sentito di nuovo pronto ad affrontare il mondo.

"Mi dispiace," gli disse contro i capelli. "So di averlo detto dozzine di volte, ma è ancora vero."

Jeremy annuì, incapace di parlare. Avrebbe voluto ringraziarla per tutto, ma se avesse aperto bocca, avrebbe cominciato a piangere. Non gli sarebbe importato se a vederlo fosse stata la sola Molly, ma rischiava di perdere la faccia davanti ai jackaroo se si fosse abbandonato alla disperazione in loro presenza. E non poteva permetterselo. Neil non aveva dato nessuna spiegazione per i tre uomini che avevano lasciato la stazione negli ultimi due giorni, ma non ce n'era stato bisogno. Avevano dato un'occhiata a lui e Sam e capito quello che c'era da capire. Era solo sorpreso che non fossero stati di più. Se voleva continuare a gestire la stazione doveva essere dieci volte più duro di ognuno di loro o non l'avrebbero mai ascoltato.

Neil li raggiunse e, in un gesto che voleva essere di conforto, gli appoggiò una mano sulla spalla, mentre passava l'altro braccio attorno alla vita della moglie. "Ho parlato con Caine prima dell'inizio del funerale: resteremo un'altra settimana, o almeno finché non ti sei messo un po' a posto. Caine dice che a Macklin piace fare di nuovo il sovrintendente. Io credo che gli piaccia strapazzare i novellini che non sanno riconoscere il davanti di un cavallo dal didietro."

Quelle parole gli fecero scappare una risata del tutto inappropriata. "Potrei anche pensare di fare un salto di nascosto per godermi la scena," disse. "Guardare papà e Williams con i novellini era il momento più divertente della stagione. Neanche tu ci vai leggero, ma non fai paura quanto Macklin o mio padre."

"Aspetta e vedrai," rispose Neil. "I novellini di Lang Downs non hanno bisogno di qualcuno che gli faccia abbassare la cresta, ma quegli idioti assunti da tuo fratello... Qualcuno si beccherà qualche bel calcio nel culo prima che li consegni a chiunque sceglierai come sovrintendente."

"Nessuno di loro può diventarlo, vero?" chiese lui. "Non mi è sembrato di vederne uno particolarmente intraprendente."

"In questo caso, trovane uno più in fretta possibile, ma non pensare di farlo da solo. Sei un ottimo caposquadra e sarai un magnifico allevatore, ma ricordati che tuo fratello è morto proprio perché non voleva appoggiarsi ad altri. Non fare lo stesso errore."

"Lo so," rispose lui. "Se dovessi sentire di qualcuno che cerca un lavoro, mandalo da me, va bene? Anche perché non credo che abbiamo finito di veder andare via degli uomini a causa mia e di Sam. Mi servirà tutto l'aiuto possibile."

"Penserò anche a quel problema," disse Neil. "Impareranno a dosare le parole o perderanno soldi, se non addirittura il lavoro. La maggior parte non sono così stupidi da offendere il padrone direttamente, ma di qualcun altro non sono troppo sicuro."

"Grazie," fece lui. "Credo che Sam abbia parlato di cibo. Vai a mangiare, ora."

"Sarah e Kami si sono veramente superati, anche se sono stati aiutati dalla tua cuoca," disse Molly. "Ma il cibo può aspettare finché non sei pronto."

"Verrò," promise Jeremy, "ma prima devo salutare i presenti."

"Puoi parlarci mentre mangiamo," intervenne Sam. "Sarà meglio che restare qui in piedi sotto il sole."

Così Jeremy lasciò che Sam e Molly lo allontanassero dal cimitero di famiglia e lo riaccompagnassero verso la casa padronale. Non voleva andare in mensa e affrontare gli sguardi dei jackaroo, ma nell'avvicinarsi notò che i tavoli erano stati spostati sotto gli alberi sul retro della casa e che Sarah e Kami avevano allestito una specie di buffet sotto la veranda.

Si guardò intorno alla ricerca di Neil, ma stava parlando con Ian e Thorne. Dietro insistenza di Molly, si riempì un piatto e andò a sedersi a uno dei tavoli. Aveva mangiato appena tre morsi quando Thorne lo raggiunse.

"Le mie condoglianze," gli disse l'uomo. "So cosa si prova a perdere la propria famiglia, e so che le parole non servono a niente. Se posso aiutarti in qualche altro modo, però, non farti scrupoli."

"Immagino che tu non conosca un sovrintendente in cerca di lavoro," buttò là lui. "Neil non può restare per sempre e io ho bisogno di qualcuno che abbia la mano forte con gli uomini."

"In effetti," fece Thorne, "potrei. Ricordi il mio amico Nick Walker che è venuto per una visita l'ultima volta che era in licenza?"

Jeremy annuì. Walker aveva trascorso una settimana alla stazione e Jeremy si era chiesto quanto tempo ci sarebbe voluto prima che lo adottassero.

"Ha lasciato l'esercito circa un mese fa. Non si è messo a cercare subito lavoro; ha detto che prima di decidere cosa fare del resto della sua vita voleva rilassarsi e viaggiare un po'. Per farla breve, ora è di nuovo a Wagga Wagga e sta cercando lavoro. È cresciuto in una stazione di pecore a ovest. Non ha mai lavorato come sovrintendente, ma sa come funziona e se è capace di comandare una squadra di soldati delle Forze speciali, stai certo che può anche gestire un gruppo di jackaroo dalla testa calda. Vuoi che senta se è interessato?"

"Nel caso, sarebbe perfetto," disse Jeremy. Walker era grosso quasi quanto Thorne, due metri di muscoli e acciaio. Provò quasi pietà per quel jackaroo che pensava di poterlo prendere a male parole.

"Lo chiamerò questa sera," promise l'amico. "Se gli interessa, domani ti porto il suo numero."

"Non serve che faccia tutta questa strada solo per un numero," protestò lui.

"Non vengo per quello. Domani è il mio giorno libero e pensavo di fare un salto per aiutarti. Magari non ho l'esperienza che ha Walker, ma da quando sono a Lang Downs ho imparato abbastanza da poter prendere in carico una squadra e valutarla. E verrà anche Ian. Neil ci ha già assegnato degli uomini."

"Non... dovete," balbettò lui. "Grazie."

"Nessun grazie," rispose Thorne. "Se la situazione fosse invertita, faresti lo stesso per noi. Ora mangia prima che si raffreddi."

Jeremy gli fece un sorriso incerto e tornò a rivolgere la propria attenzione al piatto. Non aveva fame – erano giorni che non ne aveva – ma se non avesse mangiato, Sarah avrebbe fatto sembrare le attenzioni di Molly un gioco da bambini. In genere gli piaceva quel suo atteggiamento materno, ma non quel giorno, così si mise un'altra forchettata di patate in bocca e fece finta che non avessero il sapore della segatura.

"Ehi, ciao."

Jeremy deglutì prima di rispondere. "Ciao Seth. Non mi aspettavo di vederti ancora qui. Pensavo che ormai fossi tornato a Sydney."

"No, voglio restare," rispose il ragazzo. "Casa dolce casa e stronzate del genere. Caine mi ha messo ad aiutare Patrick e insieme studiamo delle migliorie per i capanni, ma ho sempre un giorno libero a settimana. Hai già qualcuno che si occupa delle macchine?"

"Nessuno assunto a quello scopo," rispose Sam quando Jeremy si voltò verso di lui. "A quanto pare Devlin non credeva nella specializzazione. Non ho ancora parlato con tutti i jackaroo, quindi non so se qualcuno ha le capacità, o l'interesse, per prendersi in carico l'officina."

"Allora ci vediamo venerdì," dichiarò Seth. "Non so se riuscirò a guardare tutto in un giorno, ma farò quel che posso. Vi sarò più utile così che fuori con una squadra."

"Aspetta," lo fermò Jeremy, mentre il ragazzo si stava alzando. "Perché proprio venerdì?"

"Perché è il mio giorno libero," rispose Seth come se fosse la cosa più ovvia del mondo. E magari lo sarebbe stata davvero in un altro momento. "Tanto vale impiegarlo a fare qualcosa di utile. E mettere a posto le tue macchine sarà divertente."

"Divertente," ripeté Jeremy. "Immagino si possa anche dire così."

Seth sorrise. "Dimentichi che i motori erano l'unica cosa in cui me la cavavo prima di arrivare a Lang Downs. Anche adesso mi piace molto di più immergermi fino ai gomiti nel grasso per pulire un pezzo sporco piuttosto che fare qualsiasi altra cosa."

"Dobbiamo trovarti una ragazza, amico, se per te questo è il massimo del divertimento," disse lui scuotendo la testa.

"Ce l'avevo. L'ho lasciata a Sydney e stiamo meglio entrambi."

"Se lo dici tu. Però non so se posso pagarti. Non abbiamo ancora controllato le finanze della stazione..."

"Chi ha detto che voglio essere pagato?" lo interruppe Seth. "La famiglia si aiuta. Magari ora vivi qui invece che a Lang Downs, ma sei sempre uno di noi."

Jeremy inspirò a fondo per calmarsi. "Grazie. Vuol dire molto."

"Di niente," disse Seth, alzandosi. "Mi dispiace per tuo fratello. Non riesco a immaginare cosa farei senza Chris. Non posso ridartelo, ma farò del mio meglio per aiutarti."

Jeremy pescò da qualche parte dentro di sé un sorriso e salutò il ragazzo con un cenno della testa.

"Come va?" chiese Sam.

Lui si strinse nelle spalle. "Oggi non ho ancora pianto."

"Non so se sia un bene o un male," disse Sam. "Almeno avremo un sacco di aiuto extra, se dovesse servirci. E assumere Walker è una buona idea, se accetterà."

"Possiamo permettercelo?"

"Negli ultimi due giorni sono andati via tre uomini," gli ricordò Sam. "Possiamo ricavare il suo salario dai loro."

# CAPITOLO 9

SETH RIMASE ai margini della commemorazione. Non poteva andare via perché era venuto insieme agli altri, ma ne aveva già abbastanza di Taylor Peak. Nessuno aveva detto qualcosa vicino a Jeremy – e neanche a Neal – ma Seth aveva sentito alcuni dei commenti dei jackaroo. 'Finocchi' era la parola più carina con cui si erano riferiti ai loro nuovi capi. La maggior parte era andata direttamente a 'culattoni' e 'froci'. A Lang Downs quel tipo di linguaggio gli avrebbe procurato un ammonimento e poi il licenziamento, ma dopo undici anni della guida illuminata di Caine e Macklin, nessuno sentiva il bisogno di esprimersi in quel modo. I residenti e gli stagionali che tornavano anno dopo anno avevano reso chiare le loro scelte e per tutti coloro a cui non andava bene c'era la porta aperta. Avevano abbastanza uomini da coprire i loro turni. Seth, però, temeva che Jeremy non sarebbe stato altrettanto fortunato. Se li avesse tenuti, avrebbe dovuto sentire i loro insulti per il resto della stagione. Se li avesse licenziati, si sarebbe trovato a corto di manodopera in meno di una settimana. Tutti i residenti di Lang Downs si erano offerti di aiutare nel loro giorno libero, ma ciò avrebbe portato solo quattordici uomini in più, e Jeremy non ne avrebbe quasi mai avuti più di due alla volta. Era impossibile mandare avanti una stazione di quelle dimensioni con un personale tanto esiguo.

"Seth? Tutto bene?"

Seth sollevò lo sguardo e vide Jason che gli si avvicinava a passo lento. "Sì, sono solo un po' preoccupato per Jeremy e Sam."

"Sarà dura, ma ce la faranno. Sanno come si amministra una stazione."

"La teoria è utile, ma se non hanno gli uomini che lavorano, non servirà a niente."

"Di che parli?"

"Ho ascoltato i discorsi dei jackaroo e ho sentito un sacco di cose che li farebbero sbattere fuori da Lang Downs su due piedi," spiegò lui. "Ho paura per Jeremy."

"Cristo Santo!" esclamò Jason. "Sarà di nuovo come l'estate in cui sei arrivato. La peggiore che io ricordi."

"E io che credevo fosse stata bella!" protestò Seth.

"Per me sì, ma il fatto di averti lì è stato l'unico elemento positivo. Probabilmente non te ne sei accorto perché non sapevi come fossero le cose prima, ma quasi tutti gli stagionali erano novellini che non conoscevano né il lavoro né la stazione. Avevamo abbastanza personale, ma non abbastanza esperienza da poter gestire tutto nel modo giusto. Non ho mai visto Neil o Macklin stanchi come quell'estate. Tutti i capisquadra facevano turni extra, cercando di insegnare ai nuovi arrivati come muoversi e allo stesso tempo cercando di mandare avanti le cose. Ce l'hanno fatta, ma per il rotto della cuffia."

"Temo che sarà anche peggio di così," confessò Seth. "Non sarebbe la prima volta che si forma un branco e qualcuno si fa male. Chris è stato attaccato in città in pieno giorno. Cosa potrebbe impedire a questa gente di aggredire Sam e Jeremy? O anche Neil e Molly, visto che sono qui per aiutarli?"

"Credi che arriverebbero a tanto?"

"Dio, spero di no, ma non credevo neanche che potesse succedere a Yass."

"Dovremmo parlarne con Thorne. È quello con più addestramento, saprà cosa fare."

"Non ho sentito nessuna minaccia reale," ammise Seth. "Solo tanto borbottare. Sinceramente spero che si ficchino le loro idee da qualche parte e se ne vadano. Se anche dovessimo lavorare il doppio per aiutare Jeremy ad arrivare in fondo alla stagione, è sempre meglio della violenza."

"Sì, ma non preoccupiamoci senza motivo. Qualche brontolio non è la stessa cosa che andare via o addirittura assalire qualcuno. Magari si sfogano un po' a parole e poi si rimettono al lavoro. Jeremy è un Taylor e sa quello che fa: se i jackaroo decidono di restare qualche altro giorno vedranno che è un buon posto dove lavorare."

"Immagino che in parte dipenda anche da quanto la faida tra le due stazioni sia stata pompata da queste parti. Caine e Neil non ci hanno mai permesso di offendere Taylor Peak, ma stando ai racconti di Sam e Jeremy, Devlin non si faceva gli stessi scrupoli. Sai da cosa dipende questo odio?"

"Non proprio," rispose Jason. "Anche suo padre è morto piuttosto giovane e Michael – lo zio di Caine – si è offerto di aiutarlo, ma Devlin non ha mai accettato. Forse sospettava che Michael fosse gay e per questo lo detestava, o forse lo invidiava perché Lang Downs andava bene mentre Taylor Peak faceva fatica a stare a galla. So che quando la madre di Caine ha ereditato la stazione, lui si è offerto di comprarla. Forse immaginava che non sapesse cosa aveva per le mani e l'avrebbe svenduta. Invece è arrivato Caine e con lui sono morte le sue speranze di averla. Poi Jeremy ha lasciato casa sua per venire da noi e a quel punto ogni riconciliazione è diventata impossibile."

"Peggioreremo le cose venendo ad aiutare?"

"Quello sta a Jeremy valutarlo. Se crede che sia così ce lo dirà e a quel punto noi dovremo ascoltarlo. Vado a cercare Thorne. Vuoi venire con me?"

"Sì, in fondo sono io che ho sentito i commenti."

Si avviarono verso il tavolo dove era seduto l'amico. Seth si chiese dove fosse andato Ian, ma forse stava solo prendendo qualche altra cosa da mangiare o da bere. "Pronti per andare, ragazzi?" chiese loro l'uomo quando si avvicinarono.

"Io ero pronto già un'ora fa," rispose Seth, "ma prima credo che dovresti sapere quello che ho sentito borbottare ai lavoranti."

"Una combinazione tra il fatto che ora lavorano per dei froci e che Lang Downs si sta impossessando della stazione?"

"Li hai sentiti anche tu?"

"Difficile non farlo, a meno che tu non sia così perso nel tuo dolore da non accorgerti di niente se proprio non ti viene sbattuto in faccia," rispose Thorne. "Appena arriviamo a casa chiamo Walker. Non l'avete conosciuto quando è venuto a trovarmi, ma era uno dei miei compagni nei Commando. Ha appena lasciato l'esercito e cerca un lavoro. Se anche dovesse accettare solo per l'estate, o finché Jeremy non troverà qualcuno con più esperienza, vedrete che saprà tenere gli uomini a bada."

"E loro ci penseranno due volte ad attaccare Jeremy o Sam se per farlo dovranno vedersela con qualcuno come il tuo amico," aggiunse Jason.

Thorne si raddrizzò. "Avete sentito qualche minaccia?"

"No," ammise Seth, "ma neanche i tizi che attaccarono Chris prima che venissimo a Lang Downs avevano fatto delle minacce. Un giorno gli sono saltati addosso e basta. In città, in pieno giorno. Se è potuto succedere lì, con quanta più facilità potrebbe accadere qui, nel bel mezzo del nulla?"

626

"Chiamerò Walker non appena arriviamo a casa," ripeté Thorne. "E sarà anche meglio che metta la pulce nell'orecchio a Neil. Sam non mi sembra un attaccabrighe, ma ho sentito abbastanza storie sul passato di Neil. Non lo coglieranno di sorpresa."

"Grazie Thorne," disse Seth. "Mi sento meglio al pensiero che c'è qualcuno a guardargli le spalle. In circostanze diverse non mi preoccuperei per Jeremy, so che sa prendersi cura di sé, ma, come hai detto tu, è troppo preso dal suo dolore per accorgersi di cosa gli succede intorno."

"Ci penseremo noi a proteggerlo finché non potrà tornare a farlo da solo," promise Thorne. "Non vogliamo che succeda qualcosa a nessuno dei due. Siamo pronti e, se intanto volete avviarvi, io cerco Ian e Neil e poi ci vediamo alla macchina."

"NEIL, HAI un minuto?"

Quando sentì la voce di Thorne fare il suo nome, Neil sollevò lo sguardo. "Sì, che succede?"

L'ex soldato salutò Jeremy con un cenno della testa, poi si allontanò. Perplesso, Neil lo seguì finché non furono abbastanza distanti da non essere uditi. "Che succede?" ripeté.

"Di certo hai sentito, se non oggi nei giorni scorsi, che non tutti i jackaroo sono contenti del fatto che Jeremy abbia ereditato la stazione e che abbia portato Sam con sé," cominciò Thorne.

Neil sbuffò. "Ho già cacciato tre uomini e mi aspetto che dopo il funerale un'altra dozzina li seguano. Mi auguro solo che alla fine della settimana sia rimasto almeno il personale indispensabile. I residenti, però, dovrebbero rimanere: sono abbastanza affezionati alla stazione e al nome dei Taylor da voler dare una possibilità a Jeremy, nonostante i suoi 'difetti'. In ogni caso sì, si prospetta un'estate difficile."

"Ho già detto a Jeremy che chiederò al mio amico Walker se potrebbe essere interessato al lavoro, ma ti ho cercato per un'altra cosa. Ho appena parlato con Seth e Jason. Personalmente credo che succederà, ma Seth è preoccupato che i jackaroo possano fare di più che limitarsi alle parole e che ci sia il pericolo che si formi un branco – e non del tipo animale. Gli ho promesso che te ne avrei fatto cenno, tanto per stare sul sicuro, e che lo avrei detto anche a Walker. È probabile che siano i ricordi di quando Chris è stato pestato più che una valutazione fredda della situazione corrente, ma sai come si dice: uomo avvisato mezzo salvato."

"Terrò gli occhi aperti," rispose lui. "Non ho sentito minacce, solo lamentele, ma sanno bene come la penso e sarebbero idioti se parlassero con me nelle vicinanze. Molly aveva intenzione di restare qualche altro giorno, ma a questo punto preferisco mandarla a casa oggi. Per non farla preoccupare accamperò la scusa dei bimbi."

"Ti chiedo solo di non fare stupidaggini," disse Thorne. "Mi hanno raccontato certe storie sul tuo passato..."

Neil sorrise, la testa calda a lungo sopita che si risvegliava al pensiero che qualcuno avesse intenzione di far del male ai suoi fratelli. "Non comincerò niente perché non sarebbe di alcun aiuto a Sam e Jeremy, ma stai certo che finirò qualsiasi cosa siano gli altri a iniziare."

"EHILÀ, LACHLAN, non mi aspettavo una tua chiamata. Non dovevi essere a un funerale?"

La voce di Walker era un balsamo per il suo nervosismo. Solo Ian riusciva a calmarlo più in fretta dell'amico, ma Thorne non voleva che il compagno fosse coinvolto in quella storia. Non avrebbe sopportato che si facesse male.

"È per questo che ti chiamo," rispose lui. "Ti ricordi di Sam e Jeremy? Li hai conosciuti quando sei venuto a trovarmi."

"Sì, biondo, alto e con un cane dagli occhi azzurri uno, e contabile con un gatto che lo seguiva ovunque l'altro."

"Proprio loro. Il fratello di Jeremy era il proprietario di Taylor Peak, la stazione confinante."

"Era?"

"Era suo il funerale. Ha avuto un incidente e non si è ripreso. In ogni caso, il tizio non era famoso per la sua tolleranza e Jeremy ha già perso qualche lavorante. Come se non bastasse, era anche una specie di maniaco del controllo e non aveva un sovrintendente, però a Jeremy ne serve uno. Ha già abbastanza problemi anche senza doversi trovare a fare tutto da solo. Tu sei ancora disoccupato?"

"Sa che mi stai offrendo un lavoro?" ribatté Walker.

"Gli ho detto che ti avrei chiamato. Mi è sembrato contento. E, detto tra te e me, la situazione è un po' tesa al momento. Non sarebbe male se lui e il suo uomo avessero un po' di protezione."

"Ti senti qualcosa o sai qualcosa?" chiese Walker.

Fatta da chiunque altro, quella domanda lo avrebbe offeso, ma Walker lo conosceva come le sue tasche. "Entrambe le cose. Abbiamo sentito un mucchio di gente che borbottava, e uno dei ragazzi teme che la situazione possa peggiorare. Il mio primo impulso è stato di dire che si tratta di un'esagerazione. Suo fratello è stato aggredito prima che arrivassero qui, quindi per lui è un tasto dolente. Ma poi ci ho riflettuto e non mi è sembrato più così improbabile. La questione principale, tuttavia, è impedire a mezza stazione di andare via, in modo da riuscire a traghettarla fino alla fine della stagione. Potrebbero assumere altri uomini, è vero, ma a questo punto, quelli con un minimo di esperienza sono già impegnati."

"E se qualcuno è rimasto senza lavoro c'è un motivo," aggiunse Walker. "Ha una casa da assegnarmi? Che devo portare?"

"Non lo so. Il funerale non era il momento giusto per i dettagli," disse Thorne. "Chiamo Sam e gli do il tuo numero. Era il responsabile amministrativo di Lang Downs prima. I dettagli sono il suo pane quotidiano. E… Walker?"

"Sì?"

"Grazie. Non eri obbligato ad accettare."

"In più di vent'anni si contano sulle dita di una mano i favori che mi hai chiesto non legati all'esercito," disse l'amico. "E mi hai salvato la vita, quindi credo di averci lo stesso guadagnato io."

"Non funziona così."

"Sì, invece. Ti chiamo quando arrivo a Taylor Peak. Puoi venire a farmi visita e faremo vedere i sorci verdi a quei jackaroo so-tutto-io. Sarà come il primo giorno dell'addestramento con le reclute. Porta anche Ian. Sapranno che sei gay e che faranno meglio a mangiarsi la lingua perché un bastardo come te fa troppa paura per qualsiasi altra cosa. Ci divertiremo."

Thorne rise. Sì, avrebbe portato Ian. Ne sarebbe valsa la pena per vedere la paura negli occhi dei jackaroo di Taylor Peak mentre Walker gliene cantava quattro. "Promesso."

JEREMY PILUCCAVA svogliatamente dal suo piatto. Finito il funerale e ripartiti i partecipanti, tutto si era ridotto a mandare avanti la stazione come al solito, solo che lui non aveva idea da che parte cominciare. Sì, sapeva quali erano le varie incombenze. Avrebbe potuto svolgere il lavoro di tutti gli uomini che pagava, tranne forse riparare un motore rotto, ma non era mai stato compito suo organizzare – chi doveva fare cosa e quando e con chi e poi il programma delle rotazioni – e il solo pensarci gli faceva venire mal di testa. Era un bravo caposquadra, anzi avrebbe persino potuto allargarsi e dire di essere un caposquadra maledettamente bravo, ma quanto a essere un allevatore... boh.

Grazie a Dio c'era Neil. Sarebbe già caduto in depressione una dozzina di volte senza il suo aiuto.

Il rumore di qualcuno che si schiariva la voce lo risvegliò dai suoi pensieri cupi e gli fece sollevare lo sguardo dal piatto dimenticato. Uno dei suoi jackaroo – non sapeva ancora i loro nomi, anche se doveva impararli – gli stava davanti, in piedi e con il cappello in mano. "Sì?"

"Non per volerti mancare di rispetto, Taylor, ma io ho firmato per lavorare sotto Devlin Taylor, non sotto suo fratello. E di certo non ho firmato per lavorare sotto Lang Downs." L'occhiataccia che scagliò in direzione di Neil lo fece rabbrividire da quanto era velenosa. Sapeva che Devlin odiava Lang Downs e tutti i suoi abitanti, ma aveva sperato che non avesse trasmesso il suo disprezzo al resto degli uomini della stazione. A quanto pareva aveva sperato in vano. "Prendo le mie cose e lascio la stazione domani mattina presto."

Jeremy annuì – che altro avrebbe potuto fare? – e indicò Sam. "Lascia a lui l'indirizzo di dove vuoi che ti venga spedita l'ultima paga. Te la manderemo sabato insieme alle altre."

"Non voglio i tuoi soldi," inveì l'uomo. "Sono corrotti come tutto quello che voi finocchi toccate."

Neil fu in piedi e a un centimetro dal naso dell'uomo prima che Jeremy avesse il tempo di registrare la frase. "Reputati fortunato che tu abbia già deciso di andartene, amico." Il tono tagliente della sua voce strappò Jeremy dal suo intontimento. Una lite era l'ultima cosa che gli serviva. "Perché sono proprio commenti del genere quelli che ti fanno perdere il lavoro. Scordati domani e impacchetta le tue cose adesso. Hai mezz'ora per toglierti dai piedi prima che ti sbatta fuori io."

"Tu e quale esercito, Emery?" ribatté l'uomo sprezzante.

Jeremy si alzò con l'intenzione di separarli, ma Sam arrivò prima. "Mi dispiacerebbe doverti abbassare la paga per risarcire i danni," disse in tono gelido. "Ti suggerisco di seguire il consiglio di Neil."

Il jackaroo rivolse loro un'ultima occhiata rabbiosa, poi uscì in fretta e furia dalla mensa.

"C'è qualcun altro che la pensa allo stesso modo?" chiese Jeremy agli uomini che erano rimasti. "Perché, in questo caso, è il momento buono per andarvene. Ognuno per la sua strada, senza problemi e senza rancore. Troverete la vostra paga nella posta di venerdì. Se rimanete e poi mi costringete a licenziarvi a causa del vostro atteggiamento, non riceverete neanche quello."

Una mezza dozzina di uomini si alzarono e seguirono l'altro fuori.

"Meglio perderli che trovarli quelli," disse Charlie White, un residente che Jeremy conosceva da quando era ragazzo. "Sono dei figli di puttana svogliati. Sei un Taylor, ragazzo, e per la maggioranza di noi è l'unica cosa che conta."

"Grazie, Charlie," rispose Jeremy. Si guardò intorno e incrociò lo sguardo di ognuno degli uomini presenti nella stanza. "Tanto per essere chiari... Sì, sono gay. E sì, Sam resterà qui ad aiutarmi a mandare avanti la stazione. No, non mi aspetto che vi piaccia, ma mi aspetto che lo rispettiate." Aspettò finché i mormorii non si spensero. Nessun altro era andato via, un buon segno. "Sì, Neil è il sovrintendente di Lang Downs, ma è anche mio cognato, il che significa che verrà abbastanza spesso. Devlin ce l'aveva con Lang Downs principalmente a causa mia. Non avrei mai voluto che gli succedesse qualcosa, ma ormai è morto e tocca a me mandare avanti la stazione. Ma io, diversamente da mio fratello, non ho nulla contro Lang Downs. Se questo per voi è un problema, quella è la porta."

Altri brontolii, ma da persone diverse, notò. Interessante che i jackaroo che avevano problemi con Lang Downs non fossero gli stessi che ce l'avevano con lui perché era gay. Si era perso qualcosa? Qual era il vero motivo della tensione fra le due stazioni? Avrebbe fatto meglio a chiederlo a Charlie più tardi. "E c'è la possibilità che Neil non sia l'unico jackaroo di Lang Downs che si farà vedere. Il veterinario più vicino vive alla stazione. E lo stesso dicasi per il miglior meccanico che ci sia in zona. Mi hanno entrambi offerto il loro aiuto nei loro ambiti, o in altro, se necessario, e io intendo approfittarne. Ultima cosa: le mie idee su come gestire una stazione sono diverse da quelle di Devlin, il che significa che ci saranno dei cambiamenti. Sarò ben felice di discuterne insieme se qualcuno dovesse avere delle perplessità, ma la decisione finale resta mia e mi aspetto che la rispettiate. Se non vi va bene, è il momento giusto per salutarci."

Nessuno si mosse, anche se ciò poteva significare che non volevano farlo davanti a tutti. Annuì un'ultima volta, poi prese il cappello che aveva appoggiato sul tavolo accanto al piatto. Aveva perso l'appetito.

"Sam, Neil, lasciamoli alla loro cena."

Neil sembrò voler ribattere, ma Sam lo spinse verso la porta. Mentre camminavano verso la casa padronale, Jeremy si chiese quanti uomini sarebbero rimasti ad andare al mattino.

# CAPITOLO 10

JASON SALTÒ giù dall'ute non appena raggiunse la grande stalla di Taylor Peak. Sentiva il cuore rimbombargli nel petto mentre prendeva la borsa con i suoi strumenti e correva dentro. La telefonata di Jeremy era stata sbrigativa, quasi frenetica. Serviva un veterinario e subito. Jason si era fiondato in macchina ed era arrivato con tutta la velocità consentita da una guida sicura. Non era tornato a Taylor Peak nelle due settimane che avevano seguito il funerale, e non era così che aveva immaginato la sua prima visita.

"Che è successo?" chiese non appena vide Jeremy.

"Tu chi sei?" lo aggredì uno dei jackaroo.

"Jason, grazie per essere venuto subito," disse Jeremy prima che lui potesse rispondere.

"Sono il veterinario."

"Non sei il dottor Nelson."

"No," concordò Jeremy, "ma è un veterinario, ed era più vicino rispetto al dottor Nelson che viene da Boorowa. Da questa parte, Jason. Stavamo spostando le pecore da un pascolo all'altro e il mio cavallo è rimasto impigliato in una matassa di filo spinato. L'abbiamo liberato per quanto possibile e riportato qui, ma la gamba è un casino. È... Cristo, era il mio cavallo prima che venissi a Lang Downs, ed è quello che usava sempre anche Devlin. Non voglio perderlo. È ricoperto di sangue."

Jason si sentì stringere lo stomaco. Non solo la sua prima emergenza era a Taylor Peak, dove avrebbe dovuto confrontarsi con la sfiducia che quegli uomini nutrivano verso tutto ciò che era legato a Lang Downs, ma doveva anche occuparsi dell'unico legame rimasto tra Jeremy e suo fratello. Se fosse stata una pecora avrebbe valutato la situazione e deciso se era meglio macellarla invece che curarla. Ma non poteva farlo con quel cavallo, a meno che non avesse altra scelta. La ferita non sembrava troppo seria, ma i cavalli erano creature strane. Aveva visto veterinari fare tutto giusto e poi vedersi morire l'animale davanti. Mentre altri, con ferite di una gravità tale che nessuno si sarebbe aspettato di vederli sopravvivere, ce l'avevano fatta.

Si avvicinò lentamente all'animale nervoso. Non si stava opponendo alla legatura alle due e venti che lo teneva fermo, ma Jason vedeva chiaramente come i suoi muscoli si stessero contraendo per il dolore e la rabbia. "Respira a fondo, Jeremy. I cavalli sanguinano parecchio, ma non per questo deve essere per forza un problema serio. Lascia che gli dia un'occhiata prima di andare nel panico. Come si chiama?"

"Solitudine," rispose l'amico.

*Cristo Santo*, pensò Jason. Se quella non era la descrizione perfetta della condizione di Jeremy prima che arrivasse a Lang Downs, non sapeva cos'altro avrebbe potuto esserlo.

"Bene, Solitudine," cercò di tranquillizzarlo. "Vediamo che c'è che non va. Ti sei fatto male, eh?"

Sporse la mano così che l'animale potesse annusarla. Non si era ancora disinfettato perché voleva che il cavallo sentisse il suo odore e non quello dell'antisettico. L'avrebbe fatto dopo. Solitudine gli accarezzò il palmo con le labbra come se cercasse uno zuccherino.

"Non ho niente al momento, amico, ma lascia che ti curi quella zampa e poi ti do la mela che mi ero portato per pranzo," promise lui. Gli fece scorrere la mano lungo il collo mentre si allontanava da Jeremy per guardare le ferite. Qualcuno aveva rimosso il filo spinato, ma il danno che gli spuntoni avevano lasciato sulla pelle era notevole. La maggior parte riguardava le zampe posteriori, per fortuna, senza che il petto o la pancia ne avessero risentito, ma il manto nocciola poteva mimetizzare eventuali tracce di sangue. Avrebbe guardato con più attenzione mentre lo curava, ma il fatto che stesse ancora in piedi lasciava intendere che nessun organo importante era stato coinvolto. *Sutura, antibiotici e antidolorifico.* Poteva farcela.

"Va bene, gli do un sedativo per il dolore e per tenerlo calmo durante il trattamento." Cercò nella borsa una siringa e la riempì con la medicina. Avrebbe impiegato qualche minuto per fare effetto, e intanto poteva lavarsi e scoprire cos'era successo. Solitudine fu scosso da un brivido quando gli fece l'iniezione, ma si tranquillizzò subito sotto le sue carezze.

"C'è un lavandino dove posso lavarmi prima di cominciare? Non voglio peggiorare le cose curandolo con le mani sporche."

"Di qua," rispose Jeremy.

Jason cominciò a sfregarsi mani e braccia con attenzione. "Dove l'avete trovato il filo spinato?" chiese nel frattempo.

"Nella boscaglia," fu la risposta nervosa di Jeremy. "Più cose vedo di come Devlin ha gestito la stazione negli ultimi due anni e meno mi piace. Ho trovato anche diversi scarti di steccati in mezzo ai pascoli. Ho detto di toglierli, ma gli uomini sono quelli che sono e abbiamo altre priorità."

Un jackaroo li raggiunse proprio in quel momento.

"Chi è il ragazzino?" chiese.

"Jason Thompson di Lang Downs," rispose Jeremy. "Si è appena laureato in veterinaria ed è tornato a casa per lavorare. Jason, lui è Tim Perkins, uno dei miei caposquadra."

L'uomo mugugnò qualcosa di vago e andò accanto a Solitudine, accarezzandogli piano il muso.

Quando il cavallo cominciò ad abbassare la testa e ad avere un'aria intontita piuttosto che nervosa, Jason prese il rasoio elettrico. "Cercherò di essere quanto più gentile possibile, ma se si agita troppo corre il rischio di farsi più male. Tenetelo fermo per quanto possibile, non vorrei doverlo immobilizzare del tutto se proprio non diventa necessario."

Jeremy raggiunse l'altro uomo accanto alla testa del cavallo. Jason sentiva i loro occhi addosso. Cercò di non mostrarsi imbarazzato sotto lo sguardo critico di Perkins, ma sapeva che in esso pesava il giudizio di ogni jackaroo della stazione. Sapeva con quanta facilità si diffondessero le voci ed era certo che ormai tutti sapessero che un nuovo veterinario – un ragazzino – era venuto al posto di quello vecchio, e tutti lo avrebbero giudicato in base a come sarebbe stato capace di curare Solitudine.

Ma non era su quello che doveva concentrarsi al momento. Doveva stare attento a quello che faceva o rischiava di peggiorare le cose, rovinandosi al contempo la reputazione.

Accese il rasoio e aspettò di vedere come Solitudine avrebbe reagito al rumore. L'animale scrollò un attimo le orecchie, ma non sembrò troppo infastidito. Jason gli appoggiò la base dell'apparecchio sul fianco per fargli capire che la vibrazione non gli avrebbe fatto niente. Quando vide che la reazione del cavallo fu più o meno la stessa che aveva avuto per il rumore, tirò un sospiro di sollievo. Si avvicinò quindi alle zampe posteriori, là dove il filo spinato aveva fatto i danni maggiori e cominciò a rasare il pelo attorno alle ferite che vedeva. La maggior parte erano punture piuttosto che lacerazioni. Le liberò dal pelo così da poterle pulire, ma sarebbero guarite senza bisogno di altro. I tagli invece avrebbero richiesto più lavoro.

Finì con la prima zampa senza aver trovato niente di serio, ma non si aspettava che la sua fortuna reggesse ancora per molto. E infatti, quando si spostò all'altra, fece una smorfia. Il filo spinato era penetrato in profondità, squarciando il muscolo ed esponendo il tendine. Se anche quest'ultimo fosse stato lacerato, Jason non era certo di poter salvare il cavallo. "Mi porti la borsa?" chiese a Jeremy.

L'uomo obbedì e sibilò quando vide la ferita. "Ha un brutto aspetto."

"Aspetta prima di pensare al peggio," rispose Jason, cercando di impedirsi di avere lui stesso quella reazione. "È esposto, ma non vuol dire che sia compromesso." Riempì una nuova siringa con altro anestetico e la iniettò nella zampa, appena sopra la zona da trattare. "Aspettiamo che faccia effetto e poi taglio il pelo per poterla pulire senza che mi riempia di calci. A quel punto vedremo se la situazione è brutta quanto sembra."

"Perkins, tienilo fermo," ordinò Jeremy.

"Stacci attento," aggiunse lui. "È sedato e ho addormentato anche la zona in cui opererò, ma ciò non vuol dire che non reagirà quando gli metterò le mani addosso. Se comincia a sembrarti nervoso, dimmelo."

Lo sguardo disgustato con cui Perkins accolse le sue parole rivelò esattamente cosa ne pensasse del fatto che un 'ragazzino' gli dicesse come fare il suo lavoro, ma Jason non aveva nessuna voglia di prendersi uno zoccolo in testa.

Mentre aspettava che la lidocaina addormentasse l'area intorno alla lacerazione, prese il disinfettante e cominciò a sciacquare le punture che aveva già preparato. Man mano che il sangue scorreva via, vide che la maggior parte non erano gravi quanto aveva temuto, il che era un buon segno, anche se quel tendine esposto continuava a preoccuparlo. Non voleva trovarsi nella situazione di abbattere un animale proprio durante la sua prima visita, specialmente se si trattava del cavallo di Jeremy. Non solo un cavallo di Taylor Peak, ma proprio quello di Jeremy. Jason non faceva per niente fatica a immaginare come si sarebbe sentito se qualcuno gli avesse detto che doveva abbattere la sua Polly. Non voleva essere proprio lui a dare la notizia all'uomo. Anche un altro paio di lacerazioni, benché meno gravi di quella che coinvolgeva il tendine, avrebbero avuto bisogno di punti di sutura, così le iniettò con la lidocaina. Quando reputò che fosse il momento, tornò vicino a Jeremy, che ancora guardava la zampa ferita.

"Torna vicino alla testa," gli disse Jason. "Nessuno può calmarlo come te." E se ciò gli avesse impedito di stargli col fiato sul collo mentre lavorava, tanto meglio. Non aveva voglia che qualcuno vedesse come gli tremavano le mani mentre rasava la zona attorno allo squarcio e la inondava di disinfettante. Una volta liberata la ferita dal sangue, Jason esaminò da vicino il tendine alla ricerca di eventuali danni. Non ne vide, il che era positivo. Perlomeno non era lacerato, e le altre piccole intaccature sarebbero guarite col tempo. Se si fosse preso la briga di pensare quando aveva cominciato e lo avesse tastato se ne sarebbe accorto subito. Imprecò sottovoce. Avrebbe dovuto chiedere ai due uomini di farlo camminare per vedere se zoppicava, prima di sedarlo e anestetizzargli la zona. In quel modo si sarebbe fatto un'idea più precisa del danno. Troppo tardi ormai, comunque. Non gli restava da fare altro che suturare la ferita e sperare che tutto andasse per il meglio.

Cucì quello che doveva e ci spruzzò sopra un farmaco che teneva lontano le mosche, poi si mise al lavoro sulle altre ferite. Rispetto a quella grossa furono una passeggiata – serie da richiedere di essere pulite e suturate, ma non abbastanza da suscitare preoccupazione, a meno che non si infettassero.

Dopodiché tornò alla testa, dove Jeremy lo guardava con aria preoccupata. "Il tendine è intatto. Gli farà male e impiegherà un po' a guarire, ma dovrebbe riprendersi completamente. Gli faccio un'iniezione di antibiotico e una per il tetano, poi ti lascio delle bustine di antinfiammatorio da mettergli nel cibo per qualche giorno. In ogni caso, a meno che non si verifichi un peggioramento improvviso, ha solo bisogno di tempo e riposo. Tieni le ferite pulite e chiamami se vedi qualcosa che ti preoccupa."

Perkins ne approfittò per squagliarsela, lasciandolo Jason perplesso. Macklin gli avrebbe detto due paroline per aver lasciato il lavoro senza che nessuno gliene avesse dato il permesso, ma Macklin non c'era e lui non aveva l'autorità per farlo, ora che l'emergenza era passata.

"Grazie," disse Jeremy. "Quanto ti devo?"

Jason si strinse nelle spalle. "Appena sostituisco il materiale che ho usato te lo dico."

"No," protestò l'altro. "Hai fatto il lavoro di un veterinario e meriti la paga di un veterinario."

Jason sorrise. "Lascia che sia io a decidere cosa far pagare per il mio tempo. Manderò il conto a Sam. Tu pensa a prenderti cura di questo ragazzone e togli di mezzo quel filo spinato così che non succeda di nuovo."

"Sto facendo del mio meglio," rispose Jeremy, "ma non è facile, neanche con Walker che mi spalleggia in tutto e per tutto."

"Hai pensato di chiedere a Neil se può prestarti una squadra per un giorno? Potresti mandarla fuori a raccattare questo tipo di immondizia. Sarebbe sempre meglio che rischiare l'incolumità degli animali."

Jeremy scosse la testa. "Neil non ci penserebbe due volte a mandarla, ma le cose qui sono già abbastanza difficili senza che io le peggiori rivolgendomi a Lang Downs ogni volta che mi serve qualcosa. Sono sicuro che Charlie White, uno dei miei residenti, sia l'unico che crede che possa farcela."

"Anche Sam ci crede."

"Sam mi ama. Deve crederlo."

"Anch'io ci credo," disse allora lui. "Mi piaci e ti ammiro, ma di certo non sono innamorato di te. Quindi…"

"Tu non vivi qui," ribatté Jeremy. "Non è la stessa cosa."

"Mi dispiace. Vorrei poter fare di più."

"Hai già fatto molto rattoppando Solitudine. Il resto si metterà a posto, prima o poi. Saluta i nostri amici alla stazione da parte mia."

"Contaci," lo rassicurò. "E chiamami se dovessi avere bisogno, sia come veterinario che come jackaroo. Non ti lasciamo solo, indipendentemente da come la pensi tu."

"Grazie," disse Jeremy. "Vado a vedere come sta Solitudine. E se qualcosa cambia ti chiamo."

Jason non aveva problemi a capire quando era arrivato il momento di andare, così raccolse le sue cose e tornò all'ute. Non c'era nessuno in giro quando lasciò la stalla, ma sapeva bene che ciò non significava che non lo stessero osservando. Mise via la borsa, salì sul fuoristrada e riprese la via di casa. Sperava solo di arrivarci prima di crollare. Il cuore stava ancora cercando di uscirgli dal petto. Era già tardi per uscire con gli altri a cavallo e aiutare a spostare le pecore, ma gli restavano comunque un paio d'ore prima di cena, così avrebbe fatto quello che faceva sempre quando doveva ammazzare il tempo: sarebbe andato alla rimessa dei trattori. Quando era piccolo, c'era sempre suo padre, e più in là con gli anni era lì che con ogni probabilità avrebbe trovato Seth. Jason non gli aveva chiesto quali fossero i suoi programmi per il pomeriggio ma, a meno che l'amico non fosse andato a studiare i capanni, era di certo in mezzo ai motori. L'odore dell'olio e della benzina lo rilassava come nient'altro.

"SETH?"

Il suono della voce di Jason che chiamava il suo nome interruppe la concentrazione di Seth. Stava studiando il progetto di una pala eolica vicino a uno dei capanni: la presenza di alberi rendeva sconsigliabile un pannello fotovoltaico per alimentare il generatore, ma lo sperone di roccia che lo sovrastava era l'ideale per sfruttare la forza del vento.

"Ehi, Jase, sei tornato. Tutto bene a Taylor Peak? Ti ho visto scappare via." Posò la matita sul tavolo sopra il quale stava lavorando e raggiunse Jason verso il retro della rimessa, sedendosi su una pila di balle di fieno che era stato spesso il loro nascondiglio quando erano ragazzi.

"Non sono sicuro che 'bene' sia la parola più adatta, ma ho fatto del mio meglio," rispose Jason. "Il cavallo di Jeremy è rimasto impigliato in un groviglio di filo spinato che era stato lasciato in mezzo ai pascoli, e sai come vanno queste cose, no?"

Seth sapeva molto bene come andavano quelle cose. Caine e Macklin erano sempre molto attenti, quindi non succedeva spesso, ma aveva già visto cosa poteva fare il filo spinato a un animale. Avevano dovuto macellare un paio di pecore che erano andate a sbattere contro una recinzione dopo essere state spaventate da un temporale. "Il cavallo ha perso. Ce la farà?"

"Era ancora in piedi quando sono arrivato e aveva già smesso di sanguinare. C'erano delle punture profonde e dei tagli, ma solo uno era davvero serio. Si trovava vicino al tendine flessore e se anche quello fosse stato lacerato, non avrei potuto salvarlo."

"Ma non si è lacerato e quindi non hai dovuto abbatterlo." Seth non era un amante degli animali al pari di altri jackaroo, ma odiava quando dovevano ucciderne uno. Le pecore non gli facevano né caldo né freddo – erano lì per quello – ma la morte degli animali da lavoro lasciava una coltre pesante sopra la stazione per settimane e Taylor Peak aveva già abbastanza dolore da smaltire. La morte di un cavallo, il cavallo di Jeremy, sarebbe stato davvero troppo.

"No, il tendine era intatto, quindi se la ferita non si infetta, dovrebbe guarire in un paio di settimane. Non è stato quello il problema."

"E allora cosa?"

"Perché qualcuno sano di mente dovrebbe volermi affidare un animale ferito?" chiese Jason.

Oh, la domanda più idiota che Seth avesse mai sentito. Già quando l'aveva conosciuto, l'amico aveva l'abitudine di prendersi cura degli animali abbandonati – ad eccezione di Ladyhawke, ma solo perché Sam era arrivato per primo – oppure di pedinare il veterinario o offrirsi di curare le ferite minori in modo da non doverlo chiamare. Forse non si era mai trovato ad affrontare qualcosa di tanto serio, ma aveva dimostrato la sua bravura più di una volta. "Perché sei un veterinario? Da dove esce questa domanda? Qualcosa è andato storto?"

"Ho una laurea da appendere al muro," lo corresse Jason. "Non vuol dire essere un veterinario. Non è la stessa cosa."

Era molto di più che una semplice laurea, ma Seth si era fatto troppe volte la stessa domanda per non riconoscere l'espressione sul viso dell'amico. "A me pare di sì."

"Per tutto il tempo che sono rimasto lì ero convinto che avrei fatto qualche cazzata," ammise Jason.

"E l'hai fatta?" Il dubbio sulle proprie capacità era una costante della vita di Seth, ma Jason ne era sempre stato immune. Possibile che all'università fosse successo qualcosa che aveva scosso a tal punto la sua fiducia in se stesso?

"In parte. Non ho visto una brutta lacerazione prima di sedarlo così non ho potuto farlo camminare per controllare il danno, e avrei dovuto farlo."

"Ma ti ha impedito di curarlo e impedirà a lui di guarire?" insisté Seth. Odiava vedere quell'espressione abbattuta sul viso di Jason, ma la parte più egoista di se stesso era contenta che l'amico avesse scelto lui come confidente e non il proprio ragazzo. Cooper poteva essere la persona con cui andava a letto – rifiutò categoricamente di soffermarsi su quel pensiero – ma era da lui che Jason andava a cercare conforto. Non ne sapeva granché di relazioni, ma era certo che l'amicizia durasse più del sesso.

"Non dovrebbe, ma non si sa mai con i cavalli. Preferisco le pecore. Le pecore non danno problemi. I cavalli sono una rottura di scatole."

"I cavalli sono parte integrante della vita in una stazione," ribatté lui con un'alzata di spalle. Aveva persino imparato a cavalcarne uno, pur essendo un meccanico. Ci saliva solo quando non aveva scelta, ma qualche volta le strade erano impraticabili e saper stare in sella poteva fare la differenza. Aveva sentito le storie di quando Caine aveva salvato Neil, e siccome doveva la vita di Chris alla lealtà di Neil verso il loro datore di lavoro, aveva reputato più saggio imparare. Non sarebbe mai diventato un jackaroo come gli uomini che lo circondavano, ma sapeva stare in sella abbastanza bene. "Lo sapevi quando hai deciso di tornare qui invece di aprire una bella clinica in città, dove non avresti dovuto averci a che fare."

"Non era casa," disse Jason. "È questo ciò che ho sempre voluto fare. Devo solo capire come."

*Non era casa.* Quante volte anche lui aveva pensato la stessa cosa quando era a Sydney? Erano una coppia di perdenti, ma avevano entrambi imparato la lezione ed erano tornati a casa. Il resto sarebbe arrivato col tempo.

"Un giorno alla volta," disse. "Non è così che facciamo?"

Jason rise. "Sì, immagino di sì. Ora però basta con le mie lagne. Che hai fatto oggi?"

"Non cambiare argomento," lo ammonì lui. L'amico gli aveva raccontato quello che era successo, ma il suo cuore non si era alleggerito e niente di quello che aveva detto spiegava perché fosse così depresso. Seth sapeva bene quanto male potessero fare le emozioni trattenute. Non gli avrebbe permesso di farsi una cosa simile. "Vedo che c'è ancora qualcosa che non va, e non c'entra niente quello che mi hai raccontato, quindi dimmi qual è il vero problema."

Jason sospirò. "Era solo che… Per tutto il tempo che sono rimasto lì, mi sentivo un baro. Come se quella laurea non valesse neanche la carta su cui è stampata. E poi c'erano i jackaroo. Jeremy era presente, quindi Perkins non ha detto niente, ma avevo l'impressione che l'intera stazione mi stesse osservando e giudicando. Non mi conoscono, ma sono giovane e non sono il dottor Nelson, inoltre vengo da Lang Downs. Avrei potuto fare un miracolo e avrebbero trovato il modo di rivoltarmelo contro."

"Perché ti interessa cosa pensano?" chiese Seth. "Jeremy si fida abbastanza da chiamarti, e da quello che dici, la sua fiducia non è stata malriposta. Caine si fida abbastanza da ritenerti capace di occuparti dei suoi animali, anche con tutte le regole da rispettare per non perdere la certificazione biologica."

636

"Sui trattamenti da operare in caso di certificazioni biologiche ne so certo più io del dottor Nelson, su questo sarei pronto a scommetterci."

"E allora vedi? Non hai niente di cui preoccuparti. Che ti importa di cosa pensano di te i jackaroo di Taylor Peak?"

"Mi importa perché è difficile fregarsene," rispose Jason. "Sì, Jeremy ha chiamato me, ma c'era quest'aria pesante nella stalla e credo che mi abbia influenzato."

"So cosa potrebbe farti stare meglio," disse lui.

"Sarebbe?"

"Una birra. Chris ha delle Tooheys a casa, ma potremmo trovare altro se lo preferisci."

"La Tooheys è perfetta," fece Jason. "E sì, una birra mi sembra una buona idea. Magari mi aiuterà a rilassarmi."

"Che pappamolle sei!" lo prese in giro lui. "Andiamo. Ci sediamo in veranda e beviamo una o due birre finché non ti senti meglio."

Jason sorrise. "Tu mi fai sempre sentire meglio. É per questo che sono venuto da te."

Il cuore di Seth si accese a quelle parole. Alla faccia di Cooper. Era ancora lui la persona che lo faceva stare bene, e che Dio lo dannasse se avrebbe permesso a qualcuno di rubargli anche quello.

# CAPITOLO 11

JASON ENTRÒ in mensa insieme a Seth, praticamente piegato in due dal ridere. Non riusciva a capacitarsi di come l'amico riuscisse sempre a fargli vedere le cose nella giusta prospettiva: aveva avuto la sua prima esperienza in solitaria come veterinario, Solitudine sarebbe stato bene e lui poteva farcela.

"Dove ti siedi?" gli chiese. "Puoi unirti a me, se vuoi. Saresti il benvenuto."

"Oppure potresti essere tu a unirti a me," ribatté Seth. "So che vivi al dormitorio, ma sei anche un residente."

"Sì, ma non ho visto Cooper per tutto il giorno, probabilmente dovrei stare un po' con lui. Però non c'è ragione per cui tu non possa raggiungerci."

"Preferisco stare con gli altri che vederti flirtare per tutta la cena," disse Seth. "È molto meno imbarazzante dei tuoi patetici tentativi di sembrare discreto."

Jason gli tirò una gomitata. "Almeno io ho qualcuno con cui flirtare. Tu non hai speranze di incontrare nessuna da queste parti. Laura è troppo giovane e tutte le altre sono sposate o fidanzate."

"Non mi serve una ragazza. Mi sono appena liberato di una palla al piede. Perché dovrei volerne un'altra?"

"Ho detto flirtare, non sposare," ribatté Jason. "C'è differenza."

Seth si strinse nelle spalle. "Va' dal tuo jackaroo. Io ti ho avuto per tutto il pomeriggio. Posso concedergli un po' del tuo tempo a cena."

E quello che voleva dire? Non era il primo commento strano che gli sentiva fare da quando era tornato, ma non era ancora riuscito a metterne in fila abbastanza da riuscire a capire quale fosse il suo problema. Decise che ci avrebbe pensato un'altra volta, prese un piatto e sedette accanto a Cooper.

"Ciao. Com'è stata la tua giornata?" chiese il giovane.

"Complicata," ammise lui. "Ma ho parlato con Seth quando sono tornato e mi ha aiutato a tornare normale."

"Normale?" fece Cooper. "Dovrei preoccuparmi?"

Jason fece una smorfia. "Non quel tipo di normalità. Mi ha detto che non avevo motivo di essere agitato. Posso sempre contare su di lui quando sono agitato e devo calmarmi."

"Saresti potuto venire da me. Lavoravo nella valle. Te l'avevo detto questa mattina."

Avrebbe potuto, pensò Jason, ma non gli era neanche venuto in mente. Il suo unico pensiero era stato di trovare Seth. "Qualche volta un ragazzo ha solo bisogno del suo miglior amico. Oggi era una di quelle volte."

"Sembra che ultimamente sia sempre una di quelle volte," borbottò l'altro.

Jason si passò una mano fra i capelli. Non aveva davvero voglia di discutere in quel momento. Aveva già avuto una giornata di merda e solo la compagnia di Seth l'aveva in parte migliorata. Non voleva aggiungere anche un litigio con Cooper a tutto il resto. "Ascolta, Seth è il mio miglior amico da quando avevo quindici anni, io e te ci conosciamo da due settimane. Mi piaci. Mi piace quello che facciamo insieme, ma oggi avevo bisogno di lui. Forse un giorno ti conoscerò bene quanto lui, ma se non sopporti che siamo amici, dubito che succederà."

Cooper serrò la mascella e ai lati della sua bocca si formarono due linee profonde.

"Capisco. Mi avevano avvisato gli altri jackaroo. Avrei dovuto ascoltare."

"Avvisato riguardo a cosa?" chiese Jason. Non ne poteva già più di quella discussione, ma quella frase aveva attirato la sua curiosità.

"Mi avevano detto che eri troppo innamorato di Simms per vedere qualcun altro, ma lui non c'era e tu sembravi interessato, così ho pensato di vedere cosa sarebbe successo. A quanto pare avevano ragione. Io mollo."

Jason si sentì avvampare. Possibile che i suoi sentimenti per Seth fossero così chiari? "Se questo è il modo in cui reagisci al fatto che abbia altri amici oltre a te, allora sì, meglio darci un taglio." Prese il piatto ancora intonso e lo gettò tra quelli sporchi. Aveva bisogno di uscire da lì. Non sapeva cosa Seth avesse sentito, ma anche se non aveva udito direttamente, molte altre persone l'avevano fatto. Le chiacchiere gli sarebbero arrivate comunque, sarebbe venuto a cercarlo e quando lo avesse trovato, Jason non avrebbe potuto rifiutarsi di dirgli la verità. Sperava solo che ciò non pregiudicasse la loro amicizia. Poteva sopportare la rottura con Cooper. Sì, gli era piaciuto e il sesso era stato buono, ma non l'aveva mai amato. Poteva sopportare che Seth non lo ricambiasse. Aveva sempre saputo di non avere speranze. Ma se Seth avesse deciso di non voler più essere suo amico? No, quello non avrebbe potuto sopportarlo.

Si fermò per capire dov'era. Senza che se ne rendesse conto i piedi l'avevano riportato alla rimessa degli attrezzi. Se non la diceva lunga quello a proposito dei suoi sentimenti, non sapeva cosa avrebbe potuto essere più esplicito! Anche quando scappava da Seth finiva col cercare conforto nel *loro* rifugio.

Entrò, lasciando la porta socchiusa in segno di invito. Magari Seth non l'avrebbe seguito subito, ma se l'avesse fatto, avrebbe saputo dov'era e che era il benvenuto.

Sbuffò. Quello era il regno di Seth, non il suo. Se qualcuno doveva sentirsi indesiderato, era lui, non l'amico. Dio, quant'era diventato patetico!

SETH FISSÒ ammutolito Jason che buttava il piatto tra quelli da lavare e correva fuori dalla mensa. Poi abbassò lo sguardo sulla propria cena, cercando di mettere ordine fra i propri pensieri caotici, e infine lo rialzò verso la porta. Sentì un colpetto contro il piede sotto il tavolo; era Thorne, che gli sedeva di fronte;

"Non ti conosco bene come gli altri, ma accetta un consiglio da qualcuno che per età potrebbe essere tuo padre: non so cosa voi due abbiate aspettato finora, ma ti ha appena servito l'occasione perfetta su un piatto d'argento. Non ne avrai mai un'altra simile."

"Non ha detto che mi ama," rispose lui automaticamente.

"Ma non l'ha neanche negato," ribatté l'uomo. "Sei l'unico che non l'ha ancora capito. E se provi la stessa cosa – e io credo proprio di sì – è tuo dovere parlargli."

Seth si sentì venir meno. Se Thorne aveva ragione, quanto tempo avevano perso lui e Jason? Non per colpa di quest'ultimo, ovviamente. Se c'era qualcuno da biasimare, quello era lui. Jason non sapeva neanche che fosse bisessuale e ovviamente non gli aveva detto nulla perché non voleva rovinare la loro amicizia provandoci con un etero. Quella parte era perfettamente chiara. No, la cosa giusta da fare era confessare tutto e sperare che Jason non lo odiasse per aver taciuto.

Quando alla fine uscì dalla mensa, vide che ormai era quasi buio. Guardò a destra e sinistra, sperando di capire da che parte era andato l'amico, ma si era fermato troppo a parlare con Thorne e Jason era già scomparso. Ciò ovviamente lo aiutò a restringere il campo, perché in quel lasso di tempo non poteva essere andato troppo lontano. A occhio e croce poteva essere in tre posti: la sua stanza nel dormitorio, la veranda sul retro della casa dei suoi genitori o la rimessa degli attrezzi. Al dormitorio, avrebbe potuto chiudere la porta, ma ciò non avrebbe impedito alla gente di bussare. Era probabile che gli stagionali non sarebbero andati a cercarlo a casa dei suoi – ammesso che qualcuno andasse a cercarlo – ma a un certo punto Patrick e Carley sarebbero tornati e gli avrebbero fatto delle domande. Se il suo obiettivo era restare solo e non avere rompimenti di scatole, la scelta migliore sarebbe stata la rimessa. Naturalmente, se era sua intenzione evitare di parlare anche con lui, allora se ne sarebbe tenuto alla larga, perché sapeva che sarebbe stato il primo posto dove sarebbe andato a cercarlo.

"Merda, diventa complicato quando conosci qualcuno così bene," borbottò mentre andava verso il capanno dei trattori. Però forse non voleva evitarlo. Forse era andato lì con il preciso intento di chiarirsi. Forse – merda, era matto anche solo a pensarci, ma Thorne gli aveva messo la pulce nell'orecchio – Jason sperava addirittura che lui lo seguisse in modo da poter finalmente chiudere con tutti i segreti.

La porta della rimessa era accostata, mentre lui ricordava chiaramente di averla chiusa, ma le luci erano spente. Seth la scostò di un altro po', senza che, tuttavia, la visibilità migliorasse: era buio sia dentro che fuori. "Jason?"

"Sono qui."

"Tutto bene, amico?" Dal tono della sua voce non sembrava stesse bene. Per niente bene, ma Seth stava navigando a vista e l'ultima cosa che voleva era imporre la propria presenza quando l'altro desiderava restare da solo. Tuttavia, se aveva lasciato la porta aperta...

"Non lo so," rispose Jason. "Ho appena rotto in pubblico con il ragazzo con cui uscivo e lui mi ha rinfacciato delle cose che avrei preferito restassero private. Come pensi che dovrei stare?"

Seth raggiunse la parte posteriore della rimessa affidandosi alla memoria più che alla vista. Lui e Jason dovevano parlare, ma forse sarebbe stato più facile aprire i propri cuori se non avessero potuto vedersi. Trovò il mucchio di balle di fieno e sedette per terra appoggiandovi la schiena, abbastanza vicino al punto in cui immaginava essere Jason, ma senza toccarlo.

"Non lo so. Almeno io e Ilene abbiamo rotto in privato, anche se mi ha urlato contro più o meno le stesse accuse," disse rivolto all'oscurità.

"Tu perlomeno hai potuto dirle che si sbagliava," rispose Jason.

Seth scosse la testa, accorgendosi solo troppo tardi che Jason non poteva vederlo. "Non sbagliava."

"Che diavolo vuol dire, Seth?" esclamò Jason. "Non sei gay. Sei sempre uscito solo con donne."

"No, non sono gay," concordò lui. "Le donne mi piacciono. Ma mi piacciono anche gli uomini. Oddio, un uomo, a voler essere precisi, anche se lui merita molto di più che un disastro come me. Ma poi è andato a studiare fuori e così ho fatto io e quando è tornato..."

"Basta," lo interruppe Jason. "Smettila, cazzo! Dillo oppure fa a meno, ma non girarci intorno."

Seth chiuse gli occhi e chiamò a raccolta tutto il proprio coraggio. Era arrivato il momento. Jason avrebbe accettato i suoi sentimenti, oppure lui avrebbe perso l'unica cosa bella della sua vita. "Sono stato innamorato di te da quando eravamo troppo giovani e stupidi anche solo per capire cosa significasse. Ma tu sei andato via, e io anche. E ogni volta che venivo in visita stavi insieme a questo o quello, quindi ho immaginato che non provassi le stesse cose. Poi sono tornato – perché *tu* eri tornato, tanto per essere esatti – ma era già tardi e avevi cominciato una storia con Cooper. Non che non fosse un tuo diritto: solo perché io sono troppo preso da te per considerare qualcun altro, non vuol dire che tu dovessi fare lo stesso. Ma ora sembra che anche con Cooper sia finita e forse provi le stesse cose. E comunque, è quello che pensano tutti, così ti ho seguito pensando che potrebbero avere ragione."

Sentì Jason muoversi, ma non ebbe il tempo di prepararsi prima che l'amico gli si lanciasse in grembo, inchiodandolo alla balla di fieno. "Dici davvero?"

"Non…" 'Fanculo. Si sarebbe giocato il tutto per tutto. "Sì, dico davvero."

"Dio, grazie!"

E prima che Seth potesse chiedersi cosa sarebbe successo, Jason lo baciò. Aveva immaginato quel momento più volte di quante sarebbe riuscito a contarne – dolce e timido, lieve e sofisticato, persino duro e appassionato – ma non avrebbe mai creduto che sarebbe successo davvero. Non avrebbe mai sperato che un giorno si sarebbe trovato a sedere per terra nella rimessa degli attrezzi con Jason in grembo che lo baciava. Oh, merda, Jason lo stava baciando!

Il suo cervello, che già andava avanti con il pilota automatico, andò completamente in panne mentre la consapevolezza del peso di Jason sulle sue gambe e delle sue labbra che lo baciavano si fece strada nella sua mente. Jason lo stava baciando. Seth sollevò le braccia e si aggrappò alle sue spalle, stringendole come se ne andasse della propria vita. Sentì la barba dell'amico graffiargli le labbra, ricordandogli che neanche lui si era rasato quella mattina. L'altro non sembrava esserne disturbato, ma…

"Smettila di pensare e baciami," gli ordinò Jason, così vicino che Seth sentì il calore del suo fiato sulla bocca. "Oppure comincerò a pensare che non mi vuoi davvero."

"Ti voglio," gli assicurò lui, facendogli scivolare le mani dalle spalle al collo per attirarlo verso di sé. Sbagliò mira nell'oscurità, ma Jason si spostò per andargli incontro e questa volta Seth riversò tutto se stesso nel bacio: tutti gli anni passati a sognare, sperare e desiderare; tutta la gelosia che aveva provato ogni volta che l'amico gli parlava dei suoi ragazzi oppure quando guardava Cooper toccarlo in modi che a lui non erano concessi; ma più che altro, si abbandonò alla gioia di poter finalmente – finalmente – avere Jason per sé.


JASON SCOPPIÒ quasi in lacrime quando Seth ricambiò il bacio. Era stato sicuro che non avrebbe mai avuto quell'occasione, e invece Seth lo amava ma non aveva reagito quando lui lo aveva baciato, e infine…

Si costrinse a smettere di pensare e si disse che forse Seth aveva avuto il suo stesso problema. Quanto tempo avevano perso?

Ma ora non più. Seth lo amava. Non avrebbe più dovuto sognare. Gli sarebbe bastato allungare la mano e toccarlo. Interruppe il bacio con un ansito, forse per mancanza d'aria o forse perché la gioia assoluta di poter finalmente avere l'uomo che voleva da tutta la vita gli faceva girare la testa. Non si staccò del tutto, comunque, ma appoggiò la fronte alla sua. Non voleva che Seth pensasse che si stava tirando indietro.

L'amico tolse le mani dalle sue spalle e gliele appoggiò sui fianchi. Jason sorrise e si mise più comodo sulle sue gambe. "Volevi questo?"

Seth gemette e lui gli andò dietro quando i loro corpi si trovarono praticamente appiccicati l'uno all'altro.

"Non rifiuterò mai qualcosa che ti porti vicino a me."

Jason sorrise, l'euforia di poter finalmente stringere Seth tra le braccia gli dava alla testa. "Basta che tu lo dica e possiamo essere ancora più vicini."

"Lo vorrei ma…"

"Ma cosa?"

"Ho già fatto sesso, ma mai con un uomo. Non ho proprio idea di come fare."

E se quello non bastava a far schizzare la sua eccitazione alle stelle, Jason non sapeva cos'altro avrebbe potuto. "Da come la vedo io, vai più che bene," lo rassicurò. "Non credo che sia molto diverso dal sesso con una donna. Basta che tu faccia a me quello che piace venga fatto a te. Abbiamo gli stessi attributi, quindi è facile immaginare che ci piacciano le stesse cose, e se così non dovesse essere, vedremo come va strada facendo."

"Quando sei con una donna non c'è mai il dubbio su…"

"Chi dà e chi prende?" suggerì lui.

"Esattamente."

Jason sorrise. "Buon per te allora che a me piacciano entrambe le cose. Ce la faremo, ora che la parte più dura è passata."

"E quale sarebbe?" chiese Seth ondeggiando i fianchi. "Perché a me sembra di sentire parti abbastanza dure qui."

"Mi ami," rispose lui. "Non ho mai pensato di avere una possibilità quindi non mi sono mai concesso di desiderarlo. E visto dove mi ha portato? Ora siamo qui, però, insieme. Il resto sono solo dettagli." Gli fece scorrere le mani sul petto, cercando di cogliere la sua reazione con l'udito, dal momento che non vedeva quasi niente: la notte era scesa completamente nei minuti che avevano passato a parlare e baciarsi. Seth si inarcò sotto di lui, così Jason continuò la sua esplorazione. Da ragazzi, avevano dormito abbastanza volte nella stessa stanza da far sì che Jason avesse un'idea piuttosto precisa del fisico dell'amico. Ma erano trascorsi degli anni dall'ultima volta, perché quando erano partiti per l'università quelle serate si erano interrotte. Il corpo sotto le sue mani non era più quello di un adolescente. Seth si era irrobustito e non era più magro come una volta. Jason avrebbe voluto guardarlo, oltre che toccarlo, ma per il momento doveva accontentarsi. Non aveva intenzione di suggerire di fermarsi, anche se ciò avrebbe significato raggiungere un ambiente più luminoso e confortevole. E, cosa più importante, preservativi e lubrificante.

Un brivido lo scosse dalla testa ai piedi al pensiero di Seth dentro di lui. Si sarebbe sciolto nel momento stesso in cui lo avrebbe toccato, per come si sentiva. E il pensiero di essere lui a prendere Seth… no, meglio non pensarci. Poteva aspettare finché l'altro non si fosse sentito pronto, e se quel momento non fosse mai arrivato, sarebbe andato bene lo stesso, fintanto che Seth avesse continuato ad amarlo.

Il tocco delle mani dell'amico sul petto lo sorprese, ma si inarcò immediatamente contro di esse. I gesti erano esitanti, quasi non sapesse cosa fare ora che l'aveva lì. Era ridicolo. Jason si piegò un poco all'indietro e si sfilò la maglietta. Ecco, ora sì che Seth avrebbe avuto qualcosa da esplorare.

"Jase," ansimò il ragazzo.

Jason sorrise e si protese per baciarlo di nuovo. Non si sarebbe mai stancato della sua bocca, anche se sperava che volesse metterla su altre parti del suo corpo.

Seth rispose al bacio con molta più aggressività rispetto a prima, come se finalmente avesse superato lo shock della confessione. Jason schiuse le labbra, offrendogli la sua bocca e l'altro non se lo fece ripetere due volte: gli mise una mano dietro alla testa per tenerlo fermo e reclamò labbra e lingua. Cavoli se sapeva baciare quando voleva!

Jason intrecciò la lingua alla sua con la stessa fame. Sentiva il proprio corpo vibrare di desiderio, le terminazioni nervose che si incendiavano a ogni contatto. Seth gli tenne una mano dietro alla testa per assicurarsi che non si staccasse – come se volesse farlo – e con l'altra gli accarezzava il petto nudo. Ogni carezza finiva direttamente dentro i suoi pantaloni, strappandogli un gemito. Un altro po' e sarebbe successo qualcosa di molto imbarazzante.

Il rumore di voci fuori dalla rimessa infranse il silenzio. Seth si irrigidì sotto le sue mani, così Jason interruppe il bacio e si sedette sui talloni. "Forse non è il posto adatto per continuare."

Seth fece una risatina. "Come se altrove fosse diverso." La sua voce era roca, con grande soddisfazione di Jason. "Tutti sanno tutto di tutti. Non capisco come abbia fatto Macklin a mantenere segreto il suo orientamento sessuale tanto a lungo."

"Non mettendosi con nessuno che lavorasse alla stazione," rispose Jason. Cercò a tastoni la maglietta, sperando di non averla lanciata chissà dove nella foga. La trovò e si assicurò che fosse dal lato giusto prima di infilarsela. Poi si alzò e porse la mano a Seth, mentre lo stomaco gli gorgogliava per la fame.

"Non hai mangiato," disse infatti l'amico.

"No, non ne ho avuto il tempo. Anche se tra le due preferisco di gran lunga baciare te che mangiare."

"Non devi scegliere. Non è un questo o quello. Andiamo a vedere se Kami ha qualche avanzo da darti. Poi potremmo cercare un posto davvero privato e riprendere da dove ci siamo interrotti."

"Ottima idea."

Uscirono dalla rimessa, trattenendosi un attimo a chiudere per bene la porta. Poi, mentre ripercorrevano la strada verso la mensa, Jason allungò la mano per stringere quella di Seth. In realtà non sapeva se l'amico fosse pronto a rivelare a tutti quello che c'era fra loro, nonostante il suo commento di poco prima riguardo la mancanza di privacy all'interno della stazione. Seth, tuttavia, cancellò i suoi dubbi, intrecciando le dita alle sue.

"Posso?"

"Assolutamente," rispose lui.

Avrebbe dovuto aspettarsi che la maggior parte dei residenti fossero ancora in mensa: lui e Seth avevano dato spettacolo prima ed era logico che ora tutti volessero sapere se avessero o meno aggiustato le cose fra loro. Ciò ovviamente non impedì alle sue guance di imporporarsi quando il loro ingresso fu accolto da un applauso e una serie di fischi. Seth era rosso quanto lui, ma non lasciò andare la sua mano, e ciò rese più che sopportabile ogni momento di imbarazzo.

"Era ora!" esclamò Chris quando gli schiamazzi si spensero. "Cominciavo a credere che non ci sareste mai arrivati."

Macklin diede a entrambi una pacca sulla spalla, facendoli sobbalzare. "Residenti o stagionali, la regola è la stessa. Non mi interessa cosa fate nel tempo libero, ma quando si tratta del tempo della stazione, mi aspetto che facciate il vostro lavoro." Strinse un po' più forte. "E mi aspetto anche che siate felici."

"Svolgeremo il nostro lavoro come al solito," disse Seth.

"Forse meglio perché non avremo distrazioni," aggiunse lui con una risata.

Caine li raggiunse con un'espressione gongolante. "Parlerò con Sam e Jeremy questa settimana e se, come mi aspetto, confermeranno che il loro trasferimento a Taylor Peak è permanente, ci sarà un cottage che vi aspetta quando sarete pronti. E il mio primato è ancora intatto."

Jason sentì Seth irrigidirsi al suo fianco. "Dacci qualche giorno per abituarci all'idea, okay?"

"Quando vorrete," ripeté Caine.

Jason si sarebbe trasferito anche quella sera stessa, ma non voleva fare pressioni su Seth e costringerlo a fare qualcosa per cui non era pronto. C'era tempo. Potevano parlarne.

# CAPITOLO 12

JEREMY FISSAVA allibito le cifre che Sam gli aveva presentato. Tutte le stazioni avevano una brutta annata ogni tanto: il tempo non collaborava, nascevano meno agnelli, il prezzo dei mangimi saliva, un brutto temporale uccideva parte del gregge o danneggiava la proprietà... Faceva parte del mestiere dell'allevatore, e Jeremy era cresciuto vedendo come i suoi genitori risparmiassero durante le stagioni buone per avere le spalle coperte in quelle cattive. Il problema era che Devlin non era incorso in una cattiva annata e neanche in un paio di cattive annate, il problema era il cuscinetto o, nello specifico, la sua mancanza. Se i calcoli di Sam erano corretti – e Jeremy non aveva dubbi che il compagno li avesse controllati e ricontrollati prima di presentarglieli – la stazione era così indebitata da rischiare di finire in mano alla banca se non fossero riusciti a presentarsi con un bel gruzzolo entro la fine della stagione.

"Dovremmo vendere quasi tutto il gregge per riuscire a trovare quella cifra," disse, guardando Sam.

"Ma se lo facciamo, poi non avremo modo di guadagnare la prossima stagione," finì l'altro. "Non ho idea di cosa passasse per la testa di tuo fratello, ma ti ha lasciato con una bella gatta da pelare."

"Idee?" chiese lui.

"Potresti andare a implorare in banca," rispose Sam. "Potremmo buttare giù un piano di rientro per i prossimi due anni, ma non è detto che accettino, e anche se dovessero farlo, finiresti nei guai perché l'unico modo per ottenere una cifra del genere in un intervallo simile è vendere l'intero gregge. In seguito potremmo reintegrarlo, ma non sarebbe facile."

"Non posso semplicemente vendere tutto e tornare a casa a Lang Downs?" chiese Jeremy. Odiava quel posto. Odiava gli sguardi che gli lanciavano i jackaroo. Odiava il modo in cui tutti sembravano paragonarlo a Devlin, e come ne uscisse sempre in difetto. Erano tre le persone in tutta la stazione che avevano fiducia in lui: Sam, Walker e Charlie. È qualche volta aveva dei dubbi anche su Walker. "Sono un caposquadra, Sam. Non ho mai voluto essere altro. La proprietà non fa per me."

"Davvero riusciresti a vendere?" lo interrogò Sam. "Se qualcuno entrasse in questo momento e offrisse di prenderla, gliela daresti?"

"Sì."

"Davvero?" insisté l'altro. "La casa dove sei cresciuto? Il cimitero dove sono sepolti i tuoi genitori e i tuoi nonni? Centocinquant'anni di storia famigliare?"

Jeremy trasalì. Odiava quando Sam giocava sporco in quel modo. "Che scelta ho? Se anche la banca dovesse acconsentire a un piano di rientro, impiegheremmo anni a uscire da un buco del genere, e per cosa? Non abbiamo figli. Non c'è nessun altro Taylor a parte qualche cugino che è perfettamente soddisfatto della sua vita in città. Non vogliono la stazione, e tantomeno la vorranno i loro figli. Se deve lasciare la famiglia in ogni caso, che senso ha uccidersi nel tentativo di salvarla adesso? Se vendo almeno otterrò qualcosa. Se la pignora la banca, perdo tutto."

"Tutte ragioni valide," concordò Sam. "Ora però rispondi a questa domanda: a chi la venderesti? È troppo remota per interessare gli immobiliaristi, quindi ti rimane solo qualche altro allevatore con l'intenzione di espandersi. Ne conosci qualcuno?"

"Potremmo mettere degli annunci," disse lui. "Ci sono dei giornali specializzati e cose del genere."

"Prima però, avrei un'altra idea, se vuoi ascoltarla. Se invece vuoi davvero vendere e arrenderti, non ti fermerò."

L'ultima cosa che voleva era arrendersi, ma non vedeva proprio come impedire il tracollo. "Sono tutt'orecchi."

"Ci serve un investitore," cominciò Sam. "Qualcuno che sia disposto a farci un'iniezione di capitale in cambio di una percentuale sui profitti futuri. Se per un attimo ci scordiamo del debito e guardiamo solo le cifre di quest'anno, sia attuali che previste, non siamo messi male. Dovremmo avere molte perdite prima di preoccuparci di non fare pari. L'unica ragione per cui stiamo avendo questa conversazione è il debito. E con tutto quello che abbiamo imparato osservando la gestione di Caine e Macklin, il prossimo anno ha tutte le carte in regola per essere redditizio, debito a parte. Quindi, se ci fosse un investitore disposto a cancellare il debito, potremmo assicurargli un ritorno senza grossi margini di errore. Non potrebbe rifarsi in una stagione, ma vedrebbe di certo un risultato."

"Quindi questa persona ci dà dei soldi adesso in cambio di una percentuale sui profitti futuri," ripeté Jeremy. "E se un anno non abbiamo profitti? Succede, lo sai. A Devlin è successo per tre anni di fila. A Lang Downs anche, benché non di recente. Mandare avanti una stazione non è una scienza esatta, e neanche qualcosa su cui si possano fare delle previsioni. Madre Natura sa essere molto stronza."

"Ci serve qualcuno che lo capisca," concordò Sam. "Qualcuno che sia disposto ad aspettare."

"Chi per esempio?" domandò lui. "È una bella idea e tutto, ma dove la troviamo questa persona?"

"Ne avevo un paio in mente," rispose Sam. "Walker ha fatto un paio di commenti riguardo alla sua intenzione di investire la buonuscita dell'esercito e sa come funziona una stazione. Inoltre lavora già qui. Gli fornirebbe un altro incentivo a rimanere e a fare in modo che le cose girino."

"Non ho idea di cosa tu pensi paghi l'esercito, ma non credo proprio che sia sufficiente a coprire il debito," disse Jeremy.

"No, probabilmente no. Anche se potrebbe bastare a farci guadagnare un po' di tempo con la banca. Però ho detto di avere un paio di idee. Walker è solo una."

"E l'altra?"

"Parliamone con Caine e Macklin. Ho lavorato abbastanza in contabilità da loro da sapere che potrebbero permetterselo, soprattutto se includiamo Walker. E anche abbastanza da sapere che non possono crescere ulteriormente senza acquisire nuova terra. Un paio d'anni fa avevano parlato di prendere altre pecore, ma alla fine non se n'è fatto niente perché sono giunti alla conclusione che i pascoli non avrebbero potuto sopportarlo senza sacrificare la certificazione biologica. Ci vorranno tre o quattro anni prima che Taylor Peak ottenga la certificazione, ma se ci riusciamo potremmo gestire le due stazioni come un'unica unità e in questo modo tagliare sulle spese, permettendo a entrambe di crescere e avere un aumento generale dei profitti."

Jeremy rifletté un attimo sulla proposta. Non era la soluzione ideale, ma gli ideali erano volati fuori dalla finestra quando, insieme alla stazione, Devlin gli aveva lasciato anche tutti i suoi debiti. Con la soluzione di Sam avrebbe potuto mantenere il possesso della casa della sua famiglia e al tempo stesso avere un aiuto nella gestione della stazione. Ufficialmente le decisioni sarebbero state ancora un suo appannaggio, ma Caine e Macklin avrebbero potuto consigliarlo riguardo a quelle più difficili. E Walker lo avrebbe aiutato a mandare avanti il lavoro, non solo a tempo determinato, ma in via definitiva. E se avessero gestito le due stazioni insieme, i suoi amici – la sua famiglia – avrebbero potuto assisterlo su base permanente e secondo uno schema pianificato, anziché venire quando avevano tempo sacrificando i loro giorni di riposo. Doveva riconoscere che era un ottimo piano, meglio di quanto avrebbe osato sperare. Devlin si stava probabilmente rigirando nella tomba, ma non era colpa di nessuno se era morto e non aveva più alcun diritto di replica.

"Che dobbiamo fare?"

"Dammi un paio di giorni e butto giù una proposta," disse Sam. "Possiamo invitare Caine e Macklin a cena, dire a Walker di unirsi a noi e poi presentargli l'idea."

"E se dicono di no?"

"Allora dovremo implorare quelli della banca e sperare di ottenere qualcosa. Ma non diranno di no."


QUANDO JASON finì col secondo tentativo di cena, tutti gli altri erano già andati via per la notte, lasciandoli da soli in mensa. "Non voglio tornare al dormitorio," ammise l'amico mentre metteva via il piatto vuoto.

"Allora non farlo."

"Prima o poi devo. Domani lavoro, il che significa che ho bisogno di dormire."

"Anch'io, ma non devi per forza dormire nella tua stanza. Puoi stare da me. L'abbiamo già fatto in passato," offrì Seth

Jason gli rivolse uno sguardo indagatore.

"Solo per dormire," gli assicurò lui. "In questo modo non saresti obbligato a tornare al dormitorio."

"L'idea mi piace, ma solo se non ti fa sentire sotto pressione."

Seth non poteva garantire che non sarebbe successo, ma sentiva di doverci almeno provare. Camminarono verso il cottage di Chris e Jesse in silenzio, le spalle l'unico punto dei loro corpi in contatto. Seth gli fece strada fino in camera sua, come aveva già fatto migliaia di volte in passato. Jason si sfilò i sandali che aveva messo dopo il lavoro, come aveva già fatto migliaia di volte, e si stese sul letto accanto a lui… come aveva già fatto migliaia di volte. Stare lì, insieme, era una sensazione incredibilmente familiare. Quante notti avevano trascorso l'uno accanto all'altro in quella stanza o in quella di Jason, a parlare delle loro giornate e dei loro sogni? Per tre anni non avevano fatto altro.

Ma poi Jason lo tirò per una mano e lo strinse a sé.

Quello non l'avevano mai fatto. Avrebbero dovuto cominciare anni addietro, a sentire qualcuno dei residenti, ma non era successo.

Seth gli passò le braccia attorno al busto, appoggiò la testa sotto il suo mento e si aggrappò a lui. Ora che finalmente poteva toccarlo quanto voleva, non aveva intenzione di rinunciare a nulla.

"Sai che tutti quelli che ci hanno visto venire qui insieme staranno pensando che stiamo facendo sesso?" osservò piano Jason.

Seth inclinò indietro la testa così da poterlo guardare. "Con mio fratello nella stanza accanto?" disse rabbrividendo. "Non credo che riuscirei neanche a farlo alzare, sapendo che potrebbe sentire ogni rumore che facciamo."

"Vuoi dire che non avevi mai portato di nascosto qualche ragazza in camera prima che veniste a Lang Downs?" lo canzonò Jason.

Seth scosse la testa. "Quando vivevamo con Tony non lo facevo mai perché ero io il primo a non voler andare in quell'inferno. Che senso avrebbe avuto portarci qualcun altro? E dopo che lo stronzo ci ha sbattuti fuori non ho più avuto una stanza tutta mia. In alcuni dei posti dove siamo stati eravamo fortunati se c'era un letto. Solo quando siamo arrivati qui ho avuto di nuovo una stanza per me."

Le braccia di Jason lo strinsero più forte. "Non parli mai della tua vita prima della stazione. Dimentico sempre che le nostre infanzie sono state molto diverse."

*Bravo Simms*, pensò Seth. *Bel modo per ammazzare l'atmosfera.*

"Più che altro voglio dimenticarmene. Comunque no, nessuna ragazza fatta entrare di nascosto in camera. E neanche ragazzi, se è per questo. Qualche volta ho dormito a casa di altri, ma non durava mai, visto che non potevo ricambiare."

Jason gli posò un bacio sulla testa, un gesto che a Seth sembrò una via di mezzo tra condiscendenza e conforto. Ma no, la prima sensazione era sbagliata: Jason non sarebbe mai stato condiscendente nei suoi confronti. In ogni caso doveva cambiare discorso, perché altrimenti l'amico si sarebbe dispiaciuto per lui, ed era una cosa che Seth odiava. "Mi hai detto del cavallo, ma non di Jeremy. Come sta?"

"Aveva l'aria molto depressa."

"Dev'essere dura per lui," disse Seth. "Non riesco nemmeno a immaginare cosa farei se dovesse succedere qualcosa a Chris. È stata l'unica costante della mia vita."

Jason lo strinse ancora. "Non gli succederà niente, ma se anche dovesse ti giuro che non sarai più da solo."

Seth avrebbe dato qualsiasi cosa per credergli, ma sapeva quanto valevano i giuramenti. Sua madre gli aveva giurato che le cose sarebbero migliorate con Tony. Gli aveva giurato che si sarebbe preso cura di lui quando lei fosse morta. E Tony, cazzo, le aveva giurato che si sarebbe occupato dei suoi figli. Eccome se n'era occupato. Li aveva sbattuti fuori di casa la sera stessa del funerale. Chris era l'unica persona che non lo aveva tradito, che non lo aveva mai lasciato. Seth avrebbe voluto credere alle parole di Jason, ma ormai non sapeva più come fare per fidarsi.

"Devo farci un salto anch'io per controllare gli attrezzi," disse invece di rispondere alla promessa di Jason. "Non è molto, ma almeno avrà un pensiero in meno e potrà occuparsi di altre questioni."

"So che lo apprezzerebbe." Jason si stese meglio e cambiò posizione, passandogli un braccio sul petto e mettendo l'altro fra loro. Gli accarezzò piano lo sterno, il contatto più rilassante che eccitante. La situazione sarebbe potuta cambiare in un baleno, ma per il momento Seth rimase a godersi le attenzioni e fare le fusa come un gattino pigro. Era passato molto tempo dall'ultima volta in cui qualcuno lo aveva coccolato in quel modo. Ilene non era il tipo che amava rilassarsi, e anche le poche volte in cui accadeva, si aspettava che fosse lui a prendersi cura di lei, non il contrario. Seth si sarebbe felicemente preso cura di Jason tutte le volte che voleva, ma il tenero affetto che trapelava dalle carezze del giovane andò a smussare degli angoli che neanche si rendeva conto di avere.

Dio, sperava che fosse la dimostrazione che anche Jason lo amava. Si era ripetuto più volte che la sua reazione nella rimessa era la prova che ricambiava i suoi sentimenti, ma una parte di lui desiderava lo stesso sentirglielo dire. Non poteva chiederlo, perché così facendo avrebbe ammesso quanto avesse bisogno di lui e non voleva rendersi vulnerabile. Neanche agli occhi di Jason. Sapeva che l'amico non lo avrebbe mai ferito deliberatamente, ma aveva anche imparato a sue spese a non lasciar trapelare nulla che potesse condurlo a quel punto. Poteva aspettare. Avevano tempo. Jason glielo avrebbe detto quando fosse stato pronto, e tutto sarebbe stato perfetto.

Se se lo fosse ripetuto abbastanza, forse avrebbe anche finito col crederci.

Poi, Jason rotolò sul fianco e lo baciò con passione e lui rispose all'istante, il suo corpo che reagiva nonostante i commenti di poco prima sulla presenza di Chris nella stanza accanto.

"Dici che potremmo trovare una scusa per far uscire Chris e Jesse per qualche ora?" chiese Jason. "Perché vorrei davvero fare cose con te."

Seth sentì un brivido corrergli lungo la schiena. Il desiderio che nutriva verso Jason gli faceva quasi paura, tanto era forte. Cercò di nasconderlo con un altro bacio. "Si accorgeranno subito che è una scusa."

"Ed è importante?" chiese Jason. "Siamo entrambi maggiorenni. Non c'è motivo per cui non dovremmo fare l'amore. Posso assicurarti che loro lo fanno. E probabilmente l'hanno fatto anche da quando sei tornato."

Di un'immagine del genere Seth avrebbe volentieri fatto a meno. "Così distruggi l'atmosfera," borbottò. "Immagino che neanche il dormitorio sia un'opzione praticabile, vero?"

"Le pareti sono più sottili di queste e… avrei l'impressione di sbatterlo in faccia a Cooper. Sarebbe un brutto modo per ringraziarlo di averci fatto mettere insieme, anche se non era sua intenzione."

Seth era abbastanza stronzo da volerglielo sbattere in faccia, ma Jason aveva ragione, e poiché era lui ad aver conquistato il premio, poteva anche mostrarsi magnanimo. "I capanni?"

Jason rise. "Perché non ci limitiamo a suggerire a Jesse di portare Chris in città la prossima volta che hanno il giorno libero? Se lo immagineranno, okay, ma ne varrà la pena se potrò averti tutto per me."

"Però glielo chiedi tu. Io non ho nessuna intenzione di affrontare l'argomento con nessuno dei due. Un discorso sul sesso con mio fratello basta e avanza per una vita intera."

"Ci puoi scommettere che lo faccio," rispose Jason. "Ma non adesso."

Seth si strinse di più a lui. Ci avrebbero pensato il giorno successivo, in quel momento c'erano cose più importanti di cui occuparsi, come stare abbracciati finché non si fossero addormentati. Come ai vecchi tempi, ma molto meglio.

# CAPITOLO 13

"SEI SICURO che l'idea ti va bene?" chiese Sam mentre si preparavano per la cena. Era passata una settimana da quando Sam aveva avanzato la proposta di chiedere ai loro amici se fossero disposti a investire nella stazione. Caine e Macklin avevano accettato l'invito, mentre Walker si era stretto nelle spalle e aveva detto che non gli importava dove mangiasse purché mettesse qualcosa nello stomaco. "Possiamo accantonare tutto e goderci una serata con i nostri amici e il nostro sovrintendente. Possiamo chiedere consiglio su quelle cose che ancora ci danno problemi e possiamo giustificare la presenza di Walker dicendo che ci aiuterà a portare a compimento i nostri progetti qualunque essi siano."

"No." Per quanto Jeremy odiasse ammettere di essere nei guai fino al collo, l'alternativa al coinvolgimento degli amici era vedersi pignorare la stazione dalla banca, e sarebbe stato molto peggio. "Sarà difficile, ma non abbiamo alternative migliori al momento. Se dovessero rifiutare le cercheremo, ma dobbiamo almeno provarci." Devlin non sarebbe stato d'accordo, ma davvero quella era l'unica possibilità che aveva per conservare parte del lascito della sua famiglia. "Dovremmo scendere. Stanno per arrivare."

"Dammi un minuto," disse Sam. "Voglio controllare un'ultima volta i calcoli, anche solo per assicurarmi di non aver tralasciato niente."

Non aveva tralasciato niente: Jeremy ne era certo come del suo nome. Era solo nervoso. Era restio a fare quel passo tanto quanto lui, ma non avevano scelta. Gli diede un bacio e poi scese al piano di sotto. Philippa, la cuoca – niente a che vedere con Kami, ma comunque una spanna sopra al cuoco che c'era prima che lui si trasferisse a Lang Downs – aveva lasciato la cena in caldo dentro al forno, e Jeremy non doveva fare altro che servirla. Il cibo sarebbe stato mangiabile e li avrebbe riempiti, ma si chiese con cosa avrebbe potuto corrompere Caine per convincerlo a far sì che Kami desse delle lezioni a Philippa. Oppure avrebbe potuto prendere in prestito Sarah per una settimana. Ormai aveva imparato tutte le ricette del marito e la maggior parte delle sere i jackaroo non sapevano distinguere chi dei due avesse cucinato.

"Smettila di preoccuparti," si rimproverò mentre preparava la tavola. "Se anche dicono di no, sono i tuoi amici e potete godervi una bella serata insieme."

Sentì il rumore di uno sportello che si chiudeva e di passi sulla veranda. "Sam, sono arrivati," gridò rivolto alle scale mentre andava ad aprire la porta. "Ciao Caine, Macklin. Grazie per essere venuti."

"Grazie per averci invitato," rispose Caine. "Va tutto bene? Hai detto che c'era qualcosa di cui avresti voluto parlarci."

"Prima la cena, poi gli affari," intervenne Sam raggiungendoli nel corridoio. "Non roviniamoci l'appetito. Aspettiamo Walker poi cominciamo."

"Come se la cava?" chiese Macklin.

"Meglio di quanto avrei osato sperare," confessò Jeremy. Nel mese che Walker aveva passato a Taylor Peak, Jeremy aveva cominciato ad affidarsi a lui quasi quanto a Sam, anche se per cose diverse. "Non è aggiornato sulle ultime migliorie, ma è sveglio e ha voglia di imparare. La cosa più importante, tuttavia, è che mette una paura del diavolo ai jackaroo. Alcuni ogni tanto danno la sensazione di voler discutere con me o Sam, ma lo vedono arrivare e corrono a lavorare senza dire una parola. All'improvviso non conta più se gli ordini vengono da me, fintanto che è lui ad abbaiarli agli uomini."

"Nessuno è capace di instillare la disciplina come un sergente istruttore dei Commando," disse il diretto interessato alle loro spalle mentre varcava la soglia. "Ho avuto dei bravi insegnanti."

"Walker, che piacere rivederti," disse Macklin, offrendogli la mano. "Come ti trovi qui?"

"Come un'anatra nel suo stagno," rispose l'uomo. "Alcune cose non le dimentichi, e aiuta anche avere dei capi che sanno quello che fanno. Diventa facile far rispettare un ordine logico, cosa non sempre possibile quando le decisioni non hanno senso."

"Diccelo se dovesse succedere," intervenne subito Jeremy. "Non siamo in una dittatura."

"Non sarei qui se lo fosse. Alcuni degli uomini non l'hanno ancora capito, ma ci arriveranno."

"Mio fratello…"

"Non gestisce più la stazione," lo interruppe Walker. "Non parlo male dei morti, quindi cambiamo argomento. Avete detto che c'era qualcosa di cui volevate parlarmi?"

Caine rise. "Abbiamo appena chiesto anche noi e ci hanno detto che prima si mangia, poi si discute di affari."

"Non volevamo rovinare l'appetito a nessuno," ripeté Sam. "Anche se la nostra cuoca non è di certo all'altezza di Kami. Ma chi lo è, d'altronde?"

"Allora andiamo a mangiare," disse Walker. "Sto morendo di fame e Phil non saprà cucinare come Kami, ma è comunque di un livello nettamente superiore ai cuochi dell'esercito."

"Phil?" chiese Caine.

"Philippa, ma l'unica cosa che detesta di più di quel nome è essere chiamata Pippa." Il sorriso di Caine si allargò a dismisura, e Jeremy lo vide già accoppiarli nella sua testa. "Che c'è?" continuò Walker. "È sempre una buona cosa essere nelle simpatie della persona che ti prepara da mangiare. Chiedetelo a Lachlan se non mi credete."


ENTRO LA fine della cena Jeremy si era rilassato. Se dipendesse dalla buona compagnia oppure dalla birra non lo sapeva, ma sollevò il bicchiere in un brindisi ai suoi commensali. "Alla salute. Io e Sam siamo fortunati ad avervi come amici."

Come se percepissero il cambio di umore, Caine, Macklin e Walker ricambiarono il brindisi ma aspettarono che continuasse.

"Io e Sam abbiamo controllato i libri contabili lasciati da Devlin," disse infatti lui, "e la situazione non è affatto buona. Ha avuto qualche brutta annata, diciamo anche quattro o cinque, e ha dovuto prendere dei prestiti piuttosto ingenti per coprire le perdite. Questi prestiti sono in scadenza e noi non abbiamo i soldi per restituirli. Potremmo farcela se vendessimo tutto il gregge, ma poi non avremmo le risorse per ricominciare, a meno di prendere un altro prestito. E non è così che si gestisce una stazione."

"Il problema," intervenne Sam, prendendo in mano le redini della conversazione, "è che alla banca non interessa mandare avanti la stazione. Sono interessati ad avere indietro i loro soldi e basta. Potremmo forse ottenere una rinegoziazione dei termini dicendo che Jeremy è appena subentrato nella gestione e ha bisogno di mettersi a posto, ma il discorso di base non cambierebbe. Dovremmo avere almeno quattro o cinque stagioni eccezionali per poter ripagare il debito senza ipotecare la possibilità di sopravvivenza futura della stazione."

"Quindi cos'avete in m-mente?" chiese Caine.

Jeremy fece una smorfia quando lo sentì balbettare. Caine odiava balbettare e ormai succedeva quasi esclusivamente quando era nervoso. Se il nervosismo era dovuto alla loro situazione, allora andava bene; se invece era dovuto al fatto che lo stavano coinvolgendo, erano fregati.

"Dovete averne uno, sennò non ci avreste chiamati a cena," continuò l'amico. "Ci avreste detto che volevate vendere e avreste chiesto se la vostra casa è ancora disponibile."

"Stiamo cercando degli investitori," disse Sam. "Un flusso di capitale adesso in cambio di una percentuale sui profitti futuri."

"E una collaborazione nella gestione," aggiunse Jeremy. "Non chiediamo soldi sulla fiducia."

"Non sarebbe un piccolo investimento," disse Sam, "ma so quali sono le spese fisse di Lang Downs e ho guardato i registri di Taylor Peak. Se uniamo quante più cose possibile senza mettere a rischio la certificazione biologica di Lang Downs, possiamo tagliare parecchio su tutte le voci che si sovrappongono."

"Per esempio?" chiese Macklin.

"Tipo il mangime. Entrambe le stazioni pagano una percentuale per la consegna. Se ordinassimo un carico unico, pagheremmo un solo trasporto e dal momento che sarebbe un ordine più grosso potremmo anche ottenere un prezzo migliore. Dovremmo suddividere il carico, ma non sarebbe tanto diverso dal solito. Potremmo anche unire i macchinari. Avremmo bisogno di avere due cose di tutto se gestissimo le stazioni come un'entità unica? Oppure potremmo venderne una parte e tagliare sui costi di manutenzione?"

"E potremmo anche non aver bisogno di assumere tanti stagionali una volta che saremo in grado di avere un gregge unico. Ci vorranno ancora un paio d'anni minimo, o perlomeno finché il nostro percorso verso la certificazione biologica non sarà abbastanza avanzato da non mettere a rischio il vostro status, ma in tre anni dovremmo farcela," aggiunse Jeremy.

"Oppure si potrebbe aumentare il gregge e mantenere il personale attuale," lo interruppe Walker. "Guadagnando di più espandendoci piuttosto che tagliando i costi."

"Quella sarebbe la seconda opzione," concordò Jeremy. "Il discorso sta così: o troviamo degli investitori, voi tre o altra gente, oppure vendiamo o lasciamo che la banca si prenda tutto. Non abbiamo altra scelta, né altro tempo."

"Hai p-preparato un p-prospetto, immagino," disse Caine.

Sam gli passò i fogli e l'uomo li studiò in silenzio.

"Bene, io ci sto," esclamò intanto Walker. "Non so se ho abbastanza liquidità da fare la differenza, ma è da quando Lachlan è venuto a Lang Downs che sto pensando di cercarmi un posto tutto mio. Immagino che un'occasione migliore non mi si presenterà, ed è molto meno rischioso che provare a costruire qualcosa partendo dal niente."

"N-non capisco come ha fatto D-Devlin ad avere tutti questi problemi quando noi, che siamo i suoi confinanti, non ne abbiamo avuti," disse alla fine Caine.

"Ha avuto molte spese di riparazione dopo i temporali di due anni fa," spiegò Sam. "I tornado ci hanno risparmiato e al massimo hanno distrutto un paio di recinzioni, mentre lui ha subito molti danni alla proprietà e agli animali. L'anno successivo è stato colpito più duramente dalla stagione secca e ha dovuto comprare del mangime quando i prezzi erano alti proprio a causa della siccità. Noi abbiamo avuto meno problemi perché quando sei passato alle coltivazioni biologiche hai piantato erba e sementi resistenti alla siccità. Anche noi abbiamo dovuto integrare, ma non quanto lui."

"Una serie di sfortune come queste possono compromettere una stazione," intervenne Macklin. "Eravamo quasi allo stesso punto quando sei arrivato, Caine, se ricordi. Ce la siamo cavata senza dover ricorrere a un prestito dalla banca, ma i soldi scarseggiavano."

"S-sì, me lo ricordo." Caine posò il foglio e guardò Jeremy dall'altra parte del tavolo. "Tu cosa vuoi fare? Hai sempre detto che neanche un tiro a quattro avrebbe potuto farti tornare qui, dopo che D-Devlin ti aveva cacciato. Stai cercando di salvare la stazione perché lo vuoi o perché credi sia tuo dovere?"

Jeremy si prese qualche secondo per pensare alla risposta. Era vero che aveva detto quelle cose, ma aveva anche cercato per anni di ricucire lo strappo con il fratello. Non c'era riuscito, ma ciò non aveva spento il suo desiderio di far pace con lui. "Lang Downs è importante," disse alla fine. "È un porto sicuro per le persone che ne hanno bisogno. Lo è stato per me, e se non fossi venuto lì non avrei mai incontrato Sam. Ha rappresentato casa come non lo era più Taylor Peak da quando sono diventato adulto. Ma una volta anche questo posto lo era, e potrebbe esserlo ancora, e forse, con l'esempio di Lang Downs, potrei renderlo altrettanto speciale."

"In questo caso, scrivete una proposta indicando la cifra dell'investimento iniziale, percentuali dei profitti, termini e condizioni e tutto il resto," disse Caine. "La settimana prossima possiamo andare a Boorowa per l'approvvigionamento settimanale, mettere a posto le cose con la banca e unire i conti al negozio di Paul e ovunque sia necessario."

"Così?" esclamò Jeremy scuotendo la testa.

Caine lo guardò, i suoi occhi il perfetto specchio dell'innocenza. "In che altro modo? Sì, è un rischio, lo so. Ho passato abbastanza anni in una stazione da rendermene conto. Ma quando sono venuto in Australia perché mi sembrava la cosa giusta da fare, avevo molte meno garanzie che tutto sarebbe andato bene. Rispetto a quello, puntare su di voi è una passeggiata."

"E Macklin non può dire niente?" chiese lui con un sorriso. "È il tuo partner, dopo tutto."

"È Caine l'uomo d'affari. Io sono l'allevatore," rispose quest'ultimo, "ma non ho sentito niente che mi abbia fatto pensare che è una brutta idea. Se così fosse stato l'avrei detto."

"E io non l'avrei ascoltato," replicò Caine. "Di solito andiamo in città al lunedì. Hai abbastanza tempo per preparare qualcosa Sam?"

"Non sono un avvocato, ma butterò giù quello che posso e lo faremo vedere a qualcuno in città prima di firmare."

"Bene." Poi il sorriso che increspava le labbra di Caine divenne quasi diabolico. "Quindi se restate qui significa che la casa a Lang Downs non vi servirà più, o sbaglio?"

"Perché?" chiese Jeremy. "Stai pensando di trasferirti?"

"No, ma Seth e Jason hanno bisogno di un posto loro, e mi sembra sciocco farli aspettare finché non abbiamo costruito una casa nuova, se la vostra rimarrà vuota."

"Seth e Jason?" chiese Sam. "Un posto *loro* come coppia intendi?"

"Era anche ora," borbottò Macklin.

Caine gli diede una gomitata, facendo ridere Jeremy. "Sì, come una coppia," confermò poi.

"Quando è successo?" chiese lui. "Credevo che Jason stesse con Cooper."

"Probabilmente è successo il giorno in cui si sono incontrati," rispose Macklin.

Caine lo ignorò. "Cooper si è stancato di fare la riserva e all'inizio della settimana l'ha detto davanti a tutti, Seth incluso. È stato abbastanza da far sì che si desse una mossa e dicesse a Jason quello che prova per lui. Da allora sono inseparabili."

"Non mi sorprende," si inserì Sam. "Anzi, mi aveva sorpreso vederlo andare con Cooper considerato quanto stava attaccato a Seth quando tornavano alla stazione nello stesso periodo." Guardò Jeremy, che annuì. "La casa è loro se la vogliono. Spero che possano trovarci la stessa felicità che ci abbiamo trovato noi."


"È ANDATA meglio di quanto mi aspettassi," disse Sam mentre si preparavano per andare a letto. "Speravo che avrebbero accettato, ma mi aspettavo di dover insistere di più per convincerli." Appese i vestiti che aveva indossato per la cena – poteva metterli ancora prima di lavarli – ed entrò a letto con indosso solo la biancheria. Faceva troppo caldo per qualcosa di più pesante. Doveva ancora abituarsi alla casa, a dove trovare le cose, a non avere a portata di mano gli oggetti suoi e di Jeremy. Molly aveva tolto la maggior parte degli effetti personali di Devlin, ma dovevano lo stesso fare una puntata a Lang Downs e decidere cosa prendere e cosa lasciare a Seth e Jason.

"Non so decidere se Caine pensa davvero che sia un buon investimento o se lo fa solo per amicizia," disse Jeremy uscendo dal bagno e raggiungendolo a letto.

"È abbastanza generoso da accettare perché siamo suoi amici," ribatté Sam, "ma ho lavorato con lui per otto anni. Non è uno sciocco e chiunque la pensi diversamente non sa come gestisce la sua stazione. Ha chiesto com'era possibile che Devlin avesse avuto tutti quegli anni negativi mentre Lang Downs no, e le risposte che gli abbiamo dato erano vere, ma la verità è che Lang Downs avrebbe potuto avere gli stessi problemi e gli stessi danni e cavarsela comunque meglio. Devlin era un allevatore non un uomo d'affari."

"Allora sono doppiamente contento di avervi dalla mia parte," disse Jeremy, "perché io non ho mai preteso di essere un uomo d'affari. Posso curare gli animali, occuparmi dei macchinari e degli edifici, ma non darmi in mano la gestione dei soldi."

"Non lo farò," promise Sam. "Tu e Walker pensate alla stazione e io mi occupo del resto. Ho imparato i trucchi di Caine e con le due stazioni unite, avremo un peso molto maggiore presso i distributori."

"Non so che farei senza di te." Jeremy lo strinse tra le braccia.

"Buon per te che non debba mai scoprirlo allora, no?" rispose lui. Si abbandonò al bacio dell'amante e per quella sera la conversazione finì lì.

654

# CAPITOLO 14

"SAM E Jeremy rimangono a Taylor Peak," disse Caine a Seth quando lo raggiunse nel capanno il giorno successivo.

"Me l'aspettavo," rispose lui, sforzandosi di mantenere un'espressione neutra. Caine si aspettava di vederlo felice per la futura casa che avrebbe condiviso con Jason, perché era di certo per quello che lo aveva cercato lì.

"Hanno detto che tu e Jason potete prendere la loro casa," aggiunse infatti. "Verranno a prendere le loro cose nei prossimi giorni, e voi potrete cominciare a trasferirvi non appena ve la sentirete."

Colpito e affondato.

"Grazie," rispose. Non poteva dirgli di andare via, ma aveva davvero bisogno che quella conversazione finisse lì. Si pulì le mani sulla tuta. "Farò meglio a finire qui, allora, così potrò dare un'occhiata e provare a capire cosa potrebbe servirci. E magari il prossimo giorno libero farò un salto a Boorowa."

"Non credo che porteranno via tanto," disse Caine. "La casa padronale a Taylor Peak ha già tutto quello che serve. Ad esclusione di qualche ricordo speciale, come ad esempio gli oggetti che Ian ha fatto per loro, sono sicuro che vi lasceranno tutto."

Seth si sentì stringere lo stomaco Se non poteva sfruttare la scusa del viaggio in città, allora avrebbe dovuto inventarsi qualcos'altro. Amava Jason, ma stava accadendo tutto troppo in fretta. Non sapeva come fare. Non sapeva cosa significasse essere felici. Nonostante l'esempio di Chris e Jesse, non aveva idea di come far funzionare un rapporto. Era troppo e troppo alla svelta – tutto quello che aveva sempre sognato e anche di più – e non sapeva come gestirlo. Avrebbe potuto chiedere. Razionalmente sapeva che Caine o Macklin, o una qualunque fra le coppie che vivevano alla stazione, gli avrebbero dato tutti i consigli di cui aveva bisogno, a proposito di tutto, dal vivere insieme al fare sesso con un uomo – okay, quella non era forse la domanda da fare a Neil, se non per il gusto di vederlo diventare rosso come un peperone. Ma per avere delle risposte doveva prima ammettere di non sapere cosa stava facendo. Doveva ammettere quanto l'amore per Jason lo spaventava. Lo avrebbero aiutato, ma avrebbero anche provato pietà per lui, per il povero ragazzino senza genitori e con un'infanzia di merda alle spalle. Al diavolo! Era un uomo adulto. L'avrebbe fatto perché lo voleva e forse sì, forse avrebbe fatto un casino, ma fino ad allora si sarebbe impegnato con ogni cellula del suo corpo perché era quello che si faceva quando si amava qualcuno. Almeno quello l'aveva imparato, nonostante il pessimo esempio di sua madre e Tony.

"Seth?" lo chiamò Caine. "Tutto bene?"

"Stavo solo pensando," rispose lui. "La felicità non è mai stata una costante della mia vita. Faccio fatica a credere che possa essere vero."

"Credici," disse Caine. "Hai un lavoro, una casa, una famiglia che ti vuole bene e un uomo meraviglioso che ti conosce come le sue tasche e ama ogni aspetto di te. Innamorarsi è sempre bellissimo, ma quando la persona in questione è anche il tuo migliore amico, diventa davvero stratosferico."

Invece quello era proprio il suo problema. Jason non sapeva tutto di lui. Affondò le dita nella coscia. Il taglio era guarito quasi del tutto e non gli faceva più male, ma bastava il ricordo a tranquillizzarlo. Jason non doveva scoprire che si tagliava. Non avrebbe mai capito.

"Me lo ricorderò," disse, notando che Caine si aspettava una risposta.

"Non sei solo a meno che tu non lo voglia," gli ricordò l'uomo. "Ma ti sto facendo perdere tempo e Macklin mi tirerà le orecchie se interferisco col tuo lavoro."

Seth aveva un'idea abbastanza precisa di cosa sarebbe potuto succedere. Aveva dormito nella casa padronale quando lui e Chris erano arrivati alla stazione, prima che Neil si trasferisse nella casa del sovrintendente e lui e suo fratello andassero ad abitare nella sua. A sedici anni, i rumori che filtravano lungo il corridoio erano una via di mezzo tra il divertente e lo schifo; a ventisei aveva una visione leggermente diversa della cosa.

"Dio non voglia che indisponiamo il capo. Ci vediamo a cena."

"Buon pomeriggio," disse Caine. "E come al solito fammi sapere se ti manca qualcosa. Non voglio che i macchinari si rompano perché non hai potuto sostituire tutti i pezzi."

"Contaci," gli assicurò Seth. "E spero entro la fine della settimana di avere pronti i progetti per i primi due capanni. C'è ancora qualcosa che devo controllare quando ho finito qui, ma se ci riesco nei prossimi due giorni poi potremo cominciare a pensare a quando installare i primi pannelli e generatori."

"Fantastico. Vieni pure in ufficio quando vuoi. Puoi anche usare il nostro computer se ti serve. Di solito la connessione è più affidabile del Wi-Fi." Dopodiché andò via salutandolo con la mano.

Seth ricambiò, cercando nel frattempo di dare una forma ai suoi pensieri nebulosi. Una casa. Caine gli aveva appena offerto una stramaledetta casa. Già quel gesto da solo faceva paura, ma il suo capo non si era limitato a quello. L'aveva offerta a lui e Jason. E l'amico avrebbe di certo voluto trasferirsi. Avevano bisogno di intimità, senza doversi preoccupare che Chris li sentisse o, peggio ancora, che lo facessero gli altri jackaroo. Cooper non gli aveva detto niente a proposito di Jason e se i due si erano parlati dopo la loro rottura, Jason non gliene aveva fatto cenno, ma ciò non toglieva che restare al dormitorio fosse imbarazzante. Un posto tutto loro era la soluzione perfetta.

Se non fosse stato per il fatto che Seth era un casino ambulante. Non era mai riuscito a tenersi niente in vita sua, e questa volta non sarebbe stata un'eccezione. Non riusciva neanche a ricordare in quanti posti avesse vissuto prima che sua mamma sposasse Tony, e tutti sapevano com'era finita. Chris aveva fatto tutto ciò che era stato in suo potere per mantenerli dopo che erano stati sbattuti fuori di casa, ma la vita era stata tutto fuorché facile. Aveva trascorso tre anni abbastanza buoni lì a Lang Downs prima di andare all'università e quello era probabilmente il suo record. Compagni di stanza, fidanzate, assistenti... li aveva fatti scappare tutti alla velocità della luce. Già sarebbe stato difficile perdere Jason, quando quest'ultimo si fosse reso conto di com'era; se avessero vissuto insieme, sarebbe stato un milione di volte peggio. Jason avrebbe detto che niente di ciò che potesse fare l'avrebbe allontanato, ma Seth sapeva che prima o poi tutti si stancavano di lui. Chris era l'unico che non l'aveva mai abbandonato, ma anche lui aveva altre priorità al momento. Non avrebbe rifiutato di aiutarlo e non lo avrebbe cacciato, ma c'era Jesse ormai in cima ai suoi pensieri.

Come era giusto che fosse, ma faceva male lo stesso.

"Smettila," disse a mezza voce. "Non ti serve il rasoio perché la vita è bella. Ami Jason, sei a casa e hai tutto ciò che hai sempre voluto. Quindi taci e mettiti a lavorare."

Prese la cassetta degli attrezzi e tornò al trattore di cui doveva occuparsi. Avevano bisogno di stendere la terra sulle strade e Caine contava su di lui affinché il trattore facesse ciò che doveva. Non era nuovo, anche se Seth non avrebbe saputo dire quanti anni avesse. La maggior parte delle volte funzionava ancora bene, abbastanza da non dover essere sostituito, ma ciò significava che di tanto in tanto il motore faceva dei capricci. Avrebbe iniziato con le candele e poi sarebbe passato al resto. L'aveva già aggiustato in passato e poteva aggiustarlo ancora.

Si perse nel ritmo del lavoro, svitare le candele, pulirle e rimetterle al loro posto. All'inizio funzionò e gli permise di concentrarsi su qualcosa che non fossero i propri pensieri erranti, ma i gesti erano troppo familiari e presto la sua attenzione prese altre vie mentre le sue mani si muovevano da sole per abitudine e la sua testa cercava di immaginare come sarebbe stato vivere insieme a Jason. Era bastato che Caine agitasse la sua bacchetta magica perché lui ottenesse tutto: la casa, il cane, lo steccato bianco e una vita da cartolina. Gli faceva una paura del diavolo. Non aveva mai avuto una vita da cartolina. Non aveva mai avuto niente se non quello che riusciva a nascondere ai suoi fratellastri e una serie di relazioni nate male e finite peggio. Avrebbe potuto giustificarsi dicendo di essere stato troppo preso da Jason per impegnarsi seriamente con qualcun altro, ma ciò non significava che avrebbe saputo fare meglio ora che il suo sogno si era avverato.

Si spostò dalle candele al carburatore, ma il bullone era bloccato. Bestemmiò sottovoce quando la mano gli scivolò via dalla chiave inglese e andò a sbattere contro uno dei supporti, che gli procurò un lungo taglio sul dorso. "Cazzo!" imprecò, benché il dolore improvviso lo stesse aiutando a schiarirsi la mente. Inspirò a fondo e andò alla ricerca di un panno pulito da avvolgere attorno alla ferita. Non ne trovò così, tenendo la mano sanguinante contro il petto, corse verso la cucina, dove Sarah e Kami l'avrebbero rimesso in sesto.

"Seth! Che hai fatto?" esclamò la donna quando lo vide entrare.

"Mi sono tagliato mentre pulivo un motore," rispose. "Non avevo nessun panno pulito e non volevo aggiungere alla ferita altro grasso oltre a quello che era sul perno."

"Dai, vieni. Diamo un'occhiata." Lo guidò verso il lavandino e gli passò un panetto di sapone. Seth si lavò bene le mani, prestando particolare attenzione al taglio. Sapeva come fare. Sarebbe potuto tornare nella sua stanza e fare da solo, ma era bello che Sarah si occupasse di lui. Sua mamma non era mai stata particolarmente affettuosa, ma quella di Macklin lo era per due. "Bene, ora fammi vedere."

Lui le porse la mano, sibilando per il bruciore quando la donna la disinfettò con l'acqua ossigenata. "Non è profondo," disse. "Credo che basterà fasciarlo per tenerlo pulito e guarirà da solo. Però fai attenzione per almeno un paio di giorni."

"Contaci," promise Seth.

"E stai lontano dalla rimessa per oggi. Dagli il tempo di guarire prima di sporcarlo di nuovo."

"Ma ho del lavoro da finire," protestò lui.

"Lavoro che può aspettare fino a domani, oppure che possono finire Patrick e Jesse se è proprio urgente. Non sei l'unico meccanico di questa stazione, Seth Simms, e non ti permetterò di finire in ospedale solo perché sei troppo testardo per chiedere aiuto. E se pensi che non lo dirò a Jason e a tuo fratello ti sbagli di grosso."

"Come vuoi," si arrese Seth alzando le mani. "Starò lontano dalla rimessa fino a domani. Ma se Caine chiede perché gli dirò che sei stata tu a ordinarmelo."

"Me ne prendo la responsabilità," affermò Sarah. "Jason è appena tornato da Taylor Peak dove ha controllato le pecore. Stai un po' con lui. Vi meritate di trascorrere del tempo insieme. So che di giorno lavorate sempre separati."

Però avevano dormito insieme ogni notte, accoccolati nel suo letto e vestiti perché lui non riusciva a dimenticare che c'erano Chris e Jesse poco più giù lungo il corridoio. Jason non aveva insistito, ma ora Caine diceva che avrebbero potuto avere una casa e intimità e…

Seth trasse un profondo respiro e strinse il pugno. Il dolore gli risalì lungo il braccio quando il movimento fece riaprire il taglio, ma bastò a calmarlo. Voleva farlo. Poteva imparare come vivere insieme a un'altra persona. Sarah lo aveva fatto: dopo essere stata maltrattata per anni dal primo marito, aveva incontrato Kami e aveva fatto funzionare la loro relazione. Poteva fare lo stesso anche lui.

"A che pensi, tesoro?" gli chiese la donna.

"Sto cercando di capire come si fa a essere felici," rispose lui con sincerità.

"Oh, stella," esclamò lei, stringendolo in un abbraccio da nonna. "Celebri la vita, ecco come. Un secondo alla volta. Il domani si preoccuperà di se stesso. Tu devi solo concentrarti sul momento che vivi e su quanto ti fa stare bene."

Seth non aveva mai potuto concedersi quel lusso perché il domani non si era mai preoccupato di se stesso. Il domani per lui aveva sempre portato l'eventualità di trasferirsi, di non mangiare, di Tony che alzava la voce e di tanto in tanto le mani, di Chris che veniva aggredito. Il domani era sempre stato qualcosa di spaventoso ed era difficile ora credere che potesse non essere più una preoccupazione.

Nessuno lì alla stazione avrebbe mai alzato un dito se non per aiutarlo. Non doveva angosciarsi per il pasto successivo e aveva un tetto sopra la testa, eppure tutto ciò rendeva, in qualche modo, il resto ancora più fragile. Se non doveva preoccuparsi di quelle cose, avrebbe finito con l'incasinare qualcosa di ancora più importante.

"Va' dal tuo ragazzo. Sembra tutto più bello quando si è in due," lo congedò Sarah.

Seth annuì e tornò fuori, ma non andò subito a cercare Jason. Non se la sentiva ancora di vederlo. Invece, camminò fino al cottage di Sam e Jeremy – suo e di Jason, se fosse riuscito a superare il terrore che il solo pensiero gli instillava. Era più piccolo di alcuni degli altri: su un piano, aveva una camera da letto, un bagno e una piccola cucina con un bancone per il caffè o il tè invece di un tavolo da pranzo come nelle case più vecchie, oltre a un ripostiglio con lavatrice e asciugatrice. Però aveva una veranda che girava attorno alla piccola costruzione e forniva molto spazio per delle sedie e persino per un tavolo se avessero voluto invitare qualcuno per una birra o una festicciola. Seth non ricordava che Sam e Jeremy avessero spesso ospiti, ma il tavolo era piazzato proprio al centro del lato posteriore della veranda. Fece scorrere la mano lungo la balaustra di legno. Probabilmente era opera di Ian, anche se Seth non ricordava di averlo visto lavorarci al tempo della costruzione.

All'inizio avrebbe dovuto essere la casa di Sarah, ma poi lei aveva sposato Kami e si era trasferita da lui.

Un paio di braccia gli si strinsero attorno al petto e lo spaventarono, ma prima che potesse staccarsi sentì la voce di Jason all'orecchio. "Che ne dici? Vieni ad abitarci insieme a me?"

Seth annuì perché qualsiasi altra risposta lo avrebbe ferito, e fare del male a Jason era impensabile. "Mi sento un po' frastornato," ammise però.

"Non dobbiamo accettare subito," ribatté Jason. "Oppure puoi venirci tu così da non dover più stare con Chris e Jesse e io rimango al dormitorio finché non ti senti pronto."

"L'ultima settimana abbiamo praticamente dormito sempre insieme," disse Seth. "Mi sembra un po' chiudere la porta della stalla dopo che i buoi sono fuggiti."

"Non è la stessa cosa," puntualizzò Jason. "La casa è un impegno. Non è provare a vedere come vanno le cose. È la cosa più vicina a guidare fino a Boorowa e registrare un'unione civile. Nel momento in cui ci trasferiamo, agli occhi delle persone a cui teniamo di più saremo come sposati, perché è così che succede a Lang Downs: le persone decidono di fermarsi e di farne la loro casa, costruendosi una vita per loro e per quelli che amano."

"Non hai idea di quanto lo desideri."

"E tu non hai idea di quanto mi faccia paura," rispose Jason. "È tutto quello che ho sempre voluto, e ora che ce l'ho non riesco quasi a credere che sia vero."

"E se faccio casino?"

"Non pensare a quello che ti diceva il tuo patrigno," gli ordinò Jason. "Non sei un fallito. Sei un uomo intelligente, incredibile e bellissimo e meriti di stare qui, indipendentemente da quello che ne pensi tu. Persino mio padre lo dice, e sai quanto è severo nel suo giudizio sui meccanici. Se lo facessi io il casino? Non ci sei solo tu in questa relazione, sai?"

"Se fai casino poi metti tutto a posto," rispose lui. "Lo fai sempre."

"Tutti possono farlo e lo farai anche tu. Una volta mamma mi ha detto che le relazioni non riguardano l'essere perfetti, ma l'affrontare insieme la merda che la vita ti lancia addosso."

"Qualcosa mi dice che lei non abbia usato proprio queste parole," disse Seth con un sorriso.

"No, probabilmente no, ma era quello che intendeva." Jason lo baciò piano. "Possiamo farcela. Dobbiamo solo credere che qualsiasi cosa vada storta, potremo aggiustarla."

"Allora immagino che faremmo meglio a cominciare a fare i bagagli," disse Seth. Non aveva idea se davvero potesse essere tanto semplice, ma non si sarebbe mai perdonato se non ci avesse provato. "Caine ha detto di controllare se ci manca qualcosa e di fare una puntata a Boorowa durante il nostro prossimo giorno libero. Non so neanche cosa potrebbe servirci."

"Lenzuola, asciugamani, forse qualche piatto," disse Jason. "So che Ian ha costruito qualche mobile per Sam e Jeremy e quelli di sicuro se li porteranno via, ma il resto dovrebbero lasciarlo. Non dovremmo avere molto da comprare."

"Io ho alcune cose in un magazzino a Sydney. Se possono servire, ovviamente. Non entravano in macchina e comunque non ci sarebbe stato posto da Chris, ma se abbiamo una casa nostra, potrei andare a prenderle e portarle qui. La maggior parte dei mobili li ho lasciati a Ilene, ma c'è un comò che mi aveva fatto Ian. Chris aveva insistito perché lo prendessi, così da avere sempre un pezzo di Lang Downs con me. Quello non ho potuto lasciarglielo."

"Allora andremo a prenderlo. Dobbiamo solo vedere quando possiamo stare fuori per una notte."

Seth si sentì sciogliere qualcosa dentro quando sentì la sicurezza che traspariva dalla voce di Jason. Forse non aveva ancora detto le parole che lui desiderava sentire, ma credeva in loro due, altrimenti non si sarebbe offerto di andare insieme a prendere il comò.

"Che ne dici ora di entrare a dare un'occhiata alla nostra casa?"

Jason sorrise e gli strinse la mano non ferita. "Però non ti porto in braccio oltre la soglia. Pesi troppo."

"Non sono una ragazza," rispose lui mentre entravano. "Non mi servono queste sciocchezze romantiche."

Non appena furono dentro, Jason si voltò e lo inchiodò al muro. Seth avrebbe potuto liberarsi – era più grosso di lui – ma non lo voleva. "Il romanticismo non è riservato solo alle ragazze," disse l'amico prima di baciarlo teneramente, quasi con reverenza, e tanto, tanto a lungo. Seth schiuse le labbra e lasciò che l'altro prendesse il comando. Si sentì avvolgere dal silenzio e capì che erano davvero soli lì dentro, lontano da tutto e tutti. Nessuno sarebbe venuto a bussare alla porta. Nessuno li avrebbe sentiti dalla stanza accanto. Addirittura, nessuno sapeva che erano lì, figurarsi se sapevano cosa stavano facendo. Potevano restare per ore a baciarsi con la schiena attaccata al muro, oppure potevano andare in camera e scopare come conigli. Potevano spogliarsi e farlo sul pavimento del salotto se era quello che desideravano. Era il loro spazio. L'intimità di quella situazione gli fece girare la testa. Interruppe il bacio e prese una boccata d'aria.

"Diamo un'occhiata alla casa," disse. Era già stato lì – aveva addirittura contribuito a costruirla – ma erano anni che non ci entrava. Durante le sue visite aveva sempre mangiato alla mensa o da Jason, non aveva mai avuto motivo di stare da Sam e Jeremy.

Jason fece un passo indietro e curiosarono un po' in giro per la cucina. C'erano un frigorifero, un bollitore elettrico per il tè e gli attacchi per i fornelli e il forno, che però non erano mai stati installati. "Sai cucinare?" chiese a Jason. "Perché io faccio schifo. Direi che a meno che tu non ci tenga particolarmente, possiamo lasciare tutto com'è e mangiare in mensa."

"Riesco a mettere qualcosa in tavola," rispose l'altro, "ma anch'io preferirei andare in mensa. Cucinare richiede troppo impegno quando si hanno altre opzioni."

Seth aprì gli sportelli. Qualche tazza, un barattolo con dello zucchero, i resti di una confezione di biscotti e una scatoletta di Vegemite. Rise. "Patetico persino per due jackaroo. Non c'è neanche una busta di patatine da sgranocchiare."

"Fai una lista," disse Jason. "Quando andiamo a Boorowa prendiamo tutto l'indispensabile."

Il salotto era arredato con semplicità: un divano e un paio di sedie. Niente di raffinato, ma anche niente che avrebbe avuto bisogno di essere rimpiazzato. La vita alla stazione non era lussuosa. In un angolo c'era la scrivania di Sam. "Quella la prenderanno di sicuro," disse Jason. "Ian gliel'ha fatta l'anno in cui è arrivato Thorne. Lo ricordo perché li ho aiutati a trasportarla nel periodo in cui lui è stato un paio di mesi a Wagga Wagga. Non avevo mai visto Ian tanto triste."

"Non ho mai capito cosa fosse successo. Sono tornato solo per un paio di giorni quell'anno e sono andato via il giorno dopo Natale perché dovevo consegnare un progetto all'università."

"Soffriva di un disordine da stress post traumatico," spiegò Jason. "Un brutto ricordo di quando era nei Commando, immagino. È andato fuori di testa per qualcosa – non so cosa – e ha preso a pugni un muro. Quando ha capito che non poteva restare alla stazione in quelle condizioni, è andato a Wagga Wagga per chiedere aiuto. C'è voluto un gran bel coraggio, a mio parere."

Seth abbassò lo sguardo sulla propria mano fasciata. Non si era ferito da solo quella volta, non volontariamente almeno, ma le parole di Jason pesavano lo stesso come macigni sul suo cuore. Thorne era stato abbastanza uomo da chiedere aiuto, ma lui era un fallimento anche in quello.

"Che hai fatto alla mano?"

"Mi sono tagliato su un perno," rispose. "Sarah l'ha rattoppata. Fa un male cane, ma passerà. Ne ho viste di peggio." Si era fatto di peggio. Non spesso perché non voleva che gli restassero cicatrici che poi avrebbe dovuto giustificare, ma un paio di volte il rasoio era affondato più di quanto era stata sua intenzione.

"Prima di andare a letto la puliamo e mettiamo una fasciatura nuova. Sono solo un veterinario, ma la cura delle ferite è uguale per uomini e animali. Potrei anche metterti dei punti se fosse necessario."

Seth si portò la mano al petto. "Non credo che servano. È un taglio lungo e slabbrato ma non molto profondo."

"Almeno lasciamelo vedere, okay?" insisté Jason. "Mi farebbe sentire meglio, anche se non dovessi fare niente."

"Questa sera," concesse lui. "Che altro potrebbe servirci?"

Curiosarono un altro po' negli armadi, ma siccome c'erano ancora le cose di Sam e Jeremy smisero perché si sentivano dei ficcanaso. "Magari dovremmo aspettare che abbiano portato via le loro cose prima di trasferirci," disse Seth. "So che Caine ha detto che va bene, ma ho lo stesso la sensazione…"

"Di invadere il loro spazio," finì Jason per lui. "Per quanta voglia abbia di stare da solo con te, e ne ho tanta, hai ragione. Abbiamo aspettato finora, qualche altro giorno non farà differenza."

Qualche altro giorno per riuscire a superare le sue paure e concedere a entrambi la possibilità di essere felici senza che i suoi problemi rovinassero tutto.


"PENSAVO CHE tu e Jason foste già rintanati nella vostra nuova casa," lo prese in giro Chris quella sera quando rientrarono dalla mensa.

"Non finché ci sono ancora le cose di Sam e Jeremy," rispose Seth. "Non ci piaceva invadere la loro intimità. Possiamo aspettare qualche altro giorno."

"Ehm, capisco. Ricordo com'è essere giovani e arrapati. Vuoi che io e Jesse ci offriamo volontari per un turno di notte?"

"Hai solo quattro anni più di me," rispose lui sulla difensiva. Non voleva neanche cominciare a pensare a come sarebbe stato trovarsi da solo con Jason, sapendo che Chris e Jesse non sarebbero tornati prima del mattino successivo. Aveva bisogno di dormire quella notte, grazie tante. "A sentirti sembra che tu sia mio padre."

"Non così vecchio," ribatté il fratello, "ma abbastanza da sapere cosa provi e capirlo. Sai quand'è che Sam e Jeremy verranno a prendere le loro cose?"

"Caine ha parlato di qualche giorno, ma è rimasto sul vago."

"Domani gli parlo. Se non vengono entro un paio di giorni, io e Jesse cercheremo di sparire e vi lasceremo la casa per una notte."

"Ho già detto che non è necessario."

"Lo so, ma non sei stato tu a chiederlo. Sono io che voglio farlo. C'è differenza."

Non secondo lui.

"Jason probabilmente ha già tutto, visto che usciva con Cooper, ma se serve in bagno ci sono…"

"Non voglio sentire un'altra parola!" esclamò Seth coprendosi le orecchie con le mani. "Mio fratello non può offrirmi preservativi e lubrificante. Non può essere la mia vita, questa."

Dopodiché scappò in camera, seguito dal suono della risata di Chris. *Lascia pure che rida*, pensò. Lui non avrebbe ceduto, e neanche gli avrebbe chiesto dei consigli. Jason non era nuovo al sesso tra uomini. Gli avrebbe detto cosa fare. Sarebbe stato lo stesso imbarazzante da morire, ma sempre meglio che prendere lezioni da suo fratello. Non era neanche un'eventualità da prendere in considerazione.

Sedette sul letto e tolse la fasciatura dalla mano. Jason si era offerto di darle un'occhiata, ma Carley lo aveva trattenuto. Seth non sapeva quando o se sarebbe arrivato quella notte, e la benda che gli aveva messo Sarah era sporca di sangue. Meglio pulire la ferita e poi rifasciarla.

Andò in bagno per lavarla ancora una volta. Dalla stanza accanto provenivano le voci di Chris e Jesse; di certo suo fratello stava raccontando al compagno la conversazione che avevano avuto poco prima. Quando la risata di Jesse risuonò per la casa, Seth ebbe la prova di aver visto giusto. Chris non lo prendeva in giro con cattiveria; non c'era un grammo di malizia in lui e non diceva mai più di quello che Seth sarebbe stato in grado di rimbeccare. Ma c'era qualcosa di diverso quella volta. Quella volta era importante. Era tutto.

Era troppo.

C'era dentro fino al collo. Doveva restare calmo. Jason meritava molto più di quanto lui era in grado di dargli in quel momento. Meritava qualcuno che potesse amarlo senza andare fuori di testa. Meritava qualcuno che sapesse essere felice anziché ostinarsi a cercare il difetto anche quando le cose sembravano andare bene. Seth non era adatto a lui, e l'unica persona che non lo capiva era Jason stesso. Oh, tutti erano stati comprensivi, ma lui non si lasciava fregare. Era un teppista che era strisciato fuori dalle fogne e non aveva il diritto di stare insieme a Jason, e neanche di considerare amici tutti quegli uomini forti e decisi. Era un rifiuto rotto che neppure sua madre era stata capace di amare. Forse Jason non se n'era ancora accorto, ma l'avrebbe fatto. L'avrebbe visto per quello che era e a quel punto l'avrebbe abbandonato, come avevano fatto tutti prima di lui. Seth non meritava di essere felice, ma Jason sì, quindi l'avrebbe lasciato andare – da Cooper o da qualcun altro, non importava. Jason avrebbe avuto la sua occasione di essere felice insieme a qualcuno che era alla sua altezza.

Con mano tremante, aprì lo sportello sopra il lavandino per prendere una garza pulita. Sul ripiano inferiore, dove lo aveva lasciato quella mattina dopo essersi fatto la barba, c'era il suo rasoio. Non avrebbe dovuto prenderlo. Aveva già il taglio sulla mano. Gli sarebbe bastato versarvi sopra dell'alcol, se ciò che cercava era il dolore in grado di schiarirgli la mente. E nel caso qualcuno avesse fatto delle domande, aveva una spiegazione sia per la ferita che per l'alcol. Se invece avesse preso il rasoio, si sarebbe procurato un taglio che Jason avrebbe visto e per il quale avrebbe preteso delle spiegazioni. Spiegazioni che lui non poteva dargli, perché come avrebbe potuto Jason, con la sua famiglia perfetta e i suoi sogni per il 'felici e contenti', capire cosa spingeva lui all'autolesionismo? Come avrebbe potuto capire che controllare il dolore lo aiutava a controllare anche tutto il resto?

Ma se non l'avesse fatto non sarebbe riuscito a uscire dal bagno senza andare in pezzi.

Prese un respiro profondo, poi un altro, cercando di calmarsi quel tanto che bastava a fargli ignorare il bisogno di tagliarsi, ma più restava lì e più il canto ammaliante di sirena del dolore diventava irresistibile. Afferrò il flacone con l'alcol e se lo rovesciò sulla mano. Le lacrime presero a scorrergli lungo le guance mentre cercava di trattenere l'urlo istintivo di dolore, ma neanche quello bastò a mettere a tacere i pensieri che gli affollavano la testa. Non era mai stato così prima. I suoi pensieri non erano mai stati così fuori controllo. Doveva farli smettere. Poteva farsi un taglietto piccolo piccolo, appena un graffio e Jason non se ne sarebbe neanche accorto. Alla sera si baciavano e poi si infilavano sotto le coperte, troppo consapevoli della presenza di Chris e Jesse appena più giù lungo il corridoio per fare altro. Non avrebbe notato una crosticina.

Allungò la mano verso il rasoio prima di riuscire a convincersi di non farlo. Si tirò giù i jeans e si esaminò le gambe. Il taglio che si era fatto qualche settimana prima era sbiadito fino ad essere una sottile linea rosa. Un altro paio di giorni e sarebbe sparito del tutto. Ma non voleva riaprirlo. Non voleva una cicatrice perché di lì a pochi giorni si sarebbero trasferiti nella casa nuova e a quel punto Jason non si sarebbe più accontentato dei baci e delle coccole. Avrebbe voluto toccare, assaggiare, esplorare e…

Deglutì con forza e appoggiò la punta del rasoio sull'altra gamba. Nient'altro che una minuscola puntura.

"Seth?" La porta si spalancò all'improvviso, facendolo sobbalzare e il rasoio penetrò in profondità nella carne.

"Fuori!" sibilò lui, girandosi affinché Jason non vedesse il sangue.

"Seth, che succede?"

"Ti ho detto di andare fuori," ripeté.

"No. Cos'hai qui?" Gli afferrò il polso e lo costrinse a sollevare il rasoio insanguinato fino all'altezza del petto. "Che stavi facendo?"

"Non sono affari tuoi," ringhiò lui. Cercò di liberare la mano, ma Jason non lo lasciò andare.

"Sanguini. Ti sei tagliato?"

"Ma dai!" esclamò Seth. Tirò di nuovo e questa volta Jason lo lasciò andare. Gettò il rasoio nel lavandino e prese l'acqua ossigenata dal mobiletto. Avrebbe bruciato meno dell'alcol, ma Jason era ancora lì che lo guardava e lui non aveva voglia di rispondere alle sue domande. Non credeva che avrebbe avuto quella fortuna, ma poteva sempre sperare.

Jason gli rimase accanto in silenzio finché non ebbe finito di pulire e fasciare il taglio. Non aveva voluto andare tanto a fondo. Era probabile che questa volta gli restasse davvero una cicatrice, ma gli stava bene. Sarebbe stato un ottimo promemoria: non osare desiderare ciò che non puoi avere. Si tirò su i jeans e superò Jason uscendo nel corridoio, ma questi lo seguì fino in camera. Seth gli lanciò un'occhiataccia, inutilmente.

"Che è successo?"

"Lo sai," rispose lui. "Mi sono tagliato con un rasoio. È uscito del sangue. Mi sono fasciato e ora vado a letto. E no, stanotte non rimani. Non voglio compagnia. Non ti voglio."

"Smettila," ribatté Jason. "Perché fai così?"

Seth non rispose, ma si stese sul letto dandogli le spalle. "Spegni la luce mentre esci."

"Va bene, per questa sera vado via, ma non finisce qui. Parleremo di quello che hai fatto e troveremo una soluzione. Non mentivo quando ho detto che non rinuncerò a te solo perché le cose si fanno difficili."

"Addio, Jason," rispose lui. Sentì le lacrime premere agli angoli degli occhi, ma le cacciò indietro. Non si sarebbe fatto vedere mentre piangeva.

"Ne riparliamo domani," ripeté Jason.

Non gli rispose, così l'amico uscì e spense la luce. A quel punto, Seth lasciò libere le lacrime. Avrebbe dovuto saperlo. Non poteva stare lì con Jason. Non era il suo posto. Nessun luogo era il suo posto. Al mattino avrebbe fatto le valigie. Taylor Peak era a corto di personale. Sam e Jeremy lo avrebbero ospitato per qualche giorno finché non avesse deciso cosa fare di se stesso.

# CAPITOLO 15

JASON SI girò e rigirò nel letto tutta la notte, troppo preoccupato per Seth per dormire bene. Si alzò presto e andò a casa di Chris e Jesse, sperando di beccarlo prima di colazione. Metterlo all'angolo prima di aver assunto la loro dose di caffeina poteva rivelarsi una cattiva idea, ma se l'avesse mancato chissà cosa sarebbe potuto succedere prima che lo ritrovasse.

L'immagine del rasoio insanguinato lo tormentava. Perché mai Seth avrebbe dovuto fare una cosa simile? Perché qualcuno avrebbe dovuto ferirsi volontariamente? Cercò di ricordare i tempi in cui vivevano ancora entrambi alla stazione, o anche i momenti che avevano trascorso insieme durante le vacanze dall'università, alla ricerca di comportamenti ricorrenti. Le sue mani erano sempre rovinate, ma lo stesso valeva per quelle del padre. La madre lo rimproverava sempre, ma lui era solito rispondere che chiunque lavorasse con i motori finiva con il trovarsi le nocche sbucciate o peggio. Faceva parte del lavoro. Le mani di Jason erano piene di taglietti e sbucciature, ma niente suggeriva che l'avesse fatto deliberatamente. Quel taglio sulla gamba però non era stato un incidente. Se l'era fatto di proposito.

Bussò alla porta del cottage più per abitudine che per necessità, ma non aspettò una risposta prima di entrare. Erano anni che un invito era diventato superfluo.

Trovò Chris e Jesse seduti al piccolo tavolo in cucina.

"Scusate se mi presento a quest'ora," disse, "ma ho bisogno di parlare con Seth."

"Devi prima trovarlo," ribatté Chris. "Se n'è andato. Ha lasciato solo un biglietto."

Lo spinse attraverso il tavolo nella sua direzione.

*Chris,*

*non posso restare, mi dispiace. Chiamerò non appena mi sarò sistemato, ma non dire a Jason dove sono.*

*Seth*

"Non sei bravo a tenere i segreti," disse Jason con voce roca mentre cercava di dare un senso a quelle parole.

"Mio fratello è un dannato idiota che non sa riconoscere una cosa buona neanche se lo prende a calci in culo," rispose Chris. "E siccome non credo che tu abbia avuto il tempo di farlo prima che se la desse a gambe, immagino che si sia messo in testa di farti un favore andando via in questo modo."

"E in che modo sarebbe un favore?" domandò Jason. "Avremmo dovuto trasferirci nella casa di Sam e Jeremy. Avremmo dovuto essere felici."

"Seth non ha molta dimestichezza con la felicità. Non credo si fidi molto."

Jason cercò di non sentirsi ferito da quelle parole, ma non riuscì evitare la puntura di dolore. "Si taglia spesso?"

"Be' sì, succede a tutti i meccanici," intervenne Jesse. "Fa parte del lavoro."

"No, non intendevo in quel senso," disse Jason. "Sono entrato in bagno ieri sera con l'intenzione di controllare il taglio che si era fatto ieri lavorando e l'ho trovato con un rasoio contro la gamba e il sangue che gli gocciolava lungo la coscia. Lo sapevate?"

Chris scosse la testa. "Sei sicuro che fosse intenzionale? Voglio dire, non è possibile che si sia tagliato perché l'hai spaventato?"

"Se si fosse tagliato la guancia o il mento sì, lo crederei. Ma perché si era messo il rasoio contro la gamba? Non ha voluto parlarmi, quindi non so cosa stesse pensando, ma è tutto molto strano. L'ho colto in flagrante mentre si tagliava, non ha voluto che restassi con lui e questa mattina se n'è andato."

"Litigava spesso da ragazzo," raccontò Chris. "Prima che venissimo qui, ma le cose erano difficili all'epoca e non avevamo una grande stabilità. Pensavo che dipendesse da quello. Non era mai lui a cominciarle e io facevo di tutto per tenerlo lontano dai guai, ma non sempre ci riuscivo. Se già si tagliava non lo sapevo, e non sono neanche sicuro che l'avrei notato. Facevo un lavoro di merda con degli orari assurdi per pagarci un tetto sopra la testa e riuscire a mandarlo a scuola. La maggior parte dei giorni quando tornavo era già a letto, e lui usciva prima che mi svegliassi. Avrebbe potuto fare di tutto e io non l'avrei mai saputo."

"Non è colpa tua," disse Jesse. "Qualunque sia il problema di Seth, hai fatto tutto il possibile per mantenerlo e proteggerlo."

"Sei il suo idolo," confermò lui. "Non si fa problemi a parlar male degli altri, ma mai di te."

"Che facciamo a questo punto?" chiese Jesse.

"Non so cosa volete fare voi," rispose Jason, "ma so cosa farò io. Vado a cercare quel pezzo d'asino idiota e lo riporto qui per i capelli. Lo faccio sedere e gli spiego che non può far venire questi accidenti alle persone che gli vogliono bene. Non può dirmi che mi ama, promettermi di vivere insieme quando la casa sarà disponibile e poi scappare. Non è così che funzionano i rapporti. Devo solo capire dove potrebbe essere andato."

"Ha scritto che avrebbe chiamato," disse Chris. "Il cellulare ce l'ha. Potrei provare a telefonargli io. Se riuscissimo ad avere un'idea di dov'è, o di dove sta andando, ti aiuterebbe a restringere il campo."

"Vi sarei grato per ogni aiuto, anche piccolo," ringraziò Jason. "Farò di tutto per riaverlo, ma prima devo trovarlo."

Il telefono di Chris si illuminò. "Pronto?" rispose lui.

Si udì la voce lontana di qualcuno dall'altra parte.

"Ciao Sam. Seth è lì da voi? Bene. Puoi fare in modo che ci rimanga? Jason vorrebbe parlargli e credo che sarebbe meglio se lo facesse di persona." Aggrottò la fronte mentre ascoltava la risposta di Sam. "Okay, se credi sia la soluzione migliore, lo dirò a Jason. Però tienici informati, va bene? Grazie, amico, ci sentiamo presto."

"Che ha detto?" domandò subito lui.

"Seth si è presentato questa mattina presto a Taylor Peak chiedendo se potesse restare qualche giorno da loro mentre decide cosa fare. A Sam e Jeremy serve un meccanico, così gli hanno detto che è il benvenuto finché dà loro una mano. Sam ha avuto l'impressione che abbia tirato un sospiro di sollievo quando hanno accettato, e ci ha chiesto di dargli un paio di giorni per capire qual è il problema prima di precipitarsi a riprenderlo. Almeno finché è lì, c'è qualcuno che lo tiene d'occhio, se scappa di nuovo potrebbe finire ovunque."

"Tra due giorni devo andare a togliere i punti al cavallo di Jeremy. Non posso evitarlo," disse Jason. "Aspetterò fino ad allora, ma poi vado a parlargli."

"Pensa bene a cosa dirgli," suggerì Jesse. "Non so cosa gli passi per la testa, ma un paio di idee le ho. Il periodo più lungo in cui ha abitato nello stesso posto sono stati i tre anni qui a Lang Downs prima di andare all'università. Tu sei l'unico amico che si è fatto in tutto questo tempo. Non l'ho mai sentito parlare di nessun altro. Della ragazza del momento sì, ma mai degli amici. Per lui rappresenti le cose più belle che abbia mai avuto e, se lo conosco bene, questo pensiero lo spaventa a morte. Devi decidere quanto tieni a lui. Lo ami abbastanza da voler affrontare le sue insicurezze, i traumi del suo passato e tutto il resto? Perché se non ne sei sicuro fino in fondo, devi lasciarlo andare. L'amore che prova per te può salvarlo o distruggerlo. Ovviamente noi preferiremmo la prima opzione."

"Mi sembra già abbastanza distrutto," commentò lui a bassa voce. "Farò di tutto per farlo stare meglio, devo solo capire cos'ha."

"Probabilmente non lo sa neanche lui," disse Chris. "Se l'avesse saputo te ne avrebbe parlato. So che adesso non sembra così, ma si fida di te più di chiunque altro al mondo, me incluso."

"E allora perché è scappato? Perché non si è confidato?"

"Solo lui può rispondere a questa domanda, ma probabilmente si vergogna di quello che ha fatto," intervenne Jesse. "C'era un ragazzo che si tagliava al mio liceo. Quando si è saputo ha provato a suicidarsi perché non sopportava che tutti conoscessero il suo segreto. Non ci riuscì e una coppia di zii si fecero avanti per aiutarlo, ma è stato un periodo difficile. Non è il modo migliore di affrontare i problemi, ma è preferibile ad altre soluzioni."

"Immagino di dovermi documentare, allora," disse Jason. "Magari riuscirò a capire di cosa ha bisogno, o forse solo quali alternative offrirgli." Guardò Chris e poi Jesse. "Forse in questo momento Seth non crede alle mie promesse, quindi lo dico a voi: lo amo abbastanza da voler restare con lui, a qualunque costo."

"Continua a ripeterglielo, allora," suggerì Chris. "Alla fine non avrà altra scelta se non crederti."

"Puoi scommetterci," gli assicurò lui. "Ora è meglio che vada al lavoro."


NON APPENA Jason fu uscito, Jesse allungò la mano verso Chris. Quando aveva conosciuto i due fratelli, Seth era già abbastanza cresciuto, quindi non gli ispirava lo stesso senso di protezione che invece provava Chris, ma dopo tre anni di convivenza, sapere quanto profonda fosse la sofferenza del ragazzo gli lacerava il cuore. E chissà cosa stava facendo al suo compagno!

Chris allacciò le dita alle sue e strinse forte. "Sapevo che la situazione era brutta quando siamo arrivati qui, ma pensavo che poi fosse migliorata. Come ho fatto a non accorgermi di niente?"

"Non voleva che tu lo sapessi," rispose Jesse. Sapeva che le sue parole non sarebbero state di alcun conforto per Chris, così come non confortavano lui, ma era la verità. "Voleva che tu ti stabilissi a Lang Downs e ti costruissi una vita."

"Prendermi cura di lui è stata la mia ragione di vita per un tempo lunghissimo," disse Chris. "Non ha smesso di essere così perché ho incontrato te."

"È quello che dicono tutti i genitori," concordò Jesse, "ma imparare a prendersi cura di se stessi fa parte del processo di crescita. Seth non era più un bambino quando siete arrivati qui, e tantomeno lo è adesso. Ha il diritto di avere dei segreti."

"Non dovresti essere dalla mia parte?" borbottò Chris.

"Lo sono," lo rassicurò lui. "Sarò sempre dalla tua parte, ma in questo caso non è una questione di parti. Ti stai autoflagellando per qualcosa che non è colpa tua e io non resterò qui seduto ad assistere in silenzio."

"Che faccio ora?" chiese Chris. "Non ho la più pallida idea di come aiutarlo."

"Credo che dipenda da lui. È un adulto e per quanto tu – e anche io – possa aver voglia di riportarlo qui e vegliare su di lui, non possiamo farlo a meno che non ci chieda aiuto."

"Ma si sta facendo del male, Jesse! Prende un rasoio e si taglia la carne. Come possiamo lasciarglielo fare?" protestò Chris. "Se sbaglia qualcosa, potrebbe morire dissanguato."

Jesse rabbrividì quando immaginò di entrare nella stanza di Seth un mattino e trovarlo morto in mezzo a una pozza di sangue con il rasoio ancora in mano. "A meno che abbia frainteso la situazione, non è la prima volta che lo fa. E se la cosa va avanti da un po', vuol dire che ha trovato il modo di tagliarsi senza procurarsi danni permanenti."

"Non mi fa sentire meglio."

"Dovrebbe," ribatté lui. "Ti ho detto che conoscevo un ragazzo che usava l'autolesionismo come metodo per affrontare i suoi problemi. Quando lo faceva e nessuno lo sapeva, si comportava normalmente. Le difficoltà cominciarono quando fu scoperto e le persone cominciarono a insistere perché smettesse. No, non è una reazione sana, e sì, vogliamo che smetta e cerchi altri modi per affrontare le difficoltà, ma se lo spingiamo a fuggire e gli facciamo capire che non può tornare a casa finché si taglia, le cose peggioreranno anziché migliorare." Lo tirò per la mano finché Chris non si alzò dalla sedia e gli si mise in grembo.

"Non lasceremo che soffra da solo. Gli offriremo l'aiuto di cui ha bisogno e che è disposto ad accettare, qualunque esso sia. E se non ci riusciamo da soli, forse possiamo chiedere consiglio a Thorne e Ian." Gli strusciò il viso contro la spalla. "E non dovrai affrontare tutto da solo. Non sono suo fratello, ma vi starò accanto in tutto e per tutto."

"Sei suo fratello per tutte le cose importanti," gli fece notare Chris. "Cerca te tanto quanto cerca me quando ha bisogno di aiuto."

"E lo aiuterò anche questa volta," promise Jesse. "Così come aiuterò te. Non puoi biasimare te stesso per questa cosa, e non dirmi che non è così. Hai fatto tutto il possibile e anche di più per prenderti cura di lui dopo la morte di vostra madre. Non credere che non lo sappia. E non credere che lui non lo sappia. L'ho detto prima e te lo ripeto anche adesso: sei il suo eroe."

"Avrei dovuto capirlo lo stesso."

Jesse lo strinse forte, offrendogli il suo conforto nell'unico modo che conosceva. Non sapeva cosa sarebbe successo o come ne sarebbero usciti, ma non importava. Sarebbe rimasto accanto a Chris – e di conseguenza a Seth – a qualunque costo.

"JASON," LO chiamò Macklin mentre stava uscendo dalla mensa dopo colazione. "Ti dispiace venire con me oggi? Ieri ho visto un paio di pecore che si comportavano in maniera strana. Se sono malate, dobbiamo separarle dal resto del gregge. Meglio isolarle prima che trasmettano la malattia a tutte le altre."

"Sarei dovuto uscire con Kyle," rispose lui. "Gli hai detto che gli mancherà un uomo?"

"L'ho avvisato prima di colazione che ti avrei preso in prestito. Se non è niente potrai raggiungerlo quando abbiamo finito. Se invece è qualcosa, dovrà fare a meno di te."

"Fammi prendere un paio di cose dalla mia camera. Ci vediamo alla stalla."

Corse al dormitorio e prese lo stetoscopio e un termometro. Non poteva fare molto altro al pascolo. Se fossero serviti esami più approfonditi avrebbero dovuto portare le pecore alla stazione. Nell'uscire fischiò per chiamare Polly. Sarebbe stata utile se avessero dovuto separare delle pecore dal resto del gregge e riportarle agli ovili. Il cane arrivò saltellando allegramente e con un'espressione beata sul muso. Stava cominciando a ingrigire, ma gli occhi brillavano ancora di intelligenza e non aveva perso la sua velocità. "Sei pronta, ragazza? Andiamo a controllare un po' di pecore."

Lei uggiolò eccitata e gli trotterellò accanto mentre andavano da Macklin, che aveva già sellato Ned e Brownie.

"A Dani verrà un attacco di gelosia," gli disse lui. "Crede ancora che Brownie sia sua."

"Solo perché le ho permesso di darle il nome non significa che possa cavalcarla solo lei," rispose l'uomo. Jason sorrise. Macklin aveva perfezionato l'atteggiamento impassibile da sovrintendente tutto d'un pezzo ancor prima che lui arrivasse alla stazione, ma i bambini erano sempre stati il suo punto debole. Dani e Liam comandavano a bacchetta tutta la stazione, Macklin incluso.

"Hai detto che un paio di pecore erano strane," riprese il discorso mentre si avviavano verso il lato nord della vallata. "Potresti essere più specifico."

"Non brucano, stanno da sole, non danno ascolto," enumerò servendosi delle dita. "Probabilmente non è niente. C'è il caso che abbiano solo mangiato qualcosa che non dovevano, ma dal momento che sei qui è meglio dare un'occhiata."

"Senza dubbio," concordò Jason. Continuarono in silenzio finché non ebbero superato il primo cancello e si trovarono sull'altopiano.

"Rivedo molto di me in Seth," disse all'improvviso Macklin mentre rallentavano il trotto per aprire quello successivo.

Jason non rispose finché non se lo furono richiuso alle spalle. "Davvero?" chiese infine quando furono pronti per ripartire.

"Quando perdi tutto, o forse quando non hai proprio mai avuto nulla, diventa difficile credere che qualcosa possa durare. Io ho preferito scappare di casa piuttosto che venirne cacciato come è successo a Chris e Seth, ma come loro ho perso tutto. Michael mi ha raccolto, cosa di cui sarò sempre grato, ma mi ci sono voluti più anni di quanti ami ricordare prima che smettessi di chiedermi quando avrebbe cambiato idea e mi avrebbe allontanato di nuovo."

"Sono passati dieci anni," disse Jason. "Di certo ormai l'ha capito che Lang Downs potrà essere per sempre casa sua, se solo lo volesse."

"Forse, anche se non ha vissuto qui per tutto il tempo," gli ricordò Macklin. "Ma non si tratta solo di Lang Downs. Si tratta delle persone. Quando non puoi contare neanche sui tuoi genitori, che in teoria dovrebbero amarti a prescindere, è difficile credere che qualcuno voglia starti accanto per sempre."

"È per questo che tu non volevi cedere all'amore per Caine?"

"In parte. Ad esclusione dell'accento americano, si è integrato ormai – è una boccata d'aria fresca ma anche un allevatore in tutto e per tutto – ma ti ricordi com'era quando è arrivato? Non sapeva niente di niente."

"Chiedeva consigli a me," sorrise lui. "Me lo ricordo."

"E io come avrei potuto credere che sarebbe rimasto per sempre? Ha provato a dirmi in tutti modi possibili che si era impegnato per la vita, ma ho dovuto quasi perderlo per superare la paura di vederlo andar via."

"Va bene, questo lo capisco. Ma io ho sempre vissuto qui, tranne gli anni all'università, e ho sempre detto che sarei tornato. Non rappresento lo stesso rischio che poteva rappresentare Caine per te."

"A livello razionale no, ma non tutti i problemi si basano sulla razionalità. Seth sa che mantieni le tue promesse. Ha solo bisogno di tempo per capire che vale anche per lui. E non basteranno le parole. Dovrai stargli accanto in ogni momento per convincerlo, indipendentemente da tutto. Dovrai amarlo in ogni momento."

Jason avrebbe potuto enumerare una lista infinita di modi peggiori di trascorrere la vita. "E io voglio farlo, ma lui deve darmene la possibilità."

"Ed è questo il problema," disse Macklin. "Non sa come fare. Sei tu che devi trovare il modo, con il suo appoggio o senza. Le sue paure sono come un'enorme roccia piantata a terra. Non puoi farla saltare in aria e neanche scheggiarla. Devi navigarci attorno, sotto e attraverso i crepacci e amarlo nonostante tutto, nonostante lui stesso. È spaventato ed è scappato. Pensa che così facendo ti arrenderai e lo dimenticherai."

"Mai."

"Allora dimostraglielo. Possiamo fare a meno di te qui, se vuoi stare qualche settimana a Taylor Peak."

"Chris pensa che scapperà se lo seguo a Taylor Peak."

"Può darsi, ma solo perché crede che ti arrenderesti. Dimostragli che sbaglia," rispose Macklin.

"Ho promesso a Chris e Sam che gli avrei dato un paio di giorni, visto che tanto poi devo andarci comunque per il cavallo di Jeremy. Mi porterò dietro dei vestiti, nel caso debba rimanere."

"Puoi andarci prima se vuoi."

"Lo so, ma credo che Chris abbia ragione. Gli darò un paio di giorni per calmarsi e poi gli parlerò. Non mi arrenderò, ma se ha bisogno di spazio e tempo per riflettere, devo rispettarlo."

"Se c'è qualcosa che io e Caine possiamo fare, basta che tu chieda."

Jason sorrise. "Questa è l'unica cosa in tutto questo casino di cui nessuno ha mai dubitato."


MACKLIN SI tolse gli stivali restando solo con le calze ed entrò in ufficio.

"Ciao," lo salutò Caine alzando gli occhi dal computer. "Che ha detto Jason delle pecore?"

"Non dovrebbe essere niente di serio. La temperatura è normale, ma per sicurezza le ha riportate alla stazione, così le tiene controllate."

"Logico," fece Caine. "Se ha ragione non farà loro male stare qualche giorno nel recinto, e se sbaglia eviteremo che la malattia si diffonda. Sarà molto più economico curare o macellare due pecore piuttosto che una parte del gregge."

"Esattamente." Si spostò per avvicinarsi alla sedia di Caine e gli passò le braccia attorno alle spalle.

"Che succede?" chiese il compagno.

"Deve esserci qualcosa che non va per abbracciarti?" chiese lui. Appoggiò la guancia ai suoi capelli e inspirò il suo odore.

"No, ma di solito non lo fai durante il lavoro." Caine girò la sedia così da poter ricambiare l'abbraccio. "Non che mi lamenti."

"Non è stato un mese facile," rispose Macklin. "Taylor è morto. Sam e Jeremy si sono trasferiti. E ora Seth e Jason. Sembra quasi che ci sia un buco. Sam dovrebbe essere qui in ufficio e dare a te la possibilità di lavorare fuori con me. Jeremy dovrebbe guidare una squadra e la sera in mensa stuzzicare Neil. Seth dovrebbe essere nella rimessa degli attrezzi cosicché non debba starci Patrick."

"E a te non piace quando i tuoi pulcini sono dove non puoi vederli," disse Caine. "Dovrei essere io la chioccia, ricordi?"

"È un problema?"

"Certo che no." Lo baciò piano. "Questo tuo lato tenero è una delle cose che amo di te."

"Non sono tenero," brontolò Macklin.

"Come no. Hai appena accompagnato Jason a vedere due pecore al pascolo anziché portale qui alla stazione perché all'improvviso ti sei scordato come si fa a separare due capi dal resto del gregge. Non volevi parlargli di Seth al riparo da orecchie indiscrete."

Macklin non emise alcun suono. C'erano indubbiamente degli aspetti negativi quando il tuo compagno ti conosceva così bene.

"Non si rende conto di quanto sia stato fortunato," spiegò. "È cresciuto qui sotto l'ala protettiva di Michael prima e tua poi, imparando a camminare senza esitazioni e a trovare il proprio posto nel mondo. È la prova definitiva che stiamo facendo bene perché non ha dubbi su chi sia e dove si trovi la sua casa. Seth invece non ha avuto questa fortuna e Jason non riesce a raccapezzarsi. Ho cercato di dargli un quadro di riferimento."

"Ti amo," fece Caine. "Lo sai, vero?"

Macklin annuì. "Ci ho messo molto a capirlo, ma sì, lo so. È la parte che Jason non capisce. Seth non sa se crederci o no, mentre quando noi ci siamo incontrati io avevo già imparato che non tutte le cose finiscono."

Caine sbuffò.

"Okay, credevo che non saresti rimasto, ma ero certo che avrei potuto avere un lavoro e una vita che non dipendessero dal capriccio di qualcun altro. O, perlomeno, che se anche avessi dovuto abbandonare Lang Downs, avrei potuto trovare un nuovo lavoro e andare avanti. Questo Seth deve ancora impararlo."

"E credi che Jason possa insegnarglielo?"

"Se non ci riesce lui, non so chi potrebbe. Oltre a Chris, Jason è l'unica altra costante della sua vita. E prima che tu lo dica, noi non contiamo. Ai suoi occhi facciamo parte della stazione."

"Lo aiuterebbe sapere che qui avrà sempre una casa e un lavoro indipendentemente dal fatto che vada via e da quanto starà lontano?" chiese Caine. "Sto cercando di non interferire, ma vorrei fare qualcosa se posso."

"Tu che non interferisci?" Macklin gli appoggiò una mano sulla fronte. "Chiama il dottore, devi essere malato."

Caine si vendicò rifilandogli una ditata tra le costole e Macklin fece un salto all'indietro, ridendo. "Sono fortunato ad averti al mio fianco," sussurrò.

Caine gli rivolse quel meraviglioso sorriso dolce che lo aveva fatto innamorare quasi all'istante, anche se poi ci aveva messo troppo ad ammetterlo. "Siamo fortunati ad esserci trovati." Si avvicinò e si rifugiò tra le sue braccia. "Seth e Jason troveranno la loro strada e noi faremo quello che potremo per aiutarli. Dobbiamo credere che tutto andrà bene."

"E se così non dovesse essere, ci saremo per raccogliere i pezzi."

# CAPITOLO 16

SETH SEDEVA da solo in un angolo della mensa. Avrebbe potuto raggiungere Sam, Jeremy e Walker, lo avrebbero accolto al loro tavolo, ma così facendo avrebbe dovuto parlare e in quel momento non aveva voglia di niente che richiedesse un'interazione sociale. Il suo cervello era una distesa di vetri in frantumi che aspettavano solo di lacerarlo se avesse permesso ai suoi pensieri di divagare.

Da dove si trovava riusciva a sentire stralci di conversazione degli altri jackaroo, ma nessuno di loro lo conosceva abbastanza da cercare di coinvolgerlo e lui non se la sentiva di sforzarsi per essere accettato. Ne aveva individuato solo uno sparuto gruppo che, in una giornata sì, avrebbe magari avuto piacere di conoscere meglio. Ma quella non era una giornata sì.

"Avete sentito cosa ha ordinato Taylor oggi?" chiese uno degli uomini.

"No, ma sono certo che non mi piacerà," ribatté un altro. "Cazzo, lavoriamo il doppio rispetto a quando c'era suo fratello, ma la paga è la stessa. Non è giusto."

Se avessero lavorato un po' di più anche prima, forse la stazione non sarebbe stata in quelle condizioni, pensò Seth, ma reputò più utile non condividere le proprie opinioni. Agli uomini non sarebbero interessate e Jeremy non lo avrebbe ringraziato se ne fosse nata una discussione.

"Ha chiesto alla nostra squadra di sostituire le tavole vecchie negli stanzini della tosatura. Come se fosse importante l'aspetto del capanno fintanto che le pecore non scappano mentre le tosiamo."

"Noi abbiamo passato la giornata a spostare un gregge da un pascolo perfettamente buono a un altro solo perché erano lì già da una settimana. Quando c'era Devlin le spostavano una volta al mese."

Il che spiegava perché alcuni dei pascoli erano quasi secchi, pensò Seth. Caine e Macklin avevano avviato una rotazione costante in modo da non razziare il terreno e non dare alle erbacce la possibilità di attecchire al posto di quelle buone. Ovviamente, visti i pesticidi che Seth aveva trovato nella rimessa, Devlin aveva trovato un modo alternativo per ovviare al problema. Ma se Jeremy aveva intenzione di imboccare la strada del biologico, quel metodo avrebbe dovuto cambiare, solo che i jackaroo non lo sapevano. Anche Caine aveva dovuto insegnarlo ai suoi uomini, per quanto questi ultimi fossero molto più coinvolti nell'andamento della stazione. I jackaroo di Taylor Peak, invece, pensavano solo a come lavorare il meno possibile.

I commenti continuarono ad attirare marginalmente la sua attenzione, facendogli venire voglia di prendere a calci qualcuno di quegli asini, ma in definitiva non erano altro che lamentele. Le aveva già sentite e risentite nelle varie officine dove aveva lavorato e, di tanto in tanto, anche a Lang Downs. La gente trovava sempre una ragione per lamentarsi e finché le proteste non fossero diventate veri e propri insulti ai suoi amici, era meglio lasciar perdere.

IL PROPOSITO di Seth durò due giorni. Due giorni di lavoro disperato per non pensare al rasoio lasciato a Lang Downs e due notti di insonnia, passate a girarsi e rigirarsi nel letto.

Non sapeva se Jason avesse parlato a qualcuno di ciò che aveva visto e se la voce fosse già arrivata a Taylor Peak, ma quella sua riprovevole abitudine gli era costata l'unica cosa bella della sua vita. Non voleva che lo seguisse anche lì. Non aveva il rasoio quindi non poteva tagliarsi, e non potendo tagliarsi forse un giorno Jason l'avrebbe perdonato e…

Quel corso di pensieri non l'avrebbe condotto da nessuna parte. Si era bruciato i ponti alle spalle e niente avrebbe potuto ricostruirli, neanche cambiare abitudini. Sarebbe rimasto a Taylor Peak perché era chiaro che Sam e Jeremy avevano bisogno di aiuto. Walker si assicurava che il lavoro venisse fatto, ma erano a corto di manodopera e la sua presenza poteva aiutare a riempire quel vuoto, almeno per l'estate. Una volta che la stagione fosse finita, avrebbe pensato a cosa fare. Non si era mai sentito a suo agio in città, ma poteva dipendere sia dal fatto che sognava Lang Downs e Jason quanto da un'avversione vera e propria. Ora che quel sogno si era dissolto, forse la città non sarebbe stata tanto male.

La sera prima Walker gli aveva detto che uno degli ute faceva dei rumori strani, quindi il programma di Seth era di passare la mattinata sotto il cofano a cercare di capire quale fosse il problema. Aveva sperato di uscire con una squadra, visto che Jason sarebbe dovuto venire a togliere i punti a Solitudine, ma come al solito la fortuna era contro di lui.

Era quasi arrivato alla rimessa dei trattori dove aveva lasciato la sua cintura con gli attrezzi quando sentì due jackaroo parlare fra loro.

"… uno di quei finocchi di Lang Downs, Dice che è un veterinario, ma è solo un ragazzino. Probabilmente ha succhiato il cazzo al capo per ottenere il lavoro."

Seth vide rosso. Girò sui tacchi e marciò verso il gruppetto, i pugni così serrati lungo i fianchi da sentire le unghie penetrare nella carne. "Stai zitto, stupido idiota," urlò piombando in mezzo ai jackaroo. "Sparate tutti stronzate come se non contassero niente e nessuno vi stesse a sentire. Be', vi consiglio di ripensarci, perché io vi ascolto."

"Ah sì, e allora?" lo provocò uno degli uomini. "E cosa vorresti fare in proposito?"

Seth tirò indietro il braccio e sferrò un pugno nella pancia del bastardo. Il dolore dell'impatto e del taglio non ancora completamente chiuso sul dorso gli risalì lungò il braccio, ma servì solo a spronarlo. Non aveva più il rasoio. Non poteva ottenere ciò che bramava per quella strada, ma quel figlio di puttana gli aveva appena fornito la scusa perfetta, a cui neanche Sam e Jeremy avrebbero potuto ribattere. Fece un passo indietro e colpì di nuovo.

Il jackaroo cadde pesantemente a terra. "Alzati," urlò Seth. "Parli come se fossi grande e grosso. Dimostramelo."

L'uomo si rimise lentamente in piedi, gli occhi che luccicavano di rabbia. *Continua*, si disse Seth con ferocia. Evitò il primo pugno, ma il secondo lo colpì sulla mascella, facendolo barcollare all'indietro. Gli spettatori urlavano e facevano il tifo quando si avventò di nuovo sull'avversario, i pugni che volavano. Alcuni andarono a segno, altri no. Parò alcuni di quelli destinati a lui e prese quelli che non riuscì a evitare. Avrebbe messo quel bastardo al tappeto perché nessuno parlava in quel modo di Jason.

Quando il jackaroo cadde per la seconda volta, Seth non gli diede l'opportunità di rimettersi in piedi. Gli si gettò sopra e continuò a martellargli la faccia con tutta la forza che aveva.

Sentì delle urla ma le ignorò. Non aveva ancora finito. Non finché non fosse stato sicuro che quel cane non avrebbe mai più parlato in quel modo di Jason.

"Simms!"

Sentire il suo nome attirò la sua attenzione ma non placò per niente la sua rabbia. Aveva sollevato la mano per colpire di nuovo il jackaroo quando qualcuno gli afferrò il polso. Balzò in piedi, più che pronto a indirizzare la propria ira su un nuovo bersaglio. La sua mente registrò che era Walker l'uomo che lo teneva, ma non si fermò lo stesso. Non l'avrebbe mai battuto, ma non importava. Non cominciava mai una rissa con la speranza di vincerla, ma solo di andare via sulle proprie gambe. Walker non l'avrebbe ucciso, ma gli avrebbe fatto mangiare la polvere, e magari era proprio quello che gli ci voleva per mettere a tacere le voci che gli affollavano la testa. Prese un respiro profondo e si lanciò verso di lui.

"Simms, cazzo!" ringhiò l'uomo mentre evitava il pugno. La presa sul suo polso si strinse, ma Seth continuò a opporsi. Non sapeva come fermarsi. Non più. Non vide il colpo indirizzato alla sua mascella.

SETH SBATTÉ le palpebre un paio di volte mentre riprendeva conoscenza. Voltò la testa, cercando di capire dove si trovasse, ma gli faceva un male del diavolo.

Dovette essersi lamentato perché qualcuno gli premette una compressa di ghiaccio secco sulla mascella e un'altra sull'occhio. "Non muoverti. Non hai niente di rotto, ma solo perché sei stato fortunato."

Phil. Era la voce di Phil. Doveva essere in mensa.

"Che è successo?" gracchiò. Gli faceva male a parlare. Phil aveva detto che la sua mascella non era rotta, ma la sensazione era quella.

"Hai attaccato un altro jackaroo e quando Walker ha cercato di fermarti te la sei presa anche con lui," spiegò la donna. "Se non fossi già pieno di graffi e lividi, te le darei anch'io. Lo sai in quanti modi quell'uomo potrebbe ucciderti a mani nude?"

"Quarantacinque?" rispose lui.

"Molti di più," intervenne Walker, spaventandolo. Girò la testa in direzione della voce, ma la staffilata di dolore lo fece annaspare.

"Non muoverti," lo rimproverò Phil. "Nick, tu smettila di stuzzicarlo. Ne ha avute abbastanza."

"È stato lui a cominciare," si difese Walker. Seth decise di tenere la bocca chiusa. Era più divertente che scambiarsi frecciate con Walker. Forse alla fine sarebbe rimasto a Taylor Peak, anche solo per vedere se Phil sarebbe riuscita a mettere il guinzaglio all'ex-soldato nello stesso modo in cui Molly aveva sottomesso Neil. Neanche Thorne chiamava Walker col nome di battesimo. Se nella stanza ci fosse stato anche qualcun altro, Seth non avrebbe mai capito a chi la cuoca si stesse riferendo.

"Non ho dubbi su questo. Ma sono anche sicura che avresti potuto fermarlo senza farlo svenire."

"Neutralizzare la minaccia, è questa la prima lezione che ti insegnano nei Commando," si giustificò l'uomo. "Non sono addestramenti che ti scordi. Non l'ho ammazzato. Più di così non potevo fare."

Phil gli scoccò il tipo di occhiata che in genere faceva scappare Neil con la coda tra le gambe, quando era Molly a rivolgergliela. Walker non se la diede a gambe, ma Seth avrebbe giurato di averlo visto muoversi a disagio sulla sedia. "Colpa mia," biascicò. "Non mi sarei fermato altrimenti."

"E perché?" chiese Phil, rivolgendo a lui l'occhiataccia. Merda, perché aveva aperto la bocca? Oh sì, per provare a salvare la possibilità di Walker di essere felice, visto che ormai non poteva fare niente per la propria vita amorosa.

"Perché sono uno stronzo idiota e testardo che non sa quando è il momento di fare un passo indietro," ammise. "Non è stata colpa di Walker."

673

"Potrebbe essere vero," disse l'uomo, "ma non mi sembri il tipo che se ne va in giro a iniziare delle risse. Cosa l'ha scatenata?"

"Il bastardo ha aperto bocca una volta di troppo." Sentì la bile inacidirgli lo stomaco al pensiero delle parole del jackaroo, ma non aveva intenzione di ripeterle davanti a Phil. Era probabile che avesse sentito di peggio vivendo in una stazione piena di uomini, ma non sarebbe stato lui a dirle. "Ne avevo abbastanza."

"Lo sapevi dall'inizio che la situazione era tesa," gli ricordò Walker. "Prendere a pugni uno degli uomini non l'ha migliorata. Se non riesci a ignorare quello che dicono, riferiscilo a me e lascia che ci pensi io. È per questo che Sam e Jeremy mi hanno assunto."

"Non si riferiva a Sam e Jeremy," borbottò Seth. "Non mi piace neanche quando parlano di loro, ma riesco a farmelo scivolare addosso. I capi possono combattere le loro battaglie oppure lasciare che tu le combatta per loro. Questo lo capisco, ma so quanto impegno Jason ha messo per ottenere la sua laurea e non lascerò che qualcuno insinui che Sam e Jeremy lo chiamano solo perché…"

"Perché cosa?" chiese Phil.

"Non vuoi saperlo davvero," le assicurò lui.

"No, non personalmente," rispose la donna, "ma Walker deve saperlo per poter prendere dei provvedimenti."

"Hanno insinuato che abbia ottenuto il posto concedendo favori sessuali ai capi," confessò Seth alla fine. "Solo che non sono stati così diplomatici."

"È carino, se ti piace il tipo," commentò Walker. Seth sentì il sangue ribollirgli nelle vene. Si sforzò di alzarsi, ma Phil lo fermò.

"Nick, smettila di indispettirlo. Seth, rimettiti giù. Stai ancora sanguinando."

"Capisco che non sono affari miei," continuò Walker, "ma se lo ami al punto di batterti per lui, perché sei qui invece che a Lang Downs? So che Caine e Macklin non ti hanno licenziato."

"Hai ragione," confermò lui. "Non sono affari tuoi."

Walker serrò la mascella. Seth si preparò a una sfuriata, ma l'uomo si limitò a scuotere la testa. "Come vuoi, ma la faccenda è questa, Simms: oggi te la cavi perché quello che hanno detto era inaccettabile, ma la prossima volta che succede torni a Lang Downs oppure vai altrove. Tieniti pure i tuoi segreti, ma non possono interferire con il lavoro. O metti la testa a posto o sei fuori."

Seth avrebbe voluto ribattere che Sam e Jeremy non gli avrebbero permesso di licenziarlo, ma avrebbe richiesto più forza di quanta ne avesse in quel momento. Chiuse gli occhi e si concentrò sul dolore al naso, la mascella e lo zigomo. Era certo di avere una bella collezione di lividi e probabilmente anche qualche taglio. Phil aveva detto che stava sanguinando. Si controllò il naso, ma non gli sembrò rotto. Gli faceva un male del diavolo però, così lo toccò con un po' più di convinzione per assicurarsene.

"Stai cercando di farti ancora male?" gli chiese la donna, allontanandogli la mano.

Seth sospirò e non rispose. Phil non avrebbe capito. Rivoltarsi contro Walker non era stata una decisione razionale, ma il dolore che ne aveva ricavato gli sarebbe bastato per un bel po'. Il jackaroo che aveva fatto il commento su Jason non c'era andato nemmeno vicino. Maledetto idiota.

"No, sto solo cercando di valutare se posso tornare a lavorare," rispose. "Devo riparare una macchina."

Phil assottigliò le labbra ma non cercò di fermarlo quando si mise seduto. Gli girava la testa e aveva la vista offuscata, ma durò poco e, dopo aver sbattuto le palpebre un paio di volte ed essere rimasto immobile, riuscì a guardare la donna senza sentire la nausea salirgli in gola. Il processo si ripeté quando si mise in piedi, ma alla fine riuscì a camminare. "Ci vediamo a cena."

Se Phil lo vide barcollare un po' mentre andava verso la porta, ebbe la gentilezza di non dire nulla.

JASON STAVA togliendo i punti dalla gamba di Solitudine quando sentì i discorsi dei jackaroo.

"È partito all'attacco come un invasato. Pensavo che l'avrebbe ammazzato. Se Walker non glielo avesse tolto via di dosso, non so quello che sarebbe successo a Perkins."

*Non sono affari miei*, pensò Jason mentre continuava col suo lavoro.

"Non so perché i capi gli permettono di restare, ma quel Simms è un pericolo ambulante," commentò un altro.

Ora erano diventati affari suoi. Ma non poteva fare domande, non gli avrebbero mai detto qualcosa. Avrebbe dovuto cercare Seth una volta finito lì e assicurarsi che stesse bene. Da quello che aveva sentito era uscito vincitore dalla rissa, ma ciò non significava che non fosse ferito.

Finì con Solitudine e lo rimise nel suo box. Aveva anestetizzato l'area così da non infastidire il cavallo mentre gli toglieva i punti e aveva dovuto aspettare che la lidocaina smaltisse il suo effetto prima di farlo spostare. Ora gli restava solo da trovare Seth e sperare che accettasse di parlargli senza scappare di nuovo. Non conosceva Taylor Peak come conosceva Lang Downs, ma conosceva Seth, e sapeva che l'avrebbe trovato nella rimessa degli attrezzi, o qualunque cosa avessero lì. Sarebbe andato lì a leccarsi le ferite anche se non avesse avuto del lavoro da fare.

Controllò l'edificio accanto alla stalla ma era un magazzino. Nell'avvicinarsi a quello successivo riconobbe il suono inconfondibile delle imprecazioni dell'amico. Sorrise. Certe cose non cambiavano mai.

Esitò quando raggiunse la porta, e la sensazione gli procurò una stretta al petto. Non ci aveva mai pensato due volte fino ad allora quando si trattava di andare da Seth, sia che fosse per controllare come stava, sia perché gli serviva qualcosa, o semplicemente perché aveva voglia di vederlo. Il bisogno di rimettere le cose a posto era quasi impossibile da ignorare, ma non avrebbe messo a posto niente se lo avesse soffocato fino al punto di spingerlo a fuggire di nuovo.

"Seth?"

Il ragazzo sollevò il viso. Anche nella semioscurità della rimessa, Jason vide i tagli e il livido che gli si stava formando attorno all'occhio. Se lui era il vincitore, meglio non immaginare neanche le condizioni del perdente.

"Jason."

"Stai bene?"

"Sono stato meglio," rispose l'altro con una scrollata di spalle. "Stavo vincendo, finché Walker non ha deciso di intromettersi."

"E comunque perché stavate litigando?" chiese lui, suo malgrado divertito.

"Stavano dicendo delle stronzate. Posso sopportare molto, ma non quello."

"Dici davvero? Ti sei fatto ridurre in quel modo perché qualche idiota ha fatto un commento che non ti è piaciuto?"

"Non parlavano di me," spiegò Seth. "Parlavano di te."

Jason perse all'improvviso tutta la propria spavalderia. "Posso dare un'occhiata? Solo per assicurarmi che tu non sia messo troppo male."

"Phil e Walker mi hanno già controllato," rispose Seth. "Ho un occhio nero di tutto rispetto, un livido sulla mascella, il naso dolorante e qualche taglio. Niente che mi ucciderà."

"Preferirei lo stesso assicurarmene." Mosse un passo incerto all'interno dell'edificio, sperando con tutto se stesso che Seth non si catapultasse nella direzione opposta.

"Perché sei qui, Jase?" gli chiese Seth con un sospiro. Non cercò di scappare e Jason lo interpretò come un fatto positivo.

"Dovevo togliere i punti a Solitudine," rispose lui. "Sarei venuto prima, ma Chris mi ha consigliato di darti il tempo necessario a calmarti prima di seguirti."

"Mi ero raccomandato di non dirti dov'ero quando l'ho chiamato per fargli sapere che stavo bene," ribatté Seth, ma non c'era rancore nella sua voce.

"Lo so. Mi ha fatto vedere il biglietto che gli hai lasciato," disse lui, avvicinandosi di qualche altro passo. "Non so cosa ti abbia spinto ad allontanarti, ma di qualunque cosa si tratti, non è terribile quanto pensi."

L'espressione di Seth mostrava chiaramente tutto il suo scetticismo.

"Puoi non credermi, ma a meno che non mi confessi di essere un serial killer o qualcosa di altrettanto spaventoso, niente di quello che dirai potrà cambiare il fatto che ti amo. Quindi tanto vale che ti abitui. E se scappi, continuerò a inseguirti finché un giorno non ti stancherai."

"Non puoi volermi," lo supplicò Seth. "Sono un casino di proporzioni epiche. Nessuno mi vuole."

Jason sentì spezzarsi il cuore per il disprezzo verso se stesso che trapelava dalle parole di Seth. "Non so da dove ti sia uscita questa convinzione, ma non è vero che nessuno ti vuole. Chris vuole suo fratello. Caine e Macklin hanno bisogno di un meccanico e un ingegnere. Ma più di tutti, ti voglio io, in ogni senso. Ti voglio come amico. Ti voglio come amante. Ti voglio come compagno, se mi accetterai. Voglio la casa, il cane e una vita insieme, ma solo se ci sei tu al mio fianco."

Seth scosse la testa, ma Jason lo ignorò e proseguì.

"Non sei obbligato a credermi, ma ciò non cambierà i miei sentimenti. So cosa voglio, e so con chi lo voglio. Ma c'è una cosa: se credi che il nostro rapporto così come io lo immagino non può funzionare, ti ascolterò. Devi solo dirmi come vuoi che sia. Se vuoi che torni a Lang Downs e ti chiami per chiederti di uscire, lo farò. Se vuoi che continui a stare nel dormitorio mentre tu ti trasferisci nel cottage da solo per abituarti all'idea di avere una casa, va bene anche quello. Io vorrei tutto e subito, non lo nascondo, ma sono disposto a cominciare dove e quando vuoi tu."

"E se io non volessi cominciare affatto?" chiese Seth.

Le parole affondarono come pugnali, ma Macklin lo aveva avvertito che Seth non avrebbe reso le cose facili. "Allora aspetterò finché non sei pronto," rispose. "Ma non mi arrenderò e non ti lascerò solo. Ho fatto questo errore due notti fa e tu sei scappato lontano da me."

Seth emise un suono agonizzante che infranse anche gli ultimi rimasugli del suo autocontrollo. Attraversò i pochi metri che li separavano e lo strinse tra le braccia. "Ti prego," gli sussurrò all'orecchio. "Non scappare di nuovo."

Seth non rispose, ma neanche lo spinse via, così Jason lo interpretò come un assenso. Lentamente, l'amico sollevò le braccia e gliele passò attorno alla vita, accostandolo a sé. Jason rilasciò il respiro che aveva trattenuto fino a quel momento.

"Non so come fare," disse Seth così piano che Jason lo sentì a stento. "Niente di quello che faccio va bene."

"Non è vero," lo contraddisse lui. "Ti ho visto riparare più motori di quanti riesca a contarne."

"I motori non contano. Sono facili. Metti insieme i pezzi nel modo giusto e funzionano. È tutto il resto che è difficile."

Jason lo strinse un po' più forte. "Anche noi siamo i pezzi giusti. Dobbiamo solo trovare il modo migliore per incastrarci. È come un puzzle, ma lo risolveremo insieme."

Seth annuì. "Mi dai un paio di giorni per abituarmi all'idea?"

"Tutto il tempo che ti serve," promise Jason. "Ma..." gli fece scivolare la mano sulla coscia, là dove era affondato il rasoio. "Non ferirti più, okay? Posso sopportare molte cose, ma vedere il sangue che ti scorreva lungo la gamba come... quello non so come affrontarlo."

"Ci proverò."

Jason avrebbe voluto una promessa, delle risposte o una spiegazione, qualunque cosa che potesse suggerirgli come impedire che succedesse di nuovo, ma si era già spinto più in là di quanto avesse previsto. Poteva aspettare ancora un poco. "Allora torno a Lang Downs. Posso chiamarti questa sera per sentire com'è stata la tua giornata?"

"Mi piacerebbe," disse Seth.

Jason gli diede un bacio leggero, cercando di non peggiorare il taglio che aveva sul labbro, ma non poteva andar via senza. "Ti amo," ripeté. "Ci sentiamo questa sera."

"Anch'io ti amo."

# CAPITOLO 17

SETH LANCIÒ un'occhiataccia al cellulare che stringeva in mano. Jason aveva detto che avrebbe chiamato ma si stava facendo tardi e il telefono non aveva ancora squillato. Avrebbe potuto farlo lui. Conosceva il numero bene quanto il proprio. Anzi, forse meglio, visto che non chiamava mai se stesso. Ma non voleva essere lui a telefonare. Voleva che Jason mantenesse la promessa e…

Il telefono suonò, impedendogli di proseguire quel corso di pensieri. Si costrinse ad aspettare il secondo squillo prima di accettare la chiamata.

"Pronto?"

"Ciao, Seth. Scusa se sono in ritardo. Quando sono arrivato a Lang Downs c'era un'altra pecora malata. Ho dovuto vedere cos'aveva prima di fare il resto e poi Kami ha insistito perché mangiassi qualcosa, e Chris voleva sapere come stai e Caine e Macklin hanno chiesto informazioni su Taylor Peak e…"

"E la vita alla stazione è frenetica come al solito," finì per lui. "Non mi devi nessuna spiegazione, però sono contento che tu abbia chiamato. Cos'è questa storia della pecora malata?"

"Macklin ha notato che un paio avevano un comportamento strano. Non avevano febbre né niente, ma per sicurezza le ho fatte riportare alla stazione. Quando oggi sono tornato Ian ne aveva portata un'altra con gli stessi sintomi, così ho dovuto ricontrollarle tutte e tre per assicurarmi di non aver tralasciato nulla la prima volta."

"Ed era così?"

"In quel caso, non ho ancora capito cosa. Probabilmente non è niente, ma preferisco tenerle d'occhio. La tua giornata, invece?"

"Tutto bene," rispose lui. "Ho rimesso a posto l'ute. Ci crederesti che Taylor faceva economia proprio su tutto? Gli serviva solo una revisione, ma era stato trascurato al punto che se avessimo aspettato ancora ci sarebbe stato da rifare completamente il motore, ed è molto più costoso che cambiare l'olio e pulire le candele."

"Sì, papà diceva sempre che non c'era nessuno più tirchio di lui. Come ti senti?" Seth riuscì quasi a sentire la voce di Patrick che pronunciava quelle parole; il capomeccanico non aveva mai legato troppo con i Taylor finché non si era presentato Jeremy. "Ti fa male?"

"Ho preso del paracetamolo," rispose, "ma non c'è niente che faccia sparire prima i lividi. Dovrò rassegnarmi a non essere bello e affascinante per qualche giorno."

"Ti amo lo stesso, lividi e tutto," disse Jason con una serietà tale che Seth scoppiò a ridere.

"Non stavo cercando complimenti."

"Lo so," rispose Jason, "ma non per questo è meno vero. Non mi sono innamorato di te per il tuo aspetto, e non smetterò di amarti perché hai qualche livido."

"Perché ti sei innamorato di me?" Le parole gli scivolarono fuori prima che riuscisse a fermarle. Lo facevano apparire insicuro e un po' scemo, ma era una cosa che proprio non riusciva a spiegarsi.

"Perché mi fai divertire, perché sei incredibile e quando sei arrivato a Lang Downs non guardavi dall'alto in basso il ragazzino di campagna," rispose Jason. "Perché avevi sempre tempo per me anche se ero più giovane. Perché facevi finta di andare male in matematica per non farmi sentire stupido visto che a me creava problemi, e allo stesso tempo riuscivi a spiegarmela meglio di quanto facessero i professori e i libri. Perché ti sentivi solo quanto me, anche se eri più bravo a fingere di non aver bisogno di nessuno. Perché il tuo sorriso illumina la stanza e quando ci sei tu tutto il resto sparisce. Ti basta o vuoi che continui?"

Seth deglutì con difficoltà. Non si era aspettato che Jason avesse una risposta, e di certo non una così dettagliata. "Basta," rispose con voce roca. "È... cazzo, Jase, non puoi dirmi queste cose. Non sono io la persona di cui parli."

"Sì che lo sei. Magari non ti vedi sotto questa luce, ma sono tutte cose che hai fatto. Ricordi quando sono tornato alla stazione dopo aver curato Solitudine? Sono corso subito da te. Non dai miei genitori, da Cooper o da qualcun altro. Sono venuto da te perché mi è bastato vederti per sentirmi meglio. Mi basta la tua presenza per essere felice."

"Sei un coglione a darmi tutta questa fiducia," lo avvertì Seth. "Farò casino come sempre e alla fine ti ferirò."

"Continui a ripeterlo," disse Jason, "ma non succederà. È ovvio che qualche volta litigheremo, soprattutto perché sei un po' troppo disordinato, ma non smetterò di amarti per questo."

"E quando mi agito e faccio qualcosa di stupido per cercare di calmarmi?" domandò lui. "Perché è qualcosa di molto più difficile da controllare rispetto alla sciatteria."

"Cos'è che ti spaventa? Magari riusciamo a trovare un modo più sicuro per affrontarlo."

"Tutto," confessò lui. "Non so cosa si deve fare in una relazione. Non so come si fa sesso con un uomo. Non so come si fa a essere felici."

"Mi dispiace dover essere io a dirtelo, ma sono dieci anni che abbiamo una relazione e te la stai cavando benissimo. Quindi forse ne sai più di quanto credi. E il resto non sarà più difficile di questo."

"Ma è diverso quando si è amici."

"Dici?" chiese Jason. "Perché per come la vedo io le uniche cose che cambieranno sarà che dormiremo nello stesso letto – cosa che facevamo anche prima, fra l'altro – e il sesso. E l'unica differenza in quest'ultimo caso è con chi lo fai. A meno che l'idea di fare l'amore con me non ti disgusti."

"Ora chi è che va in cerca di complimenti?" La voce gli si spezzò mentre parlava. Jason pensava che non fosse attratto da lui? Ma quando mai?

"Io," rispose Jason senza vergogna. "Sentirti dire che mi amavi è stata la realizzazione di un sogno. Baciarti era qualcosa che mi concedevo di immaginare solo a tarda notte, nel mio letto. Sto facendo del mio meglio per essere paziente e darti ciò di cui hai bisogno perché fra noi funzioni, ma ci sono rimasto male quando sei scappato. Resterò al tuo fianco a qualunque costo, ma è difficile se non sei qui."

"Mi dispiace," si scusò Seth. "Non volevo che tu lo scoprissi. Non volevo che nessuno scoprisse quanto sono debole."

"Credi di potermi dire perché l'hai fatto?"

Seth provò a cercare il modo migliore per spiegarglielo perché spesso neppure lui si capiva, dopo. "Perché qualche volta ho una tale confusione in testa da non riuscire a pensare," cominciò. "E quando succede il dolore è l'unica cosa in grado di spezzare il circolo vizioso. Posso controllare i tagli. Posso decidere dove tagliare e quanto in profondità. Qualche volta ho la sensazione che sia l'unica cosa su cui ho davvero controllo."

"Allora sono io che devo scusarmi, perché non volevo farti sentire così."

"Non sei tu. Almeno, non solo tu, e non di proposito. Te l'ho detto: sono un casino e il modo in cui cerco di stare a galla è un casino ancora più grande."

"Non sei un casino, e se non ti piace il modo in cui cerchi di affrontare i problemi, cercane un altro."

"Più facile a dirsi che a farsi," protestò lui.

"Su questo non ho dubbi, ma ciò non significa che tu non possa farlo. Non ti sei mai tirato indietro davanti a una sfida, Seth. Cristo, hai attaccato Walker oggi. Rispetto a quello, il resto non può che essere una passeggiata."

"Non saprei neanche da dove cominciare," ammise lui.

"Neanch'io, ma so chi potrebbe."

"Chi?"

"Thorne o Ian," spiegò Jason. "Si sono entrambi fatti aiutare per risolvere i loro problemi. Magari alcune delle cose che hanno imparato potrebbero tornare utili anche a te. E se così non fosse, potrebbero dirci a chi rivolgerci."

"Ti amo," gli disse Seth, perché nient'altro avrebbe potuto esprimere nello stesso modo ciò che provava. "Chiunque altro sarebbe scappato a gambe levate."

"Peggio per loro," rispose Jason. "Ti amo anch'io. Dovresti dormire un po', il tuo corpo ha bisogno di riposo per guarire. Ti voglio di nuovo in forma. Magari non ti amo solo per il tuo bel faccino, ma ciò non significa che mi piaccia vederlo coperto di lividi."

"Mi manchi," confessò lui piano. "Il letto è freddo senza di te."

"Siamo in estate," ribatté Jason. "Niente è freddo in questa stagione. Ma anche tu mi manchi. Chiedimelo e mi trasferisco a Taylor Peak domani. Oppure potresti tornare tu. Come preferisci."

"Tra qualche giorno," promise. Detestava far aspettare Jason, ma non se la sentiva ancora. Gli serviva un altro po' di respiro. "Di' a tutti che li saluto."

"Buonanotte, Seth. E sognami."

"'Notte, Jase."

Seth chiuse la chiamata e rimase steso sul letto a guardare il soffitto. I pensieri si rincorrevano frenetici dentro la sua testa, ma per una volta li lasciò liberi anziché cercare di calmarli o indirizzarli verso o via da qualcosa.

Jason lo amava. Nonostante tutto. Nonostante il tagliarsi, la fuga, la rissa e tutto il resto, Jason lo amava.

Avrebbe dovuto essere spaventato dal fatto che nonostante tutte le sue cazzate Jason non se ne andasse, invece il pensiero gli dava una sorta di calma. Forse l'amico aveva ragione: forse poteva farcela a far funzionare quel rapporto.

Chiuse gli occhi e il pensiero di una vita da trascorrere insieme a Jason lo accompagnò nel sonno.


SETH NON aspettò Jason quando tornò nella sua stanza al dormitorio la sera successiva. Prese il telefono e lo chiamò subito.

"Pronto?"

Jason sembrava senza fiato… Mmm, intrigante!

"Ciao, sono io."

"Ciao, Seth. Stavo per chiamarti, sono appena uscito dalla doccia."

Oh, interessante anche quello! Jason con le gocce d'acqua che gli scivolavano sulla pelle, un asciugamano allacciato in vita... asciugamano che lui avrebbe potuto far cadere con estrema facilità.

"Vuoi che ci sentiamo tra un po'?"

"No, dammi solo qualche secondo per mettermi qualcosa addosso."

"Non disturbarti per me," rispose lui. "Mi piace l'idea di saperti mezzo nudo mentre parliamo."

"Ah, ecco, quindi sarà una di *quelle* telefonate?" lo canzonò Jason.

"Ti dispiace?"

"A me neanche un po', finché non ti senti in una situazione poco confortevole."

"In effetti sono in una situazione poco confortevole," rispose lui, aggiustandosi la patta per fare spazio al suo sesso che stava cominciando a dare segni di vita, "ma speravo che tu volessi aiutarmi a risolverla."

"Appena torni a casa farò tutto ciò che vuoi," promise Jason.

"Dammi un'anteprima. Cosa vorresti fare?"

Jason trattenne il fiato per qualche secondo. "Staremmo tornando dalla cena in mensa, probabilmente ridendo per qualcosa che Molly ha detto a Neil."

Seth riusciva a immaginarlo con facilità. Quante volte avevano lasciato la mensa divertiti dopo aver visto quanto Neil fosse succube della moglie? Era una visione piacevole, tranquilla, familiare e soprattutto vera.

"Ma non appena mettiamo piede dentro casa, ti spingo contro il muro perché la tua risata è un afrodisiaco naturale. Quasi quanto i tuoi baci."

"Oppure potrei essere io a spingerti contro il muro," disse Seth.

"Va bene lo stesso. Finché mi tocchi e mi lasci toccare. Sono versatile in tutti i sensi."

Seth fu scosso da un brivido al pensiero di rotolarsi nel letto e cambiare i ruoli e le posizioni a seconda del capriccio del momento. C'era un senso di giustezza a immaginare di stare insieme in quel modo. "E poi?"

"Dipende da cosa vuoi," disse Jason, "ma immagino che ben presto ci troveremmo senza vestiti. A meno che tu non preferisca fare le cose con calma. Anche lento è bello."

Seth riusciva a visualizzare entrambe le possibilità, ma ce l'aveva già mezzo duro solo a sentire Jason parlare. Non avrebbe avuto la pazienza di andare piano quella sera. "Nudi va bene. Possiamo prendercela comoda un'altra volta."

"Contaci." I significati nascosti in quella promessa gli mozzarono il fiato. Meglio non soffermarcisi o avrebbe supplicato Jason di raggiungerlo in quell'esatto momento. Tirò i bottoni a pressione della camicia e se la tolse.

"Via la camicia," disse. "Basta?"

"È un inizio," rispose Jason, "anche se io sono già un po' oltre. Ma va bene. Mi divertirò a spogliarti piano piano. Cosa ti piace? Vuoi che ti succhi i capezzoli o continuo con i vestiti?"

Seth non aveva idea di cosa rispondere. I preliminari con Ilene consistevano nel prepararla, dal momento che sembrava pensare che a lui bastasse quello per eccitarsi. Non riusciva neanche a ricordare l'ultima volta che qualcuno aveva esplorato il suo corpo.

"Seth?" lo chiamò piano Jason.

"Sono qui. Sorprendimi."

Riuscì quasi a sentire il sorriso di Jason attraverso la cornetta. "Oh, tesoro, non sai quello che chiedi. Ho una fissazione per la bocca, sai? Devo appoggiarla da qualche parte

681

mentre faccio sesso. Sulla tua, sul tuo collo, sul petto, sull'uccello, sul tuo sedere mentre ti apro con la lingua... non importa dove purché faccia qualcosa."

Seth gemette. Oh, cazzo! Jason rischiava di ucciderlo ancor prima di arrivare a toccarlo.

"Succhiati le dita," gli ordinò l'amico. "Bagnale bene." Seth lo fece. "Pronto?"

"Sì."

"Bene, ora passatele sopra il capezzolo. Non importa quale. É la mia lingua che ti esplora e trova il punto e la pressione necessari a farti gemere di nuovo."

Seth lo avrebbe fatto anche se non avesse sentito niente solo perché era Jason a chiederglielo, ma il suo capezzolo fremette e si increspò sotto il tocco della sua mano, stimolato anche dal pensiero di come sarebbe stato sentire la lingua di Jason sulla pelle. "È bellissimo."

"Questo voglio sentire," ansimò Jason. "Ti voglio così tanto che mi tremano le mani. Rischio di fare cadere il telefono se non sto attento."

"Non farlo," lo supplicò lui. "Voglio sapere che succede poi."

"Non possiamo fare quello che ho in mente in salotto. O forse sì, ma staremo più comodi sul letto, così ti guido attraverso la casa fino alla camera perché non ho intenzione di lasciarti andare, nemmeno per fare più in fretta. Quando arriviamo, ti sfilo anche il resto dei vestiti. Vuoi spogliarti per me?"

"Solo se lo fai anche tu."

"Già fatto."

Seth si tolse tutto quanto più in fretta possibile. Il suo corpo lo stava praticamente implorando di essere toccato, ma lui era curioso di sapere cosa l'amante gli avrebbe chiesto di fare a quel punto. "Pronto," disse riprendendo il telefono.

"Riesci a sentirmi?" chiese Jason. "Ho messo il vivavoce, così ho entrambe le mani libere. Devo prepararmi se voglio cavalcarti come ho sempre immaginato di fare."

Seth sentì la lussuria scaldargli il ventre, e il suo sesso si fece ancora più duro quando immaginò Jason a cavalcioni sopra di lui. "Che devo fare?"

"Devi aprirmi se vuoi che ti cavalchi. Altrimenti fa male."

"Non voglio farti male," si schermì subito lui.

"Non lo farai," lo rassicurò l'amico. "Ti ungerai bene le dita e mi allargherai con calma cosicché quando non ce la faremo più ad aspettare, potrai scivolare dentro di me con facilità e agio."

"Questa sera dovrai farlo al posto mio." Con il cuore in tumulto, Seth provò a immaginare come sarebbe stato aprire Jason nel modo in cui gli aveva descritto, ma la fantasia non bastò. "Dimmi cosa fai. Com'è."

"Le tue mani sono grandi e sentirle su di me è come il paradiso." La voce di Jason si era fatta roca. Seth chiuse gli occhi per figurarsi meglio la scena che l'amico gli stava descrivendo. "Dita grosse e lunghe che mi allargheranno alla perfezione. Cominci con uno, ma non serve. Lo facciamo abbastanza spesso e ti voglio così tanto che il mio corpo ti accoglierà subito, ma a te piace stuzzicarmi. Ti piace sentirmi implorare di darmi un altro dito. Ti piace sentirmi implorare di scoparmi, ma non sono ancora arrivato a quel punto. Non manca molto, ma non ci sono."

"Jason," mugolò Seth. Voleva vedere com'era Jason mentre si apriva da solo. Voleva vedere che espressione aveva il suo viso contorto dal piacere.

"Continui a infilare il tuo dito sempre più in profondità, ma sei un bastardo e non premi contro la prostata perché sai che andrei subito fuori di testa se lo facessi. È già successo in passato, mi hai messo due dita dentro e l'hai titillata finché non sono più stato capace di trattenermi."

"Ma non questa sera," disse Seth, entrando nello spirito del gioco. "Stasera voglio di più che le mie dita dentro di te."

"Allora mettimene un altro. Uno non basterà se hai intenzione di prendermi con forza."

Seth strinse il pugno attorno al proprio sesso e prese ad accarezzarlo piano, immaginando che fosse la mano di Jason a mantenerlo duro mentre lui lo apriva. "Due dita, adesso," ansimò. "Sento il tuo calore e quanto sei stretto."

"Sì, sono stretto e impaziente. L'unico problema è che sei lontano. Ti avevo detto che mi piace avere qualcosa da fare con la bocca. Girati, così posso arrivare al tuo cazzo. Te lo succhierò quel tanto che basterà a tenerlo pronto per me."

Seth strinse la mano attorno alla propria lunghezza mentre nella sua testa rimpiazzava l'immagine delle dita di Jason con quelle della sua bocca che si chiudeva attorno alla punta. "Merda, Jason, vuoi uccidermi?"

"No, tesoro, voglio solo amarti. Le tue dita dentro di me sono meravigliose mentre mi allargano." Emise un lungo gemito ansimante. "Questa volta hai trovato la prostata."

Seth ringhiò. Voleva sentire di nuovo quei suoni pieni di desiderio. Se sfiorargli la prostata gli provocava quella reazione, Seth aveva intenzione di farlo fino alla morte. "Non l'ho solo trovata," ansimò tra i suoi stessi grugniti e rantoli. "Ma ho intenzione di giocarci finché non mi supplicherai di scoparti."

"Non ci vorrà molto," disse Jason. "Sono già vicino. Sai benissimo come toccarmi per farmi schizzare in alto come un razzo."

"Com'è?" insisté Seth.

"Come sentire i fuochi d'artificio sotto la pelle," rispose Jason senza fiato. "Come tornare a casa. Fare l'amore con te è sempre come tornare a casa. Sono pronto, Seth. Vuoi scoparmi adesso?"

"Sì," rispose lui con voce scura. "Dimmi come lo vuoi."

"Sei steso sulla schiena. Ti salgo a cavalcioni e scendo su di te come se fossimo fatti per incastrarci. Sei enorme dentro di me. Se mi riempissi di più, andrei a fuoco. Toccati, Seth. Stringi forte. É il mio culo che ti prende, che ti fa sentire bene. Ti piace?"

Seth non aveva le parole per descrivere quanto si sentisse bene, non solo fisicamente ma anche per come le parole di Jason stavano descrivendo la scena, come se fosse una cosa normale, parte della loro vita insieme. Jason però aspettava una risposta, così si costrinse a trovarne una coerente. "Sei meraviglioso, così stretto."

"Ondeggi i fianchi spingendo verso l'alto mentre io spingo in giù. Potresti semplicemente restare lì e lasciare a me il lavoro, ma non lo fai mai. Ti prendi sempre cura di me. Colpisci la ghiandola a ogni passaggio ormai, proprio come mi piace. È veloce e frenetico e non durerà a lungo. Non questa sera."

"Neanch'io," fece lui senza fiato. "Vieni con me, Jase. Voglio sentirti urlare."

Jason smise di parlare a quel punto, ma i mugolii e gli ansiti che lo raggiungevano attraverso il telefono erano più che sufficienti. I rumori si fecero più rapidi. "Parlami," boccheggiò Jason.

La sua inesperienza si fece sentire ora che non c'era più nessuno a guidarlo, ma non poteva abbandonarlo a quel punto. Forse non sapeva cosa fare, ma qualcosa poteva dirla lo stesso. "Sei bellissimo così. Sembri fatto per cavalcarmi, vero?"

"Sono fatto per tutto quello che facciamo insieme," disse Jason. "Seth!"

Un respiro affannato lo raggiunse attraverso il telefono. Seth strinse la presa e si abbandonò all'orgasmo. Emise un verso inarticolato e lasciò che il proprio corpo si liberasse. Cercò di pronunciare il nome di Jason, ma la sua bocca non aveva intenzione di collaborare.

Rimase steso lì per qualche altro minuto, ad ascoltare il respiro dell'amico.

"Ti amo," disse questi alla fine.

"Anch'io. Ho promesso a Jeremy che avrei aggiustato il trattore e la mietitrebbia, ma non appena ho finito mi precipito a casa."

"Io sono qui che ti aspetto. Finché non sei pronto."

Seth non sapeva se era pronto, ma doveva provarci. Jason gli aveva prospettato l'immagine di una vita insieme che lo attirava come fa la fiamma con la falena. Forse si sarebbe bruciato, ma forse, con Jason al suo fianco e disposto ad aiutarlo, forse ce l'avrebbe fatta.

# CAPITOLO 18

SETH IMPIEGÒ altri tre giorni prima di aver fatto quanto necessario a farlo sentire abbastanza tranquillo di tornare a casa. Giustificò la sua scelta di controllare tutti i macchinari e gli ute anziché il solo trattore e la mietitrebbia dicendosi che così facendo non avrebbe corso il rischio di doversi ripresentare di lì a una o due settimane, ma avrebbe potuto lasciarne passare almeno sei e poi fare un paio di giorni di manutenzione ordinaria. Era un ritardo – lo aveva ammesso anche con Jason durante le loro telefonate notturne – ma significava anche un più lungo periodo di stabilità quando finalmente fosse tornato a casa.

A quel punto però non poteva più rimandare. Aveva fatto tutto quello che c'era da fare ed era ora di rimettersi in strada.

Mise tutte le sue cose nel baule della macchina e si diresse verso Lang Downs. Verso Jason.

Verso casa.

Quando arrivò al confine tra le due stazioni, aveva le mani che tremavano e il respiro gli usciva dalla bocca in piccoli ansiti. Aveva perso il conto di quante volte aveva preso il telefono per chiamare Jason e sentirsi rassicurare, ma l'amico stava ancora lavorando e lui non voleva disturbarlo. Poteva farcela da solo. Doveva solo continuare a guidare finché non avesse raggiunto Lang Downs. Lì ci sarebbe stato Jason ad aspettarlo e tutto sarebbe andato a posto. Jason non gli avrebbe permesso di dubitare.

Sentì il bip di un messaggio in arrivo.

*Non vedo l'ora di vederti. Arriva presto.*

Bastò quello: il suo respiro tornò regolare e il senso di costrizione al petto scomparve. Non sapeva cosa aveva fatto per meritare Jason, ma avrebbe fatto tutto il possibile per non perderlo, perché niente – nemmeno il bacio del rasoio – lo tranquillizzava come sapeva fare lui.

Si fermò quel tanto che bastava a rispondere. *Appena raggiunti i confini della stazione. Sarò lì fra un'ora. Ti amo.*

*Io di più.*

Seth rise, sicuro che quella fosse stata l'intenzione di Jason, anche se non era possibile che l'amico lo amasse più di lui. Sarebbe stato assurdo, tuttavia, mettersi a discutere su una cosa del genere, così non rispose. Ma neanche smise di sorridere per tutto il tempo che impiegò a raggiungere la stazione.

Una volta arrivato si chiese dove parcheggiare. Gli stagionali usavano tutti lo spazio dietro alla rimessa degli attrezzi e per le incombenze quotidiane usavano gli ute, ma la maggior parte dei residenti lasciava le auto vicino alle rispettive case.

*Parti convinto.* Quante volte il suo primo insegnante gli aveva ripetuto quella frase? Non avrebbe saputo dirlo, però gli era rimasta in testa per tutti quegli anni. Guidò fino al cottage di Sam e Jeremy – ci avrebbe messo ancora un po' per cominciare a considerarlo suo e di Jason – e parcheggiò di fianco alla casa. Fece appena in tempo a scendere che Polly gli corse incontro agitando la coda.

"Ciao, ragazza," la salutò lui, grattandola dietro le orecchie. "Dov'è Jason?"

"Proprio qui," disse la voce del ragazzo alle sue spalle. "Ti ho visto arrivare, ma Polly è stata più veloce."

"Mi fa sempre piacere farle qualche coccola," rispose lui, "ma preferisco di gran lunga salutare te."

E infatti, quando l'amico fu a portata di mano, Seth lo afferrò e lo attirò a sé, abbracciandolo stretto. "Mi sei mancato."

"Anche tu," rispose Jason. "Non era casa senza di te. Non lo è mai stata."

Seth trasse un respiro profondo. "Mi aiuti a portare dentro le mie cose?"

"Qui oppure da Chris?"

*Parti convinto.* "Qui. Non è detto che non mandi tutto a puttane, ma voglio provarci lo stesso. In ogni modo."

"Non manderai niente a puttane," lo rassicurò Jason. "Non te lo permetterò."

Seth sorrise. "Per questo ti amo."

Presero i bagagli di Seth dal baule e li portarono dentro. "Li apro dopo," annunciò non appena si furono chiusi la porta alle spalle. Lasciò cadere il borsone che aveva in mano e si lanciò su Jason, che fece lo stesso. Le loro bocche si incontrarono a metà strada, unendosi in un bacio mozzafiato, mentre le mani dell'amico gli accarezzavano la schiena. Poco propenso alla pazienza, Seth lo afferrò per i fianchi e appiccicò i loro corpi. Jason prese a ondeggiare il bacino, strusciando le loro erezioni l'una contro l'altra attraverso i vestiti. "Oh, cazzo," annaspò lui quando interruppe il bacio.

"L'idea è quella," rispose il compagno con un gemito. Lo tirò verso il divano. Seth gli caracollò dietro, cercando di non staccare il loro corpi, finché Jason non si girò fra le sue braccia e si lasciò cadere all'indietro sui cuscini, tirandolo giù con sé. Gli strizzò il sedere e poi spostò le mani tra di loro per potergli sbottonare i jeans.

Seth si sollevò sulle ginocchia quel tanto che bastava a lasciarglielo fare e quando l'amante vi infilò dentro una mano e la strinse attorno alla sua erezione, Seth fu attraversato da un brivido. La mano di Jason era grande, calda e ricoperta di calli, assolutamente meravigliosa sul suo corpo. In preda a un desiderio bruciante di ricambiare e far provare all'amico lo stesso piacere, cominciò anche lui a trafficare coi suoi vestiti.

Nel momento stesso in cui lo sfiorò sotto gli strati di tessuto, Jason liberò un lungo sospiro. "Dio, adoro le tue mani. Nulla a che vedere col sesso telefonico."

Il pugno di Seth tremava mentre lui cercava di trovare la giusta angolazione, la giusta pressione e il giusto ritmo per dare piacere all'amante, anche se quest'ultimo sembrava totalmente perso nella sensazione di sentire finalmente le sue mani su di sé, e lui era troppo distratto da quello che provava a sua volta per riuscire a fare altro se non imitare i suoi movimenti. Gli faceva male ovunque e il battito del proprio cuore che gli rimbombava nelle orecchie rendeva difficile ascoltare i gemiti di Jason.

"Baciami," ordinò quest'ultimo, tirandolo verso di sé con una mano sul collo. Seth si appoggiò meglio che poté sul braccio libero e si chinò per obbedire. Jason allacciò le loro bocche, succhiandogli e mordendogli le labbra. Seth gemette e allentò la stretta attorno al sesso di Jason: era troppo e troppo in fretta eppure ancora non gli bastava. Sentiva la testa girare e scintille infuocate percorrergli i nervi e pensò che sarebbe morto in quell'esatto momento tanto la sensazione era intensa.

Continuò a muovere la mano, determinato a non lasciare l'amico a bocca asciutta quando lui lo stava facendo sentire così bene. Jason mugolò qualcosa e intrecciò la lingua alla sua. Un attimo dopo il suo uccello fremette e gli ricoprì il pugno di un liquido appiccicoso.

Seth rallentò il movimento, cercando di metabolizzare il fatto che Jason era venuto grazie a lui. Porca paletta, aveva fatto venire Jason! Ce l'aveva fatta, con la sua inesperienza e tutto. Gli aveva stretto la mano attorno al sesso e...

Il suo orgasmo lo colse alla sprovvista e venne sopra il ventre di Jason, mescolando il proprio seme a quello che già gli imbrattava la mano.

"Oh Dio," ansimò mentre interrompeva il bacio. Non riusciva a respirare. Non riusciva a pensare. Non riusciva...

"Nessun Dio, solo io," disse Jason sorridendo.

Seth non poté fare a meno di ridere. "Meglio del sesso telefonico?"

"Neanche nello stesso universo del sesso telefonico. Ma ci conviene ripulirci. Tra un po' è ora di cena e non possiamo andare in mensa così. Ti va di fare la doccia insieme?"

Seth si sentì stringere lo stomaco e la gola, ma prima che potesse trovare il modo di declinare, furono raggiunti dal tintinnio della campana della cena.

"Meglio di no," disse Jason. "Sarei troppo tentato di dilungarmi. Dammi due minuti per pulirmi e poi ti lascio il bagno."

"Un'altra volta magari. Non dobbiamo fare tutto questa sera," si difese lo stesso lui.

Jason rise. "Bravo. E devi anche darmi il tempo di recuperare." Lo baciò ancora poi si mise seduto. "Spero che ci siano gli asciugamani."

Seth lo guardò allontanarsi. Aveva i palmi sudati, ma non c'entrava nulla il sesso, per quanto stratosferico. Il sesso andava bene. Forse non sapeva cosa stava facendo, ma era riuscito lo stesso a dare piacere a Jason, quindi non era quello il problema. In momenti come quello spegneva il cervello; il difficile, però, arrivava quando il cervello tornava ad accendersi. Decise di lavarsi le mani al lavandino della cucina. Considerata la posizione sul divano, era stato Jason a soffrire maggiormente del casino. A lui bastava una pulita veloce e una sciacquata alle mani per cancellare le prove del misfatto. Niente avrebbe però potuto cancellarlo dalla sua mente: ne avrebbe conservato il ricordo fino alla fine dei suoi giorni.

Trovò un canovaccio sotto il lavandino e lo usò per asciugarsi. Una volta finito lo avrebbe messo fra i panni da lavare così che a nessuno venisse in mente di usarlo per i piatti. Dopodiché, si tirò su la cerniera e cercò di riprendere un aspetto decente. Si sentiva le labbra gonfie, tanto i baci erano stati violenti, ma non era un segreto per nessuno che stessero insieme. E il resto – che dai baci erano passati al masturbarsi a vicenda sul divano – poteva benissimo restare fra loro.

E, in ogni caso, era probabile che tutti già pensassero che fossero volati direttamente in camera a scopare come conigli. Cristo, non li avrebbero risparmiati quella sera a cena!

Appoggiò la testa allo sportello freddo del frigorifero. Perché aveva deciso di tornare a casa?

Jason gli avvolse le braccia attorno alla vita. "Stai bene?"

*Oh, sì. Ecco perché.*

"Stavo solo pensando che questa sera ci massacreranno in mensa," rispose. "Se le mie labbra sono gonfie come me le sento, capiranno subito cos'abbiamo fatto."

"Davvero ti interessa? Tutti i residenti vivono insieme a qualcuno ormai e di certo fanno sesso come e quando vogliono. Gli stagionali, invece, saranno invidiosi perché non ne fanno abbastanza. Senza contare tutte le volte che *noi* abbiamo canzonato gli altri; non possiamo tirarci indietro ora che è il nostro turno. Ricordo chiaramente quante ne hai dette a Chris e Jesse quando si sono messi insieme."

Seth sorrise. "Sì, ma se lo meritavano."

"E anche noi." Gli posò un bacio sulla spalla. "Sono contento che tu sia tornato. Andiamo a mangiare così poi potremo mettere via le tue cose e parlare un po' prima di metterci a dormire."


POCO PIÙ tardi, mentre tornavano a casa dopo aver recuperato le sue cose dal cottage di Chris e Jesse, Seth sentiva ancora le guance in fiamme per tutte le prese in giro che avevano dovuto sopportare a cena. Tutto in buona fede, ovviamente, ma suo fratello in particolare non si era risparmiato, e ogni volta che lui cercava di correggere una supposizione, Neil si metteva le mani sulle orecchie e cominciava a ripetere che non voleva sentire i dettagli. Ovviamente Ian lo aveva criticato per quell'atteggiamento, facendogli pensare a come dovessero essere le conversazioni private tra i due amici. Thorne invece non ne sembrava infastidito, e a quel punto Seth si chiese se non gli stesse sfuggendo qualcosa. Era probabile, considerato tutto il tempo che era stato lontano.

Entrarono in casa e Jason sedette sul divano, picchiando il palmo sul cuscino vicino al suo. Voleva che lo raggiungesse.

"Non l'abbiamo appena fatto?" chiese lui ironico mentre si accomodava.

"Questa volta parliamo," rispose l'amico.

Seth aveva temuto quella risposta. "Sì, credo che dovremmo."

"Abbiamo portato qui le tue cose, quindi immagino che tu voglia trasferirti e io sto davvero tentando disperatamente di non dare niente per scontato o metterti pressione, quindi devi dirmi con chiarezza cosa vuoi. Preferisci che io rimanga al dormitorio?"

Il pensiero di abitare insieme a Jason gli tormentava lo stomaco, ma aveva già ceduto una volta al panico. Non poteva farlo di nuovo. "No, non posso assicurarti che sarà facile, ma ti voglio qui con me. Sono tornato per te, non per una casa vuota."

"Una cosa non esclude l'altra," gli ricordò il ragazzo. "Posso tenere la stanza al dormitorio finché ce n'è bisogno, sia che rimanga qui con te sia che la usi per dormirci."

"Lo so, ma il problema non è mai stato dormire insieme a te. E non è neanche il sesso. Non so quello che faccio, questo è vero, ma non mi fa paura. Se sbaglio qualcosa, mi dirai come farla bene."

"Allora qual è il problema?" chiese dolcemente Jason. Seth sentì i muri alzarsi dentro di lui, ma sapeva che l'amico non voleva saperlo per avere un'arma con cui ferirlo, bensì per aiutarlo. Avrebbe solo voluto non sentirsi tanto vulnerabile mentre rispondeva.

"Tutti se ne vanno," disse alla fine. "E non so come fare a credere che questa volta sarà diverso."

"Io sono sicuro che non ti lascerò," gli assicurò Jason. "Ma l'unico modo per dimostrartelo è restare."

"Che è la ragione per cui ti ho chiesto di venire a vivere qui insieme a me. Magari non so come fare a crederlo adesso, ma non lo saprò neanche tra una settimana, un mese o un anno se non ci provo. Averti qui con me mi aiuterà di più che starti lontano."

"Allora è meglio che cominci anch'io a trasferirmi," esclamò Jason. "Perché non c'è nessun altro posto dove vorrei essere."

"Ti serve una mano?" gli chiese lui, il cuore ancora in tumulto. Per qualche ragione si era aspettato che la conversazione sarebbe stata più difficile, e il modo tranquillo in cui si era svolta gli aveva lasciato addosso un senso di incertezza su cosa sarebbe potuto succedere a quel punto.

"Non ho molto da prendere, ma in due faremo prima," accettò Jason. "Sempre se non ti scoccia sorbirti un altro giro di prese per il culo."

"Cosa potranno mai dire che non sia vero?" chiese Seth. "E comunque la maggior parte neanche li conosco. Non mi interessa cosa pensano." E Jason aveva preferito lui all'unico di cui sapeva qualcosa, quindi qualunque cosa Cooper potesse dire sarebbe stato un po' come la volpe con l'uva.

Camminarono insieme fino al dormitorio, così vicini che le loro dita si sfioravano a tratti, ma senza prendersi effettivamente per mano. La stanza di Jason era quella più vicina all'area comune, ma ciò non toglieva che per raggiungerla dovevano passare in mezzo al gruppo dei jackaroo riuniti per il dopo cena.

"Guarda, guarda chi si rivede," fece uno degli uomini. "Pensavo che fossi già lontano ormai."

"Sono andato a Taylor Peak per dare un'occhiata alle loro macchine," rispose lui. "Era più comodo restare qualche giorno che fare sempre avanti e indietro."

"Davvero?" ribatté il jackaroo. "E allora come te li sei fatti quei lividi in faccia?"

"Chiudendo la bocca a un idiota. Se vuoi ti faccio vedere."

"Seth." Jason aveva usato un tono di voce severo e gli appoggiò una mano sul braccio. Seth avrebbe desiderato potersela scuotere di dosso e dare una lezione a quel pezzo d'asino così come l'aveva data a Perkins, ma non voleva guadagnarsi la reputazione di attaccabrighe.

"Prendiamo le tue cose e usciamo di qui," disse invece a Jason. L'amico gli fece attraversare la sala comune e lo condusse nella propria camera. Seth si guardò intorno notando quanti pochi oggetti personali vi fossero sul comò.

"Se tu pensi ai libri, io prendo i vestiti e poi ci togliamo dalle scatole," disse Jason, lanciandogli uno zaino.

"Subito," rispose lui, cominciando a raccogliere i testi di veterinaria. Erano tanti e sarebbero stati pesanti, ma avrebbe trovato il modo di portarli tutti se ciò significava che non dovevano fare un altro viaggio. Per quello che lo riguardava sarebbe stato al settimo cielo se non avesse mai più messo piede al dormitorio. Quando finì, Jason era ancora impegnato con i vestiti, così prese una manciata di biancheria dal cassetto e cominciò a piegarla.

"Vuoi aiutarmi anche con le mutande sporche?" lo canzonò Jason.

"Immagino che tanto finiranno nella stessa cesta," rispose lui con un'alzata di spalle che tradiva il battito impazzito del suo cuore al solo pensiero. "Tanto vale che mi ci abitui."

"Mi piace sentirtelo dire. Ricordo che quando ero piccolo, papà si lamentava sempre se qualcosa della mamma finiva tra i suoi vestiti. Anche tu ci rimarresti male se qualche volta dovessi per sbaglio indossare la tua biancheria?"

"Ho visto la tua, di biancheria," rimpallò Seth nel tentativo di nascondere quanto in realtà lo desiderasse. Immaginare Jason con indosso i suoi boxer invece delle mutande che era solito portare gli scatenò dentro un'ondata di desiderio. "Se indossi i miei, non sarà per sbaglio."

"Provaci tu a stare tutta la giornata a cavallo con la stoffa che ti struscia contro la coscia e vedi quanto ci metti a passare ad altro," ribatté tranquillamente Jason.

Seth possedeva ben tre paia di mutande adatte allo scopo. Non trascorreva molto tempo a cavallo, visto che lavorava quasi sempre in officina, ma aveva imparato la lezione sin dalle sue prime ore in sella. Riflettendo tra sé e sé che non sarebbe servito a niente rivangare quel ricordo, decise di continuare a piegare i vestiti e passarli a Jason perché li mettesse nel borsone.

Una volta preso tutto, tornarono nell'area comune. Seth ignorò i jackaroo che si erano radunati mentre loro due erano impegnati con i bagagli, ma non poté fare a meno di notare che Cooper non era fra loro. Nei momenti in cui si sentiva generoso gli dispiaceva per il ragazzo, ma non tanto da rimpiangere che Jason gli avesse preferito lui.

Non appena varcarono la soglia del loro cottage, posò lo zaino. Si sentiva un nodo in gola e dovette prendere diversi respiri profondi per riuscire a calmarsi. Voleva quello che stava succedendo, maledizione. Non avrebbe avuto un attacco di panico proprio in quel momento. Jason gli andò vicino e gli passò un braccio attorno al collo e, come per magia, Seth tornò a respirare.

"Stai bene?" gli chiese l'amico.

"Probabilmente no," ammise, "ma mi basta averti vicino per stare meglio."

"Vuoi che torni al dormitorio?"

"No!" esclamò. Prese un altro respiro profondo, cercando di calmare i propri pensieri impazziti. "No, ti prego, rimani. Ti voglio qui. Davvero. Devo solo abituarmi."

"Allora resto." Gli strusciò il naso contro il collo. "Non dobbiamo svuotare le borse adesso se non ti va, ma dovremmo toglierle da qui se non vogliamo inciamparci domani mattina."

"Potrebbero essere un buon sistema di allarme nel caso qualcuno cercasse di entrare," ribatté lui.

"Chi vuoi che provi a entrare in casa nostra nel bel mezzo della notte?" lo interrogò Jason. "Hai vissuto troppo in città. Scommetto che la porta non ha neanche la serratura."

Infatti, ed era stata un'altra delle cose a cui aveva dovuto abituarsi quando si era trasferito a Lang Downs. La porta dell'ufficio di Caine aveva la chiave, non che lui l'avesse mai vista chiusa, ma era probabilmente l'unica in tutta la stazione.

"Immagino che Polly ci avviserebbe se dovesse arrivare qualcuno, anche se non l'ho vista dopo cena."

"Sarà qua in giro, forse a caccia di scoiattoli. Non li prende mai, ma non smette di provarci. Tornerà quando ne avrà voglia."

Seth non credeva che avrebbe potuto essere altrettanto rilassato se avesse avuto un cane suo. Era quella la ragione per cui non aveva mai adottato nessuno dei cuccioli che di tanto in tanto erano in offerta alla stazione. Erano animali da lavoro, non da compagnia, lo sapeva, ma il pensiero di affezionarsi e poi lasciare che il cane se ne andasse dove gli pareva, magari rischiando di azzuffarsi con chi sa cosa in mezzo alla prateria, gli gelava il sangue nelle vene.

Sollevò la borsa e andò verso la camera. Forse Jason avrebbe preferito mettere i libri altrove, ora che avevano spazio, ma se ne sarebbero preoccupati un'altra volta. Per ora bastava appoggiarli da una parte così da poter pensare a cose più serie, per esempio come dividersi lo spazio in camera.

Mise la borsa per terra e si avvicinò alla propria roba, ma Jason lo bloccò. "Che ne dici se ci pensiamo domani? È stata una giornata lunga e non voglio fare altro se non stendermi abbracciato a te e dormire. Tanto domani mattina non ci sarà differenza tra il prendere i vestiti dalla borsa o dal cassetto."

Seth si sentì più leggero. Sapeva riconoscere una scappatoia quando gli veniva offerta ed era già al limite. Abbracciare Jason e dormire con lui non rappresentava un problema. Era tutto il resto che non aveva idea di come affrontare in quel momento. Forse al mattino non sarebbe cambiato niente, ma almeno, qualunque cosa fosse successa, avrebbe avuto alle spalle una notte intera trascorsa tra le braccia dell'uomo che amava a dargli la forza per affrontarla.

"Finché non mi accusi di essere disordinato." Lo spinse verso il letto.

Jason gli solleticò i fianchi, strappandogli una smorfia quando le dita sfiorano con troppa forza un livido, ma Seth non si lasciò sopraffare.

"Voglio lavarmi i denti prima," disse Jason. "Aspettami qui. Arrivo subito."

Prese il beauty e corse in bagno. Durante la sua assenza anche lui recuperò il proprio beauty. Mentre ne estraeva il contenuto, vide il rasoio che faceva capolino dal fondo. Non poteva lasciarlo lì – gli sarebbe servito per radersi al mattino – ma Jason sarebbe tornato a momenti e il ricordo dell'ultima volta in cui glielo aveva visto in mano lo tormentava ancora. Non voleva ripetere l'esperienza ora che le cose stavano finalmente cominciando ad andare bene. Lo prese e lo ficcò in mezzo al resto della roba. In quel modo, se anche Jason l'avesse visto, sarebbe stato chiaro che lo stava solo portando in bagno, non che avesse in mente di usarlo.

"Il bagno è tutto tuo," annunciò Jason rientrando nella stanza. Seth quasi schizzò fuori dalla pelle per lo spavento. "Seth?"

"Lo sto solo mettendo via," blaterò. "Non voglio tagliarmi."

"Lo so," lo rassicurò Jason. "Mi hai promesso che non l'avresti fatto, ma devi raderti, quindi è meglio metterlo in bagno, dov'è il suo posto."

Seth annuì e imboccò il corridoio. Aveva la sensazione che la sua pelle fosse diventata sottile come carta velina e che stesse per strapparsi da un momento all'altro, lasciando che il contenuto andasse in pezzi come vetro infranto. Appoggiò lo spazzolino e il dentifricio sul lavandino e mise lo shampoo nella doccia. Il rasoio lo mise accanto allo spazzolino, ma aveva l'impressione che lo osservasse con aria accusatoria, così lo prese e lo infilò nel cassetto. Non riusciva a guardarlo. Rappresentava tutto ciò che doveva lasciarsi alle spalle se voleva che la sua relazione con Jason funzionasse. Non appena qualcuno fosse andato a Boorowa, avrebbe dovuto farsi prendere una confezione di rasoi usa e getta, così da poter buttare quello nel cestino e non esserne mai più tentato.

Se solo fosse bastato quello a risolvere i suoi problemi.

Si lavò i denti in fretta – non voleva che Jason cominciasse a chiedersi perché ci stesse mettendo tanto – e tornò in camera. Tutto sarebbe stato più tollerabile una volta che si fosse trovato fra le braccia del compagno, che era già steso sul letto con indosso solo i boxer e un sorriso così radioso che Seth sentì le proprie paure sciogliersi come neve al sole di gennaio.

Si tolse la maglia e lo raggiunse.

"Non vuoi davvero dormire con i pantaloni, vero?"

Seth scosse la testa, ma il taglio sulla coscia lo angosciava. Stava tutto andando benissimo e lui non voleva che Jason lo vedesse e si ricordasse di che razza di perdente fosse il suo ragazzo. Forse, se avesse spento la luce…

Allungò la mano verso la lampada, ma Jason lo fermò. "Non ancora. Possiamo spegnerla quando saremo pronti a dormire, ma prima voglio stare un po' qui e baciarti, e mi piace di più se posso guardarti."

Seth rotolò verso il compagno, ben consapevole che erano in casa da soli. Chris e Jesse non dormivano nella stanza in fondo al corridoio. Non c'erano altri jackaroo dall'altra parte della parete. C'erano solo loro due.

Ma prima che i suoi pensieri deragliassero ulteriormente, Jason si protese e lo baciò con dolcezza. Seth si rilassò. Poteva farcela. Poteva stare su un letto e baciare Jason. L'avevano già fatto, anche se all'epoca non erano stati in casa da soli.

"Smettila di pensare," gli sussurrò Jason sulle labbra. "O comincerò a chiedermi se sei preso quanto me."

Eccolo il problema. Seth era *troppo* preso da loro due, al punto da non riuscire a fissare i pensieri su nient'altro. Spinse da un lato le preoccupazioni e si concentrò su Jason: il grattare della sua barba, il calore del suo petto nudo, la sensazione di quanto fosse giusto quello che stavano facendo.

Jason intrecciò le dita ai suoi capelli e si fece più vicino. Non sapendo cosa farne delle proprie mani, Seth ne infilò una sotto la sua spalla e gli appoggiò l'altra sulla vita. Jason gemette e si spostò un poco, così da farlo stare più comodo.

I baci lenti e profondi gli diedero sicurezza: non stavano correndo verso una conclusione, come era successo un paio di notti prima al telefono. Si stavano solo godendo la compagnia reciproca. Fece scorrere le mani sull'ampia schiena del compagno, sentendo i muscoli delle spalle e gli addominali laterali flettersi sotto il suo tocco. Jason restituì la carezza con una mano, ma senza interrompere quel bacio intossicante che gli rubava la ragione, insieme al respiro. Sarebbe stato più che felice di non lasciare mai quel letto se avessero continuato a baciarsi in quel modo. Jason portò l'altra mano tra i loro corpi e l'appiattì sul suo petto. Il ricordo di quello che l'amico aveva promesso di fargli quando si fossero trovati da soli in un letto lo sommerse. Si spostò un poco per facilitargli l'accesso. Non sarebbe stato lui a chiedere di più, ma neanche avrebbe detto no a qualsiasi cosa Jason avesse in mente.

Nonostante il suo gemito di protesta, l'amico si staccò dalle sue labbra e gli premette baci a bocca aperta lungo la mascella e sul collo. Seth ondeggiò i fianchi alla ricerca di una frizione maggiore, ma Jason lo fermò con una carezza leggera.

"L'abbiamo già fatto," disse. "Non voglio arrivare da nessuna parte questa notte. Voglio solo esplorarti. Però potresti toglierti i jeans. Staremmo più comodi entrambi."

Seth scivolò fuori dai pantaloni ma tenne i boxer. Anche Jason li aveva ancora. Scalciò e fece volare i calzoni fino in fondo al letto. Nel tornare tra le braccia del compagno, fece un verso gutturale di piacere quando le loro gambe nude si sfiorarono. Perché non aveva voluto spogliarsi prima?

Jason tornò ad appiccicarglisi e Seth sentì la pelle andare a fuoco in ogni punto i cui i loro corpi si toccavano. Lo circondò di nuovo con le braccia e lo tenne stretto – non che l'amico cercasse di liberarsi; anzi, forse cercava di stargli ancora più attaccato. E a lui andava bene. Per quello che lo riguardava avrebbe persino potuto infilarglisi sotto pelle e restare lì.

"Ti amo," mormorò Jason contro la sua spalla.

Seth gli allargò le mani sulla parte bassa della schiena, cercando di raggiungere quanta più pelle possibile per ancorarsi a quel momento; quel momento meraviglioso, intimo ed enorme che aveva tutto a che fare con loro e niente a che vedere col sesso, per quanto fossero entrambi quasi nudi.

Le sue dita sfiorarono l'elastico dei boxer aderenti di Jason.

"Aspetta," disse quest'ultimo. Rotolò sulla schiena e se li tolse, poi tornò nella posizione di prima. "Ecco. Accesso illimitato."

La sua mano scese a strizzargli il sedere prima ancora che Seth riuscisse a dare un nome al desiderio di farlo. Strizzò il muscolo tonico e poi appiattì il palmo sulla pelle morbida come la seta. Non voleva altro. Gli bastava toccare.

Jason inclinò la testa verso l'alto così da potergli di nuovo raggiungere la bocca e Seth si tuffò nel bacio come un uomo assetato farebbe con un'oasi in mezzo al deserto. Gli succhiò il labbro inferiore, strappandogli un gemito e un movimento dei fianchi contro i suoi. Gli strinse di nuovo la natica, incoraggiandolo a muoversi ancora, ma Jason non raccolse l'invito. Invece, gli infilò la lingua in bocca, indugiando ma senza dubbio impossessandosene. Seth rabbrividì. Cazzo, sarebbe stato così facile abituarsi. Jason non lo stava baciando come se volesse arrivare da qualche parte, lo baciava come se avessero potuto andare avanti per sempre. Non era sesso. Forse non sarebbe stato capace di dire cos'era, ma non sesso. Aveva già fatto sesso – mai con un uomo, ma non credeva che fosse quello a fare la differenza. No, la differenza la faceva Jason. Jason lo amava. Per un qualche miracolo, Jason voleva essere lì con lui, quasi nudo a letto, a baciarlo come se avessero tutto il tempo del mondo.

"Anch'io ti amo," rispose quando si staccarono per riprendere fiato.

"Pronto per dormire?"

Seth avrebbe potuto dire di no. Avrebbe potuto insistere perché portassero l'eccitazione che ribolliva tra loro alla sua degna conclusione, invece il sì uscì senza sforzo né riflessione.

"Allora spegni la luce."

Seth rotolò verso il comodino, ma si soffermò un attimo col dito sull'interruttore per ammirare un'ultima volta Jason in tutta la sua nuda gloria e per stupirsi che fosse lì con lui.

"Spegni," ripeté l'amico. "Potrai mangiarmi con gli occhi domani mattina."

Seth rise e premette il pulsante. Jason tirò su il lenzuolo e si spostò all'indietro, premendo con sicurezza il sedere contro il suo inguine. Allungò una mano all'indietro e tirò l'elastico dei suoi boxer. "Potresti toglierli anche tu."

Seth fu quasi sul punto di rifiutare per abitudine, ma non voleva dire di no. Finì di spogliarsi, poi abbracciò il compagno da dietro. Il suo sesso si incastrava perfettamente nella fessura tra le natiche di Jason, che sospirò di piacere e si tirò le sue braccia attorno al petto.

"Sogni d'oro."

Seth gli strinse la mano. "Anche a te."

# CAPITOLO 19

"GRAZIE ANCORA, Chris," gridò Seth mentre scappava dalle grinfie del fratello portandosi via due bottiglie di Tooheys. Lui e Jason avevano davvero bisogno di andare a Boorowa, non poteva continuare a scroccare la birra di Chris per sempre. Avrebbe dovuto avere un giorno libero di lì a poco, se il soggiorno a Taylor Peak non gliel'aveva fatto perdere, e sarebbe potuto andare in quell'occasione. Doveva ricordarsi di parlarne con Caine. In quel momento, tuttavia, la priorità era di portare le due bottiglie subito in frigo, prima che il sole di febbraio portasse loro via tutta la frescura. Jason sarebbe arrivato a breve e Seth sperava che avrebbe gradito una bella birra fredda.

Non appena mise piede oltre la soglia, tuttavia, udì il rumore della doccia. L'immagine di un Jason nudo e gocciolante gli invase subito la mente. Mise a posto le birre e corse verso la camera. Non doveva più limitarsi a immaginare: aveva tutto il diritto di entrare in bagno e raggiungere il compagno sotto la doccia se era quello che voleva. Erano amanti. Vivevano insieme e tutto. Non doveva più torturarsi con il pensiero di Jason insieme a qualcun altro: stava con lui, ora.

Lo scroscio dell'acqua si fermò e Seth sorrise perché ciò significava che Jason aveva finito e presto sarebbe uscito dal bagno. E, se era fortunato, forse non si era portato dietro i vestiti di ricambio. Un attimo dopo, la porta si aprì e il ragazzo uscì con solo un asciugamano attorno ai fianchi, i capelli scuri che ancora gli gocciolavano sulle spalle – quelle spalle ampie e completamente nude. Seth si fermò e si bevve con gli occhi quell'immagine perfetta di un giovane uomo dal fisico tonico e scolpito da anni di lavoro. Non riusciva neanche a ricordare tutte le volte in cui aveva desiderato vederlo in quel modo. Ovviamente, lo aveva già visto senza camicia – ogni volta in cui da ragazzi avevano dormito nella stessa stanza – ma non era mai stato in quel modo. Neppure dormire insieme nudi la sera prima era stato in quel modo. Quello era... Seth non aveva parole per descriverlo, ma non importava. Jason era lì, caldo, pulito e bagnato e lui poteva dare sfogo a tutte quelle fantasie che si era solo permesso di sognare. Poteva sceglierne una, oppure realizzare una delle scene che Jason aveva descritto così sapientemente durante le loro telefonate o magari inventarsi qualcosa di completamente nuovo.

"Ti piace lo spettacolo?" lo canzonò il compagno.

"Cazzo, sì," rispose lui con voce roca.

"Allora che aspetti?" La voce di Jason gli accarezzò la pelle come velluto, facendogli drizzare ogni pelo del corpo. Fece un passo avanti senza neanche accorgersi che si stava muovendo, ma una volta partito, niente avrebbe potuto fermarlo. Gli si buttò addosso e lo afferrò per i fianchi, accostando i loro corpi. Jason sorrise, lo stesso sorriso spavaldo che Seth sognava e per il quale si torturava da dieci anni. Non gli restava altro da fare che cancellarlo con un bacio e poi continuare finché Jason non fosse stato troppo stordito per guardarlo ancora in quel modo.

L'amante ricambiò con disperazione, tutto denti, lingua e passione rovente. Seth tirò il telo finché non se lo sentì scivolare fra le dita, lasciandolo Jason completamente nudo fra le sue braccia. Il giovane fece un passo verso la camera e lui barcollò in avanti. Caddero contro il muro, con il compagno schiacciato tra l'intonaco e il suo corpo. Seth gli fece scorrere le mani sui fianchi. "Non mi avevi raccontato una storia che cominciava così?"

"E ricordi anche come finiva?"

Diavolo, se lo ricordava! La sua mano non lo aveva mai fatto venire tanto forte quanto quella notte, mentre immaginava Jason che lo cavalcava. Allungò la mano e gli strinse una natica. "Dovrai farmi vedere come si fa."

Jason scivolò via dalla sua prigione e lo prese per mano. "Sarà un piacere," rispose, tirandolo in camera. Seth lo seguì con entusiasmo, pur soffermandosi ad ammirare il sedere che lo precedeva. Non sapeva cosa avesse fatto per meritarsi quella fortuna, ma quant'era vero Iddio non aveva nessuna intenzione di lamentarsene.

Quando raggiunsero la stanza, Jason si voltò verso di lui e gli sfilò la maglietta. Seth sollevò le braccia per aiutarlo, poi aprì il bottone dei jeans e li fece scivolare a terra. Era ancora molto consapevole del taglio sulla coscia, ma non era stato un problema la sera prima, quindi non avrebbe permesso che lo diventasse in quel momento. D'altronde, non poteva fare l'amore con Jason nel modo che aveva in mente con i jeans ancora indosso.

Quel mattino, Seth gli aveva visto lanciare dei preservativi e una confezione di lubrificante sul comodino mentre frugava nel borsone per cercare un paio di calze pulite, e per quanto avesse voglia di allungare la mano e prenderli, il corpo dell'amante era come un banchetto lucculiano di cui poteva finalmente abbuffarsi. Saltare tutto il resto per andare subito alla portata principale sarebbe stato uno spreco.

Jason gli sorrise come se sapesse a cosa stava pensando e si allungò sul letto, prima di battere la mano sul materasso in un gesto d'incoraggiamento. "Mi raggiungi?"

Seth gli si tuffò accanto e Jason si voltò verso di lui, catturando le sue labbra in un bacio torrido, mentre lui accarezzava ogni lembo di pelle che riuscisse a raggiungere. Aveva bisogno di toccarlo, di dimostrare a se stesso che era tutto vero, e non l'ennesimo sogno che sarebbe scomparso con le prime luci dell'alba. Non poteva essere un sogno. I suoi sogni non rappresentavano mai luoghi che conosceva. E Jason, se il modo in cui rispondeva alle sue carezze voleva dire qualcosa, era eccitato quanto lui. Seth inarcò la schiena e si offrì al tocco dell'amante. Era meraviglioso sentirsi addosso le sue mani, e non solo, perché il compagno usava anche la bocca, leccandogli e baciandogli collo e spalle, mentre lui si contorceva in preda a un piacere sublime. Ricordò all'improvviso quando Jason gli aveva elencato tutti i posti in cui voleva appoggiare la bocca, e il suo corpo fu attraversato da un brivido di aspettativa. Quali avrebbe scelto quella sera? E quanto avrebbe dovuto aspettare perché scoprisse anche gli altri?

Sarebbe stato facile restare lì sdraiato e lasciare che fosse il compagno a prendere il controllo. Aveva tutta l'esperienza necessaria a farlo andare fuori di testa, ma Seth non era un amante egoista. Sapeva cosa significasse essere quello che faceva tutto il lavoro senza che il partner ricambiasse con nulla o quasi. Non voleva che Jason si sentisse sfruttato.

Cercò di concentrarsi sulle sue reazioni, nonostante la nebbia del desiderio gli rendesse difficile fissare i pensieri su qualcosa, e gli fece scorrere le mani sul petto alla ricerca dei suoi punti sensibili e del modo migliore per dargli piacere. Quando con la punta delle dita gli sfiorò un capezzolo, Jason emise un sibilo leggero solleticandogli il collo con il suo sbuffo. Un passaggio più deciso gli strappò un gemito e un brivido. Bene, aggiudicato il tocco deciso, allora.

Seth pizzicò, torse e strofinò il capezzolo finché Jason non smise di baciarlo e cominciò ad ansimare, allora si puntellò su un gomito per guardarlo in viso. Non dubitava della sincerità della sua reazione, ma voleva accertarsene con i suoi occhi. Voleva assicurarsi di essere lui a farlo sentire in quel modo. Di essere lui la persona che Jason voleva.

"Visto?" ansimò il ragazzo. "Te l'avevo detto che non avresti avuto problemi. Non è poi tanto diverso dal sesso con una donna."

Seth fece una risatina e spostò la mano verso il basso fino a stringergliela attorno all'erezione. "Questo lo è."

Jason aprì la bocca in estasi e Seth cominciò con gran piacere a massaggiarlo. "È…" Jason deglutì e cercò di concentrarsi su di lui. "Non è molto diverso da quando lo fai a te stesso."

Ed era lì che Jason sbagliava. Toccare lui era completamente diverso dal toccare la propria carne. Quando si masturbava, aveva un solo obiettivo in mente: venire il prima possibile. Con Jason, invece, non aveva fretta. Voleva vedere le espressioni che si susseguivano sul suo viso via via che l'emozione tra loro trascendeva il solo piacere fisico. Alla fine avrebbero raggiunto l'orgasmo, su quello non c'erano dubbi, ma non era quello il fine ultimo. Era stata la notte precedente a farglielo capire: il piacere del sesso non stava solo nella liberazione finale, ma in tutti i singoli momenti che conducevano a quel traguardo.

Jason rispose girandosi sul letto e succhiandogli a sua volta il capezzolo. Seth gemette mentre lingue di fuoco gli incendiavano le terminazioni nervose. Cazzo, quant'era bello essere toccato! Ed era ancora meglio sapendo che era Jason a farlo.

"Non fermarti," mormorò il ragazzo contro la sua pelle. "Oppure prendi il lubrificante e preparami."

Seth allungò una mano tremante verso il piccolo flacone appoggiato sul comodino. Sapeva cosa fare in teoria– Jason era stato esplicito nelle sue descrizioni al telefono – ma si sentiva lo stesso nervoso. Voleva che accadesse. Sperava solo di non fare casino com'era sua abitudine.

"Ehi," lo chiamò il compagno, facendolo voltare verso di sé. "Non dobbiamo farlo per forza oggi. Non dobbiamo farlo per niente se non vuoi. Non a tutti i gay piace il sesso anale."

"A te però sì."

"Be', sì, ma non stiamo parlando di me. Ci sono infiniti altri modi per darci piacere a vicenda. Faccio dei pompini stratosferici."

Seth si innamorò un po' di più al pensiero che Jason non lo avrebbe spinto a fare niente per cui non si sentiva pronto. "Un'altra sera, magari. Adesso voglio provare questo. Se non mi piace faremo altro."

"Vuoi che ti guidi?"

Per quanto l'offerta lo tentasse, Seth aveva il suo orgoglio. "Se c'è qualcosa chiedo." Si unse le dita e fece scivolare la mano tra le gambe dell'amante, spalancate per permettergli un accesso migliore. Jason tornò a succhiargli il capezzolo, liberandolo così dal peso del suo sguardo. Seth scese fino al solco tra le natiche e raggiunse il suo bersaglio. Esitò qualche secondo, incerto su quanta pressione applicare, ma i muscoli cedettero quasi subito sotto il suo tocco, circondandogli il dito di calore e morbidezza. Entrò e uscì qualche volta, cercando di capire cosa piacesse di più a Jason, il quale intanto mugolava contro la sua pelle e inarcava la schiena per andare incontro alla carezza. "Più a fondo."

Seth obbedì e premette di più, finché il suo polpastrello non trovò un bottoncino spugnoso. Aprì la bocca per chiedere a Jason se fosse il punto giusto, ma il lungo gemito del compagno rispose alla domanda prima ancora che riuscisse a formularla. Una passata gli strappò un altro lamento e una spinta dei fianchi, mentre il suo sesso si innalzava dal ventre, duro e con la punta già umida. Seth si chiese che sapore avrebbe avuto, ma l'avrebbe scoperto un'altra volta. Non c'era fretta.

Gli tornarono in mente le parole di Jason al telefono e aggiunse un secondo dito.

"Cazzo, sei bravo," annaspò il compagno. "Sei sicuro di non averlo mai fatto prima?"

"L'hai detto tu: non è diverso che stare con una donna, almeno non da questa parte. Il mio uccello non entrerà nel tuo culo senza un po' di preliminari."

"Coglione," ribatté Jason, ma lo attirò a sé per un bacio. Seth rispose con voracità, ma senza interrompere il movimento delle dita, anche se l'angolazione era strana. Jason non si aspettava che fosse un amante gentile ed esperto: lo amava nonostante la sua inesperienza.

"Potresti girarti un po' così te lo succhio mentre tu finisci di allargarmi," suggerì con una tale speranza nella voce che Seth fu quasi tentato di accettare.

"Verrei nel momento in cui le tue labbra mi toccano. E sarebbe incredibile, ma poi non potrei più scoparti. E io voglio davvero scoparti."

Jason allungò la mano verso un profilattico. "Allora mettilo e datti da fare. Sono dieci anni che aspetto."

"Non ci credo che dieci anni fa pensavi a me in questi termini," rispose lui, mentre esaudiva la richiesta dell'amante.

"Ho cominciato a sognarti una settimana dopo esserci conosciuti, ma non ho detto niente perché non mi hai mai dato motivo di credere che potessi essere gay o bisessuale. Quante volte ti ho sentito dire a Chris e Jesse che non tutti in famiglia erano gay? Sapevo che non ti sarebbe importato che lo fossi io – come infatti è stato quando te l'ho detto – ma immaginavo che non volessi sapere che sognavo di averti."

Avevano perso tanto di quel tempo! Ora però il tempo dell'attesa era finito. Si mise tra le gambe dell'amante e avvicinò il sesso alla sua entrata. "Va bene?"

Jason rise e sollevò i fianchi per strusciare il sedere contro la sua erezione. "Andrà bene non appena ti muoverai. Ti voglio dentro di me. Ora."

Seth spinse in avanti, opponendosi alla resistenza rimasta e alla fine il suo uccello scivolò dentro. Gli mancò il fiato. Era infinitamente più bello di quanto avesse immaginato e si sentì sul punto di venire schiacciato dall'enormità e la profondità di quello che stava succedendo. Aveva aspettato dieci anni per quel momento, e ora finalmente era arrivato. Aveva ottenuto tutto: lo steccato bianco, il cane, l'amante e l'amore della sua vita. Era a casa.

"Non durerò," disse.

Jason fece un verso di gola e serrò i muscoli attorno al suo sesso. "Allora sbrigati."

Seth provò a guardarlo male, ma di sicuro la sua espressione assomigliò più a quella di una pera cotta. Non gli importava. Jason sapeva che aveva perso la testa per lui. Diede una spinta di prova, cercando di trovare un ritmo e un'angolazione che facessero sentire Jason bene quanto lui. L'amante gli si aggrappò alle spalle e sollevò la testa per baciarlo. Seth non era sicuro di riuscire a fare entrambe le cose nello stesso momento, ma non gli avrebbe mai negato un bacio. Si perse nel sapore della sua bocca, godendosi la dolcezza finché l'altro non gli sculacciò la natica.

"Muoviti."

Seth gli affondò il viso nella curva del collo e ricominciò a spingere. Il canale di Jason lo accolse di nuovo come una morsa, mentre il suo petto si alzava e si abbassava ansimante. Un altro paio di spinte e poi non seppe più trattenersi: il suo intero corpo fu scosso da un brivido e Seth venne.

Il sesso di Jason gli premeva contro l'addome, ancora duro. Seth si sentì in colpa, rotolò sul fianco e avvolse la mano attorno all'erezione del compagno. "La prossima volta farò meglio," promise mentre lo masturbava.

"Sei stato bravissimo," rispose l'altro con voce roca. "Continua così e non smettere di amarmi." Seth continuò e bastarono pochi passaggi perché anche Jason lo raggiungesse nell'orgasmo, bagnandogli la mano con il suo seme. Dopo essersi sfilato il preservativo, Seth prese i boxer che si era tolto prima e li usò per ripulire entrambi, sotto lo sguardo impaziente di Jason. Non appena ebbe di nuovo fatto cadere a terra l'indumento, il compagno lo attirò a sé e si rannicchiò contro di lui. "Meglio di ogni possibile fantasia," sussurrò assonnato.

Seth lo tenne stretto, gli occhi puntati al soffitto mentre Jason si addormentava. Sperava solo che lungo la strada non cambiasse idea.

# CAPITOLO 20

"SEMBRA TUTTO a posto," disse Caine prendendo una penna per firmare i documenti che siglavano l'accordo commerciale di cui avevano parlato la settimana precedente. Appoggiò la punta sul foglio e sollevò lo sguardo su Macklin. "Vuoi leggerlo anche tu prima?"

Macklin scosse la testa, facendo sorridere Jeremy. "Sei tu l'uomo d'affari," rispose. "Firma così poi posso farlo io."

Caine fece una risatina e firmò in calce al documento, poi lo passò al compagno perché facesse lo stesso.

"Walker è già a posto," li informò Sam. "I suoi termini sono un po' diversi dal momento che la cifra investita non è la stessa."

Caine guardò l'uomo dall'altra parte della stanza. "La cifra non è importante. La tua parola avrà lo stesso peso della nostra quando si tratterà di prendere le decisioni."

"Sam e Jeremy hanno già ribadito questo punto," rispose l'uomo. "Non ho visto niente a Lang Downs o in nessuna delle decisioni che Sam e Jeremy hanno preso a Taylor Peak su cui avrei da ribattere, quindi immagino non sarà un problema. A quanto pare condividiamo le stesse idee su come si gestiscono una stazione e i suoi lavoranti."

"Bene, allora con le formalità abbiamo finito. Vogliamo brindare?" chiese Caine.

"Ho chiesto a Neil di radunare i residenti," disse Macklin. "Dovrebbero arrivare da un momento all'altro. Lo diremo prima a loro e poi agli stagionali a cena. L'impatto su questi ultimi sarà meno forte che su chi vive alla stazione in pianta stabile."

Anche Jeremy preferiva in quel modo: meglio parlare in privato coi loro amici che informarli per mezzo di un annuncio ufficiale in mensa.

"Non credo che entreremo tutti qui dentro," rifletté Caine. "Meglio spostarsi in salotto."

Macklin fece strada e Jeremy si voltò per cercare il padrone di casa, ma l'uomo era sparito da qualche parte all'interno. Nel corso degli anni, Jeremy era stato moltissime volte in ufficio e in salotto, ma aveva sempre considerato il resto off-limits. Caine e Macklin non entravano mai in casa sua senza invito, quindi non sarebbe stato giusto da parte sua fare diversamente.

Qualche secondo dopo essersi accomodati, la porta principale si aprì ed entrarono Thorne e Ian.

"Ciao, Nick," salutò subito il jackaroo. "Neil non ci ha detto che c'eri anche tu."

"Ciao Ian, Lachlan. Lascio le spiegazioni a Caine e Sam," rispose l'uomo. Jeremy non sapeva quando Ian fosse entrato a far parte della ristretta élite – due persone, per quanto ne sapeva – che chiamava Walker con il nome di battesimo, ma gli ricordò che il suo sovrintendente faceva già parte della loro piccola e stramba famiglia ancor prima che investisse in Taylor Peak.

"Tutto bene a Taylor Peak? Ti stai ambientando?" chiese Thorne.

"Sì. Sto cominciando a conoscere sia il posto che le persone."

"In modo particolare Phil," lo canzonò Sam.

Con sua sorpresa, Walker arrossì.

"Phil?" ripeté Thorne.

"Philippa, la cuoca della stazione," spiegò Walker. "Ma non garantisco per la tua vita, se la chiami con il nome completo."

"Walker ha cominciato a passare molto del suo tempo libero in cucina," aggiunse Jeremy.

"Che dio mi maledica," esclamò Thorne. "Tutti questi anni e alla fine ti fai accalappiare da una cuoca?"

"Non mi ha accalappiato," borbottò l'uomo. "Mi piacciono sia la sua compagnia che la sua cucina. Non posso certo farmi degli amici al dormitorio e i residenti non sono ancora pronti a considerarmi uno di loro. A Phil non dispiace se sto in cucina, fintanto che non la intralcio."

Ian e Thorne si scambiarono uno sguardo divertito. "Accalappiato," ripeté Thorne.

"Chi è stato accalappiato?" chiese Neil, entrando insieme al resto dei residenti.

"Nessuno," si affrettò a rispondere Walker, mentre Thorne lo guardava fisso.

"E chi è l'accalappiatore?" proseguì Neil, ignorandolo completamente.

"Non mi hanno accalappiato!" insisté Walker.

"La cuoca di Taylor Peak," rispose per lui Sam. "Lui dice che bazzica in cucina solo perché a lei non dispiace che le tenga compagnia, ma sappiamo tutti qual è la verità."

"Allora abbiamo un altro motivo per festeggiare," disse Caine. "Non ho abbastanza calici per tutti, ma immagino che a qualcuno non dispiacerà brindare con i bicchieri normali, vero?"

"A cosa brindiamo?" chiese Seth.

Jeremy sorrise nel vederlo accanto a Jason, rilassato come se quello fosse il suo posto e non volesse mai più lasciarlo. Qualunque fosse stato il problema che lo aveva fatto fuggire a Taylor Peak, sembrava che lo avessero risolto.

"Prima verso lo champagne e poi ve lo dico," disse Caine. Macklin prese i bicchieri e glieli passò, mentre Caine li riempiva con le bollicine. Una volta che tutti ebbero il loro, Caine si avvicinò al caminetto di pietra che dominava una delle pareti della stanza. "Probabilmente spetterebbe a Sam e Jeremy darvi la notizia, ma lo farò io. Abbiamo appena firmato un accordo con Taylor Peak che ha il fine ultimo di gestire le due stazioni come un'unica entità. Sam, Jeremy, Walker, Macklin e infine io formiamo il consiglio di amministrazione. All'inizio, mentre Taylor Peak procederà verso l'ottenimento della certificazione biologica non cambierà quasi niente, ma poi vorremmo unire le greggi e i lavoranti in modo da incrementare la produttività e tagliare i costi. Ovviamente, sarete voi la spina dorsale delle due stazioni e la consapevolezza di poter fare affidamento sul vostro appoggio ha reso questa decisione una delle più facili della mia vita. Quindi brindiamo alla salute di Sam e Jeremy e a un nuovo inizio per tutti."

Tutti alzarono i bicchieri e bevvero, ma quando ebbero finito, Jeremy fece tintinnare il proprio per attirare l'attenzione.

"A sentire Caine sembra che gli stiamo facendo un favore," disse, "ma in realtà sono lui, Macklin e Walker a farlo a noi. Le cose non vanno bene a Taylor Peak. Devlin stava tagliando a destra e sinistra per cercare di rimediare a diverse brutte annate una dietro l'altra. Con i capitali forniti da Walker e Lang Downs possiamo mettere le cose a posto e fare in modo che Taylor Peak torni a essere una stazione in attivo. Caine potrà anche dire che è stata la decisione più facile che abbia mai preso, ma per come la vedo io è una dimostrazione di fiducia non indifferente. Non mi stupisce perché ha già scommesso su di noi in momenti diversi, ma che lo faccia ancora mi fa capire quanto grande sia il suo cuore." Sollevò il bicchiere. "A Caine."

Le grida di esultanza questa volta furono assordanti. Bene, pensò Jeremy: Caine le meritava. Aveva affermato di non aver fatto nulla di straordinario, ma dall'esperienza che Jeremy aveva del mondo, sapeva che invece ogni suo gesto lo era.

"Vi rendete conto che probabilmente perderete altri lavoranti quando farete l'annuncio a Taylor Peak?" chiese Neil. "Alcuni hanno contestato il fatto che la stazione diventasse di proprietà di due finocchi. Non prendertela con me, Molly, sono parole loro non mie." Jeremy fece una risatina quando lo vide evitare istintivamente la mano della moglie nel momento in cui il termine offensivo lasciava la sua bocca. "Ma molti di più si lamentavano del fatto che Lang Downs si stesse allargando troppo. Sarei rimasto di più altrimenti, ma peggioravo le cose anziché aiutare."

"Ci abbiamo pensato," rispose Sam, "ma la scelta era tra perdere i lavoranti o perdere la stazione. Se il loro numero dovesse diminuire al punto da non permetterci più di lavorare, cercheremo un modo per condividere i jackaroo con Lang Downs fin da adesso anziché più avanti."

"Chi è più probabile che abbandoni?" chiese Thorne. "Caposquadra e residenti o stagionali?"

"L'impressione che ho io è che la maggior parte dei jackaroo siano nuovi," rispose lui. "Non gli interessa della rivalità con Lang Downs perché non sono stati alla stazione abbastanza a lungo da averla vissuta. Ad alcuni non andava giù che io e Sam stessimo insieme ma sono già andati via, oppure l'hanno ingoiato per arrivare alla fine della stagione. Non credo avranno problemi con qualcosa che assicurerà loro la paga. Sono i residenti che rischiamo di perdere, perché essendo alla stazione da molti anni hanno assorbito l'astio di Devlin."

"Siamo abbastanza perché ognuno di noi possa trascorrere il suo giorno libero a Taylor Peak senza che questo abbia un impatto negativo sul lavoro qui," disse Thorne guardandosi intorno.

"Oppure perché ognuno di voi vada nei vostri giorni lavorativi senza che questo abbia un impatto negativo sul lavoro," intervenne Macklin. "E comunque, la maggior parte di voi non si prende dei giorni liberi, ma questo è un altro discorso. Se invece volete usare il giorno di riposo per aggiungerne un altro da trascorrere a Taylor Peak, liberissimi di farlo."

Anche Macklin si avvicinava molto alla definizione di 'straordinario', pensò Jeremy. Non sapeva cosa avesse fatto per meritare amici tanto meravigliosi, ma sarebbe sempre stato grato di averli al proprio fianco.

"Vi servono anche i lavoranti?" chiese Caine. "Volete che mandiamo alcuni stagionali a Taylor Peak per rinsaldare le vostre squadre? Oppure sono i capi che vi mancano?"

"Per ora ce la facciamo," rispose Walker. "Potremmo perdere dei residenti, ma credo che la maggior parte ci daranno la possibilità di dimostrargli che non cambierà niente. Forse non hanno lo stesso senso della famiglia che si respira qui, ma hanno costruito le loro vite attorno a quella della stazione. Hanno la casa e tutto. Gli stagionali vanno a trascorrere l'inverno altrove, i residenti, invece, potrebbero non avere un altro posto senza un minimo di pianificazione preventiva. E se rimangono fino a che non si sono organizzati, potremmo riuscire a convincerli che non è cambiato niente. Per quanto apprezzi le vostre offerte di aiuto credo che sarebbe meglio fare meno cambiamenti possibile, oltre a quelli già fatti, almeno finché non si dimostrerà indispensabile. Ce la caveremo meglio se i capisquadra di Taylor Peak si mettono in testa che devono fare il loro lavoro, e credo che ciò potrà accadere con più facilità se non pensano che li stiamo già rimpiazzando."

"Hai ragione," disse Caine. "Ho la tendenza a voler sempre aiutare io... ma spero che se dovesse essere necessario accetterete la nostra offerta. Tendo a dimenticare che l'aiuto non è sempre dovuto o gradito."

"È gradito," ribatté Jeremy. "Non pensare neanche per un attimo che non lo sia, ma Walker ha ragione. Se possiamo rendere la fusione più digeribile ai residenti, potrebbe essere più facile. E potrebbe essere ancora meglio se Jason verrà a controllare gli animali e Seth le macchine. Non porterebbero via il lavoro a nessuno visto che Devlin chiamava un veterinario esterno quando ne aveva bisogno e non si preoccupava della manutenzione, ma solo di far venire qualcuno nel caso qualcosa si rompesse al punto di non sapere dove mettere le mani. Aiuta anche che sono giovani e meno conosciuti. So che fanno parte di Lang Downs tanto quanto ciascuno di noi, ma gli uomini potrebbero guardarli e credere che siano appena arrivati."

"A me va benissimo aiutare," disse Seth, "ma preferirei non restare tanti giorni di fila come l'ultima volta. Finalmente ho un posto mio e, potendo, vorrei assicurarmi di tornare a casa tutte le sere."

"Ti saremo grati per ogni ora che potrai dedicarci," lo rassicurò Sam. "Prima di andare via, passeremo anche a prendere il resto delle nostre cose. Spero che siate felici nel cottage quanto lo siamo stati noi."

"Certo che sì," esclamò Jason, passando un braccio attorno alla vita del proprio ragazzo. "Ci proveremo."

"È quasi ora di cena e gli uomini avranno fame," si congedò Kami. "Ci vediamo di là tra poco."

Gli altri svuotarono i bicchieri e poi andarono a loro volta in mensa. "Restate a cena con noi," li invitò Caine. "Così ci sarete quando daremo l'annuncio ufficiale ai jackaroo, con molti dei quali avete lavorato, tra l'altro. E dopo cena potrete prendere le vostre cose. Non ha senso tornare a casa affamati."

"Senza contare che tra Kami e Phil non c'è paragone. Non fraintendetemi: le cose che prepara sono buone, ma non è la stessa cosa," disse Jeremy.

Caine sorrise. "Una ragione in più per restare, allora."

Marciarono verso la mensa e si misero in fila. Jeremy non si preoccupò di essere l'ultimo. Kami preparava sempre abbastanza cibo, qualcosa che Jeremy aveva faticato a far capire a Phil. Forse Devlin economizzava anche sui rifornimenti alimentari, ma lui non aveva intenzione di fare altrettanto. Gli uomini avevano bisogno di mangiare, e bene, se Jeremy voleva che lavorassero duro. Era stato uno dei pochi cambiamenti apprezzati fin da subito.

Dopo che tutti si furono seduti con il piatto davanti, Caine si alzò e andò al centro della stanza.

"Un attimo della vostra attenzione, per cortesia," disse a voce alta. Il chiacchiericcio si spense via via che gli uomini si voltavano a guardarlo. "Siamo lieti di annunciare che da questa sera Lang Downs e Taylor Peak hanno siglato un accordo di gestione condivisa che avrà lo scopo futuro di amministrare le due stazioni come un'unica entità. Per la maggior parte di voi non cambierà nulla. Forse alcuni dovranno svolgere dei turni a Taylor Peak nel corso dell'estate, ma sarà al posto del lavoro che già svolgete qui, non qualcosa in più. Se avete delle domande, sarò felice di rispondervi individualmente."

Caine tornò al tavolo che divideva con Sam, Jeremy, Macklin e Walker.

"È andata bene," disse Sam dopo che si fu seduto.

702

"Non c'era ragione perché andasse diversamente," disse Caine. "Per loro non cambia nulla."

"Scusate."

Sollevarono lo sguardo su Cooper, in piedi accanto al tavolo. "Hai delle domande riguardo alla fusione, Cooper?"

"Non proprio una domanda," rispose il ragazzo, spostando il peso da un piede all'altro. "Solo che... be', se state cercando qualcuno che vada a Taylor Peak, vorrei offrirmi volontario. È..." Spostò lo sguardo su Seth e Jason. "Non è il massimo per me stare qui negli ultimi tempi. Sono contento per loro, davvero, ma eviterei volentieri di vedermelo sbattere in faccia tutti i giorni."

"Sei il benvenuto a Taylor Peak, se Caine e Macklin possono fare a meno di te," disse Jeremy.

"Certo," rispose Caine. "Ti auguriamo tanta fortuna."

"Se riesci a fare i bagagli stasera, puoi venire con noi," offrì Walker. "Oppure domani. Come ti torna meglio."

"Faccio in un baleno," rispose il giovane.


"JASON, POSSO parlarti un attimo?"

Jason sollevò lo sguardo al suono della voce di Cooper. Nella sedia accanto, Seth si irrigidì e lui gli posò una mano sulla coscia per rassicurarlo. "Dimmi pure, Cooper." Era la prima volta che il ragazzo gli parlava da quando avevano avuto quella discussione in pubblico. Non era sicuro di cosa potesse volere in quel momento, ma ascoltarlo non gli costava niente.

"Ho parlato con Sam e Jeremy. Mi trasferisco a Taylor Peak per il resto della stagione," disse Cooper. "Volevo solo salutarti."

"Mi dispiace se vai via per colpa nostra," si scusò lui. "Non era nostra intenzione metterti in imbarazzo."

"Lo so, ma è meglio per tutti se vado. Vi auguro di essere felici."

"Grazie," rispose Seth. Si alzò e gli porse la mano. "Buona fortuna a Taylor Peak."

Jason trattenne il respiro finché Cooper non gliela strinse. Non si sarebbe stupito se avesse rifiutato: pur senza volerlo Seth lo aveva umiliato in pubblico e Jason aveva pensato che prima o poi quella situazione avrebbe potuto causare dei problemi.

Cooper se ne andò e Seth tornò a sedersi. "Sono fiero di te," mormorò Jason. "Non stai gongolando."

Seth sorrise e la luce che gli illuminava lo sguardo fece scorrere a Jason un brivido di desiderio sulla pelle. "Potrai mostrarmi dopo quanto sei fiero," rispose così piano che solo lui riuscì a sentirlo. "Continui a promettere di cavalcarmi."

"E tu continui a prendere il controllo," ribatté lui. Seth poteva anche non aver saputo niente del sesso tra uomini, ma ci aveva preso gusto molto in fretta. Jason non era stato capace di salire su un cavallo senza fastidio da quando l'amante era tornato da Taylor Peak. Non che si lamentasse, beninteso.

Il sorriso di Seth si trasformò in un ghigno compiaciuto che Jason avrebbe voluto cancellargli dalla faccia. Sperava che Sam e Jeremy si sbrigassero a prendere le loro cose perché aveva dei progetti per quella notte. Progetti che vedevano coinvolti lui, Seth e una casa vuota.

# CAPITOLO 21

IL FULMINE rischiarò il cielo proprio mentre Seth chiudeva la porta della rimessa. Aveva trascorso la giornata a revisionare gli ute che nessuno stava usando – cambio olio, pulizia candele e roba del genere. Non era un lavoro difficile, ma lo aveva tenuto impegnato. Jason era uscito al mattino presto per andare a Davidson Springs, la stazione a nord di Taylor Peak, per una chiamata da veterinario. Era eccitatissimo di essere stato chiamato da un allevatore che non faceva parte della famiglia – aveva creduto che ci sarebbero voluti più di quattro mesi – e gli aveva detto che sarebbe stato fuori quasi tutto il giorno e di non preoccuparsi, ma le sue rassicurazioni non erano bastate a tranquillizzare Seth quando lo aveva visto lasciare la stazione.

"Sta lavorando, non mi ha abbandonato," si era ripetuto spesso durante il giorno quando non c'era nessuno in giro che potesse sentirlo. Un altro rombo risuonò fra le colline.

"Seth!"

Si voltò. "Dimmi, Macklin."

"Si sta avvicinando un temporale. La radio dice che sarà piuttosto brutto. Ho avvisato tutti quelli che sono nei pascoli di cercare riparo nel capanno più vicino, ma ciò significa che dovremo essere noi a pensare alla stazione. Fai il giro e di' a chiunque incontri di chiudere i finestrini di tutti gli ute e gli scuri di tutte le finestre. Tutto quello che potrebbe volare via col vento va messo dentro, che sia in una casa o nella rimessa. Io porto i cavalli nelle stalle."

Seth sentì una scarica di adrenalina inondargli il sangue, gli pizzicavano le dita e la pelle sembrava essersi ristretta. Macklin non ordinava mai di portare dentro i cavalli. Erano animali da lavoro, perfettamente capaci di sopravvivere a un po' di pioggia o di neve. Gettò uno sguardo all'orizzonte, là dove il temporale si stava addensando, una furia incatenata che aspettava solo di essere liberata. *Sta' attento, Jason.*

"Qualcuno ha provato a contattare Jason per dirgli di non mettersi in strada?" chiese. "Se davvero sarà brutto come dici, sarebbe meglio che rimanesse a Davidson Springs e tornasse domani."

"Va' a chiamarlo," gli ordinò Macklin. "Poi torna per aiutare."

Seth si precipitò verso il loro cottage, dove quella mattina aveva lasciato il cellulare così da non sentire l'impulso di controllarlo ogni pochi minuti per vedere se c'erano nuovi messaggi. Desiderò non averlo fatto. Averlo con sé gli avrebbe fatto risparmiare il tempo che impiegò per raggiungere il cottage. Corse in camera e lo prese da sopra il comò. C'era un messaggio in cui Jason gli diceva di essere arrivato a Davidson Springs, ma nient'altro. Sperando che ciò significasse che si trovava ancora lì, provò a chiamarlo, ma si inserì subito la segreteria.

"Cazzo!" imprecò. Gli mandò un messaggio in cui gli diceva di stare al sicuro e corse verso la casa padronale.

"Caine!"

"Sono qui," rispose l'uomo dalla veranda sul retro. "Sto chiudendo le finestre. Che succede?"

"Hai il numero di Davidson Springs? Jason è da loro e voglio dirgli di restarci finché il temporale non passa e magari anche fino a domani mattina."

"Non credi che sia abbastanza sveglio da capirlo da solo?" chiese Caine.

"Probabilmente sì, ma mi sentirò meglio se saprò che ha ricevuto il messaggio."

"Il numero è in ufficio. C'è una vecchia rubrica girevole che apparteneva a zio Michael. L'ho tenuta nel caso fosse successo qualcosa al mio cellulare. Da queste parti non si sa mai."

"Grazie," disse Seth. Corse in ufficio e cercò fra le schede finché non trovò quella che cercava. Digitò il numero con dita tremanti e aspettò che qualcuno rispondesse.

"Pronto?"

"Salve, sono Seth Simms da Lang Downs. Il dottor Thompson è ancora da voi?"

"No, è andato via circa un'ora fa. Sperava di precedere il temporale."

"Grazie," riuscì a dire nonostante sentisse la gola e il petto stretti in una morsa agonizzante. Jason avrebbe impiegato almeno due ore a tornare anche senza il temporale a rallentarlo, il che voleva dire che ci sarebbe per forza rimasto in mezzo. Gli mandò un altro messaggio.

*Cerca riparo. E fammi sapere che stai bene.*

Si mise il telefono in tasca, così da poter sentire la vibrazione, se non il suono, del messaggio in arrivo. Stare lì a preoccuparsi non sarebbe servito a niente e c'era una stazione da mettere in sicurezza.

Quando alla fine tornò fuori, il vento aveva preso forza. Un rapido sguardo tutt'intorno gli mostrò uomini impegnati a sprangare i vari edifici, così tornò verso casa sua e di Jason per chiudere gli scuri e tirare dentro le sedie che aveva fatto Ian. Il tavolo non poteva entrare dalla porta, ma lo avrebbe rovesciato nella speranza che fosse abbastanza pesante da non essere trascinato via. Un altro fulmine solcò il cielo, molto più vicino questa volta. Seth aumentò l'andatura e alla fine raggiunse il riparo della veranda. Anche lì il vento lo assalì da ogni direzione: non forte abbastanza da farlo cadere, ma quel tanto che bastava a strattonarlo.

Dopo essersi occupato di casa sua, corse da Chris e Jesse. Non aveva prestato attenzione, quella mattina, su chi fosse stato assegnato ai lavori nei pressi della stazione e chi, invece, era stato mandato ai pascoli. Se suo fratello era con le greggi, Seth doveva accertarsi che anche casa sua fosse al sicuro. Lo trovò, invece, sulla veranda che combatteva contro una delle imposte. Ci si appoggiò contro di peso e insieme riuscirono a chiuderla. "Di' a Jesse di aggiustarla, quando il temporale passa," gridò sopra l'ululato del vento.

"Puoi scommetterci," rispose Chris. "Hai controllato il cottage di Ian e Thorne?"

"No. Caine stava pensando alla casa padronale e io ho fatto la mia, ma non so altro."

"Vai da Ian e Thorne e poi fai il giro delle altre. Io corro da Molly e i bambini."

Seth annuì e si precipitò a casa di Ian. Pesanti gocce cominciarono a cadergli sulle spalle. Avrebbe dovuto prendere il drizabone prima di uscire, ma non si era aspettato che la pioggia arrivasse tanto presto. Trovò le finestre del cottage già chiuse, non sapeva se per mano di Ian e Thorne o per gentilezza di qualcun altro, così si spinse verso la destinazione successiva. Stava andando verso la rimessa dei trattori per assicurarsi che tutte le porte fossero chiuse quando fu intercettato da Macklin.

"Più di così non possiamo fare. Vai dentro."

Seth gli fece un cenno di intesa e tornò verso casa, ma prima che riuscisse a raggiungere la veranda, le cateratte del cielo si aprirono e nel giro di pochi secondi si trovò zuppo, mentre il vento, che lo frustava da ogni direzione, gli gelava la pelle. Con le spalle curve sotto la pioggia sferzante riuscì a raggiungere la porta, lasciò gli stivali nell'anticamera e si tolse i vestiti bagnati. Aveva la pelle d'oca mentre andava in camera per asciugarsi e mettersi qualcosa d'asciutto, un orecchio rivolto al picchiare selvaggio della pioggia sul tetto.

Si passò l'asciugamano ovunque, la frizione che gli scaldava la pelle. Era tentato di fare una doccia, ma non voleva stare lontano dal telefono tanto a lungo, nel caso Jason avesse chiamato o messaggiato. Si infilò dei vestiti asciutti e andò a recuperare il telefono dalla pila infangata sul pavimento dell'anticamera. In giornate come quelle era contento di aver comprato una custodia impermeabile. Controllò lo schermo, ma Jason non si era fatto vivo. Quando guardò più attentamente, però, si accorse che non c'era segnale. "Cazzo cazzo cazzo," imprecò. "Sarà meglio per te che tu sia al sicuro, Jason."

Si spostò alla porta sottovento e l'aprì per sbirciare fuori. Normalmente da quella posizione riusciva a vedere quasi tutti gli edifici della stazione, ma quel giorno, la pioggia torrenziale e le nubi che avevano oscurato il cielo non gli permettevano di scorgere nulla al di là della veranda. Si augurò che Jason avesse trovato un capanno dove rifugiarsi perché nessuno sarebbe stato in grado di guidare con quel tempo. Sarebbe potuto finire fuori strada e rimanere bloccato oppure cadere in un burrone e morire.

No, non era giusto avere di quei pensieri. Jason era un adulto intelligente e responsabile. Non avrebbe corso rischi inutili solo per arrivare a casa un po' prima. Era certo che non appena il temporale si era scatenato, lui si era rifugiato da qualche parte ad aspettare che spiovesse. Oppure, nel peggiore dei casi, si era fermato per strada ad aspettare in macchina. Non era la soluzione ideale, ma le possibilità che qualcuno gli finisse addosso sulle strade della stazione con quel tempo erano davvero minime. Jason stava bene. I capanni erano riforniti di legna e provviste. Avrebbe potuto accendere un fuoco, avvolgersi in una coperta e cenare con un barattolo di zuppa.

Un tuono rimbombò sopra la sua testa, facendolo sobbalzare. La luce tremò per qualche momento, poi tornò. Seth aggrottò la fronte pensieroso: dovevano esserci delle candele da qualche parte. Tutti ne avevano in casa, dal momento che i blackout erano una costante della vita nell'outback. Solo che non sapeva dov'erano. Chiuse la porta, assicurandola bene, e andò in cucina per cercare le candele o una torcia. Avrebbe dovuto farlo quando si erano trasferiti, ma il cielo era stato così limpido che non gli era proprio venuto in mente. Ne avrebbe pagate le conseguenze quel pomeriggio, se la corrente fosse saltata e lui fosse rimasto al buio.

Trovò una candela intera e diverse a metà in fondo a un cassetto, insieme a un accendino. La luce tremò di nuovo, impiegando più tempo a tornare questa volta, e Seth decise di non perdere tempo: non ci sarebbe voluto molto prima che l'elettricità andasse via del tutto. E infatti fece in tempo ad accenderne solo due prima che la stanza piombasse nel buio.

Il chiarore della fiamma disegnava strane ombre sul muro, facendogli desiderare di non essere solo. Avrebbe preferito trovarsi in compagnia, magari con indosso dei vestiti bagnati o presi in prestito, piuttosto che stare lì da solo immerso in quella luce inquietante, ad ascoltare la pioggia che tamburellava sul tetto e a pensare a Jason. Ma non valeva la pena inzupparsi di nuovo per una cosa del genere. Il temporale sarebbe passato e a quel punto sarebbe andato da Chris. Non era più un bambino: poteva stare una o due ore da solo in casa, anche senza corrente.

L'aria fredda lo fece rabbrividire. Era piena estate, non avrebbe dovuto sentire freddo! Ma poco importava a quel punto. Andò in salotto e preparò il fuoco. Lo accese con la candela e poi allungò le mani verso la fiamma per scaldarle, rifiutandosi di constatare quanto stessero tremando.

706

Un altro tuono percorse l'aria, il rumore talmente assordante e secco che Seth fece un salto e lasciò cadere la candela. Imprecando, la raccolse e cominciò a pestare per terra per assicurarsi che niente avesse preso fuoco. Non gli sembrò di vedere nulla, neanche l'alone nero della bruciatura, ma era difficile esserne sicuri con quel buio pesto. E Jason era là fuori, forse in un capanno – un rifugio, sì, ma non solido come una casa – o forse bloccato in macchina.

Il pensiero lo gelò fin dentro le ossa, nonostante il calore del fuoco. Appoggiò la candela sulla mensola del camino e cominciò a camminare nervosamente avanti e indietro. Jason era un adulto, e per di più era cresciuto sull'altopiano. Sapeva bene quanto certi temporali potessero diventare pericolosi. Avrebbe addirittura scommesso che aveva la stessa capacità di capire il tempo di Macklin. Di certo aveva visto che il temporale stava peggiorando e si era diretto verso il capanno più vicino. Anzi, Seth era sicuro che sapesse anche dove si trovava: in fondo aveva vissuto lì tutta la vita. Stava bene. Doveva stare bene.

Controllò di nuovo il telefono perché, anche se non si aspettava cambiamenti dall'ultima volta, doveva essere certo di non aver perso nessuna chiamata o messaggio.

*Nessun servizio.*

Resistette alla tentazione di lanciarlo dall'altra parte della stanza. Danneggiare l'apparecchio non avrebbe risolto la situazione, ma al contrario avrebbe reso più difficile per Jason raggiungerlo quando tutto fosse finito. *Sta bene,* si disse. *Non ha chiamato perché neanche lui ha segnale. Oppure ha chiamato e il suo messaggio mi arriverà non appena il telefono riprenderà a funzionare.*

Sì, era così. Jason era al riparo, aveva lasciato un messaggio e aspettava che il temporale passasse. Lui non doveva fare altro che tenere duro finché non fosse ripreso il servizio e tutto sarebbe andato bene. Magari Jason non sarebbe riuscito a tornare fino al giorno successivo, considerato lo stato in cui sarebbero state le strade, ma lo avrebbe avvisato in un modo o nell'altro e lui avrebbe potuto rilassarsi.

Un fulmine cadde da qualche parte lì vicino, così luminoso da essere visibile attraverso le fessure delle persiane. Seth rabbrividì quando il tuono fece tremare l'intera casa. Cristo, odiava i temporali, ma avrebbe potuto sopportarlo se ci fosse stato Jason lì con lui. Avrebbe potuto sopportarlo persino se lo avesse saputo al sicuro a Davidson Springs o in un capanno: era l'incertezza che lo uccideva.

Sentì uno schianto sul retro della casa e fece un salto per lo spavento. L'adrenalina gli faceva pizzicare la punta delle dita mentre allungava la mano per prendere la candela e andare a vedere di cosa si trattasse. Se qualcosa aveva rotto una finestra doveva chiudere il buco prima che il nubifragio allagasse la casa.

Come prima cosa ispezionò la camera, ma non vide nulla di diverso dal solito, così andò in bagno. Dubitava che fosse quella la finestra interessata, considerato quant'era piccola, ma era meglio accertarsene. Le persiane erano chiuse, ma la luce della candela fece brillare la lama del rasoio là dove lo aveva lasciato quella mattina dopo essersi rasato. Le sue dita pizzicarono di nuovo quando un'altra scarica di adrenalina gli inondò le vene.

Non aveva bisogno di tagliarsi. Era solo un temporale. Sarebbe passato, Jason avrebbe chiamato e tutto sarebbe andato a posto. Il rasoio poteva restare lì dov'era e lui poteva tornare di là in salotto e aspettare. Oppure poteva andare in camera e stendersi sul letto, circondato dal profumo di Jason e dall'odore flebile del sesso. Poteva chiudere gli occhi e immaginare cosa avrebbero fatto quando si fossero ritrovati, dimenticando tutto il resto finché Jason non fosse tornato.

707

Prese il rasoio per metterlo via, ma non riuscì a convincersi ad aprire il cassetto. Ora che ce l'aveva in mano, la tentazione di placare i propri pensieri erranti con l'unica cosa che riusciva a controllare si fece quasi irresistibile.

Non poteva farlo al buio, però. Già era difficile con un'illuminazione adeguata e niente che rischiasse di spaventarlo. Con i salti che gli facevano fare i tuoni, era probabile che si sarebbe reciso un'arteria se avesse provato a tagliarsi.

"No," disse, aprendo di scatto il cassetto e lanciandoci dentro il rasoio. "Ho promesso a Jason che non mi sarei più tagliato. Non voglio deluderlo proprio questa sera."

Uscì deciso dal bagno e tornò in salotto per aggiungere altra legna al fuoco. Non aveva più freddo – la pelle gli bruciava per il nervosismo e la paura – ma gli dava qualcosa di utile da fare. Non poteva tagliarsi, l'aveva promesso, così avrebbe controllato il fuoco.

Lo alimentò fino a ottenere una fiamma possente, ma il calore che attraversava la grata lo costrinse a rifugiarsi lontano. Imprecò sottovoce. Non era quello il risultato che aveva cercato. Si portò le mani sulle cosce e strinse, le dita che affondavano nella carne. Non poteva avere una crisi di panico. Il fuoco si sarebbe smorzato, il temporale sarebbe passato, Jason si sarebbe messo in contatto con lui e al mattino sarebbe tornato a casa. Era tutto sotto controllo, anche se in quel momento non gli sembrava.

Il fascino del rasoio lo chiamava, ma Seth ignorò il canto della sirena. Lo aveva promesso a Jason. Un tempo, forse, avrebbe potuto nascondere i segni, ma ormai conoscevano troppo bene i rispettivi corpi. Se si fosse tagliato, Jason se ne sarebbe accorto e avrebbe chiesto spiegazioni. Quelli che aveva sulle mani a causa del lavoro venivano medicati e accettati. Jason era cresciuto insieme a un meccanico e sapeva come funzionava. Un taglietto sulla guancia o la mandibola là dove la mano gli era scivolata mentre si radeva gli avrebbero fatto guadagnare un'occhiataccia per la distrazione, ma anche quelle erano cose che succedevano. Ma un taglio su qualunque altra parte del corpo perché aveva perso il controllo di sé ed era ricorso al rasoio sarebbe stato accolto con uno sguardo così colmo di delusione che gli avrebbe spezzato il cuore. Jason lo avrebbe perdonato perché era buono, ma quante volte sarebbe stato capace di passarci sopra prima di decidere che era troppo anche per lui e non ne valeva la pena?

No, non poteva tagliarsi. Perdere Jason lo avrebbe distrutto. Non poteva fare qualcosa che sapeva avrebbe accelerato il processo.

Non si accorse di essersi mosso finché non si trovò di nuovo alla porta del bagno. La luce della candela si rifletteva sullo specchio, lasciando il suo viso nell'ombra. Tenne lo sguardo fisso sulla propria immagine perché era più sicuro che abbassarlo sul lavandino con i suoi cassetti, e il rasoio che contenevano. I capelli erano ispidi là dove li aveva tamponati con l'asciugamano senza preoccuparsi di spazzolarli. La pelle aveva una sfumatura giallognola nella luce strana, così chiara che gli occhi risaltavano come se fossero lividi, scuri e terrorizzati nel panico che lo stava avvolgendo. Continuò a fissarsi nello specchio e si costrinse a respirare lentamente, dentro e fuori, dentro e fuori.

Jason lo aveva fatto respirare in quel modo la prima volta che avevano fatto sesso, quando era stato sicuro che sarebbe venuto nel momento stesso in cui fosse entrato nel corpo torrido e stretto dell'amante.

Il pensiero inopportuno gli strappò un sorriso, ma gli fece anche aumentare il dolore che sentiva nel petto. Jason non c'era. Non lo aveva contattato. Avrebbe potuto essere ovunque, in un fosso, ferito o addirittura morto, intrappolato dentro la macchina di cui aveva perso il controllo.

Deglutì con forza e allungò la mano tremante verso il cassetto. Non poteva farlo. Non poteva restare lì a fronteggiare da solo le preoccupazioni e la tentazione. Si assicurò che il rasoio fosse chiuso, se lo infilò in tasca e tornò nell'anticamera. Gli stivali erano ancora bagnati, ma si costrinse a indossarli ugualmente. Entrò nel drizabone e tirò su il bavero così da proteggersi il collo. Si appiattì il cappello in testa e si rattrappì per proteggersi dalla pioggia. La casa di Chris e Jesse era poco più giù lungo la via.

Il vento e la pioggia gli sferzavano il viso e gli inzuppavano i jeans che spuntavano dal giaccone, ma lui infossò la testa e proseguì verso la sua méta. Non poteva venir meno alla promessa che aveva fatto a Jason, ma doveva farsi aiutare perché da solo non ce l'avrebbe fatta.

Salì barcollando sulla veranda del fratello e andò a sbattere contro la porta. Riuscì a girare la maniglia e a entrare per togliersi dalla tempesta, dopodiché si strappò di dosso il drizabone, gli stivali e il cappello.

Chris dovette averlo sentito perché lo raggiunse nell'anticamera. "Seth? Che succede?"

Seth prese il rasoio dalla tasca e glielo premette contro il palmo. "Prendilo tu. Ho promesso a Jason che non mi sarei più tagliato, ma non ce la faccio. Prendilo. Non voglio infrangere la mia promessa."

"Okay," disse il fratello. Se lo mise in tasca, poi Seth strinse in un abbraccio. "Non devi fare tutto da solo. Ci sono io ora. Andrà tutto bene."

"Come?" chiese lui con voce cavernosa. "Jason non si è fatto sentire. È là fuori da qualche parte sotto questo temporale. Potrebbe essere morto per quello che ne so. L'ho appena trovato, come può andare tutto bene se lo perdo?"

"Non lo perderai," lo rassicurò Chris. Era sempre stato lui ad alleviare le sue paure e le sue preoccupazioni. Persino quando la madre era viva, era da Chris che Seth andava per farsi consolare. Poi era arrivato Tony, che aveva reso il loro legame indissolubile. Ogni tanto, Seth pensava che forse avrebbe dovuto essere grato al bastardo del suo patrigno per averlo aiutato a creare un rapporto indistruttibile con il fratello. "È al sicuro in un capanno e ti chiamerà non appena il temporale sarà finito. Devi solo tenere duro fino ad allora."

"Non so come fare," confessò lui, con le guance bagnate di pioggia e lacrime. Indicò la tasca di Chris. "Era l'unica cosa che mi aiutava."

Chris lo abbracciò più forte. "Andiamo. Stare qui non serve a niente. Vieni in cucina. Non posso prepararti il tè, ma ti terremo compagnia."

Seth lo seguì docilmente e sedette al tavolo. Jesse arrivò un secondo dopo. "Ciao, Seth. Non mi aspettavo di vederti fino a dopo il temporale."

Lui non alzò nemmeno lo sguardo.

"È mezzo fradicio. Potresti prenderci una coperta?" chiese Chris al compagno.

Jesse tornò dopo qualche minuto con una spessa coperta che il fratello gli avvolse attorno alle spalle.

"Sta bene?" domandò Jesse. Seth avrebbe voluto gridare che no, non stava bene, ma il suo corpo non sembrava disposto a collaborare, così rimase lì a tremare e piangere.

"Non credo. Mi dispiace chiederlo con questo tempo ma…" cominciò Chris.

"Vado a chiamare Thorne e Ian," finì per lui Jesse. "Non farlo andare da nessuna parte finché non torno."

"Tranquillo. Starà qui a casa con noi finché Jason non tornerà."

709

# CAPITOLO 22

NON APPENA fu al riparo dalla pioggia, Thorne si sfilò il drizabone dalle spalle e lo scosse, poi si tolse gli stivali. Jesse non aveva detto molto, solo che Seth e Chris avevano bisogno di loro, ma lui aveva attraversato l'inferno e non sarebbe stata una sciocchezza come un temporale estivo a impedirgli di aiutare i suoi amici. Aveva detto a Ian che se voleva poteva aspettarlo a casa, ma il compagno gli aveva praticamente riso in faccia. Spostò lo sguardo sul punto dove l'uomo si stava togliendo gli indumenti da pioggia. Dio, se lo amava!

Jesse li guidò in cucina dove trovarono Chris e Seth seduti attorno al tavolo. Seth aveva la testa nascosta fra le braccia e una coperta avvolta attorno al corpo, ma Thorne notò il tremore leggero che lo scuoteva. Chris gli teneva un braccio sulle spalle e quando li vide entrare rivolse loro uno sguardo così pieno di disperazione che Thorne sentì il cuore spezzarsi per lui. "Che è successo?"

"Non lo so esattamente," rispose l'amico. "È venuto qui piangendo e con una luce quasi folle negli occhi e mi ha praticamente lanciato il suo rasoio. Sta così da allora."

"Si taglia?" chiese Ian.

Chris annuì. "L'ho saputo solo qualche settimana fa. Giuro che neanche lo sospettavo o avrei cercato da tempo un modo per aiutarlo. Ha promesso a Jason che non l'avrebbe più fatto, ma Jason è andato a Davidson Springs prima dell'inizio del temporale e non si è fatto sentire da allora e... insomma..."

Thorne non aveva difficoltà a immaginare il resto. Aveva sperimentato cosa si provava a non sapere cos'era successo a una persona cara, e sapeva cosa significasse perdere la propria famiglia e convivere con il senso di colpa per essere l'unico sopravvissuto. Con un gesto silenzioso disse a Ian di sedersi accanto a Seth, mentre lui occupava la sedia di fronte. "Seth?"

Il ragazzo non sollevò la testa, ma il tremore si calmò.

"So cosa pensi," proseguì lui. "Te ne stai lì a immaginare il peggio perché Jason non si è fatto sentire. Pensi che sia ferito o addirittura morto da qualche parte là fuori e nessuno lo cerca. Pensi che sia spaventato e disperato perché non sa se qualcuno sta andando a salvarlo. E pensi che se dovesse succedere il peggio non riuscirai mai a perdonarti di non essere uscito a cercarlo o addirittura di non avergli impedito di andare a Davidson Springs."

Seth irrigidì le spalle e cercò di smorzare i singhiozzi. Thorne detestava aggiungere altra angoscia a quella che il ragazzo già provava, ma era necessario far uscire tutti i suoi sentimenti negativi alla luce del sole.

"Pensi di averlo in qualche modo abbandonato e, siccome non sei onnisciente e onnipotente, sei inutile e lui non dovrebbe amarti perché tanto lo renderai solo infelice." Ian allungò la mano verso la sua e la strinse piano. Chris e Jesse lo guardavano orripilati, ma non era ancora il momento di fermarsi. Doveva spingere Seth a riconoscere di avere dentro un veleno che lo stava consumando, oppure non ne sarebbero mai usciti.

"Oppure pensi che abbia cambiato idea e, invece di tornare a casa, una volta lasciato Davidson Springs sia andato a Cowra o anche più lontano per fuggire da te."

"No!" Seth si sollevò a quelle parole e gli rivolse uno sguardo infuocato. "No, non lo farebbe mai. Se anche decidesse che non mi vuole più, non si comporterebbe così. Verrebbe a casa e mi parlerebbe. Non sarebbe così crudele."

"Bene," disse Thorne. "C'è ancora un po' di senso della realtà in quella testa, allora. Stai meglio di quanto stessi io all'epoca. Ora devi solo liberare la tua mente da tutto il resto."

"Ci ho provato," confessò Seth, "ma l'unica cosa che mi aiuta è proprio quella che ho promesso non avrei più fatto."

"È brutto quando la vita ti toglie quella che ti sembra l'unica via d'uscita," concordò Ian. "Vorrei poterti dire che è facile imparare dei metodi alternativi, invece l'unica cosa che posso assicurarti è che non devi affrontare tutto da solo."

"Ian ha ragione," intervenne di nuovo lui davanti allo sguardo scettico del ragazzo. "Sì, alla fin fine sei tu che hai la scelta se tagliarti o cercare altre soluzioni e nessuno può farla al posto tuo, ma sei circondato da persone che ti vogliono bene e farebbero di tutto per aiutarti. Lo sai, perché altrimenti non saresti venuto da Chris quando ti sei reso conto di non potercela fare. Se davvero avessi creduto di essere solo, avresti usato il rasoio anziché gettarlo via, promessa o non promessa."

"Imparare che non si è soli è la parte più difficile," aggiunse Ian. "Quindici anni in questa stazione – questa stazione, Seth, con tutto quello che comporta e tutte le persone meravigliose che farebbero carte false le une per le altre – e ci è voluto Thorne perché capissi che non sono più stato solo da quando ho messo piede qui la prima volta."

"E sai bene quanto me che tutti i residenti sono approdati qui perché non avevano nessun altro posto dove andare," continuò Thorne. "Lo zio di Caine ne ha adottato qualcuno. Caine ha accolto gli altri, ma resta il fatto che nessuno, tra coloro che sono arrivati e poi rimasti, ha avuto una vita facile prima di trovare Lang Downs. Michael e Caine potranno aver deciso di offrire loro un lavoro e una casa, ma la decisione di aiutare le persone che di volta in volta si aggiungono viene presa singolarmente da ogni residente. E adesso tocca a te aver bisogno d'aiuto."

"Ma come posso fare?" chiese Seth. "Non so neanche da che parte cominciare."

"Non c'è una cura magica. Non è qualcosa che sparirà di punto in bianco. Sono passati quattro anni e anche io ho ancora i miei brutti momenti. Non capita spesso, ma ho imparato ad affrontarli piuttosto che volermene liberare. Soprattutto, però, devi capire cosa funziona per te. Ian magari può darti qualche suggerimento. Puoi anche fare delle ricerche sulle tecniche per affrontare gli attacchi di panico. Puoi cercare dei gruppi di supporto online, se preferisci andare in quella direzione e parlare con persone che hanno il tuo stesso problema, piuttosto che con qualcuno che semplicemente sa che vuol dire aver ricevuto degli schiaffi dalla vita. E possiamo anche darti il nome di un terapista se preferisci un aiuto specialistico."

"La cosa importante, comunque," disse Ian, "è che devi farlo in primo luogo per te. Jason ti starà accanto, così come faremo anche noi, ma se vuoi cambiare solo per lui, gli metti sulle spalle una grossa responsabilità. Devi farlo per te."

Seth annuì. "Non credo di potercela fare stanotte, però."

"No, non questa notte," concordò Ian. "Meglio che tu dorma, se ci riesci. Domani, quando sarai riposato, Jason sarà tornato e avrai superato il panico, discuteremo i particolari. Per questa notte, ricorda solo che non sei solo."

"Non posso tornare a casa senza di lui," disse Seth.

"Non devi farlo," fece Chris. "Hai ancora una camera e un letto qui. Le lenzuola sono pulite. Rimani. Oppure possiamo portare dei materassi in salotto e dormire tutti insieme. Faremo tutto quello che serve per farti stare meglio."

"La scusa più idiota mai sentita per un pigiama party," scherzò Seth.

"Se è quello che serve per farti superare la notte o anche domani e non ferisce nessuno, non è per niente idiota," intervenne Thorne. "Una volta capito che non devi affrontare tutto da solo, questa è la seconda lezione: prenderti cura di te stesso non è egoista o idiota o qualunque altra cosa pensi. Ho visto uomini bere fino a dimenticare chi erano. Ne ho visti altri ammazzarsi con le droghe. Qualcuno si è infilato la pistola in bocca quando non ne poteva più. Un pigiama party mi sembra un'opzione molto migliore di tutte quelle che ti ho appena elencato, e se è quello di cui hai bisogno, accetta l'offerta di Chris. Se non lo è, pensa a cosa ti serve e chiedila."

Seth non sembrava ancora convinto, ma Thorne sapeva per esperienza che ognuno doveva trovare dentro di sé l'accettazione, non cercarla in qualcun altro. Loro dovevano solo continuare ad appoggiarlo e incoraggiarlo finché non fosse stato in grado di fare da solo le proprie scelte.

"Sembra che la pioggia stia diminuendo," disse. "Io e Ian torniamo a casa prima che peggiori di nuovo, ma domani riprenderemo il discorso e non esitate a chiamarci se dovesse servire."

"Grazie," disse Chris.

"Grazie," gli fece eco Seth. "Non voglio più sentirmi così."

"Hai superato lo scoglio più grosso," rispose lui. "Ora che hai deciso di fare qualcosa, il resto è in discesa. A domani."


SETH SI stese sul suo vecchio letto e fissò lo sguardo sul soffitto, anche se in verità non lo vedeva dal momento che non c'era corrente e le persiane erano chiuse. La pioggia si era trasformata in un picchiettio leggero sul tetto, ma Jason non aveva ancora chiamato. Persino una pioggerella come quella poteva dare dei problemi al segnale – era per quello che portavano le radio quando andavano ai pascoli – ma pur sapendolo le sue paure non sembravano volergli dare tregua. Aveva bisogno di sentire la voce del suo compagno, o perlomeno vedere il suo nome accanto alla bustina dei messaggi per smettere di preoccuparsi. Si aggrappò alla promessa che gli avevano fatto Thorne e Ian: qualunque cosa fosse successa, sia che Jason tornasse o no, non sarebbe stato solo. Quante volte aveva visto i residenti di Lang Downs fare cerchio attorno a qualcuno in difficoltà? Lo avevano fatto persino quando lui e Chris erano appena arrivati e ancora non li conoscevano. Ci sarebbero stati se avesse avuto bisogno di loro. Doveva solo restare aggrappato a quel pensiero. Non sarebbe stato solo a meno che non avesse voluto esserlo: non c'era più solamente Chris a preoccuparsi per lui ormai. Era stato così abituato a pensare di non avere nessuno ad esclusione di suo fratello, a non sapere cosa significasse far parte di una famiglia, che quando alla fine ne aveva trovata una non l'aveva riconosciuta. Forse non erano una famiglia nel senso comune del termine e nessuno al di fuori di Lang Downs l'avrebbe considerata tale, ma era molto più vera di qualunque altra cosa avesse mai conosciuto. Chris c'era sempre stato, ma ora aveva un'intera stazione piena di fratelli e sorelle, zii e zie, amici che non gli avrebbero permesso di perdersi. Cristo, l'espressione sul viso di Carley quando l'aveva chiamata 'mamma' avrebbe dovuto farglielo capire subito. Non era pronto a chiamare Patrick 'papà' ma come zio ce lo vedeva. O come suocero.

Come diavolo aveva fatto a essere tanto fortunato senza accorgersene? Non se lo meritava, ma già da parecchio aveva imparato che Lang Downs non era qualcosa che ti guadagnavi, bensì qualcosa che ti capitava e che da quel momento ti tenevi stretto con ogni mezzo. Aveva sempre pensato che fosse stato così per Chris, ma non per sé. Che lui era stato un effetto collaterale del salvataggio e dell'adozione di Chris da parte della stazione, il fratellino rompicoglioni che dovevano sopportare se volevano Chris.

Era stato cieco. Non di proposito, ma di sicuro alla grande. Non si era reso conto di come Caine lo avesse accolto immediatamente quando era tornato, affidandogli più responsabilità e sottoponendolo a meno controlli di quanto facesse con i nuovi assunti. Lo aveva trattato come un residente dal momento stesso in cui aveva ventilato l'idea di restare, e lui si era subito preso in carico le responsabilità, senza fermarsi a riflettere su cos'altro significassero. Si era fatto avanti per aiutare Sam e Jeremy perché era quello che facevano tutti i residenti, ma non aveva davvero creduto che gli altri lo avrebbero fatto per lui se ne avesse avuto bisogno.

Doveva a tutti delle scuse grosse come una casa, quando Jason fosse tornato e quella crisi assurda fosse passata. Non sapeva ancora spiegarsi perché lo avessero adottato, ma non aveva più dubbi che fosse così. Aveva una famiglia. Una famiglia vera che aveva fiducia in lui e lo accettava, difetti e tutto, e che avrebbe smosso mari e monti per aiutarlo se avessero creduto che fosse ciò che gli serviva. Se al mattino Jason non si fosse ancora fatto vivo, sarebbero andati a Davidson Springs: alcuni controllando capanno per capanno, altri seguendo la strada. Lo avrebbero fatto per Jason, che alcuni di loro avevano visto crescere, ma lo avrebbero fatto anche per lui, perché lui aveva bisogno di Jason, e faceva parte della famiglia.

Aveva una famiglia. Non sapeva come ci si comportava con una famiglia. Suo padre lo aveva abbandonato prima ancora che nascesse. Sua madre non era mai stata affidabile. Tony e i suoi figli erano stati un incubo. Aveva avuto solo Chris. Ora però aveva Jason – non avrebbe mai smesso di ringraziare Dio per quel miracolo – e una stazione piena di persone che volevano aiutarlo a crescere, non farlo a pezzi. Non avrebbe dovuto subire gli atteggiamenti dominanti di Ilene o le prese in giro cattive dei fratellastri. Forse non avrebbe mai capito da cosa derivasse quella fiducia, ma non poteva negare che lo accettavano per quello che era e sarebbero stati sempre dalla sua parte.

Nonostante ci provasse non seppe trattenere una risata quasi isterica. Aveva una famiglia.

"Seth, tutto bene?" chiese Chris.

Seth rise di nuovo, quasi. Meno male che lui e Jason si erano trattenuti dal fare sesso in quella stanza. Jason non veniva in silenzio – a lui piaceva strappargli quanti più gemiti e mugolii possibile – e si sarebbe perso tutti i suoi versi se avessero dovuti frenarli per non farsi sentire.

"Sì," rispose. "Forse per la prima volta da molto tempo."

Chris sporse la testa oltre la porta, la candela che teneva in mano che sottolineava la sua espressione preoccupata. "Hai un tono più rilassato di prima. Posso entrare?"

Lo chiedeva sempre. Nessun altro si era mai preso il disturbo, ma Chris e Jesse sì. Seth picchiò la mano sul letto accanto a sé. "Certo. Mi farebbe piacere un po' di compagnia."

Il fratello appoggiò la candela sul comodino e gli si stese accanto.

"Ricordi qualcosa di nostro padre," gli chiese lui.

"Non molto. Avevo solo quattro anni quando sei nato tu, e anche prima non è che fosse granché presente."

"In ogni caso, abbastanza da mettere mamma incinta e poi tagliare la corda," puntualizzò lui. "Come fai a sapere qual è il modo giusto? Abbiamo attraversato l'inferno: come fai a sapere com'è l'amore e come si fa a stare insieme a qualcuno?"

"Non siamo come loro," rispose Chris. "Ci hanno dato la vita e poi ci hanno anche fatto vedere cosa non fare. Non siamo limitati dal loro comportamento. Non siamo destinati a commettere gli stessi loro errori. Abbiamo altri esempi da seguire. Esempi buoni. Come faccio a sapere come si vive insieme a qualcuno? Guarda Caine. Cristo, guarda Macklin. Ha ritrovato Sarah, ma suo padre non era solo assente, li picchiava entrambi. Macklin è scappato, è arrivato qui e ora ha Caine. Thorne ha perso l'intera famiglia in un incendio quando aveva diciott'anni e da allora si è spostato di luogo in luogo con i Commando."

"E ora ha Ian."

"Esatto. Siamo circondati da persone che hanno fatto esattamente ciò che ti preoccupa. Forse la mamma non ci ha dato delle fondamenta stabili su cui costruire, ma noi le abbiamo trovate per conto nostro. Abbiamo quel tipo di famiglia che non ti abbandona."

"Sto cominciando a capirlo."

"Cominciando?"

"Sono un po' lento a volte."

"Solo un po'?"

Seth si strinse nelle spalle. Che poteva dire? Chris aveva ragione.

"Dieci anni," continuò il fratello scuotendo la testa. "Sono passati dieci anni da quando Caine ha salvato la vita di uno sconosciuto, lo ha preso con sé – insieme al suo fratellino – e gli ha fatto tagliare verdure in cucina finché non è stato capace di guadagnarsi da vivere facendo altro." Gli diede uno scappellotto. "Dieci anni!"

"Sì, ma io non sono sempre stato qui," si difese lui. "Qualcuno ha insistito perché andassi all'università e prendessi una laurea."

"Una laurea che ti ha permesso di essere indispensabile alla stazione, mi permetto di aggiungere."

"Non è questo il punto," ribatté lui. "Quello che volevo dire è che non ci sono stato. Tu hai avuto dieci anni per abituarti a tutto ciò che significa vivere qui, io no."

"Ora ci sei, però," disse Chris. "Con tutti gli annessi e connessi."

"Lo sto capendo, infatti. Devo solo aspettare che il mio cervello lo registri."

"Ci vuole un po' di pazienza," ammise Chris, "ma ci riuscirai. La cosa bella della famiglia è che puoi darla per scontata. Puoi rilassarti e non starci a pensare continuamente. Puoi anche permetterti di dimenticare quanto è stretto il legame, poi succede qualcosa e tutti sono lì per te, e allora te lo ricordi. Non so se te l'ho mai detto, ma il giorno in cui mi hanno aggredito, quando ti ho detto di correre e tu l'hai fatto, non ho dubitato nemmeno per un secondo che saresti andato a cercare aiuto e saresti tornato per aiutarmi insieme alla prima persona che ti avrebbe ascoltato. Mi chiedevo se saresti arrivato in tempo, ma sapevo che l'avresti fatto. Speravo solo di essere ancora vivo. L'unica cosa che non mi aspettavo era che saresti incappato nell'unica persona in tutta Yass capace di piombare su di loro come un angelo vendicatore."

"Come facevi ad avere tutta quella fiducia in me?" chiese Seth. "Nemmeno io ce l'ho."

"Perché sei mio fratello."

La semplicità di quella risposta lo spiazzò. Lui e Chris si erano un po' allontanati negli ultimi anni, tra l'università e la nuova vita del fratello insieme a Jesse. Seth aveva pensato che fosse inevitabile, triste ma inevitabile. Ora, invece, stava iniziando a capire

714

che non era inevitabile e che non era successo. La verità era che non aveva avuto bisogno di Chris e il fratello gli aveva permesso di spiegare le ali, ma era sempre stato lì, pronto a prenderlo se per caso fosse caduto.

"Grazie, Chris."

"Di cosa?"

"Di essere mio fratello."

Chris gli diede un altro scappellotto. "Io non c'entro niente con quello."

"Quello no, ma hai scelto come comportarti da quando sono nato. Hai avuto fiducia in me quando a nessun altro importava quello che facevo, ed è per questa tua fiducia che ora sono qui, sul punto di realizzare i miei sogni. Né Tony né tutti gli uomini che la mamma ha avuto prima di lui mi hanno insegnato a essere un uomo, l'ho imparato da te."

"Mettiti a dormire," disse Chris. "Domani dovremo pulire il casino che ha fatto questo temporale. Sarà una giornata lunga se non sei riposato."

"Sì, papà," lo prese in giro lui. Si sentiva le palpebre pesanti: aveva davvero sonno. Si tirò le coperte sulle spalle e chiuse gli occhi. Sentì il materasso muoversi quando Chris si alzò e lasciò la stanza, portandosi via la candela, ma Seth non aveva più bisogno della luce ormai.

# CAPITOLO 23

LA PULIZIA cominciò subito dopo la colazione del giorno successivo. Quasi tutti gli edifici avevano delle tegole mancanti. Le recinzioni erano giù e c'erano rami spezzati dappertutto. Seth si unì alla squadra che doveva controllare i tetti più che altro per avere una visuale dall'alto della strada che portava nella valle. Jason non aveva ancora chiamato né messaggiato e la preoccupazione lo stava divorando. Si era costretto a mangiare la colazione perché sarebbe stata lunga arrivare all'ora pranzo a digiuno, ma ora se ne pentiva perché si sentiva tutto sullo stomaco. Aveva provato a telefonare appena sveglio, ma la chiamata era andata subito alla segreteria, il che significava che Jason aveva il telefono spento o la batteria scarica. Gliene avrebbe dette quattro in proposito quando fosse arrivato a casa, ovviamente dopo essersi assicurato che stesse bene e non fosse ferito.

Cominciarono dal tetto della mensa perché era quello più danneggiato.

"Credi che sia meglio aggiustarlo o tirare via ogni cosa e rifarlo da capo?" chiese rivolto a Ian mentre controllavano il danno. "Non sono sicuro che si possano mettere le tegole di legno nuove senza danneggiare quelle circostanti."

"Dovremmo stare attenti," rispose il jackaroo, "ma credo che potremmo farcela. Ma se pensi che sia il caso, possiamo chiedere a Macklin di venire a dare un'occhiata lui stesso."

Seth cercò di non stupirsi del fatto che Ian, con tutta la sua esperienza, fosse disposto a mettere da parte la propria opinione per dare ascolto alla sua esperienza come ingegnere. Si inginocchiò e sollevò l'estremità di una delle tegole intatte. "Dovremmo tirare via i chiodi e toglierle senza romperle così da poterci mettere sotto le nuove, e poi tornare a inchiodarle. Se si trattasse di pochi pezzi o anche di qualche dozzina, potremmo farlo, ma è quasi un quarto del tetto. Dico solo che rischiamo di lavorare un sacco su un tetto che a occhio e croce è vecchio quanto la stazione. Ci vorranno un paio di giorni per aggiustarlo, ma se potessimo avere una squadra al completo, ci metteremmo lo stesso tempo a sostituirlo."

"Andiamo da Macklin," disse Ian. "Se è d'accordo, mettiamo immediatamente una squadra a togliere le tegole vecchie."

Mentre Ian tornava verso la scala, lui gettò uno sguardo alla strada. Era troppo presto perché arrivasse una macchina, ma non seppe impedirsi di guardare. La strada vuota sembrò prendersi gioco delle sue ansie. Le ricacciò indietro e seguì Ian fino a terra.

"Quant'è grave il danno?" chiese Macklin quando lo trovarono impegnato a riparare il recinto attorno al pascolo dei cavalli.

"Seth crede che dovremmo tirar via tutto il tetto e rifarlo."

"Ci sono molte tegole rotte. Ho paura che potremmo peggiorare il danno cercando di sostituirle e finire lo stesso con un tetto bucato. Faremo come vuoi tu, ovviamente, ma non vorrei ripararlo e poi ritrovarmi con qualche perdita tra un paio di mesi e dover ricominciare daccapo."

"Tu che dici, Ian?" chiese Macklin. "Sei salito con lui."

"Ha un buon occhio. E ha ragione riguardo al fatto che molte tegole sono danneggiate. Potremmo ripararlo, ma non sono sicuro che sarebbe più veloce che rifarlo."

"Ho capito," disse Macklin. "Mandate una squadra per togliere le tegole vecchie e andate a controllare gli altri tetti. Sarebbe meglio non doverli rifare tutti, a meno che non sia proprio necessario, ma voglio che sia tutto a posto."

"Agli ordini, capo," rispose Ian. "Andiamo Seth. Controlliamo il dormitorio e poi passiamo ai cottage, ai capanni e ai fienili."

"Seth," lo chiamò Macklin prima che si allontanasse. "Notizie di Jason?"

"No," rispose lui girandosi. "Le mie chiamate vanno direttamente in segreteria. Probabilmente ha la batteria scarica. Ha lasciato il caricatore per la macchina a casa. L'ho trovato questa mattina in cucina."

"Devi fargli perdere quest'abitudine. È pericoloso non avere modo di comunicare quando sei fuori."

"Contaci," promise lui. "Ci penso io non appena torna a casa."

"Se tra un'ora non è qui, andiamo a cercarlo," disse Macklin, "ma diamogli prima il tempo di arrivare da solo."

Seth annuì. Aveva deciso di aspettare fino all'ora di pranzo prima di chiedere, per non sembrare ossessivo, ma un'ora era molto meglio. "Grazie. Sono sul tetto da qualche parte. Vorrei venire anch'io a cercarlo se dovessimo arrivare a tanto."

"Naturalmente," rispose Macklin. "Speriamo comunque che torni da solo."

Il tetto del dormitorio non aveva sofferto come quello della mensa, scoprì quando raggiunse Ian. "Questo possiamo aggiustarlo in un paio d'ore."

"Stessa cosa che pensavo io," rispose l'uomo. "Prendi due martelli e un po' di chiodi. Io porto su le tegole nuove e in men che non si dica lo metteremo a posto."

Seth prese un martello per sé, uno per Ian e una scatola di chiodi dalla rimessa degli attrezzi, quindi tornò sul tetto, cominciando a togliere le tegole rotte e ad allentare i chiodi. Ian lo raggiunse ma non ripresero la conversazione. Sapevano entrambi cosa fare e non c'era bisogno che ne parlassero. Prima o poi avrebbero dovuto riaffrontare l'argomento della sera prima, ma non era il momento giusto. C'era del lavoro da sbrigare e Jason non era ancora tornato. Seth teneva duro per pura forza di volontà e parlarne avrebbe frantumato anche quel poco di controllo che ancora gli era rimasto. Per fortuna Ian accettò il suo silenzio, chiedendogli solo di tanto in tanto di passargli i chiodi. Seth alzò gli occhi sulla strada per la centesima volta e vide un puntino bianco che si muoveva verso di loro. Anche la macchina di Jason era bianca.

"Vai," gli disse Ian. "Mi faccio aiutare da qualcun altro a finire qui. Non combinerai niente di buono finché non sai se sta bene."

"Grazie," disse Seth. Scese la scala il più in fretta possibile e corse verso il limitare della stazione così da poter seguire il progresso della macchina attraverso la vallata. Era impaziente: andargli incontro sarebbe stato assurdo visto che poi sarebbero dovuti tornare al punto di partenza, ma restare lì fermo richiese molto autocontrollo.

Alla fine la macchina lo raggiunse e Jason abbassò il finestrino. "Il telefono si è bagnato," disse invece di salutarlo.

"Ti serve una custodia migliore," rispose lui con la voce mozzata. "Ho avuto paura. È… è stata una brutta notte."

"Però stai bene?" domandò subito Jason.

"Dovrei essere io a chiederlo a te. Sei tu che sei rimasto tutta la notte sotto un temporale."

"Ho trovato un capanno quando ha cominciato a diventare brutto," raccontò Jason, "ma ho fatto cadere il telefono e dopo non ha più funzionato. Tu stai bene?"

717

"Sono stato con Chris e Jesse. Ho mantenuto la promessa. Non mi sono tagliato."

"Sono orgoglioso di te."

Quelle parole lo fecero sentire incredibilmente bene, ma si rese conto di non avergli detto tutto. "Non è stato uno dei miei momenti migliori. Ho quasi ceduto, ma ti avevo fatto una promessa, così sono andato da Chris e Jesse. Gli ho dato il mio rasoio. Credo che per un po' mi raderò con gli usa e getta, almeno finché non mi sentirò abbastanza forte da riprenderlo. Sono venuti anche Thorne e Ian. Mi aiuteranno a trovare altri modi per superare le crisi di panico."

"Bene. Salta su. Devo cambiarmi e immagino che poi ci sia un bel po' di lavoro da fare."

Seth salì dal lato del passeggero. Era vero che c'era del lavoro da fare, ma non prima che lui si fosse assicurato che Jason era davvero illeso come appariva. Nessuno avrebbe potuto biasimarlo. Aveva sentito la storia di come Caine e Macklin si erano messi insieme.

Jason parcheggiò davanti al loro cottage. "Dovrei dire ai miei che sono tornato."

Seth lo afferrò per la mano prima che riuscisse ad allontanarsi e lo tirò sulla veranda. "Ci penserà Ian ad avvisarli. Ha visto la macchina. Ti servono una doccia calda e abiti asciutti."

"Solo quello?" fece Jason sollevando un sopracciglio.

Il calore che Seth sentiva sempre ribollirgli nelle vene quando era vicino al compagno si concentrò all'altezza dell'inguine ora che erano soli e Jason stava bene. "Be', forse i vestiti possono aspettare."

Jason sorrise e si sfilò la maglietta. "Anche la doccia. Sarò un casino dopo, tanto vale lavarsi alla fine."

Seth ricambiò il sorriso. "Che aspettiamo allora?" Lo spinse verso la camera e spogliò entrambi alla velocità della luce. I jeans di Jason erano ancora umidi e la pelle al di sotto fredda. Esitò. "Forse faresti meglio a scaldarti."

Jason se lo tirò sopra. "Che credi che stiamo facendo? Non ho mai freddo quando sei a letto con me."

Seth si mise sul fianco per raggiungerlo meglio e cominciò dai piedi, accarezzandogli la pelle umida e risalendo lungo le gambe, le mani che si alternavano ai baci. Jason si scaldò in fretta e la sua pelle riprese colore, facendo tirare un sospiro di sollievo a Seth. Era bagnato, non malato, e infatti, per quando gli arrivò all'altezza dell'inguine, il suo uccello si era già indurito.

"È per me?"

"Non vedo nessun altro nella stanza," rispose Jason. Seth lo guardò male, ma lui si limitò a lanciargli un bacio.

Andava bene. Poteva fare lo spavaldo quanto gli pareva, tanto Seth aveva ormai imparato tutti i suoi punti deboli e avrebbe potuto farlo implorare nel giro di pochi minuti. Con gli occhi fissi nei suoi, gli leccò il sesso dalla base alla punta.

"Cazzo," annaspò Jason.

"Arriverà," promise lui. "Ma non subito. C'è una notevole dose di paura che devo ancora smaltire."

Jason lo tirò verso di sé così da poterlo baciare e Seth si abbandonò alla sensazione, traendo conforto dal contatto dei loro corpi. Il suo uomo era lì con lui, sano e salvo. Forse non gli avrebbe mai più permesso di allontanarsi, ma per il momento poteva dimenticare la paura che la sera prima lo aveva spinto a uscire sotto la pioggia battente. Jason si sollevò sui gomiti, facendolo rotolare sulla schiena. In un altro momento avrebbe potuto protestare e cercare di riprendere il controllo ma quando sentì il corpo di Jason sul proprio gli sembrò la cosa più bella del mondo. Lo tirò per un braccio, spronandolo a coprirlo completamente, poi aprì le gambe per farlo mettere comodo e il movimento portò le loro erezioni a sfiorarsi. Seth sibilò nel bacio e fece scorrere le mani sulle natiche del compagno, che oscillò i fianchi, aumentando la frizione. Seth soffiò di nuovo e piegò un ginocchio per dargli più spazio di manovra.

"Attento lì," gli mormorò l'altro contro il collo. "Se continui così, potrei pensare che stai offrendo qualcosa."

Seth gemette, completamente perso nel desiderio. Fin dall'inizio Jason gli aveva detto che era versatile e che non aveva problemi a farsi scopare. Da quel momento era stato un esempio di pazienza, non insistendo mai perché provassero a invertire i ruoli. Alcuni uomini, gli aveva detto, non erano mai passivi e lui aveva accettato la cosa. La verità, però, era che Jason non era un vero passivo: era versatile, e in quel momento l'idea che potesse essere lui a prenderlo lo attirava in un modo del tutto nuovo. Se Jason lo avesse scopato fino a fargli dimenticare come si chiamava, Seth avrebbe avuto la prova incontrovertibile che era tornato a casa, stava bene e si appartenevano a vicenda. "E se fosse davvero così?"

Jason si immobilizzò, irrigidito dalla tensione. "Sei sicuro?"

Seth non era sicuro di essere pronto, ma lo voleva con tutto se stesso, così annuì. Jason gli si lanciò praticamente addosso, baciandolo con una frenesia tale da fargli girare la testa. Lui ricambiò con tutta la passione di cui era capace, ma tanto per ribadire il concetto, piegò anche l'altro ginocchio, aprendosi all'amante quanto più possibile. "Ricordati solo che non l'ho mai fatto."

"Non l'ho dimenticato, credimi," rispose Jason. "Però speravo che avresti voluto provare prima o poi."

"A te piace tanto. Deve pur esserci qualcosa di buono."

"Fidati," lo rassicurò Jason sedendosi sui talloni. "Ci penso io prendermi cura di te."

Fidarsi di Jason era facile. La notte precedente, neanche durante il momento più buio della crisi di panico aveva pensato che il compagno lo avesse lasciato di proposito. Aveva temuto che fosse ferito o morto, ma non che avesse deciso di rompere con lui e andare via. Dopo quello, affidare il proprio corpo alle sue cure era una passeggiata. Però si irrigidì quando Jason gli fece scorrere le dita sopra i testicoli e poi dietro, nella fessura.

"Rilassati," gli disse. "Lascia che il tuo corpo si abitui alle mie carezze." Lasciò il dito dov'era e scivolò sul letto finché non riuscì a piegare la testa e prenderlo in bocca. Seth gemette di piacere e dimenticò completamente la sensazione delle dita tra le sue natiche. Jason lo prese fino in gola e Seth lanciò un piccolo urlo. Cazzo, adorava il modo in cui riusciva a far risuonare il suo corpo. Non era mai venuto con tanta forza come quando era tra le sue mani… o nella sua bocca… o dentro di lui. E anche quella sarebbe stata un'esperienza incredibile, perché era con Jason che lo stava facendo.

Quando alla fine l'amante sollevò la testa, gli occhi brillanti nella luce della piccola lampada accanto al letto, Seth stava cercando con tutto se stesso di trattenere l'orgasmo. "Saresti più rilassato se venissi ora," gli disse.

Lui scosse la testa. "Poi dovresti aspettare finché non sono di nuovo pronto. Recupero in fretta, ma non così tanto." Afferrò il lubrificante dal comodino e glielo passò. "Preparami e poi scopami finché non sarò più capace di reggermi sulle gambe."

Gli occhi di Jason si scurirono nell'udire quelle parole di sfida e premette il dito con più forza contro la sua entrata. Non abbastanza da spingerlo dentro, ma quel tanto che bastava a riportare la sua attenzione su ciò che stava facendo. Seth si sentì attraversare da una scarica di attesa che lo aiutò a rilassarsi.

"Fallo," ordinò.

"Non a secco," disse Jason, spremendosi il lubrificante sulle dita. Quando tornò a sfiorarlo, Seth sentì il freddo del gel, nonostante il calore della carne sottostante, ma ciò non gli impedì di sollevare le ginocchia in un gesto di incoraggiamento. Il fluido si sarebbe scaldato in fretta, e lui non voleva che il compagno avesse dei dubbi riguardo a quanto lo desiderasse.

"Cristo Santo," imprecò Jason. "Guardati mentre ti allarghi per me. Lo vuoi davvero!"

"Ti ho detto di sì. Non mi avevi creduto?"

"Sì, certo," rispose Jason. "Sto solo facendo fatica a credere che sia vero." Passò il gel sulla sua entrata, nello stesso punto che aveva esplorato prima. Ma invece di sentirlo estraneo, Seth ora bramava il tocco. Jason premette, e con il lubrificante a facilitare il passaggio, la punta del suo dito scivolò dentro di lui quasi senza incontrare resistenza. "Merda, quanto sei stretto. Mi strizzerai fuori il seme prima ancora che riesca a scoparti."

"Allora allargami," lo sfidò lui. "Non ti lascerò andare finché non mi avrai scopato come si deve."

"Però così non mi sproni a farlo bene la prima volta," ribatté Jason. "Potrei tenerti tutto il giorno qui a fare l'amore."

"I capi potrebbero avere qualcosa da ridire." Alla prima giornata libera, però, l'avrebbe portato a letto e ce lo avrebbe tenuto tutto il giorno. Ora che Jason gli aveva messo quell'idea in testa niente al mondo gliel'avrebbe tolta.

Jason mosse il dito, strappandogli un grido. "Hai il mio dito nel culo e parli dei capi? Evidentemente sbaglio qualcosa."

"Allora vedi di impegnarti a farlo bene," rispose lui con voce roca. Jason lo penetrò più a fondo e piegò il dito, facendogli scorrere il polpastrello sulle pareti interne. Seth vide le stelle, ma in senso buono. "Oh, cazzo!"

"Che dicevi a proposito di farlo bene?" E prima che avesse il modo di rispondergli spinse ancora sullo stesso punto. Era impossibile pensare mentre Jason gli stava facendo quello. Poteva solo tirare su le ginocchia e sollevare i fianchi per andare incontro al suo tocco. Jason lo accontentò, infilandogli dentro il dito completamente prima di ritirarlo piano e premergli sulla prostata quanto più a lungo possibile. Seth perse completamente la cognizione dello spazio e del tempo e dei suoni inarticolati gli uscirono dalla bocca. Avrebbe voluto chiedere di più, ma il suo cervello non riusciva a elaborare le parole. Ogni goccia di sangue che gli scorreva nel corpo era confluita verso il suo uccello e quel piccolo punto dentro di lui che Jason stava titillando senza pietà.

Poi tirò via la mano. Seth aprì gli occhi ed emise un verso di protesta.

"Mi serve altro lubrificante," disse. "Non voglio farti male."

Ma a lui non importava: avrebbe sopportato ben più di un po' di dolore se in cambio avesse potuto provare di nuovo quelle sensazioni incredibili. Jason riportò la propria attenzione sul suo sedere, penetrandolo con due dita questa volta. Bruciò un po', ma Seth era già troppo andato per curarsene, specialmente quando il compagno tornò a occuparsi della sua prostata. Infatti, anziché cominciare a scoparlo con le dita, Jason prese e giocare con il bottoncino spugnoso, finché dalla sua gola non cominciarono a uscire altro che suppliche strozzate.

"Un altro dito," disse l'amante, tirando di nuovo via la mano. "Quando sarai pronto, ti darò quello che vuoi."

Il terzo dito gli fece abbastanza male da smorzare la sua eccitazione, anche se Jason continuava ad accarezzargli quel punto sensibile con il polpastrello. Respirò attraverso il dolore come aveva imparato a fare quando si tagliava, ma neanche quello impedì alla sua erezione di sgonfiarsi. Voleva ancora Jason con un'intensità che rasentava la disperazione, semplicemente non era più sicuro di poter raggiungere il piacere in quel modo.

"Rilassati," mormorò l'amante mentre le sue dita entravano e uscivano da lui con un ritmo deciso. Non le estraeva mai del tutto, così che il suo canale restasse sempre allargato, ma ciascun passaggio attenuava la pressione, dandogli un po' di tregua. Alla fine, cominciò ad adattarsi al ritmo della mano di Jason e ad andare incontro a ogni sua spinta.

"Così," mormorò Jason. "Scopati da solo sulle mie dita. Lascia che il tuo corpo si apra e le accolga."

Piano piano il bruciore si affievolì. Seth prese un preservativo, ma Jason glielo strappò di mano. "Non reggo se me lo metti tu," confessò. "Ti voglio troppo."

"Sono tutto tuo," rispose lui emozionato. "Sono sempre stato tuo."

Jason si infilò il profilattico e si posizionò tra le sue gambe. Gli appoggiò il sesso tra le natiche e si fermò.

"Non te la cavi, Thompson," lo ammonì lui. "Scopami."

Jason scosse la testa. "Farò l'amore con te tutte le volte che vorrai, ma i giorni delle scopate sono finiti."

Seth avrebbe voluto prenderlo in giro per quel sentimentalismo e accusarlo di giocare con le parole, ma l'intensità della voce del compagno gli bloccò il fiato in gola. Lo attirò a sé per un bacio e lo spostamento fece sì che l'erezione di Jason si appoggiasse con ancora più decisione contro la sua entrata. Seth inspirò a fondo e sollevò i fianchi. Jason spinse e finalmente lo penetrò.

Gli mancò l'aria. Sentiva un leggero bruciore, nonostante l'attenta preparazione, ma non più di quanto avessero fatto le dita. La cosa più importante, però, era che Jason era dentro di lui. Gli avvolse le gambe attorno alla vita e lo spronò a penetrarlo completamente.

"Sei strettissimo," gli sussurrò l'amico all'orecchio.

"Perché nessun altro è mai stato dove tu sei adesso."

"Scemo," lo canzonò Jason, ma poi lo baciò piano. Quando sollevò la testa, aggiunse: "Ti amo."

"Anch'io," rispose lui. "Ma se non ti muovi, non sarò responsabile delle mie azioni."

"Mi rovesci sulla schiena e mi cavalchi?"

"L'idea mi ha attraversato la mente."

"Domani," promise l'altro. "Se non sarai troppo intorpidito. Ora lascia a me il comando."

Seth annuì, e Jason cominciò a muoversi con attenzione, oscillando piano i fianchi, fino a rubargli anche l'ultimo barlume di ragione, tanto forte era il suo desiderio. A un certo punto, però, gli affondi si fecero più decisi, ma lui era conscio solo della sensazione incredibile di avere Jason dentro di sé, del suo sesso che gli sfiorava la prostata a ogni passata. Si strusciò contro il corpo dell'amante, bruciante di desiderio, ma non era abbastanza. Gli afferrò le natiche, rotonde e toniche grazie alle ore passate a cavallo, e cominciò a stringerle seguendo il ritmo delle sue spinte. Jason emise una specie di grugnito e prese a penetrarlo con più forza. Seth urlò e lo spronò a proseguire.

Ogni passaggio sopra la sua prostata lo spingeva più vicino all'orgasmo. Jason allungò la mano per toccarlo, ma lui la spinse via. Sapeva com'era la sensazione delle sue dita attorno al proprio sesso, in quel momento voleva solo concentrarsi sulla sensazione di averlo dentro di sé.

"Riesci a venire così?" chiese Jason

"Fammi venire tu."

Jason cominciò a sbattere con furia contro il suo corpo, galvanizzandolo con la sua mancanza di controllo. Voleva che l'amante fosse perso quanto lo era lui. Più tardi forse Seth se ne sarebbe pentito – soprattutto quando gli amici lo avrebbero preso implacabilmente in giro – ma in quel momento lo voleva. Voleva che Jason reclamasse il suo corpo, così come aveva reclamato la sua anima.

Gli si aggrappò alle spalle e si abbandonò alla passione. E mentre le sensazioni si facevano quasi intollerabili, ogni passaggio sulla sua piccola ghiandola assomigliava a un orgasmo in miniatura che piano piano lo portò a volare così in alto che pensò non sarebbe mai ridisceso. L'orgasmo lo colse di sorpresa, risalendo senza avvertimento dai suoi testicoli ed esplodendo sul suo stomaco e il petto di Jason. La stanza si riempì del suo urlo, mentre tutto il suo corpo si contraeva per il piacere.

Jason perse il ritmo. Si spinse a fondo e restò lì, scosso dal suo stesso orgasmo. In quel momento Seth odiò il preservativo che li separava. Avrebbe voluto essere riempito dal seme del compagno e sentirselo poi scorrere sulle cosce. Niente letto, alla prima occasione, ma un viaggio a Boorowa per farsi i test ed eliminare così il profilattico.

Jason gli crollò addosso, il respiro affannato contro la spalla. Seth lo strinse forte e aspettò che i loro battiti tornassero normali. Ci volle un po', ma Jason si riprese prima di lui. Seth lasciò che si liberasse del preservativo, ma lo attirò di nuovo accanto a sé prima che si dirigesse verso la doccia e il resto della giornata.

"Sono un casino e forse la scelta peggiore che potessi fare," disse. Jason aprì la bocca per protestare, ma lui gliela chiuse con un dito. "Fammi finire, va bene? È un rischio stare con me, ma ti amo e so che questo non cambierà mai. Per qualche miracolo siamo entrambi qui, circondati da persone che sono la dimostrazione di come anche i brutti inizi possano portare a qualcosa di bello. La notte scorsa, mentre ero terrorizzato che tu potessi essere ferito o morto ho capito una cosa: sei l'uomo della mia vita. Non voglio neanche pensare a una vita senza di te. So che non è legale ancora, ma vuoi darmi un'occasione, Jason? Vuoi sposarmi?"

Spostò il dito dalle labbra del compagno e si preparò alla risposta.

"Prima di tutto non è un rischio stare con te. Hai qualche problema, ma non è niente che non possiamo superare, quindi smettila di denigrarti. E per rispondere alla tua domanda, sì! Dio, sì! Possiamo andare a Boorowa oggi stesso e registrare l'unione civile se vuoi."

"Tua mamma ci ucciderà se non le permettiamo di organizzare almeno una piccola festa."

"Dopo oggi sarà anche la tua mamma, quindi non pensare che sarà un problema solo mio."

Seth sorrise. "Hai ragione. È anche mia mamma da molto tempo, ma sarà bello renderlo ufficiale."

Jason gli diede un bacio feroce.

"Un'altra cosa."

"Dimmi."

"Procurati una custodia migliore per il telefono."

"Ordine del capo?"

"Ordine del marito."

Jason sorrise, tutto gioia e miele. "Quelli che preferisco."

# Epilogo

MACKLIN RAGGIUNSE Caine sulla veranda della casa padronale e gli passò le braccia attorno alla vita. "Immaginavi, quando sei arrivato qui undici anni fa, che le cose sarebbero andate in questo modo?"

Caine lo guardò con un sorriso, poi tornò a scrutare l'orizzonte, aspettando di vedere Seth e Jason tornare da Boorowa. La festa non poteva cominciare senza gli ospiti d'onore. "Definisci 'questo modo'?"

"Il successo della stazione, la famiglia che abbiamo costruito, assistere al matrimonio dei ragazzi che abbiamo visto crescere e trasmettere loro la nostra eredità," rispose Macklin.

"Lo fai sembrare come se avessimo già un piede nella tomba. Vorrei farti notare che personalmente sono ancora nel fiore degli anni."

"Ah, quindi io sarei quello vecchio?" ribatté Macklin.

"Così parrebbe..." rispose Caine appoggiandosi all'indietro contro il corpo del compagno. "Ma per rispondere alla tua domanda, no, neanche nei miei sogni più arditi avrei mai pensato che potesse finire così. Il massimo a cui aspiravo era di non perdere la stazione a causa di una cattiva gestione. Spero che zio Michael ci stia guardando in questo momento, e spero che sia orgoglioso di quello che abbiamo fatto."

L'abbraccio di Macklin si fece più stretto. "Non c'è niente da sperare: sarebbe orgoglioso. Punto. Hai raccolto la sua eredità e l'hai portata avanti: Lang Downs è ancora un porto sicuro per coloro che più ne hanno bisogno."

Caine sorrise. "E sempre lo sarà. Ecco la macchina di Seth e Jason. Dovremmo radunare gli altri. Dobbiamo esserci quando arrivano. La 'cerimonia' a Boorowa altro non è stata che apporre una firma su alcuni fogli, ma Carley ha organizzato un ricevimento di matrimonio che non dimenticheranno mai."

"Sono venuti anche da Taylor Peak?"

"Sì, Sam e Jeremy sono arrivati un'ora fa insieme a Nick e Phil. Ian e Thorne sono tornati ieri sera come previsto, e ho detto a Kyle di aspettare questa sera prima di dare loro il cambio, anche se sarebbe dovuto andare oggi. I capisquadra di Jeremy possono cavarsela da soli per qualche ora."

"Bene, allora andiamo a fare festa."

ARIEL TACHNA è una poliglotta innamorata delle lingue e con la passione per i viaggi, il lavoro a maglia, le orchidee e i romanzi d'amore. Ha esplorato quarantacinque stati negli USA e tredici altre nazioni. In particolare, la ricchezza della storia e della cultura francesi, i sapori e i profumi dell'India e il sorgere del sole su Machu Picchu le hanno regalato ricordi indelebili e compaiono regolarmente nei suoi scritti. Sebbene la sua predilezione per i filati abbia generato una scorta infinita di gomitoli e più progetti di quanti se ne possano realizzare in una vita, questo non le impedisce di acquistarne di nuovi. La sua collezione di orchidee è diventata troppo grande per il suo ufficio e ha invaso il resto della casa (con grande sgomento dei suoi figli), ma nulla la dissuade dall'aggiungere nuovi elementi alla raccolta o dal salvare ogni esemplare infelice in cui si imbatte.

Quando non scrive, lavora a maglia o traffica con le sue orchidee, passa il tempo a meravigliarsi dei suoi due ragazzi, che non smettono di stupirla per l'amore e l'accettazione di cui sono capaci, per la loro abilità nello sport – che di certo non hanno preso da lei! - e per il modo in cui lottano contro qualsiasi tipo di ingiustizia, cosa che spera abbiano imparato da lei.

Ecco dove potete trovare Ariel:
Sito: www.arieltachna.com
Facebook: www.facebook.com/ArielTachna
Email: arieltachna@gmail.com

Di ARIEL TACHNA

I suoi due padri

LEGAMI DI SANGUE
Alleanza di sangue
Patto di sangue
Conflitto di sangue
Risarcimento di sangue

LANG DOWNS
Ereditare il cielo
Inseguire le stelle
Superare la notte
Domare le fiamme
Onorare la terra

Pubblicato da DREAMSPINNER PRESS
www.dreamspinner-it.com